国家社会科学基金重点项目

外国古代神话和史诗研究

辜正坤 等 著

（上册）

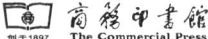

图书在版编目(CIP)数据

外国古代神话和史诗研究 / 辜正坤著. —北京:商务印书馆, 2023 (2024.12 重印)
ISBN 978-7-100-22792-6

Ⅰ.①外… Ⅱ.①辜… Ⅲ.①神话—文学研究—国外 ②史诗—诗歌研究—国外 Ⅳ.①I106

中国国家版本馆 CIP 数据核字(2023)第 148174 号

权利保留,侵权必究。

外国古代神话和史诗研究
（上下册）

辜正坤 著

商 务 印 书 馆 出 版
（北京王府井大街36号 邮政编码100710）
商 务 印 书 馆 发 行
北京虎彩文化传播有限公司印刷
ISBN 978-7-100-22792-6

2023 年 10 月第 1 版	开本 710×1000 1/16
2024 年 12 月北京第 2 次印刷	印张 80¼

定价:380.00 元

撰稿人名单

主要撰稿人姓名按其所著章节的出现先后为序

辜正坤　本项目主持人，北京大学外国语学院世界文学研究所教授、博导
拱玉书　北京大学外国语学院西亚系教授、博导
孟凡君　西南大学外国语学院教授
颜海英　北京大学历史学系教授
李　政　北京大学外国语学院西亚系教授、博导
刘安武　北京大学外国语学院南亚系教授、博导
陈贻绎　原上海交通大学教授
程志敏　海南大学社科中心教授、博导
高峰枫　北京大学外国语学院英语系教授
张鸿年　北京大学外国语学院西亚系教授、博导
王继辉　北京大学外国语学院英语系教授
安书祉　北京大学外国语学院德语系副教授
赵振江　北京大学外国语学院西葡语系教授、博导
韩志华　国际关系学院外语学院副教授
王　剑　电子科技大学外国语学院副教授

目 录

绪 论 ·· 1
1 本课题研究意义与现状略述 ··· 1
2 关于神话和史诗的基本理解 ··· 3
3 本课题研究的基本思路和方法 ·· 4
    3.1 本课题的总体主攻方向 ·· 4
    3.2 研究思路 ·· 5
    3.3 研究方法问题 ·· 6
4 本课题理论创新程度或实际应用价值 ··································· 6
5 本研究成果的主要内容和重要观点略述 ································ 6
    5.1 外国神话学研究专题 ··· 7
    5.2 外国史诗研究现状通论专题 ·· 7
    5.3 苏美尔神话史诗研究专题 ··· 8
    5.4 古埃及神话研究专题 ··· 8
    5.5 赫梯神话专题研究专题 ·· 9
    5.6 古印度神话史诗研究专题 ··· 10
    5.7 希伯来神话研究专题 ··· 11
    5.8 古希腊神话史诗研究专题 ··· 12
    5.9 古罗马神话史诗研究专题 ··· 14
    5.10 伊朗古代神话和史诗研究专题 ··································· 15

  5.11 古英语史诗《贝奥武甫》主题研究·················15

  5.12 德国神话史诗《尼伯龙人之歌》研究··············16

  5.13—14 西班牙语史诗研究、拉丁美洲神话概述·········17

  余论··18

6 神话和史诗的差别与关系略论··························19

  6.1 古代神话和史诗的主要差别·······················19

  6.2 神话和史诗：对立与统一关系·····················20

  6.3 神话和史诗的盛衰与特定的环境和社会状况呈反比或

    正比关系··································21

  6.4 神话演变为史诗：神性的衰减和人性的张扬···········27

  6.5 奠基于神话、史诗演进模式的非理性与理性循环模式与

    一般性人类文化（例如文艺）演进模式的关系··········28

第一专题 外国神话学研究····························39

 1 神话解读法门多元互补系统论··························39

  1.1 神话定义··································42

  1.2 学术性神话定义······························47

  1.3 神话有没有道德教训的目的？·····················52

 2 隐喻学派······································56

  2.1 隐喻说定义································56

  2.2 古希腊哲学如何推动了神话研究的隐喻性阐释···········57

  2.3 隐喻说：从科学性追求到不科学性结论···············58

  2.4 隐喻说：古希腊人道德意识的升华··················59

  2.5 塞诺芬尼提出自己信奉的新神·····················60

  2.6 塞诺芬尼的神是善良的没有恶性的神·················60

  2.7 隐喻说：理路缺陷、学术暗示性后果、本义与现代学者

    对于隐喻的阐释义··························64

2.8　隐喻说警示：勿入以今例古的陷阱 ·············· 66
3　历史学派 ··· 66
　　3.1　历史说：欧赫美尔主义 ·························· 67
　　3.2　历史说：欧赫美尔主义如何被基督教利用 ······ 68
　　3.3　历史说：从神话研究到严肃的历史研究 ········ 70
　　3.4　历史说：从神话研究到严肃的考古研究 ········ 72
　　3.5　海因里希·谢里曼考证荷马史诗所叙述的古城 ·· 73
4　语言学派 ··· 75
　　4.1　马克斯·缪勒的神话语言学理论 ················ 76
　　4.2　语言的分期与"语言疾病" ····················· 80
5　功能学派 ··· 84
　　5.1　马林诺夫斯基对自然神话学派、历史派神话学和
　　　　社会派神话学的批评 ····························· 85
　　5.2　马林诺夫斯基的功能主义 ······················· 86
6　心理分析学派 ······································· 90
　　6.1　弗洛伊德精神分析基本原理 ···················· 90
　　6.2　神话与无意识的关系 ····························· 93
　　6.3　恋母情结与神话产生的原理 ···················· 94
　　6.4　荣格的神话观 ····································· 96
7　仪式学派 ··· 98
8　结构主义学派 ······································· 102
　　8.1　列维-施特劳斯的结构主义神话理论 ············ 103
　　8.2　科学与神话研究的关系 ·························· 105
　　8.3　原始思维与现代思维的差异 ···················· 108
　　8.4　过度的文化交流将会杀死文化独创能力 ········ 112
　　8.5　文化现象中的二元对立结构 ···················· 116
　　8.6　神话现象中的二元对立结构解析举例 ·········· 118

9　原型批评学派 120
10　当代神话学新发展 124
　　10.1　后现代主义神话学 125
　　10.2　女性主义神话学 129

第二专题　外国史诗研究现状通论 134

1　世界史诗状况总览 134
　　1.1　什么是史诗？ 134
　　1.2　史诗的分类 136
2　史诗本体研究状况 138
3　母题的关注 143
4　史诗理论研究 148
　　4.1　程式理论 148
　　4.2　歌者与表演 150
　　4.3　史诗与其他文体 152

第三专题　苏美尔神话史诗研究 156

《恩美卡与阿拉塔王》研究 156
1　相关问题 156
　　1.1　苏美尔文学 156
　　1.2　《恩美卡与阿拉塔王》的文学地位 178
　　1.3　从口传到文本 194
　　1.4　《恩美卡与阿拉塔王》的研究历史 206
　　1.5　《恩美卡与阿拉塔王》的故事梗概 212
2　历史解析 218
　　2.1　乌鲁克 218
　　2.2　恩美卡 233

2.3 阿拉塔 ·· 238
　3 汉译与注释 ··· 256

第四专题　古埃及神话研究 ····························· 290
　1 引言 ··· 290
　2 古埃及文字起源的传说及神话传说概述 ············· 290
　　2.1 语言、文字与创世 ································ 291
　　2.2 古埃及神话概述 ··································· 300
　3 古埃及神话的文化特色 ······························· 329
　　3.1 古埃及神话的文化独特性 ······················· 330
　　3.2 古埃及神话与其他民族神话的文化参同 ······· 347
　4 结语 ··· 364

第五专题　赫梯神话史诗研究 ························· 366
　1 赫梯史诗研究的学术史考察 ·························· 366
　　1.1 赫梯人、赫梯文明与赫梯史诗文化研究的必要性 ·· 366
　　1.2 赫梯史诗研究的学术史考察 ···················· 369
　2 赫梯人的史诗作品 ··································· 374
　3 赫梯史诗的起源和史诗作品的编撰 ················· 381
　4 赫梯史诗的本土化问题 ······························ 384
　5 赫梯史诗的特点 ······································ 388
　附录　赫梯史诗文献译文

第六专题　古印度神话史诗研究 ······················ 412
　印度大史诗研究 ··· 412
　1 回顾欧美学者对《摩诃婆罗多》的评论 ············ 412
　　1.1 关于分解的理论 ·································· 416

  1.2 关于主题倒置论 ··· 419
  1.3 关于综合理论 ·· 420
 2 评坚战 ·· 422
 3 评毗湿摩 ··· 445
 4 评黑天 ·· 462
 5 宫廷风波和悉多的悲剧 ·· 476

第七专题 希伯来神话研究 ·· 492
希伯来神话的古代近东文学背景研究 ································ 492
 1 为什么说希伯来文化没有史诗 ······································ 492
 2 希伯来文化的神话传说 ·· 494
  2.1 《创世记》1—11章中创世和大洪水神话与埃及、
     两河流域文学 ·· 494
  2.2 希伯来神话对古代近东神话的继承和求异 ················ 499
  2.3 关于两个或者多个版本 ·· 501
 3 《出埃及记》中的传说故事和埃及文学 ·························· 503
  3.1 波提乏妻子勾引约瑟的传说 ··································· 503
  3.2 摩西出生的传说 ·· 505
  3.3 摩西和埃及法师斗法术 ·· 506
  3.4 出埃及时神将水分开 ·· 508
 4 希伯来圣经中神话传说受乌加里特神话传说和史诗的影响 ···· 510
  4.1 乌加里特文学综述 ··· 510
  4.2 巴力神话和希伯来神话 ·· 514
  4.3 克累特的传说 ·· 517
  4.4 神话传说和希伯来社会律法 ··································· 522
 5 希伯来神话传说研究议题 ··· 531
  5.1 主题研究 ··· 531

- 5.2 摩西五经之后的神话传说对中心主题的继承发扬············533
- 5.3 希伯来神话的固定角色············534
- 5.4 希伯来神的活动空间············535
- 5.5 希伯来和希腊神话传说同古代近东神话传说间的关系············535
- 5.6 口头创作还是为朗诵而创作············536
- 6 希伯来圣经之后犹太作品中的神话传说············537

第八专题 古希腊神话史诗研究············539
- 1 荷马史诗产生的时代背景············539
  - 1.1 引言············539
  - 1.2 克里特-米诺安城邦社会形态············540
  - 1.3 迈锡尼城邦社会形态············541
  - 1.4 特洛伊············543
  - 1.5 黑暗时期············545
  - 1.6 艾奥尼亚············548
  - 1.7 口述传统············549
  - 1.8 古希腊人的社会生活············551
  - 结语············554
- 2 古希腊神话与荷马史诗形成概述············556
- 3 古希腊神话与荷马史诗《伊利亚特》研究············558
  - 3.1 《伊利亚特》背景：特洛伊战争的真正起因是什么？············558
  - 3.2 论古希腊神话与荷马史诗《伊利亚特》中描述现象的现实逼真度············571
  - 3.3 古希腊众神的道德形象考察············581
- 4 《伊利亚特》主题与人物形象研究············588
  - 4.1 《伊利亚特》主题研究：阿喀琉斯的愤怒············588
  - 4.2 阿喀琉斯形象研究············597

4.3　赫克托尔形象研究 ························ 601
　　4.4　神的意志：史诗作者对侵略暴行的文饰手段 ···· 612
5　古希腊神话与荷马史诗《奥德赛》研究 ············ 613
　　5.1　《奥德赛》文本分析 ······················ 613
　　5.2　荷马笔下的世界 ·························· 658
　　5.3　荷马的声音 ······························ 673
　　5.4　方法论探索——《奥德赛》引发的思考 ········ 679
6　《奥德赛》的内容、结构与政治哲学寓意 ·········· 697
　　6.1　《奥德赛》的内容与结构 ·················· 698
　　6.2　《奥德赛》与古典政治哲学 ················ 727
7　从古希腊神话看文化精神 ······················ 755
　　7.1　从古希腊神话与中国神话比较中看中西文化精神 ··· 755
　　7.2　中西文化精神的主流区别 ·················· 766
　　7.3　结论 ···································· 769

第九专题　古罗马神话史诗研究 ···················· 771

1　引言 ·· 771
2　维吉尔史诗中的罗马主神 ······················ 772
　　2.1　维吉尔对荷马的修正 ······················ 772
　　2.2　朱庇特的平和与威仪 ······················ 777
　　2.3　朱庇特与"命运" ························ 779
3　埃涅阿斯传说的演变 ·························· 787
　　3.1　荷马史诗中的埃涅阿斯 ···················· 788
　　3.2　罗马人的特洛伊先祖 ······················ 795
　　3.3　"叛徒"埃涅阿斯 ························ 802

第十专题　伊朗古代神话和史诗······815
1　伊朗古代历史简述······815
2　琐罗亚斯德和琐罗亚斯德教······820
2.1　琐罗亚斯德其人······820
2.2　《阿维斯塔》······823
2.3　巴列维语文献······827
3　琐罗亚斯德教神魔体系和神话传说······832
3.1　琐罗亚斯德教的一神信仰······833
3.2　七位一体的众神核心······836
3.3　核心以外的众神······838
3.4　与众神对抗的恶魔······851
4　琐罗亚斯德教的宇宙观和世界观—12 000年的善恶斗争······852
5　三善的内涵······855
6　伊朗史诗创作······865
7　史诗《列王纪》的主题思想及其与古代神话传说的传承关系······874
7.1　从史诗作者论述中体现出来的传统思想—善······877
7.2　从史诗故事和人物行动中体现出来的传统思想—善······881
7.3　《列王纪》神话传说部分的善恶斗争······883
7.4　《列王纪》中勇士故事部分的善恶斗争······899

第十一专题　古英语史诗《贝奥武甫》主题研究······916
中世纪"神话"话语中的"人话"理念······916
1　《贝奥武甫》的神话与人话······916
2　《贝奥武甫》的传奇身世······920
3　《贝奥武甫》的历史内涵······930
4　《贝奥武甫》的涉世态度······966
5　《贝奥武甫》的自省精神······981

第十二专题　德国神话史诗《尼伯龙人之歌》研究⋯⋯1000
《尼伯龙人之歌》解析⋯⋯1000
1　前言⋯⋯1000
2　导论⋯⋯1003
3　起源—古代日耳曼英雄文学⋯⋯1010
3.1　法兰克-布隆希尔德传说⋯⋯1011
3.2　勃艮第人传说（或勃艮第王国的覆灭）⋯⋯1020
4　时代—思想、方式、价值观念的宫廷化⋯⋯1031
4.1　社会历史背景⋯⋯1032
4.2　道德观念和生活习俗的宫廷化⋯⋯1034
4.3　文学创作的成书过程⋯⋯1039
4.4　骑士-宫廷文学的产生⋯⋯1040
5　《尼伯龙人之歌》：作者—基督教信仰和写实主义创作理念⋯⋯1047
5.1　身世⋯⋯1048
5.2　宗教信仰和世界观⋯⋯1054
5.3　创作风格⋯⋯1059
6　文本分析—结构、诗律和表现手段⋯⋯1061
6.1　结构⋯⋯1061
6.2　诗律⋯⋯1075
6.3　"预先暗示"的表现手段⋯⋯1081
7　人物一览—特点、分类、人物性格与角色的关系⋯⋯1087
7.1　人物特点⋯⋯1087
7.2　人物分类⋯⋯1091
7.3　人物性格与角色的关系⋯⋯1097
8　接受史⋯⋯1117
8.1　通过故事书传播⋯⋯1117
8.2　被遗忘的年代⋯⋯1123

8.3　发现手抄本 1127
　　8.4　18世纪以后的接受 1130
后记 1145

第十三专题　西班牙语史诗研究 1148
1　史诗《熙德之歌》 1148
　　1.1　史诗与作者 1148
　　1.2　情节与人物 1152
　　1.3　史实与史诗 1158
　　1.4　内容与主题 1162
　　1.5　韵律与风格 1166
　　1.6　地位与影响 1171
2　史诗《阿劳卡纳》 1176
　　2.1　史诗的作者 1177
　　2.2　史诗的内容 1179
　　2.3　史诗的特点 1183
［附］高乔人史诗《马丁·菲耶罗》 1189
　　1　《马丁·菲耶罗》产生的时代背景 1189
　　2　《马丁·菲耶罗》的作者 1193
　　3　《马丁·菲耶罗》的情节、人物和主题 1194
　　4　《马丁·菲耶罗》的艺术特色 1200
　　5　《马丁·菲耶罗》在文学史上的地位及其深远的影响 1203

第十四专题　拉丁美洲神话概述 1206
1　玛雅神话 1207
　　1.1　玛雅人的宇宙神话 1208
　　1.2　玛雅人的神灵 1209

2 阿兹特克神话 …………………………………………………………… 1211
2.1 继承与发展 ……………………………………………………… 1212
2.2 阿兹特克人的神灵 ……………………………………………… 1213
3 印加神话 ………………………………………………………………… 1217
3.1 印加神话中的人类起源 ………………………………………… 1218
3.2 印加人的神灵 …………………………………………………… 1218

参考书目 ……………………………………………………………………… 1222

绪 论

辜正坤

1 本课题研究意义与现状略述

20世纪曾被一些西方学者称为神话与史诗的世纪,这或许有些夸张,但神话和史诗研究确实已经成为20世纪文学界、人类学界、宗教学界乃至历史学界的热门课题。这个课题之所以吸引了众多学者的关注,不仅因为它是饶有趣味的文学课题,也因为它涉及人类文化乃至人类自身的起源问题。解开神话和史诗之谜意味着解开人类远古文学审美形态乃至文化生成创造的原始形态之谜。把握住这种原始形态,不只是为了满足当代人类寻根返祖的心理需求,更重要的是可以让人类更好地理解自己和自己的文化,尤其是能更深刻地理解当代人类的文学和文化。鉴往知来,这种研究甚至能帮助我们窥见未来人类文学和文化的必然走势。同理,对外国神话史诗的研究,将进一步推动我国的神话及史诗研究。在全球经济一体化的今天,加强对外国神话史诗的研究将为我们提供一个外国传统文化价值的参照系,有助于中华文化认清、选择并承继自己的那部分优秀的文化遗产。所以,这个选题的重大意义是不容置疑的。

在国际上,较早、较系统的神话和史诗研究主要是在西方学术界展开的。

从神话学理论的角度看,2500多年来,国外神话学理论可概括为十大流派。公元前5世纪左右,隐喻学派崛起于古希腊。之后在公元前3世纪,随着《荷马史诗》在亚历山大里亚最后定稿,历史学派诞生。19世纪更是流派蜂起。以"雅利安种子说"为代表的语言学派和以实证主义为特征的人类学派影响深远；同时，心理分析学派也异军突起。20世纪以来学派林立，如功能主义、结构主义、原型批评、新历史主义、后现代主义诸学派都曾在神话和史诗方面做出了自己的独特的理论贡献。本课题将灵活地、有重点地借鉴这些理论成果，以指导神话史诗研究。

从对神话、史诗的实证性研究角度看，最初的研究多半侧重对古希腊神话史诗的研究，但是随着研究的深入和新文献的发现，国际学者的研究视野逐渐变宽，许多学者觉悟到东方才是人类文化的渊源之地。由于神话、史诗是人类文化中最古老的因素，于是越来越多的学者把目光投向东方神话史诗，尤其是投向苏美尔神话史诗、古埃及神话史诗、古印度神话史诗和希伯来神话史诗，并取得了令人瞩目的研究成果，相应构成了几大热点领域。总的说来，西方学术界在这些领域的研究是走在前边的。之所以出现这种状态，有许多因素。政治需要、经济发展、文化理解、学术进步，都是原因。但还有一个关键的原因，即这个领域的研究对于原始考古文献资料，尤其是古代文字资料的依赖性较大。仅以与苏美尔神话史诗研究关系极密切的亚述学为例，尽管此学科在近一个半世纪的时间里成就辉煌，但世界各国的研究水平参差不齐。其中一个关键的原因，是研究者们对古代原始文献资料（例如大量楔形文字资料）的占有程度差异颇大。众所周知，近两个世纪以来，欧美发达国家的考古人员可以说几乎垄断了对东方若干国家的古代遗址的挖掘，例如对两河流域古代遗址的挖掘。西方国家的相关机构获得了大量的楔形文字泥板和其他文物，这些文物主要收藏在发达国家的博物馆里，为西方研究人员提供了很大的便利条件，也自然使得欧美国家的亚述学研究达到很高的水准。神话史诗研究很依赖古代文字，而西方人在亚述学的古文字研究领域，如在对苏美尔语、阿卡德语的研究及对赫梯人、霍来特人使用的楔形文字的研究领域，取得了巨大成就。有了古文字材料作为基础，各项专题研究如神话史诗研究才能相继展开，相应的研究方法也才能不断进步。在这方面，19世纪中后期开始出现的德国学派是其代表。英、法、德、美等国在考古发掘、文献整理上长期居于领先地位，而东方国家，例如中国，对这方面原始文献的占有却受到颇大的限制，所以在相应的学术研究领域，例如与神话、史诗研究息息相关的亚述学领域，其发展就落后于西方。不过随着信息电子化和全球化，这方面的障碍正在越来越小，因此给东方国家的学者，尤其是中国的学者，带来了越来越大的希望。中国应该在这方面急起直追，赶上西方。这也使本课题的意义显得更加重大。其余东方学研究各热点领域的情况，尤其是古代神话史诗研究的情况与此相类，不赘。

在中国国内，目前对外国神话史诗的研究还多半处于资料介绍和文本翻译状态，绝大多数的外国神话史诗在我国尚没有由中国学者写出的研究专著，而少量国别性和专题性神话史诗研究专著中的相当大的一部分实际上是由本课题组的成员完成的。像苏美尔、古埃及、赫梯、希伯来、玛雅、伊朗（波斯）等神话史诗方面的专门学者可谓凤毛麟角（本课题基本上拥有这些学者）。至于对外国神话史诗进行全方位的综合整体研究，则至今尚是空白。然而，与此形成对照的是，中国学术界对本土神话史诗的研究却取得了许多突破性进展，尤其是近30年来，不但挖掘出了数百部史诗，而且出现了一大批专著。随着世界上最长的史诗《格萨尔王》（100多万行，120余卷）的发现，中国的神话史诗研究被推向了一个高潮。如果全世界的神话史诗真像许多西方学者相信的那样是一个互根互构的有机整体的话，则中国在本土神话史诗研究方面超前而在外国神话史诗研究方面却大大滞后，这种状态势必最终影响中国本土神话史诗研究，使中国学者无法在更深层次上揭开中国神话史诗的神秘面纱。

2　关于神话和史诗的基本理解

神话和史诗是古代文学中最主要的形式和内容，是东西方文学传统的源头。我们要研究外国文学，首先就应该追根溯源，对作为东西方文学创作灵感、人物原型和最古老文学形式的神话和史诗，以及它们与后来各种其他文学形式发展的关系，有一个深刻的了解和清醒的认识。一般认为，神话是指有关各类神祇（如奥林匹亚天神）和英雄人物（如吉尔迦美什、赫拉克勒斯、阿喀琉斯）的传说。它们反映超自然的力量和理想，是远古时代的人们通过想象力来解释自然和试图支配自然的方式。这样的定义抓住了神话的基本特征，但还可以进一步完善。为此，我们尝试提出一个新的定义，希望能够加深对这个概念的理解与把握。这个新定义是：神话是远古的或类似远古的人类生存状态的夸张性叙述形式，它试图记录、阐释、控制远古人类面对的自然现象、社会现象和精神现象。最早的神话大多由行吟诗人口头传播，并以《吉尔迦美什史诗》、《摩诃婆罗多》、《伊利亚特》、《奥德赛》这类史诗形式流传下来。因此我们说神话和史诗两者之间的关系是密不可分的。但是史诗关注的侧重点跟神话有所不同。史诗更关注的是人类历史上的事件和一个理想的、包含民族价值观的崇高英雄行为。史诗的核心部分往往是两个主要人物的生死决斗，而这两个人物则分别代表了不同的社会和文化观念。从作品结构上来讲，神话并没有严格的形式限制，而史诗却有一整套文学形式上的程式和惯例，因此，史诗往往被认为是最崇高的一种诗歌形式。东西方神话和史诗具有各自的鲜明特点，例如古埃及和美索不达米亚神话中的神祇都具有动物的形象，而希腊神话则充满了浓郁的人文主义色彩，它的天神都具有人类的体形和心态。一般说来，西方的史诗较之神话更加注重文学形式的精巧性。由于古埃及和两河流域的美索不达米亚是世界文明的源头，西方文明不可避免地受到了它们的影响，有学者认为古希腊语的字母就是从古巴比伦和腓尼基文字发展而来的。所以说，东方文学对希腊神话和史诗产生了重要影响。正是由于东西方文学各自的鲜明特点和它们之间所存在的千丝万缕的联系，使得我们在研究各个民族和语言的史诗时，应注意将他们作为一个完整的体系来进行分析。

3 本课题研究的基本思路和方法

3.1 本课题的总体主攻方向

1）以苏美尔神话史诗—古埃及神话—希伯来神话—古印度神话史诗—古

希腊神话史诗—伊朗古代神话史诗为主线,力争勾画出神话史诗自身之间和神话史诗在国与国之间如何同源异构、同构异源、异构异源及多重程度不等交叉渗透的关系;2)在神话史诗的文化渊源层面上来进一步阐述神话史诗的文学性(诸如:神话与史诗的源流关系,神话与史诗的语言同构现象,神话与史诗的文化暗示效应,神话与史诗的艺术特点,神话与史诗中的人物原型与塑造,神话与史诗的情节编织特点与后世文学的关系);3)在可能的情况下,也试图初步界定外国神话史诗与中国神话史诗的交互渗透关系或源流关系,至少要为中国神话史诗的研究提供接口和铺垫。

本课题有引论性总课题,如神话学理论研究。在此基础上,实体化为若干子课题。子课题主攻方向有多个,如:1)神话史诗文本定位研究;2)焦点命题研究;3)史料证伪研究;4)文化-文学影响研究;5)文学特征研究。但子课题主持人在设计论证自己的课题时,无须面面俱到地做这些研究,而是既要注意保持自己研究领域的特长和特色,也要注意重点选择某些主攻方向。在选择主攻方向时,应优先考虑到总课题的主攻方向,做到彼此呼应。要力求理论性总课题与实证性分课题交相印证,连环推进。

神话和史诗往往交织在一起。但本课题以史诗研究为重心,并注意联系相应的神话研究。由于多语种的神话史诗渊源枝蔓关系往往和翻译现象纠结在一起,因此课题组成员也利用翻译学理论来帮助阐释若干词源衍变之谜,以俾正本清源,而这一点是当今许多学科研究容易忽略的一个方面。

3.2 研究思路

本课题总的研究思路是在厘清东西方神话、史诗发展的脉络和主要史诗作品所涉及的神话背景的基础上,深入发掘各主要史诗作品的内涵(包括主题、情节、作品形式、人物、意象、象征,等等),力求在阐发作品的意义、特征、叙述手法、人物刻画,以及演绎和发展神话等方面有所突破。研究成果的形式将是按东西方不同国别或神话史诗发展脉络来定位的一系列论著和论文。它们试图在一定程度上为中国今后进一步开展系统的、更大规模的外国神话和史诗研究奠定基础。

3.3 研究方法问题

本课题研究者虽然注重史料的考证甄别，但是也注意防止自己淹没在资料的海洋中而缺乏理论概括。研究者在大量占有国内外现有研究资料的前提下进行研究，防止重复性劳动。研究的重心放在攻克学术界迄今为止尚未解决的某些难点、难题上，尽量减少浮泛的介绍性文字。此外，我们在研究时也比较留心中国当代神话史诗的研究进展情况，因为这是一个研究的参考系统，有助于打开思路。为了这个课题，我们还组织过相关的国际学术研讨会。在研究中大家也比较注意把本课题与其他学科相结合，注意开发利用其他学科的研究成果；同时也反对把课题和其他学科无目的地结合，搞成大杂烩。因此，本课题强调，在研究中必须有的放矢，重点突出。

4 本课题理论创新程度或实际应用价值

作为一个团体学者的协同研究项目，我们希望本研究成果能够在一定程度上填补中国学术界缺乏外国神话史诗大型综合研究成果的空白。本课题的研究者都是中国学者，因此其独特的中国视野及思维方式，实际上也为外国神话史诗的研究开辟出了新的有别于欧洲中心模式的独特的研究视角。我们希望本课题的完成会进一步推进和完善我国本土神话史诗的研究，为中外神话史诗研究的合流接轨做一点铺平道路的基础工作。

5 本研究成果的主要内容和重要观点略述

本研究成果是多位专家的集体研究成果。每个专家研究的领域往往都很艰深、专门，因此很难进行简单的概括，而只能分别进行介绍。

本研究成果共包含 12 个大的专题。以神话学理论研究领起，然后就全世界范围内最古老、最有代表性的神话和史诗现象进行了重点研究。下面逐一进行介绍。

5.1　外国神话学研究专题

此部分重点介绍、分析西方的神话学理论，尤其是滥觞于古希腊的隐喻学派和历史学派的理论，同时对后来的语言学派、功能主义学派及心理学派均做了批判性阐述。对于各流派的渊源关系、实际价值及缺陷进行了尽可能客观的分析与评价，为下面各神话史诗子课题研究提供了理论借鉴。

此部分还首次在理论界提出了若干崭新的神话学观点，如：神话的文化暗示效应、神话成因多元互补系统论等。此外，这个专题还结合中国神话研究界的状况，对某些权威观点如"中国古代缺乏神话是由于中国北方自然条件恶劣"、"神话没有道德的教训目的"等进行了有理有据的辩驳，廓清了神话理论上的一些基本概念，同时对中国神话，乃至中国文化在道德上的某些优越性进行了较严密的论证。这不论在中国还是外国神话研究理论界都是颇具创新的理论命题。

此研究主张各国的神话学理论或曰神话解读法门与各个国家民族的整个地理、气候、资源、文化传统等密切相关，因此中国学者一方面应该有包容域外文化成果的胸襟，主张神话史诗解读法门多元互补系统论，另一方面也应立足中国文化生态条件建立自己的独特的神话、史诗研究理论体系。

5.2　外国史诗研究现状通论专题

本专题是世界史诗研究状况的简略总览，与第一专题神话学研究专题相辅相成，以期让读者理解和把握外国史诗研究的概貌。本专题首先讨论了史诗的定义和史诗的分类，如原始史诗（口述史诗）、书面史诗、神话史诗、微型史诗、历史史诗、哲理史诗和喜剧史诗等。

之后专题就史诗本体研究状况，如史诗版本的考据问题进行了概述。例如对史诗与生俱来的身份符号——书写材料——等问题进行了讨论，讨论涉及泥板书写、贝叶文学、莎草与羊皮上的文学作品等。

本专题对史诗母题的关注等也进行了概论式陈述，指出英雄主义母题几乎贯穿所有的史诗，但其他的母题，例如归家的母题、宗教母题等，也是史诗研究的重要因素。

最后，本专题对史诗理论研究问题进行了提纲挈领式的述评。例如对由史诗中常用的程式化语言引发的程式理论问题、歌者与表演问题、史诗与其他文体的关系问题等也进行了讨论。

5.3　苏美尔神话史诗研究专题

此专题主要为《恩美卡与阿拉塔王》个案研究。作者精通苏美尔楔形文字，能够直接阅读许多原始文献。

本成果论述了与《恩美卡与阿拉塔王》史诗研究相关的问题；讨论了该作品的文学地位、研究历史和故事梗概，对乌鲁克、恩美卡和阿拉塔做了历史解析；提供了该史诗的汉译和注释。

西方学者做的工作都是对作品进行文本整理、语言诠释和现代语言翻译，而本专题着重对文本进行新的阐释和解读，同时以文本为根据对相关历史人物、历史事件和某些概念做了新的阐释和解读。

5.4　古埃及神话研究专题

本专题研究的内容有二。一是古埃及神话的文化渊源，二是古埃及神话的文学特征。专题探究的方法也有二。一是求同性研究与求异性研究相结合的方法；二是本体研究与关系研究相结合的方法。通过此研究，首次将古埃及神话纳入人类神话的总体参照系中进行纵横观照，同时首次从文学的视域对古埃及神话进行全新的阐释与解读，因而具有一定程度的创新性，这也是本研究专题的突出特色。

本研究专题的主要建树分为两方面：一方面，在"古埃及神话的文化特色"部分的探究中，不仅归纳出了古埃及神话的文化独特性，而且也勾勒出了古埃及神话的文化关联性。古埃及神话的文化独特性主要体现在古埃及神灵的六大特征，即：1）神迹的普遍性；2）化身的多重性；3）形象的奇特性；4）形象的象征性；5）地位的流变性；6）关系的杂合性。其中，古埃及众神关系的杂合性又一分为三：即化身性杂合、创造性杂合和联姻性杂合。古埃及神话的文化关联性主要体现在古埃及神话的发展与流变与其他民族的神话之间的相互关系。该研究专题主要探究了古埃及神话同另外五大神话体系的关系，这五大神话体系分别是：1）古希腊神话；2）希伯来神话；3）古巴比伦神话；4）古印度神话；5）古代中国神话。通过探究可以明确看出，任何一个民族的发展都不是孤立的，而是与其他民族的文化网络体系交互作用的结果。

5.5 赫梯神话专题研究专题

本专题作者通赫梯语，其成果包含的赫梯史诗部分的研究在国内学术界尚属首例，具有开创性。作者具有良好的释读古文献的能力，对赫梯史诗进行了一个比较全面的研究。作者借鉴和吸收了国外最新和最权威的研究成果，从文献学的角度全面总结了赫梯史诗的文本情况，直接从赫梯语文本翻译了一些史诗作品，个别其他文本的史诗作品基于国际学术界认可的译本；在研究文本和赫梯文明史演进的基础上，探讨了赫梯史诗的诞生和发展以及形成的过程，从整个古代近东乃至同时代整个古代世界的视野下，揭示了赫梯史诗与本土和周边民族史诗文化的关系，挖掘了赫梯史诗的特点，特别是提出了一些分析和思考，如赫梯史诗诞生的自觉性和赫梯化的原因等问题。这些领域未曾有西方学者探究。赫梯史诗是古代史诗的一部分，它的特色使其在世界史诗文化中占有一席之地，它丰富了古代史诗文化，对我国外国史诗文化和外国文学的探讨和比较研究具有一定的学术价值。

作者指出了我国学术界忽视赫梯史诗研究的状况，建议中国学术界应该建立起真正意义上的外国文学研究的体系，改变以往只重视历史上某些大国或者某些地区的文学研究的局面。

5.6　古印度神话史诗研究专题

本专题作者精通梵语。作者认为，中国广大读者了解印度两大史诗《罗摩衍那》和《摩诃婆罗多》不是通过两大史诗的中文全译本，而是通过从英语和俄语翻译过来的改写本或浓缩本。两诗的中文全译本很晚才和读者见面，前者是在20世纪80年代早期，后者晚至21世纪初。所以，在完整的全译本面世前发表的有关两大史诗的论述，除了依据阅读梵语原本或其他印度国内外的语言全译本（如英语、俄语、印地语等语言全译本）所撰写的外，其他的都属于介绍性的文字，而不是严格意义上的研究性论述。中文全译本先后出版后，情况就不一样了。任何学者或读者都可以了解史诗的全貌，而不受限于他人提供的内容。读了全译本后，他们都会有自己的感受和独立的见解，也会希望了解印度学者的看法和评论，并进而了解印度以外的欧美学者的看法和评论。于是他们也写出了中国学者的评述，走上了研究印度两大史诗的坦途。

欧美学者，由于他们的文化传统中有希腊文化基因，而希腊正好有荷马的两大史诗，他们发现印度古代也有两部（其实不只两部）长篇叙事诗歌，于是将希腊史诗和印度两部长篇叙事诗对应上了。其实，印度人认为：《罗摩衍那》是"大诗"（这点与史诗区别不大），而《摩诃婆罗多》则是"历史传说"（或者译为"古事记"puran）而不是诗，虽然形式上是诗。在论及作品本身时，作品产生的时代、年代、地区、背景等方面的分歧和问题更多。现在，争论似乎不那么激烈了，这不表明问题已经解决，只不过是暂时搁置一边而已。

作者介绍了分解的理论、主题倒置论和综合理论,并分析了坚战、毗湿摩和黑天三个人物形象,讨论了悉多的爱情悲剧。

5.7 希伯来神话研究专题

本专题作者通希伯来文,着重阐述了希伯来神话的古代近东文学背景。目前所有的研究希伯来神话史诗的汉语学术作品只描述希伯来神话的内容,本专题则是将这些内容放到作品形成的古代近东背景中,发掘这个文化的神话对古代近东文学传统的传承。

该部分内容主要包括以下的具体部分的讨论:

1. 神话传说:《创世记》1—11章中创世和大洪水神话;《出埃及记》的传说故事;希伯来神话传说的主题;希伯来神话的固定角色;希伯来神的活动空间;关于口头创作的讨论;摩西五经之外的神话传说;希伯来圣经之后犹太作品中的神话传说。2. 为什么说希伯来文化没有史诗。3. 乌加里特神话传说和史诗与希伯来圣经:乌加里特文学综述;巴力神话和希伯来神话;克累特的传说;神话传说和希伯来社会律法。

本专题对希伯来神话史诗的讨论有一个不同于前人的重要创新,即提出了希伯来文化没有史诗的这一理论。作者强调,希伯来文化中之前学者认为是史诗的部分,其实作品中位居第一的主人公无一例外地是以色列的神亚卫,并非其中的任何人类角色;而史诗的主角应该是一位或者几位显著的英雄人物。这是受犹太一神教禁止个人崇拜的教义的影响。并且这些作品中的任何一个人性角色,从历史学的角度目前也无法证明其真实存在。所以,希伯来圣经中这些内容既非"史",也非"诗",这是希伯来文化中并无严格意义上的史诗的原因。这个观点属于希伯来神话史诗研究的前沿创新理论。另外,该作者基于对古代近东多种语言本身和文学作品原始文本的多年研读和学习,着重给出了各个对希伯来神话有重要影响的古代近东神话史诗作品原文的汉语翻译。这些翻译许多都是学术史上的第一次。乌加里特神话史诗作品的介绍和翻译,填补了这方面研究的空白，对该学科做出了独特的贡献。

5.8　古希腊神话史诗研究专题

本专题作者通多种语言（包括古希腊语）。作者从古希腊神话和古希腊史诗的某些片段切入，以点带面，进行了小中见大式的分析、解剖，分别论述了荷马史诗中描述现象的现实逼真度，讨论了古希腊众神住所与古希腊现实社会的距离，认为一切神话都多多少少和社会现实具有某种程度的相似性。但是，荷马史诗中描写的神话现象与社会现实呈现出一种奇特的较高程度的逼真度，与其他神话截然不同。文章探索了宙斯权力集团与未来西方利益集团社会结构机制有某种相似性。文章论证古希腊神话、史诗中的宙斯权力集团虽然形式上是一个大家族结构，实质上却是比较典型的利益驱动帮派集团，为后来的古希腊社会、中古西方社会乃至现代西方社会的基本结构形态奠定了社会结构的雏形。古希腊神话与史诗虽只是一种变态缩影，但它实际上具有强有力的意识形态暗示、诱导功能。借助于它们，利益集团社会结构日益强化，其影响也日益加大，一定程度上深刻暗示、诱导了未来相当长一段时期的西方社会结构。针对古希腊众神品德与古希腊人品德，论文专门讨论了主神的若干道德缺陷，尤其是宙斯在性爱方面的道德缺陷。论文还就赫拉形象的划时代意义及其在性爱方面的道德优势进行了论证。之后，作者就荷马史诗的主题（阿喀琉斯的愤怒）从文本分析入手进行了比较深入的讨论，指出愤怒主题具有多方面的象征性意义。

论文还从古希腊神话与中国神话比较中探讨了中西文化精神。认为古希腊神话与古希腊文化中的道德价值系统同构。作者认为，从赫西俄德的《神谱》，到荷马史诗，到古希腊悲喜剧，诸如俄狄浦斯杀父娶母这样的情节，在西方世界可谓家喻户晓，它们没有被巧妙地遮盖起来，而是极其鲜明地成为西方人知识系统中的有机组成部分。这种文化现象势所必然地产生巨大的文化后果，以及巨大的乱伦暗示效应。作者强调了古希腊神话的人格化、现实性特征和对真理、智慧、荣誉、爱情的追求及对谨慎、技能、民主与自由精神的张扬，对竞争、利己、尚武精神的偏爱。而中国神话则是颇具理想化、浪漫化特征的神话，与古希腊神话相比，有鲜明的救世精神、利他主义精神、实用精神、抑强扶弱精神、礼让与均等精神、追求和平与反战的精神，等等。作者在文中提出了若干神话和史诗研究界从未提出过的新观点。

《奥德赛》研究着重从文本本体、认识视野以及理论探索三个层面进行分析。首先从文本本体来说，史诗运用倒叙、插叙的表现手法，记录了古希腊的社会生活状况，为后人提供了一面了解古希腊历史的镜子。歌者通过人物之口和自己的声音，传达出对生命、自然以及人本身的思考，其中彰扬的克制、忍耐、忠贞、坚持等品质，反映了人类在恶劣的自然条件下发展起来的朴素自然观和价值论。因此，现代分析要尊重文本的真实语境，避免对人物和文献进行"过度解读和消费"。其次，就认识视野来讲，史诗中刻画了人的世界、神的世界以及人神之争的场面，在延续《伊利亚特》传奇色彩的基础之上，更加浓墨重彩地凸显人的坚韧和集体力量的重要性。另外，史诗通过描述人神世界，一方面反映了古希腊的社会风俗，另一方面彰显了人神世界的天壤之别。奥德修斯作为人的代表最终得以胜利归家，体现了人类的优越性。同时，通过奥德修斯的际遇，烘托出人世最好的主题。最后，理论探索方面，口述史诗的特点及历史传承决定了其程式化的结构和语言风格。同时，口述史诗的形式也体现了文字在进化过程中作用的分流：一方面语言作为文学艺术的载体，在历史的发展进程中，理解成本递增，受众面递减，成为"精英文学"；另一方面，语言文字作为知识的记录媒介，在知识普及过程中，书面文字求真胜过求美，要尽量避免设置理解障碍。因此，论文强调，文字的两种功能要加以区分。

本专题还就《奥德赛》的复调结构进行了研究，分析了《奥德赛》史诗中使用的平行或对称的"环形结构"。鉴于以前的类似研究几乎都侧重从文学、神话、宗教角度理解《奥德赛》，此次研究选取了古典政治哲学这个或许更贴近人类精神生活的基本维度，深入挖掘其重要内容。具体而言，"生存"或个体的存在问题既是海德格尔式的哲学问题,更是古典政治哲学由之出发的"原点"。奥德修斯的几乎所有选择都以此为基础,如果不能说以此为目标的话。而"生存"进一步提升,就会碰到尼采所谓的广义的"权力"问题。作者深化了作为古典政治哲学重要问题的"诗与哲学的古老论争"在《奥德赛》中的表现。

作者建议:我们不能因为古希腊诸神道德行为卑下的产生具有其历史必然性,便将之升格为道德正当性,对之无动于衷。不能默认宙斯主神所代表的低下的道德品格。中国人一定要注意防范外国神话史诗(例如古希腊神话史诗)有可能带来的相当严重的乱伦暗示效应。

5.9　古罗马神话史诗研究专题

本专题作者通古拉丁语。作者主要讨论了维吉尔史诗《埃涅阿斯纪》中朱庇特的形象和作用。在文中,作者先回顾了荷马史诗中对神灵的描写如何遭到古希腊早期哲人的批判,然后介绍了维吉尔在创作史诗过程中受到荷马史诗以及古代笺注传统的影响,因而不可能再以高度拟人的方式(anthropomorphism)刻画神灵。然后,文章着重分析了维吉尔史诗中主神朱庇特与命运(fatum)的关系,说明诗中的朱庇特更像是命运的代言人,而不是主宰命运、凌驾于命运之上的神祇。论文深入分析史诗的拉丁原文,广泛参考英、法学者的研究著作,言之有据,不尚空谈。

作者还专门补写了《埃涅阿斯传说的演变》一章,探讨埃涅阿斯这个荷马笔下的人物,如何演变为维吉尔《埃涅阿斯纪》中的人物。在《埃涅阿斯纪》写成之前,埃涅阿斯的传说已然成为罗马的"民族信仰"(national creed)。而维吉尔将这一信仰铭刻在自己的史诗中,强化了罗马人对自己文明起源的理解和民族身份的认同。以埃涅阿斯逃亡、漂泊、建国的神话传说为《埃涅阿斯纪》的主题,是维吉尔经过深思熟虑的结果。这个极富政治和宗教意味的传说,来源于荷马史诗,创立于致力文化扩张的希腊人之手,后又被罗马人借用来定义自己的民族起源，而且又与罗马内战、与恺撒和屋大维都息息相关。维吉尔接手的便是这样一个经过历代改编、重解的神话，他需要参酌这个传说的各种版本和各式的"变形"，对既定的素材做精心的修改，还需对挥之不去的负面因素（叛卖）做隐蔽的修正，最终才能形成罗马立国的官方神话。考察这一传说的流变，让我们对维吉尔的文学传承以及史诗的政治背景产生更深的理解，也能让我们对神话传说在后世如何被后人用于特定的政治或文化目的，提供一个极有代表性的案例。

5.10 伊朗古代神话和史诗研究专题

本专题作者通古波斯文。此研究是我国学者对伊朗古代神话和史诗进行的一次系统梳理与探讨。本专题介绍了琐罗亚斯德教的教义、神魔体系及其世界观和宇宙观。本文作者通过阅读伊朗国内外学者对史诗《列王纪》的主题思想的大量论述，明确这部史诗的主题是琐罗亚斯德教所倡导的三善（善思、善言、善行），并进一步分析了善的含意，从宗教信仰、社会生活及个人操守等三个方面和不同时代（神话传说时代、英雄故事时代和历史时代）阐述了善的不同内容，说明在史诗作者本人论述、人物性格塑造和故事情节安排等方面所体现的善的思想，具体分析了善恶两类人物不同的表现及不同的命运和结局。这样的论述在目前学者同类著作中尚未见到。

5.11 古英语史诗《贝奥武甫》主题研究

本专题作者精通古英语和中古英语及相关文献，其研究在此领域很有代表性。《贝奥武甫》是迄今我们所知最古老的英国民间史诗，也是中世纪时期最早用当时欧洲方言写成的长篇诗作。全诗共3182行，分为引子及长短不一的34个诗节。《贝奥武甫》对丹麦及耶阿特国荣辱兴衰的高度关注，对英雄业绩的全力颂扬，对宫廷宴席礼仪的细致描述，对盎格鲁-撒克逊时期英国社会习俗、观念的深沉思索，加上它那华丽超脱的诗体以及洋洋洒洒的文风，使这部作品添加了一层古典史诗式的恢宏色彩。

《贝奥武甫》最早取材于日耳曼族民间传说，随着盎格鲁-撒克逊人的入侵传入今天的英国，经过几代人在各宫廷间说唱传诵，于盎格鲁-撒克逊时代晚期逐渐形成现存版本的规模。大约在 9 至 10 世纪之间，这部诗作曾被至少两位诺森布利亚或麦西亚的教会人士抄写成册。这就是险些毁于 1731 年克顿（Cotton）图书馆大火之中、如今藏于大英博物馆的该诗的唯一原始稿本，即 Cotton Vitellius A. xv 手稿。

《贝奥武甫》体现了非基督教的古日耳曼文化和基督教文化两种不同的文化传统。在这种氛围下逐渐创造出来的贝奥武甫形象本质上是一位异教武士，但他的身上又兼具基督教所宣扬的精神特质。这种两样文化特征兼而有之的英雄无疑十分符合那特定过渡时期王侯贵族的心理需求和审美趣味。

关于这部史诗的结构，历代学者见解不一。但是，占据主导地位的观点认为，全诗应分为两大组成部分。第一部分始于叙述赫罗斯迦身世的引子，到贝奥武甫追杀妖母并奏凯而归；第二部分记述了 50 年后贝奥武甫以老迈之躯只身奋战火龙的壮举。《贝奥武甫》在风格上也很有特色。它无尾韵，以四拍头韵的古老诗体成诗。由于古英语词汇的重音通常落在字首的第一个音节，这一时期的古英语诗歌无一例外地选择了头韵这一声韵格式。在遣词造句方面，《贝奥武甫》也充分体现了口头文学的特点。据统计，全诗在短短的三千余行中共有四千多个不同词语。这四千多个词语中，约有三分之一是复合词。

5.12　德国神话史诗《尼伯龙人之歌》研究

本专题作者精通德语。其研究填补了中国对于德国古代神话史诗研究的空白。作者自 20 世纪 80 代开始搜集、整理和研究这方面的材料。作者三次去德国访问，都曾就有关史诗的问题与德国同行进行交流，掌握了比较充分的资料，先后做了一些文字方面的准备。继作者的《尼伯龙人之歌》全译本于 2000 年出版之后，作者又写了《德国文学史》第一卷德国古代文学部分，已于 2006 年出版。这两本书都是作者做《尼伯龙人之歌研究》项目的依据和基础。

《尼伯龙人之歌研究》包括八个部分，主要探讨史诗的题材来源，作者的身世，故事从口头文学到书面文字的过渡，以及作者如何用古代日耳曼的英雄传说表现 13 世纪德国骑士阶级的宫廷生活，诸侯的矛盾斗争和他们同归于尽的必然命运。这里需要特别强调与以往不同的两点：1）书名的翻译问题。经过史料考证，古代勃艮第国有一个王族称尼伯龙（中古德语称 Nibelunc）。相传，他们拥有一大批宝物。后来有人将这个传说与在北方流传的另一个关于日耳曼英雄西古尔德打败尼伯龙克和希尔蚌克两个王子并占有其全部宝物的传说融合在一起，创作了这部史诗。全书讲述的都是这些"尼伯龙人"从兴盛到衰亡的故事。故这部史诗的书名应译为《尼伯龙人之歌》而非《尼伯龙根之歌》。2）《尼伯龙人之歌》的定位问题。德国骑士-宫廷文学包括诗歌和叙事体作品即史诗两部分。叙事体作品中，一种取材于外国传奇，如亚瑟传奇、圣杯传奇等，人物都是这些传奇中的骑士，故事内容都是虚构的；另一种如《尼伯龙人之歌》是取材于本土的古代英雄传说，作者借助古代的英雄人物表现 13 世纪宫廷骑士的生活方式、思想观念、道德标准和理想追求。这种叙事体作品同样是代表封建贵族阶级的利益的，只因材料来源、故事内容、叙事方式、人物命运的归宿都与前一种不同，故称"英雄传说"。因此，《尼伯龙人之歌》既不属于传统的英雄文学，也不属于民间文学，它是一部古代英雄文学和中世纪骑士-宫廷文学两种成分混合而成的新的统一体。

5.13—14 西班牙语史诗研究、拉丁美洲神话概述

本专题作者精通西班牙文并能阅读多种外文，其研究包括三项内容：西班牙史诗《熙德之歌》研究、《阿劳卡纳》和高乔人史诗《马丁·菲耶罗》研究以及拉美神话研究。题目很大，不过目前国内在这方面的研究均处在起步阶

段，可借鉴的资料甚少，因此，本研究项目堪称奠基之作。西班牙史诗《熙德之歌》虽有三种中文译本，但无人做过专门研究，本研究项目就史诗与作者、情节与人物、史实与史诗、内容与主题、韵律与风格、地位与影响诸方面，进行了条分缕析的梳理与钩沉，确实为今后的研究奠定了一个很好的基础。

本专题作者撰稿时，史诗《阿劳卡纳》国内尚无译本，只是在《拉丁美洲文学史》中有简略的介绍。本专题对史诗的作者、内容和特点进行了较为详细的评介，为今后的研究创造了条件。

阿根廷高乔人史诗《马丁·菲耶罗》由本专题承担者翻译成汉语，国内已经出版了两种版本（湖南人民出版社和译林出版社）；2008年阿根廷又出版了西、英、汉三语版的《马丁·菲耶罗》；2011年马丁·菲耶罗的塑像已矗立在我国青海湖畔的诗歌广场上。作者在翻译和研究的基础上，对这部"高乔人的圣经"进行整理，为我国读者了解这部阿根廷经典创造了条件。但是，鉴于这部高乔人史诗不宜归属于古代史诗这个范围，因此这部分研究只作为附录性质的辅助资料。

拉丁美洲神话专题对玛雅、阿兹特克和印加三大脉络进行了分析、介绍和总结。作者依托西班牙文第一手资料开展研究，为今后这方面的研究开了先河。

余论

从事本课题研究的专家需要有相应的古代语言文字知识，例如能够直接阅读古楔形文字、古埃及象形文字、古梵文、古希伯来文、古希腊文、古拉丁文、古波斯文等原始文献。而从事本项目研究的专家基本上都具备相应的能力。让这么多专家共聚一堂，研究同一个神话和史诗课题，这在中国还是第一次。本项目成果主要对国外古代神话和史诗进行了重点研究，但是研究视野比较广阔，跨越了世界上代表性古代文明如苏美尔、古埃及、希伯来、赫梯、古印度、古希腊、古罗马、伊朗古代文明中的神话史诗现象。许多研究结论是从事这些领域研究的专家们多年的学术结晶。因此，我们相信此成果具备应有的学术价值。成果还有一个特点：理论性研究和实证性研究统合兼顾、神话和史诗研究统合兼顾、文学和文化两个层面统合兼顾。这种研究方式是一个尝试，希望能够对后来的研究者提供一点启发。当然，本成果由于跨度太大、包容面太宽，而研究者人手太少，不可能进行面面俱到的阐述，有若干方面限于专家奇缺和时间不足等因素，还有待今后逐步完善。

6 神话和史诗的差别与关系略论

关于神话，主要是古代神话的定义，本项目设有专章讨论，这里不多重复。关于史诗的定义，下面亦有一专题讨论，此处也不赘述。这里要着重讨论的问题是古代神话和史诗的主要差别，尤其是它们之间的相互关系。

6.1 古代神话和史诗的主要差别

神话和史诗拥有一些共同因素，只是各自拥有的程度不同。但是也有一些因素是神话或史诗各自独有或特别强调的方面。下面对古代神话和史诗的差别从七个方面略加陈述。

从时间上来说，神话通常先于史诗。例如苏美尔神话、古埃及神话、古希腊神话等，在发生的年代上通常都大大地早于史诗。神话与神话产生的社会具有同构因素。同理，史诗与史诗产生的社会具有同构因素。以古希腊神话史诗为例，古希腊神话可以说主要是母系社会的产物，而古希腊史诗则主要是父系社会的产物。

从功能上来看，神话常常反映原始初民的历史、道德原则及世界观；而史诗尽管也不同程度地具有这些因素，但是却有更突出的娱乐、审美因素。

从主题内容来看，神话多半与天地形成、人类起源等最原始的传说有关，或多半与民族迁徙、民族战争等诸多重要历史阶段的重大历史事件有关。而史诗尽管也不同程度地兼有这些因素，但是却往往更突出与人类紧密相关的重要历史阶段的重大历史事件。

从人物形象来看，神话的主角更多的是神灵或超自然的形象；而史诗尽管也不同程度地具有这些因素，但是却更突出与人类紧密相关的英雄人物。例如荷马史诗《伊利亚特》就主要是英雄史诗，是"希腊由野蛮时代带入文明时代的主要遗产"。[①]

从叙述规模来看，神话往往相对说来篇幅短小、零碎，而史诗的规模却往往系统、庞大。

从叙事情节来看，神话往往情节比较单一，故事相互间的联系相对松散、有时甚至有矛盾；而史诗的叙事情节却有较强的内在有机联系，并且往往繁复、冗长。

从语言艺术性来看，神话往往用语简朴、单纯，修辞手段相对简单。而史诗的用语却倾向于华美、整饬、多用比喻，其音乐性（例如节奏和格律等）已达到相当高的程度，这方面与神话的差别最大。

6.2　神话和史诗：对立与统一关系

神话是史诗的重要源头。或者换一种说法，就主题内容而言，史诗的主题内容是神话主题内容的继承、深化、有时是改造。就艺术形式而言，史诗是神话形式的革新和升华。

神话发展到史诗，经历了漫长的过程。古代神话不等于古代史诗，但几乎所有的古代史诗都离不开古代神话。神话向史诗过渡的过程，映现着人类社会本身的变迁过程。人类社会本身在逐步产生变化，神话本身也经历了类似的衍变过程。

神话最终发展成为史诗，具有相应的发展环节。用哲学术语来说，发展是对立面的斗争。神话发展为史诗，也是通过某种斗争过程实现的，这一斗争过

[①]《马克思恩格斯选集》，第4卷，人民出版社，1972年，第22页。

程体现在史诗对神话的否定。从艺术形式角度看,史诗对神话的否定表现在史诗在艺术形式与内容上对神话这种早期艺术形式的否定。例如,简短的叙事被繁复、冗长的叙述所取代;零碎而缺乏有机联系的叙述被系统、富于情节性的叙述所取代;简朴的语言叙述被壮美、富于修辞手段的语言叙述所取代。不讲究节奏、韵律的叙述形式被高度格律化、音韵化的形式所取代。一句话,具有高度艺术效果的新的艺术形式产生了,它与神话大相径庭。从一定的艺术功能上来看,史诗走到了神话的反面,完成了对神话的否定,显示为一种新的高级阶段上的艺术发展。

但是史诗无论怎样发展,也并没有完全脱离神话。同样用哲学术语来说,发展诚然是对立面的斗争,但是发展也是对立面的某些因素在新的层面上的肯定和继承。换言之,神话发展成为史诗,离不开神话和史诗之间的联系环节。这个联系环节主要表现在:史诗中的许多主题、内容,尤其是道德价值观来源于神话。这些特点在古希腊史诗中表现得特别鲜明(参见古希腊史诗研究部分)。

可见,神话与史诗尽管在一些层面上是对立的,在另外一些层面上却又是统一的。

6.3 神话和史诗的盛衰与特定的环境和社会状况呈反比或正比关系

人类的文化成就往往是人类在应对自然环境和社会环境的挑战的过程中创建起来的精神成就。神话和史诗都是人类远古文化中的代表性成就,因此,它们当然都和特定的自然环境和社会环境有必然联系。换句话说,神话与史诗产生与发达的根源在于其所依存的自然环境和社会环境状况。这里提到的社会环境,包括生产力、生产关系、文化积淀等。

那么,古代神话和史诗各自与什么样的自然环境和社会环境相联系呢?我认为主要有两种有机联系,即:1)神话和史诗与人类的自然环境征服能力的有机联系；2）神话和史诗与人类的所处社会环境的有机联系。下文试分论之。

6.3.1　神话和史诗与人类的自然环境征服能力的有机联系

一般说来，就自然环境而言，古代神话产生在人类征服自然、改造自然的能力相对较弱的时代；古代史诗产生的时代，人类征服自然、改造自然的能力要强于神话时代。上文提到，古希腊神话主要是母系社会的产物，而古希腊史诗则主要是父系社会的产物。当然，其他民族和国家的神话不必总是要产生在母系社会，史诗也不必总是要产生在父系社会，但是，就古代神话和史诗而言，它们的产生与各自所处时代人类征服自然的能力强弱相联系，这个结论是站得住脚的。马克思在《〈政治经济学批判〉序言》中说："任何神话都是用想象和借助想象以征服自然力，支配自然力，把自然力加以形象化；因而，随着这些自然力之实际上被支配，神话也就消失了。"[①] 马克思阐述的这个原理无疑是正确的。所谓"征服自然力，支配自然力"指的就是人类试图应对自然环境的挑战，协调与自然环境之间的关系。在人类征服自然的实际能力（例如生产力）比较低下的时候，便不得不"用想象和借助想象以征服自然力，支配自然力"。随着人类征服自然的能力（尤其是物质生产能力）的逐步提高，原来意义上的神话产生模式渐渐失去效用，而不得不让位于史诗模式。神话与史诗的盛衰更替现象，反映了人类生存模式的演进，反映了人类认知能力的演进，反映了人类征服、改造自然的实际能力的演进，当然也反映了人类审美趣味的演进（例如艺术性大大提高，尤其是语言叙述艺术）。因此，一般说来，神话的发达与否与人类征服自然的能力呈反比关系；史诗的发达与否则与人类征服自然的能力呈正比关系。神话越是发达，越是意味着在它们产生的时代人类的生

---

① 马克思：《〈政治经济学批判〉序言》，见《马克思恩格斯选集》第 2 卷，人民出版社，1976 年，第 113—144 页。

产力低下。史诗的发达则相反，它标志着人类生产力较之神话时代而言，有了很大的进步。也许人们会反驳，说《荷马史诗》所产生的时代是一个黑暗的时代，在文明方面与迈锡尼文明相比甚至是退步的时代，为什么荷马史诗恰恰在这时候产生了呢？这个问题是一个误解。第一，现存的《荷马史诗》并非只是荷马个人的产物，也并非只是古希腊时代的产物。它由古希腊若干时代若干民族的若干民间行吟歌手集体口头创作和若干学者润色修订而成。荷马史诗实际上包括了迈锡尼文明以来多少世纪的口头传说，到公元前6世纪才写成文字。我不否认盲诗人荷马可能在这部史诗的整理加工中发挥过关键性作用，但只以荷马所处时代来作为举证的依据是不严谨的。因为此前的若干战争因素（尤其是多利安人的入侵）毁灭了迈锡尼文明，而不是荷马时代故意毁灭了迈锡尼文明。第二，退一步，就以荷马时代的状况来看，荷马史诗产生的时代的确较之前的时代在文明，尤其是社会制度方面有所退步，但是它的征服自然的能力如生产力却大大进步了。和产生古希腊神话的母系时代相比，荷马时代的生产力进步了很多倍。公元前二千年代末至公元前一千年代初，希腊由青铜器时代向铁器时代过渡。铁器的使用，标志着生产力的巨大进步。从《荷马史诗》中可以看到，在公元前10—前9世纪，希腊人已经掌握了铁器的冶炼，并已将铁器广泛地运用到农业和手工业的生产中。铁器的使用，极大地提高了社会劳动生产力，促进了经济的发展。恩格斯指出："野蛮时代高级阶段的全盛时期，我们在荷马的诗中，特别是在《伊里亚特》中可以看到。发达的铁制工具、风箱、手磨、陶工的辘轳、榨油和酿酒、成为手工艺的发达的金属加工、货车和战车、用方木和木板造船、作为艺术的建筑术的萌芽、由设塔楼和雉堞的城墙围绕起来的城市、荷马的史诗以及全部神话——这就是希腊人由野蛮时代带入文明时代的主要遗产。"[1] 由此可见，史诗的发达与人类征服自然环境的能力（如生产力等）确实有某种必然的联系。简单说来，这种必然联系与技艺的发达紧密相关，生产力的发达往往与生产工具的改进和生产知识的积累性提高紧

---

[1] 《马克思恩格斯选集》第4卷，人民出版社，1972年，第22页。

密相连，而这都典型地表现为某种技艺性提高。正是在技艺这个层面上，史诗与生产力的发达成正比关系的原理得以体现，因为史诗较之神话的最大区别，也恰恰在于史诗的叙述性技艺——语言艺术——有了极大的提高。神话的文学性特点逊于史诗。史诗的文学性特点已经达到很高的程度。文学的艺术可以说主要就是语言艺术，故史诗的相对高的文学性特点也标志着史诗具有很高的语言性艺术。简而言之，生产力要得到发展，非常依赖技艺的发展，这种对生产技艺的鼓励连带地促成对一般性技艺的强调，故文学技艺也必然得到相应的鼓励。因此，神话的文学性特点会被日益增强的文学技艺（例如语言叙述技巧）大大强化，就不言而喻了。所以，就文学技艺而言，史诗的发达与否确与人类征服自然的能力呈正比关系。

6.3.2 神话和史诗与人类的所处社会环境的有机联系

古代神话和史诗与社会环境的关系比它们与人类征服自然能力的关系要复杂得多。例如，东方神话和史诗与西方神话和史诗各自受所处社会环境的影响和制约有很大的差别，难以一概而论。就东方神话和史诗而言，由于其所处的社会通常都很强调正面的道德价值观，因此，东方的神话和史诗具有颇多的向善的伦理寓意（尤其是受到宗教影响的神话和史诗），例如苏美尔的神话和史诗、古印度的神话和史诗、古埃及的神话、希伯来的神话和中国神话等，大多比较强调正面的道德价值观，很少宣扬负面的道德价值观（例如常常强调有德者为王而不是强调强者为王）。而西方神话和史诗的情况却很不一样，其中包含的正面的道德价值观比东方社会中产生的神话和史诗中包含的正面价值观明显少得多。尤其是以古希腊社会中产生的神话、史诗为代表，其包含的道德价值观中宣扬强者为王、宣扬个人英雄主义的成分十分突出（参看古希腊神话和史诗研究部分）。为什么会产生这种情况？这可以从所处时代的社会结构得到某些答案。古希腊神话中的一部分产生于母系社会中，其道德价值观中的负面因素相对较少。而产生在父系社会中的神话和史诗，其道德价值观中的自私主义、个人英雄主义、强者为王观念就比较突出。因为父系社会中各种利益冲突日益加剧,原始氏族制度的平等观念逐步动摇。男女之间的差异逐渐变成一种不平等。从《荷马史诗》中的一些文字看,女子既不能参与公民大会和公共事务,也无权管理家庭事务,只是作为奴隶的总管,她们的地位甚至不如家奴。这些现象都表明,当时的希腊社会已经向以私有制为基础的奴隶制过渡。古希腊社会往往有相对明显的利益集团社会结构,与东方的宗法式的社会结构、尤其是与传统中国的大家族社会结构有颇大的区别,因此其酝酿、滋生出的神话和史诗中的价值观自然是与这样的社会结构是同构的。换言之,神话中包含的意识形态与神话所处的社会状态具有同构关系。史诗中包含的意识形态也与史诗所处的社会状态具有同构关系。一般说来,母系社会必然重德甚于重力,父系社会必然重力甚于重德。仅就西方有代表性的古希腊神话而言,其中叙述盖亚及十二泰坦巨神关系的神话与母系社会结构关系较多,而叙述宙斯系统的神话和史诗则与父系社会结构关系更密切。

马克思说:"神话中女神的地位表明了早期女子还享有比较自由与受尊敬的地位,但到了英雄时代,我们便见到妇女地位已因男性的支配与奴婢的竞争而降低了……英雄时代的希腊妇女要比文明时代的妇女更受尊敬,但是归根结底,她对于男性仍不过是他的嫡子之母、他的主要的管家婆和女奴隶的总管而已……"古希腊史诗《伊利亚特》中描写的主要人物多半是英雄时代的人物(例如阿喀琉斯和赫克托尔这样的人物)。围绕对这些人物的描写,我们可以很容易地看出父系时代的男性高高居于女性之上的证据。可以说,荷马时代的神话完成了由女性神格向男性神格的演变,这在荷马史诗中得到了最充分的体现。父权制最终取代了母权制,史诗最终取代了神话。这种同构关系是一目了然的。

社会结构的改变带来文化结构的改变,这是很容易理解的现象。恩格斯指出:"母权制的被推翻,乃是女性的具有世界历史意义的失败。丈夫在家中也掌握了权柄,而妻子则被贬低,被奴役,变成丈夫淫欲的奴隶,变成生孩子的简单工具了。"①随着母权制这种社会结构的消失，与之同构的女性神话体系也相应发生了重大转变，逐步转化为以男性神格为中心的神话体系。因此，母权制的被取代不仅是女人在现实世界的失败，同时也是女神在父系神灵系统（例如宙斯系统）中的失败。

凡是具有家族结构的社会结构，由于以血缘关系为纽带，都势所必然地相对重德而不重力。因为既然是同一个家族，所有的成员就都是自己人，当然不主张争斗而主张和谐共处。这也是传统中国社会提倡重德而不重力的关键因素，因为传统中国社会是一个大家族社会结构。同理，母系社会由于以血缘关系为纽带，因此也就注定它是相对重德的社会。而在父系社会结构中，血缘关系纽带减弱，加之社会分工导致男性力量优势的增强，②母系社会遂慢慢瓦解而导致父系社会的产生。与之相应，原来的重德文化逐步向重力文化发生转变。古希腊神话和史诗中描写的宙斯的反叛就意味着这种转变的完成。宙斯反叛的本钱是什么？力的强大。宙斯的力主要以他的雷电威力为代表。力或电力与一般性的技术类作用是同功能的。宙斯的力（雷电）代表了古老的神话科技力量。有了这样的力就成为强者。强者为王原则取代有德者为王的原则对应着若干父系社会—母系社会、史诗系统—神话系统的结构性因素。当然，这个模型主要适用于解释西方尤其是古希腊的神话与史诗的关系，不一定适用于东方的神话、史诗系统。但是，有一点是无疑的，即：不论是东方的还是西方的神话、史诗系统，都一定和它们各自所处的社会结构具有同构关系。因此，要把握一个民族的神话、史诗的本质性因素，一定要首先把握住该神话和史诗所处的社会结构。换句话说，神话和史诗与人类所处的社会环境的有机联系具有多样性，有多少种社会结构，就会有多少种有机联系。唯一的、一成不变的有机联系是不存在的。

---

① 恩格斯：《家庭、私有制和国家的起源》，人民出版社，1972年，第54页。
② 同上。恩格斯《家庭、私有制和国家的起源》："妇女的家内工作，现在跟男人的谋生的劳动比较起来就失掉意义，男子的劳动是至高无上的，而妇女的工作则成为无足轻重的附加物了。"

6.4 神话演变为史诗：神性的衰减和人性的张扬

根据马克思主义的基本原理，社会物质生产的发展和为其所决定的人的社会关系的复杂化，推动了神话系统的发展和演变。神话终于演变为史诗。但神话演变为史诗，不是一蹴而就的，它经历了神性衰减和相应的人性增强的过程。

所谓神性，指神话本身所常常表现出来的宣扬神灵特点的性质。所谓人性，指神话中显示出来的人的因素。

当人类自身的能力极弱、根本无法对自然环境施加影响、只能完全顺应自然时，他是自然的依附者。在他的眼中，自然就是神灵，神话正好反映了这时的人类对于自然界的认识。故神话中对神灵或神性的强调是自然的，也是必然的。

但是，随着人类社会物质生产的发展和为其所决定的人的社会关系的复杂化，人对自然的认识逐步提高、加深。人类终于明白，神话中表现出来的神性或神格，不过是人类自身人格的无意识投射或变态反映。人征服自然的能力一步步得到证明；人慢慢发现了人自身。于是神话中的神格因素在史诗中逐步衰减，而人格的因素在史诗中逐步增强。于是我们发现从神话到史诗的发展进程中，出现了全神格、半神半人格、全人格等单一或混合的多种状态。于是最初的神话逐步经历了全神话、半神半人话、全人话的过程。神话中的神性衰减，人性增强，于是史诗的因素逐步增强，最终取代神话，形成一种新的高级的文学样式和历史叙事样式，这就是史诗，尤其是英雄史诗。古希腊史诗就是这方面的英雄史诗的典型。有学者认为："如果说创世史诗初步透露出了人将取代神的信息的话，那么英雄史诗就是人类历史上第一次自觉地发现了人（文艺复兴时是第二次更自觉地发现了人）。"[①] 这个说法是符合事实的，但是这个说

[①] 吴蓉章：《民间文学理论基础》，四川大学出版社，1987年，第157页。

法还可以向前推进。人类历史上第三次自觉地发现人是在19世纪科学开始大发达的时代。随着尼采之类哲学家发出的"上帝已死"的哀叹，随着达尔文进化论的提出，神性被完全抛弃，人性被拔高到最高程度。神话和史诗记录了人自身觉悟的过程。人首先创造了神，并无条件服从于神；之后，人发现了自己与神的同构性，神格与人格交相互构（例如荷马史诗）。这个演变过程当然不会终止于荷马时代。最后，在近现代文学作品中，人抛弃了神格，独尊人格，结果人自己取代了神。反映在神话和史诗中的神性的衰减和人性的张扬经历了一个漫长的互根互补、互为进退、主客换位的既对立又统一的辩证发展过程。这是一个非常有趣的过程，值得我们深思。

6.5 奠基于神话、史诗演进模式的非理性与理性循环模式与一般性人类文化（例如文艺）演进模式的关系

6.5.1 内存于神话—史诗演进系统中的非理性与理性循环模式

内存于神话—史诗演进系统中的神性的衰减和相应的人性增强的过程，并不只是人类原始社会和早期历史阶段的孤立现象，这个过程一旦形成积淀性模式，它就会在未来的人类社会阶段不同程度地反复显现。简单说来，神性衰减和人性增强其实就是非理性衰减和理性增强。纵向地从近万年的整体人类历史来看，非理性现象总的说来是在递减，理性现象总的说来是在递增。但是，横向地从阶段性的历史时期来看，我们又往往会发现非理性现象变相回归，不同程度地弱化理性趋势；之后，又往往会发现理性力量卷土重来，再次挤压非理性趋势。如此迭代演进，结果会发现近万年的人类历史文化发展过程由非理性—理性—非理性—理性相互缠绕推进的互根互构互补互抗的阴阳循环模型。

以西方历史来看，早期的神话系统的主导因素是非理性（神格因素），之后发展为史诗，其主导因素中增添了理性因素（人格）。到了公元5世纪之后

的1000年左右（中古时期），基督教成为主导性非理性因素（神格）。然后大致在公元15、16世纪时期的文艺复兴时期，理性因素又重新成为西方社会中的主导性因素（人格）。人本主义与神本主义的相互倾轧与妥协非常生动地体现在文艺复兴时期的文艺作品，例如莎士比亚的全部作品中。

再深入一点看，其实，与这种非理性与理性模型相呼应，哲学、政治学、法学、经济学、教育学、伦理学、文艺学，乃至科学技术，都不同程度地打上了非理性（纵欲性）和理性（禁欲性）的烙印。

6.5.2　神话—史诗的非理性与理性循环模式与东西诗阴阳对立演进七大潮

如上所述，神话—史诗的非理性与理性循环模式不只是古希腊神话史诗所固有的现象，它实际上是全人类文化演进的基本模型之一。为了论述的简便，这里只以文艺学中的诗歌发展为例，简略阐述一下这种理性—非理性循环模型的生发演变现象，并且把视野从西方文学领域延伸进整个东方文学领域，具体到东西方诗歌在这一理论范型中是如何显示出来的。[①]

纵观世界诗歌史，我们会发现东西方各民族心灵的钟摆总是在理性与非理性、禁欲与纵欲、古典与浪漫等二极对立之间作有规律的减幅振荡。趋向于纵欲（这里的"纵欲"只是相对于禁欲而言，并非指对各种欲望毫无节制。彻底的纵欲只会导致人类的加速灭亡，这是不言而喻的。但过度的禁欲则会使人类萎靡不振，社会停滞不前。我认为，在一定的意义上，欲望的释放量和社会进步的速度成正比。欲望主要分为食（物）欲、情（性）欲和权欲，它的科学依据是俄国的高级神经活动学说创立者、诺贝尔奖获得人巴甫洛夫等有关婴儿的三个与生俱来的先天性无条件反射：食物反射、性反射和防御反射）、浪漫、

[①] 以下内容摘要概述自辜正坤撰写的论文《世界诗歌鉴赏五法门》，见辜正坤主编：《世界名诗鉴赏词典》，北京大学出版社，1990年。

非理性的这一极可以称之为阳极；趋向于禁欲、古典、理性的这一极可以称之为阴极。与此相对应，趋向阳极的诗叫阳性诗，趋向阴极的诗叫阴性诗。这种阴阳二极振荡效应是历时的又是共时的，即是说，从宏观上看，世代与世代之间有阴阳之别；从微观上看，各时代（甚至更小的单位时间）内亦有阴阳之别。用阴阳概念来解释文学现象在中国古代文论中十分常见。最早者当推曹丕[①]，后来的刘勰、钟嵘、严羽、司空图等都曾从艺术风格角度探讨过这个问题，即阳刚阴柔之美问题。但论述最全面者似应推清朝桐城派的代表人物之一的姚鼐。姚在《复鲁絜非书》中说：

> 鼐闻天地之道，阴阳刚柔而已。文者，天地之精英，而阴阳刚柔之发也。惟圣人之言，统二气之会而弗偏，然而《易》、《诗》、《书》、《论语》所载，亦间有可以刚柔分矣。值其时其人，告语之体，各有宜也。自诸子而降，其为文无弗有偏者。其得于阳与刚之美者，则其文如霆，如电，如长风之出谷，如崇山峻崖，如决大川，如奔骐骥；其光也，如杲日，如火，如金镠铁；其于人也，如冯高视远，如君而朝万众，如鼓万勇士而战之。其得于阴与柔之美者，则其文如升初日，如清风，如云，如霞，如烟，如幽林曲涧，如沦，如漾，如珠玉之辉，如鸿鹄之鸣而入寥廓；其于人也，漻乎其如叹，邈乎其如有思，暖乎其如喜，愀乎其如悲。观其文，讽其音，则为文者之性情形状，举以殊焉。

姚鼐在这里讲的是文章的阳刚阴柔之美，但也适用于解释诗歌。他之谓阳刚之美指的是雄伟壮阔、刚劲有为之美；阴柔之美则指的是柔和幽远、秾纤明丽之美。这种观点和我所说的阴阳两性诗有很多相通处。但姚的说法尚嫌笼统，且只在风格上绕圈子。我所使用的阴阳诗概念则明确指出须以理性与非理性、纵欲与禁欲、古典与浪漫等二极对立倾向来划分。

---

① 参阅曹丕：《典论·论文》。

按照上述观点，至今可以为我们比较确切地把握住的东西方诗歌发展史可大体划分为七大阶段（或七大潮）。第一阶段是远古（古埃及、古巴比伦）时期（公元前40世纪—前5世纪），第二阶段是古希腊、罗马诗歌发展时期（公元前8世纪—公元5世纪），第三阶段是中古诗歌发展时期（公元5世纪—15世纪），第四阶段是文艺复兴诗歌发展时期（14世纪—16世纪）；第五阶段是古典主义诗歌发展时期（17世纪—18世纪），第六阶段是浪漫派诗歌发展时期（18世纪末—19世纪初），第七阶段是现代诗歌发展时期（20世纪至今）。经过研究，我们发现这七个阶段以阴阳二极对立的模式递进循环发展着。简言之，第一阶段阴性诗发达，第二阶段阳性诗发达，第三阶段阴性诗复兴，第四阶段阳性诗复起，第五阶段阴性诗再勃发，第六阶段阳性诗又成主潮。第七阶段是现代，阴性诗泛滥。图示如下：

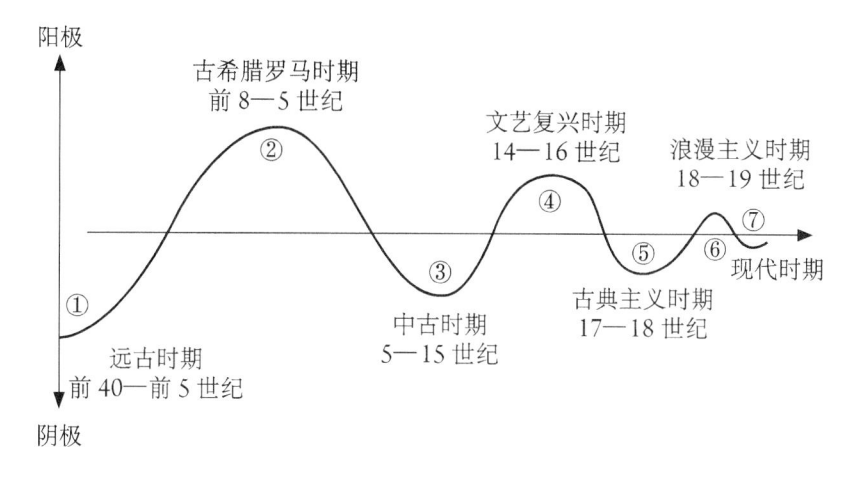

阴阳两极诗有规律地交替成为诗歌发展的主潮，图示出来，则是一条比较规则的波状振荡曲线。它实际上是世界诗歌嬗变更新的简图，也是世界文明发展史的缩影。值得注意的是，振荡曲线的振幅在不断减小，这意味着，越接近现代，阴阳两性诗更替的频率越高，人们社会生活形式的更替频率也越高。如果这的确是一条规则的减幅增频振荡曲线的话，它还意味着，愈往后，阴阳两性诗潮之间的极性距离愈短，最后几乎成一条直线，阴阳诗成为一体，从而宣布阴阳二极的消失，同时也意味着诗歌本身的消失，诗歌本身的消失则又意味着文学本身的消失。因此,黑格尔所谓文学在未来将被哲学所取代而消失的观点是值得人们深思的。这个观点和当代学术界流行的耗散结构和熵的观念有相通之处。①不过我们这里不打算探讨这个哲学问题,而只想就阴阳二极诗潮在东西方诗歌发展中的演变模式作些介绍,借此勾勒出世界诗歌发展的概貌。

第一阶段属阴性诗潮。这一诗潮的代表作有古埃及的《亡灵书》,古巴比伦的《吉尔伽美什》和古希伯来的《圣经·诗篇》。《亡灵书》中对自然神(尤其是太阳神拉和死神奥赛里斯)的毫无节制的赞颂以及对生死轮回的绝对信奉都表明这时的人类精神处于一种极度压抑的状态。随着时代的进展,自然神日渐转化为社会神,对太阳神的赞颂逐渐等同于对国王的赞颂,王权神授成了后期《亡灵书》中的基本主题。个人无足轻重,只是命运和统治者手中的工具。《吉尔伽美什》虽在一定程度上显示了主人公与命运搏斗的悲壮,但终究离不开宿命论:"人的死期,天神注定。"对超自然超人力的天神、妖魔的屈从反照出人类的渺小。虽然这部世界上最早的史诗比《亡灵书》多了一点阳性风味,但整个说来,仍是阴性诗。《圣经·诗篇》是稍后期的产物,它是远古时期阴性诗的最高峰,是禁欲性最强的作品,在渊源上可推到古埃及的《亡灵书》。对上帝的无休无止的歌颂和自我的无休无止的负罪感是它的基本内容。世界诗歌最大的渊源在东方,东方诗歌的这种阴性色彩自始至终都比西方诗歌浓烈,

---

① 从热力学第二定律所引出的耗散结构和熵的概念,广泛地渗透到我国人文学科的研究领域中。按照该理论,在一个封闭系统中,热量只能自发地从温度较高的物体转移到温度较低的物体而不能沿相反方向转移,在摩擦中机械功被耗散而变为热,但摩擦所发生的热却不能反过来再转变为机械功。这意味着一个不可逆的、能量愈来愈少、终至衰竭的过程,也是测量混乱程度的熵愈来愈大的过程,熵的增大打破了一切秩序,也就是淹没了一切事物的区别和特点而使一切趋于单调、统一和混沌。按科学家诺伯特·维纳(Norbert Wiener)的观点,则"熵增大时,宇宙及宇宙中所有封闭的体系都自然地趋向于退化,并且失去它们的特性,自最小可能性的状态移向最大可能性的状态,从差异与形式存在的组织与可区分的状态到混沌与相同的状态"。这正如作家苏珊·桑塔格(Susan Sontag)《死亡之匣》(*Death Kit*)中描写的情形:一切事物都在瓦解衰竭,趋于最后的同质与死寂。社会学家拉默尔认为:"社会的运作趋向于统一化。"不过,在普里高津(Ilya Prigogine)的耗散结构理论中强调了大量物理现象的不可逆性,这里的世界诗歌阴阳二极减幅衰减却存在着可逆性,只不过这种可逆性是递减的,因此也终有一天会成为一条直线。

但当它后来进入西方诗歌界时，竟造成西方中古期一千年的阴性诗潮，其影响之巨大空前绝后。

第二阶段属阳性诗潮，其代表当然首推西方世界的诗圣荷马的史诗，进而又当推萨福和品达等大诗人的作品。荷马史诗中种种前无古人的宏伟场面，绝世美人海伦被掳走的故事背景，以及史诗中勇敢、自私、冒险、纵欲的诸多英雄人物，构成阳性诗的典型特征：纵欲性、浪漫性。这种人类童年时代的产物（马克思语）具有永久的魅力。到了萨福，阳性诗趋于个性化，更多内心世界的表现。如果说荷马在用粗线条描摹人类的狂放激情方面达到了一个顶峰的话，萨福则在用精巧的工笔细致地表达人类如火的情欲方面达到了另一个顶峰。阳性诗在经过萨福、阿尔凯奥斯、品达之后，势不可免地渐次向阴性诗转变。随之而来的罗马诗人维吉尔、贺拉斯等的诗歌创作标志着阳性诗向阴性诗的过渡。维吉尔、贺拉斯等注重技巧，开了欧洲"文人史诗"的先河，算是古典主义的滥觞，其诗作中的教谕性十分露骨。此期的另一大诗人奥维德的一些作品虽仍属阳性诗（如《爱经》、《女杰书简》），然已如强弩之末。奥维德本人也在 50 岁时被罗马皇帝屋大维放逐到黑海之滨，后来客死他乡。阴性诗此时的崛起已不可逆转。

第三阶段是中世纪诗歌，阴性诗终于占统治地位，时间长达 1000 年。禁欲成了中古文学中压倒性的主题。其主要成就是宣扬基督教教义的教会文学，亦可称圣经文学。此期以拜占庭为中心的拜占庭帝国（东罗马帝国）的诗歌具有罗马晚期文化和叙利亚、古埃及为中心的东方文化的特点，东西诗潮合流，但东方色彩十分浓厚，其思想内容不外是崇拜帝王和宣扬基督教精神，在很多方面与古埃及《亡灵书》中的内容是一脉相承的。其他的诗歌创作也取得了很大成就，但其主要风格，仍属阴性诗，虽然各有不同程度的阳性诗风味。此类诗包括法国的骑士抒情诗（法国普罗旺斯抒情诗）、骑士传奇诗、英国的亚瑟王故事诗、英雄史诗《贝奥武甫》、日耳曼人的《希尔德布兰特之歌》、冰岛的诗体《埃达》、芬兰的英雄史诗《卡列瓦拉》、法国的英雄史诗《罗兰之歌》、西班牙的英雄史诗《熙德之歌》、德国的英雄史诗《尼伯龙人之歌》、俄罗斯的英雄史诗《伊戈尔远征记》等。阴性诗在此期的基本特点表现为禁欲性,提倡忠君,维护整个统治阶级等级制及其道德规范,用虚伪的信仰和名誉等来压抑人的天性,是迄今为止整个世界诗歌发展中阴性特点达于巅峰的诗歌。虽然如此,阳性诗因素仍然在中世纪内寄居于民歌、谣曲、城市文学、骑士抒情诗、骑士传奇等诗体内,只是发展十分缓慢。这种端倪尤见于法国城市文学中的长诗《玫瑰传奇》(写于13世纪30年代),其中已开始批评禁欲主义和蒙昧主义,难怪15世纪初,围绕该诗爆发了持续三年的论战。教会攻击它的后半部不道德,不敬神。然而阴阳衰盛律是难以抗拒的,阳性诗兴起的周期已经到来。随着但丁、乔叟、维庸等大诗人分别崛起于意大利、英国和法国,阴性诗过渡到阳性诗的最后一步终于迈出,于是世界诗歌走到了第四大转折点。

第四阶段的阳性诗勃兴于文艺复兴时期。意大利的彼特拉克、阿利奥斯托、塔索,法国的龙萨、杜贝莱,英国的莎士比亚、斯宾塞等伟大诗人扬起了以人为本、反对神权的大旗,重科学,反禁欲,弘扬人性,歌颂爱情,代表着自古希腊以来阳性诗的第二个高峰。与这个高峰相呼应的,是资本主义文明的兴起,文艺复兴的浪潮来势之猛是极为惊人的,它那摧枯拉朽的雄威席卷了大半个欧洲,使得资产阶级在不到一百年的时间内创造的生产力便"超过过去世世代代创造的生产力的总和"[①]。文艺复兴之猛烈恰与中古的禁锢状态之深重成正比,对人性压抑得越重,其反抗力也爆发得越大。但文艺复兴的浪潮似乎太猛烈了,涨得快,消得快,它汹涌澎湃了不到三个世纪便不可避免地走向自我调节式的自我压抑。就诗歌发展本身而言,内容的驳杂无羁,情感的奔泻无余,似乎也必然要求某种整一性和含蓄性,于是对形式严谨性的追求又成为新的风尚,阴性诗由是卷土重来。

第五阶段以古典主义为代表的阴性诗急遽上升为主潮。古典主义崇尚理性,追求形式上的典雅谨严,事实上是古罗马时期维吉尔、贺拉斯一派诗风的

---

① 《马克思恩格斯选集》第一卷,人民出版社,1972年,第256页。

重现。古典主义似乎并不太费力气就登上了此期世界诗坛的盟主地位,其主要标志在法国有盛行一时的巴洛克诗风和马莱伯、布瓦洛、高乃依、伏尔泰等古典主义诗人,在英国则有德莱顿、蒲柏、弥尔顿及玄学派诗人多恩等。需要指出的是,古典主义诗歌只是阴性倾向大于阳性倾向的诗,而不是中古时期那种阴性倾向占压倒优势的诗(愿那样的阴性时代不会重演),这时阴性诗和阳性诗之间的振幅已远不如古埃及时期至古希腊时期或古希腊时期至中古期之间的那种阴阳两极振荡的振幅大了。在古典主义时期,阳性诗仍在相当大的程度上存在着。英国的感伤主义和德国的狂飙突进运动已经预示着阳性诗将再次成为主潮。

第六阶段以浪漫主义为旗帜宣告阳性诗重登舞台。随着德国的歌德、荷尔德林,英国的布莱克、彭斯等大诗人的出现,世界诗坛上的钟摆明显摆向了阳极。至18世纪末19世纪初,以浪漫主义为标志的阳性诗达到顶峰。此时英国有湖畔派华兹华斯、柯勒律治、骚塞及三个少年天才诗人拜伦、雪莱和济慈,德国有以诺瓦利斯、艾兴多夫为代表的德国耶拿派和海德派,意大利有莱奥帕尔迪,法国有雨果,俄国有普希金,美国有惠特曼,匈牙利有裴多菲等。浪漫派诗人注重主观抒情,喜用夸张的手法,崇尚个性自由,讴歌爱情与大自然。抛开微妙的差别不论,浪漫派诗风可说是古希腊萨福式阳性诗风的重现。浪漫主义宛如一个纵情喊叫的歌唱家,他可以任凭泪水挂在眼睑上而不擦拭,以表示情感的热烈与真诚。但是歌唱家的嗓子也有喑哑的时候,到了19世纪中叶,浪漫主义的钟摆走过了极点,又转而往阴极方向振荡了。

第七阶段的振幅比以往的任何一次振幅更小,但是阴阳两性诗间的距离仍是显而易见的。第七大诗潮是对浪漫主义的反拨,宣布阴性诗重执世界诗坛牛耳。完成这种阴性诗的过渡期的标志是唯美主义、象征主义诗歌的出现。德国的海涅,俄国的涅克拉索夫,法国的戈蒂耶,英国的丁尼生、勃朗宁,美国的爱伦·坡,法国的波德莱尔,印度的泰戈尔及中国的徐志摩等大诗人,实际上标志着浪漫派诗风的余波,正逐渐向高度含蓄性过渡。晦涩很快成了此期诗歌的特点。兰波、魏尔伦、马拉梅进一步使钟摆靠近阴极,叶芝、格奥尔格、吉皮乌斯、瓦雷里、里尔克亦是推波助澜者。拉丁美洲的现代派诗坛领袖人物达里奥及与之遥相呼应的欧洲现代派诗人希梅内斯等亦值得一提。以庞德为首的意象派亦在诗坛上掀起不大不小的风波，与苏联以叶赛宁为首的意象派交相辉映。马雅可夫斯基则作为未来派的代表唱出了反传统的战歌。法国的超现实主义和西班牙极端主义等先锋派迭次粉墨登场，阴性诗越来越有声势。戈吕雅、阿拉贡、聂鲁达、帕斯等都不同程度地卷进了这一大潮。值得注意的是，弗洛伊德的精神分析学说此时对文艺起着划时代的影响，但是反禁欲的弗氏理论孕育出的很大一批文艺作品却是一种奇特的果实：主观思想方面反禁欲，其作品的客观效果对大众来说却是禁欲性的，其原因在于艺术形式和风格自身的含蓄性和怪诞性已趋极端。当诗人们醉心于非理性王国的时候，更多的读者却仍然宁愿看到清醒的自我，诗歌和普通人民渐渐拉大了距离，如果人们不能真正领会这种诗，那么这种诗就必然是阴性诗，尽管它们实际含有纵欲性内涵。到了20世纪20年代英国的艾略特，则现代世界阴性诗发展到了最高峰，这个最高峰有一个最明显的特征就是神秘性和象征性，连艾略特的同时代人、诗人兼批评家的阿伦·塔特也声称艾略特的代表作《荒原》"一个字也看不懂"，艾略特本人亦否认其诗有什么社会含义，只不过是"一种意念的音乐"。不过，由于我们离20世纪太近，说艾略特是阴性诗的高峰还需后代来验证。然而有一点可以肯定的是：至少到现在为止，艾略特无疑是这种神秘风格的阴性诗的最大代表，以后是否有出其右者，尚需拭目以待。这里还需着重指出的是，由于庞德、威利和洛威尔等诗人的大力译介，以含蓄著称的中国诗在20世纪像惊雷一样震撼了西方诗坛。中国诗代表着东方诗歌的最高成就，这是它代表东方诗歌第二次和西方诗歌碰撞、合流。第一次碰撞、合流发生在东方的古埃及、希伯来诗歌进入世界诗歌大潮时。由于地理和文化上的隔绝，中国诗歌一直在一种封闭状态中自生自长，它也一直是以阴阳两极对立转换的模式发展，但相对于西方世界诗歌，中国诗歌作为一个整体又是阴性重于阳性。数千年来它几乎和域外世界诗潮不发生联系。这种彻底的封闭状态对文明发展来说，固然是坏事，但对于诗歌本身来说，又有值得庆幸的一面：在相对长的一段时期内，极度的封闭性意味着极高的独创性。中国诗歌由是成为世界诗园中一枝最奇特、最难模仿的奇葩。《诗经》、楚辞、汉赋、唐诗、宋词、元曲构成中国诗发展的脊梁。大体上说来，《诗经》中的《风》为阳性诗，《雅》、《颂》为阴性诗；楚辞为阳性诗，汉赋为变体阴性诗；唐诗、宋词为阳性诗，宋诗为阴性诗，元散曲为阳性诗。明清以来，阴阳交错，二极振幅愈来愈小，已是中国诗歌发展的末流；诗歌理论极为发达，诗歌创作却萎靡不振，似是阴阳二极衰减振荡的必然现象。故鲁迅以为中国的诗歌到唐时已经做完，持论虽有偏颇处，却是有见地的看法，与上述阴阳二极衰减振荡的说法有暗合处。此时中国诗的出路除了在继承传统的基础上大力借鉴外国诗歌技巧之外，似别无他择。这种借鉴的结果便是五四时期的白话诗。由于中国传统诗的年代延续得太久了，所以五四白话诗对传统诗的反叛也最彻底。然而诗歌是一种语言艺术，语言本身的发展是一个缓慢的过程，而白话诗在语言形式上与传统诗距离太大，这就与中国人几千年来传统的审美心理结构发生了冲突，所以白话诗一开始就失掉了很大一部分读者，加上白话诗事实上在很多方面是西方诗的翻版，欧化味很浓，因而自其诞生以来，虽然是用明白如话的形式写成，却和中国说着白话的老百姓变得隔膜起来，真正读它们的，只是一部分青年知识分子。中国新诗实际上处于一种两难境地：退不能恢复到旧传统，进不能使其形式真正为群众喜闻乐读。这几十年来，白话诗一直在死命挣扎，盲人骑瞎马似地左冲右突，和别的文学形式如电影、小说之类比起来，不免自惭形秽。不少白话诗作者于是更多地看外国，抄外国。如前几年风行在白话诗作者之间的朦胧诗，就是艾略特一派诗风的续演，然而艾略特一派诗风实际上在很大程度内是中国诗传入西方诗坛后生出的杂种树，中国人却又从这杂种树上采摘些枝条回来嫁接在不大景气的白话诗上，殊不知这种晦涩之风正是咱们的不少老祖宗惯用的手法。奇就奇在中国诗传到西方，可以卷起"意象派"之类的旋风，可以长出庞德、艾略特之类的怪树，而西方诗传到咱们中国，却迄今未育出大木来，这虽是遗憾之事，却又为中国当代诗人们提供了无穷的希望，因为当最伟大的诗章尚未诞生时，每一个当代诗人都有摘取桂冠的机遇。

到此为止，我们总算对世界诗歌的概貌有了一个粗略的了解。我们发现东西方诗歌总以理性—非理性之类阴阳二极交替振荡的形式发展着，形成一个不断肯定和否定的诗歌发展的链条。虽然阳性诗和阴性诗都有各自的魅力，但一走入极端就必然转化。阳性诗发展到极端是放而无节，阴性诗发展到极端是收而过紧。过度阴性诗有一个明显的特点，要么成为标语口号，成为纯粹宗教伦理思想的传声筒；要么脱离人民大众，成为文人书斋里的摆设，成为只有诗人自己才懂（甚至自己都不懂）的文字游戏。对怪诞形式和技巧的追求成了阴性诗人自夸自耀的资本。当然对阴性诗人也要区别看待，一种是迫于某种社会压力而趋于阴性，谓之被动阴性诗人；一种是自发地只追求形式美所带来的快感而趋阴性，谓之主动阴性诗人。两种阴性诗人只要各得其所，都各有存在的独特意义和价值。

综上所述，我们从内存于神话、史诗演进中的非理性与理性循环模式中看到了一般性人类文化（例如文艺）演进模式的有机联系。我们虽然侧重研究了古希腊神话—史诗的非理性与理性循环模式，却发现这一模式并不只是古希腊神话史诗所特有的现象，它实际上是全人类文化演进的基本模型之一。我们不但试图把神话、史诗研究作纵向深入研究，也试图把这一研究的理路横向展开，将视野扩大到整个东西文化与东西文学，并且在适当的节点上引入对中国文学，例如对中国诗歌的关照与研究。这与整个课题最初的理路设计是完全吻合的。

第一专题 外国神话学研究

辜正坤[①]

1 神话解读法门多元互补系统论

人类文化的方方面面作为一个整体永远处于一个互相联系、互相依存、互相阐释、互相作用、互相补充、互相涵摄的关系。这样的关系也可以用"全息论"这样的概念来加以表达。全息概念指的是人们可以从一个事物的组成部分来了解该事物的整体规律或整体特点,可谓小中见大。人类神话是人类文化中的一个原初的组成部分,它和人类文化的各个层面的关系也照样处于上述关系状态之中。通过神话研究,我们可以窥见人类文化的许多方面。神话是人类生存状态发展到某个程度的必然产物。人类的生存状态决定于许多因素,例如地理环境、气候、资源、语言、社会政治结构和经济结构、生产力或整体技术水准、审美习惯、风俗等诸多因素。

同理,各个国家、各个民族、各类语言中产生的神话学理论也就并不一定有固定的模式,而是各自有其依附于自己的产生环境的自然条件、社会条件、生理心理条件、文化积淀尤其是语文特点等因素。某些因素在某些国家、民族或语言系统中也许特别突出,但不一定是会在其余场合都起普遍突出作用的因素。换句话说,各国神话解读法门或神话学是一个大系统,这个大系统可以称

[①] 本专题"9 原型批评学派"和"10 当代神话学新发展"为王剑撰写,第 1 至第 8 章为辜正坤撰写。

为神话解读法门多元互补大系统。

神话本身由若干因素构成：实用功能（生活样态的模式化，如仪式、人际、客际、主客际关系的处理、各类生活问题的应对策略、古代的生活、生存指南等）、叙事性内容（史实暗喻）、伦理观、审美观、陈述方式（修辞、句法结构、与此相应的逻辑结构和思维结构等）、教喻（人生哲理性等）……与此相呼应，各类神话自然产生，必然产生。人类的需求是多方面的，神话的产生渠道、形式、内容、功能也就必然是多种多样的。

我们要解读一个神话的时候，首先要确定解读目标，譬如功能、内容、形式、审美、伦理还是哲理性。

每种流派本身是有局限性的，它侧重于从自己的针对方向解决问题，虽然也在一定程度上能够解决、或有助于解决其他流派所欲解决的问题，却很难有效地或完全地解决其他流派面临的问题。比如说，结构主义强调的是从神话的陈述方式这个角度来研究神话，它当然难以理想地解决隐喻派、历史派或心理派所要解决的问题。同理，心理派或人类学派也不能完全解决语言学派所要解决的问题。这些道理是简单的，但是各种流派出于扩大自己流派的学术影响和学术贡献分成的愿望，总想一花独放，往往有意或无意地单向突出自己，无视或敌视异己的流派，最终使自己走向偏颇，不可避免地见树不见林，一叶障目，成为自己的偏见的牺牲品。

各种流派的解读法门都具有特定的价值，那么何种解读法门的价值最大呢？它们的价值是完全一样大的吗？显然，大多数的人会不假思索地说，当然不是，当然不可能一样大。这种回答，在通常情况下，应该是对的。可是，如果我们进而问：既然价值不可能一样大，就一定会有价值最大或最小的区别，请问：哪一种流派的价值最大或最小呢？一问到这个问题，分歧立刻蜂起。人们会说，眼睛、耳朵、嘴，哪个价值最大？心、肝、脾、肺、肾，哪个价值最大？显然，它们的价值都大，虽然也许有个大小之分，但是却很难分得清楚。因此，真正明智的做法，是避免把它们并列起来区分大小，而是把它们分头置于特定的条件下来判定它们价值的大小。例如就视觉作用而言，眼睛的价值最大；就听觉作用而言，耳朵的价值最大；其余各器官的价值依此类推。同理，神话解读法门各流派的价值大小也可依此类推。我们暂且以内容、形式、审美、思想伦理、实用效果等几个要素为鉴定的针对点。从解决内容方面的问题来看，历史学派的应用价值最大；从形式方面看问题，语言学派和结构主义学派应用价值最大；从审美方面来看，文艺学派的应用价值最大；从实用效果方面来看，功能主义流派的应用价值最大；从思想伦理方面看，隐喻派和心理派的应用价值最大。逻辑上说来，哪一种流派的价值都有可能达到最大值，关键是要看在什么样的时空条件及相关因素下应用何种流派的理论。诸如此类，不赘。这样，我们就在一定的程度上相对客观地解决了各解读法门的重要意义问题，也避免了陷入各家各派争斗对抗的局面，让眼睛、鼻子、耳朵和嘴都能充分发挥自己的最大效用而不是去相互攻击、贬损。一个研究神话的学者，首先应该弄清楚自己是想解决哪一方面的问题，然后依据相关度选用一个或多个流派的理论，这才可以有针对性地较好地解决问题。这样一种思维方法，是我近40年来一直使用的思想认识方法。同一个原理应用在神话研究方面，不妨谓之神话解读法门多元互补系统论。

在一般情况下，国外神话研究界的诸多学者，总是不知不觉地认定自己对神话的解读方法是唯一正确的真理，排斥其他的神话解读方法的真理性。比如俄罗斯的著名神话学学者叶·莫·梅列金斯基就对缪勒等提出的神话是"语言弊病"说十分反对。他说："语言弊病说之虚妄已昭然若揭，无法再以'谬误'和'无意的错觉'来解释神话的由来。"[1]梅列金斯基的话说得太绝对。其实语言的疾病说，仍然有其正确性，只不过其适用范围要加以考察、限定而已。[2]这一点，在讨论神话学的语言学派时，我会再次予以关注。

---

[1] 见 Е. М. Мелетинский-Поэтика мифа，第 20 页（Последующая история науки внесла в рассматриваемую проблематику очень серьезные коррективы: совершенно иной вид приняли сама индоевропеистика и методика этимологического анализа, обнаружилась ложность теории "болезни языка", объяснявшей генезис мифа ошибками и невольным обманом, обнажилась еще в XIX в. крайняя односторонность сведения мифов к небесным природным феноменам.）。

[2] 例如 John Fiske, *Myths and Myth-makers* 第 41—49 页上的内容均可证。

1.1 神话定义

讨论任何理论问题，首要的工作是厘清基本概念的确切含义。因此我们必须对"神话"这个概念进行分析，弄清它的基本含义。这就要为"神话"这个概念下一个定义。但是"定义"这个词本身就有歧义，如果不先予以说明，就会有误导性。首先，作为名词，"定义"意味着"确定不移的含义"；其次，作为动词，"定义"意味着"对含义进行限定"。我这里使用的是第二层意思，即"对'神话'这个概念的含义进行限定"。"限定"的"定"也是有条件的，因为天下没有绝对"固定"的东西，在不同的时空条件下，一切精神现象（包括概念）和物质现象都是迁流不息的。所谓"定"，指的只是在相对条件下的"定"而已。所以这里的"定"指的是根据目前国际国内的研究成果或主流看法为主要取义源。在通常情况下，取多数人的看法加以综合并参以己意而得到的相对固定的一种限定。这种所谓的"定义"也许在十年二十年内有效，也许在更长的时间内有效，也许很快会被更准确的定义代替，总之我们很难保证它永远有效。不能保证一个定义永远有效并不意味着我们就放弃定义。因为正是人类学术界不断的探讨才使得学术蒸蒸日上。

我们还要注意到，对某个概念进行定义时，要先注意我们用来定义的语言是什么。因为不同的语言有不同的表意功能和独特的形式因素，其定义的效果是不一样的。这里用汉语进行定义。用汉语定义，就必须尊重汉语本身的语义规范。汉语的语义规范通常以汉语字典和词典规定的表义方式和范围为准。

"神话"是用汉语表述的。"神"的意思是什么？中国社会科学院语言研究所词典编辑室编《现代汉语词典》解释"神"字为："1）宗教指天地万物的创造者和统治者，迷信的人指神仙或能力、德行高超的人物死后的精灵；2）神话传说中的人物，有超人的能力；3）特别高超或出奇，令人惊异的；神妙。"① "话"的意思是什么？商务印书馆辞书研究中心编《古今汉语词典》释"话"："1）说出来的能够表达思想感情的声音。也指把这种声音记录下来的文字。2）指艺人说唱的历史或小说故事。3）说，谈论。"② 上述两词典释"神"和"话"时，各有详略之别，我分别取详者如上。

规范性合义：据汉语本身的表义规范，如果把"神"和"话"两个字组合起来，其组合结果就是"神话"一词。按理说，"神话"这个词组合起来的含义就应该是两个字含义的结合，表示：1）有关天地万物创造者和统治者的口头叙述和文字叙述；2）有关神仙、神灵的传说或记录文字、故事；3）令人惊异的故事；神妙的传说或故事。

那么，上述二词典是如何解释"神话"这个合成词的呢？

词典性新释义：《古今汉语词典》释"神话"为："1）关于神仙或神化的古代英雄的故事。**是古代人民对自然现象和社会生活的一种天真的解释和美好的向往。……2）荒诞的无稽之谈。**"③《现代汉语词典》的解释与此基本相同，不赘引。比较规范性合义和词典性新释义，我们发现词典性新释义与规范性合义有很大的差别。"是古代人民对自然现象和社会生活的一种天真的解释和美好的向往"和"荒诞的无稽之谈"这两种含义是规范性合义里没有的。

那么它们从何而来？最能想到的解释是：来源于社会生活本身。语言中的词语在进入社会生活中会因为特定的社会生活条件而失掉某种含义或增加某种含义。比如《古今汉语词典》的释义就失掉了"令人惊异的故事；神妙的传说或故事"这层含义，却代之以"荒诞的无稽之谈"，与规范性合义恰恰相反。为什么会这样？因为 19 世纪末、20 世纪初，随着西方科学思想的引入，从前的漫然无稽的传说因为找不到明显的科学依据，自然也就容易被视为"荒诞无稽"了。

---

① 中国社会科学院语言研究所词典编辑室编：《现代汉语词典》（汉英双语版）2002 年增补本，外语教学与研究出版社，2002 年，1704 页。
② 商务印书馆辞书研究中心编：《古今汉语词典》，商务印书馆，2000 年，第 603 页。
③ 同上，第 1271 页。

但是，这个不见于古代汉语的术语"神话"，可能并非国人根据汉语本身的合义构成规则构造的，它很有可能是一个外来词。据学者们的研究，是日本人翻译英语 myth 时借用了汉字"神"和"话"，构成了一个新词，后来传入中国。1903 年，《新民丛报·谈丛》第 36 号上刊载了蒋观云的《神话历史养成之人物》一文。该文中"神话"一词系来源于日文对英文 myth 的翻译，该词汇自此进入中文世界。最近有学者著文辩驳，认为梁启超是第一个使用"神话"一词的人。① 就中国人究竟是谁最先使用这个术语而言，这种考证不失为一种发现。但是问题的关键是：谁最先造用了这个术语？我们知道梁启超本来就是力主从日文输入西方文化的人，因此他使用的"神话"一词极可能就是从日文中直接引入中文的，因为日文的"神话"和中文的"神话"一词，在写法上一模一样。梁启超不过是照搬而已，并非他自己的创新。所以，我认为，归根结底，"神话"这个词还是日本人先用，中国人再从日文"神話"搬用过来的。

现在要研究的问题是：追根寻源，日文将英文 myth 翻译成"神话"是不是准确的呢？

为此，我们来看看《牛津英语大词典》对 myth 的定义："一种**纯粹的虚构性叙述**，通常涉及超自然性质的**人物、行为或事件**，包含某种有关自然**现象**或历史现象的流行**观念**。"（黑体字为笔者所加。）(A purely fictitious narrative usually involving supernatural persons, actions, or events, and embodying some popular idea concerning natural or historical phenomena.)② 显然，myth 的核心含义是"纯粹虚构性叙述"，即没有根据的编造的故事。"纯粹虚构"这样的

---

① 刘锡诚：《梁启超是第一个使用"神话"一词的人》："就笔者所见，最早使用'神话'这个词汇的中国学者，其实并非蒋观云，而是梁启超。梁启超亡命日本之后，于 1902 年 1 月在东京创办《新民丛报》，继续进行文化革命宣传，提倡民族主义。该刊从 1902 年 2 月 8 日起开始连续刊载他写的系列文章《新史学》，从而拉开了继 1896 年在《时务报》发表的《变法通议》系列文章之后的第二次文化革命行动。《新史学》系列文章中有一篇题为《历史与人种之关系》，他在该文中第一次使用了'神话'这个新的名词。"（原载《今晚报》2002 年 7 月 9 日）

② 见光盘版 *The Oxford English Dictionary*, Oxford University Press, 1992。

用语太武断。远古神话中的虚构成分究竟大到什么程度,目前并没有定论,专家们正在研究、分析、比较、厘定。有很多神话是纯粹虚构的,但是也有的神话是有一定程度的事实依据的,尽管其夸张的叙述形式使这些事实变形。《牛津英语大词典》明确界定,这些神话故事涉及的并非只是神,而是包括所有的超自然人物、行为或事件三大类。这三大类现象又可简化为两大类,即自然现象和历史现象。显然,这是个比较有包容性的概念,其中与神相关的仅是"超自然人物"一类,而且"超自然人物"也不仅指神,实际上当今经常提到的传说中的某类具有特异功能的人物也可以归入其中。因此,日文翻译 myth 为"神话",如果按照中文字面来理解,显然是大大缩小了英文 myth 的内涵。但是日本人眼睛看着汉字"神話",对它的理解却不一定和中国人一样。以日本神话学家大林太良对"神話"的综合性描述来看,有四个方面被强调了:第一,神话是对世界万物起源的解释,具有神圣性;第二,神话中发生的事件是远古时期的历史事件;第三,神话在当时是被人认作"真实"的叙述;第四,神话是古远的,但是和当代人类的生活状态息息相关。① 这明显是来自西方人关于神话的定义。这些定义和上述汉语词典中的定义差别十分明显。至少没有强调所谓"荒诞的无稽之谈"。

日文既然译自英文,那么如果再追溯一下英文 myth 的词源,我们自然会回到古希腊语 Μύθος。根据古希腊语词典,Μύθος 的含义是:"言语"、"话语"、"故事"、"寓言"等意思。希腊或西方教育界对这个词的解释通常是:

"Μύθος,按照古希腊语的字面意思,是'话语、叙事'的意思。经过许多年后,这个词指涉的含义越来越广泛。到后来渐渐指的是虚构故事,一种胡思

---

① 以下是大林太良监修的《世界神話事典》(角川書店,1994 年)和《宗教学辞典》(東京大学出版会,1973 年)关于何谓"神話"的综合解释:1. 神話は、自然・人間世界の事象・物事のありようを説明し「根拠付け」・基礎付けるものである。それ故、「聖」なるものである。2. 神話のできごとは、歴史を超えた「原古」に起こったとされる。3. 神話は、その報告が「真実」と考えられているものである。4. 神話は原古に「一回的」に起こったが、現在の世界や人間のありようを基礎付けているため、現在においても生きている。「永遠的・普遍的」な説明である。

乱想的创造物。……但是，我们一定要牢记这个词的本义：换言之，Μύθος 是一种语词，是一种通过口头传达的故事。"①

显然，日译英文 myth 为"神话"，从字面上和实际内容来看，肯定是片面的，但日本人也有可能主要把"神话"看作假名，脑子里还装着西方人关于 myth 的看法，并没有机械到认为"神话"就完全是"神们的故事"。而对于中国学者来说，却很容易受到"神"这个字眼的诱导、暗示，认定神话就一定是关于"神们的故事"了。所以，梁启超、蒋观云照搬日文"神话"，使得这个误译的词语从此在中文里横行 100 年，这是一件令人遗憾的事情。

比如中国早期的学者如茅盾等，在神话学研究上颇有草创之功，值得尊重，但是在给神话下定义的时候，顾名思义地将"神话"定义为："我们所谓神话，乃指：'一种流行于上古民间的故事，所叙述者，是超乎人类能力以上的神们的行事，虽然荒唐无稽，但是古代人民互相传述，却信以为真。'"② 这种把神话限定为有关"神们的行事"的措辞，我想很可能就是上了日文这个"神話"译名的圈套。

相比之下，鲁迅关于"神话"的定义比茅盾的稍强一点。鲁迅在《中国小说史略》中说："昔者初民，见天地万物，变异不常，其诸现象，又出于人力所能以上，则自造众说以解释之：凡所解释，今谓之神话。神话大抵以一'神格'为中枢，又推演为叙说，而于所叙说之神，之事，又从而信仰敬畏之，于是歌颂其威灵，致美于坛庙，久而愈进，文物遂繁。故神话不特为宗教之萌芽，美术所由起，且实为文章之渊源。"所谓以"众说以解释""诸现象"，"之神，之事"，至少不限于"神们"，给"现象"和"事"也留了点空间，范围宽了一点点。但是断言"神话大抵以一'神格'为中枢"也照样是上了日译"神

---

① **Μύθος**, σύμφωνα με την αρχαία ελληνική έννοια της λέξης, σημαίνει Λόγος, Ομιλία, Διήγηση και με το πέρασμα του χρόνου απόκτησε ένα ευρύτερο φάσμα σημασιών. Στο τέλος καταλήγει να σημαίνει την πλαστή διήγηση, δημιούργημα της φαντασίας……Όμως, ας έχουμε υπόψη την αρχική έννοια: Δηλ. ότι ο Μύθος είναι ένας Λόγος, μια Διήγηση που μεταδίδεται από στόμα σε στόμα. Το αν οι Μύθοι περιέχουν αλήθειες ή είναι πλάσματα της φαντασίας των δημιουργών τους θα το εξετάσουμε παρακάτω.（见阿诺斯在线教育网站，转引自 https://fliphtml5.com/xpqa/ixsh/basic.）

② 茅盾：《神话研究》，百花文艺出版社，1981 年，第 3 页。

话"无心设下的圈套。

其实在翻译 Μύθος 这个字眼时，完全可以避免直接用"神"这个字眼。考虑到它是一种叙事方式，而且其叙述者也常常叙述得天花乱坠，我们不妨直译作"洪荒古谭"、"泰初怪语"之类，这就不会引起误解、误读乃至误导了。①

这样一来，中国的一些古籍，例如《山海经》，其内容直接和"神们"相关者并不多，若按茅、鲁二先生的定义，则似乎算不上正儿八经的神话。而按西方的若干神话定义，它们也算正宗的神话。

那么《现代汉语词典》或《古今汉语词典》给神话的定义就是错的了？

也不尽然。其实，给一种术语定义，还可以分为两类，一种是世俗性定义，一种是学术性定义。上面两词典给神话的定义是比较符合汉语本身的表义习惯和民众的一般认识水平的，因此它实际上是世俗性定义。当代中国人绝大多数一提到神话，多半都认为是胡说八道，根本没有想到在国外，尤其在西方神话学界，神话是被若干学者视为远古的行为规范、道德宪章甚至失传的真理的。因此从严格的学术标准看，尤其是作为一个外来的翻译用语，两词典为"神话"所下的定义是不准确的。为此，就应该给神话一个学术性定义。

1.2 学术性神话定义

神话的学术性定义有很多，多得日本大林太良说："我们可以毫不夸张地说，有多少学者研究这个问题就有多少个神话的定义。"②

---

① 其实，这个词如果从孔子的角度看，可以理解为"怪力乱神古语谭"之类。大家知道，"子不语怪力乱神"。孔子是个相当理性的学者，对靠不住的传说不轻易相信。朱熹《四书集注》曾引用谢氏的解释："圣人语常而不语怪，语德而不语力，语治而不语乱，语人而不语神。"刘宝楠《正义》曰："'不语'，谓不称道之也。"孔子反对神话。关于这点，研究起来是很有意义的。

② 参见陈建宪：《神话解读》，湖北教育出版社，1997年，第6页。

苏联鲍特文尼克等人编著的《神话辞典》的定义：神话（μῦθος）一词最早出现于希腊语，而其原意为"关于神祇和英雄的故事和传说。"① 这部辞典出现得较早，影响也很大。其实这个定义是很不精确的。道理如前述。

《韦氏大词典》（Webster's Third New International Dictionary）的定义："神话通常是一种来源不清的、至少有部分传统因素的故事。它们夸张地叙述历史事件，其性质多半是解释某种实际行为、信仰、机制或自然现象。此类故事尤其和宗教性仪式和信仰相关。"② 这个定义其实比《牛津英语大词典》给出的定义更准确一点。

《国际希英大词典》（The International Greek-English Lexicon）的定义是："μῦθος，同拉丁词 Fabula（故事），童话，传说，神秘故事；与 λόγος 相反（指历史故事，如希罗多德、柏拉图的历史故事等）；也指寓言，比如伊索寓言。"③

英文版《世界神话百科全书》对神话给出了一个描述性定义："表面上看来，神话是有关神祇、英雄、妖怪的故事，它可以包括有关天地创生与毁灭的引人入胜的童话般的叙述，或包括那些在异邦或灵异境界做无畏探险者的令人惊叹敬畏的冒险叙述。然而，神话不仅仅是胡思乱想，它们受到其所在文化的孕育并塑型于该文化。因此，一则神话就是一面镜子，反映着那产生神话的文化，反映了价值观、地理位置、自然资源、技术状态和那些信仰神话者的社会组织结构。"④ 这则定义是比较详细、具体的，涵盖面宽。它不像定义，而是

---

① M. H. 鲍特文尼克等编著：《神话辞典》，商务印书馆，1985年，第268页。

② A story that is usually of unknown origin and at least partially traditional, that ostensibly relates historical events usually of such character as to explain some practice, belief, institution, or natural phenomenon, and that is especially associated with religious rites and beliefs.

③ *The International Greek-English Lexicon*, (Oxford: Oxford University Press, 1997), p. 521: μῦθος, like Lat. Fabula, is a tale, legend, myth, opp. to **λόγος** the historic tale, Hdt., Plat., etc.: a fable, such as those of Aesop, Plat.

④ *Encyclopedia of World Mythology*, Gale: Cengage Learning, p.xxiii: On the surface, myths are stories of gods, heroes, and monsters that can include fanciful tales about the creation and destruction of worlds, or awe-inspiring adventures of brave explorers in exotic or supernatural places. However, myths are not just random imaginings; they are cultivated and shaped by the cultures in which they arise. For this reason, a myth can function as a mirror for the culture that created it, reflecting the values, geographic location, natural resources, technological state, and social organization of the people who believe in it.

很像对神话定义做出的阐释。因此它的缺点是不够精炼,用语稍稍有点扑朔迷离,比如"表面上看来"(on the surface)这样的用语,暗示还有实际上的情况。那么什么是表面上的情况,什么是实际上的情况?仔细看,定义的意思可以压缩为:表面上是神话故事,实际上是文化的镜子。定义通常不应太长,应该简洁,提纲挈领。

有的学者觉得定义不能太宽泛。应该定出所谓"正宗的神话"(myth proper)或"真正的神话"(true myth)与各类神话变体(varieties)诸如与传说、传奇和民间故事等的区别。

有的学者觉得区分神话应该是指古代神话,并且具有来源不清的特点(anonymous origin)。比如盖雷的《英美文学和艺术中的古典神话》:"神话乃自然产生,非后天制作。"①

有的学者认为应该强调,神话必须不同程度地和自然界相关,并且是对自然界现象做出的解释。换句话说,所谓真正的神话都是有关自然界的故事,都是生态的。

更有学者将神话定义加以扩大,他们一方面可能会坚持认为神话总会涉及神灵或超自然类事物,但同时认为有关人类生活状况的种种童话类故事都应该算是神话。

另一些学者认为,神话在初民眼中并非神话,而是真实可信的,只是后来渐渐被看作是不可置信的东西。按照这样的观点,则基督教中传说的故事和别的一些宗教中的故事,可能不应该当作神话来研究(当然,对于不信教者来说,那些故事也照样是难以置信的)。

许多学者在定义神话时,还会注意到神话与民间故事的区别:后者主要是为娱乐性需求而编造出来的,而前者却往往是很严肃的。我们一定得注意:述说神话的承传者一定得对所述说的内容信以为真,他们的目的主要不在于

---

① Charles Mills Gayley, *The Classic Myths in English Literature and in Art*, new ed. (Boston: Ginn & Co., 1939), p. 2: "myths are born, not made".

娱乐，而在于传达某种他们认为是真理一样的东西。因此，把神话只看作是文学作品或想象类叙述、无意识的投射、梦的反映、语言疾病等，都是有片面性的。神话确实和所有这些因素相联系，但是它不单独属于其中的一种因素。

传奇和传说两个概念有时可交替使用，因为它们都是指由实际人和事件激发出来的故事，因此二者植根于历史事实。

神话与宗教常常表现出诸多同一性。德国的巴霍芬（Bachofen）认为，宗教为神话提供了表现形式，但他同时认为："神话中往往包含着宗教和历史的事实，两者不是分离而是同一的"。①

马克思关于神话的观点被普遍引用。马克思在《〈政治经济学批判〉序言》中说："任何神话都是用想象和借助想象以征服自然力，支配自然力，把自然力加以形象化。"② 这里要注意的是，马克思不是要从神话学研究角度给神话下一个全面的定义，他只是根据他所写的政治经济学论文本身的需要强调了神话的某方面的性质。换句话说，马克思强调了想象力和神话的形象性、强调了原始人类对自然力的征服心理。这无疑是强调了人类原始思维的重要特点，很正确、很深刻。H. J. 罗丝认为："真正的神话或正宗的神话最终都是天真烂漫的想象力作用于经验事实后产生的结果。"③ 显然，这与马克思的看法相通，但是远不如马克思深刻。

综合以上各类定义，我提出一个参考性定义。

学术性神话定义：神话是远古的或类似远古的人类生存状态的夸张性叙述形式。它试图记录、阐释、控制远古人类面对的自然现象、社会现象和精神现象。

---

① 转引自朱狄：《原始文化研究》，三联书店，1988年，第163页。

② Alle Mythologie überwindet und beherrscht und gestaltet die Naturkräfte in der Einbildung und durch die Einbildung; verschwindet also mit der ... also vom Künstler eine von Mythologie unabhängige Phantasie verlangt.

③ H. J. Rose, *A Handbook of Classical Mythology*, 6th edn (London: Methuen, 1958), pp.12-14: true myth or myth proper is ultimately "the result of the working of naïve imagination upon the facts of experience".

定义要对一种事物的本质特征或一个概念的内涵和外延做尽可能确切的表述。通常的定义做法是"种差+属"定义，即把某一概念包含在它的属概念中，并揭示它与同一个属概念下其他种概念之间的差别。

上面的定义强调：1）时空特点：远古的或类似远古的人类生存状态；2）形式特点：夸张性叙述形式；3）内容特点：涵盖、涉及自然现象、社会现象和精神现象；4）功能特点：记录、阐释、规范功能。

其中的"类似远古"指的是某些现代人在某些部落发现的神话，也许并非是在远古产生，但是其产生神话的状态和远古状态具有相似性。比如澳大利亚土著居民和巴西部落的民族都认为，自己的社会是没有变化过的社会，认为现状是过去的直接存在。[①]

又，其中的"控制"，指的是远古神话不但阐释自然现象、社会现象和精神现象（例如世界的起源、人类的诞生），还往往按照某种独特的原始思维形式为它们立法，这包括远古人有意或无意持有的自然法则和道德、价值法则等。通过这样高度概括式的定义，我们就避免堕入只从一种特定的角度（例如语言、心理、功能或形式等角度）下定义了。

这样一来，神话就几乎兼有了上述各家各派所指出的特点，但它并不单独属于某一流派。例如，神话可以是文学的，因为它的叙述形式有"夸张"的特点。神话可以是历史的，因为它有"记录"性作用。但它又不是完全的历史，因为历史记录排斥"夸张"。神话可以是社会的宪章，因为它有规范社会现象和精神现象的功能。但是它还有别的若干作用，例如不是枯燥的一堆实用原则，如此等等。有了这样的定义，至少对于学者而言，就不会简单地只把神话看作"荒诞无稽"的东西了。

[①] 埃德蒙·利奇：《列维-斯特劳斯》，王庆仁译，三联书店，1985年，第63页。

1.3 神话有没有道德教训的目的？

为了回答清楚这个问题，我们有必要先对道德的含义进行一番考察。

那么什么叫道德？

道德的讨论基础是人类对三种欲望的满足方式和满足程度。首先，人都有三欲（食欲、情欲、权欲，其中的"情欲"包含性欲，下同）。其次，人都愿意使自己的三欲得到满足。然而人类是一个社会，个体欲望的满足常常不得不和社会成员的整体性欲望满足相协调。道德就是这种协调的具体表述。例如：如果不妨碍别人的欲望满足，则自己的欲望满足通常是合理的。然而当自己的欲望满足不得不妨碍别人的欲望满足时，自己的欲望满足的合理性就受到质疑。于是，人类只好静下心来界定人类欲望满足的相关限制条件。即：什么样的欲望满足是合理的，不会妨碍别人的欲望满足；什么样的欲望满足是必须加以限制的，否则就会妨碍别人的欲望满足。那么，如何设立限制条件或限制律令？如果我们仔细思考这个问题，会发现这个问题背后的最高法则是：平等。换句话说，我们人类不知不觉地认同自己是同一类别，因此应该是生而平等的。平等不是一个空洞的词语，它应该落实到具体的对象上。这个具体的对象就是人类的三大欲望：食欲、情欲、权欲。所谓人类的平等，就是人类都有权力平等地满足自己的食欲、情欲和权欲。食欲主要与经济财富等相关，情欲主要与性爱和血缘关系之爱及其他积淀性好感（包括友谊等）相关，而权欲则主要与对别人的控制、荣誉感及其他相关的优越感等相关。道德就是用来调剂这三大欲望的满足形式及具体方式的律令。在对这三大欲望满足形式进行调剂时，人类发现：1）每个个体不可能随心所欲地满足自己的欲望；2）人类个体在满足自己欲望的时候，有可能和别人的同类满足行为发生冲突；3）冲突提醒人类，人类解决冲突的最佳选择是平等地分享 A）食欲类资源；B）情欲类资源；C）权欲类资源。

A 类平等观导致社会主义和共产主义的必然产生；B 类平等观导致恋爱

自由、婚姻自由、情感类结社自由现象的产生；C类平等观导致科举类凭德才掌权和凭拉帮结派掌权现象的产生。人类个体的欲望是无穷的，而能够满足欲望的相应资源却是有限的。于是，人类最大的德就体现为适当克制自己的欲望，只满足按平等比例自己应该享受的欲望满足形式和满足程度。因此，德的本质其实就是自律、自我克制。"己所不欲，勿施于人"只强调了"不欲"这一面，而人是有欲的。因此应该补充说：己所有欲，同享如人。我这个说法，实际上来源于康德《道德理性考察》(*Kritik der praktischen Vernunft*，又译《实践理性批判》)。①

显而易见，当远古人被视为具有"人"的基本特征并且处于群体生活状态时，由于存在对种种生活资料、对异性成员的占有、分配及后代的生育等诸种必然产生的问题，原始人必然要对他们自身先天性就存在的三大欲望的满足与克制进行规定与协调。这种种规范性措施其实就是道德规范、道德律令。神话是远古时期的产物，它在发展过程中势所必然地和上述道德规范趋势相结合，从而使神话渐渐具备明显的道德寓意。

---

① 在道德伦理学领域，康德提出了一个很有影响的伦理概念，叫做"最高绝对命令/律令"(kategorischer Imperativ)。这是什么意思呢？康德认为在伦理道德领域存在一条最高的律令，每一个人应该完全无条件地遵行，所以他称为道德的"绝对律令"。康德首先从现存的许多公认的道德伦理的金科玉律开始研究这个问题。比如说，他考察了孔子的"己所不欲，勿施于人"这条伦理原则和基督教《圣经》提出的"人敬我敬之；人辱我辱之。或：人之所欲施我，我施之于人。或：己之欲他人为己者，施之于人。(Do as you would be done by. Do unto others as you would have them do unto you.)"康德认为儒家的伦理原则和基督教的伦理原则虽然不错，但都有漏洞。儒家的伦理原则的漏洞是只把自己的欲望作为标准来决定行为的取舍。这样做主观性太大，因为自己"不欲"的东西，未必天下所有的人都一律"不欲"。基督教的伦理原则的漏洞也一样。除了把自己的欲望作为标准来决定行为的取舍不一定对，把他人的欲望作为标准来决定行为的取舍也不一定对。因此，康德综合这两大类伦理原则而进行了整合性修改，给出了他自己的伦理原则，即，汝之欲人人相互所为之事，施之于人。(Behandle andere so, wie du von ihnen behandelt werden willst.)意思是说：你愿意人人相互之间如何对待，你就这样对待他人。康德不是把自己这一个体或他人个体的欲望满足原则作为伦理标准，而是把普天下每个人都同意的欲望满足原则作为最终的伦理行为标准。康德追求的是普遍适用于所有人或任何人的伦理原则。由于这种伦理原则普遍适用于一切人，所以是最高原则。由于它是对整体人类的道德要求，因此具有强制性，所以是绝对性律令。(详见康德的 *Kritik der praktischen Vernunft*, 1788。)

但是，神话的道德性在中国学术界曾经是一个问题。中国著名神话学家茅盾先生曾就此发表过看法，并且影响深远，因此有必要对他的观点进行一番剖析，以深化我们在这个问题上的理解。

茅盾在《神话研究》中说："神话并不含有道德的教训的目的"。茅盾的这个观点，实际上是从神话人类学派承袭过来的观点。西方学术界两千多年来在神话研究领域，常常跳不出"隐喻"和"历史"两大学派的藩篱。亚里士多德认为神话是为立法者所创以劝人为善而辅助法律的。[1]这有点道德寓意了，但也顶多起一点辅助法律的作用。随着近代神话人类学派的兴起，对于神话本身的界定有了很大的突破，可以说动摇了过去两千多年的传统神话学说的根基。但是过犹不及，完全否认神话具有道德寓意恐怕也是不妥的。茅盾先生陈述的观点，虽有一定的正确性，却也有较多的片面性和误导性，必须加以重新界定。

一、"神话并不含有道德的教训的目的"中的"神话"如果指的是初民最初创造出来的原始神话，这种说法是值得相信的，因为原始时代的人类可能更多依靠原始本能欲望生活、行动，尚未有明晰的道德观念，因此其神话叙述不大可能有清晰的道德教训目的。

二、"神话"既然是"流行于上古民间的故事"，那么作为"流行"的"故事"，其原始性质势必在流行过程中发生变化，或者被无意讹传，或者被有意篡改。在这种讹变篡改过程中，很难没有"道德教训的目的"之类的因素潜行入神话。因此断言"神话并不含有道德的教训的目的"是有片面性的。也许茅盾先生指的是初民创造出来的原始神话，但这样的神话很难存在，不仅仅因为年代久远容易讹变，还恰恰因为茅盾先生自己说的人民"互相传述"而"流行于上古民间的故事"这些陈述本身，就意味着这里的"神话"并非原初的原创神话，因为它已经被"相互传述"、"流行"且成了"故事"（从前发生的轶事）。

---

[1] 玄珠、谢六逸、林惠祥：《神话三家论》，上海文艺出版社，1989年，第6—8页。

三、茅盾先生在同一篇文章中说:"原始人对于自然现象如风雷昼夜之类,又惊异,又畏惧,以为其之中必有人(神)为之主宰,于是就造作一段故事(神话)以为解释;所以其性质颇像宗教记载。""宗教记载"恰恰含有高度的"道德的教训的目的"因素。因此,说神话颇"像"它,也就是说神话颇像宗教那样具有"道德的教训的目的"因素。这和茅盾先生前此的论断是自相矛盾的。①

四、神话究竟有没有道德性质呢?当然有。在神话学的功能学派那里,神话的道德教训作用是理所当然的。比如马林诺夫斯基就认为:"神话是陈述荒古的实体而仍活在现代生者,可因前例而给某种事物以根据,可使人有古来的榜样而有道德价值,社会制度,与巫术信仰。"②按照马林诺夫斯基的思想,神话会使思想法典化,会强化道德感。各种处世原则,各种仪礼,乃至各种社会体制,都会通过神话的方式获得确认。所以神话不仅仅具有道德性质,它实际上具有可以直接应用于整合社会的实践道德功能。借助于它,人类的远古社会可以在经济上、政治上、伦理上、生产上、日常生活上得到协调。当神话和仪典结合在一块时,它具有特定的社会-心理功能,它是远古初民解释吉凶祸福、进行社会活动、维系社会整体和谐的有力工具和手段。

五、但是,我要重申的是,神话的道德性质不是一开始就有的。神话的道德性质在不同的时代、不同的条件下,其存在的状况是不一样的。1)神话的原初创造者很可能没有道德教训目的,因为在原始时代,人们只是在原始欲望的驱使下活动,其相应产生的神话也就没有明显的道德教训目的;但是,2)随着社会生活的复杂化,尤其是欲望满足问题上产生的冲突,道德观念渐渐产生,因而流行于世的神话,尤其是被人修订的神话(比如荷马史诗中的神话),便往往有或逐步有了道德教训目的;3)抛开上述二者不论,神话传说自身流

---

① 关于这一点,蔡茂松的《比较神话学》(新疆大学出版社,1993年,第33—34页)也做了类似辩驳,可参看。
② 马林诺夫斯基:《巫术 科学 宗教与神话》,李安宅译,中国民间文艺出版社,1986年,第71页。

传到一定的历史阶段,其内容与形式客观上会在不同的社会条件下逐步产生相应的道德教训目的或道德诱导作用。

明白上述第五点的结论性看法的重要性在于:当我们把西方古代神话和中国古代神话相比较时,其道德层面的差异特别明显,人们很容易清晰地看出西方神话在道德意义上对西方文化整体带来的负面影响。而一些主观上试图美化西方文化的学者,则会有意或无意地强调古代神话尤其是古希腊神话的文学审美成就,同时漠视、掩盖甚或否认其道德训诫意义。这一点后面有专文论述。

2 隐喻学派

2.1 隐喻说定义

隐喻学派是西方神话学中最早的学派之一,与历史学派齐名,在西方神话研究方面长期被视为正宗的神话学理论。隐喻派学说认为,远古神话大多不是真实事物的叙述,而只是某种自然现象或人的社会现象的比喻或象征,是一种寓言。《新大英百科全书》在介绍"神话"条目时说:"古希腊哲学的发展推动了神话研究方面的隐喻性阐释,即通过表面的神话文本,寻找隐藏其中的其他含义或可能具有的深层含义。这样的含义通常被认为牵涉到自然现象或人的价值观。与此相联系,产生了一种理性主义倾向。当那些神话研究者采用伪词源学理论时这种倾向尤其明显。这种语境中的理性主义意味着对神话进行字斟句酌的研究,其做法最终是要使包含在神话中的种种陈述具有意义,而不从字面上理解神灵、妖怪或是超自然现象。"[1]

---

[1] *The New Encyclopedia Britannica*, V. 24, (Chicago: Encyclopedia Britannica, Inc., 1997). p. 717: "The growth of philosophy in ancient Greece furthered allegorical interpretations of myth — i.e. finding other or supposedly deeper meanings hidden below the surface of mythical texts. Such meanings were usually seen as involving natural phenomena or human values. Related to this was a tendency toward rationalism,(转下页)

2.2 古希腊哲学如何推动了神话研究的隐喻性阐释

那么古希腊哲学如何推动了神话研究的隐喻性阐释呢？① 要想明白这一点，就须知道这里所谓的古希腊哲学主要指公元前6世纪古希腊伊奥利亚哲学家所倡导的哲学。例如泰勒斯主张水是万物的本原；阿那克西曼德主张"无限者"（神）是万物的本原；赫拉克利特主张火是万物的本原，如此等等。② 这些哲学家们非常严肃地探讨世界的本体论和认识论问题，对于不合逻辑的现象、纯粹的非理性现象，持一种相当审慎的态度。神这个概念和本体论与认识论密切相关，是无论如何也绕不开的哲学命题，因此一定会受到他们的重视。但尽管他们谈到神的存在，却不是随心所欲地胡乱用想象来代替论证，而是用一种颇为理性的反思精神来加以细致考察。总之，神也许会以某种精微奥妙的形式存在，却很难以古希腊神话中描写的那个形式存在。因此古希腊神话中所陈述的种种不可思议的现象自然难以获得这些古希腊哲学家们的简单认同。尽管古希腊神话中有神创造宇宙万物的说法，赫拉克利特却公然说："这个世界对一切存在物都是同一的，它不是任何神创造的，也不是任何人创造

（接上页）especially when those who studied myths employed false etymologies. Rationalism in this context connotes the scrutiny of myths in such a way as to make sense of the statementes contained in them without taking literally their references to gods, monsters, or the supernatural."

① 俄罗斯神话学家叶·莫·梅列金斯基认为西方古代（古希腊）哲学可以说是滥觞于对神话材料的反思，而这种反思势所必然地会引出理性知识与神话的关系问题。智者派（一译诡辩学派）认为神话是一种隐喻。(Развитие античной философии началось с рационального переосмысления мифологического материала и, естественно, выдвинуло проблему отношения рационального знания к мифологическому повествованию. Софисты толковали мифы аллегорически. Платон противопоставил народной мифологии философско-символическую интерпретацию мифов. А. Ф. Лосев v крупнейший современный интерпретатор Платона v считает, в частности, что ?учение об универсальном живом существе становится у Платона трансцендентально-диалектическим основанием вообще всей мифологии?)（叶·莫·梅列金斯基：《神话的诗学》，商务印书馆，2009年，第12页）梅列金斯基的看法与上述《大英百科全书》中说法略有不同。引作参考。

② Bertrand Russel, *A History of Western Philosophy* (New York: Simon & Schuster, 1967).

的；它过去、现在和未来永远是一团永恒的活火，……"① 在这样的哲学思考氛围中，古希腊神话的真实性受到极大的挑战。由于这种挑战，伟大的古希腊哲学家苏格拉底竟然因此丢掉了性命。雅典公民曾以 280 票对 221 票的微弱多数以民主的形式判处了苏格拉底死刑，苏氏死罪中的一条大罪竟然是：不信城邦的神（即荷马史诗中描述的神）！柏拉图也对古希腊神话多所贬抑，将荷马、赫西俄德等赶出他的理想国。他认为虽然神话"具有某种特别的表现力"，但不具有真实性，是"假话"，不可将之与"逻各斯"并论。古希腊历史学家希罗多德也否认神话的真实性，他称神话为"一种不可信的故事"。亚里士多德提到古希腊神话时，只是将之视为文艺现象，不将它们看作具有真实性的传说。

那么，现在的问题是：如果古希腊神话不是远古真实状况的描述，这种神话传说究竟属于什么性质的文化现象呢？对于这个问题，古希腊的塞诺芬尼（Ξενοφάνης）的回答颇具代表性。按照他的阐释，神话其实是"古人的寓言"。学术界一般认为，神话学中的隐喻理论就源自这位古希腊的哲学家的看法。另外一位古希腊哲学家德亚更（Θεαγένης）也曾宣称过神话中神祇之间的战争其实是在隐喻宇宙间各种元素相互之间的竞争。② 由于塞诺芬尼的说法更系统更有影响，因此通常把他作为隐喻说的代表人物。

2.3 隐喻说：从科学性追求到不科学性结论

隐喻派理论本来是为了反对古代神话的不理性（用现在的话来说，就是不科学性）而提出来的，但是，它把丰富多彩的神话统统归类为隐喻，就无形中一笔抹杀了大量神话与历史现实之间可能具有的某种实在性联系，古代神话

---

① Bertrand Russel, *A History of Western Philosophy* (New York: Simon & Schuster, 1967).
② 比如希腊神话中吞食子女的天神克洛诺斯的本意是"时间"，因为宇宙万物无不为"时间"所吞食；阿波罗与达芙妮的恋爱神话则可解释为"太阳"与"露水"关系的象征。又如阿波罗（Απόλλων）是火，赫拉（Ήρα）是空气，波塞冬（Ποσειδώνας）是水，等等。

似乎成了可以随心所欲阐释的文本。这种理论赋予阐释者很大的主观随意性空间，神话愈是可以被阐释成多种寓意，就愈是变得扑朔迷离、索解无根。结果，追求科学性解释的初衷似乎又走向了不科学的阐释理论。

2.4 隐喻说：古希腊人道德意识的升华

国际神话学界一般认定隐喻说的产生与古希腊的哲学发展相关（如上所述），这固然不错。但是，哲学在古代是一个几乎包罗万象的概念，由于其包容性太宽泛，有时难免缺乏更具体的针对性。我们不妨换一个角度，从道德伦理（其实也属于广义的哲学）角度探讨一下隐喻说的产生根源。

隐喻说的提出，是古希腊人在道德意识方面有了较高程度的自觉之后的必然产物。要说清这个问题，还得从隐喻说的创始者塞诺芬尼开始。

塞诺芬尼宣称神话是"古人的寓言"，与他对神的看法有关。

人们仿照自己的样子塑造神。

塞诺芬尼指出，许多民族敬奉的神实际上是人们根据自己的模样一厢情愿臆造出来的，这在某种意义上与神造人的说法针锋相对。在现存的塞诺芬尼残篇B14—16中，塞诺芬尼对人们通常认为神具有人的形状的流行看法评论说：

> 但凡夫俗子们却认为诸神本是降生，
> 穿着他们的衣服，有身体有声音。（残篇B14）

> 色雷斯人说他们的神是红发蓝目，
> 埃塞俄比亚人说他们的神是狮鼻黑肤。（残篇B16）[①]

---

① Ἀλλά οι θνητοί υποθέτουν πως οι θεοί γεννιούνται, / Ότι φορούν τα ρούχα τους και έχουν φωνή και σώμα. (B14)... Αἰθίοπές τε ‹θεοὺς σφετέρους› σιμοὺς μέλανάς τε Θρῆκές τε γλαυκοὺς καὶ πυρρούς ‹φασι πέλεσθαι›(B16).

他冷嘲热讽地说：

> 如果马和狮子有手，且能够像人一样画画和塑像的话，马画出或塑成的神像一定像马，狮子画出或塑成的神像一定像狮子。①

2.5 塞诺芬尼提出自己信奉的新神

既然许多民族可以根据自己的模样塑造神，塞诺芬尼当然也可以这么做。然而塞诺芬尼的上述言论只是为他可以论证他认为真正存在的神的概念提供理由，他并不是否认存在神，也不是真要自己塑造和自己模样相同的神。恰恰相反，他认为，神是存在的，但不存在许多神，而只存在一个神。这个神在形体和心灵上都不像人。它根本不动，但它能看，能听，也能知。它甚至能用心灵的思想力使万物活动。这样，塞诺芬尼就提出了一个全新的神的观念。②

塞诺芬尼提出的这个新神的概念可能是西方最早的一神论概念，与后来基督教的一神论不是一回事，但也有相通处。塞诺芬尼在这方面对古希腊人来说太超前了，他提出的这个神的概念很难为他的同时代人所理解，即便是博学的亚里士多德也对于他的这个概念莫名其妙。

2.6 塞诺芬尼的神是善良的没有恶性的神

说塞诺芬尼的神是善良的没有恶性的神，我们能够找到的直接的材料很少。事实上这个结论是反推出来的。如何反推？这可以从塞诺芬尼极端反对古

---

① Στο απόσπασμα B15 προσθέτει και μια σατιρική νότα λέγοντας: αν τα άλογα και τα βόδια είχαν τα χέρια και μπορούσαν να ζωγραφίσουν οι θεοί τους θα 'μοιαζαν πολύ με άλογα και βόδια. (ἀλλ' εἰ χεῖρας ἔχον βόες <ἵπποι τ'> ἠὲ λέοντες ἢ γράψαι χείρεσσι καὶ ἔργα τελεῖν ἅπερ ἄνδρες, ἵπποι μέν θ' ἵπποισι, βόες δέ τε βουσὶν ὁμοίας [...])Ο Ξενοφάνης ύψωσε μια διαφορετική φωνή.

② 这里陈述的资料可以从很多书中找到，为方便计，多参考了以下两个网址中的内容：http://plato.stanford.edu/entries/xenophanes/；http://baike.baidu.com/view/676705.htm.

希腊神话中的神的邪恶性看出来。① 塞诺芬尼既然十分反感有邪恶特点的神，他当然就是赞成没有邪恶的善良美好的神了。

这里可以顺便指出，塞诺芬尼关于理想"神"的描述总是令我感到震惊。他关于神性的观点与佛教徒关于佛性的观点极为相似。他认为神是没有生死的，"神在形体和心灵上都不像人。它根本不动，但它能看，能听，也能知。它甚至能用心灵的思想力使万物活动。"② 而大乘佛教中的佛性、真如、自性、了了灵知、本心……也恰恰是能知、能闻、能看、能嗅，但又是"未曾有生死，不生不灭，不增不减，不垢不净，不好不恶，不来不去；亦无是非，亦无男女相，亦无僧俗老少，无圣无凡；……犹如虚空，取不得，舍不得；山河石壁不能为碍，出没往来，自在神通，透五蕴山，渡生死河，一切业拘此法身不得。"③

塞诺芬尼是西方第一个较为系统地提出了新神概念的哲学家。他的这个新神不仅仅在存在方式和功能方面极其类似东方佛教中的佛或佛性，而且也很像东方人信奉的菩萨和佛一样善良、仁慈。对于新神德行方面的完美性质，塞诺芬尼在残篇 B23—26 中有一定的阐述。尤其在残篇 B23 中，他说：

太一之神乃最伟大之神，

---

① 塞诺芬尼何以不满诗人们对神灵的描述，其原因虽未见解释，但是我们可以从残篇 B1 中塞诺芬尼呼吁人们尊重神灵这一点推论出来：为人诟病的恶行与人们假定神灵应该具有的善良或完美品质是不相容的。(The basis for Xenophanes' unhappiness with the poets' accounts is not explained, but we may infer from the concluding call to pay due honor to the gods in Xenophanes' B1 that an attribution of scandalous conduct would be incompatible with the goodness or perfection any divine being must be assumed to possess. Cf. Aristotle Meta. 1072b; Plato, Rep. 379b.)

② 见残篇：Αυτός ο ένας θεός είναι μέγιστος ως προς την τιμή και τη δύναμη Το μεγαλείο της δύναμης εξηγεί στη συνέχεια το χαρακτηρισμό του θείου ως διορατικού και συνειδητού σε όλα τα μέρη του (παντεπόπτης). Greatness in power would in turn explain the characterizations of the divine as perceptive and conscious in all its parts (B24), able to shake all things by the exercise of his thought (B25), and able to accomplish everything while remaining forever in the same place or condition (B26).

③ 菩提达摩：《达摩四行观·达摩血脉论·达摩悟性论·达摩破相论·最上乘论》，河北省佛教协会虚云印经功德藏印行，2005 年，第 16 页。

绝不与凡人一样身心。①

塞诺芬尼隐喻说代表着古希腊人中的精英迫于道德考量而为古希腊神话的非道德因素找到托词。

塞诺芬尼心目中存在有理想的全能的善良的神，这表征着古希腊人中的知识分子精英已经有了较为完整系统的道德意识。他认为理想中的神应该是善良的、是值得人们诚心敬奉的。有了道德高尚的神，就等于有了道德参照标准，就有了明确的道德评判准则。以这样的神去比较别的神时，塞诺芬尼当然很容易得出自己的结论。于是，古希腊神话中的神（尤其是荷马史诗中描写的神）身上的缺陷，就很容易被发现。正是在这样的道德参照神的对照下，塞诺芬尼发现自己不能相信古希腊神话中描写的神（比如荷马史诗中描写的神）的缺陷。这一庞大的神谱系统中的神在神话传说中竟然和人一样干各种坏事，"盗窃、通奸和相互欺诈"②。这样的描述一定在塞诺芬尼的心灵中撞击出巨大的矛

---

① Ἕνας θεός μέγιστος μεταξύ των θεών και των ανθρώπων. Καθόλου δε μοιάζει με τους θνητούς στο σώμα ή τη σκέψη. (B23) 这里的翻译与原文略有出入，即省掉了 gods（众神）。这样做的根据是下面有关专家的解释：Although the remark has often been read as a pioneering expression of monotheism, this reading is made problematic by the nearby reference to "gods" in the plural in the first line and the possibility that Xenophanes sought to highlight not the *one* god but rather the one *greatest* god (cf. Homer, *Iliad* 12, 243 for the use of "one" (Greek *heis*) reinforcing a superlative). The relevant measures of divine "greatness" are not specified, but the two most obvious choices would be greatness in honor and power, with honor perhaps the more basic of the two (cf. *Iliad* 2, 350; 2, 412; 4, 515; *Od.* 3, 378; 5,4; Hesiod, *Theogony* 49, 534, 538, etc.). Greatness in power would in turn explain the characterizations of the divine as perceptive and conscious in all its parts (B24), able to shake all things by the exercise of his thought (B25), and able to accomplish everything while remaining forever in the same place or condition (B26).

② 比如残篇 B11 和 B12 的描述隐约批评了荷马与赫西俄德有关神灵的故事：
荷马与赫西俄德将人类身上备受苛责的各类特点都赋予了神灵：盗窃、通奸和相互欺诈。（残篇 11）
……他们讴歌神灵身上的诸多不法行径：
盗窃、通奸和相互欺诈。（残篇 12）
(Ο Όμηρος και ο Ησίοδος απέδωσαν στους θεούς όλα εκείνα που σχετίζονται με τις κατηγορίες και επικρίσεις μεταξύ των ανθρώπων: την κλοπή, τη μοιχεία και την αμοιβαία εξαπάτηση. (B11) … τραγούδησαν πολυάριθμες παράνομες θείες πράξεις: κλοπή, μοιχεία, κι αμοιβαία εξαπάτηση. (ὡς πλεῖστ(α) ἐφθέγξατο θεῶν ἀθεμίστια ἔργα, κλέπτειν μοιχεύειν τε καὶ ἀλλήλους ἀπατεύειν) (B12))

盾。如果神真的是像他相信的那样善良全能，何以古希腊神话中的描述对神的形象如此亵渎？要么是根本就没有神，要么是古希腊神话中的描述是错误的、扭曲的，否则就无法解释这一矛盾。

塞诺芬尼既然认定有高尚、美好、全能的神的存在，他就势所必然地会反对古希腊神话（尤其是荷马史诗）中对于神的形象的描写。实际上，他也是这么做的。从现有的文献残篇可以看出，塞诺芬尼确实认为，人们传颂的神干的各种邪恶的事，都是无稽之谈，是荷马和赫西俄德把人间的无耻丑行加到诸神身上的。为此，他写了许多哀歌、讽刺诗和叙事诗，他在这些作品中对赫西俄德和荷马诗篇中描写的神的形象很不以为然。他呼吁人们不要去歌颂传说、神话和史诗中所传说的宙斯和泰坦、巨人们的斗争，也不要去歌颂城邦里那些无益的纷争。为什么呢？塞诺芬尼至少有三个理由。第一，就道德意识而言，这些神的形象不是美好、高尚的而是具有邪恶性质的神；第二，古希腊其实不存在这种邪恶的神，那么为何有这些神话叙述？它们不是按照真实的众神的形象而塑造的，它们其实都是先辈们的虚构，因为真正的神不应该是这个样子；第三，为什么没有这样的神而先辈们却偏偏要虚构出那些神话呢？因为他们虚构出这些神话只是要把它们作为寓言，这就是"古人的寓言"，目的是要借助神话这样的叙述形式，传达更加深微奥妙的含义。这第三个理由，构成了神话学界源远流长的隐喻说的基础。隐喻说的提出，有助于古希腊人摆脱古希腊神话中的道德情趣低下部分对古希腊社会精神世界的污染。如果有人根据古希腊神话说古希腊的神也有见不得人的情欲的话，塞诺芬尼的隐喻说会告诉你，那不是真的，那种描写只是"古人的寓言"而已。很显然，隐喻说的提出，背后确实有古希腊知识分子精英的道德意识考量。而且，这种道德意识标准还是高度理想化的几近完美的道德追求，尽管古希腊社会整体对塞诺芬尼的这种道德训诫并没有采纳，但是它毕竟是一种值得表彰的努力。因此，隐喻说的提出既是古希腊人在特定历史阶段哲学思维的必然产物，也是古希腊人在道德意识方面有了较高程度的道德自觉之后的必然产物。

2.7　隐喻说：理路缺陷、学术暗示性后果、本义与现代学者对于隐喻的阐释义

其实，隐喻说的理路基础是很薄弱的，很难经得起学术质询。

第一，隐喻这个用语本身暗示能够使用这种技术的人必定是具有较高程度的智力运作的人。而神话是远古未开化民族或蒙昧民族的产物，那时的民族恐难以运用这种单一的文学性艺术手法来编织出庞大的具备隐喻性密码系统的古希腊神话。

第二，那时的民族有必要使用这样的手段来编织这样的神话系统吗？什么条件促使他们必须这样做？历史并未有资料为此提供佐证。

第三，由于生存条件本身的制约，远古民族擅长的其实是直观的、形象的信息传达方式，不太可能大规模地运用具有抽象意义的、曲折的言在此而意在彼的隐喻方式。换句话说，隐喻者须有隐喻的能力、智力。主动地、有意地运用隐喻技巧应该是后来的人类具备的能力。

根据以上的分析，严格地从学术角度来看，隐喻说把庞大的古希腊神话传说全部判定为"古人的寓言"，这种武断是令人吃惊的。而更令人吃惊的是这个学说居然曾经长期流传，一直延续到中世纪都有若干信奉者。由于它的影响曾经非常巨大，要对它的功过做一番评定是相当棘手的事情。斯多葛派则试图对荷马神话进行全面的隐喻性解释，克尔斯普斯（Chrysipus）把诸神归结为物理和伦理原理，亚里斯士多德认为神话是为立法者所创以劝人为善而辅助法律[①]，这都是循着隐喻说的思路展开的研究，多少与隐喻说遥相呼应。

但我们要特别注意，隐喻学派的这个学术用语"隐喻"具有相当大的后发性学术暗示作用。它与后来貌似相似的新理论在多数情况下并非是一回事，但是"隐喻"的说法在哲理上具有颇高的含义指涉，确实在未来时代衍生了若干

---

① 玄珠、谢六逸、林惠祥：《神话三家论》，上海文艺出版社，1989年，第6—8页。

歪打正着的学术结果。如 19 世纪的哲学领域，德国哲学家谢林在其《先验唯心论体系》中说神话中的神不是真正的神，而是一种"寓意"。19 世纪的梵文学者缪勒（Max Müller）也支持神话是隐喻的理论。他相信神话一开始就是对自然做隐喻性的描述，之后渐渐被解释成文学性的东西：比如，把大海诗意地描绘为"发怒"，结果这种描述渐渐被看成是一种文学性描述，于是大海也就被看作是一位"发怒的神"。20 世纪以来，神话学领域兴起的心理分析学派的代表如弗洛伊德和荣格分别将神话看作潜意识或集体无意识的反映，都很有隐喻说的意味。结构主义学派的代表人物列维-施特劳斯将神话看成是心理和社会的共有结构重建形式，明显带有隐喻学派的影子。

但是，无论隐喻说在后世如何变态复兴，我们一定要分清原初的隐喻说本义和后来学者循着隐喻式叙述而做出的努力。很多学者不知不觉地混淆了以下两个命题：1）神话是由古人用隐喻的方式讲述的寓言故事；2）神话内容具有隐喻性。前者是塞诺芬尼为首的隐喻学派的本义，后者则是许多别的学者，尤其是现当代神话研究者的观点。二者是两个完全不同的命题。神话内容具有隐喻性并不意味着最初的神话讲述者是有意使用隐喻手段的。比如说哲学家卡西尔也喜欢使用隐喻这个术语来观照神的问题，他说："隐喻的力量……：神话思维和语言思维在各个方面都相互交错着；神话王国和语言王国的巨大结构在各自漫长的发展过程中都受着同样一些心理动机的制约和引导。……神话和语言受着相同的，至少是相似的演化规律的制约。……同样一种心智概念的形式在两者（语言和神话）中相同地作用着，这就是可称作隐喻式思维的那种形式。"[①] 显然，卡西尔真正讨论的是神话结构与语言结构的相互关系问题，与原初的隐喻说本义是两回事，我们不能因其使用了"隐喻"一词而将他的学说与塞诺芬尼的隐喻说混同起来。

---

① 恩斯特·卡西尔：《语言与神话》，三联书店，1988 年，第 102 页。

2.8 隐喻说警示：勿入以今例古的陷阱

今人的智力特点和古人的智力特点一样吗？如果不一样，今人能想到的，古人未必能想得到；古人能想到的，今人未必想得到。有些东西，今人和古人可能想法差不多，但是也有些东西只可能是今人或只可能是古人才能够想得到。从维柯开始，学者们逐渐意识到，古代人在直观思维、表达方面比现代人强，但现代人在理性思维、抽象思维方面则无疑比古人要高出许多倍。由于这个原因，习惯了理性思维的现代人容易犯以今例古的错误，即简单地以现代人所处的状况来类比古代人，甚至把现代人具有的或擅长的因素强加给古代人。以今例古在有的情况下是有用的方法，但是不顾及具体的地理、历史等条件而机械运用，势必产生误差乃至完全错误的结论。这个教训当然不仅仅适用于神话研究，对其他领域的研究也具有一定的启发性。

3 历史学派

人类历史上的一切理论形态往往呈阴阳对立、互构互补的两大类状态，并循环演进。两大类理论形态中的理论又各自衍化为相互关联的更多的形态。我曾在1986年提出过人类文化理论形态阴阳太极系统图论。在我看来，神话学说中的隐喻说和历史说就呈现了这样的关系。换句话说，神话隐喻说的产生实际上预示、铺垫了历史学派的必然兴起。隐喻说强调了神话表层结构的虚假性而代之以深层结构的合理性解释。按照隐喻说，神话中描写的人物事件都是虚构的寓言，基本上没有历史依据；而神话历史说恰恰是这种理论的反拨，它强调神话中所叙述的内容虽然不能与实际历史事件吻合，却可能是历史事件的变相反映，是"化了装的历史"。历史说表明，神话的产生发展有个衍变过程，但是无论怎么变，其根源上往往与神话最初产生的历史环境具有某种客观联系。

3.1 历史说：欧赫美尔主义

神话学中的历史说是古希腊欧赫美尔（Euemeros 或 Euemerus）提出来的，后人谓之欧赫美尔主义（Euhemerism）。欧赫美尔曾写过一部乌托邦式的著作，书名《神圣碑铭记》（*Η Ιερά Επιγραφή*），在古代世界曾一度风行。欧赫美尔认为：神本来是人，但死后被人们崇拜为英雄。据某些转述的材料说，欧赫美尔曾在自己的《神圣碑铭记》一书中，述说他本人曾到印度洋上的派克尔岛（Panchaea）旅行，那里有一座宙斯神殿，神殿里的碑铭叙述道：宙斯原来是克里特岛人，他曾在东方广泛游历，并在返回克里特去世之前，被派克尔岛人奉为神。"① "根据这种学说，一定的神起源于受到崇拜的伟大人物，因为他们给人类以恩惠。"② 欧赫美尔由此相信，古希腊神话中的许多事件和人物其实都可以解释为过去实实在在存在过的事件和人物，只不过后来被赋予了超自然的特点而已。欧赫美尔的这本书曾由诗人厄尼乌斯（Ennius, 239-169 BC）翻译成拉丁语，可惜此书的古希腊语原著和拉丁语译本现在都只有少量残篇留存下来。

客观地说，从理性主义的角度看，欧赫美尔的观点是容易被接受的，至少它比隐喻说听起来更合情合理，就是普通人也容易有这样的想法。尤其对于中国当代人来说，这是很容易接受的，因为在中国历史上存在许多被人神化的英雄，比如黄帝、大禹、后羿、老子等这些古代的伟人，都被神化成了神仙类人物。美国加州大学戴维斯分校的希腊籍历史教授斯皮利达基斯（S. Spyridakis）认为："欧赫美尔的功绩在于，他系统化地阐释了一个古老的被人广泛相信的观点：神和人之间的界限并非总是清晰的。"③ 他认为，欧赫美尔能够做到这一点，是有深刻历史背景的。这就是当时古希腊哲学界对人类灵魂中的神性进行理性的哲学思辨已经达到了这样一个高度，再加上当时亚历山大大帝远征印度

---

① Isidre Okpewho, *Myth in Africa* (Cambridge: Cambridge University Press, 1983), p. 2.
② *The New Encyclopaedia Britannica*, Myth and Mythology, p. 717.
③ S. Spyridakis, "Zeus Is Dead: Euhemerus and Crete", *The Classical Journal*, 63.8 (1968), pp. 337-340.

等实际活动带来了这种观点的佐证材料。欧赫美尔实际上提出了一种新的阐释方法，用它可以对种种宗教信仰做出解释。①

3.2 历史说：欧赫美尔主义如何被基督教利用

早期的基督教教徒十分巧妙地利用欧赫美尔的观点对所谓基督教之外的一切异教神的神圣性进行了毁灭性攻击。他们认为一切异教神话所记录的无非是人们随心所欲地编造出来的纯粹的寓言传说而已。公元247年，北非的一个叫西普利安（Cyprian）的皈依基督教的教徒用拉丁文写了一篇文章《论偶像的虚荣》（*De idolorum vanitate*）。他在文中就完全赞同欧赫美尔的理性观点，似乎欧赫美尔的说法是理所当然的。文章顺着欧赫美尔的观点说：

"普通人祭拜的这些神并不是神，是由下述事实看出来的：他们只不过是过去的帝王而已。由于他们的王室因素，结果就在死后受其人民的崇拜。于是人们为他们建庙供奉，将他们塑像以保持其真容；人们用供品祭献他们，举行庆祝活动，以便给予他们荣誉。这些仪式最初本来只是为了获得慰藉的形式，可后来，在子孙后代的眼中却变得神圣起来。"②

---

① 关于欧赫美尔拉丁文献残篇，可参见下述来源。Of the Latin translation, only a few brief fragments have come down to us, where they were quoted in patristic writers, especially in a fragment said to be from Diodorus Siculus, preserved by Eusebius in his history of the Church. Other fragments survive quoted by Lactantius in his treatise De falsa religione ("Concerning False Religion," 1.11), a context sympathetic to Christian mythography. Euhemerist ideas apparently also survived in Philo of Byblos, who transmitted a euhemerist view of Phoenician religion, according to what was preserved in the pages of the Christian historian Eusebius of Caesarea: "It was Eusebius' object to refute the pagans, not recover the history of Phoenicia." [4] (see Euhemerism and the early Christians below). Truesdell S. Brown, "Euhemerus and the Historians" *The Harvard Theological Review*, 39.4 (1946) pp. 259–274.

② That those are no gods whom the common people worship, is known from this: they were formerly kings, who on account of their royal memory subsequently began to be adored by their people even in death. Thence temples were founded to them; thence images were sculptured to retain the countenances of the deceased by the likeness; and men sacrificed victims, and celebrated festal days, by way of giving them honour. Thence to posterity those rites became sacred, which at first had been adopted as a consolation. (Written a.d. 247. Compare vol. ii. pp. 79, 136, 184, etc.) 出处：http://en.wikisource.org/wiki/Ante-Nicene_Fathers/Volume_V/Cyprian/The_Treatises_of_Cyprian/On_the_Vanity_of_Idols#cite_note-0。

按照基督教的观点，神只有一个，那就是上帝。而异教神话中却有很多神，这是不合理的。现在欧赫美尔发现，连宙斯这样的神的真身都只是一个凡人，足见异教神不是真正的神，而只是一些被抬高了的凡人。

但是，如果按照理性主义的逻辑来考量，基督教徒的论证也是不严密的。首先，基督教必须证明神的存在是事实；其次，必须证明神确实只有一个；其三，必须证明人不能变成神。显然，基督教无法对三个命题以理性主义的方式进行论证并得出必然的结论。异教神被证明是凡人，并不能确保基督教圣经中的神就不是凡人。比如有许多文献证明，耶稣基督本身就是一个凡人。德国学者霍尔根·凯斯顿（Holger Kersten）曾写过一本《耶稣在印度》（*Jesus lebte in Indien*）的书，论证耶稣的许多凡人经历（包括在印度的经历）。该书在耶稣的诞生方面，甚至将希腊文版的《圣经》故事中的三博士故事与流行于西藏的寻找转世灵童的故事联系起来阐释耶稣的出生情况。该书断言："在古印度的传说中，可以找到与几乎所有介绍耶稣的情节相同的描写。"不但如此，连一些佛的姓名都和耶稣的几乎完全一样："印度三相佛中的克利什那是一个不仅仅在名字上与基督有同一词根的神子（因此布拉瓦茨基在他的著作中也一直使用含义明确的书写方式 Christna）。基督（Christus）一词来自希腊文 Christos，意思是'涂油受膏者'。Christos 一词的本源是梵文 Krisna（Krishna 意为'吸引一切者'），在口语中，人们往往读成 Krishto。Krishto 的意思是'吸引'。这位'吸引一切的人物'是神的最高人格化。"[①]

而如果按照佛教的观点来看，基督教徒认为人不可能成为神的观点也是不对的。佛教认为人和神本来就是一体的，心、佛、众生本来是一体的。每一个人都有佛性，都有成为神的内在依据。"三界唯心，万法唯识"。宇宙万物都是众生的心识（尤其是阿赖耶识第八识）幻现出来的。众生是没有开悟的佛，佛是开悟了的众生。此外，就神的数量而言，佛教认为神不只一尊，而是无穷多。因为众生是无限的，佛也是无限的。所以，基督教利用欧赫美尔的神话人物乃

---

① Holger Kersten, *Jesus lebte in Indien*, (Muniche: Droemersche, 1983), p. 109.

是历史现实人物的观点来为基督教教义服务，并没有为基督教赢得多少理由。

不过，从道德水准来说，基督教的一元神毕竟优于古希腊神话中的神。尽管基督教的神也有报复心、会发怒，毕竟不会像宙斯那样到民间寻花问柳，也不会像其他希腊神那样公然在战场上帮助自己的信徒残害对手的生命。

塞维利亚的大学者依丝多列（Isidore of Seville）曾编撰过极具影响的早期中世纪百科全书。他在全书中曾设专章"各国诸神论"（De diis gentium）。他通过使用大量的各式各样的神谱例证，阐释他从拉克坦提（Lactantius）那儿借来的原则："异教徒们所号称的诸神其实过去都是纯粹的凡人。"（Quos pagani deos asserunt, homines olim fuisse produntur.）对欧赫美尔的观点他非常钟情，力图把所有那些他认为是神化了的人物罗列起来，分成六个大的历史时期，然后把这些神化人物分头放到这些历史时期之内，最后分出他所谓的各式各样的神话时代。①

毋庸讳言，欧赫美尔的神话历史说确实对非基督教的偶像崇拜产生很大的颠覆作用。因此，欧赫美尔在一定历史时期受到围攻、斥责，也是可以理解的。

3.3　历史说：从神话研究到严肃的历史研究

神话研究和历史研究往往交相互动，交相阐释。但长期以来，从事文学研究的人往往无视这个方面，总是有意或无意地把神话研究看作是文学研究的专门领域。例如我们得以获得批准的这个社科基金项目"外国古代神话和史诗研究"就是设在外国文学研究领域而不是设在历史研究领域的。但事实上，神话学研究对历史研究的影响乃至对广义的文化研究的影响远不是狭义的文学研究领域所可涵盖的。神话学研究中的历史学派的兴起，确实把神话学与历史学研究紧紧地联系起来。如果神话真的是化了装的历史，那么研究神话就是在不

---

① Isidore, *Etymologiae*, book viii, ch. 12.

知不觉地研究某种历史,故有些历史学家把神话称为一种"准历史"(quasi-history),这是有一定道理的。

然而历史研究是需要切切实实的史料依据的。出于对神话中掩盖的历史真相的探求,历史学家们不得不以极为严谨的理性精神和科学精神作为指导,试图揭开神话中可能蕴含的历史事件或历史人物之谜。

但是,严肃的历史学家们在这个问题上始终是十分谨慎的。即便到了18世纪启蒙时代,在科学和理性精神的孕育下突飞猛进的古典史学研究在通常情况下还是有意无意地和神话保持相当的距离,绝不会把历史真实性轻易地赐予古代神话。他们小心翼翼地收罗证据、甄别真伪,他们把神话传说作为一种引发研究灵感的良方,却绝不把它们看作信史。事实上,罗马史家尼布尔和刘易斯都曾质疑过古罗马早期传说历史的可靠性。蒙森对于来源于有争议的神话内容总是不予考虑。[1] 希腊史家格罗特还说:"公元前776年之前希腊的大量事件无论在历史和年代上都不能复原……在希腊传说的诗歌中列出年代的特定人物和事件,都不能被认为属于真实历史的领域。"正宗的历史学家与神话学上的历史学派总是保持某种若即若离的关系。当然,他们也不完全否认神话与古希腊社会有一定的客观联系:"根据荷马的描写和提示,可以认为英雄时代的社会和生活方式一般说来是能够认识的";史诗"作为生活方式的图景却是充满教益的";史诗作者虽非史家,但"作为当代社会的不自觉的解说者具有极大的价值"。[2]

值得重视的是希腊史学家库斯特,因为他"认为许多历史情况可以从传说中找到,这是因为,传说远非某一个人的捏造,而是整个民族的记忆。"[3]

但是,总的说来,神话历史学派的观点仍然只是一种颇具想象力的假说。

---

[1] J.W.汤普森:《历史著作史》,商务印书馆,1992年,下卷第3分册,第209—210页;下卷第4分册,第671—672页。

[2] 乔治·格罗特:《希腊史》(G. Grote, *History of Greece*),剑桥大学出版社,1854年,第2卷,第47页,79页;第1卷序言,第14页;第2卷,第78页。

[3] J.W.汤普森:《历史著作史》,下卷第4分册,商务印书馆,1992年,第682—683页。

截至 19 世纪中叶，它始终未有机会堂而皇之地受到正统史学研究界的严肃对待。这其中一个最关键的原因是：缺乏实证性依据，尤其是考古依据。因此，用考古方法来证实古希腊神话、史诗中的某些历史叙述成了最具挑战性也最具影响力的科学途径。

3.4　历史说：从神话研究到严肃的考古研究

以《荷马史诗》中的神话描写来说，其中描述的现象究竟在多大的程度上具有可信性？比如说，其中的特洛伊战争在历史上是不是真实的？发生过这场战争吗？有特洛伊古城这个地方吗？有阿伽门农王和特洛伊国王吗？尽管这在古希腊时代曾被当作信史，但在近代史家的眼里，其真实性是受到严重质疑的。如果神话传说只是寓言，那么这些叙述就可以完全看作是子虚乌有的艺术想象，它们就至多只具有某种高妙的哲理冥思与审美趣味的价值。那样一来，历史学派的观点就只是一种臆测、一种貌似合理的理性游戏。

一切都期待着两个字：考古。

谁会以古希腊神话或《荷马史诗》中描写的状况作为依据来进行考古？

严肃的正宗的历史学家或考古学家绝不会有一个人敢开这样的玩笑！

有意思的是，人类历史上许多惊人的发现常常是歪打正着而产生的。学哲学的马克思成了经济学家；学教育的毛泽东成了政治家；学医学的鲁迅成了文学家……也许，解决上述神话学之谜的人也不一定是神话学家或历史学家，甚至不是正宗的考古学家，而是一位喜欢离经叛道的天才。

情况正是如此。

古希腊神话史诗之谜的考古性突破成就，要归功于一位德国商人。他的名字叫海因里希·谢里曼（Heinrich Schliemann）。

关于谢里曼的传奇性故事，到处都可以查到。作为严肃的学术研究，我们不便过多涉猎此类记载。但是谢里曼的考古成就是一个特例，它必须被简要地加以陈述，作为一种学术研究启示放进我们的严肃的学术研究殿堂。

3.5 海因里希·谢里曼考证荷马史诗所叙述的古城

海因里希·谢里曼，德国考古学家，考古学史上的传奇人物，是希腊古典时代以前远古文化发掘与研究的开拓者。谢里曼不是正规的科班出身，家境贫寒，曾以学徒方式谋生，是个典型的自学成才者。他自幼酷爱读书，尤其倾心于荷马史诗。据称他经过自学，掌握了 10 多种语言。谢里曼有一个令人奇怪的信仰，就是坚信荷马史诗所叙述的特洛伊战争是历史事实而非艺术虚构。因此他发誓有朝一日发掘特洛伊古城，找出史诗中所说的埋藏在地下的财宝。谢里曼通过经商成为巨富，又毅然抛弃商业而献身他青年时代醉心的荷马史诗中的古城挖掘事业。消息传出，整个西方考古界对这一行为的嘲弄乃至诽谤可想而知。然而世界上亏得有谢里曼这种一旦下定决心就不屈不挠、万牛莫挽的人。

谢里曼了解英国考古学家弗兰克·卡尔弗特（Frank Calvert），在土耳其的一个地点已经挖掘了 20 多年。他于 1868 年对该地进行了实地考察，写出了先期研究成果《伊萨卡、伯罗奔尼撒和特洛伊》(*Ithaka, der Peloponnesus und Troja*) 一书，并在书中断言荷马史诗所记录的特洛伊城应该位于该处达达尼尔海峡附近的希萨尔利克（Hissarlik）山丘下面。他还用古希腊语写了一篇内容相同的论文提交给罗斯托克大学（the University of Rostock），该大学因此于 1869 年授予他博士学位。

一切按部就班地进行。1871 年，谢里曼的发掘工作正式启动，历经 3 年，居然真的在该处发现了古城。不过，他发现的不是一座，而是重叠相压的九座古城！谢里曼迷信荷马史诗到了痴迷的地步，竟然认定荷马史诗中的特洛伊是最古老的城市，而最古老的城市逻辑上说来应该在遗址的最底层。于是，在挖掘中只顾深挖，以便早日挖出特洛伊，结果将上面的若干贵重的建筑文化层给破坏了。在倒数第二层（即考古学的特洛伊 III），谢里曼终于发现了高大的城墙、塔楼、宽街、宫殿、被火焚烧的瓦砾层以及著名的"普里阿摩斯王的宝藏"。他自信找到了神话中被希腊远征军攻占并焚毁的"普里阿摩斯城堡"，证明了荷马史诗的历史真实性。谢里曼并没有停止他的考古工作，1876 年，他又再次在残存的迈锡尼（Mycenae）古城堡内寻找荷马史诗中的神话人物阿伽门农王及其随从的 5 座坟墓。结果他果真发现了 5 座古墓，并在墓内看到了他认定的戴金面具的阿伽门农王本人。他在挖掘中发现大量黄金，侧面证实了迈锡尼"多金"的说法并非神话虚构。他还在梯林斯（Tiryns）、奥尔霍迈诺斯（Orchomenos）等地发掘，也都取得了惊人的成果。当然，后来的考古学证实，所谓的阿伽门农王并不真是那个阿伽门农王。不过这并不要紧，谢里曼的考古成就已经大到震惊世界了。人们愿意原谅他的某些疏漏的判断。最最关键的是：谢里曼的考古，至少第一次证明了希腊古典时代之前，确实存在诸多灿烂的古老文明。现在人们将这个新发现的文明命名为"迈锡尼文明"。

　　谢里曼的考古引发了更多类似的考古挖掘。例如 1893—1894 年，考古学家窦波菲尔德（Wilhem Dörpfeld）发掘特洛伊遗址南翼时，又有新发现。窦波菲尔德认为该建筑层才是考古上的特洛伊Ⅵ，是真正的特洛伊城。[①] 后来，在 20 世纪 30 年代，C. W. 布勒根（Carl William Blegen）教授率美国考古队对遗址做了新的挖掘。他的结论是：特洛伊Ⅵ城实际上并非毁于战火，而是毁于地震。布勒根认为，以Ⅵ城为基础修复的Ⅶa 城才是古希腊神话中被希腊人焚毁的真正的特洛伊古城。而时间大约应在公元前 1270—前 1240 年之间。这一结论被很多学者接受。但近 10 年来，窦波菲尔德的观点又开始回潮，Ⅵ城毁于战火的看法重新被认可。[②]

　　谢里曼的考古业绩可以说是神话历史学派的一次胜利。但是，我们不能因此夸大神话历史学派的普遍适用性。应该特别注意的是：神话毕竟是神话，它不可能完全精确地复现历史，最多有一些历史事件、人物的影子。而且，神话还有一个便利之处是：它可以虚指若干个朝代的事件或人物，即将几个时期的事情或几件事情、几个人物浓缩为一件事或一个人。所以谢里曼将荷马史诗里

[①] Michael Wood, *In Search of the Trojan War* (Berkeley: University of California Press, 1985).
[②] 王以欣、王敦书：《希腊神话与历史——近现代各派学术观点述评》，《史学理论研究》1998 年第 4 期。

的记录看作真实的历史事实,取得了不凡的成就。然而谢里曼过分迷信荷马史诗毕竟是不对的,因为荷马史诗里影射的托洛伊地址和相关故事也可以是类似的若干个历史事件或地址的变相隐喻。神话和历史不可等同。我们研究神话,是要界定神话与历史之间究竟处于哪一种若即若离的关系上,既不夸大神话可能的历史依据性,也不完全无视神话的可能的影射、暗示功能。

4 语言学派

一个学派的理论和另外一个学派的理论不是截然分开或是完全相反的,在很多情况下,往往是相互交织在一起,有重叠的部分、对立的部分,也有不太相关的部分。神话学理论有很多种,其存在状态也是这样,所有各个理论都或多或少地有某种相互联系。

神话学中的语言学派自然也不例外。严格地说来,隐喻说和历史说都和它有千丝万缕的联系。例如就隐喻说而言,隐喻首先是一种语言程式或语言技巧,用一种语言表层结构来表达另外一种和其表层结构根本不相同的所谓深层的含义或寓意。历史说所谓神话是化了装的历史,也和语言关系非常密切。什么是"化装"?说到底就是语言化装,即将真实的历史现象(人物或事件)用扑朔迷离的语言描述加以"化装",使人不能立刻辨认出历史真相。所以,神话学中的语言学派,就像前面的隐喻说和历史说两种理论一样,是必然要产生出来的。

隐喻说和历史说都好像是语言游戏,要阐释清楚这种语言游戏之谜,有一门西方语言科学的诞生是必要的,这就是西方的词源学(Etymology)(汉语中也有类似的词源学,不赘)。语言中的每一个词(例如印欧语系中的语言的每一个词)都是有来源和变迁、衍化过程的。词源学家虽然不能穷尽一切字词的源头和衍化过程,但至少能帮助我们了解大量字词的来源和衍化过程。这一门精妙的科学的形成有其悠久的历史,在西方,它是在19世纪随着语言学的发展,才成为一门独立的学科的。成熟的词源学相关知识以及相关的语言学研究方法一旦运用到神话学领域,神话研究语言学派就产生了。

4.1 马克斯·缪勒的神话语言学理论

虽然 19 世纪以前用语言学方法阐释神话的学者时有所见[①],但是现在学术界通常认为神话语言学派的创始人应该是德国的东方学家和语文学家马克斯·缪勒。从系统性和精密性来看,马克斯·缪勒在这方面也确实最值得首先讨论。马克斯·缪勒这方面的探讨始于他对雅利安语系中各种语言联系的比较研究。马克斯·缪勒把日耳曼语、梵语、波斯语、拉丁语、希腊语等语种进行相互比较,由此来推测其所研究的语言中的词汇的本义、转化义和衍生义等。当他把这种语言研究成果用来解释神话时,得出若干独特的结论,其中最闻名的是:神话是由于"语言疾病"而产生的。

马克斯·缪勒把很大的精力花在分析印度梵语作品《吠陀》一书,力图从中找到神话诞生的蛛丝马迹。梵语是古印度的语言,其语汇中尚有较多的原生

---

① 古希腊人早就讨论过神话与语言或事物名称变迁的关系。柏拉图的《斐德若篇》:请问你,苏格拉底,传说玻瑞阿斯(北风之神)抢掠俄瑞堤亚(希腊公主)……你相信这个神话吗?苏格拉底:如果我不相信它,倒不算什么荒唐,学者们都不相信这一套话。我可以用学者口吻对它加以理性解释。说她和法马西亚(河神之一)游玩时,让一阵北风吹附近的山崖,跌死之后,传说就把她当作被风神玻瑞阿斯抢掠去了,或是从此地抢掠去,或者是像另一个传说,从战神山。但这是学者的解释。我哩,虽然承认这种解释倒很有趣,可是并不把做这种解释的人看作可以羡慕,要花很多的精神去穿凿附会。要解释的神话多着呢,一开了头,就没有罢休,这个解释完了,那又跟着来,马身人面兽要解释,喷火兽也要解释,我们就围困在一大群蛇发女、飞马以及其他奇形怪状的东西中间。如果你全不相信,要把它们逐一检验,看它们是否近情近理,这种庸俗的机警就不知道要断送多少时间和精力。我却没有工夫做这种研究;我的理由也可以告诉你,亲爱的朋友。我到现在还不能做到德尔福神谕所指示的:认识你自己;一个人还不能认识他自己,就忙着去研究一些和他不相干的东西,这在我看是很可笑的。所以我把神话这类问题搁在旁边,一般人怎样看它们,我也就怎样看它们;我所专心致志的不是研究神话,而是研究我自己,像我刚才所说的;我要看一看我自己是否真是比泰风还要复杂而凶猛的一个怪物,还是一种较单纯和善的神明之胄(转引自《朱光潜全集》,安徽教育出版社,1987 年,第 83 页)。英国哲学家斯宾塞(Herbert Spencer)也认为古人将宇宙万物拟人化是由于名字及语言的误解(玄珠、谢六逸、林惠祥:《神话三家论》,上海文艺出版社,1989 年,第 1—11 页)。

态古语形式。某些形式尽管在其自身发展过程中渐渐式微甚至绝迹（如虚拟语气、重音标等均已不见于普通梵语），却偏偏在别的语言如希腊语和其他雅利安方言中遗存下来。这就有点像古汉语中的某些语汇表达在现代汉语中已经消逝，而在日语中却还遗存着一样。根据马克斯·缪勒的研究："《吠陀》是雅利安人种的真正神谱，至于赫西俄德的神谱则是原始想象的一幅歪曲了的讽刺画。"[①] 缪勒通过对《吠陀》和梵语的研究，发现了尚未分化的雅利安族语言内含着后来各种神话得以产生的基因。尚未分化的雅利安族语言有些什么特点呢？

第一，感官实在性："最初的语言材料表达了人们通过感官得来的印象。所以，如果有个词意指燃烧、光明、温暖，这样的词根就是大家用以表达太阳和天空的名称。"[②] 缪勒认为，雅利安人根据自己对某些活动方式的感知来给事物命名："这些活动是人们非常熟悉的，如打击、推动、摩擦、测量、结合等，它们在开始时伴随无意识的发音，而后逐渐发音变成语言学中称作词根的东西。这是我们迄今能看到的一切语言和一切思维的起源。"[③] 因此，从雅利安人命名大地、苍天、黎明、太阳之类的现象，就可以理解他们是如何感知这些现象的。他以河流为例。河流可称作"奔跑者"。不拐弯的河流可称作"耕者"或"犁"，或"箭"；灌溉田地的河流则可谓之"母亲"；若其横贯两个国家中间成为天然屏障，则谓之"守卫者"。显然，从这些命名中，可看出当时人们的感知方式。河流被拟人化，其存在状态被感知为人的行为："因此我们可以理解原始人如何把环绕他的整个世界同化或消化了，他发现各处的行为都与自己的行为相似，于是逐渐把原本是伴随自己行为的语音转移到他周围的各种活

[①] 埃里克·J.夏普：《比较宗教学史》，吕大吉、何光沪、徐大建译，上海人民出版社，1988年，第50页。
[②] 麦克斯·缪勒：《宗教学导论》，陈观胜、李培荣译，上海人民出版社，1989年，第133页。
[③] 麦克斯·缪勒：《宗教的起源与发展》，金泽译，上海人民出版社，1989年，第126—127页。

动上去。"①

第二，上述命名方式还有人格化与具体性特点。感官实在性表明，原始语言是具体实在而不是抽象的语言。缪勒认为，越是回溯语言的历史，抽象名词的数量就越少，印欧语言最初没有抽象的词，只有动词的词根和简单的名词，这类词都必然有其表示性的词位，这些词由此获得个性和性的特征。

缪勒的上述观点是基本正确的。但是缪勒没有解释清楚这是为什么。在我看来，语言的产生是和人类本身的思维能力、语言能力和有关切身利益的需求紧密联系在一起的。因此，直观的、形象的、动态的、拟人化的、拟音的特点都是原始语言的必然因素。原始语言的产生看似偶然，其实有着更多的必然性因素。河流之所以可称作"奔跑者"，是因为河流是流动的，流动形象与"奔跑"形象有一致性。不拐弯的河流之所以可称作"耕者"或"犁"或"箭"，是因为这三种状态多和直线式的状态一致。灌溉田地的河流之所以谓之"母亲"，是因为灌溉状态与哺乳的状态具有一致性。至于横贯两个国家中间成为天然屏障的河流之所以成为"守卫者"，则因为其屏障的作用和"守卫"作用状态是一致的。从这三大一致性里，我们可以看到原始思维形式和语言形式的一个重大的形式特征：状态一致性，即客观事物的状态、思维的状态、语言的状态尽可能呈同构状态或同构趋势。这一原理陈述具有极大的理论价值，遗憾的是，它却往往没有引起学者们的重视。近20多年来我一直强调的语言的必然性（我指的不仅仅是语音和语义关系的必然性，而且指语法形式与主客关系同构的必然性以及这种语言和事物状态同构的必然性）。我的观点可由此得到进一步印证。也就是说，语言不仅仅有任意性，它在原始时期实际上呈现更多的必然性因素。②

第三，缪勒还发现雅利安语言有命名的主动性特点，即每一个名称都意指某种主动的东西。

---

① 麦克斯·缪勒：《宗教的起源与发展》，金泽译，上海人民出版社，1989年，第129页。
② 关于笔者的语言学观点，参见相关语言文化学原理书籍，比如，辜正坤：《互构语言文化学原理》，清华大学出版社，2004年。

第四，缪勒指出了雅利安语言的原生功用性特点，即其中的每个词都有其充分的原生功用，每个词都很笨重、繁杂，内涵非常丰富，远远超出它们本应指涉的对象，用现代术语来说，就是其冗余信息量特别大。以之为媒介的神话语言会变得多姿多彩、汪洋恣肆，应该说与这种语言状态是相呼应的。

第五，缪勒讨论了隐喻问题。缪勒认为，在古代语言中，"总有些语言隐喻地拐弯抹角地表达出来的属性，可以把海水称为盐水、雨水、天水、百川千江、大地的女儿等。"①语言的这种隐喻特点为神话的产生提供了基础。但是，这里的隐喻与前面塞诺芬尼提出的神话隐喻说是两回事。塞诺芬尼说的是整个神话的表层结构是一种隐喻，这里说的是表述神话的语言本身具有隐喻特点。

缪勒指出的雅利安语言的第六个特点是多名同义和一名多义。在雅利安语言中，某种名称往往来自事物的某一局部特征而非整体特征。而一个事物通常都有诸多特征，结果便导致诸多名称。另一方面，不同事物如果具有相同的特征，也会依同样的原理产生相同的名称。缪勒说："古代梵语、希腊语和阿拉伯语中，一种事物可用许多词去表示，这是很自然的。每个名称只代表受命名事物的一个方面，不足以代表它的全部。所以最早创造语言的人接二连三地创造名称，过了一段时间，就把那些可用于某种目的的名称保留下来。因此，我们在形容天空时，不只是说'明朗的'，还可以说'笼罩的'、'闪电的'、'下雨的'等等。这就是语言的同义异音，也就是我们通常说的宗教的多神信仰。最初是'明朗的天空'来表示'神'，当思想愿望得到初步满足后，不久又使用别的表示天空的名称，这些名称不是描述天空的晴朗，而是按照某种宗教情绪，把神想象成黑暗的、可怕的、万能的存在。所以首先应当把天空看成用'天'这个名字命名、并为神所居的处所，其次要完全忘记这个词的本义。人们祈求下雨，求它保护田地、牲畜和庄稼，求它每天给人饭吃。最后，人们给这个可见的天空中的许多现象取上一个个神的名字，由此产生神话，于是藏在

---

① 麦克斯·缪勒:《比较神话学》，金泽译，上海文艺出版社，1989年，第133页。

那含糊的神名后面的一切痕迹给抹掉了。"①缪勒的这个说法是有一定道理的。其实，这和我前面提到的事物和语言状态方面的同构性（一致性）理论是相通的。我所谓的事物-语言状态一致性，指的是：客观事物的状态、思维的状态、语言的状态三者之间呈现同构状态或同构趋势。

4.2 语言的分期与"语言疾病"

缪勒提出，语言构成的第一时期为"语词的形成期"，第二个时期为方言期，第三个时期是神话时期，或称"神话时代"。神话的语言基础是在印欧民族或雅利安民族尚未分化之际形成的："创作神话的时代，共通的雅利安语每一个词都在确定意义上就是一个神话。这些词最初都是用来定名的；它们表达了特定对象看来具有的诸多属性的一个特征，这些特征及其语言表达，经过选择淘汰，表现为一种无意识的诗歌，而这种诗意在现代语言中已经丧失干净了"。②在神话时代，语言处于疾病状态。由于年代较远，古时遗留下来的名词的本义渐渐被人们遗忘，于是就为各类引申义、转义乃至完全的新造义留下了较大的创造空间。比如宙斯，原意为天，后转义专指雷电之神、诸神之父。又例如，有的事物本来有两个名称，后来却被理解为两个人。一个名词还常常与一个形容词相联系，如："太阳神因其具有金色的光芒而被说成'有金手'，于是手也用和光芒同样的词来表达。但当同样的称号用于阿波罗或因陀罗时，神话就产生了。正像我们在德语和梵语神话中发现的那样，神话告诉我们因陀罗失去了他的手，而换上了金手。"③古语意义的混乱导致字根变化和各种盘根错节的变化，神话就在这种病态的语言现象上找到蓬勃发展的机遇。当然，理性地说来，这是不正常的现象，是语言本身发生了故障，他把这种现象叫作

---

① 麦克斯·缪勒：《宗教学导论》，陈观胜、李培茱译，上海人民出版社，1989年，第136—137页。
② 麦克斯·缪勒：《比较神话学》，金泽译，上海文艺出版社，1989年，第57页。
③ 同上，第77页。

"语言疾病"。如果语言是有病的,不能指望从这种疾病树上结出的神话之果是健康的。顺着这种逻辑,则古代神话的荒谬可笑、非理性,在缪勒的眼里也就是自然而然的现象了。

缪勒认为,语言生了病,于是神话产生。但是这个逻辑如果完全展开,将会有什么进一步的结论?这是很值得我们大力研究的。譬如说,如果语言没有生病的话,神话是不是就可以避免呢?但是,神话学研究和文化人类学的研究成果告诉我们,几乎一切民族都有神话。那么这是不是说,一切民族的语言都曾经在某个特定时期不同程度地生过病?语言是在什么时期生病?早期、中期还是晚期?假如语言在任何时期都有病状,是不是说生病也是语言的正常状态?如果是正常状态,那语言又怎么说得上是生病呢?如果神话是一种语言疾病产生后的文化后果,它是不是一种文化垃圾、一种文化疮疤?那么,拥有发达的古代神话就不是一种荣耀,而是一种不幸。如果用这个眼光来看中国的古代神话现象,那么,拥有比较单一、苍白神话的古代中国文化恰恰是一种相对健康的文化。这就和本书前面论述过的命题不谋而合了。

缪勒用语言学方法来揭开神话起源之谜的做法受到许多学者的讽刺、挖苦。若干学者认为他的一些语言学推论例证是"荒唐无稽的"。[①] 就单个的个案研究而言,缪勒的某些论证确实是牵强的。不过就词源学考证工作而言,这是常有的现象,不独缪勒有这些缺陷。像甲骨文字本义的考证,中国许多学者也常常犯类似的错误。缪勒面对的不仅仅是词源学问题,还有神话本身的渊源

---

① 俄罗斯著名神话学学者叶·莫·梅列金斯基(Е. М. Мелетинский)就对缪勒等提出的神话是"语言疾病"说十分反对。他说:"语言疾病说之虚妄已昭然若揭,无法再以'谬误'和'无意的错觉'来解释神话的由来。"(Последующая история науки внесла в рассматриваемую проблематику очень серьезные коррективы: совершенно иной вид приняли сама индоевропеистика и методика этимологического анализа, обнаружилась ложность теории "болезни языка", объяснявшей генезис мифа ошибками и невольным обманом, обнажилась еще в XIX в. крайняя односторонность сведения мифов к небесным природным феноменам. Вместе с тем этот первый серьезный опыт использования языка для реконструкции мифов получил более продуктивное продолжение, а солярная, лунарная и тому подобная символика, особенно в плане природных циклов, оказалась одним из уровней сложного ифологического моделирования.—Мелетинский Е.М. - Поэтика мифа, 第 20 页.)

问题，这就使他的失误更难避免。但是，缪勒的研究方法是非常值得我们借鉴的。缪勒的研究成果仍然是非常值得我们重视的。就像 K. K. 卢斯文所言："缪勒……对神话的语言辞藻的强调不管在实践上是多么荒谬，却仍不失为一个有益的提示：就像神话可能产生自观念一样，神话也可能产生自语言……。"①缪勒的失误在于过分渲染了神话的语言性因素。神话的产生有许多渠道和因素。由语言失误或所谓"语言疾病"而产生的神话肯定是存在的。② 但是这类神话的数量有多大、在整体神话中占多大的比例，这才是我们真正应该搞清的问题。缪勒却几乎把一切神话都归因于语言生病这个原因，甚至认为一切神话都表现为太阳神话，③ 这就过分夸大了语言因素的作用或太阳因素的作用，把原本可能正确的、有益的命题推向荒谬的结论。

客观说来，"语言疾病"这个概念是极富有启示性的概念。语言确实有疾病。只不过语言的疾病不是只发生在某个特定的历史时期，在漫长的语言发展过程中，语言总是在不断地生病，又不断地在某种程度上自愈。语言愈是被应用，就愈容易产生偏离规范的现象。④

"语言疾病"概念的启示性是多方面的。例如在哲学界，维特根斯坦提出，西方哲学史上诸多的哲学命题，其实大多是伪命题、虚假命题，溯其原因，多半是因为"误用了语言"（*Missbrauch der Sprache*）而产生。这种"语言误用"论和"语言疾病"论可说是一脉相通。⑤

---

① K. K. 卢斯文：《神话》，耿幼壮译，马伯骧校，北岳文艺出版社，1989 年，第 63 页。
② 随手举一例。John Fiske, *Myths and Myth-makers* 第 41—49 页上的内容均可为证。而类似的例证不难找到。
③ "我们把早晨叫做什么？古代雅利安人叫做太阳或黎明……我们把中午、黄昏和夜晚叫做什么？我们管春天和冬天叫做什么？我们管年和时间、生命和永恒叫做什么？古代雅利安人把这一切都叫做太阳……为什么我们在每一个时代都说早上好，我们受制于某种太阳神话；每一位高唱五月再次把冬天从原野上赶走的诗人，都受制于太阳神话。报纸上的每一期圣诞节号——鸣钟送旧迎新——都充满了太阳神话。人们切勿害怕太阳神话。"（埃里克·J. 夏普：《比较宗教学史》，吕大吉、何光沪、徐大建译，上海人民出版社，1988 年，第 54 页。）
④ 关于这方面的阐释，请参阅辜正坤：《互构语言文化学原理》，清华大学出版社，2004 年。
⑤ ... sie behaupten alle die Fragen, die *Wittgenstein* sich stellt sind folgende: welche Bedeutung hat die *Sprache* für die *Philosophie*? Gibt es einen *Missbrauch der Sprache*? ...

和前面讨论过的隐喻说相比，语言学派的思路实际上与它有殊途同归的地方。但是它毕竟比隐喻说科学得多，因为它建构在科学的语言学的基础上，有许多生动的语言现象作为例证，不像隐喻说那样有较大的随意性。它相当严谨地运用了历史比较语言学的方法和成果来探讨神话的衍变历程，这是一种非常理性的、科学的方法。但是，语言学派没有从生动活泼的社会生活中去寻找更多的证据而只局限于语言形式和思维形式本身，至少在材料的挖掘上是狭隘的。更何况只侧重于从"雅利安语系"来探讨神话的起源，其结论是不是具有普遍性，也是会引起学者质疑的。

有一点，我还想作为余论提出来。缪勒所处的时代，是达尔文的生物进化论影响甚巨的时代。缪勒面对这样一种思想并未完全认同，而是提出了自己的独特的看法，他甚至对达尔文的某些观点采取了批判态度。达尔文主张，生命"通过成千上万种形式"进化而来，缪勒对此并不反对。但是，当达尔文认为古类人猿进化成人类时，缪勒对此颇有异议。缪勒的异议来自他的语言学理论。缪勒认为，如果纯粹的动物可以进化成人类，那就应该产生一种与半动物、半人类状态相应的半理性、半野蛮的语言。但是，迄今为止，他没有发现这样的语言，因此，逻辑上说来，也就很难证明曾经有这种半动物、半人类的生物存在。[①]这种理路，和我们前面分析神话与语言的相应关系的理路很近似：客观事物的状态、思维的状态、语言的状态会尽可能呈同构状态或同构趋势。按照这个原理，半人半动物的状态应该有与之相应的半理性半野蛮的语言状态存在。这对我们的生物学研究、语言学研究、神话研究和历史研究都提出了挑战。我们能够发现这种状态的实际面目吗？

和这种理路相应的，还要提到哲学家卡西尔的关于语言与神话关系的理

[①] 参阅 Gary Trompf, *In Search of Origins* (Indore: Oriental University Press, 1990), p. 52. 缪勒曾经当面质询过达尔文："除了人这种动物，没有其他任何动物在朝向知觉对象的概括化，在朝向一切语言的真正要素、这些概念化了的知觉对象的符号——词根方面迈出了一步。"达尔文听完他的话，把手伸出来说了句："你是个危险的人物"，便立即离开了房间。（加里·特朗普：《宗教起源探索》，孙善玲、宋代强译，四川人民出版社，1995年，第58页。）

论。从某个角度看，卡西尔关于神话的研究实际上是把隐喻学派和语言学派的思路从哲学的高度统摄起来，达到了另外一种神话解读境界。卡西尔说："因为不论语言和神话在内容上有多么大的差异，同样一种心智概念的形式却在两者中相同地作用着。这就是可称作隐喻式思维的那种形式。因此，如果我们想要一方面找出语言和神话的世界的同一性，另一方面又找出其差异性，那么，我们就必须从隐喻的性质和意义着手。"卡西尔的这段论述意味着，人类虽然不断变迁，但是其心智概念的基本形式具有相对的稳定性。有了这种稳定性，那么不论这种心智概念的形式出现在何种状况下，它都有某些基本的功能。按我的理解，实际上这就意味着语言结构和神话思维结构具有同构倾向。正是由于这个原因，"任何一个词，只要它最初被隐喻地使用，现在使用它时又对它从最初意义到隐喻意义之间所经过的各个步骤没有一个清楚的概念，那么就会有神话的危险；只要这些步骤被人忘却并被填上一些人为的步骤，那么，我们就有了神话……"[①] 按照卡西尔的这种理路逻辑，则神话的产生就不只是远古人才会具有的现象，只要和远古人类生存状态相似，出现了语言结构和隐喻含义之间的脱节，神话就可能应运而生。应该说卡西尔这种思想是很有启发性的。

总起来说，缪勒在神话研究方面开创的语言研究方法对后来的神话研究的影响是巨大的。在20世纪，神话学的语言学派以不同的面目重新崛起，新意迭出。

5 功能学派

神话功能学派的最重要的代表是波兰裔英国社会人类学家马林诺夫斯基。他的《巫术 科学 宗教与神话》集中阐释了他的功能主义观点。

在他之前，德国的自然神话学派，德、英、美的历史派神话学在人类学界的大家如摩尔根、泰勒、弗雷泽等进化派和以博厄斯为代表的历史派的影响下

[①] 卡西尔：《语言与神话》，于晓译，三联书店，1988年，第63、105页。

正如日中天,方兴未艾。而马林诺夫斯基恰好拿这两派的神话学理论开刀,指摘了这两派学说的纰漏,同时提出了他自己的功能学观点。

5.1 马林诺夫斯基对自然神话学派、历史派神话学和社会派神话学的批评

自然神话学派认为原始人关心自然现象,有理论的、冥想的、诗意的倾向,故创作了象征性的人格化的诗。每一种神话都有以某种自然现象为核心的因素。马林诺夫斯基对此类观点很不赞同。他认为"原始人很少对于自然界有纯粹艺术的或理论科学的关心;野蛮人底思想与故事之中,很少象征主义的余地;神话,实际说起来,不是闲来无事的诗词,不是空中楼阁没有目的的倾吐,而是若干且极其重要的文化势力。神话底自然派的解释,不但忽略了神话底文化功能,而且凭空给原始人加上许多想象的趣意,并将几种清楚可以分别的故事型类弄得混合,分不清甚么是神话,甚么是传说,甚么是英雄记,甚么是神圣的故事——即神话。"①这几句话对于自然神话学派来说,真是晴空霹雳。原来那些所谓的美丽的神话,并不一定是原始人看见所谓月缺花残而萌动了灵感与诗意的产物,而是另有原因。现代的学者容易犯以己度人、以今类古的错误。其实原始人的生存条件通常是很差的,为了活命,要做的事情太多了、太险了、太累了,哪有心情吟诗作赋?马林诺夫斯基敢这么抨击自然神话学派,他的本钱是什么?调查研究。马林诺夫斯基曾到过新几内亚、美拉尼西亚、澳大利亚和非洲的坦噶尼喀、肯尼亚、北罗得西亚、斯威士兰等地实地调查考察,访问过本巴、斯威士、马塞、扎嘉、吉库犹、马拉哥里等部族,还去过古巴、美国和墨西哥的一些地方,对印第安人进行过调查研究。②这些部落民族的生存状态往往保持着原始部落人的生存状态。马林诺夫斯基曾和这些人

---

① 马林诺夫斯基:《巫术 科学 宗教与神话》,李安宅译,中国民间文艺出版社,1986年,第82页。
② A.里察尔特斯:《马林诺夫斯基逝世纪念》,《大洋洲》第13期。

同吃同住，了解他们的实际生活状态、生活习性，因此，他对神话在这些部落中究竟是怎么产生和起作用的，有比较切实的依据。自然神话学派在这一点上缺乏相应的田野调查得来的实际经验，确实被他打中了要害。

马林诺夫斯基接着抨击历史派神话学。历史派神话学主张"神圣的故事乃是关于过去的真实历史的记录"。马林诺夫斯基对这个观点没有全盘否认，但他认为这种见解只包含着部分真理。他认为不能把一切神话都只看作历史。历史学派是有一定的局限性，但并非所有历史派神话学家都主张一切神话都是历史。历史派神话学家确实没有看到马林诺夫斯基所看到的所谓神话的"功能"（对当时社会、人生的实用价值），但是历史派强调神话产生具有一定的历史依据，这种思想本身还是很有价值的。马林诺夫斯基的抨击还不足以完全推倒历史派神话学。

马林诺夫斯基还对第三派神话学理论——社会派神话学提出了批评，但是比对前者，尤其是对第一派自然派神话学的批评要温和得多。在马林诺夫斯基看来，人类学家弗雷泽（Sir James Frazer）、心理学家冯特、社会学家涂尔干、人类学家克劳雷（Crawley）等强调神话与仪式、神圣的传统与社会结构的规范之间具有密切联系，固然是有道理的，但是他觉得这一派的许多学者的研究太琐碎、欠条理。而且，他认为"神话学不是形形色色的学科来接头的地方"。对于弗洛伊德、荣格等心理分析学派等主张神话是种族的"白日梦"或集体无意识的投射等观点，马林诺夫斯基不屑一顾。

5.2　马林诺夫斯基的功能主义

"功能"（function）的意思是"实际用途"。

由于翻译有点故弄玄虚，所以"功能主义"这个术语使不少人感到迷惑。其实只要把"功能"理解为"实际用途"、"作用"、"用处"，往往立刻明白了马林诺夫斯基这个用语的真实含义。

所谓神话学上的功能主义，指的是每一种具体的神话都有实际用途。

把这个观点生发应用到人类整个文化，也可以说，文化的任何一个细节都有实际用途（功能）。

按照这个观点，神话学家不应该把神话笼统地看成是所谓的科学或艺术，而是应该去分析研究每个神话究竟负有什么具体的纯粹实践的功能（实际用处）。

那么，神话对于原始人究竟有什么实际用途呢？马林诺夫斯基说："神话在原始文化中有必不可少的功用，那就是将信仰表现出来，提高了而加以制定；给道德以保障而加以执行；证明仪式底功效而有实用的规律以指导人群，所以神话乃是人类文明中一项重要的成分；不是闲话，而是吃苦的积极力量；不是理智的解说或艺术的想象，而是原始信仰与道德智慧上实用的特许证书。"① 换句话说，一个社会的所有文化（例如神话等）其实只是一整套工具，其存在目的是要满足人类自身的种种生理和心理需求。而各文化要素之间是环环相扣的，不断变动着以保持有效的运作。所以，我们可以通过研究分析，在各文化中找到一套独特的运作原则，这些原则标志着它们在社会中会起到的实际作用（功能）。

社会文化现象如神话等，其存在目的是要满足人类自身的种种生理和心理需求。那么人类有什么生理和心理需求呢？马林诺夫斯基认为人类个体有七个需求：1）营养需求；2）再生产需求；3）身体舒适需求；4）安全需求；5）人际关系需求；6）运动需求；7）发展需求。个体的需求是由个体所在的文化社会结构来加以满足的。每一种社会机制都要满足某种需求，同理，文化中的每一种要素也都要满足特定的需求。因此，神话、传说之类，即便是其微不足道的细节，都可以对个体或社会发挥其相应的作用。

马林诺夫斯基举了许多例子来证明他的这种功能理论，其中一个是库拉圈（Kula ring）。这个存在于新几内亚东边的跨岛群交易圈同时以顺时针和逆时针方向进行两种物品的交换，尽管这两种物品并没有实际用途，但土著人却愿

---

① 马林诺夫斯基：《巫术 科学 宗教与神话》，李安宅译，中国民间文艺出版社，1986年，第86页。

意冒着相当的风险把这种没完没了的循环交换过程进行下去。虽然很多人认为这样的行为不可思议,马林诺夫斯基却认为这种交换过程是一种维持相互信任的手段,其深层的原因是为了交换其他生存资料。由于各岛之间物资有限,出于生存需要,有必要加深相互信赖的机制。而库拉圈交易过程就有建立强化这种相互间的信任感的作用。只有在这个基础上,其他交易才能够连带地获得成功。

同样的道理,一切文化现象,比如家庭、巫术等,都是为了满足社会或个体的需求,如吃饱饭、性欲、嬉戏、信仰等。

神话、传说等,在其中产生的作用是同类的。一切文化现象相互间是互补、互动、互相整合的。它们不发生冲突,能够和谐相处。马林诺夫斯基说:"神话不是过去时代底死物,不只是流传下来的不相干的故事;乃是活的力量,随时产生新现象随时供给巫术新证据的活的力量。"[1]

神话不是科学也不是艺术、文学:"神话是陈述荒古的实体而仍活在现代生活者,可因前例而给某种事物以根据,可使人有古来的榜样而有道德价值,社会制度,与巫术信仰。所以神话不只是个叙述,也不是一种科学,也不是一门艺术或历史,也不是解说的故事;它所尽的特殊使命,乃与传统底性质,文化底延续,老年与幼年底关系,人类对于过去的态度等等密切相连。简单地说,神话底功能,乃在将传统溯到荒古发源事件更高、更美、更超自然的实体而使它更有力量,更有价值,更有声望。"[2]

神话是权利与义务的解释:"神话都是用来解说特权或义务,解说极端的不平等,解说各层阶级所有的特别重担,不管这阶级是极低或者极高的。宗教的信仰与能力,也是要用神话的叙述来溯到本源上去的……"[3]

神话的作用在于证实巫术和信仰的力量:"社会的神话,特别是在原始文

---

[1] 马林诺夫斯基:《巫术 科学 宗教与神话》,李安宅译,中国民间文艺出版社,1986年,第71页。
[2] 同上,第127页。
[3] 同上,第72页。

化的社会，则常与解说巫术力量底根源的传说混在一起。……原始社会里面最模范最发达的神话乃是巫术神话；神话底作用，不在解说；而在证实；不在满足好奇心，而在使人相信巫术底力量；不在闲话故事，而在证明（巫术）信仰底真实。"①

信仰的整体形态即是神话。神话是原始人类整体地表达信仰的唯一方式：在原始人类社会里，神话不只是说一说的故事，而是人们认为荒古时候发生过的实事。因为在原始人的生活里，一切都与人有直接关联，一切都与人有血缘联系，一切都是可亲近的生命，一切都以具体的方式而呈现在他们的生活中，构成他们的生活的活和神圣的生命存在形式。

神话是要满足宗教欲望和道德要求："神话并不是象征的，而是题材底直接表现；不是要满足科学的趣意而有的解说，乃是要满足深切的宗教欲望，道德的要求，社会的服从与表白，以及甚么实用的条件而有的关于荒古的实体的复活的叙述。神话在原始文化中有必不可少的功用，那就是将信仰表现出来，提高了而加以制定；给道德以保障而加以执行。"②

马林诺夫斯基有的结论太武断，而且没有太大的意义，比如他说："巫术永远没有'起源'，永远不是发明的，编造的。一切巫术简单地说都是'存在'，古已有之的存在；一切人生重要趣意而不为正常的理性努力所控制者，则在一切事物一切过程上，都自开天辟地以来便以巫术为主要的伴随物了。"③说巫术没有起源，这是明显违背历史发展规律的。一切文化现象都有发生、发展、消亡的过程，巫术何能例外？

马林诺夫斯基的功能主义针对个体的强调太多，而对社会整体的关注不够。一般认为后来创立结构功能主义的拉德克利夫-布朗（Radcliffe-Brown）在这方面弥补了马林诺夫斯基的不足之处。

---

① 马林诺夫斯基：《巫术 科学 宗教与神话》，李安宅译，中国民间文艺出版社，1986年，第72页。
② 同上，第86页。
③ 同上，第57页。

马林诺夫斯基对其他神话学派的看法不够宽容，尤其对于神话学领域的心理分析学派的看法十分偏颇。

总起来说，马林诺夫斯基的功能主义对神话研究有着划时代的意义。他的注重田野调查的实证方法和主张一切文化现象（包括神话现象）都是具有特定的实际用途的观点确实别开生面，对全世界领域的社会学、文化学、神话学研究都起到了极为重大的影响，是我们应该充分重视的理论。

6　心理分析学派

19世纪以来，西方心理学界产生了一种被当时许多心理学家视为异端的学说，这就是由奥地利医生弗洛伊德创立的精神分析学说（psychoanalysis）。不论在理论上还是方法上，精神分析学说都与传统的心理学有着很大的差异，这使得正宗的心理学界在很长一段时间内不承认精神分析学说的合理性。但是精神分析学说的影响在普通人中间却越来越大，最终使得学院心理学派不得不吸收一些精神分析学派的观点。精神分析学派的代表人物除了弗洛伊德，还有其弟子荣格。荣格虽然在后来放弃了弗洛伊德的某些观点，但是在根本问题上，他们其实还是在同一个阵营。他们二人都曾从自己的角度对文学、对神话做出过阐释，影响极为深远，形成了文学批评界的心理分析学派。他们的理论应用于神话学，产生了神话研究领域的心理分析学派。

6.1　弗洛伊德精神分析基本原理

弗洛伊德之所以在西方名声大噪，一个关键的因素是因为他的研究触及一般人比较敏感的话题，那就是性禁忌领域。但是若干学者认为他的主要学术成就不是对性问题的研究，而是他的有关无意识（unconsciousness）的理论。可以说，无意识理论构成了精神分析学说的核心。

何谓无意识？

弗洛伊德认为，人类除了具有清醒的理性的意识，还存在一种人不知道且不能控制的意识，这个不能控制的意识叫无意识。在份额上，意识部分占的比例小，无意识占的比例则很大。在功能上，意识只代表人格的外表方面，无意识却代表着人的内在的极为广阔的心理能量，是人的行为的内在驱动力。弗洛伊德还提出过前意识概念，它介于意识与无意识之间，它不像无意识那样完全处于压抑状态，容易被召唤到觉醒的意识状态中。

无意识经常受到意识的阻碍和抑制，它从孩提时代开始，就积累了许多心灵的创伤或者种种被禁忌的欲望。弗洛伊德认为人的心灵是一种类乎机器一样的东西，里面充满了精神能量。无意识是人类心灵深处最黑暗、最躁动的一个心理领域，里面有许多被压抑的念头总是生动活泼地翻涌着，随时都想突破意识的封锁，表现出来。[①] 而意识则尽可能镇压这些不本分的念头，让它们不能在人们清醒的时候为所欲为。

有人曾质疑过无意识的存在，但是弗洛伊德根本不予理睬。身为一位精神医师，弗洛伊德注意到其强迫症病患往往不能自制地重复特定的行为，但本人却完全无法理解自己为何要这么做。因此弗洛伊德断定：支配人类行动的，除了能够被自己察知的自觉意识之外，必然还有另一人们不能控制的驱动力，这种意识叫作"无意识"。

弗洛伊德用梦来解释无意识的运作方式。他认为，当深层无意识欲望和当天的前意识残余掺和在一起时，就产生了梦。而最强烈的深层次欲望可以追溯到孩童时代。但是即便在梦里，无意识也不能完全展现出来，因为理智的保护性抑制机能是很强的。但是当无意识与前意识残余交织在一起，或试图奋力突破意识的封锁而成为一种幻想时，它们往往为了逃避意识的监督、控制，而经历一个乔装打扮的变形过程。这种乔装打扮的变形方式有两种，一种叫作浓缩

---

① 弗洛伊德："我们把它叫作一团混沌、一口充满沸腾的激动的大锅。……当然，本我不知道价值判断：不知道什么是好的和什么是邪恶的，也不知道什么是道德。"（Freud, *Interpretation of Dreams*, 1933, p. 74.）

法（condensation），一种叫作移位法（displacement）。

浓缩法指的是无意识将一系列受到压抑的思想、愿望、念头等打包成具有内在逻辑联系的隐秘主题一样的东西。精神分析者就往往抓住这种主题，进行抽丝剥茧式的分析、解码，揭示出原初念头的本来面目。移位法指的是将包装成无意识形式的心理能量转移到意识联想链条上某个处所中更安全的、更容易被接受的意念那里去。一些精神病患者之所以对某种看起来不那么重要的东西特别倾心，就是一种移位现象。

意识的结构

弗洛伊德后来将意识的结构进行了修订。他换了一种术语，使用了本我（id）、自我（ego）和超我（super-ego）这三个词。本我指本能冲动、无意识的原始精神能源，即所谓力比多（libido）聚集的中心。自我则相当于原来控制无意识的意识主体。这个意识主体常常以理性我的形式出现，但他其实是包裹在本我外围的一种社会性自我。至于超我则是指一种理想我，它代表了自我希望成为一种理想的我，通常这个超我与道德、义务、信仰之类紧密联系。超我是主体身上具有自我批评能力的一部分。它会量度现实和理想之间的距离，将本我中受到压抑的心理能量引向更高尚的目标，用弗洛伊德的话来说，这就叫升华（sublimation）。按照弗洛伊德的逻辑，一切人类文化成果，一切文明、艺术、思想方面的成就，归根结底，都是人类性压抑被转移后得到升华的结果。

超我与恋母情结

那么，超我什么时候出现呢？

弗洛伊德认为一旦我们心灵深处的恋母情结（Oedipus complex）解开之后，就意味着超我的建立。那么什么叫恋母情结呢？

恋母情结，又叫俄狄浦斯情结。恋母情结指的是男孩的无意识中潜存的试图杀父娶母的那种非法的欲望。弗洛伊德在他的精神分析第 21 讲中提到古希腊俄狄浦斯试图逃脱神谕"杀父娶母"的命运。俄狄浦斯逃来逃去，最终却仍然在不知不觉的状态下酿成了杀父娶母的悲剧。弗洛伊德根据这个情节创造了俄狄浦斯情结这个术语。他还同时创造了恋父情结（Electra complex，又称埃勒克特拉情结）这个术语，用来阐释女孩的类似心理状况。

弗洛伊德从临床经验中发现，恋母情结或恋父情结在神经症患者身上有很强烈的作用。男孩或女孩对父母一方的强烈妒忌反应可产生破坏力，这种破坏力又在孩子心灵深处激发出恐惧心理，于是对儿童人格的形成和他们以后的人际关系会相应产生永久性的困扰和影响。从这个角度看，弗洛伊德的理论确实是一种泛性欲主义，基本上用性欲冲动去解释人的各种精神和实践活动。

6.2 神话与无意识的关系

弄清了弗洛伊德精神分析学的基本原理，我们来看这个原理如何用来解释神话。不用说，根据弗洛伊德的理论，一切文化都是欲望受到了压抑后将其能量另外找个出路而升华的结果，那么，神话这种文化也是无意识（亦有译作"潜意识"者）的外显形式。受到压抑的意识可以在梦中以浓缩、移位的形式变相显示，一个民族的神话何尝不是一个民族欲望受到压抑之后的梦？梦与神话都是无意识的产物。在理性世界里无法得到满足的愿望，人们就到梦的世界里去满足。区别是梦只能满足个体的愿望，而神话却能够满足全民族的愿望。从这个逻辑接着往前走，神话是什么？神话就是一个民族的压抑欲望（比如说俄狄浦斯恋母情结）象征性的、梦幻般的实现。

这样，绕了一个圈，我们似乎又回到了隐喻学派或语言学派的神话观。

那么，神话是不是就等于梦？

当然不是。在我看来，有些神话可能是古人做梦之后的记录。梦中的颠三倒四现象由此可得到解释。某些梦境可能有预示作用，被古人发现，于是被强化、讹传、修改、系统化，于是渐渐变成了今天这个样子。弗洛伊德的观点与此不同。他是试图极力扩大梦境和神话状态的相似性，他甚至把人们清醒状态时的冥想或幻想也视为一种梦，叫作白日梦。所以他不是强调神话和梦在外表上是不是等同，而是强调二者在功能上的等同。也就是说，根据他的理论，无意识不能直接突破意识的封锁，就会转而采用其他的手段，诸如浓缩法、移位法、投射法等来将自己乔装打扮，实现自己。这种乔装打扮式的产物常常出现在梦境中，所以梦境中的现象虽然不是真实意图的直接图示，却是转弯抹角的象征性间接图示。梦是象征，神话也是象征。就象征功能而言，它们是一样的。一个人潜在的欲望受到了压抑，便转而在梦中换个方式得到虚幻的满足。一个民族的欲望受到了压抑，也会换个方式，比如外显为梦幻式的神话，而得到虚幻的满足。而这种受到压抑的欲望，按照弗洛伊德的观点，主要是性欲。性欲受到压抑这种状态在儿童时期就开始了，它典型地表现为上面提到的俄狄浦斯恋母情结。

6.3 恋母情结与神话产生的原理

根据古希腊神话故事写成的悲剧《俄狄浦斯王》为什么会对古希腊观众和现代观众都具有震撼人心的力量？传统的解释（比如亚里士多德的解释）是：因为其中展示的命运的不可抗拒性使观众产生了恐惧感和由此而来的对悲剧人物的同情、怜悯感；同时，也因为观众不是其中的悲剧人物而暗自庆幸。弗洛伊德却给出了几乎完全相反的解释。他认为俄狄浦斯的命运"之所以打动我们，是因为这有可能是我们自己的命运，是因为在我们还未出生之前，神谕已将加诸俄狄浦斯的相同诅咒加诸我们自己身上。"[①]

俄狄浦斯王为什么会杀父娶母？从神话的角度看，因为神谕说过俄狄浦斯将来一定会杀父娶母。因此，这是俄狄浦斯的命运。从弗洛伊德的恋母情结角度看，这却是我们生而有之的欲望。换句话说，我们潜在的本能欲望是要占有母亲并除掉父亲。可是，由于我们身上存在自我、超我这样的道德控制机制，这些机制提醒我们，杀父娶母是不道德的、非法的、罪恶的。于是，

---

① 罗伯特·A. 西格尔：《神话理论》，刘象愚译，外语教学与研究出版社，2008年，第201页。

我们就只好把杀父娶母的欲望压抑起来,不让它实现。然而,这种压抑的欲望总是想要找到机会实现自己。如果不能实现,就换个形式虚幻地实现,比如说通过某种梦来象征性地实现,或者通过这种神话故事来加以实现。因此,弗洛伊德认为俄狄浦斯杀父娶母代表着幼年愿望的实现。表面上看来,神话传说中的主人公俄狄浦斯老是想逃避杀父娶母的命运,但是实际上,在他的无意识底层,他是希望这种情况实现的。因此,我们也可以说,这则神话故事的最深层的内涵描述的不是悲剧,而恰恰是喜剧,它是我们潜在欲望获得成功实现的隐喻。

恋母情结存在于每个男性身上,恰如恋父情结存在于每个女性身上。在一般情况下,我们会借助于自我、超我的力量克服这种情结。如果不能,它就可能恶化为精神病症。所以在患有精神病症的男性身上,俄狄浦斯情结特别显著。

为了逃避道德上的谴责同时又能实现自己的潜在的压抑欲望,我们的无意识总是不知不觉地在寻找比较理想的发泄方式,其中一种就是神话。神话就这样被产生出来了。

神话以其堂皇的形式,掩盖了它的真实意图:"通过对俄底浦斯产生认同感,患有神经症的成年男性部分地实现了自己身上挥之不去的俄底浦斯欲望,但与此同时又没有对自己的这些欲望产生意识。这样,神话就在以下两极之间达成了一种妥协:一边是要求这些欲望得到彻底的满足,一边是甚至不愿知道这些欲望的存在。弗洛伊德认为,神话通过它的意义来发挥其功能:通过呈现一个象征性的扮演俄底浦斯欲望的故事,神话将这些欲望发泄出来。"[①]

从这些分析来看,也可以说,神话相当于人类恋母情结的变相自白书。它一方面巧妙地推诿过失,另一方面又热切地实现自己的愿望。这就像一个想说脏话又怕别人指摘自己说脏话的人,打起批判脏话的旗帜来合法复述那些脏话

[①] 罗伯特·A. 西格尔:《神话理论》,刘象愚译,外语教学与研究出版社,2008年,第263页。

从而满足了自己说脏话的潜在欲望。

弗洛伊德的这种理论和分析结论对于西方人来说，无疑是破天荒的创新。在某些领域（例如文学领域）和某些现象上，弗洛伊德的解释是有启发意义的。但对于神话的起源和运作功能的解释只能是部分有效。不妨说个别神话有弗洛伊德所说的那些因素，但是，如果认为所有的神话乃至人类文化的方方面面都像弗洛伊德说的那样受到人类性压抑的制约，这是很难站得住脚的。弗洛伊德主要是夸大了性欲的作用，尤其是夸大了所谓恋母情结之类的性压抑因素的作用。

6.4 荣格的神话观

荣格曾是弗洛伊德的学生，其根本思想源自弗洛伊德，但是在若干方面，荣格根据自己的临床经验和理解，对弗洛伊德的学说进行了修改。比如说，弗洛伊德认为，潜意识的性质完全属于个人。但荣格说在他自己的临床经验中发现，一些病人梦境中显露的景象，居然和其发梦后数年才被寻获并破译的古代文献不谋而合。病人既不可能读过那些文献，当中的景象也就不会出现在他们的意识里，又怎么可能被压入潜意识而形成梦境？[1]

针对弗洛伊德的问题，荣格提出了"集体无意识"的概念。他把无意识中植根于"更深的层次上，其非源自个人经验，亦非个人后天获得，而是天生的"的意识层次称为"集体无意识"[2]。这样荣格就将无意识划分成了两个层次，即集体无意识和个体无意识。集体无意识是自人类这种物种出现以来所积累的精神经验整体，因此它不是创造出来的，而是继承而来的。荣格认为集体无意识中继承了祖先的营养本能和性本能，同时也继承了兽性、野蛮性。祖先除了遗传下能力特征外，还遗传下"原型"（archetypes）类印象、直觉形式等。因

---

[1] 刘耀中、李以洪：《荣格心理学与佛教》，东方出版社，2004年，第45页。

[2] C. G. Jung, *The Collected Works of C. G. Jung*, v. 9 (I), ed. by H. Read, M. Fordham & G. Adler (New York: Pantheon Books), p. 3.

此，个体一出生，集体无意识就为其行为提供了一套预先形成的模式；人类具有思维、情感、知觉等种种先天倾向，而会以某种特别的方式来反应与行动。① "从科学的、因果的角度，原始意象可以被设想成一种记忆蕴藏，一种印痕或记忆痕迹，它来源于同一种经验的无数过程的凝缩。在这方面它是某些不断发生的心理体验的沉淀，并因而是它们的典型的基本形式。"② 当然，这种说法很容易使我们回想到柏拉图的"原型"（ιδέα）学说。

荣格认为，神话和梦是表达原型的重要方式。神话揭示了灵魂的最早和最突出的心理现象。因此，荣格把主要精力花在描述这类"原型"上。荣格说，原始人类的潜意识心理有一股渴望，要把所有外在的感觉经验——如日出与日落——化为内在的心理事件；例如，以太阳的运行来代表一位神或英雄的命运，且其存在于人类的心灵之中。也就是说，所有神话化的自然过程，绝非客观现象的寓言，而是无意识心理的象征性表达。③ 换句话说，研究神话，可以从中窥见人类的心理模式，或曰原型。从大量的神话原型中，荣格发现各个民族的神话中都反复出现相似的象征形式。各个文化中包含着类似的主题性原型，可知各文化拥有共同的神话原型。逻辑上说来，既然有共同的神话原型，就说明人类拥有共同的需要、本能和无意识结构，这又反过来证明了他提出的集体无意识理论。

荣格的原型理论似乎更圆融、更容易解释若干文化现象，例如神话现象。因此他得到颇多神话学者的认同。但是，许多人文社会科学研究者不明白，人文社会科学和自然科学是不同的。人文社会科学虽然也注重对规律性的（原型类的）现象的探讨，但是更多的时候不得不同样必须注重对个别的、特殊的、非原型的现象的探讨。原型类的探讨有时得出的结论不是不正确，而是没有太大的意义，往往是证明了本来大家都知道的东西，只不过换了一套术语和论证

---

① C. G. Jung, *The Collected Works of C. G. Jung*, v. 9 (I), ed. by H. Read, M. Fordham & G. Adler (New York: Pantheon Books), p. 42.
② 荣格：《心理学与文学》，冯川等译，三联书店，1987年，第5页。
③ 同上，第6页。

方式而已。

7　仪式学派

　　仪式学派是西方神话学的一个古老而年轻的流派，其理论基因早在19世纪的神话学人类学流派中便初见雏形。20世纪以来，随着更多人类学家和宗教学家纷纷以本学科的理论和方法对神话现象展开深入的研究和阐释，该学派已经成为西方神话学领域的一个重要流派，并且以神话原型批评的形式在文学批评领域结出丰硕的成果。

　　所谓"仪式"，是指远古原始人类与祭祀祖先、祈祷神灵相关的庄严、正式的行为。根据阿布拉姆斯（M. H. Abrams）在其《文学术语手册》中对"神话"词条的解释，大多数神话都与社会仪式紧密相关[1]。而《简明大英百科全书》的同名词条也认为，神话在某一文化体系内的由来与该文化的宗教信仰和宗教仪式密切相关[2]。因此，仪式学派从社会、宗教仪式的角度看待神话的起源，认为仪式在先，神话继起。在漫长的历史演变过程中，原始仪式的演出逐渐消亡，而作为仪式内容的语言表述和文字记载，神话故事却流传了下来，遥远地呼应着远古巫术、仪式的神秘与烂漫。

　　15世纪哥伦布发现美洲新大陆，引起了欧洲人开拓扩张的雄心壮志。16世纪的地理大发现以来，以商人、外交官、传教士为代表的欧洲人对亚、非、美洲各地原始部落的复杂多样性耳濡目染，自觉不自觉地记录下其巫术、祭祀、神话、传说以及种种社会生活习俗。随着"民族志"原始材料的不断积累，19世纪以泰勒（Edward B. Tylor）和兰格（Andrew Lang）为代表的一批人类学家逐渐意识到，神话不是一种先验的存在，世界各地不同部落、不同种族和不同文化的神话传说往往都反映着该体系内人们具体的生活习俗，与包括

---

[1] M. H. Abrams, *A Glossary of Literary Terms*, 7th edn (Boston: Heinle & Heinle, 1999), p. 170.
[2] *Britannica Concise Encyclopedia* (Chicago: Encyclopedia Britannica, Inc., 2006), p. 1320.

宗教仪式在内的生活经验息息相关。

泰勒在《原始文化》中提出"万物有灵论",认为原始人从睡眠、影子、疾病、死亡、祭祀等各种实际生活体验中推导出"灵魂"的观念,进而得出神的概念,而神的活动则构成了神话。兰格通过比较不同文化圈的神话得出结论,认为导致全世界神话故事惊人相似的,正是不同种族在观念、幻想、欲望和习俗方面的惊人相似。从中不难看出,泰勒和兰格以民族资料的收集为基础,以历史比较为方法,在西方神话学的发展历程中第一次把神话研究建立在原始人法规、习俗以及宗教仪式等实证材料的基础上,为后来神话学的仪式学派勾勒出隐约的雏形。

在开创仪式学派的道路上,前有泰勒、兰格等人筚路蓝缕,后有同样作为人类学家的弗雷泽(James G. Frazer)踵事增华。他以高度的理论自觉,明确地提到神话与仪式的关系。在《〈旧约〉中的民俗》中,弗雷泽认为,人类思想运动的轨迹,总体趋势是从原始野蛮人的巫术到宗教再到科学的。虽然现代社会大部分人从思想和行为上已不再像野蛮人,但包括祭祀仪式在内的很多古人的"生活模式"却作为一种文化基因,保留在了现代文明的制度中。他进一步用古代"野蛮人"的习俗仪式同《圣经》中的一些神话故事做比较,试图为基督教文明的神话传说找到原始仪式的痕迹,进而在神话与仪式之间架起沟通的桥梁。

弗雷泽的代表作,十二卷本的《金枝》通过对以巫术为中心的仪式和神话的比较研究,将神话、仪式相互关联的理路和方法发挥到登峰造极的程度。所谓"金枝",原指偶然生长于橡树上的一种槲寄生植物。因为少见,古人认为它是由雷电所生,附带着天神的神性,隐藏着祭司的灵魂,维系着氏族部落中主管仪式的祭司的性命。因此,继任者要想取代前任,必须折断金枝,杀死老祭司。经过引证来自埃及、印度、希腊、犹太等民族的实证材料,弗雷泽发现世界上许多原始民族确实有杀死老祭司的传统。因为他们认为祭司的衰老会带来相应神灵的衰老,只有定期杀死衰老的祭司,才能保证神灵像植物一般冬凋而夏荣。在弗雷泽看来,其实是植物的成住坏灭、四季的循环更替,让原始人类放飞想象，联想到世间万物的生死循环，从而创造出每年一死，再从死中复活的神的形象和神话故事。如希腊人每年都有祭祀酒神狄奥尼索斯（Dionysus）的仪式，既表现他的受难和死亡，也欢庆他的复活与再生。又如：

> 埃及和西亚的人民在奥西里斯、塔穆斯、阿都尼斯和阿提斯的神名下，表演一年一度的生命兴衰，特别是把植物生命的循环人格化成一位年年都要死去并从死中复活的神。在名称和细节方面，这种仪式在不同的地点不尽相同，然而其实质却是相同的。[1]

弗雷泽从这些世界各地关于神死而复活的仪式和神话中，不仅找到了西方基督教文明的核心观念——耶稣基督死而复活的历史渊源，并且进一步归纳出这些神话、仪式现象的实质。其实质就在于，原始人类没有发达的抽象思维能力，无法透过纷纭变幻的世间万象以抽象的逻辑概念一语道破其本质；于是只能曲径通幽，用具体形象加以传达。原始先民以身体行为（仪式）和语言文字（神话）的方式对自然规律的具体性再现和象征性模仿，充分体现了维柯（Giambattista Vico）眼里原始人所特有的具象思维和"诗性智慧"（sapienza poetica）。弗雷泽在《金枝》中对原始宗教仪式的研究包罗万象，纵贯远古及至19世纪，横跨亚、非、欧、美、澳五大洲。究其宗旨，这部百科全书般的研究无非想要证明，一些典型而类似的神话和仪式超越时空地"普遍"存在于全世界原始人类的文化中。

继弗雷泽之后，女人类学家魏斯登（J. Weston）发现，西方很多古老民族的神话传说都围绕着基督在人间的遗物——圣杯的失踪和骑士的英勇追寻而展开。于是，在其著作《从仪式到传奇》中，她同样以历史比较的方法研究了流行于中世纪欧洲各国的圣杯传说。其结论是，圣杯传说的神话故事里隐含着古老的繁殖神崇拜的痕迹。而有关繁殖神的神话，大约都是为了解释其崇拜者所

---

[1] 转引自叶舒宪编：《神话-原型批评》序，陕西师范大学出版社，1987年，第5页。

遵循的某些习俗而被创造出来的。

继弗雷泽和魏斯登之后，弗雷泽的学生哈利逊（Jane E. Harrison）受到二人启发，从仪式的角度研究希腊悲剧神话的起源，认为希腊悲剧起源于表现酒神受难和死亡的祭祀仪式，悲剧神话是从仪式中或者与仪式一同产生。她进一步将这种观点推而广之，认为所有的神话都由原始祭祀仪式产生，甚至一切伟大的文学著作和艺术形式都深刻地含有原始仪式的内在基因。基于相同的理念，同一时期的墨雷（Gilbert Murray）和康福德（Francis M. Cornford）等人对哈利逊的观点或进一步理论阐发，或用于具体的文学解读。在这些人的共同努力下，最终形成了西方神话学的"神话–仪式学派"（myth-ritual school），俗称"剑桥学派"（Cambridge school）。

通过对神话–仪式学派历史渊源的追溯，不难看出，其中贯穿着"仪式—神话—寓意—再现"这样一条进化主义的线索。其中，包括巫术在内的各种"仪式"是原始人类生活的重要方面，是原始人类对自身处境做出的自发性回应，体现着原始先民最自然、最本真的生存状态。而作为仪式的直接衍生物，"神话"是对于仪式内容的语言表述和文字记载。随着仪式表演的不断重复，其语言表述和文字记载亦不断完善、不断成熟，最终神话的独立王国应运而生。不论是身体力行的仪式，还是眼追口述的神话，都体现着原始人以其特有的具象思维和具体形式对自然规律的象征性把握，其中都蕴含着无尽的抽象寓意。而随着现代科学的兴起，远古的神秘不再，仪式世俗化为戏剧、舞蹈或游戏，神话则堕落为故事或歌曲。随着现代文明制度的建立，体现在具体仪式和神话中的抽象意蕴则改头换面，再次以具体的面貌潜入现代文学、艺术乃至社会文化的方方面面。于是乎，在神话–仪式派学者眼里，当代社会文化和文明制度的所有方面，都能够从远古仪式和神话的土壤中寻根探源。

毫无疑问，神话–仪式学派提供了一种重要的方法论意义。它通过追溯当代文学、艺术和文化的共同仪式、神话基因，将文化各层面之间的内在联系凸显了出来，开启了以普遍联系的方式看待不同文化的研究模式。但是，该流派的弊端也是不容回避的。首先，在仪式和神话的关系问题上，该学派将简单的反应论奉为圭臬，认为仪式在先、神话在后，后者只是对前者的模仿与再现。事实上，在民族学研究中，就有很多神话在先、仪式在后的反例。仪式与神话究竟孰先孰后、孰本孰末往往因时因地而异，莫衷一是。在我们看来，二者之间倒常常呈现为一种"互根互构互补互彰互抗互证"[①]的辩证关系。其次，该学派将当代文学、艺术和社会文化的方方面面都追溯到远古神话和原始仪式，将仪式和神话作为一切当代人类文化形式的逻辑起点，犯了简单的归结主义的错误。须知，从发生学意义上讲，人类文化演进的驱动因素也许不光是巫术的、仪式的和宗教的，还可以是经济的、政治的和性欲的[②]。因此，我们不宜将纷繁复杂的文化现象的产生一味地归结于神话、仪式的影响，而应该具体问题具体分析，做到"恺撒的归恺撒，上帝的归上帝"，秉承"多元互补"的理路和方法也许才是文化成因研究的正确途径。

8　结构主义学派

结构主义兴旺于20世纪初，尤见于一些语言学理论，比如索绪尔（Ferdinand de Saussure）的语言学、布拉格（Prague）学派、莫斯科学派及哥本哈根（Copenhagen）学派的语言学理论。这种理论强调，我们在理解各种文化要素的时候，要从文化的整体结构或总系统来把握理解这些要素。用英国学者西蒙·勃拉克波恩（Simon Blackburn）的话来说：结构主义相信，"人类生活现象只有通过现象之间的相互联系才能理解。这些联系形成了一个结构，在形形色色的表面的变异现象背后，掩藏着抽象文化的不变法则。"[③]结构主义主张，人的理性有一种先天的构造能力，主观的先验理性结构决定事物的性质

---

①　辜正坤：《中西文化比较导论》，北京大学出版社，2007年，第52页。
②　辜正坤：《互构语言文化学原理》，清华大学出版社，2004年，第246—253页。
③　Simon Blackburn, *Oxford Dictionary of Philosophy*, second edn revised (Oxford: Oxford University Press, 2008): "the belief that phenomena of human life are not intelligible except through their interrelations. These relations constitute a structure, and behind local variations in the surface phenomena there are constant laws of abstract culture".

和变化。结构主义强调整体性研究，反对孤立的局部研究；强调认识事物内部结构，反对停留于对外部现象的研究。

作为一种理论模型，结构主义被西方学者应用于许多学科，诸如人类学、社会学、心理学、文学批评、经济学、建筑学等。在神话学领域，则以法国人类学家克劳德·列维-施特劳斯（Claude Lévi-Strauss）创立的结构主义神话学理论最为著名，其代表著作有《亲属关系的初级结构》（1949）、《结构人类学》（第一卷 1958、第二卷 1973）、《神话集》（共四卷，1964、1966、1968、1971），利奇的《缅甸高地的政治制度》（1954）、《克劳德·列维-斯特劳斯》（1970）等。

8.1 列维-施特劳斯的结构主义神话理论

列维-施特劳斯承认他的结构主义思想来源于多种渠道，但他同时透露，即便在他幼小的心灵中，就已经有了某种后来形成结构主义的心理种子。[1] 他说他在两岁左右时虽然并不认字，却能够读懂文字。他向家里人解释，当他看到商店牌子上的 boulanger（法语：面包店）或是 boucher（法语：肉店）的时候，他认为他读懂了某些含义。因为从字母拼写上来看，这两个词的词头都包含明显相似的字母 bou，因此两个店都一定意味着某种相似的东西。[2] 而这种幼儿时代的对事物相似性的认识，在后来的结构主义者列维-施特劳斯看来，就潜存着结构主义认识方法。"这是在表面的差异中追求不变者或不变因素。"[3] "是在我们被动接受的无序状态背后追求有序状态。"[4] 列维-施特劳斯说这样的追求可能是他一生中压倒一切的追求。他曾在少年时代专注于地质

---

[1] Lévi-Strauss, *Myth and Meaning* (London: Routledge and Kegan Paul, 1978), p. 1.
[2] 同类传说在中国也颇多，例如白居易据说 7 个月便能认识"之无"二字。
[3] Lévi-Strauss, *Myth and Meaning* (London: Routledge and Kegan Paul, 1978), p. 2: "It is the quest for the invariant or for the invariant elements among superficial differences."
[4] Ibid, p. 3: "trying to find an order behind what is given to us as a disorder."

学。在他看来，地质学中面临的难题依然是要在千变万化的地貌现象中理解某种不变的东西，也就是要能够把特定的地貌简化为有限数量的地质层和地质运动状态。① 他认为，即便在戏剧服装道具中，在音乐中，在歌剧唱词中，都是要在整套极为复杂的符码（音乐码、文学码、艺术码）中理解某种稳定不变的特性。

显而易见，列维-施特劳斯所追求的东西其实是古今中外的大量学者所追求的东西，即**在万变中找到不变，在表面的混乱现象中找到规律**。这样的追求，从古老的《易经》、老子、朱熹，到柏拉图、亚里士多德乃至黑格尔、马克思、毛泽东的著作中都随处可见。因此结构主义的核心思想绝不是什么新鲜的思想而是非常传统的甚至古老的思想。列维-施特劳斯自己非常明白这一点。他说："结构主义或诸如此类的思想，一直被看作是某种全新的或者革命性的思想。我认为这种想法是双重错误的。首先，即便在人文学领域，这种思想也一点儿都不新颖。我们可以轻而易举地将这种思潮从现在追溯到 19 世纪，乃至文艺复兴时期。"②

那么，结构主义，至少列维-施特劳斯的结构主义究竟有什么特殊贡献呢？

我认为，列维-施特劳斯的结构主义至少在两个方面具有重大意义。

第一，列维-施特劳斯在特定的历史条件下重新彰显了结构主义的非理性应用价值。

第二，列维-施特劳斯用具体的研究对象向我们生动地演示了结构主义的根本原理是如何在人类学、神话学等领域具体产生作用的。换句话说，列维-施特劳斯的主要贡献不是告诉我们什么是结构主义，而是告诉我们结构主义究竟可以如何被应用于实际的文化现象研究。

---

① Lévi-Strauss, *Myth and Meaning* (London: Routledge and Kegan Paul, 1978), p. 3.
② Ibid, p. 3: "Structuralism, or whatever goes under that name, has been considered as something completely new and at the time revolutionary; this, I think, is doubly false. In the first place, even in the field of the humanities, it is not new at all; we can follow very well this trend of thought from the Renaissance to the nineteenth century and to the present time."

我们现在来进一步探索这两个方面的意义。

究竟是什么样的历史条件使得列维-施特劳斯重提结构主义显得十分重要和必要呢？

要回答这个问题，有必要追溯一下列维-施特劳斯对现代科学在新时代背景下的发展状态的看法。

8.2 科学与神话研究的关系

列维-施特劳斯声称自己对科学并无负面的看法，说自己实际上是一个笃信科学的人，还说他订阅了《科学美国人》这本杂志，每期必看，一页都不落下。[①] 这样强调自己对科学的正面态度是什么意思？显然，列维-施特劳斯一定受到了他所处时代的一些学者的非议，认为他的结构主义观点与现代科学观点有分歧。列维-施特劳斯试图为自己分辩，说明自己对科学的真正看法。

列维-施特劳斯认为在现代社会，科学得到了突飞猛进的发展，但是也有某些东西在我们的生活中失落了。他说的失落的东西，主要指过去的神秘思想。在现在所处的世界中，在人们必须遵从的那种科学思想状况中，我们是否能够原封不动地找回那些失落的东西，列维-施特劳斯觉得这是没有把握的事情。

不过列维-施特劳斯认为现代科学并非完全忽视这些失落的东西，而是在试图更多地将这些失落的东西整合进科学阐释的领域中来。他认为，现代科学和神秘思想之间存在着鸿沟，但是这条鸿沟并非一开始就存在。科学和神秘思想的真正分裂产生在17、18世纪，那期间的学者如培根、笛卡尔、牛顿等认为，有必要将科学建立在与若干时代以来的神秘思想相抗衡的基础上。那时的想法是：科学只能无视感观世界才能存在。[②] 因为按照理性主义的理论，人们只凭感观感知到的世界是一个虚妄的具有迷惑性的世界，而真实的世界具有数

[①] Lévi-Strauss, *Myth and Meaning* (London: Routledge and Kegan Paul, 1978), p. 1.

[②] Ibid, p. 21: "and it was thought that science could only exist by turning its back upon the world of the senses."

学性的特性，这种特性只有人的理性才能把握得住，它和人的外部感观提供的虚假的证据是格格不入的。从这个立场出发，科学与神秘思想的分裂在那时是必要的，因为正是这一分裂，科学思想才可能独立地建构起自身。

列维-施特劳斯如此阐释了科学与神秘思想分道扬镳的历史渊源和必要性。但是，到了 20 世纪，列维-施特劳斯认为科学与神秘思想的关系发生了变化。情况已经不同了。当代科学不再像 17、18 世纪的科学那样完全抛开、无视神秘思想，而是在不知不觉地试图弥合过去留下的鸿沟。例如对于各种感观所得印象材料（Sense data）[1]，从前的许多科学家可能对之不屑一顾，认为它们靠不住，没有实际意义或利用价值；而当代科学却日益趋向于对它们进行科学解释，即将它们看作某种有意义的东西、具有某种真理的东西或者某种可以解释得清楚的东西。[2]

显然，列维-施特劳斯把神秘思想或神话现象等等也归于感观所得印象材料。如果感观所得印象材料也具有某种意义、某种真理性，是某种可以解释得清楚的东西，神话现象自然也属于这类材料，也具有某种特定的意义、某种特殊的真理性，是可以解释得清楚的东西。

因此，列维-施特劳斯不是要否定科学，而是要扩大科学解释的地盘。

---

[1] "感观所得印象材料"，意为人类的感知器官直接感知到的种种印象、数据。亦可译作"感觉材料"。《斯坦福大学哲学百科全书》有如下解释：Sense data are the alleged mind-dependent objects that we are directly aware of in perception, and that have exactly the properties they appear to have. For instance, sense data theorists say that, upon viewing a tomato in normal conditions, one forms an image of the tomato in one's mind. This image is red and round. The mental image is an example of a "sense datum." Many philosophers have rejected the notion of sense data, either because they believe that perception gives us direct awareness of *physical* phenomena, rather than mere mental images, or because they believe that the mental phenomena involved in perception do not *have* the properties that appear to us (for instance, I might have a visual experience representing a red, round tomato, but my experience is not itself red or round). Defenders of sense data have argued, among other things, that sense data are required to explain such phenomena as perspectival variation, illusion, and hallucination. Critics of sense data have objected to the theory's commitment to mind-body dualism, the problems it raises for our knowledge of the external world, its difficulty in locating sense data in physical space, and its apparent commitment to the existence of objects with indeterminate properties.

[2] Lévi-Strauss, *Myth and Meaning* (London: Routledge and Kegan Paul, 1978), p. 1.

在这个扩大了的科学解释的地盘上，非理性现象，或者说感观所得印象材料，应该被更深入地加以研究。从结构主义的角度看，所谓的非理性现象应该特别值得加以科学解释，这就是所谓科学领域的非理性应用价值。

在这之前，科学界的学者很容易使用"迷信"或"神秘"这样的字眼来一劳永逸地打消掉对非理性现象的严肃研究。而列维-施特劳斯的结构主义神话理论，却主张从神秘或神话中找出规律性的东西、从看似无序的神话文本中找出有序的内在线索。科学和迷信、神话之间的鸿沟是可以弥合的。非理性现象是可以用理性的方式予以阐释的。

列维-施特劳斯认为科学具有两种运作方式，一种是化繁为简的方式（Reductionism），一种是寻找结构形式的方式（Structuralism）。把某种层面上的复杂现象简化为另一种层面上的简单一些的现象，这叫化繁为简的方式，或谓之还原法。比如大量的生命现象可以简化为生理-化学过程。不过这种方法可以解释一部分生命现象，但不能解释一切生命现象。当我们遇到复杂得多的难以化简为低层次现象的现象时，我们就只好探讨它们的相互联系，也就是试图理解它们是由何种独特的机制构成的。语言学、人类学和一些别的领域就是这样做的。列维-施特劳斯说他并不想把文化这样复杂的现象简化为某种自然现象，但是，他认为我们确实见证过文化层面上的现象与自然层面上的现象具有某种贯通的纯形式因素。从神话学研究的角度看，他想从表面的无序状态中找到一种有序状态。某些被人们视为非理性的现象，未必是真正的非理性。以婚姻规则为例。全世界有大量婚姻规则，它们看起来完全没有什么真正的含义。可要是它们真的没有含义，那么每个民族就都应该会产生不同的规则。但实际上，这些规则毕竟还是数量有限的。列维-施特劳斯认为，如果同一种荒唐现象一而再、再而三地重复出现，它们就一定是某种并不绝对荒唐的现象，否则它们就不会反复重现了。有许多神话故事似乎表面上是荒唐的，没有意义的，任性胡诌的，可它们在全世界的范围内都重复出现。这就值得审慎思考。某个特定地方的人的异想天开的创造应该是独特的，不应该在一个完全不同的地方产生完全相同的创造现象，这里面一定有什么规律性的东西。列维-施特劳斯说，他正是要从这类表面上看来无序的现象中发现某种规律性的秩序，而他这种研究思路归根结底是一种科学思路。

当然，科学并非万能，科学也有局限性。但是科学正是在不断地突破局限性、不断地拓宽其解决问题的范围这个过程中前进的。

在列维-施特劳斯看来，科学如果大胆直面非理性问题，缩小与神秘思想之间的鸿沟，那么它在帮助人们找回久已失落的东西方面无疑将发挥更大的作用。

对科学而言，神话现象并非是毫无意义的所谓的非理性的胡话，神话自身受到特定的法则——比如二元对立法则——的制约。因此，人类的研究绝对不能把神话现象看作垃圾一样、撇开神话不管。恰恰相反，人类在相当长的时期内忽视对神话现象的研究已经导致人类自身认识上的某种褊狭性。现代科学的研究范围被某些人为因素缩小了，科学应该大大拓宽自己的研究范围，把神话学研究纳入其正规的研究领域。一些学者认为，从原始人能够熟练地应用二元对立结构规则而言（见后文），现代人未必就一定比原始人高明。[1] 一些西方学者断言列维-施特劳斯主张科学与神话其实有着深层的联系，"科学与哲学二者都显然属于一个更大的范畴——神话的范畴"。[2] "科学应该仅仅被看作是西方文化中占支配地位的神话"。[3] 不过，这样的断言，使列维-施特劳斯本人有些担心，因为这有可能使人误以为他反对科学。他慎重声明，他并不反对科学本身，而是反对传统的科学对神话研究的排斥。

8.3 原始思维与现代思维的差异

关于原始民族（primitive people）的提法，列维-施特劳斯颇不认同。他

---

[1] 郑凡：《震撼心灵的古旋律》，四川人民出版社，1987年，第112页。
[2] P. 博瑟特：《人的哲学是一门精密的科学——列维-斯特劳斯的结构人类学观点评介》，《国外社会科学》1983年第5期，第65页。
[3] 同上，第66页。

建议使用"没有文字的民族"这种提法。他认为,用"原始"来称谓一个民族,意味着暗示该民族的思维多多少少有点粗糙或质量低下。这样的暗示意味是错误的。而在人类学界的大师、功能主义者马林诺夫斯基的著作中就充斥着这种错误称谓。马林诺夫斯基认为,生活的基本需求(生理需求和心理需求)决定一个民族的思想。[①]如果你了解了那些决定一个民族生活的基本需求要素,诸如食物寻求问题、性交问题等,那么你就可以解释该民族的社会体制、信仰、神话及诸如此类的文化现象。这个以"功能主义"命名的观点在人类学界十分盛行。但是列维-施特劳斯并不赞同。

还有一种观点,认为原始人的思维并不是是否低劣的问题,而是从根本上说来就是一种与现代人的思维极不相同的模式。持这种观点的代表人物如法国社会学家列维-布留尔(Levy-Bruhl)。他认为原始人的思维是一种"前逻辑的"(prelogical)思维,具有世代相传的神秘性质的"集体表象"(collective representations),受一种互渗律所支配。[②]

---

① 按照马林诺夫斯基的观点,一个社会的所有文化其实只是一组工具,其存在目的在满足人类自身的种种生理和心理需求。而各文化要素之间是环环相扣,且不断变动以保持有效的运作。也因此,我们可以在各文化中找到一套自己的运作原则,而这些原则也和社会中的实质功能保持紧密的关联。所有的文化项目像家庭、巫术等,都是为了满足社会上的个别需求如果腹、性欲、嬉戏、信仰等。因为如此,所有文化项目彼此互相整合,也不相互违背,所以整体文化应为平和而稳定。物质器具和社会思想只有满足人类的生物需要和社会需要,才能存留和传播,若失去这种功能,便会在历史上消失。原始文化,例如宗教和巫术,符合原始居民的心理和社会的需要;原始的民族和部落机构,适应原始居民生活实际。

② 列维-布留尔在1910年发表了《低级社会中的智力机能》(*Les fonctions mentales dans les societes inferieures*)一书。他在这本书中把"地中海文明"所属民族的思维与不属于"地中海文明"的民族的思维进行了比较,实际上是把近代西欧发达的资本主义社会的"白种成年文明人"的思维与被他叫作"原始人"、"野蛮人"、"不发达民族"、"低等民族"的广大亚洲、非洲、大洋洲、南北美洲的有色人种民族的思维进行了比较,结果确定了"原始人的智力过程,与我们惯于描述的我们自己的智力过程是不一致的"。列维-布留尔给原始人的思维确定的最一般规律是什么呢?他认为,"原始人"的思维是具体的思维,亦即不知道因而也不应用抽象概念的思维。这种思维只拥有许许多多世代相传的神秘性质的"集体表象"(collective representations),"集体表象"之间的关联不受逻辑思维的任何规律所支配,它们是靠"存在物与客体之间的神秘的互渗"来彼此关联的。尤其是,这种思维完全不关心矛盾(它不追究矛盾,也不回避矛盾,它可以容许同一实体在同一时间存在于两个或几个地方,容许单数与复数同一、部分与整体同一,等等),所以,(转下页)

列维-施特劳斯对这两种观点都不赞同。他认为马林诺夫斯基的观点过分功利性，而布留尔的观点过分情绪性。

列维-施特劳斯认为，一方面，在很多情况下，无文字民族（他不用"原始民族"这个字眼）的思维是（或可以是）非功利性的（disinterested）（与马林诺夫斯基不同）；另一方面，无文字民族的思维是（或可以是）理智性的（intellectual）（与布留尔不同）。

列维-施特劳斯在他的《图腾主义》（Totemism）和《野蛮人的心灵》（The Savage Mind）两部著作中阐述了他的这个观点。他发现，某些通常被人们认为完全屈服于食物需要和诸如此类生理需要的民族在极其严峻的物质生存条件下，也完全能够进行纯粹的非功利性的思维，也就是说，他们也受到需要和欲望的驱动来理解自身所处的世界，理解其性质，理解其社会，而不仅仅满足于口腹之欲。另一方面，为了实现这种理解过程，无文字的民族采用了理智性手段，其做法完全类似于我们文明世界的哲学家们的所作所为，在某种程度上，甚至完全类似于我们的科学家们能够采用或会采用的方式。

当然，他们的理智性做法与现代科学家的做法是有区别的。

列维-施特劳斯认为无文字的民族的理智性思维模式表现在他们试图以最简捷的手段对宇宙进行一般性理解。不，不仅仅是一般性的理解，而是整体性的理解。这样一种思维方式暗示：如果你不理解整体，你也就不理解任何别的东西。列维-施特劳斯断言这种方式与科学思维方式是完全背道而驰的。科学

（接上页）从表象关联的性质上看，列维-布留尔又把这种思维叫作"前逻辑的"（prelogical）思维。总起来说，"原始人"的思维就是以受互渗律支配的集体表象为基础的、神秘的、原逻辑的思维。这就是列维-布留尔给"原始人"的思维下的定义。还需要说明，列维-布留尔一面把人类的思维分为两大类型，一面又肯定人类思维的机能相同，不同的只是思维的结构（类型）。二十年后，他在《作者给俄文版的序》中又说："在人类中间，不存在为铜墙铁壁所隔开的两种思维形式——一种是原逻辑思维，另一种是逻辑思维。但是，在同一社会里，常常（也可能是始终）在同一意识中存在着不同的思维结构。"这又显然是指的全人类，其中也包括"地中海文明"。另外，列维-布留尔还含糊地表示了，在涉及生产和生活方面的事物时，"原始人"是运用逻辑思维的。只是在涉及认识问题上，特别是涉及因果律和矛盾律时则是运用原逻辑思维，集中地表现在寻求神秘原因上。（引自网上维基百科资料）

思维方式是步步推进的，总是要对某一有限的现象进行解释，然后进而解释另一类现象。笛卡尔有过类似的说法。按照笛卡尔的思想，科学思维的目标是要将困难的现象尽其需要分解成若干小的部分，各个解决，然后最终解决困难现象本身。显然，笛卡尔的这种说法，和现代科学的分科现象是大体吻合的。

列维-施特劳斯认为，所谓野蛮人头脑中这种囊括万象的宏大意图（整体性把握宇宙）与科学思维程序是大异其趣的。他说，"我们可以通过科学掌控自然……而[野蛮人的]神话却不能赋予人更多的控制环境的物质性力量。"[1] 当然，列维-施特劳斯说，神话也可以让人产生好像人们真正理解了宇宙的幻觉。不过，这只是幻觉而已。

但是，列维-施特劳斯发现古代人在感知能力方面确实与现代人有差别。他在撰写《神话学导论》时，曾遇到一个非常神秘的事情。根据他的了解，有一个部落的人能够在大白天用肉眼看见金星。列维-施特劳斯认为这是不可思议、也是绝对不可能的事情。他为此咨询了一些天文学家，天文学家对他说，我们现代人当然是在白天看不见金星的，但是考虑到金星的光很强，如果有什么人在白天看见它，也不是绝对的不可思议。后来，列维-施特劳斯考察了一些古代的航海学文献，发现古代的水手在大白天确实可以轻易地看见金星。列维-施特劳斯相信，就是今天的现代人经过特殊训练，也仍然有可能看得见。然而，现代人过分倚重大脑的思考能力，使我们原有的直观感知能力降低了，而这种能力恰恰是古人，尤其是神话时代的人比较擅长的。无文字的民族对于他们所处的环境及其资源状况（比如植物和动物）有令人惊叹的准确了解，但是所谓文明人在这方面却比不上他们。当然，文明人并不是白白地失掉了这些能力。以此损失为代价，文明人有了汽车、火车、电视机、收音机。

列维-施特劳斯由此获得很重要的启示：原始人之所以缺乏现代人这样的脑力训练，不是因为他们没有这种潜力，而是因为他们不需要。他们当然可以改进他们的大脑思维质量，但是他们所处的自然环境与他们当时的生活方

---

[1] Lévi-Strauss, *Myth and Meaning* (London: Routledge and Kegan Paul, 1978), p. 6.

式本身，根本不需要他们做出那种改进。人脑的潜力诚然是巨大的，但你不可能在某个时间段把它们全部都开发出来。你只能利用人脑潜力中的一小部分，至于你利用其中的哪一小部分，取决于你所处的文化状况。应该说，列维-施特劳斯的这些观点是非常独到、深刻的。顺着他的这种逻辑，我们可以自然而然地得出结论：不同的文化格局会导致拥有相应文化的民族开发利用其相应的大脑潜力。因此，简单地以某民族欠缺另一民族擅长的思维模式（例如逻辑思维模式）来断言该民族的思维落后、原始或质量不高，就未免太主观、武断。列维-施特劳斯援引人类学研究成果证明：尽管人类中存在形形色色的文化，全世界各地的人类自身的大脑思维能力应该是一样的，并无高低贵贱之分。[1]

人类之所以有各式各样的文化，不在于文化创造者的大脑思维方式从根本上是独特的，而在于各自所处的环境不同，其所利用的相应的大脑能力也就不同。从这个角度看，列维-施特劳斯认为人类的文化创造者并非故意地使其文化具有独特性、故意地要标新立异。原始人类数量不多，相互间的居处又多半处于隔绝状态，因此所创造的文化形态自然就具有独特性，这只是文化产生的种种独特条件长期存在的必然后果，并非是创造者有意为之。

那么，列维-施特劳斯是否认为全人类应该建立理想的、统一的文化，从而消除各种文化的差别性和独特性呢？不！他认为，文化的差别性是极其有创造性的因素。文化进步恰恰只有经由文化的差别性才能达到。这样，列维-施特劳斯就进一步提出了一个石破天惊的思想：过度的文化交流将会杀死文化独创能力。

8.4 过度的文化交流将会杀死文化独创能力

由于一种文化与他种文化的差别性恰恰是其文化创造的独特性和文化进步

---

[1] Lévi-Strauss, *Myth and Meaning* (London: Routledge and Kegan Paul, 1978), p. 7.

的前提，一种文化与他种文化的过度交流就可能湮没破坏自身的独特性与创造性。列维-施特劳斯提出的这个思想的确石破天惊，值得我们加以特殊重视，但它往往被西方学者，尤其是中国学者所忽略。列维-施特劳斯在《神话和含义》(Myth and Meaning)中说：

"目前对我们构成威胁的东西很可能是我们可称之为"过度交流"(overcommunication)的东西，即身处世界的某一特定地点，却总想精确地知道全世界一切别的地方正在发生着什么。某种文化要想真正具有独创性并产生某种新东西，这种文化及其拥有者必须对自身的独创性了然于胸；在某种程度上，甚至可以说，必须对自身文化的优越性（即相对于他种文化及其拥有者的优越性）了然于胸。只有在非充分交流(undercommunication)条件下，这种文化才能有所创新。"

列维-施特劳斯并不认为文化交流总是错误的，他认为文化交流过度才是错误的。所以这里的关键是"过度"这个用语。这个也许令西方人震撼的道理，对于当代中国人来说也应该具有同等的震撼性，但对于传统中国人来说，却是一个老生常谈。因为至少早在2700多年前，中国人就已经提出"和实生物，同则不继"的思想。[①] 这个思想指的是：事物只有在差异中才能互相促进、创造发展；如果全然相同、没有差异，就不可能继续发展。2500多年前的孔子也说"君子和而不同，小人同而不和"。认为真正健康的人际关系是在求同存异、维护各自的差异性观点的前提下获得的。同样的原理，当然也可以用于解释文化的发展。如果所有的文化都相"同"了，那它们就不能"继"续发展。而各种文化相互之间交流过度，就会互相补充、互相泯灭，结果走向同化，完全的同，就带来衰败。因此，一种文化要处于长期的创新状态，就必须使它与其他文化的交流状态处于有限制的状态，即非充分交流状态下。这就正如水的流动发展是由于存在不同水位的落差才产生的，如果几个地方的水相互

---

① 西周末年（约公元前7世纪），周太史史伯曾提出"和实生物，同则不继"。(《国语·郑语》)

流通而达到相同的水位，水流就不再成流，动态水就成了静态水，也叫死水，发展就停止了。只有适当地抑制交流，保持必要的落差，水才会成为有生机的流动的活水。文化的差异往往构成其独特性。独特性往往即是其有优越性。一种文化要保持创新性，就必须让该文化的创造者对自身文化的独特性（优越性）了然于胸，不使它在与其他文化的过度交流中泯灭掉。

列维-施特劳斯明白这层道理。但是他并非是为无文字的文化或者说原始文化的独特优越性的失落担心，他主要是为西方文化，尤其是法国文化的未来担心，认为它们面临文化信息过度交流的威胁。但其实，列维-施特劳斯的这种担心是多余的。因为，纵观全球，真正受到过度文化信息交流威胁的民族和国家不在西方，而在东方，尤其是印度和中国这样的国家。

但是列维-施特劳斯关于文化创新与文化信息交流之间的关系的论述确实极有见地，值得中国当代文化建设者高度重视。遗憾的是，中国各界几乎一直忽略这一点。相反，近百年来，有大量的中国学者总是怕文化上的交流不够，过度地强调、呼吁引进外国文化，尤其是西方文化。尽管从特定的历史条件看，有时这种呼吁是很有正面意义的，但在更多的时候，实际上是负面意义大于正面意义。回顾过去，民国的30多年和改革开放后的40多年，中国曾先后掀起了两度持续地翻译介绍西方文化的大潮。这种长达70多年的大潮固然给中国注入了新的文化活力，给中国社会带来了不少有益的文化因素。但是持续不断、不加甄别的过度引进，很快就使有效的借鉴利用蜕化成典型的单向的"过度交流"。这种典型的单向的过度的文化信息交流很快令中国社会处于过度的外来文化信息泛滥状态。结果，中国文化自身不但没有真正获得大的创新，反倒是在日益湮灭。放眼全国，到处是囫囵吞枣、食洋不化的现象。在绝大多数的现代中国文化领域，西方文化话语权都占了压倒性的优势。政治学、经济学、社会学、哲学、文学、艺术学、建筑学乃至宗教学，都是清一色的西方同类教科书的变相翻版。中国学人不仅仅丧失了话语权，也丧失了起码的创新能力。铺天盖地的所谓学术论文，绝大多数是西方各类学术成果的改写、编译或各类西式理念的排列组合式的加工转手买卖。中国学术界涌现了大量的熟知西方知识的西式学者，但是却鲜有自己的思想家。邓小平提出的"解放思想"是伟大的。但是，中国人的思想并没有真正得到解放，而是由于过度文化信息交流而更深地陷入西方思想的泥坑。中国人也许从"文革"的思想模式中解放出来了，但却更牢地套上了西方思想模式的枷锁。中国到处是西方思想的奴才，很少看到具有真正本色的中华民族思想特质的中国学人。

那么，目前中国文化要创新，显然应该大力借鉴利用上述思想。

首先，要限制对外来文化的过度引介，这就是列维-施特劳斯所说的非充分交流条件。"非充分交流"并非不交流，而是要对交流加以限制，不能让外来文化信息一拥而入。"只有在非充分交流条件下，这种文化才能有所创新。"

其次，必须了解中国文化自身的长处和独创性。即列维-施特劳斯所谓"必须对自身文化的优越性（即相对于他种文化及其拥有者的优越性）了然于胸。"但是，接着而来的问题必然是：如何才能了解中国文化自身的长处和独创性呢？

最后，必须进行切实可行的中西文化比较。必须在各个层面上，例如哲学、政治学、经济学、伦理学、文学、艺术学、宗教学等诸多领域，进行条分缕析、褒贬得当的比较甄别。有比较才有鉴别。单独研究中国文化会陷入"身在此山中，不识庐山真面目"的境地。只有把中国文化和西方文化对立起来，将西方文化作为参照，我们才最容易鉴别出中国文化自身的优劣长短。

以上是就广义的文化而言，具体到目前的神话研究而言，我们也应该采用上述三大策略。

首先，对外国神话的引入要适当加以限制，使之处于非充分交流条件下。例如对古希腊、罗马神话的介绍就应该适可而止，不应过度介绍，尤其是其中的包含较多负面价值观的神话，不应该过多地介绍给中国读者。

其次，要对中国神话本身的优越性和独创性有清醒的认识。

最后，要进行切实可行的中西神话比较，尤其是神话中所含价值观的比较。只有经过比较，我们才能真正了解中国神话本身的独特性和优越性，从而进一步发扬这种独特性和优越性。

8.5　文化现象中的二元对立结构

如前所述,列维-施特劳斯毕生致力于研究人类文化,尤其是人类思维的普遍规则。不管是自然现象还是文化现象,在他看来,总是存在某种相互贯通的普遍结构。

就社会结构与文化结构的关系来看,列维-施特劳斯更重视文化结构,认为文化结构制约社会结构。但是文化结构也受更关键的结构的制约,那就是心灵的结构。因为一切文化终究是人类创造出来的,而人类的创造行为是受心灵指挥的,因此,一切社会文化结构"都是心灵在无意识的思想层面上建立的。"[①] 而心灵的普遍性结构与无意识内在结构相联系。无意识内在结构则又与语言结构常常紧密地联系在一起。因此,对语言结构的追踪与重视在列维-施特劳斯的研究中就成为必然取向。同理,列维-施特劳斯会把结构主义语言学的若干规则移用到人类学、神话学中来,这也是他的学术研究理路的必然结果。

从语言学角度看,一切神话现象都是语言现象。就像语言中的一个个相互区别与联系的音素"只有在组成一个系统时才有意义"一样,人类相互间的亲属关系称谓,例如父母、叔伯、姑婶、堂兄弟等都酷似语言学中的一个个音素,它们无疑是人类对社会和自然现象采用的分类符号。

结构主义语言学家们(例如布拉格语言学派)在分析语言现象时常常使用"二元对立"(binary oppositions)这个概念,其基本观点是说在语言应用的背后有一个系统模式,一种成对的、相对的二元对立模式。比如在音素这个层面上,所谓二元对立可指鼻音和非鼻音、元音和辅音、清音和浊音、紧音和松音、长元音和短元音等音素的对立状态。列维-施特劳斯试图把这个概念扩展到人类文化的各个领域。他在人类学领域,尤其是神话学领域,频繁地使用这

[①] Lévi-Strauss, *Structural Anthropology* (New York: Harmondsworthand, 1976), p. 60.

个概念。他坚信神话现象和一切人类文化现象都体现了这种基本的二元对立结构。推而广之，冷热、高低、天人、男女、美丑、善恶、真伪、巧拙……充斥在一切文化现象之中。

当然，这样的观点对于传统中国人来说，是非常容易理解的，因为这样的观点在两三千年前的传统中国文化中就早已流行。例如在《易经》、《老子》、《黄帝内经》中，处处渗透着类似的二元对立观点。区别是：传统中国文化不仅仅强调一切文化现象和非文化现象中的二元对立结构，还强调其二元互补现象。既强调一分为二的观点，也强调合二为一的观点；既强调事物的矛盾性，也强调事物的统一性、和谐性；这就是阴阳二极对立、互根互构、互补互彰的观点。道家、儒家都曾对此观点做过大量阐述。在古代西方，二元对立的观点也曾受到重视，例如古希腊的赫拉克利特就曾阐述过这个观点。德国哲学家黑格尔的辩证法三大律中的对立统一律就是典型的二元对立观点。仔细考察一下，其实辩证法的另外两个定律（质量转化律和否定之否定律）的核心，追溯起来，也仍然是对立统一律。马克思主义将这种思想发展到高峰，建立了唯物辩证法，其中的核心就是对立统一律。马克思主义者毛泽东的《矛盾论》也阐述了对立统一律。毛泽东非常系统、全面地论证了二元对立的性质。毛泽东阐述了矛盾的普遍性、特殊性、主要矛盾和主要矛盾方面、矛盾诸方面的同一性和斗争性、对抗在矛盾中的地位等问题。他指出，一切事物都蕴藏着矛盾（二元对立）性，但是对立的性质有种种区别，例如对抗性矛盾和非对抗性矛盾。矛盾（二元对立）的性质也不是永远不变，而是在一定的条件下会发生转变。因此，矛盾的双方既是对立的，也是统一的。毛泽东认为，事物的矛盾法则，即对立统一的法则，是唯物辩证法的最根本的法则。①

如此看来，不论是结构主义语言学家还是列维-施特劳斯，就"二元对立"这种概念本身涵盖的辩证思想而言，并没有做出什么新的理论贡献。所以列维-施特劳斯认为"结构主义或诸如此类的思想……一点儿都不新颖。"② 这

---

① 具体阐述参阅毛泽东：《矛盾论》，《毛泽东选集》第一卷，人民出版社，1952年。
② Lévi-Strauss, *Myth and Meaning* (London: Routledge and Kagen Paul, 1978), p. 3.

是诚实的态度。

那么,列维-施特劳斯等在这个问题上的贡献是什么呢?我的看法是:结构主义语言学家和列维-施特劳斯的贡献是用更具体的事实证实了二元对立结构是人类文化中的普遍性结构。就列维-施特劳斯的神话学研究而言,他的贡献是用大量神话现象(非理性现象)的分析证实了二元对立结构是神话领域的普遍性结构。

那么,列维-施特劳斯是如何使用二元对立观点解析神话现象的呢?

8.6 神话现象中的二元对立结构解析举例

列维-施特劳斯用大量的神话现象论证了二元对立结构的普遍性。

也许最有代表性的神话现象二元对立的例证是《阿斯第瓦尔的故事》(1959)。列维-施特劳斯在荣任法兰西学院社会人类学首席讲座教授时,其任职演说就是以二元对立模式分析这个故事而展开的。

故事描述一位母亲住在河的下游(西方),其出嫁的女儿住在河的上游(东方)。由于双方的丈夫均因饥荒而死,母女二人想重新团聚,于是相向同时出发。母亲向东行,女儿向西行,恰好半路相遇,搭帐歇息。是夜有神鸟化作男子来与女儿邂逅,该女受孕,不久生下一子,取名阿斯第瓦尔。其父赠送其子宝物如弓箭雪鞋之类若干。阿斯第瓦尔遂偕其母继续西行,终至其母老家。

阿斯第瓦尔曾经历三次婚姻。第一次是上天国娶太阳神女儿为妻。后回故乡,发现母亲已死。他于是向河下游出发,又娶了一位酋长的女儿。可阿斯第瓦尔与酋长女儿的四位兄弟发生争执,四位兄弟遂带走了他们的妹妹。阿斯第瓦尔于是在后来另外娶了一个妻子。他与四位姻亲兄弟比赛捕猎海狮获得成功,并被老鼠带进海狮地穴,后经努力,重回地面。

阿斯第瓦尔回到他童年的所在地,他的儿子也到了这个地方。之后,他和长矛、狗等化为石头。在吉那道斯湖边的高山顶上,至今仍可看见他们的石像。①

现在来看列维-施特劳斯是如何从这篇故事中浓缩出二元模式的：

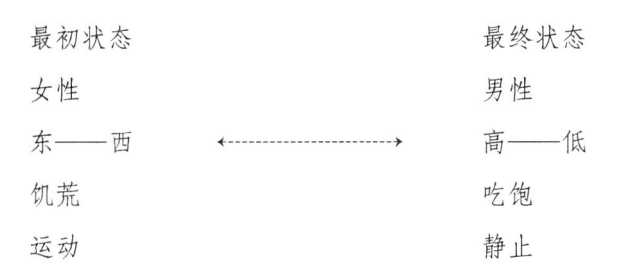

最初状态	最终状态
女性	男性
东——西 ←--------------→	高——低
饥荒	吃饱
运动	静止

列维-施特劳斯认为这个故事涵摄四个方面。这四个方面都包含相互矛盾对立而又回环的关系。

第一、地理方面：主人公从东往西，后来又从西返东。

第二、技术经济方面：冬荒引出神话，成功狩猎则结束神话。

第三、社会学方面：最初是父系居住方式占上风，后来则是母系居住方式占上风，但最终还是父系居住方式取胜。

第四、宇宙论方面：上天、入地这类超自然行动方式显示了"上"、"下"二元对立之类的关系，等等。

列维-施特劳斯的这种阐释形式和阐述结果固然有一定的道理，但如果从哲学的角度看，无非是进一步证明了一切现象（当然包括文化现象，尤其是神话现象）内部的发展和存在形式都受对立统一律这种辩证模式支配罢了。当然，这并不是说列维-施特劳斯的阐述只是重复了某种固有的理论因而没有价值。不，列维-施特劳斯理论的价值，恰恰在于当有许多人漠视这种辩证理论的时候，他使这种辩证认识方法重新获得生机。想想在若干年前，有大量的学

---

① 据列维-施特劳斯的《阿斯第瓦尔的故事》简述。见阿兰·邓迪斯：《西方神话学读本》，朝戈金等译，广西师范大学出版社，2000年，第362—365页。

者(不管是自然科学界还是人文社会科学界)几乎对神话传说不屑一顾、只简单地以"迷信"和"胡说八道"之类的字眼就打发掉了。列维-施特劳斯却以极为精彩的辩证论述从扑朔迷离的非理性神话乱麻中理出许多同样作用于理性现象的规律性的因素。他的研究,把科学与迷信之间的鸿沟缩小了。科学接纳了神话并没有导致科学本身的堕落,恰恰相反,正是列维-施特劳斯大大拓宽了科学的胸襟,使其研究空间比任何时候都更为广阔。列维-施特劳斯所提倡的宽容与辩证原理使现代人进一步减少了自己的偏见与固执。理性与非理性现象之间的鸿沟将会越来越小,并且有可能最终被彻底弥合。这就是列维-施特劳斯理论带给我们的最大的启发。

9　原型批评学派

王　剑

第二次世界大战前后,以鲍德金(Maud Bodkin)和弗莱(Northrop Frye)为代表的一批西方批评家将神话-仪式学派的理论成果广泛应用到文学批评。同时,他们也意识到,文学批评"并不一定要追溯到某些特定的神话,它可以只发现基本的文化形态,这些形态在某种特定文化中显示出神话的特征"[1]。于是,他们开始"重视人性中的一切原始因素"[2],从早期的宗教现象入手来探索和解释文学现象,对文学作品加以"图腾式、神话的或仪式的批评"[3]。最终形成了"原型批评派"这样一个在"近年来引起了相当大注意的批评模式"[4]。

就理论渊源而言,除了来自弗雷泽的巨大影响以外,荣格的分析心理学也在很大程度上为神话-原型批评注入过源头活水。荣格提出集体无意识的概

---

[1] 司各特:《西方文艺批评的五种模式》,蓝仁哲译,重庆出版社,1983年,第139页。
[2] 同上,第140页。
[3] 同上,第136页。
[4] 同上。

念，认为自远古洪荒以来，人类因种族基因的世代传承和普遍经验的不断积累而形成一种先天的、超越个体的"种族记忆"。这种种族记忆历史性地"积淀"在民族无意识的最深处，只能以转化的象征形式，如神话、图腾和梦等体现在该民族的文化中。荣格认为，在这些象征形式中反复出现的一些"原始意象"（primordial image），则是集体无意识更为直观的体现。对于这些原始意象，荣格认为：原始意象或者原型是一种形象（无论这形象是魔鬼、是个人还是一个过程），它在历史进程中不断发生并且显现于创造性幻想得到自由表现的任何地方。因此，它本质上是一种神话形象。当我们进一步考察这些意象时，我们发现，它们为我们祖先的无数类型的经验提供形式。可以这样说，它们是同一类型的无数经验的心理残迹。① 不难看出，荣格眼中的原始意象或原型（archetype）与"神话形象"紧密相连，它来源于漫长的"历史进程"和"祖先的无数类型的经验"的积累。它是由民族观念和民族情感的长期积累而形成的心理能量，它远远超越个体的心理经验，而以无意识的形式存在于整个民族的内心最深处。因此，荣格反对弗洛伊德的学说，认为文学艺术的根源不应该完全从个人心理的角度来解释，而应该从超越个人、更加深邃的集体无意识中加以探寻。而神话形象、原始意象或曰原型是集体无意识的直观体现，因此，"蕴藏最深的思想——超越了某种作品乃至许多作品的思想，必须在原型象征物中去寻觅"。②

如果说在弗雷泽那里，神话和仪式之间是一种历史性的联姻：神话的叙事记载着古老的巫术仪式，从而体现着一个民族和一种文化特定的价值内涵；那么，在荣格这里，神话原型概念的提出则来自于对人类内在心理的深层把握：神话通过原型、意象的塑造，超越时空地联系着人类无意识宝库的最深处，从而呼应着一个民族和一种文化的普遍价值取向。

基于此二人的影响，一些西方学者开始从仪式、神话和图腾等入手来探讨

---

① 荣格：《论分析心理学与诗歌的关系》，引自冯川编《荣格文集》，改革出版社，1997年，第226页。

② 司各特：《西方文艺批评的五种模式》，蓝仁哲译，重庆出版社，1983年，第138页。

文学的兴起和发展等现象，并逐渐形成"原型批评派"。如 1934 年，英国学者鲍德金在《诗中的原型模式》中首次系统地将荣格的原型理论运用到文学批评之中，用贯穿西方文化的一些基本原型阐释了希腊悲剧《俄狄浦斯王》、但丁的《神曲》及弥尔顿的《失乐园》等一系列文学著作。

二战以后，加拿大学者弗莱同样吸收了人类学和心理学的研究成果，以一部《批评的解剖》震惊西方学术界，成为原型批评派的集大成者。关于原型的概念，在弗莱的批评体系中有一个不断发展的过程。在《批评的解剖》中，他认为："原型，即那种典型的、反复出现的意象。我用'原型'一词表示把一首诗和别的诗联系起来，从而有助于把我们的文学经验形成统一整体的因素"。[1] 后来，他加以补充认为"原型这个词指那种在文学中反复使用，并因此具有约定性的文学象征和象征体系"。[2] 而到了《伟大的编码》中，他则说："关于文学，我首先意识到的东西是其结构单位的稳定性。比如在喜剧中，某些主题、情景和人物类型从阿里斯托芬时代直到今天都无甚变化地保留下来。我曾用'原型'这个术语来表示这些结构单位。"[3] 可见，在弗莱看来，原型既可以是由单个词语所表达的意象，也可以是情节、人物、主题等，还可以是宏观的篇章结构，只要其跨越时空地反复出现，并具有了约定俗成的语义联想。归根结底，这种原型并非来自任何个人天才作家的偶然创造，而是在文学发展和文化传承的漫长过程中所形成的，是文学中的普遍性、规律性因素。这种普遍性、规律性因素可以将彼此孤立的文学事实联系在一起，有助于批评家在文学的疆域内既见树又见林。因此，如同自然科学体系的建立有赖于把握自然的普遍规律，文学批评体系的建立也有赖于对原型——这种文学普遍性、规律性因素的把握。

弗莱认为文学植根于原始文化，因此最初的文学模型必然植根于远古的宗

---

[1] Northrop Frye, *Anatomy of Criticism* (Princeton: Princeton University Press, 1957), p. 99.
[2] Northrop Frye, "Literature as Context" in *Twentieth Century Literary Criticism: A Reader* ed. by David Lodge (London: Longman, 1972), p. 434.
[3] Northrop Frye, *The Great Code* (London: Routledge and Kagen Paul, 1982), p. 48.

教仪式和神话传说。关于神话，弗莱认为它是所有文学中最传统的部分。作为远古宗教信仰的神话，随着信仰不再，逐渐"置换移位"为文学，因此神话可谓是现代文学的原型，是文学普遍性、规律性因素的直观体现。因此，弗莱从神话入手，对西方文学的基本模式加以研究。根据神话内容的不同，他将所有的文学形式概括为喜剧、传奇、悲剧和反讽等四种模式（mythoi）：喜剧讲述神的诞生，传奇讲述神的胜利，悲剧讲述神的死亡，反讽讲述神的死后世界。四者分别对应春夏秋冬四季，构成一个循环的大系统：如季节的冬去春来，神则会死而复生，文学模式也会经历喜剧、传奇、悲剧和反讽之间的此消彼长和往复更替。至此，弗莱归纳出文学发展的宏观规律。

总体而言，以弗莱为代表的原型批评派学者所注重的不是对具体作品内容的分析，而是作品在形式上的内在联系。他们企图把文学纳入一个自给自足的宏观体系，找出该体系的内在普遍规律，从而使文学批评成为一门科学。如果说新批评派的学术追求在于"能入"——打入单个作品内部做庖丁解牛般的挖掘研究，那么神话原型批评所追求的则是"能遍"——它从大处着眼，不拘泥于一字一句的参差出入，努力寻求纷繁文学事实背后的宏观模式和普遍规律。这样一种批评模式，其胸襟和视野无疑更加开阔。同时，原型批评派也有着自身的不足。其一，事物的优势之处往往也隐藏着它的弊端。该流派在其理论构建中虽高屋建瓴，然而却见林不见树，取消了对文学个体的审美价值判断，这无疑与最基本的文学旨趣背道而驰。其次，该派主要针对西方文学现象加以概括研究，而忽视或排斥东方各民族文学，这种狭隘的欧洲中心主义使得其结论很难真正称得上具有普遍规律性。再次，该派仅仅以"描述性"的方式呈现出文学发展的规律，却未能更进一步地透过现象看本质，跳出文学本身，"解释性"地揭示出这种规律背后的社会历史根源，未能达到"能透"、"能出"之学术境界。

总之，西方的神话-仪式学派由泰勒、兰格等人类学家破土播种，随着剑桥学派弗雷泽、哈利逊等人的学说发芽开花，并最终在鲍德金和弗莱等人的神话-原型批评中结出最为丰硕的理论和实践成果。在原型批评派学者看来，原型来源于远古仪式。它是一个既具体又抽象的范畴：既包括神话传说等具体文本（text），也包括形成这种文本的抽象的历史、心理语境（context），是一种物质和非物质性的双重西方文化遗产。具体和抽象集于一身，并良性互动，使得原型最终凝聚为一种具有传承性的意象、情绪和民族认知体验，沉淀为西方人的一种普遍性的文化心理和文化势能，异常深刻地反构着西方文学、艺术和文化的方方面面。

10　当代神话学新发展

王　剑

神话学，是一门既古老又年轻的学科。说它古老，是因为早在古希腊时代，就有赫卡忒乌斯（Hecataeus）、菲瑞塞德斯（Pherecydes）、希罗多德（Herodotus）和柏拉图（Plato）等人对西方神话现象的记载和论述，为这门学科确立了最基本的研究内核。说它年轻，是因为真正现代学科意义上的神话学，是伴随着近代科学的发展和古代神话的没落而兴起的。19世纪以降，随着启蒙思潮、理性祛魅和科学精神的发展，来自哲学、历史学、语言学、心理学、考古学和文学批评等不同学科背景的学者纷纷借鉴本学科的理论和方法，对神话现象加以系统的研究和阐释，使得神话研究逐渐取得一门独立学科应有的地位，并且出现了学科内部不同流派继起、不同范式并存的繁荣局面。神话研究的隐喻学派、历史学派、语言学派、功能学派、心理分析学派、结构主义学派、仪式学派，等等，都在前文具体论及。二战以后，特别是20世纪后半叶以来，伴随一些人文新思潮的出现，神话学研究也出现了相应的新发展。其中，规模最宏大、最引人关注的是后现代主义和女性主义神话学派。

10.1 后现代主义神话学

2005年出版的《神话简史》[①]一书中，英国比较宗教学家阿姆斯特朗（Karen Armstrong）以宏观的学术视野和敏锐的学术洞察将人类神话的发展历程划分为以下六个阶段：

旧石器时代：猎人的神话（公元前20000年至公元前8000年）

新石器时代：农人的神话（公元前8000年至公元前4000年）

早期文明时代：（公元前4000年至公元前800年）

轴心时代：（公元前800年至公元前200年）

后轴心时代：（公元前200年至公元1500年）

西方大变革时代：（公元1500年至公元2000年）

如果以西方历史中的"现代"（中世纪的结束）作为标尺，则阿姆斯特朗眼里人类神话发展的六个历程还可以简化为"前现代"、"现代"和"后现代"三个时期。其中，从公元前20000年到公元1500年的前五个阶段皆为"前现代"时期；而第六阶段"西方大变革时代"可一分为二：从16世纪到20世纪前半段为"现代"时期；而从20世纪后期开始延续至今的，则是西方神话的"后现代"时期。

在人类文明的"前现代"时期，神话曾作为一种普遍的思维方式和话语模式，以其特有的具体性、直观性为早期埃及人、巴比伦人和希腊人提供着源源不断的精神动力，温润着西方各民族的精神家园。用阿姆斯特朗的话来说：

> 在前现代世界中，神话是必不可少的，它不仅帮助人们赋予他们的生活以意义，而且还揭示了人类心灵的区域。如果没有神话，这些区域是无法探知的。神话是心理学的一种早期形式，诸神的故事或者英雄们下降阴

[①] Karen Armstrong, *A Short History of Myth* (Edinburgh: Canongate, 2005).

间、穿越迷宫、征战妖魔的故事揭示了人类心理的隐秘的运作，向人们展示如何应对他们自己内心的危机。[1]

然而，16世纪以来，随着基督教神学统治的土崩瓦解，近代科学的发展逐渐驱散中世纪"蒙昧"的硝烟。19世纪以来，随着现代化进程的深入，神话的因素最终被冰冷的科学消解殆尽，直到科学攀缘上升为一种新的神话——一种统摄一切的力量和一种压制一切的价值倾向。它以无情的面孔藐视自然、颠覆传统，以冷峻的表情催生出种种现代性新事物。火车、轮船、电灯、电话……现代人的物质生活似乎在日新月异地进步，变得日益精细复杂。在弥漫着科学硝烟的现代性社会，物质力量的发展风驰电掣，它凭借着暂时的物质利益侵蚀着人们往古的记忆，割裂了现代人和历史的联系。于是，人心不古，物力似可取代神迹，宗教被斥为异端，神话也被贬低为人类病态的"童年幻想"和流毒的"精神鸦片"。如同柏拉图的理想国中诗人见逐，在现代社会中，神话也被一点点驱离人们的精神空间，和现代人的生活渐行渐远。

同时，科技的发展也催生出飞机、大炮、坦克、炸弹……使得人类有史以来第一次拥有了摧毁自然的魔力和同类相戕的杀器。而现代人的精神领域随着宗教、神话的衰微而愈加荒废。随着原始人类的童心不再、童趣不存，现代人开始变得世故而麻木。随着人性因素中佛性的贬抑和魔性的上升，科学、物质发展带来的良性成果终究掩盖不住其巨大的恶性灾难，终于酿成两次世界大战这样现代性的大屠杀。目睹和经历了纳粹德国的种族灭绝、原子弹的大规模杀伤性威胁、生态环境的巨大破坏以及自然资源的不堪重负，现代人动摇了对科学的信心。科学这一现代社会的"单块巨石"开始风化瓦解。加上传统的割裂和价值的缺失，面对战后的满目疮痍，现代人的内心充满着强烈的彷徨和不安。稳定感的丧失使得现代人心力交瘁。

---

[1] 转引自叶舒宪：《后现代的神话观》，《中国比较文学》2007年第1期，第51页。

在现代人的灵魂无所归依的时候,后现代理论家挺身而出,他们反现代而动,引领人们回归希腊、回归古典,企图以寻根问祖的方式找回人类心法的维系。于是,在现代性的价值荒漠中,神话的绿洲开始复兴。以弗洛伊德和荣格为代表的后现代大师在"谈到现代人寻找灵魂时,他们本能地转向古典神话,以此来解释他们的洞察,并且给古老的神话以新的解释"。①

而美国著名比较神话学家坎贝尔(Joseph Campbell)更是后现代语境下明确呼吁回归神话的代表人物。在其奠基之作《千面英雄》②一书的序言中,坎贝尔曾引用印度圣书《吠陀》中的名言道:真理乃唯一,称谓各相异。为了找到这"唯一"的真理,他主张以寻根探源的方式回归到人类不同民族的神话之中,异中求同,达致唯一。为此,他分析了全世界几乎所有与英雄历险相关的神话故事,揭示出蕴含其中的"标准的跨文化英雄模式":英雄受命,历经"兄弟战争"、"人龙战争"、"夜海航行"等遭遇,通过重重考验,完成"神圣婚姻",获得"万用灵药",最终获得再生,重新回到开始的斗争中去。这种全世界英雄神话的普遍模式被他称作"单一神话"(monomyth)。坎贝尔认为,在"前现代"社会,这种"单一神话"曾作为一种黏合性的力量凝聚着全人类,表达着集体的意义。而随着现代化进程的加剧,科学的分化使得"单一神话"所蕴含的集体价值逐渐个体化、碎片化。生活的意义完全交给个人来把握,而由于缺少内在灵魂的维系,现代人显得茫然无措。面对这种现代性的困局,坎贝尔认为现代社会应该回归神话,向原始神话寻求灵魂的归依。因为在他看来:

> 古老神话传递出的信息,既与几千年来支撑人类生活、建构人类历史、提供宗教内容的主题有关,也和人类内心的问题、人类内在的奥秘、人类内在历程的枢纽相关联……一旦这些古老故事的主题和你相呼应,

---

① Karen Armstrong, *A Short History of Myth* (Edinburgh: Canongate, 2005). 转引自叶舒宪:《后现代的神话观》,《中国比较文学》2007 年第 1 期,第 51 页。

② Joseph Campbell, *The Hero with a Thousand Faces* (Princeton: Princeton University Press), 1949.

你便会对这些传统,这些深刻、丰富、活生生的信息产生奇妙的感觉,而再也舍不得放弃它们了。①

在坎贝尔看来,这就是"神话的力量"。他号召现代人复兴神话、重述神话,把神话作为治疗现代性伤痛的"万用灵药",从被科学和理性所压制的原始神话中寻找一种普遍模式和普遍价值,重振具有凝聚性力量的人类灵魂。

在坎贝尔后现代主义神话观的引领下,西方神话研究领域出现了"新神话学派",而20世纪后期以来的西方文艺圈也出现了一场颇具规模的"新神话主义"运动。在精英主义文学创作方面,艾略特的《荒原》和乔伊斯的《尤利西斯》都体现出作者对西方神话遗产的深入挖掘和广泛利用。而在大众文艺方面,托尔金的《指环王》、罗琳的《哈利·波特》、布朗的《达·芬奇密码》,以及《蜘蛛侠》、《阿凡达》、《黑客帝国》等文学、影视作品,要么对某一特定民族的古代神话进行现代化加工创造,要么对世界上不同文化传统的神话资源加以提炼整合,创作出一部部充满历史意蕴的新神话。美国著名电影导演卢卡斯更是通过直接向坎贝尔讨教,获取创作灵感,利用神话故事模型创造出《星球大战》的科幻巨片,为后现代背景下神话复兴的理论潮流加上了最好的实践诠释。

不论是后现代主义的神话学家还是新神话作家,都试图以寻根探源的方式唤醒前现代社会中特有的神话性因素。这种重返原始神话的理论姿态无疑有着重要意义:其一,这是对现代科学进化观所支撑下的薄古厚今倾向的一种矫正。它倡导古今并重、据古而论今。号召现代人重返古典家园、重返历史空间,从传统价值和历史积淀中汲取心灵的能量。其二,利奥塔在《后现代的状态》②中明确提出,后现代思潮的特征之一就在于发掘和彰显被西方"科学知识"所长期压制和排挤的其他"叙述知识"。神话无疑是这些"叙述知识"中

---

① 坎贝尔:《神话的力量》,朱侃如译,万卷出版公司,2011年,第14页。
② Jean-François Lyotard, *The Postmodern Condition: A Report on Knowledge* (Minneapolis: University of Minnesota Press, 1984).

的一个重要形态。神话的后现代复兴并非意在反对科学和理性,而在于反对现代社会中科学的神话、打破科学的垄断,从而营造出一个多元互补的后现代文化氛围。其三,神话以其特有的直觉性、想象性、神秘性和非理性抗衡着现代科学对自然的压制和对人心的统摄。它以审美的情怀使得工具理性的禁锢得以消解,使得人心重归温润自由。

10.2　女性主义神话学

女性主义,作为西方社会的一个重要人文思潮,其内部存在着不同的理论声音。然而,这些异彩纷呈的女性主义理论都建立在一个共同的观念基础之上,那就是,在西方父权制的社会中女性的存在受到了长期的压制和贬低。因此,女性主义者们最关切的是消除父权制的影响,重建西方社会文化秩序,使得女性的权利得到充分的尊重、女性的作用得到充分的彰显。[1]

其实,作为一种明确的权利诉求,女性主义在西方社会已经有着两个多世纪的历史。其思想的萌芽,早在1792年就随着沃斯通克拉夫特(Mary Wollstonecraft)《为女权辩护》的出版破土而出。19世纪的福勒(Margaret Fuller)、密尔(John Stuart Mill)以及20世纪初的伍尔芙(Virginia Woolf)等人更是振笔呐喊,努力为女性争取政治、经济、教育等现实方面的权利,实现女性的自由和两性的平等。1949年,法国女学者波伏娃(Simone de Beauvoir)出版《第二性》,分析了文学领域众多男性作家笔下女性的负面"集体神话",从文化价值的角度批评了西方社会中女性作为男性"他者"形象的建立过程。二战以后,特别是20世纪60年代以来,随着女性主体意识更加全面、深刻地觉醒,女性主义者的矛头开始集中转向社会中那无形的、对女性加以无情压制的权力建制。其中,文学成为性别交锋的主战场。

---

[1] Andrew Edgar, ed. "Feminism" in *Cultural Concepts: The Key Concept.* 2nd edn (London & New York: Routledge, 2007), p. 124.

在女性主义文学批评家看来，西方的经典文学作品大都是由男性作者创作而成，针对的理想群体是男性读者，作品围绕的是男性主角，描写的是男性话题，充斥的是男性话语。数千年以来，女性作家的地位被边缘化，女性读者的主体性被压抑，女性的经验普遍缺席，女性的形象严重歪曲，女性的话语无立身之地。因此，如何彰显女作家的存在，恢复女读者的能动性，寻回缺失的女性经验，重塑正面的女性形象，重建女性话语就成为女性主义文学批评家所共同关注的焦点。

20世纪后期，一些女性主义学者就带着上述理论关切，以女性主义的视角和方法纷纷加入到对神话现象的讨论之中，形成了一个颇具规模的女性主义神话学派。该学派的形成和发展首先得益于并且体现在一批女性神话学家的出现。20世纪中期以前，西方神话研究的阵地几乎被谢林、维科、泰勒、弗雷泽、荣格、弗莱、坎贝尔、列维-施特劳斯等男性学者完全占领。即便到了19世纪，根据对希腊古典神话中大量女性因素的分析而将人类历史第一阶段定性为母权制社会的瑞士著名神话学家巴霍芬（Johann Jakob Bachofen）本人也是男性。20世纪中期以来，神话学者的阵营里开始零星出现女性的身影。到了20世纪后期，一批包括拉灵顿（C. Larrinton）、荷塔多（Larry W. Hurtado）、纳普（Bettina L. Knapp）、吉巴塔丝（Marija Gimbutas）、艾丝勒（Raine Eisler）和奥弗拉赫蒂（W. D. O'Flaherty）在内的女性学者迅速崛起。她们从女性特有的视角、价值和关切出发，凭借着女性特有的浪漫主义审美情怀和细致耐心的考辨精神，在神话研究的世界里施展着才华，取得了令人瞩目的学术成就。特别是在以女神为主题的神话研究领域，她们打破了千年以来男性的垄断，占据了学术队伍的半壁江山，与男性学者分庭抗礼，为西方神话研究增添了女性的重要视角。

针对自古以来的神话故事都充满着男性因素、似乎都是以男性作为潜在读者对象这样一个事实，一些敏感的女性神话学者对当代女性读者如何阅读神话提出了示范性策略。如美国女性主义批评家菲特雷（Judith Fetterley）在其《抵抗式读者》①中就强调,在面对"男性主义神话"时,女性不应默许盲从,而应该做一名"抵抗式读者",以"反思式重读"的方式抵抗现代西方父权制社会的大多数文学作品中根深蒂固的男性意识形态和价值取向,从而避免误入男性主义的陷阱而迷失性别的自我。菲特雷并非专门的神话学家,她所谓"男性主义神话"在很大程度上是对男性垄断的一种隐喻式说法。但是不容否认,这位女性学者所提出的"抵抗式读者"的观点,对于当今西方女性读者如何在阅读充斥着男性主义价值的神话故事时保持女性主体意识的清醒和独立有着重要意义。因为只有女性读者不带男性偏见地参与其中,才能使神话意义的发掘和阐释更加中立客观。

自古以来的大多数西方神话都是以男神作为主角、以男神的活动为主要话题。即便偶有女神,也仅仅是作为补充和点缀,甚至作为男神的负面陪衬而出现。长期以来,女神的存在受到了严重遮蔽,而女神的形象受到广泛的歪曲。因此,从神话故事中发掘女神的存在,复归女神的在场,恢复女神的形象便成为20世纪女性神话学者的一个中心任务。1992年出版、由英国女学者拉灵顿主编的《女性主义神话指南》②可谓一部女性神话百科全书。该书汇集了来自西方各国的19位女性神话学者,她们以女性的视角重新整理书写了不同时期世界各地的神话故事,特意突出了神话中的女性形象。美国女学者纳普在其名著《神话中的女性》③一书中详细分析了来自古埃及的伊西斯、古巴比伦的提阿玛特、古希腊的伊菲格尼亚、古罗马的狄多、印度的悉多和中国的女娲等九名不同文明背景的女神形象,试图证明女神也具备男神一样开天辟地、战斗治理的丰功伟力。如果说拉灵顿和纳普的研究是对全人类女神的全景式扫描,那么艾丝勒和奥弗拉赫蒂两位女性神话学家则分别在《圣杯与剑》④和《印度梦幻世界》中展开个案特写,挖掘出希罗文化和印度文化传统各自的女神形象。在

---

① Judith Fetterley, *The Resisting Reader* (Bloomington: Indiana University Press, 1978).
② C. Larrinton, ed. *The Feminist Companion to Mythology* (London: Pandora Press, 1992).
③ Bettina L. Knapp, *Women in Myth* (New York: State University of New York Press, 1997).
④ Raine Eisler, *The Chalice and the Blade: Our History, Our Future* (Cambridge: Harper & Row, 1987).

这些女性神话学家的共同努力下，西方的女神开始逐渐摆脱男神的压迫，从历史的遮蔽中解放出来，走进现代人的视野。她们不再是男神的附属和陪衬，不再以男神的"他者"负面形象出现：她们不再怯懦、不再屈从、不再被动。相反，她们既以母性的情怀滋养民族、孕育后代，又以男性的坚毅奔走、征战，逐渐消除着神话世界中性别的偏见。

在女性主义者看来，西方的语言里随处充斥着男性霸权的影子，如人们早已习焉不察地以"man"和"he"来统称男女两性。不仅词汇层面，就连西方的句法结构和叙事逻辑都四处体现着男性中心和男性垄断。以语言文字为载体的神话故事自然难以免俗。因此，现代女性主义神话学者的另一个关注焦点在于肃清传统神话中的男性主义话语偏见，以中性、甚至以矫枉过正的女性语言争取神话世界中的性别平等。这一点最集中体现在对上帝性别的称谓代词究竟是"他"还是"她"的讨论上。千年以来的西方神话中，上帝都被视为男性，以"他"相称。但英国女学者斯通（Merlin Stone）在《上帝曾为女性》[①]中通过追溯西方女神崇拜的悠久历史，认为产生于原始母系社会时期的单神"上帝"理应为女性，只是后来父权制社会的出现压制了女神信仰，淡化了上帝的女性痕迹，并在漫长的历史演变中逐渐建构起其男神的形象。在她看来，上帝本为女性，男性上帝只是父权社会臆构的产物。如果说连造物主本身的性别都值得怀疑、其性别指称都值得商榷的话，那么，由"她"所创造的世界万物，体现在语言中难道不理应带有更多女性主义色彩吗？因此，女性主义神话学者呼吁肃清神话语言中的男性主义词汇，并进一步肃清男性主义的句法、逻辑和叙事模式，还女神一个不受男性侵扰、得以自由栖息的语言家园。

女性主义神话学者首先从文本的层面反对男性主义神话。她们以女性的视角重返历史深度，通过挖掘神话故事中被遮蔽、被歪曲的女性因素，来反抗父权制社会中男性因素（男学者、男读者、男神主角、男神主题和男性语言）对

[①] Merlin Stone, *When God Was a Woman* (New York: Harcourt Brace Jovanovich, 1976).

神话故事的垄断。同时，女性主义神话学者更是从一种隐喻的意义上反抗男性主义"神话"。她们期望以复兴神话中的女性因素为手段，以宗教和文学的感染力来反构现实，从而实现现实世界中的性别平等。

第二专题 外国史诗研究现状通论

韩志华

作为古代世界的主流文学样式之一,史诗肩负了记史、教化、娱乐、喻世等多重社会功能,同时也是各个种族、民族特有的文化符码,史诗画卷尽载人类"童年时代"生活图景。在 21 世纪的今天,世界文化交流日深,民族文明,尤其是外国史诗研究经过几千年的积累、沉淀和更新,历史尘封的原始记录不但没有随时代发展被丢弃,反而随着现代阐释的不断深入日趋完善和系统化,在人类智慧宝库中历久弥新,熠熠生辉。

1 世界史诗状况总览

1.1 什么是史诗?

史诗,就汉语而言,字面意思是指"历史的诗歌"。这一理解与庞德的定义不谋而合[①]。《文学史诗百科全书》中"史诗"解释如下:"一首长的叙事诗,语言、情节、人物以及风格大多高贵且具英雄主义视角,而英雄往往代表国家或民族理想。史诗叙事通常着眼于人类历史的阶段特点,主题大多关于人类的普遍困境。传统史诗通常包含以下共通之处:开场白导入主题并呼唤诗神赋予灵感,突然插入叙事进程,加上一长串武士名字、长篇描述和戏剧性对话,以

---

① Ezra Pound, *ABC of Reading* (London: Faber and Faber, 1961), p. 46, "An epic is a poem including history".

及比喻修辞手法的运用"①。上述说明涵盖了史诗作为文学样式的基本特征、内容与主题、手法及结构等。还有一种定义方式是作比较，即通过史诗与其他文体比较来凸显史诗的特点。比如亚里士多德在《论文艺》(*Poetics*) 一文中认为："史诗的样式与悲剧一样，皆用高贵的格律对贵族主题的事件进行模仿。但与悲剧不同的是，它使用单一格律，其呈现方式是叙事。而且，长度不同。……史诗与悲剧不同，没有时间限制"②；"就长度和情节而言，史诗与悲剧也有差别。……由于史诗的叙事特点，同时描述几条行为线索成为可能，从而增加了诗体的规模"③。尽管亚里士多德并没有明确给出史诗的定义，但上文通过对比，从内容、长度、行文方式、格律等方面对史诗与悲剧进行了严格而明确的区分，使史诗的图像更加清晰。

Epic 源于古希腊语 epos，意为"词语"，广义来讲即"用话讲故事"④，一般采用六音步（hexameter）诗行格律。卢卡斯（F. L. Lucas）认为史诗的特点是"中篇开头的艺术，行动统一、迅速，使用超自然、先知与冥界因素，明喻装饰，移就反复。总之，除了北方地区的一些萨迦⑤诗歌，史诗高贵、真实，不矫揉造作，不可堪比"⑥。从"史诗"本身来说，莫尚特（Merchant）认为"epic 有两种含义。狭义方面，专指古典史诗；广义方面可包含所有可称之为'史诗'的文学作品。这样一来，'史诗'的含义就可限定为'以六音步写作的长叙事诗，重点描述一个大英雄（阿喀琉斯或贝奥武甫）或文明（如罗马或基督教文明）的兴衰以及英雄或文明与神祇的互动'。"⑦ 而第二种概念就可代指更宽范围的文学作品和样式了。随着现代诗学研究的不断深入，新兴的文艺样

---

① Guida M. Jackson, *Encyclopedia of Literary Epics* (California: ABC-Clio, Inc., 1996), p. 155.
② David H Richter, *The Critical Tradition: Classic Texts and Contemporary Trends (2nd Edition)* (Boston: Bedford / St. Martins, 1998), p. 45.
③ Ibid, p. 60.
④ Kathering Callen King, *Ancient Epic* (Oxford: Wiley-Blackell, 2009), p. 3.
⑤ 编者按：北欧地区的史诗集叫做萨迦（Saga）。
⑥ Paul Merchant, *The Epic* (New York: Methuen Co., Ltd., 1971), p. vii.
⑦ Ibid.

式不断被杂糅进史诗范畴，甚至现代小说、好莱坞大片以及摇滚歌曲也被包含进来①。当然，本文旨在概括古代史诗的研究成果，关于史诗概念外延性的现代阐释不予讨论。

1.2 史诗的分类

根据行文记录方式，史诗可分为两类："原始史诗或口述史诗和书面史诗"②。《荷马史诗》(*Homer's Epic*)、《熙德之歌》(*Poema de Mio Cid*) 属于口述史诗，而维吉尔 (Virgil) 的《埃涅阿斯纪》(*Aeneid*)、卢坎 (Lucan) 的《法沙利亚》(*Pharsalia*，又名《内战记》(*On the Civil War*)) 则属于书面史诗。但如此分类不免过于简单。若按莫尚特的"史诗"概念，卢坎的《法沙利亚》描写的对象是战争，且也符合六音步长篇叙事标准，但诗中并未描述英雄、神明抑或文明。而赫西俄德 (Hesiod) 写的《赫拉克勒斯之盾》(*Scutum Herculis*) 中有神灵、有英雄，也关乎一国文明，但篇幅又太短。因此，比较科学的分类方法是罗马修辞学家昆体良 (Quintilianus) 在《修辞原理》中提到的按内容分类法，即：神话史诗、哲理史诗、田园史诗和微型史诗。而图西 (Toohey) 沿用并完善了这种分类方法，最终将史诗分为五类：神话史诗、微型史诗、历史史诗（包括编年史史诗和评论史诗）、哲理史诗和喜剧史诗③。其中，神话史诗和历史史诗占主导地位。神话史诗有时会被放置在"英雄史诗"范畴之内，而"神话史诗代表了古典诗歌的巅峰"④，荷马的《伊利亚特》(*Iliad*) 和维吉尔的《埃涅阿斯纪》都堪称经典之作。从写作类别来说，希腊神话史诗又大概可分为四类：特洛伊类（主要描写战争及其后果）、底比斯类（主要关于底比斯城的建造者卡德摩斯事

---

① Adeline Johns-Putra, *The History of the Epic* (New York: Palgrave Macmillan, 2006), p. 1.

② Paul Merchant, *The Epic* (New York: Methuen Co, Ltd, 1971), p. vii.

③ Peter Toohey, *Reading Epic: An Introduction to the Ancient Narratives* (London & New York: Routledge, Chapman and Hall, Inc., 1992), pp. 2–5.

④ Ibid, p. 2.

件以及后来的俄狄浦斯王和儿子的故事)、阿尔戈的故事(智取金羊毛和伊阿宋的后续生活)、赫拉克勒斯类(大力神降魔等)。其中,每一种类别的人物在史诗早期阶段都彼此隔离,但又随着情节的发展相互交织。

到希腊化时期,史诗比荷马时代增加了大致三项内容:"个人情感、书本知识和雕琢的词句"[①],微型史诗便是此时的产物。显然,"微型"史诗是相对古代史诗的鸿篇巨制而言的,比如长达10万颂的《摩诃婆罗多》(*Mahabharata*)和28 000多行的《荷马史诗》。在公元前3世纪,一种提倡"简洁"的史诗题材出现。卡利马科斯(Callimachus)写的《赫拉尔》(*Herale*)只有500到2000行。特别要指出的是,爱情主题在微型史诗中居于至高无上的地位,与后期的小说结下了不解之缘。

另一种主导型史诗是关于历史事件的记载,分为编年史型和评论型两种。编年史史诗时间跨度很大,关注一个城市或地区而非单个英雄的兴衰。内容多为战争,也会涉及英雄,通常为将军,但重在写史,真实性极强,如克文图斯·恩尼乌斯(Quintus Ennius)的《年代记》(*Annales*)。评论性史诗时间跨度较小,重点关注战争或将军,卢坎的《内战记》便属此类,十本书篇幅仅仅描述两年时间内所发生的事件。评论性史诗具有神话史诗的大部分特点,侧重在同情中凸显更多的情绪平衡,如"卡西普斯(Corippus)对柔那斯(Johannes)的热情以及克劳迪安(Claudian)对斯提里欧(Stilicho)的热情,这一切最终被卢坎对凯撒的恨所平衡"[②]。

显然,神话史诗和历史史诗有许多共同点,例如都关注英雄和英雄行为的叙事,尽管一个是神话英雄,一个是真正的英雄。另外,神和英雄的关系也同样纳入两种史诗的取材范畴。此外,两种史诗篇幅较长,风格高雅,都用六音步格律,也都包含明喻手法、战争描述、套话、女神的启发、神明和长老大会。

---

① 杨周翰:《埃涅阿斯纪》(译文序),译林出版社,1999年,第27页。
② Peter Toohey, *Reading Epic: An Introduction to the Ancient Narratives* (London & New York: Routledge, Chapman and Hall, Inc., 1992), p. 4.

还有一种哲理史诗。其实，所谓的哲理史诗并不局限于哲学主题。具体来说，哲理史诗包含了除上述四种之外的说教、科学、农业等各种专业知识为主题的史诗类型，比如卢克莱修的《物性论》、赫西俄德的《工作与时日》等。最后，史诗本为严肃主题的文学体裁样式，但发展到后来出现了喜剧史诗，比如奥维德的《变形记》。用现代文学批评术语来讲，《变形记》是对传统意义上史诗概念的解构和颠覆。

还有一种分类方法是以地域为标准。泰纳提出过"种族、环境、时代"三要素说，[1] 辜正坤教授将"生存环境横向决定律"[2] 列为"人类文化演变九大律"之首，这说明两位学者都认为地理环境对于民族、种族文化形成具有重要作用。因此，按照这个标准，外国史诗也可粗略划分为亚洲史诗、欧洲史诗、非洲史诗、拉美史诗等。最为家喻户晓的是巴比伦史诗《吉尔伽美什》、印度史诗《摩诃婆罗多》和《罗摩衍那》(Rāmāyana)、波斯史诗《列王纪》(Shahnameh)、希腊史诗《荷马史诗》、罗马史诗《埃涅阿斯纪》、《变形记》、英国史诗《贝奥武甫》、法国史诗《罗兰之歌》(La Chanson de Roland)、俄罗斯史诗《伊戈尔远征记》(The Song of Igor's Campaign)、德国史诗《尼伯龙人之歌》(Das Nieblungenlied)、西班牙史诗《熙德之歌》以及北欧史诗《埃达》(Edda)；非洲马里史诗《松迪亚塔》(Sundiata)以及拉美史诗《阿劳卡纳》(The Araucana)。本文主要涉及这些具有代表性史诗的研究状况。

2 史诗本体研究状况

对于史诗的研究大多始于对古文字的破译、手稿的解读以及文本的翻译。一般说来，大多数史诗都发端于口述文学：游街走巷的"故事"慢慢发展成为"善书"[3]，用文字记录下来。用现代学术话语来说，在从口述文学向文字记录

---

[1] 胡经之：《西方文艺理论名著教程》，北京大学出版社，1988年，第415页。
[2] 辜正坤：《中西文化比较导论》，北京大学出版社，2007年，第22页。
[3] 季羡林：《罗摩衍那初探》，外国文学出版社，1979年，第6页。

的过渡中，史诗完成了"经典化"过程。一旦成为"经典"，文本就相对固定，并开始流传扩散。同样，流传在民间的故事一旦完成了"经典化"过程，也会有专门抄录或独有的传承渠道。同时，由于地区差异、记录手段差别，各民族史诗在长短、内容方面各异。史诗与生俱来的身份符号首先是书写材料，比如《吉尔伽美什》书写于泥板，印度地区有贝叶文学，还有莎草与羊皮上的文学作品。从这个意义上来说，书面记录标志着史诗的成熟和"经典化"过程的完结。因此，史诗的研究始于版本考证。

约翰·马克斯（John H. Marks）研究发现，1872年12月3日乔治·史密斯（George Smith）将尼尼微废墟（Nineveh）中发现的《吉尔伽美什》碎片介绍给英国圣经考古协会（British Society of Biblical Archaeology），在此之前，所有相关的研究都以楔形文字版为母版，最早由符号学专家保罗·豪普特（Paul Haupt）[1]在1884年和1891年分别出版面世。此后很长一段时间，《吉尔伽美什》的研究"多半集中在历史的分析、版本的考证和译读方面"[2]。而根据杰弗里·蒂盖（Jeffrey H. Tigay）的研究，古代的口述故事首次以楔形文字记录下来是在约公元前2500年。经过世代积累，史诗最终于公元前1300年左右成型[3]。而后，彼得·杰森（Peter Jesen）于1900年和1901年出版了两册德文译本，1928年出现了汤姆森（Reginald Campbell Thompson）翻译的首个楔形文字全英语译本，叫作《吉尔伽美什史诗（楔形文字版全译本）》(*The Epic of Gilgamesh: A New Translation from a Collation of the Cuneiform Tablets in the British Museum Rendered Literally into English Hexameters*)。此后，学界对《吉尔伽美什》的研究大兴，到现在为止，相关的出版物达数百种。

由此可见，考古学与史诗研究形影不离，过去两个多世纪的出土和破译工

---

[1] N. K. Sandars, *The Epic of Gilgamesh: An English Version with an Introduction* (New York: Penguin Books, 1960), p. 117.
[2] 《吉尔伽美什：巴比伦史诗与神话》，赵乐甡译，译林出版社，1999年，第1页。
[3] Jeffrey H. Tigay, *The Evolution of the Gilgamesh Epic* (Philadelphia: University of Pennsylvania Press, 1982), pp. 248–250.

作使得古老文明重现光辉。赫梯地区出土的文本显示，《吉尔伽美什》的故事除了有阿卡德和苏美尔语版本之外，公元前两千纪已经有了胡利安语和赫梯语版本，在公元前一千纪也已有阿拉米语版本①。

同样，《罗兰之歌》原本是牛津大学图书馆（Bodleian）里一个不起眼的手稿 Digby 23②，而且没有题目。这首诗后于 1837 年在巴黎出版，题目为《罗兰之歌或胡斯沃之歌》（音译：*La Chanson de Roland ou de Roucevaux*），编辑者弗郎西斯·米歇尔（Francis Michel）记录了在 1835 年 7 月发现它的过程，这就是传世的《罗兰之歌》版本。此书稿大约创作于 12 世纪（1120—1170 年之间），语言为盎格鲁-诺曼方言，12 世纪的修订者指出其中的 60 处抄写错误——显然，Digby 23 并非作者原稿。实际上，它也并非现存的唯一手稿。在威尼斯的圣马可（St Mark）国家图书馆还有两个版本，一个是 14 世纪的威尼斯六号本（Venice VI），一个是 13 世纪晚期的威尼斯七号本（Venice VII）。同样，在法国也有不同版本，最有名的是萨托鲁（Châteauroux）市立图书馆和巴黎国家图书馆都存有的 13 世纪晚期版本和零星碎片等。此后，《罗兰之歌》被翻译成多种文字。③

源于抄写稿本的还有《贝奥武甫》。凯文·凯尔南（Kevin Kiernan）认为《贝奥武甫》的稿本不是作者所书，那么稿本是不是就可以认为是对本诗的第一篇评论呢？一般认为公元 1000 年左右，有两个抄录员完成了该诗的头稿。④另一种观点是出于对另一首古英语诗歌影响的考证：《安德烈亚斯》（Andreas）。这首诗歌从 17 世纪中期就存放于德文郡的艾克赛特大教堂之中。一个叫劳伦斯·诺维尔（Laurence Nowell）的人在 16 世纪 60 年代得到了 11 世纪的原稿并在首页署名。到 1704 年，胡弗利·万利（Humfrey Wanley）在他出版的古

---

① John Miles Foley, *A Companion to Ancient Epic* (Oxford: Blackwell Publishing, 2005), p. 119.
② *The Song of Roland (Translated with an Introduction and Notes by Glyn Burgess)* (London: Penguin Books, 1990), p. 162.
③ 请参照 *The Song of Roland (Translated with an Introduction and Notes by Glyn Burgess)* (London: Penguin Books, 1990), p. 162。
④ Marie I. Lazzari, *Epics for Students: Presenting Analysis, Context and Criticism on Commonly Studied Epics* (Detroit: Gale Research, 1997), p. 38.

英语书目中记录了《贝奥武甫》。这样,一个世纪之后,夏荣·图纳(Sharon Turner)发表了带有说明性引文的翻译本,但是语言并不准确。直到1815年,冰岛人色科林(G. S. Thorklin)最终得到定本。另一个丹麦人格林特维希(N. S. Grundtvig)在1815和1816年之间出版了该诗,并对原文做了许多修改,突出诗歌的道德观念,为现代评论奠基。

目前最主要的两个《摩诃婆罗多》版本是1863年分别在加尔各答和孟买发现的,同样都是18本。比较而言,孟买版本多出200颂(śloka),但又缺失了《诃利世系》(*Harivamsa*)部分。较好的校订本是马德拉斯(Madras)在1855到1860年之间用泰卢固语印刷而成的,但仍需细心校订,因为南印度和北印度版本有很多出入。温特尼茨博士(Dr. Winternitz)通过南北版本的对照发现南印度版本要更早一些。[①]第三个版本包含了全部的故事,时间相对来讲要现代一些,但史诗各个部分书写时间不同,所以说,这里面又包含了许多其他版本。总体来说,所有的版本都是5世纪之后的材料。最终,现存的所有故事总和起来形成长达10万颂的《摩诃婆罗多》。

最早的《荷马史诗》印刷全本出现于10世纪。事实上,有很多时间更早的史诗残片,一直可追溯到基督教时代之前。[②]通过阿里斯塔克(Aristarchus)和泽诺多托斯(Zenodotus)的评论及研究[③]发现,当时公认的《荷马史诗》文本源于11世纪,但是与当时流行的文本并不相符,因为11世纪文本中前后混乱的情况很多,而流畅的编本成书约为公元前3世纪。由此,拉开了有名的"荷马问题"大幕。

古本考证、手稿解读赋予了史诗生命,相比较而言,文本的翻译则成为史诗衍生和传播的重要媒介。尤其是非洲史诗,由于口述传统之故,大多属于部

---

① N. K. Sidhanta, *The Heroic Age of India: A Comparative Study* (London & New York: Routledge, 1996), p. 15.
② Gilbert Murry, *The Rise of the Greek Epic (4th edition)* (London: Oxford University Press, 1934), p. 282.
③ Ibid, p. 285.

落方言体，缺乏与世界交流的平台。西非史诗的优秀代表《松迪亚塔》是在尼亚特（D. T. Niane）1960年出版了法文译本之后才面世，而英文版则是1973年皮克特（G. D. Pickett）的作品。芬兰史诗《卡勒瓦拉》（*Kalevala*）初版之后即被翻译成多国文字，并被欧洲学者誉为"世界上最伟大的史诗"。《格林童话》的作者德国语言学家雅各布·格林（Jacob Grimm）的评论赋予了《卡勒瓦拉》以世界声誉，并很快为其他评论家所接受。因此，翻译文本和评论解读是"经典"文本的"外向型发展"①，拓宽了经典的传播幅面，促进了经典在多语种背景下的有效传播。但是，国内接受与国际接受亦有差异。讲芬兰语的本土人在史诗首次刊印之后对此并无兴趣，史诗的真正伯乐是芬兰的乡村知识分子。他们读到1841年瑞典人卡斯特航（M. A. Castrén）的译本后才将之视为民族骄傲。从此，《卡勒瓦拉》终于在芬兰赢得了人们的膜拜，哈维可（Paavo Haavikko）说："《卡勒瓦拉》不是用来评论的，而是用来供奉的"②。

除上述史诗，还有一种特别的史诗，是随着殖民者入侵带来的文学样式。拉丁美洲史诗的兴起成为西属美洲文学的开端。22岁的西班牙贵族阿隆索·德·埃尔西亚（Alonso de Ercilla）随军来到智利，被坚贞不屈的阿劳卡纳人折服，创作名诗《阿劳卡纳》（1569—1589），从此，这一逆向创作③的诗歌成为智利的第一部史诗，也是西属美洲最重要而且唯一一部西班牙语的古典史诗④。同样有趣的是，在1596年当地诗人佩德罗·德·奥尼亚（Pedro de Oña）也写了一首史诗《阿劳科的征服》（*Arauco Domado*），却是赞颂殖民首领蒙多萨（Mendoza）将军的勇猛，亦属逆向创作。

---

① 编者按：经典化之前文本的不断丰富和完善属于文本的"内向型发展"，"经典化"完成之后文本的发展更多依赖新的评论解读以及翻译，属于文本的"外向型发展"。

② Marie I. Lazzari, *Epics for Students: Presenting Analysis, Context and Criticism on Commonly Studied Epics* (Detroit: Gale Research, 1997), p. 223.

③ 编者按：史诗大多反映自己民族的英勇、无畏的精神，而埃尔西亚的史诗是作为殖民者的身份颂扬异族的被征服者，故称之为逆向创作。

④ Arturo Torres-Rioseco, *Epic of Latin American Literature (5th Printing)* (California: University of California Press, 1964), p. 19.

3 母题的关注

就外国史诗的流播方式而言，最主要的途径是游吟诗人／歌者。他们促成了史诗悠久的口述传统；同时，他们也历史地成为这一文学样式的主角。纵巴别塔倒塌后各地语言不通，但影响后世文学的母题却在各地史诗中不谋而合，这说明在原始生活状态中，人类对世界、自然和命运的看法有着惊人的相似之处。因此，母题研究成为史诗研究的重要组成部分。

首先，史诗大多描述英雄缔造民族的英勇战斗或原始生存斗争，因此，英雄主义母题几乎贯穿所有史诗。如《荷马史诗》中的阿喀琉斯、阿伽门农和奥德修斯形象；《吉尔伽美什》中的吉尔伽美什形象等。这样一来，关于英雄主义母题的研究亦层出不穷。图希（Toohey）认为"自尊"和"荣誉"作为英雄一生的追求，同时也成为史诗中英雄行动的驱动力[①]。而最核心的部分"英雄冲动"（heroic impulse）[②]使善恶双方较量引人入胜，而且往往善的"冲动"促进社会文明进步。不难理解，史诗场面宏大，英雄往往是国王或贵族，为了展现他们的特殊身份，危机或战争成为必要的历史背景，以此彰显英雄主义情节，比如《吉尔伽美什》中英雄的成长。詹肯（Jackon）在研究古爱尔兰史诗传统时发现，"所有的英雄醉心于荣誉、名声"，当年轻的库丘林发现不情愿的一项选择会使他名声永存爱尔兰，但他需要付出生命代价时，他毅然决定：只要能享有荣誉，哪怕只活一天也足够[③]。这一点与《伊利亚特》中阿喀琉斯的心态恰有异曲同工之妙。不仅如此，《贝奥武甫》也说，"死前赢得荣誉是一个武士的最好抉择。"由此可见，荣誉（honor）已经成为英雄的一个不可分

---

① 请参见 Peter Toohey, *Reading Epic: An Introduction to the Ancient Narratives* (London & New York: Routledge, Chapman and Hall, Inc., 1992), p. 9。

② Toohey Peter, *Reading Epic: An Introduction to the Ancient Narratives* (London & New York: Routledge, Chapman and Hall, Inc., 1992), p. 9.

③ Kenneth Hurlstone Jackon, *The Oldest Irish Tradition: A Window on the Iron Age* (New York: Cambridge University Press, 1964), p. 11.

割的标识,成为各族史诗的重要话题,也是后世文学中重要的母题。奥依纳斯(Felix J. Oinas)在评论芬兰史诗《卡勒瓦拉》时也指出海盗时代(Viking Age)芬兰人的英雄主义情结超越了对于勇敢和力量的膜拜,为后世子孙赢得荣誉成为人的一生中的最大使命①。这种精神集中体现在维纳莫宁(芬兰语Väinämöinen)和同伴与北方黑暗国波赫尤拉(Pohjola)争夺神磨(Sampo)的战斗中。

同样,"死亡"也是印度史诗传统主题,"英雄"、"英雄行为"、"英雄式死亡"成为印度史诗中的高频字眼。斯图亚特·布莱克本(Stuart Blackburn)认为死亡的重要性不仅出于叙事需要,而且也蕴涵在表演的仪式之中。他认为未开化的、暴力型的死亡通常构成史诗的基础。而作为英雄来讲,通过英雄行为达到了目标,其最佳结局就是死亡;如果人物继续存活,则消弱了自身的神性②。不难看出,英雄主义情结作为史诗灵魂,丰满了人物形象,推动了史诗情节的发展和冲突的展开,而且英雄的人生观能够折射出各个民族的古典文化风俗,并影响着史诗的叙事节奏,成为史诗重要的保存价值之所在。

其次,归家也是史诗的重要母题。作为怀旧主义的情感标识,归家在古代神话和史诗中屡见不鲜,最为著名的"奥德修斯归家记"是典型代表。"很大一部分的创造性文学是对流逝时光的追溯与再现"③,因此归家主题在罗马叙事史诗中非常重要,如维吉尔的《埃涅阿斯纪》。在作者眼里,世界承载着神话时代的价值观和理想。如果我们相信灵魂转世的话,罗马开国皇帝奥古斯都便不会只有一点点与特洛伊的埃涅阿斯相像,而是直接成为他。出于这样的认识,维吉尔认为埃涅阿斯到达意大利时并非逃亡,而是"回家",因为"维

---

① Felix J. Oinas, "The Balto-Fennish Epics" in *Heroic Epic and Saga: An Introduction to the World's Great Folk Epics* (Bloomington: Indiana University Press, 1978), pp. 286–309.

② Stuart H. Blackburn, et al, *Oral Epics in India* (Oakland: University of California Press, Ltd., 1989), p. 109.

③ Catherine Bates, *The Cambridge Companion to the Epic* (Cambridge: Cambridge University Press, 2010), p. 51.

吉尔认为特洛伊与意大利有承继关系，这一关系始于与罗马皇帝有渊源的科吕图斯，他是特洛伊王子帕里斯之子"[1]，因此，埃涅阿斯意大利之行可谓之"归家"。另外，卢坎的《内战记》虽然去掉了神话和神明因素，但仍存续着帝国和怀旧的因素，而卢坎心中所系的便是"返回早期罗马共和国时期"[2]，从心理意义上来讲，也不失为"归家"。

另外一种归家主题是通过"潜在话语"方式呈现，比如对冥界的描述。在"冥界"的叙事话语里，突破了现实时空因素的桎梏，叙事在任意时空中展现，一方面回应了"漂流"主题，同时打破时空限制的叙事更容易引发听者对人类社会和人类命运的深度思考，彰显叙事的张力和史诗的教育效用。《奥德赛》中，奥德修斯只身前往冥界哈德斯的细节丰富了史诗内容，使传统的希腊神话故事共时展现；另一方面，荷马通过冥间人物的诉说尤其是阿喀琉斯"宁为人下人，不做鬼首领"的宣言道出对人间的赞颂和"家园"的回归。同样，《卡勒瓦拉》中的部落精神领袖——萨满神[3]，同奥德修斯一样置身冥间时，亲眼看见由于身体与灵魂分离过久，身体腐烂及灵魂无所寄托的状态，这些记述都从侧面反映出古代芬兰人对身体、灵魂关系的探索和哲思。

第三，宗教母题。卡斯特航指出，对于神话家来说，卡勒瓦拉或波赫尤拉是否真的存在、怎样存在都是一样的，只为说明当时人们对于世界的看法[4]。对他来说，史诗的重要性并不在于历史真实性，而在于它承载着古代人们对于生活环境和生活经历的思考。因此，融合神话、宗教于一体的史诗宗教母题研究亦如火如荼。维特根斯坦认为：宗教是一种文字游戏[5]，所有的哲思仅仅是

---

[1] Catherine Bates, *The Cambridge Companion to the Epic* (Cambridge: Cambridge University Press, 2010), p. 51.

[2] Ibid.

[3] Felix J. Oinas, "The Balto-Fennish Epics" in *Heroic Epic and Saga: An Introduction to the World's Great Folk Epics* (Bloomington: Indiana University Press, 1978), pp. 286–309.

[4] Marie I. Lazzari, *Epics for Students* (Detroit: Gale Research, 1997), p. 232.

[5] William H. Swatos, "Wondrous Healing: Shamanism, Human Evolution and the Origin of Religion", *Sociology of Religion*, 63 (2002), pp. 543–544.

一种文字表达方式;同样,以语言为载体和媒介的史诗也蕴含了宗教的胚芽,于是,史诗成为宗教发展的温床。

潘庆舲指出,《列王纪》中最突出的就是"善与恶两源之间永恒斗争的思想"[①]。而这一斗争思想与萨珊王朝的伊朗国教——祆教[②]中的二元论思想一脉相承。祆教教义认为,"经过几千年的循环与斗争,将来善终于获胜,世界上的恶将被圣火涤荡无遗"[③]。因此,有学者指出,"菲尔多西的《列王纪》是祆教神话和世俗传说的混合物"[④],祆教思想几乎成为《列王纪》的主导哲学思想已然成为公认事实。

无独有偶,印度史诗《摩诃婆罗多》和《罗摩衍那》成书均在释迦牟尼创立佛教之后。季羡林先生考证《罗摩衍那》时发现其中有一处不但提到了佛,而且咒骂佛,推断其原因是"《罗摩衍那》浸透的是印度教的精神,另一个原因就是当时佛教尚不流行"[⑤]。但是,在《摩诃婆罗多》中反复提到的"人解脱的三条途径"[⑥]又恰合佛教学说要义。麦克里迪(Sean McCready)专门撰文表述"法"(dharma)的神圣职责,并对诗中人物——五班度和毗湿摩进行分析,并认为,《摩诃婆罗多》是一部关于人类苦难和战争的史诗,呼吁建立一种精神和俗世之间的联系,个体遵从"法"的艰难道路,关注牺牲,并最终指给人们今世成功和达到来世的妙法[⑦]。又据刘安武考证,印度婆罗门教形成于公元前7世纪,到公元8、9世纪宗教大师商羯罗改革,婆罗门教改为新婆罗门教之时,两部史诗已然成为该教教义。[⑧] 由此,史诗又完成了与印度教的结合。

---

① 潘庆舲:《波斯诗圣菲尔多西》,重庆出版社,1990年,第122页。
② 琐罗亚斯德教,在我国又叫做拜火教或祆教,是古代伊朗的民族宗教。
③ 潘庆舲:《波斯诗圣菲尔多西》,重庆出版社,1990年,第123页。
④ 王向远:《试论波斯文学的民族特性》,《苏州科技学院学报》,2009年第5期,第54页。
⑤ 季羡林:《罗摩衍那初探》,外国文学出版社,1979年,第35页。
⑥ 《摩诃婆罗多》,黄宝生译,译林出版社,1999年,第4页。
⑦ Marie I. Lazzari, *Epics for Students: Presenting Analysis, Context and Criticism on Commonly Studied Epics* (Detroit: Gale Research, 1997), p.232.
⑧ 刘安武:《印度两大史诗研究》,北京大学出版社,2001年,第227页。

再者，奥依纳斯指出，《卡勒瓦拉》除了少部分的英雄诗行之外，全诗洋溢着萨满教义的气氛，因此，又叫作"萨满史诗"（Shamanistic epic）[1]。因为史诗中大部分行动的完成并非出自个人行为，而是通过咒语或魔术方式——这与极地文化相吻合，他们的英雄是超越现实世界的萨满和巫师，有的就完全是半神和文化英雄，参与创世并造福于人。史诗中芬兰的哲人，是整个部落的精神领袖，知识渊博。他去另一世界寻求知识，途中遭遇万难，又与极地萨满神的"灵魂旅行"（Soul Travels）[2]相匹配。此外，阿方索-卡卡拉（Alfonso-Karkala）还解读过维纳莫宁所渴求的三个密语（magic words）的象征意义并和《摩诃婆罗多》进行了比读。而奥依纳斯的另外一篇文章则专门将《卡勒瓦拉》解读为一首萨满史诗，并分析其主题、形式、成文步骤以及传播媒介。由此可见，宗教母题在史诗研究中丰富了宗教学渊源，并拓展了史诗的研究视角，二者可谓相得益彰。

另外，其他研究如史诗文本与语言、文化、风俗等，都从不同维度为后世开辟了新的研究视域，提供了新的研究路径。如《埃涅阿斯纪》成为基督教传统的一部分，尤其是维吉尔作为最棒的拉丁语诗人，它的诗文文本系当时的拉丁语教材，其行文风格一直影响了后世的塔索和斯宾塞等作家。此外，《荷马史诗》中的"净礼"与后世犹太教、伊斯兰教传统以及卢克莱修《物性论》中关于"无神论"观点的阐述都相互应和，有着深层意义上的互文性。史诗以其家喻户晓的行文风格对文化的保存、传播与更新起到举足轻重的作用。从这个层面上来讲，史诗的本体研究也成为文化研究领域不可或缺的一部分。

---

[1] Felix J. Oinas, "The Balto-Fennish Epics," in *Heroic Epic and Saga: An Introduction to the World's Great Folk Epics* (Bloomington: Indiana University Press, 1978), pp. 286–309.

[2] Ibid.

4 史诗理论研究

4.1 程式理论

帕里（Milman Parry）根据《荷马史诗》中大量程式化语言，推断一定存在某种传统性因素。[①] 他又通过对南斯拉夫口述诗歌的实地考察，发现了塞尔维亚"格斯拉"[②]（游吟诗人）的口述英雄诗歌。经过取样和"对这些固定的程式化短语、大体类似的故事类型和史诗整体结构特点进行分析，证明荷马史诗不可能是一朝一夕、由某位作者在特定时间内创作而成的，而是在民间口头长期创作的基础上逐步形成的。"[③] 另一个收获就是他根据发现的口述诗歌的风格特点，对这些特点在其他诗歌中的应用以及口述诗歌和书面诗歌差异问题等做了深入细致的研究，进而提出系统化的口述理论。事实上，程式化语言的存在司空见惯，但帕里认为此研究的难点在于如何量化史诗语言的程式化程度，进而考察程式化技巧发挥作用的方式。帕里研究发现，程式化语言除《荷马史诗》外，在欧洲其他国家的许多史诗中也都有不同程度的存在。帕里认为口述史诗研究的关键在于捕捉歌者表演——即口述诗歌产生的一瞬间。通过搜集这些"瞬间资料"，帕里说，我们就"不仅能够学到歌手如何组织词汇、短语和诗句，篇章及主题，而且还要分析这首史诗如何达到人人相传，代代流芳，跨越山川阻障和语言樊篱的艺术效果，总体来说，这样的一项研究工作足以窥见

[①] See Milman Parry, "The Making of Homeric Verse" in *The Collected Papers of Milman Parry* ed. by Adam Parry (New York: Oxford University Press, 1971).

[②] 游吟诗人在不同的地区叫法不同。在法国，他们被称为"荣格勒"（jongleur）或"特鲁伯德"（troubadour）；在挪威，叫做"斯盖尔特"（skald）；在斯拉夫语中，则为"格斯拉"（*guslar*），在希腊叫做 bard。

[③] 晏绍祥：《荷马社会研究》，三联书店，2006年，第9页。

整个口述史诗研究的存活与消亡"①。

帕里认为，风格化的文本需要风格化的方法（帕里的方法是实地搜集语料并归纳整理）。风格，是人的思想形式的表现，与思想所产生的时代息息相关。因此，要掌握一篇文学作品完整的风格，就相当于去了解一名作者的全部以及他所生活的世界。当诸多要素铺陈眼前时，究竟以什么样的尺度来进行归类与评价，需要回溯到表演即史诗生产的一瞬间，这一步骤也成为后续研究必不可缺的环节。同时，歌者在这一刻借助唱词融入自己的理解与思想，催化了口述史诗表演的诞生。

经过多年考察研究，最终帕里的学生洛德总结出口述诗歌的三个特点：短促内敛的歌词、反复及程式。② 帕里认为这些程式化语言是荷马史诗口述传统的重要标志。推而广之，洛德发现，这也是歌手即兴表演时对于神话传统主题的呈现方式。洛德指出，在传统认为的口述诗歌中，神话主题已存在了几个世纪。③ 因此，代代口头传授形成了固定模式。

其实，其他民族的史诗研究者也同样发现了"程式"的问题，比如西非马里史诗《松迪亚塔》中对松迪亚塔的称呼"肩上卧猫者，主人、猎手，纳阿瑞纳的狮子"④，这种套话与《荷马史诗》中"目光炯炯的雅典娜"的表达方式如出一辙。这种表达多为对尊者的称呼，其构成方式通常为"定语 + 名词中心语"式的偏正结构。布罗津滕（John Brockington）研究《罗摩衍那》过程中发现，最基本的"程式"是组成人名的音节和修饰语汇，显然，这一发现与上述史诗中的"程式化表达"现象相互吻合。但是，他独有的发现是《摩诃婆罗多》中出现的程式只有少量的几种表达出现在《罗摩衍那》中。由此，布罗津

---

① Albert Bates Lord, *Serbo-Croation Heroic Songs* (Cambridge and Balgrade: The Harvard University Press and The Serbian Academy of Science, 1954), p. 5.
② Ibid, p. 20.
③ Albert Bates Lord, *The Singer of Tales* (Cambridge: Harvard University Press, 1960), 99 ff.
④ Gordon Innes, *Sunjata: Three Mandinka Versions* (London: School of Oriental and African Studies, University of London, 1974), p. 17.

滕推断"这两部史诗从根源上是互相独立的"①。显然，这一结论与许多考古学者的结论大相径庭，例如季羡林等梵文专家通过情节认为"两部史诗基本上属于同一时代，而且《摩诃婆罗多》要晚于《罗摩衍那》……两书中相同或相似的诗篇，都应该源于《罗摩衍那》"②。由此可见，口述理论以及程式化表达研究必将推动史诗研究的新发展，开拓史诗研究的新视野。

4.2 歌者与表演

不难发现，通过考古学、语言学等知识推断与现场复原努力，史诗的现代研究取得了可喜进步。但对史诗本身来说，史诗的现场性在很大程度上决定了其自身的文本特点。因此，对歌者及表演的分析是史诗艺术性研究中不可或缺的一部分。在纳吉（George Nagy）看来，成文（composition）和表演（performance）是口述文艺学（oral poetics）这一过程的两个方面，更侧重于表演③。因为表演是史诗的传播媒介，而歌者是表演的主体。因此，歌者的培养过程研究引起了口述诗歌研究者的兴趣，因为这在很大程度上决定了史诗的文本特点及表演方式。

首先，不同民族地域的歌者称呼不同，培养方式亦异。在翻译文本或史诗介绍中多专门介绍歌者，歌者研究集大成者当推洛德的专著《故事的歌者》（*The Singer of the Tales*）。书中以荷马为代表，记述了歌者的培训及表演过程，由此开启了史诗与民俗学相结合的研究范式，同时民族志诗学和表演理论也正式应用到了史诗研究领域。

与此同时，路西·杜兰（Lucy Durán）和格雷厄姆·弗尼斯（Graham Furniss）

---

① Mary Brockington, "The Relationship of the Rāmāyana to the Indic Form of 'The Two Brothers' and to the Stepmother Redaction" in *The Epic Oral and Written* ed. by Lauri Honko, et al. (Mysore: CIIL Press, 1998), p. 135.
② 季羡林：《罗摩衍那初探》，外国文学出版社，1979年，第29页。
③ George Nagy, *Poetry as Performance: Homer and Beyond* (New York: Cambridge Univerity Press, 1996), p. 1.

在《松迪亚塔》译本"序言"中介绍了马里的歌者状况。在马里，歌者作为一种社会阶层可追溯到"松迪亚塔"时代。传统上讲，歌者家庭与主人家庭世代生活在一起，这样便于增进歌者对主人生活起居的了解，从而为其量身定制颂歌或记录家谱。杜兰和福尼斯认为"《松迪亚塔》属于贵族家谱复述类型。一般会采用有修饰语的名词性短语来增强叙事的艺术性和实用性，而且用语巧妙者可获封赏"①。就表演方式而言，技艺精熟的大师级表演家比如苏索（Bamba Suso）和卡努特（Banna Kanute），"会用人类难以企及的语速熟练地讲述史诗故事，起音很高，逐渐降调，直至换气，再开始另一段"②。同时，"序言"中还提到三种表演方式：讲演、诵读和歌唱。讲演用于叙事，诵读宛若故事中的插句，即程式化的名词短语。而歌唱仪式盛大，常伴有女合唱团，配木琴、五弦古琵琶或二十一弦古竖琴演出。根据格哈德（D. C. Conrad）考证，"号称最具权威的尼亚特（Niane）句句对译版本中运用反复等修辞手法能够激发歌者最鲜活的表演"③。特别指出的是，杜兰和弗尼斯在研究中还搜集了许多名词性短语的名字，这些名字蕴含了曼丁哥（Mande）文化传统，包含词、短语以及不能解释的古语。同样，丰富的语料为语言学家的深入研究提供了研究素材。

根据詹肯考证，爱尔兰歌者通常叫作 Bardi 或 Bards，他们需要在专门学校经过 7 至 12 年的训练，学习各种格律的作文、古文及口述史诗传统，最后一年学咒语和魔术，诗歌的配乐是竖琴。而关于训练过程，詹肯指出，"学生躺在黑暗中，背诵古代传统文段，老师监督并对学生的背诵适时纠正"。④ 显

---

① Graham Durn Lucy Furniss, "Introduction" for *Sunjata:Gambian Versions of the Mande Epic by Bamba Suso and Banna Kanute* Translated and Annotated by Gordon Innes with Assistance of Bakari Sidibe (London: Penguin Books, 1999), p. xvi.

② Ibid, p. 17.

③ D. C. Conrad, "A Town Called Dakajalan: the Sunjata Tradition and the Question of Ancient Mali's Capital", *Journal of African History*, (35)1994, p. 367.

④ Kenneth Hurlstone Jackon, *The Oldest Irish Tradition: A Window on the Iron Age* (New York: Cambridge University Press, 1964), p. 25.

然，这样的训练方法和程序似乎专门结合盲人歌者的生理特点量身定做，便于扬长避短，训练歌者记诵思维。但爱尔兰诗人不同于其他诗人的特点在于可以背诵（长诗、叙事诗），但不会即兴表演。论及表演，纳吉将荷马史诗的传播与接受分为五个阶段①，他指出最原始的阶段流动性最强，当时没有任何书面文本，史诗行文却最为流畅；而随着史诗经典化过程的完结，文本逐渐固定，行文的流畅性逐渐让位于呆板性。同时，手稿、脚本层出不穷，直至标准定本出现，文本才进入相对稳定期。相应的，史诗表演形式也逐渐趋于模式化。因此，在纳吉看来，优秀的歌者"需要坚持诗歌本身的权威和稳定性，而非因时因地取悦观众，从而更倾向于将诗歌的原样传达给世世代代的观众，使诗歌具备拥有无限的时间观念和永恒价值观的大愉悦"②。从保持诗歌原样和歌者的即时表演关系来看，二者关系正符合艾略特关于"传统与个人才能"的论述。"一个诗人［歌者］的作品［表演］中，不仅最好的部分，就是最个人的部分，也是他的前辈诗人［歌者］最有力地表明他们的不朽的地方"③。由此可见，对歌者以及表演传统的研究更形象地再现了各民族史诗的保存以及传播状况，无疑，这将为史诗研究提供新的切入点和维度。

4.3 史诗与其他文体

史诗，尤其是长篇史诗，是一个民族优秀历史传统的载体。史诗以严肃、高雅的方式将文明火种世代流传，在没有文字的黑暗时代里，成为大众与民族传统接触的媒介。用席勒的话来说，史诗包含着民族根基与高峰的"绝对的过

---

① See George Nagy, *Poetry as Performance: Homer and Beyond* (New York: Cambridge Univerity Press, 1996), p. 110.
② George Nagy, *Poetry as Performance: Homer and Beyond* (New York: Cambridge Univerity Press, 1996), p. 224.
③ 托·斯·艾略特：《传统与个人才能》，《艾略特文集·论文》，卞之琳、李赋宁译，陆建德主编，上海译文出版社，2012年，第2页。

去"①。这个"绝对的过去"同时也是现代文明破壳而出的胚胎。因此，关于史诗与其他文体的关系研究也成为史诗研究的一个重点话题。

首先，亚里士多德在《诗学》中认为"悲剧是崇高的，史诗是非理智的"②。他细数了史诗与悲剧在行文、表达及格律等方面的异同，认为就文体而言，史诗同悲剧一样，是对"贵族阶层的高雅表达"③。但史诗使用单一音节进行叙述，且二者长度不一。与悲剧不同的是，史诗可以同时陈述许多线索和行动，其叙事的共时性空间很大；悲剧则局限于舞台表演，线索和行动不能重叠，更多地受制于时空因素，因而，亚里士多德提到了悲剧中时间、地点、情节的一致性。最后，亚里士多德认为悲剧去掉了神话的荒谬性和荒唐话语，更严肃、高雅，因此他认为"史诗中有，悲剧皆有；史诗中无，悲剧仍有"。所以，亚里士多德认为在当时的时代，悲剧更能代表同时代文艺发展主流。

随着个人意识在希腊化时期的兴起，微型史诗勃兴，篇幅变短为约 200 到 500 行。除了纯叙事类型外，还出现了偏离类型（degression）。偏离类型的出现，标志着微型史诗与古代史诗的分离④。也就是说，史诗本体出现了变化，内容上也更加关注现实或情感背景下的非英雄或"道德不良"人物；换言之，在这一时期，史诗已经失去本身具有的"崇高"。到奥维德的《变形记》（*The Metamorphosis*）时，史诗从结构和内容上，已经没有固化的形式与主题，"爱的力量"成为诗歌主题，并代替"英雄冲动"、"英雄行为"成为微型史诗的发动机，甚至"爱"已经具有促成世界流变的力量。对于这种变化，图希认为史诗在内容上缺乏武力带来的强烈感，这点与罗马的衰败有关，而且此

---

① 转引自秦露：《文学形式与历史救赎：论本雅明〈德国哀悼剧起源〉》，华夏出版社，2005 年，第 105 页。

② David H Richter, *The Critical Tradition: Classic Texts and Contemporary Trends (2nd Edition)* (Boston: Bedford / St. Martins, 1998), p. 61.

③ Ibid, p. 45.

④ Toohey Peter, *Reading Epic: An Introduction to the Ancient Narratives* (London & New York: Routledge, Chapman and Hall, Inc., 1992), p. 101.

时拉丁语威望减弱,以至于黑暗时代几乎消解了书面文字的重要性[1]。而在现当代文学史中,史诗几乎已经成为一种记忆。关于史诗,基本上存在两种观点,一种是以巴赫金(Bakhtin)为代表的"完成时"观点,一种是以卢卡奇(Lukacs)为代表的"进行时"观点。早在1810年美国文学家奥尔森(Charles Olson)就提出过"开阔地"(open-field forms)[2]这一概念,即提倡打破常规的文学体裁分类,让小说、历史与史诗交织共存。换句话说,奥尔森的方法是让小说和历史借助史诗传统。实际上,这一方法已经颠覆了史诗传统意义上的概念体系。而对于小说和史诗特点而言,卢卡奇和巴赫金都认为在现代社会中小说打破了传统史诗的整齐划一,以其形式的开放性、语言的混杂性和视角的主观性获得了更多的读者。在这种情形下,卢卡奇希望史诗能够与时俱进,随着文学样式流变以新的形式出现;又因为小说在当时最受青睐,因此,史诗小说化便是帮助史诗获得最大影响力和最强再生力的不二之选。于是,当时就产生了一系列小说式史诗或史诗式小说,如美国斯托夫人(Harriet Beecher Stowe)的《汤姆叔叔的小屋》(*Uncle Tom's Cabin*),甚至开篇提到的好莱坞大片,一时间全部充塞进"史诗"这一宏大概念,美其名曰"史诗的最新发展"。由此,卢卡奇感慨"小说是被上帝抛弃了的世界史诗"[3]。这样一来,史诗概念的时间跨度从远古时代瞬间就进入了21世纪,在空间上也囊括了几乎所有的文学样式。但过于宽泛的概念反而使史诗失去了原初概念身份和史诗体裁本身的存活空间,不免沦为其他艺术样式的噱头。

相对而言,巴赫金认为,伟大的史诗是一个完整、封闭的种类,是完全关于过去的世界,是对"祖先、创世和鼎盛"的书写,而与现代开放的创作方

---

[1] Toohey Peter, *Reading Epic: An Introduction to the Ancient Narratives* (London & New York: Routledge, Chapman and Hall, Inc., 1992), p. 211.

[2] John P. McWilliams Jr. *The American Epic: Transforming a Genre 1770–1860* (New York: Cambridge University Press, 1989), p. 2.

[3] 荷马:《荷马史诗》(*Omero Iliade Alessandro Baricco*),邓婷译,(亚历山德马·巴瑞科著前言),上海文艺出版社,2010年,第2页。

式格格不入，也正是在史诗与小说互不融合的18世纪产生了小说①。巴赫金一反卢卡奇"过去完成进行时"观点，提出了史诗的"完成时"理论。他认为即便现代人喜欢英雄主义也只是一瞬间而非常态存在，姑且可以理解为某种怀旧情结。更为糟糕的是，"笑声"打破了小说与史诗对话的可能性——人这一意象的喜剧化是史诗这一文学体裁遭到破坏的第一步，也是最为重要的一步。因此，在巴赫金对史诗概念的诠释体系中，史诗的过去标志着绝对的完结。

从文学文本经典化角度讲，游吟诗歌的经典化意味着文本内容、形式的相对固定，这一点对于史诗作为历史记录和文本传播来说至关重要。但史诗同时又是一种文学样式，其本体的文学性也不容忽视。不可否认，在新时期适时适度地发展和更新对文学样式的理解是必要的，而保存文本的完整性、尊重原创文体特征和文本特点、珍视文体和文本的纯洁性并在此基础上对文本进行富有创新意义的探索和研究，才更利于文体样式的传承和文本生命之树长青。

---

① John P. McWilliams J. R., *The American Epic: Transforming a Genre 1770−1860* (New York: Cambridge University Press, 1989), p. 5.

第三专题　苏美尔神话史诗研究

拱玉书

《恩美卡与阿拉塔王》研究

1　相关问题

1.1　苏美尔文学

苏美尔人（Sumerians）是古代美索不达米亚早期文明的创造者。早在公元前 3200 年前后，他们就在现在伊拉克的南部地区，即古代的苏美尔地区，创造了人类历史上第一个高度发达的文明——苏美尔文明。苏美尔人除给后世留下丰富的物质遗产外，还留下了丰富的精神遗产，其中的重要组成部分就是苏美尔文学。

"苏美尔文学"一词包括的内容十分丰富。首先，它指所有用苏美尔语创作的文学，不计时间早晚，不管作者是谁，讲哪种语言，只要作品是用苏美尔语创作的，就都属于苏美尔文学；其次，它包括除经济文献和少数科技文献以外的全部用苏美尔语书写的文献。德国学者克赖希尔把"苏美尔文学"定性为"用苏美尔语书写的巴比伦文学"。[1] 在此，"巴比伦文学"完全是画蛇添足，

---

[1] "babylonische Literatur in sumerischer Sprache". 见 J. Krecher, "Sumerische Literatur" in *Altorientalische Literaturen* ed. by W. Röllig (Wiesbaden: Akademische Verlagsgesellschaft Athenaion, 1978), p. 103.

甚至会引起误解。"巴比伦"这个名称让人联想的时代远远晚于苏美尔文学产生的年代,即使是"巴比伦"的建城年代也不早于苏美尔文学的产生年代。所以,用"巴比伦文学"解释"苏美尔文学"是错置年代。

有人把苏美尔文学文献归纳为27大类,其中若干大类中又包括若干小类:①

1)文学目录

2)文学书信

3)智慧文学,其中包括

  a)谚语

  b)寓言

  c)民间故事

  d)谜语

  e)校园文学(包括校园争论文学)

  f)史诗性争论文学

  g)实践指导文学

  h)教谕文学

  i)抱怨文学

  j)先王逸事

4)王表

5)诅咒文献

6)宗教仪式文献

7)法典

8)创世文学

9)神话

---

① W. H. Ph. Römer, *Die Sumerologie, Einführung in die Forschung und Bibliographie in Auswahl, Alter Orient und Altes Testament 262* (Münster: Ugarit, 1999), pp. 199–219.

10）史诗

11）神游

12）颂神诗

13）颂王诗

14）颂物诗

15）神庙赞美诗

16）祭王文

17）祈祷文

18）挽歌

19）祭父文

20）"传教"文学

21）《阿卡德咒》

22）《埃库尔的努恩伽》（Nungal in the Ekur）

23）情歌

24）摇篮曲

25）饮酒歌

26）劳动歌

27）占卜文献

这个归类显然不够严谨和科学。这里提到的某些"类"完全可被视为"神话"中的次类，而另外一些"类"则可归入赞美诗的次类。这个归类更不代表古代"学者"的观点，但它却把现代学者所说的"苏美尔文学"包括的内容表达得淋漓尽致。[1] 苏美尔文学种类繁多，内容丰富，数量庞大。根据美国

---

[1] 美国苏美尔学大师克莱默把苏美尔文学分为神话、史诗、赞歌、挽歌、历史文献、随笔（essays）、智慧文学（谚语、寓言）以及教谕文学，其中包括箴言。见 S. N. Kramer, "Sumerian Literature, A General Survey" in *The Bible and the Ancient Near East, Essays in honor of William Foxwell Albright* ed. by G. E. Wright (Warsaw: Eisenbrauns, 1979), p. 253。此外，他认为，一些书信，尤其是写给神或神化国王的书信以及咒语亦带有浓厚的文学色彩（同上，第259页注释1），也应该包括在文学之内。关于苏美尔文学的分类，现代学者的意见有分歧，表述方式也各不相同，在此不能一一枚举。

学者哈洛的统计,"到1988年为止,已发现的各个时期的所有文学作品达到40 000行,其中不包括历史铭文,也不包括经济文献。"[1] 本书将要论及的史诗,毫不夸张地说,只是苏美尔文学中的沧海一粟。

苏美尔人和巴比伦人都没有对苏美尔文学进行分类,但他们有时却给具体作品贴上了某种标签,如 adab(由"阿达布"乐器伴奏的赞歌)、balag(由"巴郎克"乐器伴奏的一种歌)、tigi(由"提吉"鼓伴奏的一种歌)、bal-bal-e(对话)、eršahunga(祈祷)、KA. KA. MA(诅咒)、šìr-gida(长歌)、šìr-namgala(祭司歌手之歌)、zami(赞歌),等等。[2] 这表明苏美尔人可能有自己的文学分类法,只不过没有把这种简单归纳上升到文论高度而已。[3] 苏美尔人重归纳轻分析,或者说,他们只晓归纳不知分析。早在公元前四千年代末的文字初始阶段,苏美尔人就把世间"万物"归纳到十几个表中,从而产生了"人表"、"容器表"、"植物表"、"城市表",等等,但他们从未对制表的原因、归纳的原则、表的功用等问题置一字一词。苏美尔人可谓是归纳的巨人、分析的侏儒。这种现象与上述的"文学归类"颇为相似。苏美尔(包括巴比伦)"文学家"的任务似乎就是创作作品或编辑文献,他们从不对文本作任何阐释,更不要说进行文学阐释了。他们只是偶尔在"文末题署"(colophons)中提到一些关于版本流传和编辑的情况,仅此而已。如果把他们比作厨师,那么情况就是

---

[1] W. W. Hallo, "Sumerian Literature, Background to the Bible", *Bible Review*, 4 (1988), 28–38 (p.29). 试比较:荷马史诗《伊利亚特》和《奥德赛》加在一起共28 000行。古罗马诗人维吉尔(Virgil,公元前70—前19年)用拉丁文撰写的史诗《埃涅阿斯纪》12册,共计10 000行(同上,第30页)。三部鸿篇巨著加在一起尚不及苏美尔诗行的数量。

[2] 关于苏美尔文学的"文末标类"和"文中标题"的专门研究可参见 C. Wilcke, "Formale Gesichtspunkte in der Sumerischen Literatur" in *Sumerological Studies in Honor of Thorkild Jacobsen on His Seventieth Birthday, June 7, 1974* ed. by Stephen J. Lieberman (Chicago: University of Chicago Press, 1976), pp. 205–316 (pp. 250–264). 根据魏尔克的归纳,"文末标类"有:a-da-ab、bal-bal-e、balag、ér-sèm-ma、kun-ga、šir-gíd-da、šir-kal-kal、šir-nam-gala、šir-nam-šub、šir-nar-ur-sag-gá、tigi、ù-lu-lu-ma-ma 以及 ù-líl-lá;"文中标题"有:zà-mí、ku-šú、ki-ru-gú、giš-gi₄-gál、šà-ba-TUK、bar-sù、uru₁₇(ÙLU)-EN-bi、sa-gar-ra、sa-gíd-da(同上,第258页)。

[3] 布莱克持不同意见。J. Black, *Reading Sumerian Poetry* (Ithaca, New York: Cornell University Press, 1998), p. 25.

这样：他们只为你提供美味佳肴供你享用，但从来不告诉你他们是怎样烹饪的，用了哪些主料和配料，更不告诉你为什么这样烹饪和为什么使用这些调料。布莱克认为，之所以产生这种现象是由于古代美索不达米亚"缺少文化多元性"的缘故。①

苏美尔人有各种题材的诗，但没有诗学；有多种形式的文学作品，但没有文论，甚至没有"苏美尔文学"这样的概念。所以，今人无法知道苏美尔人到底如何理解"文学"，更不知道他们如何解释"苏美尔文学"。在古代的文学目录中，榜上有名的作品主要是赞歌、史诗和神话，都是真正的文学作品，②这大概在一定程度上反映了古代书吏对"文学"的理解。如果如此，苏美尔人的文学概念恐怕与我们现代学者的文学概念有较大区别。根据现代学者的观点（至少某些从事苏美尔文学研究的亚述学家持这种观点），文学应该具有以下四种功能：1) 娱乐功能；2) 美化或宣传某人某物或使其合法化的功能；3) 为宗教服务的功能；4) 服务于日常生活的功能，如情歌、劳动歌、婚曲、摇篮曲等。③即使按照这个标准，上述 27 种文学作品也不能全部"合格"，譬如，咒语就不能算作文学作品。④

大概在公元前 3200 年前后，两河流域南部的苏美尔地区成为当时世界范围内文明发达程度最高的地区，不但出现了具有城市规模的居住区，出现了大型宗教建筑，出现了体现私有财产的滚印以及不胜枚举的精美艺术品，而且出现了文字。起初，文字的用途只限于记载经济活动和物名，后来逐渐扩展到其

---

① J. Black, *Reading Sumerian Poetry* (Ithaca: Cornell University Press, 1998), p. 25.
② J. Krecher, "Sumerische Literatur" in *Altorientalische Literaturen* ed. by W. Röllig (Wiesbaden: Akademische Verlagsgesellschaft Athenaion, 1978), p. 150.
③ B. Alster, "Interaction of Oral and Written Poetry in Early Mesopotamian Literature" in *Mesopotamian Epic Literature—Oral or Aural?* ed. by M. E. Vogelzang and H. L. J. Vanstiphout (Lewiston: The Edwin Mellen Press, 1992), pp. 23–69 (p. 36).
④ Niek Veldhuis, "The Poetry of Magic" in *Mesopotamian Magic, Textual, Historical, and Interpretative Perspectives* ed. by Tzvi Abusch and Karel van der Toorn (Groningen: STYX Publications, 1999), pp. 35–48 (p. 36).

他方面。迄今尚未出土属于公元前26世纪以前的以娱乐或宣传为目的的、真正的文学作品。[①] 目前所知的最早的苏美尔文学作品出土于伊拉克南部的法拉和阿布-萨拉比赫，年代都不早于公元前27世纪，[②] 最晚的文学作品创作于公元前1世纪。[③] 可见，苏美尔文学至少有2500年的历史。在这期间，苏美尔文学经历了发生、发展、鼎盛、衰落和消亡几个不同阶段，每个阶段产生的作品不但风格有别，数量也大不相同。总的说来，两头数量少，中间数量多；两头质量低，中间质量高。在文风、格式、修辞以及字体方面，每部作品都带有浓厚的时代烙印。这为文学分期提供了一定依据。

关于苏美尔文学的分期，学者的意见并不统一，到目前为止有几种不同意见。有人把苏美尔文学分为早晚两期，"早期"从法拉时期（大约公元前2700—前2600年）开始到汉穆拉比王朝末期（大约公元前1600年）结束；"晚期"大约从公元前1600年开始至公元前1100年结束。[④] 有的学者把苏美尔文学分为四期[⑤]：

1）古朴苏美尔时期（约前2700—前2600年）
2）古苏美尔时期（约前2500—前2125年）
3）新苏美尔时期（约前2050—前1750年）
4）古巴比伦时期（约前1750—前1600年）

[①] 德国学者克赖希尔将"字表"视为文学作品，所以他认为乌鲁克 IV 时期已经有文学作品，他亦认为晚于乌鲁克 IV 大约500年的乌尔古朴文献中可能已经有文学作品。J. Krecher, "Sumerische Literatur" in *Altorientalische Literaturen* ed. by W. Röllig (Wiesbaden: Akademische Verlagsgesellschaft Athenaion, 1978), p. 107.

[②] D. O. Edzard, "Literature" in *Reallexikon der Assyriologie und Vorderasiatischen Archäologie* 7 (Berlin/New York:de Gruyter, 1928), p.36.

[③] W. W. Hallo, "Sumerian Literature, Background to the Bible", *Bible Review*, 4 (1988), 28-38 (p. 29). 哈洛教授的"三千年代之初"显然把最早的苏美尔文学作品产生的年代估计过高。最后一篇苏美尔文学作品创作于公元前85年。W. W. Hallo, "Toward a History of Sumerian Literature", *Sumerological Studies in Honor of Thorkild Jacobsen, Assyriological Studies Series*, 20 (1976), 181–203 (p. 183).

[④] S. Cohen, *Enmerkar and the Lord of Aratta*（宾夕法尼亚大学博士论文），1973, p. 1.

[⑤] Ibid.

这种分期法只考虑了苏美尔文学的发生、发展和鼎盛阶段，没有考虑衰落和消亡阶段。哈洛纵观苏美尔文学发展的全部过程，将苏美尔文学分为八期：①

  1）古苏美尔时期（约前 2500—前 2200 年）
  2）新苏美尔时期（约前 2200—前 1900 年）
  3）古巴比伦时期（约前 1900—前 1600 年）
  4）中巴比伦时期（约前 1600—前 1300 年）
  5）中亚述时期（约前 1300—前 1000 年）
  6）新亚述时期（约前 1000—前 700 年）
  7）新巴比伦时期（约前 700—前 400 年）
  8）后巴比伦时期（约前 400—前 100 年）

这个分期虽然囊括了所有苏美尔文学，但仍然不能体现苏美尔文学本身的发展特点，因为它的分期标准不是文学的，或者说，基本不是基于文学本身发展特点的考虑，而是根据文化、历史以及政治发展趋势来划分的。尽管如此，这个分期仍然是到目前为止最可取的分期，因为它毕竟包括了苏美尔文学的全部发展阶段。"古苏美尔时期"是苏美尔文学产生和初步发展阶段；"新苏美尔时期"是苏美尔文学创作的高峰期，也是苏美尔文学正典化的鼎盛期，大多数文学作品产生于这个时期；"古巴比伦时期"是继承和发扬苏美尔文学的鼎盛期，而在创作方面，它又是开始走向衰落的时期，流传至今的苏美尔文学大部分是这个时期的抄本；以后的几个时期可被视为苏美尔文学衰落并最终走向灭亡的时期。如果把"新苏美尔时期"的创作和"古巴比伦时期"的传抄比作滔滔大河，那么，"古巴比伦时期"以后的苏美尔文学创作和传抄就是涓涓小溪。

正如米歇洛夫斯基所言，今人对美索不达米亚文学的整体把握受到三方面的限制。第一，对古代语言的了解还远远不够；第二，考古发现具有偶然性，

---

① W. W. Hallo, "Toward a History of Sumerian Literature" in *Sumerological Studies in Honor of Thorkild Jacobsen on His Seventieth Birthday, June 7, 1974* ed. by Stephen J. Lieberman (Chicago: University of Chicago Press, 1976), pp. 181–203 (p. 197).

结果导致材料缺少连贯性和完整性；第三，对已知的文学作品的出版整理还有缺陷，缺少可靠的编辑整理。① 除此之外，还应提到一个妨碍我们贯通苏美尔文学发展史的因素，那就是，早期考古学家通常对泥板出土情况不做详细记录，致使许多文学作品的具体出土地点（某地层、某建筑）不详。在这种情况下，对苏美尔文学进行分期的工作，在我们看来，也只能做到哈洛达到的程度。不过，米歇洛夫斯基并不认同哈洛的分期，尤其反对哈洛的"正典化"（canonization）模式，② 认为哈洛大谈"正典化"是把考古偶然当成了真实历史。③

米歇洛夫斯基反对分期，主张"分组"，④ 即按照文献的出土情况把上下近三千年的苏美尔文学文献分为以下几组：1) 苏美尔地区出土的早王朝时期的文献；2) 古巴比伦时期的出土于两个城市（尼普尔和乌尔）的文献；3) 亚述帝国晚期馆藏文献；4) 塞琉古时期的乌鲁克和巴比伦出土的文献；5) 波斯帝国时期希帕尔出土的文献。米歇洛夫斯基的这种归类只是陈列考古事实，并不反映苏美尔文学的实际发展情况，对研究苏美尔文学发展史没有任何意义。

古代书吏亦曾对苏美尔文学追根溯源，并将其源头上溯到公元前四千年代

---

① P. Michalowski, "Orality and Literacy and Early Mesopotamian Literature" in *Mesopotamian Epic Literature—Oral or Aural?* ed. by M. E. Vogelzang and H. L. J. Vanstiphout (Lewiston: The Edwin Mellen Press, 1992), pp. 227–245 (p. 232).

② See W. W. Hallo, "Toward a History of Sumerian Literature" in *Sumerological Studies in Honor of Thorkild Jacobsen on His Seventieth Birthday, June 7, 1974* ed. by Stephen J. Lieberman (Chicago: University of Chicago Press, 1976), p. 200.

③ P. Michalowski, "Orality and Literacy and Early Mesopotamian Literature" in *Mesopotamian Epic Literature—Oral or Aural?* ed. by M. E. Vogelzang and H. L. J. Vanstiphout (Lewiston: The Edwin Mellen Press, 1992), pp. 227–245 (p. 233). 他没有提到哈洛的名字，但对于了解哈洛（W. W. Hallo, "Toward a History of Sumerian Literature" in *Sumerological Studies in Honor of Thorkild Jacobsen on His Seventieth Birthday, June 7, 1974* ed. by Stephen J. Lieberman (Chicago: University of Chicago Press, 1976).) 观点的人来说，米歇洛夫斯基之所指是十分清楚的。

④ 米歇洛夫斯基用的词是"corpora"（同上，第233页），指某地出土的全部文献，中文的"组"不够确切，姑用之。

末的洪水前的先哲们。① 然而，迄今发现的最早的苏美尔文学作品属于公元前28世纪的乌尔第一王朝时期。② 这个时期大概就是苏美尔文本文学的发轫期。稍晚一点的法拉时期（大约公元前27世纪）则是"苏美尔文学的第一个大创作时期"。③ 阿布-萨拉比赫档案发现之前，最早的苏美尔文学作品几乎都出自法拉，被戴梅尔收编在《法拉出土的学校文献》中。④ 阿布-萨拉比赫档案发现之后，这个时期的文学作品大大丰富起来。在1976年发表的一篇文章中，阿斯特对法拉时期的文学文献的出土情况做了小结。到那时为止，法拉时期的文学文献有：

1）阿布-萨拉比赫出土的《舒鲁帕克教谕》⑤
2）阿达布出土的《舒鲁帕克教谕》残片⑥
3）阿布-萨拉比赫出土的《凯什神庙赞》⑦
4）谚语⑧
5）其他类型，如赞美诗或神话⑨
6）道表⑩

---

① W. W. Hallo, "Toward a History of Sumerian Literature" in *Sumerological Studies in Honor of Thorkild Jacobsen on His Seventieth Birthday, June 7, 1974* ed. by Stephen J. Lieberman (Chicago: University of Chicago Press, 1976), pp. 181–203 (p. 182).

② UET II no. 69 可能也是文学作品。Åke W. Sjöberg, E. Bergmann and G. B. Gragg, *The Collection of the Sumerian Temple Hymns in Texts from Cuneiform Sources III* (Locust Valley: J. J. Augustin, 1969), p. 7.

③ R. Biggs, "The Abū Salābīkh Tablets: A Preliminary Survey", *Journal of Cuneiform Studies*, (20) 1966, 73–88 (p. 82).

④ A. Deimel, *Die Inschriften von Fara II: Schultexte aus Fara* (Leipzig: J. C. Hinrichs'sche Buchhandlung, 1923).

⑤ B. Alster. "On the Earliest Sumerian Literary Tradition", *Journal of Cuneiform Studies*, (28) 1976, 109–126 (p. 111).

⑥ Ibid, p. 111.

⑦ Ibid, p. 112.

⑧ "Deimel Fara 2, SF 26 i is a forerunner to OECT 1, 13". Ibid, p.112.

⑨ Ibid, p.114.

⑩ Ibid, p.116.

其中有智慧文学（1、2、4）、神庙赞美诗（3、5）、神话（5）以及在我们看来介于神话与辞书之间的"道表"。"道表"与其他字表不同，其他字表（如"人表"、"金属表"等）可能是当时的教科书，应该属于辞典或科技文献类，而"道表"完全可能是后来的某些文学作品（如《伊楠娜与恩基》）的片段。阿斯特在此没有提到史诗，但我们知道，在阿布-萨拉比赫出土的档案中有《卢伽尔班达史诗》片段，[①] 而这个发现意义非常重大，因为它把苏美尔史诗出现的年代骤然提前了几百年。

根据德国学者克赖希尔的估计，在晚于乌尔古朴文献约一个世纪的法拉古朴文献、阿布-萨拉比赫以及尼普尔出土的文献中已经出现大量文学作品，能够识别的大约有 50 部。这时期的文学作品很多是用 UD.GAL.NUN 风格书写的。[②] 除 UD.GAL.NUN 风格的文学作品外，属于法拉时期的其他体裁的文学作品主要有神话和赞歌，涉及的神有恩利尔、恩基、伊楠娜、埃基努、阿玛-乌舒姆伽-安纳、宁孙、卢伽尔班达以及安祖鸟。[③] 很显然，克赖希尔在此提到的"苏美尔文学"绝非都是法拉时期的作品，而应该包括哈洛分期中的整个"古苏美尔时期"的文学作品。

根据布莱克的说法，到目前为止共发现九部"古苏美尔时期"的"叙事诗"，它们分别是：[④]

1)《恩利尔与其子伊什库》(*Enlil and His Son Iškur*)

2)《恩基与苏德》(*Enki and Sud*)

3)《恩利尔与宁胡桑伽》(*Enlil and Ninhursaga*)

---

① C. Wilcke, "Sumerische Epen" in *Kindlers Neues Literatur Lexikon Band 19 Anonyma Kollektivwerke* ed. by W. Jens and R. Radler (München: Kindler Verlag GmbH, 1992), pp. 575–580.

② J. Krecher, "Sumerische Literatur" in *Altorientalische Literaturen* ed. by W. Röllig (Wiesbaden: Akademische Verlagsgesellschaft Athenaion, 1978), p. 107.

③ Ibid, p. 109.

④ J. Black, "Some Structural Features of Sumerian Narrative Poetry" in *Mesopotamian Epic Literature—Oral or Aural?* ed. by M. E. Vogelzang and H. L. J. Vanstiphout (Lewiston: The Edwin Mellen Press, 1992), pp. 71–101(p. 92).

4)《阿玛乌舒姆伽尔，恩利尔之友》(Ama-ušum-gal, Friend of Enlil)

5)《阿什楠与她的七个儿子》(Ašnan and Her Seven Sons)

6)《卢伽尔班达与宁孙》(Lugalbanda and Ninsun)

7) AO 4150

8) IAS 392-7

9) IAS 329

第1至第6的名称都是现代名称，最后三部尚无名称。这些作品分别出土于苏美尔地区的尼普尔、舒鲁帕克、阿布-萨拉比赫、基尔苏、幼发拉底河中游的马里（叙利亚境内）以及现代城市阿勒颇附近的埃布拉（叙利亚境内）。布莱克在此列举的只是"叙事诗"，如果把其他体裁的文学作品都包括在内，出土地点就不止这些了。就目前所知，至少还应加上苏美尔地区的三个古代城市：乌鲁克、乌尔和阿达布。与后来的几个时期相比，古苏美尔时期的苏美尔文学在地域上分布最广。苏美尔文学的第一个原创时期地域分布最广，而后来的创作高峰期（新苏美尔时期）和继承发扬的高峰期（古巴比伦时期）的地域范围反而高度集中，[①] 这是一个非常值得关注的现象。

按照哈洛的分期，阿卡德时期属于古苏美尔文学时期。这个时期的官方语言是阿卡德语，讲阿卡德语的阿卡德人属于塞姆人，与苏美尔人不属于同一个族群。不过，在美索不达米亚的早期历史中，塞姆人与苏美尔人几乎完全融合在一起，除从名字上可以区别塞姆语和苏美尔语外，在其他方面很难分辨二者的区别。譬如，拉格什第一王朝的乌尔南希（Ur-^{d}Nanše）的名字及其后代的名字都是苏美尔语，但乌尔南希的家乡却是个塞姆人居住的地方，至少其家乡的地名是塞姆语。父亲的名字是苏美尔语，而子女的名字是塞姆语，或相反的情况还有很多，萨尔贡（Sargon）就是其中一例。他的名字 šarru-kīn（"永定王"）是塞姆语，而他女儿的名字恩黑杜安娜（en-hé-du$_7$-an-na "国王，安神

[①] 主要集中在乌尔、伊辛、拉尔萨和巴比伦四个城市。

之装饰",或"国王,天之装饰"①)是苏美尔语。所以,把阿卡德时期包括在古苏美尔时期无可非议。萨尔贡的女儿恩黑杜安娜用苏美尔语创作或编辑的一系列赞美诗成为苏美尔文学的重要组成部分,② 它们分别是《伊楠娜的提升》③、《伊楠娜与埃比赫》④ 以及《最宽心的女王》。⑤

乌尔第三王朝时期虽然是苏美尔文学创作高峰期,但流传下来的原作并不多。现在能见到的大多数苏美尔文学作品都是古巴比伦时期的抄本。其中有的作品是乌尔第三王朝时期的宫廷诗人为国王编写或采集的民间故事,是在宫廷中为国王表演、供国王欣赏和娱乐的,《鸟鱼之争》和《树与芦苇之争》大概就是这样的作品,前者提到国王舒尔吉,而后者提到国王伊比辛。⑥ 有的文学作品可能是国王亲自改编的。在《舒尔吉赞,E》里有这样一段文字(第44—50行):⑦

níg-lul èn-du-gá lú ba-ra-ma-ni-in-gar

šùd-gu$_{10}$ níg nu-mu-ù-sì-sì-ga mí-éš ba-ra-ni-dug$_4$

---

① Åke W. Sjöberg, E. Bergmann and G. B. Gragg, *The Collection of the Sumerian Temple Hymns in Texts from Cuneiform Sources III* (Locust Valley: J. J. Augustin, 1969), p. 5.

② 布莱克认为流传下来的恩黑杜安娜"创作"的赞美诗都是古巴比伦时期的版本。真正的作者是谁,还不能确定。J. Black, *Reading Sumerian Poetry* (Ithaca: Cornell University Press, 1998), p. 43.

③ 现代约定俗成的英语名称是"The Exaltation of Inanna",古代名称是 nin-me-šár-ra "Queen of All Given Powers"。见 B. De Shong Meador, *Inanna, Lady of Largest Heart, Poems of the Sumerian High Priestess Enheduanna* (Texas: University of Texas Press, 2000), p.17。

④ 现代约定俗成的英语名称是"Inanna and Ebih",古代名称是 in-nin-me-huš-a "Lady of Blazing Dominion"。同上,第91页。

⑤ 此名称是古代名称,苏美尔语是 in-nin šà-gur$_4$-ra "Lady of Largest Heart"。B. De Shong Meador, *Inanna, Lady of Largest Heart, Poems of the Sumerian High Priestess Enheduanna* (Texas: University of Texas Press, 2000), p. 171.

⑥ B. Alster, "On the Earliest Sumerian Literary Tradition", *Journal of Cuneiform Studies*, (28) 1976, 109–126 (p. 110).

⑦ 这里的音译采用了牛津文学网上的音译,与雅格布森的音译有较大不同。见 Th. Jacobsen, "Oral to Written" in *Societies and Languages of the Ancient Near East, Studies in Honour of I. M. Diakonoff* ed. by M. Dandamayev (Warminster: Aris & Phillips, 1982), pp. 129–137 (p. 133).

šul-gi-me-en silim-níg-á-diri-ga šìr-ra ba-ra-ba-gál

kug-sa₆-ga-gin₇ dadag-ga-gu₁₀-um

geštú-ga šìr-zu inim-zu-gu₁₀-um

sipad-me níg-na-me zag-til-til-la-gu₁₀-um

nam-lugal-gá mí-éš ḫé-ni-dug₄

我的歌中从未有不实之词，

我的祷辞从不言过其实。

我是舒尔吉，把溢美之词写在歌里我从不许。

我如何像纯银一样发光，

我如何大智不愚，能歌善语，

我如何作为牧羊人，把每件事都做得无可挑剔，

愿所有这些都在我王权中得到赞誉。

从这段文字中可以看到，舒尔吉这位从小受到良好教育的国王（有文献证明，他会讲几种不同语言，能读会写）非常"聪明"（géštug），而且"能歌"（šìr-zu）"善语"（inim-zu）。在这个语境中，"歌"（šìr）和"言/语/词"（inim）显然指曲和词，也就是说，舒尔吉既精通（如何谱）曲，又精通（如何写）词。而且他从不写"不实之词"（níg-lul），也从不"言过其实"（níg nu-mu-ù-sì-sì-ga），歌曲中从未有"溢美之词"（silim-níg á diri-ga），俨然是谦和明君，万世师表。其实不然，他的赞美诗和其他国王的赞美诗一样，通篇充斥溢美之词，极尽夸张之能事，网尽天下之美词。不过，这不是我们讨论的范畴。我们在此关注的是舒尔吉作为国王是否有时自编了赞美曲，自创了赞美诗。一些赞美诗（包括上引之诗）的字里行间透露的信息似乎可被视为是上述问题的肯定回答。不过，文学毕竟不是历史，文献如此说，我们也姑且备一说在此。

谱曲写词这样的任务应该是由职业诗人或乐师来完成的。在一篇描述伊楠

娜与杜木兹婚礼的赞歌中，作者首先描述了伊楠娜的心理活动和服饰，然后写道："仪式歌手（gala）将因此而作歌（šìr），乐师（nar）将因此而谱曲"（gala-e šìr-ra mu-ni-íb-a₅-ke₄ / nar-e èn-du-a mu-ni-íb-tag-tag[①]）。可见，写词谱曲通常是由"仪式歌手"和"乐师"来完成的。

一部分诗歌，特别是赞歌，常常配以曲调来演唱，但不是所有的"赞歌"都适合演唱。被现代学者称为古地亚神庙赞美诗的《古地亚圆柱铭文》[②]从长度上来看就不适合演唱。这部鸿篇巨制分为三篇，分别刻写在三个圆形泥柱上。目前发现两篇，即中篇和下篇，它们分别被现代学者称为《古地亚圆柱铭文A》和《古地亚圆柱铭文B》。[③] 以《古地亚圆柱铭文A》为例，它有30栏，814诗行。这样的长度显然不适合演唱。不要说一次演唱三篇不可能，就是演唱一篇也不可能。也许像中国的评书一样，人们将它们分成"章回"，在不同时间分几次演唱。这在理论上是可能的，但没有任何证据支持这样的推测。

就目前所知，把舒尔吉作为赞颂对象的文学作品至少有23篇。[④] 哪篇是舒尔吉的原创？哪篇是他的改编？他是如何进行改编的？加入或修改了哪些内容？这些问题都难以回答。可以肯定的是，在歌颂舒尔吉的赞歌中，比喻、夸张的"溢美之词"比比皆是，较任何赞美诗都不逊色。在此不妨再举一例（《舒

[①] 雅各布森的译文是"The elegist will make it into a song, the bard will weave it into a lay"。见 Th. Jacobsen, "Oral to Written" in *Societies and Languages of the Ancient Near East, Studies in Honour of I.M.Diakonoff* ed. by M. Dandamayev (Warminster: Aris & Phillips, 1982), pp. 129–137 (p. 133).

[②] 该诗的古代名称是"建造起来的宁吉尔苏神庙"（é ᵈnin-gír-su-ka dù-a）。见《古地亚圆柱铭文A》第XXX栏第15行。

[③] 约定俗成的英文名称是 *The Cylinder A of Gudea* 和 *The Cylinder B of Gudea*。楔文摹本见 F. Thureau-Dangin, *Les Cylindres de Goudéa* (Paris: Paul Geuthner, 1925)；最有特色的英译见 Th. Jacobsen, *The Harps that once… — Sumerian Poetry in Translation* (New Haven and London: Yale University Press, 1987), pp. 386–444；近年来所见较好的英译见 E. J. Wilson, *The Cylinders of Gudea, Transliteration, Translation and Index* (Darmstadt: Neukirchener Verlag Neukirchen-Vluyn, 1996).

[④] 具体文献见 J. Klein, *Three Šulgi Hymns, Sumerian Royal Hymns Glorifying King Šulgi of Ur* (Israel: Bar-Ilan University Press, 1981), pp. 37–43. 牛津苏美尔文学网公布的赞美诗不止这个数字。

尔吉赞 X》第 112—122 行）：①

[á]-sud-sud-da-zu a-na ba-ta-an-è-èn
anzu^{mušen}-gin$_7$ gù dúb-da-zu-ne igi-zu-ù a-ba ba-gub
ud-gin$_7$ sig$_4$ gi$_4$-gi$_4$-da-zu-ne
kur gi ba$_9$-rá NE-da-hur-sag gi-gin$_7$ sag im-mi-sìg-sìg
kur-ra é-bi-a igi mu-ni-bar-bar
tidnum-e u$_6$-du$_{10}$ ì-mi-du$_{11}$
^{d}utu-gin$_7$ ní-zu-ù mè-a dalla im-ma-ni-è
^{d}nergal-gin$_7$ ^{giš}tukul-zu-ù úš-a ka im-ma-ni-ba
giš-gíd-da-zu-ù ù-mun kalam-ma-ka šu ba-ni-gíd-gíd
ig-gal uri-a-me-èn bàd gal kalam-ma-me-èn
sa-pàr an-ki-e dub-ba-me-èn ^{giš}ud$_5$-sag ki-en-gi-da sig$_9$-ga-me-èn

从你伸出的胳膊中，谁能逃离？
当你像安祖鸟一样大叫时，谁能站立？
当你像暴风雨般咆哮时，
敌邦异国像山中被劈开的芦苇一样战栗，
敌邦异国的家家户户都瞠目结舌，
提德姆人连连称奇。
像太阳一样，你的光芒在战斗中令人畏惧，
像涅伽尔一样，你的武器把鲜血噬吸。
你的长矛深入国家的血液里。
你是城市的大门，你是国家的长城。

---

① J. Klein, *Three Šulgi Hymns, Sumerian Royal Hymns Glorifying King Šulgi of Ur* (Israel: Bar-Ilan University Press, 1981), pp. 142–143. 这里的音译根据牛津苏美尔文学网做了更新。

你是遍布天地的大网，你是支撑苏美尔的顶梁。①

《舒尔吉赞》皆未署名，因此，作者是谁，不能确定。到目前为止还没有任何证据可以证明历史上的哪个国王曾是哪篇文学作品的作者或编者。有学者认为，个别王后或公主可能参与了某些文学作品的创作或编写。乌尔第三王朝的开创者乌尔纳木的遗孀瓦塔吐姆（Watartum）就可能是《乌尔纳木之死》的作者，② 乌鲁克的辛卡希德（Sin-kašid）的女儿亦曾用书信形式写过祈祷文。乌尔第三王朝时期的王后或太后们可能都写过情歌或摇篮曲。③

目前已知最早的苏美尔文学作品的署名作者是阿卡德王朝的开创者萨尔贡的女儿恩黑杜安娜。前文已经提到，虽然她的父王萨尔贡的名字是塞姆语，她的名字却是苏美尔语，表明她与苏美尔有某种渊源。她被父王任命为乌尔主神南纳（Nanna）神庙的最高祭司，说明她能与苏美尔人沟通。在担任祭司期间，她撰写或编写了一些文学作品，其中包括《伊楠娜的提升》和《伊楠娜与埃比赫》以及《苏美尔神庙赞歌集》，④ 这说明她的苏美尔文学修养很高。在阿卡德王朝走向衰落、王权受到挑战之际，她把文学当作武器，试图用笔杆子来挽救国运和自身命运。她不但是人类历史上迄今已知最早的署名作者，也是第一个把"笔杆子"当"枪杆子"的人。

署名的苏美尔文学作品（包括阿卡德文学作品）可谓是凤毛麟角。不是通过"署名"，而通过其他证据证明某人是某文学作品的作者的情况更是少之又少。目前见到的绝大多数苏美尔文学作品都没有署名。在 20 世纪 60 年代的

---

① 第 121 和 122 行是非常工整的对偶句，"城市"（uri）对"国家"（kalam），"大门"（ig-gal）对"长城"（bàd-gal，即"大墙"），"遍布"（dub-ba）对"支撑"（sig₉-ga），"大网"（sa-pàr）对"顶梁"（ᵍⁱˢud₅-sag），对偶词的词性完全相同，音节数也完全相同。

② W. W. Hallo. "Toward a History of Sumerian Literature", *Sumerological Studies in Honor of Thorkild Jacobsen*, Assyriological Studies Series Vol. 20 (1976), p. 186. 哈洛在此引用的是魏尔克的观点。

③ Ibid. p. 186.

④ Åke W. Sjöberg, E. Bergmann and G. B. Gragg, *The Collection of the Sumerian Temple Hymns in Texts from Cuneiform Sources III* (Locust Valley, N. Y.: J. J. Augustin, 1969), p. 5; W. W. Hallo, "Toward a History of Sumerian Literature", *Sumerological Studies in Honor of Thorkild Jacobsen*, Assyriological Studies Series, Vol. 20 (1976), pp. 181–203 (p. 185).

一篇文章中，哈洛认为，苏美尔文学作品不署名大概有两个原因：一是人们把文学创作或者说故事来源都归功于洪水前的七个"智者"，即史前七先贤；二是人们把文学作品的作者归于神。①哈洛讲的文学包括苏美尔文学和阿卡德文学。古代书吏确有把智慧神恩基（Enki）视为苏美尔叙事诗（神话）《国王》（Lugale）和《若安》（Angim）②之作者的情况。③"原创作者的远古性意味着权威性，而原创作者的神性则意味着绝对权威性。"④

20余年后，当哈洛再次谈到文学作品的匿名现象时，他又对此提出了完全不同的解释。他这时认为，文学作品不署名是由于文学作品不是作者把自己的"想象"或"兴致"变成文字的结果；相反，作者严格地遵循着某一体裁的传统和规则，不惜牺牲个性。人们在欣赏文学作品时更在乎它们是否合乎某种体裁的规范，而不太在乎它们是否具有原创性。⑤这个解释不如20年前的解释更令人信服，因为20年前提出的那个观点至少还有一些文献支持。如果我们看一看中国历史上的八股文章，以及唐诗、宋词这些具有严格体裁要求和规范的作品，大概就不会赞同哈洛的观点，因为体裁规范与原创性不一定相互冲突，更不一定相互排斥。至于作者的署名问题，那就更与体裁不相干了。

英国学者兰伯特从另外一个角度对巴比伦文学和亚述文学的匿名现象做了解释。他说："巴比伦人与亚述人的传统文学大部分都自然是匿名的。问'谁写的《吉尔伽美什史诗》'等于问'谁写的《一千零一夜》'，这样的问题毫无

---

① W. W. Hallo, "New Viewpoints on Cuneiform Literature", *The Israel Exploration Journal*, 12 (1962), p. 16.
② 《国王》（Lugale）和《若安》（Angim）都是古代名称，即它们分别是两篇苏美尔神话的第一个词（lugal-e "国王"）和介词短语（an-gim "像安神一样"）。《国王》的现代名称是《宁努尔塔的业绩》（*The Exploits of Ninurta*），全诗共728行，是目前已知的最长的苏美尔叙事诗。《若安》的现代名称是《宁努尔塔返回尼普尔》（*The Return of Ninurta to Nippur*）。
③ J. Black, *Sumerian Poetry* (Ithaca, New York: Cornell University Press, 1998), p. 43. and note 124.
④ W. W. Hallo, "New Viewpoints on Cuneiform Literature", *The Israel Exploration Journal*, 12 (1962), p. 16.
⑤ W. W. Hallo, "Sumerian Literature, Background to the Bible", *Bible Review*, 4 (1988), 28–38 (p. 30).

意义。一部作品，自始至终，包含着一代又一代讲故事的人和书吏的参与，谁是原创作者已经不可考"。① "巴比伦人"是苏美尔文学的继承者，同时也是苏美尔文学的创造者。兰伯特所讲的应该包括苏美尔文学，也适用于苏美尔文学。兰伯特的观点涉及苏美尔文学的一个重要特征：从起源的角度讲，苏美尔文学是源于口头文学的民间文学。某个口头传说的故事起于何时自然难于考证，何人于何地首次把哪个口头传说的故事整理成文亦难以说清。兰伯特虽然没有明言，但他的意思已经十分清楚：正是苏美尔文学的这种口传性和民间性打造了苏美尔文学的匿名性。向来以严谨著称的德国学者在这个问题上再次表现出他们的这一特点。鉴于苏美尔文学作品大多数都不是个人署名的作品这一事实，德国学者克赖希尔建议把苏美尔文学作品称为"编著"（Komposition），而不应称之为"著作"（Werke）。②

苏美尔文学的匿名现象可能还有其他原因，那就是苏美尔人对"书写术"（nam-dub-sar）的定位，这一点常被人们忽视。在苏美尔人眼里，"书写术"是各种手工技术之一。《伊楠娜与恩基》在描述伊楠娜从恩基那里"骗"取道③时，这样写道：

nam-nagar nam-tibira nam-dub-sar nam-simug nam-ašgab nam-ašlag₇ (LÚ.TÚG) nam-šidim nam-ad-KID / kù-ᵈinanna-ke₄ šu ba-ti

刨木术、锻铜术、书写术、炼金术、鞣革术、浆洗术、建筑术、编席术，圣伊楠娜都得到。④

---

① W. G. Lambert, "Ancestors, Authors, and Canonicity", *Journal of Cuneiform Studies*, (11) 1957, 1–14 (p. 1).
② J. Krecher, "Sumerische Literatur" in *Altorientalische Literaturen* ed. by W. Röllig (Wiesbaden: Akademische Verlagsgesellschaft Athenaion, 1978), p. 101.
③ 关于"道"（即苏美尔文明中的"me"），见拱玉书：《论苏美尔文明中的"道"》，《北京大学学报》哲学社会科学版，2017年第3期，第100—114页。
④ *Inanna und Enki*, Taf. I iii 10–11。G. Farber-Flügge, *Der Mythos "Inanna und Enki" unter besonderer Berücksichtigungen der Liste der me* (Rome: Biblical Institute Press 1973), p. 22.

从这个排序中可以看到，苏美尔人把"书写术"视为与刨木、锻铜、鞣革、浆洗、建筑、编席等诸般手艺等同的手工技术，而书写的人无异于木匠（nagar）、铁匠（simug）、瓦匠（šidim）等技工。可见，书吏（dub-sar）在苏美尔人眼里就是书匠。这些工匠们制造的产品都是供人享用、具有实用价值、为一定目的服务的消费品。如果木匠、铁匠和瓦匠的产品无须署名，那么，书匠的产品也就自然不用署名了。这可能也是苏美尔文学匿名的原因之一。

当古代书吏把作者权归于先哲或神灵的时候，他们大概在向读者说明自己不是该作品的原创者。至于原创者是谁，他们也说不出子午卯酉，只好搬出先哲或神灵，为"不知"找一个最好的同义词。尽管许多苏美尔文学作品都经历了从口头到文本这一过程，它们毕竟都是人创作的。这些人值得关注。

在谈到苏美尔诗歌的作者时，有学者把他们归纳为四种人：1）神庙歌手；2）书吏；3）宫廷诗人；4）不会读写但会讲故事并能创作通俗诗歌的非职业的文盲诗人。[1] 这四种人当中没有包括祭司，[2] 更没有包括恩黑杜安娜那样的高级祭司，也没有包括王后、太后和公主。我们知道，祭司不是职业诗人，但却可能是作者，有些王室女眷不但能识会读，而且能够创作。所以，在上述"作者表"中至少还应加上祭司和王室女眷两类。

这个"作者表"应该是加引号的，因为苏美尔文本文学的"作者"和"编者"很难区分。把口头文学文本化属于创作，还是属于搜集或编辑？这个问题也已经无法回答，原因在于，今人已经无法了解文本之前的口头形式，所以已经无法判断文本形式是口头形式的忠实记录，还是基于口头形式的再创作。

有些文学作品是专业诗人在特定场合对特定事件的描述和赞美。在前文

---

[1] B. Alster, "Interaction of Oral and Written Poetry in Early Mesopotamian Literature" in *Mesopotamian Epic Literature—Oral or Aural?* ed. by M. E. Vogelzang and H. L. J. Vanstiphout (Lewiston: The Edwin Mellen Press, 1992), pp. 23–69 (p. 43).

[2] 有证据表明，有些祭司是文学作品的作者。J. S. Cooper, "Babbling on: Recovering Mesopotamian Orality" in *Mesopotamian Epic Literature—Oral or Aural?* ed. by M. E. Vogelzang and H. L. J. Vanstiphout (Lewiston: The Edwin Mellen Press, 1992), p. 114. and note 49.

提到的一篇描述和赞美伊楠娜与杜木兹婚礼的诗歌①中隐约可见这样一种场面：婚礼的内容之一是举行盛大游行，在游行队伍中有"仪式歌手"和"乐师"，活动结束后，他们把这种盛大场面以及对主要参与者的赞美用"歌"和"曲"（èn-du）的形式再现出来。这些仪式歌手和乐师大致相当于我们今天的随行记者，他们的任务是做现场报道。在今天，即使这些作者在报道中不署名，他们也会被视为这篇报道的原创作者。但苏美尔的情况不尽然。即使仪式歌手和乐师联手创作了词曲并茂的赞歌，他们也不完全是原创作者，因为他们会在诗歌中套用一些固定格式或套语，或改头换面地"引用"其他作品而不指明出处。他们在多大程度上是作者，在多大程度上是编者，很难判断。阿卡德语《吉尔伽美什史诗》的作者是辛利奇乌尼尼（Sîn-lēqi-unninni），他大概生活在凯喜特时期，而阿卡德语《吉尔伽美什史诗》最早的版本属于古巴比伦时期，所以，辛利奇乌尼尼也不是阿卡德语《吉尔伽美什史诗》的原创作者。但是，从作品内容的变化和结构的重新安排来看，他的改编在很大程度上是重新创作。

苏美尔文学中与宗教活动有关的作品不少，像《创世神话》就是用来在一种宗教仪式上宣读的。有些赞歌或挽歌被分为若干节，通常每节都有小标题，它们可能也是为宗教仪式服务的。但不是所有的作品都与宗教活动有关，如反映学生生活的作品、动物寓言以及史诗等，都不是为宗教服务的。有迹象表明，在王室宴会或王室娱乐活动中有时用史诗中的故事来助兴。②

许多苏美尔文学作品都是美国苏美尔学大师克莱默从博物馆中"发掘"出来的，并首先由他音译、翻译和注释。他对苏美尔文学的再现贡献极大。但他除了在"之最"方面给予苏美尔文学高度评价以外，对苏美尔文学的创作技巧和艺术感染力评价并不高。他曾经有过这样一番评论，认为除历史题材的作品、谚语、箴言和散文外，苏美尔文学作品都是用诗的形式书写的，不讲究韵

---

① 有关段落参见 Th. Jacobsen, "Oral to Written" in *Societies and Languages of the Ancient Near East, Studies in Honour of I. M. Diakonoff* ed. by M. Dandamayev (Warminster: Aris & Phillips, 1982), pp. 133–134.

② S. N. Kramer, "Sumerian Literature, A General Survey" in *The Bible and the Ancient Near East, Essays in honor of William Foxwell Albright* ed. by G. E. Wright (Warsaw: Eisenbrauns, 1979), p. 260. note 6.

律，其至认为苏美尔人不知韵律为何物。但其他修辞方式却应有尽有，而且得到充分运用，例如重复（repetition）、排比（parallelism）、隐喻（metaphor）、明喻（simile）、叠句（chorus）和副歌（refrain）。他认为苏美尔叙事诗（神话和史诗）几乎每部都充斥着语言死板而格式化的头衔、大段的重复、反复出现的套话（程式语言）、从容不迫的细节描述，而且大段地引用人物的原话。总的说来，苏美尔"文学家"不善于安排故事结构，不注意追求引人入胜的艺术效果，作品结构分散，段落之间的联系不密切，没有紧凑感，没有高潮，不设悬念，缺少心理描写和个性描写，致使人物形象千篇一律，无血无肉，几乎都不能给人留下较深刻印象。①

克莱默的有些观察无疑是正确的，有些观点也与其他学者的观点不谋而合，如伯琳注意到，苏美尔叙事诗完全没有对人物形象的描写，只有对人物动作的描写，② 阿法那斯耶娃（Afanasjeva）注意到苏美尔史诗的另一个"突出"特点，即对白多于情节。即使有情节描述，读者首先读到的并不是将要发生什么，而是将如何发生。③ 这些观察无疑都是正确的。但说苏美尔"文学家"不善于安排故事结构、不追求引人入胜的艺术效果等，却是低估了苏美尔"文学家"的文学修养，低估了苏美尔"书匠"的专业技能。就《恩美卡与阿拉塔王》而言，读者不难看到，它结构合理，层次分明；"智斗"过程由浅入深，由简单到复杂，层层递进，富有逻辑；它有时就繁避简，大段重复；但有时却就简避繁，高度浓缩。这些都充分体现了苏美尔"文学家"的创作技巧。至于修辞和韵律，他们就更加"讲究"了。

必须承认，在欣赏苏美尔文学时我们受到多方面的限制：原著多残缺不

---

① S. N. Kramer, "Sumerian Literature, A General Survey" in *The Bible and the Ancient Near East, Essays in honor of William Foxwell Albright* ed. by G. E. Wright (Warsaw: Eisenbrauns, 1979), p. 254.

② A. Berlin, "Ethnopoetry and the Enmerkar Epics", *American Oriental Series*, (65) 1984, 17–24 (p. 20).

③ V. Afanasjeva, "Mündlich Überlieferte Dichtung ('Oral Poetry') und Schriftliche Literatur in Mesopotamien" in *Wirtschaft und Gesellschaft im Alten Vorderasien* ed. by J. Harmatta and G. Komoraczy (Budapest: Académiai Kiado, 1976), pp. 121–135 (p. 130).

全，楔形文字本身（尤其是早期楔形文字）在表达语言方面有"缺陷"，即不完全表达语言，今人对古代语言苏美尔语以及阿卡德语的了解还远远不够深入，等等。即使没有这些"硬"的限制，现代读者也难以摆脱一个"软"的困扰：外语的困扰。唐朝诗人李贺的《马诗·五》中有"何当金络脑，快走踏清秋"。作为母语读者的我们，在一个"踏"字中仿佛听到了战马奔腾的声音，看到了战马风驰电掣的雄姿，一个简单的"踏"，背后传递了很多信息，其中的韵味非母语读者可能难以体会。同样，在欣赏苏美尔文学时，由于语言的限制，再加上时间跨度以及上述种种不利因素，我们可能在很多方面都体会不到原著固有的、只有母语读者才能体会到的"奥妙"，更不要说只有母语学者才能体会到的点睛之笔了。

苏美尔文学作品和阿卡德文学作品都不使用标点符号。在通常情况下，一行就是一个句子，表达一个完整的意思。行与行之间由一条隔线隔开。虽然每行的字数有多有少，参差不齐，但每行的文字都自左至右灌满全行，字少时把单字疏散开来，字多时把单字紧凑一起。这表明，在书写泥板时，书吏对每行的字数了如指掌，因此对字的安排疏密适当，得心应手。

今人能读到失传了几千年的苏美尔文学作品，这要归功于考古学家、亚述学家和苏美尔学家百余年来的共同努力。由于几千年的尘封，再由于在发掘过程中受到损害，刻有苏美尔文学作品的泥板或泥柱几乎没有完整者，有的残损相当严重。一些作品经过不同时期不同副本的修补大致恢复了原貌，另外一些作品无法得到修补或只能部分地得到修补。书写文学作品的泥板有大有小，大的可至12栏，密密集集数百行，小的只有寥寥数行字。

苏美尔文明的发现是近东考古学的意外收获。当大规模的考古发掘于19世纪40年代在两河流域北部拉开帷幕时，人们只知有"巴比伦人"和"亚述人"，而不知人类历史上还曾经有过"苏美尔人"。不但近代欧洲学者如此，就是古希腊人，包括被誉为"历史学之父"的希罗多德，甚至包括屡被亚述人和巴比伦人征服的犹太人，对"苏美尔"和"苏美尔人"也从未提及。苏美尔（人）曾一度在人们的记忆中彻底消失。至苏美尔文明在考古学家和楔文语文学家的努力下重见天日时为止，它们已被人们遗忘了两千余年。18、19世纪的考古学家寻找的是"亚述人"和"巴比伦人"，而不是苏美尔人。

早期的考古发掘都集中在亚述地区，出土的文物古迹也自然被视为亚述人的智慧结晶，书写楔文泥板的语言也自然被视为阿卡德语（当时多被称为亚述语和巴比伦语）。1850年，爱尔兰学者欣克斯（E. Hincks）根据阿卡德楔形文字中的表意字的特点提出巴比伦人和亚述人都不是楔文创造者的正确观点，但大多数学者都不接受欣克斯的说法。于是，学者们为此大动文字干戈。在论战中，一种未知语言逐渐浮出水面。1869年，法国学者奥佩尔（J. Oppert）[①]根据阿卡德语铭文中的"苏美尔、阿卡德之王"的说法，建议把阿卡德语文献中反映的未知语称为"苏美尔语"。[②] 虽然奥佩尔的建议没有马上得到普遍接受，但最终取得胜利的还是"苏美尔语"（Sumerian）和"苏美尔人"（Sumerians）。如今，这两个概念已经家喻户晓。苏美尔人留下的陶器、陶俑、石碑、石像、泥柱、泥板、平印、滚印、金器、银器、金银首饰等，遍及世界，苏美尔（人）复活了，他们重新走进了人们的记忆，走进了现代人的生活。

1.2 《恩美卡与阿拉塔王》的文学地位

史诗是名目繁多的苏美尔文学中的一类。何为史诗？按照克莱默的定义，"史诗是一种叙事诗，其中虽然常有神或神化了的怪物以这样或那样的方式参与活动，但主要人物是人或半人半神的英雄。"[③] 史诗、神话和历史传说盘根错

[①] 奥佩尔生在德国，后来加入法国国籍。

[②] "苏美尔"一词并不是奥佩尔的凭空杜撰，巴比伦人和亚述人早就把苏美尔人的"吉恩基"（KI.EN.GI）对译为"苏美鲁"（šumeru），因此，"苏美尔"、"苏美尔人"和"苏美尔语"古来有之，并不是近现代学者的发明创造。

[③] S. Cohen, *Enmerkar and the Lord of Aratta*（宾夕法尼亚大学博士论文），1973, p. 2. note 4. 美国的另一位苏美尔学大师雅各布森的观点与克莱默的基本相同，他认为史诗就是"stories about human or semi-human heroes"。见 Th. Jacobsen, *Toward the Image of Tammuz and Other Essays on Mesopotamian History and Culture,* ed. by William L. Moran (Cambridge: Harvard University Press, 1970), p. 137。

节，不易分辨。① 伯琳按照作品中主要人物的特点来区分三者，认为那些以神为主要人物的作品属于神话，那些以半历史人物为中心的作品属于史诗，而那些以较晚的历史人物为中心的作品属于历史传说。② 学者试图用明确的定义把史诗与神话分开，这在理论上没有问题，但在实际操作上问题不少。史诗与神话在风格上不好区分，二者都以讲故事为主，常常都通过对白表现故事情节，都喜欢详尽地描述具体事物或故事发展的具体过程，都喜欢大段地重复，而对环境却轻描淡写，一带而过。③ 在用苏美尔语书写的文学作品中，哪些作品属于史诗，哪些属于神话，至今仍有很大争议。

"史诗"是希腊古典时期的概念，在16世纪亚里士多德的《政治学》被译为拉丁语后，才具有了现在这种含义。把关于恩美卡、卢伽尔班达和吉尔伽美什的文学作品贴上"史诗"这个标签时，读者在阅读这些古诗时就会按照西方古典时期的"史诗"内涵对阅读对象产生一系列"具体的、时代错误的期望以及解释策略"。所以，美国密歇根大学的米歇洛夫斯基教授认为，把关于恩美卡、卢伽尔班达和吉尔伽美什的文学作品称为"史诗"是不恰当的。④ 德国学者梭伦认为，把关于乌鲁克三代君王的文学作品定性为"史诗"是错误的，⑤ 美国耶鲁大学教授哈洛亦认为，苏美尔"史诗"不能构成独立类型。⑥ 英国学

---

① J. Krecher, "Sumerische Literatur" in *Altorientalische Literaturen* ed. by W. Röllig (Wiesbaden: Akademische Verlagsgesellschaft Athenaion, 1978), p. 116.

② A. Berlin, *Enmerkar and Ensuhkešdanna, A Sumerian Narrative Poem. Occasional Publications of the Babylonian Fund 2* (Philadelphia: The University Museum, 1979), p. 1.

③ C. Wilcke, "Sumerische Epen" in *Kindlers Neues Literatur Lexikon Band 19 Anonyma Kollectivwerke* ed. by W. Jens and R. Radler (München: Kindler Verlag GmbH, 1992), pp. 575–580 (pp. 575–576).

④ P. Michalowski, "Orality and Literacy and Early Mesopotamian Literature" in *Mesopotamian Epic Literature—Oral or Aural?* ed. by M. E. Vogelzang and H. L. J. Vanstiphout (Lewiston: The Edwin Mellen Press, 1992), pp. 227–245 (pp. 227–228).

⑤ H. Sauren, "Der Weg nach Aratta—Zur Tieferen Erschliessung der Sumerischen Literatur" in *Wirtschaft und Gesellschaft im Alten Vorderasien* ed. by J. Harmatta and G. Komoraczy (Budapest: Académiai Kiado, 1976), pp. 137–144 (p. 140).

⑥ W. W. Hallo, "Sumerian Literature, Background to the Bible", *Bible Review*, 4 (1988), 28–38 (p. 34).

者布莱克也不主张使用"史诗"这个概念，而主张把大多数学者标为"史诗"的作品叫做"叙事诗"。①1979年，伯琳出版《恩美卡与恩苏克什达纳》一书时，把副标题定为"一首苏美尔叙事诗"，并主张把史诗、神话和历史传说统称为"叙事诗"，因为三者之间有许多共性，而没有可以把三者相互分开的内在基础。②伯琳的"叙事诗"中包括"史诗"，说明她承认苏美尔"史诗"的存在。是否布莱克的"叙事诗"中也包括"史诗"，我们不得而知。③

不过，到目前为止，大多数学者都倾向于把九部苏美尔文学作品归为史诗类。这九部作品分别是：④

1)《恩美卡与阿拉塔王》(Enmerkar and the Lord of Aratta)

2)《恩美卡与恩苏克什达纳》(Enmerkar and Ensuhkešdanna)⑤

3)《卢伽尔班达与恩美卡》(Lugalbanda and Enmerkar)⑥

---

① J. Black, "Some Structural Features of Sumerian Narrative Poetry" in *Mesopotamian Epic Literature—Oral or Aural?* ed. by M. E. Vogelzang and H. L. J. Vanstiphout (Lewiston: The Edwin Mellen Press, 1992), pp. 71–101 (p. 71) note 1.

② A. Berlin, *Enmerkar and Ensuhkešdanna, A Sumerian Narrative Poem. Occasional Publications of the Babylonian Fund 2* (Philadelphia: The University Museum, 1979), p. 2.

③ 在他列出的九篇古苏美尔时期的"叙事诗"中有神话，也有史诗。J. Black, "Some Structural Features of Sumerian Narrative Poetry" in *Mesopotamian Epic Literature—Oral or Aural?* ed. by M. E. Vogelzang and H. L. J. Vanstiphout (Lewiston: The Edwin Mellen Press, 1992), pp. 71–101 (p. 92).

④ S. N. Kramer, *Enmerkar and the Lord of Aratta* (Philadelphia: University of Pennsylvania Press, 1952), p. 1; S. N. Kramer, *The Sumerians — Their History, Culture and Character* (Chicago: University of Chicago Press, 1963), p. 185; S. Cohen, *Enmerkar and the Lord of Aratta*（宾夕法尼亚大学博士论文）, 1973, p. 2.

⑤ 克莱默（1963年）的音译是"Ensukushiranna"，见 S. N. Kramer, *The Sumerians — Their History, Culture and Character* (Chicago: University of Chicago Press, 1963), p. 185. 布莱克主张将其音译为"Ensuhgirana"，理由是"I have adopted the transcription Ensuhgirana on the assumption that the name means 'Lord who is the diadem (suh-gir$_{11}$ = *tiqnātu*) of the god An'. The reading kéšda for the third sign is uncertain"，见 J. Black, *Reading Sumerian Poetry* (Ithaca: Cornell University Press, 1998), p. 13. note 39。科恩的音译是"Ensuhkešdanna"，将其理解为"The Lord—Divine Ornament / Ornament of An"，见 S. Cohen, *Enmerkar and the Lord of Aratta*（宾夕法尼亚大学博士论文）, 1973, p. 28. note 7。

⑥ 亦被称为《卢伽尔班达 II》(*Lugalbanda* II)。雅各布森将之称为《卢伽尔班达与雷雨鸟》(*Lugalbanda and the Thunderbird*)。 见 Th. Jacobsen, *The Harps that once... —Sumerian Poetry in Translation* (New Haven and London: Yale University Press, 1987), p. 320。

4)《卢伽尔班达与胡鲁姆山》(Lugalbanda and Mount Hurrum)①

5)《吉尔伽美什与阿伽》(Gilgameš and Agga)

6)《吉尔伽美什与胡瓦瓦》(Gilgameš and Huwawa)②

7)《吉尔伽美什、恩启都与冥界》(Gilgameš, Enkidu, and the Nether World)

8)《吉尔伽美什与天牛》(Gilgameš and the Bull of Heaven)

9)《吉尔伽美什之死》(The Death of Gilgameš)

这些名称都是现代名称，大家都这样使用，约定俗成，不便更改。它们的古代名称不是这样，而分别是每部史诗的第一个字或第一个短语，至少从乌尔第三王朝开始即如此。在中国文学史上，也有以首句或首句中的第一个词组为诗歌标题的传统，即以首句标其目。这种传统大概始于《诗经》，后为诗人所常用，如唐朝诗人李商隐的《锦瑟》就是取自该诗首句"锦瑟无端五十弦"的头两个字。

从乌尔第三王朝开始，书吏们便开始编辑文学目录。③在古巴比伦时期的文学目录中，有四个目录提到九部苏美尔史诗中的七部，其中有：④

1) uru gu$_4$-huš（即《恩美卡与阿拉塔王》）

2) sig$_4$ kur-šuba-ta（即《恩美卡与恩苏克什达纳》）

3) u$_4$-ul an-ki-ta（即《卢伽尔班达与胡鲁姆山》）

4) lugal-bàn-da（即《卢伽尔班达与恩美卡》）⑤

5) lú-kin-gi$_4$-a（即《吉尔伽美什与阿伽》）

---

① 亦被称为《卢伽尔班达 I》(Lugalbanda I) 或《山洞中的卢伽尔班达》(Lugalbanda in the Mountain Cave)，或其他，如《荒野中的卢伽尔班达》(Lugalbanda in the Wilderness)。见 H. L. J. Vanstiphout, *Epics of Sumerian Kings: The Matter of Aratta* (Atlanta: Society of Biblical Literature, 2003), p. 104。

② 亦被称为《吉尔伽美什与长生地》(Gilgameš and the Land of Living)。

③ 1973 年以前的关于文学目录的研究，见 S. Cohen, *Enmerkar and the Lord of Aratta*（宾夕法尼亚大学博士论文），1973, p. 2. note 6。最新相关研究见 P. Delnero, "Sumerian Literary Catalogues Scribal Curriculum", *Zeitschrift für Assyriologie* 100 (2010), pp. 32–55。

④ S. Cohen, *Enmerkar and the Lord of Aratta*（宾夕法尼亚大学博士论文），1973, pp. 3–7.

⑤ 魏尔克认为这个名称也可能是两部有关卢伽尔班达史诗的合称。见 C. Wilcke, *Das Lugalbandaepos* (Wiesbaden: Otto Harrassowitz, 1969), p. 8。

6) en-e kur-lú-ti-la-šè（即《吉尔伽美什与胡瓦瓦》版本 A）[①]

　　ì-a-lum-lum（即《吉尔伽美什与胡瓦瓦》版本 B）[②]

7) u₄-ri-a níg-ul-e（即《吉尔伽美什、恩启都与冥界》）

这个排序不是古代排序，而是现代学者根据史诗中的主要人物生存年代的早晚而排的序。在古代文献目录中，四首史诗常常被排列在一起。其中一个目录的顺序是《卢伽尔班达与胡鲁姆山》(《卢伽尔班达 I》)、《卢伽尔班达与恩美卡》(《卢伽尔班达 II》)、《恩美卡和恩苏克什达纳》、《恩美卡与阿拉塔王》。另一个目录的排序稍有不同：《卢伽尔班达与胡鲁姆山》、《卢伽尔班达与恩美卡》、《恩美卡与阿拉塔王》、《恩美卡和恩苏克什达纳》，还有一个目录省去了《恩美卡和恩苏克什达纳》。[③] 古代书吏的排序原则不详。

这九部史诗长短不一，最短的是《吉尔伽美什与阿伽》，只有百余行，最长者是《恩美卡与阿拉塔王》，超过六百行。歌颂吉尔伽美什的两部史诗（《吉尔伽美什与天牛》和《吉尔伽美什之死》）残缺严重，其余几部虽不同程度地有残文断句，但基本框架犹存，故事内容也基本完整。

《恩美卡与阿拉塔王》讲述的是乌鲁克王恩美卡派使者到位于伊朗境内的一个叫作阿拉塔的古代王国进行要挟，从而拉开两个国王之间"智斗"序幕的故事。该诗的主要人物是两个国王。其中的"阿拉塔王"始终保持"匿名"，而乌鲁克国王的"旨意"也都是由使者来传达的。很显然，史诗作者用"匿名"方式处理"阿拉塔王"，意在强调他在史诗中的次要地位，并以此来突出

[①] 爱扎德将其译为 "Der Herr, zum Berge dessen, der lebt"。见 W. H. Ph. Römer and D. O. Edzard, *Mythen und Epen I (Texte aus der Umwelt des Alten Testaments III: Weisheitstexte, Mythen und Epen)* (Gütersloh: Gütersloher Verlagshaus, 1993), p. 540。

[②] D. O. Edzard, "Gilgameš und Huwawa A, I. Teil", ZA, 80 (1990), 165–203 (p. 165). note 3；爱扎德将其译为 "Heho, Heldenhafter"。见 W. H. Ph. Römer and D. O. Edzard, *Mythen und Epen I (Texte aus der Umwelt des Alten Testaments III: Weisheitstexte, Mythen und Epen)* (Gütersloh: Gütersloher Verlagshaus, 1993), p. 540。

[③] 详见 H. L. J. Vanstiphout, *Epics of Sumerian Kings: The Matter of Aratta* (Atlanta: Society of Biblical Literature, 2003) 第 13 页注释 7 以及那里引用的参考文献。

乌鲁克国王恩美卡的中心地位。①

《恩美卡与恩苏克什达纳》讲述的是乌鲁克国王恩美卡与阿拉塔王恩苏克什达纳之间的"智斗"故事。在这里，挑战是由阿拉塔王发起的，信息是由阿拉塔的使者传递的，"智斗"过程是由双方的"巫师"完成的。② 这里的阿拉塔王恩苏克什达纳是否就是《恩美卡与阿拉塔王》中的匿名国王"阿拉塔王"，按推理完全可能，但没有确凿证据可以支持这种推理。

其他两部史诗《卢伽尔班达与胡鲁姆山》和《卢伽尔班达与恩美卡》也都是关于乌鲁克与阿拉塔的故事。《卢伽尔班达与胡鲁姆山》（即《卢伽尔班达 I》）讲述的是卢伽尔班达在远征阿拉塔的路上如何得病、如何被大部队抛弃在山洞中，最后又如何战胜病魔，战胜自我，死而复活的故事。③

《卢伽尔班达与恩美卡》（即《卢伽尔班达 II》）似乎是《卢伽尔班达与胡鲁姆山》的下篇，④ 没有序言，起首便是"卢伽尔班达在遥远的山中游荡"。接下来，史诗讲到他在安祖鸟的帮助下成为"飞毛腿"，追赶上乌鲁克的大部队，重新加入远征阿拉塔的行列。乌鲁克的远征军围困阿拉塔一年有余仍不能攻

---

① 由于《恩美卡与阿拉塔王》中的对白很多，有人甚至一度认为这部史诗应归为"争论诗"类。见 G. Komoróczy, "Zur Ätiologie der Schrift Erfindung im Enmerkar-Epos", *Altorientalische Forschungen*, 3 (1975), 19–24 (p. 19). note 3. 目前，越来越多的学者认为《恩美卡与阿拉塔王》"确实是叙事诗，是真正的史诗作品"。同上，第 19 页。

② A. Berlin, *Enmerkar and Ensuhkešdanna, A Sumerian Narrative Poem. Occasional Publications of the Babylonian Fund 2* (Philadelphia: The University Museum, 1979)；汉译见赵小玲：《恩美卡和恩苏克什达纳——一首苏美尔史诗》，北京大学硕士研究生学位论文（未正式出版），2003 年；最新英译见 H. L. J. Vanstiphout, *Epics of Sumerian Kings: The Matter of Aratta* (Atlanta: Society of Biblical Literature, 2003), pp. 28–45。

③ C. Wilcke, "Sumerische Epen" in *Kindlers Neues Literatur Lexikon Band 19 Anonyma Kollektivwerke* ed. by W. Jens and R. Radler (München: Kindler Verlag GmbH, 1992), pp. 575–580 (p. 578)；最新汉译见李睿：《卢伽尔班达史诗解析——对卢伽尔班达的重新认识》，北京大学硕士研究生学位论文（未正式出版），2004 年，第 63—86 页；最新英译 H. L. J. Vanstiphout, *Epics of Sumerian Kings: The Matter of Aratta* (Atlanta: Society of Biblical Literature, 2003), pp. 105–131。

④ 《卢伽尔班达与胡鲁姆山》和《卢伽尔班达与恩美卡》是一部史诗的上下篇，还是两部独立的史诗，学者各执一词，目前仍没有定论。从修辞风格上看，二者更像相互独立的史诗。见 C. Wilcke, "Sumerische Epen" in *Kindlers Neues Literatur Lexikon Band 19 Anonyma Kollektivwerke* ed. by W. Jens and R. Radler (München: Kindler Verlag GmbH, 1992), pp. 575–580 (p. 579)。

克。于是，率军远征的乌鲁克国王恩美卡决定派人回国求援，即请求乌鲁克的保护神伊楠娜的帮助。卢伽尔班达在关键时刻挺身而出，独自一人返回乌鲁克，顺利完成一项常人难以完成的任务。①

在阿布-萨拉比赫出土的文献中，有一块多栏的小泥板，上面书写着《卢伽尔班达史诗》的一部分。虽然尚有许多细节难以解读，但基本内容已经很清楚：卢伽尔班达在与妻子宁苏娜（Ninsuna）邂逅之后，从山里回到家乡，把一个两"埃伦"（Ellen）长的东西（不知何物）带到乌鲁克，国王（恩美卡？）和阿努纳（Anuna）众神对此称羡不已。这时，宁苏娜突然从这个东西中现身，众人惊奇，卢伽尔班达也感到惊诧。卢伽尔班达说自己从山里带回来一个妻子。之后，史诗又谈到孩子。②这说明，史诗这种文学形式至少在公元前2600年前后就形成了。

其余五部史诗都是歌颂古代英雄典范、"三分之二为神、三分之一为人"的吉尔伽美什的。《吉尔伽美什与阿伽》描述了巴比伦尼亚北部城市基什与乌鲁克之间发生的一次军事冲突，胜利者自然是乌鲁克国王吉尔伽美什。③《吉

---

① C. Wilcke, "Sumerische Epen" in *Kindlers Neues Literatur Lexikon Band 19 Anonyma Kollectivwerke* ed. by W. Jens and R. Radler (München: Kindler Verlag GmbH, 1992), pp. 575–580 (pp. 578–579); 最新汉译见李睿：《卢伽尔班达史诗解析——对卢伽尔班达的重新认识》，北京大学硕士研究生学位论文（未正式出版），2004年，第87—109页；最新英译见 H. L. J. Vanstiphout, *Epics of Sumerian Kings: The Matter of Aratta* (Atlanta: Society of Biblical Literature, 2003), pp. 137–158. 布莱克的译文也很有特色，见 J. Black, *Reading Sumerian Poetry* (Ithaca, New York: Cornell University Press,1998), pp. 58–64. 使者回到乌鲁克后径去拜神，伊楠娜遂为一筹莫展的乌鲁克国王指点迷津，史诗止于此，没有描述乌鲁克国王如何把神的指点付诸实施。在古代作者和读者眼里，这样的结束可能恰到好处，因为攻克阿拉塔，神的指点得到应验是不言而喻的。

② C. Wilcke, "Sumerische Epen" in *Kindlers Neues Literatur Lexikon Band 19 Anonyma Kollectivwerke* ed. by W. Jens and R. Radler (München: Kindler Verlag GmbH, 1992), pp. 575–580 (pp. 577–578).

③ W. H. Ph. Römer, *Das sumerische Kursepos 'Bilgameš und Akka'* (Neukirchen-Vluyn: Neukirchener Verlag, 1980); 最新汉译见拱玉书：《日出东方——苏美尔文明探秘》，云南人民出版社，2001年，第137—140页；最新德语译文 W. H. Ph. Römer and D. O. Edzard, *Mythen und Epen I (Texte aus der Umwelt des Alten Testaments III: Weisheitstexte, Mythen und Epen)* (Gütersloh: Gütersloher Verlagshaus, 1993), pp. 551–559; 最新英译见 B. R. Foster, D. Frayne, and G. Beckman, *The Epic of Gilgamesh: A New Translation, Analogues, Criticism* (New York: Norton, 2001), pp. 99-104; 最新解释见 Wu Yuhong, "The earliest（转下页）

尔伽美什与胡瓦瓦》有两个版本，分别被现代学者称为版本 A 和版本 B，相互之间在细节上出入较大。这部作品讲述的是吉尔伽美什如何在永生无望的情况下，通过壮举（伐雪松以及杀死保护雪松林的凶神胡瓦瓦）以求死后留名的故事。① 《吉尔伽美什、恩启都与冥界》通过吉尔伽美什与死去的同伴恩启都的对话，描述了各种人在冥界的不同命运。《吉尔伽美什与天牛》讲述的是吉尔伽美什与其同伴恩启都如何杀死天牛的故事。② 天牛是由女神伊楠娜派来杀害吉尔伽美什的，原因是吉尔伽美什拒绝了伊楠娜的求爱。③《吉尔伽美什之死》残缺严重，情节不太连贯，但它似乎讲述了乌鲁克为吉尔伽美什举行国葬以及吉尔伽美什到冥界的故事。④

从上述九部史诗的现代名称及其情节的简要介绍可以看到，苏美尔史诗都是围绕三个中心人物展开的。其中两部的主要人物是恩美卡，另外两部的主要

（接上页）War for the Water in Mesopotamia: Gilgemeš and Agga", *NABU* (Nouvelles Assyiologiques Breves et Utilitaires) 1998, No. 4, 94; 吴宇宏：《记述争夺文明命脉——水利资源的远古篇章——对苏美尔史诗〈吉勒旮美什和阿旮〉的最新解释》，《东北师大学报（哲学社会科学版）》，2003 年第 5 期。

① 版本 A 见 S. N. Kramer, "Gilgamesh and the Land of the Living", *Journal of Cuneiform Studies*, 1 (1947), 3–46.; 最新德语译文见 D. O. Edzard, "Gilgameš und Huwawa A, I. Teil", *ZA*, 80 (1990), 165–203 (pp. 183–190); W. H. Ph. Römer and D. O. Edzard, *Mythen und Epen I (Texte aus der Umwelt des Alten Testaments III: Weisheitstexte, Mythen und Epen)* (Gütersloh: Gütersloher Verlagshaus, 1993), pp. 541–549; "总谱" 式音译与翻译见 D. O. Edzard, "Gilgameš und Huwawa A, II. Teil", *ZA*, 81 (1991), 165–233 (pp. 165–232); 最新英译见 B. R. Foster, D. Frayne, and G. Beckman, *The Epic of Gilgamesh: A New Translation, Analogues, Criticism* (New York: Norton & Company, 2001), pp. 104–115。版本 B 见 D. O. Edzard, *Gilgameš und Huwawa—Zwei Versionen der sumerischen Zedernwald-episode nebst einer Edition von Version B*, SBAW 1993/4, München (1993); 最新英译见 B. R. Foster, D. Frayne, and G. Beckman, *The Epic of Gilgamesh: A New Translation, Analogues, Criticism* (New York: Norton, 2001), pp. 115–120。

② 最新英译见 B. R. Foster, D. Frayne, and G. Beckman, *The Epic of Gilgamesh: A New Translation, Analogues, Criticism* (New York: Norton & Company, 2001), pp. 130–143。在中巴比伦时期，该诗的后半部分（第 171 行以下）被译成阿卡德语，成为阿卡德语《吉尔伽美什史诗》的第十二块泥板的一部分。

③ 同上，pp. 121–129。在中巴比伦时期，该诗被译成阿卡德语，成为阿卡德《吉尔伽美什史诗》的第六块泥板。

④ 同上，pp. 143-154。在古巴比伦时期，该诗的内容被融入阿卡德语《吉尔伽美什史诗》的第七和第八块泥板中。

人物是卢伽尔班达，其余五部的中心人物是吉尔伽美什。因此，苏美尔文学研究领域的权威学者魏尔克把苏美尔史诗定性为那些"关于传说中的、能与神交往、能与异禽怪兽交往，也能与他们的同类交往的乌鲁克远古诸王恩美卡、卢伽尔班达以及吉尔伽美什的传统叙事诗。"①

伯琳认为，苏美尔史诗在模式、叙事结构以及冲突描述方面都与其他民族的史诗有共性，所以完全有理由将之视为史诗。"我们既然建立起了苏美尔史诗的一般相似性，将来要做的就是弄清楚苏美尔史诗的特殊性，即苏美尔史诗与其他作品的区别所在。"②

苏美尔文学中有没有"史诗"这样的概念？答案是肯定的。在颂王诗《舒尔吉赞，E》中有这样一段诗文：③

  èn-du-gá a-da-ab hé-em
  ^{kuš}balag ma-al-gal-tum hé-em
  šir-gíd-da-a a-ar-nam-lugal-la
  sumun-DU kun-gar bal-bal-e hé-em
  gi-gíd za-am-za-am hé-em
  geštu nu-díb ka-ta nu-šub-dè
  KI.GIŠ-gá lú-ù nam-bí-ib-tag$_4$-tag$_4$-a
  é-kur-za-gìn-na muš na-ba-an-túm-mu
  ^{d}en-líl-ra èš-u$_4$-SAR-ra-ka-na hé-na-TUK

---

① C. Wilcke, "Sumerische Epen" in *Kindlers Neues Literatur Lexikon Band 19 Anonyma Kollektivwerke* ed. by W. Jens and R. Radler (München: Kindler Verlag GmbH, 1992), pp. 575–580 (p. 575).

② A. Berlin, "Ethnopoetry and the Enmerkar Epics", *American Oriental Series*, (65) 1984, 17–24 (p. 24).

③《舒尔吉赞，E》第53—60行，音译、德文翻译、原始文献及其出版情况参见 C. Wilcke, "Formale Gesichtspunkte in der Sumerischen Literatur", *Sumerological Studies in Honor of Thorkild Jacobsen, Assyriological Studies Series*, Vol. 20 (1976), pp. 205–316 (p. 256)。本文的译文与魏尔克的略有不同。

让我的歌中有 Adab- 乐器，①

有竖琴和 Malgatum- 乐器，

有长歌和王权赞歌，

有 Sumun-DU、Kun-gar 和争论（文学），

有笛子和 Zamzam- 鼓，

（这样）它们就不会在耳边消失，不会被人遗忘，

无人将其在我……移开，

它们将在明亮的埃库尔神庙中永续永存，

它们将在新月神庙中为恩利尔演奏。

魏尔克认为，该诗中的"王权赞歌"（a-ar-nam-lugal-la）相当于我们今天所说的"史诗"。② 不过，"英雄之歌"（sìr-nam-ur-sag-gá）③ 似乎更符合今人所说的"史诗"的内涵。如果一定要拿一个古代概念对应现代概念"史诗"的话，应该首选"英雄之歌"。

克莱默对苏美尔史诗的文学地位评价极高，认为苏美尔史诗开创了人类史诗的先河，④ 并认为苏美尔史诗描述的时代就是苏美尔人的"英雄时代"，相当于希腊、印度以及日耳曼民族历史上的"英雄时代"。⑤ 德国学者施泰纳对此提出了质疑。他认为苏美尔史诗不能完全与希腊、印度和日耳曼民族的史诗相比。理由主要有两个：1）二者的成文年代不同，荷马史诗成文于公元前 9 至前 7 世纪的希腊早期历史时期，而日耳曼民族的《尼伯龙人之歌》成文于 13 世纪的民族迁徙时代。相反，苏美尔史诗成文于乌尔第三王朝时期（公元前

---

① Adab、Malgatum、Sumun-DU、Kun-gar 以及 Zamzam 都是乐器名称，具体不详，故不译。

② C. Wilcke, "Formale Gesichtspunkte in der Sumerischen Literatur", *Sumerological Studies in Honor of Thorkild Jacobsen, Assyriological Studies Series,* Vol. 20 (1976), 205–316 (p. 257).

③ Ibid, pp. 258–259.

④ S. N. Kramer, *The Sumerians—Their History, Culture and Character* (Chicago: University of Chicago Press, 1963), p. 183.

⑤ Ibid, pp. 183–185; W. Heimpel, "Held, A. Philologisch", *RLA*, 4 (1975), 287–293 (p. 293).

2112—前2004年），那时苏美尔文明已经有千余年的历史，因此，苏美尔史诗的起源年代在苏美尔文明的发展史上处于相对较晚的时期。2）内容和类型上也不可比。希腊史诗《伊里亚特》和《奥德赛》都以整个希腊为背景，而苏美尔史诗仅以乌鲁克为背景，人物也仅限于三个国王，即恩美卡、卢伽尔班达和吉尔伽美什。①

苏美尔史诗中的三个主要人物恩美卡、卢伽尔班达和吉尔伽美什都是"远古时代"的成功君王，是后世，尤其是乌尔第三王朝时期君王心目中的英雄。在年代上，恩美卡最早，卢伽尔班达次之，吉尔伽美什居后。他们分别代表了不同类型的三代君王和三代英雄。诚然，这些国王所处的年代并非"远古"或"史前"，而是早期历史时期。按考古学分期，他们的统治年代都在早王朝 II 时期，绝对年代大约在公元前 2900 年前后。据《苏美尔王表》记载，"洪水"过后，"王权自天而降"。首先降到了位于巴比伦尼亚北部的基什（Kiš），②基什被打败后，王权转移到埃安纳，即乌鲁克，③从此开始了麦斯江伽舍尔（Meskiaggašer）王朝的统治，这就是现代学者所说的乌鲁克第一王朝。这个王朝先后有 12 个王，其中四位比较著名，他们分别是：

恩美卡（Enmerkar）

卢伽尔班达（Lugalbanda）

杜木兹（Dumuzi）

吉尔伽美什（Gilgameš）

其中，恩美卡被乌尔第三王朝的国王们尊为传说中远古时代的先祖，卢伽尔班达被尊为先父，而吉尔伽美什被尊为兄长，④ 于是，他们便成为史诗歌颂

---

① G. Steiner, "'Ruhm' und 'Ehre' in der Sumerischen Heldensage" in *Intellectual Life of the Ancient Near East—Papers Presented at the 43rd Rencontre assyriologique internationale, Prague, Juli 1-5, 1996* ed. by J. Prosecky (Prague: Oriental Institute, 1998), pp. 365-378 (pp. 365-366).

② Th. Jacobsen, *The Sumerian King List, Assyriological Studies No.11* (Chicago: University of Chicago Press, 1939), p. 77.

③ Ibid, p. 85.

④ J. Krecher, "Sumerische Literatur" in *Altorientalische Literaturen* ed. by W. Röllig (Wiesbaden: Akademische Verlagsgesellschaft Athenaion, 1978), p. 135.

的对象。歌颂杜木兹的文学作品虽然也具有史诗的特点，但学者们倾向于把它们归入"神话"类。

恩美卡属于古典式英雄，自负，喜欢自吹自擂，善于舌辩，善于以智取胜，具有"运筹帷幄、决胜千里"的才能。卢伽尔班达虽然也以智慧取胜，但他已经不是"运筹帷幄"式的英雄了，他要亲身经历磨难，经受生与死的考验。在第三代英雄吉尔伽美什身上，我们才真正见到一位智勇双全、敢作敢为、气壮山河的英雄。第一代英雄恩美卡面对的敌人（即阿拉塔王）很具体。第二代英雄卢伽尔班达没有具体对手，他是一个"漂游英雄"。他要战胜的是自我，是自身的弱点，是莫名其妙的疾病。吉尔伽美什更没有具体的敌人，他的目标是战胜死亡，留名青史。因此，他的目标最能体现英雄本色，最具普遍性和永恒性，最能引起共鸣。不论什么人，讲什么语言，信哪路神灵，都必然对永生和青史留名这个问题产生兴趣。不论是追求永生，还是留名青史，都是永恒的文学主题，而《吉尔伽美什史诗》是二者兼具。这大概是《吉尔伽美什史诗》流传广远、经久不衰的主要原因。

恩美卡和卢伽尔班达的故事散发着浓厚的民族性和地域性。很显然，史诗中的乌鲁克象征着苏美尔。从史诗的类型方面看，恩美卡史诗和卢伽尔班达史诗都属于民族史诗。[1] 正因为恩美卡和卢伽尔班达代表了苏美尔的民族性和乌鲁克的地域性，所以他们在后来的巴比伦人眼里已经不是具有普遍意义的英雄。这也就解释了有些史诗没有传承到阿卡德文学中的原因。[2] 这里所说的没有传承到阿卡德文学中，是指歌颂这两个英雄的苏美尔文学作品没有融入阿卡

---

[1] A. Berlin, "Ethnopoetry and the Enmerkar Epics", *Journal of American Oriental Society*, 103, (1983), p. 19.

[2] 《吉尔伽美什与阿伽》、《吉尔伽美什与胡瓦瓦》以及《吉尔伽美什、恩启都与冥界》的前半部分没有阿卡德语版本。见 W. H. Ph. Römer and D. O. Edzard, *Mythen und Epen I (Texte aus der Umwelt des Alten Testaments III: Weisheitstexte, Mythen und Epen)* (Gütersloh: Gütersloher Verlagshaus, 1993), p. 540; C. Wilcke, "Sumerische Epen" in *Kindlers Neues Literatur Lexikon Band 19 Anonyma Kollektivwerke* ed. by W. Jens and R. Radler (München: Kindler Verlag GmbH, 1992), pp. 575-580 (p. 579)。说明中巴比伦时期的书吏没有接受这些故事或这些故事表达的主题。

德文学中，成为阿卡德文学的有机组成部分。新亚述时期的亚述巴尼拔图书馆收藏了用苏美尔语和阿卡德语两种语言抄写的《卢伽尔班达史诗》片段。抄写这块泥板的目的不详，可能是为了学习语言，也可能是为了传播文学。当然，学习语言的同时也是在传播文学，但这种传播方式与《吉尔伽美什史诗》的传播方式截然不同，因为这种方式只是片段抄写，附以译文，而《吉尔伽美什史诗》的情况是：苏美尔文本中的某些故事经过改编、加工和发挥后被融入阿卡德文本中，它们完全被消化了，变成了巴比伦文学的有机组成部分。

根据贾森（Heda Jason）的观点，史诗可从民族诗学的角度分为几种次类型：1）神话史诗，2）滑稽史诗，3）历史史诗。其中历史史诗又可分为如下次类型：a）历史史诗（包括浪漫史诗），b）民族史诗（亦包括浪漫史诗），c）一般史诗。[①]

《恩美卡与阿拉塔王》属于历史史诗，同时也属于民族史诗。[②] 所谓"历史史诗"就是以历史或半历史人物为主要人物，以某个具体历史事件为背景而展开故事情节的史诗。这类史诗的主题一般是反对家族或民族敌人的斗争，但具体细节没有广泛的象征意义。"民族史诗"是指描写一个民族与其敌对民族之间的冲突，并把本来具体的人物与事件一般化的史诗。这类史诗以典型的、具有象征意义的人物为主要人物，以这样的事件为背景。整体来看，其主题是民族斗争。不论是"历史史诗"还是"民族史诗"，神或怪物都可能掺杂其中，但他们的作用是次要的，它们的角色是充当人的帮手，而人才是主角。[③]《恩美卡与阿拉塔王》以历史人物为主角，以历史事件为背景，以乌鲁克象征苏美尔，以阿拉塔象征敌邦异国，以恩美卡为完美的君王典范，以"阿拉塔王"为失败的君王典型，各种神灵对故事的发展不可或缺，但他们又始终处在次要地

[①] 转引 A. Berlin, "Ethnopoetry and the Enmerkar Epics", *Journal of American Oriental Society*, 103 (1983), 17-24 (p.18)。

[②] A. Berlin, "Ethnopoetry and the Enmerkar Epics", *Journal of American Oriental Society*, 103 (1983), 17-24 (p.19)。

[③] Ibid, 17-24 (p.21)。

位。所以,《恩美卡与阿拉塔王》既达到了历史史诗的标准,亦符合民族史诗的要求。

既然《恩美卡与阿拉塔王》属于民族史诗,它的主题应该与民族命运息息相关,它的内容应该是轰轰烈烈、你死我活的民族战争,然而实际情况并非如此。《恩美卡与阿拉塔王》中没有轰轰烈烈的战争场面,也没有关系到整个民族生死存亡的悬念。《恩美卡与阿拉塔王》的情节很简单,只描述了乌鲁克国王恩美卡与阿拉塔王之间三个回合的智斗。既然是智斗,当然就没有战争,就不会有刀光剑影,就不会有英雄气概,就不会轰轰烈烈。智斗以智取胜,而保证智胜的外部条件就是静。所以,相对于荷马史诗而言,《恩美卡与阿拉塔王》是部静诗,其中见智不见勇,尚智不尚勇。这应该是几部以恩美卡为主人公的史诗的一个突出特点。

还有一个与智斗相关的特点值得在此提及:与恩美卡相关的苏美尔史诗中的主要人物极不活跃,他们自己几乎总是隐在幕后,而活跃在前台的人物是他们的代表。无论是舌战还是实战,他们总是派代表登场,从不亲自交战。在有关吉尔伽美什的史诗中,虽然主要人物相对活跃,但其基本模式与恩美卡史诗无大区别。尚智不尚勇,这也许是文明发展程度的体现。有先儒谈到中国历史的发展大势时说:"上古竞于道德,中世逐于智谋,当今争于气力"。由此论之,苏美尔史诗反映的时代应该是"逐于智谋"的"中世"时代。

当然,说见智不见勇、尚智不尚勇,并不是说《恩美卡与阿拉塔王》的智斗只是夸夸其谈,只停留在舌战的层面上。舌战固然重要,但更重要的是凭智慧完成的行为。阿拉塔王三次提出挑战,或者说三次进行"刁难",而这些挑战都不是只凭言语就能敷衍了事的。赢得胜利不仅需要智慧,而且需要智慧的结晶,而这种智慧结晶要通过行为来获得,要通过实物来证明。乌鲁克国王三次凭智慧以及智慧的结晶破解了难题,赢得了智斗胜利。恩美卡能舌战阿拉塔王(不是面对面,而是通过使者来实现的),更能用"网袋"把谷粒运到远隔七重大山的阿拉塔(第一次迎接挑战),能制造出一个非木、非金、非银、非石的权杖（第二次迎接挑战），还能制造出非黑、非白、非棕、非绿亦非彩的布料（第三次迎接挑战）。在阿拉塔王看来，或在常人看来，完成这样的事情是根本不可能的，但恩美卡做到了。不仅如此，在第三次迎接挑战中他还特别展示了他的超人智慧：他把要说的话写在了泥板上。接着，《恩美卡与阿拉塔王》特别强调了这种行为的首创性，[1] 比美国学者克莱默以《历史始于苏美尔》来强调苏美尔人创造的"之最"早了将近 3000 年。

恩美卡与阿拉塔王之间的"舌战"让我们联想到《三国演义》中诸葛亮"舌战群儒"的故事。但诸葛亮绝非"夸辩之徒"，只"区区于笔砚之间"。他的真本事不在于言，而在于行，他既能设坛祭风，又能草船借箭。在诸葛亮身上颇有些恩美卡的影子。但这并不是说《三国演义》受到了《恩美卡与阿拉塔王》的直接影响。这种相似性表明，斗智不仅仅是斗嘴，智慧不仅体现在言语上，更应该体现在行动中，赢得智斗的根本是行动，而不是言语，古今中外莫不如此。美国学者克莱默把《恩美卡与阿拉塔王》中描绘的乌鲁克国王与阿拉塔王之间的智斗誉为人类历史上的第一次"心理战"。[2] 这个"标签"看上去很有道理，实际上它夸大了言语的功能，忽视了行为的作用。

从表面上看，《恩美卡与阿拉塔王》描绘的是三个回合的智斗。而实际上，《恩美卡与阿拉塔王》的主题是展示实力，即通过智斗来展示苏美尔人在农业、纺织业、制造业以及在文化上的实力，从而向世人表明苏美尔文明的优势。荷兰学者凡斯提福特认为，乌鲁克国王恩美卡的第一次成功解谜（用"网袋"运谷粒）证明，苏美尔有发达的农业，有与其他国家和地区建立贸易的物质基础；第二次的成功解谜（用合成物质制作权杖）证明，苏美尔有发达的工艺，可以制造任何高难度的工艺品；第三次成功制造（非黑、非白、非棕、非绿亦非彩的布料）证明，苏美尔有发达的纺织业。这三个方面都表明，苏美尔在国际贸

---

[1] "此前，把言词写在泥（板）上的事情从未见"。见拱玉书：《升起来吧！像太阳一样——解析苏美尔史诗〈恩美卡与阿拉塔之王〉》，昆仑出版社，2006 年，第 372 页。

[2] S. N. Kramer, *History Begins at Sumer* (New York: Doubledat Anchor Books, 1959), p. 17.

易方面有绝对优势。① 不仅如此，苏美尔还享有文化上的优势：苏美尔语是当时唯一的通用语言，苏美尔人发明了文字，他们在文化上的优势使他们能够控制国际贸易。② 他认为包括《恩美卡与阿拉塔王》在内的四部"恩美卡史诗"都有一个共同主题，那就是"霸权"和"优势"。二者并非同义词，苏美尔或乌鲁克试图取得对阿拉塔的"霸权"，原因就在于它有一种固有的"优势"。③ 凡氏所说的"优势"是指苏美尔人在农业、纺织业、制造业以及在文化上取得的成就。

伯琳发现，一些苏美尔学家总是根据苏美尔史诗与一般史诗的相似性把某些苏美尔文学作品称为"史诗"，却常常不能理解这种普遍的相似性意味着什么。他们总是向非历史性作品问一些历史问题，如恩美卡生活在什么时代，阿拉塔在哪里，史诗反映了怎样的政治经济关系。这些都是现代学者的成见，而不是那些史诗所关心的问题。当然，从虚构的文学作品中了解历史、地理、经济等是可能的，但如果就此止步是错误的。史诗不是诗化的历史（"Epics are not poeticized history"），它们为了实现民族主义的目的而运用"类似历史"的因素。对我们来说，更重要的是从这些史诗中了解苏美尔人的价值观、英雄观、他们的时间概念以及他们的民族命运。④

德国学者施泰纳认为，"声望"和"荣誉"是苏美尔史诗中支配情节发展的关键因素，虽然在苏美尔语中，甚至在其他古代东方语言中没有相应的词汇。⑤

---

① H. L. J. Vanstiphout, *Epics of Sumerian Kings: The Matter of Aratta* (Atlanta: Society of Biblical Literature, 2003), p. 8.
② Ibid, p. 9.
③ H. L. J. Vanstiphout, "Enmerkar's Invention of Writing Revisited" in *Dumu-E₂-Dub-Ba-A—Studies in Honor of Åke W. Sjöberg* ed. by H. Behrens, D. Loding and M. T. Roth (Philadelphia: University of Pennsylvania Museum of Archaeology and Anthropology, 1989), pp. 515–524 (p. 522); H. L. J. Vanstiphout, *Epics of Sumerian Kings: The Matter of Aratta* (Atlanta: Society of Biblical Literature, 2003), p. 9.
④ A. Berlin, "Ethnopoetry and the Enmerkar Epics", *American Oriental Series*, 103 (1983), 17–24 (p. 24).
⑤ 但他认为，与"声望"和"荣誉"相当的词有 zà-mí "(sei) Preis"、ka-tar(-ra) "Ruhm"、ár "Preis"、mu "Name" 以及 nam-níg-si-sá "Ehrenhafigkeit"。见 G. Steiner, "'Ruhm' und 'Ehre' in der Sumerischen Heldensage" in *Intellectual Life of the Ancient Near East—Papers Presented at the 43ʳᵈ Rencontre assyriologique internationale, Prague, Juli 1–5, 1996* ed. by J. Prosecky (Prague: Oriental Institute, 1998), pp. 365–378 (p. 367)。

另一位德国学者却认为通往阿拉塔的路是商路，乌鲁克与阿拉塔之间的贸易是《恩美卡与阿拉塔王》的主题。[①]

可见，如何解读《恩美卡与阿拉塔王》表达的主题，学者各持己见。角度不同，结论自然有别。这个问题本来就是见仁见智的问题，存在不同解释是正常的。

1.3　从口传到文本

亚述学家（包括苏美尔学家）在职业性质上讲属于文献学家。他们的主要任务是整理、编辑和解读古代文献，而解读工作主要包括对文献进行音译、翻译以及从语法、词汇方面做一些分析。当然，一旦可能，也从文献中发掘历史，以求再现历史。这已经成为一种公认的行业规则，一种行业传统或习惯，或是一种风格。它没有任何法律效力，却有一定的制约性。德国著名亚述学家、莱比锡大学教授魏尔克在 1996 年举行的一次跨学科学术研讨会上发言时，开门就声明自己不讨论"纲领性及其类似的方法"，因为那样做"不是亚述学家的风格"。[②] 绝大多数亚述学家都像魏尔克教授一样，严格地把自己限制在专业范围之内，在自己的专业领域求深求精，不越雷池，对"纲领性"的理论问题从不问津，否则，则认为失去了自己的风格，甚至有损于自己的学术形象。

然而，规则中总有例外。阿斯特就是一个例外。在 1972 年出版的《杜木兹之梦》中，他把西方古典史诗研究领域的帕里-洛德（Parry-Lord）的"程

---

① H. Sauren, "Der Weg nach Aratta—Zur Tieferen Erschliessung der Sumerischen Literatur" in *Wirtschaft und Gesellschaft im Alten Vorderasien* ed. by J. Harmatta and G. Komoraczy (Budapest: Académiai Kiado, 1976), pp. 137–144 (p. 141).

② C. Wilcke, "Politik und Literatur in Babylonien und Assyrien—Versuch einer Übersicht" in *Literatur und Politick im pharaonischen und ptolemäischen Ägypten* ed. by J. Assmann and E. Blumenthal (Kairo: Institut français d'archéologie orientale, 1999), p. 23.

式"理论移植到苏美尔文学研究领域。① 所谓的"程式"就是指表达某种基本思想的一组词语在相同格律的条件下有规律地被反复使用的现象。② 虽然不能把这个定义一成不变地运用到苏美尔文学中,因为苏美尔诗歌不是严格地按照格律创作的,但"程式"理论的基本精神对苏美尔文学完全适用。③ 重复某个字、重复某句话、重复某词组或重复某个段落是苏美尔诗歌的明显特征。早在1952年,当克莱默出版《恩美卡与阿拉塔王》时就这样写道:毋庸置疑,与印欧人的史诗一样,书写下来的苏美尔故事是口头诗歌的改编,而口头诗歌是宫廷诗人在国王和英雄们在世之时为歌颂他们的英雄业绩创作的。④1953年也有人写过题为"古代美索不达米亚的文学创作与口头传统"的文章。⑤ 苏美尔文学中的重复现象人人皆知,并非阿斯特的发现,但阿斯特却是第一个用文学理论对这种文学现象进行解释的人。

阿斯特的做法起到了开创性的作用。在接下来的20世纪70年代中期到90年代中期大约20年的时间里,苏美尔文学研究领域出现了一个运用现代文学理论对苏美尔文学中的某些现象进行重新阐释的热潮。"程式"与口头文学密切相关,所以"从口传到文本"的问题就成了讨论的热点,它涉及苏美尔文学的性质、起源和发展,是苏美尔文学研究中不可回避的问题。因此,我们在此也辟专节探讨这个问题。

---

① B. Alster, "Dumuzi's Dream: Aspects of Oral Poetry in a Sumerian Myth", *Mesopotamia. Copenhagen Studies in Assyriology Vol. 1* (Copenhagen: Akademisk Forlag, 1972), p. 19.

② 阿斯特转引 M. Parry, "Studies in the Epic Technique of Oral Verse-Making I. Homer and the Homeric Style", *Harvard Studies in Classical Philology 41* (Massachusetts: Universite d'Harvard, 1930), p. 80; B. Alster, *Dumuzi's Dream: Aspects of Oral Poetry in a Sumerian Myth. Mesopotamia. Copenhagen Studies in Assyriology Vol. 1* (Copenhagen: Akademisk Forlag, 1972), p. 19。

③ B. Alster, "Dumuzi's Dream: Aspects of Oral Poetry in a Sumerian Myth", *Mesopotamia. Copenhagen Studies in Assyriology Vol. 1* (Copenhagen: Akademisk Forlag, 1972), pp. 19, 27.

④ S. N. Kramer, *Enmerkar and the Lord of Aratta* (Philadelphia: University of Pennsylvania Press, 1952), p. 3.

⑤ J. Laessøe, "Literacy and Oral Tradition in Ancient Mesopotamia" in *Studia Orientalia Ioanni Pedersen Septuagenario A. D. VII Id. Nov. Anno MCMLIII a Collegis Discipulis Amicis Dicata* ed. by F. Hvidberg (Hauniae: Munksgaard, 1953), pp. 205–218.

帕里-洛德理论的精髓可以用一句话概括，那就是"程式的广泛运用是'口头'诗的明显标志"。① 阿斯特在研究了《杜木兹之梦》以及其他苏美尔文学中的重复现象之后，给苏美尔诗歌贴了两个标签：一是"口头"，二是"传统"。之所以说苏美尔诗歌属于口头文学，是因为它们的创作技巧与那些没有文字的民族的文盲诗人的诗歌创作技巧十分相似；之所以说苏美尔诗歌属于传统文学，是因为其中的许多思想都是通过"程式"来表达的，而这种"程式"反映了一代又一代诗人的努力，它不是某个人的智慧结晶。②

自从阿斯特把帕里-洛德的程式理论引进苏美尔文学研究领域之后，许多学者都开始对此产生兴趣，他们纷纷撰文，用这个理论来分析苏美尔文学，同时为这个理论提供更多的苏美尔证据。

苏联学者阿法那斯耶娃于1976年谈到美索不达米亚文学（包括苏美尔文学）时说，"整个段落的重复是口传诗歌的重要标志"。③ 接着，她提到了《伊楠娜入冥界》《吉尔伽美什与阿伽》等苏美尔诗歌中的段落重复，意在说明苏美尔神话与史诗从起源上看都属于口头文学。

根据阿法那斯耶娃的观点，确定某文学作品是否属于口头文学时可以遵循四个标准。换言之，口头文学有四个特点：1）朗诵的一次性和不可重复

---

① B. Alster, "Dumuzi's Dream: Aspects of Oral Poetry in a Sumerian Myth", *Mesopotamia. Copenhagen Studies in Assyriology Vol. 1* (Copenhagen: Akademisk Forlag, 1972), p. 17. 阿斯特并没有把这句话称为帕里-洛德理论的精髓。帕里-洛德理论后来遭到许多人的批评。就在阿斯特把它引进亚述学的上世纪70年代，一系列批评帕里-洛德理论的文章或专著纷纷问世，其中有 R. Finnergan, "How Oral is Oral Literature?", *Bulletin of the School of Oriental and African Studies*, 37 (2009), 52-64；R. Finnergan, *Oral Poetry: Its Nature, Significance and Social Context* (Cambridge: Cambridge University Press, 1977)；J. Russo, "Is 'Oral' or 'Aural' Composition the Cause of Homer's Formulaic Style?" in *Oral Literature and the Formula* ed. by B. Stolz and R. S. Shannon (Ann Arbor: Center for the Coordination of Ancient and Modern Studies, 1976), pp. 31-71；G. S. Kirk, *Homer and the Oral Tradition* (Cambridge: Cambridge University Press, 1976)。

② B. Alster, "Dumuzi's Dream: Aspects of Oral Poetry in a Sumerian Myth", *Mesopotamia. Copenhagen Studies in Assyriology Vol.1* (Copenhagen: Akademisk Forlag, 1972), p. 27. 在此，阿斯特应用的是帕里-洛德的观点。

③ V. Afanasjeva, "Mündlich Überlieferte Dichtung ('Oral Poetry') und Schriftliche Literatur in Mesopotamien" in *Wirtschaft und Gesellschaft im Alten Vorderasien* ed. by J. Harmatta and G. Komoraczy (Budapest: Académiai Kiado, 1976), pp. 121-135 (p. 131).

性；2）直接面对听众（或观众）的情感，而且通常面对集体情感；3）常常出现既有助于听众对诗歌的理解、亦有助于对诗歌的记忆的整段重复；4）通过朗诵或歌唱的特殊音调来影响听众的情感。① 在具体谈到苏美尔文学时，她认为其中朗诵的特点无处不在。② 阿法那斯耶娃所说的"朗诵的特点"（die Eigentümlichkeit der Rezitation）是什么呢？不是别的，她指的就是"重复"，因为她接着写道：泥板的有限书写面积应该迫使书吏尽量减少重复以节省空间，但实际情况并非如此，原因就在于书吏在书写诗歌时，摆脱不了口传文学的束缚。重复不但可以帮助史诗的吟唱者记忆，而且也可帮助听者记忆情节。不仅如此，通过简单的重复，吟唱者和听众都可以达到极度兴奋的状态。③ 如此看来，阿法那斯耶娃的四个标准中只有一个适用于苏美尔文学。这并不是说阿法那斯耶娃的标准缺乏普遍性或科学性，相反，这恰好说明了苏美尔文学的特殊性，即今天所能见到的苏美尔文学的特殊性：迄今见到的苏美尔文学都是文本文学。这意味着，当今之读者只能读到一些苏美尔文学的残文断片，被剥夺了现场听和现场看的权利。

接下来，阿法那斯耶娃写道：1）默读是后来才流行起来的，在早期美索不达米亚，人们总是大声朗读；④ 2）楔形文字的阅读本身就包涵着"解读"，不仅今天如此，古代亦如此。读者，包括学者，在阅读时常常要经过思考才能确定某些符号的读音；3）这样，从某种意义上讲文本只是大声朗读、背诵、用听觉接受故事内容的助记手段；4）作品不仅是针对读者的，也是针对无数听者的；5）即使是正典化了的文本在复述过程中也难免被发挥。⑤ 她的

---

① V. Afanasjeva, "Mündlich Überlieferte Dichtung ('Oral Poetry') und Schriftliche Literatur in Mesopotamien" in *Wirtschaft und Gesellschaft im Alten Vorderasien* ed. by J. Harmatta and G. Komoraczy (Budapest: Académiai Kiado, 1976), p. 121.

② Ibid, p. 132.

③ Ibid.

④ 序号不是原文固有的，是本书作者附加的，目的是为了方便接下来的点评。

⑤ V. Afanasjeva, "Mündlich Überlieferte Dichtung ('Oral Poetry') und Schriftliche Literatur in Mesopotamien" in *Wirtschaft und Gesellschaft im Alten Vorderasien* ed. by J. Harmatta and G. Komoraczy (Budapest: Académiai Kiado, 1976), pp. 121–135 (p. 133).

这段非常流利的话看上去很有道理，但在亚述学家①看来，它却有一个致命的弱点，那就是其中的某些结论（1、2、5）显然不是建立在古代文献基础之上，而是建立在比较和经验的基础之上。默读是什么时候才流行起来的？何以知之？说"在早期美索不达米亚，人们总是大声朗读"又有何证据？"在阅读时常常要经过思考才能确定某些符号的读音"显然是现代学者阅读古代文献的经验。不过，其中的3）和4）可以得到一些文献支持。3）涉及口头与文本的关系，4）涉及文本与读者或听众的关系。

口头与文本的关系涉及语言与文字的关系。目前已知的最早的文字②出现在美索不达米亚南部的苏美尔地区。这种文字的早期阶段（大约公元前3200—前2500年）被称为"原始楔文"。可以肯定地说，用原始楔文书写下来的内容与实际要表达的内容有一定区别：语言中原本就有的一些成分尚未在文字中反映出来，特别是介词以及动词中的前后缀。这个阶段的文字不完全表达语言，表达的只是语言中的主干部分或关键词。时间越早，这个特点就越明显。公元前27世纪以前的原始楔文文献大部分是经济文献，一小部分是字表，即辞书文献。只是到了公元前27世纪，大约在公元前2600—前2500年之间，才开始出现文学作品，至少就目前所知如此。与后来的文学作品（乌尔第三王朝，特别是古巴比伦时期的作品）相比之后人们发现，这个时期的文学作品也不完全与实际要表达的语言相吻合，甚至有时二者相差甚远。远到什么程度呢？如果你以前从来没有听说过这部作品中讲的故事，或者说，没有通过耳闻的方式事先就知道了作品的内容，你是读不懂这部作品的。因此，有人将这个时期的文学文本的表达方式称为"一种有缺陷的方式"。③

---

① 亚述学家的特点见本节的第一自然段。阿法那斯耶娃的学术研究侧重于比较文学，她本人不是亚述学家。

② 这里指大批的记录语言的文字材料。至于那些在美索不达米亚以外地区发现的可能早于公元前3000年的零星符号是否是"文字"，学术界尚无定论。

③ B. Alster, "Interaction of Oral and Written Poetry in Early Mesopotamian Literature" in *Mesopotamian Epic Literature—Oral or Aural?* ed. by M. E. Vogelzang and H. L. J. Vanstiphout (Lewiston: The Edwin Mellen Press,1992), pp. 23–69 (p.25).

阿法那斯耶娃曾这样表述："文本只是大声朗读、背诵以及用听觉接受故事内容的助记手段。"阿法那斯耶娃的这个表述在表面看来与阿斯特的观点有很大区别，但从其文章①的整体内容看，她的观点与阿斯特的观点是一致的，他们都认为文本是口传版本的"有缺陷的"或"助记"式的记录。他们的这种解读可成一家之言，姑且存之。

如果考察一下这个时期文字发展的整体情况，再考虑到这样的事实：经济文献与文学文献都具有"缺陷"或"助记"性质，我们就会对文学文献的"缺陷"或"助记"性有另一番理解。首先，文本的"缺陷"与楔文的发展阶段相吻合，它真实体现了这个阶段文字与语言的关系，"缺陷"是时代的烙印，不是"作者"的主动行为。其次，经济文献中同样的"缺陷"说明，文学文本的"缺陷"或"助记"性不一定意味着在文本之前存在着口传版本；如果承认经济文献是书吏（政府管理部门的管理人员）的"原创"，是帮助他们自己记忆的，那么，就没有理由不承认这个阶段的文学文本也是"作者"的原创，也是帮助作者自己记忆的。所以，早期文本的"缺陷"或"助记"性不能成为判断是否在文本产生之前已经存在口传版本的依据。

在后来的文学传统中，常常可以见到一些"速记"法。根据阿斯特的归纳，文学中的速记法有四种：一是空行，即重复的句子只写出第一句，其余皆省，以空行代重复；二是使用"MIN"（两个小斜楔，颇似我们现在使用的冒号"："）表示重复；三是用数字表示重复；四是只用关键词书写某作品。②阿斯特认为，用这种速记法书写的作品只有事先熟悉文本声音的读者才能读懂。③阿

---

① V. Afanasjeva, "Mündlich Überlieferte Dichtung ('Oral Poetry') und Schriftliche Literatur in Mesopotamien" in *Wirtschaft und Gesellschaft im Alten Vorderasien* ed. by J. Harmatta and G. Komoraczy (Budapest: Académiai Kiado, 1976), pp. 121–135.

② B. Alster, "Interaction of Oral and Written Poetry in Early Mesopotamian Literature" in *Mesopotamian Epic Literature—Oral or Aural?* ed. by M. E. Vogelzang and H. L. J. Vanstiphout (Lewiston: The Edwin Mellen Press, 1992), pp. 23–69 (p. 25). note 8.

③ Ibid, pp. 23–69 (p. 25).

斯特的结论无可置疑。不过，这时的速记与公元前27—前26世纪的文本"缺陷"有本质区别：速记显然是一种有意识的、自觉和自愿的行为，而"缺陷"则恰恰相反；速记是一种主动选择，而"缺陷"是历史必然，是文字发展的必经阶段。速记的产生显然与书写速度有关，与文字的实用性有关。一则苏美尔谚语这样道：

>dub-sar šu ka-ta di-a e-ne-àm dub-sar-ra-àm
>一个能把手移动得像口一样快的书吏才是真正的书吏。①

这个谚语说明，书写速度是衡量一个书吏是否合格的标准之一。有迹象表明，书写速度与听写有关。有些文学文本是通过听写的方式产生的，甚至像《古地亚圆柱铭文》这样的鸿篇巨制（三个圆柱加在一起，共约2500诗行）也可能是通过听写方式产生的，因为其中的表意字常常被音节化，如把 bàra-ga 写作 ba-ra-ga、②把 dag-ga 写成 da-ga、③把 durun 写作 dú-ru-na④，等等。表意字是苏美尔文字体系的基础，用表意字表达苏美尔语的基本词汇是苏美尔文字体系的基本运作原则，而音节书写法主要用于表达外来词汇和拼写专有名词。除此以外出现的音节书写法大概就是听写的结果了。所以，法肯斯坦认为，根据音节书写法常常出现在《古地亚圆柱铭文》中这一事实，有理由相信，古地亚的两个圆柱铭文⑤都是通过听写的方式写成的。⑥

有些字表也可能是通过听写产生的。在1997年发表的一篇论文中，本专

---

① E. I. Gordon, *Sumerian Proverbs* (Philadelphia: University of Pennsylvania Press, 1959), p. 202.
② 《古地亚圆柱铭文 B》第9栏第8行。
③ 《古地亚圆柱铭文 B》第9栏第23行。
④ 《古地亚圆柱铭文 A》第26栏第27行。
⑤ 目前只发现两个，即第二个和第三个，第一个尚未发现。
⑥ A. Falkenstein, *Grammatik der Sprache Gudeas von Lagaë* (*zweite Auflage*) I: *Schrift- und Formenlehre* (Roma: Pontificium Institutum Biblicum, 1978), p. 23, note 1.

题作者把楔形文字名称中的连音①现象，如把 zi inanna 写成 zi-i-in-na-an-na，②解释为"把默读的声音记忆体现在文字中"的结果。③现在看来，这仅是可能性之一。造成这种情况的另外一种可能性就是听写，即在听写的过程中，书吏把 zi inanna 听为 zi-i-in-na-an-na，然后又把他听到的声音忠实地转换成了文字。

在《凯什神庙赞》中也有连音例，如文本 D 中把 gu₄-huš-aratta 写成了 gu₄-huš-ša-ra-ta，不但连了音，还把 aratta 音节化。④这种连音现象以及用音节取代表意字的做法应该是口授或听写时发生的现象，是听写的证据。

字表的听写应该发生在学校，属于学校教学的内容。文学作品的听写，情况可能要复杂一些。《凯什神庙赞》的引言部分有这样几句话（第9—12行）：

ᵈen-líl-le kèšᵏⁱ zà-mí àm-ma-ab-bé
ᵈnisaba nu-inim-dele-bi-im⑤
inim-bi-ta sa-gin₇ im-da-an-sur
dub-ba sar-sar šu-šè al-gá-gá

恩利尔把凯什高度赞扬，
妮撒芭的赞词天下无双。
她编织言语像织网一样，

---

① 即 sandhi writing。
② Yushu Gong, "Fehlerhafte Schreibungen in den Namen der Keilschriftzeichen", *Die Welt des Orients*. 28 (1997), p. 63.
③ Ibid, p. 68.
④ G. B. Gragg, "The Keš Temple Hymn" in *The Collection of the Sumerian Temple Hymns in Texts from Cuneiform Sources III* ed. by Åke W. Sjöberg, E. Bergmann and G. B. Gragg (Locust Valley: J. J. Augustin, 1969), p. 178, lines 13–14.
⑤ 格莱格的音译是 ᵈnisaba nu-ka-aš-bi-im，并将其译为 "Nisaba was its princely? arbiter?"，与雅各布森的理解大为不同。G. B. Gragg, "The Keš Temple Hymn" in *The Collection of the Sumerian Temple Hymns in Texts from Cuneiform Sources III* ed. by Åke W. Sjöberg, E. Bergmann and G. B. Gragg (Locust Valley: J. J. Augustin, 1969), p. 167.

将写好的泥板拿在手上。①

从这段诗文可以看到，《凯什神庙赞》的来源是恩利尔，恩利尔把赞美之词口授给书写女神妮撒芭，妮撒芭把它写下来，一个"权威文本"②就这样产生了。这个过程大概就是巴比伦人眼里的文本起源过程：从口授到文本。恩利尔的口授和妮撒芭的书写发生在何时何地？口授和书写是同步进行的（即听写）还是事后整理的？妮撒芭的"编织"是对恩利尔口授的加工整理，还是任意发挥？这些都是我们关心的问题，但显然不是巴比伦人关心的问题，所以我们无法从中得到问题的答案。

恩利尔口授，妮撒芭书写，这显然是在说明该赞美诗的神（圣）性，同时也交代了赞美诗的作者。上文说过，把文学作品的作者归之于神是为"不知"找一个最好的同义词。《凯什神庙赞》自称受之于神，这无异于宣布，该诗的原创作者不详，这个不详恰恰表明，《凯什神庙赞》在形成文本之前已有口传版本。经验告诉我们，谚语、寓言、谜语和神话在形成文本之前已经存在、或已经长期存在口传版本的可能性最大，而赞美诗和挽歌等针对性比较强的作品一般应是见景生情的即兴之作（赞歌），或嗟人叹世的事后感慨（挽歌）。

《凯什神庙赞》的口传版本，如果有的话，产生于何时呢？1969年，当格莱格出版《凯什神庙赞》时，共发现36个抄本，都属于古巴比伦时期（约公元前1800—前1600年）。③而凯什作为城市名称④已经出现在出土于乌尔

---

① Th. Jacobsen, "Oral to Written" in *Societies and Languages of the Ancient Near East, Studies in Honour of I. M. Diakonoff* ed. by M. Dandamayev (Warminster: Aris & Phillips, 1982), pp. 129-137 (p. 131). 本专题作者的理解不同于雅各布森。

② Th. Jacobsen, "Oral to Written" in *Societies and Languages of the Ancient Near East, Studies in Honour of I. M. Diakonoff* ed. by M. Dandamayev (Warminster: Aris & Phillips, 1982), pp. 129-137 (p. 131).

③ G. B. Gragg, "The Keš Temple Hymn" in *The Collection of the Sumerian Temple Hymns in Texts from Cuneiform Sources III* ed. by Åke W. Sjöberg, E. Bergmann and G. B. Gragg (Locust Valley: J. J. Augustin, 1969), p. 157.

④ 凯什被写作 ÉN.ŠÁRxGAD^{ki}，或 ÉN.DÙGxGAD^{ki} 或 ÉN.HIxDAG^{ki}。在一篇赞美诗中，凯什被称为"国家诞生的地方"（kèši^{ki} ulutin-kalam-ma-ke$_4$），见 C. Wilcke, "Sumerische Epen"（转下页）

的、属于早王朝早期的"城邦印"中,①绝对年代大致相当于公元前2800—前2700年。这个年代不一定是凯什建城的年代,它只能说明,凯什最晚建于此时。神庙是古代美索不达米亚城市的标志性建筑,城市的发展过程一般是先有神庙,然后才以神庙为中心逐渐发展为城市。格莱格于1969年整理《凯什神庙赞》时,所依据的文献都出自古巴比伦时期,晚于凯什神庙的建造时间(早王朝早期)至少有八九百年。在格莱格的《凯什神庙赞》出版两年之后,毕格斯在刚刚出土的阿布-萨拉比赫文献中发现了《凯什神庙赞》的最早版本,也是目前已知的最早版本,②将《凯什神庙赞》的文本形成时间上推了至少八百年。尽管如此,在这个目前已知的最早文本产生时间与凯什神庙的实际建立时间之间仍有至少百余年的间隔。如果相信阿布-萨拉比赫文献中的《凯什神庙赞》是该赞美诗的最早文本,就不得不承认《凯什神庙赞》在形成文本之前已有口头版本存在。如果相信《凯什神庙赞》的最早文本与凯什神庙的落成同步,就不得不承认阿布-萨拉比赫文献中的《凯什神庙赞》不是最早的文本。

1976年,德国学者梭伦在一篇文章中这样写道:"最后,我想着重指出,苏美尔文学可能与苏美尔神庙一样古老,其内容具有神话和说教性,其作用寓

(接上页)in *Kindlers Neues Literatur Lexikon Band 19 Anonyma Kollektivwerke* ed. by W. Jens and R. Radler (München: Kindler Verlag GmbH, 1992), pp. 575-580 (p. 50)。至于它的地理位置,有文献讲道:"凯什,孤立于平原高处"(kèši[ki] an-eden/dè-na dili dù-a),同上,第55页。据此,有学者认为此城可能位于伊辛和阿达布以南,见 D. O. Edzard, *Die Zweite Zwischenzeit Babyloniens* (Wiesbaden: Otto Harrassowitz, 1957), p. 54, note 242;有的学者认为它可能位于阿达布和尼普尔之间,见 G. B. Gragg, "The Keš Temple Hymn" in *The Collection of the Sumerian Temple Hymns in Texts from Cuneiform Sources III* ed. by Åke W. Sjöberg, E. Bergmann and G. B. Gragg (Locust Valley: J. J. Augustin, 1969), p. 164。这座古代城市尚未发现,因此,没有相关考古材料可供参考。

① UET II, 323 以及 330。见 G. B. Gragg, "The Keš Temple Hymn" in *The Collection of the Sumerian Temple Hymns in Texts from Cuneiform Sources III* ed. by Åke W. Sjöberg, E. Bergmann and G. B. Gragg (Locust Valley: J. J. Augustin, 1969), p. 160.

② R. Biggs, "An Archaic Sumerian Version of the Kesh Temple Hymn from Tell Abū Ṣalābīkh", *Zeitschrift für Assyriologie*, (61) 1971, 193-207.

于神庙的崇拜仪式中"。① 梭伦想通过这样的结论说明苏美尔文学在起源方面的古老性和文本文学产生之前已经存在无法追溯其源头的口头文学的可能性。有证据证明,某些神庙赞美诗是在神庙落成典礼时现场创作的。

《舒尔吉赞,B》(第 311—315 行)这样道:

šùd é-kur-ra ki hé-ús-sa-gu₁₀-uš
dub-sar hé-du šu-ni hé-eb-dab₅-bé
nar hé-du gù hu-mu-un-ne-re-dé
é-dub-ba-a da-rí ur₅ nu-kúr-ru-dam
ki-úmun da-rí ur₅ nu-šilig-ge-dam

我在埃库尔所做的祈祷,
让在场的书吏用手记,
让在场的乐师唱成曲。
在泥板屋中,它们将永不改变,
在学术之地,它们将永存永续。②

从中可见,国王在神庙中祈祷(大概指主持某种宗教仪式或神庙落成仪式)时,有书吏和乐师随从,书吏且听且记,形成文本,然后由乐师演唱。通

---

① H. Sauren, "Der Weg nach Aratta—Zur Tieferen Erschliessung der Sumerischen Literatur" in *Wirtschaft und Gesellschaft im Alten Vorderasien* ed. by J. Harmatta and G. Komoraczy (Budapest: Académiai Kiado, 1976), pp. 137–144 (p. 144).

② Th. Jacobsen, "Oral to Written" in *Societies and Languages of the Ancient Near East, Studies in Honour of I. M. Diakonoff* ed. by M. Dandamayev (Warminster: Aris & Phillips, 1982), pp. 129–137 (p. 132). 此处的译文与雅各布森的译文有很大不同。卡斯特里诺的译文是 "(311) In order that my homage should be established in the Ekur, (312) The scribe will go and take them into his hand, (313) The singer will go and perform them, (314) In the edubba they will last, things never to be changed. (315) In the 'Academy' they will be everlasting, things can there be added?" 见 G. R. Castellino, *Two Šulgi Hymns (BC)* (Roma: Istituto di studi del Vicino Oriente, Università, 1972), pp. 62–63。

过这种方式产生的有词有曲的文学作品在学校中得到传承。如果这种理解不谬，那么，我们便有理由相信，有些神庙赞美诗可能是在举行神庙落成（修缮一新）仪式过程中产生的。

到了乌尔第三王朝时期，文字的使用历史已逾千年。当场记录，即兴作诗，有词就可以演唱，在技术上是完全可能的。不过，考古证据表明，就苏美尔地区而言，神庙的建立往往早于国家的形成，甚至早于文字的发明和使用。[①] 所以，如果苏美尔文学真的与苏美尔神庙一样古老，那么，这种文学就只能是口头文学了。按照这个逻辑，口头文学先于文本文学这个具有普遍意义的发展模式可能也是苏美尔文学的发展模式。

有人对此持不同意见，米歇洛夫斯基就是其中一个。他认为，"就我们所知的文本而言，其中没有什么特别'口语'的东西，在理论上，我们也没有非常有说服力的理由来推断这样一种创作方法。……口头文学的这种假设，尤其是程式理论，即使进行大幅度修改，对探讨美索不达米亚文学也不见得是一种富有成效的方法。……就我对那个文学的了解而言，一切都表明，我们面对的是一个高度规则化的书写传统，这个传统有时可能通过口头进行传播，但那完全是另外一种交际方式，与已经存在的本土文学是两回事儿"。[②]

上文谈到阿斯特于1972年把帕里-洛德的"程式"理论引入苏美尔文学研究领域的情况。那时，阿斯特大谈苏美尔文学中的"程式"，并由此得出苏美尔文学属于口头文学的结论。[③] 20年后，阿斯特对自己以前的观点进行了修正，认为"程式不是判断口头诗歌的唯一标准"，因为有些真正的"文学"作

---

① 拱玉书:《文字与文明——以楔形文字为例》,《古代文明》（第3卷）,文物出版社,2004年,第380—404页。

② P. Michalowski, "Orality and Literacy and Early Mesopotamian Literature" in *Mesopotamian Epic Literature – Oral or Aural?* ed. by M. E. Vogelzang and H. L. J. Vanstiphout (Lewiston: The Edwin Mellen Press, 1992), pp. 227-245 (pp. 244-245).

③ B. Alster, *Dumuzi's Dream: Aspects of Oral Poetry in a Sumerian Myth. Mesopotamia. Copenhagen Studies in Assyriology Vol. 1* (Copenhagen: Akademisk Forlag, 1972), pp. 11, 21, 27.

品也高度程式化。① 他还发现,"程式"化是出于音乐伴奏的需要。②

最后,有必要指出:第一,截至目前,虽然学者们尚不能为每一种文学形式、每一篇文学作品都理出一个清楚的发展脉络,但可以肯定,不是每一种文学形式、每一篇文学作品都一定要经历口传阶段。当文字发展到完全可以完整地表达语言、准确地体现思维时,文学作品完全可以"横空出世",无须过程,一步完成。第二,因为苏美尔人和巴比伦人早已成为凝固的历史,口头文学的本来面貌与我们失去了缘分。我们现在见到的苏美尔文学(包括巴比伦文学)都是文本文学。所谓的口头文学是人们在文本文学中见到的蛛丝马迹,而根据这种蛛丝马迹来再现口头文学的过程具有很大的主观性。

1.4 《恩美卡与阿拉塔王》的研究历史

1939 年,当雅各布森为他的不朽名著《苏美尔王表》作注时,错误地把《恩美卡与阿拉塔王》称为 "Nigi, the high priest of Lamkurru",③ 不久得到克莱默的修正。④ 克莱默更正雅各布森的同时把《恩美卡与阿拉塔王》称为《恩美卡史诗》。⑤ 1952 年,克莱默首次发表《恩美卡与阿拉塔王》的全诗音译和英译,将其定名为《恩美卡与阿拉塔王》(Enmerkar and the Lord of Aratta),从此,这个名称成为标准名称,沿用至今。这部史诗的古代名称并非如此。上文已经讲到,苏美尔人的文学作品没有概括内容的标题,作品的首句(或词组)就是作品的名称。史诗《恩美卡与阿拉塔王》的首句是 "iri gu₄-huš AN.TÉŠ ní-gal

---

① B. Alster, "Interaction of Oral and Written Poetry in Early Mesopotamian Literature" in *Mesopotamian Epic Literature—Oral or Aural?* ed. by M. E. Vogelzang and H. L. J. Vanstiphout (Lewiston: The Edwin Mellen Press,1992), pp. 23–69 (p. 27).

② Ibid, p. 28.

③ Th. Jacobsen, *The Sumerian King List, Assyriological Studies No.11* (Chicago: University of Chicago Press, 1939), p. 86.

④ S. N. Kramer, "Man's Golden Age: A Sumerian Parallel to Genesis XI.1", *JAOS*, 63 (1943), 191–194 (p. 192).

⑤ Ibid.

gùr-ru"（城市——充满活力的野牛，令人恐惶），其中的 iri gu₄-huš "城市，野牛"出现在文学目录中，这就是该史诗的古代名称。①

自从克莱默于 1952 年出版至今仍然不可替代的"初版"②以来，相关文章和专著层出不穷，在此不能一一列举。但几个"里程碑"必须提到，它们分别是克莱默的"初版"，科恩的《恩美卡与阿拉塔王》，③雅各布森的《恩美卡与阿拉塔王》，④凡斯提福特的《恩美卡与阿拉塔王》，⑤以及牛津苏美尔文学网上公布的音译和翻译。

克莱默 1952 年的"初版"，从量上看是本"小"书，文字部分（包括引言、音译、翻译、注释）只有 55 页，外加 28 个图版，但从质量上看，它却是一本厚重的书，迄今仍不可替代。首先，它的价值体现在它的首创性上。《恩美卡与阿拉塔王》的原著，即已知的主要泥板抄本，都是克莱默在博物馆中进行"文字考古"时发现的。他也是第一个把主要的泥板抄本临摹成现代摹本，并首先对它们进行音译、翻译和评注的人。这些成果都体现在他的"初版"中。后来所有学者对《恩美卡与阿拉塔王》所做的研究都建立在这个基础上，而且在原始材料的出版方面谁也没有超过他。其次，作为苏美尔学大师，他的音译、翻译以及对相关问题的解释都对后来的研究者产生了深刻影响。20 世纪 70 年代阿斯特把帕里-洛德理论引进亚述学大概也与克莱默的影响有关系，因为克莱默在这本书里明确指出了苏美尔文学具有的从口传到文本的特点："书写下来的苏美尔故事是口头诗歌的改编，而口头诗歌是宫廷诗人在国

---

① H. L. J. Vanstiphout, "Another Attempt at the 'Spell of Nudimmud'", *Revue d'Assyriologie et d'Archéologie Orientale*, 88 (1994), 135–154 (p. 135); W. Röllig, "Literatur", *Reallexikon der Assyriologie*, 7 (1990), 35–66 (p. 39).; S. Cohen, *Enmerkar and the Lord of Aratta*（宾夕法尼亚大学博士论文）, 1973, p. 7.

② S. N. Kramer, *Enmerkar and the Lord of Aratta* (Philadelphia: University of Pennsylvania Press, 1952).

③ S. Cohen, *Enmerkar and the Lord of Aratta*（宾夕法尼亚大学博士论文）, 1973.

④ Th. Jacobsen, *The Harps that once… —Sumerian Poetry in Translation* (New Haven and London: Yale University Press, 1987), pp. 275–319.

⑤ H. L. J. Vanstiphout, *Epics of Sumerian Kings: The Matter of Aratta* (Atlanta: Society of Biblical Literature, 2003), pp. 49–96.

王和英雄们在世之时为歌颂他们的英雄业绩创作的。"①

克莱默对《恩美卡与阿拉塔王》给予了高度评价，认为《恩美卡与阿拉塔王》为我们了解地处伊朗境内的古代城邦阿拉塔提供了不可多得的新材料。不过，与此同时他也提醒人们注意避免望文生义，时刻注意文学中反映的历史的可信程度。②尽管如此，他本人还是按照他的一贯风格，以《恩美卡与阿拉塔王》为根据，对一些历史问题进行了大胆假设。他认为，与乌鲁克相隔七重大山的阿拉塔可能位于安善的南面，在伊朗的西南部，即剌利斯坦（Laristan/Lārestān）地区；阿拉塔的政治体制与乌鲁克的十分相似，国王被称为"恩"（en），出现在《恩美卡与阿拉塔王》中的其他官职也与乌鲁克的相同，甚至像乌鲁克一样，阿拉塔也有"公民大会"；阿拉塔人崇拜苏美尔神杜木兹和伊楠娜，而伊楠娜是乌鲁克的保护神。因此，他说："如果我们的诗人所言可信的话，我们可以得出这样的结论：公元前四千年代末和三千年代初，阿拉塔城邦——虽然地处伊朗山区，远离苏美尔——在文化和政治上都深受苏美尔影响。甚至它的统治阶级是由苏美尔人构成，这也不是不可能，因为阿拉塔王虽然在《恩美卡与阿拉塔王》中始终保持了匿名，但在其姊妹篇《恩美卡与恩苏克什达纳》中，他的名字是标准的苏美尔语"。③

由于亚述学的不断发展，后来者在音译和翻译方面对克莱默的"初版"多有修正。但没有克莱默的开拓，就没有后来的进步和发展。

1968年，克莱默发表了一篇极简短的文章，④把一张图版算在内还不到4页，但它的意义却非常重大，因为他又在"文字考古"中发现了新材料，即Ash. 1924.475，⑤弥补了"初版"中的大段缺失。

---

① S. N. Kramer, *Enmerkar and the Lord of Aratta* (Philadelphia: University of Pennsylvania Press, 1952), p. 3.
② Ibid, pp. 2–3.
③ S. N. Kramer, *Enmerkar and the Lord of Aratta* (Philadelphia: University of Pennsylvania Press, 1952), p. 3. 克莱默把"恩苏克什达纳"音译为"Ensukushsiranna"。
④ S. N. Kramer, "The Babel of Tongues: A Sumerian Version", *JAOS*, 88 (1968), 108–111.
⑤ 在 S. Cohen, *Enmerkar and the Lord of Aratta*, 1973 中编号为"K"。

1973年，科恩完成了题为 *Enmerkar and the Lord of Aratta* 的博士论文，把《恩美卡与阿拉塔王》的研究推向新的阶段。他的论文由著名亚述学家薛伯格指导，也得到了克莱默的帮助。[①] 他吸收了当时所有的最新研究成果，把《恩美卡与阿拉塔王》的整理和研究提高到新的高度。直到今天，再没有出现以《恩美卡与阿拉塔王》的编辑整理为目的的论著，说明他的编辑整理工作至今不可超越。

他的主要功劳是发现了一些到那时为止尚未发现的古代抄本。他在克莱默"初版"的基础上增加了10个古代抄本，有的是他发现的，有的是别人发现的。科恩没有把新发现的古代抄本制成现代摹本，实为遗憾。时至今日，其中的几个古代抄本仍未刊布，给学者核对原典带来不便。由于新的古代抄本的发现，科恩弥补了相当多的"初版"中的缺文。

第三个里程碑是雅各布森的《曾经……的竖琴》。[②] 雅各布森著此书的目的是为英语读者提供阅读欣赏苏美尔诗歌的机会，自然而然地省去了音译以及与版本相关的信息，只为读者提供了简短的引言、英译以及简短的注释。在出版该著作的20世纪80年代末，雅各布森已接近九十高龄，在学术界声望极高，其学术造诣也达到炉火纯青的程度。所以，他在翻译《恩美卡与阿拉塔王》时，不拘一格，随心所欲，既能居高望远，又能明察秋毫；既语出惊人，又符合逻辑。总的说来，他的译文有三个特点：一是格式新颖，二是观点新颖，三是语言优美。

所谓格式新颖是指他打破常规，首次把英文诗歌形式运用到苏美尔诗歌的翻译中。在以往的翻译中，不论是克莱默的译文，还是科恩的译文，译者都严格地按照苏美尔诗歌的本来格式，一行原诗一行译文地进行翻译，按部就班，不越雷池。其他人在翻译古诗时也莫不如此。但雅各布森的译文不同，请看：

[①] S. Cohen, *Enmerkar and the Lord of Aratta*（宾夕法尼亚大学博士论文），1973, p. iv.
[②] Th. Jacobsen, *The Harps that once… —Sumerian Poetry in Translation* (New Haven and London: Yale University Press, 1987), pp. 275–319.

In that fierce bull of a city,
 imbued with dignity
 and great awesomeness,
Kullab,
 bellowing holy hymns,
place where at dawn
 decisions (by the gods)
 are made,
in Uruk
 the great mountain
 carried in Inanna's heart,
destined,
 in the days of yore
 to be at workday's end
 An's dining hall:
In Uruk, in Kullab,
 in Urugal,
proudly the great princes
 of the gods convened,
and plenteous precipitation,
 producing carp-floods
and rainshowers,
 producing mottled barley,
they joined together
 for Uruk and for Kullab

(in their decisions).①

他的译文格式特别,语言优美,有时还能让人感觉到韵律的存在。不仅如此,如果读者熟悉其他人的译文或者苏美尔原著,就会觉得雅各布森在对原著的理解方面常常与众不同,让人耳目一新。

第四个里程碑是凡斯提福特的《关于苏美尔诸王的史诗——阿拉塔问题》。②说它重要,原因有三:第一,它是最新的《恩美卡与阿拉塔王》音译本和英译本。第二,作者首次把四部史诗贯穿起来,从而把四部史诗的关系说得更加清楚,使《恩美卡与阿拉塔王》在苏美尔史诗中的地位更加明确。第三,他在音译和翻译方面有一些独到的解释和体会。

最后要提到的就是英国牛津大学的"苏美尔文学网",通常简称为ETCSL。目前在这个网站公布了许多苏美尔文学作品的音译、翻译、研究历史和版本流传情况,其中包括多种文学题材,如神话、史诗、赞美诗、争论以及王室铭文等。这个网站曾经由布莱克教授负责。不幸的是,布莱克教授于2004年英年早逝,给这个网站的前途带来变数。希望这个网站能够继续存在下去,而且越办越好。到目前为止,无数苏美尔文学的爱好者和从事苏美尔文学研究的学者都曾受益于这个网站,正如凡斯提福特所言:"每个苏美尔学家都要感谢ETCSL"。③凡斯提福特对布莱克充满感激,认为ETCSL对他撰写《关于苏美尔诸王的史诗——阿拉塔问题》一书帮助极大。在此,我们也郑重说明,在音译和翻译《恩美卡与阿拉塔王》时,也从ETCSL中受益良多。

---

① Th. Jacobsen, *The Harps that once... —Sumerian Poetry in Translation* (New Haven and London: Yale University Press, 1987), p. 280,即《恩美卡与阿拉塔王》第1—11行。

② H. L. J. Vanstiphout, *Epics of Sumerian Kings: The Matter of Aratta* (Atlanta: Society of Biblical Literature, 2003).

③ Ibid, p. 16.

1.5 《恩美卡与阿拉塔王》的故事梗概

《恩美卡与阿拉塔王》一开始就把乌鲁克的历史追溯到"开天辟地"的传说时代,唤起人们对美好"远古"时代的无限遐想。在"蓬莱仙境"迪尔蒙尚未为世人所知之前,在人们取得诸如王权、贸易、采矿、礼仪等文明成就之前,乌鲁克就一枝独秀,成为"昂首屹立"于两河冲积平原南部的"砖建"城市。那时,乌鲁克正处在恩美卡的统治时期。恩美卡是乌鲁克城邦的统治者,同时也是城邦保护神的配偶。乌鲁克城邦的保护神是女神伊楠娜,于是,恩美卡便担当着女神丈夫的角色,在每年一次的"圣婚礼"上与她结合。他的首要义务就是当好神的人间代理,通过修建神庙与举行拜神仪式来取悦于神,以此来保证国家的繁荣昌盛以及自己统治地位的稳定。

修建神庙需要建筑材料,装饰神庙需要金属和宝石,而这些材料正是地处两河流域南部冲积平原的乌鲁克所缺少的。于是乌鲁克国王恩美卡决定战胜阿拉塔,把它变成附属国,以此达到获取觊觎之物的目的:不但让阿拉塔为乌鲁克提供建筑和装饰材料,而且还想让它为修建神庙提供必要的人力。不过,他采取的方式不是军事征服,而是精神征服。人类历史上的第一次"心理战"[①]就这样在乌鲁克和阿拉塔之间上演了。《恩美卡与阿拉塔王》讲述的主要内容就是这场"心理战"。

既是战神又是爱神的伊楠娜不但是乌鲁克的保护神,也是阿拉塔的保护神。于是,恩美卡决定说服伊楠娜,让她放弃对阿拉塔的保护,让她把干旱和饥荒降临到阿拉塔,以此迫使阿拉塔王屈服于乌鲁克,使他不得不用当地的宝石和金属来换取乌鲁克的粮食,不得不派役工来代替乌鲁克人修建神庙。

[①] Kramer 称之为"最早的'心理战'"("The First 'War of Nerves'")。S. N. Kramer, *History Begins at Sumer* (New York: Doubledat Anchor Books, 1959), p. 17.

伊楠娜被恩美卡说服，用雅各布森的话说，她受到恩美卡的"蛊惑"。①伊楠娜为恩美卡出了主意，让他派遣能言善辩的使者到阿拉塔对其国王进行要挟，实施第一轮心理攻势。恩美卡按照伊楠娜的旨意，在将士中选择了一个能言善辩的"飞毛腿"做使者，并在他出发之前，详细地向他口授使命。之后，使者日夜兼程，很快就来到阿拉塔。

使者不但把恩美卡的话原原本本地转达给阿拉塔的统治者，而且添枝加叶，把要挟变得更具有威慑力。然而，阿拉塔王丝毫没有惧怕，立即用嘲笑的口吻回答使者，表示出他对乌鲁克国王的藐视，同时对神的保护坚信不疑。

乌鲁克的使者步步紧逼，使阿拉塔王一时不知所措，"心里很压抑，烦恼又忧虑"（第 236 行）。不过，他很快就计上心头，想出一个与乌鲁克王"斗智"的主意，并因而显得十分得意（第 236—241 行）。他让乌鲁克王恩美卡为正在遭受饥荒之苦的阿拉塔提供粮食，但是不能把这些粮食装在普通的（麻）袋里，而要把它们装在"网袋"（sa-al-kad$_5$，第 281 行）里，不能用车载，而要用驴驮。在他看来，这是不可能做到的。

使者返回乌鲁克。乌鲁克王恩美卡起初一筹莫展，但后来得到"大智大慧的女王"、书写神妮撒芭的帮助（第 310 行），想出了解决问题的办法，其中包括把"麦芽用水浸泡"（第 326 行），"把网袋的网眼缩小"（第 328 行），以及"用仓储大麦把网袋装满，并将它们用封口夹封好"（第 329 行）。

恩美卡在解决了阿拉塔王的难题之后，又对阿拉塔王提出了进一步要求：要求他把"权杖"交给恩美卡（第 346 行）。根据《恩美卡与阿拉塔王》第 340—345 行的描述，阿拉塔王的权杖是从乌鲁克王的权杖中分离出去的，这意味着阿拉塔王的权力来源是乌鲁克王。

使者再次上路，直奔阿拉塔。阿拉塔的黎民百姓看到救命粮，欢呼雀跃。解除了饥饿之苦的黎民百姓和长老们都愿意归顺乌鲁克。可是，阿拉塔王尽食

---

① Th. Jacobsen, *The Harps that once... —Sumerian Poetry in Translation* (New Haven and London: Yale University Press, 1987), p.275.

前言，撕毁承诺。他把自己关在寝宫里，不饮不食，冥思苦想，终于又想出一个难为乌鲁克王的主意：如果乌鲁克王能按他的要求做一个非木、非金、非银、非石的权杖给他，他就愿意臣服。他提出的要求十分苛刻，在他看来，乌鲁克王是绝对办不到的。

使者带着阿拉塔王的要求，返回乌鲁克。在智慧神恩基的帮助下，恩美卡用"十年"时间制作了一个符合要求的权杖。使者带着权杖第三次来到阿拉塔，把权杖交给阿拉塔王。阿拉塔王虽然心里十分恐惧，感到对方的智慧远远胜过自己，但还是决定孤注一掷，顽抗到底。于是，他又提出一个新的挑战，建议双方各派一名勇士，代表双方进行单打独斗，以此决定谁是"强者"。他同时还对勇士的服色（也可能指肤色）提出了苛刻要求。

恩美卡决定迎战。但这一次，他显然失去了耐心。于是，对阿拉塔王下了最后"通牒"，告诉他不要再玩弄诡计，否则，下场必定是城毁人亡。这一次，乌鲁克国王滔滔不绝，讲了很多，归纳起来包括三层意思：一是同意各派一名"勇士"进行格斗；二是要求阿拉塔王为他在乌鲁克堆起金山、银山以及其他宝石山；三是如果他拒绝满足乌鲁克的要求，就把阿拉塔夷为平地。在此之前，乌鲁克的使者穿梭于乌鲁克和阿拉塔之间，把各自的要求转达给对方，把任务完成得都很出色。然而，这次使者被难住了，因为"他的话很多，意义且深奥"（第500行），结果是"使者嘴沉重，不能复述之"（第501行）。显然，口头传递信息的方式已经达到了极限，已经不能满足实际需要。在这种情况下，一种新的方式应运而生了：恩美卡把要说的话写在泥板上。接着史诗的作者评论道："此前，把言词写在泥（板）上的事情从未见。现在，就在那一日，就在那一天，事情发生如这般"（第504—505行）。乌鲁克王恩美卡首次把文字写在泥板上，并首次把它运用到外交事务中。

阿拉塔王从字里行间看到了问题的严重性："言词钉子般，面容怒气现"（第540行）。这里的"面容"显然指书写在泥板上的楔形文字的外形。但这时，不知出于什么原因（泥板残缺严重），雷雨神伊什库突然前来帮助阿拉塔。一时间，雷鸣电闪，大雨倾盆，山摇地撼，小麦自生自长，阿拉塔喜获丰收，粮食堆满谷仓。阿拉塔王因此重新振作起来，恢复了自信，得意自喜之情溢于言表。

接着是两个"勇士"登场亮相。阿拉塔派来的是一位威武雄壮的"勇士"，而代表乌鲁克王出场的却是一个年迈的女巫师。史诗对两个"勇士"的外貌做了描述，对二者的"决斗"过程却未置一词。由于史诗的结尾残缺严重，故事情节的发展和最终结局不详。从残文的字里行间可以得到这样的印象：乌鲁克的女巫师取得最后胜利，[①] 阿拉塔与乌鲁克和解，两个城市（国家）之间的传统贸易关系得到恢复或得以建立，[②] 乌鲁克继续为阿拉塔提供农产品和纺织品，而阿拉塔继续为乌鲁克提供建筑和装饰材料——宝石、金属和木材。

以引子或前言开篇是苏美尔史诗的特点之一。由于内容不同，每首史诗的引子也不尽相同，但有一点是共同的，那就是一开始就在时空上制造一种"远古"气氛：遥远、神秘、美好、令人向往。[③] 结构式重复也是苏美尔史诗的特点之一。不过，《恩美卡与阿拉塔王》没有为重复而重复，而是把重复与故事内容有机地结合起来，让重复为内容服务，使读者身在重复中，不觉是重复。使者四次出使阿拉塔，这本身就是重复，描述语言与对白中也多有重复之处，但《恩美卡与阿拉塔王》的故事情节起伏跌宕，扣人心弦。使者每次出使都带着新的使命，每次回来都带来新的挑战，每次都有重复，每次又都有新的内容，新的情节。重复与新的情节融在一起，重复为情节服务，使情节更加引人入胜。

---

① 也有相反的解释，认为恩美卡输了这场与阿拉塔王的智斗。S. Cohen, *Enmerkar and the Lord of Aratta*（宾夕法尼亚大学博士论文），1973, p. 25.

② 凡斯提福特认为，《恩美卡与阿拉塔王》的结尾主要是讲"贸易的发明"。H. L. J. Vanstiphout, *Epics of Sumerian Kings: The Matter of Aratta* (Atlanta: Society of Biblical Literature, 2003), p. 8.

③ 布莱克对苏美尔叙述诗的"引子"进行了归纳。J. Black, "Some Structural Features of Sumerian Narrative Poetry" in *Mesopotamian Epic Literature—Oral or Aural?* ed. by M. E. Vogelzang and H. L. J. Vanstiphout (Lewiston: The Edwin Mellen Press, 1992), pp. 71-101(pp. 93-95). 其中的《恩基的尼普尔之行》是这样开头的：(1) u$_4$ re-a nam ba-tar-ra-ba (2) mu hé-gál an ù-tu-da (3) un-e ú-šim-gin$_7$ ki in-dar-ra-ba "（1）在很久以前的开天辟地之日，（2）在安神把富饶降到（世间？）之年，（3）当众生像香草一样破土而出的时候"。同上 p. 94。

《恩美卡与阿拉塔王》的叙事结构可归纳如下：

1—32 行：交代时间、地点、人物。
　　　　时间：很久很久以前。
　　　　地点：乌鲁克和阿拉塔。
　　　　主要人物：乌鲁克王恩美卡和阿拉塔王。

33—64 行：以乌鲁克王恩美卡求助于女神伊楠娜的形式引出事端：乌鲁克王要求阿拉塔王臣服，为乌鲁克建造神庙，提供建筑和装饰材料，并提供役工。目的是使乌鲁克王美名扬，同时让世人为他惊奇，让太阳神乌图为他欣喜。

65—104 行：女神伊楠娜回应恩美卡，鼓励赞美恩美卡，并教之具体谋略。

105—155 行：恩美卡按照神意，选定使者，亲下口谕，对阿拉塔王进行威胁恐吓，进而索要金银，并以"努帝穆德咒"晓之以理：在和平大同时代之后，曾经出现相互征伐的不和睦状态，世人讲多种语言，意见分歧，各持己见，因而刀兵相见。智慧神努帝穆德出面戡乱，统一了人类的语言，化解了矛盾，解决了纷争，天下重归太平。恩美卡意在强调和平来之不易，以此提醒阿拉塔王不要再造成那种局面。

156—217 行：乌鲁克使者第一次出使阿拉塔，把乌鲁克王的话转达给阿拉塔王。

218—296 行：乌鲁克使者与阿拉塔王对话。阿拉塔王自夸，不屈；使者应变，逼对方屈服；阿拉塔王悒悒不乐，一时不能应对，但终于计上心头，认为阿拉塔具备天时、地利与人和，足以与乌鲁克抗衡，随即提出条件，要求乌鲁克用网袋为阿拉塔提供谷物，若如此，方屈服。

297—302 行：使者回国复命（省略阿拉塔王提出的条件）。

303—336 行：乌鲁克王想对策，求神助，在智慧女神妮撒芭的帮助下，终于想出如何用网袋驮运谷物的办法。

337—347 行：乌鲁克王要求阿拉塔王交出权杖。

348—412 行：乌鲁克使者第二次出使阿拉塔，带来谷物，受到百姓欢迎，长老们主张投降；使者转达乌鲁克王恩美卡的新要求，让阿拉塔王交出权杖；阿拉塔王想对策，给乌鲁克王出难题，要求乌鲁克王为他制作一个非木、非金、非银、非石的权杖。

413—434 行：乌鲁克使者第二次回国复命，乌鲁克王按照阿拉塔王的要求制作了一个"合成"材质的权杖。

435—462 行：使者第三次出使阿拉塔，带来"合成"材质权杖，阿拉塔王仍不肯屈服，又提出新的要求，要求双方各派一名"勇士"决斗。

463—499 行：乌鲁克使者第三次回国复命，乌鲁克王回应阿拉塔王，同意派遣"勇士"，同时提出一系列要求：一，要求阿拉塔王提供一件颜色非同寻常的衣服；二，要求阿拉塔王提供贵金属；三，要求阿拉塔王为乌鲁克采石建庙。

500—506 行：乌鲁克王恩美卡发明文字。

507—541 行：使者第四次出使阿拉塔，在阿拉塔王面前出示写在泥板上的外交文书，阿拉塔王仔细观看泥板，一筹莫展。

542—576 行：雷雨神伊什库降及时雨，解除阿拉塔的饥荒，阿拉塔五谷丰登，阿拉塔王再次振作。

577—602 行：乌鲁克的女巫出场，大概通过施魔法，使阿拉塔牛羊成群。

603—616 行：泥板残缺严重，所言不详。

617—636 行：阿拉塔与乌鲁克进行贸易，互通有无；再次交代乌鲁克与阿拉塔的关系，强调阿拉塔的子国地位。

2 历史解析

文学作品不是历史文献，但其中却包含着历史，史诗尤其如此，原因在于历史史诗是以历史事件为背景、以历史人物或半历史人物为主角的文学作品。《恩美卡与阿拉塔王》就是这样一部历史史诗。

2.1 乌鲁克

乌鲁克不但是《恩美卡与阿拉塔王》歌颂的主题，也是事件发生的地点之一。史诗中的"英雄"就是乌鲁克国王，所以，深入了解乌鲁克的历史地位和文明成就对理解《恩美卡与阿拉塔王》极为重要。虽然史诗中多次提到乌鲁克，但由于该史诗关注的焦点不是乌鲁克本身，所以，对乌鲁克的描述还是十分有限的。

2.1.1 《恩美卡与阿拉塔王》中的乌鲁克

乌鲁克在《恩美卡与阿拉塔王》中共出现 20 次，[1] 但其中包含的信息却十分有限，原因是史诗没有对乌鲁克做任何描述。如果乌鲁克的一个同位语算是对乌鲁克所做的描述的话，那也就仅此一例。

这个同位语出现在史诗的第 4 行，即 unug^{ki} kur-gal šà-[an?-na?...] "大国乌鲁克［……天之？］心脏"。如果修补不谬，这句话包括了两层意思：其一，

---

[1] 第 4、7、11、13、38、42、48、60、79、91、177、181、225、226、252、333、370、516、558 以及 562 行。

乌鲁克是"大国";其二,乌鲁克是"天之心脏"。如何解读?又是问题。所谓的"大国"在原文中是 kur-gal("大山")。"kur"的基本意思是"山"(阿卡德语 šadûm)。但它有许多引申义,如"国家"(mātum)、"(土)地"(erṣetum)、"净化"(ullulum)、"一节树干"(kūrum)等。① "kur"是《恩美卡与阿拉塔王》中最常见的名词,共重复出现了 54 次。虽然如此,它的意义有时还是难以确定,尤其是"山"与"国"二者,很难取舍。本句中的"kur"就是一例:是"大山乌鲁克",还是"大国乌鲁克"?如何取舍?根据什么定夺?早在 1944 年,克莱默就建议把 kur-é-an-na 中的 kur 译为"国(土)",原因是这里的 kur-é-an-na 指苏美尔,而苏美尔地处平原,没有大山。② 也正是由于这个原因,我们的译文选择了"大国"。但这个选择带有很大的主观性。至于"天之心脏",问题就更多了。首先,原文此处残缺,只有"心"在,其余皆残。其次,史诗以外的其他文献中也没有类似的句式可作为修补的依据。克莱默没有提供任何修补建议,③ 科恩建议将之修补为 šà-[an?-na?...],但视其为状语"[在苍天]之中",④ 雅各布森驰骋想象,将残文修补为"[在伊楠娜的]心里",⑤ 凡斯提福特也像克莱默一样没有提供任何修补建议。⑥ 可见,"天之心脏"只是一种修补建议,远不是定论。不过,不论现代学者如何解释"kur",乌鲁克在苏美尔人心中的定位是不变的,它是"kur-gal"("大山"或"大国")。这是我们从《恩美卡与阿拉塔王》中得到的关于乌鲁克的唯一信息。

---

① M. Civil, *Materials for the Sumerian Lexicon 14* (Roma: Pontificium Institutum Biblicum, 1979), p. 99, Line 447.
② S. N. Kramer, "Dilmun, The Land of the Living", *BASOR*, 96 (1944), 18-28 (pp. 20, 24).
③ S. N. Kramer, *Enmerkar and the Lord of Aratta* (Philadelphia: University of Pennsylvania Press, 1952), p. 7.
④ S. Cohen, *Enmerkar and the Lord of Aratta* (宾夕法尼亚大学博士论文), 1973, p. 112.
⑤ Th. Jacobsen, *The Harps that once... —Sumerian Poetry in Translation* (New Haven and London: Yale University Press, 1987), p. 280.
⑥ H. L. J. Vanstiphout, *Epics of Sumerian Kings: The Matter of Aratta* (Atlanta: Society of Biblical Literature, 2003), p. 57.

220　外国古代神话和史诗研究

史诗中还有一个出现频率极高的地名，那就是"库拉巴"。"库拉巴"有时与"乌鲁克"同时出现，但更多的时候是单独出现。它与"乌鲁克"并列出现 7 次，[①] 单独出现 32 次，[②] 共出现 39 次，出现的频率几乎比乌鲁克出现的频率高一倍。现代学者对乌鲁克与库拉巴的关系有一番解释，但我们更想通过史诗了解苏美尔人如何看待乌鲁克与库拉巴。先来看二者在史诗中并列出现的情况：

1）unug^{ki} kul-aba$_4^{ki}$（第 7 行）

2）unug^{ki} kul-aba$_4^{ki}$-a（第 11、60 行）

3）unug^{ki}-e kul-aba$_4^{ki}$-a-ka（第 13 行）

4）en-unug^{ki}-ga en-kul-aba$_4^{ki}$-a-ke$_4$（第 177 行）

5）en-unug^{ki}-ga en-kul-aba$_4^{ki}$-ke$_4$（第 333 行）

6）en-unug^{ki}-ga en-kul-aba$_4^{ki}$-a-ra（第 562 行）

这些例子包含的信息很少，不便过度解读。唯一可以肯定的是，当二者同时出现时，总是"乌鲁克"在先，"库拉巴"在后。

史诗对库拉巴的描述比对乌鲁克的描述稍多一点，用了两个同位语来修饰库拉巴，一个是"[国家的]纽带"（第 2 行），一个是"大道之国"（第 213 行），还有一处用了一个比喻"犹如银脉"和一个形容词"闪闪发光"（第 15 行）。如此而已，没有提供任何可以落到实处的信息。

目前，学术界有个基本共识，认为乌鲁克是个大概念，指乌鲁克城邦，包括库拉巴和埃安纳两个城区。但"乌鲁克王"这个头衔在整个史诗中仅出现一次（第 181 行），这令人费解。"乌鲁克王，库拉巴王"出现四次，[③] 而"库拉巴

---

① 第 7、11、13、60、177、333、562 行。

② 第 2、15、30、32、53、84、91、213、217、219、235、242、267、299、301、341、372、383、397、411、417、418、446、453、456、464、503、506、516、531、535、560 行。

③ 第 177、333、516、562 行。

王"出现了16次。①如果完全按照数据显示的信息解读，势必得出这样的结论：史诗中的主人公恩美卡既是乌鲁克王，也是库拉巴王，而最常用的头衔是"库拉巴王"，其次是"乌鲁克王、库拉巴王"，最不常用的是"乌鲁克王"。这又意味着什么？目前尚说不清楚。

如果乌鲁克是个城邦，而库拉巴和埃安纳是乌鲁克的两个城区，那么，恩美卡既是"乌鲁克王"，又是"库拉巴王"就令人费解了。在后来的苏美尔政治体系中有一个传统，即一个国王同时有几个"王"衔。常见的情况有以下两种：

其一，某国之王，地区之王。如卢伽尔扎吉西（Lugalzaggesi）是"乌鲁克王，国家之王"；② 乌图黑伽尔（Utuhegal）是"乌鲁克王，四方之王"；③ 乌尔第三王朝的乌尔纳木（Ur-^{d}Nammu）是"乌尔王，苏美尔与阿卡德王"。④

其二，某国之王，某国之王。如乌鲁克的卢伽尔基金讷都都（Lugalkiginnedudu）既是"乌鲁克王"，也是"乌尔王"；⑤ 拉格什的埃安纳吐姆（E'annatum）是"拉格什王"，同时也是"基什王"；⑥ 阿卡德的萨尔贡（Sargon）是"阿卡德王……基什王"。⑦

一个国王有两个王衔是权力扩张的结果，是军事实力的体现。第一种情

---

① 第30、217、219、242、267、301、372、397、411、418、446、453、456、503、506、535行。

② S. N. Kramer, *The Sumerians—Their History, Culture and Character* (Chicago: University of Chicago Press, 1963), p. 323.

③ Ibid, p. 325.

④ H. Steible, *Die Neusumerischen Bau- und Weihinschriften, Teil 2* (Stuttgart: Franz Steiner Verlag, 1991), p. 101.

⑤ S. N. Kramer, *The Sumerians—Their History, Culture and Character* (Chicago: University of Chicago Press, 1963), p. 308.

⑥ E'annatum 2, v 23-vi 5: é-an-na-túm / énsi / lagaš^{ki}-ra / ^{d}inanna-ke$_4$ / ki an-na-ág-gá-da / nam-énsi / lagaš^{ki}-ta / nam-lugal-kiš^{ki} / mu-na-ta-sum. H. Steible, *Die Neusumerischen Bau- und Weihinschriften, Teil 2* (Stuttgart: Franz Steiner Verlag, 1991), pp. 149–150.

⑦ S. N. Kramer, *The Sumerians—Their History, Culture and Character* (Chicago: University of Chicago Press, 1963), p. 324. 关于"基什王"的含义，学者们有不同解释，有的认为"基什"指基什城邦，有的认为"基什"指"全部、全体"。

况是把权力（王权）从一个具体国家扩大到包括许多国家的地区，第二种情况是把权力（王权）从一个具体国家扩大到另一个国家。首先，这种权力的扩张是一种过程，譬如，在乌尔纳木的早期铭文中，他只是"乌尔王"，① 后来才出现"苏美尔-阿卡德王"。② 其次，不是所有的国王都能实现一身兼两王的目标，如拉格什第一王朝的乌尔南舍（Ur-ᵈNanše）仅仅是"拉格什王"，拉格什第二王朝的古地亚（Gudea）亦如此。第三，当两个王衔并列出现时，一般说来，第一个王衔是基本王衔，第二个是扩大王衔，如"乌鲁克王，四方王"，前者是基本王衔，后者是扩大王衔。第四，在迄今已知的王衔中，没有"某国之王，（本国之内的某个）地区之王"之例。由此可见，在"乌鲁克王，库拉巴王"中，前者应是基本王衔，后者应是扩大王衔。但迄今为止尚无任何证据可以证明库拉巴曾是一个包括许多城邦的地区，或者是一个完全独立的、与乌鲁克同时并存的国家。

在苏美尔人的王衔体系中，基本王衔是最常用的王衔。譬如，在萨尔贡铭文中，"阿卡德王"出现的频率最高，单独出现的次数最多，扩大王衔有时也单独出现，③ 但不常见。如果按照这个规律解读恩美卡的王衔，势必得出这样的结论："库拉巴王"是基本王衔，因为它出现的频率最高，单独出现的次数最多；而"乌鲁克王"是扩大王衔，因为它在全诗中只单独出现一次。

总之，如何解读恩美卡的王衔仍然是个问题。解决这个问题需要更多的证据。无论如何都不能从《恩美卡与阿拉塔王》的描述中，得出库拉巴是乌鲁克的一个组成部分这样的结论。相反，苏美尔人眼里的乌鲁克和库拉巴更像是两个同时存在的独立国家，暂时处在一王统治之下。

德国学者法肯斯坦是研究乌鲁克的专家，他不但对乌鲁克出土的原始楔文

---

① 如 Urnammu 1。H. Steible, *Die Neusumerischen Bau- und Weihinschriften, Teil 2* (Stuttgart: Franz Steiner Verlag, 1991), p. 94.

② Ibid, p. 101.

③ 如"萨尔贡，基什王"。S. N. Kramer, *The Sumerians—Their History, Culture and Character* (Chicago: University of Chicago Press, 1963), p. 324.

文献进行了整理和解读，出版了后来被视为学术经典的《乌鲁克出土的古朴楔文文献》，[①] 还亲自参与了乌鲁克的田野发掘。他认为乌鲁克和库拉巴最初是两个同时存在的独立城市，各有各的崇拜中心，后来它们发展成为一个城市，即大乌鲁克。[②] 另一位权威学者，即美国的雅各布森，也认为库拉巴最初是一个独立的城镇，后来成为乌鲁克的一部分。[③] 两位学者都没有为他们的观点提供证据，我们也就自然不知道他们是否言有所依。就目前所见材料而言，乌鲁克和库拉巴或者是两个完全独立的城邦，或者库拉巴是后来才发展起来的城市或城区（乌鲁克早期文献中没有"库拉巴"）。

史诗对故事发生的地点既不描述也不说明，这大概有两个原因：其一，不必要。可以肯定，当时的读者对乌鲁克、库拉巴和阿拉塔这几个地方都非常熟悉。乌鲁克和库拉巴自不必说，作者和读者都生活在那里，而阿拉塔对他们来说也应该耳熟能详，对此无须多言。其二，这是由苏美尔文学作品的性质决定的。苏美尔文学作品关心的是故事情节，是事件本身及其象征意义，而对人物形象（包括主人公形象）和环境特征极少着墨，即使着墨，也是轻描淡写，点到为止。

最后，来看一段《苏美尔王表》（第二栏第 45 行—第三栏 20 行）中的有关描述，也许对解决乌鲁克和库拉巴的关系问题会有所帮助。

> 基什被武器打败，其王权被转移到埃安纳。在埃安纳，麦斯江伽舍尔，乌图之子，既是恩（en），又是卢伽尔（lugal），王 324 年。麦斯江伽舍尔出海入山。恩美卡，麦斯江伽舍尔之子，乌鲁克王，乌鲁克的建造者，王 420 年。卢伽尔班达，牧羊人，王 1200 年。杜木兹，渔夫，籍贯

[①] A. Falkenstein, *Archaische Texte aus Uruk* (Berlin: Deutsche forschungsgemeinschaft, 1936).

[②] A. Falkenstein, *Topographie von Uruk, I. Uruk zur Seleukidenzeit* (Leipzig: O. Harrassowitz, 1941), pp. 31–34.

[③] Th. Jacobsen, *The Harps that once… —Sumerian Poetry in Translation* (New Haven and London: Yale University Press, 1987), p. 280.

库阿，王100年。吉尔伽美什，其父是风神，库拉巴王，王126年。①

从中可见，1）在乌鲁克建城之前，埃安纳已经存在，而且已经成为王权的所在地，乌鲁克第一王朝的第一位国王麦斯江伽舍尔就是以埃安纳为中心进行统治的。2）麦斯江伽舍尔一身兼二职，他既是恩，又是卢伽尔。恩和卢伽尔似乎是一国之内的两个不同职称，并不是一人兼挂两国王衔。3）麦斯江伽舍尔在埃安纳为王，其子恩美卡在乌鲁克为王，而相隔两代的吉尔伽美什在库拉巴为王，这里的排序是埃安纳、乌鲁克、库拉巴。

据此判断，埃安纳是最早建立的居住中心，乌鲁克是在埃安纳基础上的扩展，扩展后的整个地区被称为"乌鲁克"，乌鲁克包括埃安纳。此时的库拉巴可能是一个独立国家，只是到吉尔伽美什统治时期，乌鲁克和库拉巴才统一在一王统治之下。吉尔伽美什最初很可能是库拉巴城邦之王，后来他把乌鲁克也置于自己的统治之下，但王衔未变，仍保留了基本王衔"库拉巴王"。

科恩搜集了许多有关乌鲁克和库拉巴的文献证据，②试图解决二者的关系问题，但最后也没有得出肯定的结论。之所以如此，原因在于文献本身的表述不清楚，有时甚至相互矛盾。科恩通过解读文献得到的印象是，"乌鲁克"指城市，而"库拉巴"指国家。③

2.1.2 文献中的乌鲁克

这里所说的文献是指《恩美卡与阿拉塔王》以外的其他楔文文献。但由于楔文文献包括的范围极其广泛，穷尽所有文献，讲透文献中的乌鲁克，非本节力所能及。

---

① Th. Jacobsen, *The Sumerian King List*, Assyriological Studies No.11 (Chicago: University of Chicago Press, 1939), pp. 85-91.
② S. Cohen, *Enmerkar and the Lord of Aratta*（宾夕法尼亚大学博士论文），1973, pp. 41-47.
③ Ibid, p. 47.

两河流域最早的楔文文献,即原始楔文文献,出土于伊拉克南部的乌鲁克,出土的文化层是乌鲁克 IVa。乌鲁克 IV 分为三个阶段,乌鲁克 IVa、乌鲁克 IVb 以及乌鲁克 IVc。其中 IVc 最早,IVa 最晚,时间大致是公元前 3200 年前后。在没有受到干扰的、明确的考古文化层出土的泥板为数很少,绝大多数泥板都出土于垃圾层,其准确年代不能确定。从 20 世纪 70 年代开始,柏林自由大学组织了一批学者,对乌鲁克出土的原始楔文文献进行了多项专门研究,取得了一些可喜的成果,其中之一就是对泥板年代的确定。根据他们的研究,在乌鲁克出土的原始楔文文献中,只有很小一部分属于乌鲁克 IVa,绝大多数属于乌鲁克 III,还有一小部分属于乌鲁克 II、I 以及早王朝时期。[①] 根据这个研究结果,至少目前我们可以认为乌鲁克 IVa 是原始楔文的初创期,而到乌鲁克 III 时,文字已经得到了广泛应用。

在乌鲁克出土的 6000 余块原始楔文泥板中,有 650 块(包括残片)属于词表。到目前为止,已知 15 表,即"人表"、"官职表"、"牛表"、"鱼表"、"飞禽表"、"猪表"、"树木表"、"贡物表"、"植物表"、"容器表"、"金属表"、"食物表"、"城市表"、"地域表"和"借词表"。其中"人表"、"官职表"、"容器表"、"金属表"、"食物表"和"城市表"的最早版本属于乌鲁克 IVa。[②] 据此判断,最早的原始楔文不仅用来记载经济活动,也用于其他方面,如记载日常生活中常见的物名。不论这种分门别类的词表的功能应该如何解释,它们产生的社会原因是已经存在并且已经相当发达的社会分层和劳动分工。

"乌鲁克"出现在"人表"中,即"人表"的第 103 行,[③] 或"人表"提到

[①] H. J. Nissen, "Datierung der Archaischen Texte aus Uruk" in *Zeichenliste der Archaischen Texte aus Uruk (ZATU)* ed. by M. W. Green and Hans J. Nissen (Berlin: Gebr. Mann Verlag, 1987), pp. 21–51 (p.50).

[②] R. Englund and H. J. Nissen, *Die Lexikalischen Listen der Archaischen Texte aus Uruk. Archaische Texte aus Uruk 3* (Berlin: Gebr. Mann Verlag, 1993), p. 12.

[③] "LÚ.A" 103. 见 R. Englund and H. J. Nissen, "Die Lexikalischen Listen der Archaischen Texte aus Uruk", *Archaische Texte aus Uruk 3* (Berlin: Gebr. Mann Verlag, 1993), p. 83。

的第 103 种人。"人表"共提到 125 种人或职业，其中的大部分尚未解读，但可以肯定，表中罗列的各种人大体上是按照他们的地位从高到低排序的。根据苏美尔人常以城市名称指代该城市居民的传统，这里的"乌鲁克"大概指"乌鲁克人"。

"乌鲁克"也出现在"城表"中，即"城表"提到的第 4 个城市。[①] 第一是"乌尔"（URI₅），第二是"尼普尔"（ENLIL），第三是"阿拉马"（ÁRARMA），都排在乌鲁克的前面。此表出土于乌鲁克，应该是乌鲁克书吏编写的。当时的乌鲁克在各方面都处于领先地位，按道理乌鲁克应该排在首位。但实际情况是乌鲁克被排在第四位，这颇令人费解，不知这里的排序原则是什么。

"乌鲁克"常出现在复合字中，如 GI.UNUG、UNUG.ZATU718(?)、AMA.UNUG、AN.MÀŠ.ZATU651 + AN.UNUG、AN.MÀŠ.KÁR.GI₆.UNUG。[②] 由于这些组合尚未解读，"乌鲁克"在这里所起的作用亦不详。

乌鲁克在经济和管理文献中频繁出现，[③] 如 1N₁.NUN.UNUG.DUG.NESAG、[④] SU.EN.UNUG[⑤] 等。但由于这些文献还没有完全解读，所以其中的"乌鲁克"的意义尚不能确定。

在乌鲁克 IV—III 时期的文献中尚未见"库拉巴"，这个名称始见于乌尔古朴文献。[⑥] "库拉巴"（kul-aba₄^ki）是用三个符号书写的，即 NUMUN.UNUG.KI。KI 是地点指示符号，没有意义。这样，其余部分 NUMUN.UNUG，仅就

[①] "Cities" 4. R. Englund and H. J. Nissen, "Die Lexikalischen Listen der Archaischen Texte aus Uruk", *Archaische Texte aus Uruk 3* (Berlin: Gebr. Mann Verlag, 1993), p. 145.

[②] R. Englund and H. J. Nissen, "Die Lexikalischen Listen der Archaischen Texte aus Uruk", *Archaische Texte aus Uruk 3* (Berlin: Gebr. Mann Verlag, 1993), p. 308.

[③] 据格琳的不完全统计，"乌鲁克"在管理文献中出现 118 次。见 M. W. Green and Hans J. Nissen, *Zeichenliste der Archaischen Texte aus Uruk (ZATU)* (Berlin: Gebr. Mann Verlag, 1987), p. 303。

[④] W 9206, g. R. Englund, "Archaic Administrative Texts from Uruk, The Early Campaigns", *Archaische Texte aus Uruk 5* (Berlin: Gebr. Mann Verlag, 1994), 图版 46。

[⑤] W 9578, g. R. Englund, "Archaic Administrative Texts from Uruk, The Early Campaigns", *Archaische Texte aus Uruk 5* (Berlin: Gebr. Mann Verlag, 1994), 图版 59。

[⑥] S. Cohen, *Enmerkar and the Lord of Aratta* (宾夕法尼亚大学博士论文), 1973, pp. 44-45.

其字面意义而言，意为"乌鲁克之后裔"。以此论之，"库拉巴"是"乌鲁克"发展扩大的结果，是在乌鲁克基础上发展、派生出来的，先有乌鲁克，然后有库拉巴。这也许是史诗把恩美卡称为"乌鲁克王，库拉巴王"的原因。

2.1.3　考古所见乌鲁克

乌鲁克遗址位于现代伊拉克南部，地处现在的塞马沃以北15公里，距纳西里耶60公里，位于其西北，占地550公顷。该遗址的现代阿拉伯名称是瓦尔卡（Warka）。昔日的乌鲁克位于幼发拉底河沿岸，曾长期繁荣兴盛，而如今的乌鲁克遗址远离幼发拉底河20公里，已是一片沙漠荒丘。1904年，德国亚述学家、美国宾夕法尼亚大学教授希普莱西特在考察了瓦尔卡之后，对那里的恶劣环境颇感畏惧。他警告后来的考古学家说，如果没有200万马克作为发掘50年的资金保证，那么，就请不要做发掘瓦尔卡的美梦。[1]然而，时隔不到10年，德国东方学会就做起了发掘瓦尔卡的美梦，而且很快就把美梦变成了现实。从1912年算起，近一个世纪以来，德国考古学家在瓦尔卡已经发掘了整整40次。

乌鲁克发掘的第一季（1912—1913年）由德国考古学家约尔丹（J. Jordan）主持。1928—1939年，德国再次发掘，先后由约尔丹、内尔德克（A. Noeldeke）和海因里希（E. Heinrich）主持。二战后（自1953年始），德国继续发掘：1953—1967年，由伦岑（H. J. Lenzen）主持，1967—1977年，由史密特（H. J. Schmidt）主持，1980—1990年，由伯默尔（R. M. Boehmer）主持。

乌鲁克遗址明显地分为两个部分，即法肯斯坦所说的埃安纳（乌鲁克）和

---

[1] G. Wilhelm, *Zwischen Tigris und Nil: 100 Jahre Ausgrabungen der Deutschen Orient-Gesellschaft in Vorderasien und Ägypten* (Mainz am Rhein: Philipp von Zabern, 1998), p. 33.

"库拉巴"两个部分,两个部分的最早居住层皆属欧贝德时期。[1]在埃安纳区,自乌鲁克晚期始(约前3300年),出现了大型建筑群,部分墙壁用石钉或泥钉镶嵌成图案。在接下来的捷姆迭特·那色和早王朝时期,这些雄伟建筑被夷为地基,上面又建起其他建筑,其原因至今无法解释。长达9公里的城墙亦建于这个时期。出土于库拉巴区的大型建筑有安努塔庙和素庙等。美索不达米亚的许多统治者都在乌鲁克留下了建筑足迹。乌鲁克的最后繁荣期是帕提亚时期。

虽然乌鲁克的发掘工作迄今已断断续续地进行了将近一个世纪,但发掘工作还远未结束。已经发掘的重要建筑有:城市中心地区的神庙建筑(其中最早者可追溯到公元前4000年)、公元前3000年前后建筑的城墙、坐落在城市西部的古巴比伦时期的宫殿、位于城市东部的塞琉古和帕提亚时期的建筑等。出土的文物中最令人瞩目的是泥板,几乎包括各个时期,上下3000余年,其中大量的"原始楔文泥板"("古朴泥板")是迄今已知的最早的文字材料。除文字外,出土的重要器物有"乌鲁克石膏瓶"、"祭司王"、"乌鲁克妇女头像"、"猎狮石碑"以及大量滚印和陶器等。

对乌鲁克遗址进行的地表勘察表明,早在公元前四千年代中期,两河流域南部的乌鲁克就形成了以神庙为中心的居住群。这些居住群不规则地联结在

---

[1] 关于早期文化年代,学者们意见分歧较大,本文采用的是亚当姆斯体系。R. M. Adams, *Heartland of Cities* (Chicago: University of Chicago Press, 1981), pp. 55–60:

	Ubaid I = Eridu
	Ubaid II = Hajji Muhammad
4000	Late Ubaid (Uruk IV) = Susa A
3750–3500	Early Uruk
3500–3300	Middle Uruk
3300–3150	Late Uruk
	Jemdet Nasr
	Early Dynastic I
	Early Dynastic II
	Early Dynastic III

一起，很少出现直排形式，居住群外面的空地大概是大片无人居住的沙漠或沼泽。在这个以神庙为中心的居住群内，大部分社区都分布在相互交叉成辫形或网形、自然形成的支流旁边。这个居住群大概又分为若干个地域单位，每个地域单位由几个村社组成，而其中总有一个规模较大者。此时，灌溉尚处初级阶段，只是靠临时修筑的水坝来控制泛滥的洪水，很少有用人力或靠动物把水从低处提到高处然后再进行灌溉的情况。这种非强化的灌溉不需要太多资金、太多的集体劳作，因而也就不需要太大的官僚机构来管理。①

到公元前四千年代末期，居址分布形式发生了变化。这时仍然是小型村落居多，但总的数量却在减少，镇这种介于村落和城市之间的形式亦出现在此时。过去的相互不连接、不规则的居住分布形式已经让步于以镇为中心的、相对来说呈直排的分布形式，说明人们在水源上已经不再完全依赖自然支流，而开始依靠用水坝拦截的、直而长的人工水渠来保证用水。

公元前三千年代初期是乌鲁克的快速发展时期，人口增加了几倍，地域也很快达到前所未有的最大范围。乌鲁克成为一个名副其实的城市国家，有结实的城墙环绕四周。外围的村落变得越来越小，越来越多的农村人口进入城市，成为城市居民。《恩美卡与阿拉塔王》中的"英雄"恩美卡就生活在这样的时代。根据《苏美尔王表》的说法，恩美卡是乌鲁克的创建者（"lú…dù-a"）。②事实上，乌鲁克的形成是个长期过程，到恩美卡统治时期，乌鲁克已经有近千年的发展历史，即使从已经具有"镇"的规模的乌鲁克算起，到恩美卡时期，乌鲁克也已经有几百年的发展历史。早在恩美卡成为乌鲁克国王以前，乌鲁克的埃安纳圣区已经出现一个大型建筑群，其中有红庙、镶嵌庭院、神庙 D、神庙 C、宫殿 E、圆柱大厅、大庭院、夯土大厦、里姆辛（Riemchen）建筑、

---

① R. M. Adams, "The Study of Ancient Mesopotamian Settlement Patterns and the Problem of Urban Origins", *Sumer*, 25 (1969), 111–123 (p. 115).

② "lugal unu^ki-ga lú unug^ki mu-un-dù-a". 见 Th. Jacobsen, *The Sumerian King List, Assyriological Studies No.11* (Chicago: University of Chicago Press, 1939), p. 87。

石镶嵌神庙等。① 原始楔文泥板主要出土于这些建筑遗址。② 在乌鲁克的另外一个区，即安努塔庙区（"库拉巴"区），安努塔庙已经巍然耸立。虽然这些建筑通常被视为乌鲁克 IVa 的标志性建筑，但是，其中的大部分都不是这个时期始建的。红庙、石镶嵌神庙和石庙始建于乌鲁克 V，③ "里姆辛"建筑可能始建于乌鲁克 VI，因为这种被德国学者称为"里姆辛"的扁平长方的土坯形制是这个时期的建筑革新。④ 神庙 A、神庙 B 以及圆柱大厅的始建年代是乌鲁克 IVb。至于安努塔庙，早在乌鲁克 VII 之前，它就已经存在，并在人们的精神生活中发挥着非常大的作用了。⑤ 可见，已知的大型建筑都不是在恩美卡时代始建的。因此，恩美卡不是乌鲁克的创建者，可能在统治时期实施了一些建筑计划，或修复或扩建了原有的建筑，但没有恩美卡建筑铭文传世。恩美卡所处的年代比较早，那时文字初兴，还没有形成用文字记载建筑活动的传统。

公元前三千年代末至前二千年代初的书吏喜欢追根溯源，常常将某事物的产生归于一人的创造。《恩美卡与阿拉塔王》把发明楔文和发明在泥板上书写的功劳归于恩美卡，《萨尔贡传奇》把发明"信封"的功劳归于基什之王乌尔扎巴巴（Ur-^{d}Zababa），⑥《卢伽尔班达》把击石取火的发明归功于卢伽尔班达。⑦

---

① H. J. Nissen, *Early History of the Ancient Near East, 9000–2000 B. C.* (Chicago & London: The University of Chicago Press, 1988), p. 97, 乌鲁克 IVa 建筑平面图。

② H. J. Nissen, "Datierung der Archaischen Texte aus Uruk" in *Zeichenliste der Archaischen Texte aus Uruk (ZATU)* ed. by M. W. Green and Hans J. Nissen (Berlin: Gebr. Mann Verlag, 1987), pp. 21–51 (p. 28) 及其以下。

③ C. Burney, *The Ancient Near East* (Oxford: Cornell University Press, 1977), p. 59. 德国考古学家 Boehmer 认为乌鲁克 V 的年代是"约公元前 3600 年"。见 R. M. Boehmer, "Uruk-Warka" in *The Oxford Encyclopedia of Archaeology in the Near East* (New York: Oxford University Press, 1997), pp. 294–298 (p. 294)。Schmandt-Besserat 认为石镶嵌神庙始建于乌鲁克 VI。见 D. Schmandt-Besserat, "Tokens at Uruk", *Baghdader Mitteilungen*, 19 (1988), 1–175 (p. 10)。

④ C. Burney, *The Ancient Near East* (Oxford: Cornell University Press, 1977), p. 59.

⑤ Ibid.

⑥ B. Alster, "A Note on the Uriah Letter in the Sumerian Sargon Legend", *Zeitschrift für Assyriologie*, 77 (1987), 169–173 (p. 173)。

⑦ Lugalbanda I: 287–191. 见 H. L. J. Vanstiphout, *Epics of Sumerian Kings: The Matter of Aratta* (Atlanta: Society of Biblical Literature, 2003), pp. 117–118。

从"〔恩美卡〕乌鲁克王，乌鲁克的建造者"这样的表述中可以清楚看到，《苏美尔王表》在用这样的方式对乌鲁克这个城市国家追根溯源，结果是把它的产生归功于恩美卡一人。经验告诉我们，有些发明创造可以由某个人在某个特定时间里完成，有些则是日积月累、由量变到质变的结果。城市的建立，至少古代城市的建立，就属于后者。

什么是城市？英国学者波斯特盖特在《早期美索不达米亚》中专设了一节，叫做"给城市下定义"，[①] 但他并没有给城市下定义，而是以几个实例描述了早王朝时期城市的形式和内涵。乌鲁克是公元前三千年代初期的大城市，早王朝时期吉尔伽美什修造城墙，把城市包围起来，城墙长9公里，[②] 被包围在城墙内的面积大约400公顷。他说，不论以什么标准判断，它都可以被称为"城市"了，而且是个大城市。早王朝时期的阿布-萨拉比赫与乌鲁克相比可谓相差悬殊，其城墙的长度只有1.3公里，围在城墙里的面积不过10公顷，比许多村社还小。尽管如此，波斯特盖特认为有理由把它视为城市，理由就是它有城墙。小城市的城墙也往往有几米之宽，它们的建造足以显示一种集合力。可见，他把城墙视为衡量城市的重要标准。除城墙以外，一般认为城市还有如下特征，用波斯特盖特的话说就是：1）如果说神庙体现了一个城市的宗教特征的话，那么，具有防御功能的城墙就反映了这个城市的政治特征；2）城墙不是城市化时代才开始有的新生事物；3）城墙既有实际作用，也有象征意义，统治者为了巩固自己的统治，往往不惜代价修建城墙，而当征服者征服一个城市时，他们也一定要捣毁城墙。[③] 就美索不达米亚南部而言，不论是统治者修建城墙，还是征服者毁坏城墙，其象征意义和威慑意义都要大于实际意义。美索不达米亚南部是冲积平原，缺少石头和木材，而这二者是建造坚固的

[①] N. Postgate, *Early Mesopotamia—Society and Economy at the Dawn of History* (London and New York: Routledge, 1992), p. 73.

[②] 早王朝时期乌鲁克的城墙周长大概相当于6英里。见 C. Burney, *The Ancient Near East* (Oxford: Cornell University Press, 1977), p. 59.

[③] N. Postgate, *Early Mesopotamia—Society and Economy at the Dawn of History* (London and New York: Routledge, 1992), pp. 75–76.

防御工事不可缺少的材料。当然，用烧砖建造城墙可以大大增加城墙的坚固性，但到目前为止还没有发现完全用烧砖建造的城墙。据《吉尔伽美什史诗》描述可知，吉尔伽美什建造的城墙使用了石头和烧砖，[①]但可以肯定，他的城墙不是全部都用石头和烧砖建造而成的，而只是部分地使用了这两种材料，门和其他重要部位可能用了一些石头，而烧砖可能只是用于城墙的外表。美索不达米亚的标志性建筑塔庙就是用土坯和烧砖建造的，核心部分用土坯建造，每隔一定高度就铺上一层芦苇席，以增加稳固性和弹性，外表用烧砖和沥青砌成。美索不达米亚南部的任何地方、任何时代的城墙都没有留下哪怕是一点残垣断壁，留下来的仅仅是埋在地下的地基，说明美索不达米亚南部所有的城墙都没有经受住时间的考验。城墙的御敌作用是十分有限的，没有任何证据可以证明基什王没有成功征服乌鲁克是因为乌鲁克有城墙保护。乌尔第三王朝时，乌尔的统治者舒辛为了抵御阿摩利特人的入侵而修造了一道"长城"，但这道"长城"没有能够挽救乌尔第三王朝灭亡的命运。总之，有理由相信，美索不达米亚的城墙的象征意义大于实际意义，它们的政治意义大于军事意义，它们的主要功能可能不是御外，而是安内。城墙是一个城市的最重要的标志，但乌鲁克的考古发掘表明，恩美卡统治时期乌鲁克还没有建造城墙。文献证据表明，乌鲁克城墙是晚于恩美卡两代的国王吉尔伽美什建造的，可能与恩美卡无关。

从政治体制方面看，在恩美卡统治时期乌鲁克已经存在相当发达的社会和政治体系，这在"人表"中得到充分体现。这个表在乌鲁克 IVa 就已产生，属于最早的文字材料。到乌鲁克 III 时，它又被扩充。这个乌鲁克 III 时的"人表"，被当成范本传抄千余年。迄今已发现各时代的抄本 163 个（大都残缺）。"人表"中至少罗列了 125 种从事不同职业、具有不同社会地位的人。就目前

[①] "Touch the threshold-stone" (N. Postgate, *Early Mesopotamia—Society and Economy at the Dawn of History* (London and New York: Routledge, 1992), p. 74.)；另一个版本是 "Take the threshold" (S. Dalley, *Myths from Mesopotamia, Creaton, The Flood, Gilgamesh, and Others (Revised Edition)* (Oxford: Oxford University Press, 2000), p. 50.)； "Testify that its bricks are baked bricks" (S. Dalley, *Myths from Mesopotamia, Creaton, The Flood, Gilgamesh, and Others (Revised Edition)* (Oxford: Oxford University Press, 2000), pp. 50, 120.)。

所知,"人表"中的人是按等级排列的,国王排在第一位,之后是次于王的各种官职,然后是再次一等的职业,依此类推。相关的职业名称被排列在一起,其中重要者在先,次要者随后,再次要者再随后。除国王外,在这些职业名称中有主管城市的官员(NAM.URU)、主管农业的官员(NAM.APIN)、主管诉讼的官员(NAM.DI)以及主管军队的官员(NAM.ERIN)等。如果套用现代概念,这些名称大致相当于现代的市长、农业部长、司法部长、国防部长。此外,还有"议会长"(KINGAL)、"朝臣"(GAL.TE)、"大使"(GAL.SUKKAL)之类的职务名称。社会体系和政治体系的建立也是个长期过程,它们不是凭某个人(包括国王在内)的能力在短期内就可以实现的。所以,恩美卡也算不上乌鲁克政治体系的建造者。

史诗主人公恩美卡所处的历史时期是乌鲁克历史上的"黄金时代",乌鲁克不但是当时最大的城市国家,也可能是最先进的国家,其先进性不但体现在军事方面,也体现在经济(包括农业、畜牧业、工艺和海外贸易)、宗教、政治和文化方面。种种迹象表明,恩美卡的主要功绩不是建筑,而是通过军事、外交手段扩大苏美尔文化的影响,传播苏美尔在农业、畜牧业、工业等方面的先进技术,同时引进外国的原材料。他之所以成为公元前三千年代末期一系列史诗讴歌的英雄,其原因可能就在于此。

2.2 恩美卡

恩美卡是《恩美卡与阿拉塔王》中的主人公,亦是史诗《恩美卡与恩苏克什达纳》中的主人公,在《卢伽尔班达史诗》(卢伽尔班达Ⅰ和卢伽尔班达Ⅱ)中也都扮演着重要角色。他的名字还出现在另外一首到目前为止尚未完全解读的诗歌中,《魏德纳编年》中亦提到他的名字。[1]

---

[1] C. Wilcke, "Sumerische Epen" in *Kindlers Neues Literatur Lexikon 19 Anonyma Kollektivwerke* ed. by W. Jens and R. Radler (München: Kindler Verlag GmbH, 1992), pp. 575–580 (p. 576). 亦见 H. L. J. Vanstiphout, *Epics of Sumerian Kings: The Matter of Aratta* (Atlanta: Society of Biblical Literature, 2003), p. 6。

根据《苏美尔王表》（以下有时简称《王表》）记载，恩美卡是乌鲁克第一王朝的第二位国王，是第一位国王麦斯江伽舍尔之子。他的父王麦斯江伽舍尔"入海登山"[①]（大概指南征北战），[②]但尚未建城。根据《王表》的说法，恩美卡是乌鲁克城的缔造者。[③]关于他的身世，《恩美卡与阿拉塔王》的第209—217行这样写道：

> 向金髯人的后裔（恩美卡）——
> 健壮的母牛将他生，生在纯洁的道山中；
> 在阿拉塔的土地上，他长得身强又力壮；
> 他喝良牛之乳长大，
> 在库拉巴，至大之道山，王权属于他——
> 向乌图之子恩美卡，
> 在神庙埃安纳，我将把你的这些话作为美言来转达。
> 在他的吉帕尔，仿佛充满生机、果满枝头的梅斯树，
> 对我的主人库拉巴王，我将把它来复述。

根据这段文字判断，1）乌鲁克国王恩美卡生在阿拉塔，[④]长在阿拉塔，而且长得身强力壮，膂力过人；[⑤]2）据"健壮的母牛将他生"和"他喝良牛之乳

---

① ab-ba ba-an-tu hur-sag-šè ba-e₁₁. 见 Th. Jacobsen, *The Sumerian King List, Assyriological Studies No.11* (Chicago: University of Chicago Press, 1939), p. 86。

② 有人认为指"做太阳之旅"。见 B. Alster. "The Paradigmatic Character of Mesopotamian Heroes", *Revue d'Assyriologie et d'Archéologie Orientale*, 68 (1974), 49-60 (p. 52)。

③ lú unug^ki mu-un-dù-a. 见 Th. Jacobsen, *The Sumerian King List, Assyriological Studies No.11* (Chicago: University of Chicago Press, 1939), p. 86。

④ 因为纯洁的道山（kur-me-sikil-la）在《恩美卡与阿拉塔王》中指阿拉塔，参见第130（=202）行，特别是第223行："把我带到阿拉塔，纯洁道之国"。"纯洁道之国"即"纯洁的道山"。

⑤ á-è-a 的字面意思是"膂力过人"。伯琳曾说，苏美尔叙述诗完全没有对人物形象的描述，只描写人物的动作。见 A. Berlin, "Ethnopoetry and the Enmerkar Epics", *JAOS*, (103) 1983, 17-24 (p. 20). 这样的观点值得商榷，á-è-a 应该属于对人物形象的描述。

长大"判断,阿拉塔人主要以畜牧业为生;3)生长在阿拉塔的恩美卡后来成为库拉巴王;4)吉帕尔是埃安纳的一部分,是恩美卡会见使节的地方。

如果乌鲁克国王恩美卡真的出生在阿拉塔,就耐人寻味了。苏美尔人的来源本来就是个没有解决的问题,① 史诗的这段描述使这个问题变得更加扑朔迷离。早在1952年克莱默就说过,"的确,其(指阿拉塔——引者)统治阶层是由苏美尔人组成的,这并非不可能"。② 他之所以这样认为,理由是:史诗《恩美卡与恩苏克什达纳》中的阿拉塔王恩苏克什达纳的名字是苏美尔语。③ 德国学者梭伦认为,阿拉塔曾经是个大城市,甚至可能是苏美尔人的故乡。④ 目前我们至少知道两部史诗讲到乌鲁克与阿拉塔的关系,《恩美卡与阿拉塔王》把阿拉塔视为乌鲁克国王恩美卡的生长之地,而《恩美卡与恩苏克什达纳》中的阿拉塔王恩苏克什达纳是苏美尔人。种种迹象表明,恩苏克什达纳就是《恩美卡与阿拉塔王》中的阿拉塔王。

---

① 关于苏美尔人的来源问题,学术界有不同说法,其中主要有:1)外来说,如 J. S. Cooper, "Posing the Sumerian Question: Race and Scholarship in the Early History of Assyriology", *Analecta Orientalis*, 9 (1991), p. 20, 包括来自山区说,如 G. A. Barton, "Some Observations as to the Origin of the Babylonian Syllabary", *JAOS*, 54 (1934), 75-79 (p. 76), 以及来自海上说,如 H. L. J. Vanstiphout, "The Twin Tongues—Theory, Technique, and Practice of Bilingualism in Ancient Mesopotamia" in *All Those Nations… Cultural Encounters within and with the Near East, Studies Presented to Han Drijvers* ed. by H. L. J. Vanstiphout (Groningen: University of Groningen Press, 1999), pp. 141-159 (p. 142);2)土著论,如 M. E. L. Mallowan, *Early Mesopotamia and Iran* (London: McGraw-Hill Book Co., 1965), pp. 73-74;3)不可知论,如 C. Burney, *The Ancient Near East* (Oxford: Cornell University Press, 1977), p. 53。观察的角度不同,得出的结论也就不同。根据埃利都的建筑形式发展情况判断,早在文字发明之前,苏美尔人就已经生活在两河流域南部。若从乌鲁克时期出现的诸多革新着眼,如彩色泥钉墙饰、冶金术的骤然提高、陶器风格的突然变化以及葬式的变化等,就会得出与此不同的结论,就会把这些革新归功于新的民族的到来,而这个新到的民族只能是苏美尔人。见 M. E. L. Mallowan, *Early Mesopotamia and Iran* (London: McGraw-Hill Book Co., 1965), pp. 72-73。

② S. N. Kramer, *Enmerkar and the Lord of Aratta* (Philadelphia: University of Pennsylvania Press, 1952), p. 3.

③ Ibid.

④ H. Sauren, "Der Weg nach Aratta—Zur Tieferen Erschliessung der Sumerischen Literatur" in *Wirtschaft und Gesellschaft im Alten Vorderasien* ed. by J. Harmatta and G. Komoraczy (Budapest: Académiai Kiado, 1976), pp. 137-144 (p. 143).

关于恩美卡,《恩美卡与阿拉塔王》说他"由良牛生于山之间"(第184行),这句话似乎是在描述恩美卡的出生地和他的不凡身世。类似的表述还有:"健壮的母牛(áb-kal-la-ga)将他生,生在纯洁的道山中"(第210行)和"他喝良牛(áb-zid-da)之乳长大"(第212行)。《恩美卡与阿拉塔王》三处讲到恩美卡由"母牛"所生,多次讲到他是"乌图之子"或"金髯人的后裔"。这些说法都不是即兴随便之言、临时比附之语,而是约定俗成的传说。"乌图"(^{d}utu)是太阳(神),"金髯人"是"太阳"(神)的别称。[①]太阳为父,母牛为母,这不但是美丽的神话,也完全合乎逻辑:儿童时代的恩美卡生活在游牧部落,以牛为伴,以奶为食,居无定所,曝于日下。恩美卡以这种方式在"山中"(kur-šà-ga)度过了童年,这个"山中"不可能指地处冲积平原的乌鲁克,而应该是指地处山区的阿拉塔。

史诗把恩美卡比作"用天青石做的小牛"(第47行)、"生活在苏美尔的巨龙,能把大山变齑粉"(第181行)、"头上长巨角的山羊"(第182行)、"用蹄子选择纯洁皂草"(第183行)的人。对当时的苏美尔人来说,这些比喻可能都有具体含义,能让他们产生具体联想,甚至能让他们把国王的具体"英雄行为"或"英雄业绩"与这些比喻直接联系在一起。但对今天的读者来说,它们仅仅是比喻或炫耀而已,不能让人联想到具体业绩。

但下面的这段描述可能有所指(第519—523行):

> 我的主人是棵大梅斯树,是恩利尔之子,
> 此树生长在天地间,
> 树枝上连天,
> 树根下立地,

[①] su$_6$(KAxSA)-^{na4}za-gìn 的字面意思是"天青石胡须",在文学作品中,"天青石"常用来比喻"闪亮、放光芒"。有的赞美诗把太阳神(^{d}utu)描绘为"蓄留金髯(者)"(su$_6$-^{na4}za-gìn-duru$_5$-e)。见 Åke W. Sjöberg, E. Bergmann and G. B. Gragg, *The Collection of the Sumerian Temple Hymns in Texts from Cuneiform Sources III* (Locust Valley: J. J. Augustin, 1969), p. 27, Line 173。

既以王道显赫，亦以王权超凡。

这是乌鲁克使者对阿拉塔王说的一段话，他把自己的主人恩美卡比作顶天立地的神树（ᵍⁱˢmes-gal），说他使"王道"（nam-en）显赫，使"王权"（nam-lugal）超凡，接下来便提到"乌图之子恩美卡，给了我一块泥板"（第524行）。很显然，这一段赞词赞的是恩美卡发明文字这件事。

下面两句（第57—58行）留给我们很大想象空间：

当我自阿普苏把你颂扬，
当我从埃利都把道带来。

这句话让人联想到《伊楠娜与恩基》。① 这部苏美尔神话讲述的是乌鲁克的保护神伊楠娜前往埃利都，从智慧神恩基那里"骗取"了"文化财产"（即苏美尔语的"道"），然后把它们运往乌鲁克的故事。起初，乌鲁克没有"道"，处于未开化的"野蛮"状态，没有"正义"（nam-níg-si-sá），没有"欢喜"（šag₄ húl-la），没有"仁爱"（nam-dùg-ge），没有"书写术"（nam-dub-sar），等等，是伊楠娜从智慧神恩基那里"骗取"了它们，并用"天船"把它们运到乌鲁克的，乌鲁克因此而顿时开化，成为文明之国。上面引用的这两个诗句表明，《伊楠娜和恩基》中的伊楠娜就是恩美卡的化身。恩美卡借鉴和学习了埃利都的文明成就，把乌鲁克变成了文明大国。在《苏美尔王表》中，恩美卡是"乌鲁克的建造者"，也许指的不仅仅是建筑物的建造，也指文化建设。

在《恩美卡与阿拉塔王》中，"恩美卡"始终被写作 en-me-er-kár，但在

---

① 这部作品的首句残缺，所以其古代名称不详。到目前为止，30年前出版的一篇博士论文仍然是研究该作品的唯一专著，即 G. Farber-Flügge, *Der Mythos "Inanna und Enki" unter besonderer Berücksichtigungen der Liste der me* (Rome: Biblical Institute Press, 1973). 英国牛津大学的"苏美尔文学网"亦公布了最新的音译和英译。关于这部神话的成文年代，学术界有两种观点：一种认为它成文于乌尔第三王朝时期（约公元前2100—前2000年），另一种认为它成文于稍后的伊辛-拉尔萨（Isin-Larsa）时期（约公元前2000—前1850年）。

其他文献中曾经出现不同写法：除 en-me-er-kár 外，还有 en-me-kár、en-me-er-kár-ra、en-me-rù-kár、① en-me-er-kúr 以及 en-me-ki-ir。② 这些异体表明，kár 不是意符，而是音符，而且它的发音可能是介于 /u/ 和 /i/ 之间的一个元音。目前，不论从词源的角度还是从语义的角度，"恩美卡"（en-me-er-kár）这个名字都无法解释。如果 en-me-kár 是原始形式，那么，它就是苏美尔语，可解释为"明道之王"。如果 en-me-er-kár 是原始形式，就不好解释了。它甚至可能是外来词，或其中的一部分是外来词，即"merkar 之王"，如果如此，那么，"merkar"可能就是恩美卡的故乡。

2.3 阿拉塔

《恩美卡与阿拉塔王》的故事发生在乌鲁克和阿拉塔③之间，弄清阿拉塔的地理位置、社会结构、宗教信仰、经济发展状况、阿拉塔人的来源以及他们讲什么语言等问题对理解《恩美卡与阿拉塔王》十分重要。

在几部苏美尔史诗中，阿拉塔都是乌鲁克的对手、贸易伙伴以及被征服的对象。乌鲁克国王多次派遣使者前往阿拉塔，甚至亲自率领军队远征之，但史诗中没有任何地方明确指出阿拉塔的具体地理位置。阿拉塔有时亦见于其他楔文文献，④包括原始楔文文献，⑤但也没有任何文献明确指明它的地理位置。这样，阿拉塔的地理位置就成了一个多年来争论不休的问题。

有些学者把阿拉塔与具体地区或古代遗址联系在一起，如有人认为阿拉塔位于古代的哈舒尔（Hašur），并认为哈舒尔就是迪尔蒙，与古代安善地区接

---

① C. Wilcke, *Das Lugalbandaepos*, Otto Harrassowotz, Wiesbaden 1969，第 41 页。
② S. Cohen, *Enmerkar and the Lord of Aratta*（宾夕法尼亚大学博士论文）, 1973, p. 28, note 9.
③ 首次正确地把 LAM.KU.RU 读作 aratta 的人是德国学者法肯斯坦。转引 S. N. Kramer, "Man's Golden Age: A Sumerian Parallel to Genesis XI.1", *JAOS*, 63 (1943), 191–194 (p. 192), note 2.
④ S. Cohen, *Enmerkar and the Lord of Aratta*（宾夕法尼亚大学博士论文）, 1973, p. 61, note 90.
⑤ M. W. Green, "Animal Husbandry at Uruk in the Archaic Period", *JNES*, 39 (1980), 1–35 (pp. 17, 27).

壤；① 有人认为阿拉塔就是阿富汗境内的巴达赫尚（Badachshan/Badahšān）的古代名称；② 有人认为阿拉塔应该是位于伊朗中南部的沙赫尔索赫塔（Shahr-i-Sokhta）。③

更多学者虽然不能确定阿拉塔的具体地理位置，却都为它划定了一个大致的地理范围。有人认为阿拉塔是伊朗境内埃兰山区中的一座城市，④ 或认为它位于伊朗的洛雷斯坦（Luristan），⑤ 或认为它位于伊朗东南部那些出土了原始楔文文献的地方，⑥ 或认为它位于乌鲁克的北部很远的伊朗山区，⑦ 或认为它位于美索不达米亚以东的适合发展畜牧业的地方，⑧ 或认为它位于遥远的东方，⑨ 或认为它位于扎格罗斯山脉以东的伊朗山区，⑩ 或认为它位于克尔曼省境内，⑪ 或认为它位于现代的哈马丹附近，⑫ 或认为它位于里海南部或东南部。⑬ 中国学者赵小玲认为阿拉塔应该位于伊朗的设拉子境内，靠近波斯湾，在一个能够挖

---

① S. N. Kramer, "Dilmun, The Land of the Living", *BASOR*, 96 (1944), 18-28 (p. 21), note 17.

② G. Komoróczy, "Zur Ätiologie der Schrift Erfindung im Enmerkar-Epos", *Altorientalische Forschungen*, 3 (1975), 19-24 (p. 23).

③ J. F. Hansman, "The Question of Aratta", *JNES*, 37 (1978), 331-336 (pp. 331, 335); S. N. Kramer, "Ancient Sumer and Iran: Gleanings from Sumerian Literature", *Bulletin of the Asia Institute*, 1 (1989), 9-16 (p. 9), note 2.

④ M. E. L. Mallowan, *Early Mesopotamia and Iran* (London: McGraw-Hill Book Co., 1965), p. 19.

⑤ H. Schmökel, "Keilschrift Forschung und alte Geschichte Vorderasiens" in *Geschichte des Alten Vorderasien (Handbuch der Orientalistik, Band II: Keilschriftforschung und alte Geschichte Vorderasiens Handbuch der Orientalistik Band 2* (Leiden: E. J. Brill, 1957), p. 6; S. N. Kramer, *Enmerkar and the Lord of Aratta* (Philadelphia: University of Pennsylvania Press, 1952), p. 3.

⑥ G. Komoróczy, "Zur Ätiologie der Schrift Erfindung im Enmerkar-Epos", *Altorientalische Forschungen*, 3 (1975), 19-24 (p. 23).

⑦ S. N. Kramer, *History Begins at Sumer* (New York: Doubledat Anchor Books, 1959), p. 18.

⑧ M. W. Green, "Animal Husbandry at Uruk in the Archaic Period", *Journal of Near Eastern Studies*, 39 (1980), 1-35 (p. 17), note 97.

⑨ P. R. S. Moorey, "Iran: A Sumerian El-Dorado?" in *Early Mesopotamia and Iran: Contact and Conflict 3500-1600 B. C.* ed. by John Curtis (London: British Museum Press, 1993), pp. 31-43 (p. 35).

⑩ C. Wilcke, "Sumerische Epen" in *Kindlers Neues Literatur Lexikon Band 19 Anonyma Kollektivwerke* ed. by W. Jens and R. Radler (München: Kindler Verlag GmbH, 1992), pp. 575-580 (p. 576).

⑪ Y. Majidzadeh, "The Land of Aratta", *Journal of Near Eastern Studies*, 35 (1976), 105-113 (p. 107).

⑫ S. Cohen, *Enmerkar and the Lord of Aratta*（宾夕法尼亚大学博士论文），1973, pp. 56, 60.

⑬ Y. Majidzadeh, "The Land of Aratta", *Journal of Near Eastern Studies*, 35 (1976), 105-113 (p. 105).

运河到波斯湾的地方。① 绝大多数学者都认为阿拉塔在苏美尔以东的伊朗山区，但也有人认为阿拉塔在苏美尔的西边。②

还有一部分学者认为阿拉塔根本不是真实存在，如有人认为它只存在于苏美尔人的心里，属于苏美尔人的"精神地理"；③ 有人认为它是一个远在苏美尔东部边界山区以外的传说城市，④ 不是真实存在；有人甚至认为，阿拉塔从未存在过，它是乌鲁克人的捏造，它是为史诗情节服务的，没有了史诗情节，它便失去了意义；⑤ 也有人认为，苏美尔人眼里的阿拉塔是敌国异邦，地域广阔，地势崎岖，生产奢侈品，多有能工巧匠，像黄金国一样，半真半假。⑥

在《吉尔伽美什与胡瓦瓦》版本 B⑦ 中有这样一段诗文（第 44—50 行）：

imin-kam-ma nim-gin₇ ì-gír-gír-re á-bi-šè lú nu-ub-gur-e

e-ne-ne an-na mul-la-me-eš ki-a har-ra-an zu-me-eš

an-na mul X X X íl-la-me-[eš]

ki-a kaskal-aratta^ki [zu-me-eš]

dam-gàr-ra-[gin₇] gìri-bal zu-me-eš

---

① 赵小玲：《恩美卡和恩苏克什达纳——一首苏美尔史诗》，北京大学硕士研究生学位论文，2003 年，第 31—32 页。

② S. N. Kramer, "Dilmun, The Land of the Living", *BASOR*, 96 (1944), 18-28 (p. 26), note 32.

③ H. L. J. Vanstiphout, *Epics of Sumerian Kings: The Matter of Aratta* (Atlanta: Society of Biblical Literature, 2003), p. 5.

④ H. L. J. Vanstiphout, "The Twin Tongues—Theory, Technique, and Practice of Bilingualism in Ancient Mesopotamia" in *All Those Nations... Cultural Encounters within and with the Near East, Studies Presented to Han Drijvers* ed. by H. L. J. Vanstiphout (Groningen: University of Groningen Press, 1999), pp. 141-159 (p. 141). 类似观点见 H. L. J. Vanstiphout, *Epics of Sumerian Kings: The Matter of Aratta* (Atlanta: Society of Biblical Literature, 2003), p. 1.

⑤ P. Michalowski, "Mental Maps and Ideology: Reflections on Subartu" in *The Origin of Cities in Dry-Farming Syria and Mesopotamia in the Third Millennium B. C.* ed. by H. Weiss (Guilford, Connecticut: Four Quarters Publishing Co., 1986), pp. 133-134.

⑥ P. R. S. Moorey, "Iran: A Sumerian El-Dorado?" in *Early Mesopotamia and Iran: Contact and Conflict 3500 - 1600 B.C.* ed. by John Curtis (London: British Museum Press, 1993), pp. 31-43 (p. 38).

⑦ D. O. Edzard, *Gilgameš und Huwawa—Zwei Versionen der sumerischen Zedernwaldepisode nebst einer Edition von Version B* (München: SBAW, 1993), p. 21.

tu^{mušen}-gin₇ ab-lal kur-ra zu-me-eš

má-ùr-má-ùr hur-sag-gá-ka hé-mu-e-ni-túm-túm-mu-ne

那是七（英雄），行走疾如电，无人能阻拦。
在天空，他们（七英雄）群星闪耀，在地上，他们知道商道。
在天空，他们高举闪光的圆盘，①
在地上，他们知道通往阿拉塔的路线。
像商贾，翻山之要路，他们都知道。
像野鸽，山中之窗口，他们都知晓。②
他们将带路，引你出山谷。

德国学者梭伦认为，从这段文字来看，阿拉塔显然具有神秘色彩。这种神秘色彩在苏美尔人心中根深蒂固。它地处何方，在所有的史诗文本之中都找不到答案。但这并不意味着史诗中的英雄们并非历史人物，也不是说阿拉塔没有存在过。相反，它存在过，而且曾经是个大城市，甚至是苏美尔人的故乡。这就是说，史诗意在对此从神话角度而不是从历史角度进行解释。据此判断，阿拉塔距苏美尔一定很远，在东部山区的某个地方，地处神秘的雪松之国，位于天堂与地狱相交之地。③

既然没有经济文献或王室铭文可以参考，也没有考古材料可以利用，追踪阿拉塔就只能依靠《恩美卡与阿拉塔王》本身了。阿拉塔的地理位置是我们关

---

① 其中一文本为 an-na ^{mul}súh-kešda íl-la-me-[eš] íl-la-me-[eš]。见 H. Sauren, "Der Weg nach Aratta—Zur Tieferen Erschliessung der Sumerischen Literatur" in *Wirtschaft und Gesellschaft im Alten Vorderasien* ed. by J. Harmatta and G. Komoraczy (Budapest: Académiai Kiado, 1976), pp. 137–144 (p. 140), note 9。

② 其中一文本为 tu^{mušen}-gin₇ èš-kù kur-ra zu-me-eš "像野鸽，他们知道国家的圣殿"。H. Sauren, "Der Weg nach Aratta—Zur Tieferen Erschliessung der Sumerischen Literatur" in *Wirtschaft und Gesellschaft im Alten Vorderasien* ed. by J. Harmatta and G. Komoraczy (Budapest: Académiai Kiado, 1976), pp. 137–144 (p. 141)。

③ H. Sauren, "Der Weg nach Aratta—Zur Tieferen Erschliessung der Sumerischen Literatur" in *Wirtschaft und Gesellschaft im Alten Vorderasien* ed. by J. Harmatta and G. Komoraczy (Budapest: Académiai Kiado, 1976), pp. 137–144 (p. 143).

心的问题，但显然不是史诗作者关心的问题。所以，不能期望在《恩美卡与阿拉塔王》中找到明确和直接的答案。但可以肯定，史诗中的许多与阿拉塔直接或间接相关的诗句包含有用的信息，如果能够正确解读之，就能在这个问题上深入一步。

到目前为止，学者们对阿拉塔地理位置的判断也多以史诗① 为根据。伊朗学者马吉德扎德赫根据《恩美卡与阿拉塔王》的第 164—172 行，即

> 他前往祖毕山，
> 越过祖毕再向前，
> 前往苏萨与安善，
> 使其来归顺，仿佛老鼠般。
> 重重大山中，人多数不清，
> 他们都来降，往来尘土中。
> 他翻越五道山、六道山、七道山，
> 举目看一看，阿拉塔已经在眼前。
> 他高兴地步入阿拉塔的大庭院，

推断道："这个地理描述与法尔斯和克尔曼之间的山区特征十分吻合，所以，恩美卡使者的目的地不可能是其他地方，只能是现在的克尔曼省。"② 马吉德扎德赫反对汉斯曼提出的阿拉塔就是沙赫尔索赫塔的推论，理由是沙赫尔索赫塔远在克尔曼以东，中间有卢特荒漠（Dasht-i Lut）相隔，如果阿拉塔就是沙赫尔索赫塔，史诗一定会提到卢特荒漠。③ 作为对这个质疑的回复，汉斯曼引用了《恩美卡与阿拉塔王》的这段话（第 348—345 行）：

---

① 主要以《恩美卡与阿拉塔王》、《恩美卡与恩苏克什达纳》以及《卢伽尔班达与恩美卡》三部史诗为根据。

② Y. Majidzadeh, "The Land of Aratta", *Journal of Near Eastern Studies*, 35 (1976), 105-113 (p. 107).

③ Ibid, p. 108.

> 使者即出发，奔向阿拉塔。
> 足过身后尘飞扬，
> 碎石相撞吱嘎响。
> 仿佛巨龙驰旷野，世上无人与相当。
> 当使者来到阿拉塔，
> 阿拉塔人（甚好奇），
> 面对这些负重驴，驻足围观赞不已。

汉斯曼认为这段话，尤其是其中的"仿佛巨龙驰旷野，世上无人与相当"，可以解读为：乌鲁克的使者在越过重山之后、到达阿拉塔之前穿过了一个平原。他认为这个"平原"（edin）就是卢特荒漠。[①]

到目前为止，学者们把目光都聚焦在了上面所引的诗段中，而忽视了其他相关描述。仔细阅读史诗便会发现，其中包含的信息远不止上面提到的那些。

与阿拉塔直接相关的诗文还包括：

1. 第38—50行、第124—127行、第483—485行。这些诗文包含的信息可归纳为：1）阿拉塔地处山区，出产天青石（^{na4}za-gìn）；2）阿拉塔人是天青石的直接开采者和加工者；3）阿拉塔盛产金（kù-sig$_{17}$）、银（kù-babbar）、琥珀（sù-rá-ág）等宝石；4）阿拉塔人也是制作金银器和石器的能工巧匠。[②]

2. 第71—83行。这段诗文表明，阿拉塔位于伊朗境内，从乌鲁克前往阿拉塔首先要经过祖毕山（hur-sag-zubi），然后经过苏萨和安善。苏萨[③]地处伊朗西部，位于迪兹富勒西南50公里处，是苏美尔的东部近邻。安善[④]位于

[①] J. F. Hansman, "The Question of Aratta", *JNES*, 37 (1978), 331–336 (p. 333).

[②] 史诗《卢伽尔班达与恩美卡》（Lugalbanda II）也讲到阿拉塔的贵金属、宝石及其工匠，乌鲁克军队不但从阿拉塔获得了金银宝石，还从那里抓来了工匠。见 C. Wilcke, *Das Lugalbandaepos* (Wiesbaden: Otto Harrassowotz, 1969), pp. 126–129.

[③] 或 šušin（MÙŠ.EREN），即 Susa，《旧约》中的 Šušan。

[④] 安善（Anšan）是古代城市名称，现代遗址名称是 Tell Malyan。

波斯波利斯西北 50 公里处，①距设拉子市（以北）46 公里，在伊朗的法尔斯省境内。

3. 第 168—171 行。这段诗文表明，使者经过安善之后，还要翻过"七道山"才能到达阿拉塔。这里的"七"不一定是实指，而可能是一个虚数，相当于"很多"。②

4. 第 348—351 行。从中可见，从乌鲁克到阿拉塔要经过一个"平原"，一个碎石遍地和灰尘飞扬的平原。但史诗没有交代这个"平原"在"七道山"之后，还是在"七道山"之前。

5. 第 435—437 行。从乌鲁克前往阿拉塔，使者首先要翻山越岭，指的大概就是"七道山"，然后要走平地，再后还要爬山。根据这个顺序判断，"平原"（"平地"）应该在"七道山"之后。

6. 第 243—247 行、第 268—273 行。阿拉塔虽然是个小国（buru₅"小麻雀"），却不是弱国，且其地理位置十分优越，是交通要道，高山是阿拉塔的天然屏障。在阿拉塔人眼里，来犯者只能是自取灭亡。

7. 第 549—553 行。阿拉塔附近地区，或周围地区有野生小麦（gig）和扁豆（gú）。

虽然这些诗文亦不能为确定阿拉塔的地理位置提供确凿证据，却让人感到，阿拉塔应该位于伊朗的克尔曼省，或更接近巴基斯坦和阿富汗的锡斯坦-俾路支斯坦省。

在涉及阿拉塔的四部苏美尔史诗中，两部中的主要人物是恩美卡和使者，其他两部中的主要人物是恩美卡和卢伽尔班达。按照《苏美尔王表》的说法，

---

① David Stronach, "Anshan and Parsa: Early Achaemenid History, Art and Architecture on the Iranian Plateau" in *Mesopotamia and Iran in the Persian Period: Conquest and Imperialism, 539–331 B. C., Proceedings of a Seminar in Memory of Vladimir G. Lukonin* ed. by John Curtis (London: British Museum Press, 1997), pp. 35–53 (p. 38).

② 科恩认为"七道山"是"程式语言"，对确定阿拉塔的地理位置没有帮助。见 S. Cohen, *Enmerkar and the Lord of Aratta*（宾夕法尼亚大学博士论文），1973, p. 57, note 77。类似的观点亦见 Y. Majidzadeh, "The Land of Aratta", *Journal of Near Eastern Studies*, 35 (1976), 105–113 (p. 109).

卢伽尔班达是继恩美卡之后统治乌鲁克的国王。① 而在关于卢伽尔班达的两部史诗中，卢伽尔班达是恩美卡的将军，是起死回生后成为"飞毛腿"的超人。由于卢伽尔班达既是将军，又是"飞毛腿"，是担当使者的最佳候选人，所以《恩美卡与阿拉塔王》中的使者完全可能是由卢伽尔班达来担任的。如果如此，在四部涉及乌鲁克与阿拉塔的史诗中，关于使者往返两地的时间可能都有夸张成分，为的是强调这个使者所具备的"飞毛腿"的特点。在其他民族的史诗中也都普遍存在一种倾向，即英雄人物往往可以超越真实时间自由往来两地，② 所以伯琳认为，从史诗中发掘真实地理是不可靠的，因为史诗中的地理与真实地理不一定吻合。③ 与伯琳持类似观点的学者，往往过分地强调文学作品的夸张性，而忽略文学作品的真实性。史诗中固然有夸张，但所反映的历史真实不容忽略，应该尽可能地把夸张和虚构区别开来。

总之，根据《恩美卡与阿拉塔王》的描述，可以对阿拉塔的地理位置做出如下判断：阿拉塔位于苏美尔东部，地处高山平原，被群山环绕，这些高山不但构成了阿拉塔的天然屏障，而且山里蕴藏着天青石以及金、银、琥珀等宝石，为阿拉塔提供了珍贵的天然宝藏；从乌鲁克前往阿拉塔首先要经过"祖毕山"，然后经过苏萨和安善，过安善后还要经过一些山，即史诗中所说的"七道山"，过了这些山之后，还有一个"平原"；虽然乌鲁克通往阿拉塔的道路十分崎岖，但一个出色的使者只需一天半的时间就能走完这段路程，不过，这一点的可靠程度令人怀疑。这些特点最终把我们引导到伊朗东南部与阿富汗接壤的地方，而就目前所知的这个地区的古代遗址而言，沙赫尔索赫塔应是首选。

沙赫尔索赫塔（Shahr-i-Sokhta）位于扎博勒（Zābol）④ 南部56公里处，

---

① Th. Jacobsen, *The Sumerian King List, Assyriological Studies No.11* (Chicago: University of Chicago Press, 1939), pp.88-89.

② A. Berlin, "Ethnopoetry and the Enmerkar Epics", *Journal of American Oriental Society*, (103) 1983, 17-24 (p.22).

③ Ibid.

④ 东经61.31度，北纬31度。

在锡斯坦-俾路支斯坦省境内,是伊朗高原东部最干旱的地区之一,[1] 于1967年开始由意大利考古学家发掘,[2] 直到1978年。第二轮发掘开始于1997年,由伊朗考古学家执行,直到2003年仍在进行中。[3] 沙赫尔索赫塔是目前在伊朗东部发现的最大"原史遗址"(protohistorical site),极盛时占地151公顷。考古学家在这里发现了11个文化层,最早者始于公元前3200年前后,最晚者终于公元前1800年前后。[4] 在意大利考古学家发现的文物中有两河流域的滚印和一块原始埃兰文字泥板。[5] 在伊朗考古学家发现的文物中,最值得关注的是陶器符号。[6] 这里发现的滚印表明,沙赫尔索赫塔与美索不达米亚有交往,甚至也同样把印章用于经济管理;埃兰泥板的发现表明,公元前三千年代初的沙赫尔索赫塔与埃兰有交往,甚至可能已经在一定范围内使用埃兰文字,即借用了埃兰文字。陶器符号的使用表明,当时可能已经有一些约定俗成的简单符号在民间流行,它们表达一定信息,如度量单位。[7] 那里所使用的陶器符号不都是独立的,也有组合。这些符号组合可能表达一个完整的意思,甚至可被视为"铭文"。但就目前所知,它们与已知的任何文字体系都没有关系。[8] 在意

---

[1] S. M. S. Sajjadi, "Excavations at Shahr-i Sokhta. First Preliminary Report on the Excavations of the Graveyard. 1997–2000", *Iran*, 41 (2003), 21–97 (p. 21).

[2] M. Tosi, "Excavations at Shahr-i Sokhta, A Chalcolithic Settlement in the Iranian Sistān, Preliminary Report on the First Campaign, October–December 1967", *East and West*, 18 (1968), 9–66; M. Tosi, "Excavations at Shahr-i Sokhta, Preliminary Report on the Second Campaign, September–December 1968", *East and West*, 19 (1969), 283–386; M. Tosi, "Shahr-i Sokhta", *Iran*, 10 (1972), 174–175; C. C. Lamberg-Karlovsky and M. Tosi, "Shahr-i Sokhta and Tepe Yahya: Traces on the Earliest History of the Iranian Plateau", *East and West*, 23 (1973), 21–53.

[3] S. M. S. Sajjadi, "Excavations at Shahr-i Sokhta. First Preliminary Report on the Excavations of the Graveyard. 1997–2000", *Iran*, 41 (2003), 21–97 (p. 21).

[4] M. Tosi, H. J. Nissen and J. Renger, "The Development of Urban Societies in Turan and the Mesopotamian Trade with the East: the Evidence from Shahr-i Sokhta", *Mesopotamien und Seine Nachbarn*, 1 (1982), 55–77 (pp. 57, 59).

[5] Ibid, p. 71.

[6] S. M. S. Sajjadi, "Excavations at Shahr-i Sokhta. First Preliminary Report on the Excavations of the Graveyard. 1997–2000", *Iran*, 41 (2003), 21–97 (p. 67).

[7] Ibid, p. 51.

[8] Ibid.

大利考古学家发表沙赫尔索赫塔考古报告之后不久，有的学者就提出了阿拉塔可能就是沙赫尔索赫塔的观点。[1] 但主持沙赫尔索赫塔遗址发掘的意大利学者对基于文学作品的这种解释持保留态度，原因是他认为文献证据不足，而且文献学家各执一词，使人无所适从。[2] 从《恩美卡与阿拉塔王》的内容看，阿拉塔是乌鲁克的重要贸易伙伴，在阿拉塔发生饥荒之年，乌鲁克的粮食成了阿拉塔人的救命粮。然而，根据考古学家的观察，国际贸易从来没有在沙赫尔索赫塔的经济中发挥任何重要作用。[3] 这就是说，从文献中得出的结论，或根据文献而提出的建议，目前还不能得到考古学的有力支持。

解读文献时，文献学家往往仁者见仁，智者见智。有时，同一个学者在不同时期也会对同一文献有不同理解和感悟，可谓是时而见仁，时而见智。美国学者克莱默对阿拉塔地理位置的判断就一改再改。在1944年发表的论文中，他认为阿拉塔的地理位置应在哈舒尔地区，他还认为哈舒尔就是迪尔蒙，[4] 地处伊朗西南，埃兰以南，苏美尔以东。[5] 在1952年的论著中，他说阿拉塔应该在伊朗南部的某个地方，大概在现在的洛雷斯坦。[6] 在1959年的论著中，他非常含糊地说，阿拉塔位于乌鲁克的北部很远的伊朗山区。[7] 在1963年出版的《苏美尔人》中，他又认为阿拉塔可能位于里海地区。[8] 在1968年的一篇文章

---

[1] 汉斯曼于1972年就提出了这个观点。见 J. F. Hansman, "The Question of Aratta", *Journal of Near Eastern Studies*, 37 (1978), 331–336 (p. 331)。

[2] M. Tosi, H. J. Nissen and J. Renger, "The Development of Urban Societies in Turan and the Mesopotamian Trade with the East: the Evidence from Shahr-i Sokhta" in *Mesopotamien und Seine Nachbarn* (Berlin: D. Reimer, 1982), p. 61.

[3] Ibid, p. 58.

[4] S. N. Kramer, "Dilmun, The Land of the Living", *BASOR*, 96 (1944), 18–28 (p. 21), note 17.

[5] Ibid, p. 20.

[6] S. N. Kramer, *Enmerkar and the Lord of Aratta* (Philadelphia: University of Pennsylvania Press, 1952), p. 1.

[7] S. N. Kramer, *History Begins at Sumer* (New York: Doubledat Anchor Books, 1959), p. 18.

[8] S. N. Kramer, *The Sumerians—Their History, Culture and Character* (Chicago: University of Chicago Press, 1963), pp. 42, 267, 269.

中，他又说阿拉塔在伊朗境内，具体位置尚不能确定。① 在1989年发表的论文中，他又认同汉斯曼的观点，即认为阿拉塔位于伊朗的中南部，可能就是沙赫尔索赫塔。② 大学者克莱默一变再变，最后落到了沙赫尔索赫塔这个点上。我们通过对相关文献的分析后，也倾向于在沙赫尔索赫塔或其附近地区寻找阿拉塔。③ 克莱默已经去世，不可能再改变他的观点，我们也希望今后不必改变观点，只需增加证据。

根据史诗的描述，阿拉塔曾是个繁荣的城市。由于阿拉塔盛产宝石，所以神庙或宫殿也往往用宝石装饰，大有光彩夺目、美不胜收的视觉效果。在后来的楔形文字文献中，"阿拉塔"成为"荣幸"（a-ra-ta = *kabtum*）和"辉煌"（a-ra-ta = *tanādātum*）的同义词。④ 阿拉塔的富饶不仅体现在自然资源的极大丰富和神庙建筑的五彩缤纷方面，而且体现在城墙的建筑方面。阿拉塔有城墙，而且可能有七道城墙。《恩美卡与阿拉塔王》在谈到阿拉塔的守护神伊楠娜时，说她是"七墙的装饰者"（第287行）。这里的"七墙"（bàd-imin-e）指阿拉

---

① S. N. Kramer, "The Babel of Tongues: A Sumerian Version", *JAOS*, 88 (1968), 108–111 (p. 108), note 5.

② S. N. Kramer, "Ancient Sumer and Iran: Gleanings from Sumerian Literature", *Bulletin of the Asia Institute*, 1 (1989), 9–16 (p. 9), note 2.

③ 希腊古典时代的作家在谈到亚历山大东征时经常提到东印度地区的一个叫 Arartioi 的民族，这个民族在印度的某些文献中被称为 ārašta 或 āratta。然而，目前尚无证据可以证明是否二者在发生学上有联系。见 G. Komoróczy, "Zur Ätiologie der Schrift Erfindung im Enmerkar-Epos", *Altorientalische Forschungen*, 3 (1975), 19–24 (p. 23), note 26；亦见 P. R. S. Moorey, "Iran: A Sumerian El-Dorado?" in *Early Mesopotamia and Iran: Contact and Conflict 3500 – 1600 B. C.* ed. by John Curtis (London: British Museum Press, 1993), pp. 31–43 (p. 37)。

④ S. Cohen, *Enmerkar and the Lord of Aratta*（宾夕法尼亚大学博士论文）, 1973, p. 55, note 67. 神庙赞美诗有道：kèši^{ki} aratta^{ki} šà-zu šà-sig bar-zu al-íl "Respected Keši, your interior (is a) …. Your 'back' is tall"。见 Åke W. Sjöberg, E. Bergmann and G. B. Gragg, *The Collection of the Sumerian Temple Hymns in Texts from Cuneiform Sources III* (Locust Valley: J. J. Augustin, 1969), p. 22. 又道：é mùš-kalam-ma gu₄-huš-aratta / é kèš^{ki} mùš-kalam-ma gu₄-huš-aratta "Temple, foundation of the country, fierce ox of Aratta / Keš Temple, foundation of the country, fierce ox of Aratta". Åke W. Sjöberg, E. Bergmann and G. B. Gragg, *The Collection of the Sumerian Temple Hymns in Texts from Cuneiform Sources III* (Locust Valley: J. J. Augustin, 1969), p. 167.

塔的城墙。①

史诗《卢伽尔班达与恩美卡》（Lugalbanda II）也讲到阿拉塔的城墙："雉堞由绿色天青石造"（^{na_4}za-gìn-dur$_5$-ru-àm），建墙用的泥是"锡泥"（im-an-na），②这在建筑史上极为罕见。一方面，这说明阿拉塔盛产天青石和锡；另一方面，这也表明阿拉塔极为富裕。阿拉塔有七道城墙，说明阿拉塔非常富裕，有足够人力物力来完成这样的工程，也说明阿拉塔常常受到侵扰，因此才有建造（七道）城墙的必要。从《卢伽尔班达与恩美卡》中可以看到，阿拉塔城墙在阿拉塔人抵御外来入侵的过程中起了重要作用。乌鲁克军队被城墙挡在外面，长达一年之久，始终没有攻破城池。③

阿拉塔到底是个什么样的国家？它与乌鲁克又是什么关系？关于这些问题，《恩美卡与阿拉塔王》中多少有一些蛛丝马迹。

1. 乌鲁克使者见到阿拉塔王时，第一句话就说"你的父亲，我的主人，派我来见你"。④这句话对理解恩美卡与阿拉塔王的关系很重要。按照字面意义理解，恩美卡就是阿拉塔王的父亲，文献如此说，信之无妨。退一步讲，即使二者不是血缘父子，他们的关系也可能是情同父子的大国（宗主国）和小国（附属国）的关系，而且这种关系显然也得到了阿拉塔王的认可，因为当使者使用"你的父亲"跟对方说话时并没有引起对方的抗议、不满或反对，这个称呼显然对双方来说都可以接受。与我们的理解相反，科恩认为"你的父亲……纯粹是尊称"，不能说明二者的关系。⑤科恩的解释令人不可思议。一个国家的使节到了另一个国家，竟然对这个国家的国王说是"你的父亲，我的主人派我来见你"，而这居然还是一种"尊称"？至少按照现代人的经验，使者的这

---

① S. Cohen, *Enmerkar and the Lord of Aratta*（宾夕法尼亚大学博士论文）, 1973, pp. 56, 241. 古代的埃克巴塔那（Ecbatana）也有"七墙"，即七道城墙，希罗多德对此有详细描述。

② C. Wilcke, *Das Lugalbandaepos* (Wiesbaden: Otto Harrassowotz, 1969), p.128.

③ Ibid, pp.114, 256−261.

④ a-a-zu lugal-gu$_{10}$（第 176、378、515 行）。

⑤ S. Cohen, *Enmerkar and the Lord of Aratta*（宾夕法尼亚大学博士论文）, 1973, p. 33, note 23.

种说话方式不是对对方表示尊敬，而是蔑视。不过，《恩美卡与阿拉塔王》的情况显然也不是后者。在史诗中，"你的父亲，我的主人"显得非常自然，不带特别的感情色彩，讲的似乎就是一种事实，阿拉塔王对此没有提出任何异议。所以，他们的关系非常像父子关系。

2. 史诗的第566—567行似乎在交代阿拉塔人的来源。"他们是从人群中分离出来的人，杜木兹使这些人出类而超群。"从这两句话看，阿拉塔人（或一部分阿拉塔人）不是当地的原居民，而是从外地移居到这里的。《恩美卡与阿拉塔王》中还有一段与此相呼应，那就是"适合行净手礼之君，舍我无他人。圣伊楠娜，枷锁缚苍穹，女王御乾坤，女主人，拥有的道何其多——是她把我带到阿拉塔，纯洁道之国，是她让我来封山，仿佛门一扇。"（第220—224行）这是阿拉塔王在回答乌鲁克使者时说的一段话。这两段话表达了一个共同的意思，即"他们"（大概指一部分阿拉塔人）和阿拉塔王都不是阿拉塔的原居民，而是外来者。他们从哪里来？史诗虽然没有明言，却有明显的暗示（对当时的读者来说也许是明示），那就是，他们来自乌鲁克。伊楠娜女神（战神与爱神）是乌鲁克的保护神，而牧羊神杜木兹是女神伊楠娜的丈夫，伊楠娜把阿拉塔王"带到阿拉塔，纯净道之国"，杜木兹"使他们出类而超群"，在此，伊楠娜和杜木兹让人产生一种地域联想，即让人联想到乌鲁克。所以，根据上述引诗似乎可以做出这样的判断：阿拉塔王和一部分阿拉塔人来自乌鲁克。

3. 前文讲到，说阿拉塔是苏美尔人的故乡，至少有两个理由。其一，史诗把阿拉塔视为乌鲁克国王恩美卡生长之地；其二，《恩美卡与恩苏克什达纳》中的阿拉塔王恩苏克什达纳是苏美尔人。目前尚不能肯定这个恩苏克什达纳是否就是《恩美卡与阿拉塔王》中的阿拉塔王，但这种可能性是非常大的，因为两部史诗中讲述的故事都发生在同一时间（恩美卡统治时代）和同一地点（乌鲁克和阿拉塔）。虽然学者对"恩苏克什达纳"（En-suh-kešda-an-na）这个名字有不同解释，[①]但谁也不否认"恩苏克什达纳"是苏美尔语这一事实。当然，一个人的名字与其"民族"，甚至其母语，不一定有直接联系。例如，阿卡德的萨尔贡是塞姆人，讲阿卡德语，他的名字也是阿卡德语（Šarru-kīn），而他女儿的名字恩黑杜安娜（Enhedu'anna）却是苏美尔语；乌尔第三王朝的最后两个国王都是乌尔纳木的后裔，都是苏美尔人，也都讲苏美尔语，但他们的名字舒辛（Šu-Sîn）和伊比辛（Ibbi-Sîn）却都是阿卡德语。这些都是一个人的名字所代表的语言与这个人的"民族"或"母语"不一致的确凿证据。不过，这些确凿证据并不多见，这说明这种情况不是常情，而是特例，不是普遍现象，而是特殊现象。普遍现象或普遍规律是：一个人的名字所代表的语言就是这个人的母语。在没有确凿证据来证明"恩苏克什达纳"这个名字所代表的语言与恩苏克什达纳的"母语"不一致的情况下，我们只能按照一般规律来诠释恩苏克什达纳的"民族"和母语：他是苏美尔人，亦讲苏美尔语。正是由于这个原因，美国学者克莱默才做出这样的推测："的确，其（指阿拉塔的——引者）统治阶层由苏美尔人组成，这不是不可能的"。[②]

4. 关于阿拉塔王所操的语言，《恩美卡与阿拉塔王》没有明确交代，但有迹象表明，他可能讲苏美尔语。首先，阿拉塔王在与乌鲁克使者进行语言交际时不需要媒介，他们可以直接交谈。其次，阿拉塔王居然能看懂使者从乌鲁克带来的苏美尔语泥板文书。当使者把泥板拿给阿拉塔王看时，阿拉塔王首先"接过"（šu...ti）泥板，然后仔细"看"（igi...bar）泥板。他看到了什么？他看到了"言词钉子般，面容怒气现"。这两句应该都是双关语，即借楔形文字外形来暗示文字所表达的内容。第一句说楔形文字"像钉子"（gag-àm），既描

[①] 克莱默（1963 年）的音译是"Ensukushiranna"，见 S. N. Kramer, *The Sumerians—Their History, Culture and Character* (Chicago: University of Chicago Press, 1963), p. 185。布莱克主张将其音译为"Ensuhgirana"，见 J. Black, *Reading Sumerian Poetry* (Ithaca: Cornell University Press,1998), p. 13, note 39。科恩的音译是"Ensuhkešdanna"，将其理解为"The Lord—Divine Ornament / Ornament of An"，见 S. Cohen, *Enmerkar and the Lord of Aratta*（宾夕法尼亚大学博士论文）, 1973, p. 28, note 7。最后一种解释是目前被普遍接受的一种。

[②] S. N. Kramer, *Enmerkar and the Lord of Aratta* (Philadelphia: University of Pennsylvania Press, 1952), p. 3.

绘了楔形文字的外形，又暗示了泥板上的内容言辞尖刻；第二句说泥板上的文字看上去好像"带着怒气"，大概是说文字的形态带着一种威慑力。一些学者认为，"带着怒气"指阿拉塔王"带着怒气"，而阿拉塔王"带着怒气"的原因是："他（阿拉塔王）指望在泥板上看到言词，但没有看到，相反，他却仅仅看到了钉子一样的图形"。① 这个解释没有道理，因为"钉子一样的图形"只是文字的外在形式，不应该是引起"愤怒"的原因。如果此处真的指阿拉塔王的"愤怒"，那么，其原因也应该是泥板书写的内容，而不是文字的外在形式。关于使者此次带泥板出使阿拉塔的原因，学者有不同解释。格琳认为，让使者带泥板出使阿拉塔是为了展示文字在国际外交中的威慑力。② 文字本身的威慑力是十分有限的，如果说这块泥板产生了什么威慑力的话，那是由泥板内容所致，不应该是文字本身所致。总之，从上述《恩美卡与阿拉塔王》内容看，阿拉塔王能读懂来自乌鲁克的泥板文书，而且讲苏美尔语。

5. 如上所述，是伊楠娜把阿拉塔王带到阿拉塔（第223行），是杜木兹使阿拉塔人出类而超群（第567行），是伊什库在阿拉塔生死攸关之际帮助了阿拉塔（第543行），使阿拉塔的干焦野外以及大山深处，小麦自生自长，扁豆亦自生自长（第549—550行），为阿拉塔解除了饥荒，使阿拉塔王恢复了与乌鲁克抗衡的勇气。阿拉塔王把伊什库为他做的这一切都归给了伊楠娜（第557—565行）。但不论如何，帮助阿拉塔的三个神灵都是苏美尔人崇拜的神，都是苏美尔众神殿中的成员：伊楠娜是古代美索不达米亚最重要的女神，是乌鲁克的保护神，是为乌鲁克带来"道"（me）的神，也是引发《恩美卡与阿拉塔王》中两国争端的神；杜木兹是牧羊神，乌鲁克人把他视为伊楠娜的丈夫，《苏美尔王表》中的乌鲁克第一王朝第四位国王杜木兹可能与乌鲁克人崇拜伊

---

① H. L. J. Vanstiphout, "Enmerkar's Invention of Writing Revisited" in *Dumu-E₂-Dub-Ba-A—Studies in Honor of Åke W. Sjöberg* ed. by H. Behrens, D. Loding and M. T. Roth (Philadelphia: University of Pennsylvania Museum of Archaeology and Anthropology, 1989), pp. 515–524 (p. 519).

② M. W. Green, "The Construction and Implementation of the Cuneiform Writing System", *Visible Language*, 15 (1981), p. 367.

楠娜和杜木兹有关；伊什库是雷雨神，他最初（从早王朝时期开始）被视为安（神）之子，后来被视为恩利尔之子。《恩美卡与阿拉塔王》按照早期传统把他视为恩利尔之子。在《恩美卡与阿拉塔王》中，帮助乌鲁克的神有伊楠娜、恩利尔和恩基，帮助阿拉塔的神有伊楠娜、杜木兹和伊什库。伊楠娜在这里扮演的角色令人费解，因为她先是帮助乌鲁克国王恩美卡，后来又转而帮助阿拉塔王。从伊楠娜在《恩美卡与阿拉塔王》中扮演的角色来看，乌鲁克与阿拉塔之争是伊楠娜的自我之争，是她自己内心矛盾的体现。从其他神在《恩美卡与阿拉塔王》中扮演的角色来看，乌鲁克与阿拉塔之争是苏美尔神灵间的内讧，神与神之间的这种内讧应该是苏美尔城邦之间的内讧的反映。因此，乌鲁克与阿拉塔之间的冲突应定性为苏美尔人之间的内讧。

6. 乌鲁克人崇拜伊楠娜，阿拉塔人也同样崇拜伊楠娜；伊楠娜是乌鲁克的保护神，她同样也是阿拉塔的保护神；乌鲁克有伊楠娜神庙吉帕尔（第14行），阿拉塔也有伊楠娜神庙吉帕尔；① 乌鲁克有伊楠娜神庙埃安纳，阿拉塔有伊楠娜神庙埃扎亘纳（é-za-gìn-na，第559行）。"埃扎亘纳"是苏美尔语，这又是一个能够证明阿拉塔人讲苏美尔语的有力证据。总之，乌鲁克人与阿拉塔崇拜同一个神，他们的宗教信仰相同。

7. 阿拉塔的政治结构也与乌鲁克的相同。② 乌鲁克的国王被称为"恩"（en），阿拉塔王亦被称为"恩"（en）；阿拉塔的官职"信使"（rá-gaba，第363行）、"管家"（šà-tam，第443行）都是苏美尔人的官职名称。更能体现两国政治结构的相同性的证据是"长老"（ab-ba-ab-ba，第373行）。在史诗

---

① 根据《恩美卡与阿拉塔王》判断，阿拉塔没有吉帕尔，而根据《恩美卡与恩苏克什达纳》（第115行：gi₆-par₄-kù ki-kù-kù-ga-ni-šè "到神圣的吉帕尔，他〔阿拉塔王〕的圣洁之地"，见 A. Berlin, *Enmerkar and Ensuhkešdanna, A Sumerian Narrative Poem. Occasional Publications of the Babylonian Fund 2* (Philadelphia: The University Museum, 1979), p. 46。判断，阿拉塔也有吉帕尔，而且也是伊楠娜的住地。

② C. Wilcke, "Sumerische Epen" in *Kindlers Neues Literatur Lexikon Band 19 Anonyma Kollektivwerke* ed. by W. Jens and R. Radler (München: Kindler Verlag GmbH, 1992), pp. 575–580 (p. 576).

《吉尔伽美什与阿伽》①中我们看到，吉尔伽美什在决定国家大事时要把两部分人召集起来开会，分别听取他们的意见。一部分人是"城市长老"（ab-ba-uru^{ki}），另一部分人是"城市壮丁"（guruš-uru^{ki}）。美国学者克莱默不但从中看到了民主，还看到了人类历史上的第一个"两院制"："长老会议"相当于现代民主体制中的"上议院"，"壮丁会议"相当于现代民主体制中的"下议院"，而这样的两院制早在公元前三千年代初的乌鲁克就开始运作了。②虽然《恩美卡与阿拉塔王》没有提到这样的政体，但它在乌鲁克的存在应该是确定无疑的。这样的"大会"（unken）不但乌鲁克有，阿拉塔也有。③

乌鲁克的"长老"在国家面临危难之际，主张向敌人投降；阿拉塔的"长老"在国难当头之时亦主张拱手请降（第 373—375 行）。阿拉塔王没有采纳"长老们"的意见，决定继续与乌鲁克（智）斗下去。两国的"长老们"都具有明显的保守倾向，两国的"长老们"在我们所知的两桩事关国运的重大决策

---

① W. H. Ph. Römer, *Das sumerische Kursepos "Bilgameš und Akka"* (Neukirchen-Vluyn: Neukirchener Verlag, 1980); C. Wilcke, "Zu 'Gilgameš und Akka'—Überlieferungen zur Zeit von Entstenhung und Niederschrift, wie auch zum Text des Epos mit einem Exkurs zur Überlieferung von 'Šulgi A' und von 'Lugalbanda II'" in *Dubsar anta-men—Studien zur Altorientalistik, Festschrift für Willem H. Ph. Römer zur Vollendung seines 70. Lebensjahres mit Beiträgen von Freunden, Schülern und Kollegen, Alter Orient und Altes Testament* ed. M. Diettrich and O. Loretz (Münster: Ugarit-Verlag, 1998), pp. 457–485; M. Civil, "Reading Gilgameš", *Aula Orientalis*, 17–18 (1999–2000), 179–189.

② 克莱默在《历史始于苏美尔》中说：在人类的成文史上，相当于我们今天的"上议院"和"下议院"早在公元前 2800 年前后就开始运作了。这个人类历史上最早的两院制出现在什么地方呢？您可能理所当然地认为这个地方一定是西方，是欧洲大陆，然而，事实并非如此。您可能万万没有料到，这个地方就是我们所说的近东，就是那个我们认为是专制独裁制度的发源地，就是那个在我们眼里看来不知民主为何物的东方，就是地处幼发拉底河和底格里斯河之间的人类文明的摇篮——苏美尔。见 S. N. Kramer, *History Begins at Sumer* (New York: Doubledat Anchor Books, 1959), pp. 29-30；拱玉书：《日出东方——苏美尔文明探秘》，云南人民出版社，2001 年，第 142 页。克莱默的观点使广大读者耳目一新，在学术界也产生很大影响，同意他的观点的人非常多，包括中国著名历史学家林志纯（日知）先生。林先生认为，在《吉尔伽美什与阿伽》中保留了最早的城邦三机构：首领、长老会和民众会。见日知：《中西古典文明千年史》，吉林文史出版社，1997 年，第 201 页。

③ 《恩美卡与恩苏克什达纳》第 128 行：unken-gar-ra si-sá-na mu-un-na-ni-ib-gi$_4$-gi$_4$ "正在召开的公民会回答他，直截了当"。见 A. Berlin, *Enmerkar and Ensuhkešdanna, A Sumerian Narrative Poem. Occasional Publications of the Babylonian Fund 2* (Philadelphia: The University Museum, 1979), p. 46。

中都遭到了国王的拒绝。

民主作为民众享有参与国事和对重大国事发表意见的权利的一种机制或政治体制，在人类历史上是普遍存在的，尤其是在人类刚刚迈入文明门槛的初期，在个人的绝对权威尚未完全建立之前。之所以如此，是因为在国家形成之前存在的"军事民主"或其他形式的民主具有历史惯性的缘故。随着时间的推移，政治权力越来越集中于少数人手里。[①] 到了吉尔伽美什时期，民主制与以前已经有了很大不同。在《吉尔伽美什史诗》的第 11 块泥板中，乌特纳皮施提（Ut-napišti）对吉尔伽美什说，是众神大会决定让他永生的，所以吉尔伽美什永远不能获得永生了，因为现在已经不可能有任何神为他召集众神大会了。[②] 政体随着时间的推移而发展和演变是必然的，所以，乌特纳皮施提时期（洪水之前＝史前？）的政体与吉尔伽美什统治时期的政体应该有所不同。可是前者如何，后者又如何？二者如何发展，又有什么区别？我们对此一无所知。但可以肯定，在吉尔伽美什统治时期，或更早一点，在《恩美卡与阿拉塔王》故事发生的年代，"两院制"虽然存在，但最后的决定权已然掌握在国王手里，至少国王是个举足轻重的"砝码"，当"长老会"与"壮丁会"发生分歧时，国王这个"砝码"放到哪边，哪边就是取得决定性胜利的一边。

综上所述，在阿拉塔与乌鲁克的关系中可以看到这样一些情况：1）乌鲁克的国王恩美卡是阿拉塔王的"父亲"；2）阿拉塔王以及（一部分）阿拉塔人来自乌鲁克；3）阿拉塔王可能名叫"恩苏克什达纳"，是苏美尔人；4）阿拉塔王讲苏美尔语，而且能读懂来自乌鲁克的泥板文书；5）阿拉塔王得到苏美尔神伊楠娜、杜木兹和伊什库的帮助；6）阿拉塔人崇拜伊楠娜，并为她建立

[①] Th. Jacobsen, "Primitive Democracy in Ancient Mesopotamia", *Journal of Near Eastern Studies*, 2 (1943), 159–172 (p. 160).

[②] *mannu ilāni upahharakkumma* "who will call the gods together to an Assembly for you?". 见 I. M. Diakonoff, "Structure of Society and State in Early Dynastic Sumer", *Monographs of the Ancient Near East*, 1 (1974), 6–16 (p. 16), note 24。

了神庙；7）阿拉塔有与乌鲁克一样的政治结构。由此可见，对乌鲁克人来说，阿拉塔根本就不是异邦敌国，而是真正的"子国"；阿拉塔人不是"山中的蛇蝎"，[①]而是乌鲁克人的同胞兄弟。乌鲁克与阿拉塔有千丝万缕的联系，阿拉塔或许是乌鲁克人建立的贸易殖民地，或许是乌鲁克人的故乡。然而，二者的关系并不融洽，二者之间冲突不断，你争我斗，但它们之间的争斗多采取斗智的形式，极少真正用武。阿拉塔的统治者似乎是由乌鲁克国王派遣的"王子"，而这个"王子"有时妄自尊大，不履行义务，所以招致"父王"的兴师问罪。如果如此，《恩美卡与阿拉塔王》就不是什么民族史诗了，而是父伐子的故事，或退一步讲，是同胞之间的内讧。

3　汉译与注释

符号说明：

〔　　〕　　古代缺文，或现代修补。

〔……〕　　原意不详，无法翻译。

（　　）　　译者补充的内容。

〈　　〉　　古代漏字。

《恩美卡与阿拉塔王》
（*Enmerkar and the Lord of Aratta*）

（第1—32行：交代时间、地点、人物。

时间：很久以前。

[①] 苏美尔人曾把古提人称为"山中的蛇蝎"。见 S. N. Kramer, *The Sumerians—Their History, Culture and Character* (Chicago: University of Chicago Press, 1963), p. 325。

地点：乌鲁克和阿拉塔。

人物：乌鲁克王恩美卡和阿拉塔王。）

1. 城市——充满活力的野牛，令人恐惶，
2. 〔库〕拉巴，〔国家的〕纽带，
3. 暴风雨的胸膛，决定命运的地方。
4. 大国乌鲁克，〔……天之？〕心脏，〔……〕
5. 〔……〕安①的晚宴厅堂。
6. 远古时代，初辟鸿荒，
7. 乌鲁克-库拉巴的〔……〕埃安纳，
8. 大王们〔已然使它〕把头昂。
9. 万物兴，鲤鱼洪，②
10. 滋润大麦的雨水，
11. 在乌鲁克-库拉巴成倍增。
12. 迪尔蒙国③尚未有，
13. 乌鲁克-库拉巴的埃安纳就已建成。
14. 圣〔伊楠〕娜的吉帕尔，④
15. 砖建的库拉巴，犹如银脉，超群出众。
16. 〔……〕尚未兴起，任期尚未确立，
17. 〔……〕尚未兴起，贸易尚未确立，

---

① 安（An）是天神。
② 字面意思是"鲤鱼（eštub）洪水"，即"早期洪水"。中国南方有的地方把二三月间的"春潮"称为"桃花汛"，与"鲤鱼洪"异曲同工。在诗歌中，"鲤鱼洪"常被用来指农业丰收。
③ 迪尔蒙（kur dilmun^ki）即现在的巴林岛。凡斯提福特认为，此处的"迪尔蒙"象征着国际贸易，并非实指迪尔蒙。H. L. J. Vanstiphout, *Epics of Sumerian Kings: The Matter of Aratta* (Atlanta: Society of Biblical Literature, 2003), p. 93.
④ "吉帕尔"（苏美尔语 gi₆-par₄，阿卡德语 *gipāru*）是神庙的组成部分，通常是女祭司（*entu*）居住的地方。词源不详，本义可能是"贮藏室"。

18.〔金、银〕、铜、锡、天青石块,

19.〔(以及其他)山石〕,尚未开采,

20.〔……〕尚未为节日而沐浴,

21.〔……〕尚未定居,

22.〔……〕时间〔逝去〕。

(第23—24行残缺。)

25.〔当阿拉塔被〕装饰得多彩绚丽,[①]

26.〔埃扎亘纳,……〕的圣地,温润的〔天青石……〕,

27.里面像银光闪烁的梅斯树,[②] 果满枝头葱郁郁。

28.为伊楠娜,阿拉塔的这位王

29.自戴金盔于头上。

30.与库拉巴王不一样,他未使女神心欢畅。

31.在阿拉塔,像圣地埃安纳和吉帕尔一样的神庙,

32.像砖建的库拉巴一样的神庙,(阿拉塔王)没有为圣伊楠娜建造。

(第33—64行:恩美卡求助于女神伊楠娜,引出事端。)

33.那时,伊楠娜在心里选定的国王,

34.伊楠娜自宝石之山、圣心之中选定的人,

35.乌图[③]之子恩美卡,

36.对他的神姐,能让人实现愿望的女王,

---

① 科恩的修补。S. Cohen, *Enmerkar and the Lord of Aratta*(宾夕法尼亚大学博士论文), 1973, p.113.

② 梅斯(mes)树是传说中的一种树。芬兰学者帕尔泊拉认为,"梅斯树就是美索不达米亚的宇宙树(the Mesopotamian cosmic tree)"。见 Simo Parpola, "The Esoteric Meaning of the Name of Gilgamesh" in *Intellectual Life of the Ancient Near East—Papers Presented at the 43rd Rencontre Assyriologique Internationale, Prague, Juli 1–5, 1996* ed. by J. Prosecky (Prague: Oriental Institute, 1998), p. 325, note 38。

③ 乌图(^{d}utu)即太阳神。

37. 对圣伊楠娜，恳求地说了这番话：

38—39. "我的姐姐啊，金器与银器，让阿拉塔人为我做，
　　　　让他们将之送到乌鲁克。

40. 温润的天青石，〔让他们〕从方石中〔……〕，

41. 温润的天青石的光泽〔……〕，

42. 在乌鲁克建造一座〔……〕圣山，

43. 你的立足之〔地〕，自天〔而降〕的神殿。

44. 让他在〔阿拉塔〕建造〔神庙〕埃安纳，

45. 圣地吉帕尔，你的安身之家。

46. 为了我，让阿拉塔将其内部装饰好，

47. 在那里，我这个用天青石做的小牛，将得到你的拥抱。

48. 为了我，让阿拉塔臣服乌鲁克。

49. 为了我，让阿拉塔的居民，

50. 从〔他们的〕山中把石采，

51. 为我修建大寺庙，为我建造大住宅。

52. 大宅神所居，为了我，让它绚丽而壮观，

53. 为了我，让我的道①在库拉巴秩序井然。

54. 为了我，让阿普苏像圣山一样增高，

55. 为了我，让埃利都像高山一样纯洁，

56. 为了我，让阿普苏神庙银脉般璀璨。

57. 当我自阿普苏把你颂扬，

58. 当我从埃利都把道带来，

59. 当我作为王者把王冠装饰得像闪光的神庙一样，

60. 当我在乌鲁克—库拉巴把金碧辉煌的王冠戴在头上，

------

① 关于道（即苏美尔语中的 ME），见拱玉书：《论苏美尔文明中的"道"》，《北京大学学报》（哲学社会科学版），2017年第3期，第100—114页。

61. 愿大寺庙的主人带我进入吉帕尔，

62. 愿吉帕尔的主人带我进入大寺庙。

63. 让世人羡慕称奇，

64. 让乌图快乐欣喜。"

（第65—104行：女神伊楠娜回应恩美卡。）

65. 那时，神圣的天神之光，万国之女王，耳聪目明视野广。

66. 为阿玛-乌舒姆伽-安纳，① 她把眉毛画。

67. 万国之王伊楠娜，

68. 对太阳之子恩美卡，说了这番话：

69. "过来，恩美卡！我有一言告诉你，请你将之记心中。

70. 我有一言对你说，请你洗耳来恭听。

71. 士卒将领中，使者选一名，既要善言辞，又要能长行。

72. 女神伊楠娜，无所而不知。使者携其言，匆匆欲何之？

73. 让他前往祖毕山，②

74. 越过祖毕再向前。

75. 取道苏萨③与安善，④

76. 使其来归顺，仿佛老鼠般。

77. 重重大山中，人多数不清，

78. 他们都来降，往来尘土中。

79. 在乌鲁克面前，阿拉塔将俯首而听命。

---

① 阿玛-乌舒姆伽-安纳（ᵈama-ušumgal-an-na）是伊楠娜的丈夫杜木兹（Dumuzi）的一个别称。

② 大概指伊朗境内的曼代利（Mandali）附近的山脉。见 Th. Jacobsen, *The Harps that once... — Sumerian Poetry in Translation* (New Haven and London: Yale University Press, 1987), p. 284, note 17. 还有其他观点，在此不详述。

③ 或 šušin（MÙŠ.EREN），即 Susa，《旧约》中的 Šušan。

④ 安善（Anšan）是古代城市名称，现代遗址名称是 Tell Malyan，位于伊朗的法尔斯省。

80. 阿拉塔居民，

81. 将从他们的山里把石采，

82. 将为你修建大寺庙，为你建造大住宅。

83. 大宅者，神所居，他们将让它为你而绚丽壮观。

84. 将使你的道在库拉巴秩序井然。

85. 将使阿普苏像圣山一样增高，

86. 将使埃利都像高山一样纯洁，

87. 将使阿普苏神庙银脉般璀璨。

88. 当你自阿普苏把我颂赞，

89. 当你从埃利都把道带来，

90. 当你以王者身份将王冠像洁白的神庙一样装点，

91. 当你在库拉巴为了乌鲁克将自己的头戴上神圣的王冠，

92. 大神殿的主人将带你进入吉帕尔，

93. 吉帕尔的主人将带你进入大神殿。

94. 让世人称奇敬慕，

95. 让乌图尽开心颜。

96. 阿拉塔的居民，

97. 将不论早与晚，时刻听从你的呼唤。

98. 当夕阳带来傍晚的阴凉，

99. 在杜木兹①的土地上，那里遍地都是母羊、山羊与羔羊，

100. 在杜木兹那片水分充足的田地上，②

---

① 杜木兹是牧羊神，女神伊楠娜（战神与爱神）的丈夫。在苏美尔众神中，他的名字流传得最为长久，从早期美索不达米亚一直到当今。现在的犹太教历 4 月 "塔慕次"（犹太国历 10 月，相当于公历 6—7 月）就是以他的名字命名的。伊拉克阿拉伯语中的 "七月" 亦是 "塔慕次"。

② 苏美尔语："a-kalag-ga a-šà ᵈdumu-zid-da-ka"。雅格布森认为，这是一块真正存在于乌鲁克城内的田地。见 Th. Jacobsen, *The Harps that once... —Sumerian Poetry in Translation* (New Haven and London: Yale University Press, 1987), p. 286, note 19.

101. 在那里，他们①将任你驱使，仿佛山中的绵羊。

102. 在我的明亮胸膛，升起来吧，像太阳一样。

103. 你是宝石，装饰我的颈项。

104. 乌图之子恩美卡，你值得颂扬。"

（第105—155行：乌鲁克王恩美卡按照神意，选定使者，亲下口谕，对阿拉塔王进行威胁恐吓。）

105. 圣伊楠娜的这番话，国王牢记在心中。

106. 他在将士中，把使者选一名，此人不但善言辞，而且能长行。

107. 女神伊楠娜，无所而不知，使者携其言，匆匆欲何之？

108. "你要前往祖毕山，

109. 越过祖毕再向前。

110. 让苏萨与安善，

111. 到我这里来归顺，仿佛老鼠般。

112. 重重大山中，人多数不清，

113. 他们都来降，往来尘土中。

114. 使者啊，对阿拉塔之王，你要这样说，你要这样道：

115. 莫使我将此城毁掉，使它像野鸽一样离树飞逃。

116. 莫使我将其毁掉，使其像绕巢而盘旋的鸟。

117. 莫使我将其变得弱小，犹如目前的市场回报。

118. 莫使我使它扬沙飞尘，仿佛灰飞烟灭的城镇。

119. 莫使阿拉塔成为恩基诅咒的居住地，

120. 亦莫使我将它毁灭，将它变成一片废墟。

121. 这之后，伊楠娜那里站，

122. 大声叫，高声喊：

---

① 指阿拉塔居民（96行）。

123. 亦莫使我将其彻底毁灭，仿佛让它遭受一场劫难。

124. 当地出产的黄金，阿拉塔将装之用皮袋。

125. 当地出产的有道银，将源源不断接踵来。

126. 他们将打造最好的银器，

127. 运送银袋将用野毛驴。

128. 为了我，苏美尔的小恩利尔，①

129. 努迪木德在其圣心中选定的统治者，

130. 他将建造纯洁的有道山一座，

131. 仿佛黄杨树，魅力无限多。

132. 为了我，他将把它装饰得色彩斑斓，仿佛乌图从旸谷出现。

133. 为了我，他将把门柱修饰得金光闪。

134. 在（阿拉塔的）大神殿，你把圣歌唱，你把咒语念，

135. 把努迪木德咒，给他说一遍：

136. 当其时，既无蛇，亦无蝎，

137. 无鬣狗，亦无狮，

138. 既无狗，亦无狼，

139. 无恐惧，无惊慌，

140. 人类没有对手方。

141. 当其时，舒布尔国、哈马兹国，

142. 讲两种语言的苏美尔，拥有王权道的泱泱大国，

143. 尽善尽美的阿卡德国，

144. 和平安定的阿摩利特，

145. 普天之下，康乐之民，

146. 对恩利尔，都把一种语言说。

---

① "小恩利尔"是智慧神埃阿（努迪木德）的称号之一。

147. 当其时，王相争，君相争，主相争，①

148. 恩基，（因有）王相争，君相争，主相争，

149.（为了）相争之王，相争之君，相争之主，

150. 恩基，富饶之王，真谛之王，

151. 智慧之王，国家之明察秋毫者，

152. 众神之顾问，

153. 埃利都之王，因智慧而非凡，

154.（曾经）尽可能多地造语言，（后来又）把它们在人们的口中来改变，

155. 统一了人类的语言。"

（第156—217行：乌鲁克使者出使阿拉塔，转达国王口谕。）

156. 使者即将进山去，奔向阿拉塔，

157. 国王再次叮嘱他：

158. "使者啊，夜幕里，要像南风一样疾行！

159. 烈日下，要像露水一样蒸发！"

160. 国王的这番话，使者心中牢记下。

161. 他披星戴月夜里走，

162. 顶着烈日白昼行。

163. 伊楠娜的这番话，（使者）携之欲何之？

164. 他前往祖毕山，

165. 越过祖毕再向前，

166. 前往苏萨与安善，

167. 使其来归顺，仿佛老鼠般。

168. 重重大山中，人多数不清，

---

① 这里先后提到三个概念 "王"（en）、"君"（nun）和"主"（lugal），西方学者往往用 "lord" 来翻译 en，用 "prince" 来翻译 nun，用 "king" 来翻译 lugal。不论是这里的汉译，还是西方学者的英译，都不能准确反映原文。

169. 他们都来降，往来尘土中。

170. 他翻越五道山、六道山、七道山，

171. 举目看一看，阿拉塔已经在眼前。

172. 他高兴地步入阿拉塔的大庭院，

173. 将其主人之威严展。

174. 他开门见山地说出记在心里的话，

175. 向阿拉塔之王，使者把主人的口谕转达：

176. "你的父亲，我的主人，是他派我来把你见，

177. 乌鲁克王，库拉巴王，是他派我来把你见。"

178. "你的主人对我有何说？对我有何言？"

179. "我的主人这样说，我的主人这样言。

180. 我的主人生来就是王者身，

181. 乌鲁克王，生活在苏美尔的巨龙，能把大山变齑粉。

182. 他是山中羊，头上长巨角，

183. 他是野牛与小牛，用蹄子选择纯洁的皂草。

184. 他由良牛生于大山里，

185. 乌图之子恩美卡，是他派我来见你。

186. 我的主人还说道：

187. 莫使我将此城毁掉，使它像野鸽一样离树飞逃。

188. 莫使我使其发抖，仿佛巢中鸟。

189. 莫使我将其变得弱小，犹如目前的市场回报。

190. 莫使我使它扬沙飞尘，仿佛灰飞烟灭的城镇。

191. 莫使阿拉塔成为恩基诅咒的居住地，

192. 亦莫使我将它毁灭，将它变成一片废墟。

193. 这之后，伊楠娜那里站，

194. 大声叫，高声喊：

195. 亦莫使我将其彻底毁灭，仿佛让它遭受一场劫难。

196. 当地出产的黄金，阿拉塔将装之用皮袋。

197. 当地出产的有道银，将源源不断接踵来。

198. 他们将打造最好的银器，

199. 运送银袋，他们将用野毛驴。

200. 为了我，苏美尔的小恩利尔，

201. 努迪木德在其圣心中选定的统治者，

202. 他将建造纯洁的有道山一座，

203. 仿佛黄杨树，魅力无限多。

204. 为了我，他将把它装饰得色彩斑斓，仿佛乌图从旸谷出现。

205. 为了我，他将把门柱修饰得金光闪。

206. 在（阿拉塔的）大神殿，你把圣歌唱，你把咒语念，

207. 把努迪木德咒，为我说一遍。

（使者转述完主人的话，对阿拉塔王说。）

208. 你若有话说，便请对我讲。

209. 向金髯人的后裔①（恩美卡）——

210. 健壮的母牛将他生，生在纯洁的道山中；

211. 在阿拉塔的土地上，他长得身强又力壮；

212. 他喝良牛之乳长大，

213. 在库拉巴，至大之道山，王权属于他——

214. 向乌图之子恩美卡，

215. 在神庙埃安纳，我将把你的这些话作为美言来转达。

216. 在他的吉帕尔，仿佛充满生机、果满枝头的梅斯树，

217. 对我的主人库拉巴王，我将把它来复述。"

---

① "金髯人"指太阳神。有赞美诗把太阳神（ᵈutu）描绘为"蓄留金髯（者）"（su₆-ⁿᵃ⁴za-gìn-duru₅-e）。见 Åke W. Sjöberg, E. Bergmann and G. B. Gragg, *The Collection of the Sumerian Temple Hymns in Texts from Cuneiform Sources III* (Locust Valley: J. J. Augustin, 1969), p. 27, line 173。

(第218—296行：乌鲁克使者与阿拉塔王对话。)

218. 使者一番言，如此似这般。

219. "使者啊，对你的主人库拉巴王，你要这样说，你要这样言：

220. 适合行净手礼之君，舍我无他人。

221. 圣伊楠娜，枷锁缚苍穹，女王御乾坤，

222. 女主人，拥有的道何其多——

223. 是她把我带到阿拉塔，纯洁道之国。

224. 是她让我来封山，仿佛门一扇。

225. 阿拉塔怎能屈服于乌鲁克？

226. 阿拉塔屈服于乌鲁克之事不会有，你就对他这样说。"

227. 他如此这般把话说完，

228. 与阿拉塔之王，使者这样辩：

229. "她是天王位至大，驾驭的道令人怕。

230. 她住宝石山，

231. 是宝石山王座的装点。

232. 我的主人恩美卡，是她的一奴仆，

233. 他让人们拥戴她为埃安纳的神与主，

234. 阿拉塔王一定要臣服！

235. 在砖建的库拉巴，她对他说了这番话。"

236. 当其时，（阿拉塔）王的心里很压抑，烦恼且忧虑。

237. 他欲对却无言，搜肠刮肚找答案。

238. 他低头凝视自己的脚，极力把答案来寻找。

239. 答案一找到，便发出一声叫。

240. 遂将使者来回应，

241. 仿佛一头牛，大声吼叫道：

242. "使者啊，对你的主人库拉巴王，你就这样说，你就这样道：

243. 这座大山是颗梅斯树，高耸入云霄。

244. 根部是巨大的鱼罟，枝干是伸展的大树。

245. （阿拉塔这只）麻雀虽然小，却有安祖鸟①与老鹰的爪。

246. 谁也不能越过伊楠娜的屏障，

247. 鹰爪会让敌人的血从宝石山往下流淌，

248. 〔虽然在〕阿拉塔也会有眼泪、〔哭声与悲伤〕。

249. 泼水仪式已完成，② 撒面仪式亦举行。

250. 祈祷献牺牲，举国尽虔诚。

251. 寥寥人五个，寥寥人十个，③

252. 躁动的乌鲁克，即使来攻祖毕山，能将奈之何？

253. 你的主人心急切，与我来交兵，

254. 我亦心急切，与他比输赢。

255. （常言道：）不知何为争，岂能把全部美食尽享用。④

256. （正所谓）公牛不知公牛凶。

257. 知道何为争，方能把全部美食尽享用。

258. （正所谓）公牛自知公牛凶。

259. 他将放弃？不与我争？

260. 造物如〔……〕，无人能够完成。

261. 他仍然放弃，不与我争？

262. 使者啊，我再告诉你，

---

① anzud（苏美尔语的读音可能是 imdugud，阿卡德语读作 anzû）是传说中的一种狮头鹰，有双翼，体形巨大，展翅飞翔时能引起风暴。也有神话将其描述为其嘴"如锯"，其首如鸟。见 J. Black and A. Green, *Gods, Demons and Symbols of Ancient Mesopotamia—An Illustrated Dictionary* (London: British Museum Press, 1992), p.107.

② 阿拉塔久旱无雨，发生饥荒。这里的"泼水仪式"（a-bal-bal）和"撒面仪式"（zi-dub-dub）可能都是祈雨仪式。后来，雷雨神"伊什库，鸣雷天地间"（第543行），下起及时雨，拯救了阿拉塔，可能就是阿拉塔人祈祷的结果。

③ 显然指乌鲁克人很少，不足以对阿拉塔构成威胁。"五"和"十"都不是实指，而是形容，相当于"寥寥无几"。

④ 苏美尔语版的"知彼知己，百战不殆"。

263. 我有一条绝妙〔……〕，愿你能解其中意：

264. 那只在埃安纳中坐卧的雄狮，

265. 不过是从内部吼叫的公牛一只。

266. 在他的吉帕尔——那里有果满枝头、俨然新生的梅斯树，

267. 请把你的主人库拉巴王，这样来回复：

268. 大山是英雄，鹤立鸡群中。

269. 仿佛太阳神，黄昏归天宫。

270. 仿佛一个人，满脸血淋淋。

271. 仿佛伊楠娜，苍天之至大。

272. 仿佛一个人，额头金光发。

273. 仿佛一横木，山中拦要路。

274. 阿拉塔的首领，

275. 因有纯洁道山的善神拉玛庇护，①

276. 总有一天，将使阿拉塔常态再现，就像苍天之银冠。

277. 到那时，我让全天下，尽知我不凡。

278. (乌鲁克王) 不要用布袋装大麦，亦莫将它们用车载，

279. 莫将大麦运到山里来，

280. 莫在劳工中把税收官来安排。

281. 如果他能把大麦装在网袋里，

282. 搬运（大麦）用驮驴，

283. 再把后备驴系在（驮驴）边，

284. 在阿拉塔的庭院，堆之成粮山，

285. 倘若他真的堆之成粮山，那么粮山之魅力，

286. 万国之火炬，居址之所需，

---

① 拉玛（ᵈlama，阿卡德语：lamassu）女神是保护人类的善神。此处的"善神拉玛"可能指阿拉塔的保护神伊楠娜。

287. 七墙之装饰，①

288. 善战的英雄女王，

289. 伊楠娜，沙场上的英雄，使军队跳伊楠娜之舞的人，

290. 就会真的将阿拉塔撒手不管，仿佛唾弃一只食腐犬。

291. 到那时，我将甘拜下风，

292. 他将使我领教其能。

293. 就像这座城一样，②我将以我之小去投降。你就这样对他讲。"

294. 如此似这般，他把话说完。

295.（乌鲁克）使者，向阿拉塔之王，

296. 复述这些话，一字都不差。

（第297—304行：使者回国复命，省略阿拉塔王提出的条件。）

297. 使者转身往回走，俨然是野牛。

298. 仿佛一沙蝇，他拂晓天凉上路行。

299. 他进入砖建的库拉巴，心里高兴步轻盈。

300. 使者穿过大庭院，急急赶往议事厅。

301. 对他的主人库拉巴王，

302. 他把信息来转达，仿佛是原话。

303. 好似一头牛，（使者）对他大声喊；③

304. 仿佛牧牛人，（恩美卡）侧耳听其言。

（第305—336行：乌鲁克王想对策，求神助，在智慧女神妮撒芭的帮助下，终于想出如何用网袋装运谷物的办法。）

305. 国王把火（炉？）置右侧，

---

① "七墙"指阿拉塔城墙。见 S. Cohen, *Enmerkar and the Lord of Aratta*, 1973, p. 241。
② 意思是：就像阿拉塔小于乌鲁克一样，我亦不如你。
③ 这句话的主语是使者，他在用阿拉塔王对他讲话的方式复述阿拉塔王的话。

306. 侧过左身说：

307. "我的既定计谋，阿拉塔真的已经识破？"

308. 时间在流逝，旭日东升起，

309. 国家之太阳，高悬照大地。

310. 底格里斯与幼发拉底，国王将二者合为一。①

311. 幼发拉底与底格里斯，他将二者合为一。

312. 大碗被摆放在空旷地，

313. 小碗与之摆放在一起，好似小羊安卧香草里。

314. 在它们的两侧，还摆放着祭天之容器。

315. 还有一金器，名叫埃施达，②

316. 国王恩美卡，太阳神之子，迈步走向它。③

317. 就在那一日，有道泥制作的泥板，议事会之楔形笔，

318. 于良辰吉日塑造的金像，

319. 婀娜的娜尼布伽，④荣华富贵中生长，

320. 妮撒芭，大智大慧的女王，

321. 为他开启了妮撒芭神圣的智慧殿堂。

322. 他移步入天宫，⑤把教诲来聆听。

323. 国王打开大粮仓，

324. 且把量器准备停当。

---

① 把两条河合为一条，至少在乌鲁克是不可能的。所以，这里的合二为一不是实际行为，而是通过某种仪式象征性地把两条河合在一起。具体不详。另一篇提到把两条河合在一起的文学作品是《恩基与世界秩序》(第268行)。

② "埃施达"(eš-da)是一种容器，具体形制不详。

③ 以上数行描述了恩美卡实施的某种仪式，具体不详。

④ 娜尼布伽(ᵈnanibgal)女神是河神恩努吉(Ennugi)之妻，有时书写神妮撒芭也被称为娜尼布伽，此处指妮撒芭。

⑤ 这里的"天宫"(é-gal an-na)指妮撒芭的"智慧殿堂"(é-géštug-ᵈnisaba)。这里描绘的情景应该是"恩美卡梦游天宫"，接下来的行为应该是在梦中得到"启示"后，按照神的指引采取的行动。

325. 国王把陈麦与新麦分开，

326. 把满地的麦芽用水浸泡，

327. 给麦穗配上香草，

328. 再把网袋的网眼缩小。

329. 他用仓储大麦把网袋装满，并将它们用封口夹封好。①

330. 他搬运（大麦）用驮驴，

331. 再把后备驴与之系一起。

332. 国王（恩美卡），具有大智慧，

333. 既统治乌鲁克，也统治库拉巴，

334. 他派人直奔阿拉塔。

335. 犹如蚂蚁出地缝，②

336. 众人前往阿拉塔，完全是自发。③

（第337—346行：乌鲁克王要求阿拉塔王交出权杖。）

337. 使者即将进山去，出使阿拉塔，

338. 国王冲着他，又补充了这番话：

339. "使者啊，对阿拉塔王，你要这样说，如此告诉他：

340. 我的权杖，其根部是王权道，

341. 其枝干是库拉巴的保护伞。

342. 权杖的枝干多如星，在埃安纳神庙中，

---

① ka-buru$_5^{mušen}$ 的字面意思是"鸟喙"。在此诗的语境中，此词无人能解。根据语境判断，"鸟喙"应该是一种带齿的、形似鸟喙的封口夹。

② "蚂蚁"（kiši$_6$）常被用来比喻人众，如《卢伽尔班达》第83行：kiši$_8$-gin$_7$ ki-in-dar-ra ba-an-di-ni-ib-ku$_4$-re-eš-àm "使他们（阿努纳神）像蚂蚁一样钻进地缝"。见 C. Wilcke, *Das Lugalbandaepos* (Wiesbaden: Otto Harrassowotz, 1969), p. 100; J. Black, *Reading Sumerian Poetry* (Ithaca: Cornell University Press,1998), p. 134。

③ 大概指恩美卡在乌鲁克公民中征召"自愿者"，用驮驴把装满谷物的网袋运送到阿拉塔，这些人多得像蚂蚁一样。

343. 圣伊楠娜凭借它们把凉乘。

344.（阿拉塔王）将以此为准做权杖，且应持之于手上。

345. 仿佛一串光玉髓与天青石，他应持之于手上。

346. 让阿拉塔王将之送到我面前，你就这样对他讲。"

（第347—411行：乌鲁克使者第二次出使阿拉塔，带来谷物，受到百姓欢迎，阿拉塔的长老们主张投降；使者转达乌鲁克王的新要求，让阿拉塔王交出权杖；阿拉塔王想对策，给乌鲁克王出难题，要求乌鲁克王为他制作一个非金、非木、非石的权杖。）

347.（乌鲁克王）如此这般把口谕下达，

348. 使者即出发，奔向阿拉塔。

349. 足过身后尘飞扬，

350. 碎石相撞吱嘎响。

351. 仿佛巨龙驰旷野，世上无人与相当。

352. 当使者来到阿拉塔，

353. 阿拉塔人（甚好奇），

354. 面对这些负重驴，伫足围观赞不已。

355. 在阿拉塔的大院里，

356. 使者把仓储大麦铺满地，还有那些封口器。

357. 仿佛晴天下起及时雨，

358. 阿拉塔遍地见丰腴。

359. 犹如众神复就座，

360. 阿拉塔人不饥饿。

361. 阿拉塔的老百姓，

362. 用水浸的麦芽把地种。①

---

① 此处动词残缺，修补无凭，只能根据语境猜测。

363. 这之后，信使、管家〔……〕

364.〔……〕在那些没有水的地方〔……〕

365.〔……〕

366.〔……〕

367.〔……〕阿拉塔居民〔侧耳〕听，

368.（阿拉塔的一长老），对阿拉塔（人）解释道：

369."请注意!〔伊楠娜已把〕阿拉塔〔抛〕弃，

370. 已对乌鲁克王〔助以〕一臂之力。

371. 至于我们，由于欺骗与说谎，

372. 现在正是危急时，我们必须臣服库拉巴王!"

373. 能说善言的众长老，

374. 绝望之中搓手掌，体有不支靠着墙。

375. 他们愿将清净寺，交给（乌鲁克）国王。

376.〔使者〕等候〔……〕，在〔……〕宫中，

377.〔记在心里的话，他直言不讳公于众〕：

378."〔你的父亲，我的主人，〕是他派我来把你见。

379. 乌图之子恩美卡，是他派我来把你见。"

380."你的主人对我有何说，对我有何言？"

381. "我的主人这样说，他如此这般言：

382. 我的权杖，其根部是王权道，

383. 其枝干是库拉巴的保护伞。

384. 权杖的枝干多如星，在埃安纳神庙中，

385. 圣伊楠娜凭借它们把凉乘。

386.（阿拉塔王）将以此为准做权杖，且应持之于手上。

387. 仿佛一串光玉髓与天青石，他应持之于手上。

388. 让阿拉塔王将之送到我面前，你就这样对他言。"

389.（使者）一番言，如此似这般。这之后，

390.（阿拉塔王）进入后寝室，躺在那里不进食。

391. 夜尽昼来又一天，他滔滔不绝话连篇，

392. 无人知其何所言。

393. 他走来踱去嘟囔囔，仿佛毛驴吃谷粮。

394. 现在，人与人之间，还有什么可以说？

395. 人与人之间，还有什么可以谈？

396. 人与人之间，如果有的说，应该如此似这般：

397. "使者啊，对你的主人库拉巴王，你就如此说，你就这般言：

398. 一个权杖，木非其质，亦非其名，

399. 当人们将〔……〕持手中，仔细来端详，

400. 它既非白杨，亦非乳香，

401. 既非雪松，亦非白松，

402. 既非哈舒柏（hašur），亦非棕榈树，

403. 既非乌木，亦非桧木，

404. 不是制作战车的白杨木，

405. 亦非制作皮鞭的基达木（kidda），

406. 既非金，亦非铜，

407. 既非真正的有道银，亦非白银，

408. 既非光玉髓，亦非天青石，

409.（乌鲁克王）将以此为准做权杖，且应持之于手上。

410. 仿佛一串光玉髓与天青石，他应持之于手上。

411. 让库拉巴王把它送到我眼前，你就这样对他讲。"

（第412—434行：乌鲁克使者第二次回国复命，乌鲁克王按照阿拉塔王的要求制作了一个"合成"材质的权杖。）

412.（阿拉塔王）把话一说完，

413. 使者大吼一声把路赶，犹如一头公驴脱车辕。

414. 他一路小跑行走急，仿佛干燥的荒原跑野驴。

415. 他大口把空气吸吸吸。

416. 他一路疾行走得忙，仿佛长毛羊愤怒之中追绵羊。

417. 他迈着兴高采烈的步伐，进入砖建的库拉巴，

418. 对他的主人库拉巴王，

419. 把（阿拉塔王的话）逐字逐句来转达。

420. 恩基把智慧赋予恩美卡，

421. 这位国王对大管家把命令下：

422. 他的王宫〔……〕

423. 国王收到〔……〕

424. 仿佛木温都，① 他持之于手中，反复将它瞧。

425. 他用石杵将之捣，仿佛捣香草。

426. 在光滑的芦苇上，他把油脂浇。

427. 他将其从日照下移到阴暗处，

428. 再将其从阴暗处移到日中照。②

429. （转眼）五年、十年流逝掉。

430. 他用斧头劈开光滑的芦苇，

431. 这位国王欣喜地仔细把它瞧，

432. 在宝石山的松油中，他把权杖头浸泡。

433. 使者即将进山去，

434. 国王把权杖交到他手里。

（第 435—461 行：使者第三次出使阿拉塔，带来"合成"材质权杖，阿拉塔王仍不肯屈服，又提出新的挑战，要求双方各派一名"勇士"决斗。）

---

① mu-un-dul，不知何物。
② 这两句大概指昼夜交替，日复一日，年复一年，指时间的流逝，所以才有下一句的"五年、十年流逝掉"。

435. 朝着阿拉塔，使者赶路急。

436. 翻越大山像鹈鹕，穿越沙丘像飞蝇，

437. 翻山越岭像鲤鱼，很快到达阿拉塔这个目的地。

438. 他进入阿拉塔大院，仍迈着快乐的步履。

439. 他手中持权杖，

440. 行礼甚得体。

441. 阿拉塔之王，未敢视权杖。

442. 他在那金碧辉煌的寝宫，心里的恐惧在膨胀。

443. 国王对大管家吼道：

444. "阿拉塔像被戮的母羊，它的道路通往敌邦。①

445. 因为圣伊楠娜已把阿拉塔的大位，

446. 交给了库拉巴王，

447. 他这个派遣使者的人，

448. 方能把如此重要的言语说得像升起的太阳。

449. 现在，圣伊楠娜向你们投去了审视的目光，

450. 在阿拉塔，说谎者还能到哪里躲藏？

451. 何时才能以手把锄（田野上）？

452. 至于我们，由于欺骗与说谎，

453. 现在正是危急时，难道我们臣服库拉巴王？"

454. 对使者，阿拉塔之王，

455. 把话说得像大泥板一样：②

456. "使者啊！对你的主人库拉巴王，请你这样说，请你这样讲：

457. 勇士一个，既非黑色，亦非白色，

---

① 凡斯提福特认为，这里描绘的情景是城市被毁，居民被俘往异国他乡。见 H. L. J. Vanstiphout, *Epics of Sumerian Kings: The Matter of Aratta* (Atlanta: Society of Biblical Literature, 2003), p. 95, note 51.

② dub-mah-gin$_7$，大泥板既重要，承载的内容又多，比喻话多且重要。

458. 既非棕色，亦非暗色，

459. 既非绿色，亦非杂色，如此这般的勇士，让他给我一个。

460. 我的勇士与他的勇士，让二人相互搏一搏。

461. 遂让世人知，谁是最强者。你就如此对他说。"

（第462—499行：使者第三次回国复命，带来阿拉塔王新的挑战请求。恩美卡提出针锋相对的新挑战。）

462. 他如此这般把话说完，

463. 使者"呜噜姆啊拉姆"地把路赶。①

464. 他把（阿拉塔王的）话带回砖建的库拉巴，仿佛有限的遗产。

465. （乌鲁克王）就像一头母山羊，盯着山的入口看又看。

466. 他悄悄溜进拥有二十种道的神庙，仿佛蝮蛇出草原。

467. 他看着〔……〕，

468. 〔……〕阿拉塔〔……〕。②

469. 他仍在座上坐，便对使者言，仿佛大水溢堤岸。③

470. "使者啊，对阿拉塔王，请你这样说，请你这样言：

471. 一件布衣，既非黑色，亦非白色，

472. 既非棕色，亦非暗色，

473. 既非绿色，亦非杂色。如此布衣，让他给我。④

474. 我的勇士，恩利尔的格斗者，如此勇士，我将派给他一个。

---

① 学者对 ú-lum a-lam 众说纷纭。根据语境判断，ú-lum a-lam 应该是拟声词，类似汉语里的噼里啪啦、稀里哗啦之类。

② 第467—468行因残缺，意不详。

③ 史诗省略了使者转达信息的情节，直接过渡到国王采取的对策。可见，史诗在情节的处理上有简有繁，有省有略。

④ 这里提到的"非……颜色"可能说明当时已经存在各种颜色的纺织品。乌鲁克王在应对这个挑战时显得非常从容，史诗的这种处理方式显然是为了显示乌鲁克在纺织技术方面的优势，别具匠心。

475. 我的勇士与他的勇士，让二人互相搏一搏。

476. 遂让世人知，谁是最强者。你就如此对他说。

477. 第二，请你对他说，请你对他言：

478. 他还想搪塞至何年？

479. 在他的城市中，让众人走在他前面，仿佛绵羊般。

480. 犹如牧羊人，他要跟随在后面。

481. 当他在明亮的天青石山行走时，

482. 让他俯首低头走，仿佛芦苇被压弯。

483. 让他将其金、银与琥珀，

484. 为埃安纳的女王伊楠娜，

485. 在阿拉塔的大庭院，像谷物一样堆成山。

486. 第三，请你对他说，请你对他言：

487. 莫使我将此城毁掉，使它像野鸽一样离树飞逃。

488. 莫使我将〔……〕粉碎，仿〔佛……〕。

489. 莫使我将其变得弱小，犹如目前的市场回报。

490. 莫使我让他们在那里见到风妖。

491. 他将且走且把山石采，

492. 埃利都的大寺庙，高贵的阿普苏，让他为我造。

493. 让他把寺庙的外围，为我涂上白料。

494. 让寺庙的荫翳为我将国家保。"

495. 他滔滔不绝言一番，而后（又说道）：

496. "他的兆象也让他知道！"

497. 就在那一日，〔……〕之王，

498. 坐在御座上的〔……〕，王孙公子们，

499. 唯有〔……〕生长。①

---

① 第497—499行，残缺严重，意不详，似乎仍属于恩美卡说的话。

（第500—506行：乌鲁克王恩美卡发明文字。）

500. 他的话语多，意义且深奥。

501. 使者嘴沉重，不能复述之。

502. 因为使者嘴沉重，不能复述之，

503. 库拉巴王揉了一块泥，把言词写在上面，犹如泥板。

504. 此前，把言词写在泥板上的事情从未见。

505. 现在，就在那一日，就在那一天，事情发生如这般。

506. 库拉巴王把言词写在泥上面，〔犹如泥板〕，事情发生如这般。

（第507—541行：使者第四次出使阿拉塔，在阿拉塔王面前展示写在泥板上的外交文书，阿拉塔王仔细观看泥板。）

507. 使者如鸟展开双翼飞，

508. 如狼追羊切齿跑。

509. 他翻越五道山、六道山、七道山，

510. 举目看一看，阿拉塔已经在眼前。

511. 他高兴地步入阿拉塔的大庭院，

512. 将其主人之威严展。

513. 他开门见山地说出记在心里的话，

514. 向阿拉塔之王，使者把主人的口谕转达：

515. "你的父亲，我的主人，是他派我来把你见，

516. 乌鲁克王，库拉巴王，是他派我来把你见。"

517. "你的主人对我有何说？对我有何言？"

518. "我的主人这样说，我的主人这样言。

519. 我的主人是棵大梅斯树，是恩利尔之子，

520. 此树生长在天地间，

521. 树枝上连天，

522. 树根下立地，

523. 既以王道显赫，亦以王权超凡。

524. 乌图之子恩美卡，给了我一块泥板，（并且就此附一言：）

525. '阿拉塔王将把泥板仔细看，他会晓得这些话的内涵。'

526. 你有话尽管对我言，这之后，

527. 向金髯人的后裔（恩美卡）——

528. 健壮的母牛将他生，生在纯洁的道山中；

529. 在阿拉塔的土地上，他长得身强又力壮。

530. 他喝良牛之乳长大，

531. 在库拉巴，至大之道山，王权属于他——

532. 向乌图之子恩美卡，

533. 在神庙埃安纳，我将把你的这些话作为美言来转达。

534. 在他的吉帕尔，仿佛充满生机、果满枝头的梅斯树，

535. 对我的主人库拉巴王，我将把它来复述。"

536. 使者如此这般把话说完，这之后，

537. 从使者手里，

538. 阿拉塔王接过焙烤泥板。

539. 阿拉塔王把泥板仔细看，

540. 言词钉子般，面容怒气现。①

541. 阿拉塔王把焙烤泥板仔细看。

（第542—576行：雷雨神伊什库降及时雨，解除阿拉塔的饥荒，阿拉塔五谷丰登，阿拉塔王再次振作。）

542. 就在那一天，配得上戴王冠的国王，恩利尔之子，

---

① 这两句大概都是双关语，借楔形文字外形来暗示文字所表达的内容。第一句说楔形文字"像钉子"（gag-àm），暗示了泥板上的内容言辞尖刻；第二句说泥板上的文字看上去"带着怒气"，疑言文字的形态所呈现的威慑力。这里的 gag "钉子、三角形"就是苏美尔人对他们发明的"楔形文字"的称呼。

543. 雷雨神伊什库，①鸣雷天地间，

544. 于〔……〕之地，刮起巨狮风暴，

545. 使〔……〕万国动摇，

546. 使〔……〕群山震撼。

547. 令人生畏的闪电，置〔……〕于其胸前。

548. 他使群山快乐地高声呐喊。

549. 在阿拉塔干枯的郊外，在群山之中，

550. 小麦自生自长，扁豆亦自长自生。

551. 为了阿拉塔王，人们将自生自长的小麦

552. 源源不断地往〔……〕粮仓里运送。

553. 在阿拉塔的庭院，人们将之堆集在他面前。

554. 阿拉塔王把小麦仔细看，

555. 冲着使者乜斜着眼，

556. 阿拉塔王冲着使者高声喊：

557. "女神伊楠娜，女王御万国，

558. 阿拉塔的强大，她没有撒手不管，没有说它属于乌鲁克。

559. 她的埃扎亘纳，②她没有撒手不管，没有说它属于神庙埃安纳。③

560. 纯洁道之山，她没有撒手不管，没有说它属于砖建的库拉巴。

561. 雕饰的木榻，她没有撒手不管，没有说它属于华丽的木榻。④

562. 为国王实施的净手礼，她没有撒手不管，没有说它属于乌鲁克王，库拉巴王。

---

① 伊什库（Iškur），阿卡德语为阿达德（Adad），有时亦被称为阿都（Addu）或阿达（Adda），是雷雨神，书写他的名字的符号（IM）与书写"风"的符号相同。伊什库出来帮助阿拉塔的原因不详。

② 埃扎亘纳（é-za-gìn-na）是位于阿拉塔的伊楠娜神庙。

③ 埃安纳（é-an-na）是位于乌鲁克的伊楠娜神庙。

④ "雕饰木榻"（^{giš}nú-še-er-kán-du$_{11}$）是阿拉塔王的"龙床"，"华丽木榻"（^{giš}nú-gi-rin-na）是乌鲁克国王恩美卡的"龙床"。

563. 在阿拉塔的左边与右边，

564. 万国女王伊楠娜，

565. 将阿拉塔围起来，犹如洪水溢堤岸。

566. 他们是从人群中分离出来的人，

567. 杜木兹使这些人出类而超群。

568. 圣伊楠娜的吩咐，他们从来都照办不误。

569. 聪明的勇士，杜木兹的奴仆，非他们莫属。

570. 我受惊的使者啊，我且长话短说：

571. 他们曾在洪水中屹立。

572. 洪水荡平一切之后，

573. 万国女王伊楠娜，

574. 由于杜木兹的大爱，

575. 为他们撒下生命水，

576. 而在苏美尔的脖子上把木枷戴。"

（第577—602行：阿拉塔的勇士和乌鲁克的女巫先后出场。然而，预期的格斗场面成了歌唱和音乐表演。）

577. 聪明的勇士来这里，

578. 头上戴着彩色帽，

579. 身上披着狮皮衣。

580. 抬起〔……〕，手握〔……〕，

581. 〔……〕说，

582. 〔……〕女王〔……〕，

583. 他的〔……〕，

584. 〔……〕伊楠娜，

585. 对她的丈夫阿玛-乌舒姆伽-安纳而言，她的歌声非常甜。

586. 从那时起，为了悦圣听，为悦杜木兹之圣听，

587.她教人唱乐曲，教人唱歌词，使其臻完善。

588.(乌鲁克的)一老媪，也来到纯洁道之山，

589.她径向(勇士)走过去，仿佛妙龄一少女。

590.脸上涂纯香，

591.白衣披身上。

592.佳冕如明月，翩翩来登场。

593.在一流的竖琴房，她把〔歌手〕准备停当。

594.国王恩美卡，与她一同坐在御座上。

595.她将〔……〕抬起。

596.〔善哉〕阿拉塔，母羊和羔羊成倍增加。

597.〔善哉〕阿拉塔，母山羊和小山羊成倍增加。

598.〔善哉〕阿拉塔，母牛和牛犊成倍增加。

599.〔善哉〕阿拉塔，母驴和善奔跑的黑色小驴成倍增加。

600.在阿拉塔，人们都说：

601."愿〔谷物〕成山，愿〔谷物〕累积。

602.愿富饶属于你。"

(第603—615行：泥板残缺严重，所言不详。)

(第616—636行：阿拉塔与乌鲁克进行贸易，互通有无；再次交代乌鲁克与阿拉塔的关系，强调阿拉塔的子国地位。)

616.恩利尔，万国王，他将自主放光芒。

617.根据规定的义务，

618.阿拉塔居民，

619.将用金、银和天青石做交易，〔……〕义务。

620. 当金果人和树果人①聚一起，

621. 人们将把无花果和葡萄堆得像高山，仿佛甘露滴不息。

622. 在树根下，他们将把温润的天青石开采，

623. 将用树枝编织的抬筐来运载。

624. 为埃安纳的女王伊楠娜，

625. 人们将在埃安纳的庭院把这些东西堆起来。

626. "我的王啊，我尚有一言告，请你记心中。

627. 我尚有一言对你说，请你洗耳来恭听。②

628. （恩利尔）将在万国之中，为民把香油人③选定。

629. 阿拉塔居民会首肯，

630. 他们将为有道神庙把礼物送。

631. 当我离开这里时，

632. 闪耀光辉的女王（伊楠娜），把王权授予我。

633. 葛施亭安娜④〔……〕，

634. 在那座城市〔……〕，

635. 节日尚未〔……〕，

636. 每日〔……〕，

（以下大约缺六行）

（全诗终）

---

① "金果人"（lú gurun-kug-sig₁₇）和"树果人"（<lú> gurun-giš）疑指金属产品商和水果产品商。"金果人"应指阿拉塔商人，"树果人"应指乌鲁克商人。
② 说话的人大概是乌鲁克王恩美卡，对象可能是阿拉塔王。
③ "香油人"（lú-ì-šim），疑指"万国之王"、"宗主"、"霸主"之类的人。
④ 杜木兹之妹。

[附] 泥板 1

《恩美卡与阿拉塔王》版本 A（Ni 9601）正面照片，采自 S. N. Kramer, *Enmerkar and the Lord of Aratta* (Philadelphia: University of Pennsylvania Press, 1952), Pl. XVII。

[附] 泥板 2

《恩美卡与阿拉塔王》版本 A（Ni 9601）背面照片，采自 S. N. Kramer, *Enmerkar and the Lord of Aratta* (Philadelphia: University of Pennsylvania Press, 1952), Pl. XVIII。

[附] 现代摹本 1

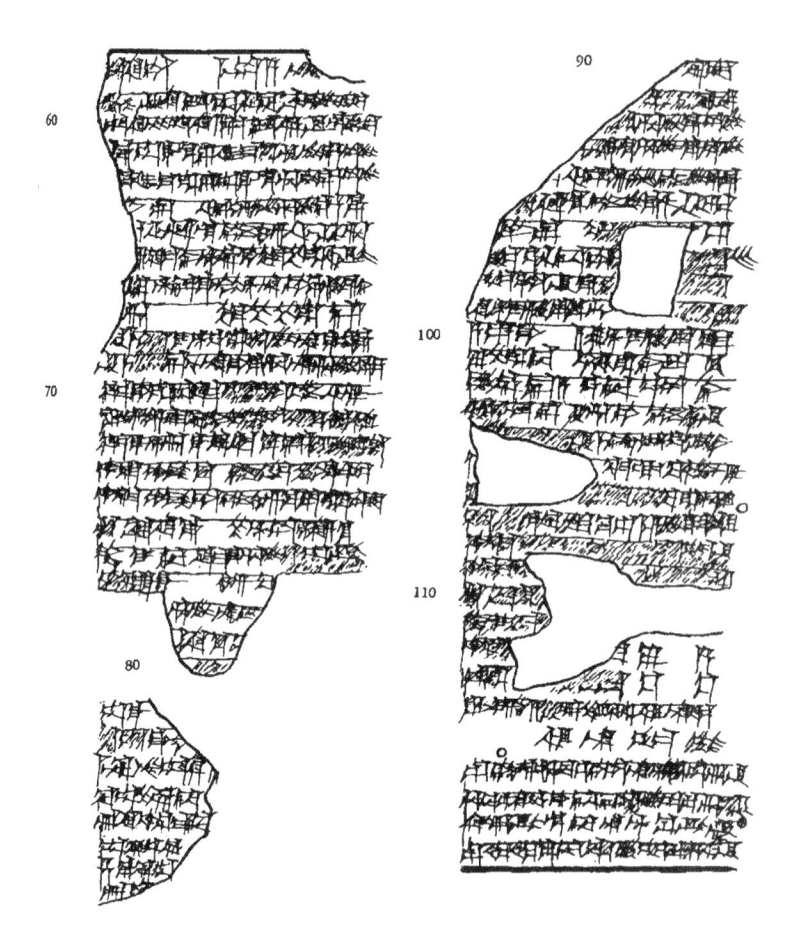

《恩美卡与阿拉塔王》版本 A（Ni 9601）现代摹本片段，采自 S. N. Kramer, *Enmerkar and the Lord of Aratta* (Philadelphia: University of Pennsylvania Press, 1952), Pl. II。

[附] 现代摹本 2

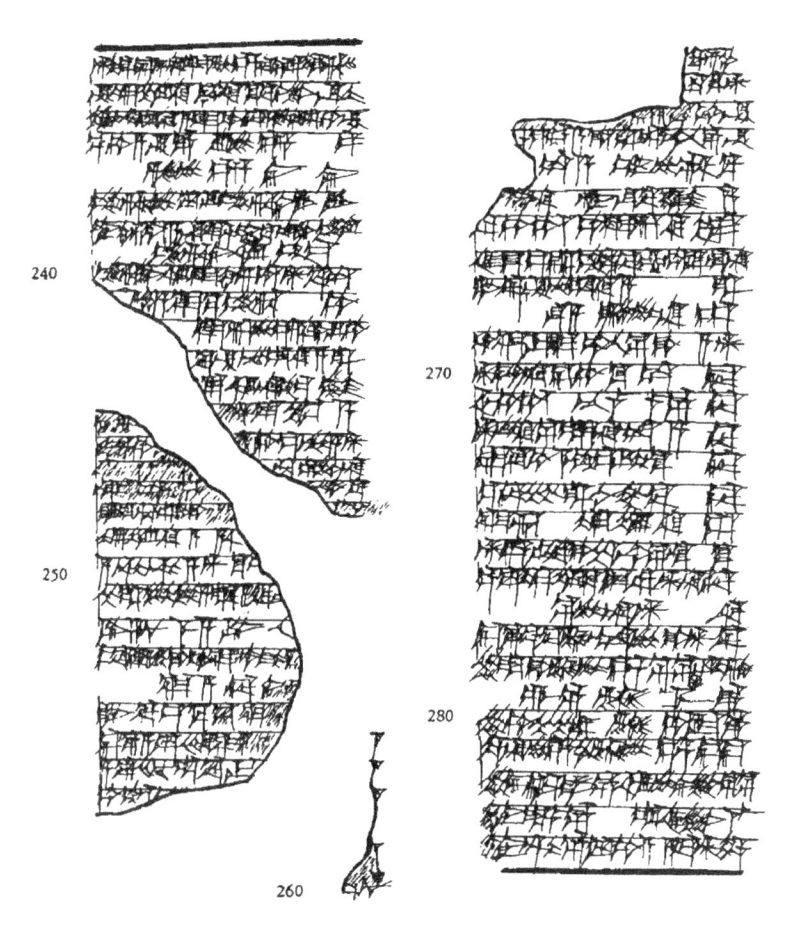

《恩美卡与阿拉塔王》版本 A（Ni 9601）现代摹本片段，采自 S. N. Kramer, *Enmerkar and the Lord of Aratta* (Philadelphia: University of Pennsylvania Press, 1952), Pl. V。

第四专题 古埃及神话研究

孟凡君　颜海英[①]

1　引言

神话为文化之源，文学为文化之鉴。欲领略一个民族的文化精要，须抉之以源，别之以鉴。故对神话的文化溯源与文学探研，堪为洞悉民族文化的捷径。

众所周知，古埃及作为四大文明古国之首，其神话不仅化育了人类文化的雏形——古埃及文化，而且对其他民族的神话都有不同程度的参同。从某种意义上说，古埃及神话不仅是埃及文化之源，而且是世界神话之"根"[②]。故对古埃及神话的文化渊源与文学探研，无疑具有重大的文化意义。本专题对古埃及神话的探究可分为三部分：一、古埃及文字起源的传说及神话传说概述；二、古埃及神话的文化特色；三、古埃及神话的文学表征。

下面将分而论之。

2　古埃及文字起源的传说及神话传说概述

古埃及文字起源的传说很晚才有文字记载，比较完整的版本有两个，一个

[①] 本专题第1章和第3章为孟凡君撰写，第2章为颜海英撰写。
[②] 王海利：《古埃及神话故事》，吉林人民出版社，2001年，第2页。

是现存纽约大都会艺术博物馆的第 35921 号纸草上的《图特赞美诗》，一个是柏拉图的《斐德罗斯》。在这些传说中，文字是图特神创造的。这是一个长着朱鹭鸟头、人身的神，其崇拜中心是上埃及的赫摩波里斯，他接受神的启示并教给人们书写、计算和历法。图特还掌管知识和魔法。本文将对上述两个文本进行分析，从古埃及人对于传播知识的重要媒介——文字的看法，探讨他们对于知识的认识。

2.1 语言、文字与创世

2.1.1 文字与创造

《图特赞美诗》的全文如下[①]：

ink　dhwty　　dd. i n. tw m　dd. n　rˁ　m　nhm

我是图特。我向你重复拉神所宣布的话，

iw　dd. sn　　　n. tn　　m　hnty　　sdm　　ddwt. i

（因为）在我说之前有人已经对你讲了。

ink　dhwty　nbt　ntr mdwt　dit　ht　iw　st　iw

我是图特，我掌握神圣的文字（象形文字），这文字能够将事物放在它们合适的位置。

dit. i　htp-ntrw　n n$_3$　ntrw　pr-hrw　　　n n$_3$　$_3$hw

[①] Jean-Claude Goyon, "Textes Mythologiques, 2: Les Révélations du Mystère des Quatre Boules", *BIFAO*, 75 (1975), 349–399.

我为神奉献贡品，我为受到保佑的死者奉献贡品。

　　　ink　dhwty　ssw　　　　m₃ᶜt　n　psdt

我是图特，我将真理放入给九神的书写中。

　　　hpr　pr　nbt　m r.i　mi　rᶜ

从我嘴里出来的一切都成为真实的存在，正如我就是拉神。

　　　ink　ntt　dsf　　m　pt　　m　t₃

我不会被任何力量从天空和大地上驱逐出去，

　　　iw.i　rh.kwi　imn　n pt　dsr　m　t₃

因为我知道天所隐蔽的事情，这些事情不会为地上的人所知，

　　　nhhw?　m　nw

（它们）隐藏在原初之水中。

　　　ink　km₃　　　　pt　ink　s₃ᶜ　　　dw

我是天空的创造者，他在山峦的起始之处，

　　　ink　w₃w　　　itrw　　iry　hnt

我用思考创造了河流，我创造了湖泊，

　　　in.i　hᶜpy?　　　　srd.n.i　shtyw

我带来了泛滥，我使得农人得以生存。

与其他地区文字起源的传说不同的是,古埃及人没有把文字的发明归功于"文化英雄"(如中国的仓颉)或者具体的历史人物(如苏美尔的国王),而是视之为神创,古埃及文中用来指文字的词也只有一个——"神圣的话"。这个现象本身就很耐人寻味。

首先,在古埃及人的观念中,语言和文字的发明也是神创造世界的一系列活动的重要环节。在关于世界起源的神学理论中,孟菲斯的创世说有着很重要的地位,该理论最重要的版本是现存大英博物馆的孟菲斯神学纪念碑。根据这个理论,原始之神首先把自己的身体显现为 Tatenen,即原始山丘,然后作为他的"心和舌",化身为工匠之神普塔,普塔能够将头脑中的概念转变为客观的存在,就像一个雕工可以将头脑中雕像的概念转变为现实中的雕像一样。与其他的神不同,普塔是用语言创世的:他首先在心里设想,然后用舌头使之成为具体存在,在这个过程中,荷鲁斯成为普塔的心脏,而图特则是他的舌头,他们都以普塔的形象出现:

在心里、在舌头上,阿图姆的形象出现了。因为普塔是伟大的神,他经由这心、经由这舌,把生命赐予所有的神和他们的卡,荷鲁斯以普塔的形象出现,图特以普塔的形象出现。

所以心与舌控制着四肢,因为他(心、舌、普塔)在所有神祇、人、牲畜、虫类、生物的身体里和嘴里,想他所愿意想的,说他所希望说的。

他(普塔)的九神在他面前,如牙齿和嘴唇。……九神又是这嘴中的牙齿,宣读所有事物的名字,舒(Shu)和特芙努特(Tefnut)由此而出生,九神由此而出生。

视力、听力、呼吸——他们向心报告,产生所有的了解。而舌头,它重复心所构思的事。于是所有的神都诞生了,他的九神全都出现了。因为神的每一句话都是经由他的心所构思、舌所说出的。

经由这些话,人们有了生产食物和供给的能力,一切特性都已决定。于是行善的人得到正义,行恶的人则受到惩罚。生命被赐予和平者,死亡被赐给犯罪者。于是所有的劳作和技艺，手的动作、腿的动作，所有肢体的动作，都是经由心所构想、舌所说出的命令而产生的。

所以普塔被称为'万物和神祇的创造者'。他是原始之丘（Tatenen），生了所有的神，创造了一切，食物、供给、祭品，所有美好的事物。所以人们知道且承认他是最伟大的神。于是普塔在创造了万物和所有神圣的语言之后感到满意。①

虽然用语言创造世界是普塔神特有的神职，但这个神学理论早在《金字塔铭文》出现时就已臻完备，成为独立的神学体系。例如，太阳神由三部分组成：英明的筹划、创造性的语言和强大的魔力（Heka）。这三个部分伴随着它每夜走过冥世，帮助它完成以复活的形式进行的创世活动。后期埃及的一篇魔术铭文则记载创世神用49声笑创造了世界。

另一个神学理论说，女神耐特用七个词完成了创世。当世界在形成之初，还只是原初之水上面的漂浮物时，她通过构想其中的生物和事物的名字来开始创世。然后，她用 sia 读出这些名字，从而使它们成为具体的存在。她先后读出了七个词，这些"词"首先构建了世界的地理外貌。然后它们变成了具体的人，像所有那些在世界形成之初帮助创世主的人一样，他们都是长生不老的人。但是重复创世的那些词则很危险，将会带来世界末日。②

在古埃及神话中，众神所说的一切都具有创造力。如神在谈论一个地方或者一个生物的时候，他所使用的句子或者短语就成了这个地方或者生物的名字，由此就将它们变成了切实的存在。这是创世主最常用的创造方法之一。不管是哪个神，他口头的评论都赋予它所说的对象以真实的存在。比如荷鲁斯还有一个名字叫 Harendotes（希腊文音译），意思是"为父报仇的荷鲁斯"，他

---

① Lichtheim Miriam, *Ancient Egyptian Literature* Vol I (Berkeley: University of California Press, 1975), pp. 54-55.

② Dimitri Meeks and Christine Favard-Meeks, *Daily Life of the Egyptian Gods* (London: John Murray Publishers Ltd., 1997), pp. 103-104.

以这个形象出现，最后成功地为他的父亲复仇，原因是奥赛里斯被从死亡中唤醒时，逐字地读出这个名字，赋予儿子荷鲁斯这种复仇的能力。古埃及人相信，口头语言是一种武器，具有征服和消灭敌对者的力量；说出一种行为就足以使得它产生，因此威胁或者侮辱的目的就在于让口头上所说的事情真实地发生。①

在这种观念下，文字不仅仅是语言的书写形式，更是神赋予世界具体形式的工具，被写下来的符号本身被看作是神所创造的一切事物的"印记"。基于这样一种认识，所有客观存在，不管是生物还是事物，都可以当作文字符号的原型。文字再现了创世主的作品，是他的意愿的真实反映。

最早的文字是用来书写名字的。因为万事万物都是因神呼唤它们的名字而创造出来的，所以一切事物都有名字，没有名字的事物是不存在的事物。《孟菲斯神论》中，创世主普塔是"能叫所有事物名字的嘴"，世界出现之前的混沌的始初时期被称作"没有任何东西的名字被叫出来的时候"。

名字能证明一个人的身份（当死者进入神的世界时，要宣称"神是我的名字"），同时也能代表一个人，是独立的存在。在许多建筑物上法老的形象是用他的王名来代表的。官员在王名前祈祷，与在国王雕像前祈祷是一样的。神的名字与国王的名字都有神奇的力量。例如，人们遇到鳄鱼时，大呼阿蒙神的名字就能得救。用神和国王的名字做护身符更是普遍。同样，如果抹去一个人的名字就是彻底毁掉他的存在，伤害一个人的名字就如伤害那个人本身一样，如埃赫那吞抹去阿蒙的名字，和后人抹去埃赫那吞的名字，都是出于这样的目的。

综上所述，图特在创世神话中扮演着重要的角色，作为创世主的舌，他是一种工具或手段，创世活动借由他而有了具体的内容。他掌握书写和语言的能力，使得他能够把创世主的想法付诸实施。没有图特的参与，创世将只会是一种空想。

---

① Dimitri Meeks and Christine Favard-Meeks, *Daily Life of the Egyptian Gods* (London: John Murray Publishers Ltd., 1997), pp. 103–104.

2.1.2 文字与知识

关于文字起源的传说，还反映了古埃及人对于知识的特殊看法。根据柏拉图记载的传说（尽管它的基本内容可能是受埃及传说的启发），通过书写的手段传播知识在众神中间并没有引起太大的热情。图特描述了书写艺术的优点，倡导将这种艺术在人类中间传播。创世主阿图姆（柏拉图书中叫作 Thamos）却认为这个计划除了缺点没有别的。他说，如果人们使用文字，他们将变得不再相信自己的记忆，而是依赖具体的符号来恢复那些在他们的头脑中已经不留痕迹的记忆，而最终是创造性思想的放弃。

《斐德罗斯》引文：

"苏格拉底：据说埃及的瑙克拉提地方住着一位这个国家的古神，他的徽帜鸟叫作白鹭，他自己的名字是塞乌斯。他首先发明了数学和算术，还有几何与天文，跳棋和骰子也是他的首创，尤其重要的是他发明了文字。当时统治整个国家的国王是萨姆斯，住在上埃及的一个大城市，希腊人称之为埃及的底比斯，而把萨姆斯称作阿蒙。塞乌斯来到萨姆斯这里，把各种技艺传给他，要他再传给所有埃及人。萨姆斯问这些技艺有什么用，但塞乌斯一样样做解释时，那国王就依据自己的好恶做出评判。……当说到文字的时候，塞乌斯说：'大王，这种学问可以使埃及人更加聪明，能改善他们的记忆力。我的这种发明可以作为一种治疗，使他们博闻强记。'但是那位国王回答说：'多才多艺的塞乌斯，能发明技艺的是一个人，能权衡使用这种技艺有什么利弊的是另一个人，现在你是文字的父亲，由于溺爱儿子的缘故，你把它的作用完全弄反了！如果有人学了这种技艺，就会在他们的灵魂中播下遗忘，因为他们这样一来就会依赖写下来的东西，不再努力记忆。他们不再用心回忆，而是借助外在的符号来回想。所以你所发明的这帖药，只能起提醒的作用，不能医治健忘。你给学生们提供的东西不是真正的智慧，因为这样一来，他们借助于文字的帮助，可以无师自通地知道许多事情，但在大部分情况下，他们实际上一无所知。他们的心是装满了，但装的不是智慧，而是智慧的赝品。这些人会给他们的同胞带来麻烦。'"

"苏格拉底：所以，那些自以为留下了成文的东西便可以不朽的人，或那些接受了这些文学作品便以为它们确凿可靠的人，他们的头脑实在太简单了。如果他们认为这些文字除了能够起到一种提醒作用外还有什么用，那么他们肯定没有听懂阿蒙讲的意思。"

由此我们看到古埃及人有意识地把知识分为两种：sia 和 rekh。sia 是一种绝对的直觉或者综合的知识，不能归于合乎逻辑的知识；rekh 则是技术和实践层面的知识，用来解释语言和文字交流中所必须使用的概念，有了这些概念，这种知识才可以传播。只有 sia 是真正有创造性的，而 rekh 与重复联系在一起，它只能发现已经被创造出来的事物，而不能有任何自己的独创。具备完整的 sia 的只有创世主，其他的神则或多或少具备一点。对于人类而言，sia 和 rekh 之间的距离为他们提供了一个开放的空间，让他们不断地探寻，但是人永远无法进入神的境界。《图特赞美诗》中有这样一句话："我不会被任何力量从天空和大地上驱逐出去，因为我知道天所隐蔽的事情，这些事情不会为地上的人所知，（它们）隐藏在原初之水中。"

sia 的神秘性在图特之书的故事里有最好的说明。这个故事的名字叫《善腾·哈姆瓦斯的故事》，[①] 主人公的原型是十九王朝国王拉美西斯二世的第四个儿子王子哈姆瓦斯，他生前曾任孟菲斯普塔神庙的大祭司，他学识渊博，而且崇尚古代文化，喜爱收集文物，修复过多处神庙，被戏称为"埃及第一位考古学家"。故事的第一部分的主要情节如下：

哈姆瓦斯听说文字之神图特写了一本魔法书，保存在孟菲斯一个叫纳尼弗卡-普塔赫的人的墓中。他找到这座坟墓，但纳尼弗卡-普塔赫和他的妻子阿赫瓦尔的灵魂拒绝他拿走这本书。阿赫瓦尔的灵魂还给他讲了这本书的来历：

---

① 该作品分两个部分，分别记载于开罗博物馆的 30646 号纸草和大英博物馆的 604 号纸草，创作年代分别是托勒密时期和罗马时期，是用世俗体象形文字写成的。

有一次，在普塔神的神庙里，纳尼弗卡-普塔赫听一位祭司说，在科普图斯的水中有图特神写的一本魔法书。纳尼弗卡-普塔赫遂前往取书。他在战胜了许多凶猛怪兽之后终于如愿以偿。图特神知道此事后，便告诉了太阳神。他们决定惩罚纳尼弗卡-普塔赫，淹死了他的妻子和儿子。

阿赫瓦尔讲完后，哈姆瓦斯却不听劝告，硬是抢走了魔法书，后来，哈姆瓦斯遇见一位名叫塔布布的美女，受其美貌的诱惑，向她求欢，她则要求他杀死他的儿子。哈姆瓦斯照办了，却发现自己上了纳尼弗卡-普塔赫的当，他只好无奈地把魔法书还回去。

故事的第二部分主要是讲哈姆瓦斯之子西奥赛尔与努比亚巫师斗法的故事。

图特之书象征着神的一种特权，一种人类所不具备的沟通能力。"书中有两段符咒。当你朗读第一段咒语时，你将用魔力控制天空、大地、冥界和山川。你将能听懂天空中所有的鸟类和地上的爬行动物的语言。你将能看到深水中的鱼（尽管它们在21腕尺深的水下）。你朗读第二段咒语，那么，无论你在人间还是冥世，你都能看到拉神与九神出现在天空，月亮也在升起。"

这不是那种能够防御鳄鱼、蝎子和疾病的普通的巫术咒语；它也不同于维斯特卡纸草那样的古典的埃及奇幻故事。图特之书有一种启示的特征：它的咒语使得拥有它的人能够看见隐蔽的事情并能看见众神。

虽然巫术是人类的合法武器，凭借它，人们偶尔也能得到神的秘籍，但这是盗取知识，最后要为此付出生命的代价。生命和世界的终极秘密，还是仅仅属于神的世界，这个秘密把神与人永远地隔绝开来。

在古埃及文学作品中，还有多处提到这种"神秘知识"。常见的一种描述，就是作为神之子的国王能够读出一些神秘的文字。十三王朝国王的铭文中记载，他的大臣读不出的文献，国王轻而易举就读出来。新王国时期的宗教文献《来世之书》中说，国王八次读出其他人读不出的神秘文字，其内容是"东方的神灵所说的神秘话语"，而这些话语的含义以及东方神灵的具体名字，则没有人知道。最直接地强调这种神秘性的，莫过于埃赫那吞了，他的王名衔是"太阳神的唯一",他在《太阳颂诗》中有这样的话:"你在我的心中。除了我——你的儿子,没有人了解你。你使得我理解了你的特性和力量。"

此外,古埃及的宗教文献中,有相当一部分是秘而不宣的,除了国王和高级祭司,其他人都无缘见到,如普塔神庙里的神表等。最特别的是《来世之书》,除了完整的版本之外,还有一种叫作 shwy 的简本,这个古埃及文的词有"摘要"的意思,而图特摩斯四世的墓里甚至发现了该书的"索引"——即书中所有的神的名录。完整的版本是只有国王和极少数高级祭司才能看到的,一般人看到的多是其他两种。

在神所使用的沟通和交流方式之中,文字只是一个附属的角色,有时它甚至成了多余的。尽管对众神没有任何使用文字的限制,但很少有执笔形象的神。神话中提到神使用文字的只有很少的几例。在荷鲁斯与塞特的争斗中,奥赛里斯给法庭写了一封信,给它施加压力让它做决定,但他最后还是口头干预审判的过程。另一个例子是奈特女神,她能把自己的信使所带走的书召回,由此帮助死者免受惩罚。神话中的伊西斯拥有丰富的知识,并且曾经写过书。她的儿子荷鲁斯也是这样,他继承了母亲的许多秘密知识。但是读和写却并非平常的神界职责,这些责任几乎都落在图特身上。

图特不仅在创世过程中有着重要的作用,而且在神界和人界都肩负着管理世界的重大责任。他确保了知识的永久流传。在神界,他是众神的记忆;他记载他们的话,使得创世主能够不断地了解到所有存在实体的信息。作为知识的记录者和保存者,他也有能力在众神之间,以及在人类中间传播它。书写是用来传播这种知识的媒介,是学习的工具(rekh)。

图特能够同时掌握 sia 和 rekh 两种技艺,使得他成为神和人之间交流的中介。他的特点是获得第一种(sia)和传送第二种(rekh),这两种知识和谐地在他身上结合起来。图特所知道的和创世主所知道的之间有一种互动关系,这使得图特成为全知者和后天学习者之间的中介。图特减少了文字作为 rekh 与口头语言作为 sia 之间的对立,保证了它们之间的传递。

此外,古埃及人相信是图特"创造了埃及的版图,划分了各个州。"他还负责把所有国王的生卒年代记录在生命之树上。在冥世的末日审判庭上，他记载死者的陈述，以衡量其一生的功与过。

古埃及人关于文字起源的神话，与其说包含了关于早期文字起源的历史信息，不如说是反映了古埃及人的创世理论和他们对于神人关系的看法。古埃及人认为文字不仅仅是语言的书写形式，更是神赋予世界具体形式的工具。而在神的知识与人的知识之间，有一道不可逾越的鸿沟；掌管"神圣文字"的图特神既了解神的知识也了解人的知识，是人与神交流的重要中介；而具备"神性"的国王也能了解神的知识，他既是神人间的媒介，也是维持神定秩序的人间代理。

2.2 古埃及神话概述

2.2.1 古埃及神话研究概况

尽管神话是古埃及宗教至关重要的方面，但却在很大程度上属于口头文学的范畴。特别是在古埃及历史的早期，似乎从来没有把神话书写下来，至少没有出现我们今天所说的神话的那种叙述体形式。或者是真正的神话也有，只不过没有保存下来。在古埃及历史后期，神话有时在巫术咒语中有着实际的作用，因此在巫术手册中才开始有了成文的神话。但这些神话更多地反映了普通人的宗教生活，而不是作为古埃及文化主流的官方宗教。在拉美西斯四世奉献给死神奥赛里斯的赞美诗中，有这样一句话：当巫术出现后，神话开始"被写下来，而不是口头相传"，显然，古埃及的神话与其他形式的宗教文献有着很大的差别。

另一方面，古埃及神话常常在各种非叙述体文献中间接地出现，例如给神的赞美诗，或者仪式文献，而且它们也是新王国时期发展起来的造型艺术作品中常见的内容，如众多的随葬品——石棺、墓碑等，墓室的墙上，以及随葬的纸草文献中。

神话似乎是古埃及宗教一个极其隐秘的部分，像矿石一样，在表面只能看到一部分。最能证明这一点的是著名的奥赛里斯与伊西斯的神话，尽管这个神话肯定源自远古，但它在古埃及文献中从未以直接的叙述体形式出现。直到公元前2世纪，在希腊作家普鲁塔克的作品中，才出现这个神话的叙述体文本。

在古埃及文字中，没有专门表示"神话"的词。表示故事常用的词是sddt，意思是"那被讲述的"。这个词可以指被人们作为故事讲述的任何事情，不管是否以事实为基础的，可以是异国见闻，可以是过去发生的事情，可以是国王的功绩，也可以是神的神迹。有时这个词最好是译成"传闻"或者"佚事"，或者类似的词。有一个例子中这个词的意思是"谣言"。很明显，sddt的基本含义中没有"真相"的意思。这个词也可以用来指那些先辈流传下来的故事或者是以往贤哲说过的箴言。神话也是一代一代传下来的，但是因为神话涉及宗教教义，所以sddt从不用来指神话。这也是个很重要的现象。在许多文化中，神圣的神话与其他故事之间都有明确的区分，前者有时只有祭司才知晓，而后者是大家都知道的、娱乐性的。只有一个例子中sddt是指宗教知识。在十八王朝中期的一个自传中，自传的主人——一个高级官员吹嘘到："我多次目睹卡纳克阿蒙神庙的修建，如制作圣船以及为它镀金，使它看起来像升起的拉神，像关于太阳船的传说中所讲述（sddt）的那样。"这里把阿蒙的圣船比作神话中太阳神巡游天空所乘坐的船，从内容来看，关于太阳船的传说是口头流传的，而不是书写下来的；即便如此，这个故事也是对于事实的描述，而非有情节的神话叙述。

由于神话故事的相对罕见，有些学者得出结论说，在埃及历史的早期没有神话，神话是很晚才发展起来的，是"发明"出来给以往已经存在的仪式增加神圣色彩的。他们认为，最初古埃及的神祇数量不多，而且尽管从神学理论上讲一个神可能是另一个神的儿子或者兄弟，但他们彼此之间的关系是静态的，没有互动关系，因此也就没有关于他们的神话故事。结果，最初神话在古埃及的仪式中没有特别的意义；只是在后来的阶段，随着宗教仪式逐渐走向神圣化，开始出现描述神的世界的种种事件的神话，借助它们增强仪式的效验。

这种观点的危险性在于：现在只发现了后期阶段的文献记载，之前的阶段现在还没有文献证据，其实际情况只能是一种假设。此外，埃及最古老的宗教文献——《金字塔铭文》有多处线索表明，在古王国时期就已经有了关于奥赛里斯被谋杀的神话以及荷鲁斯和塞特之间的争斗的神话。

关于早期文献中没有神话的现象，更为可信的解释是：它们最早是口传的，也许是因为只有那些直接参与官方仪式的人（即国王和极少数后来发展成祭司的高级官员）才能掌握它们。这一点从 st 这个词的使用就可看出来，它的意思是"秘密的"，或者"神秘的"，在后期埃及的一份文献中，它特指拉神和奥赛里斯神结合的神话，下文会提到这个神话。在这篇文献中有这样的话："那个揭示它的人将会被处死，因为它是个伟大的秘密，它是拉神，是奥赛里斯神。"此外，st 这个词也用来描述放置在神庙最深处的神像，除了高级祭司之外没有任何人可以看到它。该铭文本身，以及它所提到的 st 一词，显然表明神话是一种神圣的知识，必须保持其神秘性，原则上只有国王和高级祭司才知道。考古发现也证明了这一点：我们现已发现的少数几个官方记载的神话文献确实都是在一般人不能接近的地方找到的，都是藏在神庙或者底比斯帝王谷王陵的最隐秘处。墓葬画也是一样，那些复杂的神话象征画面只有少数人理解，对大多数人而言，它们是神秘莫测的。

然而，在古埃及，宗教的教义主要以赞美诗、各种仪式以及墓葬铭文或墓葬画等来表达，而不以神话来体现。因此，就了解古埃及宗教而言，给神话一个太狭隘的定义可能是不太现实的。所以我们将采取一种很实际的做法，不考虑神话作为一种文学体裁应有的叙述的一面，给神话一个这样的定义：通过描述人类之外的世界、描述发生在人类历史之前的事件，它们赋予现实世界一定的意义、使之变得可以理解，并且表述了对未来的看法，试图以象征性的术语解释社会现实与人类存在。如果这样来定义神话，那么古埃及的各类文献中都有很多神话。

埃及历史上只有一个短暂的时期几乎完全没有神话。那是第十八王朝的末年，法老埃赫那吞倡导只信仰一个神——阿吞（太阳神，以日轮的形象出现）。

一神教未必一定没有神话，但阿吞信仰却没有神话，甚至到了反对或者仇视神话的地步。不仅神之间没有互动，而且人类也没有神话式的前生和来世。世界是非常客观的物质存在：阿吞神用阳光赐予万物生命。

然而，在埃及历史的大部分时间，埃及人还是奉行多神崇拜的，而且很多神都是地方神，而关于这些神之间关系的神话叙述也很多。

2.2.2 《金字塔铭文》、《石棺铭文》与《亡灵书》

金字塔铭文是一系列的咒语，其目的是保佑死去的国王顺利到达来世并且复活。它们雕刻在金字塔内部的墓室及连接金字塔与祭庙的通道上，1881年首次在萨卡拉的五座金字塔中发现，它们分别是第五王朝最后一个国王乌纳斯、第六王朝国王太提、培比一世、美耐尔和培比二世的金字塔。20世纪20年代以来，在培比二世三位王妃以及第八王朝国王Ibi的金字塔中又发现了另外一些铭文。

最古老的金字塔铭文——乌纳斯金字塔铭文有228条。后来的金字塔铭文部分是抄写这些，部分是新增加的。抄写的过程中也有所改动。最早系统整理和出版这些铭文的是德国学者赛德（Kurt Sethe），他发表的金字塔铭文共包括714条咒语；加上此后发现的其他铭文，目前已经出版的共有759条。

赛德以及他之前的马斯伯乐（Maspero）在给咒语确定编号的时候，以金字塔内放置石棺的墓室中的铭文作为起点，而以最外面的通道上的铭文作为结束点。一些学者认为相反的编号顺序才是正确的，也就是从通道开始至石棺墓室结束。目前这还是一个有争议的问题，一般还是采用赛德的咒语排序方法。

早期金字塔铭文中的一些主题后来没再出现，是非常值得注意的现象。例如，著名的乌纳斯金字塔铭文中的"食人者赞美诗"（第273—274条咒语）后来在太提金字塔出现过一次，以后就没再出现过，表明这一非常原始的主题不再符合后世的观念。

《石棺铭文》是从金字塔铭文发展而来，从第一中间期开始出现，咒语使用的范围扩大到社会上层的贵族官员，因刻画在石棺上而得名。从内容上看，它的连贯性比金字塔铭文差得多，缺少统一的主题，而且巫术的成分增加，逻辑上非常混乱。

由《石棺铭文》发展而来的《亡灵书》出现于新王国时期，此时开始将咒语书写在纸草上，普通人都可以买到，在开头的空白处写上自己的名字即可使用。《亡灵书》到第二十六王朝时最后成形，现代学者们共整理出192节，但现已发现的纸草上都只写了其中的一些片断。

《亡灵书》通常以草书体象形文字写成，配有彩色插图。如《金字塔铭文》和《石棺铭文》一样，每条咒语的长度都不一样，最长的一段是第125节，即关于末日审判的一节。其中的插图表现的是在死神奥赛里斯面前进行的"称心"仪式，死者把心放在天平上，天平的另一端是象征真理和正义的玛奥特女神的羽毛，如果死者撒谎或者生前作恶太多，天平会倾斜，旁边的豺神就会扑上去把心吃掉。

《亡灵书》最早是由纳维尔（E. Naville）于1886年整理出版的。比较权威的译本是巴尔盖（P. Barguet）于1967年出版的 *Le Livre des Morts de Anciens Egyptians*。

孟菲斯神论

孟菲斯神论刻在沙巴卡石碑（Shabaka stone）上，即大英博物馆498号展品，该石碑以黑色花岗岩制成，面积为92厘米×137厘米。这篇铭文是古王国时期的作品，但是它的准确时间不得而知，二十五王朝国王沙巴卡（约公元前710年）发现原来写在纸草上面的文本已经被虫蚀了，便命人重新抄录刻写在石碑上。

赛德和容克（Junker）都对该石碑进行了深入的研究。这个作品语言和内容都非常晦涩，他们在具体细节问题上有许多不同的认识。赛德认为它是一个戏剧剧本，而容克则将其视为一篇说明性论文，其中既有论述部分，也有叙述部分，中间交织着对话形式的诸神演说。这些演说可能是文本所涉及的那些宗教神话的戏剧表演中使用的。

容克认为，该作品有统一的主题和核心，全文围绕着下面三个彼此相关的主题展开:(1)普塔是埃及之王和全国的统一者;(2)孟菲斯是埃及的国都以及上下埃及的枢纽;(3)普塔既是地位最高的神,同时也是世界的创造者。

献给奥赛里斯的赞美诗

铭刻在阿蒙摩斯(Amenmose)的石碑上,即卢浮宫 C 286 圆顶石灰石石碑,1.03 米 ×0.62 米,是第十八王朝的作品,共 28 行。这是古埃及文献中记载奥赛里斯神话最完整的,与希腊文的记载有很大差别。但该作品没有提到奥赛里斯如何被塞特害死。对神话的其他部分都有详细的描写,特别是奥赛里斯如何为儿子荷鲁斯辩护,使得众神最终将王权判给荷鲁斯。尽管奥赛里斯最终复活,但他不再统治人间,而成为冥世之王。赞美诗的最后赞扬了荷鲁斯仁慈的统治,这种赞美也是针对当时的国王的,因为活着的法老就相当于荷鲁斯。

荷鲁斯与塞特的争斗

写在拉美西斯五世时期的一份纸草上,该纸草发现于底比斯。纸草正面的前 15 页和第 16 页的头 8 行是这个神话的内容。最早由伽丁纳尔(A. Gardiner)整理出版,由卡帕特(J. Capart)翻译。

创世神话

埃及语的句子 sp tpi(第一次),是用来指创世。古埃及文献和艺术作品中很难找到关于创世的具体、直接的论述,在希腊化和罗马时期(公元前 4 世纪及其后)之前,埃及没有像希伯来的《创世记》和巴比伦的《埃努玛·埃里什》(Enuma Elish)这样的文献,我们所发现的只是孤立的片断,及大量从不同时期、不同种类铭文中找到的暗示和一些个别的描绘,最多的是关于天与地是如何分离的。直到希腊化时期,神庙铭文中才首次出现关于古埃及宇宙观的系统描述。

初看起来,古埃及创世神话的内容非常零乱而费解,但把零散的信息汇集到一起之后,创世的画面就逐渐清晰起来。其中最关键的线索是世界如何从无到有、从一到多。创世活动总的来说就是把世界从最初的混沌一片分为多个,并创造出空间。

早在《金字塔铭文》中,古埃及人就描绘了世界的本初状态:黑暗笼罩着的混沌之水。这二者无法区分清楚，它们是结合在一起的。在创世前，只有黑暗和水。那时神与人都未出现，天与地，以及日与夜，都在没有时空的黑暗中无法区分。因为没有生命，也就没有死亡。没有名字，也就没有任何创造物。埃及人经常用否定的词来描述这种原始状态——"当……不存在时"。如《金字塔铭文》中说："当争斗还不存在时"（指荷鲁斯及其叔叔塞特之间的争斗）；《石棺铭文》中则说："当甚至不存在两种事物时"（指二元对立的两种事物）。

创世主在这片混沌中漂流，抓不住任何攀援。但是渐渐地，原始之水中的淤泥凝结到一起，慢慢地凸出水面，成为一座山——这是埃及人在每年尼罗河泛滥退去时都会看到的景象。土地从水中分离出来，使得创世主有了立足之地。随后，太阳从原始之山上升起，带来了光明和时间，用它每日在天空的行程创造了空间。

除了原始之山外，古埃及人还用神牛和莲花表现世界形成之初的状态。一种象征是神牛从原始之水中升起，它的双角之间顶着太阳。在《金字塔铭文》中，这个神牛被称作"伟大的泳者"；另一种象征稍晚出现，是从淤泥深处生长出来的莲花的形象。在新王国后期，莲花上有了羊首神，偶尔也有站在莲花蓓蕾上的孩童的形象出现。

创世神最初只有一个，由一而生多。不管是哪位创世神，他总是"自己出生"（hpr dsf）；即无父无母，自己创造出自己。同时，创世神又兼有男女两种性别，他既是男又是女，既是父又是母。总之，创世神最初独自一人，然后"创造出千千万万个自我来"（据阿玛尔纳时期的文献描绘）。

创世神有多种形象。他的化身之一是长生鸟或凤凰，用尖叫声划破了创世前的宁静；也有的时候他是蛇的形象；以人的形象出现时，有时叫作阿图姆，有时叫作普塔-努。阿图姆的意思是"完全"，但这个词也有"无区别者"、"不存在"的意思；而"普塔-努"中的"努"意思是原始之水，也是"不存在"的意思。由此可见，古埃及人认为创世神本身就是"无"的一部分，他通过创造第一对神也创造了自己。"有"是从"无"中而来。"无"也即"全"。

对于创世的过程，各宗教中心有不同的描述，形成各自的神学体系，而每种神学体系之间也互为融合、互为补充，并且有一个发展的过程。在后期埃及，尽管每个神庙有自己推崇的神学理论，但也允许在同一神庙中祭拜其他的创世神。因此，很难按照时间或地理的概念来定义这些创世理论。习惯上所说的赫里奥波利斯、赫尔摩波利斯和孟菲斯宇宙起源说，其实是独立于这些宗教中心和任何其他具体时间、地点之外的。

根据其具体内容，我们把最重要的创世理论分为九神会、八神会和普塔创世三种。

九神指的是创世神阿图姆和他的八个后代：舒与特芙努特；盖伯与努特；奥赛里斯与伊西斯；塞特与奈芙蒂斯。之后的第10个神就是荷鲁斯——活着的法老的化身。阿图姆的自我创造开始了一个将无区分的整体逐渐分离开的过程，我们现在所知道的世界逐渐出现：自然界、生命、社会。对埃及人来说"九"这个数字也表示包含一切、总数的意思。

阿图姆自我创造的第一步是创造了空间，即舒神，以及他的配偶特芙努特；埃及铭文中常常把这一对称为孪生的。阿图姆自己则是兼具阴阳两性的神，从整体中分离的第一步就是分开男性和女性。神话通过阿图姆自我受孕和生产来表现这个过程：阿图姆"制造了高潮，一滴精子落入他的口中"；然后他"打了一个喷嚏，从口中喷出了舒和他的姐妹特芙努特"（有的文献说是从鼻子中），他为他们注入了"生命的力量"（ka）。这第一对有男女之别的夫妻是没有经过交媾而产生的。中王国时期的《石棺铭文》中有句话说到阿图姆神"在赫里奥波利斯生了舒和特芙努特，由一而变为三"，有人认为这是最早提及"三位一体"。

第二步是创造出天穹和大地，他们的出现使得空气从包围它的原始之水中脱离出来。这就是下一代的神，即舒和特芙努特自然生殖的子女——地神盖伯和天神努特。地神是男性的，而天神是女性的，这反映了这样一个事实：在埃及，大地不是由天空的雨水而是由尼罗河水来灌溉的。用来表示这个创造阶段的神话画面是：舒神脚踩大地，双手将天空托起，以此来把盖伯和努特分开。盖伯和努特一起构成了新创造的世界和它周围的原始之水的永久的界限，而充斥其中的空气则使得阿图姆能够以新的形式出现，即他的"唯一的眼睛"，太阳神拉。

最后的阶段是盖伯和努特又生出奥赛里斯、塞特、伊西斯和奈芙蒂斯，之后，"他们又生下了地球上众多的后代。"二元也进入了更为复杂的社会关系中。盖伯和努特的四个孩子组成了两对：奥赛里斯和伊西斯是非常和谐的一对，他们代表了大地和人类的繁殖力，以及正常的秩序。塞特和奈芙蒂斯则是相反的，塞特的到来标志着"冲突的开始"，即混乱和无序，而这也是日常生活的部分。塞特并不缺乏男子气，但他却放纵性欲、胡乱通奸，而且是个有侵犯性的同性恋者。他的男子气是起反作用的，导致贫瘠。奈芙蒂斯常常被描述成一个没有孩子的妇女，甚至是一个"没有阴道的假女人"。如果奥赛里斯代表大地的繁殖力，塞特则是自然界不可预测的破坏性力量的代表，如雷、风暴和雨。塞特谋杀了奥赛里斯，给世界带来死亡。因为塞特像九神会的所有其他成员一样，也是阿图姆的后代，所以这些负面的东西包括死亡本身，是阿图姆创造的世界秩序的一部分。阿图姆的创造包含了生命、死亡和再生三方面的内容，他创造的秩序既包含永恒的同一性也包含永恒的循环。

给阿图姆的各个方面赋予不同的名字，也是创世过程的重要部分。如阿图姆的利比多（性冲动）叫作哈托尔，他的巫术的或创造的力量叫赫卡（Heka），他的感觉力量叫示亚（Sia），他的权威话语叫胡（Hu），等等。

根据八神会的理论，创世之前的混沌状态有四种性质，即"黑暗"、"原始之水"、"隐蔽者"和"无边际"。它们的化身是四对名字相似的神祇伴侣，即赫尔摩波利斯的八神，如黑暗神与女神，隐蔽神与女神等。这八个原始神被看作是创世过程中的主动力量，是"阿图姆的父亲和母亲"。这种理论只限于描述宇宙初创时的状况，对于宇宙创造的过程并没有进一步的发挥。

根据普塔创世的理论，原始之神首先把自己的物质身体显现为原始山丘，然后作为他的"心和舌"，化身于工匠之神普塔神之中，普塔能够将头脑中的概念转变为客观的存在，就像一个雕工可以将石头转变为他头脑中想象的雕像一样。和阿图姆不同，普塔是用语言创世的：他首先在心里设想，然后用舌头使之成为具体存在。该理论最重要的版本是现存大英博物馆的沙巴卡碑（公元前 700 年），该碑文是从一个被虫子咬坏的古纸草文献抄刻来的。近年的研究证明这份纸草文献的成文时间在阿玛尔纳时期之后（即公元前 1325 年之后），当时孟菲斯和普塔神的地位都很高。

用语言创造世界无疑是普塔神独有的神职。但这个神学理论早在《金字塔铭文》出现时就已臻完备，成为独立的体系。例如，《金字塔铭文》中提到太阳神由三部分组成：英明的筹划、创造性的语言和强大的魔力（Heka）。这三个组成伴随着他每夜走过冥世，帮助他完成以复活的形式进行的创世活动。在舍易斯（Sais）和埃什纳（Esna）发现的铭文中，提到女神耐特用七句话完成了创世。而据后来的一篇魔术铭文记载，创世神用 49 声笑创造了世界。

埃什纳的埃及人还把赫努姆奉为创世神，传说他用双手在一个陶轮上创造了世界和人类。也有的文献记载普塔神用陶轮创造世界。

古埃及人思维方式的一大特点是二元对称。与世界起源相对称的，是他们对世界末日的想象，这类文献很少，但确实有。古埃及人心目中的世界末日就是完全的消亡，最深刻的恐惧是天会塌下来，如果空间以这种方式消失，将意味着回到创世前的原初状态。在《天牛之书》中，详细地描述了诸神如何以最大的努力支撑着天，不让它塌下来；这个过程中最重要的因素是时间。在时间的终端，天和地将重新合而为一，太阳将消失，原初之水和黑暗将重新把宇宙填满，只有创世主可以存活下来。他以蛇的形状重新回到混沌之中，那也是他出现的地方。

2.2.3 人类起源的神话

古埃及文献很少涉及人类起源这个主题，我们知道的唯一信息是人类是从太阳神的眼泪中创造出来的。这从语源学的角度似乎可以解释得通：表示"哭"（rng）或者"眼泪"（rmwt）的词和表示"人"（rmt）的词发音很相似。但是，某些铭文又有意识地使用其他的词来避免这两个发音相似的词同时出现，如卡纳克穆特神庙的拉美西斯时期的一份文献提到创世主"从他的眼中哭（bjf）出所有人类（bw-nb），而神则是从他的嘴中出现。"我们不清楚这些话的准确含义，有学者认为这种说法与精子的起源有联系，因为有古埃及神学作品提到精子来自人的眼白。

据后期埃及的一份文献记载，创世主拉-阿图姆的眼睛（表现为女神的形象）曾经离开了他，为此，创世主哭泣，而"人类（rmt）就是这样从我眼里流出的泪水（rmwt）中产生"。后来，舒和特芙努特把眼睛女神带回来时，拉-阿图姆已经用另一只眼代替了她，她勃然大怒，为了平息她的怒气，创世主许诺让她做大地之主。

古埃及的神话也描述了人类"失乐园"、遭惩罚的故事。起初，人类曾经有一个完美的幸福时代，那时神和人生活在同一个世界中，太阳神拉是一切生物的统治者。在这个早期阶段，人类可以时时刻刻沐浴着太阳神的光芒，没有昼夜之分，也不存在冥世。那是一个黄金时代，和谐与秩序存在于人类社会之中，并指引着人们的生活。在神话中，人是创世者之泪，而神则是其汗。诸神的汗散发出一种甜蜜的气息，这种香气常常泄露出他们的存在。

《天牛之书》（公元前14世纪成书）描绘了这个最初的黄金时代如何结束、如何被无序的状态所取代。根本的原因是所有生命都将经历的老化过程。生物年轻的朝气最终会消退，甚至太阳也会逐渐变老；相反，黑暗却不会变老。即使是神也不得不屈服于尘世间老化的规律，虽然它们拥有永生的特权。老化的必然结果是死亡，衰老甚至能结束神的生命和力量。由于太阳神的力量减退了，敌对的势力强大起来。人类企图反对太阳神，但最终受到了惩罚。下面是《天牛之书》中的详细记载：

当拉神发现人类反叛的企图时，便召来他的眼睛哈托尔和原始之水努以及九神，告诉他们他正在考虑如何消灭所有的生命，使世界回到他最初所在的原始之水中，因为"从我的眼睛中创造出来的人类已经在密谋反对我了"。诸神要求他仍留下来做统治者，而派他的眼睛哈托尔去杀死那些叛乱者。哈托尔假扮成凶猛的母狮子，杀了许多人。当拉神看见不仅是叛乱者，所有的人都将被杀时，动了恻隐之心，又设计来制止这场残杀。他令仆人酿造了七罐啤酒，然后掺上象岛的红赭石，使啤酒看起来就像人血。他命人在夜晚把这些啤酒洒向各地，当哈托尔早晨起来想继续杀人时，喝了啤酒，醉倒了。她忘记了杀人的使命，回到了父亲那里，因此有少数人生存了下来。但是不久之后他们又开始彼此攻击，拉神再也无法忍受，他坐在天牛的背上从地球撤走，自创世以来黑暗第一次笼罩大地。月神图特被召来，在夜晚代替拉神。其他神也与太阳神一起回到了天堂。奥赛里斯在刚出现的黑暗世界中占据了统治地位[①]。

从此，神与人分属两个世界。人只有在死后进入来世的时候，才能重新到达神的世界，与拉神和其他的神再次结合。因此现有的世界是以战争和暴力开始的。

失乐园的故事似乎告诉我们，人类的反叛是自身存在的一个极大的威胁，有一种能毁灭正常生活的破坏力量。但混乱之后是新生。

埃及人眼中的创世不是一个一次性的、"完成式"的过程，而是需要不断重复和验证的行为。在创世之前，混乱曾经统治一切，因此重复创世的前提是毁灭。形式只有在相对于无形式的情况下才能确定；没有穿过"非存在"的旅程，再生无法完成。创世本身就蕴含了衰亡的种子，只有通过老化和衰亡才能产生再生和复活。这是古埃及文化中最基本的观念。

对古埃及人来说，太阳每升起一次，创世活动就随着重复一次；这个每天都发生的事情代表着创世神的出现以及他将生命的活力还给世界。世界借由太阳的光线才有了形状，而且不断更新。在埃及传统的太阳颂诗中，太阳在夜晚的时间是在照耀着死亡王国。古埃及人对夜晚也不抱排斥的态度，因为太阳每天都穿过这个黑暗世界，只有这个穿越世界深处的旅行才能使得早晨的再生成

[①] 从神话学的角度解释，这个故事说的是在干旱季节之末的燥热中埃及常常会流行疾病，而尼罗河每年的泛滥标志着这个燥热期的结束，它给炎热的土地带来新的肥力。泛滥之初的水是红色的，因为尼罗河从埃塞俄比亚山区带来含铁的土，因此有了象岛的赭石掺上啤酒的说法，而神话中泛滥的源地——象岛正是位于尼罗河的上游。尼罗河的泛滥终止了拉神狂怒的眼睛散发出的灼热所带来的死亡。希腊罗马时期的版本中还详细地提到拉神的眼睛退到了努比亚，更说明了该神话反映的是泛滥与夏至的同步。

为可能。埃赫那吞之所以成为埃及历史上的异端法老，除了他提倡一神崇拜、排斥太阳神之外的其他神之外，还因为他的新宗教只强调他的仁慈的太阳，而对黑暗持排斥的态度，与埃及人传统的"对称"式的思维方式截然不同。

新年的开始也标志着创世的再开始，古埃及语中"年"一词的意思是"那个更新自己的"。新年之日既是太阳神的生日也标志着"时间的开始"。

另一个典型的再生的象征是荷鲁斯的眼睛。在奥赛里斯的神话中，荷鲁斯为了给父亲报仇，与塞特长期争斗，其间眼睛一度失明，九神的秘书、智慧之神图特（他也是月神），为荷鲁斯和塞特调解，并且"填上了荷鲁斯的眼睛"（为此，所有奉献给神的贡品，不管是什么样的贡品，都叫作荷鲁斯之眼）。荷鲁斯之眼形状的护身符是最重要的护身符之一，通常放在木乃伊腹部的刀口上面。

创世的循环也发生在法老的统治过程中。每一个新法老的即位都标志着一个新的时代的开始，正如拉美西斯二世时代的铭文中所说的："将世界磨成新的，正如创世一样。"甚至在同一个国王在位期间，也有复新的必要，赛德节就是为了满足这种需要而设立的。理论上讲，在统治 30 年之后，国王就已经到了年龄，需要新的国王，或者至少是"复新"的国王，来确保世界继续存在下去。因此要把老国王的雕像埋葬下去，其后在赛德节上通过一系列的仪式为国王注入年轻人的活力，使得他能够继续承担王位的重负。

古埃及人在兴建新的神庙时以特殊的仪式庆祝创世的重新开始。在他们眼中，建造神庙就如重新创造了整个宇宙，为神在人间建立了一个新的居所。因此每个国王一即位就大兴土木，其象征意义就是模仿创世神的行为。

国王与他的"卡"结合的仪式也象征着再生。"卡"是古埃及人对于灵魂的一种认识。每个人都有卡，但是作为社会最上层的国王，他们的卡也是其神性的一部分，是由神及王室祖先共同拥有的。每个在位的国王的卡中都蕴含着下一任国王的卡，因此这个王室之卡可以一直追溯到最初神统治人间的年代。卡与国王的生命是并存的，也是国王合法性的标志。在"奥彼特"节日中，国王在大祭司的陪同下进入神庙最后面的"圣殿"——一个封闭的房间中。在那儿，香气氤氲中，在阿蒙神像前，国王和他的卡合为一体，有了本质的改变。当他再次出现时，他已成为神圣者，人群中的欢呼达到了顶点，欢乐的气氛表明，大家都感觉到了奇迹的发生。正如文献中所记载的，卢克索神庙是它最早的建造者阿蒙荷太普三世"获得合法性之处，在那儿他得到再生；那是他在欢乐中现身的王宫，所有的人都看到了他的变化。"

因此，在古埃及人的生活中，处处可以看见创世的重复出现：太阳每天升起又落下，尼罗河每年泛滥，自然界周而复始地循环；而在新年之初、国王统治之初，或者在神庙的奠基仪式、国王的赛德节，以及在荷鲁斯的神话中，他们都感受到了一种新生，在虔信中开始他们的新生活。

2.2.4 奥赛里斯的神话

奥赛里斯神话的情节由三部分组成：奥赛里斯被弟弟塞特谋杀；奥赛里斯的遗腹子荷鲁斯的出生；荷鲁斯和塞特之间的斗争。尽管这些事件之间有明显的关联，但在埃及文献中它们却常常是分别出现的。奥赛里斯被塞特谋杀一节常常被回避掉，即使是提到，也是以极其谨慎的口气，用非常晦涩的说法如"对他所犯下的罪恶"。因为这方面的资料多数是墓葬文献，其重点不是奥赛里斯之死，而是他的复活。关于这个情节的后续发展，我们主要依据古典作家普鲁塔克和狄奥多罗斯的描述。

在普鲁塔克的版本中，奥赛里斯是埃及一位仁慈的国王，他教人们如何耕种，为他们立法，教他们如何敬神；他还到国外去，教化其他地区的人。他的弟弟塞特及其同伙阴谋反对他，塞特偷偷地量了奥赛里斯身体的尺寸，然后为他量身制作了一个精美的柜子。塞特在一次宴会上展示这个柜子，所有的神都对它赞美不已，想据为己有，塞特说谁躺在里面最合适这柜子就是谁的。当然奥赛里斯最合适，但他刚一躺进去，塞特及其同伙就关上了盖子、锁上它，然后把它扔进尼罗河，让它顺着河漂向大海。

奥赛里斯的妻子伊西斯听说这个消息后，哀恸不已。她四处寻找，最终在腓尼基的比布鲁斯（Byblos，今 Jubay）找到了它。但是当她带着柜子回到埃及时，塞特设法再次得到了奥赛里斯的身体，并把尸体分割成十四块，分别扔到埃及的各地。然后伊西斯第二次出去寻找，找到了奥赛里斯尸体的十三块。她唯一没有找到的部分是阴茎，因为塞特把它扔进了尼罗河，被鱼吃掉了。因此伊西斯做了一个假阴茎放在那个部位，用魔法令奥赛里斯复活一晚，于是伊西斯有了奥赛里斯的遗腹子，即荷鲁斯。为争夺王位继承权，荷鲁斯与塞特争斗不已，最终荷鲁斯获得了胜利。

普鲁塔克完全是以埃及版本为基础创作的，尽管有些细节与埃及文献中的不一样。例如，埃及文献中说伊西斯找到奥赛里斯的阴茎后把它埋在曼底斯（Mendes）。最完整的埃及版本见于十八王朝一块石碑上刻写的献给奥赛里斯的赞美诗（现存卢浮宫），其中的叙事部分完全与赞美诗融为一体了：

  向你欢呼，奥赛里斯，
  永恒循环之主，神之王，
  神圣的繁殖者，
  神庙中的神秘者。

在列举了奥赛里斯的主要崇拜圣地、赞美了他仁慈的统治之后，铭文接下来说：

  他的姐妹（伊西斯）保护他，
  她击退了他的敌人，
  制止了争吵者（塞特）的行为，
  以她的语言的效力来繁殖，
  她不知疲倦地寻找他（奥赛里斯），
  走遍全国哀悼他，
  她用自己的羽毛来遮阴，

用自己的翅膀创造了空气，

当她使得她的兄弟复活时，欣喜万分，

她使得倦怠者恢复了活力，

她得到了他的精子并且生下了他的后代（荷鲁斯），

她在孤独中把孩子养大，

不知道在哪里安置他，

当他的胳膊变得强壮，

她把他带到盖伯之殿，

九神大喜过望：

"欢迎，奥赛里斯之子，

荷鲁斯，心魄强壮者，胜利者，

伊西斯之子，奥赛里斯的后嗣！"

（在与塞特的争斗中）人们发现荷鲁斯是正义的，

他父亲的位置就交给了他，

最终盖伯下令为他加冕，

他得到了统治上下埃及的权力。

该神话的基本内容都在这个赞美诗中出现了，唯独没有提到奥赛里斯被谋杀之事。伊西斯找寻奥赛里斯的尸体，找到后使他复活并怀了他的孩子。她在一个秘密的地方把荷鲁斯养大（在三角洲的沼泽地里），当他成人后，她把他引见给盖伯为首的九神，盖伯裁定荷鲁斯是王位的继承人，塞特败诉，荷鲁斯成为埃及的统治者。

奥赛里斯的神话和荷鲁斯与塞特之争是许多文献的主题，如一个叫作"真理被谬误遮蔽"的故事。这个故事很像童话，有许多主题与世界各地的民间故事都相似。对立的双方分别是真理（奥赛里斯）和谬误（塞特）。谬误弄瞎了真理，命令他的随从绑架了真理，把他扔给狮子。真理设法说服随从违背谬误的命令，把自己藏了起来。真理被一位妇人（伊西斯）发现并爱上了他，他们有了一个儿子。儿子长大后知道了父亲是谁，开始为父报仇。他把谬误带到九神的法庭上；真理和他的儿子被判定是正义的，谬误受到惩罚，被弄瞎眼睛。

一份拉美西斯时期的纸草文献更为详细地描述了这个冲突的过程，该故事系列叫作"荷鲁斯与塞特的争斗"。由于这个文献也包括了其他文学作品如情诗等，因此这个故事与它们一样，可能是出于娱乐的目的而创作的。冲突发生后，以拉-阿图姆为首的神分成了两派，一派支持荷鲁斯，另一派支持塞特。每次争辩都是荷鲁斯获胜，但塞特又继续挑战，所以他们的争斗持续了80年之久。

众神法庭第一次开庭时，伊西斯极力为自己的儿子荷鲁斯说话，塞特对付不了伊西斯，因此只要伊西斯是审判员之一，他就拒绝参加法庭辩论。于是九神退到一个与世隔绝的岛上，严令艄公神耐姆提（Nemty）不许让任何看起来像伊西斯的女子渡河过来。于是伊西斯变形为一个年迈的妇人，假装去给在岛上放牧的儿子送饭。起初耐姆提拒绝渡她，但最终伊西斯用一条金项链收买了他。到了岛上之后，伊西斯变回年轻美丽的样子，塞特看见了她，"对她产生了非常邪恶的欲望"，并且大献殷勤。于是伊西斯请他帮助自己对付一个陌生人，这个人打了她的儿子，而且夺走了他从父亲那里继承来的"牧群"。（"牧群、牲畜"一词常用来比喻人类，在古埃及语中它的发音与"职位"很像）。塞特愤然表示这种行为是无耻的，伊西斯就把他的话告诉了九神，他们就根据塞特自己的话判他有罪，奥赛里斯的位置应归荷鲁斯。正如卢浮宫石碑上的赞美诗所说的一样，是"她的话语的效力"使得伊西斯挫败了塞特的阴谋。艄公耐姆提受到了严厉的处罚，令他失职的罪魁祸首——金子，则成为他的城市里的禁忌之物。

塞特不接受九神的判决，争斗持续下去。在后来的情节中，暴力冲突占了上风；然而，二者之间的多数冲突都是斗计或者是彼此的恶作剧。最著名的是两个神之间的同性恋故事，《金字塔铭文》提到了这个情节，一份中王国时期巫术文献的残片中也有记述。这两个神的同性恋产生了非常负面的后果：荷鲁斯的眼睛开始熔化滴下，变得越来越小，最后失明；而塞特则丧失了男性的能力。许多后期埃及特别是希腊罗马时期的文献则是这样描述的：两个神在争斗之中互相伤害对方，荷鲁斯失去了一只眼睛，而塞特则失去了睾丸。智慧之神图特"填上了荷鲁斯的眼睛"。

"荷鲁斯和塞特的争斗"也有关于图特与月亮之间关系的解释。拉-阿图姆命令荷鲁斯和塞特停止争执，塞特邀请荷鲁斯到家中赴宴。入夜，他们都上床就寝之后，塞特将他勃起的阴茎插入荷鲁斯的两腿之间，企图以这种把荷鲁斯当作女人对待的方式来证明自己战胜了他。但是荷鲁斯把自己的手放在两腿之间并抓住了塞特的精子，并拿给母亲看，伊西斯砍掉了荷鲁斯的双手，把它们扔到水中，又为他做了新的手。然后她让荷鲁斯在一个陶罐中手淫，并把荷鲁斯的精子洒到塞特花园的莴苣上。塞特吃了莴苣后怀了荷鲁斯的孩子。后来两个对手到法庭去，塞特说他控制了荷鲁斯，所以有权力继承奥赛里斯的王位。当荷鲁斯否认时，图特召唤塞特的精子出现，它就从水中答应。然后当召唤荷鲁斯的精子时，它从塞特的额头以一个金盘子的形象（月亮）出现。图特迅速地抓住盘子放在自己的头上，因此图特成了月神。

至此，争斗还是没有结束，最后奥赛里斯本人不得不给九神写了一封信，提醒他们只有他才能"创造出大麦和小麦，使得这两个神及其牲畜（指人类）有食物"，他命令诸神把王位给他的儿子荷鲁斯。这时塞特才放弃与荷鲁斯争斗，两个神"握手言和，停止了争执"。塞特成为拉神的助手，常伴其左右，吓退那些拉神的敌人。从此蛮横的、有侵犯性的塞特开始扮演正面的角色。

奥赛里斯神话的核心是奥赛里斯和塞特两个神的本性及彼此间的关系。在创世神话中，我们提到创世神阿图姆最后的创造结果不再是一对男女，而是两兄弟及其各自的伴侣。这两个神的二元性清楚地反映在他们的争斗中，他们的争斗其实就是生命与死亡的争斗。奥赛里斯是生命，是可以与死亡结合的生命，没有死亡就没有新的生命。塞特虽然在争斗中失败了，他自己却是不死的，但他给世界带来了死亡。从死亡中产生的新生命是荷鲁斯，他其实是奥赛里斯的再生。奥赛里斯与荷鲁斯是一个神的两种形式、两个变体而已；荷鲁斯既是活着的"儿子"，又是他死去的"父亲"的再生。他作为埃及的统治者的合法性就建立在这个基础之上。他是创世神阿图姆的最后的、活着的化身，化身为在位的法老，是神在人间的代表。

其次，奥赛里斯和荷鲁斯的神话反映了王权的神圣性。在位国王的合法性基于这样一个神学观念：他既是活着的"儿子"，也是他死去的先辈的再生。新王国时期神庙的浮雕常常表现"神圣国王的诞生"这样一个主题，画面描述创世神来到王宫，与王后结合，生下合法的继承人，因此在位法老其实就是他在人间的化身。当新的国王加冕时，"九神聚集到一起，给予他拉神的登基庆祝和作为国王的荷鲁斯的寿命"（荷伦布墓的加冕铭文），法老的敌对者无法战胜他，因为"他已经在赫里奥波利斯进行了争辩，九神发现他是有罪的"（美尼普塔的以色列石碑）。这个原则在普通人中间也同样适用：生命力从父亲传给儿子意味着父亲的位置应传给儿子，这是其合法性的保证。如人类学家分析的那样，世袭制是通过神话来体现其神圣性的。

2.2.5 拉神与奥赛里斯的神话

奥赛里斯的神话和创世神话都反映了古埃及人的来世信仰。不管死者是国王还是普通人，他们的儿子都会继承父亲成为新的荷鲁斯，而死者自己成为奥赛里斯。正如奥赛里斯一样，死者并非真的死了，而是进入了另外一种生存状态，他的死仅仅是一种过渡，是前往崭新的生命状态的转折点。这种新的生存状态不仅是一种永恒不变的静态模式，而且也是永恒的死亡与再生的循环。在古埃及的墓葬文献中，这个循环与太阳周而复始的旅程是一致的，太阳神每天的旅程象征着一个生命周期。在早晨，太阳从他母亲——天空女神努的子宫中出生，开始了他的生命旅程；在傍晚他变成一个老人，从西方的地平线沉没下去，结束了他的生命，到达了来世，直到次日早晨才再次出生。这个创世过程会不断地重复下去，官方神庙日常仪式的主要目的就是维持这个过程的延续。

新王国之后，奥赛里斯和拉神的神话开始融为一体。当太阳神在傍晚死去进入来世时，他也成为奥赛里斯。在午夜，拉神遇到奥赛里斯的尸体，他沉睡在黑暗深处，静止不动，看起来像死了一样，然后二者开始互相拥抱，成为一个神："拉神栖身于奥赛里斯神之中，而奥赛里斯也栖身拉神之中。"通过这种结合，奥赛里斯被拉神的光芒复活，成为太阳神在夜间的化身；同时，进入死亡之国的拉神被注入了奥赛里斯的生命力量，成为"在他父亲奥赛里斯臂中的荷鲁斯"，这手臂在早晨将他举出了原始之水，那时他再次诞生，成为"地平线上的拉-荷鲁斯"。拉与奥赛里斯的结合常常被称作是他们的"巴"（灵魂）的结合，而他们的灵魂分别叫作舒和特芙努特，即阿图姆在创世之初第一次创造的孪生兄妹。舒与特芙努特也代表永恒的循环（拉）与永恒的同一（奥赛里斯），他们也不能离开对方独自存在。

2.2.6　人与神的对话：人神关系的神话与理论

古埃及的宗教信仰有以下几个特点：多神崇拜；神祇没有鲜明的个性；神人关系和谐；王权与神权紧密结合。

虽然在新王国时期埃及也出现过阿蒙神这样的"国神"，但各地的地方神崇拜一直延续着，而普通人更是从实际的需求出发，各有自己崇拜的神。比较重要的神就有二百多个，存在时间较短或者影响不大的神则数不胜数。在信仰与生活的互动中，埃及人表现出明确的实用主义态度。

古埃及的众神各司其职，但并没有非常鲜明的个性，神的种种变形和谱系不定就说明了这一点。古埃及的众神大致可以分为这么几类：动物形象的神、人的形象的神、半人半动物的神、抽象概念拟人化的神。此外，古埃及的神还有一神多形和多神合一的特点。如太阳神在早晨叫作 hpr、在中午叫 re、在晚上叫 atum；有时候出于政治的需要把几个强大的神结合为一体，如阿蒙-拉神的结合，更多的则是成对的配偶神，以及加上他们的儿子或女儿之后组成的三神体，如阿蒙和穆特与他们的儿子洪苏（Khonsou）、奥赛里斯和伊西斯与他们的儿子荷鲁斯，等等。但是神祇家族的谱系却并不固定，如塞特有时是荷鲁斯的叔叔，有时又成了他的兄长；在底比斯，阿蒙妻子是穆特；在赫尔摩波利斯则是阿蒙特。

　　神人关系的相对和谐是古埃及宗教的一大特色，这从真理女神玛奥特的信仰中可以得到证明。古埃及人认为宇宙和社会秩序是神创造的，是一种完美的状态，人为维持这个秩序所做的努力即是对神的最好报答。玛奥特的基本内容就是宇宙和社会秩序。"埃及人认识到一种秩序，它建立于创世之初……是一切存在的本质，不管我们是否能意识到它的存在。"[①] 玛奥特这一符号出现于古王国早期，根据赫尔克的解释，这个符号的最初含义是"基础"，因此玛奥特的最早抽象意义应为"世界和人类生活的基础"[②]。第五王朝时，拟人化的形象玛奥特女神出现，从此在所有的王室文献中国王都自称"靠玛奥特生存的"，"享受着玛奥特的"，或"为玛奥特所拥抱的"；[③] 而几乎所有的神庙中，都有这样的描绘：国王双手捧着玛奥特女神，连同面包、啤酒等供品，一起敬献神前。这个简单的仪式包含着丰富的含义：玛奥特代表着神赐给人类的物质世界，它在国王管理下维持了初创时的和谐完美，在此时又由国王归还给神。这个给予和归还的过程象征着神与人之间的合作，即神创造世界，而人类以维持神创世秩序的方式对神表示感激。这样，神的创世行为就有了真实的意义，而神与人之间也就有了交流的渠道。通过这种合作，神与人共同维持他们的存在，达到永恒的境界。正如哈特谢普苏特的《斯庇欧斯·阿提米多斯铭文》中所说："我已把阿蒙（Amun）所喜爱的玛奥特给了他，因为我知道他依赖她而生存，同样她也是我的面包和甘露，我正是与她共存的人。"[④]

　　虽然这种初创的完美不断受到扰乱，但总是暂时的，必能在人的努力和神的佑护下得到恢复。在提到秩序被打断时，古埃及人说"玛奥特被置于一

---

① H. Frankfort, *Ancient Egyptian Religion: An Interpretation* (New York: Columbia University Press, 1948), pp. 63–64.

② W. Helck, *Lexikon der Agyptologie (Vol III)* (Wiesbaden: O. Harrassowitz, 1975), p. 1110.

③ Erik Hornung, *Conceptions of God in Ancient Egypt* (Abingdon: Routledge and Kegan Paul, 1983), pp. 213–214.

④ Ibid, p. 216.

边"①，却不说她被毁灭，而贤明的君主会使她重获荣耀和地位。

以这种认识为前提，古埃及人对神的理解可以概括为：神是完美的，主宰着人类的命运；人逃脱不了神的安排，也永远无法企及神的完美境界。正如新王国时期的《阿美涅姆普教谕》中所说："不要躺在那里担忧明天会怎样，人类无法了解明天的事；神永远是完美的，人永远是失败的。人说的话是一回事，神做的又是另一回事。神的面前没有完美，只有失败。如果人执意追求完美，那么就在那执着的一瞬间他就已经破坏了完美。"

2.2.7 王权思想的神话与理论

王权与神权的紧密结合是古埃及神人关系的另一重要特点。如上所述，在神与人的互动中，国王起着最关键的作用。他是神的化身，而不是占据神圣职位的凡人。在古埃及辞书的分类中，神属于天界，人属于地界，死者属于冥界，而国王同时属于这三个世界：作为祭司，他是神与人之间的中介，他同时又是人间的法官，还是死者的保护人。他们相信国王决定着国家的兴衰，自然界的秩序与社会的秩序是不可分的。当太阳升起，开始统治着他所创造的宇宙时，君主的统治也开始了，因为他是太阳的嫡系后代；埃及的君主是与宇宙共存的。这与巴比伦人的观点不同，他们认为王权是在危难时候出现，取代之前神的统治。

通过主持神庙的重要仪式、宣布自己是所有神的祭司，国王扮演着神与人之间沟通的媒介的角色，以此提高自己的权威。同时，从第四王朝开始，国王们称自己为"神之子"，这个称呼不仅说明（像其他许多文化中那样）国王就像孩子依靠父母一样依靠神，更重要的是它表明国王是每个神在人间的短暂的化身，而神存在于永恒的世界里。国王为神举行祭拜仪式，就是在重复荷鲁斯

---

① Erik Hornung, *Conceptions of God in Ancient Egypt* (Abingdon: Routledge and Kegan Paul, 1983), p. 217.

为他的父亲奥赛里斯举行葬仪的活动，证明自己与神之间的特殊关系。这也说明神庙日常的仪式与墓葬仪式之间有着密切的联系。

神庙与国家的分离在埃及不如在美索不达米亚那么明显。尽管新王国时期的神庙规模浩大、装饰精美，但它们并非独立于王室控制之外。许多祭司都是部分时间在神庙服务，大多数祭司都在政府机构中任职。

为了理解这种关系，有必要了解古埃及神话和仪式的基本结构。一般认为，古埃及宗教基本是关于人的出生、死亡与再生的循环的，这个循环又进一步与自然界的循环联系在一起。其中的特别之处是男性的神总是靠一个既是自己母亲又是自己妻子的女性重新创造下一代的自己，如在荷鲁斯的神话中，荷鲁斯是在父亲死后才出生的，因此是父亲的化身（再生）。男性的神可以不断地"克隆"自己，而女性的神只能局限在母亲的角色中，起辅助的作用。进一步说，只有男性的神可以重新创造自己，而女神只能帮助男神创造新的生命，不能创造自己。这个模式本身可能就是对法老（男性的）的权力的赞美。

古埃及与美索不达米亚的宇宙观在两个方面有明显的差别：美索不达米亚的宇宙论像许多其他古代地区的一样，相信天是男性的，通过把他的精子（雨）浸透到女性的地神体内，而带来万物的生长。而在埃及的宇宙论中，滋润万物生长的雨水不是来自天上，而是来自大地，是尼罗河水。因此大地是男性的，不管是孟菲斯神学中的普塔，还是赫里奥波利斯神学中的盖伯，或者是盖伯之子、代表大地繁殖力的奥赛里斯，都是男性的。而天空则是女神的形象（努特）。她有时也现身为太阳神的母亲，每天给他新生。她与盖伯是奥赛里斯、塞特及其姐妹的父母。然而，在生出这些神之后，天空就升到了高处，不再与大地结合，因此造成了她的贫瘠。相反，大地的形象则是一个通过自我孕育而带来繁殖的神。这个主题在赫里奥波利斯创世神话中非常明确，其中提到太阳神在原始之山上以手淫的方式来创世。有的学者认为这个神话反映了古埃及干旱少雨、依靠尼罗河为灌溉之源，也可以解释为国王通过强调神而不是女神的重要性来抬高自己的地位。

其次，在古埃及神话中，宇宙只有一个创造者，尽管各宗教中心各有自己的创世者。

古埃及的神还有很强的地方性。原始之山有许多个，每个神庙都是一个这样的原始之山，不同的神学体系给它不同的位置，各地的神学体系都将本地的神与宇宙和世界起源联系到一起，强调他的重要性。多数神只是在自己所处的地方有影响力，离他的崇拜中心越远，势力越弱。在卡纳克神庙中地位显赫的神到了其他神庙中就只是"客人"身份的不太重要的神了。也就是在这一点上，法老的优越性体现了出来：如果说在众神面前他总是一个世俗化身的话，那么，他唯一可以比神优越的就是他的普世性：他在全国各地的综合权威是远远超过大部分神祇的，古埃及历史上只有极少数的神在全国范围内有影响，如拉神、阿蒙神、普塔神。

因此，古埃及的神学理论强调国王在神人关系和宇宙秩序中的关键角色。相反，神则成为地方权力和利益的化身。荣耀地方神祇是国王关心该地区经济和尊重当地权力的重要表现，他还要以行动来表达这一点，如向神庙供奉祭品、捐赠土地、修葺和扩建神庙等等。有人认为托勒密时期埃及各地大建神庙是当时的外族统治者取悦当地臣民的结果。

某些王室仪式也反映了国王是国家的象征而神是地方的象征。在加冕之前，国王要在全国各地巡游，拜访各大神庙；人们在赛德节时从四面八方把各地的神抬来都城，参加这个节日，并得到国王的赏赐。国王与神之间这种对立的平衡成为检验王权强弱的重要标准，而且这种平衡是属于伦理的而非政治的范畴。它是政治现实的一个理论上的暗示：对于中央政府来说，忽略合法的地方利益将会使国家的统一处于危险之中。因此国王在神学和宗教领域扮演着与在政治领域中同样的角色：他是统一与秩序的唯一维护者，而埃及人相信这个秩序是不变的，而且每个人都能从中获益，即使他们也表现出对于世界最终毁灭的恐惧。法老的角色是确保宇宙秩序的正常运行，避免进入毁灭的境界。在文学中他被称为"人们依赖他的行为而生存的神，是所有人的父亲和母亲，是独一无二的、无人媲美的"。

2.2.8 神庙与仪式

神学观念需要以建筑的形式来充分表达其内涵。神庙制造出特殊的气氛。新王国是神庙建筑的黄金时代，在这个时期，神庙建筑的法则逐渐形成，神庙数量大增，规模也不断扩大。这是帝国扩张和繁荣的必然后果，也反映出古埃及宗教思想的进一步成熟。如果说金字塔的建造代表了早期建筑史的最高成就，那么神庙建筑则是后期建筑的辉煌。

王权理论的成熟是神庙建筑发达的另一个促进力。神庙是神在人间的居所，也是以法老为首的人们向神供奉、与神交流的神圣之地，是神定秩序的运转中心。此外，历届法老都在即位之初大兴土木，也是对创世主原初之时创世活动的模仿，通过这种行为表达创世需要不断重复进行的思想，从而强调法老在人间的活动的神圣性。

这种宗教理论决定了神庙的基本建筑法则。从结构上看，神庙具有极强的象征意义，它是微观的宇宙。神庙的围墙为一道道塔门所隔断，同时围墙的顶部起伏不平，呈波浪状，象征着原初之水，而高耸的神庙则是在这片混沌之中升起的原初之山，山顶是人类创造者的居所。进入神庙的人们犹如在混沌之水中经过了洗礼，带着纯净的灵魂来到神的面前。神庙的墙上也布满了自然景物的描绘：上部和天花板上是繁星点点的天空，张开翅膀的鹰神护卫着神的国土；墙壁下部常常点缀着自然界的花草，象征大地的繁盛。当尼罗河泛滥时，浅浅的河水漫入庙中，在壁画的映衬下，神庙正如河谷的缩影。

典型的古埃及神庙一般以中轴线为中心，向南北方向延伸，依次由塔门、立柱庭院、立柱大厅和祭祀殿组成。这种纵深的结构使得神庙可以无限地继续修建下去。塔门多时达十几道，因为法老们喜欢在前人修建的神庙的基础之上增增补补，而塔门又是最易完成的部分。其他部分也显示出累积完成的特点，如古埃及规模最大的神庙建筑群——卢克索和卡纳克神庙都历经漫长的修筑过程，许多重要的部分是在托勒密时期完成的。古埃及人这种建筑神庙的原则反映出他们"无限延续"的愿望——不仅人的肉体和灵魂永远不灭，神的居所也要不断地延伸下去。

塔门是古埃及神庙最具特色的部分之一。它由对称的东西两个门楼和连接它们的天桥组成，象征东西地平面，是太阳神每天必经之路。塔门上通常有国王高举权杖打击敌人的形象，象征着对一切邪恶势力的巨大威慑力，这种威力迫使它们远离神圣之地。紧靠塔门，通常有国王的巨像或者高耸的方尖碑。自哈特谢普苏特首创斯芬克斯大道以后，塔门前面铺设一条两侧摆满石像的通道成为一种惯例。

进入塔门之后，神庙的屋顶逐渐降低，而地面却逐渐增高，到了最深处的祭祀殿中，光线已非常黯淡，气氛也愈加肃静神秘。普通人只能进入立柱庭院，只有国王和大祭司才能到祭祀殿中，那里供奉着神像或国王的雕像，它们深居简出，只在盛大的宗教节日才被抬出神庙与公众见面。在审理重要的案件而难以裁决时，也依赖神旨，看神像点头或摇头断案。

神庙中高大的石柱给人留下深刻的印象，常见的柱头装饰有纸草花式、莲花式、棕榈叶式、哈托尔女神式等。为了更好地采光，立柱大厅外围的柱子比中间的要低，这是成功地运用"自然采光法"的较早例子。柱子上布满文字和画面，如果保存较好的话，还能看到些微最初的色彩。

神庙有结构上的双重含义，一是隐蔽，一是显现。新王国时期突出后者，即小型宗教偶像，其中最为人熟知的是太阳船。它在古王国时期就已出现，是重要的宗教象征物，到新王国时更为奢华，最著名的一艘叫作 Urerhat-Amun（意为"船首的强大威力是阿蒙"）。通常这些太阳船都是木制的，外面镶金，内设密封舱以放置神像。两侧各有五个孔供祭司抬扛之用。这个时期的神庙以太阳船为中心，整体设计是为突出太阳船出现时的戏剧效果。神庙中也有其他神的神像，但只能居于次要的地位。太阳船的显赫是由于该时期地方神庙地位的提高。由于此时神庙成为城中占主导地位的建筑物，太阳船从长长通道上行进也成为充满宗教氛围的城市生活新景观。新王国的神庙在某种程度上取代了古老的政府机构，更深远地影响着人们的生活，繁琐的仪式营造的气氛，使人们在心理上对国王更有亲切感。

以城市主体建筑形象出现的神庙在很大程度上是象征的功能，因此新王国时期的神庙外部也更为富丽堂皇：石墙上是色彩艳丽的壁画，以炫目的白墙为背景。但这并非神庙与外界的交界处，在二者之间还有一个中间地带，即泥砖结构的附属建筑——小殿堂，周围是泥砖墙。新王国时期太阳神庙的围墙，从外观上看像座堡垒，有塔和城垛。

神庙中的祭祀活动有两个主要内容，一是对神感恩，一是祈求神的帮助，这些都通过一系列繁琐的仪式来完成。日常仪式由大祭司完成，每天早晨他要沐浴更衣，然后才能进入祭祀殿，捧出神像，为之焚香涂油，目的是使神恢复生机和活力。在重大的宗教节日，国王亲自主持祭祀活动，以各种颂诗表达对神的感激，如阿蒙颂诗中说阿蒙神的恩德"比天高，比地宽，比海深"。

古埃及人对神的崇拜有强烈的功利性，他们认为，神接受人类的供奉，就有责任保佑人们平安幸福，否则人类有权不敬奉他。这也说明了古埃及多神崇拜局面长期延续的原因：每个人都根据实际的需要选择自己崇拜的神，即使有一个高高在上的国神，也不能代替给他带来实际好处的小神，因此官方宗教与民间宗教是长期并存、互利的。神不仅享受优美的颂诗，也要倾听民间的疾苦，帮助穷人和受病痛折磨的人。由于这种信念，人们逐渐把神庙拟人化了，神庙里的每样东西都有神性和魔力，他们从神庙的石墙上抠下碎末，当作良药和圣物。也是出于这个原因，国王们喜欢在旧神庙的基础上扩建，以保留其神力。即使不得已要拆除它们，也尽可能把所有的原材料整理出来，用到新建筑中。学者们曾对古埃及法老大肆拆用旧建筑迷惑不解，以为那是一种偷工减料的做法，其实真正的答案应在这里。

因此神庙有双重面孔：一是现世的神秘威严，一是节庆时的轻松祥和。由于古埃及有大量宗教方面的资料留下来，使得今天的人们有这样一个印象：这是祭司主宰的世界。在大规模的建筑中，到处可见国王向神献祭的场面，如不通晓古埃及文字，人们会以为这里是一个大祭司统治的国度。当然，古时"祭司"和"国王"这两个词的内涵与今天很不一样。祭司的身份较难辨明，有时只是一种头衔，多数官员都有。现代语言中的"祭司"一词易引起误会，以为有一支专职的僧侣队伍。所以，我们不能认为在古埃及宗教是涵盖一切的。宗教只是当时人们表达各种观念的一种语言。

古埃及人给予神庙"土地拥有者"的地位，使神的概念更具体化。此外，大量经济文献里提到，扩大神庙的物质财富是国王的重要职责之一。在新王国时期，帝国对外征服所获得的战利品源源不断地流入阿蒙神庙。因此，神庙有政治和经济的双重角色，神庙事务也分两类：一是举行固定的宗教仪式，一是负责管理和劳役方面。

神话和仪式中的国王并非完全依靠个人的能力，宗教气氛遮盖了个性的弱点。新王国时期法老与阿蒙神的结合就是一个证明。

"拉神之子"的称号从第四王朝就已经出现，中王国后期的一个故事讲到第五王朝的国王们是拉神与拉神祭司的妻子结合所生。但直到新王国时期才有了拟人化的太阳神形象。古埃及人早些时候就开始将他们崇拜的神人格化，拟人化的神更适合赞美诗、祈祷和供奉衬托出的神秘氛围，但是把太阳神拟人化却不容易，因为它是最直观和明显的超自然力量。新王国之前，太阳神也有一种形式是人形鹰头的，但更多地是以"太阳圆盘"或圣甲虫（象征创世神 hpr）为标志，或者是立于太阳船上的羊头人身形象。从仪式上看，太阳神庙是露天的，祭司们站在平台上颂赞美诗、献祭品，这种直接崇拜大大减弱了神秘的气氛。

新王国的神学家克服了这一点。太阳神作为国王之父和王权的基础被赋予人的形状，即阿蒙。它是底比斯的地方神，随着底比斯政治地位的提高而逐渐地位显赫，被称为"阿蒙-拉，众神之王"。

新王国时期的神学中，太阳神与国王的结合更具体化。阿蒙荷太普三世在卢克索的神庙的墙壁上就有如下的描绘：阿蒙与王后相对而坐，一手挽着王后的手，另一手递给她象征生命之符。铭文说："底比斯之主，以她丈夫（即图特摩斯四世）形象出现在后宫，赐予她生命。他看见她在宫殿深处沉睡。神的芬芳之气使她苏醒，她转向她的主人。他径直走向她，她唤醒他的激情。当他来到她面前，他神圣的形象显现在她眼前，其完美之状使她欢悦。他的爱进入到她的身体。整个王宫弥漫着神的芬芳，那是蓬特那地方的香气。"在王后发出短促的欢叫之后，他说："我放入你子宫的这个孩子的名字是阿蒙荷太普，底比斯的王子。"接下来的情形是婴儿及其灵魂由创造之神赫努姆在陶轮上制造出来，以及在众多灵魂护佑之下出生的过程。

神像巡行是古埃及神庙生活中最基本的一个部分。底比斯城中有宽阔的巡行大道，以石头铺成，两边是狮身人头或狮身羊头像。中间还有休憩站，叫作"神的帐殿"。

最重要的节日是"奥彼特"节，在每年泛滥季的第二个月庆祝。十八王朝中叶时该节日有11天；二十王朝拉美西斯三世在位时增至27天。当时在麦地奈特·哈布庆贺该节日时消耗了11 341条面包、85个饼和385罐啤酒，盛况空前。这个节日的核心节目是底比斯神祇家族在卡纳克和卢克索之间长达3公里的巡行。在哈特谢普苏特时期，出行是陆路，回程是水路。到十八王朝末期往返都是水路。每个神像由一艘船载着，抬至岸边人群面前，这时人们可以上前向神或国王的卡的雕像请愿。

卢克索神庙面朝卡纳克而不是面向尼罗河，这表明它是卡纳克神庙的附属建筑，主要目的是为诸如"奥彼特"之类的节日提供场所。这些节日的最终目的是为法老及其政府的统治制造神秘的面纱。

每年一次的节日以国王的出现为最高峰。十八王朝中期以后国王不再在底比斯居住，他们多数时间居住在北部，特别是孟菲斯。因此每年为参加"奥彼特"节，王室成员要在尼罗河上由北至南做长长的巡行，这使得更多的人加入到庆贺人群中，节日的筹备也因而更加复杂，各州长官要负责王室成员巡行期间的食宿，负担日重，到十八王朝晚期时王室要发布专门敕令解决这一问题。

国王与阿蒙神在节日盛会中现身的政治意义在于用神话装饰现实。王室继承中可能会充满暴力与血腥，例如拉美西斯三世就是被篡位者杀死的。但神话、节日和宏伟的宗教建筑形成一道保护层，将各种怪诞的史实都隐匿起来，淡化不正常的一切，甚至使篡权者成为合法继承人，如荷伦布篡权后即在卡纳克庆祝"奥彼特"节。这种宗教保护层保证了法老统治的延续，而这种延续性也是古埃及文明的重要特质之一。

拜访底比斯西城也是重要的宗教活动。国王谷石窟墓的附属庙宇建筑通常被称作"享殿"，但它们实际上是供奉一种特殊形式的阿蒙神的。通过在自己的享殿中供奉这种阿蒙偶像，国王死后能与之融合，当然，活着时拜访神庙也能达到同样的目的。这种阿蒙在戴尔·艾尔-巴哈里被称作"至圣者"，在"拉美西斯之居"的拉美西斯二世的享殿中叫"与底比斯结合处的阿蒙"，在麦地纳特·哈布叫"与永恒结合的阿蒙"。总之，每个享殿实际上都是阿蒙神庙，当然在其中也能安放国王的雕像。十九、二十王朝时谢提一世、拉美西斯二世、三世的王陵都把享殿最神圣隐秘的部分，即后部的中间部分，作为阿蒙的祭拜中心，那里有一个立柱厅堂，阿蒙的神像就置于其中的船形神龛中。北边有一个露天的庭院，里面设有带阶梯的石平台，上面是唱颂太阳颂诗的地方，古埃及人称之为"阳伞"。阿蒙礼拜堂南边是祭拜国王及其祖先的地方，也设有船形神龛。

另一个重要节日是"河谷之节"，每年举行一次，约在"奥彼特"节前五个月。其间阿蒙、穆特、洪苏及底比斯的神祇家族倾巢而出，乘船渡河，接受民众的拜谒。

3 古埃及神话的文化特色

古埃及神话既然是埃及文化之源、世界神话之根，那么，欲了解埃及的文化渊源，既应洞悉古埃及神话自身发展的幽微，也应参照与其相关的其他民族神话的流变。求其同，辨其异，唯有如此，方相得益彰。古人云："知同知异，是谓大备。"此之谓也。

基于以上求同辨异的探究理路，本章探究亦可分为二端：一、古埃及神话的文化独特性；二、古埃及神话的文化关联性。前者在古埃及神话发展的大系内探究其独特性，而后者在跨文化的视野中探究古埃及神话与其他民族神话的关联性。

3.1 古埃及神话的文化独特性

在古埃及神话生成和发展中，逐渐形成了自己独特的文化表征，主要体现为六大特征，即神迹的普遍性、化身的多重性、形象的奇特性、形象的象征性、地位的流变性和关系的杂合性。下面亦将分论之。

3.1.1 众神神迹的普遍性

古埃及神话往往将世间万物的消长演化归结为神意的体现，自史前时代，古埃及人就认为"每一种生命形式都是神的表达"。[①] 因此，古埃及人创造了一个庞大芜杂的神族，充斥了从自然到社会的每一个方面，反映了古埃及人的自然观和世界观。

首先，在自然界中，一切存在及运动的背后，几乎都有神灵的身影。如造物神普塔（Ptah）[②]、原初之神阿图姆（Atum）、无限之神阿蒙（Amun）和阿蒙奈特（Amaunet）、天空之神努特（Nut）和荷鲁斯（Horus）、大地之神盖伯（Geb）、水神努恩（Nun）和乃特（Nanuet）、太阳神拉（Ra）、月神图特（Thoth）、风神舒（Shu）、雨神特芙努特（Tefnut）、黑暗之神库克（Kek）和库克特（Kauket）、破坏之神塞赫迈特（Sekhmet）、沙漠之神塞特（Seth）还有尼罗河洪水神哈比（Hapy）。另外，自然界中存在的每一种动物，都有与其对应的神灵，如鹰神索卡尔（Sokar）、猎鹰神荷鲁斯（Horus）、鳄鱼神索贝克

[①] 斯特拉德威克：《世界文明古国：古埃及》，刘雪婷等译，上海科学技术文献出版社，2008年，第152页。

[②] 普塔是孟菲斯神系（the Memphite theology）中的造物神，与其他神系略异。

（Sobek）①、蝎神塞尔科特（Serket）及公羊神赫努姆（Khnum）等。②

其次，神灵也深入到了古埃及社会生活的每一个角落。例如，在军事方面，有战神门图（Montu）；在农业方面，有丰收之神米恩（Min）和丰饶之神奥赛里斯（Osiris）；在手工业方面，有工匠守护神普塔；在制陶业方面，有陶工神克奴姆；在工艺业方面，有工艺家保护神索卡尔；在学术方面，有写作与知识之神托特和著作女神塞斯哈特（Seshat）；在医术方面，有治愈蛇咬伤的蛇神雷内努特（Renenutet）；在巫术方面，有巫术神赫卡（Heka）；③在日常生活方面，还有驱蛇之神贝斯（Bes），爱神及人生乐趣之神哈索尔（Hasor），真理、正义与和谐之神玛奥特（Maat）和旅客守护神塞特（Seth）等。④

再次，古埃及的神灵还贯穿了从生到死乃至重生的整个过程。如在与性和生育有关的环节，不仅有家庭保护神贝斯，还有受孕神克奴姆、产妇保护神塔沃里特（Taweret）、产儿铺路神蒙什肯特⑤（Meshkent）、育婴神赫卡特（Heket）和年轻人保护神伊西斯（Isis）等。又如，在与死亡和重生的相关环节，不仅有掌管死亡和重生的主神奥赛里斯，还有死神阿努比斯（Anubis）、死者以及装有死者内脏的卡诺皮克坛子的守护神奈芙蒂斯（Nephthys）、死者来生保护神哈索尔等。⑥

---

① 埃及人相信，崇拜鳄鱼神索贝克，可免于尼罗河中潜在的危险。
② 斯特拉德威克：《世界文明古国：古埃及》，刘雪婷等译，上海科学技术文献出版社，2008年，第142页。
③ 巫术在埃及人生活中非常重要。人们相信仪式和符咒有神力，帮人解困，渡过危机。（斯特拉德威克：《世界文明古国：古埃及》，刘雪婷等译，上海科学技术文献出版社，2008年，第142页）
④ 斯特拉德威克：《世界文明古国：古埃及》，刘雪婷等译，上海科学技术文献出版社，2008年，第142页。
⑤ 根据埃及神话传说，蒙什肯特不仅是妇女生孩子的铺路神，而且负责决定每个孩子出生之后的命运。（斯特拉德威克：《世界文明古国：古埃及》，刘雪婷等译，上海科学技术文献出版社，2008年，第142页）
⑥ 斯特拉德威克：《世界文明古国：古埃及》，刘雪婷等译，上海科学技术文献出版社，2008年，第142页。

最后，特别值得注意的是，古埃及神话的一个极其显著的特色，就是神灵与王权达成了完美的结合，成为古埃及政治体制中不可或缺的要素。例如，身为太阳神的拉，同时也是古埃及法老父亲的化身（故古埃及法老都被冠以"拉之子"的头衔）；身为人生乐趣之神的哈索尔，同时也是法老的母亲的化身；身为天空之神的荷鲁斯，同时也是法老的保护神；身为鳄鱼神的索贝克和蛇神的雷内努特[1]，同时也是法老力量和权力的保护神；身为真理、正义与和谐之神的玛奥特，同时也是法老们进行统治的权威保障。有趣的是，当古埃及的主神阿蒙和拉被整合为一体之后，古埃及的法老又全部变成了阿蒙-拉（Amun-Ra）的儿子。

由此可见，在古埃及，神灵无处不在。

3.1.2 众神化身的多重性

古埃及神话的另一文化特性，是为众神化身的多重性。许多古埃及神灵，特别是主神，往往有多个化身，以不同的方式出现，在自然与社会中行使不同的职能。例如，普塔既是造物神，又是工匠守护神。拉神既是宇宙万物的创造者和主宰者，又是太阳神，还是法老父亲的化身。奥赛里斯既是死神，也是重生之神，还是丰饶之神。奥赛里斯之子荷鲁斯既是天空之神、东方之神和日出之神，还是猎鹰神，同时也是神圣君主的体现。图特既是月亮神、又是写作及知识之神。哈索尔既是牛族女神，又是掌管人生乐趣（如跳舞、音乐、性、酒精）的女神，还是法老母亲的化身，也是死者来生的保护神。赫努姆既是公羊神，又是陶工神，又是受孕之神，负责"用泥土塑造成未诞生的孩子并把它当作男性的种子放入母亲的身体"[2]。贝斯既是驱蛇之神，又是同生育和性有关的

---

[1] 埃及人崇拜蛇神雷内努特，是因为他们相信，蛇神崇拜能治愈蛇咬伤。（斯特拉德威克：《世界文明古国：古埃及》，刘雪婷等译，上海科学技术文献出版社，2008年，第142页）

[2] 斯特拉德威克：《世界文明古国：古埃及》，刘雪婷等译，上海科学技术文献出版社，2008年，第105页

家庭保护神。

必须指出的是，在古埃及神话中，拉神的司职堪称例外：太阳神拉既是宇宙万物的创造者，又是天地人神和其他生灵的主宰，又是法老父亲的化身。但值得注意的是，当古埃及法老们以"拉之子"的身份对拉神大加崇拜之时，特别是对拉神的崇拜"融入了对其他众神的崇拜之后，拉就被赋予了多面的神性"[①]。主要体现在，拉神作为太阳神，在不同的时分有各异的称谓，而该称谓也体现了太阳神司职的差异性。在旭日时分，拉神被称作凯布利（Khepri）；在正午时分，拉神被称作拉-霍拉克提（Ra-Horakhty）；在日暮时分，拉神又被称作阿图姆-拉（Atum-Ra）。根据古埃及神话中对太阳神的繁琐的称谓，可以看出，太阳神"是古埃及众神中最重要的一位"[②]，而太阳崇拜，则是"古埃及宗教的重点因素之一"[③]。

3.1.3 众神形象的奇特性

古埃及神话的独特性还表现在众神形象的奇特性。古埃及神灵的形象奇特性，在于其体貌特征展示出来的动物与人体相结合的特征。大体说来，可以归结为四类：

第一类，动物头与人身组合型。如原初四男神为蛙首人身，原初四女神为蛇首人身，太阳神拉、天空之神荷鲁斯、冥神索卡尔和战神门图皆为鹰头人身。赫努姆神为公羊头人身，雨神特芙努特为狮头人身，哈比神为狒狒头人身，等等。[④]

第二类，动物型。如副神赫卡特（Heket）为青蛙形象，可与神共处的

[①] 斯特拉德威克：《世界文明古国：古埃及》，刘雪婷等译，上海科学技术文献出版社，2008年，第107页。
[②] 同上，第108页。
[③] 同上，第102页。
[④] 同上，第148页。

"阿赫"（akh，指人死而复生转化后的灵魂）常以鹭鸶的形象出现，等等。①

第三类，人型。负责死亡和重生的主神奥赛里斯神和他的妻子伊西斯都被描述为俊男靓女的形象。②又如，著作女神塞斯哈特为头顶一星一月、身穿豹衣的女子。再如，尼罗河洪水神哈比被描述为"雌雄同体，长胡须，下垂的胸部，壶一样的大肚子身材，戴着纸莎草编的头巾"③。另，丰收之神米恩、造物主普塔④和家庭保护神贝斯⑤皆被描绘成人形。

第四类，多形体型。这是古埃及神灵的最常见的表现形式。诸多古埃及神灵往往有不止一种形体特征。如智慧之神图特有时表现为朱鹭头人身，有时又表现为狒狒头人身。又如，人的灵魂形式之一的"卡"（Ka）通常以人形出现，但有时候以鸟形出现。此外，有些神灵有时表现为人形，有时又表现为兽头人体形。例如，古埃及主神阿蒙有时表现为男子形象，有时表现为公羊头人身，有时又表现为羊头人身或鹅头人身。另外，有些神灵有时表现为兽形，有时又表现为兽头人体形。例如，死神阿努比斯时而表现为豺形，时而表现为豺头人身（一说为狗形或狗头人身）；阿毕斯时而表现为牛形，时而表现为牛首人身；太阳神拉的女儿贝斯特时而表现为狮形，时而表现为猫形，时而又表现为猫头人身；女神雷内努特时而表现为蛇形，时而表现为蛇头人身；邪恶之

---

① 斯特拉德威克：《世界文明古国：古埃及》，刘雪婷等译，上海科学技术文献出版社，2008年，第148页。

② 在《奥（欧）赛里斯死而复生》的神话传说中，有对奥（欧）赛里斯和伊西斯的外表这样的描写："一位身材高大、体魄健壮的美男子，从远处走来，他的四肢是那样的匀称，外表是那样的威严，显得是何等的气度不凡。在男子的身旁还跟着一位美丽的妇人，她脸庞俊俏，身段苗条，瀑布般的褐色秀发垂在白嫩颀长的脖颈上，尤其是她那双眼睛，清澈明亮、顾盼生辉。"（王海利：《古埃及神话故事》，吉林人民出版社，2001年，第18页）

③ 斯特拉德威克：《世界文明古国：古埃及》，刘雪婷等译，上海科学技术文献出版社，2008年，第105页。

④ 在埃及后期（公元前747—前332年），普塔被描绘成裸露的侏儒，有医药功能，治疗蛇蝎咬伤。希腊人把这奇怪的形象呼为"帕塔科"（Pataikoi）。

⑤ 在埃及神话中，家庭保护神贝斯被描绘成非常奇怪的形象：石膏一样的面部表情，突出的舌头。人们把他当作凶猛的勇士，和性、分娩联系在一起，是埃及非常受欢迎的神。（斯特拉德威克：《世界文明古国：古埃及》，刘雪婷等译，上海科学技术文献出版社，2008年，第141页）

神塞特时而表现为野猪形，时而表现为河马形，时而又表现为长鼻方耳的怪兽头人身。

当然，以上四类，只是对古埃及神灵形象的大体勾勒，还有其他神灵的形象比较特别，不属于以上归类。例如，死者的守护神奈芙蒂斯的形象是拥有一双巨大而伸展的翅膀的女人；蝎神塞尔科特被描述为戴蝎子头饰的妇女，或是长着蝎子尾巴的女子；哈索尔有时具有母牛形象，有时具有狮子形象，有时则被描绘成牛耳妇女，或戴发饰、牛角和日盘的妇女；家庭保护神塔沃里特有时是河马形象，也经常被描述成有着狮子的四肢、鳄鱼的尾巴和象征怀孕的大肚皮的形象；人的灵魂的另一种形式"巴"（ba）常以一只人头鸟的形状出现。[1]

总之，人与动物的杂合性特征，堪称是古埃及神灵形体的最基本表征。

3.1.4 众神形象的象征性

在古埃及神话中，众多神灵都有独特各异的形象，同时还配有不同的服饰或手持物。值得注意的是，该形象并非是古埃及人的随意安排，而是带有特定的象征意义。该象征性主要表现在：

第一，圣甲虫形象的象征意义。在古埃及神话中，圣甲虫无疑具有无比重要的象征意义。所谓圣甲虫，其实就是蜣螂，俗称"屎壳郎"。然而，古埃及人却把对圣甲虫的崇拜作为对太阳神的三种朝拜形式之一。[2]古埃及人从屎壳郎推粪球的简单而原始的生命现象，联想到了永恒的生命再生和无限的生

---

[1] 斯特拉德威克：《世界文明古国：古埃及》，刘雪婷等译，上海科学技术文献出版社，2008年，第141页。

[2] 在埃及神话中，埃及人对太阳神有三种常见的朝拜形式：一、太阳圆盘；二、圣甲虫（即凯布利 Khepri）；三、羊首像（阿图姆 Atum）。长着羊头的甲虫，是太阳周而复始的象征。羊头表现出太阳的降落，甲虫象征了太阳的升起。对埃及人来说，太阳神系统不仅仅是一种自然现象，而且是死后生命持续的一种日常保障。（斯特拉德威克：《世界文明古国：古埃及》，刘雪婷等译，上海科学技术文献出版社，2008年，第108页）

命循环，因此，就把再低俗不过的小虫升华为神圣无比的圣甲虫，"象征着太阳的永恒循环"，成为"再生的象征"。① 此外，古埃及人认为，圣甲虫还有着"最强最有效的保护作用"，故而"制造了很多圣甲虫形式的护身符和陪葬的珠宝，因为蜣螂有永恒的再生能力"。② 该象征意义在世界神话中，堪称独一无二。

第二，鹰形象的象征意义。鹰是鸟类中的猛禽，勇猛捷健，搏击长空，所到之处，众鸟皆靡，有君临万方之态。故在古埃及神话中，太阳神拉、天空之神荷鲁斯、冥神索卡尔和战神门图皆为鹰头之像，取其卓尔不群、勇猛无敌之意。

第三，羊形象和鹅形象的象征意义。在古埃及神话中，羊和鹅皆"与创造力有关"。③ 因此，古埃及神话中的重要主神——阿蒙神，就被描绘为羊头人身，或鹅头人身的形象。另外，在古埃及时代，羊头也"表现出太阳的降落"④，因此日暮神阿图姆也被描绘为羊头之形。

第四，牛形象的象征意义。在古埃及，牛"象征着肥沃多产和创世之神普塔健壮的体格"，故阿比斯神就以牛的形象示人，成为"古埃及最受尊崇的一种神兽"。⑤ 另外，在古埃及神话中，母牛因其健壮而温顺的形象而成为母爱的重要象征。例如，爱神哈索尔的形象"总是和母牛联系在一起"：或"描述成一头母牛，或牛耳妇女，或戴发饰、牛角和日盘的妇女"，不仅"象征母爱、生育和保护"，还象征"每一个在位法老母亲的化身，描绘成正在哺育婴儿法老的母亲"。⑥

第五，狮形象的象征意义。狮子是令人望而生畏的猛兽，其强大的体魄可

---

① 斯特拉德威克：《世界文明古国：古埃及》，刘雪婷等译，上海科学技术文献出版社，2008年，第108页。
② 同上，第111页。
③ 同上。
④ 同上，第108页。
⑤ 同上，第152页。
⑥ 同上，第130页。

以毁灭一切敌对者。因此，在古埃及神话中，力量强大的破坏之神塞赫迈特[①]有狮子的形象。另外，当爱神哈索尔呈现其破坏性的一面时，也会变成狮子形象。[②]

第六，蛙形象的象征意义。蛙性喜水，自水而生，初为蝌蚪，异化为蛙，完成独特的生命循环。在古埃及人眼里，蛙的生命过程"代表着混沌中来且死后复活的转变过程"。[③]因此，在古埃及神话中，原初四男神皆为蛙首，该形象"反映了古埃及人对自然界的敏锐观察力"。[④]此外，古埃及神话中的产妇保护神赫卡特则被直接描述为青蛙形象，也集中展现了青蛙生命的象征意义。

第七，蛇形象的象征意义。蛇的可怕外形往往给人以阴险毒辣的联想；而蛇通过蜕皮进行成长的方式，往往又给人以生命力极强的印象。这在古埃及神话中也不例外。例如，保护神的形象应该是令人望而生畏的，故而古埃及国王的保护神雷内努特就以凶狠的眼镜蛇或蛇头人身的形象出现，而古埃及神话传说中的诸多地下王国的守护者也是形形色色的蛇。[⑤]又如，古埃及主神阿蒙同象征自我繁衍的公牛神阿蒙-卡姆戴夫和象征自我复苏的神阿蒙-卡迈戴夫一样，都是由蛇蜕皮的形式生长的，这是该神灵"具备创造的力量"[⑥]的显著象

[①] 在埃及神话中，破坏之神塞赫迈特既是拉神的女儿，又是喷火的"拉神之眼"，代表了太阳破坏的一面，其目标是消灭父亲拉神所有的敌人。（斯特拉德威克：《世界文明古国：古埃及》，刘雪婷等译，上海科学技术文献出版社，2008年，第134页）

[②] 斯特拉德威克：《世界文明古国：古埃及》，刘雪婷等译，上海科学技术文献出版社，2008年，第130页。

[③] 同上，第149页。

[④] 同上。

[⑤] 在《拉神黑暗世界历险记》的神话传说中，拉神的太阳船经过的许多地方，都有蛇在看守。例如，到傍晚时分，在东方地平线上就会呈现出巴胡山的影子。而日夜守卫着巴胡山的，就是一条30腕尺的皮肤乌黑、还带着金属鳞片而闪闪发亮的大蛇。在拉神的太阳船进入拉神之河时，河岸两边就会出现六条巨大的、不时地喷射出灼人火焰的蟒蛇。每个夜王国的城门都有口喷毒液的凶猛蟒蛇把守。在夜王国之五，其哨兵是由双头蛇来充当的。作为夜王国之六的源泉之国，其守护者是喷射着毒液的五个头的蟒蛇。在夜王国之九，也有12条喷火的大蟒蛇守护。（王海利：《古埃及神话故事》，吉林人民出版社，2001年，第101—112页）

[⑥] 斯特拉德威克：《世界文明古国：古埃及》，刘雪婷等译，上海科学技术文献出版社，2008年，第112页。

征。另外，由于蛇是尼罗河水退后重现的第一种动物，因此，古埃及神话中的原初四女神皆蛇首人身，与蛙首人身的原初四男神配对。这一点展示了更具埃及本土色彩的象征意义。

第八，猫形象的象征意义。猫在古埃及非常重要，一方面，"猫从当初的家庭宠物变成献给守护女神贝斯特的半神圣动物"[①]；另一方面，猫也被看作是蛇的克星。鉴于以上两点，在古埃及神话中，拉神之女、守护神贝斯特的形象就表现为猫形或猫头人身。另，在《拉神黑暗世界历险记》的古埃及神话传说中，企图置拉神于死地的蛇神阿波菲斯的致命克星就是一只猫。[②]

第九，鳄鱼形象的象征意义。鳄鱼作为一种凶残可怕的动物，也拥有令人望而生畏的特征。因此，在古埃及神话中，鳄鱼神索贝克就成为了法老力量和权力的保护神，也许，这种可怕的形象会使那些觊觎王权者望而却步。

第十，河马形象的象征意义。河马固然是一种威猛的动物，但较之毒蛇、狮子和鳄鱼，其形象凶而不残。因此，在古埃及神话中，河马的形象时而作为产妇保护神塔沃里特的形象，时而作为邪恶之神塞特的形象。[③]

以上所列，是古埃及神话中常见的众神形象的象征意义。可以看出，古埃及神话对神性的发露，往往通过人性与动物的许多特性而象征之。但也不尽如此，在古埃及神话中还有其他的象征形式，主要有以下 8 种：1）常见物

---

① 人们相信，猫在到达地下世界后，会立刻去找女神，把信息传给她。因此，想得到贝斯特女神的帮助，或感谢她的恩赐，就把一尊猫的塑像献给女神。在埃及后期（公元前747—前332年），猫崇拜达到顶峰。女神贝斯特节是埃及日历中最重要的一天，许多猫木乃伊作为祭品献给女神，放在特殊的地下储藏室中。有些储藏室中有成千上万只猫木乃伊。（斯特拉德威克：《世界文明古国：古埃及》，刘雪婷等译，上海科学技术文献出版社，2008年，第136页）

② 根据埃及神话《拉神黑暗世界历险记》中的传说，阿波菲斯大神是一条庞大可怕的蟒蛇，永生不死，每夜都藏在冥间，等待拉神的太阳船，企图将拉神置于死地。而当拉神的太阳船临近时，先是太阳神的女儿伊西斯以魔法使阿波菲斯大神瘫痪，然后由一只猫将阿波菲斯大神用绳子捆绑，拿起锋利的匕首，准备杀死大神。（王海利：《古埃及神话故事》，吉林人民出版社，2001年，第109页）

③ 在埃及神话中，塞特和塔沃里特还有其他的形象化身，前已论及。

的象征。如以卵象征原初混沌[1],以十字架象征生命[2]。2)植物的象征。如以莲花象征生命的繁衍更生[3]。3)特定器官的象征。如以荷鲁斯之眼象征日月[4]。4)服饰的象征。如奈芙蒂斯的亡柩头饰明确显示出其死者守护神的身份[5];而身穿豹衣、头顶一星一月的形象也成为著作女神塞斯哈特的特有标志。5)手持物的象征。如主神阿蒙手握的T形章法器是法老保护力量的象征;工匠守护神普塔手持的节杖也是"象征着稳定、生命和幸福的统治徽号"[6]。6)名字的象征。如塞赫迈特的名字意为"她是有力量的",象征着她复仇女神的强大力量;而旭日神凯布利之名的字面意思是"他归于存在",象征着从生到死再到

---

[1] 根据赫尔摩波利斯创世神话,创世的太阳神来自原初之卵。初卵位于原初之丘的干地上,孵化出太阳,宇宙的真正创造者。(斯特拉德威克:《世界文明古国:古埃及》,刘雪婷等译,上海科学技术文献出版社,2008年,第148页)

[2] 例如,在法老埃赫那吞时期(公元前1352—前1336年),主神阿吞成为最高等级的神。阿吞"表现为放光球,光线末端是人手,有些还带有表示生命的埃及十字架。"(斯特拉德威克:《世界文明古国:古埃及》,刘雪婷等译,上海科学技术文献出版社,2008年,第111页)

[3] 在尼罗河湿地上,水生植物丰富,有着诸多宗教上的象征意义,以蓝莲的象征性最为丰富,该植物朝花夕落,似乎讲述着每天的更生。在赫尔摩波利斯城的创世神话中,莲花处于一种中心地位,故有"金莲可以悄无声息地驱开黑暗"之语。许多埃及神灵都与莲花有关,如原初莲花之神,就被描绘成戴莲花头饰或莲花直接长在头上的样子。按照埃及神话传说,太阳来自莲花,太阳神的伴神奈弗特恩(Nefertern)也被描绘成拉神鼻前一莲花。(斯特拉德威克:《世界文明古国:古埃及》,刘雪婷等译,上海科学技术文献出版社,2008年,第150—151页)

[4] 在埃及神话中,荷鲁斯之眼象征太阳和月亮。其中左眼与月亮的阴晴圆缺相关,代表在死后的地下世界对身体的康复和保护。此后,在埃及人心目中,荷鲁斯之眼就成为完好眼睛的象征。(斯特拉德威克:《世界文明古国:古埃及》,刘雪婷等译,上海科学技术文献出版社,2008年,第129页)

[5] 另外,埃及神话中其他众神的身份也可以根据其头饰来判断,如主神阿蒙的特有标志是带有羽毛的头发编梳式样,正午日神拉-霍拉克提以圆盘状太阳为头饰,天空之神荷鲁斯的头饰是长了翅的圆盘状太阳。其中荷鲁斯的长了翅的圆盘状太阳头饰不仅成为荷鲁斯主神身份的象征,也成为太阳运行其中的天堂的象征。在埃及的宗教崇拜中,当荷鲁斯和国王被视为一体时,这种带翅圆盘状太阳又被看成与王室有关,被视为是一种王室防护标志。该标志"不仅出现在墓门墓顶,也在墓碑和陪葬珠宝中被发现。"(斯特拉德威克:《世界文明古国:古埃及》,刘雪婷等译,上海科学技术文献出版社,2008年,第111页)

[6] 斯特拉德威克:《世界文明古国:古埃及》,刘雪婷等译,上海科学技术文献出版社,2008年,第114页。

复生的生命转化历程。7）颜色的象征。如丰收之神米恩的皮肤和胡须皆黑，是有利于谷物生长的尼罗河淤泥的颜色，象征着"生命和肥沃"①。8）宗教仪式的象征。如在法老的木乃伊制作和尸体保存仪式中，木乃伊的制作者或尸体防腐处理者往往带着豺面具进行操作，被认为是扮演着死神阿努比斯神的角色。②

总之，古埃及神话中的神性其实是人、动物、植物和自然物特性的象征表达。

3.1.5 众神地位的流变性

古埃及神话的另一特性，表现为众神的地位不是一成不变的，而是在不同的时期发生着不同的流变。其中最具典型意义的莫过于古埃及主神阿蒙和邪神塞特的地位流变。

阿蒙在古埃及神话中的地位的流变显示着宗教和政治之间的紧密联系。古埃及人认为，太阳"是具有强大能量的生命形式"③，因而在古埃及神话中，对太阳神拉的崇拜占据了主要地位。然而，在古埃及中古时期（公元前2055—前1650年），随着底比斯僧侣在政治上的影响力越来越大，当地的底比斯神系（the Theban theology）中的阿蒙神变得越来越重要。底比斯神话认为，阿蒙神是"所有神的力量之源，是真理，是宇宙原神，创造其他神"。④ 到新王朝时期（公元前1550—前1069年），阿蒙神已成为古埃及所有神中最伟大的神灵，其位于卡纳克（Karnak）的阿蒙神庙也是全埃及最大最高的神庙。其祭司在经济上、精神上十分强大，威胁到了法老的无上权威，因此阿蒙遭到了

---

① 斯特拉德威克：《世界文明古国：古埃及》，刘雪婷等译，上海科学技术文献出版社，2008年，第138页。
② 同上，第104页。
③ 同上，第108页。
④ 同上，第103页。

降级。而到第二十五王朝时期，努比亚（Nubian）（公元前747—前656年）法老又恢复了对阿蒙的崇拜，因为他们坚信"阿蒙源于上埃及的努比亚博尔戈尔山（Gebel Barkal）神"，因此，他们"把自己与膜拜阿蒙相联系，并恢复了他的中心崇拜地位"。到托勒密时期（公元前332—前30年），阿蒙又成了"跟希腊众神之王宙斯（Zeus）一样重要的国王"[①]。从阿蒙神的地位升降与变迁，不难看出法老、教派、僧侣阶级的政治、经济势力的消长以及与异族神话的融会。

在古埃及神话中，塞特作为奥赛里斯的谋杀者和荷鲁斯的敌人而成为邪恶的化身。但在某些时候，塞特依然受到崇拜和尊敬。如在西克索王朝时期，塞特被当作勒凡丁（Levantine）的雷神巴尔（Baal）而受崇拜。[②] 另外，因为塞特被认为是"拉的同伴"，伴其度过夜之旅，抵御蛇神阿波菲斯（Apophis）的侵害。因此，好几位新王朝的统治者，如谢提一世（公元前1294—前1279年）和塞特纳科特（公元前1186—前1184年），名字都包含了这位神，希望借此得到塞特的力量。最重要的是，塞特"代表着宇宙秩序的平衡，这对于古埃及二元性概念是核心所在"。然而，从第三过渡时期（公元前1069—前747年）起，随着奥赛里斯崇拜的勃兴，塞特又回归了象征邪恶的负面形象，而"一些塞特的雕像被重新雕刻成阿蒙的形象"[③]。

除阿蒙和塞特的地位变迁外，其他神祇的地位也随着崇拜者的地位变迁而发生流变。例如，在古埃及神话中，爱神哈索尔除给人以人生乐趣和保护死者外，还负责在每晚迎接夕阳并保护其安全，直到第二天早上。在地下世界的形象中，哈索尔被称为"西方夫人"，或"西方山脉的夫人"。但是，黎巴嫩沿海城镇因为其珍贵木材在古埃及取得举足轻重的地位后，就称哈索尔为"比布鲁斯（Byblos）夫人"。另，西奈（Sinai）的塞洛比哈汀（Serabitel-khadim）因

[①] 斯特拉德威克：《世界文明古国：古埃及》，刘雪婷等译，上海科学技术文献出版社，2008年，第112—115页。

[②] 同上，第115页。

[③] 同上，第126页。

绿宝石而著称，故哈索尔神庙在宝石矿山边筑起后，当地人就称哈索尔为"绿宝石夫人"。① 哈索尔的称号的变更其实反映了各地崇拜者对自身地位的肯定。

此外，在古埃及神话中，诸神的称号也会随着时代或地域的变迁而变更。如，太阳神之号本来非拉神莫属。然而，在不同的传说中，主神阿吞和天空之神荷鲁斯也被冠以太阳神的称号，甚至"战神图门也被当成太阳神来崇拜"。② 另，在古埃及《亡灵书》(The Book of the Dead)中，墓地守护神阿努比斯被描述为用羽毛称量死者心脏的重量，来审判死者是否有罪，获"圣地之神"的称号，实际是死神的别称。但是，到后来，人们崇拜的死神阿努比斯也"被另一位主要的死神奥赛里斯所取代"。③ 总之，该神祇名号的变换也反映了古埃及神灵的地位变迁。

根据以上所论，不难看出，古埃及神话中的众神的地位流变存在各种各样的文化动因。概而论之，无非有以下几种：第一，法老的政治需要与偏好决定众神地位的流变；第二，宗教派系的势力角逐促成众神地位的流变；第三，僧侣的政治影响导致众神地位的流变；第四，信徒势力的消长引发众神地位的流变。由此观之，从某种意义上说，不是神创造和主宰了世人，而是世人创造和主宰了神。

3.1.6 众神关系的杂合性

众神关系的杂合性堪称古埃及神话的又一文化独特性。王海利曾指出："（古埃及）信奉多神，神的数量庞大，关系复杂，不同神的接近和新的神话意象的构思，导致了不同神的演变和混同。这种'变异'现象可以说是古埃及神话的重要特点，这一特点也使得古埃及神话比世界其他地区的神话更加扑朔迷

---

① 斯特拉德威克：《世界文明古国：古埃及》，刘雪婷等译，上海科学技术文献出版社，2008年，第132页。
② 同上，第108页。
③ 同上，第104页。

离。"① 从整个古埃及神话体系着眼，众神之间的"演变"、"混同"和"变异"关系正表现在各种复杂的整合关系，故笔者名之曰"杂合"。

从杂合的方式而言，古埃及众神的杂合关系可大致分为化身性杂合、创造性杂合和联姻性杂合；从杂合的范围而言，该杂合关系又可分为同族神杂合和异族神杂合。

3.1.6.1 化身性杂合

所谓化身性杂合，是指在宗教崇拜的过程中两个或多个不同身份的神祇被整合成一体的情况。化身性杂合可分为两种类型，即同族神杂合和异族神杂合。前者主要是各教派相互妥协、相互认可的结果，而后者则是与异族文化融合的产物。

在古埃及神话中，同族神之间的化身性杂合占有相当大的比重。例如，在古王朝时期（公元前2686—前2181年），当拉开始成为古埃及万神庙的统治神之后，拉神开始与其他神灵整合：与正午之神霍拉克提整合，成为拉-霍拉克提；与宇宙的创造者阿图姆整合，成为"拉-阿图姆"（Ra-Atum）②；与天空之神荷鲁斯整合，成为拉-荷鲁斯（Ra-Horus）；与法老力量和权力的保护神、鳄鱼神索贝克整合，成为拉-索贝克（Ra-Sobek）。此外，在来世神话中，拉则直接跟奥赛里斯整合成一个神。又如，在第十一王朝时期（公元前2055—前1985年），在曼图霍特普（Mentuhotep）（公元前2055—前2004年）二世即位时，底比斯的当地神阿蒙被塑造为"众神之王"后，随即和古埃及其他主神相联系，组合成一系列新的形象：与拉神整合，成为阿蒙-拉（Amun-Ra）；③

---

① 王海利：《古埃及神话故事》，吉林人民出版社，2001年，第2页。
② 在新王朝时期（公元前1550—前1069年），拉与阿图姆融成拉-阿图姆，被称作"众神之王"。（斯特拉德威克：《世界文明古国：古埃及》，刘雪婷等译，上海科学技术文献出版社，2008年，第104页）
③ 阿蒙神与拉神结合后，被称之为"最崇高的神"、"宇宙的缔造者"和"法老的父亲"。（斯特拉德威克：《世界文明古国：古埃及》，刘雪婷等译，上海科学技术文献出版社，2008年，第104页）

与丰收之神米恩整合，成为阿蒙-米恩（Amun-Min）。另，在古埃及神话中，其他诸神之间也存在着各式各样的杂合关系。如新王朝时期（公元前2055—前1650年）人们把对鹰神索卡尔的崇拜同伊西斯、普塔整合，形成"普塔-索卡尔-伊西斯体系"；①到古埃及晚期（约公元前600年），工匠守护神普塔又与奥赛里斯和索卡尔整合。被称为"普塔-索卡尔-奥赛里斯"。阿比斯神与奥赛里斯整合后，被称为奥赛里斯-阿比斯，甚至直接称作奥赛里斯或奥索拉皮斯（Osorapis）。②

另外，在古埃及与异族的交流过程中，一些外来神祇在古埃及流行。人们在崇拜外来神祇的同时，往往"把外来神和古埃及的神灵联系在一起"，只是让这些外来神"保有他们本来的特点和来历"而已。③因此，古埃及神祇与异族神祇的整合也成为时之所需。例如，在中古时期（公元前2055—前1650年），叙利亚的风雨之神巴尔在古埃及受到崇拜后，开始与当地的邪恶之神塞特整合成好战的塞特-巴尔；而叙利亚女神卡叠什（Kadesh）则直接被古埃及人当作爱神哈索尔了。④又如，在托勒密时期，伴随着"一场整合政治和文化的运动"⑤，古埃及国王托勒密一世（Ptolemy I）（公元前305—前285年）不仅创造了塞拉皮斯神（Serapis），而且还将其与希腊神宙斯（Zeus）和赫利俄斯（Helios）、古埃及神奥赛里斯与阿毕斯整合为一体。此外，埃及丰收之神米恩神和希腊神潘（Pan）、埃及知识之神图特和希腊信息之神赫耳墨斯（Hermas）、希腊爱神阿芙洛狄特（Aphrodite）和埃及爱神哈索尔等，都被整合到了一起⑥。

---

① 斯特拉德威克：《世界文明古国：古埃及》，刘雪婷等译，上海科学技术文献出版社，2008年，第143页。
② 同上，第107页。
③ 同上，第144—146页。
④ 同上。
⑤ 同上，第102页。
⑥ 库恩是图特神之城，后改名为"赫尔莫利斯玛格纳"（Hermopolis Magna），意为"赫耳墨斯之城"。希腊人把图特和赫耳墨斯都称为"伟大的赫耳墨斯"。另外，在登达拉的（转下页）

不管是同族化身性杂合，还是异族化身性杂合，在世界其他民族的神话中都是极其罕见的。而两者皆见诸埃及神话，由此可看出古埃及神话的兼容性特征。

3.1.6.2 创造性杂合

所谓创造性杂合，是指在古埃及与其他民族的文化交流与宗教整合中出现的、将古埃及神灵同异族神灵整合为一体而产生新神祇的整合方式。亚历山大大帝于公元前332年征服埃及后，把希腊神灵也带进了埃及，由此产生了众神崇拜的创造性杂合。其中最具典型意义的，莫过于塞拉皮斯神的崇拜中所产生的杂合。

在托勒密时期，希腊主神宙斯、哈迪斯（Hades）、狄奥尼索斯（Dionysos）和古埃及主神奥索拉匹斯（Osorapis）（即奥赛里斯和阿比斯的融合体）同时在古埃及受到崇拜，因此，托勒密一世把诸神融合后，创造出一位新神——塞拉匹斯（Serapis）。该神"同时具有希腊和埃及众神的特征"[1]，不仅赢得了埃及人和希腊人的崇拜，而且也赢得了罗马人的崇拜。这反映了古埃及神话同古希腊文化的高度融合。

另外，古埃及众神的创造性杂合，还表现在古埃及神灵的外表服饰的变更。例如，在托勒密时期之后的雕刻作品中，伊西斯女神"穿上了希腊式的服装，并在很多细节上可以看出古希腊的痕迹"[2]。而埃及爱神哈索尔的假发、牛耳、角、头饰和日盘，也"都被应用于引入古埃及的外来神上，以此作为她们性和生育力的象征"[3]。另外，在法老时代，人们崇拜的东方神灵也被当作典

（接上页）哈索尔女神的神庙中有一处希腊的碑铭，上写着希腊人们能够感受到这两位女神的心心相通。（斯特拉德威克：《世界文明古国：古埃及》，刘雪婷等译，上海科学技术文献出版社，2008年，第102页）

[1] 斯特拉德威克：《世界文明古国：古埃及》，刘雪婷等译，上海科学技术文献出版社，2008年，第146页。

[2] 同上，第147页。

[3] 同上，第145页。

的古埃及神灵来崇拜，也"多被形容成头戴王冠、假发、手拿权杖的埃及神灵"[1]，甚至亚历山大大帝也被描绘成长着公羊角的形象[2]。总之，以上神灵外表服饰的变迁，可以看作古埃及众神的创造性杂合的另一个方面。

3.1.6.3 联姻性杂合

所谓联姻性杂合，是指古埃及神祇通过联姻而形成的以三联神为主体的神族崇拜群体。如，负责死亡和重生的主神奥赛里斯、女神伊西斯和天空之神荷鲁斯被撮合成三联神之家，在上下埃及受到崇拜。另，主神阿蒙、女神姆特（Mut）和月神孔斯也被撮合成三联神之家，在底比斯受到崇拜[3]。甚至邪恶之神塞特，也与伊西斯之妹奈芙蒂斯神结成了夫妻。但因各地崇拜的差异性，三联神的联姻关系也出现了乱点鸳鸯谱的情形。如，在上埃及艾得夫（Edfu）神庙崇拜的三联神之家中，主神阿蒙的妻子已不再是女神姆特，而变成了爱神哈索尔；其子也不再是月神孔斯，而是变成了哈松图斯（Harsomtus）。[4] 在对死神阿努比斯的崇拜中，他被认为是奈芙蒂斯的儿子，但因奈芙蒂斯的丈夫邪恶之神塞特无法生育，于是，阿努比斯的父亲就改成了奥赛里斯。

另外，随着古埃及神灵与异族神灵的整合和再造，古埃及当地神与异族神和新神的联姻关系也随之发生。如，叙利亚女神卡叠什和另一位叙利亚男神瑞舍夫在古埃及受到崇拜后，不仅被整合进古埃及的宗教信仰中，还与象征生育的埃及神米恩组成了三口之家。又如，在托勒密一世时代，具有希腊和埃及神灵特征的神塞拉皮斯被创造出来，其原型是古埃及神奥赛里斯和阿比斯的融合体奥索拉皮斯，故而身为奥赛里斯之妻的伊西斯，又变成了塞拉皮斯的

---

[1] 斯特拉德威克：《世界文明古国：古埃及》，刘雪婷等译，上海科学技术文献出版社，2008年，第145页。
[2] 同上，第115页。
[3] 同上，第112页。
[4] 同上，第105页。

妻子①。

不难看出，古埃及神灵之间的联姻性杂合，存在着难以圆说的矛盾性。鉴于古埃及各地文化融合的多样性，其矛盾与抵触自然在所难免，此不赘述。

通过以上对古埃及众神的各种杂合关系的探究，可以看出，古埃及众神之间的形形色色的杂合关系，不仅体现了古埃及政治与宗教的密切关系，体现了各教派之间的妥协，还体现了古埃及各地文化与外来文化的折冲、融合、拼合、甚至杂合。

以上所论古埃及神灵的六大特征，即神迹的普遍性、化身的多重性、形象的奇特性、形象的象征性、地位的流变性和关系的杂合性，是为古埃及神话的文化独特性。可以看出，古埃及神话固然结构庞大芜杂，且不乏抵触矛盾之处，但通过对古埃及神话的独特表征的把握，作为世界神话之根的古埃及神话已经初现其大略。

3.2 古埃及神话与其他民族神话的文化参同

人类文化的差异性决定了人类神话的差异性，而人类文化的共同性自然也决定了人类神话的共同性。因此，将古埃及神话与其他民族神话进行参同，不仅可以把握古埃及神话体系的独特表征，还可以领略古埃及神话与其他各民族神话体系之间的相似或相同之处。

鉴于以上理路，本节对古埃及神话的参同性研究，主要选取以下五大神话体系：1）古希腊神话；2）希伯来神话；3）古巴比伦神话；4）古印度神话；5）古代中国神话。

之所以选取此五大神话体系与古埃及神话进行参同，是因为前两者是西方文化的主要渊源，而后三者则与古埃及同属四大文明古国（而中国又是东方文

---

① 斯特拉德威克:《世界文明古国：古埃及》，刘雪婷等译，上海科学技术文献出版社，2008年，第144—146页。

化的主要代表)。就古埃及神话与古代中国神话的关系而言,通过二者之间的比较,或许可以为古代中国神话的研究获得必要的借鉴。

下面将分而论之。

3.2.1 古埃及神话与古希腊神话的文化参同

古埃及文明与古希腊文明是近邻,只是在发展阶段上存在着先后关系。因此,古埃及神话与古希腊神话存在着密切的联系,除去上节探究的古埃及神灵与古希腊神灵的杂合之外,古埃及神话与古希腊神话的文化参同还体现在以下四个方面。

首先,体现在创世传说的相似性。根据这两大神话体系中的创世传说,世界之初,天地万物皆为创世神所创造,只是创世神的名称与创世的细节略异:一方面,根据古埃及神话中的创世传说,世界之初为茫茫瀚海,其中有神曰"努恩"(Nun)[1]。"努恩"生"原初之卵"[2],"原初之卵"孵化出太阳神拉,拉创造出创世八神[3],再由后者创世[4];另一方面,根据古希腊创世神话,天地未

---

[1] 提亚诺:《追踪埃及诸神的脚印》,罗苑韶译,广西师范大学出版社,2004年,第3页。

[2] 斯特拉德威克:《世界文明古国:古埃及》,刘雪婷等译,上海科学技术文献出版社,2008年,第148页。

[3] 在埃及创世神话中,有八位主神(Ogdoad)负责创世,八神四男四女,一一配对,代表原初海洋的四种性质。代表水的努恩(Nun)和纳乌奈特(Naunet),代表黑暗的库克(Kuk)和库克特(Kauket)、代表无垠无形的哈赫(Heh)和哈屋赫(Hauhet)、代表空气或潜能的阿蒙(Amun)和阿蒙奈特(Amaunet)。八神组合在一起,产生了生命。另一说,太阳神拉的灵魂化身阿图姆(Atum)让风神舒(Shu)和雨水之神特芙努特(Tefnut)产生了大地之神盖布(Geb)、天空之神努特(Nut)等九位神,号称创世"九柱神"(the ennead)。另一说,八神未亲创世界,其设法把创世神从海洋里放出,使之苏醒。另一说,初卵八神模形,在阿蒙的呼吸中受精。另一说:初卵由赫尔摩波利斯城神鸟朱鹭所产,被智慧之神图特赋予人形。所有版本说:初卵位于原初之丘的干地上,孵化出太阳,宇宙的真正创造者。(斯特拉德威克:《世界文明古国:古埃及》,刘雪婷等译,上海科学技术文献出版社,2008年,第148页)

[4] 斯特拉德威克:《世界文明古国:古埃及》,刘雪婷等译,上海科学技术文献出版社,2008年,第107页。

开时，有"混沌"之神卡俄斯（Chaos），生"地母"盖亚（Gaea）；"地母"未精而孕，生"天父"乌拉诺斯（Uranus），地母又与"天父"交合，生十二提坦巨神（Titans），众神繁衍，天地万物亦因之而生。可见，古埃及神话与古希腊罗马神话遵循着相似的创世模式：即先有创世神，后由神创世。

其次，体现在众神繁衍的乱伦方式。前已提及，古埃及神话与古希腊神话体系中的创世主神，往往以无中生有的方式出世。然而，巧合的是，在这两大神话体系中，其他神祇的繁衍，往往通过乱伦的方式进行。例如，在古埃及神话中，拉先后"生"下了四对儿女：风神舒（男）和雨神特芙努特（女）[1]、天神努特（男）和地神盖伯（布）（女）、重生之神奥赛里斯（男）和年轻人保护神伊西斯（女）、邪神塞特（男）和死者守护神奈芙蒂斯（女），皆双双结成了夫妻[2]。换言之，这四对儿女既是夫妻，又是兄妹。在古希腊神话体系中，这种乱伦的繁衍方式也屡见不鲜。例如，在古希腊创世神话中，"地母"盖娅生"天父"乌拉诺斯后，随即又与后者结为夫妻，生下十二提坦巨神。乌拉诺斯的幼子克洛诺斯成为第二天神后，娶其姐瑞亚为妻，生下宙斯等六子。宙斯成为第三主神后，娶其姐赫拉（Hera）为妻，繁衍出太阳神阿波罗等诸多神嗣，构成奥林匹斯山第三代神系。由此可见，这种乱伦的繁衍方式，从古埃及神话到古希腊罗马神话都是一脉相承的。

再次，体现在众神司职的相似性。例如，作为创世主神，古埃及神话中有奥索拉皮斯，古希腊神话中有宙斯。又如，作为太阳神，古埃及神话中有拉神，古希腊神话中有阿波罗。只是在天际巡行时，前者驾舟，后者驾车而已。此外，在从社会到家庭的各个方面，古埃及神话和古希腊神话之间都存在着司职神灵的对应。例如，古埃及有农神米恩，而古希腊有农神得墨忒耳（Demeter）；古埃及有工匠神普塔，而古希腊有工匠神赫菲斯托斯

---

[1] 根据埃及神话传说，瑞（拉神）现身于世后，首次吐口水，生兄苏（舒）；再吐口水，生妹苔芙奴（特芙努特）。(提亚诺：《追踪埃及诸神的脚印》，罗苑韶译，广西师范大学出版社，2004年，第3页)

[2] 王海利：《古埃及神话故事》，吉林人民出版社，2001年，第2页。

（Hephaestus）；古埃及有战神门图，而古希腊有战神阿瑞斯（Ares）；古埃及有家庭守护神贝斯，而古希腊有家庭守护神赫斯提亚（Hestia）；古埃及有婚嫁生育神塔沃里特，而古希腊有婚嫁生育神赫拉；古埃及有爱神哈索尔，而古希腊有爱神阿芙洛狄忒（Aphrodite）；古埃及有酒神哈托尔，而古希腊有酒神狄奥尼索斯（Dionysus）；古埃及有知识之神图特和著作女神塞斯哈特，而古希腊有智慧之神雅典娜（Athena）和文艺女神缪斯（the Muses）；等等。

最后，体现在众神特征的相似性。该相似性主要表现在：1）变化神通。如在古埃及神话中，伊西斯可变为金丝雀[1]，荷鲁斯和塞特皆可变为河马[2]。而在古希腊神话中，宙斯在爱上美少女丽达时，也变作天鹅与其嬉戏。2）人兽鸟杂合的形体表征。人兽鸟杂合的特征是古埃及神灵的典型外形特征，该特征在古希腊神话中虽不甚普遍，但也时常可见，如半人半马形、半人半羊形等。从该特征上面也可以看出古埃及神灵形象的影子。

通过以上论述可以看出，古埃及神话体系同古希腊神话体系之间确有参同之处。若考虑到两大神话体系发生发展的次序关系，则可以推断，古埃及神话体系对古希腊神话体系的生成与发展所起的影响是在所难免的。

3.2.2　古埃及神话与希伯来神话的文化参同

笔者在本节中所指的希伯来神话，既包含以《旧约》为代表的犹太教神话传说，也包含以《新约》为代表的基督教神话传说。因为，从传承关系而言，二者存在着一脉相承的同体性。

犹太教本来就是古希伯来民族在摆脱埃及人奴役的过程中，由亚伯拉罕和摩西等人确立的，因此，以《圣经》为主要载体的该民族的神话传说与古埃及神话的文化参同主要表现在：

---

[1] 王海利：《古埃及神话故事》，吉林人民出版社，2001年，第36页。
[2] 提亚诺：《追踪埃及诸神的脚印》，罗苑韶译，广西师范大学出版社，2004年，第27页。

第一，十字架的象征意义。十字架是犹太教和基督教的重要符号，象征了由生到死到重生的生命过程。但是，十字架符号最早起源于古埃及神话。根据古埃及神话传说，在法老埃赫那吞时期（公元前1352—前1336年），太阳神最简单的化身阿吞（the Aten）成为最高等级的神，该神被描述为一个发光球，在光线的末端"还带有表示生命的埃及十字架"①。由此可见，虽然我们无法由此断定，犹太-基督文化中的重要文化图腾十字架就是从古埃及神话中接纳而来，但至少我们可以确认，在十字架的象征意义上，古埃及神话中的十字架和古希伯来神话中的十字架有着惊人的相似之处。

第二，神灵创世方式的一致性。古埃及神的创世方式，与希伯来神的创世方式存在着很大的一致性。在《旧约·创世记》中可以看出，希伯来创世神亚卫用语言创造了天地万物。而在古埃及神话中，也存在着主神用语言创世的传说。如古埃及太阳神、造物神拉"只要随心所欲地说出他心中的愿望来，他所提及的东西立刻就会出现在他眼前"②。而孟菲斯神系（the Memphite theology）中的造物神普塔，只要"念出万物之名，万物随即出现"③。另外，在主神造人方面，虽然造人方式略异④，但两大神话体系中的主神对人类的态度惊人的一致。如在古埃及神话中，拉神造人后，对他们说："我为你们创造土地和天空、植物和动物，让你们在天地之间自行谋生并繁衍后代。"⑤。而在《旧约·创世记》中，上帝则对人曰："生很多的孩子，以便你们的后代遍布世

---

① 斯特拉德威克：《世界文明古国：古埃及》，刘雪婷等译，上海科学技术文献出版社，2008年，第111页。
② 王海利：《古埃及神话故事》，吉林人民出版社，2001年，第1页。
③ 斯特拉德威克：《世界文明古国：古埃及》，刘雪婷等译，上海科学技术文献出版社，2008年，第103页。
④ 根据埃及神话传说，瑞（拉）神生风神舒（男）和雨神特芙努特（女），但两兄妹和瑞（拉）都不亲近，瑞（拉）伤心掉泪，泪珠变成人类，分别是埃及人、亚洲人、努比亚人和利比亚人。（提亚诺：《追踪埃及诸神的脚印》，罗苑韶译，广西师范大学出版社，2004年，第3页）而根据古希伯来民族的神话传说，上帝依照自己的模样，用泥土造了人。
⑤ 提亚诺：《追踪埃及诸神的脚印》，罗苑韶译，广西师范大学出版社，2004年，第3—4页。

界各地，成为世界主宰。我让你们负责鱼类、鸟类和所有的野兽。我提供各种谷物和水果给你们食用。"①可见，古埃及造物神和希伯来造物神的创世方式确实有异曲同工之妙。

第三，对人类智慧的态度。在古埃及神话和希伯来神话中，对待人类智慧的态度，皆存在着"绝圣弃智"的否定态度。在希伯来神话中，伊甸园中有一棵知善恶知识之树，耶和华曾经告诫亚当："一定不要吃那棵树上的果子，否则会当天即死。"②而在古埃及神话传说中，世间知识的精华存在于知识之神图特留下的魔书中。③古埃及国王拉美西斯一世的儿子哈姆瓦斯王子想得到这部魔书，但国王拉美西斯却让王子将魔书送回，并指出："否则，他会把你害死。"④后来，另一位王子纳尼弗卡得到了魔书。图特神大怒，与拉神出手惩处，使奈弗卡王子与其妻安何威尔公主、其子曼芮卜一起淹死在海中⑤。该传说的结局，与耶和华对亚当的死亡威胁也存在着内在的呼应。

第四，人类罹难。在古埃及神话和希伯来神话中，都存在着人类因神灵的惩罚而罹难的传说。根据《旧约》中的"创世记"传说，因人类道德败坏，耶和华悔恨不已，决定灭绝人类，于是发下一场大洪水，消灭了除挪亚家族之外的所有人类。而在古埃及神话中，也有类似的记载。根据古埃及神话传说，当拉神得知地球上有人谋害他时，却说："邪恶的人们正阴谋杀害我，但是，我倒不想彻底毁灭他们。"⑥这与耶和华对惩罚人类的态度是一致的。不过，与希伯来神话略微不同的是，拉神并未亲自出手讨伐邪恶者，而是派自己的眼

---

① 引文为笔者译文。原文为："Have many children, so that your descendents will live all over the earth and bring it under their control. I'm putting you in charge of the fish, the birds, and all the wild animals. I have provided all kinds of grain and all kinds of fruit for you to eat." (*Good News Bible*, Genesis 1:26)。

② 引文为笔者译文，原文为："You must not eat the fruit of that tree; if you do, you will die the same day." (*Good News Bible*, Genesis 2: 15)。

③ 王海利:《古埃及神话故事》，吉林人民出版社，2001年，第189页。

④ 提亚诺:《追踪埃及诸神的脚印》，罗苑韶译，广西师范大学出版社，2004年，第78页。

⑤ 王海利:《古埃及神话故事》，吉林人民出版社，2001年，第196—198页。

⑥ 同上，第10页。

睛——太阳,以复仇女神哈托尔①的身份赶赴人间,挥舞起屠刀,杀得横尸遍野,血流成河。后经拉神干预,终止了复仇女神的残酷杀戮。②

第五,死后复活。常言道人死不能复生,但在古埃及神话和希伯来神话中,这一生命规律却一再被打破。在《新约》的"四福音"章中,记载着耶稣死后三日复活的传说,成为基督教节日复活节的由来。而在古埃及神话中,也同样有死后复活的记载。例如,当奥赛里斯被邪恶之神塞特谋害致死后,前者的妻子伊西斯运用拉神的力量和自己的魔法,成功地让奥赛里斯复活。当塞特又一次谋害奥赛里斯并将其残忍分尸时,伊西斯缝合了丈夫的尸体,又一次使其复活。③所不同的是,耶稣复活是其本人的自发性奥迹,而奥赛里斯的复活,则是基于外部神力和魔力的帮助。但不管怎样,在克服死亡、重得生机这一点上,二者是一致的。

第六,世界末日。在古埃及神话和希伯来神话中,都牵涉到世界末日的概念。按照《新约》中的说法,在世界末日来临之际,上帝将再现人间,重新判决世人,让善者进天堂,让恶者下地狱,即便是已去世的死者也会得到审判。而古埃及神话中虽"很少纠缠终极灭亡的理念",但也有"一场启示性的毁灭"。④因此,在对世界末日的看法上,两种神话体系也存在着某些贯通之处。

第七,洗礼。在古埃及神话和希伯来神话中(特别是在基督教中),都有洗礼的说教。其实,洗礼仪式肇始于古埃及神话。在古埃及神话中,早就流传着"水洗罪恶"的传说。根据该传说,因为"罪恶的人的心所负的罪孽无比

---

① 埃及神话中对复仇女神哈托尔进行了如下描写:"哈托尔本来温柔、善良、仁慈、可爱,但她不总是这个样子。有时候,她暴戾成性,残虐无度。她对拉神非常忠诚,欣然潜往人间去寻找那些邪恶的阴谋者为拉神报仇。"(王海利:《古埃及神话故事》,吉林人民出版社,2001年,第11页)

② 提亚诺:《追踪埃及诸神的脚印》,罗苑韶译,广西师范大学出版社,2004年,第6页。

③ 同上,第17页。

④ 斯特拉德威克:《世界文明古国:古埃及》,刘雪婷等译,上海科学技术文献出版社,2008年,第103页。

深重",故"必须把他们的心遣送到水底最深处去清洗,把邪恶洗掉",这样,罪人们"才能在死人城里和阿波菲斯大神一起生活"。①可见,古埃及神话中水洗罪恶的传说,应该看作希伯来民族洗礼仪式的源头。因为,从文化源流上来说,希伯来民族的宗教本来就是在出离埃及的过程中产生的,故其中自然存在着某些贯通之处。

第八,神灵的神通。在古埃及神话和希伯来神话中(尤其是在基督教中),都有神灵展示神通的传说。如,女神伊西斯在神话传说中展示的通过话语和触摸来治愈病人的神通②,与《新约·四福音》中展示的耶稣治愈麻风病人、血漏病人和垂死产妇的方式是完全一样的。由此也可以探知两大神话体系之间的内在联系。

第九,神灵母子关系的描绘。在古埃及神话和希伯来神话中(主要是在基督教中),对神灵母子密切关系的描绘也存在着共同之处。众所周知,基督教往往把耶稣之母马利亚描绘成怀抱耶稣的圣母形象,而这一形象,其实"源自埃及神话中伊西斯女神怀抱荷鲁斯这一情节"③。从这一意义上说,古埃及神话正是希伯来神话的"源头活水"。

总之,以上所论,是为古埃及神话与希伯来神话的文化参同之处。鉴于希伯来文化与古埃及文化的历史渊源,自会不可避免地带有脱胎的痕迹。④然而,

---

① 王海利:《古埃及神话故事》,吉林人民出版社,2001年,第103—104页。

② 例如,在埃及神话中有关于伊西斯治愈病人的传说:"伊西斯的那双手是多么的纤细温柔、神奇无穷啊!它能解除人们发烧的痛苦;她的声音是多么的温柔动听啊,它能让受病痛折磨、昏迷不醒的孩子睁开双眼;她的眼睛是多么明亮、威力无穷啊,如果哪位病人瞧上它一眼,他的病就会顷刻无影无踪,马上恢复健康。……这时,孩子已奄奄一息了。只见伊西斯不慌不忙地将孩子抱在怀里,用柔软的手臂把他高高举起。然后,她对着孩子低声细语起来,好像是在对孩子施展魔法……渐渐地,坚决地,孩子的脑袋抬了起来,僵硬的四肢也开始缓缓舒展开来。伊西斯又将纤细的手指尖儿细细地抚摸着孩子的额头,抚摸他的前胸……啊!奇迹发生了。孩子的双眼竟奇迹般的微微睁开了,脸上绽出甜甜的微笑。"(王海利:《古埃及神话故事》,吉林人民出版社,2001年,第21页)

③ 王海利:《古埃及神话故事》,吉林人民出版社,2001年,第2页。

④ 另外,在《圣经·旧约》的"出埃及记"一节,我们也会看到希伯来神话同古埃及神话的关联:在摩西(Moses)上西奈山崇拜上帝时,摩西的哥哥伊阿伦(Aaron)却跟他人(转下页)

就古埃及神话和希伯来神话发展的历史次序而言,希伯来神话中的神灵要比古埃及神话中的神灵具有更大的神力与神通。在希伯来神话中,上帝是全能全善、永生不死的;而古埃及神话中的神灵却带有许多俗人的生命特征。例如,古埃及神话中的主神拉不仅会衰老[①],也会被别的神所控制[②]。由此观之,早期的古埃及神存在着在进化环节的原始性和不完备性。

3.2.3 古埃及神话与古巴比伦神话的文化参同

在世界文明史上,古巴比伦文明起源于闪米特文明,但从文明发展次序和地缘临近关系而言,古巴比伦神话体系与古埃及神话体系也存在着一定的渊源。其文化参同之处主要表现在以下四方面。

第一,众神特征的相似性。根据古巴比伦神话传说,古巴比伦神也被认为是具有特定人格的存在,他们的思想和情感都像人,像人一样出生、恋爱、战斗、死亡。有些神勇敢无畏,有些神狡猾奸诈,还有一些神展示了恐惧和贪婪。同人不一样的是,他们的力量无穷,使用有魔力的武器,发出带有力量的语音。所有这些特征,都一一表现在古埃及的神话传说中。只是古巴比伦神不像古埃及神那样具有鸟兽人杂合的特征,而是表现为人形,而且除了在梦中和意象中之外,崇拜者是看不见的。

第二,众神司职的对应性。古巴比伦人对世界的存在有一种实在的观念,这同古埃及神话的自然观和世界观是一致的。古巴比伦人把一切自然现象解释

(接上页)一起铸了一头金牛,当成他们的主神来崇拜。虽然摩西后来销毁了金牛,但伊阿伦等人的举动实际上是古埃及神话中的对主神阿比斯(该神被描绘成牛的形象)崇拜的承袭。

① 在埃及神话传说中,有这样的描写:"这时的拉神已暮年而至,衰老不堪,行动起来也异常迟缓,当他在地上行走时,就一个劲儿地流口水。"(王海利:《古埃及神话故事》,吉林人民出版社,2001年,第2页)

② 根据埃及神话传说,伊西斯为了得到拉神的神力,运用巫术,以沙化蛇,把拉神咬伤。在得到拉神的神力后,又施咒治愈了拉神。(王海利:《古埃及神话故事》,吉林人民出版社,2001年,第7页)

为神的作用。例如，在古巴比伦神话中，不仅有天神阿努（Anu）、地神拜尔（Bēl）、水神亚（Ea）、太阳神沙马士（Shamash）和月神辛（Sin）等天地主神，也有战神乃皋尔（Nergal）和爱神伊莎（Isthar）等具有社会功能的神灵。虽然各古巴比伦神灵各有其独特神名，但其神灵司职的划分与古埃及神灵之间却存在着很大的相似。

第三，各地神灵的整合性。在古埃及神话的发展过程中，曾出现过形形色色的地方神灵，但政治与宗教媾和，随即发生了神灵崇拜的整合。同时，在古埃及文化与异族文化融合的过程中，更是发生了大规模的神灵整合现象。而在古巴比伦神话发展过程中，也发生过此类的整合现象。首先，在古巴比伦神灵崇拜初期，不同的城市崇拜不同的神。但随着古巴比伦的城市逐渐结合为国家，众神关系便开始整合，其中起主宰作用的城市的神就成为主神。随着国家的统一，许多不同的神话传统由祭司们协调解释，而对当地神的崇拜，自然就让位于对自然神的崇拜。这种众神关系随政治文化的演变而产生的整合，与古埃及神话是一致的。

第四，对世界人生的阐释功能。古埃及神话和古巴比伦神话对世界由来和人生究竟的阐释也存在着较大的相似性。根据古埃及神话传说，创世之初，拉神让空气之神舒将地和天分开，造八根立柱撑天[①]。而在古巴比伦神话中，天地分开后，地若空船，天若拱顶。只是支撑天空的不是柱子，而是换成了高墙而已。另外，在古埃及神话中，昼夜交替之际，由太阳神拉在东西两个地平线之间乘太阳船奔波。而古巴比伦神话中的太阳神同样也履行着巡行的职责，只是乘坐的交通工具不是太阳船，而是两匹马拉着的太阳车。虽然在细节上略有

---

① 提亚诺：《追踪埃及诸神的脚印》，罗苑韶译，广西师范大学出版社，2004年，第4—5页。还有另一种传说，拉神年老之后，想离开人世，于是就让其女努特背负升空。努特变成了一头牝牛，背起拉神离开了尘世。后将努特称之曰天牛。此外，拉神还命令空气神舒置身天牛体下支撑之，命令地神盖伯照看地球，让图特成为月神。在埃及人看来，天空就是努特，它呈一头牝牛的形状，也就是天牛，天牛背弓成穹隆状。拉神在白天里就是太阳，夜幕降临后，他就消失进入了阴间冥府，其位置就由图特替代。图特就是月亮。（王海利：《古埃及神话故事》，吉林人民出版社，2001年，第17页）

差异，但是，其大体表述是一致的。

以上所论，是古埃及神话同古巴比伦神话的文化参同。可以看出，地缘因素的紧邻性，历时因素的承接性，都使古埃及神话和古巴比伦神话之间存在着千丝万缕的联系。但是，随着更大范围的文化融合，随着古巴比伦文化的日益成型，古巴比伦神话同古埃及神话之间的差异性就日渐显现。例如，古巴比伦王国的特定的湿润气候，使得古巴比伦神话中对死后世界的描绘与古埃及神话大相径庭，而死者处理的宗教仪式也采取了与古埃及截然不同的方式。此不多论。

3.2.4 古埃及神话与古印度神话的文化参同

从神灵的外观特征来看，古埃及神话中的神灵与古印度神话中的神灵可能差别较大，因为古印度神话中，其神灵同古巴比伦神话中的神灵一样，往往多为人形。但是，在这两大神话体系之间，依然可进行类比参同。主要表现在：

第一，牛的神圣性。古埃及神话与古印度神话的文化共性之一，体现在对牛的崇拜。在古印度神话中，特别是在印度教的教义中，牛被看作神圣的动物而备受尊崇。即便在当今的印度教神庙中，也时常可见圣牛或神牛的形象。而前已论及，在古埃及神话中，牛是"最受尊崇的一种神兽"[1]，故古埃及主神之一的阿比斯时而为牛形，时而为牛首人身。另外，在古埃及神话中，母牛成为爱的象征。故法老母亲的化身、爱神哈索尔"总是和母牛联系在一起"[2]。拉神的爱女、支撑天宇的苍穹之神努特也被描绘成牝牛的形象。[3] 因此，从某种意义上说，古印度神话中对牛的尊崇与古埃及神话中对牛的崇拜存在着一

---

[1] 斯特拉德威克：《世界文明古国：古埃及》，刘雪婷等译，上海科学技术文献出版社，2008年，第152页。
[2] 同上，第130页。
[3] 王海利：《古埃及神话故事》，吉林人民出版社，2001年，第15页。

定的对应。

第二，莲花的象征意义。古埃及神话与古印度神话的另一文化共性，体现在对莲花的象征性意义的解读。在古印度神话中，特别是在佛教的传说中，莲花具有极重要的象征意义。比如，在大乘佛教经典中，就有"佛坐莲花台"[①]的描写，使莲花成为古印度人追寻生命究竟中的重要意象。而值得注意的是，在古埃及神话中也存在着莲花的形象，其象征意义正是生命的本源。根据古埃及神话传说，在创世之初，创世八神先从原初之水中催开了莲花，然后生出象征太阳的甲虫。从这一意义上说，莲花就具有原初生命的象征意义。另，原初之神奈弗特恩（Nefertern）是莲花之神，被"描绘成戴莲花头饰或莲花直接长在头上的样子"[②]。因此，在金字塔的塔文中，他被描绘成"拉神鼻前一莲花"。从地理方位而言，埃及大致处于印度半岛之西。当印度佛教谈及"西方极乐世界"或"西方净土"时，其众佛端坐莲花之上的景象，与古埃及神话中所描写的"莲花上端坐的太阳之子"[③]的形象有着惊人的呼应。可见，印度佛教神话传说中的"西方世界"的莲花形象，与印度之西的古埃及神话世界中的莲花形象并无二致，但因缺乏实证，此处仅可存疑，不敢遽下断语。

第三，生命轮回的观念。生命轮回的宗教观念同见于古埃及神话与古印度神话。六道轮回的观念固然是印度宗教，特别是佛教中的重要观念。但是，在古埃及神话中，我们依然可以看到轮回的早期说教。首先，重生之神奥赛里斯的存在，为人们寻求再生提供了神圣的期待；而木乃伊制作技术的完善和葬礼的宗教仪式的形成，成为古埃及人相信且准备重生的重要标志。换言之，重生，即轮回。另外，除个体的生命可以通过重生而轮回外，整个世界也处于轮回之中。根据古埃及神话传说，世界的灭亡是"指一场启示性的毁灭，接着轮

---

　　① 语出《普贤经》，原文曰："见有化佛坐莲花台，众多菩萨坐莲花须。"（骆继光主编：《佛教十三经》（下），河北人民出版社，1994年，第387页）

　　② 斯特拉德威克：《世界文明古国：古埃及》，刘雪婷等译，上海科学技术文献出版社，2008年，第150页。

　　③ 同上。

回到时间开始之前的宇宙"①。可以说，古印度神话中的六道轮回说，是古埃及神话中的轮回说的进一步完善。

第四，神名的力量。对神名的神秘力量的推重成为古埃及神话与古印度神话的又一文化参同之处。在古印度神话，特别是佛教传说中，佛陀之名往往被说成是带有某种神秘力量的东西，人在危难之际，呼喊佛陀之名（如"阿弥陀佛"）可以得到佛陀的神力而获得解脱。在古埃及神话中，也存在着拉神名字的传说。拉神虽被赋予众多的名字，但其真名是秘密的，谁能知道他的真实名字，谁就能获得神奇的威力。②拉神的女儿伊西斯设法得知了拉神的名字，因而获得了奇妙的神力。在奥赛里斯死后复活的关键时刻，伊西斯深情地呼唤着拉神的名字，使得奥赛里斯获得了新生。③虽然在希伯来神话和古巴比伦神话中也讲究神名的神秘力量，但古印度神话对神名的推重尤其具有典型性。由此也可以看出两大神话体系的呼应之处。

以上所论，是古印度神话（主要是印度教和佛教）与古埃及神话的文化参同。从某些崇拜圣物（如牛）和宗教象征物（如西方世界的莲花）的对应可以看出，无论从神话发展的时间次序来看，还是从神话发展的地域性特征来看，古埃及神话与古印度神话确实存在着一定的呼应关系。

3.2.5 古埃及神话与古代中国神话的文化参同

上节已论及古埃及神话与古印度神话的文化参同。鉴于中国文化同印度文化的密切关系，我们依然可以看出中国佛教神话与古埃及神话的某些间接对应（如西方极乐世界的传说和莲花的意象）。但是，严格地说，中国佛教中的神话传说不是真正意义上的古代中国神话。我们关注的是：自上古流传下来的传统

---

① 斯特拉德威克：《世界文明古国：古埃及》，刘雪婷等译，上海科学技术文献出版社，2008年，第150页。
② 王海利：《古埃及神话故事》，吉林人民出版社，2001年，第1页。
③ 同上，第54页。

中国神话与古埃及神话之间存在着什么可类比参同之处？

因地缘关系，古代中国神话与古埃及神话之间似乎风马牛不相及。但是，我们依然愿意遵循这文化比较的探究理路，将古埃及神话与古代中国神话进行大致比较。简要地说，古埃及神话与古代中国神话在以下几方面存在着某些共性。

第一，创世传说。古埃及神话与古代中国神话在创世的环节上存在着一定的相似之处。首先，两大神话体系中对天地之初的描写是一致的。前已论及，根据古埃及神话传说，世界之初是茫茫瀛海，名曰"努恩"，从中生出太阳神拉。拉起初是一个发光的蛋（即原初之卵），浮在水面上。[1] 这种"瀛海生蛋"的状态，正与古代中国神话中"天地混沌如鸡子"[2]的窈冥状态相契合。其次，两大神话体系中对神灵躯体与自然界之间的互构关系的描写也有着共同之处。古埃及神话认为，拉神"全身是宝：骨头可做银子，血肉可做金子，连头发也可用来做人们化妆用的孔雀石颜料"。[3] 而古代中国神话中也有盘古"齿骨为金石，精髓为珠玉"[4]的传说。此外，在古埃及神话中有拉神双目为日月的传说，也与古代中国神话中关于盘古的传说一致，所不同的是，盘古"左眼为日、右眼为月"[5]，而拉神右眼为日、左眼为月而已[6]。再次，两大神话体系对天地的自然结构的描写也是相似的。在古埃及神话中，拉神让空气之神舒将地和

---

[1] 王海利：《古埃及神话故事》，吉林人民出版社，2001年，第1页。
[2] 语出《太平御览》："天地混沌如鸡子，盘古生其中，万八千岁，天地开辟，阳清为天，阴浊为地，盘古在其中，一日九变。神于天，圣于地。天日高一丈，地日厚一丈，盘古日长一丈。如此万八千岁，天数极高，地数极深，盘古极长……故天去地九万里。"（转引自袁珂：《中国古代神话》，华夏出版社，2013年，第39页）
[3] 王海利：《古埃及神话故事》，吉林人民出版社，2001年，第10页。
[4] 语出《绎史》："首生盘古，垂死化身：气成风云，声为雷霆，左眼为日，右眼为月，四肢五体为四极五岳，血液为江河，筋脉为地理，肌肉为田土，发髭为星辰，皮毛为草木，齿骨为金石，精髓为珠玉，汗流为雨泽。"（转引自袁珂：《中国古代神话》，华夏出版社，2013年，第39—40页）
[5] 出处同上。
[6] 袁珂：《中国古代神话》，华夏出版社，2013年，第11页。

天分开后，造八根立柱以撑天①。而在古代中国神话传说中，女娲用来撑天的不是立柱，而是海龟的四条腿。②通过以上探究可看出，两大神话体系在创世的传说上颇有相通之处。

第二，众神的繁衍方式。在古埃及神话和古代中国神话中，众神的繁衍方式也存在着较大的相似性。首先，在古埃及神话中，造物神、太阳神拉是通过自性繁殖的方式从原初之卵中自动孵化出来的，这同古代中国神话中的开天辟地神盘古的降生方式是一样的。其次，在古埃及神话中，拉神的四对儿女皆双双结为夫妻而繁衍下一代；而在古代中国神话中，不管是伏羲女娲的传说③，还是葫芦兄弟和葫芦妹妹的传说，都沿袭着亲兄妹成为夫妻的模式。再次，在古埃及神话中，有些神灵往往"撕裂母亲腰侧而生"④，这与古代中国神话中鬼方氏之妹开肋生子的传说⑤是一致的。由此可见，古埃及神话和古代中国神话一样，在生命繁衍的原初阶段都采用了自性繁殖、近亲繁殖和剖腹而生相结合的模式。也许，在其他神话体系中也存在着类似的模式。

第三，众神的体貌特征。古埃及神话和古代中国神话中的神灵，往往兼有人和动物互相杂合的特性，有些杂合特征甚至是一致的。例如，古代中国

---

① 提亚诺：《追踪埃及诸神的脚印》，罗苑韶译，广西师范大学出版社，2004年，第4—5页。

② 《淮南子》之"览冥篇"云："往古之时，四极废，九州裂，天不兼覆，地不周载，火燃炎而不灭，水浩洋而不息，猛兽食颛民，鸷鸟攫老弱。于是女娲炼五色石以补苍天，断鳌足以立四极，杀黑龙以济冀州，积芦灰以止淫水。"（转引自袁珂：《中国古代神话》，华夏出版社，2013年，第60页）

③ 《路史后记》："女娲，伏希（羲）之妹。"又，《卢仝与马异结交诗》云："女娲本是伏羲妇。"（转引自袁珂：《中国古代神话》，华夏出版社，2013年，第46页）

④ 根据埃及神话传说，天宇之神努特和她的兄弟盖伯偷生5子：第一天生俄塞里斯（即奥赛里斯），第二天生阿霍西斯，塞特第三，传说撕裂母亲腰侧而生，伊西斯（即爱茜丝）第四，奈芙蒂斯第五。（提亚诺：《追踪埃及诸神的脚印》，罗苑韶译，广西师范大学出版社，2004年，第12页）

⑤ 《世本氏姓篇》云："陆终娶于鬼方氏之妹，谓之女嬇，生六子，孕而不育，三年启其右肋，三人出焉，启其左肋，三人出焉。"（转引自袁珂：《中国古代神话》，华夏出版社，2013年，第90页）

的太阳神、农神炎帝跟古埃及的阿比斯神一样，俱为牛头人身[1]；古代中国神话中的盘瓠同古埃及死神阿努比斯一样，俱为狗头人身；古代中国神话中的东方木神句芒和北方之神禺强，同古埃及神话中"卡"和"巴"（即人的灵魂的形式）一样，俱为人头鸟身[2]。但是，在这两大神话体系中，有些神灵的杂合方式是相反的。例如，中国人的始祖伏羲和女娲、叛乱者共工、共工之臣相柳氏和钟山之神烛阴皆为人头蛇身[3]，而古埃及蛇神雷内努特则为蛇头人身；古代中国神话中的祝融和陆吾皆为兽身人面[4]，而古埃及神话中的邪恶之神塞特则为兽面人身；等等。以上所说，是为古埃及神灵与古代中国神灵的相似之处。当然，鉴于两大神话的形成环境的差异性，仍有许多神灵带有各自的文化表征。如在古代中国神话中，创世之神盘古为龙头蛇身[5]，而古代中国雷神为人头龙身[6]。因为龙是中国文化的特有图腾，所以不见于古埃及神灵。此

---

[1] 《绎史》："炎帝，神农氏……人身牛首。"（转引自袁珂：《中国古代神话》，华夏出版社，2013年，第74页）

[2] 《山海经·海内东经》："东方句芒，鸟身人面，乘两龙。"（转引自袁珂：《中国古代神话》，华夏出版社，2013年，第53页）另，《山海经·海外北经》："北方禺强，人面鸟身。"（转引自袁珂：《中国古代神话》，华夏出版社，2013年，第67页）

[3] 闻一多《伏羲考》："考史传记载，伏羲女娲形貌均是'人面蛇身'……。"（转引自袁珂：《中国古代神话》，华夏出版社，2013年，第46页）另，《楚辞·天问》之"王逸注"："女娲人头蛇身。"另，《山海经·大荒西经》之"郭璞注"："女娲，古神女而帝者，人面蛇身，一日中七十变。"另，《山海经·大荒西经》之"注引归藏启筮"："共工人面蛇身朱发。"另，《山海经·海外北经》："共工之臣曰相柳氏，相柳者，九首人面，蛇身而青。"另，《山海经·海外北经》："钟山之神，名曰烛阴，视为昼，暝为夜，吹为冬，呼为夏，不饮，不食，不息，息为风。身长千里。其为物，人面，蛇身，赤色，居钟山之下。"（转引自袁珂：《中国古代神话》，华夏出版社，2013年，第34—59页）

[4] 《山海经·海外南经》："祝融兽身人面，乘两龙。"（转引自袁珂《中国古代神话》第59页）另，《山海经·西次三经》："西南四百里曰昆仑之邱，是惟帝之下都，神陆吾司之，其身状虎身而九尾，人面而虎爪。"（转引自袁珂：《中国古代神话》，华夏出版社，2013年，第104页）

[5] 《广博物志》："盘古之君，龙首蛇身，嘘为风雨，吹为雷电，开目为昼，闭目为夜。"（转引自袁珂：《中国古代神话》，华夏出版社，2013年，第34页）

[6] 《山海经·海内东经》："雷泽内有雷神，龙身人头。"（转引自袁珂：《中国古代神话》，华夏出版社，2013年，第52页）

外，人面鱼身的陵鱼形状①、人身牛蹄四目六手的蚩尤形象②、兽身人语铜头铁额的蚩尤八十一兄弟③的形象，也不见于古埃及神话。而古埃及神话中鳄鱼形和河马形的神灵形象，也不见于古代中国神话，这大概与古代中国自然环境相关。

第四，众神的司职分工。在古埃及神话和古代中国神话中，众神的司职分工也存在着相通之处。前已论及，在古埃及神话中，从自然界到社会的方方面面，都有神灵负责。在古代中国神话中也大致如此。例如，古代中国神话中有创世之神，名曰盘古；有造物之主，名曰伏羲、女娲；有太阳神，名曰炎帝④；也有风神、雨神、雷神、电神、山神、河神、灶神、财神、瘟神，等等。虽然其司职分工同古埃及神话略异，但其司职的功能是一致的。

第五，神明教化民众。古埃及神话和古代中国神话体系的另一重要共性，体现在神明对民众的教化作用。在古埃及神话中，奥赛里斯娶妹妹伊西斯为妻、为古埃及第一个国王后，开始"教埃及人农牧、酿酒，为他们制订律法，建立敬奉神明的观念"⑤，还使"埃及人民不断地懂得了生活的艺术"、"不把劳动看作一件痛苦的事"，使"他们在劳动中体会到了很大的乐趣，认为劳动是伟大的、幸福的"⑥，等等。而在古代中国神话中，同样也可以看到神圣先祖对民众的教化。如燧人氏钻木取火、教民熟食的传说，神农氏教民农作⑦、聚货

---

① 《山海经·海内北经》："陵鱼人面手足鱼身，在海中。"（转引自袁珂：《中国古代神话》，华夏出版社，2013年，第67页）
② 任昉《述异记》："(蚩尤)人身牛蹄，四目六手。"（转引自袁珂：《中国古代神话》，华夏出版社，2013年，第118页）
③ 《太平御览》："蚩尤兄弟八十一人，并兽身人语，铜头铁额。"（转引自袁珂：《中国古代神话》，华夏出版社，2013年，第118页）
④ 《白虎通·五行》："炎帝者，太阳也。"（转引自袁珂：《中国古代神话》，华夏出版社，2013年，第74页）
⑤ 提亚诺：《追踪埃及诸神的脚印》，罗苑韶译，广西师范大学出版社，2004年，第12页。
⑥ 王海利：《古埃及神话故事》，吉林人民出版社，2001年，第25页。
⑦ 《白虎通号》："(燧人氏)钻木燧取火，教民熟食，养人利性，避臭去毒，谓之燧人也。"又："古之人民，皆食禽兽肉，至于神农，人民众多，禽兽不足，于是神农教民农作，神而化之，使民宜之，故谓之神农也。"（转引自袁珂：《中国古代神话》，华夏出版社，2013年，第53页）

交易的传说①，皆与古埃及神话传说有异曲同工之妙。

第六，众神的神通。古埃及神话和古代中国神话的另一文化关联，还体现在两大神话体系中的神灵都有变化的神通。例如，在古代中国神话中，有大禹化身为熊开山治水的传说②，该神通与前面所论的伊西斯变金丝雀和荷鲁斯、塞特变河马的神通并无二致。

以上所述，是古埃及神话同古代中国神话的贯通之处。虽然不可据此断定两大神话体系之间有何瓜葛，但毕竟对两者之间的异同有了大略的认识。如果我们辨其同而别其异，或许对两大神话体系之间的比较研究产生某些启发。

以上各节，是古埃及神话同古希腊神话、希伯来神话、古巴比伦神话、古印度神话和古代中国神话的比较参同，通过以上考察可以看出，从地缘关系而言，古埃及神话与古希腊神话、希伯来神话、古巴比伦神话和古印度神话之间，确实存在着某些密切的呼应；而从四大文明古国的角度来看，古埃及神话与古巴比伦神话、古印度神话和古代中国神话之间，同样存在着某些内在的共性。因此，从这两重意义上来看，说古埃及神话为世界神话之根，是有一定道理的。

所不同的是，许多世界神话体系，如古希腊神话，是以史诗的形式流传至今的，但古埃及神话同古代中国神话一样，仅仅是以零散的故事或传说的方式流传。因此，对古埃及神话的文学特征的研究无法按照史诗的研究理路来进行。尽管如此，古埃及神话的文学特征还是可以大致把握的。

4　结语

古埃及神话作为世上最古老的神话体系，不可避免地存在着许多缺陷，如

---

① 《潜夫论·五德志》云：神农氏以"日中为市，致天下之民，聚天下之货，交易而退，各得其所。"（转引自袁珂：《中国古代神话》，华夏出版社，2013年，第75页）

② 《淮南子》云："禹治洪水，通轩辕山，化为熊。"（转引自袁珂：《中国古代神话》，华夏出版社，2013年，第226页）

神明司职纷乱无章、众神关系芜杂多变、各种传说自相矛盾，等等。尽管如此，还是无法遮掩古埃及神话研究的巨大意义。

一方面，对古埃及神话的文化特性的探究，有助于把握世界各神话体系的独特性。唯有把握各神话体系的独特性，世界各民族神话之间的比较参同才有更大的意义。本篇通过对古埃及神话众神神迹的普遍性、化身的多重性、形象的奇特性、形象的象征性、地位的流变性和关系的杂合性六大特征的把握，为古埃及神话与其他神话体系的比较研究提供了必要的参照。

另一方面，对古埃及神话同其他神话体系的文化参同探究，可以更好地把握世界神话乃至世界文化的流变大势。

从该意义上说，世界神话、世界文化和世界文学既分又合，既多又一，既异又同。

第五专题　赫梯神话史诗研究

李　政

1　赫梯史诗研究的学术史考察

1.1　赫梯人、赫梯文明与赫梯史诗文化研究的必要性

赫梯人是古代印欧人的一支，生活在大约公元前两千纪的古代安纳托利亚半岛地区。他们在半岛中部的哈吐沙城定都，逐渐建立起强大的赫梯国家。赫梯人的历史短暂，时间跨度大约与古代美索不达米亚历史上的古巴比伦晚期和中巴比伦时代，或与古埃及历史上的第二中间期和新王国时期相当。赫梯人进入到高度发达的文明社会，他们的文明之路与同时代古代两河流域文明和古埃及文明均不相同。在与强国和弱小国家的对抗中，赫梯人的国家成长为古代近东地区的一大政治、军事和外交强国，创造了一个辉煌的文明。

赫梯文明是至今已知有文献记载的印欧民族的最早的文明。这个古老的文明以其鲜明的特色和独具的成就在人类早期文明史上占有一席之地。赫梯语的破译和赫梯文明的再现是 20 世纪初叶印欧比较语言学、古代印欧文化和古代近东文明史乃至世界古代史研究的一项重大成就，是近东地区乃至整个世界考古的一大发现。赫梯学学科的建立已经充分表明它应有的学术地位和重要性。20 世纪 80 年代以来，赫梯人的遗址考古挖掘工作取得了令人瞩目的成就，除了赫梯人的都城遗址哈吐沙城，玛沙特和奥塔科伊等遗址相继有了重大发现。赫梯文献学，特别是象形文字鲁维语的研究以及赫梯历史文化的研究都有了重

大的进展，赫梯学领域中的一些研究成果对包括亚述学和古埃及学等其他学术领域的研究具有重大的参考价值和借鉴意义，这一点已经得到多个领域专家的公认。因此，赫梯学是目前古代东方学领域最活跃的学科之一。

一段时间以来，文献缺乏，研究水平和方法相对滞后，加之赫梯人的历史不过只有几百年，特别是受到了诸多客观条件的限制，使得赫梯文明在国内根本谈不上什么研究，即使是介绍也是错误百出；赫梯学在我国远远没有得到学术界的充分认识和肯定，它的价值没有给予应有的定位。众所周知，我国的世界文明史的研究和外国文学史的探讨偏重古典希腊和罗马历史文化、古代两河流域文化和古埃及人的历史文化以及古代印度文化的研究，学术论著没有或者很少涉及那些历史相对短暂的古老文明，这样的著作其实是大国文明或者大国文化史。此外，我们的学者常常以旧的认识视野看待赫梯文明，这个现象也是直接导致赫梯文明研究在我国不受重视的一个重要原因。殊不知，赫梯文明研究百年来发生了巨大变化，文献的考古发掘和出版的数量增多，国际赫梯学界队伍不断壮大，各类成果层出不穷。可以说，世界知名学府都有从事赫梯学研究的学者，西方任何一所综合性大学的语文学系或者语言学系都有从事赫梯学研究的专家，而且它的研究早已经超出了赫梯文明本身。从世界文化史的角度来看，赫梯文明早已走向了世界并对世界文明的发展产生了一定的影响。可以说，赫梯文明早已经是世界文明史不可分割的一部分。如果没有赫梯人的再现和赫梯文明的研究，古代近东其他诸文明和近东文明的整体研究乃至古希腊文明研究中的许多问题至今无法理解和无法解决，更不用说古代印欧民族的文明史的研究了。赫梯文明的发展和成就及其历史地位向我们表明，没有它，世界文明注定是不完整的，也构不成所谓的世界文明史，更谈不上世界文化史或者世界文学史了。

赫梯人的史诗在国内学术界鲜为人知。正如短暂的赫梯文明一样，赫梯人的史诗作品早已被淹没在同时代美索不达米亚文明和古埃及文明的光环下了。特别是古代美索不达米亚人创作的《吉尔伽美什》史诗，不论在古代近东世界，还是在当今世界，它一直是一枝独秀，其悠久历史和影响范围是其他史诗作品无法相比的。

另一方面，长期以来，史诗作品数量的有限和史诗文献的残缺不全使得赫梯人的史诗在国内学术界得不到更多的关注，它的研究一度处在停滞不前的状态。20世纪80年代以来，小亚半岛赫梯人遗址的考古挖掘成绩显著，赫梯文献学研究不断取得新的成果，一些残片被确认为属于某一篇史诗文献。尽管整体上有关赫梯人的史诗作品的泥板数量还是比较有限，但是，研究成果出现了一些可喜的变化。一般而言，目前流传于世的赫梯人的史诗作品有"查尔帕"史诗、《吉尔伽美什》史诗、"古尔帕然查赫"史诗、"库玛尔比"史诗和双语"自由之歌"史诗。

关于赫梯史诗文化的起源、发展和特点，国际赫梯学界现有的研究成果并没有解决所有的问题，一些方面有待重新认识或者深入挖掘。赫梯人的史诗既是安纳托利亚文化的一个缩影，也是古代近东史诗文化发展的一个重要组成部分。因此，赫梯人的史诗在古代世界史诗文化发展历程中和世界文学史上的地位也是值得我们关注和探究的，其价值甚至需要我们重新审视。这也是本研究的一个努力方向。

赫梯文化研究在我国十分薄弱，有关赫梯史诗的探讨基本上还是一块处女地。赫梯史诗中只有"库玛尔比"史诗和"自由之歌"史诗的部分段落有了中文译文，[①]"查尔帕"史诗、《吉尔伽美什》史诗和"自由之歌"史诗作品的比较系统和全面的翻译也不过即将正式出版。这些史诗文献不仅没有完整的汉译文，即使是简单的有关介绍也少之又少，更谈不上系统全面的研究和深入探讨了。具体而言，赫梯人的《吉尔伽美什》史诗未曾有学者研究，赫梯史诗的形成和特点以及多篇赫梯史诗文本的出现等问题也未有涉及。因此，赫梯史诗在国内的研究需要拓荒，全面和深入的研究更是尤为迫切。

---

① 克雷默:《世界古代神话》，魏庆征译，华夏出版社，1989年。李政:《库玛尔比神话》，《国外文学》，1997年第4期，第122—125页。李政:《自由之歌——胡里特人史诗节选》，《东方文学研究通讯》，2001年第3期，第18—20页。

我们认为，忽视赫梯史诗文化是世界史诗文化研究的缺憾。少了赫梯史诗，世界史诗文化、世界文学史和外国文学史也就显得名不副实。

不得不承认，国外学者对赫梯史诗文化的研究和重视程度远远超过了我们。我们一时无法全面超越西方学者的研究水平，但是，弥补缺憾、加强重视、加深研究是必须的，也是能够做到的。

赫梯学是我国改革开放以来新建的一个研究领域，赫梯学的研究绝不仅限于历史和语言文字，包括文学在内的赫梯文化的各个领域都是需要加强研究的。

1.2 赫梯史诗研究的学术史考察

在国外，对赫梯史诗的关注和文献的翻译与研究最早可以上溯到 20 世纪 30 年代末。第一篇关于赫梯史诗的研究成果很可能是圭特博克 1948 年发表的《胡里语库玛尔比神话的赫梯语文本》，而有关《吉尔伽美什》史诗的第一篇成果很可能是奥滕教授 1958 年发表的论文《第一块赫梯语〈吉尔伽美什〉史诗泥板》一文。整体上而言，由于文献资料的残缺和新文献发现的滞后，赫梯学界对赫梯人的史诗文献的解读和研究开始得比较晚，经过了一个比较漫长的发现、积累和研究的过程。

我们看到，国外关于古代两河流域地区出土的《吉尔伽美什》史诗文献的研究成果可谓汗牛充栋。但是，赫梯史诗或者说有关赫梯人与《吉尔伽美什》史诗的研究却并非如此。很可能由于该史诗的赫梯语文本残缺比较严重的缘故，目前为止，我们看到的只有很少的几个英译本。一是梯格在 1982 年出版的《吉尔伽美什史诗的演变》一书中的英译文，这个译本只涉及这篇赫梯史诗文献的部分残片，但取得了一项突出的成就：作者将赫梯语的一块残片与古巴比伦时期的一块泥板进行了对比和研究。另一篇英译文见于乔治于 1999 年在企鹅系列丛书中出版的《吉尔伽美什史诗》一书，然而，这也只是某些残片的译文。赫梯学家贝克迈在 2001 年由本杰明主编的《吉尔伽美什史诗》一书发表了他关于哈吐沙出土的《吉尔伽美什》史诗文献的英译文,这是目前为止最新和最权威的一个译本。

专题论述赫梯人的《吉尔伽美什》史诗的研究成果更是相当有限。令人欣慰的是,这些成果出自世界上知名的赫梯学家之手。德国赫梯学家奥滕是早期研究该问题的一位重要学者,他先后发表了多篇学术论文,探讨了哈吐沙出土的赫梯语文本的《吉尔伽美什》史诗,包括有《第一块赫梯语〈吉尔伽美什〉史诗泥板》和《博阿兹科伊文献中〈吉尔伽美什〉史诗的流传》等,他还在《亚述学词典》中撰写了"赫梯文献中的《吉尔伽美什》"这个条目。另一位已故德国赫梯学家卡门胡贝尔教授曾撰写和发表了《赫梯语和胡里语〈吉尔伽美什〉史诗的流传》一文。这些文章大都是在20世纪五六十年代发表的。从那时以来,这项研究陆续得到一些学者的重视。梯格对哈吐沙出土的赫梯语和阿卡德语文本的史诗残片分别进行了介绍,他通过对比哈吐沙的版本和两河流域的版本,从结构和内容等方面,对哈吐沙出土的不同语言的各个残片进行了分析,指出了赫梯语《吉尔伽美什》版本的特点。德国赫梯学家威廉在1988年发表文章,对哈吐沙新近出土的《吉尔伽美什》史诗的阿卡德语残片进行了研究。贝克迈早在2001年撰写的《赫梯的〈吉尔伽美什〉》一文,是目前唯一一篇集中论述出土于哈吐沙的所有关于《吉尔伽美什》史诗文献的成果。贝克迈释读和整理了所有出土于哈吐沙的阿卡德语、赫梯语和胡里语文本的《吉尔伽美什》史诗文献,详尽分析了不同语言文本的《吉尔伽美什》史诗的版本情况和同一文本各个残片之间的关系,以图表的方式详尽勾画出各残片中的内容,并将他们与古巴比伦和中巴比伦的版本内容进行了对比,这个早在20世纪90年代初已基本完成的成果直到90年代末终于问世。[①]

关于"古尔帕然查赫"史诗的研究,圭特博克可谓先行者,他早在1938

[①] Gary Beckman, "The Hittite Gilgamesh" in *The Epic of Gigamesh, A New Translation, Analogues, Criticism* ed. by Benjamin R. Foster (New York / London: W. W. Norton & Company, 2001), pp. 157–165.

年就取得了成果，只是这个成果已显得非常古老。①赫梯学界就这篇史诗文献的研究并不多见，但是，该作品的重要性显然得到了学术界的注意。虞纳尔翻译了这篇作品的部分残片，意大利学者佩奇奥里-达迪对当时可见的所有残片进行了研究，使得这部作品的研究有了实质性的进展。②另一个比较全面、而且是最新的研究成果是土耳其学者阿克都甘在第六届世界赫梯学大会上发表的论文：《整合古尔帕然查赫文献的新的泥板残片》，她全面梳理了这部史诗的研究成果，并且释读和翻译了学术界以往较少关注的其他一些残片，因此，这篇论文是对圭特博克和虞纳尔等学者的前期成果的一个重要补充。遗憾的是，根据美茵兹《赫梯文献总目》，这部作品的其他两个最新文本残片尚没有研究。从现有研究成果来看，这部作品的内容既体现出胡里人的文化因素，也内含着美索不达米亚人的文化背景。由于我们至今不清楚"古尔帕然查赫"史诗是否存在阿卡德语或者胡里语的文本，所以，有关它的渊源问题尚无定论。

赫梯语-胡里语双语史诗"自由之歌"的地位得到了学术界的普遍认可。德国已故著名赫梯学家和印欧比较语言学专家诺伊教授在1996年出版了他对这部史诗的研究成果，③翻译了这篇双语文献的所有残片，并对这篇文献从释读和语言等方面进行了详细和全面的研究，指出了这篇文献在文学领域中的重要性和突出的价值。这部成果是至今为止专门研究该史诗的唯一一部学术著作。另一位德国赫梯学专家哈斯教授在他新近的研究中从赫梯文献学的角度对这篇双语文献进行了深入的探讨，④特别是他还开创性地将这篇作品与荷马史诗进行了深入的比较研究，指出他们之间的文体风格具有一定的一致性，如这

---

① Hans G. Güterbock, "Die historische Tradition und ihre literarische Gestaltung bei Babyloniern und Hethitern bis 1200", *Zeitschrift für Assyriologie*, 44 (1938), pp. 84–86.

② F. Pecchioli Daddi, "From Akkad to Hattusa: The History of Guroaranzah and the River that Gave Him Its Name" in *Semitic and Assyriological Studies Presented to P. Fronzaroli* (Wiesbaden: Harrassowitz Verlag, 2003), pp. 476–494.

③ Erich Neu, *Das hurritische Epos der Freilassung I, Untersuchungen zu einen hurritisch-hethitischen Textensemble aus Hattusa* (Wiesbaden: Harrassowitz Verlag, 1996).

④ Volkert Haas, *Die hethitische Literatur* (Berlin: de Gruyter, 2006), pp. 177–192.

篇双语史诗与古希腊《伊里亚特》史诗的开篇都是对神灵的赞美，都使用了歌唱的叙事方式，荷马史诗中的一些惯用的诗句也见于这篇文献中。此外，史诗叙事中表述方式和词语的重复也是共存的一个现象。① 这篇文献的出土和发表在赫梯学界引起了广泛的关注，除了以上提到的最为重要的两部学术成果，还出现了其他多篇译文和有关胡里语特征和作品文学价值探讨的成果。赫梯语文本的译文主要有虞纳尔的德译本和贝克迈的英译本，② 胡里语文本的译文有威廉的德译本。③ 多篇研究胡里语语言特征的论文相继发表，与文学研究相关的代表性的成果是贝克迈对这篇文献类别的探讨，他在《经典文集》一书中将这篇文献归类到智慧文学的范畴中。④

"库玛尔比"史诗的研究受到了赫梯学界、胡里学界，以及古典希腊罗马文化研究学界的广泛关注。这部作品的内容与早期希腊文学作品赫西俄德的《神谱》有许多惊人的一致性和相似性，因此，它对于古代东方文化西传古希腊世界等问题的研究具有很高的学术价值，是与《神谱》比较研究的重要文献。这部史诗的翻译和研究成果也相当丰富，远远多于有关赫梯人的《吉尔伽美什》史诗的研究。我们今天可以看到这部史诗的多篇英译和德译文。专题研究中有代表性的是美国著名赫梯学家圭特博克早在1948年发表的一篇论文，他指出，无论从内容上，还是从风格上，这篇作品都具备了史诗的特点和风格。⑤ 这篇史诗更为详尽的研究成果可见圭特博克在《古代世界的神话》一

---

① Volkert Haas, *Die hethitische Literatur* (Berlin: de Gruyter, 2006), pp. 126-129.

② Ahmet Ünal, "Hurro-hethitische bilingue Anekdoten und Fabeln", in *Texte aus der Umwelt Alten Testaments*, ed. Otto Kaiser (Aachen: Gütersloher Verlagshaus, 1994), pp. 861-865. Gary Beckman, *The Context of Scripture, Vol. One, Canonical Compositions from the Biblical World* (Leiden: Brill, 1997), pp. 216-217.

③ Gernot Wilhelm, "Das hurritisch-hethitische Lied der Freilassung", in *Texte aus der Umwelt des Alten Testaments*, Erganzungslieferung, Vol. I ed. Manfried Dietrich (Aachen Gütersloher Verlagshaus, 2001), pp. 82-91.

④ Gary Beckman, *The Context of Scripture, Vol. One, Canonical Compositions from the Biblical World* (Leiden: Brill, 1997), p. 216.

⑤ Hans G. Güterbock, "The Hittite Version of the Hurrian Kumarbi Myths", *American Journal of Archaeology*, 52 (1948), pp. 123-134.

书中的相关部分。此外，在许多古代近东历史文化和古代希腊文化研究的论著中，神话史诗部分几乎都涉及库玛尔比史诗和它对古典希腊神话研究的重要性等内容。

当然，在一些学者看来，这篇文献是一部重要的神话作品，应当归属到神话类别中，而非史诗。①

同样，"查尔帕"史诗也被一些学者视为神话作品。尽管这篇文献残缺不全，我们仍可以见到多篇译文，其中代表性的译文是霍夫奈尔 1990 年出版的英译文。有关它的研究大多散见在赫梯文明专题的研究成果中。这部作品很可能反映了早期赫梯国家与查尔帕邦国之间的某种关系。霍夫奈尔认为这是一篇具有安纳托利亚本土文化特色或者渊源的作品，具有一定的史学价值，涉及早期赫梯国家与查尔帕城之间的政治关系。②

霍夫奈尔在他 1990 年的《赫梯神话》一书中把这部作品视为神话，但在后来问世的《经典文集》一书中又将其归类为史诗作品。③

赫梯人的史诗在数量和影响上远不及古代美索不达米亚人的史诗以及古希腊人的史诗作品，但是，《吉尔伽美什》史诗阿卡德语文本残片在哈吐沙的不断发现、"古尔帕然查赫"史诗异族文化的背景和胡里语-赫梯语双语史诗"自由之歌"的出土和再现，使学者们对赫梯史诗有了新的认识。更重要的是，学者们不再仅仅思考赫梯史诗本身，而是开始比较这些哈吐沙出土的阿卡德语的文本与在巴比伦发现的史诗文本之间的关系、赫梯史诗与胡里人史诗的关系、赫梯史诗与古代近东世界各地区各民族史诗间的关系等问题。由此可见，赫梯史诗文化的研究与古代近东其他地区史诗的研究有着紧密的关系，它的研

---

① Harry A. Hoffner, *Hittite Myth* (Atlanta: Scholars Press, 1990). 作者将库玛尔比史诗和查尔帕史诗都看作是神话。但是，许多学者坚持认为这篇文献的史诗价值，如赫梯学家圭特博克以及其他学者，见 A. Bernard Knapp, *The History and Culture of Ancient Western Asia and Egypt* (Illinois: The Dorsey Press, 1988), p. 197。

② Harry A. Hoffner, *Hittite Myths* (Georgia: Scholars Press, 1990), p. 62.

③ H. A. Hoffner, *The Context of Scripture, Vol. One, Canonical Compositions from the Biblical World* (Leiden: Brill, 1997), pp. 181-182.

究价值已不仅限于赫梯史诗本身。赫梯史诗的研究有助于我们对整个近东地区乃至整个古代世界的史诗文化的研究,有助于探究史诗的起源、发展和形成以及史诗与神话的关系等问题,有助于对人类早期文化的发展和人类早期文明间的相互关系、文明的交融等问题进行深入的探讨。

2　赫梯人的史诗作品

根据国外学者们的研究成果,在赫梯人都城遗址哈吐沙城出土的文献中,"查尔帕"文献、"吉尔伽美什"文献、"古尔帕然查赫"文献、"库玛尔比"文献和胡里语-赫梯语双语"自由之歌"文献通常被认为是史诗作品。

"查尔帕"史诗又被称为"查尔帕"神话。这部史诗作品的文本 A 很可能是赫梯古王国时期成文的,其他文本大多是赫梯新王国时期的抄本,这说明这篇史诗的成文年代可以追溯到赫梯古王国时期,大约公元前 1500 年以前;现存的各个残片都是用印欧赫梯语书写完成的。

由于泥板残缺不全,该史诗的全部内容还无法勾勒。它很可能包括两部分,第一部分讲述的具体内容是:

小亚半岛北部黑海沿岸查尔帕城的女王生下了三十个儿子,她将他们放进一个盒子并置于河水中。后来诸神从大海里将他们救起并将他们扶养成人。后来,女王又生养了三十个女儿。三十个儿子在去奈沙的路上听说了卡奈什的女王曾经生下了三十个儿子的消息,他们惊喜地说道,他们找到了自己的母亲。在他们见到母亲之前,诸神改变了他们的形象,以至于母亲没有认出他们。母亲把她的三十个女儿嫁给她的儿子们。年龄最小的儿子意识到他们是在与自己的妹妹结婚,并告诫他的兄长们这样做是不对的(这一部分以下残缺)。

文献的第二部分保存下来的并不完整,很可能叙述了查尔帕与各邦国之间的斗争以及该邦国最后的灭亡。

《吉尔伽美什》史诗是古代美索不达米亚人编撰的一部伟大的史诗作品。除了在美索不达米亚地区,即《吉尔伽美什》史诗的诞生地,该史诗泥板文献还在叙利亚中南部的麦吉都和北部地区的乌伽里特、埃玛尔以及安纳托利亚中部地区的哈吐沙城被发现,而且它很可能被翻译成多种不同的语言文本。因此,在公元前两千纪,这部作品很可能在整个古代近东楔形文字文化圈广为流传。

出土于哈吐沙城(今土耳其中部安卡拉以东220公里的博阿兹卡莱)的《吉尔伽美什》史诗泥板文献有三种不同的语言文本,分别是赫梯语、阿卡德语和胡里语,在学者们看来,赫梯语和阿卡德语文本很可能是该史诗的完整版(CTH 341)。[1] 在同一个古代遗址出土的有《吉尔伽美什》史诗作品的三种不同的语言文本,这一文化现象在整个古代近东世界(或者说在整个古代世界)是独一无二的。

哈吐沙出土的赫梯语《吉尔伽美什》史诗文献都是一个个残片。[2] 根据这些残片的楔形文字符号的特征,学者们普遍认为写于赫梯新王国时期。贝克迈具体指出,所有的残片属于公元前14世纪中期或者更晚些时候,而且相当一部分成文于公元前13世纪晚期。[3] 一些学者认为,赫梯语版本的《吉尔伽美什》史诗可以反映出一部完整的史诗作品。面对呈现这部作品的泥板支离破碎的状况,学者们倾注了大量的心血,试图整合这些泥板残片。德国学者奥滕教授早在1958年拼接整理出第一块泥板,[4] 贝克迈整理了第二块和第三块泥板。[5] 根据这些学者的研究成果,每块泥板都包括了几段故事。例如,第一块泥板以

---

[1] Jeffrey Tigay, *The Evolution of the Gilgamesh Epic* (Philadelphia: University of Pennsylvania Press, 1982), p. 43.

[2] Emmanuel Laroche, *Catalogue des Textes Hittites* (Paris: Klincksieck, 1971), p. 58. 吉尔伽美什史诗在该书中的编号是CTH341。

[3] Gary Beckman, "The Hittite Gilgamesh" in *The Epic of Gilgamesh, A New Translation, Analogues, Criticism* ed. by Benjamin R. Foster (New York / London: W. W. Norton & Company, 2001), p.5.

[4] Heinrich Otten, "Die erste Tafel des hethitischen Gilgamesh-Epos", *Istanbuerl Mitteilungen*, 8 (1958), p. 93–125.

[5] Gary Beckman, "The Hittite Gilgamesh" in *The Epic of Gilgamesh, A New Translation, Analogues, Criticism* ed. by Benjamin R. Foster (New York / London: W. W. Norton & Company, 2001), pp. 162–165.

一种简略的形式涵盖了该史诗第一到第五部分的内容。① 目前，关于赫梯语残片的研究，贝克迈在 2001 的研究可以说是集大成者，他对四十多块残片进行整理，并将其中的三十块联系起来，整理出三块泥板，而且对第一块泥板进行了补充。这些残片的修复呈现了这篇史诗的部分内容，使我们最大限度地了解了赫梯语文本的内容。②

目前，这篇史诗的阿卡德语文本仅存三块残片，他们分别出土于 1906—1907 年、1934 年和 1983 年。残片 VAT 12890 被认为是公元前 1300 年前后的文献。这块泥板的正面涉及吉尔伽美什在旅行雪松林中的第二个梦，背面部分残缺严重，提到伊什塔尔和天牛的一段插曲。残片 Bo 284/d 是一块微小的残片，它很可能涉及的是吉尔伽美什的梦。第三块泥板由若干残片组成，该泥板被认为是一块档案库的泥板。Bo 83/614 等残片被认为是公元前 1400 年前后的文献，即赫梯中王国时期。③ 如果是这样的话，这很可能表明，《吉尔伽美什》史诗早在赫梯中王国时期已经传入赫梯人生活的中心区域——安纳托利亚半岛中部地区，④ 并开始为赫梯人所熟悉和接受。

根据贝克迈的观点，这些残片分别属于两个不同的阿卡德语文本。贝克迈认为，一篇是用地方阿卡德语成文的，它的年代可能在公元前 13 世纪，即赫梯帝国时期。另一篇是新近发现的，它大约于公元前 1400 年前后用哈吐沙的笔迹书写完成。这个文本很可能书写在至少三块泥板上。⑤

在哈吐沙出土的《吉尔伽美什》史诗的阿卡德语和赫梯语文本与古巴比

---

① Jeffrey Tigay, *The Evolution of the Gilgamesh Epic* (Philadelphia: University of Pennsylvania Press, 1982), pp. 111–112.

② Gary Beckman, "The Hittite Gilgamesh" in *The Epic of Gilgamesh, A New Translation, Analogues, Criticism* ed. by Benjamin R. Foster (New York / London: W. W. Norton & Company, 2001), pp. 157–165.

③ Andrew George, *The Epic of Gilgamesh, A New Translation* (London: Penguin Press, 1999), pp. 132–135. 残片 VAT 12890 和 Bo 83/614 等残片的英译文见该书。

④ Volkert Haas, *Die hethitische Literatur* (Berlin: de Gruyter, 2006), p. 272. 德国学者哈斯也认为这篇史诗在这一时期已经为赫梯人所熟悉。

⑤ Gary Beckman, "The Hittite Gilgamesh" in *The Epic of Gilgamesh, A New Translation, Analogues, Criticism* ed. by Benjamin R. Foster (New York / London: W. W. Norton & Company, 2001), p. 157.

伦时期的版本还是与中巴比伦较早时期的版本有关，这个问题至今还没有彻底解决。①

《吉尔伽美什》史诗的胡里语文本目前很可能仅在哈吐沙遗址一个地点出土。这篇史诗作品的胡里语文本很可能有四个残片。② 其中的两个残片可能属于公元前 14 世纪（KUB VIII 60+ KUB XLVII 9 和 KBo XIX 124）；第三个残片是公元前 13 世纪的文献，最后一个残片严重残缺，我们目前很难进行断代分析。③ 在这些残片中，有的可见题记，如 "胡瓦瓦的第四块泥板"，或者 "吉尔伽美什的泥板"，或者 "未完" 这样的表述。一些学者认为，这些胡里语史诗残片的内容没有修改，因为胡里人把他们的神灵置于故事情节之中了。④ 所以，胡里人的文本已经胡里化了。尽管如此，赫梯语和胡里语残片的确与古巴比伦时期的一些残片存在吻合之处。

《吉尔伽美什》史诗胡里语文本的发现具有深远的意义。它不仅表明了这部史诗的影响以及传播的范围，而且这个译本很可能承载了更多的内涵和意义。德国赫梯学家克林格尔甚至认为，赫梯语文本的《吉尔伽美什》史诗至少一部分是从胡里语翻译过来的。⑤ 如果这个观点得到证实，将有助于我们认识赫梯史诗文化的发展，特别是，它将丰富我们对《吉尔伽美什》史诗传入安纳托利亚半岛的途径等问题的认识。

在哈吐沙出土的《吉尔伽美什》史诗文献对两河流域《吉尔伽美什》史诗的研究也有着特别的重要性。赫梯学家们已经充分认识到，该文献对于两河流域该史诗的结构和发展等问题的研究具有相当的重要性。这是因为，史诗成文

---

① Jeffrey Tigay, *The Evolution of the Gilgamesh Epic* (Philadelphia: University of Pennsylvania Press, 1982), p. 43.

② Billie J. Collins, *Catalog of Hittite Texts*, http://www.asor.org/HITTITE/CTH. 根据科林斯的电子版《赫梯文献总目》CTH 第 341.II.

③ Gary Beckman, *The Hittite Gilgamesh*, manuscript from Gary Beckman, 2001, p. 5. 有关《吉尔伽美什史诗》的胡里语文本的断代参见本文。

④ Jeffrey Tigay, *The Evolution of the Gilgamesh Epic* (Philadelphia: University of Pennsylvania Press, 1982), p. 119.

⑤ Jörg Klinger, *Die Hethiter* (München: C. H. Beck, 2007), pp. 73-74.

于中巴比伦或者加喜特时期，赫梯人所在的时代恰恰是这一时期，他们的史诗文本与这一时期的版本很可能有着密切的关系。

西方一些学者认为古尔帕然查赫作品也是一篇史诗文献（CTH 362）。[①]虽然这篇史诗文献的苏美尔语和阿卡德语文本没有在美索不达米亚发现，但是哈吐沙出土的这部史诗的源头一定是来自两河流域。[②]这部作品的中心人物古尔帕然查赫拥有一个胡里语的名字，其含义就是底格里斯河，故事的情节发生在阿卡德城。我们从现有的残片看到了这样一段故事。古尔帕然查赫帮助阿卡德的国王杀死了一头熊。他在回到阿卡德城的途中，再次显示了他的力量。在一次射箭比赛中，他战胜了60个王和70位年轻男子。[③]根据阿尔基的介绍，这部史诗作品还叙述了这样的故事情节：在被涂油之后，古尔帕然查赫为他自己准备了一次浪漫之夜活动，但是，这次活动却被他与他的妻子塔梯祖里的一场对话所取代，而他的妻子可能是他深陷罪恶并绝望的原因。作品还提到这样一个情节：阿然查赫河流如鹰一般的快，奔腾不息地流到阿卡德城，来到古尔帕然查赫的身边，并问起他悲哀的原因。这位英雄哭着讲述了他的故事。遗憾的是，泥板这里严重残缺，之后的故事情节不详。这个故事的结局可能是，阿然查赫为了寻求建议而飞向命运女神。[④]埃尔里希还简单提到古尔帕然查赫如何迎娶一位公主的情节。关于史诗的源头，阿尔基认为，史诗的故事源于胡里人的世界，其中叙述的事件发生在阿卡德。阿尔基虽然没有明确这部史诗的原

[①] Gary Beckman, "Hittite Literature" in *From an Antique Land, An Introduction to Ancient Near Eastern Literature* ed. by Carl S. Ehrlich (Lanham: Rowman & Littlefield Publishers, 2009), p. 235. 关于这篇作品的史诗地位，赫梯学界观点不尽相同。科萨克和虞纳尔都将这篇文献称为古尔帕然查赫的英雄事迹，没有明确认同它的史诗地位。意大利学者阿尔基明确赞同这是一部史诗文献。A. Archi, 'Hittite and Hurrian Literatures: An Overview' in *Civilizations of the Ancient Near East* ed. by L. M. Sasson (Peabody: Hendrickson Publishers, 1995), p. 2373.

[②] Gary Beckman, "Hittite Literature" in *From an Antique Land, An Introduction to Ancient Near Eastern Literature* ed. by Carl S. Ehrlich (Lanham: Rowman & Littlefield Publishers, 2009), p. 235.

[③] Ibid.

[④] A. Archi, "Hittite and Hurrian Literatures: An Overview" in *Civilizations of the Ancient Near East* ed. by J. M. Sasson (Peabody: Hendrickson Publishers, 1995), p. 2373.

文来源于胡里人，但是，他似乎有这个倾向。我们认为，该史诗来源于胡里世界的可能性要远远大于两河流域。

根据拉劳什和科贝莉的《赫梯文献总目》，"古尔帕然查赫"史诗文献现存仅两个和三个残片（CTH 362）。然而，目前在美因茨赫梯学网公布的赫梯学文献总目中，该史诗文献已经有多达八个残片，而且它们成文的年代都在赫梯新王国时期。[①]这个变化有力地说明了赫梯文献学研究正在不断取得新的成果。事实上，近年来，所有这里谈到的五篇史诗文献基本上都有新的残片被发现或者是先前发现的残片被重新归类到这些史诗文献中。

"库玛尔比"史诗（CTH 344），即所谓的"库玛尔比之歌"是"库玛尔比神话集"五篇中的一个篇章。[②]这篇作品现存很可能有三个抄本或者两个抄本，均为赫梯语文本。但是，这些抄本都残缺不全。[③]这篇文献即"库玛尔比之歌"很可能最初成文于赫梯中王国时期，现存的文本是赫梯新王国时期的抄本。

霍夫奈尔等学者认为，"库玛尔比之歌"这一部分的内容是，库玛尔比神向众神呼唤并请求倾听他的叙述，叙述的故事情节包括上天之王阿拉鲁神与阿努神之间的斗争，阿努神与阿拉鲁神的后代，即库玛尔比神之间的斗争过程。史诗的后半部分叙述了泰苏普神和智慧之神——埃阿神之间战斗的故事情节。

这是一篇具有美索不达米亚文化、胡里人文化内涵的神话史诗文献。美索不达米亚人信奉的神灵和胡里人的神灵交织出现。阿拉鲁神、阿努神、恩里尔

---

① www.hethport.uni-wuerzburg.de, Hethitische Forschungen, Akademie der Wissenschaften und der Literatur, Mainz. 这些残片的断代根据的是德国美因茨科学院赫梯学网公布的研究成果。

② H. A. Hoffner, *Hittite Myths* (Atlanta: Scholars Press, 1990), p. VI. 根据霍夫奈尔的研究成果，这五篇包括"库玛尔比之歌"、"拉玛神之歌"、"银之歌"、"海达姆之歌"和"乌里库米之歌"。库玛尔比神话集的主题是库玛尔比和泰苏普神为了争夺对诸神的统治权而展开的斗争。

③ Billie J. Collins, *Catalog of Hittite Texts*, http://www.asor.org/HITTITE/CTH. 科林斯的给出的 CTH 344 这篇文献的抄本分类是：A. KUB XXXIII 120 + KUB XXXIII 119 + KUB XXXVI 31. B. KUB XXXVI 1. C. KUB XLVIII 97.

神和埃阿神是巴比伦人的神灵。阿努神是巴比伦人的雷雨神，阿拉鲁神是天国之王。圭特博克认为，史诗中诸如几代诸神的素材和年幼的一代神灵挑战老一代神灵的情节都源于巴比伦。① 史诗中的主人公库玛尔比神源于胡里人，泰苏普神和塔斯米苏神也是胡里人的神灵。虽然我们至今无从知道这篇史诗是否存在胡里语或者阿卡德语文本，但是，学者们相信赫梯人的这部史诗至少渊源于胡里人。

史诗"自由之歌"是一篇胡里语-赫梯语双语文献，于1983年和1985年在哈吐沙的考古挖掘中发现。目前已知，这篇史诗泥板文献由大约111块大小不均的泥板残片组成，其中绝大部分是小残片，可能分别属于六块泥板。泥板 KBo XXXII 14 正面大约有60行，背面大约是61行，该泥板的侧面还有三行，② 泥板的两侧分别用两种不同的语言书写完成，胡里语部分在泥板的左侧，右侧是赫梯语部分。另一块比较大的残片是 KBo XXXII 13，泥板的正面大约有34行；背面残缺比较严重，大约有16行；题记部分只有部分内容可读。这块残片记载的内容与所谓的阿拉尼节日有关。

另外两篇残片 KBo XXXII 16 和 KBo XXXII 15 仅可见部分内容。前者正面第一栏胡里语部分严重残缺，第二栏赫梯语部分大约可见30行，背面的赫梯语部分仅能见到很少的一部分内容。后者正面第一栏和第二栏分别为胡里语和赫梯语部分，保存基本完整，大约有28行；背面第四栏和第三栏分别为胡里语和赫梯语部分，保存较为完整，大约有24行。

根据目前赫梯学家们的研究成果，这个双语文本很可能成文于赫梯中王国时期，这个观点目前是赫梯学界的共识。具体而言，哈斯认为赫梯语文本的年代大约在公元前1400年前后，很可能成文于赫梯国王吐塔里亚三世统治时期。其主要依据是赫梯语文献书写的符号和语言具有显著的赫梯中王国时期的特

---

① Hans G. Güterbock, "The Hittite Version of the Hurrian Kumarbi Myth", *AJA*, 52(1948), 123-134 (p. 132).

② 赫梯学界一般视这块残片为主本。

征。① 我们认为，赫梯中王国时期，胡里文化开始全面渗透和影响赫梯人，胡里人的这部史诗作品完全可能是在这个时期传入赫梯王国的。

这篇文献的主题正如它的题记部分所言是"自由之歌"，它通过一则则短小但内容丰富、寓意深刻的文字，很可能揭示的是奴隶的自由这个主题思想。包括诺伊在内的一些西方学者认为，它是一篇具有丰富哲理内涵的史诗作品。作为古代近东文明史上的一篇重要史诗文献，它正得到学术界越来越多的关注。

3 赫梯史诗的起源和史诗作品的编撰

我们在这里谈论的赫梯人指的是赫梯国家的主体和赫梯文明起源、发展和演变的导演者，或者说主要创造者，即印欧赫梯人。印欧赫梯人的史诗作品具有突出的异族文化的特征。《吉尔伽美什》史诗是赫梯人史诗文化的一部分，胡里人的"库玛尔比"史诗和"自由之歌"史诗同样如此，这些史诗作品并非源于印欧赫梯人自身的创造。那么，属于印欧赫梯人本民族的史诗作品究竟何在？赫梯人的史诗是如何起源和发展起来的呢？

印欧赫梯人的史诗的起源这个问题可以从两个方面来认识。

作为安纳托利亚半岛的一支外来民族，即古代印欧民族的一支，赫梯人迁移并且定居在安纳托利亚半岛的初期，他们很可能还处在半游牧半农耕的社会发展阶段。大多数学者认为，印欧赫梯人大约是在公元前三千纪后期或者两千纪初期迁移进入到安纳托利亚半岛地区的。虽然我们对这一时期的印欧赫梯人的了解十分有限，但是，他们很可能还没有自己的文字，没有完全进入到文明社会的发展阶段，史诗文化当然无从谈起。

从这一时期到现存最早的印欧赫梯语文献出现，即大约公元前16世纪，在这几百年的历史发展阶段中，借助于出土于小亚半岛的考古材料，以及反映

---

① Volkert Haas, *Die hethitische Literatur* (Berlin: de Gruyter, 2006), p. 177.

这一时期赫梯人发展状况的赫梯语文献的后期抄本，我们知道，印欧赫梯人逐渐在小亚半岛定居并建立起他们的邦国，逐渐确立了他们的主导统治地位。但是，由于至今这一时期赫梯语文献资料极其有限，我们无法对他们的整体发展状况有更多直接的了解和认识。同样，我们至今还没有这一时期赫梯人的史诗文献，因此，他们很可能还没有编写和创作出本民族的史诗作品。

赫梯学家至今没有发现在印欧赫梯人迁移到小亚半岛之前有文字记载的本民族的史诗作品，而且即使是在赫梯古王国时期，也很难找到真正源于印欧赫梯人本民族文化的史诗作品。现今流传于世的赫梯史诗基本上都带有小亚半岛本土文化的特征，或者就是周边民族的作品。因此，赫梯史诗作品的创作很可能与印欧赫梯人的原始文化没有太直接的关系。换句话说，赫梯史诗很可能不是在印欧文化的背景下发展起来的，至少在今天看来这个关系并不密切。所以，赫梯史诗的起源不是原生的，不是渊源于本民族的文化。

我们看到，除了在哈吐沙发现的"查尔帕"史诗，其他四篇史诗文献有两种或者两种以上的不同语言的版本，或者带有显著的外来民族文化的特征。《吉尔伽美什》史诗和史诗"自由之歌"是前者的代表。出土于哈吐沙的《吉尔伽美什》史诗文献有赫梯语、阿卡德语和胡里语的残片，史诗"自由之歌"是一篇赫梯语–胡里语双语对照作品，这两部作品的源头已经为学术界所证实，分别是美索不达米亚人和胡里人原创的史诗作品，赫梯语文本或者是译文，或者是经过改编了的文本。"库玛尔比"史诗和"古尔帕然查赫"史诗尽管未见阿卡德语或者胡里语的文本，但是，根据两部史诗内容的特定素材和文化特征，学术界一致认为他们具有外来文化的背景，前者是胡里人的神话作品，后者则渊源于美索不达米亚人或胡里人。这些史诗作品对赫梯人而言完全是舶来品，赫梯人对外来史诗作品进行了改编，或者很可能根据外来的史诗素材而进行了独立的创作，这进一步说明了赫梯史诗与其他民族史诗作品的关系。

"查尔帕"史诗很可能是一部具有安纳托利亚土著文化背景的史诗作品，或许与小亚半岛土著哈梯人有一定的关系。这部作品中提到的重要地点，如卡奈什等，最初很可能是哈梯人的一个重要活动地点。虽然这部史诗现今仅存赫梯语文本，而没有小亚半岛土著哈梯语的文本或其他语言的文本，但根据史诗所反映的内容和文化背景，不排除这部史诗是从另一个语言文本（哈梯语）翻译过来的可能性；也可能是赫梯人借用了哈梯人流传的一个故事情节而创编的。因此，赫梯史诗的起源与异族文化有着直接的渊源关系。

赫梯史诗文化具体是如何起源的？赫梯人所受到的影响最早源于美索不达米亚人及其《吉尔伽美什》史诗，还是胡里人及其史诗作品，或者小亚半岛的土著文化？最早始于何时？外来的史诗是怎样传入安纳托利亚半岛的，又是如何发挥作用的？这些问题并不容易回答。这是因为我们至今没有能够解答这些问题的确切史料。

现存的一些赫梯语史诗文献的最早成文年代基本上都是赫梯中王国时期。《吉尔伽美什》史诗如此，双语史诗"自由之歌"也是这样。但赫梯人与古代两河流域地区居民之间的直接联系很可能早在赫梯古王国时期就已经建立，贝克迈教授曾经撰文对这一直接联系进行了论证。[①] 我们更想指出，毕竟赫梯国王穆尔什里一世曾率领军队远征两河流域腹地，征服了巴比伦城。此外，安纳托利亚半岛与两河流域之间早在公元前三千纪末期和两千纪初期的古亚述商贸殖民时期就已经建立起直接的联系，哈梯人已经与两河流域的人有了文化联系。所以，美索不达米亚人的史诗作品可能在赫梯中王国建立之前已经传入小亚半岛并为赫梯人所知晓，甚至学习。

胡里人最早见于赫梯古王国时期的文献，根据铁列平敕令的记载，很可能在穆尔什里一世时代，赫梯军队在从巴比伦返回小亚半岛的途中与胡里人曾经遭遇。但是，这一时期有关胡里人的记载十分有限，没有任何文献能够证实他们之间有着直接的交往联系。所以，我们至今也看不到胡里文化在这一时期对赫梯人有过任何影响。赫梯中王国时期，吐塔里亚一世迎娶了一位胡里人的女

---

① Gary Beckman, "Mesopotamians and Mesopotamian Learning at Hattusha", *Journal of Cuneiform Studies*, 35 (1983), pp. 97–114.

子，胡里人的文化开始对赫梯人产生了广泛影响。

"查尔帕"史诗现存的各个残片都是用印欧赫梯语书写完成的，其中的文本 A 成文于赫梯古王国时期，这意味着这部史诗很可能编撰于这个时期，即公元前 1500 年以前。从印欧赫梯人定居小亚半岛中部到赫梯古王国时期，哈梯文化产生了十分显著的影响，甚至一度占据主导地位。印欧赫梯人不仅翻译了诸多哈梯语文献，流传下来了多篇哈梯语-赫梯语双语文献，而且将哈梯文化因素融入他们所创造的新的文化体系中。现存赫梯语"查尔帕"史诗很可能是印欧赫梯人在学习和借鉴的基础上，吸收了哈梯史诗的故事情节，重新编撰出的一部作品。尽管如此，我们可以肯定，印欧赫梯人的史诗文化在赫梯古王国时期已经处在异族史诗文化的影响下了。至于最早产生影响的是哈梯文化还是美索不达米亚文化，目前来看还很难定论。

"古尔帕然查赫"史诗现存的赫梯语文本成文于赫梯新王国时期，它很可能是在比较晚的时候传入赫梯的。

《吉尔伽美什》、"库玛尔比"、"自由之歌"和"古尔帕然查赫"这些史诗作品是通过何种途径传入小亚半岛的，我们目前还很难确定，但它们都已成为赫梯史诗文化的一部分。

我们认为，赫梯人的史诗文化是与赫梯文明的起源和发展相适应的，是与赫梯人对外来文化学习和借鉴的历程相吻合的。简言之，赫梯史诗的起源很可能是在赫梯古王国时期，它是在安纳托利亚本土哈梯文化和美索不达米亚文化的影响下诞生的，印欧赫梯人从此拥有了史诗作品，他们的文化客观上具有了史诗文化的特征。

4　赫梯史诗的本土化问题

赫梯史诗的本土化讨论的是外来史诗作品的赫梯化的问题。西方学者在这一领域进行了比较深入和全面的研究，特别是在一些史诗内容的研究上，指出了赫梯化的具体变化情况。

"查尔帕"史诗很可能是赫梯人在哈梯文化的影响下编撰和完成的一部作品。此外,《吉尔伽美什》史诗、"库玛尔比"史诗和"自由之歌"史诗作品也很可能是赫梯人借鉴和学习周边民族文化,翻译乃至改编的结果。这些作品在赫梯人王室档案库或者神庙被发现,这些作品有了赫梯语文本,这充分说明它们在赫梯国家已被接受,而且已经赫梯化了。

　　我们认为,异族史诗作品赫梯语文本的问世是本土化的开始或者是第一步。赫梯人将异族史诗作品用赫梯语翻译过来,一些赫梯语文本的《吉尔伽美什》史诗很可能是从阿卡德语翻译过来的。有的学者甚至认为,赫梯语文本的《吉尔伽美什》史诗至少一部分是从胡里语翻译来的。① 胡里人的史诗"自由之歌"被赫梯人用胡里语和赫梯语双语文本的形式进行了对译。这篇泥板文献部分段落保存完好,清晰地展现了这篇双语文献的本来面目。

　　"查尔帕"史诗、"库玛尔比"史诗和"古尔帕然查赫"史诗这三篇作品仅见赫梯语文本。前者被看作是具有小亚半岛本土文化背景的一部史诗,后者则具有丰富的胡里文化和美索不达米亚人的文化内涵,许多故事的素材都与胡里人和美索不达米亚人密切相关。虽然这些作品没有哈梯语、胡里语或者阿卡德语文本传世,但是这个现象至少使我们看到,赫梯人很可能采取了另一种形式吸收异族的史诗文化,他们将异族的史诗内容或素材借鉴过来,根据他们的实际需要,用本民族的赫梯语创作出一个具有异族文化特色的赫梯人的史诗作品,这个创作很可能不是简单的加工,即便是简单的加工,实际上也是一种本土化的反映。

　　史诗本土化的另一个,也是最重要的一个方面,是赫梯人对外来史诗作品的改编。这一点突出反映在赫梯语《吉尔伽美什》史诗中,赫梯人将该史诗的一些故事情节做了多处改动。②

　　首先,在美索不达米亚的《吉尔伽美什》史诗文本中,英雄被描写成是乌

---

① Jörg Klinger, *Die Hethiter*, (München: C. H. Beck, 2007), pp. 73-74.
② 这部分的内容参阅了贝克迈关于这个问题研究的一篇打印稿。这里向贝克迈教授馈赠他的打印稿表示衷心的感谢。

鲁克王卢伽尔班达与女神宁孙的后代，与神灵的创造没有关系。但是，在赫梯语版本中，他并不是出生的，而是由一个议事会创造的，是神灵们的创造。

> 英雄般的［埃阿神（？）创造了］创世物吉尔伽美什的骨架。［伟大的诸神］创造了吉尔伽美什的骨架。上天的太阳神赐予他［男子气概］。雷雨神赐予他［英雄般的特征］。伟大的神灵们［创造了］吉尔伽美什：他的身高有11码；他的胸宽有9［拃宽］；他的［……］的宽度是3［……］。①

另一个不同的特征是，在赫梯语版本中，乌鲁克不是吉尔伽美什的故乡。恰恰相反，英雄占领和统治了这个地方，并且他用强权统治着乌鲁克的［年轻的］男子们。

此外，美索不达米亚文本提到乌鲁克城的防御工事，赫梯语版本却只字未提，反倒对雪松林表现出更多的关注。

一些学者认为，赫梯语的《吉尔伽美什》史诗只是该史诗原文的一个节略本。不管怎样，赫梯人创作出一部具有自身特色的《吉尔伽美什》史诗。

我们认为，这篇史诗的赫梯化不仅表现在内容上的删补和取舍，还体现在书写形式上的变化和用词上的变化。不过这一点还没有引起西方学者的关注，也没有这方面的成果。

赫梯人翻译了相当数量的文献，编撰了双语文献和三语文献。赫梯人的双语文献严格意义上是指两个不同的语言文本在同一块泥板上左右或者上下布局，段与段对应，甚至是句句相对。形式上的对比使人们能清楚地看到两种不同语言文本之间的对应关系。

这篇史诗流传下来许多残片，书写的格式、段落的划分和内容书写的顺序

---

① Gary Beckman, "The Hittite Gilgamesh" in *The Epic of Gigamesh, A New Translation, Analogues, Criticism* ed. by Benjamin R. Foster (New York/London: W. W. Norton & Company, 2001), p.158.

与阿卡德文的版本并不一致。根据赫梯学者的研究，史诗残片很可能不是赫梯语-阿卡德语的双语文献形式，也不是简单的翻译本，而是赫梯人借用了原文中的素材的一个全新的创作。

赫梯人在本民族的语言文本中尽可能使用赫梯语词汇。尽管赫梯人不可避免会使用苏美尔语和阿卡德语词汇，但是这些外来词的借用控制在了一个有限的范围，是以文献书写和文化内涵的需要为前提的，否则都被赫梯语词汇所代替。

《吉尔伽美什》史诗阿卡德语文本在赫梯语文本中出现内容删减的原因何在？这是国外学者很少探究的一个问题。的确，由于文献残缺的关系，我们不可能对删减和替换部分有一个完整和全面的认识。尽管如此，根据有限的内容，我们认为这个变化与赫梯人的思想观念有密切关系。具体来说，它与赫梯国家政治统治和宗教观念很可能有一定关系。

该史诗中提到的英雄，很可能就是指代国王。赫梯人继承了这个思想并把英雄的诞生看作是议事会创造的结果，是神灵们的创造。这个思想很可能与赫梯国家王权的诞生、形成和发展的过程是相符合的，与赫梯国家王权政治的思想和观念有关，与赫梯国家政治制度和权力体系的演变有一定的关系。虽然现存赫梯历史文献没有明确证实赫梯王权源于议事会或者贵族会议，但是，赫梯国王的权力在一定程度上离不开议事会的支持、保障和监督。根据哈吐什里一世的政治遗嘱和铁列平敕令等文献，议事会在赫梯国家早期发展阶段的政治生活中扮演着重要的角色，哈吐什里一世和铁列平两位国王的敕令都是在议事会颁布的。另一方面，王权神授观念正是赫梯王权后期发展过程中出现的一个新变化。此时，国王个人保护神的现象出现，如穆瓦塔里二世国王的保护神是雷雨神皮哈沙什，王权神授的思想进一步明确并逐渐确立下来。哈吐什里三世和吐塔里亚四世两位国王就是赫梯王权神授观念的倡导者，他们把王权的获得和王位的继承看作是神灵意志和安排的结果。所以说，赫梯语文本《吉尔伽美什》史诗内容上的变化绝不是偶然的和随意的，是赫梯国王和赫梯人乃至国家的需要。赫梯人很可能把文献的编撰与他们的政治和社会生活联系在了一起。

贝克迈认为，尽管不可能绝对排除这种可能，即赫梯语《吉尔伽美什》史诗文献是为了国王及其臣民在宫中娱乐之用，但他更倾向于认为，《吉尔伽美什》史诗传入哈吐沙似乎仅仅是用于书吏教育。[①] 我们认为，史诗用于书吏教育是可能的，但词汇表可能更加合适。《吉尔伽美什》史诗的文体很可能并不是赫梯人看重的，其中的故事情节和宣传的思想对赫梯国王更为重要。

5　赫梯史诗的特点

纵观赫梯史诗的起源、发展和现存史诗版本等方面的情况，我们认为赫梯史诗具备了赫梯文明的一般特点，除了多样性，赫梯史诗还具有借鉴性和创新性等多个特点。

赫梯文明是丰富多彩的，赫梯人的史诗也是如此。它的多样性体现在如下几个方面：第一，史诗作品来源广泛，既有安纳托利亚半岛本土的文化氛围，也有源于两河流域的巴比伦人和美索不达米亚地区的胡里人的史诗作品。第二，文本语种多样，包括了赫梯语、阿卡德语和胡里语文本，而且既有单语译文，又有双语文献。在这个历史阶段，没有哪一个古代文明中心像哈吐沙一样，史诗文化表现出如此的多样性，堪称独一无二的文化现象。

赫梯史诗是在借鉴和吸收外来史诗文化的基础上起源和发展起来的。公元前两千纪近东楔形文字文化圈的重要史诗作品几乎都能在赫梯人的家园上找到缩影，这一特点是同期的美索不达米亚文明和古埃及文明所不具备的。

我们看到，《吉尔伽美什》史诗等外来的史诗作品在不同程度被赫梯化，这些变化很可能是赫梯人自己的主动行为，外来史诗作品有了全新的内涵，并有了新的发展，具有了新的特点，即创新性。"查尔帕"史诗就很可能是印欧赫梯人使用赫梯语创造的一部新的作品。

---

① Gary Beckman, "Gilgamesh in Hatti" in *Hittite Studies in Honor of Harry A. Hoffner, Jr.: on the Occasion of His 65th Birthday* ed.by Gary Beckman, Richard Beal, and Gregory McMahon (Indiana: Eisenbrauns, 2003), pp. 37-38.

赫梯人接纳了不同民族的史诗作品，使得他们的史诗作品和史诗文化在古代近东世界形成了一个全新的风貌，这本身也是赫梯史诗文化的一个重要的创新。

附录 赫梯史诗文献译文

1."查尔帕"史诗

【文献的版本】

1. A. KBo XXII 2[①]
   B. KBo III 38
   C. KBo XXVI 126
   D. KUB XLVIII 79
2. A. KBo XII 18
   B. KBo XII 63
3. KUB XXIII 23
4. KBo XIX 92
5. KBo XII 19

【文献的翻译】

奥滕，《博阿兹柯伊文献研究》，第17卷，1973年，74—97页。霍夫奈尔，1990年，62—63页。霍夫奈尔，见哈罗主编，《经典文集，圣经世界文献》，2000年，181—182页。

【题解】

这篇赫梯语神话文献被赫梯学界视为一部史诗作品。霍夫奈尔认为它是一

[①] KBo= Keilschrifttexte aus Boghazköi. Leipzig/Berlin 1916ff.

篇反映赫梯早期国家之间斗争的半历史文献。①译文根据赫梯楔形文字原文，该文本 A 是赫梯古王国时期成文的，②其他文本大多是赫梯新王国时期的抄本。译文参阅了霍夫奈尔的英译本。

卡奈什女王在某一年生育了三十个儿子。她说："我生得真是太多了！"她向篮子里放了黄油，把儿子们放进篮子，并把他们放入河中。河流载着他们顺流向海而下，到了查尔普瓦地区。③诸神从大海里救了孩子们并将他们扶养起来。

几年过去后，女王又生育了三十个女儿。她自己抚育了这些女孩。儿子们赶着驴走在去奈沙的路上。当他们到了塔玛尔玛拉城，他们说："把这儿的内室加热，驴要［……］"。城里的男人们回答："你们从哪儿来，一头驴从未［……］"。儿子们说："我们从哪来，一个女人一次生育［一个或两个］儿子，然而，我们的母亲一次生下了我们！"城里的男人们说："我们的卡奈什女王曾经一次生育了三十个女儿，她的儿子们消失了。"孩子们自己说："我们已经找到了我们正在寻找的母亲。来吧！让我们去奈沙城。"当他们出发去奈沙城，诸神改变了他们的形象，以至于他们的母亲［……］没有认出他们。她把她的三十个女儿嫁给她的儿子们。年长的儿子们没有认出他们的妹妹，但是，最幼的一位说："我们要同这些我们自己的妹妹结婚吗？你们不能接近她们，我们与她们睡觉，这是不对的。［……］"

清晨来临，他们去了查尔帕城。［……］厚面包给了大地女神，太阳神的女儿［……］，太阳神品尝了。太阳神说："［……］［……］愿查尔普瓦城繁荣［……］。"

后来，当战争爆发时，［……］与国王的祖父谋求了和平。［……］是查尔帕的国王。同样，对他而言［……］阿鲁［……是］查尔帕国王的大臣。他

---

① Harry A. Hoffner, *Hittite Myths* (Atlanta: Scholars Press, 1990), p. 62.
② 这个抄本很可能是赫梯国王穆尔什里一世时期的文本。
③ 查尔普瓦很可能位于哈吐沙以北黑海沿岸地区。

把［……］女儿［……］处死，塔巴尔那的［……］，你处死了。我的女儿［……］，国王的祖父［……］。查尔帕，在卡帕卡帕山，阿鲁瓦在那场战争中死了。［……］打败了查尔帕［的同盟］。他们［……］六十间房屋［……］，"他的之主"，他带着他们并使他们定居在塔维尼亚。［……］

查尔帕的男人们听说了，他们让他从［……］皮那来。［……］他们在赫梯和平。国王的祖父［……］，胡尔玛城与国王的老父亲。［……］和赫梯。查尔帕的长老们向他要求一个儿子，他把他的儿子哈卡尔皮里派给他们。他这样向他嘱托［……］。

当哈卡尔皮里去了查尔帕，［他……］并且他对他们说："国王把这个给了我。他心中深藏罪恶。那么发动战争。他［……］为自己［……］。让这把剑砍［……］到第二代和第三代。"现在基什瓦说："［……］打败他们远及塔帕兹里山脉。他们打败了［……］。因此，我将请求一件长武器（？）。让他给［……］，并且的确如此。"哈卡尔皮里回答道："我将向国王请求赐予。"他这样说："［……］我们将［……］，并且［……］与我们一件武器（？）"基什瓦来了，而且［……］。

［……］我的兄弟［……］是国王［……］，兹［……］城的王改变［……］。塔姆那［苏……］使［……］王［……］一顶金王冠［……］。这个与你［……］诸神［……］。哈皮［……］"……］如果［……］让我拿［……］我将用铲子为你填满［……］。"他这样写道。他出发［……］并且回到库玛尼城。但是，查尔帕发动战争，他失去了［……］城，而哈皮去了阿尔黑乌塔城。

哈皮对查尔帕的人们说："我不为父亲所爱，我去赫梯一死。与我在一起的没有100名士兵，查尔帕的人吗？他们没有死。"

赫梯国王听说了这件事。他出发并到了哈拉赫苏城。查尔帕的士兵们来反对他，赫梯国王打败了他们。但是，哈皮逃脱了，他们活捉了塔姆那苏，并把他带回哈吐沙。

在第三年，国王出发并且封锁了查尔帕。他在那里坚守了两年。他要求引渡塔巴尔那和哈皮，但是，城里的男人们不愿投降。赫梯（军队）包围了他们，直到他们都死去。国王回到哈吐沙祭祀神灵，但是，他把老国王留在那儿，他起而对抗该城，说道："我将成为你的国王"。士兵们与他们在一起，他毁灭了该城。

2.《吉尔伽美什》史诗

1. 阿卡德语译本

【文献的版本】

Bo 83/614（KUB XXXII 128），[①]Bo 83/614（KUB XXXII 130），VAT 12890（KUB IV 12）[②]

【文献的翻译】

乔治，1999年，132—135页。

【题解】

阿卡德语《吉尔伽美什》史诗泥板文献出土于哈吐沙城遗址，目前仅存三块残片，他们分别出土于1906—1907年、1934年和1983年。残片 VAT 12890 被认为是公元前1300年前后的文献，残片 Bo 284/d 是一块微小的残片。Bo 83/614 被认为是公元前1400年前后的文献。译文根据乔治的英译本。

残片1（Bo 83/614—a）

[那个妓女张开她的嘴，]对恩启都[说]：

"你是漂亮的，[恩启都，你如同一个神]。[你为何]与野兽一起[游荡？]

[①] Bo 是 Boazköy 这个地名的前两个字母，代表这篇文献出土于 Boazköy 遗址，第一个数字代表年份，即1983年，第二个数字代表泥板的编号，即1983年出土的第614块泥板。

[②] VAT 12890 指代柏林国立博物馆所藏泥板的编号。KUB= Keilschrifturkunden aus Boghazköi. Berlin 1921ff.

［……］你如同一个神灵，在男人们当中，［像你一样辉煌？］

［那个妓女张开她的嘴，］对恩启都［说］："来吧，恩启都，［让我带你去羊倌的营地，］即羊圈。"

她脱去一件外衣，他自己穿上。［她自己穿上另一件外衣］。她［手抓着他，］像一个神一样，在他的前面，［走向羊倌的营地，］即羊圈。

［羊倌们聚集在他的身旁］，一群人在他们中间［交流着］："［在屋里，他就是吉尔伽美什的象征，］"但是，身高略短，骨骼略大。

［"可以肯定，出生］在高原的［正是他］，家畜的奶［是他吸食的东西］。"［他们把面包放在他的前面，］［他］看着面包，心情忐忑不安。

［他们在他的面前放了麦芽酒，他看着麦芽酒，］他心里不安。［妓女张开她的嘴，对恩启都说：］

"吃了面包，恩启都，［如同一个神；］［喝了麦芽酒，］如同一个国王！"［恩启都吃了面包，直到他吃饱，］［他］喝了麦芽酒，［满满］七［杯］。

残片2（Bo 83/614—d）

［我愿意看到人们与之交流的神灵，］大地在［不断］重复着［他的名字］。

［我将会在雪松林战胜他，］［我］将会使［大地］认识到［乌鲁克的后代是强大的。］［让我出发，我将要砍断雪松。］我将要［永远确立］一个永恒的［名字。］

［乌鲁克城的长老们对吉尔伽美什回答道：］"你为什么［要做这件事情？］［一个难以胜利的战斗］是胡瓦瓦的埋伏，［……］［六十里格］的［森林］变为［荒漠］。"

残片3（VAT 12890）

（开始部分残缺）

他们手拉着，一起旅行。晚上［他们建起］营地［……］夜晚，睡意使［吉尔伽美什］昏睡。在午夜，［他的］睡眠停止。他起身，并把他的梦与恩启都联系起来:"我的朋友,我做了一个梦!如果你没有弄醒我,我为何醒过来?

"恩启都,我的朋友,我做了一个梦!如果你没有弄醒我,我为何醒过来?我的第二个梦超越了第一个,在我的梦里,我的朋友,一座山[……]它使我卧倒,它抓住了我的脚[……]

"亮光变得越来越强烈。一个男子[出现了,]大地最漂亮的,他的美人[……]。从山下,他把我拉开,并且[……],他给我水喝,我的心变得[平静。]他使我站起。"

恩启都对他,吉尔伽美什[说]:"我的朋友,我们将[……]他完全不同。胡瓦瓦[……]不是山,他是不同的[……]来吧,[你的]恐惧"。

2. 赫梯语译本

【文献的版本】

CTH 341,III,赫梯语文本①

【文献的翻译】

梯格,1982年,114—116页(部分译文)。译文根据贝克迈的英译文。见弗斯特:《吉尔伽美什史诗》,2001年,第157—165页。

【题解】

根据贝克迈的研究,赫梯语文本的《吉尔伽美什》史诗的泥板残片多达45块,其中15块目前尚无法确定他们在泥板中的位置。贝克迈把其中的30块泥板残片归结为三个泥板并进行了英译和研究,这是目前学术界已经出版和发表的最权威也是最全面的一个译本。译文根据贝克迈的英译本。②

---

① Emmanuel Laroche, *Catalogue des Textes Hittites* (Paris: Klincksieck, 1971), p. 59.
② Gary Beckman, "The Hittite Gilgamesh" in *The Epic of Gigamesh, A New Translation, Analogues, Criticism* ed. by Benjamin R. Foster (New York / London: W. W. Norton & Company, 2001), pp. 157-165.

第一块泥板

［吉尔伽美什］，英雄，［我将歌唱赞美他……］

［……］英雄［埃阿神］创造了吉尔伽美什。［伟大的诸神］塑造了吉尔伽美什的魁梧。上天太阳神赋予他［男子气概］。雷雨神赐予他英雄的品质。伟大的诸神［创造］了吉尔伽美什：他的身长11码；他的胸宽9［拃］；他的［……］长3［……］。

他四处游荡，他来到了乌鲁克城并且定居下来。尔后，每一天，他都打败了乌鲁克的年轻男子们。母亲女神［……］后来她［……］吉尔伽美什的风（？）。母亲女神看到［……］，她［变得］心中［发怒］［……］

后来，所有的神灵们［呼唤母亲神］到［议事会的地点］。她进来并且［说］，"你们创造的这个［吉尔伽美什］，我创造的［……］——他［……］我（我）］。"所有的［诸神……］吉尔伽美什，［英雄……说，"吉尔伽美什在继续打击乌鲁克的年轻的］男子们。"［当她］听到这个，母亲［神］接着从［河流（？）］取走成长的力量并且动身到大草原创造英雄恩启都。

英雄恩启都地处大草原，狂野的动物们养育了［他。他们做了……］为他［……］狂野的动物们无论到哪个方向啃食，恩启都［同］他们［一道］。他们无论到哪里饮水，恩启都同他们一同［前往］。

一个年轻男子商伽苏，［猎人］经常在大草原给狂野的动物们准备陷阱和罗网，［但是，恩启都］出来到［他的前面］，并且不断用［土］堵塞［陷阱］。他把［他织好的罗网扔进］河里。商伽苏前去并对［吉尔伽美什］说，"一个年轻男子正在［我］的周围。他拥有［……］，并且［他知道］草原。［他总是用土堵塞］我［准备］好的陷阱，他拿起并将［我已经罗织］的罗网抛向［河中］。"

吉尔伽美什向商伽苏，［猎人］回答道，"给［他］带去一个妓女，使得他［与那个妓女］睡觉。［让恩启都］下跪［……！……后来］商伽苏把一个妓女［带给恩启都］。［他与那个妓女］睡了觉。

［空行］

［……那位妓女］对恩启都说，［"……去乌鲁克］让我们去，并且［……］［……］恩启都［……］身着节日［服装……］去他那里［……］［接着恩启都］向［商伽苏］回答道，"你已经［……］？"商伽苏回答［恩启都］，"吉尔伽美什［……］他们不停地拿走。［当一位女子］与一位年轻男子成婚，在她的丈夫接近她之前，［他们］把那个女子悄悄地带给了吉尔伽美什。"

当恩启都听说了这件事情，他怒火中烧。吉尔伽美什［……］来回地［……］他去（？）［恩启都说，"……"……］他抓住［……］

［……］吉尔伽美什［和恩启都］相互搏斗，吉尔伽美什［……恩启都］离开。［后来］他们彼此［接吻（？）］。当他们一起吃喝的时候，［那时，吉尔伽美什］对恩启都说，"因为树木（？）生长得高大，［……］你［在草原上（？）］游荡……］在草原上（？）。"恩启都接着［对吉尔伽美什说，"……］胡瓦瓦［……"吉尔伽美什］，国王回答［恩启都，"……］将来［……让我们……］"

［乌鲁克的］好战男子们聚集到吉尔伽美什那里［……］他们［……］他准备了一顿盛宴，呼唤所有的［士兵们到议事会的地点……］吉尔伽美什对士兵们说，"［……］我想要见胡瓦瓦！"

［空行］

［……］吉尔伽美什和恩启都去了［……］在二十倍的里格时，[1]他们吃了一餐，三十倍的里格时［他们……并且］当他们［到达］玛拉河的河岸，他们向［诸神］献祭。从那里［……］十六天之后，他们到达了山林的腹地。

［当］他们到达山林腹地的［……］，他们［……］山林并且凝视着雪松林。胡瓦瓦［从……］凝视着［他们］，［自己说道］，"因为他们到达了神灵的

---

[1] 里格是长度单位。

地方，他们要完成［砍倒……］神灵的雪松林吗？"［恩启都］和吉尔伽美什相互说着，"［神灵……已经……］这些荒凉的山地并使得山林生长着茂密的［雪松］。他们被刺藤所覆盖以至于一个凡人是不可能穿越的。［……］抓住雪松的［……］枝条，［他们］处在［邪恶（？）山中］［……］"但是，［胡瓦瓦］正在从［……］注视着他们，胡瓦瓦［……］他们持续不停地像乐师一样打击着［……］。

当吉尔伽美什看到［胡瓦瓦的］踪迹，他接着来到［……］而且［他……］它。恩启都接着［对吉尔伽美什说］，"为什么［……］，并且［你］为什么反对［他？］你难道不下去到［胡瓦瓦……］？如果胡瓦瓦［……］反对我，那么，一个男子愿意［……］许多。如果他［……］，那么，他将［……］我们。［……］借助于一个英雄般的精神［……］"

无论谁［……］对他们［……］恩启都［……］

［空行］

恩启都然后用手抓起一把斧子［……］当吉尔伽美什看到［这个］，他也拿起一把斧子［……］在手上，并且，他砍倒雪松林。［但是当胡瓦瓦］听到嘈杂声（？），他发怒了，"谁来了并且砍倒了山［中］为我而生长的雪松林？"

上天太阳神从天空对他们说，"继续！不要惧怕！当他还没有进到屋子的时候进去，［还没有……］，并且［还没有披上（？）］他的斗篷（？）。"当恩启都听到［这个］，他［发怒］了。恩启都和吉尔伽美什进去打击他并在山中与胡瓦瓦战斗。［胡瓦瓦］对他们说，"［我将……］你们，我将把你们带到天上！我将击打你们的头颅，我将把你们带到阴［间］！"他［……］他们，但是，他没有［带］他们到天山。他［击打了］他们的头颅，但是，他没有把他们带入阴［间］。［他们抓住了］胡瓦瓦，他们［……］头发在山中。［……］然后，他［……］离开他们的［……］他们刺痛马匹［……］云雾般的尘土被厚厚地扬起以至于看不清天空［……］吉尔伽美什在［……］望着上天的太阳神，他的泪水就像沟渠流了下来。

吉尔伽美什对上天太阳神说,"这是一个特殊的日子,在[……]城,因为她(?)是[恩启都(?)]定居在城里"。

"但是,我向上天太阳神[祈求(?)],我然后出发并打击[他。]"上天[太阳神]听到吉尔伽美什的祷告。他扇起大风反对胡瓦瓦神:强风、北风、[……风,……风]、大风、冷风、暴风、毁灭性的风,八种风吹起并击打着胡瓦瓦神的眼睛,以至于他不能前行。但是,他也不能后退。胡瓦瓦随之放弃了。

胡瓦瓦对吉尔伽美什说:"让我离开,噢,吉尔伽美什!你将是我的主,愿我成为你的仆人。[拿去(?)]我为你提供的雪松木。我将打败强者[……]在[……]一座宫殿[……]"恩启都对[吉尔伽美什]说],"不要[听从]胡瓦瓦[向你的祈求……]不要放了胡瓦瓦!"[……在]山里[……]

[空行]

恩启都回答[吉尔伽美什]说,"[……]同样[……]你的,[吉尔伽美什的……]当[他]还没有[进入房间(?)时……]"

[空行]

[……山……]从胡瓦瓦的[山林][……]他们控制住了他。

第二块泥板

恩启都向吉尔伽美什回答道,"[当(?)]我们前[行……]去山区,[……我们]我们将为[恩里尔神……]带回什么?难道我们真的要砍倒雪松林吗?无论谁从一个方向[……]恩里尔神的神庙之门[……]他们把你拒之门外(?)让他们同样如此!"[……]他们砍倒了雪松木并且到达了玛拉河。

当百姓看到它们，①他们为此感到高兴。[……]然后，吉尔伽美什和恩启都脱去他们的［肮脏的］，尽管是漂亮的衣服并清洁他们自己。[……]对于他们[……但是]当[……]

吉尔伽美什后来向伊什塔尔说，"[我将]为你[建造]一座宫殿，[……它将是][……]我将用天青石和斑岩（？）作门闩。"伊什塔尔回答吉尔伽美什说，"你难道不知道，噢，吉尔伽美什，没有[……]？对于[它……不是用银和金吗（？）]？"他回答道，"我将用天青石和斑岩（？）作门闩。"

[伊什塔尔回答]吉尔伽美什说，"来吧，噢，吉尔伽美什，[做]我的[丈夫……]"吉尔伽美什然后[回答伊什塔尔说，"[……]让它[成为（？）]"

第三块泥板：

"[……]我们将去睡觉。"天变得亮了，恩启都神开始对吉尔伽美什说："噢，我的兄弟——我在这个晚上的梦中看见：阿努神、恩里尔神、埃阿神和上天太阳神聚会，阿努神在恩里尔神面前说：'因为他们杀死上天之公牛和因为他们已经杀死了胡瓦瓦神，他用雪松使得山林茂密——因此阿努神说——：'他们其中的一个必须死去！'恩里尔神说：'让恩启都去死，但是，不要让吉尔伽美什死去！'"

上天太阳神开始对英雄般的恩里尔神说："他们在我的（！）命令下没有杀死上天之公牛和胡瓦瓦吗？②无辜的恩启都现在要死去吗？"恩里尔对上天太阳神变得发怒了："你为什么每天像一个同事与他们相伴？"，[恩启都]躺在吉尔伽美什的面前睡觉，他的泪水就像沟渠流了下来。

他说："噢，我的兄弟！你的确是我亲爱的兄弟，我将[不会]从阴间再一次被带到我的兄弟那里，我将坐在死者之中，[我将穿过][死者]的门槛，

---

① Gary Beckman, "The Hittite Gilgamesh" in *The Epic of Gigamesh, A New Translation, Analogues, Criticism* ed. by Benjamin R. Foster (New York / London: W. W. Norton & Company, 2001), p. 162.

② 这里的"他们"指的是吉尔伽美什和恩启都。

我不能再用我的双眼［看见］我亲爱的兄弟。"

［空行］

［……］宣布［……］后来，他变得［害怕（？）］。
但是，当吉尔伽美什听到［恩启都的话］，［他的泪水］就像［沟渠流了］［下来……］他的眼睛［……］

［空行］

但是，当他看到［恩启都（？）……］，接着，吉尔伽美什［……］他跑进了山中，而且他［……］不停地号啕大哭，"［他们无论什么时候［要吃（？）］谷糠，一位女子从房间走出。"［后来］吉尔伽美什做了同样的事情。他［放弃（？）］了国家，并且离开了田间。他不停地流浪山中。［没有］人［知道］他［穿越］的山或者他涉过的河流。
他杀死了许多野生动物：野牛，［……］他［……］但是，当他［到达］山的腹地，他［杀死］……狮子。吉尔伽美什到了山的腹地［……］一只鸟［……］。

［空行］

他在四处（？）游荡［……他］什么也［没有说］。［……］。
但是，［当］吉尔伽美什［到达］海边，他向大海鞠躬，［并且对大海说］，"愿你长寿，噢，大海，愿属于你的宠儿长寿！"大海诅咒了吉尔伽美什，［……］，并且命运诸神们。
［……］海［……］在［海……］附近，后来［……］他的手（？）［……］

［空行］

[……]英雄般的月神［对吉尔伽美什说］,"去吧,把你杀戮的这两头狮为我做成两个标本!把他们运到城里来!去吧,并把他们带到月神的神庙!"

但是,黎明时,吉尔伽美什,如同［……］当他到达［……］,斯都里这个女侍从位于［一个金椅子上］,一尊金器皿［在她的前面……］

［空行］

［……］某人［……"……"你横渡［……"吉尔伽美什这样］对乌什那比［说］,"[……］你是一个每天每夜横渡它的人。"乌什那比这样说,"这两个石塑时常载我横渡!"吉尔伽美什这样说,"你为什么与我争吵?"吉尔伽美什［乌什那比……］回答道,"[……］你的［……］取决你［……］之前［……］我种植的。"［……］用木头,［……］他们吃。乌什那比回答吉尔伽美什,王说:"[这是］什么,噢,吉尔伽美什?你愿意［穿］越大海?当你来到死亡之水,你将做什么呢?愿你用手拿起一把斧子,愿你砍出一根 40 或者 50 码长的棒子。"

当吉尔伽美什听到乌什那比的话,他用手抓住一把斧子并砍出了一根 50 码长的棒子。他剥去枝杈和［进行了修剪（?）］并把它放在船上。接着,他们两个,吉尔伽美什和乌什那比［上］了船。乌什那比用手抓住了船桨,此时,吉尔伽美什的手里握着棒子。他们的旅行持续了一个月 15 天。

3."古尔帕然查赫"史诗（CTH 362）

【文献的版本】

KBo XXVI 104

KUB XXXVI 67

KBo XXII 98

KUB XVII 9

KUB XXXVI 64

KBo XXII 96

KBo XXII 70

【文献的转写与翻译】

圭特博克，1938 年，84—87 页。虞纳尔，1994 年，852—853 页。佩奇奥里，2003 年，476—494 页。哈斯，2006 年，217—220 页。阿克都甘，2007 年，1—20 页。高戴克，2008 年，79—80 页，89—91 页。

【题解】

"古尔帕然查赫"史诗是库玛尔比神话中的一个篇章。这篇赫梯语文献很可能成文于赫梯中王国时期，现存的残片是赫梯新王国时期的文本。这是一篇具有胡里人文化内涵的神话史诗文献。鉴于大部分残片残缺严重，译文仅限残片 KUB XXXVI 67 和 KUB XVII 9。译文根据虞纳尔的德译文。

KUB XXXVI 67

正面第二栏 [……]

（开始部分残缺）[……] 古尔帕然查赫 [？] 杀死了一头熊并走向田野。他们去了阿卡德。[……] 在阿卡德城，伊姆帕科鲁 [接待了（？）][他们]。60 个王和 70 个英雄进了 [城]。

他们让（他），古尔帕然查赫，他的女婿坐在最前面。[……] 他们一同吃喝和 [欢乐]。他们要了弓、箭筒（和）箭 [……]。在他们装备了武器之后，他们出现在古尔帕然查赫的面前。古尔帕然查赫在那里射箭；这时箭飞出了箭筒，犹如一只鸟一样。他在射箭比赛中战胜了 60 个国王和 70 个英雄。

伊姆帕科鲁上了床并躺下就寝。古尔帕然查赫也上了床。一名男子向他点撒质量上乘的油（并且）用 [鲜花（？）] 遮盖了道路。他 [走进] 卧 [室] 并借助梯子上到床上。他的妻子塔梯祖里确定了一天，接近古尔帕然查赫（并且说）：只要 [我……是，你] 不 [应当接近我]。在内室，我们 [……]。

KUB XVII 9

正面第一栏

（开始部分残缺严重，提到阿卡德城和房屋［……］）我将镌刻那个名字［……］［愿］我主［言辞（？）怜悯］我将去阿卡德城［……］，［……］古尔帕然查赫将要给我的东西，［……］让它在那里。河流阿然查赫湍急地如同一只雄鹰，流向阿卡德城。

在努阿杜城发生的是他坐在高处的台阶。古尔帕然查赫不停地悲叹。英雄们不断地恳求他。阿然查赫对古尔帕然查赫说：你为何悲叹？你那漂亮的眼睛流淌着眼泪！你为何在埃拉努瓦城悲叹？［古尔］帕然查赫对［阿然查赫说］：你为什么还在这个地［方］逗留？

阿然查赫这样说：我是［……］首位的雷雨神，首位的水［……］父亲［和］母亲。监护［者］。古尔帕然查赫这样说：那个女孩［……］因为他向我支付了新娘礼金并且［……］从阿卡德城带着喜悦（？）［……］我将准备好并且快［去］［……］

阿然查赫听说了，他自己［……］，他迅捷如同鹰一样［到达了阿卡德城］。他去朝拜母亲神汉娜汉娜（和）命运女神。［当她们］看到阿然查赫，［她们请他吃喝］。他吃了［（并且）喝了］一顿，两顿，三顿，四顿，五顿，六顿，七顿，八顿和九顿。

4. "库玛尔比" 史诗（CTH 344）

【文献的版本】

A. KUB XXXIII 120 + KUB XXXIII 119 + KUB XXXVI 31

B. KUB XXXVI 1

C. KUB XLVIII 97

【文献的翻译】

奥滕，1950 年，5—13 页。格兹，1955 年，120—121 页。奎那，1978

年，153—155 页。哈斯，1982 年，131—134 页。霍夫奈尔，1990 年，40—43 页。

【题解】

库玛尔比之歌是库玛尔比神话中的一个篇章。这篇赫梯语文献很可能成文于赫梯中王国时期，现存的文本是赫梯新王国时期的抄本。这是一篇具有胡里人文化内涵的神话史诗文献。译文根据赫梯楔形文字原文，部分译自霍夫奈尔的英译文。

文本 A，第一栏

［……］那些阴间神灵，让［……］，重要的神灵听吧：那拉神、那颇沙拉、米恩基和阿穆恩基神，让阿么查都神听吧！让［……和……］，［……］的父亲和母亲听吧！

让［……和……］伊什哈拉神的父亲和母亲，听吧！恩里尔和宁里尔，上上下下重要的和强大的神灵，［……］和［……］，让他们听吧！先前，在过去的岁月里，阿拉鲁神是天国之王。阿拉鲁位居王位。重要的阿努神，诸神中最重要的，列在他的前面。他跪倒在阿拉鲁神的脚下，并且把酒杯放在他的手上。

阿拉鲁神作为天国之王仅有九年。在第九年，阿努神挑战阿拉鲁神并且他打败了阿拉鲁神。他（阿拉鲁神）逃跑了并来到阴间。他来到阴间。阿努神占据了他的王位，阿努神坐在了他的王位上。显要的库玛尔比神献给他饮料，他（库玛尔比）跪倒在他的脚下，把酒杯放在他的手上。

阿努神在天国称王只有九年。在第九年，阿努神向库玛尔比神挑战。库玛尔比神，阿拉鲁神的后代，向阿努神宣战。阿努神无法忍受库玛尔比神的眼睛。阿努神从他的手中扭动出来并且逃跑了。他飞向天空，库玛尔比神追击着他，抓住了阿努神的腿，并把他从天上拉了下来。

库玛尔比神咬掉他的下身，而且他的男性生殖器与库玛尔比神的内脏像青铜一样交融在一起。① 当库玛尔比神吞下阿努神的"男性生殖器",他兴奋地大笑着。阿努神转过身来并对库玛尔比神说:"你自己如此高兴是因为你吞下了我的'男性生殖器'吗?"

"停止你的狂笑!我已经把一个烦恼置于你的体内。首先,我已经使你附着了高贵的雷雨神;第二,我已经使你附着了无法抗拒的底格里斯河;第三,我已经使你附着了高贵的塔米苏。我把三个可怕的神灵作为重负置于你的体内。将来,你将用你的头撞击塔沙山的巨石而死亡!"

当阿努神说完,他飞向天空并把自己藏起。库玛尔比,智慧之王从他的嘴里吐了出来,他从嘴里吐出混在一起的唾液和精液。库玛尔比神吐出来的,堪祖拉山〔……〕可怕的〔……〕。

库玛尔比神去了尼普尔城。他坐在了王位上。库玛尔比神没有〔……〕。〔……〕数着月份。第七个月到了,他的内心里,强大的〔神灵……〕。

第二栏

〔……〕库玛尔比。从他的〔……〕从身体出来!或者从他的头脑里出来,或者从他的好的地方出来。②

神灵阿基里穆开始对库玛尔比神说:愿你活着,噢!智慧之源之主!假如我出去,〔……〕他〔……〕对库玛尔比神〔……〕。大地将赐予我她的力量(?)上天将赐予我他的英勇。阿努神将给予我他的男性力量。库玛尔比神将给予我他的智慧。阴间〔……〕将给予〔我……〕。那拉神将赐予我他的〔……〕。(某个)神灵给了〔……〕埃里尔神将赐予我他的力量(?)〔……〕他的尊严和他的智慧。他给予〔……〕。

让〔……〕与我一侧。苏瓦利亚特神〔……〕。当〔……〕他给了我,他〔……〕与我。

---

① 所谓内脏,字面的意思是内部。
② Harry A. Hoffner, *Hittite Myths* (Atlanta: Scholars Press, 1990), p. 41. 霍夫奈尔的英译本是 Or come out from his good place!。

阿努神开始高兴［……］来吧！［……］与你［……］我害怕。你将［……］并且我所给［……］，［……］来吧。他们将［……］他像另一个女子。以同样的方式出来！［……］从嘴里出来！［……］出来！如果你愿意，从"好的地方"出来。

埃阿神开始对库玛尔比神的内心说话。［……］地方。若我出来到你［……］，我将像芦苇一样被折断。如果我出来［……］，那将玷污我［……］我的耳朵将被玷污。如果我通过"好的地方"出来，一个［……］女子将［……］我在我的头上（？）［……］他［……］。他把他像一块石头一样劈开。他离开了他，库玛尔比。神圣的卡-查尔①，英勇的国王从他的头颅出来。

当他离开，卡-查尔出现在埃阿神的面前并且鞠躬。库玛尔比神跪下，从［……他的……］改变。库玛尔比神寻找了纳姆-赫②，他开始对埃阿神说："把我的孩子给我，我吃掉他。那个女子［……］给我的，我将吃掉泰苏普。我要把他像一根脆苇秆折断。"［……］他试图接近他［……］上天太阳神看见了他［……］，库玛尔比神开始吃。［玄武岩……］库玛尔比神的嘴和牙齿。当它［……］在他的牙齿里，库玛尔比神开始哭泣。

库玛尔比［……］［他开始］说话，我怕谁呢？库玛尔比［……］像一个［……］。他开始对库玛尔比说。让他们称［……］石头！让它被放在［……］！他把玄武岩抛进［……］，（说）："将来，让他们称你［……］！让富裕的男人们，为你宰杀牛［和羊］！让贫穷的人们向你献祭［谷物］。"（这一段以下部分残缺）

［富裕的男人们］开始宰杀牛羊。［穷人们］开始用谷物献祭。［……］开始［……］。人们把他的头颅像一件衣服［……］。雷雨神离开了他，库玛尔比。英雄般的泰苏普经过［吉利］的地点出来。

［……］，命运女神。人们关上了好的地方，就像（人们缝补了一件破

---

① 卡-查尔（KA.ZAL）这个词涵义不清。这里是音译。
② 纳姆-赫（NAM.HE）一词的涵义不清，这里是音译。

碎的）衣服一样［……］。第二个地方［……］出来。接生婆把他接生下来，［……］像床上的一位女子。当［他们为］库玛尔比神准备堪祖拉山（的出生），［他们把］他接生，即堪祖拉山。［……］英雄出来。［……］他通过好的地方出来。阿努神高兴，［因为］他瞧见了［他的儿子们（？）］。（第二栏的其余部分残缺）

第三栏

［……］我们将毁灭［……］。阿努神［……］。此外，我们将毁灭［……］。［……］我们将毁灭纳姆-赫就像一个［……］。当［库玛尔比神……］，你所说的话［……］，你将打败库玛尔比神［……］？［……］在我的王位［……］库玛尔比神。谁会为我们打败泰苏普神？当他成年时，人们将使其他某个人［……］。［……］。放弃他！［……］埃阿神，智慧之源之主，使［……］成为王！［……］话［……］。当泰苏普神［听到这些话］，他变得悲伤。［泰苏普神……］对公牛塞里说：

"谁敢再来与我交战？谁能现在打败我？即使库玛尔比神也［无能］起而对抗我！甚至埃阿神［……］儿子，和太阳神［……］。我在［……］时把库玛尔比神从王位上驱赶下来。我诅咒他［……］。我也诅咒雷雨神，并把他带到巴那皮城。现在谁能再与我争战对抗？"

公牛塞里向泰苏普神回答道："我的主啊！你为何诅咒他们，［……］诸神？我的主啊！［你］为何［诅咒］他们？你为何也诅咒埃阿神？"埃阿神将会听到你［……］，不是那样的吗？［……］是伟大的。疾病与国家是一样大的。［……］。你将不能［……］。（以下一部分残缺）

"手的［……］，愿他不受束缚［……］，［愿他……］眉毛！愿他造出［……］银和金的！"

当埃阿神听说了这些话，他变得心情悲伤。他开始对泰里神说："不要诅咒我！诅咒我，他是在冒险。你向我重复那些诅咒词是你在诅咒我！火焰在架着的罐的下面，那个罐将会沸腾。"（第三栏的结尾部分和第四栏的开始部

分残缺）

第四栏

当第六个月过去了，马车［……］，马车［……］谋划的一个计划。［……］，埃阿神，智慧［之源之主］。大地女神出发去阿普祖瓦，说："埃阿神，智慧［之源之主］，知道去做什么？"埃阿神计算着：第一个，第二个，第三个月过去了。第四，第五，第六个月过去了。［第七个］，第八个，第九个月过去了。第十个月［到了］。在第十个月，大地女神在哭泣着分娩。

当大地女神痛苦地哭叫着，她生下了儿子们。一个信使去（告诉诸神的王）。［神灵……，国王］，确认他的王位。［……］好的话。［……］大地女神生育了两个儿子。［……当］埃阿神［听说］了话，［他……］一个信使［……神灵……］，国王，［……］一件礼物。（国王给）他/她了一件漂亮的外衣［……］，一件像银的伊潘吐服装［……］包裹起［……］。①

题记：库玛尔比之歌的第一块泥板，未完成。写自阿沙帕，［……］塔苏之子，拉玛苏姆之孙，瓦尔什亚的［曾］孙，兹塔的学生。因为我抄写的第一块泥板破损了，我，阿沙帕在兹塔的指导下再次抄写了它。

5. "自由之歌"史诗选译

【文献的版本】

胡里语文本-赫梯语文本，
KBo XXXII 11，仅存胡里语文本
KBo XXXII 12，仅存胡里语文本
KBo XXXII 14，胡里语文本-赫梯语文本
KBo XXXII 13，胡里语文本-赫梯语文本

---

① 伊潘吐一词是音译，伊潘吐服装所指并不清楚。

KBo XXXII 15，胡里语文本-赫梯语文本

KBo XXXII 17，胡里语文本-赫梯语文本

KBo XXXII 18，赫梯语文本

KBo XXXII 19，胡里语文本-赫梯语文本

KBo XXXII 20，胡里语文本

KBo XXXII 10，赫梯语文本

图片：诺伊，《博阿兹柯伊文献研究》，第32卷，1996年，图片 III 和 IV。

【文献的翻译】

诺伊，《博阿兹柯伊文献研究》，第32卷，1996年，30—32页，74—97页。贝克迈，见哈罗主编，《经典文集，圣经世界文献》，2000年，216—217页。哈斯，2006年，79—192页。威廉，2001年，85—91页。

【题解】

译文根据赫梯楔形文字原文，参照了德国已故赫梯学家诺伊的德译本和译者在美国哈佛大学语言学系学习时沃特金斯教授的课堂教学笔记。这里仅选译残片 KBo XXXII 11 和 KBo XXXII 14。胡里语文本根据诺伊的德译本，参考了哈斯的德译本。

残片 KBo XXXII 11（胡里语）

第一块泥板第一栏

我愿赞美泰苏普神，库玛尼城的伟大的国王；我愿赞颂年轻的［女子］阿拉尼，大地的门闩。

但是，与他们一道，我将说起这位年轻的女子伊什哈拉，她是一位善于言辞的、智慧般的著名的女神。

我愿提及皮兹伽拉，人们把皮兹伽拉带向埃博拉。皮兹伽拉毁灭了［……］，努哈赛和埃博拉［……］

尼努瓦的皮兹伽拉［……］

(下文严重残缺)

第一块泥板：自由［之歌］史诗

KBo XXXII 14
正面第二栏是赫梯语部分

一座山将一头鹿从它的山脊驱逐出去，鹿跑到了另一座山，它长得已很壮实，并要寻求挑衅，它开始诅咒那座山，我吃草的那座山，让火彻底烧毁它，让雷雨之神毁灭它，让火彻底烧毁它。当那座山听到后，心情悲痛。那座山向鹿诅咒道：那个我使它肥壮的鹿，现在却在背后诅咒我，让猎人使鹿倒下，让捕鸟人抓住它，让猎人拿去鹿肉，让捕鸟人拿去鹿皮。

不仅仅是一头鹿，一个人也是这样。一个人逃离了他的城市，他到了另一个地方。当他寻求挑衅时，他开始对这个城市作恶。这座城市的诸神将永远诅咒他。

暂且搁置这段故事，我为你们述说另一则故事，你们听着，我向你们述说一个教诲。

一头鹿在河的一侧觅草，它总是目视斜望另一侧的牧场，它没有来到另一边的草场，但是，它没有踏进另一边。

不仅仅是一头鹿，一个人也是这样。一个人被他的主任命为一个地区行政长官，他们使他成为一个地区的统治者，但是，他总是把目光投向另一个地区，诸神对那个人进行了教诲，他没能来到第一个地区，但是，他也没有能得到第二个地区。

暂且搁置这段故事，我为你们述说另一则寓言，你们听着这段寓言，我向你们述说一个教诲。

一个锻工锻造了一个令人赞美的杯子，他在杯上镶上了装饰物，雕刻成型，他用一块羊毛布使它闪闪发光，但是，愚蠢的铜杯开始诅咒锻造它的人，愿锻造它的人的手断裂，愿他的右臂麻痹，当锻工听说后，他痛疾心胸。

锻工开始扪心自问，为什么我锻造的铜杯反过来诅咒我？锻工向这个铜杯诅咒道：让雷雨之神击碎这个杯子，让雷雨之神打掉它的饰物，让这个杯子掉进沟渠，让它的饰物落入河流。

背面第三栏是赫梯语部分

不仅仅是一个杯子，一个人也是如此。那个人的儿子仇视他的父亲，他长大成人，尔后，他不再赡养他的父亲，他父亲的诸神诅咒了他。

暂且搁置这段故事，我为你们讲述另一则故事，你们听着这段训言，我为你们讲述一个教诲。

一只狗叼着一片库古拉饼①逃离了炉灶，它把库古拉饼从炉灶带走，浸上了油。它将库古拉饼浸上了油，坐了下来，开始吃起库古拉饼。

不只是一只狗，一个人也是如此。一个人被他的主封为地方长官，他在那座城市提高赋税，尔后，他不再关心城池，人们试图在他的主人面前告发他，他将收缴的税赋，在主人的面前交出。

暂且搁置这段故事，我将向你们讲述另一则故事。听着这段训言，我向你们讲述另一个教诲。②

一个工匠建造了一座塔，他使塔基下至大地太阳女神，使塔尖直冲云霄。后来，愚蠢的塔开始诅咒建造它的人。愿建造者的手碎断，让他的右臂麻痹。工匠听说后，痛疾心胸。

工匠扪心自问，为什么我建造的塔反过来诅咒我？工匠向塔诅咒道：让雷雨之神毁灭这座塔，让雷雨之神拔除基石，让［……］掉入沟渠，让泥砖掉入河中。

不只是一座塔，一个人也是这样。那个儿子与他的父亲为敌。他长大成人，有了名望，他不再照料他的父亲，他父亲的诸神诅咒了他。

暂且搁置这段故事，我为你们讲述另一则寓言，你们听着这段警言，我向你们讲述一段训言。

---

① 库古拉一词是音译，库古拉饼的具体所指并不清楚。
② 以下省略两个自然段。

第六专题　古印度神话史诗研究

刘安武

印度大史诗研究

1　回顾欧美学者对《摩诃婆罗多》的评论[①]

　　《摩诃婆罗多》的中文散文体全译本的翻译出版是我国翻译界和外国文学界的一件大事，特别是对我国印度语言文学界来说具有重要的意义。

　　古代的中国人通过佛教这一渠道，知道了印度有《摩诃婆罗多》这一巨著（那时还不称为史诗），但只知其名，不知其详。20世纪30年代，学者兼作家许地山写了一本《印度文学》，里面很简略地介绍了印度大史诗《摩诃婆罗多》的内容。随后，40年代初，学者柳无忌也写了一本《印度文学》，简单地介绍了《摩诃婆罗多》的内容，这才是中国读者了解大史诗的开始，但这也仅仅是开始，因为所介绍的内容很少。要知道，长达几百万字的巨著，用几百字怎么能介绍清楚呢？在20世纪下半叶，1959年和1962年，我国先后出版了从英语转译的两大史诗的散文缩写本《摩诃婆罗多的故事》和《罗摩衍那的故事》，译者分别是唐季雍和冯金辛、齐光秀。至此，可以说中国读者基本上了解两大史诗的主要内容了。1962年还出版了孙用从英语转译的小型节译本《腊玛延

[①] 本文中所列举的一些学者的观点和论断请参阅《印度两大史诗评论汇编》一书，1984年3月中国社会科学出版社出版。

那　玛哈帕腊达》，里面分别收录了两大史诗各四千行左右的诗句。1984年又出版了从俄语翻译的散文缩写本《摩诃婆罗多》和《罗摩衍那》，译者分别是董友忱和黄志坤。80年代前期，由季羡林从梵文翻译的诗体全文《罗摩衍那》出版了，这是我国翻译界和外国文学界的一件大事。我国读者可以欣赏到完整的《罗摩衍那》这部史诗了。于是人们又关注另一部大史诗《摩诃婆罗多》的全译本的出版，这一等就是二十年。

其实，将梵文版《摩诃婆罗多》翻译成中文的努力始终没有间断过。早在1954年，金克木就翻译了《摩诃婆罗多》中的著名插话《莎维德丽传》，受到了读者的热烈欢迎。虽然这插话与主干故事无关，但金克木的译本激起了人们对《摩诃婆罗多》全文的极大兴趣。后来赵国华又译了《摩诃婆罗多》的另一著名插话《那罗和达摩衍蒂》。1987年金克木等又翻译出版了《摩诃婆罗多插话选》，直接从诗体原文译为诗体汉语。1999年出版了黄宝生翻译的诗体《摩诃婆罗多·毗湿摩篇》，这是大史诗的一部分中心内容，其中也有插话故事。译者把输洛迦诗体译成对句双行诗，看来也是一种成功的译法。读者可以借助译文欣赏一部分主要内容，以及其中一些精美的插话故事，而这些诗体的插话故事都是些独立的优美的长篇叙事诗，甚至是长篇抒情诗。

至于要了解《摩诃婆罗多》的全文，在散文全译本翻译出版以前，只有通过以下三种途径：1）读原文，即通行的梵文传统本或经过整理的精校本；2）读从梵文翻译的印度各地方语言的全译本，如印地语译本、孟加拉语译本，但一般都是散文体译本；3）阅读印度国外的外语译本，如英语译本、俄语译本，这些也都是散文译本。不懂梵文和不通过梵文文本去欣赏大史诗是存在着局限的，因为译本中不可能或很少可能保持原著的语言美、语言风格或诗律的特色等。如果进行研究，则局限性更大，既无法区别大史诗形成的语言变化层次，也无法鉴别语言发展所留下的痕迹，更无法比较大史诗的多位创作者的艺术语言的功底。于是，印度国内外的大史诗的研究者大体可以分为两类人：第一类是精通梵文原本或至少是能顺利读懂梵文原本的人，第二类是通过各种印度国内外语言译本进行阅读的人。

在我国，第一类人极少，第二类的人较多，但他们正式发表评论的都很少。为什么？面对这个问题，笔者不由得想到美国梵文学者布依特南[①]，他在翻译《摩诃婆罗多》新译本的"导言"中说："为什么相比之下很少学者愿意从事《摩诃婆罗多》的研究？可以说出很多理由。首先，可以肯定，这个文本（指各种传统本——引者）如此棘手，难以处理。单是它的篇幅就会令人却步，只有极少学者有信心把握它的全部。在那时存在的这部史诗中，许多事情实在难以下判断。罗易的译本（指一种旧英语译本——引者）更在其下，根本不能提供有效的帮助，没有多少用处，因为这个译本起到的作用只是让研究者灰心丧气。这样一来，任何人真正想要深入研究《摩诃婆罗多》，他就得摆脱一切事务，先用五年左右的时间熟悉它，而不指望有什么确实的成果。"

我们先回顾欧美的学者对印度大史诗《摩诃婆罗多》的研究状况。19世纪，欧美学术界兴起了一股印度热。英国在政治上取得对印度的统治权后，也在文化上加紧了对印度的渗透，这就必然导致对印度文化、宗教、哲学、文学、艺术研究的开展。不仅英国，其他欧美国家也相继开展了对印度的研究，包括对印度两大史诗的研究。由于他们的文化背景和文化传统中有希腊的两大史诗的基因，他们很自然地拿希腊两大史诗与印度两大史诗做比较。其实在这之前，印度并没有把《罗摩衍那》和《摩诃婆罗多》合称为两大史诗，严格说来，他们根本不把这两部作品称作史诗。他们称《罗摩衍那》为"最初的大诗"，这个称呼有点接近史诗；而称《摩诃婆罗多》为"历史著作"，其意思是"印度人战争的伟大传说"，总之是归入到历史传说一类，是诗体历史著作，印度人世世代代是这样认为的。

所谓两大史诗传到欧美，掀起了一股热潮，同样也激活了一向沉寂的印度学术界。《摩诃婆罗多》在历史上还被称为《十万本集》，即包括十万颂，里面分十八篇，还有附录《诃利世系》。《诃利世系》中还有三篇一万六千多颂。从

[①] 布依特南于1967年开始翻译精校本《摩诃婆罗多》，共译出了三卷（即全书十八篇中的前五篇），不幸于1979年去世。

大史诗中可以了解到，全诗是由三位歌人在不同场合说或唱出来的。首先是大史诗的作者毗耶娑（意译广博或岛生黑仙人）把《摩诃婆罗多》的故事说给他的一个有才华的弟子护民子听；然后护民子在镇群王举行的蛇祭大典上，在毗耶娑的指导下讲给镇群王听；第三次是歌人毛喜的儿子骚底把全部故事唱给寿那迦等仙人听，然后由寿那迦等仙人把故事流传到了人间。

根据大史诗中或明或暗的交代，毗耶娑说给护民子听的故事是大史诗的核心部分，即《胜利之歌》，篇幅约有八千八百颂。护民子在蛇祭大典上讲的故事是增加了内容的扩大版，这时名字也改成了《婆罗多》，篇幅约增加到了二万四千颂。歌人毛喜的儿子骚底所唱出来的故事是包括了插话在内的最后的大本子，现在被称为《摩诃婆罗多》，其篇幅达到十万颂。本来，称大史诗为《十万本集》也是虚指，即十来万颂，不是精确的数字。问题是十八篇的《摩诃婆罗多》除了极少数的传统手抄本外，绝大多数的手抄本都只有八万多颂，要加上其"附录"才接近或稍为超出十万颂，而"附录"即《诃利世系》显然是一部独立的作品。它是以黑天的故事为中心串起来的神话传说结集，是往世书类型的书，类似《薄伽梵往世书》。

大史诗《摩诃婆罗多》传到西方，令具有希腊荷马史诗文学传统的西方学术界大吃一惊——世界上居然还存在着比他们的《伊利亚特》和《奥德赛》的总和还要长八倍的印度两大史诗《罗摩衍那》和《摩诃婆罗多》！于是他们饶有兴味地以研究希腊两大史诗的热情来研究印度两大史诗，不知不觉中便以西方文艺理论为准则、以希腊两大史诗为参照系来审视《摩诃婆罗多》。他们做出了一些新的研究成果，同时印度两大史诗也使他们产生了不少的迷惑。

成果之一是他们认为《摩诃婆罗多》和附录《诃利世系》是两部独立的作品，《诃利世系》并不是《摩诃婆罗多》不可分割的部分。虽然从内容上来说，两者有很多相同之处，甚至《诃利世系》是《摩诃婆罗多》中故事的缩写或发挥。但是，《摩诃婆罗多》最后一篇《升天篇》已经是大史诗的结局了，没有必要再变相地重复了。这种情况类似《罗摩衍那》中的第七篇《后篇》一样。《罗摩衍那》中第六篇《战斗篇》最后罗摩消灭罗波那，和悉多团圆，回国继位，风调雨顺，国泰民安。然而第七篇《后篇》中又重新开始故事线索，又追溯主要人物的前生与故事中的某些情节相呼应。西方学者提出：《罗摩衍那》中原来只有从《阿逾陀篇》、《森林篇》、《猴国篇》、《美妙篇》到《战斗篇》，这五篇是原著，而首尾两篇《童年篇》和《后篇》则是后人加上去的。这一观点被西方学者普遍接受，印度学者接受这一观点的也逐渐多起来了，但绝不是所有的印度学者都接受这一观点。《摩诃婆罗多》与《诃利世系》的关系也是如此。西方学者认为《诃利世系》是独立作品，而仍有部分印度学者坚持认为它是《摩诃婆罗多》不可分割的一部分。

这种分歧最主要的原因是缺乏无可辩驳的史料，再有就是由于印度某些学者囿于将其视为"圣书"的传统的观念。

1.1 关于分解的理论

接着的问题是大史诗《摩诃婆罗多》本身。与《诃利世系》分离后，这部仍然有八万几千颂的庞大作品中，说教的内容太多，有关和无关的插话太多，有的地方臃肿不堪，有的地方却一再重复，显然原始的史诗未必如此，是由于后人的不断增补才形成现在这个样子的。要找出原始的那八千八百颂或者是那二万四千颂的早期本，这样才可以对其展开讨论和研究。有些学者根据自己的理解，把大史诗不同层次的成书年代标了出来，甚至把后来相继增补的年代也大体列出。究竟以什么为标准来划分史诗的原始部分和后来增补的部分，或者说史诗的早出部分或晚出部分？这引起了争论。另外，还要删除明显与史诗无关的内容，最后方可出现纯粹的古老史诗的全貌。

印欧语系比较语言学的奠基者弗朗茨·波伯早在1829年就指出，史诗各部分并不是全都出自同一时期，而是有先有后。他宣称，他所掌握的大史诗文本表明有各种古老成分。波伯之后是百科全书作家克里斯蒂安·拉森，他是第一位对《摩诃婆罗多》进行全面分析研究的学者，近代对史诗的评论可说是从他开始的。他同意波伯的意见，即表示确信在《摩诃婆罗多》中，有着属于完全不同时期的、具有不同色彩和内容的部分。因此，他试图划分出大史诗成书的编订层次，并试图确定其年代。他提出，公元前4世纪对大史诗进行了第二次修订。拉森认为，自那以后，唯一加在大史诗上的只是有关黑天的内容，把这部分去掉之后，就基本上是大史诗的原貌。拉森同时代的人都十分认真地看待他的观点，并认为这是了不起的进展。另一位企图恢复原始史诗原貌的引人注目的尝试，是由斯堪的纳维亚学者译伦·泽伦森在19世纪80年代做出的，他还是《〈摩诃婆罗多〉人名索引》这部杰出著作的作者（如果没有泽伦森这部极其可靠的著作，研究大史诗会变得极其困难。这部著作的内容远不只书名指示的那样，因为它还包含所有大小篇章的详细提要。在精校本问世之前，是十分有用的——转引者）。他把史诗的核心内容重新整理出来的尝试也引起了广泛的注意。他认为最原始的《摩诃婆罗多》一定是以家族故事的形式问世的，主要故事的统一性又表明它是由个人创作的。因此，在原始的史诗里，不可能存在着互相矛盾的成分，也不可能存在着重复或不相干的题外话。也就是说，不可能存在任何会损害它的统一性和同一性的内容。于是，第一步，他整理出一个二万七千颂的版本，删去了很多他认为是后来窜入的内容。第二步，他又进一步删减，产生了一个七千或八千颂的浓缩本。看来这好像与大史诗的某些层次相吻合了。有些学者持肯定的态度，但更多的学者表示怀疑。从这个角度不断努力探索的还有美国学者沃什伯思·霍普金斯，他也列出了他认为大史诗成书的年代表。他认为在公元前4世纪，有关婆罗多族（俱卢族）的叙事诗出现，但还未形成史诗。公元前4世纪到公元前2世纪，由神话传说的编订者把般度族英雄事迹与俱卢族的叙事诗联结起来。黑天作为半人半神出现，但还没有至高无上的神性，也没有说教形式。公元前2世纪到公元2世纪，史诗被修改，黑天完全以神的面目出现，大量说教内容窜入，英雄业绩增加。公元2世纪到公元4世纪，最后几篇出现，膨胀起来的《教诫篇》从《和平篇》中分离出来。公元4世纪以后，只有偶然的增补。霍普金斯的观点得到一些学者的肯定，也受到一些学者的怀疑。

总之，这一派"分解的理论"倡导者认为，这部大史诗正如古代大多数作品一样，肯定不是任何单独一个人的创作，而是许多具有不同才华的作者集体创作的作品汇编。这些作者时不时随心所欲地在原始的史诗上添加一些新的内容，结果不仅出现了不同手笔的、属于不同阶段的、成分各不相同的内容，而且更呈现出了彼此矛盾的、缺少整理加工的一个庞杂的集合体。它的主要内容没有形成有机的综合体，即一个史诗核心另有一个未经整理的说教和插话部分。史诗核心是早出的部分，很可能是以一场战争的历史事实为基础，经过了极度的夸张，不过还保留了一些古风，如一个妻子有几个正规的丈夫、长兄去世留下遗孀由弟弟续娶的习俗（顺便说一句，这一风俗证明《摩诃婆罗多》和另一部史诗《罗摩衍那》的文化背景的相同，《罗摩衍那》中写的猴子国和罗刹国的婚姻习俗都是兄终弟及）。看来这是一个以战争和爱情为中心的长篇故事，但是众多的修道仙人、出家人、苦行僧、充任祭司的婆罗门说教者以及所谓"法"和"正法"的倡导者和捍卫者往史诗中增添了大量的内容。除了纯粹的说教以外，大部分是以插话的形式甚至是以故事套故事的形式出现的。虽然独立地看，有很多插话甚至是很优秀的篇章或独自成篇的作品，可是把这些插话放在大史诗的框架里，至少显得很臃肿，特别是在没有经过剪裁、加工、融合的情况下，难免给读者一种大杂烩的印象。

前面所列举的西方学者，正是试图运用这种"分解的理论"，通过一种大家认可的精校法，让史诗的核心部分完整地重见天日。这些学者提出了种种设想和办法，目的就是让这一精校法达到完善的地步，然后对大史诗施以"外科手术"，剥离那些后加的部分，即"窜入的成分"，再现原始的史诗。

欧美学者中对此倡导最积极的是奥地利学者温特尼茨。由于种种条件的限制，西方学者未能着手这一事业，任务回到了印度学者的肩上。印度的学者一般不太希望外人对他们的这份文化遗产指手画脚，更不希望外人对他们祖传的圣书提出种种非议。然而西方学者的某些科学方法毕竟也逐渐影响了印度的部分学者，包括曾师从温特尼茨的大史诗权威学者苏克坦卡尔，以致后者在20世纪30年代着手启动了一项庞大的工程——整理出了大史诗的精校本。许多学者经过数十年的努力，终于在70年代整理出版了《摩诃婆罗多精校本》。他们收集了成千种手抄本，从中选出了比较流行的手抄本数十种，逐句甄别每一节颂体诗在各种抄本中的情况，从中找出最普遍的表达诗句，然后校对所有不同的表达诗句作为注释列出。他们首先让"附录"《诃利世系》脱离开来，在剩下的八万几千颂的基础上整理出了近八万颂的史诗"精校本"。

这个"精校本"是不是西方学者所期望的"核心史诗"或"原始史诗"呢？应该说基本上不是。少数学者认为大史诗手抄本太多，分歧太多，使人无所适从，需要整理出一个比较全、歧义少、流行广的本子。但多数学者不刻意求得早出的核心史诗，因此对大史诗的现状感到满意。而其他学者，包括整理精校本的学者，则肯定是不满意的。因为他们最主要的主张是不要将"附录"《诃利世系》分离开来，而是剥离那些说教的部分和没有关系的插话，而精校本中这样的内容删掉的并不多，只有那些显然是很晚才补进去的内容被删掉了。比如关于作者毗耶娑请象头神为他充当缮写员的故事，就只见于很晚的抄本。从篇幅来说，即使有删除现象，也只删掉了几千颂诗。应该说，说教的部分和无关的插话基本上未动，仍然保留在史诗中。所以，要使"核心史诗"露面的愿望是落空了。

1.2 关于主题倒置论

还有一些西方学者发现大史诗中的一些问题。早在 1864 年，当时还是系统地研究《摩诃婆罗多》的早期，阿道夫·霍尔茨曼在自己的著作中把《摩诃婆罗多》称为史诗，而不是一部插话集。在他之前，波伯已经宣称，他发现史诗文本中包括有多种古老的成分。霍尔茨曼进一步指出，目前大史诗的故事是对原始故事改写的结果。在原始的故事中，作者们的同情根本不在般度族一方，而在与他们对立的俱卢族一方。本来，史诗有着说教的目的，其篇幅之所以无比庞大，就是因为里面有太多说教，其主要的说教方式是对正直的般度族和邪恶的俱卢族的思想、言行和生活目标进行对比，甚至在开头采取贴标签的方式追溯他们的前生为正神或邪神的背景，最后显示具有真理、道德的一方取得胜利，以此劝诫世人追求向善和虔诚的生活。可是，这个目的还远远没有达到。

霍尔茨曼的这一论点被他的侄子——小霍尔茨曼发挥到了极致，他于1985年出版的《摩诃婆罗多和它的构成》中论述了所谓正直的想象中的道德化身般度族，是怎样违反道德和战争的规则而取得胜利的。他还论证了古代吠陀文献中记载了婆罗多族和俱卢族，完全没有提到般度族，并试图说明般度族是后起的暴发户。他们起来狡诈地推翻了俱卢族的统治，自己掌握了政权。在最早的史诗中可能记载了这一过程，但后来胜利者让史诗的作者把史诗修订得符合自己的意愿和利益。尽管如此，仍然留下了许多破绽。

史诗中的重要人物"法王"坚战，受他的不择手段的军师怂恿，在众目睽睽之下撒了一个弥天大谎。要知道，这位法王是最爱推崇高尚道德的典范，他的谎言造成了他的老师德罗纳的不幸死亡。再比如阿周那，更是违反战争规则首先置自己的伯祖于死地，他躲在毗湿摩不能与之交战的束发身后用暗箭射倒他；在和迦尔纳作战时他乘人之危，不等人家把战车从泥淖中拽出来，就把他射杀。至于残忍野蛮的怖军违反一对一决斗的规则，击断难敌的大腿，并践踏他那曾灌过顶的头，这些难道是真正的正面英雄人物应该做的吗？具有讽刺意味的是，当般度族击断难敌大腿，使难敌倒在战场上时，诸神在天上为难敌洒下阵阵花雨，最后坚战到达天庭时还看到难敌端坐在那里，这难道是反面邪恶人物罪有应得的结局吗？

小霍尔茨曼的这种论证被称为"倒置理论"，因为他认为原本史诗中的正反两方面的人物角色后来被整个颠倒了，原来的反面人物成了正面人物，原来的正面人物成了反面人物。这一论断由利奥波德·冯·施罗德继承并得到某些修正和发挥，因而引起了一些学者的重视。

1.3 关于综合理论

小霍尔茨曼发表他"倒置理论"的同时，约瑟夫·达尔曼也于1895年出版了《作为史诗和法典的摩诃婆罗多》，此后又于 1899 年出版《摩诃婆罗多的起源》。针对分解的理论和倒置的理论，达尔曼提出了一种被学者（特别是霍普金斯）称之为"综合理论"的观点。他认为现行的文本应该看作是一个统一体，因为它原本就是这样创作出来的。大量的教诲部分不是后来窜入的或者是随意增加的，而是原本中本来就有的有机组成部分，具有某种潜在的目的和创作思想的统一性。这一论点被印度大史诗研究权威学者苏克坦卡尔所肯定，他认为"在所有《摩诃婆罗多》的外国评论者当中，达尔曼可以说是最接近于真正理解印度大史诗的人了"。达尔曼断然否定了大史诗是彼此不连贯的集合体，坚持认为《摩诃婆罗多》本来就是一个综合体，包括了"正法"在内的，最广义的"法"的所有各个方面的有机体，并且是由一位才智过人的大诗人将史诗和"法"融为一体，以此形式展现。于是，史诗是几个阶段逐步膨胀的论断也就站不住脚了，而且所谓"史诗核心"的问题也就不存在了。他认为大史诗有着显而易见的观点、目的以及情节处理的统一性，它不是某些人所认为的是某些诗人共同创作的作品，而是由一位创作者独立创作的。

达尔曼的这些论点得到苏克坦卡尔等印度持传统观点的学者的赞赏，但在西方的同行学者中是找不到赞同者的，甚至苏克坦卡尔也对他的某些绝对化的偏激观点持怀疑态度，认为"达尔曼提出的理论，对史诗的研究显然又走向另一个极端……关于史诗原本的统一性和同一性的说法，是言过其实了"。达尔曼的理论受到普遍怀疑，因为只要粗略浏览文本就能发现，一些部分远比另一些部分古老，散发着不同的精神气息，具有不同的句法和文体风格特点，不符合统一作品的标准。印度的传统观念中是不承认大史诗中有先出后补的论断的。受传统观念束缚的印度学者，特别是那些受印度教神学观念所左右的学者认为是一个名叫毗耶娑的大诗人创作了大史诗。即使这位异常长寿的大诗人既编撰了大史诗，又编撰了《吠陀》，而且还编撰了十八部《往世书》，也不会使他们产生怀疑。既然是一个人的创作，则内容不产生早出晚出的问题，也不产生前后矛盾的问题。即便有所不同，那也是作者自己设计的，有寓意的。于是西方学者讨论大史诗的作者及创作年代等问题，都被这类学者认为是毫无意义的。

2 评坚战

在《摩诃婆罗多》中,坚战是中心人物。如果我们承认大史诗所一再表白过的,体现和宣扬"法"与"正法"是其宗旨的话,那我们同时也得承认代表"法"与"正法"的主要人物是坚战。那么,还有代表"法"与"正法"的次要人物吗?不错,是有的,那就是维杜罗。从社会伦理关系来说,维杜罗是坚战的叔叔。这两位人物代表了"法"与"正法",他们的言行互为补充。从神话背景来说,他们都是正法之神的部分化身,坚战是正法之神的儿子,而维杜罗则是正法之神转世,在整部大史诗中是闪耀着光辉的形象。

在评论坚战以前,我们首先来看看坚战的出生背景,包括他的叔叔的来龙去脉。坚战的父亲是般度,伯父叫持国,叔叔是维杜罗。就是说,坚战的父辈是三兄弟,但三兄弟同父不同母。原来他的祖父名叫奇武王,有两个妻子,分别是安必迦和安波利迦。奇武王没有留下子嗣就去世了。奇武王还有一个同父异母的哥哥毗湿摩,是一位终身不娶的苦行僧似的老王子。奇武王的死本来已使这一支王族断绝了香火,不过还有办法挽救,即设法拥有合法的儿子,比如在中国就是过继儿子。

史诗时代的印度,虽然也有像中国那样过继子嗣的习俗(证据是贡蒂的父亲把她过继给了贡提波阇王),但还有另一种办法,即法典和习俗认可的借种生子,就是让死者的遗孀与夫家同辈至亲的亲属同居生子,这样生下来的孩子被认为是死者的合法儿子。这在我国古代的人看来,颇有碍于妇女的贞德,故没有这种公开认可的办法。印度的这种借种生子的理论根据是:一个人拥有一块田地,他自己在上面耕耘播种,那块田地生产出来的农产品归他所有;即使他不是自己耕耘播种,而是雇人播种,那收成也仍然归他所有,而不归于他所雇的人。同样的道理,妇女也是属于丈夫的,像是丈夫的一块田地;他可以自己播种,也可以雇人帮助播种,反正生产出来的产品仍属于他。

根据这一规定和习俗，奇武王的母亲贞信太后要为奇武王留下后嗣，不过她没有考虑与奇武王血缘较近的堂兄弟作为借种的候选人，却叫来了她在出嫁前在娘家时的私生子毗耶娑，让他和奇武王留下的两个遗孀分别同居生子。结果毗耶娑和安必迦生了持国，是天生盲人，和安波利迦生了般度。贞信认为持国天生眼瞎，当国王不便，让毗耶娑和安必迦同居再生一个儿子。可安必迦不愿意，暗地叫一个宫婢代替自己，于是生下了维杜罗。维杜罗是女婢所生，地位低于持国和般度，因而不具备继承王位的条件，终身只作为王族的大总管和高级顾问。

值得注意的是：贞信太后认为大儿媳安必迦借种生下的儿子应该继承王位，由于是天生盲人，即位为王多有不便，所以让借种人再和安必迦交合生下健全、适合为王的儿子，似乎是"传嫡"（大王后所生）的传统，至少是贞信要作为传嫡的开端，或者说是贞信太后的初衷，这点我们暂且按下不表。

奇武王的次子般度做了国王，这不是贞信太后的本意。如果是本意，她又何必又一次叫毗耶娑去和安必迦再生子呢，直接让般度即位就行了，可见般度即位是不得已的办法。般度有两个妻子，一是贡蒂，一是玛德利。由于受到诅咒，般度不能和两个妻子过正常的夫妻生活和生子。他感到绝望，于是和两个妻子到森林去修行去了。据史诗交代，他的两个妻子都是通过借种生子的办法为他生了五个儿子。向谁借种呢？不是向同辈分至亲的人物持国或维杜罗借种，更不是向持国的堂兄弟月授等借种，般度的意思是向在森林里修苦行的婆罗门去借种。但结果并不如此，贡蒂和玛德利找了天神，借了种生了五个孩子。般度和玛德利去世后，贡蒂带着已成长为少年的五个儿子回到京城王宫，声称带回了般度的后代，让他们融合到早已继般度当王的持国的百子的群体里。这难道就没有引起人们对他们来历的怀疑吗？

这里我们就要谈到大史诗的神话传说了。史诗的作者们为了丑化反面角色和美化正面角色，给他们的出身分别贴上了标签。持国娶妻子甘陀利和一个吠舍女子，甘陀利生下的是一个肉球，把肉球切割成一百份，成了她的一百个儿子，剩下一小块，成了她的女儿。吠舍妻子生了一个儿子尚武（乐战）。甘陀利所生一百个儿子都是天魔投生，为首的难敌是"争斗时代"代表天魔迦利转世。于是在读者和听众的印象里，他们就打上了反面角色的印记。而般度的两个妻子，贡蒂和玛德利，被美化为召唤天神来和她们交合生子，而且不只召唤了一位天神，而是先后召请了五位天神来和她们交合。这位生活不检点的贡蒂在待字闺中时就曾经召请太阳神来和她交合生了私生子迦尔纳，可怜无辜的私生子从此成为多余的人。史诗作者把他列为头号天魔难敌的最亲密的合作者是不公正的。般度族五兄弟流落森林时，迦尔纳的父亲太阳神应他们的请求提供给了他们永远吃不光食物的"无尽钵"。公正、神圣的太阳神的儿子就这样被打入另册。贡蒂召请了法王来和她生了坚战，法王即阎王，掌管公正、正义、正法的神。坚战长大后也被称为法王，贡蒂还不满足，又先后召唤了风神和因陀罗神王，并和他们分别生了怖军和阿周那。怖军脾气暴躁，力大无穷，别看他是货真价实的天神的儿子，可在为人方面却并不比凡人高尚。怖军好欺负人。他身材高大，史诗后来描写他们五兄弟和他们的母亲贡蒂流落森林时，在那难走的丛林中他让母亲骑在他的脖子上，让两个小兄弟分别坐在他的左肩和右肩上，然后他的两只手分别抱着坚战和阿周那，健步走出丛林，可见他多么魁梧伟岸和有力了。这位巨无霸型的人物在那些小堂兄弟中，把他们像踢皮球那样踢来踢去，有时在河里玩水时把他们摁在水里取乐，几乎把他们淹死；当他们爬上树采摘野果时，他拼命摇晃树干，让他们像果子一样摔落下地，把他们摔得鼻青脸肿。能不能用孩子顽皮、胡闹来解释呢？不能，因为怖军为什么专门找比他瘦小的堂兄弟胡闹而不找亲兄弟们胡闹呢？可见他是别有用心和有选择的。这样，当然引起对方强烈的不满，他们联合起来进行报复，报复和反报复越来越升级。这种场面读者和听众是怎么看的呢？一边是一群天魔转世的"小妖"，一边是天神在凡间的化身，同情哪方面是不言而喻了，岂管是非曲直。然而我们冷静地考虑一下，肇事者怖军可曾对自己的鲁莽、任性、蛮横而引发的事端表示过歉意呢？贡蒂作为母亲是否对他进行过善待堂弟的教训呢？特别是作为公正、公平、正直、正义的化身的坚战，是否对粗暴的弟弟进行过开导呢？怎能一味地告诫恃强凌弱的怖军防范堂兄弟们的陷害呢？直到后来，当坚战五兄弟一行流落森林，正好以难敌为首的堂兄弟们被飞天欺负而处于困境和被飞天们活捉的时候，坚战这时动员怖军和阿周那去营救，说虽然他们内部之间有争吵，但是对外来说，他们仍是一百零五位兄弟。这时坚战才摆脱少年时代的狭隘性，认识到他们从伦理的角度来说是堂兄弟的关系，这时也才显示出他的不念旧恶和以德报怨的气质来。

话说回来，虽然坚战在少年时有某种不足，甚至在后来的大战中有严重的缺陷，然而仍是一个难得的正面英雄人物形象。创作史诗的诗人们没有把人物绝对化，写了不足和缺点，也在这个人物身上费了许多笔墨来表现其杰出崇高的一面。他首先是法王生的儿子，毫无疑问，他就代表了法王。在印度教里，法王是公正、正义、铁面无私的执法之神，虽然他又叫阎王、阎罗王，但与被佛教吸收为佛教的天神而传到我国的阎王多少还是有区别的。通过佛教传入中国的阎罗王，威严和阴森的成分增加了，而通情达理和与人为善的性格却减弱了。说来，这个人物形象对中国读者来说相当熟悉，在古典名著《西游记》里大体勾勒出了其特点，而在其他古典作品如《聊斋志异》中这个人物形象也一再出现。

在大史诗中，代表了阎王法王形象的坚战，究竟是不是一个公正、公平和具备了各种优秀品德的正面人物形象呢？我们看到，自从他和四位兄弟跟母亲贡蒂一起被带到京城象城以后，他们被以伯父持国国王为首的，包括毗湿摩、维杜罗为代表的王室贵族主要成员接纳，被承认是般度的子嗣后代。特别引人注意的是，持国的心里总有一种说不出的内疚。他认为，他成为国王是般度的施恩，他本来作为一个盲人没有具备当国王的条件，只是因为般度去森林，他才成了国王。如今般度故去了，而其子嗣已经回京，他在适当时机应该把王位返还给般度的儿子才合正法。应该说，这是这位软弱无主见的国王善良的一面。其实在史诗所描述的时代，传位的问题似乎并没有形成一套制度或传统，但是显然存在着传嫡的倾向。前面说过，贞信太后本意是让年长的王后安必迦所生的儿子继承王位，而当安必迦所生的持国有先天的缺陷后，还让毗耶娑去和安必迦再交合生子。从这可以看出贞信太后的本意，如果毗耶娑真的和安必迦又生了孩子，那么该孩子长大后必定成为国王，这样一来王位既没有般度的份，也没有持国的份，可见这是一种传嫡的做法。所以持国当国王，具有合理的因素，即他有权继承王位，只不过有先天的缺陷当国王不太方便而已。他既不是受恩于般度，也不是占了般度或般度族的便宜。

现在的问题是他年老后把王位传给谁，是传给自己的大儿子难敌还是般度的大儿子坚战？在他的心目中，坚战比自己儿子难敌强得多，而且他不止一次公开说过，这种看法是客观的。加之他内心深处始终认为他似乎有责任将王位返还给般度的儿子，这样才合乎正法和合乎道义，所以持国曾一度想立坚战为王储。只是他的这个主张不坚定，而难敌从各方面迫使持国逐渐放弃了这个意图，到后来持国公开说："不错，坚战也是我的孩子，但是总不能抛开自己的孩子而爱另外的一个。"这时他是准备把王位传给难敌了。

至于难敌本人呢？我们排除外界的一些不利于他的舆论，而持客观的态度看他的话，他的一些诡计都是可以理解的，因为他是在"维权"。他的父亲是大王后所生，先天就有成为国王的优势，后来王位被叔叔继承了，好不容易顺理成章地回到了父王的手里。父王的王位以后该传给谁呢？他想：当然是自己无疑。可是不知从哪里来了般度族五兄弟，据说是叔叔般度的五个儿子，天知道是不是真的。他们的到来造成了一定的混乱，对难敌继承王位的局面造成了威胁。说到底他们是何许人，难敌是怀疑的。在一次校场比武的活动中，迦尔纳要求和阿周那比武，怖军认为他是车夫之子不配和王子阿周那较量。这时难敌忍不住说了："正如追溯大河的源头没有什么意义，追究英雄的出身也是没有意义的，就是你怖军的来历也经不起推敲。"就是说，怖军的出身来历也是有问题的，这就明显地说明了难敌对他们兄弟出身的怀疑。

现在这五兄弟渐渐成了难敌的威胁，他怎么能不采取相应的行动来巩固他原有的优势呢？他原有的优势就是他是现在在位国王的长子，老王传位给自己的儿子是顺理成章，虽然老王是从自己的弟弟那里继承王位的，但老王要传位给自己亲生儿子而不传给侄子又有谁来公然反对呢？在难敌看来，问题出在逊位的般度王的儿子深受老百姓和王室中一些人的赞赏，特别是德高望重的毗湿摩和维杜罗的赏识，这构成了对难敌的不利局面，使他感受到了继承王位的威胁。在朝廷和市民中形成了这样一种观念，即奇武王死后王位虽然先后由般度和持国继承，但似乎都是临时性的（实际上不是如此），王位是作为一笔祖产留下来的，谁该继承这一祖产呢？似乎是该由有德之人来继承，显然这有利于坚战而不利于难敌。

从品德的标准来衡量坚战和难敌，他们的表现形成了强烈的对比。坚战五兄弟自幼对持国以及王室长辈毗湿摩和维杜罗恭敬有加，特别是坚战循规蹈矩，谨言慎行，尊长敬老，待持国国王如同侍候自己的父亲。自从老祖父毗湿摩为坚战五兄弟和难敌百兄弟先后延聘了慈悯大师和德罗纳大师教授武艺之后，坚战五兄弟勤学苦练，进步神速，获得两位大师的嘉许，老三阿周那更为杰出，不仅成了两位大师的爱徒，还获得了老祖父毗湿摩的欢心。难敌百兄弟则表现不佳，据史诗交代，他们个个桀骜不驯，为所欲为。他们的行为与坚战五兄弟形成了鲜明的对照。

这里要着重谈一谈坚战对待瞎子国王持国的问题。自从贡蒂将坚战五兄弟带回朝廷，他们被接受并没有产生任何障碍。这一点要与中国的传统观念区别开来。在中国，在位的国王接纳忽然从远地来的几位据称是皇侄子的人是有困难的，至少该查一查来历吧。由于在印度血统的问题远不如中国那么严格，加以借种生子的习俗在史诗中已经为不纯血统敞开了方便之门，持国本人和弟弟般度就是这种不纯血统的最好例证。现在弟媳回来，带来了据说是弟弟般度通过借种生子的办法留下的五个儿子。持国欣然地接受了这一群侄子，让他们和自己的一百个儿子生活在一起，而且还让大师教他们武艺，这至少也表明持国的一种可贵的亲情。对坚战来说，他感激伯父对他们的接纳和善待，他们感到有了归宿，怎么能不竭力用言行来表示对伯父的忠心呢？在这里，我们一定不要以我们中国的传统观念和习俗来观察或忖度俱卢族（持国一支）和般度族这两房堂兄弟之间的亲属关系。

在我们中国，没有借种生子的习俗和传统，对印度的这种做法也不能接受，甚至不能理解。这种做法在印度的历史上是否真实存在过不得而知，但至少《摩奴法论》中是规定了的。在进入文明社会以前，这种习俗存在过也不足为奇。

　　从人类社会发展来说，最初是母系社会。在这种社会里，"人知其母而不知其父"。后来，慢慢过渡到以男性为主导的社会。在这种社会里，建立了以男性为主的家长制，这是伴随着妇女丧失主导权而开始的。当等级和阶级出现后，群体之间的冲突以及各种权力的形成伴随着男权的确立，令妇女逐渐处于附属地位。当权力和财富可以继承时，就要求男性有确切的继承人，才不至于大权旁落，财产流失。于是，以男性为主的血统建立了权威，男性的掌权者和拥有财富的人手里，同时也掌握着可以拥有一个以上的女人的特权，而绝对排除其他男性和他共同享有某一个或多个异性的权力，以维护血统的纯洁。留下子嗣后代是极重要的一条，像我国古代的"不孝有三，无后为大"。毗湿摩迦不及待地抢了两个公主（实际上是三个）让奇武王结婚，也是为了弥补花钏死时没有子嗣、甚至连婚也没有结的失策。可惜奇武王也死得早，没有留下子嗣，于是贞信王太后请来了她出嫁前的私生子，既有遗孀的婆家的身份，又有婆罗门的身份，为奇武王留下了持国和般度两个（实际上是三个）儿子。般度又在他健在的时候，既不采取过继儿子的办法，又不向至亲的兄弟借种，而是让他的两个妻子找森林里修行的婆罗门。结果妻子却找了几个所谓的天神，从血统来说，五子与奇武王已经相距十万八千里。这明显地说明印度的血统观念和我国的血统观念之间存在着巨大的差别。

　　在我国的文学作品中，借种生子的情况似乎没有。但有关传统观念和思想认识倒可以对比一下。《东周列国志》中秦始皇嬴政的母亲本是吕不韦的侍妾，在已怀孕时送给当时作为人质的秦国王子异人为妻，后来生下了实际上是吕不韦的儿子而不是秦王血统异人的苗裔。小说的作者是用怀孕一年才临盆的说法敷衍过去的。嬴政长大即位和亲政后，他已经守寡的母亲还私自生了两个儿子，秦始皇知道后扑杀了这两个同母异父的兄弟，为什么？这两个孩子是私生子固然是原因之一，更主要的是因为他们是杂种，不是秦昭襄王（即异人）的血统，所以秦始皇不能容忍他们的存在。在后来的唐代，唐高宗死后，皇后武则天即皇帝位，为了巩固她的皇权，甚至不惜残杀自己的儿子，最后还是被迫交出皇权，取消武氏帝制。最根本的原因是，即使有天大的本领，也无法变李氏的血统为武氏的血统，即她无法改变以男性血统为中心的社会制度。

般度五子和持国百子之间的矛盾日益加深，为了避免关系的进一步恶化，持国采取使他们脱离接触的办法。他建议，坚战带着自己的四个兄弟和母亲去一个名叫多象城的地方居住。坚战虽然怀疑这不一定是持国的主意，但是既然是伯父的吩咐，也就无条件地接受了。他们五兄弟和母亲贡蒂去了多象城。坚战的怀疑有没有根据呢？有的，这个主意是难敌出的。他感到坚战一伙日益强大，成了他的威胁。有他们在，总感到碍手碍脚，不利于他做多方的准备。一旦他们离开了京城，无论他安插亲信、培植自己的势力还是拉拢朝中的文武百官，都有很大的方便。难敌更乘机派心腹到多象城修了用易燃物建成的紫胶宫，让五兄弟和贡蒂居住，以便乘他们不备，放一把火烧死他们，以绝后患。幸亏维杜罗探听到了密谋，派人通知了坚战他们。坚战等人从紫胶宫中修了一条暗道通向外面。在一个月黑风高的夜里，乘一位年老的母亲带着她的五个酒鬼儿子闯进紫胶宫时，怖军放了一把火，烧了紫胶宫。怖军兄弟带母亲从暗道里逃了出来，进入森林，而那年老的妇女和她的五个儿子却成了他们的替死鬼。于是持国国王为他的弟媳贡蒂和五个侄子举行了志哀典礼，而难敌却在一旁暗自高兴。

按说，这一重要情节应该比较惊险和精彩，但大史诗的作者却处理得平淡甚至有些粗糙。坚战五兄弟有惊无险甚至可以说是从容不迫地进入了森林，却把无辜的母子六人推入火坑，而放火的是怖军，他逃脱不了烧死无辜者的罪名。大史诗的作者弄巧成拙了。是不是因为后有追兵，为了赶快脱身而自己先放火呢？当然不是。当时前无拦截者，后无追兵，明显不是形势所迫。是不是他们为了安全，要远遁隐居布下的迷魂阵呢？也不是。因为他们逃进森林不久，就移居到独轮城，然后参加了黑公主的选婿大典，接着暴露了身份。总之，这一情节的处理不是很合理，虽然不一定是败笔。

自从紫胶宫事件后，坚战等人明白，他们和难敌兄弟们之间的矛盾不是感情上的或者说是思想性格上的矛盾，而是政治上的对立和争夺王位继承权的尖锐斗争。前面我们分析到，难敌要从自己的父亲那里继承王位，那么坚战等人是怎么看的呢？在他们看来，他们的父亲般度留下的王位，正好像是一笔还未分割的祖产，等待继承人。王位本是般度的，持国只是临时监国，用今天的话来说是看守国王。这种看法有片面性，但似乎是比较普遍的看法，甚至持国本人在某种程度上也认可。其实，这是史诗的作者的片面看法或偏见。般度离开王位时还没有子嗣，持国也是如此，哪有让持国只有一个监国的身份，一二十年而不正名的？何况持国即王位只是不理想，治国不方便，而不是不具备条件，在某种程度上他比般度更具备条件。所以，认为王位空置在那里等待正式的继承人，这种看法是不对的。不管怎样，坚战认为他们兄弟才是合情合理合法的继承人。但他们不像难敌他们那样急于抢班夺权，而是等待时机，特别是创造各种有利条件，让自己在品德、才能、武艺等方面受到以毗湿摩和持国为首的王室势力集团的赏识，使有利于自己的条件逐渐成熟，最后水到渠成，成为王位的继承者。

对坚战五兄弟，持国原本就怀着歉意。前面讨论过，这种歉意是因为他继承了其弟般度的王位而产生的。现在又多了一层歉意，因为当初是他要求坚战五兄弟和他们的母亲到多象城居住，结果一场大火使他们葬身火海，死于非命。持国内心很痛苦，他为他们举行了隆重的葬礼。他哪里知道他们已经安全地逃往森林了呢？他既不知道难敌等人的阴谋，也不知道维杜罗的通风报信。维杜罗只告诉了毗湿摩，而没有告诉持国。作为正义公正化身的维杜罗，紫胶宫事件之前和其后，他没有对持国说明真相，他有难言之隐。

坚战和母亲贡蒂一行逃离紫胶宫，进入森林，后来到独轮城，正值木柱王为自己的女儿黑公主举办选婿大典。坚战五兄弟化装成婆罗门去应选，阿周那通过了选婿的苛刻条件得到了黑公主的认可，黑公主选择了阿周那，结果五兄弟依次和黑公主结了婚，同时他们也暴露了真实身份。当持国王听到这个消息后，他又惊又喜，使他感到欣慰的是他们并没有死于大火，而现在又成了木柱王的驸马。他高兴地把他们迎回京城，为了一劳永逸地解决堂兄弟之间——

即难敌兄弟与坚战兄弟之间的矛盾和纠纷，在征得毗湿摩、维杜罗等王室成员的意见后，他宣布给坚战兄弟一半国土，让他们独自立国、各展宏图。

将一个王国的国土主动分成两个或多个独立的国家，这样的事在印度的历史上或许有过，但在古代中国，是绝对没有的。中国有的是将国土分封给同姓王或异姓王。但要知道，这些都不是独立的国家，而是一国中的一些小地区，这始于周朝。的确，他们处于半独立的状态，但他们首先得承认中央王朝的周天子，后来各地区发展成了几乎完全独立的各个王国，这些都不是统一的君王有意分裂王国的结果。到战国时代，统一的周天子名存实亡，演变为战国七雄。后来秦统一了六国，自汉起虽然还封了不少的同姓王，但都是些地盘较小的诸侯王，他们不能违反中央王朝的命令，而且只拥有少量的自主权。当然后来"合久必分、分久必合"，往往一再出现多个王朝并立的局面，但这些都还不是像印度两大史诗《摩诃婆罗多》和《罗摩衍那》中所描写的那样，以均衡分配祖产的形式，把国家主动一分为二或一分为几。

不消说，国家大统一是符合社会发展的，中国的汉唐盛世就证明了这一点。这时国势强大，社会繁荣，社会发展很快，人民的生活和处境相对康乐；而分裂状态的社会则国力衰微，战事频仍，民生凋敝，社会发展缓慢甚至停滞。不仅中国的社会发展证明了统一的优越性，世界人类的发展也证明了这一真理。秦统一六国，顺应了历史潮流。从局部来说，从支流来说，或者说，从次要部分来说，秦统一六国耗费了大量的财力、物力，特别是消耗了大量的人力。从六国的君主贵族来说，他们大部分家破人亡，即使活了下来，也像杜牧的《阿房宫赋》中所写的那样"为秦宫人"。从整个社会来说，这是一次较大的阵痛，也可以说是社会付出的沉重的代价。然而从历史发展来说，却换来了几百年的汉朝相对的安宁和大发展，避免了战国时代的攻伐战争，人民有了几百年相对和平的生活。再看分裂状态的情况，中国历史上的南北朝时期，还有五代十国时期，那时国家四分五裂，政权更迭频繁，战争不断，人民不能安居乐业，结果社会进步缓慢甚至停滞。这说明国家不统一，便没有光明的前途。

如果这是对历史唯物主义的正确理解，那么分裂的、破坏统一的思想、图谋、策划都是阻碍和破坏社会进步发展的行为，尽管这种做法从道德层面上来看似乎是公正合理的。大史诗《摩诃婆罗多》中持国将国土一分为二，让他们两房堂兄弟各立门户，各奔前程，从伦理道德上来说是通得过的。然而王国并不等于一般的祖产，如果照此办理，国势会越来越衰微，国家四分五裂，更为严重的是，国家将不复存在，或者被其他民族一一征服，甚至消灭。因为再大的王国，经过几代的分裂，一代一代的王子、王孙们的分割，最后只剩下一批封建领主庄园，这就是可悲的结局。持国看不到这个前途，毗湿摩和维杜罗也看不到这个前途。

坚战他们是怎么看的呢？他们以般度的后代自居。少年时代被带到京城，得到毗湿摩、持国、维杜罗为首的王族集团的承认，虽然他们自认为应该继承自己父亲留下的王位，但这时羽毛还未丰满，继承王位的事还未提上日程。如今伯父持国提出了分一半国土给他们五兄弟立国，并得到老祖父毗湿摩和维杜罗的一致同意，他们当然感到既高兴又感激——感激的是伯父对他们和自己的一百个儿子一视同仁，他们对持国的孝敬得到了回报；高兴的是他们不必担心堂兄弟们再次施加陷害。至于整个王国一分为二以后是否有利于国家的发展前途，似乎是一个他们还没有来得及思索的问题，当然也就无所谓统一或分裂的主张了。

难敌他们是怎么看的呢？他们原来想继承的是整个王国而不是一半领土，他们处心积虑，试图排挤掉般度族五兄弟，使他们得不到王国的继承权，而今他们却得到了一半国土，这使难敌他们由失望到不满，由不满而愤恨。他们不能公开反对，不然他们就会被孤立，得不到老祖父毗湿摩和叔父维杜罗的同情，也得不到广大民众的支持。从道德的层面来说，他们想独占王国，剥夺堂兄弟的继承权是一种野心，然而站在社会发展思潮的高度来看，他们在政治上不知不觉地站在了维护王国大一统的一边，这符合社会发展潮流，但也许是评论者不愿意承认的客观事实。

当然，维护王国一统的统一派和主张分立的分裂派，既不是出于自觉的选择，而且也不是一成不变的。难敌开头是统一派，他不赞成分裂王国，而想继承整个王国的王位，因此，采取了从政治角度来说可以理解、从道义的角度来说通不过的种种手法达到取得王国的那一半的目的，而且从始至终都为此而竭尽全力。难敌最后战死后还端坐在天堂里，是鼓励和犒赏他什么呢？应该理解为他为了王国的统一，始终不渝，表现了一个刹帝利顽强不屈的精神。而坚战一伙开头是赞成分立的分裂派，为了在道义层面通得过，他们打的旗号是要求返还被难敌占去的那一半国土，而最后对阵疆场还是说要索回正当的权利，仍然是被占去的国土，但实际上是要占领整个王国。大战结束时，坚战并不是在天帝城即王位，而是在多象城继承持国逊位了的王位，取得了全部国土。所以坚战最后实际上成了统一派，而那时他既满足了道义上的条件，也满足了政治上的条件，这是后话。

坚战一伙得到了一半国土后，发奋图强，很快建立了强大而繁盛的王国，这更引起了难敌的妒忌和愤恨。他不敢或不想通过战争来取得已分出去的那一半国土，而是想通过简便易行的办法，包括有理的和无理的办法去夺回。于是他和他的舅舅（甘陀罗国国王的王子）沙恭尼设计一场赌博，引诱坚战一伙来参加，乘机赢得他们的国土。沙恭尼是精通赌术的，据史诗的交代，沙恭尼掌握法术让骰子听从他的使唤。当然举行这种正规赌博是要通过持国的批准的，但软弱的持国被难敌的花言巧语迷惑，同意了他们的赌博，只有维杜罗预见了其严重的后果。

坚战是如何面对难敌策划的赌局和持国出面的邀请的呢？这也是对坚战的孝敬之心的考验。他是接受邀请从而表现出对长辈的尊重，还是拒绝邀请而表明他的怀疑？持国的旨意往往包藏有难敌的祸心，像他们听从持国的旨意住到多象城，谁知难敌叫人修了易燃的紫胶宫，使得他们险些丧失了性命。然而也正是伯父持国，以对侄子们的慈爱之心分割了一半国土给他们立国，这既表明了伯父的慈爱和公正公平，也是坚战对长辈尊重和孝敬所得到的回报。如今伯父持国的邀请来了，根据最后逢凶化吉的先例来看，他也应该诚挚地接受邀请为宜。

坚战接受了邀请，其中还有不可忽视的原因是刹帝利的天生义务。坚战作为刹帝利，要应对各方面来的挑战。受邀参与赌博也是挑战的一种，他有义务要正面去回应，而不是懦弱地在挑战面前回避、退却。于是，赌博公开地举行了，坚战一方输了，彻底地输了，包括他得到的国土和他们五兄弟共同的妻子黑公主都作为赌注输给了难敌一方。更为难堪的是，黑公主被难敌的弟弟难降拖到赌博大厅，并当场侮辱她要剥光她身上的纱丽。幸亏黑天大神显灵，让黑公主的纱丽变得无限长，使难降不能得逞，从而维护了尊严。这使坚战五兄弟特别是怖军，内心播下了深仇大恨的种子。当时种种迹象表明，这一幕的后果将是毁灭性的。持国发现了这种预兆，知道局势不妙，立即当众宣布赌博无效，返还那一半国土给坚战五兄弟，五兄弟重获人身自由。这本来是亡羊补牢的措施，谁料到难敌等人又策划了第二次赌博，而坚战又一次陷入了不理智的状态。第二次赌博的结果，除了失去国土外，他们还必须流放森林十二年，外加一年隐姓埋名，若被认出，还要再流放十二年。这一次持国就没有开恩了，坚战原本以为可作为依靠的持国也不再维护他们了，他们尝到了苦果。

坚战在这一事件的前后处于一种什么状态呢？在赌博中"胜败乃兵家之常"，可是谁叫你下那么大的赌注啊？你尽可以以你的国库的财富、金银财宝作为豪赌的赌注，谁让你把你的四个兄弟和你自己以及你们共同的妻子也作为赌注呢？谁给你这么大的权力呢？本来，作为人的子辈，你有服从父辈命令、旨意的义务，你听从叔王的召唤，赴赌场参与赌博也是可以理解的，不幸落入陷阱也有客观的原因；然而，介入的深浅却是你主观上可以掌握的，不一定引发意想不到的后果。

坚战一行履行协约奔向森林。他们一行不只他们六人，还有成千上万的人民群众。这些人不是怀着对他们的同情而为他们送行，而是要跟随他们心爱的王子们一起流放森林，不是短时间的陪同，而是要共同流放十二年。这使我们想到《三国演义》中"刘玄德携民渡江"的故事情节来。刘备在荆州地区新野县治理过一段时期，深得人民群众的拥护爱戴。在那灾难深重、兵荒马乱的年代，老百姓好不容易遇到了刘备这位勤政爱民的头领。当曹军压境时，他们不忍刘备离去，要随同他走上逃难的旅程。《三国演义》的作者要让听众和读者相信，刘备是这样深得民心的人主。也许从丰富人物形象的角度来说，作者是成功的；然而从实际生活来说，却是与事实很难相符的。小说中交代有多少百姓追随刘备逃难呢？有两个地方提到"十余万"，有一个地方提到"数万"，刘备还有两三千的部队。这样庞大的军民流动队伍怎么解决吃饭的问题？作者可不是在写神话，而是在写历史小说，制造出这种难处理的场面是多么笨拙。最后，小说的作者通过后来的几场混战，把这个问题含糊过去了，没有做出令人信服的交代。

　　《摩诃婆罗多》的作者们似乎预见了这样的问题，所以他们采取了一个解决的办法。由于大史诗的故事基本上是建立在神话的基础上的，而不是像历史小说《三国演义》基本上是建立在历史事实的基础上，所以大史诗的作者们让他们的主人公坚战祈求太阳神为他解决这个问题。果然，太阳神赐给了他一个"无尽钵"，这个"无尽钵"一天三次提供取之不尽的食物，不论多少人吃都可以充分供给，只有当黑公主最后一个吃完，"无尽钵"才停止供应。当然，坚战也时不时地说服追随他的百姓返回他们的家园，到后来，就只有他们五兄弟和他们的共同妻子黑公主流浪在森林里了。

　　坚战得民心，受到百姓的拥护，就是他的四个兄弟也都服从他，以他的意志为自己的意志，而他对自己的四个兄弟也关怀备至，爱护有加。流放期间，有一次他们为了追赶一头野鹿走得口渴难忍，坚战派无种去找水。无种找到了一个满是水的池塘，由于渴极了，没有理会一个隐形的罗刹对他说的话。罗刹说，这个池塘的水是属于他的，只有正确地回答了他的问题，才能喝他的水。由于无种没有理会，喝了水就倒下死去了。坚战等不到水，又先后派了他的三个兄弟去找水，结果三个兄弟也同样倒下了。最后坚战来到那里，他耐心地听了罗刹提的几个问题，而且也准确地回答了问题。这使罗刹很满意，罗刹对他说，他可以让他四个兄弟中的其中一个活过来，让坚战来做决定，坚战请求罗刹让无种活过来。罗刹很奇怪，问他，怖军和阿周那都是万人敌，将来对他复国是不可或缺的，为什么他不选择怖军或阿周那，而是选择无种呢？坚战说，他有两个母亲，一个母亲贡蒂生了他、怖军和阿周那，另一个母亲玛德利生了无种和偕天。有他在，他的母亲有一个儿子活着；如果不让无种和偕天中一个留下来，那他另一个母亲则一个儿子也没有了。他对两个母亲一视同仁，所以他请求让无种活过来。这是多么高尚的品德啊！他不为个人的功利，而纯粹出于无私的真情做出了他的抉择。如果玛德利的在天之灵有知，她又会多么为这个不是自己所生的儿子的胸怀而感动啊！结果，罗刹也被他的宽阔胸怀所感动，让他的四个兄弟都活了过来。按常人的见解，这个活过来的机会该让给谁呢？从远近亲疏来说，坚战、怖军和阿周那是同母异父的兄弟，而无种和偕天同坚战，既不同母也不同父，但他们两人彼此却是既同母又同父的亲兄弟。不过，他们五个人都是般度的儿子。如果从世俗的观点来看，坚战和无种、偕天没有任何血缘亲属关系，然而他们的关系是神圣的，他们比亲兄弟还友爱。坚战把活的机会给予无种说明他有宽阔的胸怀——要知道，一个人要摆脱功利的束缚是不容易的。

被称为"没有仇敌的"坚战有没有仇敌呢？如果说没有，那是夸大其辞，但他可以化敌为友，可以善待仇人，可以以德报怨。在赌博场上受到难敌一伙的侮辱时，他镇定自若，而怖军虽强行抑制自己的愤怒，但同时发誓将来要打断难敌的大腿，因为他侮辱黑公主时拍着自己的大腿叫她坐上去。怖军还发誓要撕裂难敌的胸膛喝他的血，因为他拽着黑公主的头发要在众人广座之中剥光她的衣服。显然，从这里可以看出坚战和怖军性格上的巨大差异。凑巧，在坚战他们流放期间发生了一件事，起因是难敌为了显现他们的威风，同时也为了使坚战等人难堪，他率领一彪人马浩浩荡荡地开往坚战一伙栖身的山林，在坚战驻地的附近安营扎寨。不料，他们趾高气扬的气势惹恼了一群下凡来游玩的飞天，双方发生了冲突，打了起来，他们哪里是飞天的对手，很快难敌一伙就束手就擒了。坚战一行闻之此事，怖军幸灾乐祸，认为飞天为他们出了一口恶气。坚战却不以为然，他动员四兄弟为难敌助战，把难敌一伙救回来。他对四兄弟说：不错，我们般度族五兄弟从内部来说，和难敌百兄弟之间有较大的争执；但是对外来说，我们却是一百零五个兄弟，所以兄弟有难，理当去救援。于是他们五兄弟通过战斗从飞天手里解救了被俘的难敌。在这件事中，怖军幸灾乐祸的反应是可以理解的，受过委屈和欺侮的人，对曾加害过自己的人受到天灾人祸打击时，幸灾乐祸是出自内心的真情流露。然而具有广阔胸怀的坚战，他的反应是超过常人的，他认为自己的兄弟受到外人的欺凌是不能袖手旁观的，他这样做了，他的以德报怨是否感动了难敌一行呢？没有，一点也没有。深深懂得社会各色人等心理状态的大史诗作者们并没有给以简单的肯定或否定的答复，而是深入难敌的内心深处，揭示了这位也是非常人的心理状态。他不为自己被飞天打败并被俘而悔恨，他悔恨的是他的狼狈相暴露在对手们的面前，脸面丢尽，十分难堪，这使他简直痛不欲生。他是绝对不会因坚战的以德报怨而缓和仇恨的心态的。而坚战也不会因他的以德报怨的本性得不到相应的回报而改变。

也是在坚战等人在流放森林时，他们五兄弟因事外出，只留下了他们共同的妻子黑公主一人在驻地。忽然有一彪人马到来，原来是难敌妹夫——信度国的国王胜车带领人马路过那里。胜车看到美丽的黑公主单独一人，顿生邪念。开头，他花言巧语调戏她，要她嫁给他，遭到严词拒绝后，他恼羞成怒，就强行把她拉上战车劫持而去。后来，坚战一行回来，发现黑公主不见了，他们去追赶，最后赶上了胜车一行人马，救回黑公主，胜车被他们俘获。胜车被推到坚战面前，听从发落，坚战数落了胜车一阵，然后放了他，说看在亲戚的面上，饶恕了他，希望双方珍视亲戚间的情谊。由此也可以看出坚战的宽宏大量。

光阴荏苒，流放十二年的期限和隐姓埋名的一年都过去了，般度族五兄弟到哪里安身呢？他们赌博中所失去的国土该不该索回呢？这些问题该如何解决？史诗中并没有明确的交代。实际上这是史诗的作者们有意埋下的伏笔，或者说故意含糊其词，埋下争议和冲突的种子。坚战一方认为，国土是输掉了，但是流放十二年隐姓埋名一年的条件履行了，就该返还国土给他们；难敌一方认为，流放和隐姓埋名这十三年也是赌注的一部分，与国土的问题没有关系，不肯返还国土给坚战他们。以返不返还国土的问题为界,众人分成了鲜明的两派:赞成难敌他们的有他的舅舅沙恭尼王子、大武士迦尔纳等;表面上看属于这派而实际上同情坚战他们的有他们共同的老祖父毗湿摩、他们双方的武术老师德罗纳等;同情和支持坚战的有黑公主的父亲木柱王,还有雅度族黑天作为坚战他们的坚强后盾。

到现在为止,我们在评论坚战时还没有提到黑天这一重要人物。在赌场上,当难降要剥掉黑公主的纱丽时,是大神的化身——黑天在千里之外的地方听到了她凄惨的呼救声,运用神通使她的纱丽变得无限长,难降费尽九牛二虎之力也无法剥光。黑天是大史诗中的核心人物,被认为是大神毗湿奴的化身,虽然他并不代表史诗核心思想——正法。按照印度的思想逻辑,黑天超越"法"和"非法"之上,不在"善"、"恶"之间,是不受时空限制的特殊人物。

黑天出身于雅度族的贵族。雅度族和俱卢族有共同的祖先。由于黑天的姑姑贡蒂嫁给般度,从而和坚战等人是表兄弟。他不是雅度族的国王,但他在国王之上;他不是雅度族的领袖,但他是超越领袖的人物。他激励坚战等人为争取合理的要求而斗争,然而在双方要求他帮助时,他又要以所谓不偏不倚的态度对待双方。他把自己孤身一人作为一份,自己雅度族的全部军队为一份,让双方挑选。他又称如果选择他,他是不参战的,只当驾驭战车的驭手。于是难敌选择了他的部队,代表坚战的阿周那选择了黑天,双方都感到心满意足,高兴而归。当是否归还国土的问题悬而不决时,黑天曾充当调停人,进行调解。最后战争不可避免爆发时,黑天鼓励阿周那进行战斗,对他进行一种斗争哲学的教导。大史诗最后的大战阶段,驾驭战争的实际上是黑天,特别是在几处战斗的紧要关头,都是黑天在起作用,然而他却一再表白说自己只是为阿周那驾驭战车而没有参加战斗。

回到坚战这位人物上来,在索回国土的问题上,坚战一方退让到只要五个村子栖身,其他都一笔勾销。当这个要求也不能满足时,他们决定联合盟友共七支大军进行战争了。在大战前,双方摆开阵势后,坚战按照礼法,赤着脚走下战车，走到对方阵营前，向对方的统帅、他的老祖父毗湿摩，向对方的主要大武士、他的老师德罗纳以及其他长辈请求赐福，并请求允许开战。他们都称赞他进行的是正义战争，为他祝福，并预言坚战将取得胜利。坚战作为刹帝利，他也是一个勇敢的武士，虽然他的武艺不及怖军和阿周那，但他在战斗中一直勇往直前，奋力搏斗。不过与其说人们注意他在战场上的表现，还不如说注意他的品德和所表现出来的种种精神面貌。

大史诗的作者们从坚战的少年时候写起，并着力刻画他的高尚品德和他的种种超越常人的优秀品质，这些我们在前面大体评述过了。那么坚战有没有缺点，有没有卑下的一面呢？在大史诗作者们的心目中，坚战有缺点，有卑下的一面。坚战不是完人，大史诗中没有完人，就是最高大的神的化身也不是完人。在大战进行期间，德罗纳大师率领俱卢一方的军队和般度族一方厮杀，当时德罗纳一方正占据优势，般度族一方正吃紧的时候，作为阿周那的战车驭者，实际上是大战的指挥者黑天想到的是只有除掉所向无敌的德罗纳，才能挽回颓势。如何才能除掉德罗纳呢？只有杀死他最心爱的独生子马嘶，才能从精神上摧毁德罗纳。于是他叫怖军牵来一头大象，给它命名为马嘶，叫怖军把大象杀死，然后来到阵前大叫马嘶被杀了。德罗纳一听，心胆俱裂，他就问坚战是不是马嘶被杀了。德罗纳为什么问坚战呢？因为他认为坚战是最正直的人，是从来不撒谎骗人的，所以他就让坚战来证实。这时黑天着急了，成败就决定于坚战的一句话了，他暗示坚战证实马嘶被杀。果然，这时坚战不顾一生正直而撒了谎，他说马嘶是被杀了。说完他满面羞惭，无地自容，然后又小声地作了更正，说是一匹名叫马嘶的大象被杀了。然而在那喧嚣的战场上谁又能听到坚战小声的更正呢？德罗纳听了坚战的证实，万念俱灰，他放下了武器，打坐入定了。这时般度族的统帅猛光赶上前割下了他的首级。这位受到包括坚战在内的所有人崇敬的大师就这样死于非命。不消说，当天的胜利是属于般度族一方了，俱卢族一方损失惨重。

在这里，对战争中的"诈"该作一点补充说明。坚战为了迷惑敌人，用"兵不厌诈"的战术欺骗对方，这是立了功啊！放在我国小说《三国演义》里，坚战的行为难道会遭到非议吗？这是两国战争观的不同而得出的完全不同的结论。这里该说明的是双方大战前有一个协定，规定双方马兵对马兵、象军对象军、步兵对步兵、战车对战车，对放下武器的、不带武器的、没有防备的不能加害，双方日落以后休战，可以互相来往，还有其他一些规定，至于这些协定能不能得到遵守，不遵守遭到破坏怎么办，谁有能力惩办破坏者，这些我们不可能在这里展开讨论。再者大史诗贯彻了"正法"与"法"的精神，而在大战的整个过程中也不例外，也贯彻了"法"与"正法"的精神。虽然战时与平时不同，对"法"和"正法"相应有另外的解释和规定，但有些所谓基本的"法"与"正法"却是不能违反的。比如坚战欺骗德罗纳，说马嘶被杀了，这是从"法"与"正法"的角度，即从道义的角度来说，是绝对不被允许的，何况是对自己的恩师。这导致了严重的后果，不仅德罗纳被杀，而且当天的战局完全改观。坚战也受到了惩罚，他的谎言一出口，他的战车车轮落地。原来由于他的道德高尚，他的战车车轮离地三寸，行走如飞且一尘不染，后来他的战车与普通的战车没有两样。更严重的代价是：由于他欺骗了恩师，后来在他离开尘世时还短暂地遭受了地狱之苦。还有，战死沙场，在沙场上杀人或被杀不是大战时的"法"与"正法"都允许的吗？为什么猛光割下德罗纳的首级却受到异口同声的谴责呢？原来他们双方在开战前已达成对放下武器的人或没有防护的人不能杀害的协定。当时德罗纳已经丢下武器，打坐入定了，既没有武器，又没有防避，在这种情况下，是不能加害的。更使我们中国读者不理解的还有，策划杀死被命名为马嘶的大象、声称德罗纳的独生子马嘶被杀的计谋是出自大神化身黑天，为什么受谴责、受惩罚的不是黑天？他的身份更高，承担的责任应该更大啊！

　　以下的解释不一定合理，但的确是印度思维的逻辑。不错，黑天作为大神的化身下凡的主要任务或职责是在人间重新建立或恢复"法"和"正法"，他的所作所为，即使不属于"法"和"正法"，也被认为是合乎"法"和"正法"的行动。正如我们前面说到的，黑天超越"法"和"非法"之上，不在"善"、"恶"之间，是不受时空限制的特殊人物。要知道，大史诗的作者们实际上也给了黑天严厉的惩罚，只是没有那么直接罢了。大战结束后，黑天去见那位死了难敌等全部一百子的母亲甘陀利时，她指责黑天不仅没有运用他的权威制止大战的发生，反而极力煽动大战，诅咒黑天要遭受灭族之祸。结果，整个雅度族，除了老弱妇孺外，都在内讧中因自相残杀而归于灭亡。就连黑天自己，也被猎人误认为是野兽，用箭射穿脚心直透脑门，死于非命。这也可以说是黑天和他的雅度族所得到的恶报。还有值得注意的是：印度的神不同于中国的神，我们中国人习惯于生活在一统天下的社会中。我们设想的天堂也是大一统的，有最高的神，他统率所有的各层次的神，他们都听令于最高的神。我们看看《西游记》中写到的天宫的情况，玉帝是大一统天宫的最高神，其他各类神都听他的调遣和命令。海龙王受到干扰，启奏玉帝出兵降妖。阴间地府受到了干扰，也启奏玉帝请求保护。人间出了妖猴，玉帝调兵遣将，布下天罗地网捉拿妖猴。实在没有办法了，就到外国求救。西天被认为是外国，所以玉帝和如来佛没有隶属关系，彼此是独立平等的。而印度呢，在历史上大多数时期是不统一的国家，很少有能号令全国的公认的皇帝。作为人间的折射，他们幻想出来的天宫也是分裂不统一且各自为政的，天有三十三天，各层次的天住有各层次的神和仙。他们的三大神也不在一起，各有各的地盘，各有各的家族和宫室随从。因陀罗神王似乎是众神的领袖，但他的权限和能力远在三大神之下。总之，各类的神都是在那里各自起作用，并不能做统一号令下的安排。大史诗中不管是黑天，还是其他的神，部分投胎下凡或生子，都不是在统一的目标下行动，而且有时行动还互相抵触，比如黑天受到惩罚，自己死于非命，本族又遭受灭族之报，这是谁的主意呢？是谁实施的报应呢？本来这生死轮回应是由法王——阎王掌握，而法王在大史诗中是坚战。他是阎王——正法之神的儿子即化身，而且维杜罗也是正法之神转世，在史诗中他们都是黑天的信奉者、追随者，而且史诗也没有说明阎王在行使善恶轮回的职责，那又是谁还能够掌握大神的命运呢？联系到老祖父毗湿摩在被黑天和阿周那置于死地时，天上的诸神、众仙都为毗湿摩致哀，而不是为黑天和阿周那消灭敌人庆功和致贺。在大战结束时，天上观战的众神和众仙还为难敌洒下阵阵花雨，是为他致哀而不是为黑天、怖军等人致贺，这又是谁的意志呢？尤其使人不解的是，坚战到天宫后，看见难敌神态安详地和其他死后成神的人端坐在神位里。他本是邪神天魔转世，在世时他做了坏事，他又凭什么功绩不仅摆脱了邪神的身份，而且位列为正神，这又是谁的主意和安排呢？总之，在许多场合使人感到无边宇宙之中似乎还有更为独立客观的、凌驾于包括三大神在内的所有神之上的最高的神存在，是他弥补诸神留下的不足，纠正了诸神所作所为中的缺陷甚至罪过。也许这就是我们中国人所习惯的大一统的思维定势，一切都是有序的、层次分明的、各就各位的，而不是各自为政的、各行其是的。而印度人的思维远非如此，这就是为什么我们从来没有看到印度学者对此提出异议，尽管他们对具体的人或事有时也提出质疑。

我们仍然回到坚战这个人物上来。坚战在大战中暴露出他的缺点，当时和后来也受到了相应的惩罚。这件事的确也比较显眼，为什么？这是因为坚战是一个道德高尚、品质优秀、举止端庄、待人诚信、深得民心、受到普遍拥护的人主形象，一个不常犯错误的人犯了错误，令人感到惊愕。坚战的崇拜者和追随者在感到惊愕的同时也能理解他，毕竟他是人不是神，他不可能预知未来，他也和普通人一样有自己的诉求。如果有人认为，他也犯过错，难敌也犯过错，他们彼此彼此，都有错误，并进而认为坚战批评和谴责难敌是"五十步笑百步"，这种看法是片面的。我们还认为，就是心术不正、多次策划阴谋诡计的难敌也不是全无是处，那种认为他没有什么优点的看法同样也是片面的。比如当迦尔纳在比武场上受歧视，人们对他不屑一顾，他被视为低贱者并受尽羞辱时，是难敌挺身而出，立刻封他为鸯伽国的国王，这多么大快人心，令人为迦尔纳得以扬眉吐气而欢呼，并赞叹难敌的豪迈气派和平等观念。比武场上怖军认为迦尔纳出身低贱，是车夫之子，仍然不配和贵族的王子们比武较量时，还是难敌反击怖军，认为没有必要追溯大河的源头，而就出身来说，怖军的出身也并不是没有可怀疑的，这不就是难敌超过常人的光彩的一面吗？在大战中难敌有时也会流露出人性的闪光点。那时他被怖军打断大腿，正奄奄一息，马嘶、成铠、慈悯三人乘黑夜之际去偷营劫寨。马嘶偷进营房后，黑夜模糊中看见有五个人睡在一起，他以为是般度族五兄弟，砍下了他们的头颅，高高兴兴地跑到难敌那里去报功。难敌摸着五个人的首级，摇头对马嘶说，你枉杀无辜了，那不是般度族五兄弟，而是他们无辜的几个儿子啊！他对误杀表示了惋惜，这不是表现了一点人性的闪光吗？大史诗的作者写坚战这样的英雄人物不回避他的缺点，写难敌这样的反面人物也不抹杀他具有的优点，这是诗人们忠于生活的基本态度。

坚战五兄弟在大战中取得了胜利，然而他们失去了老祖父，失去了恩师，失去了同母异父的哥哥，也失去了他们各自的儿子，还失去了许多其他的亲人，这样取得的胜利和获得的王国对一个仁慈本性的英雄来说，并不是一件值得庆幸的事。面对大战惨烈的结局，坚战一再不肯登上由持国老王逊位而空出来的王位，在黑天和包括躺在战场上尚未断气的老祖父毗湿摩在内的王族元老的一再劝说下，他不得已登上了王位。但他的内心始终感到不安，当他听说雅度族由于内讧而自相残杀造成全族灭亡，特别是黑天死于非命后，他的出世的思想和决心再也不能抑制了。他把王位传给阿周那的孙子后带着四个兄弟和他们共同的妻子黑公主离开王宫向喜马拉雅山北边的须弥圣山出发了。在途中，四兄弟和黑公主先后倒下死去，最后他被迎上天宫。当他看到难敌端坐在神位上后，就向迎他上天的天神打听他的四个兄弟的下落，他要到他四个兄弟待的地方去和他们团聚。有趣的是，诗人们将他的四兄弟安排在地狱里。诗人们的逻辑是：就是好人也要先在地狱受一段苦，以便偿还生前做过的坏事而欠下的孽债，然后才能升入天堂。而坏人呢？要先在天堂过上一段幸福的时光，以便享用生前曾做过某种好事的善报。因而，四兄弟会很快从地狱出来而升入天堂，而难敌则会很快从天堂坠入地狱。我们很难对史诗的作者们的这种写作手法发表意见，因为有时前后不一致的见解往往造成矛盾。

总的来说，我们怎样评价坚战呢？作为人世间的君主，他有点类似我国《三国演义》中的刘备。他是武士，虽然武艺不一定高强，但正如刘备在战斗中至少还参与过激烈的"三英战吕布"，他也曾驰骋疆场。刘备的武功不如文治，他文治的效果是"携民渡江"，成千上万的百姓追随他，愿意跟他一起逃难，走向渺茫的前景。而坚战呢，他要被流放十二年，也是成千上万的民众愿意追随他去受苦，去过流浪的艰苦生活。洞悉人情冷暖的诗人和作家就是这样通过人情民意的向背来体现他们所塑造的人物的非凡魅力。在他们的心目中，也许对兄弟的友爱是更值得宝贵的东西。刘备这位正面英雄人物之所以高大，不在于他最终成为鼎立一方的一国之君，而在于他忠实履行了"桃园三结义"的诺言，为结义兄弟赴汤蹈火，敢兴倾国之兵，为死难的兄弟报仇，而不计王国的存亡和个人的得失。坚战对自己的四位兄弟也是多方维护，照顾有加，甚至有时对堂兄弟也以德报怨。

印度的另一部史诗《罗摩衍那》中也极力突出了兄弟关系，正确处理兄弟之间的矛盾，使王国不致分裂，兄弟不致阋墙。为什么古代印度和古代中国都异常重视兄弟关系呢？这很值得探讨。

《三国演义》中刘备的名言是："兄弟如手足，夫妻如衣服，衣服破，尚可缝，手足断，不可续"。我们不必责怪他把夫妻关系看轻，而应看重他强调的兄弟关系。的确，夫妻双方组成的家庭中有一方失去了，另一方还可以再婚、再嫁，重新组成家庭。但如果失去了一个兄弟，那么怎么可能再造一个兄弟呢？本来，这里的兄弟指的是亲兄弟，而不是结义兄弟，结义兄弟还是可以再找的。刘备说这几句话的主要涵义是他把结义兄弟也当成亲兄弟一样。在印度有广为流传的民间故事说：有一个人的妻子死去了，兄弟也死去了，儿子也死去了。阎王认为他可怜，允许他选择一个人活过来，他选择了兄弟。阎王问他为什么？他说：我没有了妻子，可以再娶，我没有了儿子，我的妻子可以再生，我没有了兄弟，从何处再找呢？当然，这里暗示的是父母已过世或者已经年老。从上面的例子可以看出，古代重视兄弟关系。为什么？如果说家庭是社会的细胞的话，那么家庭中的兄弟则是细胞的主体。这个主体慢慢发展，由一变为二，二变为四，四变为八，这样增长下去，从而构成家庭、部族、种族、社会、国家。兄弟和睦、友爱、不阋于墙，则家族、宗族、社会幸甚，国家幸甚。

应该说，令人遗憾的是大史诗的进程和结局正好不是兄弟和睦的经验或样板，而是兄弟反目的反面的典型。也许创作大史诗的诗人们正是要以这样的结局来警告世人，惨烈的悲剧性的结局更能带给人们刻骨铭心的教训，所以诗人们也没有忘记用专门的一篇《和平篇》来全面阐明他们的理想。

对坚战的刻画表现了诗人们的先进哲理思想。诗人们并不认为世界上有完美无缺的人。一个人的一生中，种种客观条件制约他的思维和行动，事件发生前他既不能预测，事件发生后他也无力扭转，认识方面的局限使他受到种种束缚。同时，由于一个人的本性存在着差异和不完整，他对事物的反应也会出现种种差别、缺失和不足，造成错误、过失、迷误等。由此可见，一个人在他的一生中怎么会没有缺点和错误呢？诗人们在自己的大史诗中写明了坚战的缺点，而这缺点也正是一般人也会有的。诗人们也写明了坚战的优点，而这些优点也可能是其他人具有的，然而其他的人所具备的却只是一部分，不是全部。正好似在一群天鹅里，作为领头的天鹅王，他有时飞得和其他天鹅一样低，但其他天鹅却永远不能飞得像天鹅王那样高，这就是问题的实质。

3　评毗湿摩

在印度大史诗《摩诃婆罗多》中的主要人物毗湿摩，是诗人们用最大的智慧和最熟练的写作技巧浓墨重彩描绘的英雄人物。

毗湿摩有着非凡的一生，他的出生是一个引人入胜的神话，他的去世是一个惊天动地的死亡。他的一生是只讲奉献不求索取的自我牺牲者的记录。他是婆罗多族俱卢支系福身王的儿子，由恒河女神所生。他为什么是恒河女神生的呢？原来他本是天上的一位天神，犯了罪过受惩罚下凡。天上有八位婆薮兄弟神，有一次他们各携妻子来到人间游玩，在一净修林里发现有一条如意神牛，这牛所产的奶凡人喝了可以长生不老。八兄弟中有一位名叫神光的婆薮神的妻子要求自己的丈夫为她牵走这头牛，她要作为礼物送给人间的一位公主朋友。神光不好违背妻子的心愿，在其他七兄弟的协助下把牛偷走了。

如意神牛是极裕大仙的极为珍贵的祭祀用物，他怎么会不追究呢？果然，当发现如意神牛不见了时，他运用神通发现是婆薮神偷走了神牛，盛怒之下，他诅咒他们去投生为凡人。这时婆薮神们懊悔了，他们把神牛还给了极裕仙人，并请他收回或减轻惩罚。极裕仙人说他们七兄弟是从犯，只到人间走一遭，随即可以返回天界，而那位神光是主犯，却要在人间单身生活一辈子。于是他们在天上找到银河女神（在地上则为恒河女神），请她做他们的母亲，并请她去人间找名叫福身的国王充当他们的父亲。当他们出生后立刻把他们投进恒河，以便解脱他们，只留下神光在人间。于是银河女神化作一年轻美丽的姑娘在恒河边散步，当福身王见到她并要求她做他的王后时，她答应了，但提出了一个条件，即不能干涉她的所作所为，如果违反了，她就将离开他。他们结合后，恒河女神一连七年生了七个孩子，每生下来，她就把他投进恒河，并说我解脱你了，你回去吧！当神光生下后，福身王再也忍无可忍，制止了她的"暴行"，这当然违反了他们的协议，恒河女神没有把这最后的孩子投进恒河，而是带着这新生的孩子离开福身王，隐身不见了。

根据大史诗的交代，这位名为神光的婆薮神投生的孩子后来取名为天约，由恒河女神抚育十三年。这十三年中，他跟极裕仙人学习了圣书《吠陀》，跟天神的导师祭主仙人、阿修罗的导师太白仙人，以及人间的首屈一指的大武士持斧罗摩学习了各种武艺，包括各种武器和法宝的运用，成了一位无敌的少年英雄。

这就是毗湿摩的出生背景。这个作为背景的神话故事很长，从中可以看出一点印度神话的特色，也可以表明参与大史诗写作的作者很多，还可以发现由于对史诗材料的加工、整理、剪裁的不足而形成的漏洞和破绽。根据印度传统看法，神也是有缺点的，也会犯错误，八兄弟婆薮神犯错误也是可以理解的，但作为天神到凡间来游玩时偷人家的牛，却是颇为滑稽和幼稚的。可以不写他们下凡打猎（这有违不杀生的信条），而写他们由于某种原因而伤害了如意神牛，导致其主人极裕仙人发怒并发出诅咒。其次，这位极裕仙人也做得过分了，人家偷走了你的牛，你生气有理，但人家来求情，把神牛原物奉还，你还让他们都下凡投生，特别是那个神光要在人间生活一辈子，一辈子单身，在中国的传统看来，让人断子绝孙是多么严厉的惩罚！而且把他情爱的权利也剥夺了，他犯的错误与这有什么因果关系呢？在中国，如果有人乱伦了，或淫人妻女了，或者说在糟蹋女人方面引起天怒人怨，才会受到来世这样的惩罚。所以，应该说大史诗的作者们没有经过仔细推敲斟酌，显得草率，留下了读者对此不当的惩罚抱有反感情绪的遗憾。

天约十三岁时回到了福身王的身边，福身王看到恒河女神送来这个英雄少年儿子喜出望外，立他为太子王储，指望他将来振兴王国。天约本来可以拓土开疆，扩大王国的版图，当上大国王或诸多王国的霸主或皇帝，可以享用他作为国王的荣华富贵，可是不久，他面临了考验。

原来，据史诗交代，自恒河女神携孩子离开福身王后，虽然福身王身边有女人陪他，可一直没有正式再娶妻子。他总想找一个他心爱的姑娘，苦于没有合适的人选。有一次他坐着马车打猎归来，在恒河边遇到一个渔家姑娘，他迷上了她，并向她的父亲求亲。出乎他意外的是，虽然渔民老头儿很愿意把自己的女儿嫁给他，可是他有一个条件，即他的女儿当王后以后生的儿子要继承福身王的王位。这一条件他认为不合理，不能答应，他怎么能废黜他新立的王储、剥夺天约的合法权利呢？这是他不能接受的。于是他只好抱着遗憾的心情让这件婚事作罢了。他闷闷不乐地回到宫里，善于察言观色的天约发现父亲心事重重，猜想一定有什么不愉快的事情发生了。在天约的询问下，父亲吞吞吐吐地说是他想到他身后事。他说：古人云，一个人如果只有一个儿子，那等于没有儿子。特别是在战争频仍之时，作为刹帝利，随时要出征打仗，要打仗就会有牺牲，所以他在为未来发愁。天约看到父亲支支吾吾没有把问题讲清楚，但他已经揣摩到一半原因。他接着找到父亲的马车夫，知道了事情的底细，于是他走到渔民老头儿那里，为父提亲。渔民老头儿很有心计，想得很长远，他想一劳永逸，彻底解决王位继承的问题。他先是说，他女儿生的儿子要继承福身王的王位。当天约举手对天盟誓说自己不当王、让异母弟继承王位时，渔民老头儿又说，他完全相信天约的誓言，因为天约是少年英雄，但是怎么能保证将来天约的子嗣不向他女儿生的外孙夺取王位呢？这的确是个难解决的问题，可是天约马上又举起手对天发誓道,他终身不娶,这样不留下子嗣后代,杜绝儿子向后母生的弟弟夺权的可能性。当天约这样起誓时,天上散下了阵阵花雨,四周响彻了"毗湿摩"、"毗湿摩"的声音,意思是发出可怕的誓言的人,从此他的名字叫毗湿摩。

至此,天约似乎从少年阶段提早进入成人阶段了。当他把渔家姑娘鱼香女(贞信)带到父亲福身王身边时,福身王被天约(毗湿摩)的孝心和牺牲精神感动得老泪纵横,当即给他以恩典:只要他不愿意,死神永远不能走近他。我们对天约(毗湿摩)的行为也可能目瞪口呆,毕竟我们中国无论是历史上或者神话传说等文学作品中做这样牺牲的例子是很难找到的。作为王子自己不继承王位而让位于同父异母兄弟的例子在东周列国时代是有的,但让位这么彻底,为了杜绝自己的儿孙争夺王位而终身不娶的例子可以说是没有的。我们试拿中国的习俗和传统比较一下。在中国,一国之君,即使再小的诸侯都不是实行的一夫一妻制,古代经典上不是规定天子、诸侯、士、大夫等各能娶多少妻子吗?在比较有信史的朝代里,大小国君一律实行多妻制,实行一夫一妻制可说是凤毛麟角,甚至一些平民百姓也有一个以上的妻子。印度的福身王并不是史诗诗人们刻画的道德典型,更不是禁欲主义者,可是他作为一国国君,却没有后妃成群的后宫(精校本中既说他享受女色之乐若干年,又说他摒弃了色欲),即使他的王后恒河女神离开他十三年,他也没有正式另娶王后。在我们中国的社会生活中或文学作品中是找不到这种例子的。他求亲的方式也颇有点现代的平等作风,既不向对方施压,也不以利引诱。当对方提出苛刻的条件时,他应允有困难,只好作罢。这在中国是很难想象的。

毗湿摩的这种自我牺牲意味着什么?这意味着他放弃的是一个国王拥有的至高无上的权力,而这权力在他父亲立他为王储时,已允诺将来交给他,是毫无疑义属于他的,无上的权力意味着无限的荣华富贵、无限的物质和精神上的享受以及妃嫔充满的后宫。当然,如果作为一个有道明君,他不会沉溺于这些享受之中,而会追求更远大更光辉的目标。不过在古代社会里,王子们因为这些开展过数不胜数的斗争甚至战争。别的不说,就是大史诗的诗人们正在描述的俱卢家族历史的序曲，正潜伏着两房堂兄弟的空前规模的大战，这也是争夺王权的斗争恶性发展的结果。其实这也几乎是古往今来争夺王权的一个缩影。终身不娶、避免留下子嗣的自我牺牲则更难，而且更超乎常理了，这意味着连一个普通人可以享有的情爱和天伦之乐也都要弃之不顾。如果说，权力、地位、财富、荣誉等都是身外之物的话，那么男女成家、生育繁衍后代却是一个人天赋的权利。中国的圣贤承认"食色性也"、"饮食男女，人之大欲存焉"！没有人否认食、色的合理性，如果否认，那就意味着人类的末日，世界的毁灭。回过头来说，毗湿摩是不是看破红尘了呢？不是，他还是一个十多岁的风华正茂的少年，在他面前展现的是美好的未来。他本不需要也没有人要求他过苦行僧生活。是不是他要追求解脱呢？也不是，他来到人世间还不久，却已经练文习武，成了一位少年英雄，为在人世间建立功勋而做好了准备。印度的传统对一个人提出的准则是"法、利、欲、解脱"，要求一个人首先要遵从"正法"准则，以"正法"指导自己的一切言行，同时也承认一个人的具体利益，即维持生命所必需的物质条件，每个人都有争取获得这些必需条件的机会，同时每个人也有权拥有满足情欲的婚姻生活，即繁衍种群的必需条件。还有一个带有特色的人生目标是解脱，这是最高的也是最后的要求，达到这一点不是每个人都可以做到的，只有那些虔信宗教又能正确处理前面三种准则的人才有可能最终获得解脱，但这个目标在毗湿摩的一生中还远着呢！

那么，毗湿摩的行为符不符合印度教传统的准则呢？无疑是符合的。印度教传统准则赋予的权利和条件不能超过一定限度，但是允许甚至鼓励自我牺牲的精神。也许有人会说，毗湿摩做出了一般人做不出的牺牲，甚至在世界历史上也极少有人做出这样的牺牲，但他所要达到的目的却比较渺小，只不过满足了已逾中年的父亲的情欲，让他娶了一个令他着迷的妻子。不，应该把毗湿摩的行为的目的看作是尽孝。中国古代也大力提倡孝，许多帝王都宣称以孝为本。出于孝心，毗湿摩不仅让父王娶了心爱的妻子，当后母生的两个弟弟花钏和奇武未成年父王就去世时，他负责抚育和管教两个弟弟，还让他们成人后先后继承了王位。只是他们不幸夭亡，使毗湿摩又以摄政者的身份监国，等待第二个弟弟奇武的后代出世。

另外，福身王当年对天约这个少年儿子诉说自己的烦恼时说，一个人只有一个儿子等于没有儿子，当时福身王的说法是有道理的。那时战争频仍，作为刹帝利战死沙场是常有的事。作为一国之君，只有一个儿子是不大理想的。当时福身王大约四十岁左右，按古代的标准已近老年，但还可以生育后代。

果然，福身王和鱼香女贞信结合后先后生了两个儿子。鱼香女的母亲是受贬谪仙女化成的一条大鱼，她的父亲是一位修道仙人，仙人的元阳被鱼吞入腹中后怀了她，所以她出生于鱼腹，带有鱼腥味。她的养父捕鱼时捕获了那条由仙女化成的大鱼，剖开鱼腹，得到了她，把她抚育成人。当她成长为一个少女的时候，一位名叫波罗娑罗的修道仙人看上了她，使她怀了孕并生下了孩子，并且使她摆脱了鱼腥味，取代鱼腥味的是一股清香，故名鱼香女。她生的孩子就是毗耶娑——广博仙人，出生后就随波罗娑罗修行去了，后来成为大史诗《摩诃婆罗多》的作者，持国和般度的生身父亲。鱼香女后来称贞信太后。福身王和贞信生的两个儿子，大的叫花铏，小的叫奇武，由毗湿摩充当监护人并将他们抚育成人。花铏成年后即位，但在一次与飞天的战斗中被杀，生前也没有结婚。奇武即位后，毗湿摩很快就为他抢了三位公主，其中有两位与他成亲。可惜的是耽于色欲的少年奇武没有生儿育女就死去了。这怎么办呢？这时福身王早已去世，他仍然只有一个儿子毗湿摩，如果儿子仍不结婚，那这一支也就要绝种断代了。如果在我们中国出现这种情况，即毗湿摩不算传宗接代的人的情况下怎么办呢？还是有办法的，那就是要么从血统最近的同族系的人中过继儿子，作为死者的后代；或者把王位直接传给最近血统的同族系的人。我国历史上东汉桓帝（刘志）、南宋高宗（赵构）、明武宗（朱厚照）、明熹宗（朱由校）、清穆宗（载淳）、清德宗（载湉）等都是生前无子，采取上述的两种办法中的一种来维持王朝血统的纯正性和王位的延续性。大史诗中奇武王死后有没有条件和可能参照中国的办法摆脱这一困境呢？

史诗是完全有条件参照中国古代的通行办法来解决危机的，中国的宫廷是如此处理，而民间的传宗接代和遗产继承的办法也是如此。过继儿子的办法也很可能通行于世界其他许多民族和国家。印度大史诗中所描述的俱卢族传到福身王的父亲一代时有三兄弟。老大是一个看破红尘的出家人,自幼出家修行。老二名巴哈利格,他未继承王位,而由老三福身王继承王位。按辈分来说,巴哈利格是毗湿摩的伯父。巴哈利格的儿子名月授,月授是毗湿摩的堂兄弟,月授的儿子是广声,他们祖孙三人在后来的大战中率一支部队为俱卢族一方作战,这是后话。俱卢族支系中在奇武死后最有资格和条件继承王位的同辈是月授,或者说最有资格和条件充当过继儿子的晚辈是广声。如果这样,即坚持了王朝血统的纯正性和王位继承的合理性。当然,也就不会有后来为争夺王位的大战,也就没有《摩诃婆罗多》这部大史诗了,至少大史诗会是另外一个样子。

  事件的发展是按印度的传统和习俗进行的。当时印度的传统和中国不一样,他们的血统观念和婚姻家庭观念和中国大相径庭,像上面提到血缘较近的月授和广声在有关王位继承的问题上根本无人理会。他们的传统和习俗重视借种生子法。所以已死的(包括没有生育能力的、年老重病的)人所留下的遗孀可以和夫家的同辈至亲者同居生子,这样生下的孩子被承认为死者的后代。本来这样重大的问题,即哪些人应该是借种人,哪些人最符合条件,该由家族内至亲的人商议,而不能随便由某一个人定下来,造成不可挽回的既成事实。在决定谁应该是最合适的人选时,贞信太后最初希望由毗湿摩充任,毗湿摩坚决拒绝后,随后提出她在出嫁前和波罗婆罗仙人的私生子毗耶娑来承担借种的角色,其实这是很轻率甚至不合理的。毗湿摩之所以同意由毗耶娑来充任,似乎是只要自己不参与,采取什么办法都行,这是一种逃避职责的不负责的态度。他把这种关系到王朝存亡的问题轻率地任凭贞信太后处置而不提交给俱卢支系家族高层是错误的。结果,贞信太后找来毗耶娑,让他和大王后安必迦同居,生了天生盲人持国。毗耶娑对其母亲贞信说,由于安必迦同居时紧闭双眼,所以生的孩子必然是个盲人。毗耶娑又和二王后安波利迦同居,由于她害怕得脸色苍白,毗耶娑预言将生一个苍白的孩子。贞信太后由于考虑到要继承王位的王子是盲人多有不便,于是叫毗耶娑再和安必迦同居生子。这一次她不干了,找了一个宫女代替自己，结果生了维杜罗。从整个事件的过程看来，贞信太后的所作所为既轻率，又有违常理。首先，毗耶娑虽然与贞信有母子关系，但自从她嫁给福身王后，被正式承认的家庭婚姻关系只有和俱卢王族的关系，和波罗奢罗野合的关系是不可能得到正式承认的，现在居然把这一个和俱卢家族毫无瓜葛的人请来为俱卢族繁衍后代，岂不是一场滑稽剧！贞信根本无视月授的存在，也无视借种生子这一古老的传统做法和习俗的本意。

　　回到毗湿摩这个人物上来。在这一二十年的时间里，他由一个少年成长为一个成熟的英雄人物。他做出了巨大的牺牲，而且付出了巨大的精力治理国家和抚育两个异母弟弟。不错，他的一生是贡献，不是获取，这二十年间的事件一次又一次考验着他的誓言，说明他做出的誓言不是由于幼稚而仓促地做出的决定，而是胸有成竹的骇俗之举。不过我们在惊叹他豪言壮语时也该指出其不全面性。在中国，素有"不孝有三，无后为大"的信条，就是说最大的不孝是没有给祖上留下后代。我们可以理解我们的祖先提出这一命题的条件。在古代，天灾人祸频仍，战火不断，而生活物质条件又很差，人口繁衍很困难，如果不要求每个人都重视留下后代，那么，一个族群、一个部落、一个姓氏、一个民族、一个国家人口不增加反而下降，这就有灭种的危险，这就是世界各个国家古时候都强调生殖繁衍的根本原因。其实，在大史诗中几度提到传宗接代的重要性，比如阇罗迦卢仙人看到祖先的灵魂倒悬着，很快就会有灭顶之灾，就是因为他们没有子孙祭祀，于是这位仙人决定结婚。生儿育女是后辈对前辈应尽的义务。当毗湿摩的两个异母弟弟都过早地夭折后，他不结婚生子的誓言的负面影响就显得更突出了，问题极其尖锐地摆在毗湿摩面前，同样也摆在所有关心大史诗中人物命运的读者的面前。

　　有没有解决的办法呢？有的。解铃还须系铃人，系铃人就是毗湿摩自己。想当年他发出可怕誓言的时候，客观形势是什么呢？父亲迷上了一位姑娘，他如果允诺让出王位给将来的异母弟弟，做这样的牺牲就可以达到目的。为了杜绝自己的后代向侄儿辈夺取王位，他选择不结婚杜绝了留下后代的可能性，根本的条件是异母会生育儿子，子孙也会一直繁衍下去。而今客观形势完全变了，或者说完全出现了新的局面，两个异母弟弟先后都继承了王位，不幸的是他们都过早地夭折，毗湿摩没有任何新侄子来继承王位，王位空在那儿等待合适的人来继承。这时无论从哪一方面来说，王位都非毗湿摩莫属，所以贞信才让毗湿摩即位或与两个遗孀弟媳同居生子。这时横亘在毗湿摩面前的障碍是什么呢，是怕人家说他食言而肥，说话不算数，怕身败名裂，怕被天下人耻笑。但是就不怕"不孝有三，无后为大"的罪过，不怕福身王断子绝孙和俱卢族这一支系的毁灭。总之，做出了空前巨大的牺牲的毗湿摩归根结底还是害怕牺牲自己的名誉。

即王位或与两个遗孀弟媳同居生子会遭到诽谤或有损名誉吗？这要看是什么人进行诽谤。有一种人顽固不化，抱着死脑筋不放，即使世界发生了巨大的变化，他还是墨守成规，不敢越雷池一步。对这种人的非议或诽谤，又何必去关注？凡是明理的人，那些洞察社会发展的人，那些不墨守成规、根据世态的发展与时俱进的人，都会认为毗湿摩已经经历过一而再、再而三的考验，证明自己是光明磊落、襟怀坦白、坚守誓言的人。但在王族香火眼看着要断绝这种紧要关头，福身王这一王族支系要断子绝孙的危急时刻，为了顾全大局，他不得已而采取了应急措施，即使身败名裂也在所不惜，这又有什么可指责的呢？我们可以看看童护对他的嘲讽。童护的身份地位这里不说，单说他评价毗湿摩这一点来说，嘲讽的内容是真实而有点苦涩的。我们也可以把童护的话当成当时成文和不成文的新的思想观念对传统观念的一种挑战，即毗湿摩在情势完全改变的条件下仍然坚持老信条。童护说：你毗湿摩为了假惺惺的一套，扔下两个弟媳让毫不相干的人来和她们生子，而你毗湿摩却在一旁装模作样扮演着清高的角色，而不愿和两位弟媳传宗接代。这种指责今天看来不是很合理吗？就是把这个问题放在当时来看，童护的指责应该说也是合理的。如果毗湿摩顺应客观要求，做出改变，也可能有人嘲笑、讽刺、挖苦，但他完全可以不予理会。然而，他内心里害怕的正是背弃誓言的身败名裂。

毗湿摩的两个遗孀弟媳通过借种生子的办法，生了三个所谓侄儿持国、般度，还有维杜罗，他们都在毗湿摩的庇护和监管之下逐渐长大。后来持国有了一百个儿子，般度有了五个儿子，他们分别被称为持国百子和般度五子。当他们成长为少年时，毗湿摩先后请了慈悯大师和德罗纳大师来教这一百多个王子武艺，由于持国是天生盲人，当国王有所不便，王位便由般度来继承。般度犯了罪过受到诅咒，看破红尘带着两个妻子去森林修行。在森林里，他的两个妻子在他的同意下分别召请了五位天神来和她们同居生子，所以他们没有般度的血统，更没有福身王这一俱卢族支系的血统。般度的两个妻子完全没有按印度教的借种生子的法典和传统习俗，而是滥用了这一规定。般度五子在他们少年时代由贡蒂从森林带回京城给毗湿摩，那时般度和玛德利已经在森林里去世了。

在这段比较长的时间里，毗湿摩也由壮年进入到老年。他是俱卢支系这一王族中的元老、老太公、老祖父，他尽了最大的努力来维持王子们的正常成长，做出了巨大的努力。然而他对某些问题的处理也有过失策。持国和般度的一百零五个王子在一起，监护人既要教他们武艺，更要教导他们彼此尊重、互相谅解，约束他们粗野的不文明行为，可是他没有或很少这么做。

如果仔细考察持国百子和般度五子之间矛盾的产生，还必须追溯到他们的少年时代。自从般度五子从森林被送回俱卢族王朝宫廷，这一百零五个少年王子就在一起生活了，这就难免产生矛盾。由于般度五子中的老二怖军粗野力大，他抓着他的一些堂兄弟的头发在地上拖来拖去，或者像踢球一样在地上踢，或者在河里泅水时把他们摁在水里淹得半死，或者是当他们爬上树采摘果子时摇动果树让他们像果子一样纷纷落在地上，于是引起难敌兄弟的报复。他们把毒药放在食品中让怖军吃，然后把他捆起来丢进河里，使他几乎丧命，这种报复的升级和防卫过分激起贡蒂和她的几个儿子的警惕，他们一直认为难敌一伙是坏人，要谋害怖军他们，但从来没有追溯矛盾的起因。贡蒂为什么不教导自己的儿子不能粗暴地对待堂兄弟们，不想想怖军为什么不同样粗暴地对待自己的亲兄弟呢？而这时大家长毗湿摩也不进行调查研究，更不进行教育和约束，始终抱着般度五子是天神的后代而持国百子是天魔投生的偏见，偏爱般度五子，歧视持国百子，而不能对他们一视同仁。

在立王储的问题上毗湿摩也不是没有可指责的。当年奇武王死时,既没有子嗣,又没有兄弟,王位空缺,谁来填补?只有他才是唯一的候补者,如果要借种生子,也只有他最合适,可是他害怕自己背弃誓言而身败名裂,坚决不答应,不惜让父亲福身王断子绝孙,血统中断。他同意让两个弟媳和一点血缘关系也没有的毗耶娑借种,导致错上加错的是当般度借种生子的时候,他的两个妻子,假托向几位天神借种,生下五个孩子,这种故事不值得人怀疑吗?在这种来历不明的背景下,怎么就轻率地立坚战为王储呢?显然这是考虑欠周的。

立坚战为王储的主意是盲国王持国提出,经毗湿摩同意的。持国为什么不提出立自己的儿子而立般度的儿子?他对毗湿摩说坚战比难敌正直,似乎他正在择贤,实际上他早已揣摩到了毗湿摩和维杜罗这两个他所依靠的支柱早就属意坚战,不提坚战在他们两人那里通不过。同时持国这个始终怀着自卑心态的软弱国王错误地以为他的王位是般度所赐。他对般度感恩戴德,认为是他继承了般度的遗产,总希望给以回报,所以他认为下一代把王位传给般度之子是顺理成章的,是知恩图报。殊不知下一代又可能出现这样的问题,上次是持国国王没有将王位传给自己的儿子而传给侄子,如今是不是应该不立自己的儿子而立难敌的儿子呢?持国当王并不是般度对持国的优待。按精校本的记载,般度根本没有指定继承人,他是在受诅咒时当即决定修行,他没有回过京城,立即在森林出家修行,故对王位问题没有任何交代。毗湿摩是不会继承王位的,让名义上的弟弟维杜罗继承吗?在那种讲究等级的社会里是绝对行不通的,虽然从智慧、能力、品德方面来说维杜罗最合适,但维杜罗不是正规借种所生,他的母亲只不过是一位低等种姓的宫女,他继承王位不会被社会所承认,反而会引发社会的动荡和风波,所以持国继承王位是唯一可行的办法,何况般度放弃王权时并没有任何交代。持国继承了王位,后继人的问题,毗湿摩应该深思熟虑——如何才能避免内讧,如何才能使社会长治久安,这是他持续充任摄政者几十年必须考虑的问题。要在众王子中选贤吗?这种想法在古代专制制度下,是不切实际甚至是危险的。所以从大局出发,最安全可行的办法就是立难敌为王储。难敌的一些计谋都是由于他没有被立为王储而展开的。如果立他为王储，就没有以后的矛盾和斗争。难敌又是怎么想的呢？难敌以为自己的父亲是国王，继承王位应该是他难敌优先获得的权利。在他心目中，般度五子的出身是"经不住人家的盘问的"，比起般度五子来，他的出身和血统要"纯正"得多。显然，如果毗湿摩作为政治家，能高瞻远瞩，立难敌为王，也不会发生分裂国土和进行赌博的事件，更不会有后来的大战。

紫胶宫事件后，毗湿摩没有采取任何行动来扼制恶性事件的再次发生，反而在错误的道路上越走越远。他主张把国土一分为二，让持国百子和般度五子各得一半国土。人们对"平均"、"公平"的迷恋，往往不知不觉地体现在古代政治生活中，使之成为一种标准或准则，殊不知这是"一厢情愿"，古代统治制度往往不是按照这种理想的准则发展的，道义的准则往往在政治生活中处处碰壁。

把国家一分为二是印度古代的典籍中最典型的一种分裂国家的做法。另一部大史诗《罗摩衍那》的最后也是由罗摩把自己的国土一分为二分给两个儿子，而且让他的三个弟弟也将他们各自拓土开疆得来的领土分别分给他们自己的两个儿子，这样一来王国的领土实际上一分为八，这是多么危险的做法！即使再大的王国，经过这样的分割，用不了几代就成了一批小小的封建领主或者是封建庄园，王国就不复存在了，进而各个封建领主被其他部族、种族、民族逐一消灭掉，直到最后亡国灭种！毗湿摩正是选择了这样一条道路。他以为，像分家继承遗产一样，双方各得一份，这样公平分配就可以相安无事。你建你的王国，我当我的国王，互不侵扰、互不干涉、和平共处。他的这种设想获得持国和维杜罗的积极支持。这个分裂国家的方案提出的背景是：贡蒂和坚战五兄弟被人认出并没有在紫胶宫的事件中丧生，他们在流浪中被木柱王的女儿黑公主选为夫婿。持国把他们召回到了京城，并宣布让他们自立门户，他们愉快地接受了，对此心满意足。他们不仅得到了人身安全，而且也认为得到了公正的待遇，公平地分得了祖产。他们安于小国寡民的地位，没有大展宏图的"野心"，也严格按照"正法"的观念行动，不敢有其他非分之想。可是以难敌为首的持国百子一方呢，他们反对分一半国土给般度五子。从维持国家的统一、避免国家民族分裂来说，他们的主张是符合社会发展潮流的，尽管人们认为他们怀有野心，想独霸王权，但他们客观上却站在维护和巩固中央集权的旗帜下，反对那种有害于国家统一、分裂民族的"分封"举措，这也许是人们所始料不及的。

我们这里可以对照一下中国的历史。中国的春秋战国时代，正是印度大史诗形成的时期。西周王朝通过分封创建了大大小小的许多诸侯国。到了春秋战国时期，各诸侯国名义上尊奉周天子，实际上是独立的小王国。后来通过兼并，一直到战国时仍存在七个较大的诸侯国家。这种局面不利于国家的发展和民族的融合、团结，有志的诸侯要武力统一全中国。"虎狼之国"的秦，用各个击破的策略，灭掉了六国，实现了统一。这种统一的战争是残酷的，但大一统为全中国带来了空前的繁荣，汉唐盛世从此开始了。我们说，秦统一六国，在政治上是合乎时代发展潮流的，是进步的举措，但从道义方面来说，秦国使用各种残酷无情的手段，实行种种苛政，劣迹斑斑，已为史家所直书，这里不必赘述。

出乎毗湿摩的预料，持国百子和般度五子并没有相安无事，时时觊觎那一半国土的难敌总是想将其收回，甚至不惜采取非法手段。于是他和舅舅设下赌局，坚战等人被迫流放。赌博事件是整部大史诗中关键的一环，难敌策划赌局是公开进行的，并没有瞒着持国他们，持国、维杜罗和毗湿摩也都知道。他们并没有认识到赌局的危害，更没有预见到会产生意想不到的后果。持国还及时地采取了措施，毗湿摩作为大家长却似乎超越于这一严重局面的漩涡之外，怖军的狂怒，黑公主的怨恨，都没有引起他高度的警觉。结果，他没有运用他的影响力采取有效的措施，弥补已造成的损害，抚平受害者的创伤，平息可能复燃的怒火，而是无所作为地静静等待那造成双方毁灭时刻的来临。

十三年很快就过去了，般度五兄弟一再表示决心要起兵报仇雪恨，夺回被占领的国土。特别是他们的支持者，作为大神化身的黑天为他们出谋献策，发誓要让黑公主的复仇得以实现。持国百子同时也在准备应对即将到来的战争。

到这时为止，毗湿摩想要熄灭即将燃起的战火已经为时太晚了，但是他的作为仍然影响着他的侄孙辈双方，他处于极为尴尬的局面。双方的师尊德罗纳是受雇于持国一方的，他必须为持国的一方出力，虽然他同情般度族五兄弟。维杜罗的处境也与毗湿摩不同，双方虽然是他的侄子辈，但他的同情完全在般度五兄弟一边，不存在必须在上战场前选择某一方的问题，因为他名义上也是刹帝利国王奇武王的子嗣，但奇怪的是他没有习武，而是始终充当文职顾问的角色。毗湿摩要参加战斗，因为他是大武士，是当时最大的武士之一，他自幼受的训练也不容许他站在一旁观望。他是大家长，双方都是他的侄孙辈，他并不像德罗纳那样受雇于人，处于当图报效的处境。毗湿摩完全可以根据他认定正义的一方去参加战斗，他却选择了参加持国百子一方，而且担任了指挥十天大战的统帅。有人认为他是对俱卢族王朝表示忠心，就像中国的老臣对待新王像对待老王的态度一样。大史诗的作者们都意味深长地一再点明他同情般度五兄弟，认为他们是正义和合乎正法的一方，他们最终将取得胜利，认为他们特别是老三阿周那是不可战胜的。那么他为什么要站在对立面与之拼杀呢？他拼杀的目的是什么呢？是真正拼杀了吗？

我们先从他当统帅说起，他统率十一支大军，最主要的武士有德罗纳、迦尔纳、月授、广声、胜车、沙利耶等。迦尔纳是难敌的最忠实的支持者，在毗湿摩当统帅的十天里，迦尔纳却没有出战。他本来可以做出更多贡献，但是却未能充分发挥作用。为什么？这实际上是毗湿摩削弱难敌的手段之一，迫使迦尔纳无法在他的指挥之下参战。本来大敌当前，应该团结一致，放下内部的分歧，共同商议克敌制胜的良策。毗湿摩讨厌所有憎恨般度五子的人，厌恶希望战胜般度五子的任何人的雄心壮志，他看不惯迦尔纳那种"气势如虹"要横扫对方的"豪言壮语"，认为起不了什么作用。毗湿摩多方贬损和鄙视迦尔纳，使得他不愿在毗湿摩指挥下战斗。其实，迦尔纳是看透了毗湿摩此人，认为他对难敌没有感情，难敌的事要坏在他手里。他判断的准确性甚至超过了难敌。难敌对毗湿摩多少还有一定的幻想，然而他的确又不能不依靠三心二意、无心无意的毗湿摩，因为离开了他难敌就失去了旗帜。所以在毗湿摩倒下后迦尔纳才参加战斗，难敌一方并没有因毗湿摩的倒下而大受挫折，因为半心半意甚至无心战斗的大武士倒下后，取而代之的是一位全心全意甚至是超水平发挥战斗力的大武士迦尔纳，收支相抵还绰绰有余！

毗湿摩与般度五子一方真正拼杀了没有呢？我们说半心半意拼杀，是指他在参战和指挥的十天里，他也确实消灭了对方一些普通士兵，被说成有数万之多。可是他对般度五子却不仅手下留情，还有意退让，特别是对阿周那。本来，在大武士中只有毗湿摩、德罗纳、迦尔纳才有可能战胜阿周那。迦尔纳的不可战胜的盔甲和耳环，早被阿周那的父亲因陀罗骗走了。而毗湿摩和德罗纳都同情般度五兄弟，毗湿摩一再公开表示他不会伤害五兄弟，所以在战场上他总对五兄弟不认真作战，特别是对阿周那只防守，不进攻。他恪守战前的协议，也恪守武士的准则和精神，这种矛盾的状态真使人感到有点滑稽可笑。而且他还为自己的灭亡给对方设置方便条件，他宣称不和束发武士作战，因为束发武士原来是女人，束发的前生即安巴公主，转世以后成为木柱王的公主，后来和一位罗刹交换了性别，罗刹成了罗刹女，而束发则成了男性武士，可毗湿摩仍然把他当成女人，不和他交手，最后他成了毗湿摩的死因之一。

毗湿摩的有些举措使读者很不理解。比如，黑天为阿周那驾驶战车，见阿周那不能杀死毗湿摩，他着急了，跳下战车，露出手中的神轮，向毗湿摩扑去。这意味着他要以大神的身份，用他的武器神轮来杀死毗湿摩了。这时阿周那和毗湿摩的反应是什么呢？毗湿摩高兴了，他希望死在黑天手里，他高兴地呼叫："莲花眼的大神，来吧，来解脱我吧！"而阿周那见到这一场景，赶快跳下战车，奔向黑天，把他拉回去，提醒他，他早已当众宣布过，不拿武器参战。这一幕有点神秘吧？在我们中国读者看来，岂止神秘，简直可以说是滑稽！黑天使用自己的法宝武器，替阿周那消灭敌人，可阿周那并不领情，反而以教训的口吻提醒他该记得不拿武器参战的诺言。黑天沉不住气要使用自己战无不胜的武器消灭毗湿摩，他哪里考虑什么规则和自己许下的诺言，这从下面的故事发展就可以证明了，他对这些是不屑一顾的。而阿周那制止黑天，不也是装模作样的吗？后面的许多违反作战规则的做法都是他执行的或者是协同执行的。这样看来，他们两人这不是在表演吗？不是在逢场作戏吗？毗湿摩欢迎敌方来杀死自己好使自己得到解脱，是什么意思？我们中国读者是不好理解的。我们大体还会记得，在坚战举行王祭的过程中，有一个尊崇首座客人的仪式。由于毗湿摩推举黑天，其他许多与会者同意，黑天的一位表兄童护反对，并说了许多难听的话，黑天一气之下甩出手中的神轮杀了童护。这时从童护尸身中升起一道光芒，投向了黑天，这意味着童护的灵魂和最高的大神灵魂合二为一了，也意味着童护由于反对黑天最终由黑天亲手杀死使他得到了解脱，这就是印度教宗教观点的阐释。反面角色照样可以和最高神灵融合，因为善恶同源，恶的来源也和善的来源一样。毗湿摩见黑天手持神轮冲过来，他也以为像童护的结局就要来临了，所以做出了欢迎的姿态迎接死亡的来临。我们中国的作品中有在战场上绝望自刎的例子，但是没有欢迎敌人杀死自己的例子。

　　黑天的行动一再受阻，他找出了一条杀死毗湿摩的途径，即亲自去向他询问杀死他的办法，这又是一个不为我国读者理解的场面。不错，战场上的双方都是毗湿摩侄孙，他口头上说他对他们双方都一视同仁，而且一再说要同样帮助双方。于是黑天等人夜里找到毗湿摩，毗湿摩毫无保留地告诉他们杀死自己的办法，即他不会与束发武士交手，只要阿周那把束发武士推在自己前面作掩护，躲在他身后放冷箭就可以杀死他。这种将自己如何能被杀死的办法告诉敌方的例子，在我们中国的作品中不能说绝对没有，但是，不是被迫也不是在某种特殊的条件下，而是坦率而平静地吐露出来可说是没有的。因为这涉及一个根本的问题，即死的目的问题。

　　通常，作战双方都以消灭对方、保护自己为目的。但毗湿摩却有所不同，他一而再地求黑天杀死自己，在不可得的情况下，只得转而求其次，让阿周那杀死自己。于是阿周那按照毗湿摩自己提供的办法将毗湿摩射倒在地，这是侄孙射杀伯祖的事件。这种死的逻辑和死的办法是令人不解的，奇怪的是印度人对此认为是顺理成章的。我们只能把这种差异归因于宗教信仰或者说意识形态的不同。

毗湿摩倒下时，天空落下阵阵清凉的雨点，飘过芬芳的微风，云端里观战的天神们向他合掌致敬。毗湿摩浑身中箭，倒下时身体并未着地，好像是躺在箭床上。他没有死，他要等待冬至日死期的来临。他倒下后，双方的主要武士都放下武器，来到他身边向他致敬。天上人间都悼念他，是他为谁做出了什么贡献或做出了什么牺牲吗？

在他少年时，为了满足父王的情欲，他立誓不当国王，不结婚，做出这种牺牲使世界震惊。在那以后的数十年时间里，他始终恪守着自己的誓言，即使情况完全发生了变化，他坚守的誓言已经成为毫无实际意义的笑柄时，或者说成了一种僵化了的教条时，甚至在某种程度上背弃了祖训和传统，他仍是坚持着。他抚育两个幼弟，辅佐幼主，继而又抚育两个侄子，维护王族的地位，而今他倒下了，对以难敌为首的持国百子来说，他充当十天的统帅做了些什么呢？他指挥了十天的战斗，他与一些对方的战士对阵，双方各有伤亡。然而对方般度五子却没有受到任何伤害，他宣称不会伤害五兄弟，五兄弟特别是阿周那利用这一点向他进攻。双方对阵，公开宣布不伤害对方某些武士，这是不负责任的行为，只能造成战场上自己一方的混乱。你要么全心全意地参战，要么你认为不能为非正义的一方卖力，那你就光明正大站在另一边。或者至少如大力罗摩一样，远离双方的战场；或者到处云游；或者如奇武王和他的两个遗孀一样遁迹森林。不能敷衍塞责，装着好像尽力拼杀，以获得一方的好感和称道，造成为当时的王室尽忠的假象。实际上毗湿摩是为般度五兄弟一方立了功，般度五兄弟心领神会，但似乎并不心存感激，所以他们没有一点忏悔的表示。他们和那些混入福身王后代中的父辈和自己一辈共同把福身王一支灭绝了，让福身王的血统被异种异类异血统的人堂而皇之地取代。这大约是一个当年还只有十三岁的少年发大誓时始料未及的吧。

毗湿摩倒下后，他的故事还没有结束，史诗特别以他的名义进行了长篇说教。起初，他躺在浑身是箭的箭床上，头向下垂着，他要一个枕头，但拒绝了柔软的枕头而接受了由阿周那射向他头部下垂地面的三支箭作为枕头。他口发干，但拒绝了饮料，而由阿周那一支射入地下的箭引导出一股细细的清泉为他解渴。由于他的父亲福身王给了他恩典：只要他想活着，死亡就永远不能近他的身。他选定了冬至日离开这个世界。根据黑天的说法，毗湿摩是各种知识的宝库，他离开这个世界，好多宝贵的知识都将消失。所以他建议坚战到战场上向毗湿摩求教。后来，坚战等人果然去了，他们聆听了毗湿摩的教诲，然后又问他各种问题。这些问题大到天下宇宙大事、国家的兴亡、国王的职责、非常时期国王的义务、战争与和平、战争的政策、和平的缔造、人的种姓阶层的划分、各种姓的职责、人生四阶段和人生四大目的等；小到施舍钱财的方式、朋友的识别等。从今天的观点来看，这两篇《和平篇》和《教诫篇》可以说包括了人文社会科学的大部分内容，甚至包括了生理卫生等方面的知识，这些说教或知识的传授所采取的方式大部分是问答式，穿插一些故事或事例，以避免说教的枯燥。从结构来说，它作为史诗的一部分（两篇合起来约占大史诗的四分之一），衔接或融合得不那么紧密，完全可以从大史诗的整体中剥离开来。从内容来说，它不是大史诗本身故事情节发展的必然阶段或结局，对丰富人物形象和性格没有什么帮助，反而会使形象模糊甚至造成混乱。显然这不是大史诗的原作者创作而是补充者的手笔。

4　评黑天

　　古今中外叙事文学中，成功地刻画人物形象是作品成功的主要标尺之一，古代希腊是如此，古代印度是如此，古代中国也是如此。只是因为中国的叙事文学比起希腊和印度发展较迟，其成功的人物形象也出现得较晚。如果我们把既是历史著作也是文学作品的《史记》当作中国叙事文学的开端的话，那我们可以从这类著作中发现我国古代也仍然存在栩栩如生的绵延不断的人物画廊，特别是在"本纪"、"世家"、"列传"等类别中更是如此。

　　我们看看《史记》的名篇《信陵君列传》，这篇作品着力刻画了一个既"礼贤下士"又有胆识的贵族公子，如何在门客侯嬴的设计下窃符救赵，威震诸侯。救赵成功之后，他又居功自傲了，又是他的"门客"规劝他，使他意识到窃符救赵于赵则立了大功，于魏则不被认为是忠臣所为，于是他幡然自责。最后由于环境所迫，他未能展示他的抱负，以沉迷于酒色避祸。作者刻画的这个人物使人感到活泼、可爱、亲切、真实。我们这里只是想以叙事作品来说明刻画人物的重要性和实际效果。元明时期，我国的长篇小说和戏剧发展起来时，这种情况更为明显。无论是历史小说《三国演义》，还是社会小说《水浒传》，无一不是以刻画人物形象见长。戏剧作品也是如此，不论是历史剧《长生殿》，还是社会剧《西厢记》，都是以人物形象使观众或读者津津乐道。

现在摆在我们面前的是一部印度的古代长篇叙事史诗，它产生的文化背景和社会发展状况和我国迥异，而我国没有与之可比的相应作品。仅就人物形象来说，印度人是怎样评价的呢？而我国读者又该如何客观地评议那些人物形象呢？而这所谓"客观"的标准又是什么呢？能不能运用西方文学理论中所谓的"典型论"加以解释？要知道，"典型论"在我国20世纪下半叶时兴了较长时间，甚至发展到极端，成为畸形的人物模式论，成了公式化、概念化的集中代表。

现在我们来看看黑天这一人物形象，黑天在大史诗《摩诃婆罗多》中即便不是最主要的人物也是最主要的人物之一。比起其他重要人物来，他的身份和性格更具多样性。他是大神毗湿奴化身下凡，具有较多的神性；他出身于俱卢族和般度族共同的祖先雅度族的贵族之家，可却是在牧区的牧民家里成长的牧童；他不是雅度族的国君，但他是雅度族的精神领袖和首领；他是除暴安良的英雄，又是深谋远虑、运筹帷幄的军事战略家；他是倡导行动哲学的大师，又是行为狡诈、专使诡计的老手；他宣布既支持俱卢族又支持般度族；他将他的一支精锐的雅度部队交给俱卢族难敌，而声称自己孤身一人帮助般度族，做阿周那的驭者，但不拿武器参战。多重性的身份和性格集中在黑天一个人身上，显然是各种社会身份不同的人，特别是各种思想倾向的人在创作和加工补充大史诗时，吸收了各种不同的民间传说，甚至吸收了正在形成的某些往世书内容的结果。现在这不同的来源出自哪里已不可考了，但是加工者们特别是增补者们，还是沿着既定的思路进行过统一整理的，虽然难免有前后不一致的地方，也留下了明显的矛盾。

黑天在大史诗中正式出场是在黑公主的选婿大典上，当时般度族五兄弟和其母贡蒂从紫胶宫逃出后化妆成婆罗门在森林流浪。五兄弟参加了黑公主的选婿大典。这时普天下的王子王孙，包括黑天雅度族的著名武士都来了，结果阿周那中选。黑天于是和他的姑表兄弟会面了，贡蒂是黑天的姑姑，从此，黑天和般度族五兄弟特别是和阿周那建立了特殊的关系。

在难敌与沙恭尼策划的赌博场上，坚战输掉了一切，连同黑公主也成了输掉的赌注。难降把黑公主拖到赌博场上要当众剥掉她的纱丽。黑公主呼吁黑天解救她，虽然黑天不在场，但是他感受到黑公主的危困，于是施用神力，使黑公主的纱丽变得无限长，使难降无能为力，维护了黑公主的尊严。从此，他介入了俱卢族和般度族之间的冲突和斗争，虽然有时他表面上表示要一视同仁地对待他们双方。

在大史诗中，通过其中的人物如毗湿摩、全胜、摩根德耶和阿周那的叙述，先后多次通过插叙、倒叙、直接或间接颂扬等艺术手法列举介绍他的业绩。有些与黑天今生的经历无关，仅是以往历史的化身故事，被作为黑天的背景和其大神的身份宣扬的。这些化身故事是一些往世书的基本内容，这些往世书的内容是取材于大史诗并进而加以发挥和敷衍的，还是大史诗的作者们在不同时期取自往世书并加以浓缩或摘要的，现在也难以辨析清楚了。

在大史诗中，黑天早期的经历是这样的：他的生父是雅度族国王猛军的大臣富天，母亲是猛军的侄女提婆吉。猛军的儿子刚沙篡夺了王位，当他听到天声宣告，他的姐夫富天和姐姐提婆吉所生的儿子将置他于死地时，他就把他们囚禁起来；他们每生一个儿子，就被他杀害。黑天出生后，他的父亲得到天助，从容地走出牢房，连夜把他送往离京城秣菟罗很远的牛庄牧民难陀家。当夜难陀的妻子耶雪达正临产，生了一个女婴，富天把黑天放在耶雪达身边，换走了女婴，并把她交给了刚沙。从此，黑天作为牧民的儿子在牛庄成长，他后来成为牧童，和牧区的众多牧牛娃游乐、嬉戏，而且和许多牧区女子歌舞、调情。这里还应该提到，他还有一个哥哥大力罗摩，或称持犁罗摩，因为他的武器是一张犁头。大力罗摩在大史诗中有的地方被说成是毗湿奴的化身之一（所谓化身有时不过是一种尊崇的称谓），有的地方说是在大海上充当毗湿奴大神的蛇床的巨蛇的化身。看来他是一条巨蛇无疑，因为最后他化作巨蛇投向了大海。他的出生有些曲折，开头他由提婆吉怀着，后来这个胎被转移到富天的另一个妻子卢醯尼的肚子里去了，由卢醯尼生了下来，避免了刚沙的残害。黑天和大力罗摩在牧区自幼降妖伏怪，显露了种种震惊牧区男女老少的奇迹。他们在牧区度过了童年和少年时代，后来到京城秣菟罗杀了篡位的刚沙，让老王猛军复位，释放了被囚禁的生父生母，然后带领雅度族离开秣菟罗到西海岸的多门岛拓土开疆，并消灭了一些魔王和暴君。黑天有一个姑姑过继给贡提王，称贡蒂公主，后来嫁给了般度王，所以黑天和般度族五兄弟是姑表兄弟。

　　黑天在般度族五兄弟获得一半国土独自立国后，协助坚战对内开垦土地，富国强兵，对外扫除了当时已经称帝的妖连，并释放了被妖连囚禁的许多国王，得到他们的拥护。在坚战称帝的大典上，这些国王赞成坚战取代妖连。而在推举大典首座客人时，他又清除了反对他的对手——他的表兄弟童护。在般度族五兄弟流放期间，黑天不仅多方面支持他们，鼓励他们，而且尽早地为他们以后和俱卢族开战而做准备。大史诗《摩诃婆罗多》最重要的部分就是俱卢族和般度族决战的阶段，也是各种人物表现最为充分、彻底的时候，我们分析黑天这一人物形象也应该以此为重点。

　　在大战开始前，难敌和阿周那两人都到黑天那里求援。当时，黑天正在床上假寐，阿周那先到，双手合十站在黑天的脚前，难敌后到，坐在黑天床头。黑天睁开眼，先看见阿周那，后见到难敌。他问他们找他干什么，他们说请他在战斗中帮忙。黑天说，双方都是他的亲戚，他都愿意帮助双方。他一分为二，他的雅度族全部军队分为一份，他自己为一份，但他不拿武器参战，由他们选择。阿周那选择了黑天本人，难敌选择了雅度族的军队，两人都满意而归。

　　这里值得注意的是，黑天亲近般度族五兄弟的态度是众所周知的，为什么在双方求助于他时他却表现出了好像不偏不倚的态度呢？是为了迷惑难敌吗？

如果是这样,他付出的代价太大,而且使人迷惑不解。难敌和坚战双方分别集合了十一支大军和七支大军,难敌集合的十一支大军中有一支就是雅度族的大军。黑天作为神性人物,他也知道战争会是什么样的结局,他更知道,难敌代表了非正义的、邪恶的一方,而他竟把自己的军队推进火坑,既为非正义的一方卖力牺牲,又让他们在战场中屠杀为正义而战的战士,这能不引起读者对黑天的非议吗?

这里还要顺便交代一下战争的规则。按我们中国的传统,战争是没有规则的,至少从春秋宋襄公以后是不讲任何规则的,任何一方愿意怎么作战,就可以怎么作战,只要有利于自己一方,绝对不讲什么公正、公平,一切残酷手段都可以使用,一切欺诈的手段都被认为是合理的。而在大史诗《摩诃婆罗多》中,在大战开始前双方的确达成了战争规则的协议,即双方发誓要遵守某些"游戏规则"。双方同意太阳落山后停止敌对行动,双方同意在战争中同兵种对同兵种,即战车对战车,象军对象军,马军对马军,步军对步军。双方同意,不对离开了战场的、运送粮草或军事装备的非战斗人员进行攻击……令人深思的是,对破坏协议的人或行为怎么办,却只字未提。执法困难和没有强大的第三者是不可能执行那些似乎公平的协议的,大战的进程和结局就完全证明了这一点。黑天作为大神的化身,他既没有参与制定规则,也没有表示过反对,严格说来,他是不拿武器的非战斗人员。在战场上,他是阿周那作战的马车的驾驭者,幕后的军师。然而他却一再指使别人违反战争规则或道义准则,置对方于死地。

大战还没有开始时,阿周那看到在敌方阵前有他的祖父辈(月授、毗湿摩)、父辈(广声、沙利耶)、兄弟辈(持国百子、胜车)等,他内心犹豫了。是黑天的阵前一篇《薄伽梵歌》,以不计后果的行动哲学坚定了阿周那的战斗意志,这就是甘陀利战后指责黑天煽动战争情绪而没有努力制止的证据之一。虽然战前黑天也曾经劝导难敌一伙,可是他没有采取釜底抽薪的办法,即让毗湿摩和德罗纳这两位心向般度族五兄弟而身在俱卢百兄弟这边的天下无敌的大武士脱离战争。要知道黑天的哥哥持犁罗摩就是因为对双方采取不偏不倚的中立态度躲过大战云游四方去了。大战中，性急的黑天跳下战车，要置毗湿摩于死地时，毗湿摩很兴奋，一再欢迎大神亲手来结果他，使他可以直接到达天堂。所以让毗湿摩不参战是完全可能的，至于德罗纳，他的立场、处境和毗湿摩一样，一旦毗湿摩退出，德罗纳的退出也不成问题。最后只剩下难敌和迦尔纳等主战派了，那战争的规模、严酷的程度、波及的范围都会大不相同。

黑天认为毗湿摩襟怀坦白，不欺骗人，就向毗湿摩打听怎样才能使他受致命的伤害。毗湿摩果然如实地对他说，由于束发武士曾是女人，他是不会和女人进行战斗的。如果有人以束发为掩护攻击他，那他就不能还手而处于绝境。黑天从毗湿摩口中得知这一信息，他示意阿周那该实践自己要消灭毗湿摩的誓言了，结果如前面所交代的，黑天为阿周那驾驭战车来到毗湿摩面前，阿周那以束发为掩护，向毗湿摩发出了如雨般的利箭。

毗湿摩崇拜黑天如同天神，把自己的生命也系在黑天身上，当黑天沉不住气，一而再地不顾自己的诺言要亲手杀害毗湿摩时，他的神性和人性又体现在哪里呢？他的伦理道德又体现在哪里呢？当他自己感到亲手杀害毗湿摩会被人耻笑时，他教唆阿周那按照他从毗湿摩口中套出来的办法置其于死地，他的神性和人性又体现在哪里呢？他的伦理道德又体现在哪里呢？所谓人性在大史诗中就是敌对双方的人所具有的正常的感情和理性，虽然在激烈的冲突时会受到某种程度的损害。神性则更是超越人性的一种精神，具体在大史诗的黑天身上，他应该有超越凡人的气质、精神和品德。谁能想象他从毗湿摩那里套取来的或者说窃取来的奥秘，竟会成为他制胜的手段呢？稍有理性的人也会摒弃这种可耻的做法而另外寻求取胜的途径。从这里可以看出黑天的神性还远在常人的人性水平之下。

德罗纳的死也是黑天一手操办的。德罗纳是俱卢族和般度族双方的导师，他武艺高强，而且善于使用许多厉害的法宝。在两房堂兄弟的矛盾冲突中，他始终和毗湿摩保持一致。他最喜欢的弟子是阿周那，他也认为最终胜利会在般度族一边，他也不愿伤害般度族五兄弟。德罗纳担任统帅是在毗湿摩倒下之后。表面看来，毗湿摩倒下之后，俱卢族一边的战斗力被削弱了，实际上力量还有所加强。因为毗湿摩任统帅时迦尔纳不出战，没有在战斗中发挥作用，而一旦毗湿摩倒下后，他就参加战斗了。要知道，在大战中，最为俱卢族出力战斗、意志最坚强、战斗力最厉害的只有迦尔纳。这一点黑天心知肚明。他急于想搬开这一绊脚石，想出一个办法来。他考虑到德罗纳只有一个儿子马嘶，他爱他的儿子胜过自己的生命。如果把马嘶杀了，就会大大挫伤德罗纳的锐气，就很容易置他于死地了。黑天先令怖军杀死一头名为"马嘶"的大象，又怂恿坚战向德罗纳说谎，最终令德罗纳惨死阵前。

这里应交代几句背景。这部史诗有时被称为"正法的著作"。意思是说，体现和传播"法"与"正法"的作品。有各式各样的法，有各个时期的法，比如平常时期、危急时期、战争时期的法，在具体大史诗的条件下，有平时要遵守的法，有战时或危难时刻的法，这就与平常的法有所不同。比如平时不能杀生吃牲口的肉，如果是大灾荒之年，人要饿死，这就不能按平时的法来要求了。作战时也有战时的"法"，也要按"法"来行事。比如战时和你对阵的是你的朋友，在平时你是不能伤害他的，而在战时的条件下，你可以杀害他，这是战时的法。战时的法如俱卢族和般度族双方在开战前达成的协议，即战时法的一部分。但战时的法也不允许偷偷地杀害对方，或对方手中没有武器处于不设防的状态下把他杀害，这都是不合战时法的，要受到谴责。

按当时史诗的背景、传统和正法观念，德罗纳个人没有犯过什么罪过，他支持、同情般度族一方，他反对战争，认为俱卢族一方是不义的，然而最后双方摊牌，要进行战斗时，德罗纳不管出于什么动机，他站在俱卢族一方，并且在毗湿摩倒下后担任了指挥全军的统帅。在正常的厮杀中杀害对方的武士或自己被杀都是允许的，只能从能力、武艺甚至法宝法术来决定高低。但问题是无论在武艺方面，还是使用法术法宝方面都不能战胜对方时，道义的限度允许你采取什么样的手段击倒对方呢？也就是说讲究正法的大史诗不仅要求你是正义的一方，而且你要达到正义的目的的话，你采取的手段也该是正义的，即合乎正法的，即不能使用奸诈阴险的手段。其指导思想是一个正直的有德之人，他有崇高的目的，他怎么能够用不道德的手段去达到崇高的目的呢？使用不道德的手段达到的目的，那目的也绝对不会是崇高的。黑天脱离了这一准则，使用了不正当的手段。

我们再看实际上也是死于黑天之手的胜车和广声。胜车和广声虽不是统帅级的人物，然而也是俱卢族一方极为重要的武士。他们两人的死证实了黑天的阴谋诡计所起的作用，也证明了黑天不仅只是为阿周那驭车，而实际上已经一再参战，只是他一再否认自己的参战，并为自己不参战而一再表白。

大战进行到十四天，战斗越来越激烈，双方伤亡也越来越多。也在这一天，般度族一方的少年战士、阿周那的儿子、十六岁的激昂在战斗中被俱卢族一方的胜车杀死了。阿周那气满胸膛，他发誓要在太阳落山前为自己的儿子报仇，置胜车于死地，如果办不到，他就要投进烈火中自焚。他的这一誓言是当众宣布的，双方的战士都在观望当天的结局。当时阿周那异常勇猛地向俱卢族一方发动进攻，特别是向胜车所在的方向推进。而胜车此时正受到统帅德罗纳和难敌的精心保护，所在的地方坚不可摧。战斗仍在激烈地进行，太阳下山了，俱卢族一方的战士高呼阿周那输了，丢了脸要自焚了。而胜车以为自己的危难已过，放下了武器，认为自己胜利了。而这时，黑天对阿周那说，要他快下手，是他使太阳下山，天黑下来的。于是阿周那射出最厉害的箭，削下了胜车没有防护的头。这时天气突然晴朗，太阳仍照耀着西边明朗的天空。阿周那这一方欢呼着，双方无人不知道，这是黑天所施的诡计。

在阿周那为了攻破德罗纳所布置的防护圈而苦战的过程中，般度族一方的善战正奉坚战之令前来帮助阿周那，遇上俱卢族一方的老将广声。两人的父辈和祖辈本来就有仇恨，现在仇人相见，分外眼红，竭尽全力要置对方于死地。眼看着善战体力有些不支，黑天要阿周那放箭。阿周那说："我没有向广声挑战，他也没有向我挑战，他跟别人交战时我怎么能向他射箭呢？我不愿做这样的事。"黑天再次要他下手时，他看到善战被摔倒在地，要被广声杀死了，于是他发射冷箭射断了广声的手臂。广声发现是阿周那放冷箭，他强烈谴责阿周那和黑天，然后他打坐入定了。这时善战跳起来一剑割下了广声的头颅。在战场上的战士都谴责善战，天空中观战的天神们异口同声祝福广声。

这两组场面是很耐人寻味的。阿周那暴怒之下，当众发下了大誓，要为自己的儿子报仇，在日落之前杀死胜车，否则就跳进烈火中自焚。一个英勇的武士在战场上立誓报仇，这是他表现神勇的机会。另一个武士要使对方的誓言落空，不仅自己受不到损害，而且要使立誓者自己死于非命。这是英雄之间生死的较量。无奈，最后黑天以神通简单地结束了这场生死搏斗，要表现神勇的阿周那没有显出最大的武士本色，而可怜的胜车本可以离开战场而使阿周那的誓言落空，却被日落的骗人的一幕所欺骗，死于非命。他遭人暗算，到死时也不明白自己是失败者，死得不明不白。相比而言，广声却死得异常清醒。

广声是俱卢族的真正后代，他的父亲和毗湿摩是堂兄弟，毗湿摩的祖父共有三个儿子，毗湿摩的父亲福身王是老三。福身王和恒河女神所生的毗湿摩自己没有结婚，也不和弟弟的两个遗孀同居生子，结果两个弟媳和毫不相干的、没有一点血缘关系的婆罗门仙人毗耶娑同居生了持国和般度，实际上，从此福身王这一支系就绝种了。那么，福身王的另外两个哥哥呢？一个自幼出家修行去了，另一个名叫巴哈利格。巴哈利格生子叫月授，月授和毗湿摩是堂兄弟，广声就是月授之子。月授和广声父子都参与了大战，阿周那在阵前看到的一些亲人中祖父辈包括毗湿摩和月授，父辈就包括广声。他们才是俱卢族的真正后裔或者说婆罗多族的真正苗裔。按照中国的传统，当奇武王夭折后，毗湿摩不肯即位的情况下，月授是最有资格继承王位的候选人，但是史诗中描述的家族史却没有这样发展。

黑天叫阿周那放冷箭射杀广声，为什么阿周那一再犹豫不肯下手呢？因为作战的规则、武士的起码的道德准则约束着他。首先，他和广声彼此没有挑战，不能给人以突然袭击。对广声下手意味着放冷箭，暗箭伤人不是男子汉大丈夫所为，那样会被天下人耻笑。然而，作为大神化身的黑天却不这么看，他信奉的是随机应变、权谋和暗算。果然，阿周那被他唆使动了，放出了冷箭，射断了广声举刀的手臂。广声遭受了这意外的袭击，发现是阿周那所为，他义愤填膺地强烈谴责他的这种卑劣的行为，同时也谴责背后的教唆者黑天。在那种提倡法、正法，鼓励用"合法"、"合乎正法"的手段创造英雄业绩的史诗时代，被指责为"卑劣者"、"暗算者"、"玩弄阴谋诡计者"，在众多战士的面前是够丢脸的。

俱卢族一方第三任统帅迦尔纳的死也是黑天怂恿和教唆阿周那的结果。迦尔纳是大史诗中主要英雄人物之一，人们对他的评价可能有很大的不同，正如黑天个人对他前后的评价完全不同一样。黑天从实用主义的角度出发，在劝说迦尔纳投靠般度五兄弟时，以政客的态度极力赞美他的武功和英雄气概；而在后来的战场上，当他陷于危难，要求按武士的气概对待他时，黑天对他的指责像一篇檄文一样，历数他的不是，让人感到黑天前后两次的谈话判若两人。黑天态度的转变是当时不同场合的需要，但是也反映了黑天对待迦尔纳是不公正、不公平、不以"法"和"正法"为指导的。迦尔纳是私生子，大史诗的作者们是把他作为下层的多余的人来刻画的。他是车夫的养子，他一生下来就被他的生母抛弃，是由车夫和其妻子罗陀养大成人的。他在下层车夫家里度过童年时代、少年时代，只有血统论者才会强调他是太阳神和贡蒂公主所生的贵族后代，认为他本是血统高贵的贵族，和般度族五兄弟一样，还是他们中的老大，以此来提高他的贵族地位。其实，他成年后仍被上层贵族排斥，因为是车夫之子，所以不能在演武场上和贵族出身的阿周那比武，只配跟着车夫的父亲去拿马鞭。也因为他不是出身贵族，在黑公主的选婿大典上，黑公主宣布她决不会选车夫之子为婿，使他在众人广座之中受到羞辱，因而他对上层贵族怀着必然的仇恨，他仇恨的对象包括当时在演武场上的元老们和王子贵族们以及羞辱他的黑公主。

真正说来，对他出身的轻蔑还只是他所受不公正待遇的一部分。社会上的各种势力都向他袭来。他的师父，一位性情乖张、对刹帝利怀着刻骨仇恨的持斧罗摩，当他发现他的这个弟子不是出身婆罗门而怀疑他是刹帝利时，曾经在大地上消灭刹帝利二十一次的他又对他发出诅咒。这是很激动人心的一幕，当时持斧罗摩枕着迦尔纳的大腿睡着了。有一只毒虫咬破了迦尔纳的腿，血流如注，但他怕惊醒师父，忍受着剧痛纹丝不动，可是师父醒来后没有因弟子爱师的行动而感动，而是认为他这种超凡的忍耐力绝对不是婆罗门所有，只有刹帝利才具备。这位对刹帝利怀着深仇大恨的人当即诅咒他，使他从他那里学到的武艺和法宝运用时通通不灵。迦尔纳也曾无意中得罪了婆罗门，受到诅咒。有一次他误伤了婆罗门的奶牛，婆罗门诅咒他将来作战时，他的战车将陷入泥坑，断送他的前程。他始终处于这种险恶的环境之中。

然而，迦尔纳的所作所为却让人钦佩。他作为车夫之子，受人歧视，被打入另册，但他从来不灰心丧气，不怨天尤人，他承认自己是车夫之子。他和般度兄弟、俱卢兄弟一同向德罗纳学艺时，他想学"大梵法宝"，德罗纳说只有婆罗门和刹帝利才可以学，使他碰壁。他只好拜持斧罗摩为师，声称自己是婆罗门，后来被持斧罗摩发现，使他学到的本事、法术等付之东流。这一切使他深深感到，只有摆脱他当时的处境，才有出路和前途。他苦练武功本事，本想在演武场上初露锋芒，和当时最出色的武士阿周那较量一番，以显露自己的本领，无奈上层贵族的人认为他不是贵族，不能和王子们较量。这时难敌为了激励迦尔纳，立即呈准持国和毗湿摩，封迦尔纳为盎伽王。这样迦尔纳作为盎伽王，已经上升为贵族，总该有资格和阿周那比武了吧？不，还是不行。上层贵族还要追究他的出身。上层贵族要求他的是永远无法实现的梦想。迦尔纳在逆境中苦苦挣扎，力图改变处境。不管难敌的意图如何，但封迦尔纳为王确实表现了难敌的眼光，而迦尔纳的确也表现了对难敌的一种知遇之恩，只有那些抱着顽固成见的人，才会否定迦尔纳的这种品德。迦尔纳不仅对难敌知恩图报，对他的养父母升车和罗陀也是如此。当他不知道升车罗陀夫妇是他的养父母时，他待他们如同亲生父母，当贡蒂找他谈话，告诉他真相以后，他对升车罗陀夫妇仍像亲生父母一般无二，并表示他不能背弃他们，即他决不会公开承认贡蒂是自己的母亲，公开表明自己是贵族出身。

回到迦尔纳担任统帅的情节上来。迦尔纳在和贡蒂交谈时曾允诺她将永远有五个儿子，只是不是他死就是阿周那亡。他对阿周那的仇恨是有点令人不解的。有人说，如果不是阿周那，绝色的美人黑公主就属于他了。这是误会，因为在选婿大典上，当迦尔纳要拉弓去射目标时，是黑公主宣布她将不选车夫之子，即使迦尔纳通过了神奇箭法的测试，也得不到黑公主，而阿周那是后来才应试的，所以阿周那被选中不是因为他压制了迦尔纳。在这一问题上，迦尔纳迁怒于阿周那是因为他最终赢得了黑公主。由于他怀恨黑公主，后来在赌博场上他为难降侮辱黑公主而呐喊起哄，是他对黑公主当众羞辱他的报复，这才是真正的恩怨关系。那么，迦尔纳怀恨阿周那的真正原因还有什么呢？原来迦尔纳和俱卢族、般度族一百多个王子在慈悯大师和德罗纳大师指导下习武时，他和阿周那的武艺差不多，而大师们都赏识阿周那，当然这中间带有社会歧视的因素。迦尔纳不服气，他又自视甚高，总希望与阿周那一决高低，能够争到第一武士的地位。可是，比起阿周那来，他一次又一次地处于不利的地位。日积月累，他的仇恨自然集中在阿周那身上了。另外，他从娘胎里带来的能保证他不可战胜的盔甲和耳环，被因陀罗连哄带骗地要走了。原来因陀罗为了保证他的儿子阿周那不被迦尔纳战胜，他变化成婆罗门向迦尔纳乞求施舍，那时正是迦尔纳因为被难敌封为盎伽王、成了贵族之后，他要像一个真正的刹帝利贵族那样慷慨好施，于是公开宣布可以向婆罗门施舍他所有的任何东西。因陀罗趁此机会向他索要他的盔甲和耳环，即他最宝贵的护身法宝。于是他摘下耳环，并血淋淋从身上割下神甲给了因陀罗。见此情景，连因陀罗也惊呆了，迦尔纳是多么坚定和不折不扣地履行诺言的人啊！有的评论者批评他装腔作势，东施效颦，想学习慷慨好施的贵族，又学不像，结果吃了大亏，贻笑大方，其实这是纯粹的成见。这样痛苦地割爱怎么装扮得出来啊！因陀罗在一旁也天良发现，答应回赠给他一件礼物。迦尔纳向因陀罗索要他的"力宝"，这是一件可以置人于死地的法宝。因陀罗果真给了他，但狡猾的因陀罗附了一个条件，即只能使用一次，使用第二次就不灵。大战中，迦尔纳被迫将"力宝"用于怖军之子，没能把这个神器留到最后和阿周那决战时使用。

迦尔纳和阿周那进行决战的时候终于到了，而他陆续受到的诅咒也发挥了作用。他的战车的一个车轮陷进战场上血污的泥地里，战车不能行动了。他跳下战车，用力想把车轮拽出来。他要求他的对手，作为一位懂得正法的武士，不要利用这不公平的机会进行暗算。阿周那听到他的请求后踌躇了，但此时黑天又大发议论，谴责迦尔纳的不是，连最小的缺失也不放过。阿周那在黑天的一再催促下，向手无寸铁的迦尔纳射出了致命的一箭，结果了他的性命。大史诗的作者们没有把这种有违道德和正法的罪过都推在阿周那身上。不错，阿周那是执行者，他要承担罪责。然而在阿周那背后有大神黑天的怂恿、教唆、煽动，所以主要的罪过该由黑天大神来承担，而他需要承担罪过也不是第一次了。

最后，难敌的死也与黑天有很大的关系。本来，难敌是大史诗中的主要反面角色，俱卢族和般度族双方的矛盾和斗争，就是他引起并逐渐尖锐化到最后不可收拾的地步，他的死也是他罪有应得。黑天作为大神，战车的驭者，曾许下不参战的诺言。最后难敌全军覆没，极端孤立，自有人来收拾他，没有必要由黑天来参与。当时难敌要和怖军进行一对一的铁杵战，按规则只能击打对方的上部，而不能打击对方的脐下部分。很显然，这种规定也是一种道义上的约束，而不是一种可换来惩罚的制度，如果没有执法者，什么形式的协议、规定、条例都是一纸空文或者说是一堆空话。

难敌和怖军正进行一对一的铁杵战，打得难解难分。不仅黑天和般度族兄弟在等待决斗的结局，连天空中的天神和飞天们也在观看这一场恶战。其他的人都在静观，黑天大神却沉不住气了，他边做手势边对阿周那说：怖军曾发誓要打断难敌的大腿。这一提示果然触动了怖军的记忆神经。顷刻间他内心充满了怒火，顾不得单打的规则，跳起来猛地狠狠地向难敌的脐下击去，难敌的两条大腿被打断了，受了致命伤，倒在地上。怖军又跳上难敌的身躯，使劲地踩难敌那灌过顶的头，在上面跳舞。难敌断气以前，他强忍着巨大的伤痛，一再谴责黑天违反正法，残害毗湿摩、德罗纳、迦尔纳、胜车、广声等人，说如果不是他耍弄阴谋诡计，他们一方根本不可能取得胜利。黑天对难敌进行的任何一项指责都没有进行反驳，只是谴责他做了很多坏事，现在是罪有应得，自食恶果，不能怨天尤人。难敌倔强不屈的反驳赢得了天神们的花雨和飞天们的奏乐，天空中顿时闪耀着一片光明。

黑天在大史诗中的作用主要到此为止，当然并没有完结。大战结束，他对持国夫妇进行说教，受到甘陀利的诅咒，他本人受到谴责，他代表的雅度族受到诅咒并于三十六年后灭族。造成大史诗中主要部族——俱卢族、般度族和雅度族基本灭族的原因是什么？这需要研究。持国的后裔尚武（乐战）一支尚存，般度一支尚存的可说是继绝王。雅度族灭族前持犁罗摩和黑天已先后归天，因此，毗湿奴大神下凡作为黑天的一生就此结束。他的归天和雅度族的灭族促使般度族五兄弟最后看破红尘，他们带着共同的妻子黑公主向喜马拉雅山后的须弥山行进，先后倒在途中，只有老大坚战到达天堂。后来他们脱掉凡身后都在天堂里会面，即使是对立的双方，也都安详地端坐在庄严、肃静而又安乐的座位里。

如何全面、客观、公正地评价黑天？我们的评论和印度人的评论有哪些相同、相似或不同的地方？我们可以进行一些探讨。《摩诃婆罗多》这部大史诗基本上是以神话传说为基础的，它的结构是以人间王朝中的人物为框架的，其广阔的活动场所是在人间，包括宫廷和森林。背景可以追溯到神话和古代传说的源头，但真正活跃在人间的天神和天魔很少，有极少数的半人半神或亦人亦神，有少数的人物具有某种程度的神性。在这里，我们有必要谈谈中国人和印度人有关神的认识和特点。中国的神话不如印度的神话丰富，所以无论是神的特点、性格或是秉性都比较单一，而印度的神的风格、风度、特点都很多样化。神是不死的、永生的，这一点中印两国相同，虽然印度的神在发展过程中曾经历过"死而复活"、"起死回生"的阶段。神有超人的能力，包括使用法力、神通等。至于道德高尚，品格端正，印度的神和中国的神就有区别了。我们中国人在日常生活中会这么说，他又不是神，怎么会没有错误和缺点呢？意思是说，神与人不一样，神是没有错误和缺点的，进而在道德方面，是没有什么可以指责的。为什么神就没有缺点和错误呢？原因是我们中国的神的故事只是零星片段，不成系统，由于神不主宰人间事务，不太抛头露面，缺少人际关系，既缺少对立面，也没有形成丰富生动的人际交流，他们往往是孤零零的个体，没有婚姻家庭关系，因而没有爱情、亲情，他们往往与世无争，与其他天神不相往来，更不与人间的人交往，形不成友情。既少言，也少行，那他们的缺点、错误从何形成？虽然他们一般不会为害世俗黎民百姓，但他们很少管人间事务，对黎民百姓并没有直接好处，所以人们对他们也就"敬而远之"。在印度，情况与中国有很大的不同。由于他们的神话传说很多，系统故事很多，而他们的神，特别是大神、主神都比较积极地参与人间活动，甚至可以说，他们活动的主要场所并不在天堂天界，或阴间地府，而是在世俗人间。他们有家庭，有的甚至有父母，有配偶，有子女，所以他们像人间的凡人一样，有爱情，有亲情。他们不仅在天上，而且在人间还有朋友，虽然仅限于王公贵族和高等种姓的婆罗门。在更多的时候，由于直接在凡间活动不便，他们就采取化身下凡，以带有神性的凡身（甚至是非人的动物）参与人间的各项活动。比如《罗摩衍那》中的罗摩，《摩诃婆罗多》中的黑天。在印度的思维观念中，善恶同源，有善有恶，有善人有恶人，有正神，有邪神，而他们却有着同一来源。于是，自天堂至阴间地府，善恶之间的斗争、天神和邪神之间的斗争始终不断，形成一种错综复杂的关系。这样，印度的神不仅有言，也有行，而且有很多的言和行，于是就避免不了出现失误，进而在道德方面出现缺陷。所以在印度说一个人又不是神，这句话的含义更多的是能力方面——不是神，所以能力有限，不能办到某种事，而主要不在没有缺点错误，不在道德方面不存在问题。因为就大史诗《摩诃婆罗多》的黑天来说，他的某些做法不是无可指责的，正如前面所列举的那样。

由此，我们不妨认为，大史诗的作者们虽然毫无疑问是毗湿奴——黑天大神的崇拜者，但他们还没有达到盲目崇拜的地步。他们对黑天的所作所为，有的赞赏，有的否定，但否定有时是通过战场上双方的战士表达出来的，有的是通过另外的人物发表意见的，更多的是让天上的天神和天仙散落花雨或发出不满声音，这是作者们的一种手法，是对黑天的一种批判性的反应。

5 宫廷风波和悉多的悲剧

正当希腊雅典盛极转衰的时代，公元前四五世纪，柏拉图出生并创作了他的不朽著作《理想国》。而在东方的印度，当时正处于列国并存的年代，蚁垤仙人创作了他的史诗巨著《罗摩衍那》。《罗摩衍那》不是《理想国》那样的政治伦理性的理论著作，而是一部艺术化了的史诗作品。但是很显然，他写作的目的也是要树立理想的社会——罗摩王朝，也要突出他的政治伦理理想。

人们也许对《罗摩衍那》的《童年篇》中开头写蚁垤仙人偶然发现了自己掌握写诗的诗律的故事有深刻的印象。他在林子里来回走动，准备去河里洗澡，看到一对麻鹬在悄悄地交欢。这时他看到有一个凶狠的猎人尼沙陀用箭把那公麻鹬射死，母麻鹬发出悲鸣。蚁垤仙人满怀慈悲怜悯之情，诗句脱口而出："你永远不会，尼沙陀！享盛名获得善果；一双麻鹬耽乐交欢，你竟杀死其中一个。"蚁垤仙人偶然发现自己运用输洛迦诗律的才华，于是用来创作记述罗摩故事的"最初的诗"。毫无疑问，这个小的插话故事似乎给读者这样一个暗示，即作者将要写出的诗是有关主人公罗摩和悉多的爱情故事，甚至是生离死别的故事。他们的爱情被破坏，造成了悲剧。于是有评论者指出《罗摩衍那》是以罗摩和悉多两人的爱情悲剧为主题的作品。

这个论断对不对呢？也对也不对。史诗中的确是写了罗摩和悉多的悲欢离合的故事，但它不是主要部分，更不是全部。作者以猎人射杀麻鹬的例子暗示全诗的主题是误导了读者，使读者忽略了全诗更主要的主题是写作者对政治社会的向往和理想。

这需要论证一番。

首先，我们看看作者对当时的政治社会的分析。在这之前我们要考察作者是如何看待社会现实生活的，即作者的立足点是什么。根据印度教传统和神话传说，古代印度人把世界的历史进程分作四个"时代"：一、圆满时（1 728 000 年）；二、三分时（1 296 000 年）；三、二分时（864 000 年）；四、争斗时（432 000 年）。这四个时代合称为一个"劫"或"劫波"。后一个时代比前一个时代差，即一代不如一代，等争斗时代一结束，世界就归于毁灭，然后新的世界又被创造出来，进入新的圆满时代。这样循环往复，永不止息。《罗摩衍那》是处于争斗时代（另一部史诗《摩诃婆罗多》的背景也处于争斗时代）。圆满时代即所谓的黄金时代，是美好无比的时代，世界上没有罪恶，人人道德高尚；三分时代则稍差，社会上有罪恶出现，但还不太严重；二分时代就差多了；争斗时代则社会上充满罪恶。《罗摩衍那》的立足点是"三分时代"，即社会上有罪恶出现，但不太严重。殊不知"三分时代"距今至少八十多万年，因为中间隔了一个"两分时代"，根据科学的考证，八十多万年前不可能存在人类文明的社会，那时的人类还和类人猿没有分开呢！

所以，传统印度教的史诗产生的背景是不合乎科学的。从史诗中所涉及的几个王国看，大体可以说是封建列国并存的时代。史诗主要描写了侨萨罗国，即十车王所统治的国家，史诗故事主要发生在这个王国里。

作者把侨萨罗国当成理想的国家和社会。由光荣的祖先立业传到十车王，这时国势强盛，人民幸福。史诗的作者从十车王开始写他的丰功伟绩，以及后来罗摩即位后的种种光辉业绩。人们在评价史诗时往往只着重罗摩即王位后的繁荣昌盛，即所谓"罗摩盛世"，其实"罗摩盛世"是《罗摩衍那》以后所出现的种种续书、改写本、缩写本和译本所促成的。就《罗摩衍那》的作者蚁垤仙人来说，他所肯定和歌颂的不仅是罗摩即位后所开创的时代，而且是包括十车王在位时所继承和开创的侨萨罗王国。

我们可以看到作者多方赞美老百姓的丰衣足食。在这样一个社会里，上有好国王，下有好百姓，甚至没有一个坏人，没有坏思想。可是风波还是要出现的，而且出现在宫廷里。

这个理想的侨萨罗国的国王十车王快到老年，而他最大的遗憾也是唯一的美中不足是他没有儿子。他有三个王后，据说还有其他女人，但是一个儿子也没有，这对一个国王来说是很不幸的。于是，十车王在与众大臣协商之后，按古代的习俗，请了婆罗门中德高望重者来为十车王举行求子的祭祀大典。结果在祭坛上出现了一神人，手捧一壶牛奶粥，让十车王分给他的三个王后喝，喝了就可以怀孕生子。

从十车王将这一壶牛奶粥分给三个王后的分法，可以看出他的倾向性。他将牛奶粥的一半给了大王后侨萨厘雅，将其余的一半分给了另两个王后吉迦伊和须弥多罗（关于这个分配问题，有各种说法，这里从略）。果然，三位王后喝了牛奶粥后都怀了孕，都生了儿子。憍萨厘雅生了罗摩，吉迦伊生了婆罗多，须弥多罗生了一对双生子罗什曼那和设睹卢祇那。这几个王子大小差不多，彼此友爱。他们中间，罗摩和罗什曼那相处较多，婆罗多和设睹卢祇那更为亲近。当他们成人时，他们的父亲十车王已经老了。十车王为他们完了婚，罗摩的妻子悉多是遮那竭王国的大公主，婆罗多等三人的妻子都是遮那竭王国和其弟弟的王国的公主。于是十车王把立太子和传位的事提上了日程。

毫无疑问，在十车王心目中，王位是准备传给罗摩的，因为在他看来，虽然四兄弟都很优秀，但罗摩是他们中最优秀的。他在少年时曾由众友仙人请去和罗什曼那降妖，充分表现出本领，他又是由大王后憍萨厘雅最先生下的老大。十车王征求了大臣们的意见，也听取了市民代表的意见，他们都一致同意由罗摩继承王位。虽然如此，他却没有在四兄弟中间统一认识，做好工作，更没有和他的三位王后好好协商。另外，在他准备让罗摩登基的前夕，竟让婆罗多的舅舅把婆罗多和设睹卢祇那接走，而且不准备让两兄弟回来参加罗摩的登基大典。这是令读者不解的，也是十车王处理不周的地方。

出乎十车王意料的是，罗摩继位的问题引发了宫廷的冲突。关于这个问题，十车王事先不是完全没有一点儿想法。前面提到他让婆罗多的舅舅把婆罗多和设睹卢祇那接到外祖家去，并不打算把他俩接回参加罗摩的登基大典，这一做法就耐人寻味。当十车王宣布准备把王位转给罗摩时，宫廷里上下人等热烈拥护。但吉迦伊小王后的驼背宫女对吉迦伊进行了煽动性的挑拨，局势才变了样。驼背宫女是怎样进行煽动的呢？她说：你有什么可高兴的呢？罗摩即位后你将得到什么呢？你还能有今天这种受到十车王宠爱的风光吗？十车王的权力完全交给罗摩后，谁还会理你？那时只有憍萨厘雅才风光啦！她将被罗摩尊为王太后，享有至高无上的尊荣。而你呢？你和婆罗多只不过是陪衬罢了。不过，要改变处境的办法还是有的，这就要取决你的手段了。十车王不是曾赐给你两个随时可以提出要求兑现的恩典吗？你还没有提出过呢，现在不提也很快就要作废了。当一切权力转入罗摩之手后，那时即便你向十车王提出要求，他又有什么可以给你的呢？你现在提出来，首先要求把王位传给婆罗多；其次要求把罗摩流放十四年。这样你就可以享受王太后的荣华富贵了。吉迦伊一听，对呀，宫女说的一点不错，这是我为婆罗多争取王位的大好时机，机不可失，时不再来。我就这样采取行动。于是她到十车王面前提出了这两个要求，请十车王兑现诺言，就这样掀起了宫廷风波。

十车王允诺兑现吉迦伊小王后的两个恩典，确有其事。当年十车王助神王因陀罗和天魔作战时，曾一度受伤，是吉迦伊救护了他，他异常感激，故赐给她随时可以要求兑现的两个恩典。长期以来，吉迦伊既没有提起，而十车王也不提醒她，虽然不能说十车王食言，但至少表明了他对自己的许诺不是严肃认真的。所以，当十车王听到吉迦伊提出两个要求时，他一点思想准备也没有，竟然惊慌失措到失去理智的程度。他不仅破口大骂他宠爱的吉迦伊，而且似乎觉得她犯了大逆不道的弥天大罪。

那么，吉迦伊是否犯了大罪呢？她为她的儿子婆罗多争取王位并没有什么错。在古代印度，王位继承问题上并没有形成什么制度和传统，既没有传长或传贤的传统，更没有传嫡的习俗，因为在印度，国王的妻妾并没有嫡庶之分，更没有尊卑之别，都是国王的王后，没有像中国那样分为王后、妃嫔的等级。吉迦伊作为年轻的小王后，自然受到宠爱，何况她还救护过十车王。她的儿子也是道德高尚的人物，这在后来情节的发展中得到充分的证明，所以吉迦伊提出让婆罗多即位并没有错。参照中国春秋战国时代传位经常出现动乱的情况来对比，一点也不足为奇。中国等级观念强烈，所以在传嫡传庶的问题上发生分歧，在传长传幼的问题上出现混乱，也大都由于候选人太年少，或者是王子们已经形成利益集团，迫使老王改变主意。吉迦伊的另一个要求要罗摩流放森林十四年是不合理的。争取继承王位而伤害了他人是错误的。罗摩是无辜的，他也有权作为王位的候选人。所以我们说吉迦伊的要求是合理不合理的成分参半。评论者往往持一种片面的看法，总认为吉迦伊犯了大错，挑起了一场宫廷政变。这样做好像是主持了正义或者嫉恶如仇，殊不知这种简单的结论既忽略了产生问题的根源，也过分抨击了吉迦伊的不合理性。根源是十车王晚年糊涂，而没有想到自己对吉迦伊小王后的承诺。而过分抨击吉迦伊的行为，表现出好像她提出废黜罗摩一样。她没有要求废黜罗摩，只是造成了他十四年的流浪之苦。如果以中国为参照系的话，吉迦伊并没有强加到罗摩头上种种罪恶，而在古代中国，国王的受宠的年轻妃子总是在老王面前进谗言，污蔑太子如何如何培植个人势力、诽谤朝廷等。

值得研究的是，诗人为什么让吉迦伊提出流放罗摩十四年而不是废黜罗摩呢？这与诗人对全诗的构想和对矛盾冲突的具体设计是分不开的。总的来说，诗人不愿意在"圆满时"刚过就写社会上的重大罪过。罗摩故事正发生在"三分时代"，诗人写的"三分时代"的侨萨罗国社会仍然像"圆满时"的美好社会一样。他不能按王位出现争立的实际情况如实地描绘，而这种争立岂止是流放一个王位继承人若干年那么简单？由于印度古代没有留下可靠的历史材料，我们可以对比中国的春秋战国时的史实材料来推测印度争立的尖锐程度。春秋战国时代正是大大小小的诸侯王朝林立的时期，王子们争立的例子很多，绝大多数都是以流血的冲突而告终。《罗摩衍那》的作者又要写王位继承问题上的冲突，通过冲突来刻画他笔下的人物和人物之间的关系，但又不能如实地反映，只好采取一种折中的办法，使矛盾和冲突局限于一定范围和一定程度之内，以使其不致达到不可收拾的地步。

十车王本人也该承担在传位问题上的责任。在传位的准备阶段，他应该让他的几个王后和几个王子都来听取大臣们的意见和市民代表的意见。既然罗摩继承王位是众望所归，那又有什么可担心的呢？退一步说，如果大臣们和市民代表们赞成另外一个王子继承王位，十车王听从他们的意见又有什么不可以的呢？反正四个王子都很优秀，而且十车王对他们都一视同仁。当然他们四个王子中比较适宜继承王位的是罗摩和婆罗多。另外，十车王长期忽视了答应给小王后的两个恩典，那么当小王后正式提出两个要求时，十车王不应该立即翻脸，破口大骂。要知道，吉迦伊是他最爱的王后，她年轻美貌，深得十车王的宠爱，如今立即翻脸不认人，也不能使吉迦伊回心转意。如果要使她明白自己的要求是过分的，十车王应该安抚她，晓以大义，讲明利害关系，降低她的抵触情绪,让她收回她提出的两个要求,或者降低两个要求以便求得妥协。但是十车王没有采取缓和矛盾和冲突的办法。

我们回到矛盾冲突的中心来。吉迦伊提出两个要求让十车王兑现,十车王异常愤怒,气得几乎昏了过去。他既不能拒绝吉迦伊的要求,又不能答应吉迦伊的要求。于是吉迦伊替他传达了他的旨意,宣布婆罗多继承王位,罗摩放逐森林十四年。这一宣布"一石激起千重浪",使得毫无思想准备的宫廷内外的人个个目瞪口呆。这里需要补充说明的是,十车王为什么不以吉迦伊的要求不合理宣布她的要求无效呢?又或者说以条件和形势改变为由,宣布原来的两个要求已经失效了呢?在古代印度,一个人做出的承诺一定要兑现,不能食言而肥。特别是作为一国之主,没有诚信就不能取信于人。一旦不能取信于民,国王的统治就岌岌可危。因为失去了民众的信任就等于失去民众的基础。中国古代也是讲究诚信的。我们看《三国演义》中刘备、关羽、张飞桃园三结义,就是一个讲究诚信、信义的生动例子。他们为了一个共同的目标,一心一德共同奋斗,并誓要共生死。后来当关羽和张飞相继遇害,刘备兴倾国之兵为关羽报仇,后失败而死。为了实践誓言,刘备遭受了重大的损失,牺牲了许多生命,然而《三国演义》的作者和读者都把这生死不渝的友情当作美谈。

总之,对十车王来说,失信于吉迦伊等于失信于天下。国王说的话可以不算数,但对老百姓的不利影响是比传位更为重要的问题,传位给婆罗多带来的不利后果比起失信于天下带来的后果是微不足道的,所以十车王不能采取否认自己的诺言或者宣布收回许诺的办法来维护王权和自己的统治地位。

从一般情况看,十车王的宫廷发生的风波是一场不大的事件。然而就当事人罗摩来说,却是一件严重的事件。对十车王、悉多、婆罗多和罗什曼那来说也是不一般的事件。他们之间的关系,包括了君臣、父子、夫妻、兄弟等伦理方面,由于这一意外事件的发生,都经受了种种考验。

首先我们来看看十车王。作者对十车王的性格刻画没有展开,所以十车王的形象比较模糊,他对小王后吉迦伊的要求反应过分了,似乎从此神志不清,直到不久后去世。像我们上面分析的那样,他对自己诺言的考虑,权衡利弊得失,对罗摩和婆罗多的比较,对吉迦伊的反感和憎恶等,使得他不能理智地处理善后,而让宫廷内外混乱无序。实际上这表明了诗人对十车王性格刻画的简单化,没有展示他的心理状态和精神面貌,回避了矛盾和斗争,特别是思想上的冲突和斗争。罗摩作为人子,同时作为王位继承人,他同意被放逐森林十四年,这是他高尚情操的反映。本来,在继承王位的问题上他没有发言权,父王传位给婆罗多不能算错,不传位给他也不是父亲做得不对,但是无缘无故要被流放森林十四年,这对他极不公正。他没有任何错误和罪过该受这样的惩罚。本来,他可以为此抗争,为自己受到不公正的对待辩护,但这种据理抗争怎么能够不涉及父亲十车王和庶母吉迦伊呢?这样一来,就不是一个简单的流放不流放的问题,婆罗多继位的事也将告吹,十四年流放的事也将不了了之。其结果是十车王给吉迦伊的两个恩典无法兑现,十车王的困境和吉迦伊当初提出要求他兑现两个恩典时一样,形成了无法走出的怪圈。

罗摩是知道解开这个症结的办法的,那就是做出自我牺牲,自己去森林流放十四年。这样既解脱了父王的困境,又满足了庶母的心愿,可以让婆罗多平平安安地继位。一位即将行加冕礼的高贵王子忽然要长期地生活在森林,与山林野人为伍十四年,这是多么突然又沉重的打击!精神崇高的罗摩从大局出发,义无反顾地去了森林,成全了父亲,解开了这个难解的症结。

有人认为罗摩的表现不合常情,在这么巨大的打击来临时"面不改色",心悦诚服,和十车王的性格一样没有展开。其实罗摩在克制自己情绪的同时也不止一次地流露出内心的真情。他在罗什曼那面前抱怨父王好色,宠着自己的年轻妃子而不公正地对待他。他在母亲和罗什曼那面前对吉迦伊的不满更是一再表露出来,这说明他在以极大的耐心克制自己的同时仍然避免不了人之"喜怒哀乐"常情的流露。要是没有这种常情的流露才是不可思议的。于是有人又因此非议罗摩,认为罗摩在父王和庶母面前毕恭毕敬,装成孝子的样子,背地里却一再发泄不满,是伪君子,两面派。我们说罗摩是人,有人的七情六欲和喜怒哀乐,他是血肉之躯,不是麻木不仁,不是无论什么灾祸来临都没有反应的木雕泥塑之物。实际上他那受委屈的心始终尽力克制着,所以在私下不由自主地流露出来，说明诗人反映了文学作品中人物的性格最为宝贵的"真实"。

毫无疑问，《罗摩衍那》中的重头戏是罗摩与悉多的爱情故事，所以不少评论者认为史诗的主题就是歌颂他们两人的忠贞爱情。在一定程度上是可以这么说的，特别是从对后世的影响来说。可是把罗摩和悉多的爱情放在整部史诗的背景上考察，它只能是这幅巨大的彩图中的一部分，即便是很重要的一部分。起初，罗摩和悉多这天生的一对美满地结合了，一个是少年有为的英俊王子，一个是天生丽质、如花似玉的公主。展现在他们面前的是一幅无限美好的前景。罗摩的父王十车王是一个善于治国的君主，在他的治理下，国家繁荣昌盛，国泰民安，是众多王国中的佼佼者。眼看着十车王将把王位传给罗摩，让他继承，再开创大业。如果他有雄心壮志，他可以仿效古代的名王举行称霸的王祭和马祭，让普天下的众多国王会盟，充当盟主或霸主，那将开创更为美好的未来！而悉多呢，她不仅受到罗摩的宠爱，也受到公公十车王和婆母憍萨厘雅的庇护和关爱，未来她做大王后是毫无疑问的。

正当悉多这样憧憬未来时，不幸的事情发生了，真是天有不测风云。庶婆母的举动粉碎了她的美梦，她的丈夫不仅不能继承王位，反而要被流放森林十四年。这突如其来的晴天霹雳使她茫然不知所措，她该怎么办？是随罗摩流放森林，还是独自留守后宫？到森林里过野人般的生活，她这个金枝玉叶的公主、王妃能适应吗？如果留守后宫，远离流放中的罗摩，没有罗摩的关爱，她能适应那没有爱的度日如年的生活吗？最后她决定了，作为一个忠于丈夫的妻子，不仅要与丈夫同欢乐，更要跟丈夫共患难。她毅然决然地脱掉宫装，穿上树皮衣，跟着罗摩上路了，这一去就经历了十二三年。罗摩和悉多过的是异常艰苦的流放生活，但他们精神上是愉快的，他们之间历久弥坚的爱情给了他们无穷的力量。

罗摩被流放森林十二三年后，眼看就可以返回京城，正式继承王位，意料不到的不幸降临到他们头上了。原来盘踞在大海中楞伽岛上的十首妖王罗波那，看到悉多的美色，起了歹意，设法将她抢劫到楞伽岛上，要逼迫她成为他的王后。由于悉多坚决不从，他就千方百计折磨她，可怜出身公主的悉多过了十多年的艰苦流放生活，身心本已受到了极大的摧残，如今又身陷魔窟，怎不令人伤心落泪？罗摩失去了悉多，他的精神几乎崩溃。后来在罗什曼那的劝解下，两兄弟商议如何探听悉多的下落和救回悉多。他们与猴王须羯哩婆结盟，罗摩帮助他夺回被其兄夺去的王位，而须羯哩婆则帮助罗摩找回妻子悉多。结果，通过须羯哩婆和其众多的猴兵猴将特别是哈奴曼的努力，他们消灭了十首妖王罗波那，救回了悉多。人们以为这一下可好了，罗摩和悉多最终将悲喜交集地团圆了，他们之间的爱情会抚平和愈合悉多的精神创伤。不，另外一种令人痛心但又不令人意外的事情发生了。

是什么事让人既感到不那么意外而又痛心呢？这就是妇女的贞操问题。在古代印度社会里，这个问题也像中国一样存在着。在古代中国，旧小说甚至神话故事作品中，常常写到占山为王的贼寇、绿林好汉或妖魔抢劫良家民女的故事，他们抢劫民女充当压寨夫人。这种可恶的暴行使许多受害者丧生或者被糟蹋蹂躏后断送一生。因为这些被劫持的妇女无法反抗，有的只好悬梁或投水自尽，有的蒙羞后也是过着生不如死的日子，有的挣脱罗网后不仅得不到亲人的同情和谅解，反而受到歧视、轻蔑、羞辱或遗弃。她们受到这么严重的惩罚究竟犯了什么过错呢？可以说什么过错也没有，只是由于她们受了贼寇的强暴后被认为失去了贞操。她们被歧视，不被包括丈夫在内的亲人所接纳；即使被接纳，也被打入另册，为人所不齿。本来她们应该得到社会的同情，应该得到亲人们的谅解、尊重和安慰，因为她们受到摧残，急需有人前来抚平她们所受的创伤。可是古代以男子为中心的男权社会里，妇女处于从属地位，不仅没有和男人一样的平等地位，而且背负着各种精神枷锁，要求妇女保持贞操就是其中之一。

具体地说，我们可以以我国古典小说《西游记》为例。在西行取经故事之前，追溯唐僧的世俗背景时，写到他的父亲被强盗溺死，他的母亲被强盗劫持时身怀有孕。由于考虑将来的儿子必会报仇，她忍辱活了下来，而没有投水。果然后来她生了一个男孩，男孩成人后为父报了仇，而他被溺死的父亲也让报恩的龙王救活。这时他母亲想到被强盗玷污的耻辱，认为生不如死，于是她跳河自尽。她的生身父亲还开导她，受贼人的蹂躏，过错不在她。可是后来她还是从容自尽了。在那相对比较宽容的唐代社会环境和条件下，被凌辱的妇女在巨大的精神压力下仍然活不下去，难道她真的想死而不是"贞操"、"贞烈"等观念的绞索置她于死地的吗？《西游记》的作者客观地表述了这种杀人的"贞烈"观。后来在取经过程中作者又写了类似的故事，第六十八回到七十一回，朱紫国的金圣宫娘娘被一个自称是赛太岁的妖精劫持到山洞里，打算做镇山夫人。这时作者对妇女起了怜悯之心，他想出了一条避免被妖精强暴的办法，即通过一个名叫紫阳的道教真人送给了金圣宫娘娘一件仙衣叫她穿上，穿上后就脱不下来。如果有谁接触娘娘，就像被针扎了一样疼痛不止，于是妖精就不敢近身，这样就维护了金圣宫娘娘的贞操。虽然被劫持三年，娘娘完好无损。有意思的是作者想到了如何取信于国王和广大民众的问题，毕竟娘娘被救回宫后也有一个有没有保持贞烈的疑问存在！作者是这样处理的：当孙悟空对付了妖精，用草龙把娘娘送回到朱紫国满朝文武百官以及后宫嫔妃宫人面前时，激动的国王伸手去拉金圣宫娘娘，他忽然被刺痛并跌倒在地，这时紫阳真人从天而降，收走了仙衣。就这样，任何人也提不出金圣宫娘娘"失贞"的问题，包括国王在内的满朝君臣和百姓都找不到怀疑金圣宫娘娘的借口。

这里我们该回头讨论悉多所遇到的不幸了。悉多遭遇了令人痛心的事，她从魔宫被救出，可说是从地狱出来见了天日，再受到怀疑多么令人痛心，遭到怀疑又不令人奇怪。罗摩见到被救回的悉多，远远不如朱紫国国王见到被救回的金圣宫娘娘那么兴奋和高兴。他心中充满疑团，罗波那劫持悉多是贪图她的美色，在长达近一年的时间里，悉多一个手无缚鸡之力的弱女子，怎么能够使自己不遭受凌辱呢？实际上这个问题始终萦绕在罗摩的心头。

其实《罗摩衍那》的作者和《西游记》的作者一样，也是深知人们的心理的，也给悉多设计了保护伞，只是方式不同。《西游记》的作者采用了透明的、公开的手法，既保护了金圣宫娘娘不被强暴，又让当事人国王，特别是妃嫔、宫女和文武百官亲眼看见了仙衣的作用，没有留下让人产生怀疑的余地。而

《罗摩衍那》的作者采用的是隐蔽的和不透明的办法：十首妖王受诅咒的制约，此事并不被当事人知晓，也不被王室的成员所知晓，只是作者有交代，而广大的读者和听众心知肚明。这一个处理办法的效果显然是留下了祸根的。请看罗摩见到被救回的悉多时的一番令人寒心的话：

> 亲爱的！在战场中，杀死敌人夺回你；
> 我已完全都做到，勇猛气概所允许。
> 我的怒气已平息，受人侮辱仇已报；
> 受轻蔑和那敌人，双双都被我打倒，
> 我的英勇人尽见，如今努力获善果；
> 我的誓言已如愿，自己命运我掌握。
> 魔王心思变无常，趁我不在把你抢；
> 为你命运所注定，如今我已灭灾殃。
> 一人如若受侮辱，不用自力去铲除；
> 生为人身有何用？此是人间小丈夫。
> 男子汉受到侮辱，努力把它来报复；
> 悉多！大功已告成，把你从敌手夺出。
> 我曾努力去战斗，你须知，愿你幸福！
> 朋友助我获胜利，并非为你的缘故。
> 为了保护我尊严，为了避免人谴责；
> 我们家族久传名，不能让它受指摘。
> 如今你站在眼前，我怀疑你品行端；
> 你对我不敢正视，眼疾不敢把灯看。
> 遮那竭的亲生女！你愿往哪就往哪；
> 四面八方随你意，我已同你无牵挂。
> 女子住在别人家，一个出身高贵人，
> 如何能心情愉快，把她再领回家门？

> 魔王怀中曾颠倒，罪恶眼睛把你瞧；
> 出身高门大族人，如何能把你再要？
> 我已把你重夺回，我的名誉已恢复；
> 对你我已无爱情，随你任意到何处。①

罗摩反复声言和悉多的恩爱已断绝，要她追随罗什曼那或婆罗多，甚至去追随须羯哩婆或维毗沙那。悉多也曾极力为自己的清白辩护，最后她要罗什曼那点燃了柴堆，她要火神来证明自己的清白贞洁。她跳进了烈火，这时梵天大神率领众天神来向罗摩叙说前因后果和悉多的无辜，劝作为大神毗湿奴化身的罗摩接受悉多，夫妻团圆。火神这时也从烈火中托出丝毫无损的悉多放在罗摩的怀里，这才让罗摩接受了他一再声言要抛弃的悉多。

大梵天的解释和辩护以及火神的实证为悉多解了围。印度古老的传统认为火是神圣的，所以盛行祭火和向火神献祭。火能使不圣洁的变为圣洁，经过圣火的洗礼，被玷污的恢复圣洁，原来圣洁的东西，在圣火里则会丝毫无损，就像我国所谓的"真金不怕火炼"的含义。大梵天率众神到人间来亲自向罗摩为悉多的贞洁辩解是当着以须羯哩婆为首的猴王君臣的面，也是当着以维毗沙那为首的众多罗刹的面说的，也即众所周知的。不消说，罗什曼那自始至终都是知道的，火神的实证也是在众目睽睽之下完成的。出人意料的是后来在《后篇》中，关于悉多是否贞洁的问题又被重新提了出来。事情的起因是罗摩即位后，他和悉多非常恩爱，悉多也怀了孕。这时罗摩听到市民的反应，说罗摩接受了被罗波那搂抱过并在魔宫里住过很久的悉多，那么老百姓今后也得学罗摩的样，接纳越轨的妻子了。这一指责包括两重意思，一是悉多被劫持是魔王抱走的，即魔王接触过悉多的肢体；二是怀疑悉多被魔王强暴过，即所谓失贞。第一个问题是不能更改的，因为是实事，抹杀不了。这种轻微的玷污通过圣火的洗礼是完全解决了的。第二个问题也是大神大梵天所解决了的，大梵天指出

---

① 见季羡林译《罗摩衍那·战斗篇下》，人民文学出版社，1984年版，第873页。

悉多是贞洁的，不过他没有直接说明悉多之所以没有被强暴是罗波那受到过诅咒，即如果他再对妇女施暴，他就将立即身亡，这一点是在《后篇》中追溯罗波那的历史时才交代清楚的，这说明作者也意识到在前面的六篇中没有涉及这一问题是一个漏洞，在《后篇》中加以弥补了。

我们还可以探索罗摩的真实心理：大梵天和众神为悉多所做的辩护和公证、火神所作的实证，虽一时使罗摩似乎是信服了，接受了，然而他内心的问题并没有解决。他想：天天对着悉多的美色，那个色魔真的能够克制自己？而且他就是迷恋悉多的美色而劫走她的，他要克制自己又从何说起？所以当罗摩后来听到百姓的反应时，他那埋藏在内心深处的疑窦又苏醒了。如果罗摩当时是心悦诚服地、毫无保留地接受了大梵天等的解释，他一定会让罗什曼那等回国后传播这一重要信息，让全国老百姓都知道悉多的贞洁。罗摩自己也不应一听百姓的反应，就立刻引发自己的共鸣，而应尽最大的努力，将大梵天等权威的法旨晓谕千家万户。这不仅是让悉多恢复原来贞洁面貌的需要，也是成功地让罗摩悉多这一对恩爱夫妻成为典范的需要。

罗摩作为人间的王子和国王，他对悉多贞操的怀疑是不是不可理解呢？不，完全可以理解，他甚至代表了古代社会遭受这种不幸的丈夫的共同心理。为什么？在古代奴隶社会或封建社会，都是以男性为中心，女性处于受支配或奴役的地位。那时的法律、规章，甚至传统习俗，无不打上这种不平等的烙印。罗摩对悉多的怀疑，就是代表了类似处境的男性的怀疑，也代表了当时罗摩所在的侨萨罗国的百姓的怀疑，也代表了广大的读者——包括外国读者的怀疑。因为史诗作者写的是世界上存在的一种普遍的现象，是有代表性的或者说是典型环境中的典型特征。它不仅发生在侨萨罗国，也可以发生在当时印度其他各个王国，也可以发生在世界其他地方或国度。

罗摩比起他同时代的人来，在这方面没有什么超越之处，所以他对偏激的舆论产生了共鸣，将悉多遗弃，让罗什曼那把已经怀孕的悉多送到蚁垤仙人的净修林。又是十年的苦难生活，直到悉多生的两个儿子已经是十多岁的少年，他们在蚁垤仙人的指导下在罗摩朝廷上唱出了《罗摩衍那》，这时罗摩才叫蚁垤仙人将悉多送来，并仍叫她当众证明自己的贞洁。可怜悉多只得当众说，她一生除了罗摩外从来没有想过另外的男人，如果这是真的话，请大地母亲庇护和接待她。于是大地裂开，拥出宝座迎她而去。

悉多是一位悲剧性的人物，她最终也没有和罗摩团圆。宫廷事变导致罗摩被流放森林十四年，悉多毅然决然选择跟随丈夫去森林。她放弃宫廷的贵族生活，宁愿和丈夫同甘共苦。罗摩经过了十多年的苦难，回国后风光无限，登上了王位宝座，受到了万民的拥护和爱戴。而悉多经历了流放与囚禁的双重苦难，与罗摩重逢的时刻就受到了丈夫的冷眼和无情的恶语。最后罗摩好不容易接纳了她，可是不久之后仍然抛弃了她，这一次又是十多年。可怜一个弱女子她真是有口难开，百口莫辩！最后她投靠了大地母亲，求得了解脱。

从《罗摩衍那》这部史诗形成的过程来看，第一篇《童年篇》和第七篇《后篇》是后来增补的，不是同一个作者的作品。悉多的悲剧见于《后篇》，是增补者所为。然而在长期流传的过程中，整个七篇已经作为一个整体流传开来。印度古代的听众和读者的具体态度是怎样的，我们无从查考。但是就现当代来说，印度人民把罗摩和悉多当作是婚姻的典范，理想的夫妻。在家庭里，在寺庙里，在喜庆场合，张贴的都是罗摩和悉多并坐在一起的画像。在婚礼中，都是以罗摩和悉多来祝福新婚夫妇，祝福他们相亲相爱，白头偕老。然而大史诗中罗摩和悉多的结局并不是白头偕老，这难道不会令一对新婚夫妇颇为尴尬么？

原来，流传到现在的罗摩和悉多的故事已经过不止一次的修改。严格说来，印度人民现在所崇敬的罗摩和悉多，早已不是大史诗《罗摩衍那》中的罗摩和悉多了。大史诗《罗摩衍那》创作出来并流传开来以后，受到听众和读者的欢迎，然而他们也有不满的地方，罗摩和悉多的结局就是其中之一。于是，一些有才华的诗人就着手重新创作有关罗摩故事的长篇叙事诗，在过去一两千年的时间里，在印度各个地区、各个省邦、各个地方语言中都有不止一种用当地语言改写的《罗摩衍那》流行。久而久之。《罗摩衍那》的改写本、编写本、译本大量流行，比较优秀的、受人民群众欢迎的流传下来了，而比较差的则在流传的过程中遭到淘汰。这样用当地的语言创作的作品比起用梵语创作的大史诗更容易被接受，所以从影响来说，各地用当地语言创作的罗摩故事长篇叙事诗早已取代了梵语的《罗摩衍那》。

而这些罗摩故事诗的一个共同点就是摒弃了梵语史诗《后篇》中罗摩抛弃悉多的情节只保留了到《战斗篇》为止的故事，那时罗摩消灭了罗波那，救回了悉多，夫妻团圆。罗摩荣登宝座，即位为王，开创了罗摩王朝的新时代。

比如，印度北方邦和周围几个省邦最流行的《罗摩功行之湖》就是用印地语（严格说来是一种比较流行的方言）创作的作品。作者杜勒西达斯摒弃了罗摩抛弃悉多的情节，并进而把罗波那劫走悉多的情节改成了劫走的只是悉多的幻影。那么悉多到哪里去了呢？是被罗摩用圣火保护起来了。诗人为什么写罗波那只劫走悉多的幻影而不是真身呢？那也是为了不让人怀疑大神连自己的妻子也看守不住，那显得大神是多么无能啊！另外，劫走真身就可能让人怀疑到贞操问题，但劫走悉多的幻影则这类问题都没有了。不过这样一来，也出现了另外的问题。既然劫走的是幻影，那么失妻的痛苦、寻妻的艰辛、救妻的波折……这一系列情节就显得不太合情理，显得不真实。

总而言之，在梵语大史诗《罗摩衍那》中，罗摩和悉多悲剧性的故事经过千百年的修改、转换和再创作，终于变成了大团圆的结局，这真是人民创造了历史！

第七专题　希伯来神话研究

陈贻绎

希伯来神话的古代近东文学背景研究 ①

1　为什么说希伯来文化没有史诗

关于史诗，比较公认的定义是：史诗是一种长篇的、令人肃然起敬的叙事体诗歌。它通常涉及严肃的主题，包含对一个民族或一种文化来说意义重大的英雄事迹和事件的细节。② 西方的许多学者认为希伯来圣经中没有该定义所界定的史诗。有的学者认为从许多层面上来看，将一些故事，如《创世记》中亚伯拉罕准备宰杀亲生儿子以撒祭祀上帝，先祖雅各和约瑟的生平经历，摩西和亚伦在神的指引下逃出埃及，约书亚征服迦南城邦等，看作是希伯来民族的史

---

① 本文是国家社科基金重点项目"外国古代神话和史诗研究"（项目批准号：03AWW001）的子课题成果。同时，本文的科研工作和写作得到了教育部高等学校人文社会科学重点研究基地东方学研究中心"'古代近东教谕文学'项目"（项目批准号：06JJD75011—44001）、教育部人文社会科学重点研究基地山东大学犹太教与跨宗教研究中心招标课题"'希伯来圣经研究'项目"（项目批准号：2009JJD730002）以及国家社科基金"希伯来圣经文学的古代近东背景研究"（项目批准号：10CWW025）、教育部后期资助项目"希伯来圣经文学的内涵和外延"（项目批准号：10JHQ040）的资助，是这些项目的阶段性研究成果。

② "The epic is a lengthy, revered narrative poem, ordinarily concerning a serious subject containing details of heroic deeds and events significant to a culture or nation." 引自 M. Meyer, *The Bedford Introduction to Literature* (Boston & New York: Bedford/St. Martin's, 2005), p. 2128。

诗作品，是有一定道理的。①但从体裁上讲，这些作品几乎全部是叙述体散文，只有极少部分的文字属于诗歌。所以，这些作品只符合"史"这个范畴，却不是"诗"的体裁。

另外，这些作品中位居第一的主人公无一例外地是以色列的神亚卫，并非作品中的任何人类角色，而史诗的主角应该是一位或者几位显著的英雄人物。这个现象是受了犹太一神教禁止个人崇拜的教义的影响。从这一点来看，故事的核心主人公是神不是人，这不符合史诗定义的另一个重要标准：史诗描写的是英雄人物。这些作品中的任何一个人性角色，从历史学的角度出发，目前无法证明其真实存在，最多能够算是传说。关于这一点，以希伯来圣经为宗教信仰经典的信徒比较难以同意，但是无数的圣经历史研究学者，不论是虚无主义学派的学者还是保守主义学派的学者，几乎没有人会同意亚当、夏娃、亚伯拉罕等是有历史可考的人物。真正的以色列民族历史要从王朝分裂后才可考。就算赫赫有名的扫罗王、大卫王和所罗门王，著名的士师参孙等在历史学中都是虚无缥缈的人物。②

即使这些故事中有人的角色，更主要的成分还是神的行迹。而人物在其中不仅仅其真实性无法考量，其相关故事也多比较离奇，无法求证。例如亚当和夏娃的故事，挪亚方舟经历大洪水的故事，出埃及摩西劈开红海的故事，埃及人经历的灾难等。所以称这些故事为神话传说更加合适。希伯来圣经中开篇的这些内容既非"史"，也非"诗"，即使到了约书亚带领众以色列人占领迦南地，在历史考证上也是异常凌乱，无法求实。所以，这应该是希伯来民间文学

---

① 中世纪之后的一些犹太学者根据希伯来圣经中的已有材料创作了一些史诗，如 N. H. Wessely 的 *Shire Tif'eret*，就是根据《出埃及记》编写的史诗（参考 Richard Gottheil 和 H. Brody 在 *Jewish Encyclopedia* 中的 "Epic Poetry" 词条）。这类史诗的文学价值并不高，也不符合本章收录讨论的标准。

② 学术界这方面的讨论请参考陈贻绎：《希伯来圣经中有多少是可靠的历史资料？》，《犹太研究》2010年第9期，第3—16页；陈贻绎：《早期以色列历史中的统一王国阶段研究现状》，《犹太研究》2008年第6期，第87—96页。

中并无严格意义上的史诗的主要原因。①

2　希伯来文化的神话传说

由于希伯来圣经中没有史诗，只有神话传说，我们这一章的重点便用比较大的篇幅来讨论希伯来文化的神话传说。在讨论这些神话时，我们的重点不是这些神话传说的内容，因为这些东西可以从众多的讨论希伯来圣经故事的作品中读到，或者直接阅读希伯来圣经即可。我们将重点探讨这些作品的作者在创作时，受到了来自什么地方的什么样的影响。下面首先讨论创世和大洪水神话曾受到的来自埃及和两河流域神话作品的影响，然后讨论《出埃及记》中的神话传说受到了来自埃及文学作品的影响，最后讨论乌加里特。之后，将进一步探讨希伯来神话传说的主题、固定角色和神的活动空间等。

2.1　《创世记》1—11章中创世和大洪水神话与埃及、两河流域文学

翻开一本世界上印行数量最多的书籍——《圣经》，无论是哪种语言的翻译，读者在开篇被带入的就是一个神话的世界。根据卡尔·荣格的观点，神话是反映人类集体潜意识的故事，② 而对人类学家来讲，神话是对人类社会自身的描述，是人类对自身社会的方方面面如何理解的反映。在我们研读希伯来神话时，除了能够看到古代以色列人的"集体潜意识"和古代以色列社会的方方面面，更能看到古代以色列人所借鉴的古代近东其他更加古老的文化的神话，

---

① 张朝柯将包含摩西五经和《约书亚记》在内的"六经"看作是希伯来的史诗，这个提法是值得商榷的。张朝柯:《古代希伯来民间文学》，张玉安、陈岗龙主编:《东方民间文学概论》第一卷，昆仑出版社，2006年，第309—318页。

② 比较全面的关于荣格的思想，可参见 *The Cambridge Companion to Jung*, 2nd edn, ed. by P. Young-Eisendrath and T. Dawson (Cambridge: Cambridge University Press, 2008).

以及这些神话所反映的这些文化的方方面面。或许更加耐人寻味的是，古代以色列人在借鉴这些神话时，是如何挪用其中的主题和素材、又是如何进行改写和再创造的。因为恰恰是后者，反映出借鉴者对被借鉴者的思考，也同时反映出了借鉴者独特的思维方式。

我们来看两个比较著名的，即使是不太了解《圣经》的读者都可能耳闻的神话故事。这些神话故事大多出现在《创世记》的前 11 章。

首先是创世神话。这个神话在希伯来圣经中前后出现了两个版本。

根据第一个版本的描述，在神创造世界之前，世界由水充斥，黑暗混沌。神做的第一件事就是将光引入黑暗的世界。之后水再被神分为上下两部分，上面的部分负责下雨，下面的部分就是泉、江河与海了。下一步就是将海和陆地分开。之后就是在陆地上创造组织有序的植被。然后是天上的光源：日、月、星，不仅要提供光线，还要用于计时和记年。再后是鱼类和飞禽走兽。最终神的杰作是用自己的形象造人，来享受这之前的一切创造。第七日，神决定休息，这第七日成了约定俗成的社会惯例。[①] 在这个版本中包含的被创造的层面比较全面，既描述了整个世界的创造，也描述了用神的形象作为蓝本来创造人的方面，人是最后才被创造出来的。

在第二个版本中人是首先被创造出来的。最先被创造出来的是男人，之后又着力解释为什么将女性创造出来，并且有婚姻这种社会制度——因为神认为男人孑然一身不是好事，便造了女人来做他的伴侣；而且男人背弃父母和女人黏在一起就是婚姻了。这个版本只是粗略提到人的周围环境的创造，将重心放在了人类的起源上，比较专注人和社会的关系。

在希伯来圣经还有著名的大洪水的神话。神创造了第一个男人亚当和第一个女人夏娃之后，这两个最早的人类不顾神的明令禁止，去吃了智慧树上的果实，被神驱逐出了伊甸园。根据希伯来圣经，在亚当和夏娃生了该隐和亚伯之

---

① 为什么在第七日休息，大多数学者认为和人类能够用肉眼观察到的天象有关系，即日、月和金木水火土五颗行星各代表一天，共七日。

后，他们就组成了第一个人类的家庭。该隐杀害亚伯是人类的第一次谋杀。在该隐杀了亚伯时，这个人类的第一个家庭也就产生了危机。谋杀犯该隐的子孙最早建筑城市，饲养家畜，发展艺术。人类的随心所欲造成了一系列的问题。拉麦任性杀人，神子与人女野合，生下了怪物。人类的罪恶深重，导致神决定通过发大洪水来灭绝几乎整个人类，唯独存留了挪亚这一家正义的人。神命令他造方舟，躲过水灾，他成了后来所有人类的祖先。

希伯来的创世和大洪水神话都不是原创的，而是有古代近东其他地区的原型。但是，每个神话都在进入希伯来圣经时被赋予了重要的变化。

2.1.1 《阿特拉哈西斯》

希伯来《圣经·创世记》中记载的创世和大洪水的神话（《创世记》1—11章）和美索不达米亚两个主要的创世故事有着明显的相似之处。可能最早创作于公元前19世纪的《阿特拉哈西斯》（Atrahasis）故事不仅包括创世的情节，也包括洪水的情节。故事是这样讲的：

> 天是由神安努（Anu）来统治，地是由神恩利尔（Enlil）来管理，淡水的海是由神恩基（Enki）掌管。恩利尔指令更小的众神来维护灌溉系统、做农活。四十年后这些小神拒绝再干这些活儿。恩基提议创造人来干这些活儿。女神玛弥（Mami，有的学者认为是生育之神宁土Nintu）用泥、唾液和杀死反叛众小神之一的魏拉（Weila）后得到的血做成人。用神的血做成的人，从一开始就带有两个神的特质：永生和反叛。人类劳作并繁衍生息一千二百年，但是他们所制造的噪音也越来越大，这就搅扰了恩利尔的睡眠。恩利尔于是决定毁灭人类，他先是送去瘟疫，之后是饥荒、干旱，最后是洪水。每次恩基都警告了他的人类朋友——故事的主人公阿特拉哈西斯（Atrahasis，意思是"特别聪明"），每次他都成功地躲过灾难。恩基提前七天给了阿特拉哈西斯洪水来临的警告，并且告诉他修建一艘

船。阿特拉哈西斯将船装满了动物和鸟以及自己的财物。阿特拉哈西斯是洪水后唯一的幸存者。当众神发现毁灭人类之后无人给众神耕种上供所用的粮食时,为时已晚。于是众神"像苍蝇一样"拥至阿特拉哈西斯的供品前。恩利尔对于阿特拉哈西斯没有死耿耿于怀。恩基最终说服恩利尔保留人有好处。恩利尔安排恩基和宁土来控制人类人口的增长。实现这个控制增长的办法包括设定女祭司这个无法生育的阶层,允许魔鬼掠夺人类母亲的婴儿,以及首次让人类无法长生不老。[①]

在这个美索不达米亚的神话传说中,不仅仅有创造人类的故事,还有大洪水的故事。这包括了希伯来《圣经·创世记》第6—9章的内容。

2.1.2 《埃努玛·埃利什》

另一个美索不达米亚著名创世故事是《埃努玛·埃利什》(Enuma Elish)。故事最早的版本不会晚于公元前1700年。故事大致是这样的:

在天地初创之前,世上有两个巨大的水体,一个是叫阿普苏(Apsu)的淡水之海,一个是叫提阿玛特(Tiamat)的咸水之海。两个水体的融合造出了众神。比这第一批神更年轻的神是通过首批男神和女神的性交来产生的。这些年轻的神所制造的噪音搅扰了阿普苏的安宁,所以阿普苏设计,准备除掉这些神。最聪明的年轻神埃亚(Ea)知道了这个计划,就抢先杀了阿普苏。为了替夫报仇,提阿玛特决定和自己的追随者金古(Kingu)一起来除掉这些年轻的神。当这些年轻的神闻此消息,选了他们

---

① 原文转写和详细解读参考 M. Civil, "The Sumerian Flood Story" in *Atra-Ḥasīs: the Babylonian Story of the Flood* ed. by W. G. Lambert, A. R. Millard and M. Civil (Oxford: Clarendon Press, 1969), pp. 138-145。英语翻译见 *ANET* 104-106, 512-514;*COS* 1.130: 450-452;S. Dalley, *Myths from Mesopotamia* (Oxford: Oxford University Press, 1989), pp. 1-48。

中的佼佼者马尔都克（Marduk），任命他为王来保护他们。在马尔都克和提阿玛特的战斗中，提阿玛特试图用水吞掉马尔都克，马尔都克反而用一股风将水膨胀鼓起，然后用箭射中提阿玛特的肚子，将她分为两份，"如同等待晾干的鱼。"并用她的尸体造了天，像半个海蚌壳一样圈住天上的水。马尔都克随后还造出日月星辰，定了日夜和四季。马尔都克又用金古的血造了人，做众神的奴仆。众神为马尔都克在巴比伦建设了一座宫殿，叫埃萨吉拉（Esagil）——"头冲天的房子"，马尔都克在这座宫殿里称王。众神颂唱马尔都克的五十个绰号（名字）以表示对他的敬畏。①

《埃努玛·埃利什》这个创世神话在不同的地区和不同的时代有不同的版本。例如，在亚述王国，亚述（Assur）神取代了巴比伦神马尔都克，成了故事的核心主角。② 一些学者认为希伯来圣经的《创世记》受到了某个版本《埃努玛·埃利什》的影响，尤其是在将 tehom（可能在词源上和 Tiamat 相关）一分为二，来造天地这个概念上。③

2.1.3 《吉尔伽美什》

和大洪水相关的另一个美索不达米亚著名故事是《吉尔伽美什》

---

① 原文转写见 L. W. King, *The Seven Tablets of Creation, or The Babylonian and Assyrian Legends Concerning the Creation of the World and of Mankind*, Vols. 2 (London: Luzac, 1902); R. Labat, *Le poème bablylonien de la création* (Paris: Adrien-Maissonneuve, 1935); W. G. Lambert and P. Walcot, "A New Babylonian Theogony and Hesiod", *Kadmos*, 4 (1965), 64–72。英语译文见：*ANET* 60–72, 501–3; *COS* 1.111:390–402; S. Dalley, *Myths from Mesopotamia* (Oxford: Oxford University Press, 1989), pp. 228–277.

② W. G. Lambert, "The Assyrian Recension of Enuma Eliš" in *Assyrien im Wandel der Zeiten: XXXIXe Rencontre assyriologique international* ed. by H. Waetzoldt and H. Hauptmann (Heidelberg: Heidelberger Orentverlag, 1997), pp. 77–79.

③ B. F. Batto, "Creation Theology in Genesis" in *Creation in the Biblical Traditions. Catholic Biblical Quarterly Monograph Series 24*, ed. by R. J. C. Clifford and J. J. C. Collins (Washington: Catholic Biblical Association, 1992), pp. 16–38.

(Gilgamesh)史诗。吉尔伽美什是古代近东流传最广的文学作品,甚至在巴勒斯坦的麦吉多(Meggido)遗址也出土过写有吉尔伽美什史诗的阿卡德文泥板。这个篇幅宏大的史诗中有一段关于大洪水的故事。在故事中,主人公吉尔伽美什是乌鲁克的国王。吉尔伽美什失去了他最好的朋友之后,为了寻求长生不老的秘诀,去找乌特纳皮什提姆(Utnapishtim)这个大洪水的幸存者(这个情节让我们想起同样是大洪水幸存者的阿特拉哈西斯)。乌特纳皮什提姆给吉尔伽美什讲述了他所经历的大洪水,以及神埃亚(在《阿特拉哈西斯》故事中这个角色是恩基)是如何在洪水来临之前警告他的。吉尔伽美什史诗中洪水的片断和希伯来圣经中的挪亚所经历的洪水有许多相同之处,例如建筑大船、送鸟去打探洪水的状况,等等。①

2.2 希伯来神话对古代近东神话的继承和求异

希伯来圣经的作者借鉴了美索不达米亚的文学传统,这是几乎所有的学者都公认的。一个强大文明对一个弱小文明的影响是不言而喻的;况且洪水作为一种自然灾害只有在两河流域这样的地区才有可能发生,在常年干旱的巴勒斯坦洪水可以说是天方夜谭。

但是,美索不达米亚的大洪水传说和希伯来圣经中的洪水传说有两个很大的区别。一个是道德在故事中的地位。在《阿特拉哈西斯》和《吉尔伽美什》中,众神随意间就决定毁灭人类,而且除了乌特纳皮什提姆是神埃亚的

---

① 由于吉尔伽美什史诗牵扯到许多地点和许多版本的出土泥板,原文发表和转写数量繁多,跨英、法、德、希伯来四种语言。一个较新并且较全面的版本是 A. R. George, *The Babylonian Gilgamesh Epic: Introduction, Critical Edition, and Cuneiform Texts* (Oxford: Oxford University Press, 2003). 英文翻译见 *ANET* 44-52, 72-99, 503-507; *COS* 1.132:458-460; 1.171:550-552(部分);以及 S. Dalley, *Myths from Mesopotamia* (Oxford: Oxford University Press, 1989), pp.50-135; *The Epic of Gilgamesh (Norton Critical Editions) (Paperback)* ed. by B. R. Foster, D. Frayne and G. Beckman (New York: W. W. Norton & Company, 2001). 此专著包括阿卡德、苏美尔和赫梯语版本的示例翻译;M. Kovacs, *The Epic of Gilgamesh* (Stanford, CA: Stanford University Press, 1985).

好朋友（在《阿特拉哈西斯》中阿特拉哈西斯是神恩基的好朋友）之外，我们也未获知他为什么被选为幸存者。而在希伯来圣经中，人类的毁灭起因于人类自身的堕落，挪亚被选作存活者是因为他的正义。另一个重大区别是洪水过后契约的建立。在巴比伦的多个洪水神话中，神和人之间有着不可逾越的鸿沟和距离；而希伯来圣经中神和人的亲密被彼此之间在洪水后建立的契约所证实。

在希伯来神话中，出于以色列宗教的原因，作者总是尽力将除了亚卫（Yahweh）以外的一切神都挪除出去，只继承故事情节，并没有继承古代近东神谱中的其他神。并且，我们在希伯来圣经中会看到许多这样的情况——古代近东的传统被希伯来圣经的作者所借鉴，但是许多借鉴之后的故事加上了希伯来作者对自己的神的意志的独特理解。在洪水故事中是道德、契约和萌芽状态的一神论思想体系。

我们不仅在创世和大洪水这样的大篇幅的神话中看到希伯来圣经借鉴和发扬了美索不达米亚的神话传统，在许许多多小细节上，我们也看到美索不达米亚的神话传说的影响。

例如《创世记》中该隐杀死兄弟亚伯的故事，反映了早期畜牧业和农业在使用珍贵的可耕地之间发生的冲突，这个冲突在美索不达米亚早已有一个相似的版本，只不过故事的主人公是畜牧业的神杜木兹（Dumuzi）和农业的神恩启都（Enkidu）。冲突的目的是为了获得女神伊楠娜（Inanna）的爱，并且获胜方也是代表畜牧业的一方——杜木兹。

再例如，美索不达米亚文化中著名的苏美尔王表用一场洪水来分期，洪水前的世系中，国王的寿命都特别长，洪水后他们的寿命就大大缩短了。希伯来圣经中（《创世记》第5章）挪亚前人类的长寿和挪亚后人类的相对短寿和苏美尔王表的这个特征十分相似（见下表）。①

---

① 此表是根据 Kenton L. Sparks, *Ancient Texts for the Study of the Hebrew Bible: A Guide to the Background Literature* (Peabody: Hendrickson, 2005), p. 2 的表格的部分翻译。

来自《创世记》第5章的希伯来人族谱			苏美尔王表	
人名	生第一胎的年龄	又活了	总年龄	国王名	统治年限
亚当	130	800	930	Alulim	28800
塞特	105	807	912	Alagar	36000
以挪士	90	815	905	EnmenluAnna	43200
该南	70	840	910	EnmengalAnna	28800
玛勒列	65	830	895	杜木兹（Dumuzi）	36000
雅列	162	800	962	EnsipaziAnna	28800
以诺	65	300	365	Enmeduranki	21000
玛土撒拉	187	782	969	Ubar-Tutu	18600
拉麦	182	595	777		
挪亚	500	450	950		

其他例子包括：在美索不达米亚的伊甸园是神的居所之一，到了希伯来圣经成了人的乐园；巴比伦众神用泥土造人的目的是为了侍奉众神，到了希伯来圣经中，人成了众生的主宰；在吉尔伽美什神话中的洪水和方舟启发了希伯来圣经的作者来写作挪亚的故事，但是后者并没有如前者那样让故事的主人公最终获得长生不老；巴比伦的金字塔（Ziggurat），在希伯来圣经作者那里，成了教育人类要安守本分的"巴别塔故事"的一个道具。①

2.3 关于两个或者多个版本

通过对希伯来和古代近东的神话传统进行比较，我们发现，《创世记》中

---

① 陈贻绎：《希伯来语圣经——来自文本和考古的信息》，《东方文化集成》，季羡林主编，昆仑出版社，2006年，第86—88页。

的几个核心神话，如创世神话、大洪水神话中，有一个最让现代读者不习惯的特点，那就是，这些故事都在《圣经》中有两个不同的版本。其实这正是古代近东神话传统的一个重要特点。有的时候，两个版本中的内容甚至是完全矛盾的，也被写到了一起。反映到《创世记》中，这种情形包括两个创世故事（《创世记》第 1 章和《创世记》第 2—3 章），从创世到大洪水之间的两个族谱（《创世记》第 4 章和《创世记》第 5 章），大洪水故事的两个开头（《创世记》第 7 章 1—4 节和《创世记》第 7 章 11—13 节），两个大洪水故事的结局（《创世记》第 8 章 20—22 节和《创世记》第 9 章 1—17 节），以及两个族谱的结尾（《创世记》第 10 章和《创世记》第 11 章）。根据五经四源说的观点，这两种不同的版本是因为一个是出于亚卫派之手，另一个是出于祭司派之手。[1] 但是基于我们对古代近东神话传统的了解，我们完全可以认定这些都是一个作者的作品，他或者她只不过对之前的神话传说做了一个综合。而对于这种综合，需要前后连贯，没有彼此的矛盾，这是我们现代人思维的要求，当时的传统并无这项要求。有的时候，不同的版本之间共享同一个主角就足以让作者产生将两个版本放到一起的灵感。这一特质不仅仅出现在美索不达米亚神话中，在古代埃及神话中也是个普遍的特征，例如在埃德富（Edfu）发现的关于荷鲁斯（Horus）和阿努比斯（Anubis）的神话，虽然版本不同，但是主角相同。[2]

---

[1] 陈贻绎:《希伯来语圣经——来自文本和考古的信息》,《东方文化集成》, 季羡林主编, 昆仑出版社, 2006 年, 第 6—15 页。

[2] K. L. Sparks, *Ancient Texts for the Study of the Hebrew Bible: A Guide to the Background Literature* (Peabody: Hendrickson, 2005), p. 339.

3 《出埃及记》中的传说故事和埃及文学

3.1 波提乏妻子勾引约瑟的传说

希伯来圣经中的传说也多是从古代近东更早的文献中继承了主题，只是到了希伯来圣经的作者手中，这些主题得到了类似于神话得到的升华。约瑟和波提乏妻子的故事在埃及不乏前辈。埃及文化中的这个版本，被埃及学学者称为"两兄弟的故事"：[①]

> ……之后年轻人进了马厩拿了个大容器，因为他想取出许多的种子。他将容器装满了麦谷，扛着容器出来。她对他说：你的肩膀上扛了多少东西？他说，有三袋子大麦，两袋子小麦，共五袋子。她说，你好有阳刚之气啊，我观察你很久了。她的目的是和他做爱。她站起来，抓住他，说，来，我们一起睡一个小时吧。这对你好，我会给你做好衣服。
>
> 年轻人对这个建议十分气愤，她就很害怕。他说，我一直把你看作母亲一样，你的丈夫我一直看作父亲一样，虽然他是我的哥哥，但是是他把我带大的。你的提议对我是极大的不公！别再这么说了！我不会告诉任何人的。他就扛起担子到地里和他哥哥一起干活去了。
>
> 傍晚，哥哥回家来，弟弟仍然在照顾牲口，挑担子。哥哥的老婆怕她的提议被揭穿，就用油脂装扮一番成被人强暴过的样子，准备告诉她丈夫。丈夫从地里回来，见老婆躺在地上，一个人很难受，在呕吐。丈夫

[①] 埃及象形文字和转写见 A. H. Gardiner, *Late-Egyptian Stories* (Brussels: Fondation Égyptologique Reine Élisabeth, 1932), pp. 9–29. 以下汉语翻译参照 *ANET* 23–25；M. Lichtheim, *Ancient Egyptian Literature* (Berkeley: University of California Press, 1971–1980), 2:203–11；*COS* 1.40:85–89；W. K. Simpson, R. K. Ritner, V. A. Tobin, and E. F. Wente Jr., *The Literature of Ancient Egypt: An Anthology of Stories, Instructions, Stelae, Autobiographies, and Poetry*, 3rd edn (New Haven: Yale University Press, 2003), pp. 80–90。

问，谁和你打架了？她说，能有谁？你的弟弟。他回来给你拿种子时，看见我自己坐着就说，来，我们一起睡一个小时吧。我不听从，并对他说，我一直对你像母亲一样，我的丈夫你哥哥一直对你像父亲一样。他害怕了，打了我以防我告诉你。①

"两兄弟的故事"是来自公元前13世纪的古埃及文本，这比最早的希伯来语圣经文本还要早，所以如果约瑟故事和这则故事存在借鉴关系的话，约瑟故事的作者借鉴这则古埃及的故事的可能性比较大。而著名的荷马史诗《伊利亚特》成书的年代和《圣经·旧约》中约瑟的故事可能就不分伯仲了。其中有同样的主题：

众神赐予他（指柏勒罗丰——引注）美貌和可爱的男子气概，
但是普罗托斯对他心怀毒计，
因为他太强大，就把他放逐出阿尔戈斯人的
土地，是宙斯使人民服从他的权杖。
普罗托斯的妻子，那个闻名的安特亚，
爱上了柏勒罗丰，要和他偷情共枕。
但是未能劝诱谨慎、磊落的柏勒罗丰。
她制造谎言，对普罗托斯国王说：
"普罗托斯，是你自己死，还是杀死柏勒罗丰，
他不顾我的意愿，想和我偷情共枕。"
——荷马史诗的《伊利亚特》故事（VI，163—172行）②

---

① 陈贻绎：《希伯来语圣经——来自文本和考古的信息》，《东方文化集成》，季羡林主编，昆仑出版社，2006年，第104—106页。
② 译文引自罗念生：《罗念生全集》，上海人民出版社，2004年，第149页。

3.2 摩西出生的传说

《出埃及记》描述摩西出生的一开始就为英雄的诞生进行了充足的气氛渲染。整个以色列民族的命运正处在最低谷，《出埃及记》的前两章中，以色列的神亚卫甚至都没有出现，这样就衬托出了低落压抑的气氛。以色列最早的先知摩西在出生后，为了躲避被法老杀死的命运，被姐姐放到一个篮子里面，漂浮在尼罗河上，后来被埃及的公主捞起抚养。这段传奇早已被比他早几百年甚至一千多年的阿卡德王萨尔贡经历。① 摩西的出生是世界文学中一个经久不衰的"江流儿"主题的又一个版本。世界文学的许多读者都熟悉这一主题的西方古典文化版本——希腊神话中的俄狄浦斯和罗马传说中的罗慕路斯和雷慕斯。而和摩西的出生故事在内容和形式上最为接近的版本，则要属阿卡德文学中描述美索不达米亚阿卡德王国开国君主（约公元前2300年）萨尔贡的传奇了：

> 我的母亲怀了我，她秘密地生下了我
> 她把我放在用灯芯草编的篮子里，用沥青把篮子的盖子粘上
> 她把我扔到河中，河水没有没过我
> 水将我载起，把我带到阿基（Akki）——挑水的人那儿
> 挑水人阿基，把他的水罐放到河中打水时，将我从水中捞起来
> 挑水人阿基，把我当儿子一样培养了我 ②

埃及文化传统中也有自己的"江流儿"主题的故事，这个故事描述的是埃及神荷鲁斯（Horus）和塞特（Seth）的争端。故事约创作于公元前1140年

---

① 陈贻绎：《希伯来语圣经——来自文本和考古的信息》，《东方文化集成》，季羡林主编，昆仑出版社，2006年，第146—148页。

② 英语翻译参见 ANET 119。又见 J. G. Westenholz, *Legends of the Kings of Akkade* (Winona Lake: Eisenbrauns, 1997), p. 2。

左右，所以这个故事无论从时间还是空间范畴上讲，都更加接近希伯来圣经中的摩西故事。作者很可能借鉴的是埃及的版本，但是这也不排除他对历史更加悠久的美索不达米亚版本的了解。这个埃及神话有两个版本，其间主人公的具体经历不尽相同。

版本一：

塞特在荷鲁斯还是个孩子时，就在他的出生地开米斯到处漫游寻找荷鲁斯。荷鲁斯的母亲伊西斯将他藏在一个芦苇草的灌木丛中，奈芙蒂斯（他的姐姐）用布单盖着他。她把孩子"藏在芦苇草丛中"——他后来的名字阿努比斯就是这么来的。

版本二：

塞特正在一个芦苇草做的船里航行，伊西斯对图特说："让我看看我那藏在沼泽地里的儿子吧。"图特说："看吧。"伊西斯说："那就是他吗？"这就是他后来的名字阿努比斯的由来，这个名字也由此而起给王室的每一个孩子。

3.3　摩西和埃及法师斗法术

《出埃及记》中摩西是如何受命于神，到法老面前劝说法老将以色列人放走的过程，可能是希伯来圣经中最为引人入胜的一段故事了。其中，摩西得到神的帮助，学会了能够将一个手杖变成蛇的法术（7:10）。这段记录是可以在埃及的文献中找到类似之处的。有关魔法的埃及文献中有一段，讲的是一个法师将一个蜡制的小鳄鱼变成真鳄鱼的故事：

第二天，看守者告诉主讲法师外巴诺尔（Uba-aner）。然后他造了堆火,并用黑檀树和金子做了个七指长的蜡制鳄鱼。他念动咒语说……如果有人到我的湖里洗澡……之后他将这个鳄鱼给了看守者,对他说:当这个城里人像往常一样进了水池之时,你就把这个鳄鱼扔到湖中。看守者离开了,拿了鳄鱼。

夜幕降临,城里人跟往常一样来到湖里,看守者将鳄鱼扔到水里。鳄鱼立即长成七尺长,咬住了城里人。

主讲法师外巴诺尔在上下埃及英明的国王陛下奈布卡那儿逗留了七天,这七天城里人一直在湖中没有呼吸。七天之后,上下埃及英名的国王陛下奈布卡前来,主讲法师外巴诺尔上殿陈述说:请陛下来看在陛下盛世所发生的奇观。国王陛下和外巴诺尔来到湖边。外巴诺尔召唤鳄鱼过来说:把城里人带来。鳄鱼从水中浮出。主讲法师外巴诺尔说:张开嘴!鳄鱼张开了嘴。之后外巴诺尔放了……

上下埃及英明的国王陛下奈布卡说:这个鳄鱼果真凶猛!但是外巴诺尔俯身抓住鳄鱼,鳄鱼在他手中变成了个蜡制的鳄鱼。主讲法师外巴诺尔告诉了国王陛下这个城里人和他(国王)的妻子在他们的房子里通奸的私情。

这就是发生在你的父亲、上下埃及英明的国王陛下奈布卡的盛世奇观,这就是主讲法师外巴诺尔的壮举。①

这个故事里巫师的本领让我们想起摩西是如何将他的拐杖变成蛇的。有趣的是,尽管在《出埃及记》4:3 中,当神初次教给摩西这个法术时,用的是希伯来语中"蛇(nahash)"这个词,但在《出埃及记》7:10 中,当摩西真正实施这段魔法时,希伯来圣经中所用的词语是希伯来语中指"鳄鱼(tannin)"的词语。大部分中文和西文的翻译都没有能够如实地反映这两处用词的不同。

---

① 英文翻译见 ANET 326—29;中文翻译引自陈贻绎:《希伯来语圣经——来自文本和考古的信息》,《东方文化集成》,季羡林主编,昆仑出版社,2006 年,第 149—150 页。

摩西代表神降给埃及人的十个灾难中，颇有几个我们是可以在古埃及的文献中找到线索的。例如关于河水变红：①

河水是血。如果人喝了河的水，人就会反胃，并且会想喝更多的水……外族的野蛮人到了埃及。他们简直不是人。（伊浦味警辞，埃及智者，约公元前 2050 年）

关于黑暗：

太阳的圆盘被遮住了。太阳不会闪光了，人也无法看到了……没有人知道什么时候是正午，因为他的身影无法被辨别。（奈菲鲁胡预言，埃及智者，约公元前 2000 年）

关于头生子被击杀：

在击杀头生子那天，国王是将会被"名字隐匿的他"审判的人。（食人者之歌，出土于萨卡拉的尤那斯（Unas）金字塔，约公元前 2300 年）

在击杀头生子那天，我是将会被"名字隐匿的他"审判的人。（棺椁铭文，约公元前 2000 年）

3.4　出埃及时神将水分开

埃及的追兵在后，海水在前，以色列人无法逾越，眼看或者被法老的兵追

---

① 见 G. Hort, "The Plagues of Egypt", *Zeitschrift für die alttestamentliche Wissenschaft*, 69 (1957), 84–103; G. Hort, "The Plagues of Egypt", *Zeitschrift für die alttestamentliche Wissenschaft*, 70 (1958), 48–59。中文译文见陈贻绎：《希伯来语圣经——来自文本和考古的信息》，《东方文化集成》，季羡林主编，昆仑出版社，2006 年，第 151—152 页。

上屠杀，或者蹈海自杀，反正是死路一条了。出埃及的故事也在这时达到了一个高潮，这个镜头恐怕让阅读《出埃及记》的读者很难忘记。当然，神在这种关键的时刻往往会挺身而出解决一切。说时迟，那时快，拦住以色列浩浩荡荡难民的水被摩西借助以色列的神的力量分成了两半。

这是何等的文学创作灵感啊！可是，学者们找到了一篇埃及文学的片断，一方面告诉我们这个灵感是有源泉的，另一个方面也似乎帮助我们理解了希伯来圣经作者的用意——以其人之道还治其人之身。

> 这时一个公主的一件新的绿宝石饰物掉到了水里。她停止了划桨，于是扫了整个盛会的兴。我对她说，"你为什么停止了划桨？"她对我说，"因为新的绿宝石饰物掉到了水里。"我说，"继续划吧，我会再给你一个！"她说，"我不要替代品，我只要我原来的饰物。"
>
> 这时主讲法师扎扎·艾姆·阿恩克（Djadja-Em-Anakh）念动咒语。他把湖里一半的水放到另一半的上面；他看到饰物就落在了一块碎瓷片上。他就将饰物拿起，还给了饰物的主人。原来 12 尺深的水被合并叠起来后，成了 24 尺深了。这时法师念动咒语，将水恢复到原位。
>
> 陛下整天都得以和朝廷上下饮宴欢歌。之后陛下大肆奖赏了主讲法师扎扎·艾姆·阿恩克。
>
> 这就是发生在埃及国王、上下埃及英明的国王陛下斯奈弗鲁时期的奇观，这就是主讲法师并书记官扎扎·艾姆·阿恩克的壮举。
>
> ——游船盛会（埃及故事，约公元前 1800 年）[①]

[①] 参考 L. Manniche, *How Djadja-Em-Ankh Saved the Day: A Tale from Ancient Egypt* (New York: Crowell, 1977)；陈贻绎：《希伯来语圣经——来自文本和考古的信息》，《东方文化集成》，季羡林主编，昆仑出版社，2006 年，第 159—160 页。

4 希伯来圣经中神话传说受乌加里特神话传说和史诗的影响

4.1 乌加里特文学综述

关于两河流域和古代埃及的文化和文学作品，在中文学术界有比较丰富的出版物。但是汉语出版物中，关于乌加里特文化和文学作品，仍然是凤毛麟角。乌加里特文学对希伯来圣经文学的影响，相较于两河和古埃及来讲，更加直接，更加重要。所以下面我们花比较多的篇幅对乌加里特文学进行描述。①

1928 年，一位叙利亚农民在叙利亚北部沿海的村庄 Râs Shamra 附近偶然发现了一个古老墓穴，次年到来的考古学家认定这是古老的海港城市乌加里特（Ugarit）的遗址。对这个遗址的挖掘此后就几乎没有间断过。在乌加里特出土了一种书写在泥板上的楔形字母文字。这些泥板写成于公元前 1400—前 1200 年间。用这种字母文字写成的包括文学、管理和词典等各种作品的泥板到目前已经出土了一千二百多块，② 这些泥板上的楔形字母语言被学者们称为乌加里特语。用这种语言写成的泥板在同一个遗址中同由阿卡德语、苏美尔语、胡瑞安语和赫梯语写成的泥板一同出土，反映出当时的乌加里特是一个国际化的大都市。许多管理性文献，如书信、政府文档等，大多是用当时古代近

---

① 本节部分内容立足于修改调整后的陈贻绎《犹太研究中的乌加里特研究分支和乌加里特神话点滴》（《犹太研究》2007 年第 5 期，第 83—94 页），并有大量增删，与原文相似之处不再一一注明。

② 见 D. Sivan, *A Grammar of the Ugaritic Language* (Leiden: E. J. Brill, 2001), p. 1。P. Bordreuil and D. Pardee, *La trouvaille épigraphique de l'Ougarit, Vol. 1: Concordance. Ras Shamra-Ougarit 5, No. 1* (Paris: Éditions Recherche sur les Civilisations, 1989), pp. 414-422 显示有超过 1900 段乌加里特文献，这个数字超过了晚 12 年出版的 D. Sivan, *A Grammar of the Ugaritic Language* (Leiden: E. J. Brill, 2001)，可能是因为 Bordreuil 和 Pardee 判断一篇乌加里特文献的标准并非同泥板的数目直接相关。需要注意的是，同时期和地点出土的阿卡德语泥板文献也超过了 1800 篇，D. Pardee, "Review on Handbook of Ugaritic Studies, Handbuch de Orientailstik, erste Abteilung der nahe und der mittlere Osten", *Bulletin of the American Schools of Oriental Research*, 320 (2000), 49-86 (p. 51)。

东的通用语言阿卡德语写成的，也有一部分使用的是乌加里特语。乌加里特不仅用当时周边帝国的各种文字进行经贸交往，也用自己独有的语言进行文学写作和自身内部的政治经济管理活动。

乌加里特语对希伯来圣经学者更好地理解和解读《圣经》有着举足轻重的帮助。首先，乌加里特语和圣经希伯来语都是字母语言，绝大部分学者认为乌加里特语和圣经希伯来语均属于西北闪米特语。① 有的学者甚至认为乌加里特和圣经希伯来语都是迦南语系（这个语系还包括摩押语、腓尼基语等其他语言）。② 无论如何，有一点是无可争议的，那就是乌加里特语中同圣经希伯来语相近似的词汇和语法等语言上的共性，无论在质和量上，都超出了其他任何已经出土的具备充足文献数量的古代近东语言。

乌加里特语学者通过对这个语言的解读和对其文学作品的分析，在许多方面帮助了希伯来圣经学者更好地理解《圣经》。例如，一些乌加里特的词汇可以帮助解释澄清希伯来圣经中的晦涩词语；③ 乌加里特文学中的一些文学技巧和文学风格和希伯来圣经中的用法十分相似，进而为更好地理解希伯来圣经文本的意义提供了十分有益的借鉴（如常见的成对词汇，④ 类似的语法形式所反

---

① 参看 ABD 词条 Ugaritic 和其中的参考文献（695—721页，第六卷）；另外中文读者可以参考李海峰、吴宇虹：《浅谈古代西亚乌旮瑞特语》，《内蒙古民族大学学报（社会科学版）》2004年第30期。

② J. Tropper, "Is Ugaritic a Canaanite Language?" in *Ugarit and the Bible: Proceedings of the International Symposium on Ugarit and the Bible, Manchester, September 1992* ed. by G. J. Brooke, A. H. W. Curtis, and J. F. Healey (Münster: Ugarit-Verlag, 1994), pp. 343–353.

③ 这方面发表的研究性文章不计其数，1965年以前的文章可以在 C. H. Gordon, *The Common Background of Greek and Hebrew Civilizations* (New York: Norton Library, 1965) 的各个词条中比较集中地看到；1969年开始出版的 *Ugarit-Forshungen* 年刊中也可以比较集中的看到，*Ugarit-Forshungen* 由当时西德明斯特的 Manfred Dietrich 和 Oswald Loretz 主编，是乌加里特基础研究的重要中心之一。几个例子可以看见 D. Sivan, *A Grammar of the Ugaritic Language* (Leiden: E. J. Brill, 2001), pp. 4–5。

④ 如 yd/ymn，"手/右手"等，更多的例子可见 D. Sivan, *A Grammar of the Ugaritic Language* (Leiden: E. J. Brill, 2001), p. 6。这方面最为穷尽的著作是 L. R. Fisher, F. B. Knutson and D. F. Morgan, "Ras Shamra Parallels: The Texts from Ugarit and the Hebrew Bible. Vol. I", *Analecta Orientalia*, 49 (1972) 和 L. R. Fisher, D. E. Simth and S. Rummel, "Ras Shamra Parallels: The Texts from Ugarit and the Hebrew Bible. Vol. II", *Analecta Orientalia*, 50 (1975)。

映的类似的表达效果等①）。另外，我们在希伯来圣经中还发现有许多和乌加里特文学十分类似的文学主题和整体文学表现形式，这些主题和表现形式也是整个迦南地区共有的文学传统和财富的一部分。②

　　从时间上来讲，乌加里特语停止使用的时间比希伯来圣经最早的主体部分的写作时间，也就是公元前1000年左右的大卫王统一王朝时期，早出约二百多年。③从空间上讲，乌加里特和耶路撒冷的直线距离也有四百多公里。这种时间和空间的差距对于将两个文化的文学作品进行比较研究应该是很不利的条件。但是，由于三个重要的原因，对乌加里特语作品和希伯来圣经作品进行比较研究有很大的必要性。一个原因是乌加里特语写成的文学作品和希伯来圣经中的许多内容使用的是同一语系中的有很多相似之处的字母文字；另外一个原因是乌加里特作品是目前发现的在时间和空间上与希伯来圣经的写作距离最小的作品群；第三个十分重要的原因是，相对于在巴勒斯坦地区和周边地区出土的带有文字的文物（如摩押语等写成的碑文等），乌加里特文献的数量要多得多。乌加里特语作品群和希伯来圣经作品群各自的数量比较充足，从统计学原则上衡量，具有比较性研究的可操作性，同时，乌加里特文献中覆盖的文学种类也远远超出了其他文化文献所覆盖的范围。基于上述原

---

　　①　如上下成对儿的诗句中上句用一个数字，下句用这个数字+1来描述一个事情；参看 D. Sivan, *A Grammar of the Ugaritic Language* (Leiden: E. J. Brill, 2001), p. 5。

　　②　这个方面研究的学术文章从乌加里特学一开始就很丰富，比较集中的参考 Y. Avishur, *Studies in Hebrew and Ugaritic Psalms* (Jerusalem: Magnes, 1994)。

　　③　学术界普遍同意希伯来圣经的主体部分的写作时间是在大卫统一王朝时期，详细论据请参考陈贻绎《希伯来语圣经——来自文本和考古的信息》的相关章节；关于乌加里特文学的主体，尤其是著名书吏 Ilimilku 的大部分神话作品，成文于公元前1300—前1200年的晚期，参考 D. Pardee, "Review on Ugaritic and the Bible: Proceedings of the International Symposium on Ugarit and the Bible, Manchester, September 1992", *Journal of the American Oriental Society*, 117 (1997), 375–378。根据 J. M. Durand, "Le mythologème du combat entre le dieu de l'orage et la mer en Mésopotamie", *Mari, Annales de Recherches Interdisciplinaires*, 7 (1993) 和 P. Bordreuil and D. Pardee, "Le combat de Ba'lu avec Yammu d'après les textes ougaritiques", *Mari, Annales de Recherches Interdisciplinaires*, 7 (1993)，乌加里特神话中巴力神话的主体可能在公元前1800—前1700年间就已经存在了。

因，这两个作品群的比较研究是圣经研究中一个十分重要的分支。①值得提出的是，在最近的十几年中，乌加里特学作为一门独立的学科，在考古、历史、文学等领域的研究中越来越得到独立的重视，并且在质和量上都有十分可观的成果。②

乌加里特的大量非管理性文献基本上都是用乌加里特语写就。学者习惯将乌加里特语写成的非管理性文献称为宗教文献。在宗教文献中，我们又可以将其分为两大类，一类是所谓的文学作品，另外一类是所谓的宗教仪式文献。宗教仪式文献一般是散文形式写成，文学作品都为诗体。目前，最为圣经和犹太研究学者关心的乌加里特文献就是这批文学作品。

文学作品中一部分是篇幅相对很长、成体系、由若干泥板组成、只讲述关于神的故事的文献，或只在单块泥板上出现的独立的关于神的故事，我们在本文中将这两类文献定义为神话作品（myth）；另外一部分是讲述关于人间的英雄人物和神之间的关系和发展的故事，这一部分的内容尽管有人的角色出现，但是其中也总有神的出现，所以从严格意义上讲并不是荷马和日耳曼体系上所说的传说（legend）、史诗（epic），或者传奇（saga）。但是许多学者为了方便起见，将这部分作品称为传说。

这些文学作品中，篇幅最长的当属以阳性的暴风雨神巴力和阴性的战争女神阿纳忒（Anat）为主角的神话故事。另外，还有一个名叫克累特（Keret）的国王寻求妻子的故事，一个以王子阿噶哈特（Aqhat）为主角的故事，以及一些散碎的故事。这些散碎的故事中最为有名的有"黎明之神舍哈尔（Shahar）和黄昏之神舍立木（Shalim）的诞生"、"月亮神（乌加里特的

---

① 关于乌加里特研究的论文和书籍可谓汗牛充栋，其中一个重要的原因就是它和圣经希伯来语和希伯来圣经的关系。一个比较全面的网上相关书目是 http://www.dailyhebrew.com/category/tools/bibliography/，2010年9月20日登录。

② 最为集中体现这个发展方向的著作是 G. G. W. Watson and N. Wyatt, *Handbook of Ugaritic Studies. Handbuch de Orientallstik, Abteilung 1: Der Nahe un Mittlere Osten, Band 39* (Leiden: E. J. Brill, 1999); 参考 D. Pardee, "Review on Handbook of Ugaritic Studies. Handbuch de Orientallstik, erst Abteilung, der nahe un mittlere Osten", *Bulletin of the American Schools of Oriental Research*, 320 (2000)。

Yarikh 和美索不达米亚的 Nikkal）的婚约"等。

4.2 巴力神话和希伯来神话

乌加里特为我们提供了一个包括六块泥板的巴力的神话集，这个神话集中的许多内容，让研究希伯来圣经的学者耳目一新，得以重新诠释希伯来圣经中关于以色列的神亚卫的大量特征和细节。这里我们举例说明。

暴风雨神巴力是神话的主角。故事的一开始，众神之父厄尔公布海神（Yamm）为王，并开始为海神建筑宫殿。巴力不服，于是厄尔将巴力交给了海神。双方大战，在巴力即将失败的时候，能工巧匠之神——可萨尔·哈希斯（Kothar wa-Khasis，意思是"聪明的匠人"）制作了两个自我驱动的武器，似两只猛禽，干掉了海神。巴力称王，大摆宴席。巴力的妹妹兼恋人阿纳忒神继续在人世间征战，并吃掉了被自己打败的敌人。巴力把妹妹调来，让她去威逼厄尔同意巴力建造宫殿。厄尔不同意。巴力就用可萨尔·哈希斯制造的礼物贿赂厄尔的夫人阿斯拉特（Athirat，多数学者将她等同于《圣经》中的阿舍拉）。她到厄尔的家中，说动了厄尔。巴力收集建筑材料，招呼可萨尔·哈希斯来在巴力的山上——沙盘山（Mount Sapan）建造宫殿，之后设宴让众神给宫殿开光。宫殿开了一扇窗户，巴力的雷声可以让全世界听到——说明雷雨来临，农作物风调雨顺，生机勃勃。紧接着死神（Mot，"死亡"的意思）开始威胁巴力。最终巴力被死神征服，进入地下。他的尸体被厄尔和阿纳忒发现，两神悲痛欲绝。阿纳忒帮助巴力攻击死神，巴力获得重生，开始和死神直接交锋。双方交战难解难分，直到太阳神（Shapshu，"太阳"的意思）介入，告知死神巴力是受厄尔支持的，死神这才停止战斗，承认了巴力的王位。[①]

巴力的某些特征反映在以色列的神亚卫身上（关于此点，见后文"希伯来

---

① M. Smith, "Myth and Mythmaking in Canaan and Ancient Israel", *CANE*, 3 (1995), 2031-2041 (p. 2032).

神话的固定角色"一节）。例如，亚卫在希伯来圣经中经常被称作"风暴之神"（《诗篇》29章，《约伯记》38章），是"神圣的战士"（《诗篇》50, 97, 98章；《士师记》4—5章）。这两个都是巴力神的绰号。而此两种特征本身是属于同一范畴的，反映在了诗篇18章（《撒母耳记》下22章与此类似）。这位"战神"亚卫还经常驾着马拉的战车（《列王纪》下 2:11, 6:17），威风凛凛。这个形象从早期的作品（《士师记》5），一直延续到晚期的作品（《约珥书》）。雷电和雨水的来临以及天体的异象被视为亚卫也是巴力神威显现的预兆（比较《诗篇》65:8和乌加里特巴力神话中的相关片段），也成了神拯救世人的预兆（《以斯拉记》4—5, 8—9章等）。到了新约中，来自自然界的预兆也预示着基督耶稣的降临（《马太福音》24:27—31，《启示录》8:12）。

亚卫和巴力的共同敌人有被称作利未坦（Leviathan）的海中怪兽，被称作巨蟒的七首怪兽（Tannin，该词也指一种鳄鱼，前面提到的摩西和埃及法师斗法时，所降伏的就是这种动物），这两个形象可以在《以赛亚书》27:1和《诗篇》74:13—14等处看到。另外还有海神和死神。海神在《约伯记》38章和《诗篇》89章等多处作为最终被亚卫征服的敌人出现。在《以赛亚》25:8, 28:15, 18，《耶利米书》9:21中，死神的形象是一个像乌加里特神话中死神一样的恶魔。

除了神有自己的一批敌人，神也有属于自己的"神山"。巴力的"神山"是沙盘山，而在《诗篇》的48:2中，亚卫的"神山"锡安被称颂为"在北面居高华美"。在希伯来语/乌加里特语中，"北"和"沙盘"是同一个词根（Sapan），由此可见亚卫和巴力的"神山"彼此之间是有关联的。在希伯来圣经中，亚卫作为战神驻足锡安山上（《约珥书》3，《以赛亚书》31:4等处）的形象，和巴力在乌加里特神话中两脚各踩一座山的形象异曲同工。

巴力的宫殿被誉为天上的神庙，这个形象在早期的希伯来圣经中出现不多，只有《出埃及记》24:10中的描述似乎在暗示在以色列人心目中，他们的神也居住在建筑华丽的天上宝殿中。但是这个天上神殿的形象在流放后的文学作品中屡见不鲜（如《玛拉基书》3:10等）。圣经甚至花了大量的笔墨强调圣殿重建的重要性，某种意义上也是对这个神殿情结的念念不忘（如《哈该书》1:7—11 等）。

巴力在战斗中死亡、被下放到地下、之后又重生的神话成分，无疑给希伯来圣经的复活概念提供了蓝图。在希伯来圣经中，这个针对个人的复活的概念在《但以理书》12:2 中才首次被提及，而"民族的复活"这个概念在《以西结书》37 章和《以赛亚书》26:17—19 中就出现了。在希伯来圣经中，对崇拜死人的禁忌（如《诗篇》16）、对复活的描述（《何西阿书》6:1—3）等，恰恰说明希伯来圣经的复活概念是与乌加里特文化中的死人崇拜习俗是一脉相承的，尽管圣经并不"官方认可"这一习俗。

乌加里特神话中女神阿纳忒是最暴力的战神。她的许多形象和行为在希伯来圣经中被嫁接到了亚卫的身上。例如亚卫的战果经常包括成堆的尸首（《以赛亚书》34:3）和头颅（《申命记》32:42;《诗篇》110:6）。有的时候战争结束后的场景被描述成宴席（《以赛亚书》34:6—7, 49:26）。这些宴席的内容包括吃敌人尸体的肉（《申命记》32:42），喝敌人的血（《以赛亚书》49:26），以及在敌人的血液中跋涉（《诗篇》58:10, 68:23）。在以色列的文化中，和在乌加里特文化一样，认为神是战争的赞助者，而这种战后的残忍行为，象征着彻底的胜利和对敌人赶尽杀绝式的打击。而人这么做，无非是在模仿神的行为而已。[①]

以色列的神话创造一般认为是为了政治的目的，为了用神话来巩固民众心目中的神和凡间的国王的密切关系。神和国王的平行关系在《诗篇》2, 89:5—37 和 72:8 中表述得很清楚明白。在《诗篇》93, 96—100, 103 和 104 中，神和人间政治的关系明确无误。在《诗篇》18（=《撒母耳记》下 22 章）中，神亚卫作为大卫王的战争保护神，有的时候甚至亲自动手征战巴力，来维

[①] M. Smith, "Myth and Mythmaking in Canaan and Ancient Israel", *CANE*, 3 (1995), 2031–2041 (pp. 2034–2037).

护自己恩宠的国王的利益。①

相对于迦南神话，以色列神话立足于传统之上，并有所创新。其中一个重要的创新是将迦南的女神阿舍拉赋了了智慧的内涵，称为智慧女神——这个女神的形象在希伯来圣经中是一颗同名的树。这一点突出表现在《箴言》的1—9章（尤见《箴言》3:18，《创世记》3:22和《启示录》2:7）。在以色列，智慧是阴性的，提供生命和营养。《箴言》3:18如是说智慧："获她如获生命树，得她之人得喜悦"。希伯来语的"喜悦（Asher）"和智慧树一词"阿舍拉"是同一词根，是作者有意使用的双关语。敬畏亚卫神就是抓住了智慧树的根、就会获得长生的形象描述，在后来的希伯来智慧文学中被沿用。

可能最关键的希伯来圣经神话的创新是"亚卫无形"的概念。这个概念是希伯来圣经神学的一个重要方面，如《申命记》4:12，15；《以西结书》1，《以赛亚书》6等。有的学者因此认为，希伯来圣经中没有传统意义上的神话——因为神都没有形象了，还谈什么神话呢？但是从我们上面看到的众多的神参与的事件、神的角色和感情来看，神虽然没有了类似人的形象，但本质上讲和传统迦南的神是一样的——有着只属于他的故事。所以说，希伯来圣经中还是有丰富的神话的，并且这个神话传统来自古代近东的大背景，尤其是古叙利亚的乌加里特传统所代表的古代迦南传统。只是，这个神话中的主角，不仅仅继承了周边的传统，在某种意义上讲，还有革命性的创新。

4.3 克累特的传说

经常被希伯来圣经学者用来和《出埃及记》的记载相比较的，是乌加里特文学中克累特的传说故事。故事的大致内容如下：在故事的一开始，国王克累特的家族就遇上了灾难性的毁灭，所有的子女都死了，克累特在悲恸中睡

---

① M. Smith, "Myth and Mythmaking in Canaan and Ancient Israel", *CANE*, 3 (1995), 2031-2041 (pp. 2037-2038).

着了，在睡梦中乌加里特的老神厄尔出现，给克累特出主意，让他祭祀之后，调集军队，准备粮草，出征到乌都姆城（Udum）去，向那里的国王帕不立（Pabuli）索要他的女儿胡拉娅（Huraya）为妻，以延续克累特的后代。克累特遵从神厄尔的教导去执行，获得了胡拉娅为妻。回到王宫，克累特举行了一个答谢众神的宴会，众神保佑克累特获得子女若干。由于在赴乌都姆城的路上在阿舍拉女神的神庙中克累特许下的诺言（给阿舍拉女神重塑金身）没有得到兑现，克累特得到了阿舍拉女神的惩罚，病入膏肓；大地也因此干旱。神厄尔制造了一个治病用的偶像杀它卡特（Shataqat），去除了克累特的疾病，使他回到王位。克累特喜爱并给予长子权的是排行老八的闺女，但是他的长子亚斯布（Yassib）希望继承王位。截止到目前，已经出土的记载这个故事的泥板在克累特不同意亚斯布的回答中结束。有的学者估计可能故事还有延续，但是从抄写这个故事的书吏伊立米勒库（Ilimilku）的落款来看，泥板可能到此为止了。[①]

整个克累特故事中篇幅最长、原文保存得最完整的是克累特组织军队长途跋涉抢夺妻子胡拉娅的征途。下面的节译尽量将这个征程覆盖。

乌加里特克累特传奇（古代乌加里特，约公元前1400年）[②]

> 克累特从梦中醒来，
> 厄尔神的仆人从他与神的交流中。
> 他清洗了自己，上了红彩，
> 他从手清洗到胳膊肘，
> 他从手指头清洗到肩膀。
> 他进入到帐篷的荫凉处。

---

① S. B. Parker, *Ugaritic Narrative Poetry. SBL Writings from the Ancient World Series* (Atlanta: Scholars,1997), pp. 12-42.

② 乌加里特原文转写和翻译见 S. B. Parker, *Ugaritic Narrative Poetry. SBL Writings from the Ancient World Series* (Atlanta: Scholars, 1997), pp. 9-48；其他的英文译本见 *ANET* 142-149；M. D. Coogan, *Stories from Ancient Canaan* (Louisville: Westminster, 1978), pp. 52-74；*COS* 1.102:333-43；中文翻译经过作者本人和乌加里特语原文的校对。

他手里拿着祭祀的羊羔，
手里拿着羊群中的一员，
还有质量最好的面包。
他取了一只家禽，一只祭祀的禽类。
他把葡萄酒倒到银杯中，
把蜂蜜倒到金的杯中。
他爬到塔的顶上，
爬到墙的梁上。
他将双手举向天空，
给厄尔神，给这个公牛祭祀……

克累特从房顶上下来，
从粮仓中准备食物，
从库房中准备大麦。
他烤了五个月吃的面包，
准备了六个月所需要的干粮。
一支补给充足的军队开发了，
一支装备精良的部队。
一支庞大的军队出发了，
三百万个军士，人数众多。
他们千人成群，像雨滴一样，
他们万人成队，似冬雨一般。

他们走了一天，两天，直到第三天的日落。
他们到达了推罗的阿舍拉的庙堂，
到了西顿的女神那儿。
那儿，克累特许下了一个愿……

他们走了一天，两天，

三天，四天。

在第四天的日落，

他们到了大乌都姆城和小乌都姆城。

他们占领了众城市，征服了众村镇。

他们捉拿了田间的收集树木的人，

打谷场上捡稻草的妇女，

抓获了在井边打水的妇女，

和在泉水处取水的。

一天，两天，

三天，四天，

五天，六天，

他没有发射一枚箭，

也没拉过一次弓。

看那，在第七日的日出，国王帕不立再也无法入睡，

听到的是公牛的咆哮，

驴的嘶鸣，

犁地的牛的吼叫，

和猎狗的狂吠。

（之后是克累特和帕不立之间的谈判，并以克累特的妻子胡拉娅的释放告终）

这个征途被许多学者同希伯来圣经中的《出埃及记》相比较。尽管在行文跨度上《出埃及记》比这段乌加里特传说大许多，但两个故事在文学主题中有许多相似之处。希伯来圣经中对出埃及事件的描述本身带有十足的传奇色彩。在克累特故事和《出埃及记》中都有在出征前大量烤制面包充作干粮的描述。

在克累特故事中提到国王调用三百万士兵去争夺一位妻子，士兵的数目不大可能是当时实际的数字；而以色列人出埃及时的数量据希伯来圣经的记载达到六十万成年男性（《出埃及记》12:37）。关于当时的巴勒斯坦地区实际的人口容纳能力，考古资料和地表勘测得出的数字要小得多。整个《出埃及记》的描述，可以在克累特传奇中找到可资类比的影子：在克累特传奇中，主人公克累特主持了一次祭祀仪式，给军队烤制了大量面包作为补给，并带领三百万军士出征上路，行军三日，在一座神庙中露宿，又行军三日，到达目的地，然后保持了六日的沉默，第七日他出征的目的得以达到。所有这些特征，在《出埃及记》及其后的记载中都得到保留——以色列人进行了逾越节的祭祀，烤制了无酵面包，如同军队一样出征跋涉（注意在《出埃及记》12:37，41，51；13:18中使用的军事术语），到达西奈山，在这里崇拜了亚卫，继续行军到了迦南，在包围耶利哥的战斗中保持了六天的沉默，在第七日出击得胜。[①]

但是，克累特的长征与希伯来圣经中《出埃及记》的长征有一个重要的区别。《出埃及记》的长征有一个十分明确的主题，就是以色列按照神的指示，开拔到巴勒斯坦地区，占领神许诺给他们祖先的领地。出埃及实际上是神的第二次创造之举——第一次创造的是整个人类世界；第二次创造的是整个以色列民族。也就是说，《出埃及记》的作者将一个本区域传统的神话故事在历史和宗教层面上有意地升华了。这种宗教意义上的升华在克累特的出征故事中似乎缺乏。当然，这种缺乏很有可能是由于我们对克累特所在的历史时期的文学文化的了解还远远不够透彻。古代近东文学传统的一部分，对于希伯来圣经的写作产生了相当大的影响。这个影响是单方向的：是从乌加里特到希伯来圣经方向的影响。我们所要探讨的是，希伯来圣经的作者如何将乌加里特的一些故事

[①] 参看 C. H. Gordon, "Notes on the Legend of Keret", *Journal of Near Eastern Studies*, 11 (1952); G. Del Olmo Lete, "La conquista de Jericó y la leyenda ugarítica de KRT", *Sefarad*, 25 (1965); 另外参考 Jr. F. R. McCurley, "And after Six Days' (Mark 9:2): A Semitic Literary Device", *Journal of Biblical Literature*, 93 (1974); 陈贻绎：《希伯来语圣经——来自文本和考古的信息》，《东方文化集成》，季羡林主编，昆仑出版社，2006年，第102页。

添加了自己的解释和宗教寓意，从而写出自己的故事来。克累特传奇就是一个很好的例子。

4.4 神话传说和希伯来社会律法

希伯来语圣经的作者对迦南邻居的态度，很多读者并不陌生，总体上来讲，以色列的宗教文化和律法经典的作者们认为他们的邻居在很多方面是可恶、邪恶和低俗的。同时，这些作者又在圣经中为我们记载下来，迦南的宗教对为数不少的以色列人群具有特殊的吸引力。可以说，以色列民族的成长历史，在某些阶段就是和迦南的宗教文化习俗斗争的历史。以色列的精神领袖将建立一套以色列自己的文化体系，明确同迦南各民族的区别，这是响应神的号召，也是自己最光荣正确的任务。而在文化中，社会律法和宗教教规这两个方面尤其重要，在这两个方面将以色列人和迦南人进行区分十分必要。迦南人的许多行为准则被以色列人定为非法，就成了一个自然而然的手段。

关于迦南的风俗习惯，在希伯来圣经以外，除了在时间上相距几百年、空间上相距几百公里的乌加里特，别无其他线索。所以，将乌加里特文学与希伯来语圣经律法和教规加以比较，最能够充分显示以色列的许多规定是对迦南人习惯的反映。

我们先看两段有关乌加里特生育之神巴力的性交描写。巴力在希伯来语圣经中被多处提到并遭到抨击，可谓以色列神亚卫最大的威胁。在第一段里和巴力性交的伴侣是阿纳忒女神，这位阿纳忒根据不同段落的描写，既是他的配偶，又是他的妹妹。在第二段里他性交的对象是一只小母牛。[①]

乌加里特原文编号 132：

[①] C. H. Gordon, *The Common Background of Greek and Hebrew Civilizations* (New York: Norton Library, 1965). 下面的乌加里特引文出处相同，不再分别注释。

巴力激情勃发，拽向她的牝户
阿纳忒激情澎湃，拽住他的睾丸
巴力交合一千遍
阿纳忒抱住他，怀上孕，产下孩子

乌加里特原文编号67：
巴力交合一头牝犊，一头田间的小母牛
他与她同寝77次，哦，还有，是88次
她怀上孕，产下孩子

  宗教研究中有一个理论叫"仿神论（拉丁语：imitatio dei）"，意思是"（人应该、要）模仿神的行为（而以此为荣，或者正确）"。换句话说，这个理论揭示的一个事实是人类其实经常利用神的行为来证明自己行为的合理性——因为众神也是这样做的。如果用无神论的观点来看这个问题，我们会发现这个现象的另外一个层面——人们模仿的这些神的行为又是谁界定的呢？如果世界上根本没有神，所有的神都是人创造发明出来的虚拟的宗教概念的话，那么所有的神的行为其实都是人杜撰，或者说设计出来的。那么，我们是不是可以反过来认为，一个社会和文化中神的行为和情感是这个社会中人的行为和情感的反映呢？如果这一点成立，我们可以推断，因为迦南人的神有如上所述的行为，迦南人肯定也有这样的行为。然而，我们必须强调，我们并没有说这种行为在迦南百姓中是个十分普遍的现象——大部分劳累了一天的迦南农民回到家中不会径直奔向自己养的小母牛去寻求发生性关系。但是，从巴力的激情故事看，与牛性交的行为在迦南社会中很可能是存在的，而且很可能是不足为怪的社会现象，同样的推论很可能也适用于兄妹这类近亲之间的性交行为。

  读完这两个乌加里特文学片断，我们再回过头来看希伯来语圣经中的规定。《利未记》18章所关注的是各种各样的性行为，这里面包括18:9专门强调的对兄妹之间乱伦的禁令；18:23是关于和动物性交的禁令；尤其值得注意的是 18:24 中专门强调了这些行为是迦南人的肮脏行为。

> 利未记 18:9
> 你的姐妹,不拘是你母亲的女儿,还是你父亲的女儿,无论是生在家中还是生在外面的,都不可暴露她们的裸体。

> 利未记 18:23—24
> 不可与兽同卧,玷污自己。女人也不可站在兽前,与它淫合,这本是逆性的事。
> 在这一切的事上,你们都不可玷污自己,因为我在你们面前所逐出的民族(迦南——本文作者注),在这一切的事上玷污了自己。

在乌加里特文学中的阿噶哈特故事中,我们读到女神阿纳忒很是羡慕英雄阿噶哈特的弓箭并想要过来;而当阿噶哈特拒绝了她之后,她竟然将他给杀死了。

> 乌加里特原文《阿噶哈特故事》
> 阿纳忒想要张弓……就吩咐阿噶哈特……
> "把你的弓递给我,我再搭上你的箭!"
> (他不允,她便杀了他)

无独有偶,乌加里特的巴力神也有贪恋、妒忌的行为:

> 乌加里特原文编号 75:
> 巴力去漫游
> 走近平地所在
> 抵达发现那些大活物

很是希冀占有它们

这两段出土于乌加里特的文献，给我们提供了摩西十诫中"不可贪恋"的背景资料（《出埃及记》20:17，《申命记》5:18）。

《出埃及记》20:17
不可贪恋人的房屋，也不可贪恋人的妻子、仆婢、牛驴，并他一切所有的。

贪恋只是个思想过程，如果不诉诸行为，也无法用法律来规范。但是古代以色列人已经认识到，人的行动是由人的思想来支配的，人想到了，就有可能付诸行动。所以，十诫中不仅将行为定为非法（如偷盗、通奸、谋杀等），还进一步将思想过程也一并加以禁绝，"不可贪恋"的规定就是一个例子。

希伯来语圣经中的另一条法规，是禁止男女混穿衣服（申命记22:5），这也可以在乌加里特文学里找到依据，下文中的普格哈特（Pughat）是阿噶哈特的妹妹。阿噶哈特被女神阿纳忒害死后，他的妹妹为了报仇，穿上了男人的衣服。

乌加里特原文《阿噶哈特故事》
普格哈特穿上英雄的外套
手持架上的兵器
将剑插入剑鞘

不仅如此，普格哈特还和男性武士一样将身体涂成了红色。我们应该强调，迦南的百姓肯定是男有男装，女有女服。但是在这段英雄故事里，女扮男装却被描写成英雄壮举之一，可以说明这在迦南社会中是个获得普遍认可的行为。而这个被普遍认可的英雄行为在希伯来语圣经中被明令禁止。

《申命记》22:5
妇女不可穿戴男子所穿戴的，男子也不可穿妇女的衣服，因为这样行都是亚卫你神所憎恶的。

如果细读上面的片段，我们发现规定中妇女先受禁止，而男性是此后才说到的。这违背了希伯来语圣经以及整体古代近东文学中先男后女、或只说男不说女（由于闪米特语言的特点，中性的第二和第三人称其实都使用阳性人称代词）的惯例。但是有了这个乌加里特故事作背景，尤其是故事中的具体案例是女扮男装，希伯来语圣经中这段法规违背常规、先女后男也似乎不再令人觉得奇怪了。当然，我们不想说希伯来语圣经的作者就是依据这则故事而制定的这则律法；我们只是猜测很可能在迦南社会中，女扮男装比起男扮女装更常见，一个可能的证据就是这则乌加里特传说和希伯来语圣经的这则律法规定。

乌加里特的文献中记载了一批在神庙中的神职人员，被称为 qdšm 和 qdšt。

乌加里特原文编号 81（神庙人员清单）
三个祭司
三个男妓
两个女妓

语法上讲前者是阳性的复数形式，所指应该是男性；后者是阴性复数形式，应该是指女性。这个词的阳性单数形式 qdš，阴性单数形式是 qdšh。这两个单数形式在《申命记》23:18 中被明确禁止。

《申命记》23:18

以色列的女子中不可有 qdšh，以色列的男子中不可有 qdš。

那么，到底 qdš 和 qdšh 是什么样的人呢？有的学者倾向于认为是一种神庙中的妓男和妓女，主要的任务是从事宗教群交。这个理论认为，在迦南人的生殖崇拜中，迦南的主神巴力神和大地的关系被看作人类夫妻之间的性关系，正如丈夫提供精液来使得妻子怀孕生子一样，巴力提供液体形式的雨水来使得大地母亲"肥沃"并"怀孕"而"生产"五谷。于是当祭司在向巴力供献祭品时，这些妓男妓女就进行集体性交，"模仿"他们的神巴力的行为，以引发巴力神的激情，使他能够开始和大地"性交"而给大地降雨。这其实是上面提到的仿神论的另外一个方向的表现形式和使用方法——用人的行为刺激神来模仿人的行为，从而达到人的目的。这也解释了为什么巴力在神话中被描写得性生活如此频繁充沛（如上面提到的巴力和女神阿纳忒以及小母牛性交的例子）。这个理论认为这种宗教行为是古代近东许多文化共有的现象。我们需要指出，由于没有充足的证据，并非所有的学者都认同这个观点。① 但是，根据出土于乌加里特的文字材料，有一点是可以肯定的，就是 qdšm 是迦南神庙中的一种神职人员，而根据《申命记》23:18 的记载，这种人在以色列的宗教中是不合法的。

在希伯来语圣经中，另一个片断也与祭祀的庄重有关：

《出埃及记》20:26

---

① 关于宗教或者神庙妓男和妓女问题的最新专著，请参看 S. Budin, *The Myth of Sacred Prostitution in Antiquity* (New York: Cambridge University Press, 2008)。该书的作者认为这个概念是一个对古代文化的误解。关于这本书所存在的严重的学术诚实问题的书评，见 M. Gruber, *Review of Stephanie Lynn Budin, The Myth of Sacred Prostitution in Antiquity. Review of Biblical Literature* [http://www.bookreviews.org, online only], accessed on April 12th, 2009；对此书的一些论点质疑的书评，见 V. Pirenne-Delforge, "Review on Budin 2008", *Bryn Mawr Classical Review*, 4 (2009)；对此书进行总结性描述的书评，见 L. Tiemeyer, "Review of Stephanie Lynn Budin, The Myth of Sacred Prostitution in Antiquity", *Review of Biblical Literature* 2009。

你上我的坛，不可用台阶，免得露出你的下体来。

下面的乌加里特文献记载了饮用动物血液的社会状况，这和希伯来语圣经中不准饮用动物血液的相关法规形成鲜明对比。这种对比和上面的一系列例子在性质上是类似的。

乌加里特未编号文献 ①
她食肉不使刀具
她饮血不用杯盏

《利未记》17:11—12
因为活物的生命是在血中。我把这血赐给你们，可以在坛上为你们的生命赎罪，因血里有生命，所以能赎罪。因此，我对以色列人说，你们都不可吃血，寄居在你们中间的外人也不可吃血。

从上面的一系列例子来看，当时的以色列人认为他们的迦南邻居有许多行为是不光彩、不庄重和不道德的，如乱伦、兽交、贪恋、嫉妒、男女混装、神庙男女妓、饮用动物血液等。这些是需要通过以色列人自己的律法和教规进行禁止的。

上面的例子在逻辑上都是比较容易理解的。这些迦南人不好的行为在希伯来语圣经中得到制止是顺理成章的，毕竟希伯来语圣经是对先前的迦南文化中的弊端进行的改进。但是，希伯来语圣经为我们展现的这位以色列的神的观念和当时迦南人的宗教文化已经到了水火不相容的程度。甚至有些迦南人在伦理道德的层面本没有什么问题的行为，在希伯来语圣经中也被定为非法。例如，《利未记》2:11 中禁止在敬神的祭祀中敬献蜂蜜。

---

① C. Virolleaud, *Comptes-rendus des séances de l'Académie des Inscriptions et Belles-Lettres* (Paris: Geuthner, 1961), p. 182.

《利未记》2:11

　　凡献给亚卫的素祭都不可有酵，因为你们不可烧一点酵，一点蜜当作火祭献给亚卫。

敬献蜂蜜显然没有什么道德问题，为什么还会被禁止呢？我们在乌加里特文学中找到了可能的答案。在乌加里特文献的克累特传奇中，我们发现了一段关于上供的记载，其中主人公克累特将葡萄酒和蜂蜜一同上供：

乌加里特克累特传奇
（克累特）他把葡萄酒倒到银杯中，
把蜂蜜倒到金的杯中。
……
他将双手举向天空，
给厄尔神，给这个公牛祭祀……

为了表示和迦南人的差别，蜂蜜这个在迦南祭祀崇拜中使用的供品在以色列的律法中被禁止使用。那么我们会问，为什么以色列人仍然保持了祭祀葡萄酒的传统，而不干脆将其也一同禁止掉呢？我们推测，禁止祭祀葡萄酒对以色列人来讲实在是太难做到了，因为葡萄是以色列最盛产的农产品之一。如果去除了葡萄酒这种液体的祭祀贡品，还能够用的液体就只剩下奶和水了，不免显得过于单调和廉价。其实，中世纪的犹太大法学家迈蒙尼德（Moses Maimonides，公元1135—1204年）已经指出，禁止将蜂蜜作为祭祀品来使用的唯一原因，只可能是因为这也是周围迦南人的行为；他做出这一推论的办法是通过亚里士多德式的逻辑推理，因为他没有任何关于乌加里特语文献的知识。但是八百多年后，通过对乌加里特的考古发掘，我们找到了确凿的证据。

下面乌加里特神话和希伯来圣经文字的比较，证实了一个主题：以色列宗教的一个特色就是赋予一些既定传统更加抽象的基于历史和宗教层面的意义。在乌加里特文字的记载中，提到了冶炼金银的过程持续了六天，到了第七天大功告成，劳动停止；而在希伯来语圣经的文字中，这个工作到休息的转替被赋予了宗教的意义，成为律法，必须遵守：

  乌加里特原文编号 51：
  柯撒尔—瓦—哈西斯答道：
  "注意我的话，巴尔，
  巴尔的居所即将修筑，
  哈德的宫殿即将建起"……
  火焰燃烧在房里，火光亮起于殿内，
  注视第一日第二日
  火焰燃烧在房里，火光亮起于殿内，
  注视第三日第四日
  火焰燃烧在房里，火光亮起于殿内，
  注视第五日第六日
  火焰燃烧在房里，火光亮起于殿内，
  注视到第七日
  火焰熄灭在房内，火光不见于殿中，
  银质变成块状，金质变成砖形。

《出埃及记》35:2—3
  你们六日要作工，第七日是圣日，当为亚卫守为安息圣日。凡这日工作的，必把他治死。安息日中不可在你们一切的住处生火。

通过对乌加里特神话的细读，以及同希伯来圣经的比较，我们发现，迦南的许多文化传统对以色列人来讲并不陌生，迦南人的传统和做法到了以色列人那里，也不必然会招致抵触性对待。在希伯来语圣经中我们也会看到许多迦南传统的传承。这些承袭下来的传统，有的可能没有经历任何改动，有的可能没有经历太大的改动，有的可能会得到一些宗教意义上的提升，还有的可能会被进行逆向的变动。每一条迦南人的传统具体是如何被继承和改动的，并没有一个永恒不变的公式可以套用。

5 希伯来神话传说研究议题

5.1 主题研究

5.1.1 创造和生存

创造和生存，在希伯来神话中，如同神亚卫这个主角，几乎无处不在。神创造的奇迹，以及神赋予生命的奇迹，几乎无处不发生，反映在所有的事件中。例如，神七天造天地万物、造第一个男人亚当和第一个女人夏娃；亚伯拉罕和撒拉老年得子，从而创造了以色列民族；约瑟在埃及因奇遇再造了以色列民族；神分开海水来拯救以色列人逃离埃及，获得新生；神在沙漠中给以色列人取之不尽、用之不竭的食物，让以色列人得以继续生存……这一个个奇迹是神直接参与到以色列民族的创造和生存的历史事件中的手段。烘托神的无所不在和无所不能是这些神话传说被创作出来的核心动机。

5.1.2 斗争

希伯来圣经中尽管对亚卫神的描述有许多和古代近东其他区域的传统十分相近的地方，但是也有许多区别。一个最为明显的区别是，希伯来圣经中没有描述以色列的神的来源（theogony），即并不交代以色列的这个神是如何产生的。这一现象无疑和以色列宗教最终走向一神教相关。尽管如此，我们还是要清楚地认识到，在圣经中记载的以色列宗教，绝大部分时候，并非是纯粹的一神教。① 在许多时候，我们可以从圣经中看到古代近东多神宗教传统，以及这个传统给希伯来神话留下的方方面面的印迹。②

在希伯来神话中仍有众神之间的斗争。有的时候，在希伯来圣经的核心部分，可能由于作者的精心编辑，我们看到的亚卫神和其他神的互动比较少。但是在《创世记》1—11章以外，我们仍然可以看到大量的蛛丝马迹。这些文字中，残留着不少周边民族神话的痕迹。例如，以色列的神亚卫和各种怪物的争斗，虽然在摩西五经中不被提及，仍然在《先知书》和《文集》部分多处出现；而这种争斗无论在赫梯、乌加里特，还是在美索不达米亚都有充足的先例。

神话中神亚卫和其他神之间的斗争基本反映了两种社会现实：一种是社会统治者之间的斗争关系，一种是人与自然界的斗争关系。反映到神话中，就是民族的主神和各种代表自然力量（暴雨、洪水、雷电、大海和死亡等）的神的斗争。在《埃努玛·埃利什》中，反映了对底格里斯河和幼发拉底河的驯服，而在希伯来圣经《诗篇》74和104章，对以色列的神亚卫的赞美中，一个重点便是这位神对各种水的控制。③ 在巴勒斯坦地区，是没有洪水这种自然现象的。当我们在希伯来圣经中读到神和洪水的斗争时，我们就有足够的理由认定，希伯来神话是在对美索不达米亚或者埃及神话进行借鉴。

由于希伯来圣经在西方文化传统中后来形成的地位，其中神话传说中，创造和生存的主题和斗争的主题，逐渐成了西方文化的重要成分，也深深地融入到了西方的文学和艺术传统中。

---

① 陈贻绎：《希伯来语圣经中描述的以色列宗教》，《宗教学研究》2009年第3期。
② Kenton L. Sparks, *Ancient Texts for the Study of the Hebrew Bible: A Guide to the Background Literature* (Peabody: Hendrickson, 2005), p. 341.
③ Michael Fishbane, *Biblical Myth and Rabbinic Mythmaking* (Oxford: Oxford University Press, 2003), p. 63.

5.2 摩西五经之后的神话传说对中心主题的继承发扬

希伯来神话的一个重要的现象，就是首次出现在摩西五经中的神话传说的中心主题，在希伯来圣经后来的作品中，自始至终地贯穿，并在各种各样的文体中穿插出现。

最为显著的中心主题有以下几个方面：

一、以色列的神作为一个为了自己的民族而战斗的神的形象，从摩西五经贯穿到了《先知书》中（如《约珥书》3:14—17）。以色列的神和古代近东其他地区的神有着同样的使命：战胜邪恶的敌人。《埃努玛·埃利什》中的主神和乌加里特的主神巴力，他们需要战胜的是别的神；而在希伯来圣经中，亚卫的敌人不再是别的神——因为没有了别的神——而成了海中的怪物，有的时候叫利未坦（Leviathan），有的时候叫拉哈伯（Rahab）。典型的描述如："你曾用能力将海分开，将水中大鱼的头打破。你曾砸碎鳄鱼的头，把他给旷野的民众为食物"（《诗篇》74:13—14）。类似的描述贯穿希伯来圣经前后，如《创世记》6：1—4;《约伯记》4:18; 15:15; 28:5;《诗篇》82;《以赛亚书》14:12—14; 24:21—23; 27:1;《以西结书》28:11—28 等。[①]亚卫对海中的敌人作战的光辉形象，在希伯来圣经作者的眼中，和拯救以色列人出埃及一样功不可没。在《以赛亚书》的第 51 章 9—10 节，两个事件被连贯地放到了一起："亚卫的膀臂啊，兴起，兴起，以能力为衣穿上，像古时的年日，上古的世代兴起一样。从前砍碎拉哈伯，刺透大鱼的，不是你吗？使海与深渊的水干涸，使海的深处变为赎民经过之路的，不是你吗？"

二、神本身或者他的威耀（希伯来语 Kabod）出现在一个天上的马车上，

[①] 详细讨论见 J. Day, *God's Conflict with the Dragon and the Sea* (Cambridge: Cambridge University Press, 1985) 和 H. R. Page, *The Myth of Costmic Rebellion: A Study of Its Reflexes in Ugaritic and Biblical Literature* (Leiden: Brill, 1996)。

参与各种层面的审判这个主题，贯穿希伯来圣经始终，一直可以在最晚的《但以理书》中找到（详见《但以理书》7）。在亚卫神诸多的头衔中，我们也可以看到此神的形象和古代近东传统的一脉相承。例如，亚卫有的时候被描述为"乘驾快（轻）云"（《以赛亚书》19:1;《诗篇》18:9—10），这和乌加里特神话中巴力击败海神后被称颂的形象异曲同工："征服者巴力万岁！乘坐轻云的神万岁！你征服了海神，你降伏了河神！"[①]

三、这些神话的元素经常被先知们利用，作为诅咒和谴责统治者的工具，例如《以赛亚书》(14:4—23)和《以西结书》(28:11—19)等。

四、以色列人对希伯来圣经中早期的神话主题的运用，还表现在不断地进行再创造上，比较明显的例子存在于《约伯记》和《雅歌》中，这个传统一直延续到之后的拉比文学中。[②]

5.3　希伯来神话的固定角色

希伯来神话中的固定角色，既有从周边文化（迦南）继承过来的厄尔神、巴力神，[③]也有自己的本族神亚卫、神的议会，以及可能是以色列女神的阿舍拉。通过一系列渐进的发展演变，亚卫吸纳了厄尔的一些特征。所以，以色列的亚卫神应该体现了厄尔和巴力两个神的综合特性。至于女神阿舍拉，在希伯来圣经中开始还被容忍，后来就渐渐被对亚卫神的崇拜吸收掉了。在《出埃及记》6:2—3中，"神晓谕摩西说，我是亚卫。我从前向亚伯拉罕、以撒、雅各，显现为厄尔-沙代尔（El-Shaddai），至于我名亚卫，他们未曾知道。"这个段落告诉我们，对于以色列人的祖先，亚卫是不存在的，他们崇拜的神就是迦南

[①] A. Ohler, *Mythologische Elemente im Alten Testament* (Düsseldorf: Patmos, 1969) 列举了更多的类似头衔。

[②] Michael Fishbane, *Biblical Myth and Rabbinic Mythmaking* (Oxford: Oxford University Press, 2003), pp. 82-92.

[③] 见陈贻绎：《希伯来语圣经——来自文本和考古的信息》，《东方文化集成》，季羡林主编，昆仑出版社，2006年，第176页的图片。

的厄尔。①

5.4 希伯来神的活动空间

以色列的神话中，神的世界包括四层空间。根据由高向底的顺序，分别是：一、神亚卫的宝座；二、神的各种信使；三、神的移动会幕和宝座以及神在人世间的存在；四、阴间。特别要注意的是，这个希伯来文化阴间的概念，和中国传统中的概念有不少区别，尤为突出的区别是，这里并没有什么特殊的折磨和炼狱之类的概念，只是一个死人存在的地方而已。而且这个空间中也有"神灵"，例如死去的先知撒母耳的灵魂就被称为"神"。②

5.5 希伯来和希腊神话传说同古代近东神话传说间的关系

一些在希伯来圣经神话传说中的文学主题在同时代或者晚些的其他地区和文化中也可以找到。例如，许多希腊神话传说同希伯来神话传说有大量的相似之处。③ 这是一个很庞大的话题，不是本文篇幅所能够覆盖的。

在谈到希伯来和希腊神话传说中类似主题的彼此影响方向时，学者们提

---

① 参考 COS 2034-5。

② Michael Fishbane, *Biblical Myth and Rabbinic Mythmaking* (Oxford: Oxford University Press, 2003), pp. 70-80.

③ 这一现象被 Cyrus H. Gordon 强调是由于两希文化同源于一个闪米特祖先，参考他的许多著作，例如，C. H. Gordon, *The Common Background of Greek and Hebrew Civilizations* (New York: Norton Library, 1965); Jan N. Bremmer, *Greek Religion and Culture, the Bible and the Ancient Near East. Jerusalem Studies in Religion and Culture 8* (Leiden: Brill, 2008) 收集了作者之前在各种学术期刊和文集中发表的 15 篇关于此主题的学术文章。另外见 Martin Bernal 的一系列著作：*Black Athena: Afroasiatic Roots of Classical Civilization. Volume I: The Fabrication of Ancient Greece. 1785-1985* (Piscataway: Rutgers University Press, 1987); *Cadmean Letters: The Transmission of the Alphabet to the Aegean and Further West Before 1400 B. C.* (Winona Lake: Eisenbrauns, 1990); *Black Athena: Afroasiatic Roots of Classical Civilization. Volume II: The Archaeological and Documentary Evidence* (Piscataway: Rutgers University Press, 1991); *Black Athena: The Afroasiatic Roots of Classical Civilization. Volume III: The Linguistic Evidence, Piscataway* (Piscataway: Rutgers University Press, 2006)。

出，有的类似之处可能是由于相同的文学主题在两个不同的文化传统中各自独立的产生和发展；有的可能是因为两个都属于子文化，来源于同一个主文化（如古代两河流域文化、埃及文化或者乌加里特文化等）；有的是一方对另一方的影响。至于是前面所说的三种情况中的哪一种，作为学者，我们常常因为没有足够的线索和证据，而无从下结论，有的时候需要根据具体主题而进行分析。但是有一点我们是肯定的，就是地中海东部这个大区域的不同文化间相互交流接触是十分广泛和深入的，相互间的影响不仅仅局限于文学创作，还表现在经济文化的众多方面。

5.6 口头创作还是为朗诵而创作

关于古代近东的神话传说到底是口头创作出来后才被人书写出来的，还是以书写的形式创作出来、目的是为了阅读和口口相传的，学术界一直都没有令人完全信服的答案。有的学者认为希腊的荷马史诗是由诗人口头创作出来的，因为其使用的语言有着独特的口头创作的特点，这一点是依据和当代南斯拉夫的一些口头创作的传说（Oral Epic）的比较得出的结论。[1] 但是这一学说遇到了很大的挑战，更多的学者偏向于非口头创作。尽管如此，这些作品倒是很可能为了朗诵阅读而创作的。[2] 由于此点的讨论过于冗长，并且并无实质性的新史料可以佐证正反两方的观点，所以也无法下结论，在此就不展开讨论了。

---

[1] 见 A. B. Lord, *The Singer of Tales* (Cambridge: Harvard University Press, 1960)；M. Parry, "Studies in the Epic Technique of Oral Verse-Making, I. Homer and the Homeric Style", *Harvard Studies in Classical Philology*, 41 (1930) 和 M. Parry, "Studies in the Epic Technique of Oral Verse-Making, II: The Homeric Language as the Language of Oral Poetry", *Harvard Studies in Classical Philology*, 43 (1932)。

[2] J. A. Russo, "Oral Theory: Its Development in Homeric Studies and Applicability to Other Literatures" in *Mesopotamian Epic Literature: Oral or Aural?* ed. by M. E. Vogelzang and H. L. J. Vanstiphout (Lewiston: Edwin Mellen, 1992).

6　希伯来圣经之后犹太作品中的神话传说

犹太文化中重量级的神话和传说出现在希伯来圣经中。近百年学者的研究才发现这些神话传说还有更早的古代近东源头。而在希伯来圣经之后，包含神话和传说的作品还有次经和伪经中的作品。这些作品创作于希腊化时代（Hellenistic period），绝大部分作品虽然有明显的犹太教特征，但是在很大程度上受到周边文化影响，而且调用在其他文化中已经存在了的主题的现象也随处可见。①

希伯来圣经时期之后的《塔木德》（Talmud）时期，在《塔木德》中被称为《米德拉西》（Midrash）的部分中，记载着大量的神话传说，其中许多是从不同角度对希伯来圣经中的传统神话传说的改写，目的是为了更加形象地通过讲故事的方式来感化犹太教信徒。这些改写了的故事被称为哈格答（Aggadah 或者 Haggadah）。一个改写的角度是将有时略显抽象的希伯来圣经故事具体化。例如，摩西和大卫王在这些传说中生来就是已经行过割礼的了。这些神话传说的另外一个特色是将希伯来圣经晚期、直至波斯统治或者更晚时期的文化宗教观念融入早期的希伯来圣经中的故事和人物中去。例如，末世理论、地狱以及最后审判的观念并非是希伯来圣经早期作品提及的观念，而是受到波斯文化的影响后才有的。于是，《米德拉西》中的亚伯拉罕成了坐在"地狱之门"来抨击干了坏事的人的法官。第三个特色是从希伯来圣经中其他地方寻找牵强附会的"论据"来解释这个时期作者的观点，例如，《米德拉西》中的亚当成了雌雄同体的人，因为在《创世记》1:27 中说，"雄性和雌性神创造了他们。"

尽管希伯来圣经中的先知们对异族的神话和神灵反复痛斥，对异族神话的吸收利用在《塔木德》时期的希伯来民间文学中又卷土重来了。有些在希伯

---

① 参考 Theodor H. Gaster, "The Judaic Tradition," entry in *Encyclopedia Britannica Online*, accessed on January 23rd, 2009.

来圣经中被明确抨击的做法，如依托梦来占卜，在《塔木德》中得到了专门的讨论。

有些《米德拉西》中的传说后来被基督教借鉴，例如，关于亚当生于"原生土（virgin soil）"的传说后来被基督徒用在了"第二个亚当（基督耶稣）"的"生于处女（virgin birth）"的故事中了。

国家社会科学基金重点项目

外国古代神话和史诗研究

辜正坤 等 著

（下册）

商务印书馆
The Commercial Press

第八专题 古希腊神话史诗研究

辜正坤 韩志华 程志敏[①]

1 荷马史诗产生的时代背景

1.1 引言

任何一部文学作品的产生和发展都离不开孕育它的社会土壤,现代学者经常会面临"神话"和"历史"[②]区分的困境。从字面上来讲,二者似乎相隔甚远。神话属于虚构(fiction)的范畴,而历史更倾向于事实(fact)。辩证地来讲,历史和神话都是社会的反映和记录。然而"神话"与"历史"还有一个很重要的差别:口述传统和书写传统。尽管历史学家本人的主观性不可避免,但历史更多地依据收集的文本、物品、遗址、甚至神话传说等一切形式的资料,包括口头、书面、物品等形式,以期形成固定、权威的版本。而神话更多的是以口头方式流传于世。当然,有一部分神话可能也有书面记录。相比较而言,口述传统更加灵活,没有固定文本,在现代学术话语体系中,这种情况叫作没有完成"经典化[③]"过程。因此,口头流传的神话版本应时而变,甚至还

---

① 本专题第 5 章由韩志华撰写,第 6 章由程志敏撰写,其余各章由辜正坤撰写。
② Robin W. Winks, Susan P. Mattern-Parkes, *The Ancient Mediterranean World: from the Stone Age to A. D. 600* (New York: Oxford University Press), p. 44.
③ 经典化是指"在文学、艺术、音乐或其他文化产品权威化过程"。请参见 Robin W. Winks, Susan P. Mattern-Parkes, *The Ancient Mediterranean World: from the Stone Age to A. D. 600* (New York: Oxford University Press), p. 47。

会"与时俱进"地留有口述其时的状况。从这点来讲,口述传统在内容上更加丰富,既包含传统,又体现当下,是一面历时性与共时性兼具的"社会镜子"。因此,《荷马史诗》可以说是希腊民族的形成史,其所产生的时代背景可以上溯到石器时代的克里特社会形态(Crete Civilization)。

1.2 克里特–米诺安城邦社会形态

公元前 3000 年左右,克里特人从石器时代(Stone Age)进入了金属器时代。约公元前 2000 年,科诺索斯山(Cnossus)就已经建造了大型宫殿。这一时期,以彩陶为主要特征的克里特社会形态发展了起来。史学家根据手工陶器从简单到复杂工艺的演变状况将这一时期划分为三个阶段[1]:早期克里特社会形态、中期克里特社会形态和晚期的米诺安社会形态(Minoan)。克里特文化兴盛的关键性特征是书写体系的出现。考古发现,克里特人使用图画文字,[2] 每幅图代表一个词,这种文字远远早于现在我们所说的"线形文字"(Linear)。此时的克里特人与古埃及交流频繁,文化兴盛。

大约公元前 1700 年,克里特社会形态进入晚期阶段,而爱琴海社会形态(Aegean Civilization)则在克里特岛蓬勃发展起来。米诺安社会形态,又称为海洋社会形态,主要是从地中海地区的贸易往来中产生的。克里特岛山木繁茂,便于建造船只。通过贸易,米诺安人用橄榄油和陶器换回埃及的食品和象牙、叙利亚的马匹和木材、阿开亚岛的银器和陶器以及塞浦路斯的铜。这些贸易活动影响了米诺安社会形态的方方面面,例如有的学者认为,该岛民众在政治和经济方面比同时代的其他民族更具公平的观念;海上武装足以保家护岛,因此他们的城池毫不设防。在神庙或祭祀地点附近,通常有开放式的村落,而户外的圣地则是民众集会议事的场所。各个家庭都拥有数量不等的奴隶。米诺

---

[1] J. B. Bury, *A History of Greece: to the Death of Alexander the Great* (Beijing: Peking University Press, 2009), p. 11.

[2] Ibid, p. 9.

安人的家庭用具上通常绘有日常生活图景，甚至埃及人像，[1]但战争场面很少。在建筑方面，米诺安人更加注重实用性而非美观，风格接近埃及建筑。王宫设有王室、迎宾室、卧室，其余房间则为库房和作坊，以应贸易需要。离宫殿不远的地方，是人口众多的城镇。民房通常设一道门或两道门。建筑是多层式的，最高一层没有窗户，多半用作阳台。目前发现的建筑遗址中还没有证据证明克里特有公众的祭坛，但宫殿中所设的圣所（Sanctuary）表明米诺安人在家庭神龛内敬奉神灵。他们信奉自然女神，希腊人称之为瑞亚女神（Rhea）。艺术品上通常会出现拜神场面，女神旁边通常伴有敬服的男神，为女神的儿子或配偶，宙斯（Zeus）便是瑞亚女神之子。另外，此时的语言文字也已经从简单的图画文字发展为复杂的"线形文字"，从出土泥板上的数字和符号来看，大多是关于商贸的详细记录。米诺安人商贸发达，拥有自己的度量系统、金属货币。在公元前15世纪时，科诺索王国成为米诺安最富强的城池。他们的船只控制了整个爱琴海，主宰了克里特全岛，通过贸易和殖民抢占，其文化开始对周边地区形成辐射性发展。米诺安实际上成了克里特统治的符号。[2]

公元前14世纪左右，科诺索开始衰落。克里特-米诺安先前不设城墙的城池，相继被迈锡尼人攻破和毁灭。连年战祸加上破坏性的地震，使得米诺安社会形态在公元前1150年左右覆灭。

1.3 迈锡尼城邦社会形态

公元前1600年到公元前1100年，在克里特社会形态的影响之下，希腊进入了迈锡尼社会形态（Mycenaean Civilization）时期，而这正是《荷马史诗》所描述的主要时期。公元前13世纪，印欧族的阿开亚人（Achaean），作为第一批入侵者来到古希腊，在阿尔戈斯（Argos）兴起并定居克里特岛，因

---

[1] J. B. Bury, *A History of Greece: to the Death of Alexander the Great* (Beijing: Peking University Press, 2009), p. 13.

[2] Ibid, p. 16.

此，公元前12世纪的歌者多用"阿开亚人"或"阿哥斯人"（Argives）来指代希腊人。此时的王者珀罗普斯（Pelops）正是《荷马史诗》中阿伽门农王（Agamemnon）和墨奈劳斯王（Menelaus）的爷爷。阿开亚人以"海上探险者"著称于英雄时代（Heroic Age）。埃及的史料记载，① 阿开亚人和其他民族在公元前1223年进犯埃及。阿开亚人居住在离克里特最近的伯罗奔尼撒（Peloponnesian）。

首先，迈锡尼时代的建筑更具实用性。阿开亚的中心——迈锡尼的宫殿，位于希腊北部山区的山顶。与克里特宫殿不同的是，迈锡尼宫殿外围修筑了结实的护城墙，防守严密。随着军事力量不断壮大，迈锡尼逐渐取代了克里特，成为地中海的霸主，迈锡尼城也成为当时爱琴海沿岸最强大的城池。为了应对希腊本岛恶劣的自然环境，迈锡尼的建筑增添了火炉和排烟口。此外，男女居住地分离的布局模式成为后来通行希腊的建筑原则。

其次，迈锡尼的墓地，往往具有财富储藏地的特点，比如迈锡尼国王的墓地，虽然安置尸体却没有火化的痕迹。贵族们的墓葬地均在城堡山（Castle Hills）上，随葬的有武器、家庭用具和贵重饰品。一些死者的面部戴着旧式面具，女死者头上戴有金饰。每座坟墓都有墓石，有的墓石上还有雕刻。迈锡尼城的下方有许多村落，每一个村落都拥有自己的身份符号和墓葬群，它们模仿贵族墓葬，比如墓室呈长方形，通往墓室的通道是石砌的。不同的是，这些墓室并非圆形，也没有大坡形的墓顶。城堡山的王族墓葬储藏了大量黄金，显示出迈锡尼是一个富庶的王国。

第三，迈锡尼时代的装束。迈锡尼社会形态属于青铜和铜时代（Bronze and Copper Age），其晚期还出现了少量的铁器饰品。士兵的武器多为弓、箭和矛。他们的防护用具有皮制头盔，从脖子到脚的牛皮护罩。公卿出战乘坐双马战车。此时男子多为长发，编成发束。晚期的迈锡尼人身着束身外衣，身披斗篷。出身高贵的女士穿着紧身上衣和宽大的裙子。迈锡尼王后常戴金饰。迈

---

① J. B. Bury, *A History of Greece: to the Death of Alexander the Great* (Beijing: Peking University Press, 2009), p. 38.

锡尼的手工陶器工艺复杂,制作精美,此时的珍品是石制工具和铁器。整体上来说,无论从财富,还是从社会形态程度上来说,迈锡尼社会形态超过了克里特社会形态。

1.4 特洛伊

公元前3000年末期,特洛伊山上的强大部族控制了达达尼尔海峡(Hellespont)的入口。同时,特洛伊城也是古代交通线上地中海和远东地区的交通要塞。特洛伊城高达160英尺,距斯卡曼德河岸(Scamander)很近。早期居民多修建石制护城墙,原始城市毁灭后特洛伊采用堡垒式的建筑结构。在石头地基上建造砖制的城墙,每个城墙拐角处还设有塔楼。城市的居民生活在石器和铜器时代,青铜器还为数不多。陶器多为手工制作,但金制的装饰则体现了这个城市的富有。房屋有大门和庭院,庭院中设有祭坛。大约在公元前2000年左右,特洛伊城遭受毁灭性的外敌侵犯。① 侵犯者纵火焚城,所有的建筑都被付之一炬。几个世纪之内,特洛伊城都没有恢复过往日的辉煌。特洛伊城先后拥有过三个不同的聚居群,但都是不重要的村落或城堡。史学家认为,造成这种情况的原因是赫梯国王的嫉妒心使然。② 然而,大约公元前16世纪,普里阿摩斯(Priam)为王时,特洛伊一跃成为历史上的传奇。在古老废墟上建造的新特洛伊城,环城道路更加宽阔,护城墙内部是石制的城堡,沿阶而上,直到国王的宫殿。特洛伊王国的财富并非来源于肥田沃土,或任何天然资源。特洛伊是一个小平原,自身条件并不优良,且其海岸也不能作为货船停泊港口。但特洛伊王利用来自阿开亚和黑海(Euxine)贸易者在航海方面遇到的种种困扰而获取了丰厚的收益。比如在夏季,来自北部的季风通常会将贸易者的航船困于达达尼尔海峡入口处几天甚至几周。海员需要上陆休息,补给淡

---

① 笔者按:这里所指可能是赫梯族(Hittites)的入侵,请参照 J. B. Bury, *A History of Greece: to the Death of Alexander the Great* (Beijing: Peking University Press, 2009), p.39。

② J. B. Bury, *A History of Greece: to the Death of Alexander the Great* (Beijing: Peking University Press, 2009), p.40.

水。因此，处于入河口的特洛伊就控制了贸易。这个地理位置是许多航线的交汇处，来自色雷斯（Thrace）和帕奥尼亚（Paeonia）的酒、剑、白马甚至金子，来自帕夫拉戈尼亚（Paphlagonia）和黑海南部海岸的木材、银器、野驴等都交汇于此。南部是商业发达的马其顿（Maeonians）、卡利亚（Carians）和利西亚（Lycians）。马其顿人居住在后来的莉迪亚（Lydis）地区，主要经营奴隶贸易。卡利亚人拥有米利都城（Miletus）和门德雷斯河（Maeander），城内有许多象牙手工业者。而利西亚人则主要进行从埃及和叙利亚到爱琴海北岸的贸易。特洛伊要对所有聚集在达达尼尔海岸的船只征税，后来在特洛伊平原形成每年一度开市贸易的惯例。来自四面八方的商人经海路和陆路汇于特洛伊，特洛伊赚得盆满钵满。在特洛伊战争中，这些商人成为了特洛伊的同盟军。[1]

长期征税使特洛伊成为希腊贸易的巨大障碍，这种情况反映在荷马史诗中，则表现为大力士赫拉克勒斯（Heracles）洗劫了特洛伊。史诗中将这些事件与阿尔戈斯英雄（Argonauts）寻找金羊毛的故事相联系。特洛伊已经成为小亚细亚西岸的最强大的力量，基于种种利益，自然会反对阿开亚人东扩的企图。大约是在公元前12世纪初期，阿开亚人就在为拔除特洛伊这个障碍做远征的准备。史学家们一般都把此时的希腊认定在迈锡尼王国的统治之下。[2] 因此，《奥德赛》中描述的迈锡尼国王阿伽门农联合希腊北部和南部的王者组成联军是有一定依据的。因此，皮提亚（Phthia）和塞萨利（Thessaly）的阿开亚领主从阿尔戈斯出发的地点起航，具有特别的意义。亚细亚西海岸的人们包括利西亚，全部成为普里阿摩斯的同盟军。从地理位置来讲，特洛伊战争实际上是爱琴海两岸的战争。根据史诗的描述，战争持续了九年。最终，普里阿摩斯的城池被攻破。特洛伊城被焚成了普罗彭提斯（Propontis）和黑海对希腊贸易开放的序曲。希腊对于爱琴海东岸岛屿的殖民就此拉开帷幕。

---

[1]　J. B. Bury, *A History of Greece: to the Death of Alexander the Great* (Beijing: Peking University Press, 2009), p. 41.

[2]　Ibid, p. 42.

1.5 黑暗时期

英雄时代的希腊在特洛伊战争后一百多年内走向衰落。同时，随着多利安人（Dorian）的入侵，迈锡尼社会形态也面临相似的命运。大约在公元前12世纪，多利安人携铁制武器，相继攻下迈锡尼城池。迈锡尼行政系统瘫痪，乡村人口大量流散，海外贸易萎缩，希腊文字书写系统佚失。

由于书写系统的佚失，此时记述青铜时代的方式主要依赖口述，直到公元前8世纪书写系统才被重新发现。其实，《伊利亚特》中还提到了书写形式，在柏勒洛丰（Bellerophon）的故事中，曾提到他携带"死亡符号"板（Tablet）从阿尔戈斯直达利西亚。在这长达几百年的黑暗时期，希腊人依靠记忆，将对"青铜时期"的记忆保存并流传开来。到公元前10世纪中期，铁器开始取代青铜器用于军事和日常生活。[1] 希腊民族拓展到整个爱琴海地区。

从外因来看，希腊北部边界的伊利亚特人（Illyrian）似乎是这一趋势的主要推动者，此时希腊的主导部族多利安人是他们的一支。与早期北方的入侵者的屠城行为不同，多利安人占领城池后接受了当地文化。伊利亚特人的南下给埃托利亚人（Aetolia）带来致命的后果。《荷马史诗》中对埃托利亚沿岸陆地的繁荣也有描述，而埃托利亚神话中关于梅利埃格（Meleager）的传说以及猎杀克里多尼亚（Caledonia）野猪的故事后来都成为了希腊国家传奇的文化遗产。以产酒著称的埃托利亚在希腊历史的后期被认为是半野蛮的原始社会，其技术性成就远远落后于其他部族。伊庇鲁斯（Epirus）也面临相同的命运。尽管大部分伊庇鲁斯地区在多多那圣所（Dodona）供奉宙斯之时已经希腊化，但也堕落成了野蛮、孤独的边区村落。两个城邦社会覆灭的命运在于遭受蛮族入侵，因此，希腊"黑暗时期"的文化退化现象十分显著。到这个时候，埃托

---

[1] Robin W. Winks and Susan P. Mattern-Parkes, *The Ancient Mediterranean World: from the Stone Age to A. D. 600* (New York: Oxford University Press, 2004), p. 56.

利亚人和伊庇鲁斯人成为了伊利亚特的一支。

另一方面，伊利亚特人的入侵也使一部分希腊难民跨越海湾，取道佩纽斯河（Peneus）定居并自名为伊利斯（Eleans）或是"谷底居民"（Dalesmen）。他们作为第一批定居者占据了伊平斯（Epeans），并逐渐扩展到阿拉菲尔斯（Alpheus）。它们所居住的海岸没有港口，因此他们与海文化分开了。由于这个半岛的西部平原上的人们都尊敬英雄珀罗普斯，因此，这个半岛又可称为"珀罗普斯岛"。[1]

伊利亚特人入侵伊庇鲁斯时，塞萨利人（Thessalian）和皮奥夏人（Boeotian）跨越大山，在皮利翁山（Pelion）和品都斯山脉（Pindus）相连处定居。他们将该地区的阿开亚人驱赶到南部的皮提亚。随后，塞萨利的名字迅速传遍全国。所到之处，阿开亚人沦为农奴，以耕种为生，但要向雇主交固定的租子。与奴隶不同，他们不会被卖到外国或被故意处死。但在有一个方面阿开亚人胜利了，这就是阿开亚语言流行起来了。塞萨利人放弃了自己的传统语言，学习阿开亚人的语言，而阿开亚语言成为后来《荷马史诗》语言的组成部分。

塞萨利人的入侵，使得一部分希腊人向埃维厄岛（Euboes）移民。皮奥夏人的老家位于伊庇鲁斯的皮奥山（Boeon），他们的方言与塞萨利人的方言很接近。皮奥夏人首先从西部的凯罗尼亚（Chaeronea）人和科罗尼亚（Coronea）人手中夺得了卡得密人（Cadmeans）的底比斯城（Thebes），然后在全岛扩张势力。他们将全岛冠名为皮奥夏，但并未取得塞萨利人那样的成功，比如岛上的奥尔霍迈诺斯（Orchomenus）的贵族们保持其独立权力达上百年之久，直到公元前6世纪，皮奥夏才和他们达成统一联盟。皮奥夏人的统治政策与塞萨利人的政策不同，他们不用当地人的语言，因此，此时希腊的语言是征服者与被征服者的语言混合之后形成的新的皮奥夏方言。

毫无疑问，皮奥夏人的侵占使得又一批希腊人开始移民。这就是为什么

---

[1] J. B. Bury, *A History of Greece: to the Death of Alexander the Great* (Beijing: Peking University Press, 2009), p. 50.

艾奥尼亚人在小亚细亚的聚居地会出现卡得密人、列巴迪亚（Lebadea）人和其他族群的人杂居的状态。皮奥夏的西部福基斯（Phocians）人的土地遭遇多利安人入侵，多利安人还抢占了德尔菲神庙（Delphi），并且在附近安置了居民守护神庙。多利安人走后，实际上这片土地还是福基斯人所有。他们的邻居洛克里斯（Locrian）人后来分裂为三支，福基斯人楔入其中，因为洛克里斯是埃维厄海峡（Euboean）岸边的条状地带，是进海的出口。北部的洛克里斯人曾被荷马写入《伊利亚特》，是由埃阿斯（Ajax）统领，占领了斯诺尼翁（Thronion）和奥普斯（Opus）。

多利安人后来经由海路逐步离开了帕那萨斯山（Parnassus）。他们曾在诺帕克特斯（Naupactus）建造大船。诺帕克特斯在希腊语中意为"造船的地方"。① 多利安人沿着伯罗奔尼撒行驶到希腊岛的东南方向。他们中的一些冒险者使克里特岛的居民成分产生变化，使该岛成为一个多民族的岛。另一部分人则定居在在锡拉岛（Thera）和麦洛斯（Melos）。其余的人继续东行，跨越爱琴海，在小亚细亚的南海岸找到一个小的定居点，他们称为潘菲利亚（Pamphylians）人。这个名字记录了他们的多利安人血统。多利安人下一个征服的目标便是伯罗奔尼撒。他们从南部和东部下手，先后发动三次征服战争，征服了洛克里斯、亚尔古和科林斯（Corinth）。多利安人抢夺占领富裕的欧罗特河谷，并保持了自己血统的纯净性，他们将当地原住居民一律变为奴隶。在征服阿尔戈斯的过程中，多利安人在国王忒墨诺斯（Temenos）的带领之下，进行了惨烈的战争。但阿尔戈斯最后没有成为多利安的附属国，而是与之合并，形成多利安社会系统之上的阿尔戈斯王国和多利安的三个部落的联合统治。多利安人还征服了迈锡尼城和泰林斯（Tiryns），并将二城焚毁。与此同时，希腊人开始了在爱琴海地区的进一步扩张，并在小亚细亚西岸建立若干定居点。150年之后，英雄时代宣告结束。此外应该提到的是，在多利安人的入侵以及希腊民族的北移时期，在亚细亚西岸的赫梯王国已经崩塌了，但史诗并

---

① J. B. Bury, *A History of Greece: to the Death of Alexander the Great* (Beijing: Peking University Press, 2009), p. 53.

没有描述这一种情况。

1.6 艾奥尼亚

入侵的多利安人大多聚居在伯罗奔尼撒，并在克里特建立殖民地。迈锡尼难民则大多逃往小亚细亚西岸的中部地区，在那里他们建立了后来整个希腊地区最为繁荣的艾奥尼亚。根据希罗多德（Herodotus）的记载，这里先后受到十二次外敌入侵。[①]其中，埃维厄岛人（Euboes）和皮奥夏人也加入了殖民战争。入侵者承继多利安城邦社会形态，带来了旧式希腊大陆的海洋传统，也为几个世纪后城邦社会的兴盛奠定了重要基础。

与此同时，入侵者带来了歌者和特洛伊的故事，以及阿喀琉斯、阿伽门农和奥德修斯的传说。希腊的英雄遗产给艾奥尼亚带来新时期，据称一个叫作荷马的伟大诗人出现并完成了两部史诗巨制，成为考察古希腊黑暗时代的重要资料。荷马记述了战争、冒险、贵族和国王的生活，也展现了原始农业和田园社会的鲜活画面。大约在公元前9世纪，史诗之一的《伊利亚特》完成[②]。

从内容上来看，《荷马史诗》展现了英雄时代后半期希腊社会的生活方式、物质环境、社会组织和政治地理状况。荷马从阿喀琉斯的愤怒写到赫克托尔的死亡，内容都源自特洛伊主题。青铜时代之后，希腊的生活和政治环境都发生了较大的变化。荷马在史诗中描述了连贯的画面，比如史诗中的宫殿同迈锡尼、泰林斯以及特洛伊的宫殿具有相同的构造；英雄所拿的武器和护身盾牌也从迈锡尼出土的宝石和罐器中得到某种印证；泰林斯前厅镶嵌的饰带与诗人描述的阿尔基奥诺斯（Alcinous）厅堂里的矢车菊饰带亦多吻合。不仅如此，在迈锡尼的王族墓群中还出土了诗人描述的把柄上有鸽子图样的涅斯托尔（Nestor）的金杯，甚至在迈锡尼和克里特还找到了类似于阿喀琉斯的护甲。

[①] J. B. Bury, *A History of Greece: to the Death of Alexander the Great* (Beijing: Peking University Press, 2009), p. 60.

[②] Ibid, p. 42.

"荷马"在古希腊语中有"人质"之意,因此,学者们推测荷马幼时很可能在当地的冲突中被作为人质押往别处,甚至还有人认为他生活在崎岖不平的希俄斯岛(Chios),他描述太阳从海平面升起的场景符合当地的状况。从他开始,希俄斯岛的荷马歌者家族发展起来。荷马和他的后继者们在艾奥尼亚王公的宫廷中,吟唱他们所熟悉的旧式阿开亚人的诗歌。他的作品用非常熟练的艾奥尼亚方言演唱。《伊利亚特》中的人物着装均属艾奥尼亚传统,以至于诗歌中的阿开亚元素为人们所遗忘。但有时,艾奥尼亚的语言形式不能完全满足格律的需要,因此,史诗不得不混合使用两种语言。

从文本方面来看,艾奥尼亚的诗人很有可能将史诗材料再次加工过,以迎合当时的听众口味和道德观念。很显然,《伊利亚特》已经摆脱了早期文学中原始初民的愚昧粗糙的风格,野蛮社会的背景只有些许蛛丝马迹可循。在其他方面,艾奥尼亚诗人们如实地保持了过去时代的氛围,比如行为方式、气候环境、地理条件等。为此,芬利(Finley)认为"史诗,不论曾经是什么,都可以被认为是历史"[①]。因此,从史诗中我们可以了解当时社会的生活场景和风土人情,也可以笼统地认为在那个时代,歌者便是历史作者。作品中保留的特洛伊战争素材被视为巨大的民族财产,因此,《伊利亚特》成为一部凝聚向心力和标识文化身份的民族史诗。而《奥德赛》虽然三分之一的篇幅都讲述神界,与国家民族的形成关系并不大,但基于与特洛伊战争的内在联系,也被认为是民族史诗。

1.7 口述传统

《荷马史诗》着重描述整个青铜时代,但每一个故事都包含复杂的场景和情节,夹杂宗谱错综的神、英雄、魔鬼和人群。荷马将这些情景、人物交织表述,并改编成适合口头表达的六音步(Hexmeter)格律。在古希腊人的

[①] M. I. Finley, *The Use and Abuse of History* (London and New York: Penguin Books Ltd., 1975), p. 14.

意识里，神明不受时间、空间限制，因此，古希腊人的记述里不重视时间顺序，直到历史学家希罗多德（Herodotus）都是如此，他们更重视宗谱概念（Genealogical Sequence）①。这样一来，史诗文本中前后不一致的表述便不可避免，如青铜时代（Bronze Age）出现铁器；迈锡尼的墓穴几乎没有火葬的痕迹，而史诗中却包含火葬仪式的描述。这些与时代不相符合的内容，加上短语或场景的重复，如描写祭祀、出发或到达等场景，长期困扰着荷马的研究者们。直到 20 世纪 30 年代，学者帕里（Milman Parry）关于口述传统的研究成果才改变了人们理解荷马的方式。他通过研究南斯拉夫不识字的歌者吟唱的方式，发现他们将一些程式化的语言、主题、片段加工而形成史诗并即兴表演，因此观众通过眼睛和耳朵来接受信息，于是帕里以"口述传统"解释了《荷马史诗》的"程式化"特点，并发展出一套"口述理论"。

另外，从传统上来说，吟唱英雄的歌者也是希腊的一个古老的习俗。公元前 12 世纪，关于特洛伊战争的吟游诗人在希腊全岛颇为盛行，阿喀琉斯和《伊利亚特》中其他英雄的所谓英雄业绩都与希腊北部的阿喀琉斯的王国皮提亚（Phthia）相关，据说这里是歌者最早的家。在希腊南部，迈锡尼和亚尔古、斯帕达和皮罗斯、特洛伊等的宫殿里，经常会有歌者吟诵一些后来引发荷马灵感的诗篇，这些英雄时代的传说得以传承。除此以外，歌者深知自己所吟唱的是古代的场景，从内容和形式上都比较注重继承传统，但歌者不可能做到与自己的时代完全隔离，因而每一部史诗都自然而然地兼有古典与即兴的烙印，因此，《荷马史诗》并不完全是在描写迈锡尼时代的古希腊，在某种程度上，它可以看成是希腊民族成长的历史见证。正是在这个意义上，史诗被誉为"人们记忆的产物，古代社会生活的百科全书和文化记录"②。两部史诗是黑暗时期重要的文化遗产。在没有书写文字系统的时代，像荷马一样的歌者便成了文化的

---

① M. I. Finley, *The Use and Abuse of History* (London and New York: Penguin Books Ltd., 1975), p. 15, pp. 17–18.

② John Marincola (ed), *A Companion to Greek and Roman Historiography* (Malden: Blackwell Publishing Ltd., 2007), p. 16.

最好传播者。

1.8 古希腊人的社会生活

众所周知，在历史的演进与传承中，技术的发展起着至关重要的作用，同时人类的活动范围也受其限制。以采集为生的原始人类的活动范围仅限于狩猎区域。随着农业、冶金业和造船业的发展，人类的活动空间大为拓展。公元前2000年中期在小亚细亚首先发展了冶铁业，并以此为中心向外传播。新工具的产生到普及往往又经历了几百到上千年的发展。毫无疑问，铁制的锄头、斧头、犁和武器的普及势必带来经济、社会和政治的深远革命。铁制工具使希腊人能够扩大农业耕作面积，也能够帮助他们将商业和殖民范围扩张至地中海西岸。[1]

而处于多利安人统治下的希腊又过上了部落的、贵族主政的农业生活，其基本原因既与多利安的统治有关，又与希腊全岛的地理环境密不可分。自然资源稀少，且多为山地，农业产量受到限制，村庄相互分隔，从地缘政治上来讲，希腊不具备大一统国家成立的条件。为抵御外敌入侵，希腊人多居住在易守难攻的山地。每个聚居群都有各自的贵族头领和一般民众。一般民众包括自由农民、佃农、少数的手工业人、雇工以及奴隶。而这些聚居地多靠近沃土和交通要道，因此发展迅速，在较短时间之内，这样的聚居地遍布全岛。

起初，聚居群依赖农业、畜牧业和渔业，随着人口的增长，食物供给危机加重，农民被迫出海，加上迅猛发展的航海和造船业，希腊人往往既充当海盗、商人，也充当殖民者。《奥德赛》就描述了斯巴达王墨奈劳斯和伊塔卡王奥德修斯在爱琴海进行半商业、半海盗的经历。[2]

独特的自然环境与民族经历势必孕育出希腊特色的政治经济制度。首先，

---

[1] L. S. Stavrianos, *A Global History from Prehistory to the 21st Century (7th ed)* (Beijing: Peking University Press, 2004), p. 87.

[2] Ibid, p. 75.

从当时的政治结构来看,在王国中,国王高高在上,但却不能完全以自己的意志来实行统治,他往往要受到由特权阶级组成的议事会和由特权阶级组成的所谓公民大会的制约。特别要指出的是,所谓希腊公民绝非希腊的所有人民,他们最多不超过全体希腊人的五分之一。古希腊大多数人是奴隶。奴隶没有选举权和被选举权,只有公民才有这种权利。公民是古希腊的特权阶级。国王和议事会若达成了一致意见,会召集公民大会,即由特权阶级组成的大会。特权阶级若通过了决议,则决议将被实行。因此,从远古时期开始,希腊就形成了国王、议事会、特权公民大会三者合一的雏形,这种形式与后来不同形式的君主政体、贵族阶层和所谓大帮主政制度(被后人误译为"民主")有相当密切的关系。

但这种政体形式在古代还相当松散。在原始社会中真正的权力属于家庭。希腊城市初民采用的是由血缘关系连结而成的家族群居模式,供奉同一神灵,家长掌管着成员的生杀予夺大权。后来产生的城市的发展逐渐排除了家庭式的社会结构,家长权力也逐步失落。但村落群体还常常保持原状,互相隔离、互相独立,它们通常被叫作部落。一个部落往往就是一个最简单形式的独立王国。部落所居住的地域叫作同类区(deme)。当一个国王力量强大,占有了邻近王国的同类区,就会出现包含两个以上的部落的大群体。在大群体的政治条件下,每个部落都还保存着自己的制度,也就是说,大群体是独立部落的"邦联"形式。

通常,几个有同样拜神教信仰的家庭组成一个群体叫作兄弟联盟(brotherhood)。因此,"希腊远古的部落是军事性兼拜神教性的结合"[1]。这样的宗派或部落以及氏族集团,源自雅利安先辈(Aryan)[2]。在罗曼人和日耳曼人中都发现过类似的群体。这种宗派是后来罗马社会的基础,这种集团的重要性在荷马的笔下被描述成"一种流浪人,没有兄弟,没有炉灶"[3]的人群。

---

[1] (苏)塞尔格叶夫:《古希腊史》,缪灵珠译,高等教育出版社,1955年,第113页。
[2] 笔者按:雅利安(Aryan)血统包含希腊、罗马和日耳曼。
[3] J. B. Bury, *A History of Greece: to the Death of Alexander the Great* (Beijing: Peking University Press, 2009), p. 45.

在分配战利品和土地的时候，家庭的重要性凸显出来。土地并非自由民的私人财产，也非部落的公共财产。部落族长根据部落内部家庭的数量将土地划分成小块，由单个家庭抓阄决定。这样，每个家庭都拥有自己的田产，家长负责管理，但没有转让权。土地属于整个宗族，不属于某个成员。土地财产权的划分并非由单个成员的力量来决定，而是基于一种对神灵的崇拜情感（religious sentiment）。此外，每个家庭将故者葬于自己的领地，且逝者可长眠于此，而墓地的拥有权自然归属死者家族其他人员，他们负责保护祖坟。

荷马时期财富的表现形式是牛群、羊群以及贵金属。尽管希腊有耕地，但土地贫瘠，农业收入并非财富的主要来源，畜牧业所占比重要多得多，这通过"一般等价物"就可看出。一套战服的价钱或一个奴隶的价钱，通常由牛来衡量[1]，如《奥德赛》中欧律克勒娅是20头牛换来的。另外，在没有正规的海军力量相互对抗的时期，到海上去抢劫是正常的营生方式。因此，此期的很多希腊人出海为盗，都被看作是正常职业，不受任何道德谴责。

最后要谈王者（又叫巴赛勒斯，Basileus）的权利与义务。巴赛勒斯是部族的主祭司、主审官和军队的最高统帅。除了一些由特别祭司主持的祭典外，他掌管所有的拜神教仪式；他还主审一切案件，并有发号施令的军权。他自诩为神的后代，被誉为人类的"保护神"。国王高高在上，被敬奉为神明。王的权威取决于战争中的勇猛程度以及在贵族会议中的协调管理能力。有时国王也召集成年男子的特权公民大会，但往往是为了让特权公民支持已经和贵族们达成的决议。这种政治模式孕育了以后的希腊的行政机构。此种聚居之地后来叫做"城邦"（City-state）[2]。王位实行世袭制，但更强调个人能力，特权阶级民众可以拒绝接受一个昏庸无能的王子继位。掌权的国王享有以下权利：宴会的主座、分得大部分战利品和牺牲献祭食品以及优先选择权。另外，土地财产方面，王者除了他的家族份地之外，还会获得一块特别的土地，谓之王地。

---

[1] J. B. Bury, *A History of Greece: to the Death of Alexander the Great* (Beijing: Peking University Press, 2009), p. 48.

[2] L. S. Stavrianos, *A Global History from Prehistory to the 21st Century (7th ed)* (Beijing: Peking University Press, 2004), p. 68.

王的功能很模糊,如果王没有获得大部分特权阶级民众的支持是无权按照自己的意志行事的,因此,他必须寻求议事会中年长者的支持。严格意义上来说,每个家族都有代表在议事会,这样就代表了整个部落。各个家族在议事会中地位并不平等,总有家族占据要位。而这些议事会的成员便是日后贵族的胚胎。

所谓特权阶级公民大会,是希腊大帮主政制度(即后来误译的"民主制")产生的源泉。部落中所有的男性特权自由公民,听到国王召集,便聚集一起,但他们有听和欢呼的权利,没有辩驳或提交提案的权力。《奥德赛》中对此有描述。

由此可见,在原始的君主政体基础上,荷马时代的国家形成了少数人的规范,由像阿伽门农或阿喀琉斯这样的统帅治理着他们的属地。但是,希腊的宪法体制在荷马时代还非常松散。这可能和英雄时代的希腊尚未形成大的族群有关,因为希腊民族的融合是在征服的过程中逐渐形成的。因此,此时的希腊并非一个古代国家的名称,而是具有相同文化尤其是拜神教信仰的该地区的城市、部落以及其他聚居群的统称。[①]自然,国家也没有制定任何法律,于是,拜神仪式或传统的风俗习惯便成为人们的行为准则。人们相信罪恶会受到神明的处罚,但这一条仅限于家庭的范围,而非社群范围。同时,外来人不享有保护权,他们或许会在陌生的族群被杀死,除非他们是受邀请的客人,才享有宙斯所规定的待客之道。《奥德赛》中对此亦有描述,如特勒马科斯造访斯巴达和皮罗斯。

结语

综上所述,《荷马史诗》并非一时一地的情景记录,而是从原始初民到史

[①] Paul Cartledge, *Ancient Greece: A Very Short Introduction* (New York: Oxford University Press, 2011), p. 3.

诗成型之时希腊社会形态发展综合作用的结果。希腊多山临海的地理环境，孕育了一个善于航海、精于商贸的民族。在技术不发达的蒙昧时期，他们信奉神灵，与自然斗争，在漂泊不定的商船上发展了神话传说和英雄传统，并通过口述方式流传下来，成为后人了解古希腊公元前 12 世纪到前 9 世纪社会生活状况的宝贵资料。显然，频繁的外敌入侵造就了希腊民族英勇善战、崇武尚勇的精神；民族繁多和反复迁徙为希腊带来了丰富的文化资源，使希腊社会形态从源头起便具备多种元素的混合；同时，"海洋文化"使家族结构过早解体，因此，部落时期的希腊就已经孕育了日后城邦性票多胜出制度的胚胎。需要指出的一点是，诗人本身成长的环境以及自身的不可超越性对于史诗的"演唱"（performance）[1]来说，是在继承传统基础上的不断创新，同时不可避免地打上了时代和诗人本身的烙印。而且，正如吉柏特·默雷（Gilbert Murry）所说，诗歌的成功与否，与科学技术日新月异的"进步"（progress）不同，诗歌的永恒性在于其不可取代性。[2]因此，《荷马史诗》尽管古老，却与希腊神话一样，超越了时间的囹圄，流传至今。而"后来的研究者们提及'希腊传统'，言必称荷马"[3]；就"'传统'作为一个社会或群体内部从古至今流传下来的信条或行为"[4]来说，荷马无疑是一个里程碑式的代表。而所谓的"神话传统"、"口述传统"或"史诗传统"甚至"希腊传统"，大多是从《荷马史诗》、考古挖掘或其他历史学家如希罗多德等的史料记载中分析挖掘出来的。因此，荷马其实也只是"传统"的一部分。

---

[1] Gregory Nagy, *Poetry as Performance: Homer and Beyond* (New York: Cambridge University Press, 1996), p. 1.

[2] Gilbert Murry, *The Rise of the Greek Epic (4th Edition)* (London: Oxford University Press. 1934), p. 22.

[3] William Ewart Gladstone, *Studies on Homer and the Homeric Age (Vol.1)* (New York: Oxford University Press, 2010), p. 76.

[4] 请参见 http://en.wikipedia.org/wiki/Tradition。

2　古希腊神话与荷马史诗形成概述

古希腊神话是一个庞大的体系，主要由神的故事和英雄传说两部分组成。古希腊的神有新旧之分。旧神系统讲述开天辟地状况和宙斯出生之前的神族状况。宇宙最初处于混沌状态，从中产生大地女神盖亚，之后是黑暗与光明。盖亚生下第一代天神乌拉诺斯，然后又与乌拉诺斯结合生下十二个提坦巨神。巨神相互结合生出了日、月、星辰等。乌拉诺斯惧怕自己的子女会夺取自己的权力，将子女一一关在地下，后来其子克洛诺斯起而打败乌拉诺斯，救出其余被囚兄弟，做了天神。克洛诺斯娶妹妹瑞亚为妻，同样惧怕其子推翻自己，将所生子女吞掉，其中之一的宙斯在母亲的保护下，躲过此劫。宙斯长大后联合兄弟姐妹打败克洛诺斯，成为最高神，在奥林匹斯山上建立起以宙斯为首的庞大家族，谓之"奥林匹斯神系"。"奥林匹斯神系"即是所谓"新神"，成员达数百位，而其中的大神有十二位，诸如神后赫拉（即罗马神话中的朱诺，是宙斯的姐姐和妻子），海神波塞冬（宙斯哥哥，手执三叉戟，驾着金鬃铜蹄马拉的车子巡行海上，并能呼风唤雨，引起地震），太阳神阿波罗（兼管光明、青春、医药、畜牧、音乐和诗歌），智慧女神雅典娜（相传是从宙斯脑袋中生出），火神赫菲斯托斯（宙斯与赫拉的儿子，被认为是工匠的始祖），爱与美之神阿芙洛狄忒（掌管人类的爱情、婚姻、生育及一切动植物的繁殖生长），冥神哈得斯，月亮和狩猎女神阿尔忒弥斯，战神阿瑞斯，农神得墨忒耳等。

荷马史诗是古希腊最著名的文学作品，也常常被许多文学家誉为世界上最伟大的史诗。它们最初只是基于古代传说的口头文学，靠着乐师的背诵流传，到公元前6世纪才正式以文字形式固定下来。它包含两部作品：《伊利亚特》和《奥德赛》。两部史诗都各有24卷。《伊利亚特》共15 693行，《奥德赛》共12 110行。它的作者据称是一位叫荷马的盲人行吟歌手。欧洲人在两千多年内认为荷马是历史上确实存在过的大诗人。关于荷马的记载，在公元前7世纪初的诗人卡利诺斯（Βόρεια Κάλι）的诗篇里已经有了。又，如今残存的公元前6世纪塞诺芬尼的讽刺诗中也提到荷马。所以荷马这个名字早在公元前8到公元前7世纪已经是广为人知。古希腊的史学家希罗多德、修昔底德和哲学家柏拉图与亚里士多德等，也都常常在他们的著作中提到荷马，并引述荷马史诗的内容，没有对荷马史诗的著作权问题发生疑问。不过公元1世纪，约赛弗斯（Josephus）认为荷马史诗在叙事方面存在不一致的问题。此后大约1700年间没有争论，这种情况一直延续到18世纪。

18世纪初，法国僧侣正多比雍与维柯突然提出了另外一种看法，他们怀疑荷马有可能是一个子虚乌有的作者，顶多是希腊各地吟唱诗人的抽象代表而已。他们认为，《伊利亚特》和《奥德赛》两部史诗的出现年代前后相隔数百年，因此很难是一个人的创作。一石激起千层浪，之后，西方学术界围绕这个问题展开了长久的争辩。

荷马史诗形成"短歌说"。1795年，德国学者沃尔夫（Fredrich Wolf）提出一个新说法，他认为史诗的各个组成部分很可能都曾作为独立的诗篇分别被吟游诗人们演唱过，历经辗转，多次加工，才最终形成比较完整的史诗。另外一位学者拉赫曼（Karl Lachmann）对此进行了更系统的论述。由此，荷马史诗形成的"短歌说"得以流行一时。

荷马史诗形成"统一说"。德国学者尼奇则针锋相对地提出了"统一说"。他认为荷马是实有其人的。最大的可能是他系统整理、加工了流传于古希腊民间的前荷马史诗素材，使之成为一个完整的艺术结构，颇有点像我国《三国演义》、《水浒传》成书的过程。如果荷马确有其人，那么是什么年代？尼奇认为，荷马生活的年代应该不晚于公元前9世纪。

后来的学者有断言荷马生于公元前686年者，或生于公元前873年者，或生于公元前1159年者，殊难有盖棺之论。目前许多学者将其年代大约定在公元前10世纪到公元前9或8世纪之间，或公元前9或8世纪之间。当然这些说法也只能作为参考，在未发现可资鉴定的地下考古资料之前，未可全信。我个人比较相信集体创作和个人创作统一论，即最初确实是许多行吟歌手的零散作品，后来一个叫荷马或与荷马作用相当的歌手将这些散篇串缀起来，进行了口头上的整理、融合、修改、定稿。

荷马的出生地。荷马的出生地说法各异。目前希腊有十几个地方的人都说荷马出生在该地。综合起来，有雅典说、希腊北部说、希腊东部近小亚细亚说，莫衷一是。

荷马其名。荷马这个名字经西方学者们的考证：有"人质"（όμηρος）说，谓荷马大概是俘虏出身；有"组合"说，谓荷马名字来源于附会，因史诗原本即多篇传说组合而成；还有"盲人"说，谓荷马乃盲乐师。西方古代乐师中盲人较多，盖因盲人眼力虽有缺陷，耳力及记忆能力均较常人为强，故盲人从事音乐兼作吟诵古代历史诗篇（如史诗类题材）的可能性确实较大。所以，我颇赞成荷马是盲人兼史诗行吟歌手的看法。

在西方古典文学史上，荷马史诗占有首屈一指的地位，它的意义不仅限于文学艺术。其实，在近百年来，荷马史诗在历史、地理、考古学和民俗学方面都成为许多学者可资利用的宝贵资源。

荷马史诗研究的文献山积，研究的范围涵盖广远。本研究不拟对荷马史诗进行面面俱到的检评，而只拟对某些前人在阐述方面可能尚较疏漏处做进一步的挖掘，以飨同好。

3 古希腊神话与荷马史诗《伊利亚特》研究

3.1 《伊利亚特》背景：特洛伊战争的真正起因是什么？

"特洛伊"，在古希腊文里拼写作 Ἴλιον、Ἴλιος 或 Τροία，依据其古希腊语的发音，中文有时也音译作"伊里昂"；在拉丁文里拼作 Trōia 和 Ilium；在赫梯语里拼作 Wilusa 或 Truwisa；在土耳其语里拼作 Truva；在英文里拼作 Troy。特洛伊之所以成为一个广为人知的地名，与特洛伊战争、尤其是描写特洛伊战争的《伊利亚特》史诗具有紧密的关系。当然，描写特洛伊战争的西方文献绝不仅仅是荷马史诗。实际上，索福克勒斯的悲剧《埃阿斯》（Ajax）、《菲洛克忒忒斯》(Philoctetes)，欧里庇德斯的悲剧《伊菲格涅娅在奥利斯》(Iphigenia at Aulis)、《安特罗玛克》(Andromache)、《赫库芭》(Hecuba)，维吉尔的史诗《埃涅阿斯纪》(Aeneid)，奥维德的长诗《古代名媛》(Heroides)等许多著作，都不同程度地涉及或描述了特洛伊战争。

由于特洛伊战争是荷马史诗《伊利亚特》的主要内容。因此，很有必要对这场战争的起因做一点分析研究，由此探索荷马史诗《伊利亚特》在处理这一点时的独特的艺术构思。

3.1.1 特洛伊战争起因于帕里斯拐走海伦？

流传最广的说法是：特洛伊战争是以争夺世上最漂亮的女人海伦(Helen)为起因的。①

据传特洛伊王普里阿摩斯想和斯巴达王墨奈劳斯结成联盟，于是派遣王子帕里斯出使斯巴达。墨奈劳斯对帕里斯的到来据说十分欢迎。但是帕里斯滞留斯巴达期间，却爱上了墨奈劳斯的王后海伦。帕里斯与海伦私通，并将她带回了特洛伊。墨奈劳斯一怒之下，联合其兄阿伽门农（希腊城邦之王）以及其他许多希腊城邦向特洛伊发动了战争。拐走王后当然是一件大事，足以让蒙害方将此视为国耻并发动雪耻战争。因此，这个起因在表面上看来最有说服力。至少以俗世的观点看，这是合情合理的，也是古希腊方师出有名的主要根据。故在《伊利亚特》中，常常把这一点描述为希腊人攻打特洛伊的根本理由。它成为阿开亚官兵最堂皇的战争借口，连阿喀琉斯都说："阿特柔斯之子为何招兵买马，把我们带到这里？还不是为了夺回长发秀美的海伦？"②

但是，如果我们仔细考察别的一些因素，就会发现这个说法还是不够强有力。拐走别人的女人在当时简直是司空见惯的事情，和偷走牛羊家产一样的行

---

① http://www.renwen.com/wiki/%E5%BF%92%E6%8F%90%E6%96%AF.
② 荷马：《伊利亚特》，陈中梅译，北京燕山出版社，1999年，第184页。

为差不多。因为女人在古希腊时代被看作是一种纯粹的财产，可以被男性随意地赠送、掠夺、贩卖、甚至杀死。那位赫赫有名的阿喀琉斯，就曾肆无忌惮地毁灭过城市、俘虏过女人。请看他和埃内阿斯对阵时的对话：

> 忘了吗？我曾把你赶离你的牛群，
> 追下伊达的斜坡；你，孤零零的一个，撒开两腿，
> 不要命似地奔跑，连头都不曾回过。
> 你跑到鲁尔奈索斯，但我奋起强攻，
> 摧毁了那座城堡，承蒙雅典娜和父亲宙斯的助佑，
> 逮获了城内的女子，剥夺了她们的自由，
> 当作战礼拉走，只是宙斯和诸神的相救，你才死里逃生。①

阿喀琉斯是个大海盗。他认为抢劫敌人是美德，但他人抢劫自己则是恶德，故阿伽门农抢走他的女俘布里塞伊斯就是大恶。阿喀琉斯声称自己"为了抢夺敌方官兵的妻子"而荡劫过海上城堡 12 座。为了掠得大量的战礼，而荡劫过特洛伊的陆上城堡 11 座！② 在他看来毁灭 23 座城堡是件快事，而从中获得女人则是最大的快事。

当古希腊大军兵临特洛伊城下时，特洛伊主帅赫克托尔非常明白对方的主要意图就是要掳走特洛伊城中的女人：

> 赫克托尔长了翅膀的话语，高声炫耀：
> "帕特洛克罗斯，你以为荡平我们的城堡，
> 就可以夺走特洛伊妇女的自由，把
> 她们塞进海船，带往你们热爱的故土！"③

---

① 荷马：《伊利亚特》，陈中梅译，北京燕山出版社，1999 年，第 428 页。
② 同上，第 183 页。
③ 同上，第 359—360 页。

再看看阿开亚人福伊尼克斯为了和父亲争夺女人，居然产生了弑父的念头：

> 于是，我产生了杀他的念头，用锋快的青铜，
> 但一位神明阻止了我的暴怒，要我当心
> 纷扬的谣传，记住人言可畏，
> 不要让阿开亚人指着背脊咒骂：此人杀了自己的亲爹！①

当然，福伊尼克斯还可以为自己辩解，他这样做是为了自己的母亲的利益。可他母亲跪求福伊尼克斯去勾引、奸污福伊尼克斯父亲的情人，也根本没有把那个情人看作有权利的个体，而是可以被自己的儿子随意凌辱的财产。这些情节让我们联想起《三国演义》中吕布杀董卓的情节。但是董卓并非吕布的亲生父亲，而且吕布还以为貂蝉是自己的真正的恋人，故吕布杀董卓与福伊尼克斯杀其亲父相比，毕竟显得多几分理直气壮。

即使是叱咤风云的阿伽门农王给阿喀琉斯开出的一大堆赔罪物品中，有"七座人丁兴旺的城堡"，有"填满船舱"的黄金和青铜，这都还不够。阿伽门农还非常细心地许诺从四个渠道提供尽可能让阿喀琉斯满意的性服务，即：1）七名莱斯波斯女子；2）二十名特洛伊女子；3）他原本从阿喀琉斯那儿夺走的那个女子；4）他阿伽门农自己的亲生的三个女儿中的任何一个。阿伽门农还特别声明：他归还给阿喀琉斯的女子绝对是正品，因为他"从未和她同床，虽说男女之间，此乃人之常情。"②他除了将自己的亲生女儿奉送给阿喀琉斯享受之外，不要阿喀琉斯的分毫聘礼，反倒"陪送一份嫁妆"。③

女人在那个时代就是物品一样的财产。所以在那个时代的人眼里，王子帕里斯拐走一个和他情投意合的美人海伦，就跟抢走了一件比较珍贵的玩物一样，虽然觉得可惜，是不是仅仅为此就值得发动十万人以上的大战，是颇值得

---

① 荷马：《伊利亚特》，陈中梅译，北京燕山出版社，1999年，第188页。
② 同上，第176—177页。
③ 同上。

怀疑的。此事可作为一个打仗的借口，却难以成为真正的最深层原因。

如果夺回海伦是战争的真正原因，那么，逻辑上说来，只要特洛伊方愿意归还海伦，则阿开亚方似乎就该休战了。不。这种情形只可能在阿开亚人在军事上处于下风时出现。一旦阿开亚人发现自己有一点点战胜的希望，归还海伦与否立刻成为无足轻重的问题。当特洛伊方有归还海伦并赔偿损失的念头时，阿开亚人中却有将官反对：

> 哮吼战场的狄俄墨得斯开口打破沉默，说道：
> "谁也不许接受亚力克山德罗斯的财物，
> 也不许接回海伦！战局已经明朗，即便是傻瓜也可以看出：
> 现在，死的绳索已经勒住特洛伊人的喉咙！"①

现在，接回海伦并拿回财宝（而且更多）的希望是存在的，但是，希腊人却既不要海伦也不要财宝，而是要整个战争的胜利，即整个特洛伊城！这充分说明：与整个特洛伊城相比、与整个战争的胜利相比，海伦其实是次要的。海伦的主要作用是给希腊人攻打特洛伊提供很好的借口。海伦被拐走，就给希腊人抢走更多的特洛伊女人提供了机遇。因此，这时的海伦只是双方利用的筹码。何况海伦这时至少是40多岁的中年妇女，还有那么大的魅力吗？也许，正是为了弥补这种战争借口的软弱性，史诗作者专门安排了一个场面，让海伦走向特洛伊城头，让她的所谓美貌借他人之口被渲染一番。至今西方社会上还流行另外一种传言，说是当海伦俯望两军战士时，数万战士看她的美貌都看傻了，两军战士连仗都不想打，双方休兵一天。这种传言当然是滑稽的。城头和城下相距，两军必有一个安全距离，怎么可能看清海伦的模样？就算站在前面的士兵能够看清海伦的模样，但数万士兵站在一起，相距海伦至少数十米远吧，更不可能看清海伦了，如何会看得如醉如痴？从艺术构思角度考虑，海伦

---

① 荷马：《伊利亚特》，陈中梅译，北京燕山出版社，1999年，第150页。

的美貌愈是被渲染得强烈，就愈是能够表明古希腊人举兵攻打特洛伊似乎是理所当然的。但是，对这场战争的真正目的及其正义性，似有某种不便直言的地方，便是借海伦被拐而趁机掠夺特洛伊城。

3.1.2 特洛伊战争起因于神的意志？

神话和史诗纠结在一起的叙述性文献，不可避免地会使我们在解读事物发展原因时使用二元模式：神的意志和现实因素。海伦被拐引起战争，这看起来是明显的现实因素，可是，如果我们走进神话世界，这个现实因素就显得太肤浅了。因为从深层上看，海伦被拐和特洛伊被毁灭，似乎都是神意决定的。故从神话角度看，特洛伊战争的真正的起因是神的意志。

战争的胜负与人类自己的努力实际上关系甚微，因为谁胜谁负，早已是神灵暗中规定了的。例如阿开亚人最终战胜特洛伊人，是宙斯早就精心安排好了的。宙斯常常预先宣布人间某种事件的结局。例如在《伊利亚特》第15卷中，宙斯就向众神宣布了他要阿开亚人先败后胜的结局：

"我要福伊波斯·阿波罗催励赫克托尔重返战斗，
再次给他吹入力量，使他忘却耗糜
心神的痛苦。要他把阿开亚人赶得
晕头转向，惊慌失措，再次回逃，
跌跌撞撞地跑上裴流斯之子阿喀琉斯的
条板众多的海船。阿喀琉斯将差遣他的伴友
帕特罗克洛斯出战，而光荣的赫克托尔会出手把他击倒，
在伊利昂城前，在他杀死许多年轻的兵勇，
包括我自己的儿子、英武的萨耳裴冬之后。出于对
帕特罗克洛斯之死的暴怒，卓越的阿喀琉斯将杀死赫克托尔。
从那以后，我将从船边扭转战争的潮头，

>不再变更，不再退阻，直到阿开亚人，
>
>按雅典娜的意愿，攻下峻峭的伊利昂。"①

神的意志左右着人世间大大小小的兴衰胜败现象，人类也就乐于把自己的胜败荣辱归因于神灵的意志。翻开《伊利亚特》，我们会时时读到其中的人物将自己的罪行诿过于天神或抱怨天神过分干预人世的语句。

阿喀琉斯明知是他自己杀死了普里阿摩斯的儿子赫克托尔、从而给普里阿摩斯老国王带来了灾难，但他却轻松地把自己的屠戮诿过于天神，他对老人说："上天的神祇给你带来这场灾难。"②墨奈劳斯面临抢夺和遗弃战友帕特罗克洛斯的尸体时，经历了痛苦的心理折磨。抢吧，自己很可能不是赫克托尔的对手；遗弃吧，有可能遭受背叛战友的坏名声。墨奈劳斯终于找到了逃跑的托词，即他的逃跑实际上是符合神明的意志的：

>"哦，我该怎么办？丢下豪皇的铠甲和
>
>为了我的荣誉而倒死在这里的帕特罗克洛斯？
>
>如此，若是让伙伴们看见，难免不受指责；
>
>然而，要是继续战斗，对特洛伊人和赫克托尔，孤身一人——
>
>为了顾全面子——他们岂不就会冲上前来，把我团团围住？
>
>赫克托尔，头顶锃亮的帽盔，是此间所有特洛伊人的统帅。
>
>嘿，为何如此争辩，我的心魂？倘若
>
>有人违背神的意愿。和另一个人，一个神明决意
>
>要让他获得光荣的人战斗，那么，灭顶的灾难马上即会临头！
>
>所以，达奈人不会怪罪于我，要是眼见我从
>
>赫克托尔面前退却，因为他在凭借神的力量战斗！

---

① 荷马:《伊利亚特》，陈中梅译，北京燕山出版社，1999年，第309页。
② 同上，第526页。

> 但愿我能在什么地方找到啸吼战场的埃阿斯，
> 我俩或许即可重返搏杀，以我们的狂烈，
> 即便和神明对抗，也在所不惜，夺回遗体，送交
> 裴琉斯之子阿喀琉斯。情势险恶，这是无奈中最好的选择。"①

帕特罗克洛斯肯定不是赫克托尔的对手，但是也会把自己的战死推诿为神灵的意志，他对赫克托尔说：

> 其时，哦，车手帕特罗克洛斯，你已奄奄一息，答道：
> "现在，赫克托尔，你可尽情吹擂。你胜了，但这是
> 克洛诺斯之子和阿波罗的赐予，他们轻而易举地
> 整倒了我——亲自从我的肩头剥去了甲衣！
> 否则，就是有二十个赫克托尔，跑来和我攻战，
> 也会被我一个不剩地击倒，死在我的枪头。
> 你没有那个能耐——是凶狠的命运和莱托之子杀死了我。②

特洛伊年迈的国王普里阿摩斯用神灵意志来安慰海伦：

> 过来吧，亲爱的孩子，坐在我的面前，
> 看看离别多年的前夫，还有你的乡亲和朋友。
> 我没有责怪你；在我看来，该受责备的是神，
> 是他们把我拖入了这场对抗阿开亚人的悲苦的战争。③

神明意志论为史诗中人物的逃跑、屠戮、奸淫、盗窃行为提供了光明正大

---

① 荷马：《伊利亚特》，陈中梅译，北京燕山出版社，1999年，第364页。
② 同上，第360页。
③ 同上，第60页。

的托词。把不当的行为推诿为神的意志也许是古代社会的人们自我辩护或自我心理保护的一个绝妙的对策。这种对策也许是有意的，也许是无意的，也许是二者兼而有之。这大大增加了我们正确评估远古人物心理状态的难度。

神明意志论实际上给史诗作者也提供了很大的方便。当情节冲突难以解决时，就把神灵请出来作为对纠葛或矛盾问题的解答，则很多问题都可迎刃而解。《三国演义》《水浒传》中也偶尔借助于这种手段。但是在《伊利亚特》中，却不是偶然使用而是频频使用这种手段来推进剧情发展。

流传最广的战争起因是古希腊神话中三女神争夺金苹果的故事。这个故事的梗概如下：

> 天后赫拉、智慧与战争女神雅典娜以及美神阿芙洛狄忒均认为自己是最美的女神，互相不服气，于是就约定由特洛伊王子来评判。评判前，三个女神都跑去贿赂特洛伊王子，许诺如果选自己会给予王子什么样的好处。赫拉许诺给予他无限的权力，雅典娜许诺的是智慧，阿芙洛狄忒许诺的是世间最美的姑娘，特洛伊王子认为自己注定要成为国王，并且自认为有足够的智慧，所以最终选择了阿芙洛狄忒。于是阿芙洛狄忒实现了诺言。特洛伊王子根据阿芙洛狄忒的指示来到了斯巴达王国，见到了王后海伦，两人一见钟情，并私奔回特洛伊。接下来要发生的悲剧就势不可免了。

换言之，一切都在神的操纵中，人只不过是神手中的一个棋子，根本没有自己的自由。海伦注定被诱拐，因为她无法抗拒阿芙洛狄忒给她布下的情网。海伦必然爱上帕里斯，帕里斯必然诱拐海伦，特洛伊必然被毁灭，这一切都是神事先编好的戏剧脚本，因此，简单说特洛伊战争的起因是海伦被帕里斯拐走就显得肤浅和没有意义。

如果神的存在是真实的，那么把战争起因归于海伦被拐就是错误的；如果要把海伦被拐看作是特洛伊战争的真正起因，那么就不能接受神的干预是起因这种说法。二者的矛盾是显而易见的。但令人惊讶的是，古希腊人或者说普通的西方读者，似乎并不对这种明显冲突的起因论产生排斥心理。他们把两种说法都当作理所当然的东西加以传播和陈述。他们似乎只关心这种陈述方式产生的审美乐趣，而不管它们是否合乎基本的常识或基本的逻辑。也许这就是艺术世界的特权。对于文学研究者来说，恰恰是这种矛盾给文学研究带来巨大的乐趣。因为，如果人类确实没有自由，那么至少在艺术领域，人还是可以展开想象的翅膀随意翱翔。而这恰恰是对神的意志的拂逆，是对人的自由意志的肯定。如果完全认同了神的意志，文学研究乃至一切研究都毫无意义了，因为一切都是天定的、神定的，人和人的一切活动都和机器人及其活动是一样的。从这个意义上来说，人也就消失了。

整部《伊利亚特》轻松地叙述神如何策划一切人间事件的同时，又极为生动地描述人类自身是如何跟随自己的自由意志行动的。这种极不合逻辑的逻辑，姑谓之特殊的艺术逻辑。

3.1.3 特洛伊战争起源于经济掠夺？

如果我们换一个角度，既不考虑神的意志，也不考虑海伦被拐这种现实性因素，而是把目光投向古希腊时代的社会生存状况，我们就可能找到另外一种战争起因论。这就是经济起因论。经济起因论是现代不少历史学家的看法。一些史学家认为当时希腊人和小亚细亚为了商业利益而争夺控制黑海贸易的咽喉达达尼尔海峡，最后不得不以兵戎相见。除了商业利益，特洛伊城本身的富饶更是一个容易引起希腊人垂涎的原因。阿伽门农王也说特洛伊城是个"丰足的城堡"，希望神灵允许他去"扫荡和劫掠"。①

特洛伊人自己也习惯地认为特洛伊是"土地肥沃的特洛伊"：

"劳墨冬之子，起来吧，驯马和特洛伊人和

---

① 荷马：《伊利亚特》，陈中梅译，北京燕山出版社，1999年，第182页。

> 身披铜甲的阿开亚人的首领们
> 要你前往平原,封证他们的誓约。
> 亚历克山德罗斯和阿瑞斯钟爱的墨奈劳斯正准备决斗,
> 为了海伦不惜面对粗长的枪矛。
> 胜者带走女人和她的财物,
> 其他人则订立友好协约,以牲血封证。
> 我们仍住在土地肥沃的特洛伊,而他们将返回
> 马草肥美的阿耳戈斯,回到出美女的阿开亚。"①

这个被认为"有神话般的财富"的城市遭到古希腊部落的联合扫荡,在那个弱肉强食的黑暗时代,实在是势所必然的事情。②

阿喀琉斯最初攻打特洛伊的劲头很难说不是与试图抢劫特洛伊城的巨量财富相关。这种心思在他与普里阿摩斯对面时,情不自禁地流露了出来:

> "你也一样,老人家;我们听说,你也有过兴盛的时候,
> 你的疆土面向大海,远至莱斯波斯,马卡耳的国度,
> 东抵弗鲁吉亚内陆,北达宽阔的赫勒斯庞特水域——
> 人们说,老人家,在这辽阔的地域内,比财富,论儿子,你是
> 首屈一指的权贵。"③

正因为这样,当普里阿摩斯居然想劝说阿喀琉斯不再攻打特洛伊而回到其故乡希腊时,阿喀琉斯适才还温和的表情立刻变得暴怒。让他不战而退兵、丢掉劫掠富饶的特洛伊的大好机会?这个老国王真是太天真了。因此,他"恶狠狠地盯着"普里阿摩斯说:

---

① 荷马:《伊利亚特》,陈中梅译,北京燕山出版社,1999年,第62页。
② 许海山主编:《古希腊简史》,中国言实出版社,2006年,第263页。
③ 荷马:《伊利亚特》,陈中梅译,北京燕山出版社,1999年,第526页。

"不要惹我发火,老人家!我已决定把赫克托尔

交还于你;一位信使已给我带来宙斯的谕令,

我的生身母亲,海洋老人的女儿。

至于你,普里阿摩斯,我也知道——不要隐瞒——

是某位神明把你引到此地,阿开亚人迅捷的快船边。

凡人中谁敢闯入我们的营区,哪怕他是个

强壮的年轻汉子?他躲不过哨兵的眼睛,也不能

轻松地拉开门后的杠闩。所以,

你不要继续挑拨我的怒火,在我伤愁之际,

免得惹我,老先生,结果你的性命,在我的营棚里,

不顾你这恳求者的身份,违背宙斯的训谕。"①

阿喀琉斯劫掠成性,本性难移。他没有对老国王痛下杀手,无非是因为老国王那一时刻的惨状"催发了"他自己的"哭念父亲的激情"而已。②史诗作者的这个描述是令人震撼的,诗人并没有试图真正把阿喀琉斯描绘为具有崇高的怜悯心的英雄。阿喀琉斯的临时泛起的"怜悯之情"只是当时的情景让他触景生情而产生的稍纵即逝的感情冲动而已。

综上所述,说经济、贸易摩擦而非所谓海伦被拐走事件,是特洛伊战争的深层原因,是有足够充分的根据的。这样的根据,在马克思主义有关古代部落战争的文献里也能找到佐证:"邻人的财富刺激了各民族的贪欲,在这些民族那里,获得财富已成为他们最重要的生活目的之一","纯粹是为了掠夺"的"战争成为经常性的职业"。③有人说史诗作者为了将古希腊侵略战争合法化,故意扭曲战争的真正起因,也许不无道理。毕竟,史诗是战胜方古希腊人所写,而非战败方特洛伊人所写。古希腊人对古希腊民族可能有更多的袒护心

---

① 荷马:《伊利亚特》,陈中梅译,北京燕山出版社,1999年,第526—527页。
② 同上,第525页。
③ 见《马克思恩格斯全集》第4卷,人民出版社,1973年,第160页。

理，这是完全可以理解的。尽管如此，《伊利亚特》中对特洛伊人并未过分地进行夸张的扭曲描述，其描写仍然有相当程度的客观性。这是难能可贵的，是古希腊民族某种宝贵个性光彩的折射。

3.1.4 特洛伊战争起源于军事利益？

亦有一种说法，即特洛伊特殊的地理位置，成了古希腊各国向外扩张必经之地，因此特洛伊战争势不可免。特洛伊位于黑海海峡南端，控制了从地中海-爱琴海到黑海的航道。控制这一航道及周边地域，是战略家的必然选择。故这一带成为兵家必争之地，也是很自然的。军事利益和经济利益往往是紧密联系在一起的。有学者认为特洛伊地理位置特殊，控制航道，因而积累了大量财富，这也有一定的道理。所以希腊本土的迈锡尼和斯巴达可能很早就想彻底征服这一地区。故阿伽门农为首的希腊联军对特洛伊的讨伐，是迟早的事情。如此说来，从军事利益来探究特洛伊战争的起源，也有一定道理。

但在我看来，特洛伊战争的起因应该是多方面的，不宜只认定某个独特的原因。事物发生的原因往往分为多种层面，但对于事物本身来说，其影响力是各个不同的，或者说具有不同的相关程度。而研究者要做的事情正是要厘定下述因素：1）原因的种类；2）原因与事件的相关程度。

引发特洛伊战争的原因可分为表层原因和深层原因。表层原因是战争的直接诱导因素，深层原因则是战争的根本性因素。表层原因具有偶然性，深层原因具有必然性。具体到特洛伊战争起因这件事情上来说，性爱纠葛是表层原因，而经济利益或军事利益是深层原因。如果换一个角度看，例如从《伊利亚特》作者的叙述角度看，我们还能够发现另外一种战争起因结构：俗世根源和非俗世根源。从俗世根源角度看，战争归根结底是人类自身的贪欲和权势欲导致的。从非俗世根源角度看，例如从神学或拜神教的角度看，战争往往是神的意志。

此外，我们还不能忘记，《伊利亚特》毕竟是文学作品，它必然会服从文学艺术本身的特定规律。对于史诗建构者来说，把一场战争归因于一个美女、一场爱情纠葛，具有颇多的浪漫色彩，会强化故事情节所需要的煽情特点，使艺术世界和现实世界产生明显的区别。因此，无论战争的起源客观上是哪一种，对于史诗创造者来说，并不很重要。重要的是，史诗创造者依据自己的审美建构原则宁愿要那种能产生最佳艺术效果的战争起源论。从这个角度看，史诗作者会偏重将海伦被拐事例渲染为战争爆发的关键因素，也就容易理解了。这样一来，海伦被拐事件成为史诗所宣传的战争起源主因，就具有了某种艺术必然性。在艺术世界里，现实原则常常让位于艺术原则。这在荷马史诗里也可以找到例证。当然，荷马史诗亦非完全的艺术想象的产物，它也有相当多的现实依据（例如史实记录），因此，它也不总是服从于艺术原则，而是要与现实原则妥协，以求得某种历史真实的再现。所以，在探讨特洛伊战争的真正起因这个问题时，我们尝试从表层原因和深层原因，俗世原因和非俗世原因，艺术原因和现实原因等多个层面探索问题，由此深化我们对艺术世界与现实世界的辩证关系的理解，也深化了对荷马史诗的整体性把握与理解。

3.2 论古希腊神话与荷马史诗《伊利亚特》中描述现象的现实逼真度

如果说中国文化比西方文化具有更强的求善的倾向，那么，西方文化则比中国文化具有一种更强的求真倾向。西方文化的这种求真倾向可以从古希腊文化中找到证据。即使在与现实距离相对较远的古希腊神话传说中，这种求真的倾向也非常明显。可以说，古希腊文化中的求真倾向（模仿说、科技等）与古希腊神话中的求真倾向具有某种通约性。因此研究古希腊神话的求真倾向，就是在一定程度上研究西方主流文化的求真倾向。由于荷马史诗中包含了大量的神话内容，因此本文选择从荷马史诗中的神话来探讨一下这个问题。

与其他种类的神话，例如与中国神话相比，荷马史诗中的神话叙述有一个很独特的方面值得专门研究，这就是其中各类现象的现实逼真度相对要大一些。这里所谓现实逼真度，指的是荷马史诗内所描写的现象与人类社会现实之间相比的逼真程度。这并不是暗示荷马史诗和古希腊当时所处的现实社会一模一样，而是说，二者之间存在相当程度的相似性。当然，一切神话都多多少少和社会现实有某种程度的相似性。但是，荷马史诗中描写的神话现象与社会现实呈现一种奇特的较高程度的相似性，或曰逼真度。

一般说来，神话描写无论怎样荒唐，人们也不会介意其荒唐性，因为神话就是神话，是可以尽情荒唐的。但是荷马史诗在若干方面似乎总是在自我抑制其荒唐程度，不让它与社会现实的距离太远，而是和社会现实保持某种若即若离的距离，这值得我们格外关注。

3.2.1　古希腊众神住所与古希腊现实社会的距离

那么，从逼真度这个角度看，古希腊以宙斯为首的大多数诸神所住的地方和人类现实世界有多远的距离呢？

根据古希腊神话传说，我们可以大致估算一个距离：直线距离不超过 3 到 4 公里！根据是什么？根据是宙斯为首的诸神平时是住在古希腊北部的奥林匹斯山上[①]。奥林匹斯山有多高？其最高峰米蒂卡斯峰高 2917 米，不超过 3 公里，是希腊的最高峰。因此我们可以说，古希腊以宙斯为首的大多数诸神所住的地方和人类现实社会的直线距离不超过 3 或 4 公里！当然这只是逻辑推论，用以证明古希腊神灵世界和人类世界之间的物理性空间距离很近，不是普通意义上的测量数据。古希腊人尊奉此山为"神山"，他们认为奥林匹斯山位于希腊中心，而希腊又居地球的中心，因此奥林匹斯山也就是地球和宇宙的中心。以宙斯为首统治世界、主宰人类的诸神就居住在这座高山上。这些神祇住在这里饮宴狂欢、遥看大地上的芸芸众生于苦海中辗转挣扎而以此为乐。

要明白古希腊神灵世界和人类世界之间的物理性空间距离很近，需要通

---

① 奥林匹斯山，Ἄλυμπος，一译奥林帕斯山或俄林波斯山。

过比较才能认定。比较一下中国神话或佛教神话中的神灵所住空间情况就知道了。比如玉皇大帝诸神，他们住在什么地方？道经中称玉帝居住昊天金阙弥罗天宫。道教、佛教称谓的天、地、人三界有较明确的界限。但在具体分法上，道佛两家互相借用，例如在天的分法上就有诸多重合处。有谓道家主张三十六天说，而佛家主张二十八天说。① 但是仔细考证，发现这些说法也并非定论，歧义不少，此不赘述。重要的是，我们知道他们确实主张天不止一个层次，而是有许多层次。按某些道教徒的说法，一层天与另外一层天的距离通常为三万里，天外处所天谓之无极，而天内处所天谓之太极。太极天又可分为五天，即东、南、西、北、中，玉皇大帝是宇宙中至高无上的神灵，所有神灵皆须听令于玉皇大帝。

佛教中的神灵或佛的居所则极为复杂，当然对于某些已经成佛者来说，也可以说根本就无所谓居所，因为宇宙中无处不是居所。佛教的天道据称有二十八层，即欲界六天，色界十八天，无色界四天。欲界六天是四王天、忉利天、夜摩天、兜率天、化乐天、他化自在天。色界十八天是梵众天、梵辅天、大梵天、少光天、无量光天、光音天、少净天、无量净天、遍净天、无云天、福生天、广果天、无想天、无烦天、无热天、善见天、善现天、色究竟天。无色界四天是空无边处天、识无边处天、无所有处天、非想非非想处天。中国人比较熟悉的神佛或大德祖师亦有较为固定的住所。比如阿弥陀佛、观世音菩萨、大势至菩萨等据说住在西方极乐世界。极乐世界离地球有多远？远得难以思量。一个佛土就大得不得了，而西方净土离我们娑婆世界（地球所在的世界）有十万亿佛土那么远！②

两相比较，可知古希腊诸神是人类社会的近邻，近得几乎是一家人。三四公里的距离，也就是时速180公里的汽车开1分钟左右的距离！

现在的问题是：为什么古希腊众神住所与现实社会的距离会这么近？为什

---

① 如三清天、四种民天、四禅九天等，都是道佛混杂的。不赘。
② 据《阿弥陀经》和《无量寿经》介绍："佛告长老舍利弗：'从是西方，过十万亿佛土，有世界名曰极乐，其土有佛，号阿弥陀，今现在说法。'"

么近得简直就不像神话距离？既然是神话传说，神话创造者大可以随心所欲地极力夸大距离，使之更奇幻、更迷离、更具震撼效应。而古希腊初民却只让这些神人离开自己至多三四公里！

不过，有人会说，古希腊神祇不仅仅住在奥林匹斯山上，他们有时也住在天上。不错，根据古希腊神话，他们据说有时还住在天上。古希腊人认为"天空是一种实体性的穹隆，有时据说是用青铜或铁铸成的。"①宙斯诸神就住在上面。那么他们住的这种天离古希腊人间有多远呢？换句话说，他们的天有多高呢？据荷马史诗中的相关说法，你只要把三座大山重叠起来，就可以达到他们的天上。②那么即使每座山都像古希腊最高峰米蒂卡斯峰那么高（2917 米），三座山加起来也不足 10 公里！也就是时速 180 公里的汽车开 3 分钟左右的距离！古希腊人认为天像个锅盖扣在大地上，如果你一直往一个方向走，就一定会走到天边。假如往东走，就会最终到达太阳升起来的地方。假如往西走，就会最终走到太阳落下的地方。那个地方叫黑暗之邦，冥界的入口也就离那儿不远（参阅《奥德赛》中的有关叙述）。要是现代人开着时速 180 公里的汽车跑，没准儿几个小时的路程就到天边了。

除了奥林匹斯山和铜打铁铸的天上，古希腊诸神还有别的居处。例如海神波塞冬（Ποσειδάων）虽然在奥林匹斯山上有一个席位，但是他大多的时间是待在海里。就像别的神的居处一样，荷马史诗给波塞冬的居处是指明了具体地点的。这就是位于忒涅多斯岛（Τενέδοιο）和印布洛斯岛（Ιμβρου）之间的海底。忒涅多斯岛和印布洛斯岛就像奥林匹斯山一样，是实实在在的、真实存在的地点。海神波塞冬在海底有自己的金碧辉煌的王宫，这倒很像中国古人信奉的辉煌的龙宫。然而，拥有海底宫殿的海神波塞冬如果还需要坐骑，在逻辑上他就

---

① 关于天由青铜铸成说，参阅《伊利亚特》卷 XVII，第 425 行；参阅《奥德赛》卷 III 第 2 行。关于铁铸的说法，参阅《奥德赛》卷 XV，第 329 行。进一步的文献可参阅 Arthur Bernard Cook, *Zeus: a Study in Ancient Religion*, Cambridge, Vol. I. 1914, p. 632, n. 3; II, p. 358, n, 6。

② 参见《奥德赛》卷 XI，第 315 行。参阅 Arthur Bernard Cook, *Zeus: a Study in Ancient Religion*, Cambridge, Vol. II. 1925, p. 114。

应该骑龟、鱼、鲸之类的海洋生物，但是他没有这类海底交通工具。在陆地上驾马车，在海底也照样驾马车。那海水怎么办？海水见他的马车来了，就自动分开，①因此，他坐的马车的青铜轮轴居然滴水不沾！②这还算是有点神话味儿。不过，接下来的事情就使人不解了：他入海坐着这么高妙的马车，海底却似乎没有专门为他修建马厩！他的马厩竟然是海底的一个岩洞（σπέος）。用天然的岩洞做马厩，节省了很多神力人力物力。这个和马厩有关的细节描写很值得玩味。现将这一节摘译如下：

> 在忒涅多斯岛和印布洛斯岛悬崖峭壁之间，
> 有深深的海谷，谷底有宽广的岩洞一处。
> 威震大地的波塞冬神，在那里解鞍稍驻，
> 他将神料抛在马蹄前，又用金链将双蹄套住，
> 那马儿只能静待主人归来，挣不脱镣铐束缚。
> 之后波塞冬匆匆出海，又朝阿开亚军营奔赴。③
>
> （《荷马史诗》第十三卷第 32 行—38 行）

利用海底的岩洞做马厩，虽然是不错的主意，但这样的设想只能是人类的设想，而非神祇的设想。东方世界人们心灵中的神灵都是神通广大，要个房屋之类的东西，也就是挥手之间的事情。但是古希腊神灵多半不这样做。再请想想，马车是铜的，衣甲是金的，鞭子是金的，连锁马的锁链都是金的，而马厩却是岩洞，总觉得有点不协调，为什么不造成青铜或别的材料的房子？好在这岩洞还算宽广，波塞冬的马车和马匹停驻在那里应该不是问题。但这使我们想

---

① ΟΜΗΡΟΥ, ΙΛΙΑΣ, XIII, 25: ως εφάνη, εσκίρτησαν, τον κύρη τους νογώντας. Κι άνοιγε η θάλασσα.
② ΟΜΗΡΟΥ, ΙΛΙΑΣ, XIII, 26: ουδέ από κάτω εμούσκευε το χάλκινο τ' αξόνι'.
③ ἔστι δέ τι σπέος εὐρὺ βαθείης βένθεσι λίμνης / μεσσηγὺς Τενέδοιο καὶ Ἴμβρου παιπαλοέσσης· / ἔνθ᾽ ἵππους ἔστησε Ποσειδάων ἐνοσίχθων / λύσας ἐξ ὀχέων, παρὰ δ᾽ ἀμβρόσιον βάλεν εἶδαρ / ἔδμεναι ἀμφὶ δὲ ποσσὶ πέδας ἔβαλε χρυσείας / ἀρρήκτους ἀλύτους, ὄφρ᾽ ἔμπεδον αὖθι μένοιεν / νοστήσαντα ἄνακτα· ὁ δ᾽ ἐς στρατὸν ᾤχετ᾽ Ἀχαιῶν. (Homer, Iliad, XIII, 32-38)

起另一个问题，也许古希腊时代没有马厩？当然不可能。查《奥德赛》中，就提到奥德修斯有一次来到年老的拉厄耳忒斯的美丽的庄园。这是他买来扩充祖业的第一座田庄。田庄的中心是一排住宅，周围的附属建筑中就有马厩，跟厨房、仓库和耕种田地的长工的住房算同一个档次的建筑。此外古希腊神话故事中有一匹长翅膀的白马珀加索斯（Πηγασος）。珀尔修斯曾骑上这匹飞马，救出仙女安德洛墨达。后来，这匹飞马被天神宙斯提升到天上，成为飞马座。所以现在英仙座、仙女座和飞马座总是连在一起的。这匹神马据说凌空飞翔一整天后，每晚都到科林斯一座舒适的马厩去安歇。那座马厩究竟舒适到什么程度，没有查实，但我想也许比波塞冬的岩洞马厩要华丽一些吧。波塞冬的马是吃"神料"的，是神马无疑，但是却比珀加索斯不舒服得多了，因为主人出去一会儿，就要把它的双脚用金锁链给锁起来，让它不能随意动弹，只能静静地待在那儿。波塞冬为什么要这样做？许是这马有太强的造反精神，有点像太上老君养的畜牲，动不动就要跑到人间兴妖作怪。①

大神波塞冬的马厩是岩洞这个事实再次证明，不仅在空间上古希腊神灵住的地方与古希腊现实很近，即使在状态上，神兽住的地方也往往和古希腊社会现实状况靠得很近。

这样，我们不得不再一次地问：为什么古希腊神话中的神灵或神兽住所离人间这么近、这么逼肖人间的生存状态？这就回到前面所说的荷马史诗有关神话描述现象的现实逼真度问题。反复研究，我认为至少有三个答案可供思考。

第一，地理环境因素。古希腊人由于身处狭长形岛国，地理区域狭小，视野空间亦相应较狭隘。在他们的眼中，近 3 公里高的积雪山峰就已经是高峻得难以理喻了，唯神祇可以居其上，凡人无力登临。有很长一段时间，古希腊人对地理的观念，最远的也就是亚细亚沿岸一带。奥德修斯漂流的地域约摸在古希腊西方的某个区域，有可能是在南意大利或离那不远的地方。超过亚细亚沿岸的地区对他们来说，就是不可知的客地仙乡了。

---

① 其实波塞冬和珀加索斯这马也有一段神话故事，这里就不展开了。

第二，古希腊神话本身可能有较多的现实依据，神话陈述者不便过分夸大，离事实太远，因此尽管所述不是很近情理，也总是离合情合理不是太远，因此便和社会现实似乎有意无意地保持某种若即若离的距离。如果这个答案是对的，它就是传统的欧赫美尔历史说的翻版。

第三，如果上述两种推理站不住脚，我们就只能归结于古希腊人的想象力比较薄弱，薄弱得正好和他们相应狭窄的宇宙空间成正比。由第三点，我们可以证明胡适观点的错误。胡适是比较赏识古希腊神话所显示出来的想象力的。他认为古代中华民族比较缺乏想象力。他们之所以在神话传说方面比较欠缺，是因为北方民族所处环境条件恶劣，只为生计而疲于奔命，无暇从事于想象性的神话创作。现在看来，胡适的看法完全是错误的，因为胡适不知道，中国远古时期的北方，其环境条件远优于南方。为生计而疲于奔命的民族是南方民族，而非北方民族。据《禹贡》记载，一等至五等以上的好地，都在北方，六等至九等的劣地当时都在南方。南方的排灌系统很落后，加上瘴气、瘟疫、恶劣的气候条件等，比北方差远了。所以古代文化的摇篮是黄河中下游一代，这是有客观的地理气候资源条件作为基础的。后来气候条件发生了变化，有利的环境条件慢慢南移，中国的经济中心这才渐渐挪到长江中下游一带，文化的发展也随之发生了变化。胡适对这些显然不了解。如上所述，仅从古希腊众神住所与现实社会的距离来看，古希腊式的神话描述恰恰证明古希腊人并无普通神话特具的想象奇诡、远离现实的特点，而是处处过分拘谨，小心翼翼，规模范围都比较窄，同时与现实社会的种种状态纠合盘结，难分难解。这样的例证在史诗里颇多。迫于篇幅，只能略举一二。

3.2.2 古希腊众神的作战手段与古希腊现实社会的距离

在中国人眼里，神灵都是有神通的。神仙打仗时使用的武器，都是些稀奇古怪的玩意儿。看过《西游记》、《封神传》的读者，都知道神仙打仗，是不会使用凡人的武器的。可我们翻开《荷马史诗》，却经常看到神灵使用凡人的家伙、吃凡人的食物、穿凡人的衣服。就连把战神阿瑞斯都打败了的雅典娜，你猜她使用的是什么秘密武器？说起来你都不相信。她使用的是田地里用来做界标的石头！

> 雅典娜稍许后退，用有力的大手捡起
> 地头一块黝黑、硕大、尖利的石头，
> 前辈人把它作为界址立在地头。
> 女神把石块投中狂暴的阿瑞斯的颈脖，
> 阿瑞斯瘫倒在地上占去七佩勒特隆地面，
> 全身铠甲震响，头发沾满了泥土。①

为什么神们打起仗来都离不开石头（λίθον）？因为古希腊人打仗是经常使用石头的。问题是古希腊凡人打仗用石头是可以理喻的，神通广大的雅典娜也要捡起地上的石头去打另外一位神（而且是战神！），这就难以理喻，这多少令中国读者看了感到滑稽。但是，这只是中国读者可能有的感受，西方读者、尤其是古希腊读者却可能觉得这很正常，因为他们心目中的神和现实人之间的距离本来就不是远得不可企及。

3.2.3　宙斯权力集团与未来西方利益集团社会结构机制

宙斯（Ζεύς，或 Δίας），罗马神话中则称为朱庇特（Jupiter），与木星的名字相同。宙斯是克洛诺斯（Κρόνος）和瑞亚（Ρέα）的最小儿子。他是如何当上众神之王的？靠武力。宙斯的父亲克洛诺斯推翻其父亲（即宙斯的祖父）乌拉诺斯（Ούρανός），成为众神之王。克洛诺斯娶瑞亚为妻，生下若干子女。但宙斯的祖父乌拉诺斯死前曾预言克洛诺斯会死在其儿子手里，因此克洛诺斯对自

---

① 《罗念生全集》第五卷，上海人民出版社，2004 年，第 414 页。

己的妻子瑞亚将要产生的婴孩总是要加以迫害。婴儿一出生，克洛诺斯就将其吞入腹内。瑞亚最初还能容忍，所以有三个女儿和两个儿子都被克洛诺斯相继吞入腹中。临到小儿子宙斯出生后，瑞亚将宙斯隐藏起来，用包裹起来的石头假作是婴儿来欺骗克洛诺斯。克洛诺斯连看也不看就习惯性地将那块石头吞了下去。结果真正的婴孩宙斯逃过一劫。宙斯长大后，设法从父亲肚内救出兄弟姐妹，这使得从前被吞下的波塞冬、哈得斯、赫拉、得墨忒耳和赫斯提亚再次被吐出来而获得新生。宙斯与兄弟姐妹联手与父亲及提坦族恶战了十年，经过许多周折，最后推翻了克洛诺斯。乌拉诺斯的预言得以实现。以暴力获得权力的宙斯只能继续以暴力维持权力。他不仅将那些战败的提坦族囚禁在冥界，还令哈得斯建造铜墙铁壁、令百臂巨人严密看守，使被囚禁者无从逃走。宙斯后来又与怪物堤丰恶战，以闪电和雷霆击败堤丰。之后宙斯镇压了癸干忒斯巨人族的反抗，最终成为至高无上的主神。宙斯与波塞冬和哈得斯来个表面上的三权分立，一掌天界、一掌海界、一掌冥界。但宙斯其实是权力最大者，是宇宙的最高统治者。他和众神同居于奥林匹斯山上的宫中。

以上故事可谓众所周知。但是其中蕴含的文化寓意，尤其是政治寓意却值得我们好好咀嚼。

乌拉诺斯、克洛诺斯和宙斯父子三代，是一个庞大的神灵家族。可是这个大家族的发展史却是在自相残杀中进行的。亲人之间即便产生了联合，也不完全是为了亲情关系，多半是为了利益，尤其是帮派共同利益。大家知道，在现实社会中，有血缘关系的部族内部，通常是比较团结的，虽然有争权夺利的现象，却比一般由没有血缘关系的陌生人或异族人组合而成的集团内部所具有的争权夺利现象少得多。在人人都认同"我们都是一家人"观念的大家族社会结构中，其道德理念势必受到家族亲情关系的制约。而宙斯诸神集团却似乎较少受到家族血亲关系的制约。他们基本上是由利害关系、利益关系而结成的暴力集团。宙斯之所以和他的兄弟姐妹结成一帮，主要是因为他们都曾被他们自己的父亲吞吃过。宙斯要推翻父亲的霸权，也需要这些兄弟姐妹的帮助。这主要是利益和利害因素让他们凝成一个团体的。

为什么宙斯家族集团主要重利益和利害关系而非血亲关系？答案很简单：这是神话。宙斯类天神家族集团是一种神话社会结构。它在很多方面有虚构成分，虚构者虚构了家族关系（诸如神谱）一类的东西，却未必会照顾到方方面面的逻辑照应，因此发生的事件未必真正发生在大家族结构内部。古希腊神话和史诗可以是现实社会结构的影射或象征，但只可能是变态的影射或重构。它需要和现实社会结构保持某种距离，绝不可能一模一样。这就是前面提到的古希腊神话与古希腊社会在存在方式上的若即若离状态。另外，当古希腊神话产生时，当时的古希腊社会结构未必是一个严格意义上的家族社会结构。实际上，根据有关历史资料记载，古希腊社会结构大约在荷马时代处于原始氏族制度解体阶段，其解体原因和铁制工具及武器的渐趋广泛应用相关。随着社会经济的发展，氏族组织日趋没落。[①] 在氏族解体过程中，利益集团社会结构因素势必日益增多，并在适当的时代上升为主要社会结构因素。

所以，古希腊神话、史诗中的宙斯权力集团虽然形式上是一个大家族结构，实质上却是比较典型的利益驱动帮派集团。

换句话说，古希腊神灵世界里的这种利益集团结构实际上既带着当时古希腊社会的缩影成分，也为后来的古希腊社会、中古西方社会乃至现代西方社会的基本结构形态奠定了基础。古希腊神话与史诗虽只是一种变态缩影，但它实际上具有强有力的意识形态暗示、诱导功能，借助于它们，利益集团社会结构日益强化，其影响也日益加大，一定程度上深刻暗示、诱导了未来相当长一段时期的西方社会结构。

古希腊神话、史诗中塑造的这种神灵权力集团社会结构的本质是崇尚武力、崇尚实际利益。宙斯用以凝聚其集团的核心因素不是家族亲情关系，而是赤裸裸的武力优势。即便对自己的妻子（亦是其亲姐姐）赫拉及其女儿雅典娜，当她们有可能背着宙斯自行其是时，宙斯主要是以利害关系而非血亲关系

---

① 黄洋、赵立行、金寿福：《世界古代中世纪史》，复旦大学出版社，2005年，第130—131页。

或婚姻关系之类来警告、规劝她们听从自己、服从自己的权力：

> 凭着我的神力，凭着我无坚不摧的手臂！
> 即使奥林匹斯山上一切神祇合力与我抗衡，
> 也难撼动我半点意志！而你们，不等到
> 目睹流血的沙场，甲胄遮蔽的肢体早已战栗。
> 你们给我听好，我说的话一定会成为现实：
> 你们一旦遭到雷击，就再不能坐在马车里
> 安然回归奥林匹斯山上众神居住的神居！"[1]

这不是个慢慢讲道理的世界，这是个地地道道的"丛林世界"（the jungle of the world）。尖利、强劲的爪牙是称王称霸的基本条件。在利益集团社会结构中，这种特点往往在相当大的程度上被继承下来。这种社会结构中的人们只以利益为最高取舍标准，什么亲情关系、什么良心正义，都不是关键的因素，有了"神力"，有了"无坚不摧的手臂"，就有了权力。

3.3 古希腊众神的道德形象考察

古希腊以宙斯为首的大多数诸神所具有的品德和普通人类相比，尤其和古希腊人的品德相比，究竟相差多远，这是个不容易回答的问题。但是，说古希腊神祇的德行水准一定在相当的程度上反映了古希腊人的德行状况，这

---

[1] οὐ μέν θην καμετόν γε μάχῃ ἔνι κυδιανείρῃ
ὀλλῦσαι Τρῶας, τοῖσιν κότον αἰνὸν ἔθεσθε.
πάντως, οἷον ἐμόν γε μένος καὶ χεῖρες ἄαπτοι,
οὐκ ἄν με τρέψειαν ὅσοι θεοί εἰσ' ἐν Ὀλύμπῳ.
σφῶϊν δὲ πρίν περ τρόμος ἔλλαβε φαίδιμα γυῖα
πρὶν πόλεμόν τε ἰδεῖν πολέμοιό τε μέρμερα ἔργα.
ὧδε γὰρ ἐξερέω, τὸ δέ κεν τετελεσμένον ἦεν. （ΟΜΗΡΟΥ ΙΛΙΑΣ, VIII. 448–454）

是没有疑问的。以主神宙斯来说，他既有主持正义、惩恶扬善的言行，也有自私自利、残暴凶横、甚至像古希腊哲学家塞诺芬尼所指控的那样犯有"偷盗（κλοπή）、通奸（μοιχεία）、彼此欺诈"（αμοιβαία εξαπάτηση）的罪行。①

神在东方人、尤其是中国人的心目中是品德高尚、永远无条件地保护和救助众生的超自然生灵。然而古希腊的主神宙斯却与这种神灵距离太远，而和凡人中品德平庸、甚至有些恶劣的众生很相近。正确理解这一点对理解整个西方文化具有十分重要的作用。因为从一定的意义上讲，西方从文艺复兴以来的社会渗透了一种古希腊神话史诗所体现出来的古希腊精神。这种古希腊精神又在一定的程度上集中体现在古希腊主神宙斯为首的神祇形象身上。

宙斯除了赤裸裸地主张武力即公理、自私、残忍，缺乏仁慈之心外，他的广受后人訾议的品德缺陷是到处追逐女性。有人说不能用现代人的道德标准来衡量古人、尤其是神灵的德行和行为方式。这种说法当然也是有一定道理的。但是这并不意味着宙斯那样的行为是值得后人仿效的。如果不强调这一点，就有可能使民众从容忍宙斯诸神这样那样的品德缺陷而渐渐地不知不觉地为这种行为辩护，进而不知不觉地赞赏乃至模仿这样的行为，于是恶劣的行为方式渐渐潜移默化地成为我们后代人、尤其是年轻人认同的方式。这是很可怕的。亚里士多德曾说过：人类是生来就习惯于模仿的动物。因此，强化古希腊神话的功能，就无疑是在为人类提供模仿恶劣偶像的机会。

3.3.1 宙斯形象在性爱方面的道德缺憾

人类在性爱方面经历过漫长的历程。就像动物王国的许多其他动物一样，

---

① 比如残篇 B11 和 B12 都描述隐约批评了荷马与赫西俄德有关神灵的故事：荷马与赫西俄德将人类身上/备受苛责的各种特点都赋予了神灵。/盗窃、通奸和相互欺诈。（残篇 11）……他们讴歌神灵身上的诸多不法行径：/盗窃、通奸和相互欺诈。（残篇 12）（Ο Όμηρος και ο Ησίοδος απέδωσαν στους θεούς όλα εκείνα που σχετίζονται με τις κατηγορίες και επικρίσεις μεταξύ των ανθρώπων: την κλοπή, τη μοιχεία και την αμοιβαία εξαπάτηση. (B11) ... τραγούδησαν πολυάριθμες παράνομες θείες πράξεις: κλοπή, μοιχεία, κι αμοιβαία εξαπάτηση. (ώς πλεῖστ(α) ἐφθέγξατο θεῶν ἀθεμίστια ἔργα, κλέπτειν μοιχεύειν τε καὶ ἀλλήλους ἀπατεύειν) (B12)

人类从最初的毫无节制到后来的理性节制，是出于改善自身生存机遇和条件的需要，不是偶然的随心所欲的现象。其实，许多低等动物都能够本能地节制自己的性交频率，但是人类却往往难以恰当地处理好这个问题。那么神灵呢？佛教学说中的天人住在天上，也算是一类神灵，他们也性交，和凡人一样造业，最后福报享受完毕后，常常堕入新的轮回。如果按照佛教的眼光看，宙斯之类的神灵只是有一定神通的天人，不是高层次的神灵。这类神灵自然是可以有性爱活动的，关键是择偶是否具有一定的道德限制，而据荷马史诗中宙斯的自白，我们会震撼于宙斯在性爱择偶方面的随意性：

听罢这番话，汇聚乌云的宙斯答道：
"急什么，赫拉，那地方不妨以后再去。
现在，我要你和我睡觉，尽兴做爱。
对女神或女人的性爱，从未像现时这样炽烈，
冲荡着我的心胸，扬起不可抑止的情波。
我曾和伊克西昂的妻子同床，生子
裴里苏斯，和神一样多谋善断；
亦曾和阿克里西俄斯的女儿、脚型秀美的达娜娥做爱，
生子裴耳修斯，人中的俊杰；
我还和欧罗帕、声名远扬的福伊尼克斯的女儿调情，
生子米诺斯和神一样的拉达门苏斯；
和塞贝女子塞墨勒以及阿尔克墨奈睡觉，
后者给我生得一子，心志豪强的赫拉克勒斯，
而塞墨勒亦生子狄俄努索斯，凡人的欢悦。
我亦和得墨忒耳，发辫秀美的神后，以及光荣的莱托，
还有你自己，寻欢作乐——所有这些欲情都赶不上

现时对你的冲动，甜蜜的欲念已经征服了我的心灵。"[①]

宙斯一方面颇为顾忌赫拉忌妒自己的外遇，一方面却又毫无顾忌地坦然向赫拉历数自己的外遇情人和战果，这充分说明在荷马史诗所描写的时代，男性占有诸多女性对许多古希腊人来说是理所当然的事情。

以下是宙斯的妻室简表（外遇情人若干略）：

姓名	与宙斯的关系	子女情况
智慧女神墨提斯（Μῆτις）	堂、表姐：妻子	雅典娜
正义女神忒弥斯（Θέμις）	姑、姨妈：妻子	时序三女神三位命运女神
海洋女神欧律诺墨（Ευρυνόμης）	堂、表姐：妻子	美惠三女神
谷物农林女神得墨忒尔（Δήμητρα）	二姐：妻子	珀尔塞福涅
记忆女神摩涅莫绪涅（Μνημοσύνη）	姑、姨妈：妻子	九缪斯女神
暗夜女神勒托（Λητώ）	堂表姐：妻子	阿尔忒弥斯与阿波罗
天后赫拉（Ἥρα）	三姐：妻子	阿瑞斯、赫菲斯托斯、埃勒提亚和赫伯

智慧女神墨提斯（Μῆτις）是宙斯最早的妻子。可是她的命运最悲惨，因为宙斯担心她生下的孩子会篡夺自己的王位，为了斩草除根，宙斯学着自己父亲的办法，把妻子墨提斯吞吃了。但是墨提斯已经怀上了帕拉斯·雅典娜。雅典娜无从出胎，只好从宙斯的头上生了出来。据传那时宙斯觉得头痛欲裂，药神阿波罗束手无策，大家只好求火神赫菲斯托斯帮忙打开宙斯的头颅。头颅一开，结果里面蹦出一位披坚执锐、体态婀娜、光彩照人的女神。她就是智慧与知识女神雅典娜，后来成为雅典的守护神。

有学者认为这个传说中的宙斯形象代表创造着迈锡尼社会形态与后期克里

---

① 荷马：《伊利亚特》第十四卷，陈中梅译，北京燕山出版社，2000年，第312—329行。

特社会形态的祖先阿开亚人（公元前2000年左右迁入希腊本土的真正希腊人）的拜神教信仰，而墨提斯则象征着希腊本土土著居民的精神信仰。希腊本土土著居民之所以将墨提斯奉为智慧女神，意在暗示希腊本土的社会形态要优秀于后来的移民们的社会形态。宙斯将墨提斯吞入肚中这一意象，隐喻了土著居民、阿开亚人和西亚移民之间不同的拜神教与社会形态有了不同程度的融合，从而形成了新的以雅典娜为象征的希腊古典社会形态体系。不过，希腊正统拜神教的象征仍然是宙斯而不是雅典娜，因为她不是"预言"中的"儿子"，因此最终并没能真正取代宙斯。这多少代表了当时被征服的民族的屈从；但墨提斯虽然被吞，而她仍留在宙斯肚里，又象征着这些民族仍多少保留着他们自己的传统。①

3.3.2 赫拉形象的划时代意义及其在性爱方面的道德优势

如果说宙斯的第一位妻子墨提斯的命运是最悲惨的，那么宙斯的最后一位妻子赫拉则是最幸运的。宙斯可谓妻妾成群，其中最年轻的是他的姐姐赫拉。神话和史诗中描写她和宙斯在一起的时候最多。古希腊后来的神话传说多半把她看作宙斯唯一合法的妻子。我想这也许和后来古希腊社会的一夫一妻制愈益稳固有关。到了古罗马时代，赫拉被换名朱诺（Juno），依然是罗马主神朱庇特（Jupiter）的正室妻子。

赫拉在古希腊和古罗马两个历史时期中的牢固的天后地位，有四个具有划时代意义的标志性作用。第一，一夫一妻制度对一夫多妻制度的最终胜利。这种一夫一妻制度和后来的基督教信仰相结合而进一步神圣化为西方社会中神圣的一夫一妻制度，一直延续到今天。第二，标志着妇女地位的上升。第三，标志着古希腊社会中的贞节观战胜了乱伦观。第四，从神话和史诗的角度

---

① 关于雅典娜形象的隐喻意义有多种猜测。此段的议论取自维基百科全书，是一种典型的隐喻阐释法的应用，非笔者论断。特注。

看，这标志着赫拉形象在性爱方面取得了对男性的道德优势。下面逐一做简要论述。

先论第一点。在众多的宙斯妻妾中，赫拉尽管从整体上也是屈从于宙斯的，但是在古希腊神话和史诗中、乃至在后来的古希腊、罗马拜神教崇拜中，赫拉都取得了权威天后的地位。宙斯的其他性伴侣只作为一种陪衬。对于宙斯与俗世女性的关系，古希腊社会或后来的古希腊主流意识形态群体对之采取了否定的态度。当塞诺芬尼公然将他和别的女性的性行为视为通奸（μοιχεία）时，就预设了在塞诺芬尼的时代，一夫一妻制度在古希腊已经取得了统治地位，因此神话、史诗中的婚姻关系也就势必要与此保持某种通融。这样一来，荷马史诗中的赫拉常常以咄咄逼人的态度对待宙斯就变得可以理解了。从荷马史诗中的描写来看，赫拉似乎不知不觉地总以正室夫人自居，视宙斯与其他女性的关系为非法，并用尽一切手段予以破坏。假如在神话世界里一夫多妻制的观念是占上风的，在道德上是无可指摘的，则赫拉对宙斯的外遇行为的残酷打击就显得没有道理、难以理直气壮。但事实上，荷马史诗中描写的赫拉在这方面的表现，的确显示出理直气壮的因素。她被描写成为一位妒妇，一定程度上说明她必有忌妒的理由。她的忌妒是在保护她的权利：她要垄断自己的性资源，而这恰恰是一夫一妻制度的典型特征。对于宙斯的外遇，包括宙斯的私生子，她不择手段地无情打击。她曾经将宙斯的情妇卡利斯忒和她的儿子变成熊，在赫拉克勒斯出生时给他制造障碍，然后又迫使他发疯，杀死其妻儿。赫拉甚至不能放过与情敌有关的事物。有一个王国叫埃葵娜，恰好和她情敌的名字相同，于是赫拉给这个王国所在的全岛送去可怕的瘟疫、瘴气、毒雾、干旱，四个月不下一场雨，地上到处弥漫着死亡的气息，池塘与河流里都是发绿变臭的污水，田野荒芜，毒蛇成群。忌妒的赫拉将恶性发挥到顶点。她的手上沾满了无辜者的鲜血，而宙斯竟然在这样的问题上，总显得自己理亏似地对赫拉百般忍让。宙斯与其他女性的交媾也往往是偷偷摸摸地，生怕赫拉知道，完全不像至高无上的宇宙之神。赫拉因忌妒而戕害人命，宙斯的重罚也只是把她捆起来，悬吊空中示众，或者罚她以劳动赎罪而已，并不和她完全决裂。因此，荷马史诗中的这种描写，从侧面昭示出与之相应的古希腊社会确实已经是一夫一妻制度占上风的社会。与一夫多妻制度相比，一夫一妻制度为女性赢得了相当大的权利。西方世界的一夫一妻制度在罗马时代得到空前的巩固。基督教将人类的婚姻交由上帝来批准，教堂里的婚姻仪式把这样的制度彻底神圣化。从此，男女间的性事必须由至高无上的基督教上帝来决定、监督。这一方面给婚姻套上了镣铐，另一方面也在某种程度上保障了女性的权利。所以，赫拉被尊为天后具有划时代的标志性意义。

第二，赫拉在神话、史诗中地位的上升标志着女性地位的上升。赫拉被古希腊人奉为宙斯的正妻、婚姻女神、妇女庇护神、孕妇和产妇的保护神。她是自然力量的女性化身，她神通广大，能够像宙斯一样，行云布雨，掀雷夹电。罗马人称她为"使婴儿见到日光"的女神，是忠贞妻子的形象，是妇女的保护神。赫拉尤其受到广大妇女的热爱。她的形象代表了女性为争取自己的权利而无畏地反抗男性暴力的精神。在古希腊神灵世界中，武力是获得权利的最大保障。拥有"无坚不摧的手臂"的宙斯能够让赫拉和他分享天庭几乎一半的权利，也证明赫拉为女人争取到了近乎半边天的权利。之所以说是"近乎半边天"，是因为归根结底宙斯还是专权者，在很多场合还是占有着多半的权利。

第三，赫拉形象标志着古希腊社会中的贞节观战胜了乱伦观。尽管她的丈夫肆无忌惮地通奸、乱伦，她自己却从不做这样的事。她对丈夫自始至终从不背叛，忠贞不贰。在古希腊神灵世界中，她在性道德方面是无可指摘的典范。因此，赫拉也被崇奉为女性美德和尊严的代表，是女性贞节的榜样。

第四，从神话和史诗的角度看，赫拉形象在性爱方面取得了对男性的道德优势。从古希腊时代起，人们对宙斯的性道德行为不检的訾议，反衬出赫拉形象在这方面的道德优势。赫拉被奉为贞节的代表，反衬出宙斯是不忠不洁的代表。赫拉被奉为婚姻保护神更加强化了她在这方面的道德优势。美满的婚姻必须以贞节、忠诚作为起码的要求。古希腊神话、史诗及古希腊社会对赫拉这种忠贞形象的肯定，代表了古希腊人和后世西方人对美好婚姻的追求与向往。直到今天，这仍然是很值得我们重视的一个方面。对于古希腊神话史诗的这种正面教喻意义，我们可以在适当的场合加以强调。这就使我们研究外国古代神话、史诗具有了一定的现实借鉴意义。

4 《伊利亚特》主题与人物形象研究

4.1 《伊利亚特》主题研究：阿喀琉斯的愤怒

讨论了古希腊神话和史诗的神灵形象，我们再来讨论一下荷马史诗《伊利亚特》中的"一个特定的主题"，这就是阿喀琉斯的愤怒。[①]《伊利亚特》据称是以描写阿喀琉斯的愤怒为主题展开的。全诗 24 卷，共计 15 693 行，描写了古希腊联军征战特洛伊城的故事。战争连续进行了 9 年。史诗故事就从第 10 年的某天正式开始，叙述了约 50 天里发生的事件。但是这部史诗的起首句特别奇特、突兀，值得仔细分析：

μῆνιν ἄειδε θεὰ Πηληϊάδεω Ἀχιλῆος
οὐλομένην, ἣ μυρί' Ἀχαιοῖς ἄλγε' ἔθηκε,
πολλὰς δ' ἰφθίμους ψυχὰς Ἄϊδι προΐαψεν
ἡρώων, αὐτοὺς δὲ ἑλώρια τεῦχε κύνεσσιν
οἰωνοῖσί τε πᾶσι – Διὸς δ' ἐτελείετο βουλή –
ἐξ οὗ δὴ τὰ πρῶτα διαστήτην ἐρίσαντε
Ἀτρεΐδης τε ἄναξ ἀνδρῶν καὶ δῖος Ἀχιλλεύς.
愤怒愤怒，女神啊，请把这阿喀琉斯的愤怒歌唱，
这一怒似大祸从天降，给阿开亚人带来无尽灾殃，
令多少英雄好汉，倏忽间魂归地府阴曹，徒留下

[①] Maynard Mack, *The Norton Anthology of World Masterpieces*, 4th edition (London: W. W. Norton & Company, 1979), p. 9.

尸横狼藉，任随野狗与天上的兀鹫品尝，
于是，宙斯，就这样实现了心中的愿望。
这祸端肇自两人争吵，争吵者是阿喀琉斯，
天神般样，还有阿特柔斯之子——民众之王。

整个史诗开篇的第一个词赫然在目的是：μῆνιν（愤怒）！

μῆνιν ἄειδε θεὰ Πηληϊάδεω Ἀχιλῆος 这行诗，如果用中文直译出来，断然是不通的，大致是：愤怒，歌唱吧，女神，帕琉斯之子阿喀琉斯的（愤怒）。如果照搬原文句式，不但在中文里不通，就是译成英文，也不通。因此，通常的英译变成了：Sing, Goddess, of Achilles, Peleus' son, the wrath that…[1]。显然，英译是跟古希腊文唱反调，把古希腊原文摆在句子最前面的 μῆνιν（愤怒 wrath）这个词挪到句子最后去了。为什么不能保持原状？因为英文本身的句法规则保持不了古希腊文的句法原状。古希腊语 μῆνιν 在这里是阴性、单数、第四格（宾格），属于古希腊艾奥尼亚方言。它的词尾形式标明它是动词 ἄειδε（歌唱、吟唱）的直接宾语，因此在这一行中，无论把它放在什么位置上，在古希腊文里都不会引起误解。而这样的语序放到英语里就根本不行。英文句子动了大手术，把荷马故意通过语序方式精心安排的前置性"愤怒"（μῆνιν）主题改为后置，听起来简直像叛乱般的暴行。可惜我们也真的无法苛求英译者了，尽管改后的英文读起来照样是比较别扭的。另外一种英文翻译，如 Sing, O goddess, the anger of Achilles son of Peleus, that…[2] 虽然读起来顺一点，但是也把 μῆνιν (anger) 挪了位置，这次没有放逐到句末，而是让它屈居在诗行的中间，已经很费苦心了，但终究还是没有办法保持原状。

此难处不仅仅是英文的难处，法语也一样。例如法语有译作：Déesse chante-nous la colère d'Achille, de ce fils de Pélée，或 Chante, ô déesse, le courroux

---

[1] 这是 J. G. Cordery 的英译。见 *The Iliad of Homer, A Translation* (London: Kegan Paul, Trench & Co., 1 Paternoster Square, 1886), p. 3.

[2] Homer, *The Iliad*, trans. by Samuel Butler (San Diego: ICON Group International, Inc., 2005), p. 3.

du Péléide Achille 的，其中"愤怒"（μῆνιν）或译作 la colère 或译作 le courroux，依然像英语一样，将"愤怒"放在句子中间。可阿喀琉斯是一开始就愤怒的啊，既不是中间，也不是后来，因为后来他握着特洛伊老王普里阿摩斯之手时，已经不愤怒了。看来法译本对此也束手无策。

德译本似乎想在这方面有所突破，例如有译作 Von der Bitternis sing, Göttin—von. Achilleus, dem Sohn des Peleus 的。将"愤怒"（Bitternis）大大提前了，煞费苦心地把介词 von 用了两次，还真算是有心人。但是介词 von 放在前面，终究还是不如原文 μῆνιν 那样赤裸裸的"愤怒"来得扎眼。

不过，我们这里不是要谈荷马史诗的翻译问题。我们只是从翻译角度研讨这部世界闻名的史诗一开头把一个火爆色彩的字眼 μῆνιν 横置于史诗篇首的重大意义。

这一个独特的词给 15693 行诗定下了基调。试看洋洋 24 卷诗歌，结构宏大、事件纷繁、人物涛涌，直可谓汪洋恣肆，气迫瀚宇，而横贯其中的确有一怒字时隐时现。荷马确实笔参造化，上写天堂神灵之怒，下写人间英雄之怒。凡与战事有纠葛的神灵几乎无一不怒：宙斯怒、赫拉怒、阿波罗怒、战神阿瑞斯怒、海神波塞冬怒。阿开亚人怒，特洛伊人怒。阿伽门农王怒，普里阿摩斯老王怒。神祇、王侯、英雄、平民、男女老少，几无不愤怒！凡读过这史诗者，可在这史诗中找到证据。因此，这是一部抒写愤怒的诗篇应无疑义。

西人著书，喜将具有重大含义或主题含义的字眼置于篇首。西人来华为中国学生讲作文秘法时，亦往往要加以传授，因此在中国大学堂里，此点已经不是秘密。但这只是大率如此。其实西方人作文写诗，也跟中国人一样，招法奇特多变，不会总是这样机械，此不待言。

现在的问题是：为什么荷马史诗里要这样做？如果《伊利亚特》是这样，同属荷马史诗的《奥德赛》呢？有没有类似的情形？仔细琢磨，居然也是这样：

Ἄνδρα μοι ἔννεπε, μοῦσα, πολύτροπον, ὃς μάλα πολλὰ

πλάγχθη, ἐπεὶ Τροίης ἱερὸν πτολίεθρον ἔπερσεν:

世有好汉，缪斯，请为我讲述那智囊奇侠

将名城特洛伊踏平在脚下，之后浪迹天涯。

《奥德赛》的开篇句式和《伊利亚特》几乎完全一样。荷马精心前置于整首诗歌的那个词是 Ἄνδρα（汉子、凡人）。这是一部描写人世英豪沦落迷途、漂泊四海之经历的史诗。这里强调的是一位普通人的故事。所以 Ἄνδρα（汉子、凡人；名词，单数，阳性，宾格）这个词非常突兀地出现在史诗第一行的开端，预示了全诗主旨。不言而喻，当英译者要翻译这开首的诗行时，要想照样突出那个 Ἄνδρα（汉子、凡人），真是困难得很。欧美较为流行的《奥德赛》英译本是这样译的：

Tell me, O Muse, of that ingenious hero who travelled far and wide after he had sacked the famous town of Troy.①

英译第二行倒是比较忠实于原诗句法结构，然而关键的第一行中的 Ἄνδρα（汉子）被挪到句子后半部去了。Butler 的英译本早在 1897 年就出版了。译者也许并未考虑原诗的这种艺术构思，只是考虑把诗歌译得通顺就可以了，所以对 Ἄνδρα 的处理是相当随意的。这实在怨不得译者，只能怨英语句法、词法结构不如古希腊文严谨，所以无法照搬过来而又语义不受影响。

对于荷马史诗这两部著作中两个起首词的处理，汉语似乎较英语、德语、法语有更多的选择优势，可以在句法上更加灵活多变，只要处理得当，可使诗句措辞首尾呼应。虽然难以照搬原句句法、词法结构，但至少在关键的句法、词法上，若特别需要模仿，亦可取得某种差强人意的效果。

现在，我们还是回到前面的问题，回到《伊利亚特》起首诗行中那个愤怒

---

① Homer, *The Odyssey*, trans. by Samuel Butler (San Diego: Harcourt Brace Jovanovich, 1991).

字眼的特殊艺术功能。荷马这么强调这个"怒"字，究竟为什么？答案其实很简单。因为这是一部描写战争的诗篇，是一部专门描写十年战争的史诗。毋庸说，战争夺走人命、毁坏城垣，无数人倾家荡产、妻离子散，岂一个"怒"字了得？天怒、地怒、人怒。这是一场惨绝人寰的战争。西方世界的文学教科书反复在讲：整个史诗的核心是在描写古希腊大英雄阿喀琉斯的愤怒。但仅仅是这样么？不，这是远远不够的。如前所述，"怒"（Mῆνιν）的用法也是一种隐喻：天怒、地怒、人怒。整个世界被仇恨与愤怒所淹没。

阅读荷马史诗这部作品，真的使我们感到有那么多被文学家称为美的东西么？这是一部用创伤与仇恨堆积起来的历史。这是一部令人不堪回首的充满愚昧、奸诈、残暴与血腥的原始记录。西方人偏偏要从血淋淋的述说里去玩味"狞厉的美"，有时也未免太不近情理。

富庶繁荣的特洛伊城终于被荡平，当时那种可怕的景象，荷马史诗中的描写其实还没有完全到位。这倒不是因为荷马缺乏技巧，而是因为荷马史诗中类似的景象实在是太多了，只能用近乎冷漠的态度对之描画，难免有失之简陋的地方。事隔两千多年，到了文艺复兴时期的英国大诗人莎士比亚的笔下，他对特洛伊城被征服、荡平时的惨象似乎有更深的感受与理解。在《哈姆雷特》中，他曾借伶人的剧词，对两千多年前，特洛伊城老王临灭前的遭遇做了栩栩如生的刻画：

> "狂暴的皮洛斯，身披铠甲，
> 甲黑如心黑，黑色赛黑夜。
> 他潜藏于诱敌蒙祸的木马，
> 将令人胆寒的图案涂抹在
> 狰狞黝黑的脸颊：从头到脚，
> 全身一片殷红，淋漓的鲜血
> 可怖地溅流自多少母女父兄；
> 烈焰腾飞的街道，燃起暴虐之光

照亮敌人肆行杀戮,也烘干了
血泊:凶神恶煞的皮洛斯
在愤怒与烈火的炙烤下,
全身披挂着浓血凝浆,
眼似珠玉,射出血红的光芒,
四处搜寻着老王普里阿摩斯。"
……
"他很快找到了那老王,
老王正笨拙地和希腊人干仗:
古剑虽在手,手不肯应心,
不驯之剑滑落地上。敌弱我强,
皮洛斯乘机向老王疯狂进攻,
却不料凌厉的剑风起处,
衰弱的老王竟随风跌倒在地。
就连无知的特洛伊城
也似乎感觉到皮洛斯这一砍击,
冒火的城楼顿时坍塌,轰然巨鸣
不禁使皮洛斯悚然心惊;
瞧!他挥剑正欲砍下老王
白发的头颅,却凌空停住,
宛若画卷中的暴君,兀然挺立,
在意图与后果之间踟躇,茫然失措。
但正如暴风雨前的天庭
常有短暂的安宁,流云却步,
狂飙息语,死一般的静默
笼罩大地;顷刻,可怕的惊雷
震裂长空。于是,经过短暂静止,

　　　　复仇之念使皮洛斯重起杀伐之心，
　　　　他挥起淋血剑猛砍下老王的头颅，
　　　　其凶残狠毒，恐怕远超当年
　　　　独眼巨神为战神打造万年甲胄，
　　　　锤下千钧的力度。
　　　　滚，滚吧，命运，你这婊子！
　　　　天庭的诸神啊！你们且褫夺她的威权，
　　　　将她命运之轮的轮缘和轮辐砸个稀烂，
　　　　任由那轴心从奥林匹斯山顶
　　　　直滚入地狱的深渊！"

（下面是关于特洛伊城王后赫卡柏的那一段）

　　　　"可是谁，啊！谁看见蒙面的王后——
　　　　赤脚奔走，快哭瞎的眼中
　　　　有热泪汪流欲浇熄烈焰，
　　　　头上后冠不存，唯余布片，
　　　　惊惶里抓一条毛毯，权作袍服，
　　　　把瘦削、多生育的腰身裹缠。
　　　　此情此景，谁见了不会用毒舌
　　　　詈骂命运之神，闹得沸反盈天？
　　　　皮洛斯正挥剑玩弄凶残的游戏，
　　　　老王的肢体在剑下零落千段，
　　　　一声惨叫，猛然迸出王后的胸间——
　　　　此情此景，即便诸神瞩目，
　　　　也定会黯然神伤，除非俗世的悲苦
　　　　难以感动上苍，否则如火燃烧的天眼

也定会泪流如注。"①

在莎士比亚的笔下，人文主义的关照确实远远多于荷马史诗中的冷静记录。"老王的肢体在剑下零落千段，／一声惨叫，猛然迸出王后的胸间"，谁读了莎士比亚这样的诗句，也会为之动容。历史是在前进。莎士比亚似乎拥有更高迈、壮美的文笔——这里的怒、怨、哀、恨交织在一起，令人唯有发出莫可名状的唏嘘感叹。

再回到"怒"的主题。我们的视野似宜进一步扩大。人类具有七情六欲的本能，东方西方，何处没有可引起人们愤怒的现象？东方西方，何处没有对愤怒的思考和描写？愤怒属于佛教教义中加以大力鞭挞的众生三大罪恶之一，即贪、嗔、痴三毒中的"嗔"。在东方人眼中，愤怒是一种不好的、甚至恶劣的品德。但是荷马史诗却很少对这种愤怒进行负面评价。恰恰相反，荷马史诗一开头就说：

"愤怒愤怒，女神啊，请把这阿喀琉斯的愤怒歌唱"。愤怒并非好东西，为什么要"歌唱"它？在汉语里，"歌唱"通常只是针对正面的、美好的事物。

άειδε，古希腊艾奥尼亚方言，动词，第二人称，祈使语气，意为"歌唱、歌颂"。此词还有"响、啼、叫、鸣"的意思。不过在这里，还是"歌唱、颂扬"的意思。问题是为什么古希腊人要歌颂"愤怒"？答案很简单：因为这不是一般人的愤怒，这是古希腊大英雄的愤怒。西方人自有自己的价值判断标准，中国人确实难以用自己的价值标准去规范他们。这里面涵摄着很深刻的文化内涵，一种可以绵延数千年的传统价值判断原型。

再说，阿喀琉斯的愤怒究竟属于什么性质？正义的还是非正义的？

身为主帅的阿伽门农与阿喀琉斯相比，作战技能不如阿喀琉斯，只知为己谋利，且历次分赃不平，现在又蛮横地抢走了阿喀琉斯的女伴，阿喀琉斯愤怒了。从古希腊人的角度看，阿喀琉斯的愤怒是合理的，是正义的。但在中国

---

① 原诗见 Shakespeare, *Hamlet*, II, ii，译文系本文作者所提供。

人眼中看来，罢战却不是正义的行为。因为战争关涉千万人的性命，并非只为了阿伽门农一个人。个人的恩怨和全军整体的利益应该有所区别，故罢战的理由是不充分的。然而，阿喀琉斯显然只把战争看作是个人的事情。现在这个人对他不公，他于是不再为他战斗，并且能够一直较长时间地保持这种愤怒的心态。这里显示出的文化差别是：中国人有集体主义思维模式，对阿喀琉斯的罢战行为容易从全军整体利益考虑，因此，虽认同阿喀琉斯的愤怒，却不认同他的罢战。而在西方人思维模式中更多个人主义的考虑。不管是阿伽门农王、阿喀琉斯，还是参战的所有将士，他们都是各怀利益之心而来，结成一个松散的利益集团，能使个人获益的行为就赞同，不能使个人获益的行为便反对。因此，对于阿喀琉斯的罢战行为，古希腊全军将士居然大多是默认其合理性的。就连阿伽门农王也无法找到某种军法条例来处置他。如果在中国，早就以军法论处了。这充分反映了当时古希腊人的价值标准：有所谓正义，但往往是基于个人利益的正义。

阿喀琉斯再次愤怒的时候，也并非因为敌方屠杀了己方成千上万的人马，而仅仅是因为敌方居然把自己的好朋友杀死了。对于阿喀琉斯来说，杀死本军事集团内的千人、万人都没有关系，但是不能杀死一个与自己真正友好的人！为了女俘里塞伊丝一个人，阿喀琉斯愤而罢战；为了朋友帕特罗克洛斯一个人，阿喀琉斯又愤而出战。全部是基于个人利益上的正义和愤怒。

史诗歌颂的就是这种愤怒。基于个人利益的愤怒，尤其是英雄的愤怒。

这种愤怒的主题，在当代人或在中国人眼中，品位是相当低下的。但是在当时的古希腊人眼中，却是理所当然的。

阿喀琉斯的第二次愤怒使阿喀琉斯杀死无数特洛伊人，包括杀死特洛伊名将赫克托尔。但是尸横遍野的景象不可能在阿喀琉斯心里激发起半点对生命本身的怜悯与同情。他一直保持着他的愤怒状态，以便给自己的残暴寻找理由，甚至他的对手赫克托尔的哀求，也不能动摇他半点决心。

可终于，阿喀琉斯的愤怒发泄完了，那是在赫克托尔的老父普里阿摩斯国王紧紧拽住他的手，老泪纵横地要求他归还赫克托尔尸体的时候。史诗的这一段描写是十分震撼人心的。阿喀琉斯终于答应了老人的要求。有的读者感到阿喀琉斯毕竟还是一个有良心的人，其实错了，阿喀琉斯并非是纯粹因为怜悯老人的处境才答应他的请求的。阿喀琉斯是触景生情，想起自己的老父，于是不禁痛哭失声，普里阿摩斯哭自己的儿子赫克托尔，阿喀琉斯则哭他自己的父亲，"他们的哭声响彻房屋"。

原来归根结底，发泄完愤怒之情的阿喀琉斯身上仅存的人性，也还是基于个人恩怨、基于个人利益上的诉求、哀怨与同情。到此为止，我们已经解剖完了阿喀琉斯这个人物在"愤怒"的主题下展现的人性。这是一曲歌颂纯粹的个人主义抱负、情趣、利益与伦理选择的颂歌。从这个主题曲里，我们其实能够听到它在后来两千多年内、尤其在文艺复兴以来的西方文化殿堂中反复交响的回音。

4.2 阿喀琉斯形象研究

其实，在研究《伊利亚特》的主题的时候，我们已经从一个侧面研究了阿喀琉斯的形象特点。阿喀琉斯英勇善战、藐视权威、珍重友谊、追求荣誉，但同时有漠视集体、过分自私、自大自尊、易怒易躁的缺陷。他对母亲是尊敬的，在特定条件下也能显示出他内心深处有某种温柔的善良。史诗从一开始就把他作为中心人物来加以描述，他的作用在全诗中的确举足轻重。这些，都是一般研究《伊利亚特》的学者所认同的。这里我想要探讨的，是要对《伊利亚特》在阿喀琉斯形象塑造方面提出一点质疑。

4.2.1 关于阿喀琉斯形象塑造的质疑

如果以当代人的审美眼光来看，阿喀琉斯形象远不是完美的。尽管史诗从第一行开始就试图塑造一个顶天立地的英雄形象，他的愤怒据说可以扭转整个战场的胜败走势。至少史诗试图给读者这样的印象：一旦阿喀琉斯退出战场，希腊联军便会土崩瓦解、溃不成军。这个印象似乎确实被后来希腊联军在战场上的节节败退现象加以证实。但是如果我们思考得更缜密一些，会发现这个逻辑是经不起推敲的。假如阿喀琉斯如此了得，那么前面打了九年的战争，阿喀琉斯在干什么呢？他怎么没有帮助古希腊联军取得胜利呢？为什么他在特洛伊战争中的关键作用要在第十年才发挥并被作者夸张到如此大的程度呢？唯一的解释是：作者痴迷于这样一种艺术构思：一个真正的英雄人物有时是周围人们的命运的代表，他一旦退场，人们立刻陷入灾难性后果。于是作者便截取了第十年发生的可以证实作者这种艺术构思的情节。为了实现艺术的真实，作者完全无视过去九年来两军交战难分胜负这个现实真实。从现实真实这个角度看，作者的这个构思是有漏洞的。从艺术真实的角度看，作者的这个构思却又有高度的创造性。潜伏于这种高度的艺术创造性背后的因素是什么？答案是：民族自尊心。尽管与之对阵的赫克托尔也许有更多的美好个性可供作者发挥，但是作者却没有把他作为亮点，因为他毕竟是他者，是敌人。史诗作者出于民族自尊心，势必弱化赫克托尔形象、同时刻意突出阿喀琉斯形象，把阿喀琉斯一开始就放在史诗的第一行，这充分证明史诗《伊利亚特》（也包括《奥德赛》）是彰扬其民族自尊与自豪感的文学作品。但是，需要强调的是，史诗并没有对敌方的英雄赫克托尔蓄意丑化，这是很使我们感到震撼的。这与古希腊民族潜意识中追求逼真性是分不开的。尽管这种真实受到了民族自尊心的限制，但是和许多其他民族的同类史诗相比，荷马史诗具有相对更强的求真倾向。正是这一特点，使荷马史诗在现代世界产生了非同寻常的意义与魅力。

阿喀琉斯作为一个屠杀无辜者无数、奸淫妇女无数、劫掠捣毁城堡数十座的侵略者，在荷马史诗的作者眼中是一个英雄，但在我们现代人眼中，他却应该是一个不折不扣的强盗和罪犯。当然也有现代人为他辩护，说这个侵略者是个古人，我们不能用今人的标准要求古人。这个逻辑是非常荒唐的。古人杀死无辜者就不能算作杀人放火，反倒算作英雄业绩吗？古代的文献说这是英雄业绩，那只是犯罪的古代人自我辩护、自我文饰的做法，就像荷马史诗作者把古希腊人侵略、屠戮特洛伊人看作英雄业绩来歌颂一样。那是人性还未充分发展、兽行还占据主流地位的蒙昧时期的产物。这就是罪之果、恶之花。无论它表面上如何鲜艳，它所昭示给我们的主要是邪恶。一些所谓的文明社会研究者痴迷于陈述形式的魅力而忘记所述内容的肮脏，舍本逐末，不知不觉地成了邪恶文献及其邪恶说教的牺牲品而不自知，这是非常令人惋叹的。对阿喀琉斯的赞美就是这种现象。古希腊人可以赞美他，现代人糊里糊涂地跟着赞美，就是上了古人的当，堕落成了蒙昧时代的乐于骨肉相残的同类。我们可以理解这些古人的无知的罪行，却不能从内心里认同他们的可怕的野蛮的道德原则。这就是关键。

但并非所有的现代人都能认识到这个简单的道理。就连伟大的哲学家黑格尔也难免会不知不觉地掉入古人的陷阱而为阿喀琉斯形象唱赞歌。

4.2.2 对黑格尔关于阿喀琉斯形象之美的特质的评论

很多时代以来，批评家关于阿喀琉斯的形象，多半认为他率直、坦诚、虽自私但也珍重友谊，特立独行、傲视权贵、作战勇敢、视死如归。在某种程度上，他也有点像传统中国文学作品中所塑造的有勇无谋、但特重哥们儿义气的莽汉。大体说来，这些评价还是符合事实的。因此，这里不对这些观点做重复讨论。

但是在众多的论者之中，黑格尔对阿喀琉斯形象的评论却非常独特，值得单独研究。

黑格尔说：在阿喀琉斯的高尚的英雄品质里，美的基本特质在于他的少年人的力量。他没有等级的概念，没有集体的概念，所谓权威，所谓国王，他从来不放在眼里，在舆论的压力下他只是坚持自己的原则，有如一个孩子似的单纯和执拗。其次，他忠于友谊，帕特罗克洛斯的死让他伤心难过，为了复仇，他再次披上了从朋友身上脱下来的战甲。而对友谊的珍重又使得他对敌人显得过于残忍。①

　　黑格尔认为阿喀琉斯形象的"美的基本特质在于他的少年人的力量"。黑格尔所谓的少年人的力量是什么？简而言之，就是少年人天不怕、地不怕、蔑视一切权威与恐吓的英雄气概。黑格尔认为这种特质具备美的特质。这样的特质我们可以从《三国演义》中的英雄张飞或《隋唐英雄演义》中的英雄李元霸身上找到。也许，这就是一种所谓的狞厉、伟岸之美。这种所谓的美实际上就是一种能够震撼心灵的力量。它迎合了人类自身希望强大的内在需求。这种个性的强大一旦在艺术作品的人物身上显露出来时，读者也会由此获得共鸣，移情式地满足自己潜在的心理需要。但是，我们务必记住：在这种语境下，美的未必总是好的。黑格尔所谓的少年人的力量有时表现为一种好的因素，有时又可能是一种破坏性的邪恶因素。孩子似的任性和执拗有时非常令人讨厌、憎恶。也许只有在孩子的亲人眼里可以忍受，而在大多数人眼里却是一种恶德。在火车上，当一个三岁的男孩执拗地要把一位老者的老花眼镜连续三次抓下并摔在地板上时，我看到周围的人都投去厌恶的目光。而当孩子的母亲禁止孩子这样做时，孩子立刻以大哭来表示抗议。他那同样执拗的哭声持续了足足半个小时，令整个车厢的乘客非常烦恼。像这样的现象，在生活中其实并非偶然现象，而是经常出现。我们常常口是心非地赞扬所谓孩子或少年人的执拗、任性、蔑视一切权威所带来的某种"美感"，忘记了相反的感觉也曾出现过。集体、权威、等级、舆论等概念，并非是坏东西。在人类社会中，它们常常是构成和谐秩序的必要因素。对它们的反叛或冒犯只是在它们的作用超过某种限度时才是正当的。不加限定地赞美这种反叛就是有意无意助长邪恶与混乱。黑格尔为了强调某种所谓的美而忘记分辨与这种美所必然依存的道德价值，因此阿喀琉斯的"少年人的力量"伴随的任性、自负、自私、不负责任，反倒成就了他的所谓"美的基本特征"，并且是"高尚的英雄品质"！脱离伦理道德价

---

　　① G. W. F. Hegel, *Aesthetics*, Volume 1 trans. by T. M. Knox (Oxford: Oxford University Press, 1998), p. 240. 德文版中的关键的两句话是：Zum Beispiel, Achilles, edler Held Qualität, grundlegende Eigenschaften, die Stärke des jungen Mannes, seine Vater und Freunden sehr weichherzig.

值来孤立地评估人物性格中的所谓美的基本特征，这是很不可靠的做法。黑格尔试图尽可能客观地评价阿喀琉斯这个人物形象，这本来是值得称道的做法。但是他想尽量抽象出阿喀琉斯身上的所谓"美的基本特质"。他的用语和陈述方式，实际上是不知不觉地在放大阿喀琉斯性格中的所谓正面的因素。他把本来具有中性性质的不带价值评价的概念"少年人的力量"和"美的基本特质"概念联系在一起，并且不经意地和"高尚的英雄品质"概念并举，这就把本来不带伦理价值判断的中性概念偷换成了具有明显的伦理价值判断概念。只为自己的一己之私而反叛权威、愤而退出战场、置数万大军生死于不顾，这诚然有点天不怕、地不怕的大无畏精神，但这怎么可能是"高尚的英雄品质"呢？黑格尔还提到阿喀琉斯对母亲和朋友的温柔，认为那种特质与"少年人的力量"而来的"美的特质"相对立，形成阿喀琉斯身上的另外一种美。但是黑格尔忘记了，对母亲和朋友的温柔几乎是一切人类的共性，这难以成为阿喀琉斯性格中的独特因素。即便是禽兽，也还有依恋其父母、同伴的习性。把这和所谓"高尚的英雄品质"并举仍然是缺乏说服力的。

4.3 赫克托尔形象研究

4.3.1 从陪衬人物形象走向主角

艺术作品的感染性有时以一种奇妙的方式产生逆反式效果。

如果说至少有两千多年的时间，西方民族是以完全正面的心态拥抱、讴歌阿喀琉斯这个形象、同时有意无意地相对贬低赫克托尔这个形象的话，那么到了20世纪，人们在这个问题上的审美观和价值观在不断地发生逆转。赫克托尔作为一个更善良、更理性、更富有责任心、更为他人着想、更人性化的新时代的英雄走入人们的视野，他事实上已经从传统的陪衬角色转换为史诗的真正主角。相比之下，阿喀琉斯不过是任性、野蛮、傲慢而又自私的一介武夫而已。史诗作者原想塑造的高大完美的阿喀琉斯英雄形象渐渐淡出人们的视野，被赫克托尔形象所填充。人们发现了古代社会的真正的英雄,他就是赫克托尔。史诗作者本来想达到的艺术效果被历史长河中发展着的审美价值观和道德价值观颠覆了,这意味着理性和善良取得了胜利。现代人开始以更客观、更理智的眼光重估远古时代的英雄。

从特洛伊战争的性质来看,阿喀琉斯代表着侵略和掠夺,而赫克托尔代表着自卫与自强。气势汹汹的希腊十万大军对特洛伊地区进行了罄竹难书的疯狂屠杀与劫掠。阿喀琉斯自己承认,他"为了抢夺敌方官兵的妻子"而荡劫过海上城堡12座。为了掠得大量的战礼,而荡劫过特洛伊的陆上城堡11座! ① 由此看来,阿喀琉斯是不折不扣的侵略者和强盗头子。正是在阿喀琉斯这个形象的衬托下,赫克托尔现在显得光芒万丈。与阿喀琉斯刚好相反,他不是攻城略地、强占别人妻女的恶徒。他是正义的化身,是特洛伊自卫反击战群雄的总代表。

赫克托尔临危受命,毫不犹豫地肩负起统帅全城军民奋起抗击侵略者的神圣使命。这与阿喀琉斯因一己之私而对上阵破敌推三阻四形成鲜明对照。赫克托尔是一个真正顾全大局的人。他对城邦、对父王、对家庭、对全体民众的责任感深深地打动着我们。战争的祸水是其弟弟帕里斯引来的,赫克托尔却把自卫战的重任担在自己肩上。虽然老国王还建在,其实赫克托尔才是特洛伊王国的真正的顶梁柱。他兢兢业业、日夜操劳,把全副身心投入保家卫国的大业之中。他清楚自己肩负的责任,不管成败如何,他不逃避、畏缩,而是毅然决然、沉着冷静地审时度势,指挥着特洛伊军民与希腊十万虎狼之师苦苦鏖战了整整9年,居然逼得希腊大军在9年之后终于萌发退军的念头!辉煌的战绩!他几乎完美地完成了他应尽的神圣使命。虽然他最终像个巨人一样轰然倒下,但是他英名永存,成为古代历史上抗击侵略者的最勇敢、最坚决、最有耐力、最孚众望的民族英雄之一。

《伊利亚特》中凡描写赫克托尔的语句,几乎大都在显示这位伟人的高贵、

---

① 荷马:《伊利亚特》,陈中梅译,北京燕山出版社,2000年,第183页,第428页。

善良、英勇无畏与克己利人的集体主义情操。他虽然出现在典型的西方文学作品中，却逼肖传统东方（甚至传统中国）文学作品中的英雄人物。这是非常值得我们重视的一个人物形象。

《伊利亚特》中描绘赫克托尔的段落并不是很多，但是这些段落都非常生动地描绘出他美德的方方面面。作者借用各式各样的人的嘴来侧面赞颂他。有时借用他的亲人（父母、妻子）之口，有时借用外人之口，有时借用神灵之口，甚至有时借用敌人之口，当然有时也直接借用赫克托尔自己的口来表现其高尚的德行。

例如在史诗最后一章中，赫克托尔妻子安德洛玛克的哭诉就最令人动容：

> 女人们悲声哭叫，应答呼号。
> 白臂膀的安德罗玛克引导着女人的悲号，
> 怀中抱着丈夫的头颅，被杀死的赫克托尔：
> "我的丈夫，你死得这般年轻！你丢下我，
> 这宫室中的寡妇，守着尚是婴儿的男孩。
> 你我的后代，一对不幸的人儿！我知道，他不会
> 长大成人：在此之前，我们的城堡将被荡为平地，
> 从楼顶到底面的墙沿！因为你已不在人间，你，城堡的卫士
> 保卫着城内高贵的妻子和无力自卫的孩童——不幸的人们，
> 将被深旷的海船运往陌生的国度。
> 我也一样，随同被抢的女人；而你，我的孩子，
> 将随我前往，超越体力的负荷，替一位苛刻的
> 主人，干起沉重的苦活。或许，某个阿开亚强人
> 会伸手把他夺走，扔下城楼，暴死在墙基边，
> ……
> 在你死我活的拼杀中，你的父亲不是个心慈手软的懦汉。

> 所以，赫克托尔，全城的人们都在悲哭你的死亡；
> 你给不幸的双亲带来了难以言喻的痛苦和悲难。
> 但尝苦最深、悲痛最烈的是你的妻子，
> 是我——你没有死在床上，对我伸出你的双臂，
> 也没有叙告贴心的话语，使我可以终身
> 怀念，伴随着我的哭悼，无论是白天，还是黑夜！"①

安德洛玛克非常贴切地将赫克托尔称为"城堡的卫士"。是他保卫着城内一切男女老少和不幸的人们，尤其是"无力自卫的孩童"！这是最高的赞誉。赫克托尔是最正义的事业、美好生命最伟大的捍卫者。有的人应该"死在床上"，像帕里斯这样诱惑有夫之妇的胆小鬼，居然临阵逃脱，在战事犹酣之际躲到宫中与海伦做爱，这样的人只配"死在床上"。阿喀琉斯承认他自己的参战在大多数的场合不是为了女人就是为了财宝。他最后一次参战是为了复仇，但也仅此而已。他虽"没有死在床上"，但是他在战场上的死亡远远不如赫克托尔的死亡这么庄严、伟大。之所以"全城的人们都在悲哭"赫克托尔的死亡，是因为他是真正的民族英雄。不同的死亡有不同的意义，有重于泰山者，有轻于鸿毛者。赫克托尔之死属于前者。

赫克托尔的父亲、老国王普里阿摩斯对阿喀琉斯说的一段话也回响着同样的含义：

> 我有过最好的儿子，在
> 辽阔的特洛伊；但是，告诉你，他们全都离我而去！
> 我有五十个儿子，在阿开亚人进兵此地之际，
> 十九个出自同一个女人的肚腹，其余的由
> 别的女子生孕，在我的官居。强悍的

---

① 荷马：《伊利亚特》，陈中梅译，北京燕山出版社，2000年，第532页。

> 阿瑞斯让他们双腿酥软,他们中的大部分,
> 只给我留下一个中用的儿郎,保卫我的城堡和兵民——
> 他为保卫故土而战,几天前死在你的手里,
> 我的赫克托尔!①

普里阿摩斯认为赫克托尔是他的 50 个儿郎中最有出息的、最"中用"的一个。这个儿郎之所以"中用",是因为他"保卫"了"故土",保卫了"城堡和兵民"。普里阿摩斯朴实的语言一下点中了赫克托尔最伟大的地方。

赫克托尔母亲赫卡柏的哭诉进一步印证了同一个评价:赫克托尔是其父母最值得骄傲的儿郎,请听听她的凄楚的哀歌:

> "众多的儿郎中,赫克托尔,你是我最钟爱的一个。
> 在我们共同生活的日子里,你是神祇钟爱的宠人;
> 他们仍在关心爱护着你,虽然你已离我而去。
> 捷足的阿喀琉斯曾抓过我好几个儿子,
> 送过奔腾不息的大海,当作奴隶,卖往
> 萨摩斯、英勃罗斯和烟雾弥漫的莱姆诺斯。
> 然而阿喀琉斯用锋快的铜枪夺走了你的生命,
> 拖着你一圈圈地围着坟茔奔跑,围着被你杀死的
> 帕特罗克洛斯。然而,即便如此,他也没有把心爱的伙伴
> 带回人间。现在,你横躺在厅堂里,宛如
> 晨露一般鲜亮,像被银弓之神阿波罗
> 击中放倒的死者,用温柔的羽箭。"②

---

① 荷马:《伊利亚特》,陈中梅译,北京燕山出版社,2000 年,第 524 页。
② 同上,第 533 页。

赫卡柏的哭诉还点明一个事实，即阿喀琉斯与赫克托尔一家有着长期的深仇大恨。因为阿喀琉斯不仅仅屠杀了赫克托尔，还曾俘虏过赫克托尔的好几个亲兄弟，并把他的这些亲兄弟"送过奔腾不息的大海，当作奴隶，卖往萨摩斯、英勃罗斯和烟雾弥漫的莱姆诺斯。"阿喀琉斯不仅仅是个杀人魔王，还是个奴隶贩子。他贩卖的当然不仅仅是这几个王子王孙，而是不计其数的特洛伊人。想想他毁灭过特洛伊一带（包括那一带海域）的至少23个城堡啊！

显而易见，赫克托尔正是使特洛伊人免于沦为奴隶的唯一救星。而今救星陨落，特洛伊人的噩运势必降临。这是令特洛伊整个王国呼天抢地的惨事。我们如果透过《伊利亚特》表面，更深地体会当时发生的事件，便会发现《伊利亚特》事实上成了控诉以阿喀琉斯为首的希腊强盗们的侵略暴行的哀歌！尽管这不是史诗作者的本意。客观地说，赫克托尔的悲壮赴死要比阿喀琉斯的傲慢取胜更为感人。

如果说阿喀琉斯这个形象，尤其是他的某个特点（例如愤怒），被史诗作者过分热情地加以突出，从而多少具有扁平人物性格（flat character）的话，则赫克托尔这个形象因为受到作者相对客观的叙述，更贴近生活真实，更多几分人情味，是一个具有多种性格因素的立体性人物（round character）。现代人津津乐道他勇敢、精明、大度、慷慨、温柔、善良、无私、尤其是勇于承担责任。从史诗的描述来看，这些说法是符合事实的。虽然史诗作者最初并未想刻意塑造出这样多重性格的人物形象。但是只要作者的笔触经常受到现实逼真度的诱导，其刻画出来的人物就很可能会是这样。这里只举几个一般学者不多讨论的细节。

例如对于海伦这样一个人，特洛伊人该如何和她相处？海伦，这个据说是为特洛伊城引来祸水的人，在特洛伊处于最尴尬的地位。除了她现在的丈夫帕里斯（亚历克山德罗斯）和她现在的公公，几乎"所有的人都回避"和她见面。只有赫克托尔把她视为正常的人和她相处，并且时常把她从困窘中解救出来：

接着，海伦……引唱起悲悼的挽歌：

"在我丈夫的兄弟中，赫克托尔，你是我最亲爱的人！

我的夫婿，亚历克山德罗斯、神一样的凡人，把我

带到特洛伊——唉，我为什么还活在人间，在那一天之前！

我来到这里，已是第二十个年头，

离开故土，我的家乡。然而，

你对我从来不会说话带刺，恶语中伤。

而且，若有别的亲戚说出难听的话语，在王家的厅堂，若有

我丈夫的某个兄弟或姐妹，或某个兄弟的裙衫绚美的妻子，

或是我夫婿的母亲——但他的父亲却总是那么和善，

就像是我的亲爹——你总会出面制止，使他们改变

成见；用你善良的心地和温文尔雅的言谈。所以，

带着悲痛的心情，我哭悼你的死亡，也为

自己多舛的命运。在宽广的特洛伊大地，我再也找不到

一个朋友，一位善意待我的人；所有的人都回避和我见面。"[①]

一个远在异乡的女子成为众矢之的，谁能体味其中的甘苦？赫克托尔。赫克托尔并非不知道她的存在对于特洛伊是个多么大的麻烦，可是这跟海伦自身究竟有什么关系？有多年戎马生涯的赫克托尔当然知道那个黑暗时代的女人任人宰割的命运。海伦其实没有过失，尽管她总是在无情地自责。她只是男人、尤其是权势者手中的玩物，她无法为自己选择命运。赫克托尔理解她，不忌恨她，宽慰她。所以在20年的时间内，"从来不会说话带刺，恶语中伤"这个弱小者。当"别的亲戚说出难听的话语"时，赫克托尔"总会出面制止，使他们改变"对这个弱小者的"成见"。茫茫人海中，赫克托尔几乎成了海伦唯一的真正强有力的保护者。他的保护作用远远超过了海伦的现任丈夫帕里斯。赫

---

① 荷马：《伊利亚特》，陈中梅译，北京燕山出版社，2000年，第534页。

克托尔不仅要保护成千上万的民众的生命，他还要保护受到伤害的无力自卫的弱小的灵魂。他不但要保护人们的肢体，他还要保护人们的心灵！这样体贴入微的赫克托尔，通过海伦自己来叙述，真让我们感到赫克托尔犹如东方世界的圣人一样伟大。

赫克托尔不是一个是非不分的老好人。对海伦的关照、体贴不仅仅来自他的博大仁慈的胸怀，也来自于他对善良与邪恶的明辨洞察。例如对于海伦现任丈夫、自己的弟弟帕里斯，赫克托尔就曾义正词严地加以谴责：

"可恶的帕里斯，仪表堂皇的公子哥，勾引拐骗的女人迷！
但愿你不曾生在人间，或未婚先亡！
我打心眼里愿意这是真的；这要比
让你跟着我们，丢人现眼，受人蔑视好得多。
长发的阿开亚人正在放声大笑，
以为你是我们这边最好的斗士，只因你
相貌俊美，但你生性怯弱，缺乏勇气。
难道你不是这么一个人吗？在远洋船里，
你聚起桨手，扬帆驶向深海，
和外邦人交往厮混，从遥远的地方带走
一位绝色的女子，而她的丈夫和国民都是手握枪矛的斗士。
对你的父亲，你的城市和人民，你是一场灾难；
你给敌人送去欢悦，却给自己带来耻辱！"①

虽然帕里斯是自己的亲弟弟，但是他干了坏事，赫克托尔并不想袒护他。正气凛然地骂他"可恶"，骂他是个拐骗女人的纨绔子弟，骂他是个胆小鬼，是特洛伊人的耻辱和灾难！他甚至希望自己的弟弟不幸身死，以便给千万特洛

---

① 荷马：《伊利亚特》，陈中梅译，北京燕山出版社，2000年，第55—56页。

伊人带来好运！他的诅咒出自内心。因为人民的命运毕竟远远重于家庭中亲人的命运。他的责骂是那样理直气壮，那样不容反驳，那样令人心服口服，以致被骂得狗血淋头的帕里斯自己也坦然承认他骂得对：

> 听罢这番话，神一样的亚历克山德罗斯答道：
> "赫克托尔，你的指责公正合理，一点都不过分。
> 你的心是那样的刚烈，就像斧斤的利刃，
> 带着工匠的臂力，吃砍一树圆木，凭着精湛的技艺，
> 伐木造船，斧刃满荷着他的力量间落。
> 你胸腔里的那颗心啊，就像斧刃一样刚豪。①

帕里斯也许是普里阿摩斯的儿郎中最令人生气的败家子，可从他这样的回答中也足以看出他不是等闲之辈，与通常的纨绔子弟是有差别的。他能这样坦承自己的恶行，足见他不是真正的邪恶之徒。他只是由于无法控制自己的情欲而干出拐走海伦的勾当。他对海伦的爱是真实的，与阿开亚人中的将军抢劫女人以满足自己的情欲有本质的区别。他忠于爱情、忠于对海伦的承诺，宁死不放弃她。他不慎种下了天大的祸根，但是他的执着和对爱的忠诚，又显出几分可敬。他甚至提出要和海伦的前夫单挑，以决斗的方式决定海伦的去留。虽然在最后一刻他在神的帮助下莫名其妙地离开了决斗场，但毕竟显示出他还不是一个毫无骨气的男子。

行文到此，我们不禁会对那位老国王普里阿摩斯表示极大的敬意。这位不顾自己安危、只身深入敌方大营、拼死恳求杀人不眨眼的阿喀琉斯让自己赎回自己的儿子赫克托尔尸体的最伟大的父亲，其英名是可以和赫克托尔一样彪炳史册的。唯有普里阿摩斯这样伟大的父亲能够养育出赫克托尔这样伟大的儿子。就连他最不争气的儿子帕里斯都还有几分正气。他的50个儿子，被俘的

---

① 荷马：《伊利亚特》，陈中梅译，北京燕山出版社，2000年，第56页。

被俘，被杀的被杀，被卖的被卖！或枭首沙场、或流落海外，都为了这场史无前例的民族保卫战而献出了一切。伟大的国王，崇高的国王，到最后一刻也不离开疆场，而是昂起白发的头颅走向侵略者！没有一个特洛伊人在最后一刻逃离这个被彻底焚毁的城邦！为什么？伟大的国王不仅有伟大的儿子，也一定有伟大的臣民！特洛伊人是值得我们缅怀、纪念、讴歌的民族。这一群失败者用鲜血铸就了永恒的自卫之歌。应该有另外一部史诗专门讴歌千万特洛伊人的浩然正气而不是某个人的愤怒。这样的史诗是那个黑暗时代不可能产生的，它只能诞生在当今世界。

4.3.2 赫克托尔的经济头脑

没有什么行为比战争更耗费一个国家的财富。9年多的战争已经把富饶的特洛伊几乎变成了一个空壳。国库空虚，王室能够凑集到的钱已经不多了。当时的社会并无完整的赋税体系，战争的费用往往是由国王来凑集。普里阿摩斯是特洛伊的国王，他理所当然是战争费用的支付者。钱从何来？变卖宫中宝藏以获得巨量军费。国王在这个时候实际上是公益捐献人。[①] 军费问题如此关键，也许是老国王日日都在赫克托尔耳边叨咕的话题，因此，作为战争首领的赫克托尔不可能不关注并思考这个问题。难怪他会说：

> 从前，人们到处议论纷纷，议论普里阿摩斯的城，
> 说这是个富藏黄金和青铜的去处。但
> 现在，由于宙斯的愤怒，房居里丰盈的
> 财富已被掏扫一空；大量的库藏已被变卖，
> 运往弗鲁吉亚和美丽的迈俄尼亚。[②]

---

① Richard A. Posner, "The Homeric Version of Minimal State," 90 Ethics 27 (1979). p. 32.
② 荷马：《伊利亚特》，陈中梅译，北京燕山出版社，2000年，第397。

显然，赫克托尔辗转反侧地考虑过这个难题，并设想过多种途径。如果单靠王室积蓄来解决战争费用不行，为什么不发动群众？赫克托尔肯定想到了集体融资的办法。但是，在那个时代，这是一个很冒险的举措，弄得不好，人心背离。欧洲长期盛行雇佣军，打仗是要付佣金的。想想阿喀琉斯因为被夺走一个作为私有财产的女俘，居然怒而罢战，甚至想和阿伽门农王拼命。私有财产是神圣的，动不得。而现在赫克托尔要倒过来从民众身上积聚必要的战争费用，这的确是很大胆的想法。正因为其冒险性，赫克托尔并未将这个想法以一种很正式的方式提出来，而是采用了试探性的做法，即先放放风，看看大家的反应：

> 行动起来，按我说的办，谁也不要倔拗。
> 现在，大家各归本队，吃用晚餐，沿着宽阔的营区；
> 不要忘了布置岗哨，人人都要保持警觉。
> 要是有谁实在放心不下自己的财富，
> 那就让他尽数收聚，交给众人，让大家一起享用。
> 与其让阿开亚人糜耗，倒不如让自己人消受。①

赫克托尔确实很有"心机"。他先交个底，数说国家的国库已经空虚，让大家有凑集经费的心理准备。然后再以建议的语气说：凡是放心不下自己财富的人不妨将财富集中起来交给众人享受，因为这样总比将来被敌人享受了要好。话说得很婉转，逻辑上也十分严密，合情合理。遗憾的是史诗没有描述民众对他这种有点类似战时共产主义的提法究竟有何反应。这种做法后来是不是实际上已经（至少部分地或短暂地）实行过，我们不得而知。鉴于史诗的逼真度倾向，史诗中冒出的这些话是不是当时特洛伊战时经济举措的一种反映，是

---

① 荷马：《伊利亚特》，陈中梅译，北京燕山出版社，2000 年，第 397 页。《伊利亚特》，XVIII, 300—302。

很值得我们进一步探索的。赫克托尔的这个想法在他那个时代确实是破天荒的经济思想。如果赫克托尔成了国王，这种潜在的集体融资思想会开出什么样的花朵，也是值得我们严肃思考的。

赫克托尔这个人物形象随着时代的发展，将会赢得越来越多的尊重。史诗中有许多所谓的英雄人物，有的只为荣誉而战（例如阿喀琉斯），有的只为女人而战（如帕里斯）；有的只为利益而战（如阿伽门农），换句话说，都是为了个人利益而战，只有赫克托尔是全身心地既为个人又为他人而战。他为了他的国家、他的人民、他的家族、他的父母、他的朋友而战，义无反顾，壮烈地殒身沙场，成为史诗中最荡人心魄的真正的英雄。

4.4　神的意志：史诗作者对侵略暴行的文饰手段

荷马史诗在很大程度上是若干古希腊作者在不同年代的集体创作成果。为了彰扬古希腊民族的所谓战争业绩和民族精神，也许也为了掩盖侵略者令人发指的赤裸裸的暴行，史诗作者最简单的做法就是把一切归因于神的意志（参看前文关于特洛伊战争起因于神的意志的论述）。

无数城池被洗劫、无数妻女被凌辱、无数平民被杀戮、无数财产被掠夺，在史诗作者笔下，最终都被描写为是由住在奥林匹斯山上的神灵们暗中策划的。因此，无论有多么大的罪行，都与古希腊征伐官兵手中滴血的屠刀没有实质上的牵连。古希腊将官们似乎只是这样或那样地执行神的指令，他们是在无可奈何地替天行道。这很像传统中国社会中一些巧借天威掠杀无辜者的口头禅："你可怨不得兄弟。兄弟只是奉命行事，不得不取你性命！"既要杀人，还要被杀者服服帖帖、不做反抗，连死后都不要生出报仇雪恨的妄想。要达到这样的效果，用神的意志来说服对方是最省力气的办法。有意思的是，欺骗者有时也不尽是完全的欺骗，他们自己也可能真有几分相信自己编出的神话。而且到最后，当他们自己遭到厄运时，也往往会不知不觉地以"天意如此"来自我解脱。欺人、自欺，是一对难分难解的因素。就如杀人和被杀往往有着宿命的链环一样，有着因果报应的启示，令人回味不已。从这样的角度看问题，我们也许会说，史诗作者事实上是有意无意地绑架了一群神灵来为古希腊军事部落的一切暴行辩护，虽然他们自己也许真的是神灵意志的笃信者。因此，神话在他们的心目中原本就是现实的潜台词，只有隐显的区别，而无真假的区别。明白了这一点，我们就会明白，在《伊利亚特》，或者说在整个荷马史诗中，神话和史诗盘根错节地交织在一起并互构互用、互相印证、互相阐释、互相补充。这是人类蒙昧时期的理性与非理性浑然一体、交相致用的必然现象，也是我们现代人解读远古文献，尤其是荷马史诗这类文献必不可少的一把钥匙。

5 古希腊神话与荷马史诗《奥德赛》研究

5.1 《奥德赛》文本分析

《奥德赛》一改《伊利亚特》战争场景摹写，讲述了特洛伊战争英雄奥德修斯战后十年的辛苦归家历程。史诗以英雄归家路线为纵轴，以神界、人界社会生活为横轴，生动地展示了古希腊荷马时期较为典型的生活场景、人神关系以及古希腊人对命运的古朴观念。本章将对《奥德赛》的文本本体、认识视野以及研究视角进行分析，以文本的共时性和历时性为参照进行解读。本章参照王焕生译本。

与《伊利亚特》相比，《奥德赛》更侧重于对人性的理解与阐释，荷马将更多的笔墨用来刻画日常起居、风土民情。而且，史诗通过其独特的艺术表现形式——歌者的吟唱，惟妙惟肖地将单个人物赫然托出，从而完成了共性叙事空间中的个性塑造，演绎了古希腊荷马时代的人性诗学。因此，人物刻画成为史诗最重要的特点之一。此外，史诗洋洋洒洒 12 000 行的鸿篇巨制也为人物的成长和性情的展现提供了充足的时空条件。

5.1.1 人物分析

在史诗中，各色人物林林总总，大致看来，可分为三类：神化的人、神灵以及奴仆。因此，不同人物由于其所处环境及特点的差异，从刻画手法来说是一个不小的难题。但《奥德赛》全篇人物性格鲜明、个性突出。

5.1.1.1 神化的人

A. 奥德修斯

奥德修斯是《奥德赛》中无可辩驳的灵魂和主角。尽管《伊利亚特》是在《奥德赛》之前的作品，关于创作的"荷马问题"[①]即"统一论"和"分解论"纷争姑且不表，在主人公奥德修斯身上，两部史诗之间相隔的岁月变迁似乎并不影响他的形象在两部作品中的一脉相承。

《伊利亚特》中那个聪明机智、有勇有谋的伊塔卡王奥德修斯在盟军中虽然力量不如阿喀琉斯，影响力不及阿伽门农，但每每出场皆表现出他的智谋与神勇。《奥德赛》中又专门描述他十年的漂泊与归家经历。因此，奥德修斯作为荷马较为偏宠的英雄形象，独步两部史诗。后人对于奥德修斯的研究全面而深入："家园意识"[②]、"英雄情结"[③]、"多情的奥德修斯"[④]、"《奥德赛》中名字

---

① Suzanne Saïd, *Homer and the Odyssey* (Oxford: Oxford University Press, 2011), p. 3. 18 世纪晚期沃尔夫（Friedrich Wolf）出版了《荷马导论》（*Prolegomena ad Homerum*），引起了荷马研究领域延续了近一个多世纪的文本作者之争："统一论"和"分解论"。
② 邓秀明、刘雪苗：《〈奥德赛〉中家园意识的解读》，《剑南文学（下半月）》2011 年第 7 期，第 52 页。
③ 赵佳：《〈荷马史诗〉的英雄形象和英雄主义主题》，《躬耕》2010 年第 11 期，第 55—56 页。
④ 胡安琪、马刚：《情系 jia（家和佳）人归故里乔装乞丐谋团圆——记奥德修斯历尽艰险返回家乡重建家园的故事》，《安徽文学（评论研究）》2008 年第 3 期，第 159—160 页。

的神秘性"①、"《奥德赛》中复仇母题的形成"②等，不一而足。在《伊利亚特》中，奥德修斯的智慧与谋略保全了自己的生命，为希腊盟军的最后胜利献出了条条锦囊妙计；同样，在《奥德赛》中，奥德修斯的睿智和勇气使其在众神布下的场场考验中九死一生。总体而言，与其说《奥德赛》是"描写人与自然的斗争，歌颂英雄的坚毅精神和智慧才干"③，不如说是《伊利亚特》中奥德修斯品格和气质的延续。也就是说，荷马不吝笔墨，用两部史诗的长度完成了奥德修斯这一人物的刻画。《伊利亚特》中展现出和人斗争的奥德修斯，《奥德赛》中则展现出与神搏斗以及与自己意志较量的英雄——奥德修斯。显然，《奥德赛》中，"战争"主题不及《伊利亚特》中浓墨重彩、剑拔弩张，但仍不失多变诡谲。因此，在奥德修斯身上，荷马可谓"刳肝以为纸，沥血以书辞"④。值得一提的是，在《奥德赛》场景中，人神力量对比悬殊，于巨大的张力中尽显奥德修斯的智慧、幸运与魅力。

首先，智慧赋予奥德修斯在《伊利亚特》中的绝对话语权。论及勇敢，奥德修斯不及其他特洛伊英雄，但智慧让他得以存活，因此，他也就获得了继续书写历史的可能，而死亡的英雄却永久地定格在历史中。随着阿喀琉斯的死亡，凭借一己之力造就战争神话的帷幕已落，奥德修斯顾全大局、献计取胜。同样，特洛伊战争中的胜利为奥德修斯在《奥德赛》中先声夺人地占有了神人共同推崇的"荣誉"⑤。于是，"神样的"、"机智的"、"智慧丰富的"顺理成章地成为《奥德赛》中对于奥德修斯的习惯性称呼。这种直陈手法通过鲜活的修饰语，为每一位人物的出场装点特色脸谱，听众在接受信息的瞬间将其分类，形成原初判断——奥德修斯富于智慧。当然，这只是荷马为奥德修斯创造的

---

① Austin Norman, "Name Magic in the 'Odyssey'", *California Studies in Classical Antiquity*, 5 (1972), p. 1.
② F. W. Jones, "The Formulation of the Revenge Motif in the Odyssey", *Transaction and Proceedings of the American Philological Association*, 72(1972), pp. 195-202.
③ 傅波：《从英雄本色看荷马史诗的审美价值》，《贵州教育学院学报》2005 年第 5 期。
④ [唐] 韩愈：《归彭城》。
⑤ 陈戎女：《荷马的世界——现代阐释与比较》，中华书局，2009 年，第 62 页 "……κλεος/kléos"名誉、名声、荣耀。希腊语的 kléos 这个名词是从动词 klúō '听'而来，原义是指'传闻、消息'……后来这个词才衍生出'名声；名气；光荣，业绩'的意思（参《古希腊语汉语词典》）"。

第一印象，随着情节的展开和人物表现手法的多样化，人物形象逐渐清晰和明朗。除此以外，荷马还通过侧面描写，即别人的评价来展现奥德修斯的智慧。例如雅典娜对奥德修斯的评价"他仍会设法返回，因为他非常机敏"（1.205）；涅斯托尔的描述"在那里没有一个人的智慧能与他相比拟，/ 神样的奥德修斯远比其他人更善于谋划各种策略"（3.120—122）；以及海伦的示例"他把自己可怜地鞭打得遍体伤痕，肩披一件破烂衣服像一个奴仆，/ 潜入敌方居民的街道宽阔的城市，/ 装成乞丐，用另一种模样掩盖自己 /……他在智慧和相貌方面无人可比拟"（4.244—264）。通过他人之口的叙述，奥德修斯的形象更加丰满，人物也更加全面和生动。同时，在一定程度上，人物的可信度和事件的真实性得到了强调。荷马还直接刻画人物本身，即以正面笔法直接描写。奥德修斯第一次以正面形象示众是在听到卡吕普索允许自己返回家园时，他的反应是"女神，你也许别有他图而非为归返，/……即使有宙斯惠赐的顺风，也难渡过。/ 我无意顺从你的心愿乘船筏离开，/ 女神啊，如果你不能对我发一个重誓，/ 这不是在给我安排什么不幸的灾难"（5.173—179）。对于奥德修斯多年被困，"用泪水、叹息和痛苦折磨自己的心灵"（5.157）的日子来说，卡吕普索突然要放行，常人当放歌纵酒喜还乡；但奥德修斯并未现喜色，而是忧虑其真实性，并借此良机要求卡吕普索发重誓以防夜长梦多，表现出奥德修斯精于世故且以退为进、不贸然犯险亦不错失良机的机智。

  人神力量天地之殊。奥德修斯能够渡过重重劫难，除却自身的机智勇敢，他的"幸运"也是重要的隐性要素。这一要素体现在人"努力地"想要得到"神的庇佑"，以求好运。正如涅斯托尔对特勒马科斯所言"但愿目光炯炯的雅典娜也能喜欢你，/ 就像在特洛伊国土关心奥德修斯那样"（3.218—219）。

  幸运的是，奥德修斯是雅典娜女神的选民。"目光炯炯的雅典娜"除了在奥德修斯凯旋之时对神不敬为之发怒，在其余场合，无论是神明大会，还是艰辛的归家途中，雅典娜始终为之奔走呼号、悉心安排，助其返家并重夺权力。比如，在众神明大会，雅典娜请求父亲宙斯看在奥德修斯勤于献祭的分上，准许其归家："我们的父亲，克洛诺斯之子，至尊之王，/……但我的心却为机智的奥德修斯忧伤，/……然而你啊，/奥林匹斯主神，对他不动心，难道奥德修斯/没有在阿尔戈斯船边，在特洛伊旷野，/给你献祭？宙斯啊，你为何如此憎恶他？"（1.45—62）不仅如此，雅典娜亲自鼓励并教导奥德修斯的儿子特勒马科斯："你准备一条最好的快船，配桨手二十，/亲自出发去寻找漂泊在外的父亲……"（1.279—304）。对于特勒马科斯的培养与鼓励，从一定的意义上来讲，与给予奥德修斯直接的帮助与指点是一体两面的。同时，特勒马科斯作为奥德修斯本体的延续性象征，在神的亲授下，通过不断丰富的经历来完成对于奥德修斯精神的传承。此外，雅典娜女神对于特勒马科斯的庇佑也从侧面烘托和渲染了奥德修斯的"幸运"。无疑，女神直抒胸臆的夸奖给奥德修斯蒙上了神化的色彩，使得奥德修斯的幸运已经远远超出"凡人"崇拜"神明"的范畴。神明时刻福荫奥德修斯，为之喜忧。当奥德修斯踏上伊塔卡却难辨故园之时，雅典娜不失时机地出现，"幻化成年轻人模样，一个牧羊少女"（13.222）。"我本就是帕拉斯·雅典娜，宙斯的女儿/在各种艰险中一直站在你身边保护你，/让全体费埃克斯人对你深怀敬意。/而我今前来，为的是同你商量藏匿/高贵的费埃克斯人受我的感召和启发，/在你离开时馈赠给你的这些财物，/再告你命运会让你在美好的宅邸遇上/怎样的艰难；你需要极力控制忍耐，/切不可告知任何人，不管是男人或是妇女，/说你他乡漂泊今归来，你要默默地/强忍各种痛苦，任凭他人虐待你"（13.300—310）。可以说，雅典娜如同教父一般，将"不死的神明"的一切与奥德修斯共享，建立起了亲密的神人关系。在这种情形之下，奥德修斯得以全身而归，并重新成为伊塔卡王。

另外，作者笔下还有一群苦人，他们的不幸衬托奥德修斯的幸运，可以说这是荷马刻画奥德修斯的第四种笔法——反衬法。同伴埃尔佩诺尔堪称"不幸之典型"："神定的不幸命运和饮酒过量害了我。/在基尔克的宅邸睡着后竟然忘记/重新沿着长长的梯子逐阶而降，/却从屋顶上直接跌下，我的椎骨的/头颈部位被折断，灵魂来到哈得斯"（11.61—65）。如果说埃尔佩诺尔是神明安排的不幸命运所致，那么，被库克洛普斯当作晚餐的艾吉菩提奥斯的儿子:"就是矛兵安提福斯,疯狂的库克洛普斯/把他在深邃的洞穴里残害,做最后的晚餐"(2.19—20)以及被斯库拉抓走的六个伴侣:"斯库拉这时却从空心船一下抓走了/六个伴侣,他们个个都身强力壮。/……怪物在洞口把他们吞噬,他们呼喊着/一面可怕地挣扎,把双手向我伸展"(12.245)。显然,这些人物是奥德修斯的陪衬。从形象塑造的角度来说,配角的生死往往容易被人忽略,尤其是在史诗这种以吟唱为表现方式的表演中,听众过耳便忘,但细细考量,纵奥德修斯三头六臂,若无此等不幸之人,奥德修斯也难以安然返家,而正是作者的偏好赋予"英雄"空前绝后的"幸运"。从审美心理的角度来说,"苦难造英雄",一方面缓解了听众由于英雄所遭受的"苦难"产生的"苦涩感",达到"情绪缓和的快感"①,"幸运"则给予英雄足够的生命长度来享受听众的"怜爱";另一方面,通过群像的"不幸",即"人生不如意十之八九"的常态来映衬"英雄"的特殊与伟岸,达到"崇高感"②。

此外,奥德修斯作为"高、大、全"的英雄形象,其超凡的个人魅力和超常的动手能力是其"幸运"的资本。《伊利亚特》中海伦引起了男性世界的血腥杀戮与征服摧毁,而《奥德赛》则是一部男人与女人、人与自然斗争的交响曲。与其说是斗争,不如说是人的自我认识与探寻过程。因而,人的个人魅力成为其中不可或缺的力量。纵然没有两军对峙,但仍饱含生死危机。以奥德修斯为代表的人作为宇宙间最脆弱而又最坚毅的精灵,完成了一生的漂泊与信念的回归。

如果说经历让奥德修斯"成为一个阅历丰富,理解一切事物的人"③,那么,不谙世事的特勒马科斯在一定程度上便是出征特洛伊之前的奥德修斯的影子,两相对应,更加完善了奥德修斯的形象。初为人父的奥德修斯一去二十

---

① 朱光潜:《悲剧心理学——各种悲剧快感理论的批判研究》,张隆溪译,人民文学出版社,1983年,第176页。

② 《康德著作全集——实践理性批判、判断力批判》,李秋零主编,中国人民大学出版社,2006年,第254页。

③ Cedric Whitman, *Homer and the Homeric Tradition* (Cambridge: Harvard University Press, 1958), p. 175.

年，佩涅罗佩执着坚守。试想，一个女子将最好的年华束之高阁，淹没在日夜的思念与无尽的担忧中，其情至笃。更为可贵的是，即便佩涅罗佩再婚，也并不能使她失掉在伊塔卡的身份，尽管奥德修斯离开的时间足以让一个初生的婴儿成长为青年，佩涅罗佩依旧坚守，堪称奥德修斯个人魅力的最好写照。其次，奥德修斯这位人间英雄不仅征服了"女人中的女神"佩涅罗佩，在女神的世界里亦所向披靡。神女卡吕普索自陈："我对他一往情深，照应他饮食和起居／答应让他长生不死，永远不衰朽"（5.135—136）；"……神女在他面前摆上凡人享用的各种食物，供他吃喝，／她自己在神样的奥德修斯对面坐下，／女侍们在她面前摆上神食和神液"（5.196—199）。在奥德修斯的面前，女神褪去高贵冷酷的面纱，宛然温婉妻子，为夫君仔细布食，默默等他食用完毕。她醋意浓浓，甚至不惜降低神女身份与凡间女子一争高低："我不认为我的容貌、身材比不上／你的那位妻子，须知凡间女子／怎能与不死的女神比赛外表和容颜"（5.211—213）。奥德修斯被囚禁于卡吕普索岛的多年中，神女对奥德修斯日间的悉心照料可见一斑，更不必提离岛时为他悉心准备的"干粮与顺风"，俨然妻子送别远行的丈夫。

相对来说，神女基尔克承载了破坏性与创造性双重含义，而奥德修斯受益于她的创造性。基尔克认出了奥德修斯，从一个潜在的"关卡"变成了指导奥德修斯进行下一步勇闯"冥界"的"军师"。与卡吕普索不同的是，奥德修斯主动在基尔克处住了一年，直到同伴提醒离开，这表明了奥德修斯作为荷马时代的英雄形象对于"名誉"和"独立精神"的追求。很显然，在卡吕普索处，奥德修斯受到良好照顾，就像"子宫中的婴儿"[①]，从而失去了英雄的独立性；而在基尔克处，奥德修斯拥有自决权，反而，奥德修斯主动与基尔克生活了一年，直到同伴提醒。从另一方面来讲，尽管奥德修斯暂时搁置了回家的路，但并没有放弃的迹象。这显示出了人在与自我意志斗争中的反复性。过后尽管基

[①] Conny Nelson, *Homer's Odyssey: A Critical Handbook* (Belmont: Wadsworth Publishing Company, Inc. 1969), p.20.

尔克历数了未来归家之路的"先死后生",但奥德修斯还是选择了起航。实际上,基尔克也正是被奥德修斯不同寻常的"经历魅力"所折服,才实现了从一个潜在的敌手向殷勤的招待者的角色转换。

当然,在雅典娜"……把风采洒向他的头和肩"(6.235)之后,费埃克斯公主瑙西卡娅也见之爱之:"我原先以为他是个容貌丑陋之人,/现在他如同掌管广阔天宇的神明。/我真希望有这样一个人在此地居住,/做我的夫君……"(6.242—244)。能够得到女神的呵护是每个"有死的凡人"最大的福音,而希腊众神并不是"东方的菩萨",有"普度众生"的胸襟,更无任何"宗教传统"①。雅典娜对奥德修斯说,"你我俩人/都善施计谋,你在凡人中最善谋略,/最善词令,我在所有的天神中间/也以睿智善谋著称……"(13.296—299)。尽管史诗对于奥德修斯的正面描述不着一色,通过"正衬"手法,即能够得到仅次于宙斯威力的女神雅典娜的青睐,绝非常人所能,这也足以令奥德修斯的光辉形象赫然呈现。

通而观之,两军对峙,不乏武力超群、谋略得当之"战神",但总体来说,人与人之间的战争是处于同一平台上的实力、战术和领导力之间的较量;但在人神悬殊的角力中,斗争结果不言自明。荷马史诗通过描述"知其不可而为之"的奥德修斯历经千辛万苦终于返家的事实讲述了一个无可辩驳的真理:人战胜了神。其实,从人的心灵的认识与成长而言,在战胜了外在的敌人之后,最大的敌人便是自己。无需劳作、长生不死、神女温存、美妙歌声等种种诱惑出现在奥德修斯最为贫苦的时刻,奥德修斯的坚定信念也代表了古希腊荷马时代人类在生存过程中对深层人性以及人与自然关系的哲学思考:"人不可僭越神明,不可忘乎所以,才可能成功"②。

B. 特勒马科斯

作为奥德修斯唯一的儿子,特勒马科斯自然成为伊塔卡无可争议的王储,

---

① J. S. Clay, *The Wrath of Athena* (Lanham: Rowman & Littlefield Publishers, Inc., 1997), p. 133.
② Michael Clarke, "Manhood and Heroism" in *The Cambridge Companion to Homer* ed. by Robert Fowler (Cambridge: Cambridge University Press, 2004), p. 89.

当然无形之中也就成为求婚者谋求王权路上的最大障碍。奥德修斯征战并漂泊的二十年，恰好是荷马苦心孤诣为特勒马科斯设计的成长历程：从一个呱呱坠地的婴孩到青年的蜕变。这个伊塔卡的王子，亲眼目睹母亲的无力，求婚者的恣意，因此，在这样的情境之下，财产观念、男权意识以及旁人口中父亲的影响成为塑造特勒马科斯性格的主要元素。

首先，关于"财产"的观念。在雅典娜幻化成塔福斯人的首领门特斯来到奥德修斯的宅邸时，特勒马科斯并不知晓女神名号，但"心中悲怆"（1.114）的他正在为"傲慢的求婚人"（1.106）懊恼："对目光炯炯的雅典娜说话，／贴近女神的头边，免得被其他人听见：／'亲爱的客人，我的话或许会惹你气愤？／这帮人只关心这些娱乐，琴音和歌唱，／真轻松，耗费他人财产不虑受惩处'……"（1.156—160）看到求婚者们骚扰母亲、私闯家宅，特勒马科斯向这位陌生人直陈心中的不满与惆怅。如此无所顾忌地袒露心声，要么是因为不谙世事，要么便是积压许久，不堪重负。但特勒马科斯脱口而出的并非焦虑王权旁落、母亲受辱，而将"耗费他人财产"置于首位，因为在特勒马科斯的心中，那份"家产"是自己的。由此可见，财产意识在特勒马科斯的头脑中已经日益形成，因而对于财产的忧虑也成为其心头最大的困扰。另外，在公开的场合，特勒马科斯向求婚者义正词严地申明立场时，其中心议题还是表达对耗费他人资财的反对："我要向你们直言不讳地发表讲话，／要你们离开这大厅，安排另样的饮宴，／花费自己的财产，各家轮流去筹办。／如果你们……／无偿地花费一人的财产……／宙斯定会使你们的行为受惩罚，遭报应，／让你们在这座宅邸白白地断送性命"（1.373—380）。这实际上是特勒马科斯第一次向求婚者们发声，并以宙斯的名义警告求婚者如此胡来之恶果。剖析特勒马科斯话语的深层含义不难发现，作为儿子，他并不反对求婚行为，他所耿耿于怀的还是"耗费自己的家产"。此种认知说明特勒马科斯正处于人生的重要成长与转型期。从孩童的维度，他已经能够意识到财产的概念；从全局的角度，他并没有认识到求婚者所欲求的并非婚姻，而是王权；至于王权所能带来的，特勒马科斯一直概念模糊，认为能带来财产便可，"当国王其实并不是坏事，他的家宅/很快会富有，他自己也会更受人尊敬"（1.392—393），直到为寻父远行至皮洛斯和斯巴达，他才真正地成长为"英雄的后裔"[①]。

从全诗来讲，特勒马科斯从懵懂的少年经历寻父、谋策、报复逐渐成长为一个有意识重建自己权威和家园的王子，雅典娜的点化作用不可或缺。但不可否认的是，父亲的缺失和求婚者们在奥德修斯宅邸的斑斑劣迹也成为特勒马科斯成长的催化剂。从这个角度来说，特勒马科斯成为荷马的钟爱，荷马花了大量的篇幅记录特勒马科斯的成长。可以这样讲，特勒马科斯的成长处于"失父"状态。"父权"在特勒马科斯的理念中，完全处于"他语"状态。虽然荷马并没有记录每一步成长的艰辛，而是直接过渡到第20年，共108名求婚者日日饮宴，夜夜笙歌。他们鸠占鹊巢，无疑让特勒马科斯的成长充满屈辱的印记，而最直观又最容易被一个孩子理解的便是自己的财产被人侵占。因此，"财产"不可避免地成为了特勒马科斯的心病且随着时间和事件的发展日益加深。

其次，作为伊塔卡王储，男权意识一直在伴随特勒马科斯的成长。但是雅典娜亲授他肩上责任之后，男权意识发展为特勒马科斯的显性特征且愈发明晰化。在当时的社会里，母系力量的存在从求婚者日日向其母佩涅罗佩求婚而非直接政变可见一斑，佩涅罗佩实际上成了伊塔卡的王权授予者，尽管她并不拥有实际王权。这一切权力源于她的婚姻，源于她的伊塔卡之王的丈夫。但是，在以战争、海上掠夺为主要收入来源的古希腊社会生活中，男性的主导力量是不可替代的。

当雅典娜揭穿特勒马科斯的身份之后，特勒马科斯将惆怅的心情一吐为快："……都来向我母亲求婚，耗费我的家产，/母亲不拒绝他们令人厌恶的追求，/又无法结束混乱，他们任意吃喝，/消耗我的家财，很快我也会遭不幸"（1.248—251）。特勒马科斯表现出对母亲的不满，不谙世事的他当然不懂得与求婚人彻底翻脸对于孤儿寡母的灾难性后果，他更无法站到母亲的立场

[①] Conny Nelson, *Homer's Odyssey: A Critical Handbook* (Belmont: Wadsworth Publishing Company, Inc., 1969), p. 31.

权衡"结束混乱"的代价。在不成熟的特勒马科斯的视角里,母亲对于求婚者的"暧昧"态度和求婚者的"任意吃喝"组成了"消耗我的家财"的共谋。在这里,特勒马科斯将自己的世界锁定在男权意识逐渐觉醒的空间范畴,似乎只有幻想中的父亲与自己同仇敌忾。甚至可以说,在特勒马科斯的世界里,"求婚者"似乎由母亲招致,甚至潜意识里很可能认为"母亲是祸水",为宅邸引来灾难,所以在母亲请求歌人不要吟唱关于奥德修斯的诗行,以免自己过度悲伤,"深深激起我内心难忍的无限凄怆"(1.341—342)时,他不满反驳:现在你还是回房去操持自己的事情,/看守机杼和纺锤,吩咐那些女仆们/认真把活干,谈话是所有男人们的事情,/尤其是我,因为这个家的权力属于我"(1.356—359)。特勒马科斯的突然成长使母亲觉得儿子"判若两人","佩涅罗佩不胜惊异,返回房间"(1.359)。在母亲毫不知情的形势之下,得到雅典娜指点的特勒马科斯已经决意寻找父亲的消息,因此,这个在母亲的庇荫下的孩童突然之间大声宣称自己作为"男人"的身份和权力,一方面使母亲"惊异",另一方面,这些掷地有声的话语从少年口中说出,在讲给母亲的同时,也讲给当场的每一位求婚者。从这个层面上来说,这不仅是为第二天广场演说的彩排,也是特勒马科斯本人"男权意识"觉醒的呐喊。值得一提的是,尽管雅典娜赋予了特勒马科斯勇气,但一张白纸的他当然还不能认识到求婚者的本意并非母亲的爱情和婚姻而是母亲手里的王位。特勒马科斯青葱岁月中展现的正是生命的力量,因为特勒马科斯在代表自己的同时,也代表着奥德修斯的精神与魅力在人世间的繁衍不灭。同时,特勒马科斯日益清晰的"男权"意识既是人物自身成长的需要,也是后续情节"寻父"和"与父报仇"中的不竭动力,即为维护男权和荣誉而不断进行的忍耐和克制训练,最终磨炼心志并成熟起来。在弓箭比赛的环节中,特勒马科斯的"男权意识"发展到顶峰:"亲爱的母亲,没有哪个阿开奥斯人/比我更有权决定把这把弓给谁或拒绝,/……任何阿开奥斯人也不得阻挠反对我,/即使我把这弓永远赠这客人带回家。/现在你还是回房把自己的事情操持,/看守机杼和纺锤,吩咐那些女仆们/认真把活干,这弓箭是所有男人们的事情,/尤其是我,因为这个家的权力属于我"

（21.344—353）。一样的语言，程式化的结构，如果说第一卷中的特勒马科斯是因为受到女神指点大喜过望，"男权意识"懵懂孕育，现在的特勒马科斯则已经从"自发"走向了"自觉"。尤其是在父亲的言传身教和父子谋划复仇大计的过程中，特勒马科斯一步步走向成熟，并彰显自己作为奥德修斯的儿子的霸气——"如果你愿意，亲爱的父亲，你会看到，/我不会如你所说，玷污祖先的荣誉"（24.511—512）。

另外，作为奥德修斯的儿子，不可避免地要受到奥德修斯的感染，呈现出相似的气质，甚至可以说荷马是把特勒马科斯当作奥德修斯精神的延续来进行刻画的。首先从外在气质方面，子承父业，"古代社会神的喜好是通过'女人生子类父辈'来体现的。"[①] 当特勒马科斯寻父到皮洛斯，还未表明来意，涅斯托尔便说："……看着你我不禁惊异，/因为你言谈也和他一样，谁会想到/一个年轻人谈吐竟能和他如此相似"（3.123—125）。所以，特殊的身份在这里帮助特勒马科斯在出征的第一站就成功获得了主人的款待与帮助。突出的是，在《奥德赛》的文本里，"以貌取人"的痕迹非常明显，一方面英雄的形象更加突出，另一方面则从容貌上划分了截然对立的社会阶层——奴隶主、自由民和奴隶。换句话说，截然对立的分别恰恰是对奴隶主贵族统治的坚定维护，从而反映了荷马等吟唱诗人驻扎于各大权贵家中，为权贵高歌的政治本色。

经过寻父出访的经历，特勒马科斯的人生和人性得到了巨大的锻炼与成长，逐渐拥有了奥德修斯的勇气、智慧、谋略与胸襟。比如在奥德修斯装扮老乞丐与乞丐伊罗斯较量之后，母亲责怪儿子"心智与思想与天性不相称"（18.220），而特勒马科斯的回答是：我现在已明白事理，知道一件件事情，/分得清高尚和卑贱，虽然以前是孩子。/……我向天父宙斯、雅典娜和阿波罗祈求，/但愿现在在我们家聚集的众求婚人/也能这样被打垮，一个个垂头丧气，……（18.226—237）在这里，特勒马科斯明明知道打败乞丐伊罗斯的是

[①] Suzanne Saïd, *Homer and the Odyssey* (Oxford: Oxford University Press, 2011), p. 239; Hesiod, *Works and Days*, trans. by M. L. West, slightly modified p. 235.

自己的父亲，但父子相识的狂喜并未形露于色，不失理性地应付尚蒙在鼓里的母亲的种种发问，与广场上的和盘托出形成鲜明对比，特勒马科斯心智的成长可见一斑。同时，母亲的良好教育亦得显现——容貌可能遗传，但心性的磨炼无疑与后天的教育密切相关，因此，特勒马科斯的良好言行除了有雅典娜女神的亲身指导之外，与母亲长期的良好教育不无关系。

另外，儿子的意象在古希腊神话中并不鲜见，如杀父娶母的俄狄浦斯、为父报仇杀死母亲的阿伽门农之子艾瑞斯特斯等。作为英雄奥德修斯的儿子，特勒马科斯具有积极正面的形象，代表"成长"。前面已经提到，奥德修斯二十年的漂泊就是在等待特勒马科斯的长大，在父亲的影响下成长为智勇双全的英雄。特勒马科斯的角色一定程度上可能反映了当时伊塔卡的政治权力状况①，但更多地体现了人性的绵延不绝，也暗含了古希腊民族成长的历程。

C. 佩涅罗佩

佩涅罗佩具有多重身份，一方面，她是奥德修斯的妻子，在荷马时代的古希腊，她是奥德修斯财产的一部分。② 同时，她通过婚姻具有了一定的政治身份——伊塔卡的王后，与她再婚的人可承继王位，可以说，她虽然没有实际的王权，但是，她是王权的捍卫者，拥有王权的授予权。最后，她还是特勒马科斯的母亲。因此，在佩涅罗佩的世界里，三种重要的身份交相重叠，造就了她的聪明机智、处乱不惊，同时还具有女性天生的柔弱无助。而二十年的坚定守候，更是体现出女性的美德——为爱的守候。在史诗中，佩涅罗佩的笔墨不重，却处处体现出女性的爱情观——佩涅罗佩深爱奥德修斯，所以她的漫长等待更突出她对于爱情的坚定。另外，丈夫走后，她深居简出，高居阁楼，

---

① Conny Nelson, *Homer's Odyssey: A Critical Handbook* (Belmont: Wadsworth Publishing Company, Inc., 1969), p. 28.

② 利奇德：《古希腊风化史》，杜之、常鸣译，辽宁教育出版社，2000年，第25页，第29页，第30页，第34页，第64页；由于双方缔结婚姻关系时，丈夫与母家存在彩礼即财务问题；娶嫁后，尽管书中并未明确指出，但从女子在婚姻中不自由的地位和严格约束来讲，妻子是丈夫财产的一部分。另，一旦被休，妻子母家还要被要求退还彩礼（《奥德赛》8:318）。另：F. A. Wright, *Feminism in Greek Literature* (London: George Routledge & Sons, Ltd., 1923), p. 16.

远离人群，回到少女时代的生活，[①]表明她的贞洁。

佩涅罗佩出场便定下了在全诗中的基调——哀伤不失仪态——"缓步走出房门，顺着高高的楼梯，／不是单独一人……／含泪对神样的歌人这样说：／……他总是让我胸中心破碎"（1.329—341）"高高的楼梯"一方面显示出佩涅罗佩深居简出，另一方面，也从意象上定格了佩涅罗佩的地位——高高在上但是孤独。她"系着光亮的头巾，罩住自己的面颊"，如此装束体现了当时当地的风俗，也拒人千里之外。

当儿子首次公开地展示男权意识的时候，佩涅罗佩"不胜惊异，返回房间／把儿子深为明智的话语听进心里。／……禁不住为亲爱的丈夫奥德修斯哭泣……"（1.360—363），此处表明佩涅罗佩对于儿子的尊重和顺从。

需要指出的是，诗人在描述佩涅罗佩的时候，展露了女性的视角和智慧，这一种阴柔的力量实际上为特勒马科斯的成长与奥德修斯的回归争取了时间，"以财富买时间"对于当时不知未来走向的佩涅罗佩来讲，实是无奈之举。她自己很清楚求婚者每日的恣意挥霍。"他们在这里常聚宴，耗费许多食物，／智慧的特勒马科斯的家财，……"（4.686—687）当她得知求婚者们企图杀死特勒马科斯，"双膝无力心瘫痪，／立时哑然难言语；她的双眼噙满了／涌溢的泪水……"（4.703—705），得知儿子在神明的鼓励下，前去探听奥德修斯的消息，她能做的只能和女奴们一起悲恸，真实地反映出作为母亲的自然心性和特质——面对孩子可能遇到危险的牵肠挂肚和极端无助。而且，对佩涅罗佩来讲，特勒马科斯也是除了不知生死的奥德修斯之外唯一的寄托和希望。

其实，身居高楼之上的佩涅罗佩当然知道求婚人的真实目的，更清楚任何贸然的行动都会给母子带来灾难性的后果。在安危面前，财产也只能退居其次，体现了佩涅罗佩作为成年人、作为一国王后的智慧。然而，当又一次得知求婚者还在密谋残害特勒马科斯时，佩涅罗佩勇敢地走到求婚人面前，满腔怒火质问安提诺奥斯，揭穿其虚伪的面纱，历数奥德修斯昔日恩情，质问今日缘

[①] 利奇德：《古希腊风化史》，杜之、常鸣译，辽宁教育出版社，2000年，第30页。

何恩将仇报，浪费恩人财产，向王后求婚，并加害王子。这是佩涅罗佩第一次直面求婚者的演讲，也是佩涅罗佩为数不多的大段独白，道出她对于求婚者的真实态度。"王后回到自己明亮的阁楼寝间，/禁不住为亲爱的丈夫奥德修斯哭泣。"（16.449—450）佩涅罗佩在对手面前异常淡定和坚强，而泪水和孤寂只属于自己[①]。

当特勒马科斯回来之后，佩涅罗佩的形象发生了一些改变。通过这次旅行，特勒马科斯已经丰富了自己的经历，更关键的是他已同生父相认。也就是说，奥德修斯的出现完成了特勒马科斯的人格再造，从此，他形成了与父亲的天然同盟，而母亲的地位则更加边缘化。

在特勒马科斯广场演说的时候，佩涅罗佩的"织寿衣计"是通过安提诺奥斯之口表述的。"她这人太狡猾。/已经是第三个年头，……她一直在愚弄阿开奥斯人胸中的心灵。/对我们这样说：'我的年轻的求婚人，英雄奥德修斯既已死，/你们要求我再嫁，且不妨把婚期稍延迟，/待我织完这匹布，免得我前功尽废弃，/这是给英雄拉埃尔特斯织造做寿衣'/……就这样，她白天动手织那匹宽面的布料，/夜晚火炬燃起时，又把织成的布拆毁。/……他们谁也不及佩涅罗佩工于心计。"（2.88—121）她巧妙地运用女性独有的手段默默反抗。通过他人之口，将佩涅罗佩的心灵手巧、勇敢机警的特点深深映入听众脑海。

佩涅罗佩的正面出场是在儿子有性命之忧时与求婚人发生冲突，以大段对白陈之以理。随着情节的发展，佩涅罗佩仍不失善良本性。当听说有人在厅堂殴打乞丐，她对侍女说："但愿善射的阿波罗也能射中此人"（17.494）。此时"善良的愤怒"恰恰反衬出求婚人的蛮横无理。佩涅罗佩对落魄的外乡人，甚至乞丐都愿施以援手。这样善良的女性口中居然道出"奶妈啊，他们个个可憎，在策划灾难，/安提诺奥斯尤其像黑色的死亡一样。/那个不幸的外乡

[①] Nelson Conny, *Homer's Odyssey: A Critical Handbook* (Belmont: Wadsworth Publishing Company, Inc., 1969), p.45.

人来到我家乞讨，/ 求人们施舍，须知他也是为贫困所逼迫"（17.499—502）。一方面体现了佩涅罗佩对待贫弱之人的善行，另一方面也控诉了求婚者恩将仇报的丑恶嘴脸。她从潦倒的外乡人身上打听奥德修斯的消息："高贵的欧迈奥斯，你去把那个外乡人 / 请来这里，我想和他说话询问他，/ 他是否听说过受尽苦难的奥德修斯，/ 或亲眼见过，他显然是个天涯浪迹人"（17.508）。第一体现佩涅罗佩不势利，不以貌取人；第二表现了她的聪慧。她认为天涯浪迹的人不可小觑，他们见多识广，有可能知道或曾经见过奥德修斯本人，所以她不愿放弃任何寻找奥德修斯的机会。此外，佩涅罗佩对丈夫的深爱还表现在对自己丈夫的信任上："只因为没有人能像 / 奥德修斯那样，把这些祸害赶出家门。/ 倘若奥德修斯能归来，返回家园，/ 他会同儿子一起，报复他们的暴行。"（17.537—540）这么多年来，佩涅罗佩的精神支柱莫过于对奥德修斯的等待，她坚信神勇的丈夫一定能够保卫家园。所以，对于佩涅罗佩来说，一切的胜算和希望[1]全都放在奥德修斯的身上。尽管这二十年来"丈夫"只是一个概念，但恰恰就是这样的一个概念书就了她的一生。

如果说佩涅罗佩避免和求婚人的正面冲突是讲究策略，那么对儿子的责怪则是其强硬的表现。在求婚人要求奥德修斯装扮成的乞丐与伊罗斯决斗时，佩涅罗佩斥责特勒马科斯"竟让外乡人如此遭辱受欺凌！"（18.222）一方面体现出母亲对儿子的严厉管教，另一方面在所有求婚人面前更进一步强调自己和特勒马科斯的主人身份。回答欧律玛科斯的责难时又说："想当年他告别故乡土地远行别离时，/ 曾握住我的右手腕，对我叮嘱这样说：/ '……我离开家之后你在家照料好父母双亲，/……但当你看到孩子长大成人生髭须，/ 你可离开这个家，择喜爱之人婚嫁。'往日的求婚习俗并非如你们这样，……他们从不无偿地消耗他人的财物"（18.257—280）。从丈夫关于家务的交代渐渐过渡到财物问题，在佩涅罗佩刚柔并济的陈述中，一切又显得合情合理，很让求

---

[1] Alain Peyrefitte, *Le Mythe de Pénélop* (Paris: Librairie Arthème Fayard, 1998), p. 150. "À ce degré, sa confiance n'est plus un simple pari."（从某种程度上说，她的信心不再只是简单的赌注）。

婚者受用。尽管对于佩涅罗佩并没有很多的神情描写，但寥寥数语和求婚者的表现使佩涅罗佩的形象跃然纸上。

在第十九卷中，佩涅罗佩直接向"外乡人"袒露心声，其实这时的"外乡人"便是奥德修斯本人。通过对"外乡人"的大段独白，讲述了佩涅罗佩思想变化的来龙去脉。"织寿衣计"这样的突出事件在一遍遍吟诵中，从不同人的口中展现各异的立场与看法，以此加深听众对事件的了解，有利于听众对人物性格的把握。段段独白既可以展现佩涅罗佩的柔弱无力，又娓娓道出在这个女人的肩上所承担着的来自于求婚者、儿子、母家甚至女仆的压力。此时，"强行求婚"实际上已经发展成了"逼婚"，情势的危机与复杂更彰显了佩涅罗佩的勇气、智慧与对奥德修斯深深的爱。

在走投无路只能以箭定婚之时，佩涅罗佩无所顾忌地表达了女主人的愤怒——"列位高贵的求婚人，暂且听我进一言，/你们一直在这座宅邸不断地吃喝，/自从这个家的主人长久地在外滞留。/你们并无任何理由这样做，/只是声称想与我结婚做妻子。/好吧，求婚人，既然已有奖品，/我就把神样的奥德修斯的大弓放在这里，/如果有人能最轻易地伸手握弓安好弦，/一箭射出，穿过全部十二把斧头，/我便跟从他，离开结发丈夫的这座/美丽无比、财富充盈的巨大宅邸，/我相信我仍会在梦中把他时时记念。"（21.68—79）佩涅罗佩历数求婚者之不德行径，并揭穿求婚人的骗局。现在的佩涅罗佩无路可选，只能主动出击，公然挑战求婚人：我的丈夫是可以拉弓射箭的，现在你们也要可以才有资格求婚。显然，奥德修斯的影响和威力现在已然成为佩涅罗佩的保护伞，这也正是佩涅罗佩的智慧和勇气的不竭来源。

最后在全诗高潮"婚床相认"一节中，奶妈欧律克勒娅告诉佩涅罗佩丈夫归来的消息后，佩涅罗佩宁疑毋信，多年的不安定已然将温婉贤淑的佩涅罗佩变成一位睿智的妇人，她警觉地洞察世界，谨慎地表达情绪，又心力交瘁地为儿子和家庭谋划。当奶妈反复强调主人的归来，佩涅罗佩"兴奋地从床上跳起，/伸手搂住奶妈，禁不住双眼热泪盈，/开言对她说出有翼飞翔的话语：'……他孤身一人，他们却总是聚集在这里'"（23.32—38）。在这段情节里，佩涅罗佩动作幅度加大，一改先前出场的拘谨，"跳起"、"搂住"等动作逼真，画面清晰，同时对丈夫的担心也脱口而出："他寡不敌众，如何获胜"。多年来，阴魂不散的求婚者已经形成佩涅罗佩巨大的心理阴影。当得知奶妈并未亲眼见到奥德修斯屠杀众人的场景，佩涅罗佩的审慎又一次展露，"亲爱的奶妈，你不要欢笑得高兴过分。/……或许是哪位天神杀死了高傲的求婚者，/……至于我的奥德修斯，/他已经死去，早就不可能返回阿开亚。"（23.59—68）。

在荷马的吟诵中，欲扬先抑的技巧已经炉火纯青，听众的心随情节跌宕起伏，从而提升欣赏的快感。当奶妈告诉她脚上的伤疤，这便是确认奥德修斯身份的有力证据，但佩涅罗佩喜怒未形于色，"亲爱的奶妈，即使你很聪明多见识，/也很难猜透永生的神明们的各种计策。/但我们走吧，且去我的孩子那里，看看被杀的求婚者和杀死他们的那个人。"（23.81—84）全诗的高潮"夫妻相认"的场面以慢镜头切换的方式到来。这一刻的等待漫长而痛苦，重聚又是如此令人难以置信，从而更显团圆之珍贵。特勒马科斯责备母亲无情，而佩涅罗佩并不像以前"表情惊异，顺从儿子，返回房间，默默哭泣"，而是告诉儿子心中的疑惑："我们会有更可靠的办法彼此相认：/有一个标记只我俩知道他人不知情"（23.109—110）。佩涅罗佩很自然地要求欧律克勒娅把婚床搬出外面，若非奥德修斯本人，即使同乡人也很难记得婚床是坚固而不能移动的。当奥德修斯对答如流时，佩涅罗佩双手紧抱奥德修斯的脖颈："奥德修斯啊，不要生气，你最明白人间事理。/……现在请不要对我生气，不要责备我，/刚才初见面，我们有这样热烈相迎。/须知我胸中的心灵一直谨慎提防，/不要有人用花言巧语前来蒙骗我，/现在常有许多人想出这样的恶计"（23.205—217）。当确认了眼前的人就是分别二十年的奥德修斯，佩涅罗佩才放松警惕，热切欢迎丈夫。二十年的坚守不仅需要一个女人爱得真挚、坚强守候，更重要的是要有足够的智慧，而佩涅罗佩便是这智慧[1]与美的化身。

---

[1] Suzanne Saïd, *Homer and the Odyssey* (Oxford: Oxford University Press, 2001), p.277.

5.1.1.2 忠心的奴隶

A. 欧律克勒娅

欧律克勒娅作为一个奴隶，荷马对于她的形象刻画与笔墨花费并不亚于任何贵族形象。

首先，欧律克勒娅具有特殊的身份。"善良而智慧的欧律克勒娅，／……拉埃尔特斯还在欧律克勒娅年轻时，／花钱把她买来，用二十头牛做代价，／在家里对待她如同对待贤惠的妻子，／但没碰过她卧榻，免得妻子生怨气"（1.428—433）。欧律克勒娅是以妾的身份被买进，但是由于拉埃尔特斯惧怕妻子不悦，欧律克勒娅并未履行妾的职责，但是"如同对待贤惠的妻子"，足见欧律克勒娅在奴仆中的地位非同一般。

其次，身份的特殊还表现在欧律克勒娅差事的特殊——看守奥德修斯的库房："进入库房的两扇合缝严密的门板／紧紧关闭，由一名女仆日夜看守，／就是佩塞诺尔之子奥普斯的女儿／欧律克勒娅，无比警觉地保管他们。"（2.344—347）奥德修斯的所有财产几乎全部都存在这间库房，从"严密合缝的门"可以看出此地的重要。

再次，特勒马科斯受雅典娜指点，要出行寻父，与他相依为命的母亲尚不知此行，欧律克勒娅却已经知晓。"这件事只有你知道，你把它们堆放好，／待到晚上我母亲登上楼层卧室，／就寝安眠后，我便前来把它们取走。"（2.356—358）不仅奥德修斯和佩涅罗佩信任她，连特勒马科斯也一样地信任，将自己最为隐秘的行动和盘托出。欧律克勒娅做出回应，"泪流满面地说出有翼飞翔的话语"（2.362），表现了欧律克勒娅的内心震撼，显露出对主人遭遇的深深同情，这是真情的流露。尽管热切期盼主人归家，但亦不免对少主人感到担忧，"当你一离开，他们立即会暗中作恶，／把你谋害，把你的家产全部瓜分。／你还是留下来看守家产，没有必要／到波涛汹涌的海上受苦难，到处漂泊。"（2.367—370）欧律克勒娅终日忧心主人的财产和安危，现在小主人又要出行，不再年轻的她以长辈的口吻告之潜在的危险，就像祖母叮嘱自己的孙儿。

当王后佩涅罗佩得知儿子已然出行，且求婚人意欲加害之时，欧律克勒娅将前因后果如实禀报并要求接受任何惩罚，"亲爱的夫人，你可用无情的青铜杀死我／或是仍让我留在你家里，我都不隐瞒。／我知道全部实情，并给了他所需的一切，／给了他食品和甜酒，他要我起了大誓，／不把事情告诉你……／免得悲哭损毁了你那美丽的容颜。"（4.743—749）不仅如此，得知佩涅罗佩意欲报告奥德修斯的父亲，欧律克勒娅悉心安慰并希望不要打扰老人，"女神到时候定会拯救他免遭危难。／请不要给痛苦的老人添痛苦，常乐的神明／不会永远憎恨阿尔克西奥斯的后代，／我想他们会让他留下来继承／这高大的宫殿和远处那大片肥沃的土地。"（4.754—757）一方面，她事无巨细讲述一切以安慰伤心的母亲。出于理解，尽管已经起誓，欧律克勒娅冒着被神明诅咒的危险，一一汇报来龙去脉，自愿承担任何惩罚，其忠心可表。另一方面，请求佩涅罗佩沐浴更衣为孩子祈福，这也是奴隶出身的欧律克勒娅能够想到的最好的办法。第三，"不要给痛苦的老人添痛苦"，表现出了对奥德修斯父亲拉埃尔特斯的深情厚谊，奥德修斯的离去和他母亲的去世已经让这位避居果园的老人孤独无依，现在家里的纷杂又要去叨扰老人家，欧律克勒娅深觉残酷，于是相劝。这些都体现出欧律克勒娅虽身为奴隶，却具有不同寻常的家庭地位。

欧律克勒娅能够站在母性的高度去爱家族的每一个成员，并坚信神明会保佑这个家族。在特勒马科斯返回家宅的时候，奶妈欧律克勒娅首先远远看见他，"立即泪水汪汪地迎接"（17.31—33），形象地表现出欧律克勒娅盼望少主人归来时喜出望外的心情。

在奥德修斯指定让老女仆洗脚的时候，欧律克勒娅"热泪不断流淌，说出感人的话语：……这里来过许多饱经忧患的外乡人，／可是在我看来，从没有哪一位的体形、／声音和双脚比你跟奥德修斯的更相近"（19.363—381）。

奥德修斯的模样深深烙在她脑海，体形、声音、双脚，时隔二十年，她依旧记忆如新。当看到奥德修斯脚上的伤疤，"她细心触摸认出了它，松开了那只脚。／那只脚掉进盆里，／铜盆发出声响，／水盆倾斜，洗脚水立即涌流地面。/ 老女仆悲喜交集于心灵，两只眼睛 / 充盈泪水，心头充满热切的话语。/ 她抚摸奥德修斯的下颌，对他这样说：'原来你就是奥德修斯，亲爱的孩子。/ 我却未认出，直到我接触你主人的身体。'"（19.468—475）这里运用动作与声响打破平铺直叙。

从洗脚水涌流地面的场景可见欧律克勒娅的惊奇程度。"悲喜交集"、"充盈泪水"极言等候之苦以及认出主人的大喜过望。抚摸下颌等亲昵的动作，一方面表现欧律克勒娅对于主人的慈爱，另一方面也彰示着欧律克勒娅的特殊身份。

多年来的忠心耿耿构成了这个人物的全部生活：替主人看守财富、看管女奴、对主人的秘密严防死守，可谓"忠诚之范"。毫无疑问，奶妈的形象便是奴隶的表率，也是深得主人信任的奴隶样本。

B. 牧猪奴欧迈奥斯

《奥德赛》中牧猪奴的出场是由雅典娜指引的。在雅典娜的指点下，奥德修斯返回伊塔卡见的第一个人便是牧猪奴欧迈奥斯，"你首先应去觅见牧猪奴，/ 他牧放着猪群，他热爱你、你的儿子 / 和聪明的佩涅罗佩，始终真诚无二心"（13.404—406）。牧猪奴的忠实是经过神明首肯、不容怀疑的。同时，牧猪奴的出现也为父子相认提供了伏笔，并且成为奥德修斯屠戮求婚人的重要帮手。所以在史诗的设计中，牧猪奴并非多余。与奴仆的表率欧律克勒娅相比，欧迈奥斯更多地发挥了"协助"的作用。

"协助"作用的发挥首先建立在忠心的基础之上。"在神样的奥德修斯的 / 所有的奴仆中，他最为主人的产业操心"（14.3—4）表现出牧猪奴欧迈奥斯的尽职尽责。此句为总起，这是对牧猪奴形象的总括。"由牧猪奴为离去的主人的猪群建造，/ 未曾禀告女主人和老人拉埃尔特斯"（14.8—9）没有主人的命令，自发地修整设施，表现出牧猪奴把分派给他的任务当做自己的事情来做，换句话说，已经由被动完成任务的奴隶角色变成了尽心尽力的经营者，保卫并爱护着主人的财产。同时通过讲述猪群雄雌数目的不平衡和质量的下降，侧面控诉求婚者的卑劣行径以及强大对手侵蚀下逐渐减少的奥德修斯的家产。牧猪奴在不知身份的情形之下，对待奥德修斯的态度体现了牧猪奴的善良。"尊敬的老人，这几条狗差点突然地／把你撕碎，那时你便会把我怪罪。／神明们许多其他的痛苦和忧愁，／我坐在这里还为我的高贵的主人／伤心落泪；我饲养骟猪供他人吞食，／我的主人或许正渴望食物解饥饿，／飘荡在讲他种语言的不足的国土和城邦，／如果他还活着，看得见太阳的光芒。"（14.37—44）牧猪奴欧迈奥斯对于主人的思念随处可见，尽管时隔二十年，看到流浪人便感同身受、同命相连，这又是"荷马的声音"为当时的奴隶树立了忠诚标杆。在欧律克勒娅和牧猪奴的世界里，神明对于主人的惩罚便是对自己的惩罚；看到眼前客人的需求与窘迫，便自然联想到自己主人背井离乡的困窘。况且，从牧猪奴单一的角度来说，字字血泪，日日担忧是对求婚者再一次的控诉。[①] 对主人发自内心的忠诚和深沉的爱显然已经超越了奴隶对于主人的简单附属关系。在食用公猪时，"他首先从白牙猪头顶扯下一绺鬃毛，／扔进灶台的火焰，向所有的神明祈求，／祝愿智慧的奥德修斯终得返回家园"（14.421—423），这样的献祭及许愿是对于主人绝对忠心的最好证明。

其次，牧猪奴也是很好的信息提供者。通过牧猪奴之口，"外乡人"和听众对伊塔卡的情况、奥德修斯的财产以及求婚人挥霍的具体状况，都有了一个全新的视角，因为他一方面直接掌管财产，另一方面，任何人在奴隶面前无需伪装，表现得也更加真实。牧猪奴视角下的求婚者及其侍从"他们的狂傲强横气焰达铁色的天宇。／他们的亲信侍奴可不像你这般模样，／他们年轻，穿着华丽的外袍和衬衫"（15.329—331），嚣张气焰可见一斑，愈是嚣张，愈反衬出佩涅罗佩母子的处境的艰难。此外，奥德修斯的财富也只有通过客观的库房描写、侧面的奴隶介绍，才能让听众获得了一个清晰的印象，同时也让后世的读者多一个角度去洞悉当时的古希腊社会。"主人的家财无比丰盈，任何人都难／与他相比拟，无论在黑色的大陆，／还是在伊塔卡本土，即使二十个人的／

[①] S. Douglas Olson, *Blood and Iron: Stories & Storytelling in Homer's Odyssey* (Leiden: E. J. Brill, 1995), p. 125.

财产总和仍不及他富有"（14.96—99）。牧猪奴很清楚主人的财富，但难能可贵的是他安守本分，丝毫没有占有或侵吞的邪念，体现了欧迈奥斯虽为奴隶却正直高贵的品格，这就是为什么后面称呼他"高贵的牧猪奴"（22.129），与出身高贵的求婚者形成强烈的反讽。再次，从牧猪奴的介绍也可见奥德修斯家的财富，这就是为什么求婚者即使达到上百也可以维持二十年的"硬性条件"。同时，欧迈奥斯的忠诚"夜宿石下"（14.533）、经营有方，也是对忠诚主题的丰富，在主人外出二十年的时间里，牧猪奴用自己的积蓄还买了个奴隶，因为在当时奴隶就是财富的象征①。由此可见，牧猪奴的忠贞付诸语言、情感和行动之中。而且，佩涅罗佩可以二十年不嫁，很重要的保障便是财产，纵家财万贯，二十年坐吃山空亦难以为继，没有像牧猪奴一样的忠仆的勤勉工作、努力经营，怎么会供得起那些贪婪的求婚者的浪费呢？所以一定意义上，也正是忠贞的奴仆和妻子一起并肩战斗，才得以维持奥德修斯的家园，作者的巧妙设计使得整部史诗浑然一体。

值得一提的是，牧猪奴与主人感情深厚，"他无疑早已客死他乡，给所有的亲人／留下悲哀，尤其是我，我再也找不到／如此仁慈的主人，不管我去到哪里，／即使我返家乡重新回到父母亲身边……／是远离的奥德修斯牵挂着我的思念……／他虽已离开，我仍称呼他亲爱的主人。"（14.137—147）对主人的感情已经远远超过与父母的感情，一方面说明奥德修斯的人格魅力，另一方面也反映了当时社会格局的变动，家族结构已分崩离析，家庭成员之间的关系甚至不如主仆关系。因此，从这个角度上来讲，牧猪奴是以亲人的身份服侍奥德修斯，为其担惊受怕，甚至牧猪奴的忠心已经从对待奥德修斯的身上转移到了少主人特勒马科斯的身上。特勒马科斯从皮罗斯和斯巴达回返时，受雅典娜指点，先回农庄，欧迈奥斯看到少主人，"他上前迎接少主人，／亲吻他的头部、他那双美丽的眼睛／和可爱的双手，颗颗热泪不断往下流。／有如父亲欣

---

① Albert Galloway Keller, *Homeric Society: A Sociological Study of the* Iliad *and* Odyssey (New York: Longmans, Green, and Co., 1902), p. 190.

喜地欢迎自己的儿子，儿子历时十载远赴他乡终回返，独子多娇惯，父亲为他无限担忧愁"（16.14—17）——体现了欧迈奥斯对于特勒马科斯外出寻父时的担心。同欧律克勒娅一样，欧迈奥斯对于主人的感情覆盖于整个家族，与每个成员建立了某种天然联系。

再次，歌者通过牧猪奴之口讲述了欺骗佩涅罗佩的人数之众，从而将二十年发生的事件简要说明，"常有人游荡来到我们这伊塔卡地方，/谒见我们的王后，胡诌一些谎言"（14.127）。不仅如此，自己也有了一定的戒心，"我现在已无兴趣打听，无热情询问，/自从一位埃托利亚人用谎言把我骗；/……他还说主人归返定在炎夏或凉秋"（14.378—384）。这两条信息是对佩涅罗佩多年深居简出的最好解释，表现出家人在奥德修斯外出二十年中所承担的巨大风险与压力。他们除了担心奥德修斯的生死安危，应对求婚人的滋扰生事，还要面临专门以此打诳语、欺骗家人感情并骗吃骗喝之辈。经历种种足以让每一个关心奥德修斯的人心力交瘁。同时，为"相认"情节的展开打下伏笔。

最后，欧迈奥斯有一颗感恩和知足的心，这也暗含了他得到善终的原因。"我主人对我关怀备至，赠我财产，/给我房屋、土地和人们追求的妻子，/好心的主人可能赐予奴隶的一切。"（14.62—64）在牧猪奴的眼里，所有的财产都是主人所有，主人赐予他的一切自觉已经在奴隶中"登峰造极"，他没有求婚人的野心，也正由于此，欧迈奥斯最终得到善报——"我将让你们娶妻室，赐给你们财产/和与我家为邻的住屋，那时你们/对于我如同特勒马科斯的伙伴和兄弟。"（21.214—216）显然，现在的牧猪奴已经相当于半个主子，[①]从奴隶的身份摆脱了出来，实现了阶级的跨越。

此外，牧猪奴的身份是史诗中的一个亮点。欧迈奥斯本是叙利亚国王的儿子，被女奴带出并贩卖，来到拉埃尔特斯家里，奥德修斯母亲的养育他一

[①] 伯纳德特：《弓弦与竖琴：从柏拉图解读〈奥德赛〉》，程志敏译，华夏出版社，2003年，第152—153页。

直念念不忘:"我一直心怀亲情前去看望问候……/因为她曾把我同她的高贵女儿同抚养,……从不蔑视我。/……女主人给我一件外袍、一件衬衫,/精美的衣服,还给我绳鞋穿上双脚,/遣我来田庄,发自内心地真诚喜欢我。"(15.362—370)牧猪奴懂得感恩、知足,经常去看望他的女主人,或者说是他的母亲,因为奥德修斯的母亲将牧猪奴与奥德修斯的妹妹一同抚养长大。牧猪奴本身远离叙利亚、奥德修斯本人远离家园、特勒马科斯离家寻父,可以说,在《奥德赛》中,"离家流浪"是一个通篇的主题,同时也反映了荷马时代的古希腊人的流动性以及家庭结构分崩离析的现状。

5.1.1.3 神界探索

A."善忘"食莲族

遇到食莲族,是对奥德修斯第一场灾难的缓冲。在第一场灾难中,他们离开伊利昂,攻破了伊斯马罗斯,不料遭反攻,寡不敌众而仓皇逃生。在海上的风暴中连续颠簸九天,第十天终于登上陆地,提取净水,得到维系生命的重要补给——他们来到了"洛托法戈伊"人的国土。同时,在奥德修斯的派遣下,手下人去探察该岛,遇上了当地居民——食莲族。荷花的意象在西方文化中有"忘忧果"[①]之意。欧美人深受希腊文化的影响,英语中 lotus 的文化联想意义主要来自希腊神话与荷马史诗。在希腊文化中,lotus 的含义是忘忧果;lotus-eater 指希腊神话中食忘忧果而忘却劳苦的人。

没有战争,没有武器,这些在特洛伊战场上的勇士们放松了戒备,"洛托法戈伊人无意杀害我们的同伴,/只是给他们一些洛托斯花品尝/当他们一吃这种甜美的洛托斯花,/就不想回来报告消息,也不想归返,/只希望留在那里同洛托法戈伊人一起,/享用洛托斯花,完全忘却回家乡"(9.92—97)。可以说,这是用一种"温柔"的方式进行洗脑,同时,得到的结果比战争还要恐

[①] 姚建华:《英汉语中植物喻意的对比及其习语的翻译》,《闽西职业技术学院学报》,2008年第6期,第64—67页。

怖，能在不知不觉中让人类放弃原有的目标与方向，也可以说是人类生存意识的死亡。显然，洛托法戈伊国出现在奥德修斯一行筋疲力尽地与大海搏斗了九天的大限之时，以"温柔乡的待遇"吞噬了他们的人性，以植物为生，远离人境，甚至剥夺了人类忧愁的权利。另一方面，这也是对人类意志的考验。实际上，这是神对人的宣战，真正的帷幕才刚刚拉开。如果人沉沦其中，将暂时的"忘忧地"当作"躲风避雨"的"伊甸园"，那么人便不能成为人。那样，奥德修斯是断不能回到伊塔卡的，也就意味着他的彻底失败。因此，与其说洛托法戈伊是一个挑战，毋宁说只是一个序幕，来初步试探奥德修斯的意志。另外，从翻译的角度来看，翻译成"洛托法戈伊"佶屈聱牙，不宜诵读和理解其文化含义，即"忘忧果"。倘直接翻译成"食莲族"——以食让人忘却一切的莲花为生的族类。这样，就不难理解莲花在古希腊文化中的含义了，文化也能得到很好传通。

B. 巨型独眼兽

从食莲族逃出，便到达疯狂野蛮的"库克洛普斯"的居地，他们受天神庇护，与神界关系密切。他们的居住地"既不种植庄稼，也不耕耘土地，/所有的作物无需耕植地自行生长，/有小麦大麦，也有葡萄累累结果，/酿造酒醪，宙斯降风雨使它们生长。/他们没有议事的集会，也没有法律。/他们居住在挺拔险峻的山峰之巅，/或者阴森幽暗的山洞，各人管束/自己的妻子儿女，不关心他人事情"（9.108—115）。这段描述反映出当时古希腊社会的基本农业情况，以大麦、小麦的种植业为主，以葡萄酿酒为辅。同时，"他们没有……"则反映出神界在伦理道德层面的缺失，因为当时的古希腊人已经正在形成"城邦制（Polis）"[①]的雏形，也已经有"集会"[②]的形式，神界却还是保持彼此隔离，各扫门前雪。同时，对于"羊群"的描述，显示出当时的游牧文

[①] Ehrenberg Victor, 'When did the Polis Rise?', *The Journal of Hellenic Studies* (Vol. 57) The Society for the Promotion of Hellenic Studies. p. 155.

[②] 参见《奥德赛》第二卷，王焕生译，人民文学出版社，1997年。

化。奥德修斯一行上岸后，得到又一次的补充供给——生长于山野的羊群便成了他们的腹中美餐。补给之后，他们例行探寻，发现了巨型独眼兽库克洛普斯的洞穴，于是十二个人开始了新的冒险。库克洛普斯是个非常有条理、很专业的牧人，从洞中陈设就可看出："洞里贮藏着筐筐奶酪，绵羊和山羊的／厩地紧挨着排列，全都按着大小归栏：／早生、后生和新生的一圈圈分开饲养，／互不相混。洞里各种桶罐也齐整，／件件容器盈盈装满新鲜的奶液"（9.219—223）。如此布局引起了奥德修斯对主人进一步了解的兴趣。同时，布局的有条不紊和巨人形象的反差引起了听众的惊奇，增强听众的欣赏快感。当巨人真正出现的时候，"将柴捆放下"的声音被描述为"一声巨响"，这些勇敢的特洛伊战争的胜利者们居然被"吓得慌忙退缩到洞穴深处"，都从侧面描写巨人的规模以及双方力量对比的悬殊。实际上，从规模上来说，巨人的出现正是真正的"困难"的化身，战胜他需要智慧和勇气；越是在铺垫的过程中突出双方实力的悬殊，越能够体现奥德修斯得以完胜的智慧和勇气。而通过对比描述，给听众留下深刻印象。比如对"洞口"的描述"即使用二十二辆精造的／四轮大车也难以拉动"（9.241—242），而巨人就是用这样的巨岩来堵洞门而已，与人力毫无可比性。诗人巧妙地选取角度，通过堵洞石自然可见洞之大小，巨人的身材自不必言。当库克洛普斯发现了奥德修斯等人，告诉他们"须知库克洛普斯们从不怕提大盾的宙斯，／也不怕常乐的神明，因为我们更强大"（9.275—276），从堵洞的岩石到现在的不敬神明，不怕宙斯，双方力量的悬殊进一步深化。不仅如此，当人还在回答问题的时候，神已经打破游戏规则，抓起两个同伴做晚餐，由此可见，奥德修斯这次遇到的库克洛普斯不仅实力罕见，食量巨大，无视神明，而且不按规则，恣意妄为，这样的敌人注定了对手的灭亡。然而，一旦谁能够逃出来，便是神明中的神明。荷马以这样的逻辑为最后的结果蓄势。在巨大的生存压力之下，奥德修斯不得不设法活命，于是人神之间的较量便迅速而深入地展开。奥德修斯通过灌醉巨人、取名"无人"、邪恶"赠礼"等环节，等到巨人再次醒来，已经饱受橄榄木扎眼之痛，诗人的设计何等巧妙！如果巨人库克洛普斯有两只眼，奥德修斯的成功机会非常渺茫。当巨人召集其他巨人未果时，推开洞门，却为奥德修斯打开了逃生之门，而巨人此时依然忍痛和自己的羊在说话，似乎是母亲在询问自己的孩子，"公羊啊，今天你为何最后一个出洞，/ 往日里你出去从不落在羊群的后面，/……今天你却殿后，或者主人的眼睛 / 令你悲伤，……"（9.447—453），深情款款的对话已然将那个一餐食两个人的独眼兽变成了令人同情的对象，在这样的意象之下，奥德修斯等临走时赶走一群羊的行为也已经从"客人"转化成"掠夺者"。

其实，这种超乎寻常的、力量悬殊的人神之斗体现了人在困难危机中的智慧与勇气。在自然界中，人是最为平常不过的生物，就力气、速度、能量等相比，均不敌野兽，更何况是不怕宙斯的库克洛普斯。但是，人具有智慧，具有合作精神和意识，这样，人类的缺陷得到了有效的补救，使得人类在征服大自然的过程中能够冲破荆棘，从一个胜利走向另一个胜利，种族得以繁衍。库克洛普斯在各个方面都是强大的，但是，他们只凭力气说话，并无智慧，更不懂礼法，可以说它们是野蛮和愚昧的象征。比如他明知奥德修斯已然出发，还在做最后的努力。"奥德修斯，你过来，我会赐你礼物，/ 然后让强大的震地神送你回家园"（9.517—518）此等呼喊表明了库克洛普斯智力低下，如此幼稚的话语在无比智慧的奥德修斯面前显然无济于事。这也告诉我们，即使遇到很大的困难，只要有足够的勇气、意志与智慧，总有突破口，人类可以战胜自然界的挑战。这体现出古希腊人的另一种精神底色——征服。

最后库克洛普斯终于承认"一个古老的预言终于应验。/……说我将会在奥德修斯的手中失去视力"（9.507—512）。从侧面反映出神明不敬神明的严重后果。不管是人还是神，不论个体力量有多么超群，都要敬畏神明。

C. 赫里奥斯的牛

当奥德修斯渡过悬崖，失去六个伙伴，又到饥寒交迫之时，美丽的海岛映入眼帘。海岛上放牧着肥壮的牛羊，又一次生命的体验即将开展。女神已经指点他不要食用岛上的牛肉，但是，一个月来禁困岛上，船上储备的食物已经告罄，同伴们不得不到处捕猎为生。"饥饿折磨着他们的肚皮"（12.332），这时奥德修斯洗净双手向神明祈祷，神明却催眠了他这个灵魂性的人物，剩下的同伴群龙无首。人类在面临死亡的时候，饿死和忤逆神明都是一样的结局，于是，他们挑了几头牛，祭奠了众神明，但仍未能逃过神明的诅咒，最终全部死亡。其实，就在奥德修斯一步步靠近伊塔卡的时候，只要一步没有脱离海神波塞冬的管辖，只要没有获得众神明的宽恕，永远都有性命之虞。[①]而牧场的出现，一方面让他们暂时得以休养生息，另一方面，这也代表了另一种考验。一个多月不能起航，他们受尽了饥饿的折磨，但是神却视而不见。显然，这不是考验他们的智慧与勇气，而是考验他们对神是否具有虔诚之心和绝对忠诚。在这一关里，众人未能逃过劫难。同时，也为后边奥德修斯在费埃克斯岛上获救打下伏笔，因为他的同伴做"替死鬼"的任务已经完成。虽辛苦一路，但最终还是落得"不敬神明"而功败垂成，神界的冷酷和高傲可见一斑——自己的牛群宁可用来把玩也不救人一命，缺乏普度众生的意识。

以上的人物或地界的分析，实际上都围绕着一个核心的话题——财富。奥德修斯是财富的拥有者和掠夺者，在财富的王国里，拥有超群的智慧和勇气的他无疑是强者。特勒马科斯作为奥德修斯的后代，是这种精神的学习者和延续者；妻子佩涅罗佩则是财富的保卫者；忠心的奴仆要尽忠于主人和主人的财富，自己也会得到福报，即拥有财富，从一定意义上来说，欧迈奥斯的成功阐述了"奴仆的财富论"；而求婚者为代表的人对待财富的态度和获取手段违背神意，悖逆当时的社会规则，最终失去财富，甚至生命。当然，神界造物不用挖空心思追求财富，他们更多地代表了世间财富分配者的意志——用神的语言和行为方式告知人类拥有财富必须敬畏神明、倚仗神明、顺服神明。而人与神的斗争正体现了千百年来希腊人在征服自然界，尤其是大海的斗争过程中积累的宝贵经验，同时，这些经验也是古代希腊人获得财富、守住财富需要的虔诚、勇气和智慧，所以从这个层面上看，《奥德赛》是一部古希腊荷马时期人类社会的《财富论》。

---

① Suzanne Saïd, *Homer and the Odyssey* (Oxford: Oxford University Press, 2011), p. 344.

5.1.2 《奥德赛》行文风格与形式

5.1.2.1 传承化口述

帕里（Milman Parry）认为"荷马的诗歌是传统的史诗，而且后来他发现荷马史诗是口述而成的。"[①]古希腊的史诗大多为吟唱诗人在富贵人家或其他公众性场合的即兴表演。由于听众的临时性很强，表演的互动性无疑成为听众反应的重要考量依据。所以，在史诗《奥德赛》中，同样场景的描述，比如说："我的孩儿，从你的齿篱溜出了什么话"、"佩涅罗佩不胜惊异，返回房间，把儿子深为明智的话听进心里。她同女仆们一起回到自己的寝间，禁不住为亲爱的丈夫奥德修斯哭泣，直到目光炯炯的雅典娜把甜梦降眼帘"。"帕里对这些固定的程式化短语、大体类似的故事类型和史诗整体结构特点的分析，证明《荷马史诗》不可能是一朝一夕、由某一个作者在一个特定时间内创作的，而是在民间长期口头创作的基础上逐步形成的。"[②]

从音乐史的记载来看，"里拉琴是西方最早的弦乐器，用于史诗弹唱。史诗有专门的吟诵音调，是根据诗词的语言音调和格律提炼而成的。荷马史诗《伊利亚特》、《奥德赛》就是由吟诵史诗的游吟诗人在漫游途中，手持里拉琴边弹边唱的"。[③]另外，歌者的职业亦并非随便可为之，而是有着丰富的传统积累。凡入歌者行当，需拜师学艺。在此漫长的过程中，学徒练习前人表演模式，注重积累，因为宴会的场合往往需要主人或贵宾点演。所以，在描述方面一定会有雷同的部分，也就是说，歌者要将先前的积累烂熟于心，而现场就是把不同的段落篇章灵活组织，形成新的整体，加以歌者个人的发挥，做到常听常新。换句话说，程式化的语言不但不会令听众厌烦，反而亲切易懂，朗朗上

[①] Albert B. Lord, *The Singer of Tales* (Cambridge: Harvard University Press, 1960), p. 3.
[②] 晏绍祥：《荷马社会研究》，三联书店，2006年，第9页。
[③] 曾遂今、李婧：《西方音乐文化教程》，中国传媒大学出版社，2005年，第10页。

口，便于传诵，而后世代流传。在当时的历史条件下，没有纸，①文化很难得到保存。但是在古希腊人的世界里，一代代的精品段子不断地传承，尤其是在一些优秀的歌者手里曲目会有新的突破，表达也会更加丰满和生动，客观上有助于文化本身的发展。

从文学角度来说，程式化的叙说模式增强了表达效果。史诗规模宏大，如果大段的文字都是陌生的信息，听众便容易倦怠。歌者若在歌唱表演中，每一段唱词，相仿与新颖并进，那么听众的审美感便会增加。②因此可以说，程式化的语言首先出于音乐表演的需要，其次还有与观众互动的因素。重复的部分大家熟悉以后可以一起唱，审美时间得到延缓，共鸣、互动效果就很容易产生。而且整部史诗口语化的因素很强，这样也非常便于信息的传达和接受，尤其是在达官贵族的宴会场合，气氛将会大大活跃。从歌者自身来讲，听众的青睐是歌者稳定生活和安心创作的保证。所以，从这个角度来讲，每一次表演的成功和史诗的创作相得益彰。最后，从传承上来讲，史诗中很多独具匠心的述说方式，也在代代传承中不断翻新，不断改进，从而史诗能够一方面保有原始的样式，另一方面，应机而歌，在每一次的表演活动中都孕育着歌者的下一次创新。因此，程志敏认为"荷马有如此大的贡献"，就因为他扎根于传统之中，因而又成就了一个新传统。荷马不仅处在希腊的传统中，而且显然还处在美索不达美亚传统和埃及传统中。③

再次，历史传承的痕迹还表现在前后文本的矛盾之处。比如铁器应该是荷马所处的公元前 8 世纪时代的产物，而青铜时代大约是公元前 12 世纪，而史诗中描述的金属大多属青铜和铁器的复合体。因此，从这些痕迹可以看到荷马史诗并非史实记载，而属文学作品的范畴。另，口述史诗是文艺的一种，史诗承载了歌者当时和之前的传统，也并不能简单理解成某段历史的写照。所以后

---

① 曾遂今、李婧:《西方音乐文化教程》，中国传媒大学出版社，2005 年，第 3 页。
② 龚妮丽:《音乐美学论纲》，中国社会科学出版社，2002 年，第 40 页。
③ 程志敏:《荷马史诗导读》，华东师范大学出版社，2007 年，第 68 页。

人在理解和阅读文学作品的时候，要注意区分，厘清历史与文学之间的差异，才能对史诗全貌有准确的把握。

5.1.2.2 名词性短语

"荷马史诗和其他希腊诗歌以及我们现在所熟悉的许多诗歌的不同之处在于它的最基本的要素是短语而非单词"。①因此，史诗中一些相对固定的名词短语也构成了又一大语言特色，比如"玫瑰色手指的早晨"、"酒色的大海"、"神样的奥德修斯"、"目光炯炯的雅典娜"等，这样的表达很大程度上是以受众的接受反应为考量因素。《奥德赛》这样的史诗动辄上万行，而一次表演时间只有几个小时，一部史诗中的诸多内容不可能一下子讲完，是要分章节的，所以相对稳定的称呼加在人物的前面，提高了单位时间信息传导量，使得人物更加鲜活，提醒听众这是"擅长呐喊的墨奈劳斯"，那是"人民的牧者涅斯托尔"，非常形象。另外，史诗按片段或按卷讲述，不论时间相隔多久，也不论听众有无听过的经验，这些特征性的表述更加有助于听众准确把握人物的特征，在情节上也便于衔接和理解。因此，口述史诗自身的特点很大程度上决定了独有的语言特色。因此，口述史诗对语言表达效果的强调远远高于其他艺术形式，因为只有确保听众能够有效地接收信号，才能维系表演和欣赏者的审美互动，从而达到"审美体验的共鸣"。②

其次，史诗具有即兴表演的特点。歌者表演的场合一般是在达官贵族家里，而且每一次现场的表演都是对作品的"二度创作"。③基于现状，史诗中很多语言符号的设计也正迎合了表演的需要，程式化的片段描述或者是固定的短语搭配便成为歌者首选。在权贵宫殿的宴会上，表演的随机性很强，所以歌者在平时的训练中注重对情节片段的熟练把握，以便现场表演应时应景，满足

---

① Nelson Conny, *Homer's Odyssey: A Critical Handbook* (Belmont: Wadsworth Publishing Company, Inc., 1969), p.109.
② 龚妮丽：《音乐美学论纲》，中国社会科学出版社，2002年，第140页。
③ 同上，第84页。

听众需求时得心应手；在表述方法上把人物与其特征紧紧绑定，也是出于表演的随机性考量，便于听众在片段表演中对剧情有整体的把握。

第三，固定的程式化短语也有助于叙事的丰富。一部史诗，与其说是历时性的叙事，不如说是假叙事的框架而进行共时性的展开。如此，在同样的时间条件下，叙事更加从容，而且许多事件可以跳出时间前后承接关系的桎梏，并行叙述。同样，在荷马的叙事中，一件事的叙述也并不会改变另一个事件的进度，大约相当于评书中的"按下不表"之效。就叙事本身而言，共时的叙事平面能够提供更丰富的内容和更为宏大的背景，且事件之间环环相扣，几条线索并行不悖。比如《奥德赛》的线索就涉及四条线索的交织：奥德修斯归家、特勒马科斯寻父、佩涅罗佩与求婚人的斗争以及最终线索的汇聚——即父子屠戮求婚人。其中的许多事件又彼此独立发展，所以共时的表达方式无形之中丰富了叙事主体，且移步换景，引起听众的审美快感。接受美学创始人伊塞尔认为"作品的意义不确定性和意义空白，促使读者去寻找作品的意义，从而赋予他参与作品意义构成的权利"。[①] 所以共时性事件的丰富和历时性事件的完善共同交织出史诗的立体叙事空间，在审美效果上达到情、志、意的统一。

5.1.2.3 程式化场面

除固定表达的短语外，《奥德赛》中亦不乏成段的程式化场面的描写。比如神界、佩涅罗佩的反应以及宴会等场面。这样的表达首先是听众把握剧情的需要。其实，在荷马的笔下充满了三个世界的对立，一是神的世界，二是奴隶主贵族的世界，三是奴隶的世界。神界高高在上，是理想化的世界模拟，因此，在神的世界里一切器具场面都是金光闪闪、一尘不染。如第十卷中描述的基尔克洞穴物件："宽椅"、"美丽的紫色坐垫"、"镶银的餐桌"、"黄金提篮"、"令人快慰的甜蜜酒酿"、"闪光的铜鼎"、"精美的黄金水罐"等。在奴

[①] 龚妮丽：《音乐美学论纲》，中国社会科学出版社，2002年，第46页。

隶主贵族的世界里，充满了象征王权的紫色，"紫色羊毛"、"紫色衣衫"，当然，神界也出现过，体现了这两个世界的统治地位。而在第三世界——奴隶的世界，食能果腹、衣能蔽体便是奴隶穷尽一生、尽心为主的最高报答，也是奴隶最理想的生存状态，比如牧猪奴欧迈奥斯。因此，程式化的场面，标识化的叙述，便于听众判断歌者所吟唱的世界状态以及人物活动情状。因为史诗的宴会场合并非课堂，在娱乐作用的视角下，让听众容易把握是歌者的首选考量因素。

其次，是出于增强表达效果的需要。程式化的场景中，反复手法的运用，一是加深了听众的印象，有效地避免了口述史诗"过耳就忘"的缺点，如"玫瑰手指一样的清晨"等；二是增强了听众的审美快感，精美的食物、华贵的宫殿、至善至美的主人公仿佛脱离现实生活，激发听众身临其境之感，如"目光炯炯的雅典娜"、"神样的奥德修斯"等。其实，史诗中总是强调精美的食物与干净的沐浴，从一定程度上恰恰反映了当时社会饥馑状况的普遍，往往文学作品中反复强调的刚好是大众心声和内心渴望的流露。就像《礼记·乐记》中"故歌者，上如抗，曲如折，下如队，止如槁木，倨中矩，句中钩，累累乎端如贯珠"。文学作品对于人们心理期待的补偿作用，可以使人们达到审美上的平衡状态。同时，史诗篇幅较长，情节复杂，人物繁多，程式化的表达与类似场景的反复出现可以促进片段或场景的经典化，使得听众耳熟能详，从而成为脍炙人口的名段。

第三，形容词的加注与程式化场面的描写并非随意乱加，修饰的词语随情形亦不断变化。当然，一定程度上，这种表现形式也是歌者自身情感的流露，如"傲慢的求婚人"、"历经艰辛的奥德修斯"、"人民的牧者欧迈奥斯"；有的则是出于当时场合描述的需要，如"机敏多智的首领奥德修斯"（3.164）。通过恰如其分的修饰，使得听众对描述的事件或人物获得更为清晰的印象，从而人物的出场便戴上了"脸谱"，听众从歌者的语气、表情与言辞中很容易形成立体的形象思维而不只限于事件的罗列。从听众接受的层面来讲，史诗的艺术性大大增强。此外，史诗高度的艺术性与观众性的考量也反映出古希腊时期吟诵歌者对于"观众反映论"的重视，因为观众的需要就是歌者的生活和创作的基本保障。

总之，《奥德赛》的风格与形式很大程度上承载了口述史诗的特点，为有效地传达与接受历经了"扬长避短"的进化过程，因此出现的名词偏正短语或是固定场景或表达的程式化，一是源自史诗自身的传承，二是出于表演的需要，三是出于诗人自己感情的流露。另外，横向叙事结构更多地体现了即兴表演的需要：可单独成段，随兴表演，可长可短。总体来说，《奥德赛》又是古希腊荷马时代吟游诗人的《表演论》。

5.1.3 结构与主题

5.1.3.1 结构

A. 倒叙插叙

《奥德赛》叙说了奥德修斯在战争结束后十年间漂泊颠沛于海上的经历，但史诗第一卷便着手描述离家第二十年的情形，是为倒叙。雅典娜首先出场为奥德修斯的返乡申请神明的允许，顺便将不能返乡的原因道出，这样的安排一方面使听众开场便能抓住史诗中的主要矛盾；另一方面，用对手的力量烘托出奥德修斯的不平凡。奥德修斯的对手是神——"波塞冬的'心怀怨怒'"（1.20）。人神之争，引人入胜。其中，奥德修斯的每一次生死考验也并非按时间顺序流水账似的进行叙说，而是通过不同的片段，以四十天的归家路为线索，在饮宴场合以讲述故事的形式通过插叙手法完成。这样的方式，一方面增加了情节的生动性，比如从老奶妈洗脚发现伤疤转向伤疤来历的讲述以及弓箭来历，同时丰富了叙说的内容，形成故事套故事的框架结构。

其次，程式化的用语可谓是史诗的基本样式，比如印度史诗《摩诃婆罗多》和《罗摩衍那》"两者中几乎用了相同的谚语和成语。著名的西方学者霍普金斯找出了几乎三百处，其中有的是诗节相同，有的是诗句或者其形式结构相似",①且也采用叙事的框架结构。一方面，如此叙事结构代表了古代文化的最初样态，另一方面也是对表演效果的考量。读者在开始时便对结局充满期待，似乎马上主人公就能返回家园，在场景的不断变换之中，在期待与突发事件的延宕中，听众的情绪随之起伏，增加了审美情趣。而插叙以前的内容，独自成段，丰富了表达的内容，且环环相扣，增强了表达效果；从情节的架构上来说，印度史诗和荷马史诗还有内容上的相近之处，"在选婿大典上，要履行有关神弓的条件也有差别，《罗摩衍那》的有关神弓的条件比较简单，而《摩诃婆罗多》中要射中目标是非常困难和需要花力气的。"②由此可见，不同文明雏形之期的史诗，多为口头传承，是传统和吟诵诗人个人努力和创新的统一体。"有关罗摩故事的诗，实际上是由吠陀时期以后甘蔗王族的歌人所开始的，蚁蛭仙人就是根据这些故事而创作了《罗摩衍那》"。③印度史诗由此而成。框架式的结构、程式化的语言成为其首选的结构模式，甚至有人曾经以此推断过印度史诗和荷马史诗之间的亲缘关系。"曾经有人试图寻找印度史诗和荷马史诗之间的渊源。威伯尔先生说：蚁蛭仙人可能根据荷马的史诗中'帕里斯劫走海伦'的情节，而从上述佛教著作（十车王本生经）中，摘取了佚失的悉多被劫的故事，根据'希腊军队围攻特洛伊'的情节而摘引了楞伽战争。威伯尔先生的论点受到了批驳，而且这种论点也被证明是毫无意义的。"④如果威伯尔的推论被证明荒唐的话，惊人的类似之处便更多地出于实际需要，即表演场合和听众的需要。此外，故事套故事的结构还见于阿拉伯童话《一千零一夜》。只不过二者的区分在于，阿拉伯童话里听众起初是一个人，荷马史诗和印度史诗里听众是集体的。一个听众和集体听众的材料组织方法和故事叙说模式又有不同，相同的是表演效果与目的：吸引听众，激发连续关注的审美情绪。因此，倒叙、插叙手法的运用体现了诗人结构上巧妙的安排，以及应需而歌的社

---

① 季羡林、刘安武：《印度两大史诗评论汇编》，中国社会科学出版社，1984年，第44页。
② 同上，第45页。
③ 同上，第51页。
④ 同上，第50页。

会需要。

B. 素材取舍

按照亚里士多德的分类,《奥德赛》属于"复杂史诗"。① 虽然描述奥德修斯十年的归家途,但诗人直接切入最后一年,且集中描述最后四十天的情形,使全诗能够抓住主要的事件精雕细琢,从而使人物的特点和关键情节得以展开。所以从着眼点的选取上,歌者首先获得了成功。其次,十年的风雨颠沛路通过宴间回顾,现实与回忆交叉描写的手法,达到了最直观的描写效果。换言之,史诗利用"奥康的剃刀"②筛选十年中的典型事件,并以主人公第一人称自叙的角度,讲给宴席上的主人及宾客们听,从情节上完成了材料和事件的第一次筛选;当然,最后的史诗成品又经过歌者的第二次筛选,因此,所选的事件经过双重选择,代表性增强。又通过歌者的巧妙安排,十年的风雨便浓缩在一些典型片段中。这些片段扣人心弦,环环关联,因此,史诗的叙事在螺旋结构中缓慢推进,但听来并不觉冗沓乏味,而是随着情节蕴藉情绪,恨不能一下子把一万多行全部听完。第二,在情节的设计上,歌者让奥德修斯在特勒马科斯刚刚出生时便离开,奥德修斯归家之时,特勒马科斯已然成人。所以对于特勒马科斯的描述,只有婴儿的提法和成年的描述。对于特勒马科斯来讲,父亲奥德修斯的形象大多通过旁人叙述,反而增强表达力,反映出了口述和现场表演的特点:更加直观和便于评论。至于求婚人,最初的恶习如何养成,究竟谁是始作俑者,诗中并未交代,也是直接描写现状。通过渲染求婚者们的种种劣迹,听众对于孤儿寡母的同情油然而生,同时为奥德修斯英雄形象的出场以及父子屠戮求婚人的场景积累了感情和足够的理由,表达效果得到增强。此外,在描画人物时,典型人物在歌者的视野里总是并行成对地出现,比如求婚人的代表安提诺奥斯和欧律马科斯、忠奴欧迈奥斯和欧律克勒娅、奥德修斯的

---

① R. C. Jebb, *Homer: An Introduction to the Iliad and the Odyssey* (Glasgow: Robert Maclehose and Co. Ltd., 1905), p. 11.

② 赵敦华:《西方哲学简史》,北京大学出版社,2001年,第157页:"切勿浪费较多的东西去做用较少的东西同样可以做好的事情。"

事件和阿伽门农事件的对应以及人神对应奥德修斯与雅典娜。通过成对的描述，加深了听众的印象，也增强了事件的说服力，——泛泛描述必然泛化和淡化重点人物的把握，但一个人物的言行又具有足够的说服力，两个对应人物的一应一和，很好地勾勒出他们所代表的群像。

C."流浪"主线

全诗一万多行，"奥德修斯归家"这一主线将各个场面片段连接起来。可谓最早的"流浪汉"的文学样式。"流浪"的主线有利于材料的展开，避免了叙事的单调和片面。主人公"流浪"的移步换景，将不同的事件编织起来，"有序的变化"使得听众不会有材料堆砌之感。如此一来，歌人荷马便实现了在继承传统基础之上的自我创新，即对于材料的重新组织。整部史诗有着明显的传统痕迹，"冥界"卷最为典型，这一卷将古希腊的英雄一一列数，并简要阐述主要事件，并经由鬼魂之口陈述了人间和冥界的对比，体现出史诗叙事高度浓缩的特征。这样，"奥德修斯的回家记"就不仅仅停留在十年的境遇，更重要的是，以"奥德修斯归家"为线索和情由，在更大的画面和历史长卷中展示古希腊神话传统和人们所关注的人神世界，从而既打破了空间的束缚，又挣脱了时间的限定，使史诗展现出更为恢宏的叙事范畴。从这个意义上来说，《奥德赛》不仅是英雄史诗，也是反映古希腊社会历史的历史剧、人物剧和场景剧。

总之，史诗中的各个场景是彼此独立又相互独立成篇的，总体场面宏大，内容丰富，使史诗的叙事结构体现出浓重的传承痕迹。其中，单独篇目的展开又经过歌者的细致加工，具有很高的文学价值。其次，歌者选材精当，重点突出，表现手法别致，使史诗极具欣赏性，所以这也是史诗能够久传不朽的原因之一。另外，通过讲故事回忆甚至"歌者歌歌者"的形式，让听众随着史诗中的情节深入其中，追随歌者回到特洛伊的战场，或追随奥德修斯到卡吕普索的山洞，手法引人入胜。同时，史诗的结构特点也侧面体现了歌者谋生的需要，即对观众反应的考量以及加工痕迹。因为只有时刻抓住听众口味，歌人的生活和创作才能得以延续。

5.1.3.2 主题

A. 成长认识

在《奥德赛》的画卷中，奥德修斯十年的归家之途实际上代表了人的成长与自我认识，从不敬神明的恃功自傲到历经艰险、死里逃生后的老成持重、敬畏生命，可以说，这是一部人生的励志长诗。① 在通往"回家"的道路上，奥德修斯经历的重重困难与拒绝的种种诱惑暗合了生命历程中的荆棘与陷阱。因此，奥德修斯与其说是一个神化的人，毋宁说是人类的纯粹精神象征，而他的经历也代表了初民在生产力极低、对自然认识不够的条件下，争取生存、保种繁衍的经验积累过程。

首先，生存是成长的必要前提，而财富，无论于古于今都是生存的先决条件。古希腊人对生命的认识始于对财富的看法。在古希腊的世界，田产、金银、妻子、奴隶、衣物等都属于财富范畴。② 如果是为了保卫或获得财富而厮杀或壮烈牺牲，那么英雄将为世代称颂。在《奥德赛》中，一方面，财富是获得别人尊重的重要筹码，就如特勒马科斯所言的"很快会富有，他自己也会受人尊敬"（1.393）。更有甚者，关于财产的一切行为似乎已经成为社会所认可的公则，由此可见财富在古希腊人生活中的分量。"一个人心里不会感到痛苦和忧伤，/ 如果他受打击是为了保护自己的财产，/ 为了保护自己的牛群或者羊群"（17.470—472）。另一方面，为了获得财富，双方不惜发动战争，甚至抢夺。就像墨奈劳斯所说"尽管也许有人或无人能和我比财富。/ 须知我是忍受了无数艰辛的漂泊，/……正当我这样飘荡聚敛财富时"（4.80—90）。显然，基于对财富的热切追求，古希腊人热衷于商贸和战争，但他们不赞同违背神明的意愿而获得财富，避免遭到可怕的诅咒。因为在他们看来，一切都

---

① 常文革、张淳：《论古希腊文学蕴涵的人本意识》，《长春师范学院学报（人文社科版）》2006 年第 4 期，第 132 页。

② Albert Galloway Keller, *Homeric Society: A Sociological Study of the Iliad and Odyssey* (New York: Longmans, Green, and Co., 1902), p. 190.

在"神明的膝头①"（1.267）。因此，古希腊人特别强调人不可以对抗神明、违背神明，任何形式的渎神都可能遭到神的诅咒，其实正反映了不解的自然现象给人类带来的恐惧心理。从财富的角度来说，敬神可以说是获得财富的大前提。

第二，除了敬畏神灵，个人还需千般努力，才有可能获得神灵的垂青。在《奥德赛》全诗中，能够真正得到神明庇佑的毕竟是少数。大多数的时候，在当时生产力非常落后的情境之下，人类在自己帮自己。比如奥德修斯的父亲自己动手开垦果园，与奴隶们同吃同住；奥德修斯，雅典娜的选民，依然要自己动手，制作床、船，甚至亲自出战，获得奴隶与财富。不仅如此，在古希腊人的理念里，用自己的双手获得财富是一种荣耀。比如阿尔基奥诺斯的儿子说"须知人生在世，任何英名都莫过于／他靠自己的双手和双脚赢得的荣誉"（8.147—148）。作为费埃克斯王子，他的认识代表了古代希腊人对于自食其力和个人能力的崇拜，对于成功来说，个人的努力和能力可谓是获得财富的"硬实力"。

除此以外，古希腊人还特别强调"情商"，即忍耐、克制。这两种品质在以商为本的社会结构中难能可贵。比如奥德修斯回到家宅初期的忍耐，在卡吕普索洞穴中的忍耐。通过英雄的人生起伏，歌者意在昭示世人"人生不如意十之八九，就连英雄也不免落魄"。实际上，这是在当时已经发展起来的城邦集体生活中的"隐忍术"。忍耐是指"把痛苦的感觉或某种情绪抑制住不使表现出来。"② 从字的构成来看，忍便是心头插刀之痛的忍受。因此，"忍耐"是人认识到自己力量的极限时，不得已的委曲求全。而奥德修斯虽然以神化人的形象在凡人中所向披靡，他依然需要忍耐。但奥德修斯所传达的忍耐并非"忍而不发"，隐忍只是策略，旨在最后时刻将敌手一网打尽，斩获成功。奥德

---

① 编者按：从翻译的角度来讲，"神明的膝头"英语为"in the lap of God"，其实并不能直译，"in the lap of"是指"在某人的掌控之中"，因此，可以试译为"在神明的掌控之中"。

② 中国社会科学院语言研究所词典编辑室：《现代汉语词典》（汉英双语2002增补本），外语教学与研究出版社，2002年，第1622页。

修斯刚刚回到伊塔卡，雅典娜指点他"你需要极力控制忍耐，/……你要默默地强忍各种痛苦，任凭他人虐待你"（13.307—310）。同样，奥德修斯回到宅邸看到求婚人与女仆鬼混在一起，心中咆哮："心啊，忍耐吧，你忍耐着种种恶行，/肆无忌惮的库克洛普斯曾经吞噬了/你的勇敢的伴侣，你当时竭力忍耐，/智慧让你逃出了被认为必死的洞穴"（20.18—21）。在这里，忍耐的经历告诉奥德修斯时机尚未成熟，因此，在这里可以看出忍耐是在生活经历中逐步积累而来的，体现了人的成长。

克制同理。《奥德赛》中的典型事件不可避免折射出古希腊人真实生活的点滴。在史诗中，许多因为贪欲、纵欲而吃大亏的事件屡屡发生，这一切教会了希腊人克制和节制。"甜蜜的酒酿使你变糊涂，酒酿能使/人们变糊涂，如果贪婪它不知节制/……酒酿使他失去理智，/英雄们心中愤怒，个个愤然起身，/把他拖出院门，用无情的铜器割下/他的双耳和鼻梁"（21.293—301）。节制使头脑保持清醒，它不但是人与人相处的法则，同时也是和谐的人神关系中的重要原则："一个人任何时候都不可超越限度，/要默默地接受神明赐予的一切礼物"（18.141—142）。神与人地位的不对等体现在"不死之神的特权，其形象是使人类最美好时期的躯体具有光彩：青春、美、平衡的力量"。[1] 古希腊人通过自身实践深谙贪婪之后果，把对于自然的恐惧幻化为"神的愤怒"，因此，文学作品中通过渲染恐怖效果和悲惨后果震慑人类要懂得节制。在商品贸易社会初期便形成和发展节制的品格，显示出人类为此受尽苦头而终得教训，并成为古代西方伦理学[2]的萌芽。在《尼各马可伦理学》中，亚里士多德指出，"在正常的欲望上，很少有人做错，而且只可能有一种错，即过度。"[3] 可以说无论忍耐还是节制，都是人类最初伦理学发展的雏形，也都是围绕财产而建立起来的智慧权术，是获得财富和保卫财富的"软实力"。

---

[1] 让-皮埃尔·韦尔南：《神话与政治之间》，余中先译，三联书店，2001年，第1页。
[2] 周中之、黄伟合：《西方伦理文化大传统》，上海文化出版社，1991年，第1页。
[3] 亚里士多德：《尼各马可伦理学》，廖申白译注，商务印书馆，2003年，第91页。

B. 生存发展

在《奥德赛》的世界里,人神共舞,纵横交织。通过奥德修斯"流浪"的经历,听众追随其脚步,见到了许多"不死的神明"和"有死的凡人"。但纵观全诗,各路神明尽管数量不少,但没有一种力量能够超越一切。也就是说,每个神明的力量都是有限的,都有一定的适用范围。比如海神波塞冬,当奥德修斯到达陆地,波塞冬便不能再兴风作浪,甚至河神都敢于帮奥德修斯逃离波塞冬的大海。同理,卡吕普索接到赫尔墨斯的指令,只能执行,哪怕神女有情。尽管神明都是不死的,令人艳羡,但神明的力量是拘囿在自己的势力范围之内的,换句话说,是纵向的。

而有死的凡人,一生的体验是横向贯穿的,即以奥德修斯为代表的凡人可以越过大海,到达海岛,亦可回返陆地,横向切入神灵的控制领域。而所经历的每一次较量,都是综合的体验。所以,在与神的交往决斗中大大磨炼了人的智慧和勇气。所以从这个角度来说,神不论代表高高在上的神界,还是指古希腊人所惧怕和敬畏的自然界,史诗中的斗争都反映出人类在自然选择的历程中得到的风险与艰辛、收获与体验。

其次,史诗中人的世界充满了欺凌、凌辱与战争。人在与自然界的斗争中充满了挑战,无非是为了生存。但除此之外,人类还需要发展,而在古希腊时代,最重要的发展因素便是荣誉。[①]这一点也是英雄和常人的区分。对于荣誉的追求,已经通过《伊利亚特》中阿喀琉斯之死表现得很清楚,"宁为荣誉死,不愿苟且生"。虽然在《奥德赛》中阿喀琉斯已经后悔,"我宁愿为他人耕种田地,被雇受役使／纵然他无祖传地产,家财微薄度日难,也不想统治即使所有故去者的亡灵"(11.489—491)。从另一方面来讲,恶劣的自然环境与贫瘠的土地使得每一个希腊人都要面临残酷的生存竞争,因此,为荣誉而战,哪怕战

---

① 常文革、张淳:《论古希腊文学蕴涵的人本意识》,《长春师范学院学报(人文社科版)》2006年第25期,第132页。

死沙场，也要维护英雄气概，否则成王败寇，生不如死。① 在歌者生动灵活的叙述背后，是希腊人生存的艰辛。

因此，人神力量的交织体现了在神秘的大自然面前荷马时代希腊人对生命的探索，同时，也通过神灵寄托作用，在一定程度上规范了人与人之间交往的准则。出于对神明的敬畏和平日生活中的交往模式，再加上常年征战的残酷生活，培植了古希腊人朴素的人神观、自然观：纵然神明具有超群能力，但并非不可战胜；凡人只要拥有足够经验和智慧，且敬畏神明，就不受诅咒，就可以存活。所以，与神相比，人更显灵活性和柔韧性，同时，人类集体生活的智慧和伦理也有效地弥补了单个人力的不足，从而增强了人类抵御自然挑战的力量。

C. 征服竞争

《奥德赛》是一部人与神界的斗争史诗，也是人与人之间的生存竞争史诗。"征服自然的观念使人产生了控制自然和控制人的企图，这两者之间有着千丝万缕的联系"。② 在《奥德赛》中，比武角技是贵族的娱乐项目，但全诗只描写过在费埃克斯人的国土上进行的竞技，以配衬奥德修斯等贵族的身份。"国王对喜好航海的费埃克斯人这样说：'……现在让我们到外面去进行各种竞技，/ 等到我们的客人回到他的家乡后，也好对他的亲人们说起，我们如何在 / 拳力、角力、跳远和赛跑上超越他人'"（8.100—103）。但是奥德修斯由于归心似箭，表示不参加竞技时，费埃克斯人欧律阿洛斯出言不逊，贬斥奥德修斯是"海上贾货之人的首领，/ 心里只想运货，保护船上的装载 / 和你向往的获益，与竞

---

① 《荷马史诗·奥德赛》第18卷，王焕生译，安提诺奥斯斥责伊罗斯："你这个牛皮家，不该活着，不该出世，/ 既然你对他如此害怕，如此恐惧，尽管他已经年老，受尽饥饿的折磨。/ 我现在警告你，我说出的话定会实现。/ 如果那个外乡人胜过你，比你有力量，/ 我将把你送往大陆，装上黑壳船，/ 交给国王埃克托斯，人类的摧残者，/ 他会用无情的铜刀割下你的耳鼻，/ 切下你的阳物，作生肉扔给狗群。"（18:79—87）

② 杨新立：《从〈蝇王〉看格尔丁的生态批评意识——征服与文明异化》，《语言文字研究——文教资料》2011 年第 9 期（上旬刊）；Leiss William, *The Domination of Nature* (Boston: Beacon Press, 1974)。

技家毫不相干"（8.162—164）。此处，欧律阿洛斯对奥德修斯进行羞辱：只知财富，不懂荣耀，也只能入二流商贾；而从奥德修斯的反应来看，这是尊严问题。这种现象表明在当时的古希腊社会，尤其是贵族群体中对于荣誉的重视。当奥德修斯将巨型铁饼掷出的时候，众人一片静默不语。到送行时，他还获得了一份额外的重礼，"我要馈赠他一把纯银剑，剑柄镶银，/剑鞘镶满新做成的种种象牙装饰，/我想他会认为这是件珍贵的礼物"（8.402—404）。这便是征服的力量和胜者的回报。如果奥德修斯不敢参战或战而不胜，境遇则大为不同。从全诗来看，人与人、人与自然、人与神的征服与被征服贯穿全篇。

首先，男人对女人的征服。在荷马时代的古希腊，女人还只是一种财富的象征，就连奥德修斯请求费埃克斯国王送他回家的时候，也只是提到"让我这个经历了无数忧患的可怜人/得返故土，见到我的家产、奴隶/和高大的宅邸，即使我可能丧失性命"（7.223—225），并未提到为之付出一生的佩涅罗佩。但就是这种"征服"，使得本来具备优厚条件再选夫婿的佩涅罗佩心甘情愿为之守候二十年，将一生最好的年华付之泪水与忍辱。另外，欧律玛科斯对于女奴墨兰托的征服，使得求婚者们终于能够得到佩涅罗佩这个蒙着面纱、深居简出的王后的真实想法。而欧律玛科斯对于墨兰托不仅是身体上的征服和占有，而且使其忘却佩涅罗佩的抚养之恩，甘心与欧律玛科斯鬼混，往来亲密，并恶语斥责奥德修斯，"你这个不幸的外乡人，真是失去理智，/……当心不要即刻有人强过伊罗斯，/举起强劲的双手狠揍你的脑袋，/打得你鲜血淋淋，把你赶出门去"（18.327—336）。她所谓的"强过伊罗斯"的人正是她心目中的大英雄——欧律玛科斯。也就是说，在全诗中，墨兰托就说了一句话，但这句话却是在热切颂扬她的情人、征服并利用她的欧律玛科斯，这种征服是从精神上垄断了她的世界，使她沉溺其中并迷失自己，最终成为可悲的殉葬者。

另外，出于对财富、王权甚至女人的觊觎，男人之间存在着更为残酷的斗争，特洛伊战争便是最好的例子，一个女人使得几个地区的男人们为之征战十多年，殒尽性命。而在《奥德赛》里，最典型的男人式的征服便是奥德修斯与求婚者们之间的较量。特洛伊的英雄中阿伽门农失败了，含冤成为刀下鬼；而奥德修斯在雅典娜的襄助之下，在忠诚的妻子、儿子和奴隶的辅佑下，终获成功。奥德修斯之所以能够在大厅屠戮那些企图侵占王权、财产和妻子的求婚者，是因为幸运的奥德修斯拥有神力、人力、智力、武力等众多因素产生的巨大合力，最终达成。若没有这些因素，奥德修斯等不来最好的时机，阿伽门农的悲剧随时可能重演。没有前面精心的铺陈，胜利的到来也就不会如此大快人心。于此，征服化成了震撼的力量，使得听众郁积的情绪最终得以平复，享受情节的张力带来的审美快感。此外，史诗中还有作为乞丐的奥德修斯和另一名乞丐伊罗斯的战斗，如果不是奥德修斯战胜了伊罗斯，连乞讨的权利都会丧失。由此，竞争与征服成为荷马时代古希腊社会的主旋律，所以不难理解英语世界里的谚语："与其叫人同情不如叫人嫉妒"的说法，竞争、征服痕迹可见一斑。此外，上面提到的奥德修斯与费埃克斯人的角力同样反映了男人之间的征服和斗争。显然，角斗的结局是"胜王败寇"，非常残酷。决斗取胜之后，"奥德修斯抓住乞丐的一条腿倒拖出门，／直拖到宅院门廊，……／你就坐在那里驱赶猪群野狗吧，／自己本可怜，不要再对外乡人和乞求者／作威作福，免得遭受更大的不幸"（18.101—107）。

第三，人与神之间的较量。如前所述，人神之间毫无可比性，人对神的丝毫不敬都会招致可怕的诅咒。如奥德修斯胜利后对神不敬，导致了十年的漂泊，死里逃生；同伴们吃了神明的牛，便以性命作为代价。反之，若人类勤勉献祭，虔诚礼神，神就会庇佑献供人。比如费埃克斯人的土地，"与神明们是近族"（5.35）。而希腊文化中的神并非东方的佛，"普度众生"；希腊诸神具人形，会嫉妒，会淫乱，[①]因此人神争斗不可避免。在《奥德赛》的篇章里，对神的反叛主要体现在奥德修斯宁可做一个有死的凡人，也要和凡人妻子在一起，而抛弃神女卡吕普索；阿喀琉斯宁可做没有财产人的使役也不愿在阴间做

[①] Conny Nelson, *Homer's Odyssey: A Critical Handbook* (Belmont: Wadsworth Publishing Company, Inc., 1969), p.72.

统领，侧面烘托出人世之美好。因此，尽管神拥有永生性、超时空性，拥有超自然的力量，但神并不能完全征服人类；人类在敬畏神明的同时，仍具有强烈的心灵归家的思想取向。

总之，《奥德赛》的主题是人。尽管描述了神的美好世界与永恒，相比而言，人世间充满战争、厮杀、饥饿、疾病等生存危机，史诗满腔热情地表达了古代希腊人对于神灵的敬畏，希求得到神的庇佑，但始终抱有更好地改造在人间的生活，为人间生活服务的功利主义心态。这样的心态源于其财富至上的文化心理以及商品贸易的生活习惯。同时，史诗以"人"为主题，弘扬了人类的勇敢、智慧和个人奋争精神。此外，史诗又灵活地运用倒叙、插叙等叙事结构，最大限度地吸引听众融入剧情，随情节悲欢交错，增强了审美效果。从歌者的角度来讲，审美效果越好，其地位就越稳固。因此，从史诗的主题和结构来讲，《奥德赛》可以说是反映古希腊荷马时期人类生存的《功利主义论》。

5.2 荷马笔下的世界

《荷马史诗》展现了古希腊荷马时期的自然神祇崇拜以及人与人之间、邦与邦之间的经济、政治以及社会生活图景。而《荷马史诗》作为一部文学作品，同样也是人与环境互动的结果，作品的本质需要进行进一步的剖析和挖掘。因此，《奥德赛》中所展现的人与神的世界以及民风与传统成为了解古希腊荷马时期城邦社会和文化状况的一把钥匙。

5.2.1 人的世界

《奥德赛》将众英雄从战场拉回到现实生活，包括被妻子所杀的希腊首领阿伽门农、皮洛斯王涅斯托尔、斯巴达王墨奈劳斯以及伊塔卡王奥德修斯，因此，在《奥德赛》中人与人的关系得以彰显。在迈锡尼文明晚期，城邦正在兴起①的历史背景之下，人与人的关系主要由财产观念、人与人交互往来以及人的品质三个方面来体现。

5.2.1.1 财产观念

财产在古希腊人的理念里占据着绝对重要的地位。首先，财产的来源问题。在《奥德赛》中多次提到"饥馑"、"饥饿"的字眼，无疑，果腹和蔽体的问题在生产力水平低下、人对自然的认识相当有限的社会里成为首要的困扰。奥德修斯在刚刚回到伊塔卡的时候对牧猪奴说："对于世人，没有什么比飘零更不幸，/ 但为了可恶的肚皮，人们不得不经受 / 各种艰辛，忍受游荡、磨难和痛苦。"（15.343—345）牧猪奴回忆自己的来历时，又提到"那里的人们从不发生饥馑，也没有 / 任何可恶的病疫降临悲哭的凡人"（15.407—408），从这里就可知道饥饿在当时很普遍，疾病也不可避免。在史诗的吟诵中，不论是对于果腹的直白渴盼还是对理想化的神界和贵族生活的描述，总是充满了"酒肉"，"杀猪宰羊"、"精美的酒酿"，以此寄托美好的愿望。由此，财富在当时的社会中成为最主要的考量因素便不足为怪了。奥德修斯这么多年统治伊塔卡，很大程度上也是因为他拥有二十个贵族合起来也达不到的财产。另外，从史诗中可以看出财产的来源很可能有以下几种：掠夺（战利品或海盗行径）、馈赠（部族交流）和祖上遗传（土地等）。掠夺之物包括牛羊等牲畜、金银和女人。根据史诗材料分析，在当时的社会，自给自足的经济形态仍然占据主要地位，比如女主人自己纺线织布，还有主要的食物供给来源——牲畜养殖。史诗中经常提到牲畜数量，并且在日常交流中牲畜是主要的交换度量，②这都表明了牲畜在当时经济生活中的重要地位。"离开伊利昂，风把我送到基科涅斯人的 / 伊斯马罗斯，我攻破城市，屠杀居民。/ 我们掳获了居民们的许多妻

---

① 晏绍祥：《荷马社会研究》，三联书店，2006年，第38页。
② 《荷马史诗·奥德赛》第1卷，王焕生译："善良而智慧的欧律克勒娅，/……拉埃尔特斯还在欧律克勒娅年轻时，/ 花钱把她买来，用二十头牛做代价，/ 在家里对待她如同对待贤惠的妻子，/ 但没碰过她卧榻，免得妻子生怨气。"（1:428—433）

子和财物，/……宰杀了许多肥羊和蹒跚的弯角牛"（9.39—46）。另外，在大战库克洛普斯逃遁之时，"命令他们把绒毛厚实的肥壮羊群／迅速赶上船只，把船开到咸海上"（9.469—470），以及墨奈劳斯夸耀自己的财富是"忍受了无数的艰辛和漂泊"（4.81）而获得的，这说明远洋战争、掠夺他人财物成为古希腊人获得大规模财富的途径，而且此种行为不但不受到道德的谴责，反而作为荣耀被加以宣扬。因此，恩格斯说"进行掠夺……是比进行创造的劳动更容易甚至更荣誉的事情。"[1]而且就战争本身而言，男俘通常会被杀掉，少数幸运的成为奴隶；女俘一般不杀，为奴为婢。另外，外出馈赠也是很重要的财产来源，这种重要的风俗在下面一段会加以陈述，此处不表。第三种来源便是继承。显然，奥德修斯承继了父亲拉埃尔特斯的财产，但拉埃尔特斯却自己亲手开辟果园，亲手耕植；而奥德修斯不在家时，特勒马科斯每日为自己的财产担忧。由此可见，财产是有继承传统的，史载："儿子是当然的宗祀继承者，亦即产业继承者"[2]。

　　以上三种大体是当时古希腊人的主要财产来源。考究其地理、自然条件，伊塔卡多山不能有效地发展农业，因而畜牧业成为主要的经济来源。毕竟岛的面积有限，临海的地理条件又加强了不同城邦之间的隔膜，于是率船出海掠夺成为积累财富的重要来源。由于条件所限，只有寻找财富的人才会到处漂泊，其余的人则为困窘所束，老死不相往来。因此，岛与岛之间并无大规模的联姻关系。常年战乱加剧了男女比例失衡的状况，加上人口贩卖，即使在同一城邦，人际关系亦相当淡薄。除了富有的奴隶主可以拥有妻子，占有女奴，其余的人几乎没有稳固的家庭，因此，乱伦通奸、同性恋等情形时有发生，而且逐渐成为一个社会见惯不惊的现象。在这种观念下，希腊的神明自然也难抹去淫乱的痕迹。因此，就财产的观念来讲，尽管"海"的传统赋予了荷马时代的古

---

[1]　程汉大：《古希腊罗马为何成为宪政发源地》，《甘肃社会科学》，2007 年第 5 期；恩格斯：《家庭、私有制和国家的起源》，《马克思恩格斯选集》（第四卷），人民出版社，1972 年。
[2]　古朗士：《希腊罗马古代社会研究》，李玄伯译，上海文艺出版社，1990 年，第 51 页。

希腊人财富，而"海"也加速了临近岛屿之间的融合，虽然这一手段是血腥的掠夺。由此可见，天然的地理条件使得伦理道德缺失和对财富的追逐成为古希腊文化的核心理念。

其次，就财产的形式而言，在当时的生产力水平情形下，财富主要表现为土地、宅邸、牲畜、祭祀规模、奴隶数目以及妻子。如描写奥德修斯的库房时，"高大的库房，那里堆放着黄金和青铜，/一箱箱衣服，密密摆放着芬芳的橄榄油，/许多储存美味的积年陈酒的陶坛，/里面装满未曾掺水的神妙的佳酿"（2.338—341），此处极言奥德修斯财富之众，又有一百多人同时飨宴的厅堂，且分楼上、楼下。此外，还有"猪栏十二个，/……每个栏里/分别圈猪五十头，一头头躺卧地上，/……当时全猪栏一共只残存三百六十头…"（14.13—20）；"在大陆有十二群牛，同样数量的绵羊，/同样数量的猪群和广泛散牧的山羊群……/在这里的海岛边沿共有十一群山羊"（14.100—103），以数量显示奥德修斯的财产丰饶。还有"家宅里共有女性奴仆五十名"（22.421），另男奴出现的有牧猪奴、牧羊奴和牧牛奴各若干。此外，欧律克勒娅所说的祭献——"因为世上没有哪个人向掷雷的宙斯/焚献过那么多肥美的羊腿和精选的百牲祭"（19.365—366），也同样体现了奥德修斯拥有的巨额财富；现在奥德修斯经过十年的困苦又带回来许多财富，"衣服"、"金器"、"巨鼎"、"大锅"、"铜器皿"（13.10—20），这些都是奥德修斯离开费埃克斯人的土地时收到的礼物，而这些财富在波塞冬的眼中，远远超出特洛伊战争的战利品，"奥德修斯若能从特洛伊安全归返，/随身带着他那份战利品，也没有那么多"（13.137—138）。

再次，关于财产的意义。毋庸置疑，在物质资料匮乏的古希腊社会，财产意味着社会地位，比如奥德修斯和阿伽门农的王位。因为他们的巨额财富，他们为人神所称颂，享受和占有较多的社会物质财富和资源。他们不仅是巨富，还王霸一方，因此，财富又为他们带来较强的行动能力，从而能够征战抑或掠夺他岛财富，从而实现富者更富的霸业，比如远航特洛伊，发动战争。史诗还吟唱了奴隶主的道德品质。究竟品质如何姑且不论，只荷马的特定称谓便可见一斑:"神样的奥德修斯"、"他显赫的父亲"(阿伽门农)、"雷声远震的宙斯使一个人陷入奴籍,/便会使他失去一半良好的德性"(17.322),从这里可以看到当时的思想意识认为主人都是高贵的、神圣的;奴仆都是卑贱的,是神注定的。因而,财富或财产的数量不仅可以代表统治权、行动力,还决定了道德品质的优劣。

5.2.1.2 待客之道

在《奥德赛》中,对于远离家园之人的热情好客和慷慨解囊成为人与人之间交流与沟通的另一种纽带。在古希腊神话中,宙斯被誉为"旅行者之神",因此,招待远行之客(xenia)亦彰显古希腊人对于宙斯大神的尊重之意。比如奥德修斯府邸对于求婚者的招待(尽管已远远超出敬神的范围),墨奈劳斯和涅斯托尔对于特勒马科斯的招待,基尔克、卡吕普索以及费埃克斯王国给予奥德修斯的人神之间的招待,甚至包含库克洛普斯给予奥德修斯的"特别招待"。从这些招待的形式可以看到,主人的职责在于为客人提供饮食、住宿以及洗浴,却不能打听客人的来向和去向,除非客人主动告知。这可以说是一种习俗,在《奥德赛》中充斥了无数的相似场景,无论是人与神还是人与人。归根结底,招待的传统源自于对神的敬畏——"只因我敬畏游客神宙斯,对你也怜悯"(14.389)。

在史诗中,招待的形式是程式化的。一般客人到访,先进行洗浴,涂抹橄榄油,再穿上象征王权的紫袍,然后食宴。在奴隶主贵族的生活里,一般国王会邀请王公贵胄共进宴会,饮酒、吃肉,吃饱喝足之后才谈论游客来由,并请歌者吟唱;饮宴完毕后,有时会举行会武竞技,比如在费埃克斯王国。其实,极言宴会酒肉的丰盛和品种繁多与当时社会衣食不足、饥馑时有发生的贫困状况形成反差,因此,果腹蔽体成为一条不成文的规定,在神的谕令之下,对于远行人一定要尽量满足这两种必需的补给要求。

客人离开之时,主人要赠与客人临别之礼,礼物包括路上的"干粮"、饮酒(多为葡萄酒)。对于贵族来说,还有额外的礼物,女人赠女人"纺锤"、"银提篮"等纺织用具（4.131）；男人赠男人的有鼎、黄金、银浴盆等（4.128—129），甚至还有独眼兽库克洛普斯的特别礼物（最后食用奥德修斯）以及女神卡吕普索赠与顺风等的特别礼物。临行赠与成为当时奴隶主贵族财富的重要来源之一①。

再次，运用现代的眼光来分析，一方面，他们的热情好客出于对宙斯等神的敬畏，另一方面，他们的交往建立在互惠性质的基础之上。在古希腊神话中，宙斯是"旅行者之神"，结合古希腊的航海文化传统，任何出行之人都可能遭遇艰险，因此应该互相帮助；但互助仅限一次，倘若再次遇到困难，比如奥德修斯因风神再次返回，主人便会认为奥德修斯受到了神的诅咒，立即拒之门外（10.72）。就互惠性而言，贵族之间的交往体现了联盟性质。比如奥德修斯与皮洛斯、斯巴达王是特洛伊战争中阿伽门农的同盟军。所以，从阶级的角度来说，热情的招待大多只限于权贵阶层，平民阶层会被轰出去甚至殴打——"使你遭到凌辱或驱赶，我要你三思"（17.279）。安提诺奥斯训斥牧猪奴多带一个乞丐来耗费钱财，"你是担心这里聚饮的人们还不足以 / 耗尽你家主人的财产，还得邀请他？"（17.378—379）如前所述，一地之王或权贵凭借自身的财富具有较强的行动力，因而最容易沦为"外乡人"，所以"势利"的"旅行者之神"——宙斯便要求人间形成一个"驿站联盟"，为权贵的出行服务，大家互相接待，互为方便。破坏这一传统的人必受到神灵的谴责，比如"求婚人的淫荡（wanton）和对奥德修斯（主人）家园的破坏及对招待传统（xenia）的不尊是让他们死亡的原因"②。

5.2.1.3 人的品质

《奥德赛》除了刻画神明和英雄以及意在教化听众的忠奴形象，还将奥德

---

① 上一节提到，"财富又为他们带来较强的行动能力，从而能够征战抑或掠夺他岛财富，从而实现富者更富的霸业"，因此，能够出行的大多为贵族阶层。

② Jones Peter, "A New Introduction" in *Homer the Odyssey*, trans. by E. V. Rieu, revised translation by D. C. H. Rieu (New Jersey: Penguin Group, 1991).

修斯置于伊塔卡的群像当中，再现奥德修斯代表的品质。

首先，狂妄的求婚人。他们年轻，却偏要执意守候一个与他们的母亲年龄不相上下的女子——佩涅罗佩，原因在于佩涅罗佩未来的夫君将会名正言顺地成为伊塔卡王，并坐拥巨额财富。因此，与其说他们为爱情求婚，不如说他们利欲熏心。不仅如此，他们大肆浪费佩涅罗佩的家财，与女奴荒淫无度，并密谋杀死奥德修斯财产的继承人，犯下滔天大罪，与其说是求婚，不如说是逼婚，抑或夺位。再者，他们恃强凌弱，以穷人的搏杀（让化身为乞丐的奥德修斯和乞丐伊罗斯搏杀决定谁可以在宅邸乞讨）取乐，其形象之丑不可言说。他们心口不一，虚伪奸佞；表面上说让"神明来决定特勒马科斯的生死"①，背地里策划暗杀，企图夺人家财。一群年轻人，终日无所事事，逼迫孤儿寡母，丝毫不念往日奥德修斯救命之恩（如安提诺奥斯②），反而落井下石，如此铺垫，为奥德修斯的出场与复仇高潮的到来做足了伏笔。

其次，海上的奥德修斯是作为神化的人；而在归家环节，歌者将"神样的奥德修斯"置于伊塔卡人的群像之中，体现出奥德修斯的另一面——多疑、欺骗、伪装和以财产为重。牧猪奴的忠心雅典娜早已告诉奥德修斯，但奥德修斯还是几番考验牧猪奴，确定其忠心，才委以重任。在特洛伊战场上，奥德修斯靠睿智与伪装使敌人兵败如山，回到家园，在雅典娜的指示下，奥德修斯又一次靠伪装骗过了所有的人，编造自己的经历和来历。这不仅反映出奥德修斯智谋的延续性，更重要的是，奥德修斯的多疑与欺骗的能力恰恰表明了奥德修斯和刚刚描述的求婚人的群像的共同之处，从而体现了人的共性。雅典娜也认为"一个人无比诡诈狡狯，才堪与你／比试各种阴谋，即使神明也一样"（13.291—292）。最后，奥德修斯斩杀了求婚者，绞死了女奴，不是因为他们

---

① 《荷马史诗·奥德赛》第16卷，王焕生译："'特勒马科斯是我的／最亲近的朋友，他不用担心求婚人／会加害于他，若是来自神明却难逃避。'／他这样说话抚慰，正是他意欲加害。"（16:445—448）

② 《荷马史诗·奥德赛》第16卷，王焕生译："人们要把他杀死，剥夺他的生命／把他的丰厚财产全部吃完耗尽，／奥德修斯进行干预，阻止了愤怒的人们。"（16:428—430）

的荒淫，而是因为他们企图侵占奥德修斯的财产。尽管奥德修斯是特洛伊战争的英雄，他还有一个身份——伊塔卡王。因此，无论是他的妻子、田庄，还是奴隶、牛羊，都是属于他的财产。浪费他财产的人便是他的敌人，只能落得死亡的下场。

群像的刻画正是为英雄的出场铺垫，从而更加反衬和突出英雄的伟岸；另一方面来讲，奥德修斯作为史诗的灵魂人物，兼具人性与神性，所以对于奥德修斯的刻画，意在告诫大众：统治者都是众神的选民，要服从统治，获得他们的好感，善良得福报（22.374）。

总之，《奥德赛》中人与人之间的关系描写，体现了古希腊荷马时期人们的心理期望——努力构建特殊的人神关系，得到神灵的庇佑，从而获得财富与荣耀；作为神的选民，对外征战获得财富；奴隶要服从主人意志。因而《奥德赛》中便形成了三个阶层：神第一、贵族次之、奴隶最低。歌者意在告知听众，奴隶阶层都是由于过错和不敬神明被神贬斥的，其品德亦随之降低。因此，从这个层面上来说，《奥德赛》也是荷马时期古希腊社会的《阶级论》。

5.2.2 神的世界

《奥德赛》中描述了希腊诸神，关系纷繁，颇具人性。[①] 所以，让·皮埃尔·韦尔南认为"希腊人的神话学就如同他们对神明的形象化再现。两者都运行在我们采纳的笔调——神人同形论——中。神明的社会组织与平衡——总之，它的运作模式——都是通过种种相互关系来反映的。在这些关系中，有分裂社会乃至引起一场无情的战争的，有值得庆贺的婚姻，有诞生，有在不同的神明之间结起亲缘关系的亲子情，有为了获得权力的竞争，有失败，有成

---

① W. K. C. Guthrie, "Gods and Men in Homer" in *Essays on the Odyssey Selected Modern Criticism* ed. by H. Charles and Taylor Jr. (Bloomington & London: Indiana University Press, 1967), p. 4.

功，有在敌手之间的力量考验，有在忠诚的盟友之间的名誉分享"①。总之，在《奥德赛》中，神界不仅延续了《伊利亚特》中诸神的形象与性格，而且通过与人的交织谱写出人神共处的诗学篇章。

5.2.2.1 神的形象

首先，神明不死。在《奥德赛》中，年龄和岁月在神的世界失力，所有的神不受时间的约束，没有时间的维度，永恒存在，② 所以叫作"不死的神明"，比如容颜永驻的基尔克和卡吕普索。史诗中的诸神是力量的化身，他们有绝对超越人类的力量和怪谲的性格，我行我素，更没有森严的神界等级制度将其规整，而是各自为政，呼风唤雨，在各自的属地兴风作浪，给人间带来灾难和纷扰。当然，对于他们的祭民，即定期给他们献祭并尊崇其为保护神的子民，他们也会保佑。一旦人类有行为违背了他们的意愿，保护神便无情发威，在人间作威作福，给人类以灾难和教训，旨在使人类屈从于他们的威力，顺服神界。另外，神不仅自身不死，对自己中意的人也会施以风采，③ 使其同样不受时间的磨损，以此树立选民在人间的威望，展现出神界之于人界的优越性。自然而然地，神的选民便成为人间的统帅，从而更加清晰地界定了阶级划分：即奴隶主都是神的选民，他们是伟大的，是离神更近的，所以奴隶要顺从他们、笃信他们、侍奉他们。当然，神也可幻化人身，而且神对人界似乎非常熟悉，比如雅典娜可以幻化成不同的人帮助她的选民，随心所欲地出入每一次需要出现的场合。从超越时空二维的层面来讲，伪装之下的神在史诗中的出现是对人的世界的有益补充，而神明的永恒性帮助人们完成了场景的转换和情节的交替，同

---

① 让-皮埃尔·韦尔南：《神话与政治之间》，余中先译，三联书店，2001年，第263页。
② Suzanne Saïd, *Homer and the Odyssey* (Oxford: Oxford University Press, 2011), p. 316, "the Gods, as they are portrayed in the Homeric Poems, are immune from old age and death."
③ 《荷马史诗·奥德赛》第6卷，王焕生译："宙斯的女儿雅典娜这时便使他显得 / 更加高大，更加壮健，让浓密的鬈发 / 从他头上披下，如同盛开的水仙。/ 有如一位巧匠给银器镶上黄金，/ 承蒙赫菲斯托斯和帕拉斯·雅典娜亲授 / 各种技艺，做成一件精美的作品，/ 女神也这样把风采洒向他的头和肩。"（6:229—235）

时也体现出了歌者和听众的共同审美意志①。

其次，神主宰世界。史诗开篇歌者对于缪斯女神的呼唤，表明古希腊人意识中的神话世界的特点，即人的一切行为都是神明意志的再现。而且只有在神明的保佑之下，整个事件才会进行得顺利而精彩。对于吟诵来说，由于歌者自诩为缪斯女神的选民，因此，歌者在社会中享有较高的地位。在奥德修斯屠戮求婚者时，歌者费米奥斯"奔向奥德修斯，抱住双膝，'奥德修斯，……/如果你竟然把歌颂众神明和尘世凡人的/歌人也杀死，你自己日后也会遭受不幸。/我自学歌吟技能，神明把各种歌曲/灌输进我的心田，我能像对神明般对你歌唱，请不要割断我的喉管。'"（22.342—349）另外，欧迈奥斯向王后推荐"外乡人"时说"有如一个人欣赏歌人吟唱，歌人/受神明启示能唱得世人心旷神怡，/当他歌唱时，人们聆听渴望无终止。"（17.518—520）这些一方面表明歌人与神明的关系亲近，另一方面，歌人所吟诵的是神明的指示，因此，神明的作用首先体现在对于整个史诗表演流程的庇佑。歌人披上神的外衣，坐拥特殊的社会地位。歌人吟诵得越好，便离神越近。因此，在神明的授意之下，整部史诗结构浑然，艺术手法引人入胜。另外，奥德修斯归乡的整个行程安排，或多或少都有神明的安排，从一开始的奥林匹斯众神大会雅典娜提出奥德修斯的问题，一直到最后奥德修斯与求婚者亲属的调和："伊塔卡人啊，赶快停止残酷的战斗，/不要再白白流血，双方快停止杀戮……/这时克洛诺斯之子抛下硫磺霹雳"（24.531—539）。由于宙斯和雅典娜的参与，"人们陷入灰白的恐惧"（24.533），最终双方终于和解，从而体现出神灵控制和操纵之下的人世，同时也通过事件的处理反映出神灵对于众生的态度：即神灵的权威不可触犯。最后，神明的世界尽管也有劳动场面描述，但是神的世界没有贫困没有饥饿，只有荣耀、享受与光彩，也从侧面体现神的主宰作用。

最后，神明的德性。古希腊的神明可谓"无德的神明"，只是因为人类出

---

① 亚里士多德：《诗学》，罗念生译，选自《罗念生全集》（第一卷），上海人民出版社，2004年，第56页。

言不逊的一句话，可能会造成生灵涂炭抑或一方灾难。所以，古希腊史诗中的神灵继承了希腊神话中的神性，自我形象鲜明，性格多变。比如海神波塞冬对奥德修斯进行了九死一生的考验，奥德修斯的同伴全部葬身茫茫大海。经过了十年的苦苦较量，奥德修斯已秉承宙斯神谕回家，但波塞冬还是没有放过他，说"但我还得一定要让他吃够苦头"（5.290）。也正是波塞冬的愤怒，才有了奥德修斯的种种离奇苦难和诱惑考验，生生与家人分离。但也正是这种分离，更加彰明史诗的主题，也才有足够的空间让主人公通过历练而得到智慧与勇气。当得知费埃克斯王国遣人为奥德修斯送行，在宙斯的默许下，波塞冬惩罚了费埃克斯王国全体人民，其理由是"我在不死的神明中间／不再会受尊敬，……既然凡人毫不敬重我，"（13.128—129）；宙斯的回答代表了神界的行为准则："对你这一位／年高显贵的神明不敬重是严重的罪孽。／要是有凡人的力量和权力竟与你相比，／对你不敬重，你永远可以让他受报应。／现在你如愿地去做你想做的事情。"（13.141—145）就这样，费埃克斯人生息的地方，被山围困，同时，送奥德修斯的船也变成了石头。人所能做的只能是"我们将不再护送客人，不管谁来到／我们的城市；还需精选十二条肥牛／祭献波塞冬，但愿他能垂怜我们，／不再用连绵的山峦把我们的都城围困"（13.180—183）。在神的一指之怒之下，人类遭遇灭顶之灾。也就是说，希腊诸神得到人们的敬重、祭祀与顺从是通过强迫的手段，以高于人类不啻百倍的威力让人类屈服。人类对神稍不敬重，哪怕处于死亡边缘，神亦毫无怜悯和宽容之心，比如在特里那基亚海岛，奥德修斯的同伴因为饿了一个月，不得已食用神牛而被神劈杀，难逃厄运。

因此，在《奥德赛》的世界里，神更多地代表了不可战胜的力量与不可逾越的权威。[①] 同时，希腊诸神的"人神同形同性性"（anthropomorphism）[②]，以

---

① Conny Nelson, *Homer's Odyssey: A Critical Handbook* (Belmont: Wadsworth Publishing Company, Inc., 1969), p. 74.

② Ibid, p. 77.

及人对于神的顺从与尊敬也体现出古希腊人"生成演化的世界图式"[①]的哲学思考。

5.2.2.2 神神关系

《奥德赛》中的神神关系一塌糊涂。首先，神神之间缺乏伦理。在希腊神话中，充斥着神神乱配的现象。另外，史诗中还提到安提奥佩与宙斯、安菲特律昂之妻与宙斯的交配（11.260、11.266）、战神阿瑞斯与赫菲斯托斯妻子阿芙洛狄忒出轨（8.266），并且阿波罗也仅表示意愿而并非谴责（8.340）。

不仅如此，女神与人间男子以及男神与人间女子——黎明女神与奥里昂（5.121）、波塞冬与提罗（11.235）——之间也是妄自行事，似乎并没有道德规范与准则来约束这种悖乱的行为。由此导致的结果就是家庭、家族观念的淡薄，甚至亲子关系也毫无例外：库克洛普斯向波塞冬求救时，会首先强调"要是我真是你的儿子，你是我父亲"（9.529）。这些事例体现了希腊诸神各自为政、各自寻欢、毫无伦理道德规范的特质。当时，城邦已开始形成，人与人之间由于集体生活的需要和道德力量的约束，群居的行为规范正在形成；而神界由于单个神具有特定领域的超强神力，并不十分需要借助他人力量，因此疏于合作，我行我素便成为神界的普遍法则。其实，神界的一片混乱，也是当时人类生活状况的一个缩影。

其次，神界的各自为政使得神界不具有互相辖制的关系。"兄弟俩首先奠定七门的特拜城池，/又建起城墙，因为他们不可能占据/广阔的特拜无城垣，尽管他们很勇敢"（11.263—265）。神神之间的"割据局面"导致了神神之间互不买账，除非对方会给自己带来灾难。比如波塞冬的愤怒，其他神尽管同情奥德修斯，但奥德修斯的苦难并不能获减；而宙斯作为最大的神，也并没有为神界良好秩序的建立有所作为。比如卡吕普索呼号"神明们啊，你们太横暴，喜好嫉妒人"（5.118），但慑于宙斯的威力，还是说："不要惹宙斯生气，/你

[①] 赵敦华：《西方哲学简史》，北京大学出版社，2001年，第2—3页。

若惹他恼怒，他以后定会惩罚你。"（5.147—147）因此，对于神来说，只要最终服从，①便可相安无事。

再次，神明贪婪残暴。神的世界充满了威力滥用和手足相残。因此，力量（power）成为神界生存的重要法则。他们用神力屠戮凡人丝毫不觉愧疚，比如宙斯杀死依墨菲得娅和波塞冬的孩子（11.318）以及巨灵族的灭亡（7.58）都表明了诸神的铁血和残酷。一定意义上说，神界的混乱厮杀也是当时人间战争频发状况的反映，同时，这也从源头上为西方文化打上了征服的烙印。更为有趣的是，希腊人财产第一的理念也在诸神身上找到了原型：阿芙洛狄忒出轨被抓后，阿瑞斯要求退还聘礼（8.318），波塞冬求情并许诺替她偿还。在神的世界，占有别神的女人也要以财化解，由此可见，财产在神的世界里也不失为息事宁人之良药。所以在神的世界，女人仍然代表着财产，并无任何尊严。一旦惹怒天神，神神之间的折磨便是永恒的，因为神明是"不死的"，比如奥德修斯在冥界所见到的提梯奥斯（11.576）、坦塔洛斯（11.582）和西续福斯（11.593）。而他们的遭遇也使神界的永恒性和优越性形成无解的哲学悖论。

5.2.2.3 神人关系

《奥德赛》中所反映的神人关系总体来说是征服与敬重，只要凡人勤勉献祭、绝对顺从神明的旨意，神明便不会降临灾难，这就是神灵的庇佑。因此，"祭神成为取悦于神祇的重要手段和方式，为此，希腊人每四年一次举行祭祀宙斯的盛大活动。"②但神界与人间并非互不相犯，诸神凭一己喜好（elective affinity③）

---

① Nelson Conny, *Homer's Odyssey: A Critical Handbook* (Belmont: Wadsworth Publishing Company, Inc., 1969), p.73.
② 徐新：《西方文化史——从文明初始至启蒙运动》，北京大学出版社，2007年，第66页。
③ J. Strauss Clay, *The Wrath of Athena: Gods and Men in the Odyssey* (Maryland: Rowman & Littlefield Publishers, Inc., 1997), p.181.

从凡人中选择对象①来帮助，而能够获得神祇帮助的人便成为"神的选民"和"民众首领"，这样做的结果使强者更强。战争的胜利者往往获得对手的财富、妻子、奴隶等，一并带回自己的城邦，这可谓是西方文化中"赢者通吃"法则的渊薮。此外，雅典娜甚至帮助奥德修斯协调与众神尤其是和宙斯的关系，并运用神的智慧亲自设计、策划奥德修斯的归家过程，并教导其子特勒马科斯，适时劝慰其妻佩涅罗佩。也就是说，一旦成为神的选民，不仅是选民自己，全家的人都会因此获得神的庇佑。

而一旦选民有不敬畏神明的行为，或是挑战神明，或是某一项技能居然能够超过"不死的神明"，或"不知感恩"，便是"自寻死路"。比如宙斯雷劈奥德修斯船只（5.131），欧律托斯与阿波罗比箭术被射死（8.227），还有波塞冬劈死不敬神明的埃阿斯（4.510）。在神明的面前，即在神秘的自然面前，人无疑是脆弱和弱小的，所以在神明的意识里，人只有顺从和依仗神明的庇佑才能生存和发展。"有了神明的喜欢，人便成为无所不能的英雄；失去了神明的喜欢，人便回到弱小的物种本身。"②因此，神明至高无上，拥有绝对权威，绝对不容亵渎。而对于这种敬畏意识的培养，神明是通过残酷的惩罚手段完成的，暴露出征服的血腥性。

也正基于此，《奥德赛》中屡次描述祭祀的礼仪。从全诗来看，献祭仪式的主要程序大致如下：祭祀前净手、洗浴，装饰牺牲、祭品（以公牛为至尊），抛撒大麦与醇酒，焚烧祭祀的腿件以及最后众人分食宴会等③。祭祀的时间一般为出发前（2.432）或遭遇困难需要得到神灵的帮助（5.445）（12.335）之时。而且，祭祀需要遵照一定的仪式，以表虔诚。首先是净礼，祭祀、祈祷之

---

① 《荷马史诗·奥德赛》第13卷，王焕生译："你我俩人／都善施计谋，你在凡人中最善谋略，／最善词令，我在所有的天神中间，／也以睿智善谋著称。可你却未认出／我本就是帕拉斯·雅典娜，宙斯的女儿，／在各种艰险中一直站在你身边保护你，／让全体费埃克斯人对你深怀敬意。"（13:297—302）

② J. Strauss Clay, *The Wrath of Athena: Gods and Men in the Odyssey* (Maryland: Rowman & Littlefield Publishers, Inc., 1997), p.182.

③ 吴晓群等：《古代希腊仪式文化研究》，上海社会科学院出版社，2000年，第38—39页。

前条件允许的要沐浴换衣，如果在野外或条件不允许，至少要洗手（2.261）。无论是出于卫生需要，还是感谢神明所赐予的精美食物，都带有原始的宗教色彩，以承接人与自然的亲密联系；第二，祭祀用的牺牲一般来说是肥牛腿或整头的牛、羊，简单一点的有牛舌、白牙猪鬃毛（14.415）等，体现了当时社会发达的畜牧业。[①] 第三，与神更为亲近的城邦会为自己的保护神修建神庙，比如费埃克斯人为波塞冬建造的神庙（6.266）。而对于人类的整体文明来说，祭祀的"仪式通过象征的作用将生活的世界和想象的世界融合在一起"[②]。

　　总之，对于普通古希腊人来说，神即宙斯，宙斯即神，[③] 其实是由于人们分不清神谱，为呼唤方便，总以宙斯的名字指称（22.253）。但宙斯在《奥德赛》中的形象甚至相互矛盾，如波塞冬的愤怒导致奥德修斯的流亡，宙斯再劈一剑，助纣为虐；而最后宙斯又帮助特勒马科斯震慑求婚者（2.146），此又行善。归根结底，一切矛盾之处在于神界的主旨——显示威力，树立绝对权威，征服人类。在神的理念里，只要人类服从，朝令夕改并无不妥。而且，神神之间并非相互协助，而是慑于对方的权威，形成彼此的威力震慑，保持了对对方权力的尊重。从这个意义上来讲，神之所以为神，在于他们超自然的力量，而并非其他文化中的"神"的道德教化作用。相反，在古希腊的世界，神品自私邪恶，喜怒无常。色诺芬认为"所有的人类思想都是起初由荷马塑造的"[④]，相比神界来讲，古希腊人的世界更具有历史进步性。同时，神神之间乱伦偷情、亲情缺失、手足相残等现象，一方面是为了吸引听众，满足听众的某种欲望需求；侧面上也影射当时社会的混乱。因此，希腊诸神尽管不具有现代宗教中

[①] 吴晓群等：《古代希腊仪式文化研究》，上海社会科学院出版社，2000年，第24页。
[②] 同上，第5页。
[③] Nelson Conny, *Homer's Odyssey: A Critical Handbook* (Belmont: Wadsworth Publishing Company, Inc., 1969), p. 75.
[④] W. K. C. Guthrie, "Gods and Men in Homer" in *Essays on the Odyssey Selected Modern Criticism* ed. by H. Charles and Taylar Jr. (Bloomington & London: Indiana University Press, 1967), p. 1.

"崇高意义"上的神品,但体现出荷马时期的古希腊社会环境下人类征服自然的愿望,也表现出人对于变化诡谲的自然的恐惧(神的愤怒),由此观之,《奥德赛》可以说是一部古希腊人的《自然论》。

5.3 荷马的声音

史诗虽然在形式和内容上留下了很多历史传承的痕迹,但对于歌者来说,每一次的表演都是重新创作。因此,史诗传统与歌者的个人才能很难割裂开来,《奥德赛》亦不例外。史诗中篇幅不多的"荷马的声音",画龙点睛地道出古希腊人的心声。在今天看来,这些蛛丝马迹实为了解当时世间百态的珍贵史料。正如艾略特在《传统与个人才能》中说:"历史的意识又含有一种领悟,不但要理解过去的过去性,而且还要理解过去的现存性……这个历史的意识是对于永久的意识,也是对于暂时的意识,也是对于永久和暂时结合起来的意识。就是这个意识使一个作家成为传统性的。"[1]诚然,历史性蕴含了时间的相续,但在创作的一刻所有的历时性统一于创作者的视野,呈共时性铺陈。尤其是"理解过去的现存性",个体的解读视角不同,过去的现存性自然因人而异,体现出了个人的才能。因此,在继承历史与传统的话题之下,艾略特认为"诗人必须获得或发展对于过去的意识,也必须在他的毕生事业中继续发展这个意识。"[2]因此,"荷马的声音"便是荷马对于传统与同时代的意识流露。

5.3.1 命运(Moira)

整部史诗都是歌人为听众讲述神界和人间的故事,歌中人物的命运一定

---

[1] 托·斯·艾略特:《传统与个人才能——艾略特文集·论文》,卞之琳、李赋宁等译,陆建德主编,上海译文出版社,2012年,第2—3页。

[2] 同上,第5页。

程度上反映出古希腊人对于起伏不定的人生的思考，并将之寄托于"命运"（moira）。命运（moira<μοίρα>, aisa<αἶσα>）的核心含义是"份额"和"分配"，是属于并应该由接受方保有的"分子"[①]。在古希腊人的朴素意识里，人类共同分享无形力量的祸福恩赐，又加上其航海商贸传统，古希腊人多运用与生俱来的经济天赋从商业视角来阐释命运。

首先，荷马一次次告诫人们要忍耐。如前所述，"神样的奥德修斯"也需要忍耐才能存活，这里"荷马的声音"意在通过潜话语的方式告诫人们应如何对待命运。奥德修斯的忍耐是力量的积蓄与时机的等待，其忍耐是为了一举迸发，而荷马作为歌者将此种品质反复强调。后世宗教经义中，"忍耐"也是一条玉律，教化众生将此正确的生命观潜移默化，形成品质。

其次，荷马在史诗中不止一次地通过各种渠道强调"克制"，这在原始初民社会中难能可贵。首先是克制权欲："原来我从前在世人中也属幸福之人，强横地做过许多狂妄的事情，听信于自己的权能，倚仗自己的父亲和兄弟。一个人任何时候都不能超越限度，要默默接受神明赐予的一切礼物"（18.137—142），这是奥德修斯在编造自己的经历时与人分享的，实际上，这不仅是奥德修斯所编故事中人物的形象，也是这么多年漂泊带给奥德修斯的深切体会。如果他到达库克洛普斯人的土地时加以克制，填充补给立即起航，也不至于最后直接迎击独眼巨人，落得损兵折将的下场。同时，歌者借助奥德修斯的嘴说出来，以故事套故事的形式，以栩栩如生的鲜活事例告诫听众，适度原则将使人类保全性命，终获幸福。其次是克制享乐欲望："甜蜜的酒酿使你变糊涂，酒酿能使人们变糊涂，如果贪婪它不知节制"（21.293）。史诗中极言酒宴之奢，但歌者自诩为缪斯女神的信息使者，因此，不免借助特殊的身份在酒宴的场合假借"女神传声筒"对宾客隐性提醒。歌者出身地位低下，不能直言相谏，但歌者日日目睹盛宴狂醉。诗中安提诺奥斯讽刺别人是饮酒冲昏了头脑，

[①] 陈中梅：《荷马的启示——从命运观到认识论》，北京大学出版社，2009年，前言第1页。

其实反讽手法的运用正昭示了他自己的悲惨命运。最后是克制色欲。这在史诗中人界与神界均难以做到。但奥德修斯这个强大的神化的人做到了,历经艰险与诱惑,终得善果:保全性命,团圆幸福。若当时奥德修斯贪图安逸,和神女卡吕普索或基尔克在一起,最终也难逃一死。从史诗中典故可以得知,与女神在一起的凡间男子均因天神嫉妒而终遭天谴,不得善终。比如阿尔忒弥斯射死了爱上黎明女神的奥里昂;宙斯劈死了与得墨忒耳欢爱的伊阿西昂(5.121—128),由此可知,奥德修斯的克制无形之中保全了他的性命。克制作为阴性的品质在《奥德赛》这样雄壮的史诗中以潜话语的形式出现,歌者的良苦用心可见一斑。

最后,《奥德赛》最核心的显性主题——苦难。首先,歌者强调人生而苦:母亲生下他,似乎就是让他遭不幸(3.95),即使是神明,也难以逃脱。再比如"高贵的预言者","神明注定他因而要承受许多苦难,/体验沉重的镣铐,在野外放牧牛群。/他一天一天一夜一夜地备受煎熬,一年的时光流逝,命定的时限来到,/国王伊菲克洛斯宽赦他,把他释放,让他做预言,终于实现了宙斯的意愿"(11.292),极言命运的力量。其次,凡人为财而苦。"尽管也许有人或无人能和我比财富。须知我是忍受了无数的艰辛和漂泊,第八年才用船载着他们返回家乡。"(4.80)在当时的恶劣条件下,大海神秘而又充满危险。为了获得财富,城邦王不得不率船出征,掠夺其他部落的财富。因此,英雄们往往在展示财富的时候满怀成就感,寥寥数语道出得财的艰辛。而奥德修斯十年的漂泊对于他和家人来说,无疑是人生的苦难历程。

在荷马的世界里,歌者的特殊身份和对于传统的继承使得他们对于历史、神话均驾轻就熟,而对人神的经验教训亦如数家珍,信手拈来。在史诗中,古希腊人对于命运的探索和智慧的积累已初见端倪。忍耐、克制与苦难的思想在古希腊人与自然搏斗的过程中形成,带有航海文化的鲜明特色。这些品质有助于保全性命,积累财富。从这个层面上来看,歌者不仅娱乐大众,为奴隶主阶层唱赞歌,教化奴隶忠心,还从总体上点亮人类生存的智慧。因此,"一部口头诗歌不是为了表演，而是以表演的形式来创作的。"①

5.3.2 人世（Brotoi）

荷马强调了人之于自然的生存法则。首先，倡导人要行善。按照古希腊人精于计算的传统，歌者运用数学的方法告诫人们"做善事比做恶事远为美好和合算"（21.374），因为墨冬没有参加求婚者的队伍，奥德修斯保全了其性命。而奥德修斯告诫奶妈欧律克勒娅的话也是作为"荷马的传声筒"告知听众："老妈妈，你喜在心头，控制自己勿欢呼，／在被杀死的人面前夸耀不合情理。／神明的意志和他们的罪行惩罚了他们／因为这些人大不敬任何世间凡人，／对来到他们这里的客人善恶不分。"（22.411—415）奥德修斯杀死求婚者后，奶妈现喜色，多年的屈辱血洗，但奥德修斯已经没有了特洛伊战场胜利归来时的狂傲，而是历数这些刀下鬼的滔天罪恶。正是他们的暴行触怒了神灵，而他本人也得以在神灵的暗助下完成了复仇。因此，荷马以极其血腥的场面告诫世人：行善得以保全，作恶终不得免。

第二，宣扬人世最好。尽管史诗以大量的笔墨极言神界的美好景致与丰饶物产，与饥馑、残破的人间形成鲜明的对比，但歌者在字里行间却流露出对人世的赞美。宁为荣誉而死、不愿碌碌而生的阿喀琉斯死后羡慕人世，不做阴间首领。闯过神女卡吕普索、基尔克与女妖塞壬诱惑的奥德修斯最终平静地在人间终老，也是命运赐予他的福祉，人世间的酸甜苦辣与天伦之乐是崇力尚武的神界与黑暗压抑的冥界所不具备的。史诗还通过奥德修斯进冥府时的惊悚描写，"吸乌黑的牲血"、"血污的铠甲"等与一尘不染的神界和充满阳光的人世形成了鲜明的对比。在荷马的世界里，奥德修斯的回归，是对冥界与神界的"拨乱反正，带来新生，是永恒的死亡与再生的神话"②。

---

① 阿尔伯特·贝茨·洛德：《故事的歌手》，尹虎彬译，中华书局，2004年，第13页。
② 同上，第266页。

最后，歌者的身份在史诗中特殊且贵重。这首先体现在宴会礼遇上："潘托诺奥斯给他端来镶银的宽椅，/放在饮宴人中间，依靠高大的立柱。/传令官把银色优美的弦琴挂在木橛上，/在他的头上方，告诉他如何伸手摘取。/再给他提来精美的食篮，摆下餐桌，/端来酒一杯，可随时消释欲望饮一口"（8.65—70）。饮宴者皆为王公贵胄，歌者出身寒微却能出入席间，身份可见一斑。另外，史诗颂扬高尚的心灵时亦常与歌者相比。"你却有一副高尚的心灵，言语感人。/你简直犹如一位歌人"（11.367—369），"所有生长于大地的凡人都对歌人/无比尊重，深怀敬意，因为缪斯/教会他们歌唱，眷爱歌人这一族"（8.479）。歌人俨然独立于森严的社会等级之外。史诗还宣称伤害歌者之人将会获罪，作为震慑。"如果你竟然把歌颂众神明和尘世凡人的/歌人也杀死，你自己日后也会遭不幸。"（22.345—348）。歌人以神佑为借口，得以在"奥德修斯的愤怒"中得以自保。而通过歌者的叙说，不难看出，歌者的歌唱是需要通过拜师学艺或祖上传承的形式来进行学习和训练的。表演之前的学习便是歌者"学习乐器的弹奏和学习传统的程式和主题"①的过程。因此，漫长的历程培养了歌者对于自己职业的使命感和神圣感，在史诗吟诵过程中亦不免露出优越的痕迹。

总之，关于人，荷马在史诗中发挥的是心灵的教化与训诫作用。由于职业的特殊性，歌者往往博古通今，同样的材料反复表演，穷尽一生；而在每一场演说与创作中，自身对人生的理解不断深化与升华。荷马教导人们行善，宣扬人世的美好，尽管人生多苦难，离开人世便意味着失去了光明，失去了人类区别于神与鬼的土壤。从这个意义上来说，歌人以寓教于乐的表现形式，规定了当时社会的重要行为规范。因此，荷马史诗成为"希腊文化的象征与希腊文明和希腊民族的象征"②，同时，荷马史诗也成为"古典时期希腊民众教育和文化的基础"③。不可忽略的是，歌者由于对主人即奴隶主贵族的依附性，使得史诗

---

① 阿尔伯特·贝茨·洛德：《故事的歌手》，尹虎彬译，中华书局，2004年，第32页。
② 徐新：《西方文化史》，北京大学出版社，2007年，第64页。
③ 同上。

内容不可避免带有阶级局限性，他们为当时的统治阶层歌功颂德亦在所难免。因此，历史地辩证地理解歌者和史诗成为解读荷马的另一把钥匙。

5.3.3 神灵（Theoi）

荷马对神充满敬畏，作为歌者，深受缪斯女神的启发才得以做出引人入胜的表演，对神的膜拜自不待言。他认为人所拥有的一切皆为神所赐，包括人的智慧和思想，例如"……目光炯炯的雅典娜赋予他思想"（5.427），基于此，对神的感恩有益于建立和谐的人神关系。在和谐之中，人的生活尽管艰苦，太大的灾难也会避免，但人的生命会得以保全。实际上，这样的思维模式表明了以商贸、掠夺为生的古希腊人功利主义的思想发展痕迹。

对于神明的威力，荷马也持认可态度。"你只需保持沉默，其余的由神明照应"（19.501）。言下之意，人世所需要的一切，神界轻而易举便可赐予。如此，人类对神界的依赖直接导致认知上对神界的承认和恭敬。在史诗的吟诵中，对于神界的描述总是充满了艺术性的夸张，神的力量也被描述成无处不在，无时不有。以此，史诗达到"卡塔西斯"[①]的作用，通过对于现实生活的升华，使听众的美好愿望能够在歌者的表演中得到满足。同时，歌者对于神界的描述也不能割裂对人本身的认识，即让人类怀着对神灵的敬畏生活，努力做神的选民，从而构建了叙事空间里特殊的人神关系。

歌者描述金光闪闪的神界，也表现出对不死神界的向往。现实生活的果腹和蔽体问题时常困扰荷马时代的古希腊人，哪怕是奴隶主贵族。在这种情况下，歌者着力描述精美衣物、华丽宫殿和美味食物，与现实世界俨然天壤之别，以此来激发人类对神的崇敬。"库克洛普斯们受到不死的天神们的庇护，既不种植庄稼，也不耕耘土地，所有作物无需耕植地自行生长，有小麦大麦，

[①] David H. Richter, *The Critical Tradition: Classic Texts and Contemporary Trends*, 2nd edn. (Boston: Bedford / St. Martin's, 1998), p. 41.

也有葡萄累累结果，酿造酒醪，宙斯降风雨使它们生长"（9.107—111）。荷马口中的神界便是理想化的人界，换句话说，正是柏拉图哲学中"原型世界"或叫作"彼岸世界"[①]，而现有的人界只是对于彼岸世界的模仿，只能接近而不能真正达到。

对于古希腊人来讲，种种苦难深深地烙印在他们的脑海，而将希望寄托于神明，这些都客观地反映出社会生产水平低下时，人类对于生命和自然的困惑。一方面，古希腊人希望得到神明庇佑增强生存能力，另一方面，他们并不希望自己成为神。尽管人的力量有限，但人世间是最真实的存在，而真实对于功利的"商人"来说，更富安全感和可信度。同时，歌者在整个人神关系中成为重要的联结和纽带，他们受到女神缪斯的启发，离神最近，又大多出生于社会下层，加之工作环境与上层相通，因此，歌者的声音也最具代表性。他们用神的力量保护自己，获得尊严。而表演中所流露出的古希腊人朴素的人生智慧如忍耐、节制，则反映出荷马时期古希腊人对于正在形成的城邦制社会的思考，也可以说是建构和谐人神关系的初步探索。从这个层面上来讲，"歌者的声音"是荷马时期古希腊人的《命运论》。

5.4 方法论探索——《奥德赛》引发的思考

《荷马史诗》"概括了古希腊人的社会生活与思想意识，达到了产生史诗的那个时代真善美结合的艺术高度"[②]，因而，由史诗引发的研究广泛而深入。对于史诗的研究遍及政治、经济、历史、文化、文学等多种学科。由文学研究的视角观之，《奥德赛》中所描绘的女性群像作为《伊利亚特》中"男性世界"的有益补充，是当时社会人类活动的生动写照。其次，《奥德赛》看似重点描

[①] David H. Richter, *The Critical Tradition: Classic Texts and Contemporary Trends*, 2nd edn. (Boston: Bedford / St. Martin's, 1998), p. 19.

[②] 李赋宁：《欧洲文学史》（第一卷），商务印书馆，1999年，第17页。

述奥德修斯，实际上，人与神的群体性较量是隐藏于史诗中的另一条主线，体现出古希腊人朴素的生命观。最后，《奥德赛》作为口述文学的艺术样式，具有独特的表述风格和审美关照，体现了受众的接受与美感体验。

5.4.1 为佩涅罗佩正名

关于《奥德赛》，国内外的研究视角有很多，其中女性视角研究随着女性主义的兴起层出不穷，独树一帜。例如萨缪·巴特勒（Samuel Butler）甚至认为《奥德赛》是由一位女性作家写成，即费埃克斯王国的公主瑙西卡娅，尽管证据并不充足，但是足以说明女性在《奥德赛》中的形象与《伊利亚特》相比更加重要。[1] 法国作家埃兰（Alain Peyrefitte）的专著《佩涅罗佩的神话》（*Le Mythe de Pénélop*）对佩涅罗佩的沉默、复杂性、反抗、赌注、信念等进行了细致而深入的分析，得出佩涅罗佩人性的"三位一体"：兼具有少女的纯洁、妻子的魅力和身为母亲的谨慎，同时亦不乏勇敢和圣洁的品质。[2] 美国斯坦福大学的芭芭拉·克莱顿（Barbara Clayton）教授撰写专著《佩涅罗佩的诗学——荷马〈奥德赛〉中编织而成的女性主义》（*A Penelopean Poetics: Reweaving the Feminine in Homer's Odyssey*）及贝丝·科恩（Beth Cohen）教授主编的《阴性一面：再现荷马〈奥德赛〉中的女性形象》（*The Distaff Side: Representing the Female in Homer's Odyssey*），则将史诗中出现的女性一一列数，包括雅典娜的计划，塞壬、缪斯女神和其他女性阐述者，与奥德修斯相会的瑙西卡娅、为奥德修斯洗脚的欧律克勒娅。书中指出，"如果我们将女神和半女神的女性形象囊括进来，《奥德赛》是女性的万花筒"。[3] 国内学人亦不乏此类研究。李权华的论文《"被缚"的女人——浅析〈荷马史诗〉中的女人群像》，陈戎女的论文《佩涅洛佩的纺

---

[1] Samuel Butler, *The Authoress of The Odyssey* (New York: E. P. Dutton Company, 1921).
[2] Alain Peyrefitte, *Le Mythe de Pénélop* (Paris: Librairie Arthème Fayard, 1998), p. 213.
[3] A. J. Graham, "The Odyssey, History, and Women" in *The Distaff Side: Representing the Female in Homer's Odyssey* ed. by Beth Cohen (New York: Oxford University, 1995), p. 3.

织和梦——论〈奥德赛〉的女性主义》。李权华的论文通过分析三类"被缚"的女人形象，体现出古希腊荷马时期女性的从属地位，其中佩涅罗佩乃是忠贞贤惠的楷模。① 综而观之，不论是人文主义关照，还是家园意识的研究，更多的关注点都会落在佩涅罗佩等女性形象的女性主义分析层面。女性主义与其他的研究方法相比，具有更为新颖的视角，而且《奥德赛》更加注重人世的描述和女性形象的刻画。但是，在分析史诗时应注意避免过多依赖理论框架而对人物进行"过度解读和消费"，扭曲史诗的本来面目和主题思想。

5.4.1.1 反"长袖善舞"论

《荷马的世界》一书这样评述佩涅罗佩："她的织布计谋，则展现的是她以女性的mētis编织谎言的能力"；②"她的长袖善舞，她的狡猾和骗术，简直和奥德修斯别无二致"③。首先，织寿衣的借口符合佩涅罗佩的身份。佩涅罗佩时刻注重仪表形象，每次的出场形象几乎相同——"系着光亮的头巾，罩住自己的双颊，/ 左右各有一个端庄的侍女相陪伴"（1.334—335），如此郑重其事，无疑歌者意在表明佩涅罗佩是贞洁的。其次，佩涅罗佩深谙强行与求婚人对峙对于孱弱的孤儿寡母意味着什么。因此，面对108名求婚者毫无善意的逼婚，用合适的借口拖延时间是唯一可能的也是最后的选择。

而对于孤立无援的佩涅罗佩来说，拖延的唯一胜算就是丈夫的归来。实际上，二十年的岁月已过，丈夫能够回来的希望已经被残酷现实冲洗得渺茫至极。但佩涅罗佩忠心可鉴，坚持等待。如果不是出于对丈夫的爱，她完全可以在二十年之中出嫁，但事实上她忠实地履行与丈夫分别时的诺言，孝顺父母、抚养儿子。因此，从守护家庭的角度来讲，佩涅罗佩给老公公织寿衣的借口实属无奈之举。

---

① 李权华：《"被缚"的女人——浅析〈荷马史诗〉中的女人群像》，《云梦学刊》2002年第23期，第71—73页。
② 陈戎女：《荷马的世界——现代阐释与比较》，中华书局，2009年，第273页。
③ 同上，第274页。

无疑，织布作为最典型的妇女劳动，是最好的拖延办法，也是最符合佩涅罗佩身份的行为，因为当时的古希腊妇女很大一部分劳动就是织布。于是她白天织布，晚上烧掉，如果不是被女奴出卖，一匹布佩涅罗佩已经成功地织了三年。因此，织布的借口于情于理都是最容易被人接受又最容易操作的。而被评价为"像海伦一样表里不一，善于骗人"①实在脱离语境，严重地扭曲了佩涅罗佩的形象。诚然，"给老公公织寿衣"是借口，可就按公公的年龄来讲，史诗中也并没有足够的证据证明这件事不是事实，何况儿媳妇给老公公织寿衣是当地的风俗，"这是给英雄拉埃尔特斯织造做寿衣，/当杀人的命运有一天让可悲的死亡降临时，/免得本地的阿开亚妇女中有人指责我，/他积得如此多财富，故去时却可怜无殡衣"（19.144—147）。所以由此而贸然认为佩涅罗佩"长袖善舞"是有待商榷的。

　　另外，就弓箭比赛来说，与其说佩涅罗佩"工于心计"，不如看成一个女人对自己心爱丈夫最后的忠贞。奥德修斯离家时曾经告诉佩涅罗佩，"但当你看到孩子长大成人生髭须，/你可离开这个家，择喜爱之人婚嫁"（18.269—270）。佩涅罗佩面临重压，作为一个妇人，她已经筋疲力尽，因此，最后的顺从也表达出对丈夫的忠心和爱意。在佩涅罗佩的世界里，弯弓是丈夫的心爱之物，是丈夫的象征，因此她拿出丈夫的弓箭向求婚人挑战。她的内心在叹息，但是她又不能再拖下去，如果那样，儿子也会因为财产问题跟母亲反目成仇。她并非想要一个新丈夫，而是想给儿子、给大家也给自己的丈夫一个交代，因为史诗中描述，就算是老乞丐赢了她都会嫁。从这点可以看出，佩涅罗佩嫁人的心已死，她深深怀念自己的丈夫，而并不是什么所谓"长袖善舞"的表现。而且在整部史诗里，佩涅罗佩没有一丝对于权力的欲望展现，她朝思暮盼的无非就是丈夫的归来，合家团圆。②

---

① 陈戎女：《荷马的世界——现代阐释与比较》，中华书局，2009 年，第 274 页。
② 《荷马史诗·奥德赛》第 23 卷，王焕生译："奥德修斯啊，不要生气，你最明白／人间事理。神明派给我们苦难，／他们嫉妒我们俩一起欢乐度过／青春时光，直到白发的老年来临"（23：209—212）；"如果神明们让你享受幸福的晚年，／那就是我们有望结束这种种的苦难。"（23：286—287）

最后再谈一谈婚床的秘密。佩涅罗佩之所以没有立即与奥德修斯相认，而是设置了重重考验，正暗示了二十年的艰辛与磨折。冒充奥德修斯或冒充见过奥德修斯在伊塔卡是一本万利的买卖，讲一段关于奥德修斯的故事便能获得珍贵的礼物，如此诱惑使得不计其数的人前来相认，[①]所以谨慎对待是完全正常的表现。

此外，《荷马的世界》一书中多次提到"政治权力"。当时荷马时代的女人还属于男人财产的一部分，从一定意义上来讲，她们甚至离自身的"人权"都很远。而佩涅罗佩拥有的伊塔卡王位来自于她的婚姻，是奥德修斯授予她的。但是，以现代女性主义视角观之，也许佩涅罗佩在奥德修斯出走的二十年自己成为伊塔卡王，才是实现了真正的女性主义。如果是，在当时也只能算作母系氏族"母权（Mutterrecht）"[②]的遗风吧。

综上所述，"织寿衣"、"弓箭比赛"和"婚床记"三部分史诗描述了丈夫缺位的孱弱女子形象，她圣洁、笃爱而柔弱。三个计谋并非所谓的"长袖善舞"，而是真切地体现出一个女人的孤立无援。从语义上来看，"长袖善舞"出自韩非《韩非子·五蠹》，"鄙谚曰：'长袖善舞，多钱善贾'，此言多资之易为工也"，比喻做事有所凭借，就容易获得成功，后多用来形容有财势、有手腕的人善于钻营取巧。[③]不难看出，"长袖善舞"的形象属于主动进攻，而佩涅罗佩一直处于防守地位。这个饱尝艰辛的女人遵循自己的内心，保卫自己和丈夫的家园，保卫自己的内心。佩涅罗佩苦守二十年，深知自己的任何决定将直接涉及伊塔卡的王权和儿子的未来，因此，面临一百多个觊觎权位的"求婚者"，她的小心翼翼是可以理解的；另外，佩涅罗佩的迟疑还表现出她

[①] 《荷马史诗·奥德赛》第14卷，王焕生译："老人啊，任何人漫游来这里报告消息，/都不能令他的妻子和心爱的儿子相信，/原来游荡人只为能得到主人的款待，/经常编造谎言，不想把真情说明。/常有人游荡来到我们伊塔卡的地方，/谒见我们的王后，胡诌一些谎言。"（14:122—127）

[②] F. A. Wright, *Feminism in Greek Literature* (London: George Routledge & Sons, Ltd., 1923), p. 9.

[③] 中国社会科学院语言研究所词典编辑室：《现代汉语词典》（汉英双语2002增补本），外语教学与研究出版社，2002年，第217页。

对丈夫的真爱与对信念的守候，而这一切，并不能用"长袖善舞"来笼而统之。因此，无论从语义，还是思想内容方面来讲，佩涅罗佩表现出的"犹豫（hesitation）"①恰好是女性的柔弱与安全感缺失的真实写照。

5.4.1.2 反"失败的女性主义"论

《荷马的世界》认为，"佩涅罗佩体现了荷马的古代女性主义立场：女性被允许以巧妙的、不与男性权威冲突的方式在家庭甚至公共场域发挥积极作用，但女性不能超越男性设定的道德和权力的界限。此外，女性被允许像男性英雄一样追求荷马式的 kléos，符合男性道德标准的女性甚至被赐予荣誉这样的精神奖赏"②。然而，荷马史诗中的女性观对于政治色彩较为浓重、与"名誉、地位"等密切关联的"现代女性主义"来讲，无疑是不适用的。

首先，"女性主义"的提法有待商榷。女性主义作为西方近代出现的思想潮流术语，移花接木般地被运用到荷马时期的女性观，与时代背景不相符合。

女性主义（Feminism）又可叫作"女权主义"，是后现代主义思潮的重要流派，是伴随着二战后教育的普及、人权运动的发展以及城镇化进程产生的。女性主义的全面发展是在 20 世纪 60 年代末。③法国女权主义者克里斯蒂瓦在《女性的时间》明确地界定了女性主义发展的三部曲：政治权利、强调个性、男女共生。④究其实质，女性主义更多地关注缺失性而非在场性，旨在表现男权社会中女性的沉默和边缘化状况，因此，女性主义含有更多的政治色彩。换句话说，女性主义的话语体系更多地强调女性在现代社会中拥有的政治和话语权，而并非侧重某种社会体系之下对女性观的探求。因此，女性观与女性主义的差别还是泾渭分明的。

---

① F. A. Wright, *Feminism in Greek Literature* (London: George Routledge & Sons, Ltd., 1923), p. 10.
② 陈戎女：《荷马的世界——现代阐释与比较》，中华书局，2009 年，第 277 页。
③ 王岳川：《当代西方最新文论教程》，复旦大学出版社，2008 年，第 373 页。
④ David H. Richter, *The Critical Tradition: Classic Texts and Contemporary Trends* (Boston: Bedford / St. Martin's, 1998), pp. 1345-1346.

荷马史诗中展现的是当时希腊社会的女性观。而奥德修斯时代的希腊，妇女完全从属于男性。由于体力上天然的差别以及古希腊好战的传统，女性在荷马笔下几乎没有什么权利，完全生活在一种对于自己命运的"不确定性（uncertainty）"[①]之中，因为婚姻完全将一位女性从"父亲的祭坛"移到"丈夫的祭坛"[②]。现实因素的存在对于古希腊女性的性格塑造具有不可忽视的作用。"她们总体来说温顺。如果不幸的命运降临，她们便会顺从，以她们温柔的方式征服狂暴的对手，并最终化敌为友。"[③]尽管如此，根据史诗中的战争规则，男人输掉了战争，女人也将被俘，成为胜利者的情妇，因此，女性在社会中的从属地位还表现在她们的无可选择性。

其次，用"女性主义"等现代性的语汇和理论框架来锁定人类童年时代的"自然状态"不免有失偏颇。佩涅罗佩作为史诗中鲜明的"女人"的形象，一定程度上代表了当时古希腊的女性观。当时美人的标准与现在的苗条、年轻女子形象不同，当时的标准是"整个身体的优雅与和谐造就魅力"[④]，因此，"成熟的女人"[⑤]更见风致。佩涅罗佩的确具有其他女子或半女神缺失的人性魅力，而这与任何现代所谓的"女德"无关。当时的古希腊人并没有形成约定俗成的是非观，他们认为"一切都是自然的，甚至超自然，如果可以这样认为的话。如果酒乱了一个人的心性，那么一定是某位神灵的作用（divine power）"[⑥]。因此，任何施加于佩涅罗佩之上的德行、智慧等的现代伦理观，都或多或少地扭曲了作者的原意。

综上所述，在女性为男子财产一部分的古希腊时代，即便是文学作品中，

[①] James Donaldson, "The Position and Influence of Women in Ancient Greece", *Contemporary Review*, 32 (1878), p. 651.
[②] 古朗士：《希腊罗马古代社会史》，李宗侗译，中国文化大学出版部，1989年，第35页。
[③] James Donaldson, "The Position and Influence of Women in Ancient Greece", *Contemporary Review*, 32 (1878), p. 651.
[④] Ibid., p. 656.
[⑤] Ibid.
[⑥] Ibid., p. 648.

女性的出现也是作为男权社会的陪衬。《荷马的世界》为佩涅罗佩预设了古代女性主义立场，显然有不妥之处。佩涅罗佩的形象代表了当时古希腊社会的女性观，而术语"女性主义"则更多地强调政治、权力与话语权，与历史不相符合。以现代社会女性道德观强加于其上的任何标签都不符合佩涅罗佩的身份，也扭曲了歌者的创作初衷。

5.4.1.3 关于"过度解读"和"误读"

"误读"是指评论者或读者对于文本的错误解读。笔者在这里提出一个新的术语——"过度解读"。在现代商业发达的社会中，一些术语不可避免地要贴上商业的标签，带有"消费主义（consumerism）"①的特质。而对于文本的分析从理查兹新批评派倡导的"文本细读法（closing reading）"②一直到后现代思潮的解构主义（deconstructionism）、后殖民主义（post-colonialism）、女性主义（feminism）、食人主义（cannibalism）等都可以被视为对于文本的"消费行为"。根据赵炎秋的分类，有的属于"消费性批评"，[3] 有的则属于"生产性批评"。[4] 因此，消费的"产业化"便如火如荼地进入各种领域，在文学、翻译学、文学批评、文化研究等诸多领域衍生出很多新的"后"学科。

诚然，德里达解构"逻各斯"中心主义⑤在促进文本呈现多元化解读方面具有相当的积极意义。但在纷繁复杂的多元化现代视野下，是否文学分析也要步尼采"上帝死了"的后尘而出现"文本死了"的尴尬局面，的确值得深思。解读之于文本的关系犹如生活与艺术的关系。文本如生活，解读如艺术。生活是客观的，而每种艺术的创作思维与形式是主观的。因此，巴赫金认为"生活

---

① 王岳川：《当代西方最新文论教程》，复旦大学出版社，2008年，第370页。
② Edwin Gentzler, *Contemporary Translation Theories (Revised Second Edition)* (Shanghai: Shanghai Foreign Language Education Press, 2004), p. 9.
③ 赵炎秋：《西方文论与文学研究》，湖南师范大学出版社，2003年，第75页。
④ 同上。
⑤ Edwin Gentzler, *Contemporary Translation Theories (Revised 2nd Edition)* (Shanghai: Shanghai Foreign Language Education Press, 2004), p. 146.

与艺术，不仅应该相互承担责任，还要相互承担过失。诗人必须明白，生活庸俗而平淡，是他的诗之过失；而生活之人则应知道，艺术徒劳无功，过失在于他对生活课题缺乏严格的要求和认真的态度。个人应该全面承担起责任来：个人的一切因素不仅要纳入他生活的时间序列里，而且要在过失与责任的统一中相互渗透。"① 不难看出，适度的解读与分析使得文本适时焕发生命光彩，在文学领域常青；而脱离了历史背景或事件真相的施加性评述或分析则可称为"过度解读"，用商业术语来说，是对文本的"过度消费"。因此，对文本的分析或评论需要在尊重真实的前提下把握适度原则，合理解读。另外，文学作品常常带有一定的历史背景，因而在分析文学作品时，除了文学理论、文学思潮层面的剖析，也应该注意还原完整的历史意识，这样才能使文本分析切合实际而又生机勃勃。

5.4.2 神的个体性与人的政治性

亚里士多德在《政治学》中提到"人天生是政治性的动物"②，而希腊的神界却是各自为政，本质上来讲，神界与人界已然形成相对的两个实体（entity）。因此，从这个意义上来说，《奥德赛》又可以理解成一部人与神的斗争。奥德修斯作为史诗中为人所钟爱的形象，在两部史诗中展现了不同境遇下人的胜利。

5.4.2.1 《伊利亚特》中的奥德修斯：与人斗争

在《伊利亚特》中，奥德修斯并不是浓墨重彩的核心人物，但他在两部史诗中的形象可谓一脉相承。场面宏大的《伊利亚特》描述了人与人的战斗，其间虽不乏神明的参与，且战争本身由神界引发，一定程度上或者可认为特洛伊

---

① 巴赫金：《哲学美学》，晓河等译，河北教育出版社，1998年，第2页。
② Aristotle, *Politics*, trans. by C. D. C. Reeve (Indianapolis: Hacket Publishing Company Inc., 1998), p. 2. 1253a (2-3).

战争是人神两界冲突的绵延，但交战双方是以特洛伊人和希腊人——"人的世界"为主体，双方的较量更多体现在力量与数量上的抗衡，当然，也是在英勇首领统帅下集体力量的对比。因此，人的群体力量在其中尽显，也更突出了亚里士多德提到的"人的政治性"。

首先，奥德修斯善于权衡利弊。"名枪手奥德修斯仍独自站在阵前，/身边没有一个同伴：恐惧掌握了他们。/他长吁一声对自己倔强的心灵这样说：/'天哪，我怎么办？在敌人面前逃跑，/是奇耻大辱，单独被擒更令人惧怕，/克洛诺斯之子吓跑了所有的达那奥斯人。/但我的心啊为什么要忧虑这些事情？/只有可耻的胆小鬼才思虑逃避战斗，/勇敢的战士在任何险境都坚定不移，/无论是进攻敌人还是被敌人攻击。'"（《伊利亚特》11.401—410）这段文字表现出奥德修斯作为人真实的内心，孤身作战胜算很小，但事已至此，从英雄追逐荣誉的角度，他毫无退路。况且在古希腊人的内心世界中，英雄对于荣誉的追求还表现在逃避耻辱。[①] 无疑，临阵逃脱将给奥德修斯带来莫大的耻辱，故此，特洛伊的英雄都英勇善战，永不退缩。但是从性格和心理活动看，奥德修斯也是经过了一番内心的挣扎，所以，经过了深思熟虑的勇敢表现出奥德修斯作为人的特质——虽重视荣誉，亦权衡利弊。

其次，奥德修斯顾全大局。众所周知，不论哪个民族，"士气"在战争中都起着决定性的作用。《曹刿论战》[②]中"一鼓作气，再而衰，三而竭"，足以说明士气的重要性。在这一点上，奥德修斯比阿喀琉斯要明智得多。在得知阿喀琉斯的好友已殒命战场，阿喀琉斯暴怒，要求马上组织反攻，报仇雪恨。这时奥德修斯劝阻下来，要士兵用过食物以后再战，确保能量的补给。而阿喀琉斯报仇心切，要求全体阿开亚人趁着愤怒一战到底。不仅如此，奥德修斯还要求联军首领阿伽门农将战争奖品置于中心地带，然后发重誓告诉阿喀琉斯礼物的清白，因为奥德修斯明白"激烈的战斗会很快使人感到疲乏，/青铜武器如镰

---

① Joan Burton, "Why the Ancient Greeks were Obsessed with Heroes and the Ancient Egyptians were Not", *Classical Bulletin*, 69(1993), p.25.

② 《左传·庄公十年》。

刀使大部分麦秆倒地，/收获却并不很多……/总不能让阿开亚人饿肚哀悼死者，/每天有那么多人一个接一个地倒下/有哪个人或者什么时候了却悲伤？/我们的责任是埋葬已经丧命的同伴，/保持坚强的心灵，对死者志哀一天。/凡是从无情的战斗里活下来的人，/都应该认真安排饮食，这样才能/以充沛的精力永不疲倦地同敌人厮杀/时时用坚硬的青铜武器保自己的安全。/……把一场恶战送给驯马的特洛伊人。"（伊利亚特11.218—237）从这段话可以了解到，奥德修斯并非不想报仇，对于同伴的被杀也并非不哀伤，和阿喀琉斯相比，奥德修斯与死者关系尽管并不是那么亲密，但奥德修斯更懂得群体作战的特点以及要领。基于丰富的经验，奥德修斯关键时刻从大局出发，劝解狂躁的阿喀琉斯，并建议阿伽门农做出应有的姿态，鼓舞士气，待万事俱备，一击而中。这里都表现出奥德修斯极强的全局观念以及丰富的战斗谋略，而这些融合集体力量产生极大威力的"合作策略"在亚里士多德看来是崇尚个体主义的古希腊神界或兽界所不曾拥有的。①

最后，奥德修斯勇谋相宜。史诗中并不乏奥德修斯力量与技能的展现，比如被特洛伊人围困时，"奥德修斯奋力反击，首先用尖锐的投枪/向下击中杰出的得奥皮特斯的肩头，/接着把巴托昂和恩诺摩斯杀死。/克尔西达马斯这时刚从战车跳下来，/他又一枪击中他凸肚盾牌下的腹部，/使他立即栽进尘埃里……/他抛下他们，又用枪击中希帕索斯之子/卡罗普斯……"（10.419—426）。此时的奥德修斯只能凭借力量和能力战胜敌人，以保自身，可以说，在个体较量中，自身的力量和技能很大程度上决定了存活的几率。

尽管全诗中就个人力量与技能方面而言，奥德修斯并非最强，但最终存活，除了自身的实力因素之外，神明的襄助以及奥德修斯的谋略亦大有裨益。因此，综合地考量，奥德修斯堪称"特洛伊英雄"名号。奥德修斯的智谋表现在为数不多的每一次出场。阿伽门农要派遣使者悄悄潜入敌营，狄俄

---

① Aristotle, *Politics*, trans. by C. D. C. Reeve (Indianapolis: Hacket Publishing Company Inc., 1998), p. 2. 1253a（129-30）.

墨得斯首荐奥德修斯——"神样的奥德修斯，他心里热情充沛，/他的精神在各种艰难中都勇敢坚定，/他是帕拉斯·雅典娜非常宠爱的人。/要是有他同我去，我们甚至能从烈焰中/安全返回来……"（《伊利亚特》10.241—246），此处通过别人的评价呈现奥德修斯的形象，表现奥德修斯智谋超群，深得盟友信任，在最关键的时候受到重用。而且奥德修斯不辱使命，成功从俘虏多隆处打听到特洛伊军队和盟军的驻扎安排，并睿智地从色雷斯人首领处下手，偷袭成功。另外，化妆乞丐乔装进城亦不失为奥德修斯谋略能力的重要体现。在战争中，英勇善战固然重要，攻谋得当，更能体现人类智慧的"杠杆"传奇。

因此，在《伊利亚特》中与人战斗的奥德修斯，除了个人的力量和技能，以全局观念和权衡利弊的谋略不仅保全了自身，还最终为希腊人获得战争的全胜立下汗马功劳。显然，从阿喀琉斯的死和奥德修斯的生可以看出，在人与人的较量中，更重要的是集体的力量，也即亚里士多德提到的"团体（community）"的概念。因此，在这一点上，奥德修斯胜过了刀枪不入的阿喀琉斯，体现了人的胜利。

5.4.2.2 《奥德赛》中的奥德修斯：与神斗争

在《奥德赛》中，奥德修斯更多地是与神搏斗。特洛伊战争的胜利使得奥德修斯狂傲不敬神，引起宙斯、波塞冬等众神愤怒，因此引发了十年的漂泊历程。在与神的决斗中，需要凭借自身实力得以存活。"宙斯用轰鸣的闪光霹雷向他的快船/猛烈攻击，把船击碎在酒色的大海里"（5.131—132）；波塞冬"聚合浓云，手握三股叉，/搅动大海，掀起各种方向的劲风的/暴烈气流，用浓重的云气沉沉笼罩/陆地连同大海，黑夜从天空跃起。东风、南风一起刮来，反向的西风，/和产生于天空的北风掀起层层巨澜"（5.291—296）；奥德修斯需要熟练的航海技能、超强的身体素质，在海上颠簸九天九夜甚至更久才能得到净水和食物，抑或赤膊游泳两天两夜（到费埃克斯人的国土）。奥德修斯面临的挑战更多来自无所不在的自然和众神布下的关卡。

首先，和特洛伊战争相比，奥德修斯一行人数不多，但同样需要良好的组织能力。比如在库克洛普斯的山洞里，面临一餐食两个人的巨人怪兽，奥德修斯没有被吓倒，反而想办法组织自救。看到橄榄树干，他趁巨人放羊时组织同伴们"要他们把他削光。／同伴们削完，我又把它的一头削尖，／……这时我又命令同伴们一起抓阄，／抓得者一待巨人进入甜蜜的梦境，／需同我把树干刺进巨人的眼睑"（9.327—333）。由此可见，虽然很多关卡是专门为奥德修斯所设，但假若奥德修斯只身一人的话，也必逃不过此劫。事实上，集体的合作和必要的牺牲成为取胜的关键。又如在艾奥利埃岛上，群风的主管艾奥洛斯帮助奥德修斯归家，给了他一只皮制口袋，连续航行九天，已看到伊塔卡的土地，但同伴出于好奇，趁奥德修斯睡觉之际，解开皮袋，"狂风一起往外涌。／风暴骤起，立即把他们卷到海上"（10.47—48）。可见，集体的合作将风险分担在每个人的肩上：同心协力，不一定能渡过难关；但一旦力量分散，劫难却是势所必然。因此，奥德修斯的领导力和组织力在这里得到了展现。

其次，就个人能力而言，在与神的搏斗中，奥德修斯展示武力的机会不多，更多的是考验海上生存能力。由于不敬神导致了神明的愤怒，又因库克洛普斯导致"海神波塞冬的咆哮"，因此，海上的遇险是奥德修斯最大的考验。"集云神宙斯唤起强烈的北风，／带来狂风暴雨，顷刻间浓密的云翳／笼罩大地和海面，黑夜从天降临。／船只被风暴刮走，一头扎进波涛，／狂风的威力把船舶三片四片地撕碎"（9.67—71）；若不是有着丰富的航海经验，及时降帆，以避风头，一场风暴足以倾覆全船，一行人葬身汪洋大海。还有"奥德修斯已经在汹涌的波涛里漂浮了／两夜两天，许多次预感到死亡的降临"（5.388—389）；"一个巨浪又把他抛向嶙峋的巉岩。／……巨浪把他抛起时他探手攀住悬崖，／呻吟着牢牢抓住，待滚滚巨浪扑过"（5.425—429）。对奥德修斯来讲，每一个瞬间都在生与死之间挣扎，稍有不慎都将葬身于"波塞冬的愤怒"。

此外，奥德修斯还需要具备很好的造船和木工技术。尽管赫尔墨斯将宙斯的意旨告诉卡吕普索，但远居孤岛的卡吕普索能提供的器具只有"一把大斧"（5.234）。奥德修斯的精湛技艺也体现在他自己精心设计的婚床，"由我制造，非他人手工。/……围着那棵橄榄树，我筑墙盖起卧室，/用磨光的石块围砌，精巧地盖上屋顶，/安好两扇坚固的房门，合缝严密。/……由此制作卧床，做成床榻一张，/精巧地镶上黄金、白银和珍贵的象牙"（23.189—200）。作为伊塔卡之王，奴隶主阶层，奥德修斯航海、木工样样精通，在与神的斗争中尽管有雅典娜等的庇佑，奥德修斯自身强大的生存能力亦不可或缺。

奥德修斯还常常面临心智的挑战：在海上漂行几天几夜，要么独眼巨兽，要么山中女妖，伙伴变成猪，吃食岛上的莲花便忘归家，食了神牛也会送命，痴情的卡吕普索，妖魔化的基尔克……最终奥德修斯胜利归家，不仅标志着人神之战中人的最终胜利，更显示出人对神界诱惑的抵抗和心智上的胜利。

5.4.2.3 政治性动物的胜利

亚里士多德提到"统治与被统治者不仅需要，而且双赢。一些人适合于做首领，而其他的便被领导"[1]。团队中的合作意识尽管在崇尚个人主义多神论的古希腊文明中出现得较为迟缓，但史诗中仍有蛛丝马迹可循。

奥德修斯的胜利归家并不意味着挑战的结束。奥德修斯面临与故土家园的重新适应[2]（readjustment）过程，而这是那些战死在特洛伊的英雄们不用去忧虑的。二十年的缺位使自己在城邦中失去了原有的位置，摆在奥德修斯面前的又是一场场斗智斗勇。奥德修斯的胜利暗含了人的综合实力的胜利。就个人力量而言，奥德修斯需要具备战场上的拼杀技能、战场下的谋划和领导组织能力，海上漂泊的技能和集体组织谋划技能、归乡的计谋和诛杀百人的能力。其次，成就一个英雄形象，还有赖众人和神明的保佑和庇护。他的同伴因为吃了

---

[1] Aristotle, *Politics*, trans. by C. D. C. Reeve (Indianapolis: Hacket Publishing Company Inc., 1998), p. 5 (1254a: 20-22).

[2] Joan Burton, "Why the Ancient Greeks were Obsessed with Heroes and the Ancient Egyptians were Not", *Classical Bulletin*, 69(1993), p. 26.

神牛最后全部殒命大海，只有奥德修斯自己终于回到陆地。同伴为了奥德修斯存活做了替死鬼，他们是奥德修斯的保护层，也正是同伴的前仆后继，奥德修斯取得了最后的胜利。因此，奥德修斯的胜利代表了人类作为一个团队的成功。最后，神的团队也在保护着奥德修斯。不仅是雅典娜的时时庇佑，甚至宙斯、女神伊诺、河神等都多多少少帮助过奥德修斯，对奥德修斯耿耿于怀的似乎只有波塞冬。因此，从这个角度来说，奥德修斯不仅是人间杰出的领袖，在神的集体里也倍受青睐。

5.4.3 口述史诗、理解成本与审美

《奥德赛》中程式化的语言是其一大语言特点。在帕里（Parry）和洛德（Lord）的研究中，他们认为"荷马史诗是高度程式化的（formulaic），而这种程式来自悠久的口述传统，正是口述传统的过程产生了荷马史诗"[1]。口头史诗有着自己独特的语言风格，与现代的书面语言大相径庭。它的传承方式是通过"史诗歌手运用掌握的表达程式做个人化的复述"[2]。不难发现，程式化的叙述方式在史诗的吟唱过程中保证了最大信息量的传达，那么，流传至今的《奥德赛》所反映的便不仅仅是英雄奥德修斯十年漂泊归家的主题，同样，荷马时代及其之前的吟诵诗人的口述传统也在《奥德赛》中得以保存。

所谓程式是指"一系列有规律的词语，他们被应用于相同韵律要求之下，表达基本固定的意思。"[3]而在《故事的歌手》中，"程式，指的是有规则地按照同样节奏表达给定语义的词组；程式化的表达是指以程式的样式构成的一句或半句诗行；主题是指吟唱的诗行中反复出现的事件或描述性段落"[4]。由此，

---

[1] 陈戎女：《荷马的世界——现代阐释与比较》，中华书局，2009年，第4页。
[2] 刘影、范文娟、李雪梅：《英文歌曲与文化研究》，西安交通大学出版社，2008年，第9页。
[3] 同上。
[4] Albert Bates Lord, *The Singer of Tales* (Cambridge: Harvard University Press, 1960), p. 4.

每一位歌手所传承的便是传统宝库中对于各种情境描述的套话。而每个歌者从学徒到歌者的成长历程便是学习、模仿和创作的过程。因此，"故事歌手并非有意识的传统观念的攻击者，而是传统的创造性艺术家。而他的传统风格也包括了独特精神"①。结合中国古代传统的口头艺术形式，比如京韵大鼓或辅以乐器伴奏的山歌等，不难看出口头艺术的表演特点是传承与个人化即兴创作并举。一般来说，学习者要跟随老师掌握传统的说辞，熟练之后，才能加入自己的创作。因此，从文化传承角度来看，口口相传比有书面文字的文化传承不但时间上要早，而且内容更加丰富，形式也更加灵活。

其次，除了秉承传统，程式化的史诗语言对提升听众的审美体验亦功不可没。在《奥德赛》中，从人物的身份"集云神宙斯"、"弑阿尔戈斯神赫尔墨斯"到人物性格的塑造"神样的奥德修斯"、"杰出的奥德修斯"再到客观事物的描写"酒色的大海"、"初生的有玫瑰色手指的黎明"，这些描写读起来似觉重复冗沓，但史诗的吟唱环境往往是宴会，贵族们酒足饭饱后消遣之用，加上听觉捕捉信息的转瞬即逝，一次次的重复实则加深了听众对于信息的接受和理解。从演出效果上来讲，史诗作为即兴的大众娱乐项目，便于理解，受众面广，审美效果提升。实际上，在音乐美学中，一定程度的熟悉度会增加审美快感，叫作"回归体验"②——即心理经验再现而产生的体验。同理，奏鸣曲式的呈示部、发展部、再现部，实际上也是这种 A-B-A 式的平衡结构，听者在呈示部的音乐中获得一种基本的心理体验，在再现部又回到最初的心理体验，因此在听者的心理上，对材料具备一定的熟悉度有助于提升审美快感。从这个层面上，口述史诗在表演方式和接受效用上与音乐美学可谓殊途同归。

另外，帕里和洛德的"程式理论"还引发了学者对于口头传统本质的探寻。从 20 世纪 60 年代至今，"争论的焦点在于书写语言是如何创造文明的，书写语言和口头语言孰优孰劣，书写传统当中是否还会存在有效的口头性语

---

① Albert B. Lord, *The Singer of Tales* (Cambridge: Harvard University Press, 1971), p. 5.
② 王次炤：《音乐美学》，高等教育出版社，2001 年，第 56 页。

言等"①。实际上，口头与书面两种传播方式在人类文明的历程中分属不同的阶段，可谓相得益彰。直到今天，口述史诗或口述文学以其独有的现场性、歌者即兴的创造性依然有其独特的魅力。其实，对于文化传承来讲，当口头语言和书面文字脱离之后，二者便渐行渐远。书面语言作为文化的视觉媒介，随着人类和外部世界互动的增多，其受众性递减。书面语言发展得越来越复杂，手法也愈益高端化、多样化。从口头白话发展到具有高度艺术性的诗歌形式在文字的进化史中是较为漫长的一段。在这一过程中，语言文字经过了提纯、抽象、模拟等后期制作，出现了各种文体和修辞手法，这些技巧或表达技能为读者的理解设置了重重关卡，没有足够语言修养的读者会很难接受，这就涉及理解成本的问题。

"理解成本"是辜正坤教授就典籍英译的翻译对策问题提出的概念，是指"人们理解文本内含摄的各种信息时所付出的时间和精力"②。在审美活动中，理解成本的高低直接影响到审美效果。史诗吟诵活动最鲜明的特征便是朗朗上口、通俗易懂，所以理解成本不会太高，且受众面广。从歌者的视角来看，口述文本便于诗人记忆，从而为诗人的创作提供了足够的空间。因此，史诗中长句子、程式化的段落层出不穷，人物之间较少简短对话，每个人物说话少则五行，多则成百行，由此形成的插叙结构和故事框架构成了史诗鲜明的结构特征。在这种情况下，听众很容易跟随歌者进入一幅幅场景。因此，程式化表达的直接益处便是降低了文化传承的成本。而认知关卡的设置，相反会直接导致受众面的减少，即理解成本的增加。

就《奥德赛》本身来说，语言的程式化还加强史诗吟诵的现场效果。史诗艺术通过表演者的音色、音调、表情，再配以音乐旋律体现剧情的起承转合，从而在现场引发受众的共鸣，引起审美快感。一些朗朗上口的段落反复出现，听众耳熟能详的一段话，在特定的情境之下可以全场同唱，吟诵史诗的现场气

---

① 刘影、范文娟、李雪梅：《英文歌曲与文化研究》，西安交通大学出版社，2008年，第10页。
② 范先明：《辜正坤翻译思想研读》，中国对外翻译出版公司，2012年，第208页。

氛自然活跃起来，听众在不知不觉中参与了史诗表演，因此，史诗的吟诵便不只是歌者的表演，而是双方的互动了。

另一方面，程式的打破彰显了歌者的审美情趣和创作痕迹。就像诗歌格律一样，抑扬格的诗行突现抑抑格，不但不会破坏诗行的规范整齐，而且还带来一种"变格之美"，从而由形式到内容实现了与主题的呼应，增强了表演的感染力。

最后，从史诗吟唱的效用与审美来讲，场景性是史诗的一大特点，因此史诗的行文风格必然有区别于其他艺术形式的地方。史诗经常在宴会上吟诵，宴会宾客繁多，水平参差不齐，因此，雅俗共赏成为引起观众共鸣的充要条件。在《奥德赛》中，甚至运用"大比喻"的手段来传情达意。比如在费埃克斯人的土地上，盲人歌者得摩多科斯吟唱"木马计"的时候，奥德修斯感同身受，潸然泪下的样子被比喻为"又如妇人悲恸着扑向自己的丈夫，／他在自己的城池和人民面前倒下，／保卫城市和孩子们免遭残忍的苦难；／妇人看见他正在死去做最后的挣扎，／不由得抱住他放声哭诉；在她身后，／敌人用长枪拍打他的后背和肩头，／要把他带去受奴役，忍受劳苦和忧愁，／强烈的悲痛顿然使她面颊变憔悴；／奥德修斯也这样睫毛下流出忧伤的泪水"（8.523—531）。在这里，以更寻常的感情类比奥德修斯心中的感慨，使受众的情绪通过寻常事件激发出来并适时"移情"，在感同身受的实际体验中加深对史诗的理解。

总之，程式化的语言很好地代表了《奥德赛》甚至荷马史诗的语言风格以及结构特点。但是，在书面文字发达的今天，语言已然从无字文明阶段的交流符号中分离开来，语言和文字具有不同的理解成本。因此，在评价古希腊史诗《奥德赛》的时候，要将它置于特定的历史背景和场景之中，结合古代音乐、表演理论，才能客观地还原史诗本身的艺术性和效用性，而不能笼统地以书面文字的审美标准来衡量口述文字。就审美快感来说，口述文字的美在于其应和场合、雅俗共赏，即效用性。

5.4.4 结语

综上所述,《奥德赛》以特洛伊战争英雄奥德修斯归家的故事为主线,通过倒叙、插叙的艺术表现手法,记录和展示了公元前 8 世纪左右的希腊社会生活状况以及人文思考,是后人考究和理解古希腊社会的一面镜子。歌者通过人物之口以及自己的声音(尽管痕迹并不明显),传达了古希腊人对于生命、自然以及人本身的思考和探寻,折射出在古希腊当时恶劣的自然条件下发展起来的朴素自然观和价值论。因此,现代的分析和解读要在尊重文本真实的基础上展开,避免对于人物和文献的"过度消费"。其次,通过人的世界、神的世界以及人神之争的刻画,史诗不但延续了《伊利亚特》的传奇色彩,更浓墨重彩地凸显人的坚韧和集体力量的重要性,可以说,这是对《伊利亚特》的提高和发展。史诗中不乏丰富多彩的场面描述以及性格鲜明的人物塑造,反映了古希腊时代的社会风俗以及生活习惯。通过群像的描绘,人界神界的差别赫然可见。奥德修斯作为人的代表最终胜利归家体现了作为"政治性动物"的人类的优越性。同时,史诗通过奥德修斯的际遇,见证了人界、神界、冥界的种种,并烘托出"人世最好"的主题。情节随"流浪"展开的笔法为后世很多文学家模仿和沿用。最后,口述史诗的特点以及传承决定了程式化的结构和语言风格。同时,口述史诗的形式也引发了笔者对文字作用的思考,一方面作为文化载体的书面文学语言,随着时间的发展,理解成本愈来愈高,受众面越来越小;另一方面,作为实用性质的只具有记录作用的书面符号文字,旨在传承思想,所以要以求真为最高原则。因此,基于口述史诗的传统性、场合性和即兴性,口述史诗的理解成本不能太高,而且还要注重观众的反应和演出效果。

6 《奥德赛》的内容、结构与政治哲学寓意

要理解《奥德赛》,就必须首先从它与《伊利亚特》的关系入手。两部史

诗在结构、人物场景、基本主题和宗教伦理观念等方面的明显差异让人认为，《伊利亚特》是荷马盛年的"青春之作"，而《奥德赛》则是晚年的"成熟之作"，甚至有人认为《奥德赛》不是荷马的作品，而是出自一位无名的女诗人。但它们之间深刻的亲缘关系却使得任何"分裂主义"的企图都会陷入更大的危险之中：只有互相倚重，才能相互发明。

与《伊利亚特》一样，《奥德赛》虽然因其复调结构而稍显散乱，但总共数十天真正发生的事情也让人一目了然：故事主要发生在"三岛两宫"，即奥古吉埃、斯克里埃和伊塔卡，以及涅斯托尔和墨奈劳斯的王宫。更为重要的是，《奥德赛》仍然采用了或平行或对称的"环形结构"。

自古及今，人们大多从文学、神话、宗教等方面来理解《奥德赛》的内容，在不同的历史时期都取得过非凡的成就。本文在这些研究成果的基础上，进一步选取古典政治哲学这个或许更贴近人类精神生活的基本维度，深入挖掘其重要内容。具体而言，"生存"或个体的存在问题既是海德格尔式的哲学问题，更是古典政治哲学由之出发的"原点"。奥德修斯的几乎所有选择都以此为基础，如果不能说以此为目标的话。而"生存"进一步提升，就会碰到尼采所谓的广义的"权力"问题。年轻的王储特勒马科斯、足智多谋的君王奥德修斯以及高明深湛的佩涅罗佩从各个不同的层次诠释了众说纷纭的"权力"的内涵。生存和权力都必须以"明智"为手段，它体现在"选择"中，表现为"克制"和"理智"。而作为古典政治哲学重要问题的"诗与哲学的古老论争"在《奥德赛》中有了最初也最本真的表现。

6.1 《奥德赛》的内容与结构

如果说《伊利亚特》这首英雄史诗背后有一个漫长的文学传统为依据的话，《奥德赛》的故事情节则找不到十分直接的原型，因此更具有"原创性"，[1]

---

[1] C. H. Whitman, *Homer and the Heroic Tradition* (Cambridge: Harvard University Press, 1958), p. 285.

故而被认为是西方文学史上第一座里程碑。荷马史诗之前的传说大多只讲到特洛伊的陷落，很少讲到凯旋的英雄们在路上的遭遇，至于英雄诗系中那篇《归返》(nostoi)，在普罗克洛斯的《文选》中归在了"Troizen 的 Agias"（或 Hagias）名下，[①] 显然是后人为了补足荷马史诗的故事而"杜撰"的。《奥德赛》虽与《归返》在情节上有一点点牵连，但无论从文学性还是思想性来说，它都远远高于后者。《奥德赛》所宣扬的智慧、审慎与和解，与《伊利亚特》相比，更加人性化和哲学化，所以在哲学界（乃至广义的思想界）都更受学者们青睐。[②] 我们且来分析这部被誉为西方第一部浪漫传奇的史诗——当然，这首先需要搞清楚它和《伊利亚特》的关系。

6.1.1 两诗异同

随着文艺复兴以来"德先生"和"赛先生"主掌人世大法，"主体性"精神不断高扬，现代思想中刮起了一股强劲的"疑古"风潮，在他们眼中，古人落后、愚昧、迷信、简单、盲从、专制，如此等等。在荷马史诗领域里，这种现代性精神突出表现为怀疑甚至否认荷马其人的存在，颠覆荷马史诗的经典权威性，其理由就在于这两部史诗错误成堆、败笔连连、逻辑混乱，诸如此类。据他们"富有成效"的考证，《伊利亚特》和《奥德赛》不是成于一时一地一人之手，而且这两部史诗各自也不够统一，同样不是传说中的某一个盲诗人所作。

这种意见一度主宰着荷马史诗的研究，但随着现代性精神的极度膨胀，到所谓"后现代性"像寓言中的青蛙吹破自己的肚皮时，人们发现疑古人士虽取得了一定的成果，却无法给前途带来真正可靠的指向；相反，传统的经典倒是不断闪烁着美丽的光辉。具体到《伊利亚特》和《奥德赛》的关系问题上，大

[①] H. J. Rose, *A Handbook of Greek Literature: From Homer to the Age of Lucian* (London: Methuen & Co. Ltd., 1934), p. 50.

[②] V. D. Hanson and John Heath, *Who Killed Homer? The Demise of Classical Education and the Recovery of Greek Wisdom* (New York: The Free Press, 1998), p. 193.

部分学者逐渐认同了亚里士多德以来的传统看法：这两部史诗乃是同一人所作——这是讨论两诗异同的前提。[1]

其实，《伊利亚特》和《奥德赛》之间的比较研究（这算不算"比较文学"？）古已有之，两千多年来已有不计其数的成果问世。亚里士多德认为，

> 荷马……的两首史诗各有不同的结构，《伊利亚特》是简单史诗兼苦难史诗，《奥德赛》是复杂史诗（因为处处有"发现"）兼"性格"史诗；此外，这两首诗的言辞与"思想"也登峰造极。[2]

在亚里士多德的眼中，《伊利亚特》情节简单，其中死人无数，充满苦难，而同样出自荷马之手的《奥德赛》则更复杂，它主要讲的是"性格"（ἠθική）。ἠθική 这个词指"居处"、"习惯"，引申为"性格"，进一步引申为"伦理"（ethic），因此我们可以把亚里士多德的话理解为：《伊利亚特》讲战争，《奥德赛》谈伦理。

公元 1 世纪时朗吉努斯对这两首史诗的评价似乎成了人们普遍接受的观点。朗吉努斯认为，描写豪气干云、金戈铁马战争场面的宏伟史诗《伊利亚特》成于荷马"生机勃勃的鼎盛之年"（ἐν ἀκμῇ πνεύματος）；而沉稳老到、如歌如诉的《奥德赛》则是荷马老年（γήρως）时所作。（《论崇高》9.13.1—4）18 世纪伟大的神学家和古典语文学家本特利的看法则更为有趣——荷马的《伊利亚特》是为男人写的，而《奥德赛》则是写（唱）给女人看（听）的。一个世纪以后，巴特勒（Samuel Butler，1835—1902）接过了这种看法，甚至干脆认为《奥德赛》出自一个女子之手：《伊利亚特》基本上是男人的戏，而

---

[1] Walter Burkert, "The Song of Ares and Aphrodite: On the Relationship between the Odyssey and the Iliad" in *Homer: German Scholarship in Translation*. trans. by G. M. Wright and P. V. Jones (Oxford: Clarendon Press, 1997), p. 250 篇幅颇长的注释 1。

[2] 亚里士多德：《诗学》，1459b12—16，罗念生译，见《罗念生全集》，上海人民出版社，2004 年，第一卷，第 99 页。

女人在《奥德赛》中则扮演着重要的角色。① 当然，这种一家之言也有人不买账。②

现代语文学的研究成果认为，《伊利亚特》先于《奥德赛》，近年人们利用电脑对两部史诗进行分析，也证实了这个观点。但这并不能说明两部史诗出于不同作者之手，因为它们在创作时间上的差距非常有限——把《奥德赛》放到非常晚的时期，这乃是一个"不经济的假设"（Whitman 语）。至于其他相同之处，那就更多了。

两部史诗同属一个非常成熟的文化系统，以同样的方式全面综合地反映着相同的思维方式、生活理念和社会形态样式。这两部英雄史诗描写的是青铜时代地中海社会形态的状况，也许与当时的历史不尽相同——它们毕竟是文学作品，但历史学家也能在两部史诗中找到相同的历史背景和重要的历史素材。

两部史诗都采用的是当时十分流行的六音步"英雄格"，语言风格和语言习惯也完全一致——甚至有一些句子几乎一模一样：如《伊利亚特》的 14.314（"现在让我们躺下尽情享受爱欢"，还有 3.441："你过来，我们上去睡觉，享受爱情"）几乎完全等同于《奥德赛》8.292（"亲爱的，快上床吧，让我们躺下寻欢爱"），其共同内容都是"爱"（《伊利亚特》的用语是 φιλότητι，《奥德赛》是 φίλη）、"上床享受"（汉译虽有不同，两部史诗中的这三处希腊文完全一样："τραπείομεν εὐνηθέντε"）。再如《伊利亚特》20.34—35（ἠδὲ Ποσειδάων γαιήοχος <u>ἠδ'</u> ἐριούνης Ἑρμείας）就几乎"克隆"了《奥德赛》8.322—323（ἦλθε Ποσειδάων γαιήοχος <u>ἦλθ'</u> ἐριούνης Ἑρμείας，），两者意思完全相同（"震地神波塞冬来

---

① R. Bentley, *Collected Works*, ed. by A. Dyce (London: F. Macpherson, 1838); cf. S. Butler. *The Authoress of the* Odyssey (London: Jonathan Cape, 1897), pp. 6,11; cf. Barbara Clayton. *A Penelopean Poetics: Reviewing the Feminine in Homer's* Odyssey (Lanham: The Rowman & Littlefield Publishing Group, Inc., 2004), pp. 1-2. 另参格兰斯登：《荷马史诗》，见芬利编：《希腊的遗产》，张强等译，上海人民出版社，2004 年，第 78 页。

② Michael Silk, "The *Odyssey* and its Explorations", in *The Cambridge Companion to Homer* ed. by Robert Fowler (Cambridge: Cambridge University Press, 2010), p. 41.

了，广施恩惠的赫尔墨斯来了"），仅在用语上有非常细微的差别。此外，两首史诗中还有一些句子只字不差，连重音和省音都相同，如《伊利亚特》14.212 与《奥德赛》8.358（οὐκ ἔστ᾽ οὐδὲ ἔοικε τεὸν ἔπος ἀρνήσασθαι，我不能也不该拒绝你的请求）。① 而《伊利亚特》14.447 也与《奥德赛》18.131 完全相同（πάντων ὅσσα τε γαῖαν ἔπι πνείει τε καὶ ἕρπει，大地上呼吸和爬行的所有生灵中）。

在两部史诗中，神明和英雄的绰号、代称、头衔等公式化的语言完全相同，写作手法也完全相同。这种写作手法就是从某一个角度和侧面去构建史诗的整一性：

> 唯有荷马在这方面及其他方面最为高明，他好像很懂得这个道理，不管是由于他的技艺或是本能。他写一首《奥德赛》时，并没有把奥德修斯的每一件经历，例如他在帕耳那索斯山上受伤，在远征军动员时装疯（这两桩事的发生彼此间没有必然的或偶然的联系），都写进去，而是环绕着一个像我们所说的这种有整一性的行动构成他的《奥德赛》，他并且以同样的方式构成他的《伊利亚特》。②

亚里士多德这段话最后一句中的"同样"（ὁμοίως）一词，已经表明了这两部史诗在古人心目中的关系。我们把亚里士多德的话进一步具体化：特洛伊战争虽打了十年，但荷马却只写了最后几十天；同样，奥德修斯的返乡历程也用了十年功夫，但《奥德赛》只写了最后几十天，而把过去九年的事情穿插、倒叙在其中。

从故事情节上看，这两部史诗都围绕着特洛伊传说展开，都是在争夺一个

---

① Walter Burkert, "The Song of Ares and Aphrodite: On the Relationship between the *Odyssey* and the *Iliad*", in *Homer: German Scholarship in Translation*, pp. 255–258.
② 亚里士多德：《诗学》1451a22—30，见《罗念生全集》第一卷，上海人民出版社，2004 年，第 43 页。略有改动。关于整一性，参《论古典文学》中对"整一律"的讨论，见《罗念生全集》，第八卷，第 177 页以下。

女人,《伊利亚特》争夺的双方是墨奈劳斯(和他的盟友)—帕里斯(和特洛伊人),争夺的对象是绝世佳人海伦;《奥德赛》争夺的双方是奥德修斯—求婚者,争夺的对象是秀外惠中的佩涅洛佩。这种"争夺新娘"的故事在古代社会形态(包括后来的一些民间传说)中可谓屡见不鲜。

两者的相同之处还有不少。两者"都有着世界性的(ecumenical)深度,都试图在它们的体系中引入大量的特洛伊神话,而又不直接纠缠于情节中;两者都是复杂的、里程碑式的和回顾性的;两者在雅典艺术方法上有着巨大的共性,生动、明晰和微妙……这些基本的相似性指向相似的诗学关怀和思想的创造时间"。[①]

当然,这两部史诗的差异也是巨大的。

《奥德赛》有明确的价值取向,而《伊利亚特》的价值观则要模糊得多。《奥德赛》最终结局是一出"大团圆"的好戏,《伊利亚特》则要苍凉得多:它以阿喀琉斯的愤怒开始,以赫克托尔的葬礼结束(24.804)。《伊利亚特》更"荷马",也就是更加英雄化,《奥德赛》则更"哲学"。它们之间的区别大致如下。

首先,结构上有所不同。

《伊利亚特》按时间顺序依次讲述故事,而且这些故事在逻辑上环环相扣:不是一件事情接着另一件事情,而是一件事情引起另一件事情。《奥德赛》则运用了倒叙和穿插的手法,每一件事情相对独立成篇。《伊利亚特》结构更加紧凑,而《奥德赛》则显得相对松散,甚至让人初读时有些摸不着头脑。当然,《奥德赛》这种"形散而神不散"的结构与其复杂的内容正相匹配。

两首史诗的叙述方式的区别在于,从叙事学(Narratology)的角度来说,《伊利亚特》是"全知"的作者对事件进行全景式的描述,而《奥德赛》则更多地让主人公自己讲述事件的来龙去脉,其间穿插着其他风格种类略有不同

[①] C. H. Whitman, *Homer and the Heroic Tradition* (Cambridge: Harvard University Press, 1958), pp. 286-287.

的故事，因此，《奥德赛》的结构比《伊利亚特》复杂得多。① 尽管《奥德赛》中也有所谓几何图形般的"环形结构"，但远远不如《伊利亚特》那么明显和彻底：后者在严格的轴对称结构中出现所谓"hysteron proteron"（倒置）的现象。《奥德赛》中即便偶尔有这种结构，也大多"敷衍了事"或"摇摆不定"（totter and reel）。② 如果说《伊利亚特》的情节按照 ABC 的方式发展，《奥德赛》的结构则差不多是 BAC。③ 而结构的变化则预示着诗人、观众和世界的变化，也意味着荷马对世界、人生、社会等方面有了新的认识。④

其次，人物和场景也有区别。

《伊利亚特》中的主要人物几乎都是成年人，大多都是武士——极少数女子也堪称英雄（如安德洛玛克、海伦、赫卡柏、卡桑德拉），就连侍寝的女俘也大多豪迈过人、不让须眉（如"黄金的阿芙洛狄忒般的布里塞斯"为死去的帕特罗克洛斯哭诉那个场景，19.282ff）。而《奥德赛》中老弱病残、三教九流、男男女女都有：从老朽悲苦的拉埃尔特斯到豆蔻年华的瑙西卡娅，从王公贵胄到流浪乞丐，从归途中的小人物到山洞中的巨无霸，从海外仙客到冥府鬼魂，从英武善战的奥德修斯到忠心耿耿的奶妈欧律克勒娅，从踌躇满志的特勒马科斯到花天酒地的女仆，从妖魔鬼怪到盲人歌者，从城邦显贵到乡村牧奴，如此种种，可谓社会万花筒、人间千面图。

描写特洛伊战争的《伊利亚特》，其场景几乎完全局限在特洛伊城及其周围（好比一个固定摄影棚里所拍的"室内剧"），除此之外的少量场景都与人无关：神明聚集的奥林匹斯山和伊达山。而《奥德赛》的场景转换则特别频繁：从特洛伊到伊塔卡，从皮洛斯到斯巴达，从哈得斯到费埃克斯，从洛托法戈伊

---

① G. S. Kirk, *The Songs of Homer* (Cambridge: Cambridge University Press, 2004), p. 355. W. A. Camps. *An Introduction to Homer* (Oxford: Clarendon Press, 1980), pp. 2-4.

② C. H. Whitman, *Homer and the Heroic Tradition* (Cambridge: Harvard University Press, 1958), pp. 287, 294.

③ Michael Silk, "The *Odyssey* and its Explorations", in *The Cambridge Companion to Homer*, ed. by Robert Fowler (Cambridge: Cambridge University Press, 2004). pp. 43-44.

④ C. H. Whitman, *Homer and the Heroic Tradition* (Cambridge: Harvard University Press, 1958), p. 290.

人到卡吕普索的驻岛，从基尔克的陆地到海上塞壬的身边，从天上偷情者的床榻到地上久别重逢者的婚床，从城里王宫的大厦到乡间奴隶的破屋，从血腥的山妖水洞到香郁的海国瀛洲，从波涛汹涌的大海到宁馨芬芳的仙境，如此等等，可谓上古"蒙太奇"、后世"乌有乡"。

复次，主题上各有侧重。

我们从词汇和词频统计上即可看出两部史诗在主题上的区别。《伊利亚特》以"μῆνις"（愤怒）一词开头，而《奥德赛》的第一个词则是"ἄνδρα"（人）。"愤怒"是英雄的气质特点，因此《伊利亚特》更多地是歌颂"英雄"。而《奥德赛》第一个词即已定下了全诗主题的基调：人定胜天。再看词频："人"（仅以 ἄνθρωπος 为例）在《奥德赛》中共出现了 118 次，在《伊利亚特》中则只有 70 次；而"英雄"在《伊利亚特》中出现了 73 次，在《奥德赛》中仅有 40 次。其余表示"人"的词汇如"βροτός"（有死者）、"ἀνήρ"（男人）和"φώς"（凡人，此词与"光"φῶς 仅重音不同），在《奥德赛》中的频率也远远大于《伊利亚特》。[①] 上古力大无穷的英雄虽然还出现在后来的故事中，但已基本不起作用了。而且神明在《奥德赛》中所起的作用不说微不足道，至少远远不能同《伊利亚特》中左右局势的神明相比。因此，从《伊利亚特》到《奥德赛》的过程是从英雄到凡人的过程，是"走下神坛"的过程，也是英雄世界覆亡的过程：人类从此进入平凡的时代。

与此相应，如果说《伊利亚特》宣扬的是"力"（广义而言就是尼采所说的 macht，薇依所说的 force），那么《奥德赛》弘扬的则是"智"：富有审慎智慧的奥德修斯战胜了力大无穷的库克洛普斯人。《伊利亚特》的英雄主义和浪漫主义也让位给《奥德赛》的现实主义、自然主义和理性主义（如果可以这么说的话）。《伊利亚特》中的英雄气概代表着人性的理想化方面，而《奥德赛》中的绝望、幽默、辛劳则使人性更加全面和圆满。阿喀琉斯在《伊利亚特》中靠勇气创造了他的自我，奥德修斯则在《奥德赛》中用冒险、选择、坚

[①] Seth Benardete, *The Argument of the Action* (Chicago: The University of Chicago Press, 2000), p. 19.

毅和行动创造了他的世界。奥德修斯以知识为武装（而不是赫菲斯托斯给他锻造的神圣的铠甲），同各种艰难险阻进行了卓越的斗争，最终取得了胜利。①这是西方社会形态经过"中世纪"（即公元前12到公元前8世纪）漫长的雪藏孕育后，在古希腊"文艺复兴"中怒放的思想之花。

最后，伦理宗教观念有所变化。

以宙斯为首的众神明在《伊利亚特》中可谓风光无限：呼风唤雨、为所欲为、好事干尽、坏事做绝——墨奈劳斯仰天呼唤："天父宙斯，没有别的天神比你更坏事"（3.365）。《伊利亚特》中的神明们在奥林匹斯山上觥筹交错、推杯换盏，过着无忧无虑的神仙日子——同时似乎也无任何道义感和责任感。但《奥德赛》中的神明却"文静"、"社会形态"得多，更像正义的化身，甚至是"用哲学净化过的世界良知"（耶格尔语）。宙斯在《伊利亚特》中是神人的绝对权威，但在《奥德赛》中却可怜巴巴地为自己辩护道："可悲啊，凡人总是归咎于我们天神，/说什么灾祸由我们遣送，其实是他们/因自己丧失理智，超越命限遭不幸"（1.32）。

在《奥德赛》中，宙斯等神明还在天上观看，但已经不是为了取乐看热闹，而是守望着道德和正义，终于赢得了他们在凡人心中的地位，老人拉埃尔特斯面对邪不压正的局面，在胜利后发出由衷的赞叹："父宙斯，神明们显然仍在高耸的奥林匹斯"（24.351）。

至于神明们所引起的那场灾难重重的战争——这种灾难甚至延续到战后很长一段时间（至少十年），《奥德赛》也给予了深刻的反思。在《奥德赛》中，作者借奥德修斯和得摩多科斯之口以悲伤和悔恨的心情回顾了整个特洛伊战争——尽管回顾者赢得了这场战争。②所以，尽管《奥德赛》与《伊利亚特》一脉相承，但在伦理宗教观念上大有变化："《奥德赛》的作者已经达到了这样一个高度，在这个高度上，神明神话中那些任性妄为之举已然不见了；在伦理

---

① C. H. Whitman, *Homer and the Heroic Tradition* (Cambridge: Harvard University Press, 1958), pp. 290-298.

② W. A. Camps, *An Introduction to Homer* (Clarendon: Oxford University Press, 1980), p. 3.

反思的影响下，发生了一场分裂，一边是神明'更纯粹'的观念，另一方面是与宗教无关的虚构甚或是历险小说"。①

面对《伊利亚特》和《奥德赛》的复杂关系，我们可以张开想象的翅膀，猜测它们可能代表着西方社会形态一次重大的发展历程，也可能是西方社会形态中的两极或内部两种小传统在互相冲撞，还可能是人类思想中相互缠绕着的混沌材料——荷马对这些材料进行了天才的整理，更可能是没有任何实质区别的对世界同根同种的感悟——只不过后人把这些感悟做了不同的分类而已，结果看起来好像就有了鸿沟。无论我们如何分析《伊利亚特》和《奥德赛》的关系，都无法改变这个千百年来人们共同的信念：它们合在一起才使"荷马史诗"这个概念得以成立，不管这两部史诗有多少异同之点，它们都是养育西方社会形态乃至全人类思想的伟大源泉和"源初母液"。

6.1.2 主要内容

与《伊利亚特》一样，《奥德赛》第一卷前面 10 行也是全诗的"序曲"，诗人向缪斯祈求："请为我叙说，缪斯啊，那位机敏的英雄……"。这短短的几行序诗，就已经定下了全诗的基调，浓缩了全诗的故事情节。这个基调就是："他们亵渎神明，为自己招灾祸"（1.7），奥德修斯"摧毁特洛伊的神圣城堡后又到处漂泊，/ 见识过不少种族的城邦和他们的思想；/ 他在广阔的大海上身受无数的苦难"（1.2—4），这些无非就是要证明：善恶祸福，咎由自取（ἐοικότοι，1.46，意即"合适"，另参 4.239）。

尽管《奥德赛》的叙述场景变化多端，让人云里雾里，但全诗的故事情节似乎又显得很简单，亚里士多德概括说：

《奥德赛》的情节（λόγος）并不长。有一个人在外多年，有一位神老

---

① C. H. Whitman, *Homer and the Heroic Tradition* (Cambridge: Harvard University Press, 1958), p. 262.

盯着他，只剩下他一个人了；他家里情形落到了这个地步：一些求婚者耗费他的家财，并且谋害他的儿子；他遭遇风暴，脱险还乡，认出一些人，亲自进攻，他的性命保全了，他的仇人尽都死在他手中。①

这个"人"是奥德修斯，史诗以此命名（意为"奥德修斯的故事"或"奥德修斯之歌"，意同《伊利亚特》中的 Diomedeia, Doloneia 或《奥德赛》中的 Telemacheia），那位老盯着他的"神"就是波塞冬（一般编本都直接说是波塞冬老盯着他）。

第一卷开头就讲神明趁波塞冬不在时，商量让那位"深深怀念着归程和妻子"却"被高贵的神女卡吕普索，神女中的女神，/阻留在深邃的洞穴，一心要他做丈夫"（1.13—15）的人实现回归的梦想，而"这时，其他躲过凶险的死亡的人们/都已离开战争和大海，返抵家乡"（1.11—12）。这时奥德修斯的保护神雅典娜极力恳恩宙斯放奥德修斯，并以阿伽门农遭害以及其子埃瑞斯特斯替父报仇的事情为例，说明放他回去对求婚人实施惩罚的必要性和正当性：在特洛伊之后，重新赢得世人对神明的信任和尊敬。

雅典娜奉命来伊塔卡劝导奥德修斯的儿子特勒马科斯外出寻父，叙述场景马上就转到了伊塔卡，其主人公也变成了特勒马科斯，所以讲儿子寻父故事的前面四卷就叫"Telemacheia"（特勒马科斯之歌）。这对于全诗讲述奥德修斯归返的主题来说，不仅不矛盾或偏题，反而有一波三折之功效。雅典娜幻化成奥德修斯的旧友，来到伊塔卡时，看到的境况十分混乱，且岌岌可危。少主特勒马科斯虽然无法懂得为什么"母亲不拒绝他们令人厌恶的追求，/又无法结束混乱，他们任意吃喝，/消耗我的家财，很快我也会遭不幸"（1.249—251，另参 16.126—8），但在雅典娜的激励和指导之下，也颇为动心。这时，歌人费米奥斯正在"歌唱阿开亚人由雅典娜规定的从特洛伊的悲惨归程"，思念

---

① 亚里士多德：《诗学》1455b16—23，见《罗念生全集》第一卷，上海人民出版社，2004年，第73页。

丈夫的佩涅洛佩不忍卒听，要歌人停止演唱，特勒马科斯第一次顶撞母亲，表明"过错不在歌人，而在宙斯，全是他／按自己的意愿赐劳作的凡人或福或祸"的凡俗观念——这正是雅典娜此行欲纠正的对神义论十分不利的局面，特勒马科斯借此还表明自己的阳刚、成熟和权力："因为这个家的权力属于我"（1.359）。

第二卷描写的是第二天，朝气蓬勃的太子接受了雅典娜的建议，准备初试锋芒，召集公民大会，急切想发表演说（2.36），向包括求婚人在内的伊塔卡王公贵族讲明了自己家里的不堪景象。求婚人则把责任推到了工于心计的佩涅洛佩（2.121）身上，胡搅蛮缠一通之后，让特勒马科斯的第一次主动出击无功而返。雅典娜再次鼓励特勒马科斯外出寻父，并且亲自陪伴这位未来的国君出航。

第三卷讲发生在皮洛斯岛上的故事。特勒马科斯来到老英雄涅斯托尔的岛上，为的是打听漂泊在外的父亲的消息，也好在人世间博得美好的声誉（3.77—78）。涅斯托尔道出了特洛伊战争的秘密："追求财富"（3.106），然后讲到了许多英雄的归返，而这些故事则多半摇摆在神义和神不义之间。尤为关键的是藏着丰富智慧的涅斯托尔谈到了埃瑞斯特斯报父仇（而不提弑母）的故事，为奥德修斯—特勒马科斯杀死求婚人提供了判例或事实依据。涅斯托尔还建议特勒马科斯去斯巴达问墨奈劳斯。这一卷以祭祀开始，又以祭祀结束。

第四卷的场地转到了拉克岱蒙。特勒马科斯在涅斯托尔的儿子佩西斯特拉托斯的陪伴下，来到了墨奈劳斯金碧辉煌堪比宙斯寓所的王宫（4.72—75），那里正在举办婚宴。墨奈劳斯讲述自己带着海伦归返时游历各国、聚敛财富的过程，并为悲惨、危难和艰苦的特洛伊战争懊悔不已（4.97—99）。这时绝世美女海伦出来了，她一眼就认出特勒马科斯乃是奥德修斯的儿子，对战争也进行了反思："阿开亚人为我这个无耻人，／前往特洛伊城下，进行激烈的战争"（4.145—146）。战争给很多人带来了苦难，也给特勒马科斯等人带来很多"后遗症"，"大家忍不住哭成一片"（4.183）："哭"、"泪"贯穿全诗，几乎成了诗歌的第一主题。待海伦拿来忘忧汁止住了大家的悲伤后,她给大家讲起了著名的木马计的故事。"心如铁石"的奥德修斯凭智慧成就了木马计,赢得了这场战争。

墨奈劳斯第二天讲起了他归返的趣事,还借老海神之口讲了小埃阿斯、阿伽门农归返的故事,提到了卡吕普索滞留或"隐藏"奥德修斯的事情——在古希腊语里,"卡吕普索"(Καλυψώ)来自于动词καλύπτω,意思就是"遮盖"。

这一卷625行以下的故事则转到了伊塔卡,求婚人密谋要杀死勇敢外出的特勒马科斯。佩涅罗佩知情后,不主张求助于城外果园中凄凉度日的老英雄拉埃尔特斯。就在佩涅罗佩不知所措的时候,雅典娜给她托来了好梦。

第五卷以下才是真正意义上的"奥德赛",即奥德修斯的故事。虽然在第一卷中宙斯已决定放奥德修斯回家,但其真正的实施却是数天之后。雅典娜再次替奥德修斯说好话,说他爱民如子(5.12)。赫尔墨斯奉命来到卡吕普索美轮美奂的岛屿,看到铁石心肠的奥德修斯"正坐在海边哭泣,像往日一样,/用泪水、叹息和痛苦折磨自己的心灵"(5.82—83;另参151—158)。其间穿插了几个仙女"思凡"的故事。奥德修斯拒绝了女神长生不老、永不衰朽的提议,义无反顾地再次投身苦难。卡吕普索别无他法,只好送来了斧头、布匹等工具,助他做筏。余怒未消的波塞冬看见后,便搅起了风暴,打破木筏,让奥德修斯漂流在海上。在危急时刻,女神伊诺救助了他,雅典娜与河神也帮了他一把,他才死里逃生来到了一个陌生的岛上。

第六卷到第十二卷的故事发生在费埃克斯人的岛上。雅典娜首先托梦给该岛青春可人的公主瑙西卡娅,要她到河边去洗涤衣物,以备婚期,其实是为了让她把奥德修斯带回来,开始奥德修斯最后一站苦尽甘来的历程。在瑙西卡娅和雅典娜的帮助下,奥德修斯来到了费埃克斯王阿尔基诺奥斯的宫殿。

第七卷是奥德修斯苦难历程的一个转折点:他受到了王后阿瑞塔的青睐。费埃克斯人的社会形态颇为发达(7.44—45),环境优雅(比较卡吕普索的岛屿)、物产丰饶、男航女织,宛如人间仙境。但自从这位"身受无数苦难"(1.4)的英雄到来之后,这一切似乎都很快会改变。奥德修斯一上来就让这帮不谙世事的化外之民以为是神明，而他后来说自己拒绝了卡吕普索优厚的生活条件毅然回国时，费埃克斯人更是刮目相看，只是他们未曾留心：他的许多不幸，都是拜波塞冬所赐（7.270—271），这足以说明奥德修斯对他们来说是不祥之人，因为波塞冬正是费埃克斯人的祖先。

第八卷中有三场歌咏和一场竞技，既贯通了奥德修斯的经历，又用一个偷情的好玩故事安抚了奥德修斯伤痕累累的心，并让他在竞技中重新找回了武士的感觉，为以后回到伊塔卡重振雄风搞了一次颇为有效的彩排。乐善好施的费埃克斯人虽不知眼前这位神样的中年男人是何许人，却也已决定送他回家，在宴饮时请来了歌人得摩多科斯——"神明赋予他用歌声／愉悦人的本领，唱出心中的一切启示"（8.44—45）。盲歌人首先唱颂了特洛伊战争，奥德修斯听得掩面哭泣。阿尔基诺奥斯发现后，提议竞技，他自以为费埃克斯人"在拳击、角力、跳远和赛跑上超越他人"，但他们很快就发现这位陌生人身手不凡，便只好改口说自己好文治、舞蹈和享乐而不长于武功（8.248—249）。

接下来歌人便唱起了阿瑞斯和阿芙洛狄忒偷情，被后者的丈夫跛脚的赫菲斯托斯设计抓住的故事。这个纯属愉悦性的故事其实也传递着史诗的基本信念：智慧可以战胜力量。这个故事也说明：并不匹配的婚姻早晚要出事，这似乎是在暗示帕里斯和海伦的露水姻缘，也表明埃吉斯托斯与克吕涅墨斯特拉的短暂奸情，更预示着那些求婚人不祥的结局："天哪，一位无比勇敢的英雄的床榻，／却有人妄想登上，尽管是无能之辈"（4.333—334）！

歌人唱完后，费埃克斯人纷纷向奥德修斯赠礼，甚有赔礼道歉的意味。最后歌人又唱起了特洛伊木马的故事。奥德修斯抑制不住心里的悲怆，阿尔基诺奥斯问他是什么人，同时吹嘘自己聪明的无人驾驶船，以及那个古老的预言：如果他们送奥德修斯回家，那么"费埃克斯人精造的船只总会在／送客返航于无期迷漫的大海时被击毁，／降下一座大山把我们的城邦包围"（8.567—569）。

第九卷至十二卷是奥德修斯亲口叙述的历险故事。奥德修斯离开伊利昂后，第一站来到了基科涅斯人的伊斯马罗斯城，先洗劫了该城，后被打跑。第二站来到了洛托法戈伊人的国土，这里的人们虽无恶意，但他们的洛托斯花可以让人忘却回家乡。奥德修斯好不容易把同伴们拽走,却又来到了库克洛普斯人的岛屿。

库克洛普斯(意为"圆目巨人")似乎是一群被宙斯赶跑的野人,他们身材高大,不种植庄稼,没有议事的集会,也没有法律。他们居住的荒岛风景惬意却隐伏杀机。奥德修斯预感到有不妙的事情发生("预感可能会遇到一个非常勇敢,/ 又非常野蛮、不知主义和法规的对手",9.214—215),提前准备好了一种厉害的烈酒。这个库克洛普斯人叫作波吕斐摩斯。

奥德修斯进献烈酒,待冒失的波吕斐摩斯醉醺醺时,说自己名叫"无人"(Οὖτις)。奥德修斯等波吕斐摩斯睡去后,用烧红的木段钻瞎了他的眼睛。其他库克洛普斯人应声前来时,就发生了一幕著名的故事。波吕斐摩斯回答说:"朋友们,无人用阴谋,不是用暴力,杀害我"(9.408),而他的朋友们则把"无人"理解成了"没有人"(μή τις),就没有进洞来查看。第二天,奥德修斯及其同伴躲在羊肚皮下顺利地逃了出来。

第十卷的故事主要发生在基尔克所居的艾艾埃岛。奥德修斯一行先来到风王艾奥洛斯的岛上,风王赠他一口袋风。奥德修斯等人都可以看见故乡的炊烟了,但同伴趁他睡着时,打开了口袋,被皮囊中的风吹回了艾奥洛斯那里,后者意识到这帮人受神明憎恶,便不再帮他们了。他们只好自己划船,来到了莱斯特律戈涅斯那里,其情形虽与后来登陆费埃克斯人相仿,但结果却大不相同:遭到土著巨人的猛烈攻击后,奥德修斯的船队只有一艘逃了出来。

他们来到基尔克的驻岛后,派出去探察的同伴都被基尔克变成了畜生。奥德修斯责无旁贷前去救人,在赫尔墨斯的帮助下,用一种摩吕草解除了基尔克的魔法,双方言归于好。一年后,基尔克建议奥德修斯到冥府哈得斯去求问前程。奥德修斯说服了同伴后,渡过宽阔的奥克阿诺斯,来到了哈得斯。

第十一卷的主人公大多是哈得斯中的鬼魂,故这一卷又被称为"Nykia"(鬼魂篇)。奥德修斯首先见到的是刚刚去世的同伴的魂灵,要求"入土为安"。奥德修斯见到的第二个魂灵则是母亲,只是奥德修斯暂时不想相见,其目的是要等特瑞西阿斯现身。这个忒拜的著名盲预言家在地狱中居然认出奥德修斯，并开始预言奥德修斯的前途和晚年。奥德修斯不懂得灵魂，徒劳地想和母亲的魂影拥抱。母亲告诉了家乡的情况，说明了自己的死因：思念儿子过度（11.202—203），还告诉他灵魂的本质："一旦人的生命离开白色的骨骼，/魂灵也有如梦幻一样飘忽飞离"（11.221—222）。

第十二卷的场景又回到基尔克的驻岛。奥德修斯殡葬了同伴后，基尔克又详细指点他回归的路程遇到危险时如何应对。接下来他们就到了塞壬的海岛附近，奥德修斯按照指点提前把同伴的耳朵堵上，也把自己捆在桅杆上，尽管塞壬千方百计施以诱惑，但他们总算安全过关了。奥德修斯又闯过了吞吐海水的卡律布狄斯以及吃人的斯库拉这两关，损失了六个同伴，哭泣着来到了太阳神赫利奥斯的岛屿。奈何同伴们命限已到，忍耐不住饥饿，杀了太阳神的牛来吃，遭到宙斯的惩罚，全船除奥德修斯以外，无一幸免。奥德修斯被狂风吹回了卡律布狄斯和斯库拉那里，但凭借智慧，安然逃过，来到了卡吕普索的岛屿。

第十三卷以下的故事则发生在伊塔卡岛上。费埃克斯人向奥德修斯赠送了厚礼，并把他舒舒服服地送回了伊塔卡。但费埃克斯人却遭了殃：宙斯让波塞冬惩罚了自己的后裔。奥德修斯醒来认不出自己的故土，雅典娜幻化前来指点，让奥德修斯化装进城。

第十四卷的地点在伊塔卡城外。奥德修斯先去忠仆牧猪奴那里，发现那位老实巴交的仆人还在殷殷怀念主人，诅咒造成特洛伊战争的海伦（14.68—69）。在他眼中，主人奥德修斯比自己的故乡、父母还要亲，他相信这位英勇无比的主人一定会回来。奥德修斯对他撒谎说自己是克里特人，好战而不好农事（比较荷马与赫西俄德），在地中海游历时曾听到过"奥德修斯"的消息。

第十五卷讲述奥德修斯归返所需的另一支力量：特勒马科斯。雅典娜托梦给特勒马科斯，要他急速回家，因为家里形势岌岌可危，雅典娜还要他绕开求婚人的埋伏，直接去城外牧猪奴欧迈奥斯那里，去同父亲会合。特勒马科斯连忙辞别墨奈劳斯，经涅斯托尔的国土，带着一个游荡的预言者特奥克吕墨诺斯回到伊塔卡。而在伊塔卡岛上，审慎的奥德修斯还在试探牧猪奴（15.304）。

欧迈奥斯讲述了自己的身世。特勒马科斯回来了，万事俱备，只等相认。

第十六卷是第一次亲人相认。特勒马科斯回到伊塔卡后，受到欧迈奥斯的热情招待。牧猪奴虽然没有直接点明，但佩涅罗佩"一直泪水不断盈眼睑，/伴她度过那一个个凄凉的白昼和黑夜"（16.38—39），这一切似乎都是特洛伊战争造成的间接伤害。这时雅典娜前来示意他们父子相认，并把奥德修斯变回了原样。待奥德修斯一句"我就是你父亲"（16.188）出口，父子俩泪流满面，放声痛哭。两人稍为镇静下来后，便开始布置如何反击。求婚人伏击特勒马科斯的计划落空，感到情势紧急，必须下手了。佩涅罗佩出面叱责这帮厚颜无耻的求婚人。

第十七卷的地点终于转移到奥德修斯的伊塔卡王宫。特勒马科斯先回家，劫后重逢的母亲哭着迎接了这位"甜蜜的光明"（17.41，另参16.23），特勒马科斯也向母亲讲述了自己寻父的经过。这时奥德修斯装扮成一个乞丐，来到了这群无忧无虑而不知死期临近了的求婚人中间。奥德修斯在进城的路上碰到牧羊奴墨兰托，被这个忘恩负义的仆人踢了一脚，奥德修斯顾全大局而隐忍未发，"我的心灵坚忍，因为在海上，在战场，/我忍受过无数不幸"（17.284—285）。奥德修斯刚见到阔别二十年的家犬阿尔戈斯时，这条老狗认出主人后，马上就故去了。雅典娜鼓励奥德修斯向求婚人行乞，"好知道哪些人守法，哪些人狂妄无羁"（17.363）。结果发现安提诺奥斯尤其可恶，他竟然用搁脚凳打奥德修斯，但特勒马科斯和奥德修斯都忍了，暂时任由"他们穷凶极恶，/狂傲、强横的气焰直达铁色的天宇"（17.564—565），直到黄昏来临。

第十八卷仍然描写奥德修斯忍辱负重，等待时机以求爆发。这时来了一个真乞丐、地头蛇，求婚人便怂恿这两个"乞丐"角斗，好看笑话。奥德修斯为避免暴露身份，只是轻轻教训了那个乞丐。奥德修斯对敌人展开了政治攻势：一切皆有神定，因此"一个人任何时候都不可超越限度，/要默默地接受神明赐予的一切礼物"（18.141—142）。这时雅典娜给守空房、懒梳妆的佩涅洛佩仔细打扮了一番，这位王后批评求婚人违背习俗（18.275—280）。

第十九卷主要讲奥德修斯与佩涅罗佩的交谈，以及他被奶妈欧律克勒娅认出。奥德修斯开始试探自己分别多年的发妻。奥德修斯开场白对佩涅洛佩的恭维似乎说明了伊塔卡二十年无人统治的秘密：佩涅洛佩就是执法公允的国王（19.109）——尽管她因为思念丈夫而几乎没有什么外交活动（19.134—135），而且此时已山穷水尽，不得不再嫁。奥德修斯在佩涅洛佩的一再追问下，不得不编造谎言来搪塞，"他说了许多谎言，说得有如真事一般"（19.203，另参《神谱》27行）。奥德修斯只是对妻子暗示自己可能已经回来了，但却向奶妈展示了证明自己身份的伤疤，被老仆认出来了。

第二十卷讲奥德修斯继续忍耐。他见到有些女仆和求婚人鬼混，心里怒不可遏，但也强忍了下来，佩涅罗佩在一边痛苦万分，但求一死。第二天，可恶的牧羊奴再次羞辱主人，而忠诚的牧牛奴却怀念着主人，等待他归来。

第二十一卷和第二十二卷是全诗的高潮，奥德修斯回复自我，杀死敌人，夺回王宫。比赛安弦射箭似乎是佩涅罗佩独立想出的主意，奥德修斯那把弓承载着赫拉克勒斯不守客谊的故事，暗示同样不守客人本分的求婚者的命运。特勒马科斯第一个上前试一试自己的力气，差一点就成功了。其他求婚人又用火烤又涂猪油，但仍然安不上弦，更不用说拉弓了。奥德修斯先向两位忠仆表明了身份，取得他们的帮助。在佩涅罗佩的首肯下，奥德修斯想试着给弓安弦。这时，特勒马科斯把佩涅罗佩支走，然后吩咐仆人关上厅门。奥德修斯轻易给弓安上弦，弓弦发出美好的声音，有如燕鸣，而宙斯的响雷则是求婚人的丧钟。

第二十二卷是《奥德赛》中唯一表现史诗的"英雄"气概的画卷。奥德修斯首先射杀了正在畅饮而毫无防备的求婚人中罪大恶极的安提诺奥斯，其他人还以为是误杀。看到奥德修斯回来了，求婚人的首领欧律马科斯自知理亏，请求奥德修斯宽恕，并提议进行赔偿，还道出了求婚的目的："如此热衷于此事并非真渴望成婚，/而是另有他图，克洛诺斯之子未成全：/他想做人烟稠密的伊塔卡地区的君王"（22.50—53）。但奥德修斯拒绝赔偿（比较墨奈劳斯拒绝特洛伊人的赔偿，《伊利亚特》7.400—401），力求赶尽杀绝（似乎是为特勒马科斯登基扫清道路，不留后患）。奥德修斯逐一射杀了求婚人，特勒马科斯前来相助，双方展开了激斗。雅典娜再次幻化前来助阵，帮助杀敌，并现出真身威慑求婚人。奥德修斯有如雄狮一般取得了胜利，并认为求婚人咎由自取、罪有应得。特勒马科斯遵嘱处死了不忠的女仆，等打扫完战场之后，好戏也差不多该收场了。

第二十三卷是夫妻相认、破镜重圆的美好结局。当老奶妈告诉佩涅罗佩说奥德修斯已经回来且已杀死了求婚人时，佩涅罗佩以为是在开玩笑，半信半疑之间，也只敢相信"或许是哪位天神杀死了高傲的求婚者"（23.63）。即便见到久别的丈夫时，也只是"久久默然端坐"。奥德修斯接受了妻子关于婚床的考验。夫妻最后终于相认，"他们欢欣地重新登上往日的婚床"。《奥德赛》的故事似乎就此圆满结束了，许多学者也认为以下至二十四卷乃是后人伪作。但不少学者认为伊塔卡岛上的事情还没完，死者的家属肯定还会找这对患难夫妻的麻烦。尤为重要的是，雅典娜着手重建的新型人神关系还没最终完成。①

奥德修斯向佩涅罗佩简要地复述了他回国的经历，然后在雅典娜的授意下，准备去乡下看望老父，求得和解与帮助。

最后一卷，安顿了死人和活人，在和解中完成了这一出漫长的戏剧。首先是赫尔墨斯把求婚人的魂灵带到哈得斯，他们碰到了阿伽门农和阿喀琉斯，谈到了阿喀琉斯的葬礼（另参《小伊利亚特》）。这是在比较三种死亡：阿喀琉斯流芳百世的死，阿伽门农毫无意义的死，以及新来的求婚人罪有应得的死。求婚人万万没有料到："可是他〔奥德修斯〕虽在自己的家宅，却忍受这一切，／控制住自己的心灵，任凭人们打击和凌辱"（24.162—163），他们太低估了智慧的力量——就好比波吕斐摩斯。而阿伽门农对佩涅洛佩再次赞不绝口（24.191ff，另参11.445—446）。

奥德修斯一行来到拉埃尔特斯的田庄，与父亲相认。求婚人的家属前来找奥德修斯复仇（24.426—429）。宙斯和雅典娜决定让双方缔结和平和友谊。一个新的世界，一个新的王国，一个新的英雄，一种新的信念，由此就建立起来了。

---

① 参伯纳德特：《弓弦与竖琴：从柏拉图解读〈奥德赛〉》，程志敏译，华夏出版社，2003年，第27页；另参第188页。

6.1.3 基本结构

奥德修斯在第九卷至第十二卷中对往昔的回忆，使得《奥德赛》的结构似乎出现了断裂或错置，让人一下子觉得情节有些模糊，分不清奥德修斯的历险从哪里到哪里了。但如果我们撇开这一段情节极其复杂的回忆，就会发现《奥德赛》的结构实际上也是线形发展着的：奥德修斯在卡吕普索的驻岛（同时描写伊塔卡岛上的事情），来到了费埃克斯人的地盘（在这里回忆当年从特洛伊到卡吕普索之间的许多地方和人物），然后回到伊塔卡。从时间进程上来说，其基本顺序大致如下。[①]

> 第一天：神明集会；雅典娜在伊塔卡会见特勒马科斯（第一卷）。
> 第二天：伊塔卡人集会；特勒马科斯准备出行（2.1—398），他当晚驶离（2.399 至末尾）。
> 第三天：特勒马科斯到达皮洛斯听涅斯托尔讲故事（3.1—403）。
> 第四天：特勒马科斯离开皮洛斯去斐赖（3.404—490）。
> 第五天：特勒马科斯的斯巴达之旅，在墨奈劳斯宫中受款待（3.491—4.305）。
> 第六天：特勒马科斯待在斯巴达听墨奈劳斯讲故事。
> 在伊塔卡：发现特勒马科斯离去了。求婚人阴谋设伏杀死他（4.625—786）。夜晚佩涅洛佩做梦；阴谋者出发（4.787 至末尾）。
> 第七天：神明第二次集会。赫尔墨斯通知卡吕普索放奥德修斯回家（5.1—227）。
> 第八天至第十一天：奥德修斯造了一条木筏（5.228—262）。

[①] W. B. Stanford. *Homer: The Odyssey, Books I–XII* (London: Bristol Classical Press, 1996), pp. x–xii.

第十二天至第二十八天：奥德修斯安全航行（5.263—278）。

第二十九天：波塞冬掀起风暴让奥德修斯遭海难（5.279—387）。

第三十天至第三十一天：奥德修斯在圆木上漂流到了费埃克斯人的国土斯克里埃（5.388至末尾）。

第三十二天：雅典娜派瑙西卡娅来到奥德修斯睡觉的近处。他们相遇。奥德修斯在阿尔基诺奥斯的宫中受到热情的款待（第六卷至第七卷）。

第三十三天：费埃克斯人用酒食、歌舞和竞技来招待奥德修斯（第八卷）。那天晚上，奥德修斯复述了他此前在特洛伊到斯克里埃之间的历险：基科涅斯人、洛托法戈伊人、库克洛普斯人、艾奥利埃岛、莱斯特律戈涅斯人、基尔克、哈得斯、塞壬、斯库拉、卡律布狄斯、太阳神的牛、风暴、卡吕普索的岛子（第八卷至13.17）。

第三十四天：奥德修斯从费埃克斯人那里驶离，回到伊塔卡（13.18—92）。

第三十五天：奥德修斯着陆，与牧猪奴在一起（13.93至第十四卷末尾）。特勒马科斯从斯巴达到斐赖（15.1—188）。

第三十六天：特勒马科斯到达皮洛斯并乘船回家（15.189—300）。奥德修斯与牧猪奴在一起（15.301—494）。

第三十七天：特勒马科斯逃脱了求婚人的伏击，在伊塔卡登陆，并与奥德修斯和牧猪奴在一起（15.495至第十六卷末尾）。

第三十八天：奥德修斯装成乞丐，来到宫中求婚人中间。他打败了一个乞丐对手，与佩涅洛佩说话，被老奶妈认出（第十七卷到第十九卷）。

第三十九天：弓箭比赛。杀死求婚人（第二十卷至23.240）。当晚，佩涅洛佩终于接受了奥德修斯，此人真是她丈夫（23.241—346）。

第四十天：求婚人的灵魂去到哈得斯；奥德修斯去见父亲；雅典娜

在奥德修斯和求婚人的家属之间建立和平（23.347 至全诗末尾）。

这四十天中，实际叙述的只有十六个白天和十八个夜晚，其余只是一笔带过（比较：《伊利亚特》总共五十一天中实际叙述了十五个白天和五个夜晚）。《伊利亚特》场景大多集中在特洛伊及其周围，而《奥德赛》的故事则主要发生在"三岛两宫"，即奥古吉埃、斯克里埃和伊塔卡，以及涅斯托尔和墨奈劳斯的王宫。

按照发生地点或行为集群，《奥德赛》的结构可以划分为五个部分：（1）奥德修斯回来之前的伊塔卡（第一卷至第二卷），（2）特勒马科斯外出到皮洛斯和斯巴达寻父（第三卷到第四卷），（3）奥德修斯乘木筏从奥古吉埃到斯克里埃（第五卷），（4）奥德修斯在斯克里埃岛上与费埃克斯人一起，回忆他来到此地以前的事情（第六卷至第十二卷），（5）奥德修斯在伊塔卡（第十三卷至第二十四卷）。当然，也有人根据故事情节而把《奥德赛》分成六个部分，即每四卷为一个单元。[①]

再进一步浓缩，《奥德修斯》的结构可以划分为三个部分：（1）特勒马科斯的故事（第一卷至第四卷），（2）奥德修斯战后的流浪（第四卷至第十二卷），（3）奥德修斯返家后夺回宝座。归根结底，《奥德赛》具有一种两重结构：整个史诗前半部分（即第一卷至第十二卷）讲述奥德修斯归返以前的事情，各路神仙、诸侯、敌友等等，纷纷出场，可以把这一部分视为奥德修斯归返前的准备以及归返本身（nostos）。后半部分（即第十二卷至第二十四卷）则叙述奥德修斯归返后，如何成功地实现其归返的目的。[②]

《奥德赛》的结构虽然不如《伊利亚特》那样具有十分严格的环形结构，

[①] Stephen V. Tracy, "The Structures of the *Odyssey*", in *A New Companion to Homer*, ed. by Ian Morris and Barry Powell (Leiden: Brill, 1997), pp. 365–368.

[②] 参 Joachim Latacz, *Homer, His Art and His World*, trans. by J. P. Holoka (Ann Arbor: University of Michigan Press, 1996), pp. 140–141。

但环形结构也是《奥德赛》的文本形式特征（由此足见《伊利亚特》和《奥德赛》的亲缘关系），比如奥德修斯在费埃克斯人那里叙述的故事：①

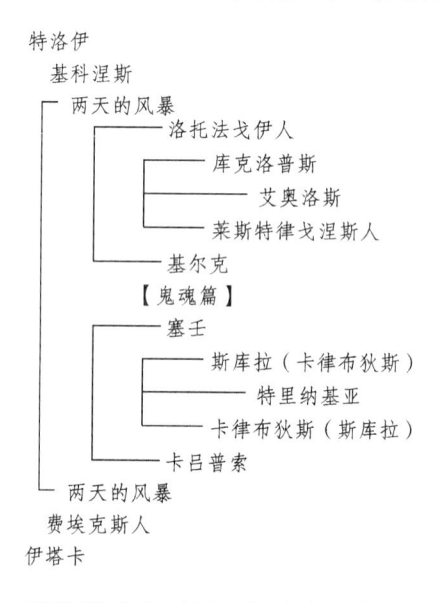

```
特洛伊
  基科涅斯
    ┌─两天的风暴
    │   ┌─洛托法戈伊人
    │   │  ┌─库克洛普斯
    │   │  │─艾奥洛斯
    │   │  └─莱斯特律戈涅斯人
    │   └─基尔克
    │     【鬼魂篇】
    │     ┌─塞壬
    │     │  ┌─斯库拉（卡律布狄斯）
    │     │  │─特里纳基亚
    │     │  └─卡律布狄斯（斯库拉）
    │     └─卡吕普索
    └─两天的风暴
费埃克斯人
伊塔卡
```

环形结构还存在于篇幅较小的对话和叙述中。比如第十一卷171行到203行，奥德修斯在哈得斯询问他母亲，她是如何死的，父亲现状怎样，他的儿子特勒马科斯如何了，妻子佩涅罗佩是否改嫁。而奥德修斯的母亲回答顺序则正好相反：妻子，儿子，父亲以及自己的死因。同样，第二十一卷前434行也是一个严密的环形，这部分的主题有关弓箭，其结构如下：

  a. 佩涅罗佩与弓（1—79）
  b. 欧迈奥斯把弓交给了求婚人并受到斥骂（80—100）
  c. 特勒马科斯（101—139）
  d. 勒奥得斯与安提诺奥斯（140—187）
   相认（188—244）

---

① G. W. Most, "The Structure and Function of Odysseus' *Apologoi*", in *Homer: Critical Assessments*, ed. by I. J. F. de Jong (London: Routledge, 1999), V.3, p. 490.

d. 欧律马科斯与安提诺奥斯（245—272）

c. 奥德修斯（273—358）

b. 欧迈奥斯在斥骂声中把弓交给了"乞丐"（359—379）

a. 奥德修斯与弓

同样，《奥德赛》中也有大环套小环、外环包内环的结构。就以表示更新和净化（或净罪）的"沐浴"来看，史诗中多次出现的洗澡场景实际上围绕着一个核心来展开的，其扩展了的复杂环形结构大致如下。①

A. 特勒马科斯的沐浴（第三卷）

  1. 雅典娜（371）

  2. 涅斯托尔和儿子们（386—387）

  3. 沐浴与比喻（464—469）

  4. 旅行（477—497）

B. 奥德修斯的沐浴（第六卷）

  1. 与瑙西卡娅相遇（127—197）

  2. 沐浴与衣服（224—228）

  3. 雅典娜美化奥德修斯以及扩展的比喻（229—235）

【第二次沐浴（第八卷）

  2. 衣服与沐浴（449—456）

  1. 与瑙西卡娅道别（457—468）】

C. 佩涅罗佩（第十八卷）

  1. 拒绝沐浴（178—179）

  2. 雅典娜让她入睡并美化她（187—196）

---

① Stephen V. Tracy, "The Structures of the *Odyssey*", in *A New Companion to Homer*, ed. by Ian Morris and Barry Powell (Leiden: Brill, 1997), p. 371ff.

3. 奥德修斯前往特洛伊时的离别故事（257—271）

C. 奥德修斯（第十九卷）

　　1. 拒绝沐浴（336—348）

　　2. 欧律克勒娅为他洗脚（386—392，467—471）

　　3. 奥德修斯的故事，他的出生与伤疤（393—466）

B. 奥德修斯的沐浴（第二十三卷）

　　2/3. 雅典娜对他的美化以及扩展的比喻（153—163）

　　1. 与佩涅罗佩的相认与团圆（166—296）

A. 拉埃尔特斯的沐浴（第二十四卷）

　　4. 隐喻性的旅行（345—355）

　　3. 沐浴（365—367）

　　1. 雅典娜对他的美化（368—371）

　　2. 多利奥斯和儿子们（387）

　　其中C—C是内环，B—B是中环，A—A是外环，它们对于史诗主题和内容的重要性也随之递减。在这个环形结构中，我们也可以发现《奥德赛》基本结构的另一个显著特点，那就是"平行"。《伊利亚特》虽然也有这种结构特点，但远远不如《奥德赛》那样依赖于如此多的平行（甚至有些重复）的故事群。简要地说，《伊利亚特》的结构主要是"环形"（abc，cba），而《奥德赛》的结构特点则在于"平行"（abc，abc）。这种结构上的区别似乎很能说明一些问题。

　　这种平行结构既是全诗的总体结构，也是很多相似场景的内在结构。我们如果把全诗分成两个大的部分，即第一卷至第十二卷为第一部分，讲奥德修斯的流浪，第十三卷到第二十四卷为第二部分，讲述奥德修斯回家后的行动，那么这两个部分之间的结构基本上是平行的。如前所述，我们甚至可以进一步把这两个部分按照每四卷一个单元进行划分，则更能看出这种半几何图形式的结构来：

a. 第一卷至第四卷

　　伊塔卡

　　雅典娜与特勒马科斯

　　求婚人未能奉行恰当的待客之礼

　　特勒马科斯航行到皮洛斯和斯巴达

　　求婚人密谋杀死特勒马科斯

b. 第五卷至第八卷

　　到阿尔基诺奥斯官殿的旅程

　　与年轻人之间的冲突和竞赛

　　隐性的比武招亲（公主）

　　不为人知的奥德修斯的身份

c. 第九卷至第十二卷

　　奥德修斯表明自己的身份并变成一个歌手

　　向费埃克斯人讲述他的历险

　　赢得王后阿瑞塔的支持

　　地狱、母亲、特洛伊英雄

a. 第十三卷至第十六卷

　　伊塔卡

　　雅典娜与奥德修斯

　　欧迈奥斯模范的待客之礼

　　特勒马科斯从斯巴达和皮洛斯回来

　　奥德修斯和特勒马科斯筹划杀死求婚人

b. 第十七卷至第二十卷

　　到奥德修斯官殿的旅程

　　与乞丐打斗并与求婚人发生冲突

　　隐性的比武招亲（王后）

　　不为人知的奥德修斯的身份

c. 第二十一卷至第二十四卷
奥德修斯向求婚人表明自己的身份并变成一个弓箭手
赢得他的王后的信任
向佩涅洛佩重述他的历险
地狱、特洛伊的英雄、父亲

上述故事又可以分成几个系列：伊塔卡系列（第一卷至第二卷，4.625—847），斯克里埃系列（5.282—第八卷），艾艾埃系列（第九卷至第十二卷），斯克里埃系列（13.1—187）以及最后的伊塔卡系列。在这几个系列或故事群中，既有环形的特点，更有平行的结构。[①] 先看环形结构：

A1：伊塔卡系列（第一卷至第四卷）
  B1：斯克里埃系列（5.282 至第八卷）
    C1：艾艾埃系列（第九卷至 11.332）
      插话（11.333—382）
    C2：艾艾埃系列（11.383 至第十二卷）
  B2：斯克里埃系列（13.1—187a）
A2：伊塔卡系列（13.187b 至第二十四卷）

但这些系列同时又是平行的，比如就其中的人物来说，在艾艾埃岛上是奥德修斯、基尔克和同伴们，在斯克里埃岛上是奥德修斯、瑙西卡娅/阿瑞塔和费埃克斯的选手，在伊塔卡岛上是奥德修斯、佩涅罗佩和求婚人，都是同一个男人、一个女人和一群男人。我们甚至可以把这些平行的故事概括成一个大型

[①] Bruce Louden, *The Odyssey: Structure, Narration, and Meaning* (Baltimore: The Johns Hopkins University Press, 1999), p. 28.

的叙述模式：①

　　正如此前所预言的一样，奥德修斯来到一个岛上，迷失了方向，不知道自己的位置。一个帮助他的神出现了，指导他如何去接近一个有权有势的女人或女神，这个女性角色控制着奥德修斯回家路途下一阶段的通道，并为他指出一帮年轻人会给他带来的潜在困难。奥德修斯的身份是秘密的（因为接近那个女性很危险），他接近这位女性，发现一个角色最初对他表示怀疑、冷漠甚至敌意。这位女性考验他，奥德修斯成功通过考验后，赢得她的同情和支持，获准进入回家的下一个阶段。要等到她充满敌意地向他提供沐浴后，他们之间才能明白无误地相互理解。此外，奥德修斯此时得享与这个女人的性爱和（或）婚姻。然而，奥德修斯和那群年轻人之间发生了冲突。这些年轻人用各种方式辱骂奥德修斯，亵渎了神圣的禁令。每一帮年轻人的首领其姓名中都有一个相似的词头"欧律—"，如此前所预言的一样，这帮青年后来的死亡都是一个愤怒的神明安排的。神明的介入限制了死亡和毁灭的范围。

可以说，奥德修斯从特洛伊回来时所带的那帮手下与佩涅罗佩身边的求婚人正好对应，卡吕普索的岛屿与基尔克的岛屿也成平行结构。除了前面所讲的全诗的平行结构（即每四卷一个单元，每三个单元为一个大的群体，与后面的故事恰成平行）以外，有些规模较小的叙述单元的内部结构也是平行的。我们且以奥德修斯的地狱经历为例：②

　　a. 埃尔佩诺尔（51—83）33 行

---

① Bruce Louden, *The Odyssey: Structure, Narration, and Meaning* (Baltimore: The Johns Hopkins University Press, 1999), pp. 2–25.
② Stephen V. Tracy, "The Structures of the *Odyssey*", in *A New Companion to Homer*, ed. by Ian Morris and Barry Powell (Leiden: Brill, 1997), pp. 375–377.

奥德修斯先说话

埃尔佩诺尔讲他自己卑微的死亡，要求埋葬，因为让奥德修斯想起佩涅洛佩和特勒马科斯而让他的请求更加让人心酸

b. 特瑞西阿斯（90—151）62行

特瑞西阿斯先说话，问奥德修斯怎么会来这里

谈起奥德修斯家中的情况

谈起奥德修斯的将来

c. 安提克勒娅（152—224）73行

安提克勒娅先说话

奥德修斯徒劳地试图拥抱她

因奥德修斯而死

d. 妇女名录（225—327）

插话（328—384）

a. 阿伽门农（387—446）80行

奥德修斯先说话

阿伽门农涉及到自己不体面的死亡并提到了奥德修斯妻子和儿子

b. 阿喀琉斯（467—540）74行

阿喀琉斯先说话并问奥德修斯怎么会来这里。

想知道自己家中的情况

奥德修斯提起在特洛伊时的往事

c. 埃阿斯（543—565）23行

埃阿斯静静地站着，所以奥德修斯必须说话

奥德修斯徒劳地试图交谈

因奥德修斯而死

d. 男人名录（568—627）

此外，几对父子、夫妻关系，即阿伽门农与埃瑞斯特斯的关系，拉埃尔特

斯与奥德修斯、奥德修斯与特勒马科斯的关系,阿喀琉斯与佩琉斯的关系;阿伽门农与克吕涅墨斯特拉的关系,墨奈劳斯与海伦,奥德修斯与佩涅罗佩的关系,等等,基本上都是平行的。赫尔墨斯欣赏卡吕普索岛上的美景,则与奥德修斯欣赏费埃克斯人的岛上美景相互对应。凡此种种,不一而足。

6.2 《奥德赛》与古典政治哲学

荷马史诗是上古社会的"百科全书",记载了古人的爱恨情仇和喜怒哀乐,表达了古风时期人们对宇宙、社会和人生的看法。我们且选取一个独特的视角进入这个美妙的思想世界。如果说《伊利亚特》是上古英雄传奇的结晶,因而更多地具有想象的特质的话,那么,《奥德赛》则更多地是日常生活的画卷——其中名目繁多的怪人野仙只不过是这幅图画的装饰而已。即便是在传说中的费埃克斯人那里,作者也着力描写那种男耕女织、吃喝拉撒、谈情说爱、花天酒地的平常生活,比如"母亲坐在炉灶边,正同女仆们一起,/纺绩紫色的羊绒;她遇见父亲正出门,/前去与杰出的王公们一起参加会议"(6.52—54;另参7.108—111)。《伊利亚特》很少涉及到人伦日用等"庸俗"的方面,但《奥德赛》却处处从一些最低级、最不可或缺的东西出发,向上寻找普遍的道理。

《奥德赛》的基本主题是奥德修斯(以及特勒马科斯,甚至包括地狱鬼魂)的自我认识过程,而他的自我认识又必须以对世界的认识为基础,从这个意义上讲,《奥德赛》中至少包含了哲学的萌芽:荷马史诗中仅有一次的"性质"($φύσις$)一词就出现在《奥德赛》中(10.303)。奥德修斯的地狱之旅是一个典型的隐喻,表示他对人的灵魂(或魂灵)本质认识的过程,而多灾多难的回家路途,则是他对智慧的认识过程。毫无疑问,《奥德赛》中那位机敏过人的主角处处以"智慧"取胜逃生,这部史诗当然宣扬了一种"爱智慧"的精神,这不就是我们所说的"哲学"吗?

当然,《奥德赛》的哲学不是后来越来越抽象的形而上学,而是一种源于生活、高于日常、能够让人有所安身立命的政治哲学。我们且截取其中一两个角度来讨论这种古典的思想方式，而这个维度至今尚无人涉足。

6.2.1　生存

奥德修斯为什么要放弃"神仙眷侣"一般的生活，放弃长生不老的日子，反而要历经艰辛，舍命相搏，以求回到伊塔卡，乃至"一心渴望哪怕能遥见从故乡升起的／飘渺炊烟，只求一死"（1.58—59）？这是困扰我辈凡夫俗子的一个疑问，甚至也是《奥德赛》是否成立的一个关节。

我在此不敢贸然乱解，只是推想足智多谋的奥德修斯拼死要离开卡吕普索和基尔克，肯定有他的道理。看来看去，终于看到一条可能的理由：这个理由就是强行拘留奥德修斯做丈夫达七年之久的卡吕普索无意中透露出来的那段控诉："神明们啊，你们太横暴，喜好嫉妒人，／嫉妒我们神女公然同凡人结姻缘，／当我们有人为自己选择凡人做夫婿"（5.108—110）。结果，黎明女神爱上了奥里昂，得墨忒耳爱上了伊阿西昂，其结局都非常悲惨，奥里昂被阿尔忒弥斯射死，而伊阿西昂则遭宙斯的雷劈。

所以，尽管卡吕普索"对他一往情深，照应他饮食起居，／答应让他长生不死，永远不衰朽"（5.135—136），但依然让这位叱咤风云的英雄奥德修斯终日以泪洗面（5.82—84，5.152ff）。卡吕普索虽然"一直用不尽的甜言蜜语把他媚惑，要他忘记伊塔卡"（1.55—56），但奥德修斯也许听说那些思凡仙女给凡间丈夫带来灾祸的故事，这位明智审慎的"哲人"清楚地知道，卡吕普索和基尔克那里的生活再好，也不是他这个凡夫俗子能够消受得了的："岛上有成荫绿树、鸟语花香、清泉奔泻，雪松和白杨发出阵阵浓郁的香气，还有卡吕普索美妙的歌声，这里似乎不是凡人能待的地方"。[①]

[①] 伯纳德特：《弓弦与竖琴》，华夏出版社，2003年，第41页。另参拙著《宫墙之门》，华夏出版社，2005年，第210页。

基尔克知道这一点,所以没有强留奥德修斯。生存大概是生活中首先需要考虑的事情。因此,

> 离开卡吕普索,在一定程度上表明了这位英雄的凡人身份与其凡俗的肉身性是不可分割的。与柏拉图和基督教关于永恒而无形灵魂（*psuchē*）的观点相比,自我的本质在这里取决于靠饮食、呼吸和睡眠来维持的生命的能量。如同奥德修斯在其漂泊过程中不断抱怨的那样,永远与他形影不离的是要求颇高的肚皮（*gastēr*）,实际上就是他既爱又恨的变动不拘的自我（ego）。①

从神仙境地出发,回归凡俗的自我,是英雄首先需要完成的一个自我实现的过程,在这个过程中,生存既是自我的目标,也是为实现这个目标而必须维持的一种状态。

奥德修斯刚爬上费埃克斯人的岛屿时,已几乎山穷水尽,赤身裸体躲进一处有如兽穴的树丛中,"潮湿的疾风的寒冷气流吹不透它们,／太阳的明亮光线难射进,雨水打不穿,／橄榄树的繁茂枝叶纠缠得如此严密"（5.478—480,另参 19.440—443）,疲惫不堪地"把自己埋进残叶里"（5.491）睡觉。但面对娇弱的公主,奥德修斯却"有如生长荒野的狮子,／心里充满勇气,任凭风吹雨淋,／双目眈眈如烈火,走进牛群或羊群,／或者山野的鹿群,饥饿迫使它去袭击／羊群以果腹,甚至进入坚固的栏圈。／奥德修斯也这样走向美发的少女们,／不顾裸露的身体,情势逼迫不得已"（6.130—136）。阿尔基诺奥斯的王宫就是"坚固的栏圈",终于被奥德修斯攻破（瑙西卡娅和阿瑞塔这两个女人是这个堡垒最脆弱的环节,奥德修斯知道,从什么地方进攻最容易得手）。而这里的反差如此之大,可见生存的紧要性:什么礼义廉耻,等穿好衣、填饱肚子再说吧。

---

① Charles Segal, *Singers, Heroes, and Gods in the* Odyssey (Ithaca: Cornell University Press, 1994), p. 16.

因为"无论什么都不及可憎的腹中饥饿／更令人难忍,它迫使人们不得不想起,／即使他疲惫不堪,心中充满了愁苦,／它们仍命令我吃喝,忘却曾经忍受的／一切痛苦和不幸,要我果腹除饥饿"(7.216—221)。

生存至上的原则可以落实到肚皮之上,奥德修斯颇有感触地说道:

> 对于世人,没有什么比飘零更不幸,
> 但为了可恶的肚皮,人们不得不经受
> 各种艰辛,忍受游荡、磨难和痛苦。(15.443—445)

或者说:

> 肚皮总需要填满,怎么也无法隐瞒,
> 它实在可恶,给人们造成许多祸殃,
> 正是为了它,人们装备坚固的船只,
> 航行于喧嚣的海上,给他人带去苦难。(17.286—289)

而奥德修斯同伴们之所以命丧黄泉,也在于"饥饿折磨着他们的空肚皮"(12.332),他们才铤而走险杀了太阳神的牛来充饥,尽管他们也答应祭奠、建庙和多献祭,但这一切似乎都没有作用,他们注定要灭亡。"任何死亡对于不幸的凡人都可憎,／饥饿使死亡的命运降临却尤为不幸"(12.341—342),这帮无法无天的人似乎罪有应得,但也值得同情。奥德修斯也由于可憎的肚皮而遭安提诺奥斯的打击,所以肚皮"实在可恶,给人们造成许多不幸"(17.474),只好为了可憎的肚皮而挨拳头(18.54)。

所以在《奥德赛》中,才会有如此多的笔墨描写吃喝,除了求婚人毫无道理地大吃大喝以耗费主人的钱财(实则为了逼迫佩涅洛佩出嫁)外,其他场景中的吃喝似乎都十分正当:这颇能表现乐善好施的古风。从第一卷开始,《奥德赛》几乎每一个场景的开头都是描写酒肉吃喝,这与《伊利亚特》形成了鲜明的对比,后者大量地描写杀人和被杀的惨境,用数十种不同的词汇描写死亡,以大量的篇幅来歌颂"aristeia"(英勇,战功),很少提到吃喝。只有到了最后,杀人不眨眼的头号英雄阿喀琉斯劝敌人普里阿摩斯吃东西:"甚至那美发的尼奥柏也想起要吃东西,尽管她的十二个儿女——六个女儿／和六个年华正茂的儿子都死在厅堂里。……神样的老人,我们也因此该想想吃东西的事"(《伊利亚特》24.602—619),这与《伊利亚特》的主旋律似乎有些不协调,但这种变奏曲却正是《奥德赛》的主调。正邪双方都首先需要"满足喝酒吃肉的欲望",① 都需要食物饮料(1.191,6.209,6.246,6.248,10.176,12.320,13.72,15.490),至于佩涅洛佩担心儿子而"点食未进,滴水未沾"(7.788)的情形毕竟是暂时的——就连神明(包括库克洛普斯)也要吃吃喝喝,只不过他们吃喝的是"神食"(ἀμβροσία)和"神液"(νέκταρ)而已(5.93,5.199,9.361)。

  活着当然不是为了吃喝,但离开吃喝却根本无法生存。这个道理虽然上不得大雅之堂,却是庙堂主事者无法回避的事实,也是奥德修斯这位伊塔卡国王一直遵循的基本法则。我们不必把人类高尚的生存下降到动物的水平,但我们却不能忽视人世中那些所谓"低贱"的东西,一味阳春白雪恐怕容易出事。古典政治哲学追求高贵,也不回避低贱的基础:唯有直面那些上不了台面的东西,才能有所超越。追求"形而上学"的时候,尤其不能忽视其埋在地表下的看不见的基础。② 我们无意把生存还原成为"果腹"而果腹、为"吃喝"而吃喝,就像海德格尔把人的生存还原成负面的情绪一样,但海德格尔把对"形而上学"的研究建立在基本生存论上的这种路向,还是值得赞赏的。不管"烦"也好"畏"也好,不管"吃"也罢"喝"也罢,它们所指向的目标无论如何

---

  ① 1.150,3.67,3.473,4.68,8.72,8.485,12.308,14.454,15.143,15.303,15.501,16.55,16.480,17.99,17.603等。《奥德赛》中这种句子出现的频率差不多是《伊利亚特》的两倍。
  ② 据笔者浅见,亚里士多德《形而上学》中就没有出现"酒"、"肉"和"食物"字样,这也许是其论题使然。

都不是小事。古典政治哲学的一个重要特征便在于不仅不丢弃甚至还十分看重低贱的东西，虽然它追求是卓越（aritos）和德性（arete），后来的形而上学家慢慢地丢弃了这个宝贵的传统，醉心于思辨的游戏，渐行渐远，终于飘渺无依。

6.2.2 权力

由于历史的原因，国朝学界曾对尼采那部遗著的书名争论不休：Die Wille zur Macht 究竟译成"权力意志"还是译成别的什么（比如"冲撞意志"、"强力意志"等），成了一个大问题。其实如果广义地理解"权力"一词，上述争论似乎就可迎刃而解了：尼采的那部政治哲学著作当然是谈的"权力"。在希腊语中，"权力"（κράτος）一词另有力量、强力、统治、权威和战胜等含义，用在政治哲学领域，当然可作"权力"解。这位古典语文学家对荷马以降的古典思想熟稔于心，对于古典政治哲学所宣扬的"权力"（而非"权利"，这是一个现代观念）思想了解得十分透彻，[①] 离开尼采的学养来谈尼采，其结果恐怕已不再是"尼采"而是"自说自话"矣。

"权力"（κράτος）一词在《伊利亚特》中出现的次数虽比《奥德赛》更多，但除了一处外（宙斯的"权力至高无上、不可企及"，9.25），其余大多作"力量"和"胜利"解。在《奥德赛》中，该词却有多次直接为"权力"之意，而且作者还通过大量的细节描写来讨论古典政治哲学的这个重要概念。

《奥德赛》讲的就是"权力"。奥德修斯千辛万苦归返伊塔卡，其首要的目标当然是重新夺回自己的权力，而其归返的次要目标——宣扬新的信仰并代表宙斯—雅典娜对不义者进行"末日审判"——也是权力的一种表现：重新设定（或指派）人类的生活准则，这本身就是"权力"的绝佳诠释。在古

[①] 参 Nietzsche, The Greek State 和 Homer on Competition，均见于尼采：《道德的谱系》，中国政法大学，2003 年影印本，第 176—194 页。关于尼采对荷马的解读，参 James I. Porter, "Homer: the History of an Idea", in *The Cambridge Companion to Homer*, ed. by Robert Fowler, p. 333。

希腊，权力积淀在 nomos（习俗、法律）中，而这个词的基本意思就是"分配"（或"指派"）。① 宙斯在荷马史诗中权力最大，他的权力就体现在："奥林匹斯的宙斯亲自把幸福分配给 / 凡间的每个人，好人和坏人，按他的意愿"（6.188—189）。整个《奥德赛》讲述的就是重新分配社会资源，重新构筑生活规则，重建人伦秩序，这就是我们所理解的"权力"。

6.2.2.1 特勒马科斯

初涉人世的特勒马科斯开始有了权力意识的觉醒，他意识到"这个家的权力属于我"（τοῦ γὰρ κράτος ἐστ᾽ ἐνὶ οἴκῳ，1.359），特勒马科斯经过一番历练后（因为"独子多娇惯"，16.19），再次向母亲重复了这句话（21.353），其间的含义自是大不相同，他知道没有哪个比他更有权力决定自己的家事了（21.345）。这位年轻的王储为此可能已经等待了好多年，早就随时准备位登大宝，并对求婚人发表了不太成熟的就职演说，或者说对此进行了彩排："如果宙斯把权力赋予我，我当然会受领。/ 难道你认为统治者是人间最坏的东西？ / 国王其实并不是坏事，他的家宅 / 很快会富有，他自己也会更受人尊敬"（1.390—393）。这是特勒马科斯对权力的粗浅认识，是一个涉世未深的青年人对权力的直观感受。

特勒马科斯坐在了父亲的宝座上（2.14），要继承父亲的权力，但最终还是没能拿住权杖（2.80）。特勒马科斯的权力彩排虽然流产了，不过他却终于走出了迈向权力之旅的第一步，他认识到了这样一个险恶的事实："在四面环海的伊塔卡还有许多其他的 / 阿开亚王公，不论年轻或年长，/ 在奥德修斯死去后谁都可能当国王"（1.394—396）。

这也是那 108 个身世显赫的王公（当然也有土老财）前来求婚的原因，据他们自己招认："如此热衷于此事并非真渴望成婚，/ 而是另有它图，克洛诺

---

① 参柏拉图：《法义》，631e，714a1—2，831a1。另参拙著：《宫墙之门》，华夏出版社，2005年，第 99 页。

斯之子未成全：/ 他想做人烟稠密的伊塔卡地区的君王"（22.50—53）。他们前来求婚当然不（主要）是为了那位风韵犹存的半老王后，而是那个可以使自己的家宅很快就会更加富有、自己也更受人尊敬的权力宝座。早在《奥德赛》开始时，求婚人的首领就已经明确地对特勒马科斯说："愿克洛诺斯之子不让你成为四面环海的 / 伊塔卡的统治者，虽然按出身是父辈遗传"（ὅ τοι γενεῇ πατρώιόν ἐστιν, 1.387）。有鉴于此，求婚人才会密谋杀害这个竞争对手。当特勒马科斯退求其次，要当一家之主（而未涉及王位）时，求婚人的首领欧律马科斯迫不及待地回答说："特勒马科斯，这一切都摆在神明的膝头，/ 谁将在环海的伊塔卡作阿开亚人的君王；你自然会拥有你家的产业，做你家的主人。/ 绝不会有人前来对弈违愿地施暴力，/ 夺你的家产，只要伊塔卡还有人居住"（1.400—404），此人的傲慢自负和狼子野心已跃然纸上。

6.2.2.2 奥德修斯

这时我们不禁会想起这样一个让人十分惊讶的问题：他们双方为什么有机会争夺王位？答案似乎很简单：因为王位空缺。但进一步追问就会发现有些问题不好解释：一个由四个大岛屿和若干小岛组成的不大不小的王国，为什么二十年间无人统治，这个社会居然还能（照常）运转？

伊塔卡虽有王后，但这位精明的王后似乎没有直接行使王的权力（就连"垂帘听政"的痕迹似乎都找不到）；城邦虽有长老（γέροντες），但他们"再也没有聚集在一起，开会议事，/ 自从神样的奥德修斯乘坐空心船离去"（2.26—27）。尤为让人百思不得其解的是：乡下还住着前任国王、老英雄拉埃尔特斯，王后佩涅洛佩既不向这位直系亲属求助（虽曾有过这种念头，被奶妈稍一劝阻，也就罢了，参4.735—757），而后者也不前来帮忙管理国家、驱赶蠹虫，只是凄楚无奈地困在茅舍等死。奥德修斯离开伊塔卡时把全部家事委托给老仆，也不交给父母（当时母亲还健在）。老父虽已迟暮，却也是英雄（1.189等）啊，而且还是经验丰富的统治者呢。

其中当然牵涉权力问题。奥德修斯的归返似乎是为了父母："任何东西都不如故乡和父母更可亲"（9.34），但从他离开伊塔卡时的权力闲置（悬置）以及归来后对老父的戏弄和考验（24.216ff）来看，这对父子似乎不是那么和睦。拉埃尔特斯早年"积得如此多财富"（2.102＝19.147＝24.137），却只身在乡下贫病无依，极度悲伤（15.357），完全不思饮食，只是流泪哭泣，日见皮肉消瘦骨嶙峋（16.143—145），从某种程度上说，是被奥德修斯（变相地）放逐了。佩涅洛佩不请拉埃尔特斯帮忙，大概也是怕"引狼入室"吧。至于说奥德修斯终于同老父和好（仅此而已），那也是因为老迈的父亲对他已经没有威胁——而且还愿意归顺自己了。

那么，伊塔卡人是靠什么来维系权力真空中的社会呢？从史诗本身来判断，奥德修斯在伊塔卡统治期间，可谓"爱民如子"（2.47），也许正是奥德修斯的仁政以及人们对他的感恩戴德维持着这种十分奇怪的社会状况。在佩涅罗佩看来，奥德修斯"从未对人们做事不义，说话不公正，／尽管这是神圣的国王们的素常习惯，／在人们中间憎恨这个人，喜爱那个人"（4.690—692），奥德修斯的统治似乎公正公平。在"看守内阁总理"门托尔眼中，甚至在雅典娜看来，奥德修斯行的也是仁政：

> 今后再不会有哪位执掌权杖的国王仁慈、
> 亲切、和蔼，让正义常驻自己的心灵里，
> 他会是永远暴虐无限度，行为不正义，
> 如果人们都把神样的奥德修斯忘记，
> 他曾经统治他们，待他们亲爱如慈父。（5.8—12＝2.230—234）

从史诗的许多方面来看，奥德修斯在伊塔卡实施着一种民主政制（或温和的君主制），统治者爱民如子，老百姓安居乐业，伊塔卡人们生活在幸福的国度里，那里很适合年轻人成长。但时过境迁，人们对奥德修斯的仁政的记忆渐渐淡漠，也逐渐失去了对奥德修斯的感恩戴德之情，而一个遗忘了感激之情的

民族是不大可能记住其责任的,① 所以才会有那么多人明目张胆前来问鼎。

正是奥德修斯的仁慈、亲切、和蔼与正义使得人们在长达十六七年的时间里,苦苦地替奥德修斯守住他从拉埃尔特斯那里继承而来的巨大家业——一个几乎完全失去了政治生活的国家。这就是学术界对上述问题的解答,但这种定论在我看来似乎还是缺乏一些说服力,要知道,尽管该定论的证据来自于荷马史诗本身,但诗人往往会把谎言说得跟真的一样。②

为此我们可以在奥德修斯与费埃克斯人的权力关系上审视奥德修斯的性格,由此得知奥德修斯在伊塔卡实施的究竟是仁政还是暴政。

奥德修斯登陆费埃克斯人岛屿的过程,实际上就是回归伊塔卡的预演。该岛的社会形态、地形地貌、果园清泉、王宫格局、生活方式、人员结构等方面,都与伊塔卡惊人地相似。奥德修斯从瑙西卡娅入手(有如回到伊塔卡后先联络特勒马科斯),再征服最高权力的实际操控者王后阿瑞塔(参6.313—315;另比较佩涅罗佩),最后战胜一帮年轻人,获得巨大胜利。这两个王宫中发生的故事大体相同,唯一的区别在于一个流血,另一个则根本看不到硝烟而已。

史诗中丝毫看不出奥德修斯与费埃克斯人的紧张搏斗,但就在一些言语交锋中,奥德修斯让对方知道了自己的厉害,从而获得控制权,大获全胜。这当然是权力斗争的结果。费埃克斯人避世独居,天真烂漫,乐善好施(8.32—33),好文治而不谙武功(8.246—249),虽曾饱受库克洛普斯人欺凌,但他们搬离那些野蛮的生番已好几代,武备废弛,无法想象战争的可能性。所以当奥德修斯让对方误以为自己就是幻化的神明,并稍为透露自己从"天"而降(即来自卡吕普索的岛屿,7.241ff)的信息后,便逐渐控制了这个社会形态程度相当高的早慧民族。

奥德修斯在听歌人演唱特洛伊战争的故事时,偷偷掩袂哭泣,刚好(能够)被费埃克斯王阿尔基诺奥斯发现,很难说这不是奥德修斯欲擒故纵之计。

---

① 伯纳德特:《弓弦与竖琴》,华夏出版社,2003年,第13页。
② 赫西俄德:《神谱》27,中译文见《工作与时日神谱》,张竹明、蒋平译,商务印书馆,1991年,第27页。

有所察觉的阿尔基诺奥斯决定用拳击和角力等方式考验一下这位不速之客，结果被奥德修斯战胜，只好承认自己不长于打斗。一方面，他们赶紧用一出喜剧来冲淡紧张的气氛，实际上也是在安抚这位无法战胜的对手，另一方面赶紧赔"礼"（δώρῳ）道歉（ἀρεσσάσθω，8.396—397）。"ἀρεσσάσθω"原形是"ἀρέσκω"，意为赔偿、安慰、使高兴、讨好谄媚、逢迎，仅仅从该词的这些含义中，就能体会出他们之间的权力关系来。

结果，费埃克斯人甚至比"赔了夫人又折兵"还要屈辱得多。从欧律阿洛斯的镶银铜剑，到阿瑞塔的一箱子贵重礼品，似乎还远远不能抚慰这位胃口颇大的雄狮（6.130）。等奥德修斯讲完他那些耸人听闻的归返故事后，费埃克斯人只好倾其所有，还搭上民族的半毁灭，来"送瘟神"（对他们而言）。试想，奥德修斯连哈得斯都敢去闯，谁还惹得起这不折不扣的"亡命之徒"？奥德修斯并没有直接威胁对方，他只是向费埃克斯人讲述自己亡命天涯的故事，"奥德修斯尽可能把话说得平淡无奇，好似在说如果他全副武装，就会把费埃克斯人全部消灭。奥德修斯的话语肯定在费埃克斯中间引起了恐惧和敬畏，奥德修斯已把他们震得噤若寒蝉，他们已从阿尔基诺奥斯现在抚慰奥德修斯的努力中，猜测到了那种恐惧和敬畏"。①

阿尔基诺奥斯没有把话挑明，只是赶紧分派大家向奥德修斯进献尽可能多的礼物（11.339）。至于说他所谓"只要我还活着，/ 仍然统治着喜好划桨的费埃克斯人。……因为我是此国中的掌权人"（τοῦ γὰρ κράτος ἔστ' ἐνὶ δήμῳ，11.353）②云云，已经让"权力"（κράτος）一词变得有些酸溜溜的了。他接下来对奥德修斯虚情假意的话语很难说是吹捧还是讥讽："尊敬的奥德修斯，我们见到你以后，/ 便认为你不是那种骗子、狡猾之徒，/ 虽然这类人黑色的大地哺育无数，/ 那些人编造他人难以经历的见闻，/ 但你却有一幅高尚的心灵，言语感人。你简直有如一位歌人，巧妙地叙述 / 阿开奥斯人和你自己经历的可

---

① 伯纳德特：《弓弦与竖琴》，华夏出版社，2003年，第68页。
② 比较特勒马科斯1.359中的话语，只有一字之差。阿尔基诺奥斯这句话最末一词是"国"（δήμῳ，或"人民"），而特勒马科斯说的则是"家"（οἴκῳ）。

悲苦难"（11.363—369）。阿尔基诺奥斯这番话语明摆着是无可奈何，不过是指桑骂槐聊以泄愤而已，现在奥德修斯把"可悲苦难"转嫁到这帮无忧无虑的无辜者身上。

奥德修斯则干脆直接向对方提条件，甚至明目张胆地勒索礼物，并且只是说费埃克斯人赠送礼物会使"所有的人们会对我更加敬重"（11.360），丝毫没有提到当时的习俗：赠送礼物是为了给赠送者（而不是被赠者）传颂美名，而且也绝少有客人向主人主动索要礼物。换言之，这对费埃克斯人来说，不是讹诈又是什么？特别值得注意的是，奥德修斯正是在讲述他在哈得斯的"死亡"之旅的中间部分，停下来向对方索要礼物的：以死相胁。

费埃克斯人最后向奥德修斯"赠送"了他们难以负担的"厚礼"（13.15），比他在特洛伊所能获得的"战利品"（ληίδος，意即"被俘获的"）还要多（13.137—138），从某种意义上说，奥德修斯从费埃克斯人那里获得的巨大财富，当然也是"战利品"。而奥德修斯最大的胜利，或者说费埃克斯人最惨重的损失则在于整个国家都被怒气冲冲的波塞冬用大山围住，从此与世隔绝（13.177）。

由此观之，我们很难想象如此刚毅决绝的奥德修斯当年会对伊塔卡人民实施仁政，就人性而言，要让他们记住皇恩浩荡是很困难的，而如果先把他们"震得噤若寒蝉"（就像费埃克斯人一样）后，让他们记住"恐惧和敬畏"，倒是一件更容易的事，他们会愿意为此付出一切。从奥德修斯对付费埃克斯人的阴柔智术中，我们不难猜想当年奥德修斯对伊塔卡人看起来同样和风细雨实则狠辣无比的"仁政"究竟是怎样一番景象。

6.2.2.3　佩涅罗佩

奥德修斯的这种"帝王之术"与佩涅罗佩在权力运作上的"太极功夫"可谓旗鼓相当，这两口子本来在智慧上就堪称棋逢对手。

我们可以从佩涅罗佩的审慎与精明来推想，伊塔卡二十年空缺王位的现状虽不是她造成的，却是由她暗中精心维持着的，因为这种局面对于她和她未成年的儿子来说,是再好不过了。佩涅罗佩不便亲自走到前台直接进行统治,儿子又无法承担起治国的重任,她也不放心让拉埃尔特斯回来摄政(担心这位前国王来一次光荣革命),面对国中如此多觊觎王权的贵族,她无法控制局势。而尤为可怕的是,奥德修斯带走了大量的青壮年到伊塔卡参战,不少人已经战死,还有很多人至今生死未卜,佩涅罗佩拿什么来补偿这些子弟兵的家属,用什么来安抚那些怨声载道的臣下呢?就连奥德修斯避居卡吕普索那里都不过是为了躲避国人的责难,①佩涅罗佩就更没有理由强出风头了。

佩涅罗佩在王宫深处施展其圆转柔韧的太极功夫,小心翼翼地不去触动各方都非常敏感的神经,深居简出,不闻不问,艰难地维系着这种十分奇特的现状,等待奥德修斯回来,或者等待特勒马科斯长大。当这种局面再也维持不下去的时候,她又用上了"乾坤大挪移"的心法:她把人们的注意力从城邦或国家那里转移到家事上来。"佩涅罗佩二十年的全部努力就是要保住儿子的王位,最后数年,她又用自己的魅力让众多求婚者神魂颠倒,并让家境而非城邦似乎危如累卵,从而把人们的注意力从继承权那里转移开来。特勒马科斯对此一无所知。当别人直接问他召开集会是否出于政治的原因,他否认了(2.30—32)。因而,特勒马科斯对他母亲的怨恨很难说就比对求婚者的怨恨更少些。对特勒马科斯来说,他有权继承王位这一实质性问题,出现在他对自己身世的虚假怀疑之中(1.215—216)"。②

年轻的特勒马科斯无法理解他母亲所做的一切,还以为自己"孤身一人,难以与一群人抗争"(20.313)。殊不知,母亲在暗中艰难地维持着他的权力:的确,"因为年轻人往往缺少应有的智慧"(7.294)。③在特勒马科斯眼中,"双重的灾难降临我家庭"(2.45),求婚人即将"把我的家彻底毁灭,把财富全部耗尽"(2.49),但"母亲不拒绝他们令人厌恶的追求,/又无法结束混乱"(1.249—250等处),这让雄心勃勃的太子心急如焚。殊不知,这一切正是佩

---

① 伯纳德特:《弓弦与竖琴》,华夏出版社,2003年,第13页。
② 伯纳德特:《弓弦与竖琴》,同前,第10页。
③ 关于"年轻"的评述,另参柏拉图:《王制》378a—d,409a8;《法义》664e4—6等。

涅罗佩着意的安排：以财富换时间、以空间换道义。

求婚人已经意识到了某些不对劲的事情："她［佩涅罗佩］一直在愚弄阿开亚人胸中的心灵。／她让我们怀抱希望，对每个人许诺，／传出消息，考虑的却是别的花招"（2.89—91）。尽管求婚人威胁要持续不断地滥用客谊原则耗费奥德修斯的财富和积蓄，但佩涅罗佩隐忍不发，她知道那帮人前来求婚的目的，她在无声的反击中用巧妙的方法牢牢地牵制住了对手。佩涅罗佩最后看起来似乎快要失败了，她已经答应并且开始实施比武招亲的程序了，但焉知她心里没有自己的打算：这帮求婚人可远远比不上那些向海伦求婚的大英雄——他们早就答应无论谁娶到海伦，都不仅不许与这位幸运儿为敌，反而要帮助这对幸福的新人。但在散漫不羁的求婚人之间似乎不存在这种"君子协定"，那么，佩涅罗佩就用得上"二桃杀三士"的计策了——当然，这只是猜想而已。

6.2.3　明智

如果说《伊利亚特》宣扬的是"武力"的话，那么《奥德赛》弘扬的则是"智力"。面对重重困难，奥德修斯"凭我的勇敢、机敏的智谋和聪明的思想"（12.211，另参20.21），得以逐一战胜之。奥德修斯的归返主要不是靠武力，而是靠智力，正如卡吕普索所云："智慧和权能决定一切"（5.170），奥德修斯胜利表明智力对武力无可比拟的优越性。但《奥德赛》所说的"智慧"还不是后世那种高深莫测的脑力游戏，而是面对错综复杂的现实所体现出来的聪明和审慎，更接近"明智"的含义。"智慧"多有形而上学内涵，而"明智"则显然更具政治哲学意味。

6.2.3.1　词章

在《奥德赛》中，没有后来人们疯狂热爱的那种智慧（即"哲学家"所爱的那种 sophia），也找不到 σοφία（智慧）一词。诗人用来表示"聪明"、"审慎"、"思想"的词汇主要是 νόος（合拼为 νοῦς，即古希腊哲学术语"努斯"）、νόημα（二十世纪为现象学激赏）和 φρένες、φρεσἰν 或 φρένας，以及它的派生词，如 ἐπιφροσύνη, φρονέων 等。

史诗中用得较多的是 νόος，该词表示思想（1.3，10.329，11.177，18.136，19.326，）、计谋（4.256，5.23，22.215）、想法（19.42）、聪明（1.66）、旨意（5.103，5.137）、理智（2.281，5.190，18.332，18.392）、智慧（4.267，7.73，10.494，20.366，24.164）、智力（2.124）、主意（7.263，13.255，13.381，14.490，24.479）、意愿（3.147）、心灵（1.34，2.92，718.283，18.381，24.474）、心思（19.479，21.205）等。"努斯"这个词在荷马史诗中主要用来说明相对抽象的思想，但还远远达不到后来阿那克萨戈拉所说的作为宇宙推动力的水平，应该说还是指比较具体的"想法"或"意向"，最多可把它说成是较为抽象的思维方式或思想态度。①

νόημα 则指心计（2.121）、念头（2.363，15.326）、思绪（7.36）、思想（7.292）、心愿（8.559，17.403）、主意（14.273）、心智（18.215，18.220，20.346）、意图（23.30）。史诗中大量用到的是该词的动词形式，指"考虑"、"想出（主意）"等。这个词在荷马史诗中不是抽象的思想或悟性，更不是现象学家所钟爱的"概念"，同 νόος 较为接近，但更多地具有动词的意味。

φρένες 或其派生词出现得也十分频繁，该词本是一个医学术语，指人体胸腹隔膜（9.301 就用的这个原始义项），② 古人以为那里司职思考方面的事情，有如我国"心之官则思"的说法，便引申为"心"和"思"。其动词"φρενόω"，意思是规劝、教训，其目的当然是"使清醒"、"使聪明"。它与前两者不同之处在于更多地指反复琢磨，颇有"三思而后行"中的"思"的含义（《奥德赛》中亦多次出现"反复思忖"字样，如 9.420），当然强调的是清醒、审慎和明智，虽与后来柏拉图所谓 σωφροσύνη（审慎）或亚里士多德的 φρόνησις（明智）

---

① W. B. Stanford, *Homer: The Odyssey, Books I–XII* (London: Bristol Classical Press, 1996), p. 207.
② Ibid, p. 286.

尚有不同，但已不难看出它们之间的源流关系，至少在荷马的 φρε- 或 φρο- 中，已然能够找到以柏拉图为代表的古典政治哲学家所崇尚的那种"明智"思想萌芽的消息。

6.2.3.2　选择

奥德修斯的过关斩将一路而来的胜利，不能笼统地说是"智慧"或"智力"的功劳，应该把这笔账准确地算在"明智"的头上。"明智"的前提是选择，这与存在主义的"选择"理论大有不同。只有在"选择"中才能体现或实现"明智"，因此与存在主义的"非决定论"不讲标准或正当性而只谈其被迫性的选择不同，荷马史诗的"选择"有标准、有参照、有目标。

从思想方法上说，现实生活中很难有逻辑或数学意义上的线形模式，社会存在、人的思想意识和个体周遭情形往往非常复杂，我们首先需要认识这一切，然后作出正确或正当的选择。从某种意义上说，奥德修斯归返过程既面临着最重大的选择——成仙还是作人，也面临着对这一关键选择的进一步认识：人在神鬼之间，终有一死，必须奋斗以克服无穷无尽的生存障碍，在许许多多的可能性面前必须作出"明智"的选择。

人生总在选择中，而我们所面临的选择往往还是十分困难的，也许左右都不是，最终不过"两害取其轻"而已。这里没有什么高深的道理和学问，只是在多种可能性中选一个"更有利"或"更合适"（κέρδιον，5.474 等）的路来走罢了。

奥德修斯两次诀别神仙生活（即基尔克和卡吕普索），这本身就是一种抉择，接下来又面临着无数的选择。当他面临两难的选择时，有时是神明如雅典娜给他出主意（5.427），更多的时候是自己独立思考，选择更合适的方案（5.474，6.145，10.153，24.239 等）。其中颇能说明"明智"的例子当数奥德修斯遇到真乞丐时所作出的选择："睿智的神样的奥德修斯这时心思忖，／是对他猛击，让他立即倒地丧性命，／还是轻轻击去，只把他打倒在地。／他考虑结果，认为这样做更为合适：轻轻打击，免得阿开亚人认出他"（18.90—94）。

而最能体现奥德修斯智慧或明智的则是如下选择：

> 这时我英勇无畏的心里暗自思虑，
> 意欲上前袭击，从腿旁拔出利刃，
> 刺向他的胸膛，膈膜护肝脏的地方，
> 用手摸准；但一转念又立即停顿。
> 若那样我们也必然和他一起遭受
> 沉重的死亡，因为我们无法挪动
> 他堵在高大洞口做门的那块巨石。（9.299—305）

这符合所谓的"生存"法则，因为杀死波吕斐摩斯本身并不是目的，从他手中逃生，才是最终的鹄的。正如奥德修斯后来的反思：智慧让他逃出了独目巨怪的巢穴（20.21），这里的"智慧"（μῆτις）不是哲学意义上的sophia，它指"机智"、"巧计"等，更接近于我们所说的"明智"。

选择可谓无所不在，其他人也概莫能外，如特勒马科斯（15.204）、菲洛提奥斯（20.223）和费米奥斯（22.338），就连神明似乎也必须选择（24.475—476）。

6.2.3.3　克制

选择要有目标，为此目标又必须有所克制。不能随心所欲地选择，而是"要控制自己的心灵"（20.266）。在荷马史诗中，作者虽然没有用到后来广为流传（尤其柏拉图的著作中）的"σωφροσύη"，但其基本道理却与后世主张别无二致。σωφροσύη这个古典政治哲学的重要术语，既表示明智清醒，同时也有谨慎克制的含义，在某种意义上我们可以简单地说，克制 = 明智。

荷马史诗用来表示"克制"含义的词汇是"忍耐"（τλαίην，亦作"坚持"，1.288，2.219，3.209，6.190，10.52，20.223 等），《奥德赛》多次出现的这个术语正可以充分表示奥德修斯的"明智"。上引奥德修斯缩手不杀波吕斐摩斯，其实就是一种"克制"。当属下趁他睡着时偷偷打开风口袋,船只又被吹离了即将归返的故土,懊恼不已的奥德修斯"勇敢的心灵反复思索,/是纵身离开船只,跃进海里淹死,/还是默默地忍耐,继续活在世上。/我决定忍耐活下去,掩面躺在船里"(10.50—53)。奥德修斯知道,对于这帮已经有权力革命意识的同伴来说,不管是杀死他们还是跳海自杀,都无济于事,所以对惹下了弥天大祸的手下连一句责备的话都懒得说。

后来奥德修斯遭自己牧羊奴欺负时,"心中不禁思虑,/是立即扑过去用拐棍剥夺他的性命,/还是抓住脚把他举起,用脑袋砸地",但奥德修斯"终于克制住自己的怒火"(17.233—238)。奥德修斯为了不暴露身份,躲在暗处给敌人猛然一击,忍受了许多屈辱:被求婚人击打,受自己仆人的气,其中最能体现他铁石心肠的忍耐之功,[①] 则是当他看到自己的女仆同求婚人鬼混时所表现出来果敢和坚忍,他对自己如是说:

> 心啊,忍耐吧,你忍耐过种种恶行,
> 肆无忌惮的库克洛普斯曾经吞噬了
> 你的勇敢的伴侣,你当时竭力忍耐,
> 智慧让你逃出了被认为必死的洞穴。(20.18—21)

奥德修斯在家中的情形克隆了他在波吕斐摩斯洞中所遭遇的情况,同样地克制住自己的怒火。他的怒火在于他视那些仆人如同己出,"有如雌狗守护着一窝柔弱的狗仔"(20.14),而佩涅洛佩更是待她们如"亲生儿女",抚养她们,给她们称心的玩具(18.322—323)。奥德修斯的"情感竭力忍耐,听从他[指"心灵"]吩咐,可是他本人仍翻来覆去激动不安"(20.23—24),真如俗语所

[①] 奥德修斯的铁石心肠还体现在他极力压制久别重逢的情感,看到妻子哭得泪人儿一般时,"奥德修斯心中也悲伤,怜惜自己的妻子,/可他的眼睛有如牛角雕成或铁铸,/在睫毛下停滞不动,狡狯地把泪水藏住"(19.210—2)。

谓：忍字头上一把刀，即便如此，还是得忍啊。

其实，奥德修斯的绰号或特点就是"忍耐"。史诗中出现过37次之多的"πολύτλας"（5.171等），① 既可理解为"历尽艰辛"和"多灾多难"等，也可以理解为"多次忍耐"或"忍受过许多东西"，这种克制的历练才造就了他不同凡响的智慧名声（13.296—299）。可以说，他那"足智多谋"或"许多智慧"（πολύμητις）的绰号，就是靠"多次忍耐"（πολύτλας）而造就的，更简单地说，智慧就是忍耐，因为这是导演着整个《奥德赛》剧情的智慧女神雅典娜（宙斯也是智慧神，参16.298）的教导：

σὺ δὲ τετλάμεναι καὶ ἀνάγκῃ.
你必须忍耐。（13.307）

奥德修斯不仅自己忍耐，也嘱咐儿子要学会这种重要的生存手段："要是他们[求婚人]在我们的家中对我不尊重，/你要竭力忍耐，尽可眼见我受欺凌，/即使他们抓住我脚跟，把我拖出门，/或者投掷枪矢，你见了也须得强忍"（16.274—277）。

结果，奥德修斯展开了敌人意想不到的行动，一大群求婚人在措手不及之间被奥德修斯等四人收拾得干干净净。这帮毫无智慧的家伙当然无法想象："他虽在自己的家宅，却忍受这一切，/控制住自己的心灵，任凭人们打击和凌辱"（24.162—163），死不瞑目的求婚人在阴间才意识到，是奥德修斯的克制导致了他们的死亡，只不过他们对明智的这个维度的认识来得太晚了。

从上述例子我们可以进一步了解"克制"的本质。克制是为了"让一切保持分寸更适宜"（7.310），因为"事事都应合分寸"（15.71，另参14.433）。而这种分寸，就是理智的表现。

---

① 王焕生译本为"多难"或"历尽艰辛"等，陈中梅译本为"历经磨难"等。

6.2.3.4 理智

《奥德赛》颇为强调"智慧"（μῆτις），其主人公奥德修斯的尊号就是"多智慧"或"足智多谋"（πολύμητις），这两个词汇在史诗中共出现了近百次。此外还有其他相近的词汇如"理智"，这个表示人的理性能力的词汇"努斯"（νόος）在诗中出现了约 50 次（还有另外的词汇也表示"理智"和"智慧"）。难怪人们把《奥德赛》看作是西方哲学思想的滥觞：的确，《奥德赛》这部文学著作比《伊利亚特》更"哲学"。

1. 我们先来看"努斯"。从上述分析我们已得知，理智就是有分寸，没有分寸（μηδ' αἴσιμα）就是糊涂（βλάπτει，21.294）。[1] 那么，什么叫"分寸"呢？在《奥德赛》中，用的是 αἴσιμα 和 ἐναίσιμος，后者是前者的派生词，都与 αἶσα 同根。[2] αἶσα 指命运、应得（大写即为命运女神），αἴσιμα 指命中注定的东西，引申为适当的、应得的，转义为"分寸"。在史诗中，大约有以下含义："周全"（2.122，7.299）、理所当然（22.46）、分寸（23.14）、命定的（15.239，16.280）、合适的（8.348）、适宜的、相宜（18.220）、正直的，引申为"按照规定"（17.321）、"遵纪守法"（17.363）、"知理明义"（10.383）。到最后，理智就和正义挂上钩了（5.190）。

荷马史诗中的"分寸"虽然还不是普罗泰戈拉和柏拉图更为抽象的"尺度"（μέτρον）或分寸（μετρίων，《王制》450b5）概念，但已足以说明古典政治哲学这个根本的要求。其实，连常乐的神明们都赞赏人们公正（δίκην）和合宜（αἴσιμα）的事业（14.83—84），那么，合宜的分寸就上升到了神圣的境界了。奥德修斯之所以胜利、同伴之所以丧命、求婚人之所以失败，大概就在于缺乏把握分寸的那种理智或智慧（比如求婚人滥用客谊）。

2. 我们再来看看奥德修斯与独目巨怪波吕斐摩斯搞的那个著名的"智慧"

---

[1] 直译为"妨碍"、"使分心"、"使走入邪路"、"蒙蔽"和"伤害"等。
[2] W. B. Stanford, *Homer: The Odyssey, Books I–XII* (London: Bristol Classical Press, 1996), pp. 240, 241, 211.

（μῆτις）游戏。奥德修斯虽说处处克制，没有先杀死波吕斐摩斯，但要战胜这位巨无霸，还要耍点大聪明才行。

奥德修斯用酒把波吕斐摩斯灌醉后，"用亲切的话语"告诉他说自己名叫"无人"（Οὖτις，9.366）。奥德修斯不知道对方已经晓得有一个叫作奥德修斯的人注定要来弄瞎他（9.507—512），也不知道对方的脾气习性，但他有预感，"预感会遇到一个非常勇敢，又非常野蛮、不知正义和法规的对手"（9.213—215）——这似乎是理智的升华，所以他带上了十分厉害的酒，同时还向对方隐瞒了自己的名字。就在误打误撞中，他报的那个名字鬼使神差地再次救了他的命。当奥德修斯和同伴们钻瞎波吕斐摩斯的眼睛，巨怪的惨叫声引来其他库克洛普斯人时，发生了一场有趣的对话，他们问："是不是有人想强行赶走你的羊群，/ 还是有人想用阴谋或暴力伤害你？"（9.405）波吕斐摩斯回答说："朋友们，无人用阴谋，不是用暴力，杀害我"（9.408）。其他人一听，说："既然你独居洞中，没有人对你用暴力"，那么他们推测波吕斐摩斯可能是生病了，就叫他向他父亲波塞冬求助，然后纷纷散去。如果他们进洞来实际察看一下，奥德修斯等人就死定了。

在这场对话中，发生了词义的双关转换，并由此引出了智慧的问题。其他库克洛普斯人问话中的"是不是"（ἦ μή τις……; ἦ μή τις），由连词 ἦ，否定词 μή 和不定代词 τις 构成，后面两个词组合意思为"没有人"。波吕斐摩斯回答的是"无人"（Οὖτις），这个词同样是由否定词 οὐ 和不定代词 τις 组合而成，就被其他库克洛普斯人稀里糊涂而又合理合法地转换为意思相近的"没有人"（μή τις，9.410）。他们的错误在于把专名（proper name）当成了不定代词，当然，这是"足智多谋"的奥德修斯故意安排的陷阱。

但"没有人"（μή τις）这个表达法具有双关的含义，当它们合拼在一起并改变重音的时候，就表示"智慧"、"计策"或"心灵"（μῆτις）——这恰恰是奥德修斯的长项，所以其他库克洛普斯人的话在某种意义上没有错：正是智慧的化身奥德修斯用计策（μῆτις）蒙骗了他们（9.414），"奥德修斯就是'无人'的双重形式 *outis* 和 *mētis* 的合体","理性就在这个计划中宣扬着自己的本质"。①

3. 不理智后果又会如何呢？我们且从反面来理解智慧的巨大作用。在这次胜利大逃亡中，介于智慧者与无名小卒之间的"无人"还算不上一种否定因素，奥德修斯带来的起到巨大辅助作用的酒对波吕斐摩斯来说，才是防不胜防的撒手锏。波吕斐摩斯后来意识到奥德修斯和同伴们先"用酒把我的心灵灌醉"（δαμασσάμενος φρένας οἴνῳ，9.454），②导致"心灵"或"理智"（φρένας）失去作用，才会有此大败。回想当时，波吕斐摩斯不假思索三次连连喝干奥德修斯递上来的烈酒，的确"冒失"、"糊涂"、"没头脑"（ἀ-φραδίῃσιν，9.361），这与"φρήν"（隔膜→心胸→心灵→理智）关系太大了，亦充分见得"明智"于人生死攸关的重要性。

由此可见，古典政治哲学虽关注喝酒吃肉、饮食男女等低级的东西，但亦知道这些东西的局限。以酒为例，荷马明确地说，酒能乱性，对人有害（τρώει），即，"甜蜜的酒酿使你变糊涂，酒酿能使人们变糊涂，如果贪恋它不知节制"（αἴσιμα，21.293—294）。这种教诲又回到了前面我们所说的"分寸"或"节制"（αἴσιμα）上来。颇具讽刺意味的是，这个道理出自不知天高地厚的求婚人安提诺奥斯之口。这位仁兄还讲了一个酒精使人失去理智（ὁ δ' ἐπεὶ φρένας ἄασεν οἴνῳ，21.297，比较 9.454 波吕斐摩斯的反思）的故事：的确，不节制和无理智会给人带来不幸或厄运（κακὸν，21.304）。

理智或思想太重要了，这也是奥德修斯从正面告诉我们的道理，因为他"见识过不少种族的城邦和他们的思想"（νόος，1.3）。难怪他即便饮下了基尔克的迷魂药，"可你胸中的思想（νόος）却丝毫没有被折服"（10.329），所以基尔克立即判断出："你显然就是那足智多谋的奥德修斯"，这里的"足智多谋"就

---

① 伯纳德特：《弓弦与竖琴》，华夏出版社，2003年，第4、96页。
② 直译为：我的心胸被酒制服了。

是史诗 1.1 中曾出现过的 πολύτροπον（机敏）。①

智慧的力量是无穷的，理智的效用不可低估。不幸的是，波吕斐摩斯就低估了智慧的力量，他虽知道某个奥德修斯会来弄瞎他的眼睛，但他"一直以为那会是位魁梧俊美之人，/ 必定身体强壮，具有巨大的勇力（μεγάλην ἐπιειμένον ἀλκήν），/ 如今却是个瘦小、无能、孱弱之辈，/ 刺瞎了我的眼睛，用酒把我灌醉"（9.513—516）。就在力量与智慧的巨大反差中，我们看到，波吕斐摩斯不懂何者为"大"（μεγάλην），因为他只相信"体力"（ἀλκήν）。

6.2.4 诗与哲学

从《伊利亚特》到《奥德赛》，神明的看法改变了，作者的立场也发生了变化。雅典娜对奥德修斯说："我不能在你身陷困境时放弃你，/ 因为你审慎、机敏而又富有心计"（13.331—332，译文有所改动），她之所以处处维护奥德修斯就因为奥德修斯像她：智慧、审慎、机敏而又富有心计——"你我两人 / 都善施计谋，你在凡人中最善谋略，/ 最善词令，我在所有天神中间 / 也以睿智善谋著称"（13.296—299）。神明（以及荷马）不再喜爱孔武有力，而是更青睐聪明、理性、智慧。②"智囊"（brains）取代了"肉囊"（brawn）而成为人们追求的目标。③

《奥德赛》的主人公的名字虽然是"愤怒"，但此公却异常理智，这恰好与《伊利亚特》所宣扬"愤怒"主题相映成趣。"奥德修斯"这个名字是他外公奥托吕科斯所起，当时这位精于盗窃和咒语的老人"曾经对许多男男女女怒不可遏（ὀδυσσάμενος）"，④ 于是就给外孙起名为"Ὀδυσεύς"（19.406—409）。这个词

---

① 该词颇为模棱两可，既可指"多方游历"，也可指"足智多谋"、"办法多"、"鬼点子多"。参 W. B. Stanford, *Homer: The Odyssey, Books I—XII* (London: Bristol Classical Press, 1996), p. 206。

② Joachim Latacz, *Homer, His Art and His World*, trans. by J. P. Holoka (Ann Arbor: University of Michigan Press, 1996), p. 151.

③ 伯纳德特：《弓弦与竖琴》，华夏出版社，2003 年，第 60 页。

④ 《伊利亚特》6.138；8.37，468；13.292；1.62；《奥德赛》5.340，5.423；19.275，407。

来自于动词 ὀδύσσομαι，意思是憎恨、愤怒（其变位形式 ὠδύσαο 出现于 1.62，意为"憎恨"）。[1] 但奥德修斯这位"愤怒"（或"被人憎恨"）的英雄却处处压制住自己的怒火，靠"明智"而一步步走向胜利。《奥德赛》大量宣扬的这种智慧虽然还不是"哲学"（φιλοσοφία）中的"智慧"（σοφία），但无疑已经在诗歌中表达了某种形式的"哲学"。史诗《奥德赛》中的哲学也许还不失为一种更为原始、更为根本的生活方式，用今人的话来说，《奥德赛》的哲学也许是本真意义上的"元哲学"（metaphilosophy），即古典政治哲学的萌芽。荷马史诗就是西方社会形态史的"哲学的突破"（philosophical breakthrough）。[2]

在古人对荷马史诗的解读中，产生了柏拉图所谓"哲学与诗歌的某种古老论争"（παλαιὰ μέν τις διαφορὰ φιλοσοφίᾳ τε καὶ ποιητικῇ，《王制》607b5）这一著名命题，至今仍为学界津津乐道。对此，我们简单地做点梳理。

在柏拉图以前一个多世纪中，有两位哲学家，即塞诺芬尼和赫拉克利特，对荷马史诗展开了猛烈的攻击，这就是所谓哲学与诗歌的"古老"论争。这些批评家不仅要求诗歌（荷马史诗）要有娱乐特性，还要求诗歌同时还必须在道德和宗教问题上、在善恶问题上以及在今生和来世的问题上具有启蒙之担当和功效。[3] 荷马史诗当然达不到如此的高标准严要求，结果就被哲学家们说得一无是处，不仅要把荷马赶出奥林匹亚赛会，还要鞭打已经死去的荷马。

---

[1] W. B. Stanford, *Homer: The Odyssey, Books I–XII* (London: Bristol Classical Press, 1996), p. 206；另参伯纳德特：《弓弦与竖琴》，华夏出版社，2003 年，第 52—53 页。关于 Odysseus（奥德修斯）与拉丁语中的 Ulixes（Ulysses，尤利西斯）的关系，以及"奥德修斯"不是希腊名字，而是从爱琴海地区前希腊时代的民族那里借用而来的，参 Joachim Latacz, *Homer, His Art and His World* (Ann Arbor: University of Michigan Press, 1996), p. 136。

[2] 韦伯（Max Weber）、帕森斯（Talcott Parsons）等人所谓"哲学的突破"（philosophical breakthrough），指在公元前一千年以内，希腊、以色列、印度和中国四大古代社会形态先后对构成人类处境之宇宙的本质产生了一种理性的认识，开始对人类处境本身及其基本意义有了新的理解（另参拙著：《西方社会文化的现代转型》，重庆出版社，2001 年，第 44 页）。关于雅斯贝斯相关的"轴心时代"理论，参雅斯贝斯著《历史的起源与目标》，魏楚雄等译，华夏出版社，1989 年，第 8 页。

[3] R. B. Rutherford, "The Philosophy of the *Odyssey*", in *Homer: Critical Assessments*, ed. by I. J. F. de Jong (London: Routledge, 1998), V. 4, p. 271.

古人对荷马史诗的解读好像都是"哲学"的解读。但我们从塞诺芬尼和赫拉克利特对荷马的攻击来看,其实还谈不上什么"哲学与诗歌的古老论争",因为戏台子上只有哲学家而没有诗人,上述攻击不过是哲学家单方面对诗人展开的批评,诗人没有、也无法进行答辩。我这样说并不是在为诗人开脱,事实上,原初的思想与后人的理解之间永远会存在差异、甚至论争,但前人无法、也不必对后人的新看法负责。

在哲学与诗的论争中,我们往往只听到哲学家的看法,因此我们必须兼听诗人的意见,这场论争的判决也许才会更加公正——尽管它永远不可能有最终的判决。这方面我们只需要听听公元前一世纪的诗人思想家贺拉斯的评论就足矣(更何况有些哲学家对荷马也赞不绝口呢,如西塞罗、菲洛等)。贺拉斯在给 Lollius Maximus 的书简中如是说:

> Troiani belli scriptorem, Maxime Lolli,
> Dum tu declamas Romae, Praeneste relegi.
> Qui quid sit pulchrum, quid turpe, quid utile, quid non,
> Planius ac melius Chrysippo et Crantore dicit. (Epist.I.2.1 – 2.4)
> 马克西姆啊,当你在罗马发表演讲时,我却在普列奈斯特阅读特洛伊战争的作者[的书],他在何谓美好、何谓低贱、何谓有益以及什么不是[美好、低贱和有益]等方面,比克吕西波斯和克兰托尔说得更清楚明白,也说得更好。[1]

克吕西波斯(公元前280—前206年),希腊哲学家,对斯多阿(stoa,又译"廊下派")学说进行了系统的阐述,与芝诺一起创立了雅典的斯多阿学园。"克

---

[1] 参 Joseph Farrell, "Roman Homer", in *The Cambridge Companion to Homer*, ed. by Robert Fowler (Cambridge: Cambridge University Press, 2010), p. 269. 普列奈斯特,罗马东面拉丁区的古城,有古罗马命运女神和天地女神的神殿。"美好"(pulchrum,原形 pulcher),又作"美丽"、"高尚";"低贱"(turpe),又作"耻辱"、"丑陋"。

兰托尔"（盛于公元前4—前3世纪），希腊哲学家，对柏拉图和亚里士多德的著作多有阐释（今已佚）。贺拉斯的意思很明确：荷马史诗比哲学家还更懂"大哲学"。而哪些是美好、低贱和有益以及哪些不是，这正是政治哲学所关心的核心问题。在贺拉斯看来，荷马史诗，尤其《奥德赛》，不仅可以满足人们的好奇心、虚荣心以及在狡诈的诡计和谎言方面让人感到愉快，而且它还弘扬智慧、审慎和忍耐。① 因此，从贺拉斯的角度来看，荷马实际上就是哲学的创始人，"他不仅被自己人［按即希腊人］，也被罗马人视为哲学、伦理学说之父"。②

其实，在柏拉图那句名言中，διαφορὰ（论争）一词在这个语境中当然是"论争"之意，但它也另有"不同"、"区别"、"不和"、"争执"的意思，其引申含义为"与众不同"、"卓越"、"出众"，再进一步引申，就变成了"优点"和"益处"。由此看来，柏拉图虽然在《王制》中对诗人大加鞭挞，但就该用语来说，哲学与诗歌之间并不具有剑拔弩张的火药味，柏拉图似乎反倒在主张：哲学和诗歌各有与众不同的优点，不能厚此薄彼。也正因为两者各有千秋，都是人类思想中的顶尖要素，所以才会有所碰撞。

巴门尼德的哲学不就是用诗歌写成的么？文采飞扬的柏拉图对话其实也是无韵的诗歌，③ 如果考虑到他对雅典思想社会状况的深入刻画以及对理想境界的不懈追求，那么，我们甚至可以把柏拉图的著作看成是思想领域的"荷马史诗"。人们常说，柏拉图是哲人中的荷马，而荷马则是诗人中的柏拉图，诚然，诚然。

柏拉图虽接过了"哲学与诗歌的某种古老论争"这一论题，但他并没有像塞诺芬尼和赫拉克利特那样彻底否定荷马的地位。柏拉图笔下的苏格拉底"从小就对荷马怀有某种的热爱和敬畏之心"（φιλία γέ τίς με καὶ αἰδὼς ἐκ παιδὸς ἔχουσα

---

① R. B. Rutherford. The Philosophy of the *Odyssey*, in in I.J.F. de Jong (ed.). *Homer: Critical Assessments*, V. 4, p. 272.
② John A. Scott, *Homer and His Influence* (New York: Cooper Squater Publishers, Inc., 1963), p. 161.
③ 这在学界几乎已经定论。比如，可参 Eric Voegelin, *Order and History* (Baton Rouge: Louisiana State University Press, 1957), V. 3, p. 228。

περὶ Ὁμήρου,《王制》595b9—10），承认自己透过荷马的眼光（θεωρῆς）看东西时，也能感受到那种思想的魅力（κηλῆ,《王制》607c8—d1）。在柏拉图眼中，荷马纵有千般不是，终归是一位真正的诗人，即"最优秀和最神圣的诗人"（τῷ ἀρίστῳ καὶ θειοτάτῳ τῶν ποιητῶν,《伊翁》530b10），希腊人的教师爷（τὴν Ἑλλάδα πεπαίδευκεν,《王制》606e2）。

在哲学与诗歌的论争之中，柏拉图亦认可了诗歌的重要作用，而这种作用也是由来已久："岂不闻古人遗教？古人以诗赋瑰词达奥旨，其微言大义，众莫能晓"（《泰阿泰德》，180c7—d1，严群译文），① 这种"遗教"（πρόβλημα，即problem，问题）可谓"古已有之"（παρὰ μὲν τῶν ἀρχαίων），是我们从古人那里"继承"（παρειλήφαμεν）过来的财产。这种遗教就是：

> οὐ μόνον ἡδεῖα ἀλλὰ καὶ ὠφελίμη πρὸς τὰς πολιτείας καὶ τὸν βίον τὸν ἀνθρώπινόν ἐστιν.
> 【诗歌】不仅让人愉悦，而且对政制和人的生活都大有好处。（《王制》607d8—9）

这是柏拉图要把诗人从城邦中驱逐出去的前提：正是因为诗歌对政制（politeia，即城邦的管理）和人生的巨大好处，需要把诗人赶出去，像奥德修斯那样经过审慎、机敏、理性和明智的历练，重新回到城邦来，最大限度发挥其作用。正如伯纳德特所说："列维-施特劳斯注意到，从城邦中被逐出的诗人肯定会作为一个神回来，这个神是永恒'理念'的诗人。……把诗人从城邦中驱逐出去，只是为了把他们转变成城邦的缔造者"。② 所以，"柏拉图对荷马名为抨击，实为赞扬。他【荷马】的'杜撰'已经成为经典，并且越来越难以抗拒。而在柏拉图的另外一篇对话录《伊翁》里，歌人（职业的史诗吟诵者兼评论者）伊

---

① 见《泰阿泰德智术之师》，商务印书馆，1963年。"微言大义"，原文为 ἐπικρυπτομένων，意思是"隐藏、掩饰、伪装"。
② 伯纳德特：《列维-施特劳斯的〈城邦与人〉》，《列维-施特劳斯与古典政治哲学》，刘小枫编，张新樟等译，上海三联书店，2002年，第570页。

翁便说到，荷马史诗是他演绎过的作品中唯一从未令其反感的诗篇"。①

这个道理似乎不难理解：诗歌（ποίησις）本身就是一种"制作"或"使成为"（ποιήω），具体到社会生活中，就是制造社会政治秩序、成就个人美好生活，这不恰恰也是政治哲学的目标么？所以，哲学与诗歌之争的结果就是政治哲学。

柏拉图对荷马的"批评"，一方面是"为我所用"，也就是利用荷马史诗来说自己的主张。②从这一方面来看，亚历山大里亚学者阿莫尼乌斯（Ammonius）所写的《柏拉图受惠于荷马》（Plato's Debt to Homer），应当说还是有根有据的。③至于朗吉努斯在《论崇高》中的评价则更带有一种强烈的感情色彩，在他看来："柏拉图从荷马的源泉中给自己引来了万千溪流"（Πλάτων, ἀπὸ τοῦ Ὁμηρικοῦ κείνου νάματος εἰς αὑτὸν μυρίας ὅσας παρατροπὰς ἀποχετευσάμενος, 13.3）。④这个看法十分有趣，最后一个动词"ἀποχετευσάμενος"意为"挖渠引水"，似有盗窃之意，即是说柏拉图的思想即便不是对荷马的剽窃，至少也有相当的源流关系。这个词在柏拉图著作《礼法》中也出现过一次，其语境恰好可以旁证这种源泉关系——只不过其位置发生了颠倒："仿佛我们有引自几个源泉的许多溪流，有的引自泉水，有的源出山洪，都流下来汇成一座湖泊"（736b）。荷马是源泉，柏拉图则是汇集山泉和山洪于一身的湖泊。

另一方面，柏拉图对荷马史诗"口诛笔伐"，大约是因为智术师们滥用荷马史诗，已经把荷马史诗搞臭了。柏拉图的针砭其实是为了通过"消毒"来挽救荷马史诗的生命。柏拉图等人肯定早就充分认识到这样一个简单的事实：

---

① 格兰斯登：《荷马史诗》，见《希腊的遗产》，劳利主编，张强等译，上海人民出版社，2004年，第68页。

② Richard Hunter, "Homer and Greek Literature", in *The Cambridge Companion to Homer* ed. by Robert Fowler (Cambridge: Cambridge University Press, 2010), p. 248.

③ 阿莫尼乌斯（Ammonius，卒于公元520年），全名阿莫尼乌斯·赫尔米阿，亚历山大里亚学园的山长。而非另一个阿莫尼乌斯，即阿莫尼乌斯·萨卡斯（Ammonius Saccas，约175—250），新柏拉图主义创始人普罗提洛的老师。

④ 另参 Robert Lamberton, "Homer in Antiquity", in *A New Companion to Homer* ed. by Ian Morris and Barry Powell (Leiden: Brill, 1997), p. 37.

《伊利亚特》和《奥德赛》为后人的行为和道德判断提供了强大的模式，这种模式还可以根据情势的变化而作出有效的解释。① 荷马塑造了一个颇有政治智慧的形象：奥德修斯，他虽然不是柏拉图笔下的哲人王（philosopher-king），但荷马无疑通过他开创了一个伟大的传统：

> 他【奥德修斯】不是理想的统治者，而毋宁是后世政治哲学创始人的原型。②

7 从古希腊神话看文化精神

7.1 从古希腊神话与中国神话比较中看中西文化精神

7.1.1 古希腊神话与古希腊文化中的道德价值系统同构

在古希腊神话中，我们可以看到许多正面的诸神形象，也可以看到许多负面的诸神形象。正面的形象，如将天火偷盗给人类而蒙受主神宙斯折磨的普罗米修斯，如宙斯本人在大多数的场合也是一个主持正义的神祇。

但是真正使我们感到吃惊的是，相对于中国古代神话，古希腊神话中的负面因素尤其明显，这里我只就特别使中国人感到困惑的负面因素举几个例子。就以作为正面形象的主神宙斯而论，他也有自己的若干负面特征，如自私、忌妒、容易发脾气、与下界少女偷情等。至于其他主神之间钩心斗角，互相捉弄、攻击、使阴谋诡计的情形，则和现实世界中的情形几乎没有大的区别。

---

① 参 Richard Hunter, "Homer and Greek Literature", in *The Cambridge Companion to Homer* ed. by Robert Fowler (Cambridge: Cambridge University Press, 2010), pp. 246–249。这一节的标题即是 "Homer and Plato"。

② Patrick J. Deneen, "The Odyssey of Political Theory", in *Justice v. Law in Greek Political Thought* ed. by Leslie G. Rubin (Boston: Rowman & Littlefield Publishers, Inc., 1997), p. 84.

7.1.1.1　古希腊神话举例

7.1.1.1.1　关于古希腊奥林匹克竞技会的神话

第一种传说认为，奥林匹克竞技会起源于宙斯与克洛诺斯争夺王位。克洛诺斯实际上是宙斯的父亲，父与子之间产生了谁来当王这个矛盾。为了取得当王的优先权，父子双方约定进行摔跤比赛。摔跤的结果是宙斯赢了，宙斯就成为摔跤冠军，晋升王位。这次比赛据说成为奥林匹克运动会的滥觞，故后来的很多运动会都离不了摔跤比赛。

第二种说法比较典型。说奥林匹克竞技会起源于珀罗普斯（Πέλοπας）和俄诺马俄斯（Οινόμαος）争夺王位、也是争夺新娘而举行的马车比赛。新娘的名字叫希波达弥亚（Ιπποδάμεια）。珀罗普斯也是神的后裔。俄诺马俄斯和这个新娘则是父女关系。可实际上，俄诺马俄斯已占有了他自己的女儿，他的女儿就是他的隐蔽形式的妻子。当然，别的年轻人还可以来娶她，条件是要和俄诺马俄斯一起进行比赛，比赛驾驶马车赛跑。具体的比赛规则是这样的：珀罗普斯这个年轻人必须和他预备赢得的新娘一块儿坐在一驾马车里面，在前面跑。新娘的父亲呢，则手持梭镖坐在后面的马车上追。如果追上了，新娘父亲就可以将手里的梭镖朝着年轻人后背掷过去。如果他把青年男子杀死了，青年男子的求婚就失败了，俄诺马俄斯就仍然占有着王位和自己的女儿。轮到珀罗普斯时，俄诺马俄斯已经杀死了13个求婚者了！新娘希波达弥亚是不是心甘情愿地和她的父亲长期地以夫妻关系厮守下去呢？显然她不愿意，她决定作弊，暗中说服了为他父亲驾马车的车夫，要他把马车车轮的销钉偷偷地拔掉。那个车夫和她结成同谋，果真拔掉了马车车轮的销钉。后来发生的事情就可想而知了。珀罗普斯和希波达弥亚坐在前面的马车里飞奔。俄诺马俄斯则坐在后面的马车上拼命地追；追到半路，一个车轮因为没有销钉而脱落了，俄诺马俄斯被翻倒在地。新郎和新娘便趁机杀了个回马枪，捡起地上的梭镖，把俄诺马俄斯杀死了。珀罗普斯大获全胜，赢了夫人又得王位。奥林匹克运动会据称便由此产生。

第三种，福尔巴斯传说。在通往德尔斐的大路上，福尔巴斯总是去找那些朝圣者比赛摔跤或者是赛跑。路人必须跟他比，打过他了，或摔跤摔过他了，等于是付了买路钱，就可以通过这条路，去朝圣地点。比不过他，他就割下路人的头颅，挂在路边的橡树上。那棵橡树上据说挂过许许多多的头颅。他这种通过残忍比赛来赢得桂冠一样的东西，被喻为橡树下的荣誉。这个故事广为流传，因此也被学者看成是奥运会的起源之一。

第四种说法是处女竞技会（又称赫拉 Ἥρα 节）。

第五种说法是枯瑞忒斯（Κράτος）赛跑的故事。

第六种说法涉及克洛诺斯（Κρόνος）节，即农神节。

第七种说法是宙斯的儿子大力士赫拉克勒斯战斗获胜，在奥林匹克举行一次体育比赛大会，用以祭祀宙斯，后来便成为奥林匹克竞技会的起源。

第八种说法。据说赫拉克勒斯与其弟兄们发生争执，为求做个了断，决定在奥林匹克比武较量，这亦是古代奥运会的雏形。

第九种说法，是英雄克库洛希打败伊利斯王奥格亚史，为了庆祝胜利，故举行体育大会，并由此演变为每四年一度的奥林匹克运动。

这么多传说据说都是奥林匹克运动会的起源。而学者们总想证明只有其中一种是真正的起源，其他的都是假的。可是按照我的观点，我们完全可以颠倒一下思维习惯，何妨认为这些竞技会可能大都是真的、大都发生过呢？奥林匹克竞技会也许只是所有这些竞技会的浓缩的集中表现方式而已，它承袭的是一种精神，一种来源于所有这些传说的精神。什么精神？竞争精神。因为所有这些比赛无非是要比技能、比体力、比武艺，这种竞技行为是典型的古希腊文化发展的动力，也是古希腊文化精神的核心。古希腊人喜欢竞争，动不动就要跟你比，不是这个地方发生比赛行为，就是那个地方发生比赛行为。你把任何一个地方的比赛看成是奥运会的起源都是有道理的，因为从骨子里面看，古希腊人喜欢竞争，竞争就是比赛的主流精神。这种竞争精神逐渐扩大为排斥日常生活中的和平相处精神。

更多的学者研究后得出的结论是：所有这些比赛项目归根到底是争权夺

利，尤其是争夺王位，互相残杀。这是西方学者都比较认同的结论。说到底，这类运动的根源就是残忍的侵占、互相的斗争。关于这一点，可以从古希腊神话中列举更多的旁证材料，并从中得出新的结论。

7.1.1.1.2　古希腊先祖提坦神家族很可能有相残、相吃史

据说人类的远古部落都可能程度不同地存在过人吃人现象。关键的区别在于：一些部落没有在其口头传说或文字记载中记录下这些现象，或者有意淡化、抹掉了对这些现象的记忆。而有的部落，例如古希腊先祖，却较多地留下、甚至强化了这方面的传说。

现存古希腊神话中的种种传说印证了古希腊的先祖，或者说古希腊神的家族中人，很可能有相互间残害的历史。举例来说，古希腊神话中最早的一辈天神如乌拉诺斯（Οὐρανός）、克洛诺斯（Χρόνος）、宙斯（Ζεύς）、狄奥尼索斯（Διόνυσος）、坦塔罗斯（Τάρταρος），以及后来的传说人物如珀罗普斯（Πέλοπας）、阿特柔斯（Ἀστραῖος）、提厄斯特斯（Θυέστης）等都有吞吃他人或相互残害的历史。乌拉诺斯的后代是克洛诺斯，克洛诺斯的后代是宙斯。宙斯代表第三代神王，是所有家族当中最有名的一代。宙斯的后代很多，例如狄俄尼索斯、坦塔罗斯，等等。这些后代总是在不断地互相残杀。

比如乌拉诺斯十分仇恨自己的孩子，他就把自己亲生的孩子全都幽禁在很深很深的地下。为什么这样做？因为他怕他们和自己争夺王位。对中国读者来说，希腊神话的这些方面是很令人惊讶的，怎么可以这样对待自己的亲生骨肉？但是在古希腊，这是很自然的一件事，这是生存斗争，对权力本身的迫切需求远远超过对所谓亲情关系的需求。

克洛诺斯也是一样，不过他采取的办法不是把自己的孩子幽禁起来，而是干脆就把他们吃了，吞到肚子里。他吞了自己的很多子女，生一个，吃一个。到了宙斯出生的时候，本来克洛诺斯也要吞掉他的，可是宙斯比较幸运，因为宙斯的妈妈，也就是克洛诺斯的妻子，发誓这次绝对不能让克洛诺斯把宙斯吞了。宙斯刚一生下来，她就把他转移了，同时在包宙斯的包裹里放了一块石头，冒充宙斯，克洛诺斯不分青红皂白，拿过来连包带石头吞下肚子里，结果

宙斯得以逃脱厄运。宙斯就在另外一个隐蔽的地方被抚养大，长大了他当然要报仇，他要推翻克洛诺斯，自己做王。最后他和他的母亲盖亚，还有他的兄弟姐妹，联手用盖亚事先准备好的弯刀把克洛诺斯杀死了。杀害的场面很惨、很残忍。宙斯等把他父亲克洛诺斯的生殖器割掉了，然后把他的肢体从天上扔下人间。这样的古希腊神话传说是很恐怖的；而这样的故事在西方世界几乎是家喻户晓，西方人从小就听说过这些故事，在这样的故事熏陶中长大。中国人听到了，觉得这样的故事怎么能在大庭广众中讲呢？即使要讲，也应该讲得隐晦一点。但是西方人却不厌其烦地讲，并且在后来大书特书，产生了许多相关的经典作品。

宙斯自己的遭遇并没有使他改变骨肉相残的传统。他虽然没有吃掉自己的儿子狄奥尼索斯，但也试图毁灭他。

另一个可以说明古希腊先祖提坦神家族的相残、相吃传统的典型神话传说是坦塔罗斯的盛宴。坦塔罗斯首先是在诸神那儿吃宴会，吃完了以后觉得应该回请诸神。他的做法是把他自己的儿子珀罗普斯切成碎片，煮熟了请诸神吃。

煮吃孩子这样的事情，后来的西方文学当中也经常有描写。例如莎士比亚的第一个剧本《泰特斯·安德洛尼克斯》里面就写到如何把孩子磨成面、做成饼让人吃。据说看那个剧的时候，有的女观众当场晕倒在地。莎士比亚本人想必对此还很得意，因为观众的晕倒验证了他的戏剧艺术效果。西方人往往强调艺术效果就是让你感到惊讶，不一定是让你感到美。对他们来说，艺术不一定是要让你感到心里面特别舒坦，而是要让你感觉很怪诞、很惊奇、很恐怖，或很刺激。西方现代的艺术家也往往有这样的心态，就连他们的哲学家也有这样的心态，所以有的西方哲学家认为哲学起源于惊奇。这里面传输的精神，跟传统中国的文化精神是很不一样的。传统中国人追求的是善，是美，不鼓励追求纯粹的惊奇感、刺激感，而鼓励追求一种具有道德寓意的效果；通过艺术，让人的品格尽可能高尚——当然，那是不同时代的人们认同的高尚。煮吃自己的孩子的事情也发生在古希腊先祖阿特柔斯的身上。阿特柔斯把提厄斯特斯的儿子弄死了，也是切碎了，然后请提厄斯特斯来吃自己的儿子。这样的现象在中国读者看来真的是惨不忍睹。

从这样的神话传说中，我们不得不得出一个结论：古希腊的先祖很可能有相吃相残的历史。不排斥这样的记载有编造的成分，但也不排斥这些记载有一定的实实在在发生的事情梗概作为原型，只不过后来披上了神话的外衣而已。

7.1.1.1.3　古希腊先祖提坦神家族的乱伦历史传统

乱伦现象几乎在任何一个民族的远古期都能找到，那么为什么要单单提到古希腊神话中的乱伦现象？

辉煌的古希腊神话和史诗中一个特别显眼的负面文化现象，就是其中记载的赤裸裸的乱伦历史传统。

何谓乱伦？父女、母子、兄妹或姐弟之间发生性关系。这种现象在古希腊神话中相当常见。例如乌拉诺斯（Ούρανός）是盖亚（Γαῖα）的儿子，同时又是盖亚的丈夫，也就是说，盖亚是他的母亲，又是他的妻子。瑞亚（Ρέα）是克洛诺斯（Χρόνος）的妹妹，又是克洛诺斯的妻子，兄妹通婚。宙斯的妻子赫拉是宙斯的亲姐姐。最典型的是我们前面提到的俄诺马俄斯（Οινόμαος），他杀死了13个求婚者，目的无非是要长期霸占住他自己的女儿。

如前所述，这样的例子不只发生在古希腊。如果我们追踪每一个民族的远古时期，就会发现其实每个民族都有这种现象。在原始社会里面，所有的男女不分父女母子，都可以随时结合，差不多各个民族都有这样的历史。但关键区别是：对于人类本身来说，有的行为虽然迫于某种历史状况发生了，后代人却不宜广为宣传，尤其不宜以文字的形式流传下来，长期影响后代。而在古希腊的文献当中，古希腊人以神话、传说、戏曲、诗歌等形式，把这些乱伦现象固化下来，并加以渲染，使之作为一种常识注入西方文化当中，问题就严重了。古希腊神话史诗越是宏大，这个负面现象就越引人注目。用一位古希腊学者卡里马科斯的话来说，这叫 Μέγα βιβλίον, μέγα κακόν（书越大，弊越大）①。在其

---

① Μέγα βιβλίον μέγα κακόν. Καλλίμαχος, 310-240 π.Χ., Αλεξανδρινός ποιητής & Επιγραμματοποιός.

他民族的神话当中，乱伦的情况虽然也有，但总是用很隐晦的字眼表述，并非像在古希腊神话中这样得到强有力地鲜明系统的表现。从赫西俄德（Ησίοδος）的《神谱》(Θεογονία)，到荷马史诗，到古希腊悲喜剧，包括俄底浦斯杀父娶母这样的情节，可以说在西方世界家喻户晓。它们没有被巧妙地遮盖起来，而是成为西方人知识系统中的有机组成部分，这样就势必产生巨大的文化后果，产生巨大的乱伦暗示效应。中国也有类似现象，但是中国人从小受的教育文献中不强调这些，让你不容易感觉到。它们没有构成普通中国人的常识。中国人把这类东西遮盖起来，用很隐晦的话来叙述类似现象，一般人不容易看出来，因此大大淡化了它们的负面影响。比如说《周礼·地官》中说："仲春之月，令合男女，于是时也，奔者不禁。若无故而不用令者，罚之。"这就是说，政府在每年的二月份鼓励男女野合、自由婚配，不受平时规定的礼的约束。如果有的男女不参与这样的活动，还要受罚。当时的政府也许是为了繁殖人口或解决剩男剩女问题才这样规定。但这样的行为与乱伦行为是很相近的。这样的文献叙述十分简要且比较含混。所谓"奔者"，就是男女私奔相合的意思，但是普通读者不容易立刻就想到这一层，因为语言叙述简略含混。而西方文献则不是这样，它们在记述这样的事情时，往往很清楚、明晰，毫不含混，就像大街上竖立了一个裸体塑像那么一目了然，因此起到的宣传作用是直截了当的。许多首次听到西方神话中这种现象的中国读者往往目瞪口呆。中国人知道，有些知识是不必张扬的，最好用隐晦的语言。总是和毒打交道的人中毒的可能性更大。过多谈论邪恶的人，会不知不觉地染上邪恶。这个原理在佛陀的八正道里得到了充分运用。佛陀主张八正道，正面的暗示优于负面暗示。对于这个原理，当代一些西方学者也进行过相当系统的阐述。

客观性不一定总是好的，有时会有很坏的结果。古希腊神话的这种文化后果产生了巨大的乱伦的暗示效应，暗示后面的人，如果前一辈的人可以这样，后一辈的人又何妨这样呢？在中国文化当中，当然也存在类似的乱伦现象，但是最关键的区别是：这样的乱伦文化效应得到了有效的抑制，没有构成普通中国人的常识。这对于中国文化来说非常重要。也许有人会说，乱伦现象是一种客观现象,就像真理一样,即使它是邪恶的,也有必要被公布,无需刻意加以隐瞒。恰恰相反,不是每一种真理都应该被追求,被张扬。有不少知识或真理其实应该被合理地掩盖起来,遮蔽起来。人类既然从低等动物类中升华了,那他就应该有人的尊严,不能还把以前不是人的时候的东西拿出来展示,这样做的后果是容易使后代人产生巨大的心理矛盾,有些精神分裂症就是从这种状态里产生的。

7.1.1.2 从古希腊神话看西方文化的一些基本特征

从古希腊神话,我们可以抽象概括出西方文化、尤其是西方古代文化的某些典型的文化特征:(1)崇尚勇敢、竞争精神及由之而来的尚武精神;(2)崇尚智慧;(3)纵容利己性,甚至在某些情况下容忍乱伦行为;(4)崇尚正义;(5)张扬个性自由。

如果这几点总结是对的,那我们就可以说,以古希腊罗马文化为基础的传统西方文化的主要精神架构其实就立于这个基础之上。许多西方学者都承认并宣传说,西方文化的主要来源是古希腊罗马文化。古希腊神话构成了古希腊文化中最原始、最基本的因素,从而成为传统西方文化中颇为关键的因素,因为古希腊神话中的这些因素是和古希腊哲学、文学、艺术、伦理等许多层面相贯通的,构成一种西方文化主体精神。这个传统的基本轮廓甚至在今天看来都还有痕迹可察,因为西方文化难以摆脱自身的文化逻辑。

7.1.2 从中国神话看其显示的基本文化特征

同样的道理,从中国神话传说里,我们也可以抽象概括出中国文化、尤其是中国古代文化的某些典型的文化特征。要作出这种抽象概括,我们先来简单审视一些典型的中国神话。

7.1.2.1 中国神话举例

（1）精卫填海。《山海经·北山经》："又北二百里，曰发鸠之山，其上多柘木。有鸟焉，其状如乌；文首、白喙、赤足，名曰精卫，其名自詨。是炎帝之少女，名曰女娃，女娃游于东海，溺而不返，故为精卫。常衔西山之木石，以堙于东海。"这个神话传说大意是说炎帝的女儿有一次到东海游玩，海上忽然起了风涛，她不幸被淹死在海里。死后她的灵魂化作了一只鸟，形状像乌鸦，头上有花纹，嘴白而脚红，名叫"精卫"，住在北方的发鸠山上。她悲恨年轻的生命被无情的海涛吞没，因此常常口含西山的小石子、小树枝，投到东海里去，要想把大海填平。

（2）夸父逐日。《山海经·海外北经》："夸父与日逐走，入日，渴，欲得饮。饮于河、渭，河、渭不足；北饮大泽，未至，道渴而死。弃其杖，化为邓（桃）林。"大意是说，夸父追赶太阳，追至太阳身边，因炎热而口渴，喝干了江河仍嫌不足，于是欲饮大湖之水，未等喝到，不幸渴死。手杖弃于路边，竟然长成一片桃林。

（3）女娲补天。《淮南子·览冥篇》："往古之时，四极废，九州裂，天不兼覆，地不周载；火爁焱而不灭，水浩洋而不息；猛兽食颛民，鸷鸟攫老弱。于是女娲炼五色石以补苍天，断鳌足以立四极，杀黑龙以济冀州，积芦灰以止淫水。苍天补，四极正；淫水涸，冀州平；狡虫死，颛民生；背方州，抱圆天。"这个故事的大意是：在洪荒时代，水神共工和火神祝融因故吵架而大打出手，最后祝融打败了共工，水神共工因打输而羞愤地朝西方的不周山撞去，哪知那不周山是撑天的柱子，不周山崩裂了，支撑天地之间的大柱折断了，天倒下了半边，出现了一个大窟窿，地也陷成一道道大裂纹，山林烧起了大火，洪水从地底下喷涌出来，龙蛇猛兽也出来吞食人民。人类面临着空前大灾难。女娲目睹人类遭此奇祸，感到无比痛苦，于是决心补天，以终止这场灾难。她选用各种各样的五色石子，架起火将它们熔化成浆，用这种石浆将残缺的天窟窿填好，随后又斩下一只大龟的四脚，当作四根柱子把倒塌的半边天支起来。

女娲还擒杀了残害人民的黑龙,刹住了龙蛇的嚣张气焰。最后为了堵住洪水不再漫流,女娲还收集了大量芦草,把它们烧成灰,堵塞向四处铺开的洪流。经过女娲一番辛劳整治,苍天总算补上了,地填平了,水止住了,龙蛇猛兽敛迹了,人民又重新过着安乐的生活。但是这场特大的灾祸毕竟留下了痕迹。从此天还是有些向西北倾斜,因此太阳、月亮和众多星辰都很自然地归向西方;又因为地向东南倾斜,所以一切江河都往那里汇流。当天空出现彩虹的时候,就是我们伟大的女娲的补天神石的彩光。

(5)后羿射日。传说后羿和嫦娥都是尧时代的人。那时,十个太阳同时出现在天空,酷热无比。怪禽猛兽也都从干涸的江湖和火焰似的森林里跑出来,残害人民。天帝帝俊命令善于射箭的后羿下到人间,协助尧消除人民的苦难。后羿带着天帝所赐红弓白箭,顷刻间将十个太阳射去九个。不管那时是不是真有十个太阳,但射日这个想法本身还是挺有创意的。十个太阳射下来九个,这是非常美丽的一个故事,一个神话。

7.1.2.2 中国神话显示的基本文化特征

上面只是提到了几个比较典型的中国神话,从中可以抽象出一些中国文化的基本特征:(1)救世精神(女娲补天);(2)现实主义精神,实用精神(后羿射日);(3)坚忍不拔的精神(夸父逐日、精卫填海);(4)利他主义精神;(5)仁爱精神。

相比而言,中国神话中的神几乎都是正面的,很少有古希腊神话中的神那样的性格缺陷。

像普罗米修斯一样大公无私的神西方也有,但是数量实在是太少了。即便是普罗米修斯,他的舍身为人可能也是有条件的,假如人类不是他造的,[①]他还会那么不遗余力地为人类着想么?此外,普罗米修斯造人的时候,特别注意到人的恶行。据说他把两个袋子挂在人的身上,一个是用来装别人的恶行,一

---

① 造人说见于许多神话传说。

个用来装人自己的恶行。他把那个装别人恶行的袋子挂在人的前面,把装自己恶行的袋子挂在后面,所以人总是看到别人的恶行而看不到自己的。从这里可以看到某种原罪的影子。为什么普罗米修斯造人时不让人同时看到别人的善呢?神话是时代风气和道德价值观的投射,这在一定程度上反映了古希腊人更多地强调人的恶的本性。

  古希腊神话中大量的神显得自私、奸诈或者脾气倔强、怪诞、反复无常。宙斯有赫拉做妻子,但他还喜欢偷情。看见比较漂亮的姑娘,他就会不择手段地追求,不是变一只鸟,就是变一头牛之类的动物去接近她们,总之非要达成自己的目的不可。赫拉则是一个妒妇,老是坏宙斯的好事。一旦她发现了宙斯的隐私,不是把他的情人给弄死,就是采取什么办法使她变成什么别的动物。神与神之间都这样钩心斗角,尔虞我诈,真让人感觉到这个大千世界没有希望了。西方世界神的邪恶实际上是人的世界中人的邪恶的反映。不过后来,西方人从东方借了一个神去统治西方世界,这就是上帝,他体现在耶稣基督身上。耶稣基督所代表的正义的、善的东西要比原有的古希腊神话中的神多一些。从这个意义上来说,基督教学说的西传并最终成为西方的主流意识形态之一,这是对西方的古希腊神话传统所代表的道德价值体系的矫正与补充。如果说在古希腊神话中诸神对人类的关爱尚有诸多缺陷的话,则基督教中的耶稣为人类而献身的救赎精神确实意味着古代西方在道德价值观方面从过度的自私自利、好勇斗狠和片面的个人英雄主义逐步趋向利他利人的价值追求。可惜这种追求过度地受制于基督教以神为本而非以人为本的神学要求。后来的文艺复兴运动在一定程度上撼动了以神为本的价值观,重新张扬以人为本的价值追求,却又在若干层面上机械回归到与上述古希腊神话有血脉联系的古希腊人文精神,结果,过分重自私自利、重个人主义的传统再次甚嚣尘上,成为西方近代资本主义发展的某种精神动力。它诚然有助于生产力的极大发展,但也同时沉重地摧毁了基督教传统中的利他主义和博爱精神。从这个层面看问题,西方后来的空想社会主义、尤其是马克思的共产主义学说,代表着西方精英分子试图在上述两个极端中寻找人类社会的理想价值的伟大追求。

再换一个角度思考这个问题。如果两千多年前的西方人能够借用佛陀这样彻底的宽容、无私、慈悲、智慧的类似神一样的偶像去统治西方世界，其结果应该更好一些。这样一比较，我们可以看出，当代世界真正的希望在东方，当然也在中国传统文化中。中国传统文化中的孟子学说总是给你一种假定：人性是善的，或人性是可以变善的。这种假定极其重要，这是正面的劝善策略。劝善会促进善。当然，我们知道人性其实是善恶兼具的，在很多情况下，恶的因素甚至多于善的因素。但是在拟定一种道德教化对策的时候，我们还是应该强调正面的劝善策略，强调我们人类自身内在的善良因素，这样才会有助于善因得到加强而恶因受到抑制。从长远的观点看，这是正确的对策。而西方文化中的古希腊神话传统却往往过分注重求真倾向，从而一定程度上抑制了求善倾向，它会促使西方社会的主流知识分子过分强调人性是恶的，因此也会太多地宣传人性恶的方面。在所谓现实主义大旗的呼召下，通过种种形式，例如文学描写形式，把恶的状态描绘到极其逼真的状态。结果，扬恶就会助长恶，反倒让千千万万本来不太明白恶的年轻人学会了作恶。这种情形尤见于那些宣扬暴力的神话传说或大量小说、剧本、影视作品。而这个传统，应该说肇始于西方的神话传统。

7.2 中西文化精神的主流区别

7.2.1 文斗还是武斗，重德还是重力？

奥林匹克运动会的核心精神是什么？竞技、竞争。争的是凌驾于他人之上的技艺优越感和力量优越感。这样一种争斗，谓之武斗。另外一种争斗则是追求知识优越感或德行优越感。这样一种争斗，我谓之文斗。武斗、文斗，中西皆有。可是中西的武斗、文斗的性质却大不一样。西方的文斗主要是比文才，比写作技术。像古希腊在戏剧创作方面就有比赛，定期举行，一年或几年一次。戏剧家们围绕着比赛项目拼命地创作，动不动就写出若干个甚至上百个剧本，这是很值得赞扬的。可惜这种形式没有成为西方文化的主流，文斗性竞赛少了，竞技类武斗成为主流。现在诺贝尔文学奖也算一种文斗，但是它毕竟没有成为一个像奥林匹克运动会这样大规模的活动，所以西方传统社会实际上还是以武斗为主。

再看中国的文斗和武斗。中国也有武斗，但不以武斗为主，也有武状元、武举人，连孔子时代的六艺也包括射箭这些技能的训练、比赛。中国古人有所谓雅歌投壶，传说岳飞就和他的属下常常做这种比赛式游戏。具体游戏规则是：拿箭投到壶里面，投进则得分，可罚对方喝酒。他们不是拿箭直接把人射死，更不像罗马斗兽场那样让野兽和人做拼死搏斗。雅歌投壶这种竞技，有诗意，有很文雅的色彩在里面。此外，中国文化中还有更重要的文斗，其中最典型的是科举考试。这也是激烈的竞争，规模不小于奥林匹克运动会，全国的读书人都可以参与进去。所以中国古代的竞争是文斗为主、武斗为辅。而西方的奥运会则是以武斗为主、文斗为辅，这两种文化精神是迥然有别的。

西方这种竞技活动的目的是什么？简而言之，就是增进人的技能完善意识，改进人的生存能力。技能就是力量。

传统中国的这种竞争不是武力竞争，而是仁德和文采方面的竞争，是鼓励学而优则仕，让竞争者成为真正有益于社会的行政管理人才。这种竞争主张仁德就是力量，知识就是力量。当然这样的考试必定有某种弊端——因为天下没有一种考试没有弊端。重要的是这种通过考试遴选官员的形式十分可贵。

传统中国的文斗有重德的成分，因为考试的内容以重德的知识为主。四书五经中的内容包含的重德的成分极大，这和西方的文斗内容大不相同。英国学者培根说：凡有所学，皆成性格。传统中国的科举应试者必须倒背如流的内容非常重德，所以考生日积月累地受到这种重德文化的熏陶，不知不觉地也会成为相对重德的人。此外，应试者是否是一个符合他所处时代的德行标准的人也是科举考试的一个内容。在许多情况下，应试的考生如果受到他人（例如邻居）的告发，说该考生在德行方面有缺陷，比如在家不够孝敬父母等，那么考生往往被取消应试资格。所以，应考者本人必须非常注意自己的道德修养和言行举止。当然，这种重德也有走极端的现象。例如大诗人李贺的父亲名字叫李晋肃，"晋"和"进"同音，这就形成了家讳。李贺若考取进士，就是犯了讳。于是为了避讳，大诗人李贺就与仕途无缘了。这是一种非常荒唐的文化习俗，也是重德重得太机械、太形式化的弊端。当然这不是科举考试这种文斗形式的主流现象。总之，中国的文斗主流是重德，这是无疑的。

而重德恰恰是西方社会的文斗形式相对欠缺的因素。因此，中国的文斗和西方的文斗的某些关键区别就彰显出来了。

7.2.2　中西方神祇产生法则及中西对待强弱者的态度

西方的神是怎么产生出来的？英雄是怎么产生出来的？互相残杀，甚至父亲吃掉儿子，或儿子推翻父亲，最后建立起自己的权威。换句话说，西方的神与英雄是在弱肉强食法则下产生的。中国的英雄、神，诸如刚才说的后羿、女娲这些神和英雄，则是在利他主义精神激励下产生的。两者完全是不一样的。

西方的竞争过程奉行胜者通吃（The winner takes all）的游戏规则，或者说在西方社会，胜者通吃法则占上风。胜者通吃的意思是，只要打赢了，当了冠军，就获得一切荣耀，至于亚军、第三名、第四名，虽然往往跟冠军相差很小甚至没什么差距，但得不到什么关注。胜者为王成为西方文化的至高原则。而中国文化不同于西方，抑强扶弱的均等精神占上风，从神话里面我们可以感受到这种精神。

西方神话是西方的地理环境、气候、资源及与之相适应的整个文化链的产物，在西方文化中被看作是非常伟大的文化遗产。这里对它的负面的东西说得较多，这是比较的结果。西方神话当然也有不少正面的价值因素，例如学者往往从文学审美方面赞扬其艺术性、其题材的丰富性。它还有相对于中国神话的更强的客观性和有助于学术研究的史料性等，这都是值得我们中国文化好好吸收的。

7.3 结论

尽管中西两种文化都不同程度地兼有对方的文化特征，但是其主流特征的区别是显而易见的。通过以上分析，我们可以粗略地勾勒出传统中西文化的基本精神框架。

西方：人格化现实性特征的神话。对真理、智慧、霸悍的个性、荣誉、爱情、谨慎、技能、民主与自由精神的张扬；对竞争、利己、尚武精神的偏爱。偏爱讴歌强者。强调勇敢。求真精神。对力量的追求。

中国：理想化浪漫化的特征的神话。对救世精神、利他主义精神、实用精神、抑强扶弱精神、礼让与均等精神的张扬；对竞争的抑制，对和平的追求。同情扶持弱者。强调礼让。对德行的追求。

西方：崇尚真的神话。

中国：崇尚美的神话。

西方：善恶兼具的神话。

中国：劝善为主的神话。

西方：具有现实性的神话。

中国：具有理想性的神话。

西方：利己为主的神话。

中国：利他为主的神话。

西方：崇尚技能的神话。

中国：崇尚德行的神话。

西方：崇尚战争与力量的神话。

中国：崇尚和平与谦让的神话。

注意，这里概括出来的比较性文化特征主要是就传统中西文化而言的。就现当代中西文化而言，个别特征就不一定适用了。因为现当代中国文化过多地吸收了西方文化因素，在许多层面上有点像是西方文化的变体，与传统中国文化有了相当大的差别。这是我们在应用这些差别性特征阐释现当代中国文化时必须小心的。

第九专题　古罗马神话史诗研究

高峰枫

1　引言

　　西方史诗传统自荷马开始，神的显现和对人事的干预便构成史诗这一体裁最重要的特征。在《奥德赛》第一卷中，奥德修斯的妻子对一位正在吟唱的歌人说："你知道许多其他感人的歌曲，/歌人们用它们歌颂凡人和神明的业绩"（1.337—338），这可算作荷马史诗内部对史诗的简单定义。[①] 公元前 1 世纪的哲学家波西多尼乌斯（Posidonius）有更加明确的界定，虽然他谈论的是"诗"，但实际上讲的是史诗，"诗乃是用雕饰的言辞表达深意，表现神灵和凡人之事迹"。[②] 可以说，没有神便不成史诗，对神灵的表现乃是构成古典史诗最关键的要素之一。[③] 维吉尔的史诗《埃涅阿斯纪》（The Aeneid）也不例外。在叙述罗马人先祖、特洛伊英雄埃涅阿斯漫长的漂泊和征战过程中，罗马宗教中几位大神在全诗中随处可见，是推动情节展开、决定史诗走向的原动力。公元 4 世纪为维吉尔史诗作注疏的学者塞维乌斯（Servius）将这部史诗定为"英

　　[①] 本文引用荷马史诗的两个中译本分别是：《伊利亚特》，罗念生、王焕生译，人民文学出版社，2004 年；《奥德赛》，王焕生译，人民文学出版社，1997 年。这两个中译本的诗行序数与原诗一致，所以引用时只在引文后的括号内直接注出卷数和行数。

　　[②] D. C. Feeney, *The Gods in Epic: Poets and Critics of the Classical Tradition* (Oxford: Clarendon Press, 1991), p. 35.

　　[③] 公元 1 世纪的罗马诗人卢肯曾作《内战记》，通篇没有人格化的诸神参与，纯粹是"无神"的史诗，这在古代可算是个异数。

雄体"（heroicum），实际上就相当于我们今天所说的"史诗"。塞维乌斯写道："此诗乃英雄体，因其包含神界与人间的人物（constat ex diuinis humanique personis），既有真实也有虚构。"① 很多人甚至认为《埃涅阿斯纪》是一首纯宗教诗，因诗中描写神灵的显现、预言、神谕、异象的段落俯仰皆是。在众多庇护或阻挠埃涅阿斯的神灵当中，罗马主神朱庇特显得尤其关键。

2 维吉尔史诗中的罗马主神

在维吉尔史诗中，朱庇特出场次数不多，不及维纳斯和朱诺那样活跃，他并没有跳到前台，直接干预人事。但朱庇特每每在紧要关头出现，或预言罗马人未来辉煌的业绩，或决定关键战役的胜负，于罗马建国的成败起到至关重要的作用。集中研究朱庇特在维吉尔史诗中的形象，可使我们深入理解维吉尔的宗教观以及他创作这部伟大拉丁史诗的用意。需要说明的是，本文讨论的并非罗马宗教祭祀中的朱庇特，而是维吉尔在其史诗中所描绘的文学形象和其中蕴含的宗教思想。诗中的朱庇特当然不可能与罗马国教以及民间崇拜完全分离，但本文的着眼点在于诗人所塑造的这位主神，而非哲人或民众眼中的朱庇特。

2.1 维吉尔对荷马的修正

欲了解维吉尔史诗中的朱庇特，需先看荷马史诗、特别是《伊利亚特》中宙斯的形象。维吉尔以荷马史诗为范本，处处加以模仿，可谓将《伊利亚特》和《奥德赛》两诗熔铸于一炉。宙斯在荷马笔下是专横、霸道的暴君，丝毫不考虑其他神灵的意愿和利益，可谓一独裁君主。宙斯一发话，奥林匹斯诸神便

---

① 本文中凡引维吉尔诗歌古代笺注，一律出自以下这个版本：*Servii Grammatici qui Feruntur in Vergilii Carmina Commentarii* ed. George Thilo and Hermann Hagen, Leipzig, 1881-1902. 这个三卷本中，第一卷和第二卷是《埃涅阿斯纪》的注释。以下引证 Servius，依照惯例，只注出他所注维吉尔诗行的卷数和行数。

恐惧战栗，唯恐这位暴君的怒火降到自己头上。在《伊利亚特》卷八开篇，宙斯警告诸神，禁止他们帮助特洛伊战争中任何一方，否则他会将犯禁的神灵抛入幽暗的冥间。同时他还炫耀自己无与伦比的神力，称若从天上垂下一条金索，哪怕所有神灵齐聚金索一端，集众神之力也无法将他从天庭拖曳下来。而他自己只要轻轻扯动金索，不费吹灰之力，便可将众神吊在天穹中央（8.16—27）。这里的宙斯仿佛一介武夫，只懂得依仗强权和蛮力，逼迫所有人就范。而一旦其他神祇与他为敌，或者违抗禁令，他便毫不留情地予以惩治，手段非常残忍。在《伊利亚特》卷一，火神想及宙斯昔日的淫威，犹心有余悸。他对母亲赫拉说，当奥林匹斯诸神反抗宙斯之时，宙斯曾抓住他双脚扔出天门，他头朝下一直从高空跌落到地面，几乎丧命（1.586—594）。即使对自己的妻子天后赫拉，宙斯也不留情面。当宙斯发觉赫拉对自己所护佑的特洛伊英雄赫克托尔不利时，他威胁要像上次一样，将铁砧挂在赫拉脚上，用挣不断的金链捆束她双手，吊在半空。当时众神在一旁观看，敢怒不敢言，生怕殃及自己（15.18—24）。

荷马史诗中的宙斯不仅暴虐，而且沉湎于男女之事，不可自拔。在《伊利亚特》卷十四，宙斯对赫拉总结了自己的风流史，历数了六位曾与自己有私情的女神或人间女子，还提及处处留情之后所生的子嗣（14.317—327）。而这一卷中，仙后赫拉正是利用宙斯好色的弱点，以美色制服了自己的丈夫。由于希腊第一勇士阿喀琉斯罢战，特洛伊主将赫克托尔便长驱直入，几乎攻陷希腊大营。偏袒希腊一方的赫拉看到战事危急，心急如焚，但又不敢公然违抗宙斯不许诸神参战的禁令，只好设下美人计。她深知宙斯无法抗拒情欲，于是打扮得光彩动人。宙斯一见便欲火攻心，迫不及待要与妻子行云雨之事。结果交欢之后，在睡神的暗中帮助下，赫拉怀抱宙斯昏昏睡去。宙斯既被"催眠"，海神波赛冬便放开手脚，帮助希腊人抵御赫克托尔的进攻（14.153—355）。

荷马史诗作于"英雄时代"，自然不会受后世道德观念的约束，在史诗成形的时代，也不会有道学家来指摘诗人对神祇这一类不敬的描写。但当史诗传统式微，便有前苏格拉底派哲人（Pre-Socratics）兴起，他们不再停留在神话世界中，而转而探寻天地万物的本体或本然。哲人对于传统的神灵进行更加深入的哲学探究，在道德上对奥林匹斯诸神也有更严苛的要求，如此一来，史诗世界中六根不净的希腊诸神便开始受到严厉的批评和审判。在这些前苏格拉底派哲人中，以塞诺芬尼（Xenophanes，公元前6世纪）对荷马史诗的攻击最为犀利。在保存下来的残篇断简中，塞诺芬尼批判了传统宗教的神人相似论（anthropomorphism），尤其对荷马史诗中诸神许多有悖人间伦理道德的描写极度愤慨。例如在残篇11中，他便直言："荷马与赫西俄德将所有凡人都不齿之事归于神灵，比如偷窃、通奸和相互欺骗。"塞诺芬尼自己对于宗教和神灵有独特的看法，完全是绝对的一神论。在他看来，天地之间的确有独一无二、至尊无上的真神，凌驾于一切神灵和人类之上，其形体和思想与世间的凡人绝无丝毫的相似，而且这位大神绝不四处游走，而是永恒不动，仅凭借自己的心意支配一切。[1] 苏格拉底对荷马史诗中的诸神也有类似的批评。在柏拉图早期对话《游叙弗伦》（*Euthyphro*）中，苏格拉底便质疑诸神是否如史诗中所描写的那样结怨、争斗。[2] 到了柏拉图，对荷马史诗的批判便更加无情。在大家所熟知的《理想国》卷二和卷三中，柏拉图借苏格拉底之口，以为诗中对诸神的描写均是谎言，因为神只产生善，不会产生恶，荷马将人类所有弱点赋予神，乃是对神的诋毁，乃是大不敬。因此柏拉图主张删诗，删掉史诗中所有对神不敬的描写。[3]

以上只是非常简略地勾勒了古希腊哲人对荷马史诗中"神学"观点的批判。这些意见对一般民众不会产生实质影响，但对于研习过哲学的知识阶层却是必做的功课。在保留至今的《维吉尔传略》中，只提到维吉尔曾学习伊壁鸠鲁派哲学，但我们可以推断，以塞诺芬尼、柏拉图为代表的理性精神和道德主

---

[1] 见残篇23，25，26。参见 *The Presocratic Philosophers* ed. by G. S. Kirk and J. E. Raven (Cambridge: Cambridge University Press, 1969), pp. 168–169。

[2] *Euthyphro* 6b—c，中译文见《游叙弗伦、苏格拉底的申辩、克力同》，严群译，商务印书馆，2000年，第18页。本篇对话中的苏格拉底一般认为比较接近历史上的苏格拉底原型。

[3] 诸神只为善、不作恶，见《理想国》卷二 379a—c，380c，及卷三 390e。删诗的主张见卷三 386a—388e。

义，在维吉尔时代的知识界已成为一种公共知识。而且在公元前1世纪，当时罗马上层阶级对民众宗教中的迷信普遍持怀疑态度，也不信文学中对神灵夸饰的描写。这一历史时期的代表人物如恺撒和西塞罗，或者把宗教当作政治宣传的手段，或者委婉地提出理性主义的主张，都对史诗和神话中的神敬而远之。①

这种宗教批判精神也体现在荷马史诗的古代笺注中。罗马民族本无自己的文学传统，拉丁文学肇始于公元前3世纪希腊文学的引入。相传希腊人安德罗尼库斯（Andronicus）为罗马人俘获，遂成为家中的保傅，以荷马史诗《奥德赛》授学童，并译为拉丁文。从此希腊文学便长驱直入，对拉丁文学造成决定性影响。可以说，没有希腊文学的引入，拉丁文学便无法形成。罗马人吸收希腊文学，并不单一地依靠阅读荷马史诗文本本身。英籍学者费尼有言，拉丁文学从一开始，便既要面对希腊文学，又要面对随后产生的注释。②因为对史诗中词语的训诂、对典故的解释、对著名段落的文学分析、特别是对诗中败笔的指摘，已然形成一整套注疏体系，成为荷马史诗的读者无法绕过的批评传统。

具体谈到维吉尔，他虽然熟习荷马史诗，但也绝非单纯面对史诗文本本身，他还需面对公元前3世纪之后产生的荷马史诗笺注。维吉尔不是与荷马史诗直接对话、直接交流，不是在一个文化真空之中仅凭一己之才智模仿荷马，而必须通过古代注疏这一中介，必须参校古代注家的评论和意见，方能全面吸收、消化、容纳、处理荷马的遗产。尤其古代注家对荷马史诗中一些"失误"和"败笔"均有论断，包括情节前后矛盾、不合逻辑、特别是对诸神一些"不敬"的描写，这些均有古代注家一一指出。因此维吉尔对注家所指摘的缺陷必定十分留意，在模仿荷马时，参详各家意见，凡荷马被诟病的地方，自己在模仿的时候，便格外小心，以免重蹈希腊文学前辈的"失误"。比如，在《伊利

---

① Arnaldo Momigliano, "The Theological Efforts of the Roman Upper Classes in the First Century B. C.", in *On Pagans, Jews, and Christians* (Middletown: Wesleyan University Press, 1987), pp. 58–73.

② D. C. Feeney, *Literature and Religion at Rome* (Cambridge: Cambridge University Press, 1998), p. 53.

亚特》卷五中，雅典娜跳上希腊勇士狄俄墨得斯的战车，战车橡木的车轴因不堪女神和希腊英雄两人的重量而大声作响（5.837—839）。后世注家对这两行提出批评，认为不甚妥当，因雅典娜不当这般体态臃肿。维吉尔在其史诗第十二卷（468行以下）也描写一位女神跃上战车。他处理相同场景，在改编荷马史诗相应段落时，便删去了为注家所指摘的这两行。①

《马太福音》中有名言："一仆不能事二主"。维吉尔在创作自己的史诗时，却要小心翼翼地侍奉两位"主人"。他既要模仿荷马史诗的主题、结构、辞藻，又必须处处留意古代注家的批评意见。这是因为古代文本和注释已浑然一体，不可分割，都是同一文学传统的有机组成部分。② 我们通常以为对原典的注释不过是经典文本的附庸，是依附于原典、由原典派生出的、非原创的解释工作，其作用不过是帮助后世读者疏通文句、解说典故。注家撷拾故事，炫耀博学，似乎仅仅是注释疑难词句，将原文晦涩处表明之。但我们往往忽略注释传统自有其"建设性"的一面。笺注看似对古文本的解说，但后代人总要以新的标准来对古文本做出裁断，我们可从中看出后代注家与前代作者之间的争竞。同时，注家所标举出的新标准和新信条，又为新一代的作家制定了规范。因此笺注传统对后世文学创作便可施加决定性的影响，便可规约、钳制、校正后世作者的文学创作。

维吉尔既熟悉希腊哲人对荷马史诗的批判，也熟悉注疏传统对荷马的指责，这些因素都影响了他对史诗中神灵的处理。比如，他笔下的罗马诸神已然高度"道德化"，不再如《伊利亚特》中希腊诸神那样充满七情六欲，甚至在战场上兵戎相见。③ 在很多关涉神的段落，维吉尔都对荷马史诗中的样板悄悄做了修正。

---

① Robin R. Schlunk, *The Homeric Scholia and the Aeneid* (Ann Arbor: The University of Michigan Press, 1974), pp. 22-23.
② Ibid, p. 107.
③ Pierre Boyancé, *La religion de Virgile* (Paris: Presses Universitaires de France, 1963), pp. 26-29.

2.2 朱庇特的平和与威仪

维吉尔笔下的罗马主神朱庇特便是一个很好的例子。相较于宙斯，维吉尔诗中的朱庇特带有罗马人典型的威严和持重（gravitas），宙斯的斑斑劣迹丝毫没有移植到朱庇特身上。《埃涅阿斯纪》卷一开篇不久，埃涅阿斯率流亡的特洛伊人在海上航行。朱庇特的妻子朱诺（Juno）一向对特洛伊人充满仇恨，她唆使风神在海上掀起狂风巨浪，结果特洛伊船只或触礁搁浅或沉入海底。埃涅阿斯死里逃生，率残部在北非海岸登陆，只剩七艘船只。就在特洛伊人的流亡生涯陷入低谷之际，维吉尔设计了朱庇特的出场：

> ……朱庇特于高天之上，
> 俯瞰风帆点缀的大海、广袤的陆地，俯瞰海岸和地上芸芸众生，
> 他伫立于苍穹之巅，注视利比亚。（1.223—226）
> (... cum Iuppiter aethere summo
> despiciens mare ueliuolum terrasque iacentis
> litoraque et latos populos, sic uertice caeli
> constitit et Libyae defixit lumina regnis.)[①]

朱庇特一出场，便显现出君临天下的气度。他居高临下，俯察人间，就像享有无上权威的君王在巡视自己的领地。维吉尔用"注视"二字，原文作 defixit lumina，意思是将目光凝聚、注目观看，这表现了朱庇特对人事的密切关注。但与荷马笔下的宙斯不同，朱庇特带给人的不是恐惧，而是敬畏；他的威严不

---

① 维吉尔史诗的原文采用牛津本：*P. Vergili Maronis Opera* ed. by R. A. B. Mynors (Oxford: Oxford University Press, 1969)。以下引诗只在括号内注出卷数和行数。中译文由本文作者自原文译出，一些用词参考了杨周翰的散文体译本《埃涅阿斯纪》，译林出版社，1999 年。诗中的利比亚指北非一古国，古代迦太基国即建立于此。

出自他的专横和暴虐，而来自他的威仪和王者风范。

朱庇特出场之后，也如《伊利亚特》卷一中的宙斯一样，接受一位女神的哭诉和哀告。埃涅阿斯之母维纳斯涕泗涟涟，哭诉自己儿子所遭受的不公和不幸，祈求朱庇特的帮助和干预。维吉尔描写朱庇特的反应颇具代表性："人类与众神之父颔首微笑，／笑容驱散风暴，令天空一片澄明"（1.254—255）。原文中只用一个动词 serenat（可对比英文词 serene 和 serenity）便已涵盖驱散乌云、碧空如洗的意思，而德国学者珀施尔借题发挥，指出朱庇特最突出的特点实际上可概括为 serenitas。这个词很难用一个中文词翻译，它可以指晴朗无云的天空，也可以指神闲气定、雍容、安详和宁静这样的人格气象。在描写了海上的惊涛骇浪、特洛伊人的无助和绝望、女神的焦虑和哀告之后，维吉尔安排仁慈、安详的朱庇特现身，将秩序和安宁重新带给人间，将抚慰和希望带给维纳斯。无怪珀施尔做出如下总结："与其他诸神相比，朱庇特不仅代表更高的权能，还体现出更超绝的一种存在。宙斯比其他神灵更强悍，而朱庇特则更崇高。"[1]

朱庇特虽是神界和人间的最高主宰，但从不凭借神威对他人颐指气使。《埃涅阿斯纪》卷十中有著名的"诸神议事"一段，模仿的是《伊利亚特》中多次出现的诸神集会。朱庇特虽有无上权威，但在维吉尔诗中并不显得专断，绝不是一位不容异见、唯我独尊的暴君。他听取朱诺和维纳斯针锋相对的意见之后，方做出最后的决定，更像一位主持议会、倾听不同意见的政治领袖。[2]他为罗马人设计的未来不容更改，但他从不以胁迫的方式将个人意旨强加于诸神之上。他不仅全知、万能，而且公正、超然（impartial），不复是一位只谋求一己私利的大神。[3]在荷马笔下，宙斯对特洛伊人的偏袒纯然是因为个人的

---

[1] Victor Pöschl, *The Art of Vergil: Image and Symbol in the Aeneid*, trans. by Gerda Seligson (Ann Arbor: The University of Michigan Press, 1962), p. 17; p. 177, note 7.

[2] 在荷马两部史诗中，宙斯的形象不尽相同。在《奥德赛》中，宙斯已经比《伊利亚特》中的表现显得宽和"民主"很多。参见 W. A. Camps, *An Introduction to Homer* (Oxford: Clarendon Press, 1980), p. 24。

[3] D. C. Feeney, *The Gods in Epic* (Oxford: Clarendon Press, 1990), p. 154.

好恶，而在维吉尔诗中，朱庇特身上剔除了个人的私欲，他在很大程度上代表了历史必然性和天命①（详细的讨论见下一节）。美国学者海特研究了《埃涅阿斯纪》中朱庇特所有的对白，他得出结论："维吉尔笔下的朱庇特与《伊利亚特》中的宙斯相比，没有叫嚣和威吓，而是充满威严。……他不用强力来恐吓。他只要发号施令，诸神便听命于他。"②

朱庇特的超然还体现在另一方面。他既是高高在上的主神，诸多琐事便不再亲力亲为，只派遣手下或次一等的神祇去完成特定的使命。比如在卷四，朱庇特看到埃涅阿斯坠入情网，为了狄多女王而忘记自己肩负的使命，于是便遣神使墨丘利（Mercury）下凡，警告埃涅阿斯。朱庇特居于上界，虽规划、制定历史的进程，但又体现出其尊贵和庄严，不必自己完成琐事。他既预定罗马人的锦绣前程，又与人间保持距离，此乃其超然或超越性的另一种体现。

2.3 朱庇特与"命运"③

《埃涅阿斯纪》全诗充满有关罗马未来的预言，这正如音乐中的母题一样，在诗中各处、通过各种人物之口重复出现。这些预言有的是对前景简要的勾勒（比如卷三中有多处），只有三两行诗句；有的是全景式的详细描绘，囊括从罗马建国到奥古斯都统治一千年之间的重要事件（见卷一和卷六）。这些预言或繁或简，时隐时现，贯穿全诗，构成整部史诗情节发展的最终推动力。但是，全诗当中由朱庇特亲口道出的预言，计有两次，均出现在情节关键之处。一次

---

① W. A. Camps, *An Introduction to Virgil's Aeneid* (Oxford: Oxford University Press, 1969), p. 46.

② Gilbert Highet, *The Speeches in Vergil's Aeneid* (Princeton: Princeton University Press, 1972), pp. 259-260.

③ 西方学者关于此问题的讨论甚多，有些讨论无甚新意。这里仅列出部分比较重要的文献：John MacInnes, "The Concept of *Fata* in the Aeneid", *The Classical Review*, 24 (1910), pp. 169-174; Louise E. Matthaei, "The Fates, the Gods and the Freedom of Man's Will in the Aeneid", *Classical Quarterly*, 11 (1917), pp. 11-26; Pierre Boyancé, *La religion du Virgile* (Paris, Presses Universitaires de France, 1963), pp. 39-57; H. L. Tracy, "Fata Deum and the Action of the Aeneid", *Greece and Rome*, 2nd Series, Vol. 11 (1964), pp. 188-195; C. H. Wilson, "Jupiter and the Fates in the Aeneid", *The Classical Quarterly*, New Series, 29 (1979), pp. 361-371。

在卷一，他以宏伟的气魄勾勒了罗马的远景，为全诗定下基调。另一次在卷十二，临近全诗尾声，朱庇特迫使与特洛伊人为敌的女神朱诺达成和解，并再次重申罗马建国、一统天下的预言。两番宏论分别出现在史诗首卷和末卷，奠定了全诗的主旨和走势。虽然诗中主人公历经艰险和诱惑，走了很多弯路，但朱庇特庄严的神谕有如守护神一般，维护着历史进程朝着命定的方向发展。维吉尔时代的读者身处罗马盛世，站在历史的终端，发现国家强盛乃出自神意的安排，自然不免欢喜踊跃，爱国之情油然而生。

朱庇特在卷一面对哀求的维纳斯，庄重地宣告埃涅阿斯的子孙将创建一宏伟的帝国："我为他们立下广阔无垠的疆界，/我已赋予他们永恒的权柄"（1.278—279），仿佛罗马人的命运是自己一手奠定的。但通观全诗，我们还发现"命运"这一观念被屡屡道及，此观念与罗马诸神一样在全诗各处闪现。查《维吉尔索引》一书，"命运"（fatum）一词单复数、包括各种变格在诗中一共出现将近140处，其中单数 fatum（包括各种格）约13处，复数 fata 约121处，派生出的形容词 fatalis 约6处。[1]fatum 一词来自动词 for，意思是"说"，fatum 是其完成时被动分词，意为"所说"，这是"命运"一词在拉丁文中特有的含义。4世纪维吉尔的注释者塞维乌斯解释"命运"一词，就说是"神之所言"（quae dii loquuntur, 2.54），他将命运直接等同于神的筹划和安排。其实"命运"这个词在《埃涅阿斯纪》一诗中含义十分丰富，维吉尔每次使用并不都指预先已决定、不可更改的历史趋向。西方学者讨论《埃涅阿斯纪》诗中"命运"的词义时，有各种各样的辨析和分类，可惜大多比较任意和凌乱。[2]比较清楚的是英国古典学者贝里在《维吉尔中的宗教》一书中的说法。[3]fatum可以指个人的遭际和命运，指某个人物所遭受的磨难、所面临的困境。比如史

---

[1] H. H. Warwick, *A Vergil Concordance* (Minneapplis: University of Minnesota Press, 1975). 这本书国内一时找不到，这一条资料由在美国留学的刘淳同学代查，在此表示感谢。

[2] John MacInnes, "The Concept of Fata in the Aeneid", *The Classical Review*, 24 (2009), p. 24; Marcia L. Colish, *The Stoic Tradition from Antiquity to the Early Middle Ages*, Vol. I. Stoicism in Classical Latin Literature (Leiden: Brill, 1985); 2nd edn (Leiden: E. J. Brill, 1990), pp. 231–245.

[3] Cyril Bailey, *Religion in Virgil* (Oxford: Clarendon Press, 1935), pp. 204–240.

诗主人公埃涅阿斯遭受国破家亡之灾，又饱受颠沛流离之苦，又比如狄多女王深陷情网、最终自杀的悲剧，都可以被归入各自的"命运"。同时，"命运"一词还可以指"国运"，也就是一国或一民族的兴盛和衰亡，比如特洛伊城的覆灭。在此意义上，不同人物、不同民族的命运可以彼此冲突，而诸神可凭借神力阻碍甚至推延命运的实现。史诗中，女神朱诺或在海上掀起风暴，企图使流亡的埃涅阿斯葬身海底（卷一），或极力促成狄多女王与埃涅阿斯相爱，使未来罗马人的先祖沉湎于情欲中，忘记自己的使命（卷四），或煽动意大利本土的军队与外来的特洛伊人征战，不让特洛伊人顺利建国（卷七）。总之，她设置层层障碍，阻挠特洛伊人抵达命运安排的目的地。在第七卷中，她表达了不惜一切与特洛伊人为敌的决心："纵不能左右天上众神，我将驱策阴间群鬼。"（7.312）[①] 朱诺虽知道自己无法从根本上改变命运，但仍然以为自己能够拖长（trahere）、延缓（moras addere）最后时刻的到来（7.315）。在史诗中，似乎还存在一种高于个人意愿、超越神灵掌握的更高"命运"。这种命运不以人格神的形式出现，也不主动显露其内容，但它在冥冥之中控制天地间万事万物的进程。它凌驾于诸神之上，朱诺在卷一开篇即已明言，此"命运"不容她逞一己之志（quippe vetor fatis, 1.39）。这样一种命运大约可称为"天命"或者"天道"，因为它不关乎一人、一家、一国的荣辱兴衰，而是代表宇宙间的道德倾向和总体安排。

我们不免会问：罗马主神朱庇特与"命运"这一观念有何关联？在维吉尔诗中，到底是谁最终决定了罗马的历史进程？到底是谁预先规划了拉丁民族的未来？是神话世界中人格化的主神朱庇特，还是不具人格特征、昭昭灵灵、于冥冥之中左右一切的"命运"？进而言之，所谓"命运"是朱庇特的意念和律令，抑或朱庇特不过是命运的代言人？朱庇特是命运的缔造者，抑或他自己也无法抗拒命运最终的安排？

自古代注家开始，便有一种意见，以为此种"天命"归根结底，就是朱庇

[①] 弗洛伊德出版《梦的解析》，即以此句置于扉页上，颇有深意。

特的意志。塞维乌斯在注释《埃涅阿斯纪》1.229 时,便说"天命"即是朱庇特的意愿(voluntas Iovis)。但是朱庇特在卷一中的预言似乎存在一些"漏洞",使得后人对他与"命运"的关系有很多猜测。当维纳斯向朱庇特哭诉,为埃涅阿斯未来的命运忧虑之时,朱庇特宽慰维纳斯,说道:

> 你子孙的命运(fata)依旧,不曾改变。
> 你将看到预言实现,
> 看到那城和拉维尼乌的高墙。
> 宽仁的埃涅阿斯,你将举起,
> 带他升至群星环绕的天穹。
> 我的决定(sententia)不曾动摇。(1.257—260)①
> (manent immota tuorum
> fata tibi; cernes urbem et promissa Lavini
> moenia sublimemque feres ad sidera Caeli
> magnanimum Aenean; neque me sententia vertit.)

这四行诗语意连贯,一气呵成,因其中既提及命运,又说到朱庇特的"决定"(sententia),故而引起评论家的注意。朱庇特所说 sententia 一词有很多含义,包括"意见"、"意愿"、"决定"、"判断"等。麦金斯早在 1910 年就认为这个词既可以理解为朱庇特的意愿或想法,也可解作对于手中掌握材料的解释和解说。② 据此,他便认为朱庇特实际上是命运的解释者和执行者(chief executor),而非命运的规划者和安排者。紧接这几句,朱庇特又说"让我揭示隐秘的命运"(volvens fatorum arcana movebo, 1.262)。这一句中,arcana 指唯有通过特殊仪式加入秘教者方能知悉的秘密,而 volvens 可以表示掀动书页。

---

① 拉维尼乌(Lavinium)是特洛伊人在意大利建立的第一个城市。
② MacInnes, "The Concept of Fata in the Aeneid", *The classical Review*, 24 (1910), 167-174 (p. 171). 这篇文章对维吉尔史诗中"命运"一词的考察非常详尽,是 20 世纪初期一篇重要的研究论文。

朱庇特所用的比喻是掀开不为人知的秘笈，开卷展读，将秘密揭开。这里又为解释者留出了很大的空间，因为我们不能断定这本命运的密书是否为朱庇特所作，还是说朱庇特只是将独立于自己能力之外的命运向维纳斯透露了一线消息。和荷马史诗中的宙斯一样，朱庇特的神力也有局限。这一点可见卷九中他与众神之母、女神希贝丽（Cybele）的对话。在这一卷开篇不久，埃涅阿斯不在军营中，敌方主帅图尔努斯遂大举进攻，准备放火烧毁特洛伊人的船只。维吉尔此时突然插入一段传闻：当特洛伊城陷落时，埃涅阿斯砍伐伊达山（Ida）上的树木建造船只，然后方开始海上的漂流（3.5—6）。因为伊达山是属于希贝丽的圣地，女神不愿看到造船的树木被毁，当她看到船只将被敌方焚毁，便请求朱庇特予以保护（9.85—92）。对于女神的恳求，朱庇特这样回复：

> 母亲，你要将命运扭转向何处？
> 你因何请求？人手打造的船舶
> 岂能如诸神一般不朽？埃涅阿斯
> 岂能安然度过不测之风险？
> 何方神祇得享如此大能？（9.94—97）

朱庇特在这里暗示，即使众神也不能为所欲为，也不能僭越自己权能的界限。命运的安排不可逆转，神力亦有其局限。但朱庇特并没有就此驳回女神的请求，在后面几行中，他许诺以曲折的方式使特洛伊人的船只免遭焚毁。他允许女神将船只变成仙女。结果，当图尔努斯就要烧船时，这些已将特洛伊人送达目的地的舰船突然挣脱缆绳，如海豚般跃入海中，变成仙女的模样，在海中游弋（9.117—122）。这段插叙在古代饱受批评，因为维吉尔的描写过于神异，游离于主要情节之外，与本卷前后脱节。对这一段的批评此处不细论，关键在于，朱庇特这番话透露出这样的信息：神可以借助间接、曲折、微妙的方式达到自己的目的，但绝不可以直接出头，以强力扭转命运。

与此相关的还有卷十中间的一段，朱庇特在命运面前无能为力，这里表现得更为明显。埃涅阿斯在卷八请求阿卡迪亚国王伊万德（Evander）发兵相助，年迈的国王派军与特洛伊人协同作战，并将年轻的儿子帕拉斯（Pallas）托付给埃涅阿斯。帕拉斯命中注定要战死在疆场，而且要死于敌方主将图尔努斯之手。当帕拉斯即将遭遇图尔努斯、也就是他死期逼近之际，这位少年英雄的守护神赫克托尔已然预见到死期已近，但自己无力挽回命运的安排，只能在天上垂泪叹息。而这时朱庇特在一旁插话：

> 人人劫数难逃。生命短暂，
> 死无复生。唯有建功立业，
> 方是勇士所为。特洛伊高墙下，
> 无数神子殒命，我的爱子萨佩冬
> 也长眠不醒。但图尔努斯的命运
> 正召唤他，他已临近寿数之极限。（10.467—472）

这里维吉尔明显是在模仿《伊利亚特》卷十六中宙斯和萨尔佩冬一节（16.477以下）。萨尔佩冬是宙斯在人间的儿子，即将被阿喀琉斯的副将杀死。在荷马史诗中，宙斯对将死的儿子寄予无限同情，他询问天后赫拉，自己能否施神力强行干预，将儿子带离战场，送归故乡。赫拉以为断然不可，她的理由是这样做有失公平，而且会带来严重后果。一旦开此先例，诸神会纷纷效法，也将自己的儿子救出战场。赫拉以此为要挟，迫使宙斯不得出手干预。最终宙斯只好眼睁睁看着自己爱子死于希腊英雄之手，只能洒下一片血雨，浸染大地。稍后，一位希腊勇士也说："宙斯也未能救助自己的儿子"（16.522）。读者需先明白维吉尔师法的样板，才能更好领会这一节的意思。朱庇特提醒即将遭受丧子之痛的赫克托尔（维吉尔也同时暗中提示读者记取荷马史诗中的相关叙述），在昔日特洛伊战场上，自己虽为众神之父，也无力回天，因此今日帕拉斯之死同样无法避免。在上面引的几行诗中，朱庇特强调，每个人都有自己的命数，就是现在的战胜者图尔努斯也死期将至。但对于个人的命数，朱庇特无力改变。他仿佛饱经沧桑、看破世情，劝说赫克托尔听任命运的摆布，完全是听天由命的口吻。

在上面讨论的这几段中，维吉尔只是隐约暗示了朱庇特与命运之间的关系。但在下面两段里，维吉尔有更明确的说法。荷马史诗中，宙斯多次召集奥林匹斯诸神商议特洛伊战事。维吉尔延续这一传统，在《埃涅阿斯纪》卷十中也设计了所谓"诸神议事"（concilium deorum）一场。此时战事吃紧，埃涅阿斯远赴阿卡迪亚求援，特洛伊军中无主帅，敌方主将图尔努斯遂逞其勇武，大肆攻伐，几乎攻陷特洛伊军队大营。值此危机时刻，维吉尔忽然撇开战事不谈，却在卷十开篇将读者带到神界。朱庇特对众神严加谴责："我曾禁止意大利与特洛伊人交战 / 何以漠视我的禁令，又起兵戈？"（10.8—9）面对朱庇特的质问，女神维纳斯率先发话。她是埃涅阿斯之母，在诸神中对罗马未来的命运最为关切。可以说，维纳斯是特洛伊人在神界中的全权代表。维纳斯此时忧心如焚，但她的发话（10.18—62）却充满技巧，显示其心机和辩才。她质疑朱庇特是否已改变心意，是否忘记从前的许诺。她甚至说：早知如此，倒不如让流亡的特洛伊人在国破家亡之时一齐战死。随后发话的是特洛伊人的死敌、女神朱诺。她不仅逐一回击维纳斯的指控，更重要的是，她代表拉丁人的立场，在全诗当中，我们能听到敌对方、非主流方的意见，这样的机会不是太多。

朱庇特在听完两位女神针锋相对的陈词之后，做出最后的裁决。与荷马史诗中的宙斯不同，他并没有明确偏袒某一方，而是摆出一副不偏不倚、保持中立的样子，他甚至说：

> 朱庇特对所有人一视同仁。
> 命运自有安排。（10.112—113）
> （rex Iuppiter omnibus idem.
> fata viam invenient.）

这里朱庇特和"命运"明显有所区分，是独立运行的两种决定力量。维吉尔笔下的朱庇特一方面坦言在自己眼中，众生平等，另一方面又诉诸命运的安排。至少在字面意义上，朱庇特似乎承认命运是更高的主宰力量。

第十二卷全诗接近尾声之处，埃涅阿斯与图尔努斯终于确定要单打独斗，以决定整场战争的胜负。就在二人生死决战之前，朱庇特又一次现身，在天庭之上用一架天平来称量双方主帅的命运：

朱庇特手持天平，校正秤星，
将二人命运放入左右秤盘，
看看哪方激战后身亡，
哪方不堪重负，沉入毁灭。（12.725—727）
(Iuppiter ipse duas aequato examine lances
sustinet et fata imponit diuersa duorum,
quem damnet labor et quo uergat pondere letum.)

维吉尔模仿的是《伊利亚特》第二十二卷中宙斯的办法（209行以下）。希腊最骁勇善战的英雄阿喀琉斯因与军中主帅阿伽门农发生争执，一度拒绝参战，但当特洛伊主将赫克托尔杀死自己的密友后，阿喀琉斯决意为朋友复仇，遂披盔戴甲，重返沙场。宙斯将阿喀琉斯和赫克托尔二人的"命运"分别放在天平两端，结果赫克托尔一边下沉，表明希腊英雄将击倒特洛伊主将。在维吉尔的罗马史诗中，朱庇特沿用了宙斯的做法，招致不少评论家的议论。问题在于，朱庇特既然已知晓命运的安排，已多次预言罗马人辉煌的未来，为何此处还要借助天平来确定最后的结局？他似乎不具备主宰一切的至高神力，无法预知或者决定这场厮杀最终的胜负，而必须借助其他力量来确定结果，必须听从更高神灵的裁决。一位评论者说得非常直截和坦白："称重者仅仅是代行权力者（agent），他并不能决定天平哪一方将下沉。……手持天平者不过是一个代理者，一个关键人物，自己并没有权能，不过一工具而已。"①但我们也要记得，维吉尔此处依荷马史诗的惯例，可能按照史诗传统的套路和规范，不得不在自己诗作中再现这一经典场景。因此是否能单纯依字面意思，便遽然断定维吉尔此处乃表述自己的神学立场，还可以斟酌。

以上简要讨论朱庇特与命运之间的关系。一些学者倾向认为，维吉尔在塑造罗马主神这一形象时，主要受斯多噶派哲学的影响。但最近一些学者关于此话题有更加复杂的讨论，比如维吉尔诗中的朱庇特虽然剔除了宙斯的诸多"缺陷"，但身上仍保留不少宙斯的"残迹"。朱庇特在史诗中更像一个圆滑的政治家。②这些更深入的研究，限于篇幅，这里无法一一辨析。本文只想做一初步的论断：若通盘考察朱庇特在全诗中出现的段落，我们可以看出，史诗中的主神并非天地间最高的主宰，不管是解释、揭示、传达天意，还是积极襄助天意之实现，维吉尔笔下的朱庇特不是天道的设计师和创始者，而更像是命运的代言人。

3　埃涅阿斯传说的演变

维吉尔的史诗《埃涅阿斯纪》始作于公元前29年。到维吉尔公元前19年去世之时，全诗尚未定稿。诗人临终前，叮嘱友人将手稿付之一炬，但受托之人于心不忍，全诗遂得保存，而且在极短的时间里就成了罗马学童在课堂上讽诵的文学经典。这部长篇史诗有一万余行，但其主题可以归纳为一句话：特洛伊陷落后，埃涅阿斯（Aeneas）率残部从小亚细亚渡海来到意大利建城，奠定了后世罗马帝国的基业。将流亡的特洛伊人当作罗马人的先祖，这并非维吉

---

① Louise E. Matthaei, "The Fates, the Gods and the Freedom of Man's Will in the *Aeneid*", *Classical Quarterly*, 11 (1917), p. 18. 另可参见 MacInnes, "The Concept of *Fata* in the *Aeneid*", *The Classical Review*, 24 (1910), 167–174 (p. 172)。

② R. O. A. M. Lyne, *Further Voices in Vergil's Aeneid* (Oxford: Clarendon Press, 1987), chapter 2, pp. 61–99.

尔首创，而是奥古斯都时代罗马立国神话的官方版本。维吉尔选择这一传说，加以增饰铺陈，遂写成拉丁文学最伟大的诗篇，这部史诗也是罗马民族身份建构的核心文本。

史诗描述的是罗马开国的曲折历程，但凡读过荷马史诗、熟悉希腊神话的人都知道，希腊人围攻特洛伊城长达十年之久，不能用武力取胜，最后只能用木马记智取。破城之后，希腊人对城中军民大肆屠戮，特洛伊王室成员不是被残杀就是沦为奴隶。特洛伊人本是希腊人手下败将，国破家亡，后来却又如何摇身一变，反倒成为罗马人的祖先？罗马在希腊人眼中，本来是地处边陲的蕞尔小国，在政治和文化上均不足道。但自公元前3世纪开始，罗马一路崛起，以武力征服周边诸国，到了奥古斯都时代，业已成为横跨三洲、睥睨天下的大帝国。当时的这个超级大国，为何偏偏挑选一城池被毁、四海飘零、饱受屈辱的东方民族作为自己的远祖？维吉尔以这一版传说入诗，究竟有何深意？对于当时业已建立起来的传统，他又做了哪些修正？若要深入理解《埃涅阿斯纪》，了解罗马对自身文化身份的想象与界定，就必须先考察埃涅阿斯这一传统题材的演进过程。

3.1　荷马史诗中的埃涅阿斯

埃涅阿斯是《伊利亚特》中多次出现的人物，了解他在荷马史诗中的表现，是研究有关他传说的第一步。在特洛伊军队中，他要算二号人物，论武艺和胆略，仅次于主帅赫克托尔(Hector)。[1]埃涅阿斯和希腊神话中的大英雄一样，有显赫的家世，身上流淌着神灵的血液。他的母亲乃是爱情女神阿芙洛狄

---

[1]　对埃涅阿斯在《伊利亚特》的表现，简要总结可见 Mark W. Edwards, *Iliad: A Commentary*, Vol. 5 (Cambridge: Cambridge University Press, 1991), p. 302。稍展开一些的讨论，见 Karl Galinsky, *Aeneas, Sicily, and Rome* (Princeton: Princeton University Press, 1969), pp. 11–14, pp. 36–40; Nicholas Horsfall, "Some Problems in the Aeneas Legend", *The Classical Quarterly*, new series, 29. 2 (1979), pp. 372–373。

忒（Aphrodite），所以身上继承了神圣的秉性。其父安基塞斯（Anchises），不是特洛伊国王普里阿摩斯（Priams）的直系亲属，但其祖先乃特洛伊城的奠基人，所以应属王室的同宗。在成书于公元前7世纪、托名荷马的《爱神诵诗》（*Homeric Hymn to Aphrodite*）中，爱神化身为人间女子，引诱安基塞斯，并预言将产下一子，取名埃涅阿斯。

在荷马史诗中，埃涅阿斯以勇力闻名，在几次关键战役中均可见其身影。《伊利亚特》第五卷中，荷马对埃涅阿斯着墨较多。这一卷实乃希腊英雄狄俄墨得斯（Diomedes）的军功簿，记录他在疆场上击杀多名特洛伊武士、甚至还刺伤爱神和战神的辉煌战绩。狄俄墨得斯先为特洛伊神箭手潘达罗斯（Pandarus）射伤，于是向女神雅典娜祷告，祈求帮助。结果雅典娜施神力，让狄俄墨得斯瞬间变得神勇无比，连杀特洛伊八将。就在这时，埃涅阿斯现身（5.166），这是他在史诗中首次亮相，当时潘达罗斯称埃涅阿斯为"披铜甲的特洛亚人的军师"（5.180），显然是称颂他智勇双全。[①] 埃涅阿斯与战友一道合攻狄俄墨得斯，但潘达罗斯很快身亡，希腊英雄还奋神力举起巨石，砸中埃涅阿斯的髋部，将他击倒。就在此时，爱神现身，将一双玉臂枕在埃涅阿斯头下，举起裙裾遮挡希腊人的刀剑，然后将儿子救走。但是，狄俄墨得斯越战越勇，竟然忘记神和人之间的分界。在雅典娜的挑动之下，他不停地追赶爱神，最后竟用长矛将女神刺出血来。这时阿波罗及时赶到，将埃涅阿斯收进乌云中隐藏（5.343—346）。但狄俄墨得斯一心要置埃涅阿斯于死地，三次掷出长矛，但都被日神逼退。最后，阿波罗将受伤的埃涅阿斯带到他自己的神庙中，让其母勒托（Leto）和狩猎女神阿尔忒弥斯（Artemis）为他疗伤。埃涅阿斯的创伤被灵药立即治愈，马上重返战场，如利斧劈树一般杀死希腊二将。诗中这样说："兄弟俩也这样被埃涅阿斯强有力的手臂 / 征服倒地，就像高大的冷杉倒下"（5.559—560）。

[①] 也有学者以为，这里的称赞和称号并不独属埃涅阿斯一人，可能只是寻常的套语。参 *The Iliad: A Commentary, volume II: Books 5-8* ed. by G. S. Kirk (Cambridge: Cambridge University Press, 1990), p.78。

卷五中的埃涅阿斯，当特洛伊头号英雄赫克托尔不在场时，便成为战场上的中心人物。只要看狄俄墨得斯锲而不舍地追击他，便可知道他的地位和分量。由于埃涅阿斯有神灵的血统，故而受到神灵特别的眷顾。这一卷中，他不仅被爱神、日神几次营救，还有另两位神联手为他疗伤。这样的特殊待遇，就连史诗的主人公阿喀琉斯也不曾享受。

整体而言，埃涅阿斯在荷马史诗中算不上光芒四射的人物，故而在古希腊瓶画中难觅其身影。但是，他与狄俄墨得斯这场鏖战在古代艺术中也间或有所呈现。英国收藏的一个基里克斯陶杯（kylix，一种双把手的浅酒杯）上，就绘有两人交战的场景。[1] 研究者将此画定在公元前5世纪下半叶，画上狄俄墨得斯以长矛直刺埃涅阿斯下半身，而埃涅阿斯败象已露，右手拔剑勉强招架，身体后仰，行将跌倒。他身后站立着爱神阿芙洛狄忒，正用双手试图将他拉出战场。[2] 目前存留下来的瓶画中，绘有埃涅阿斯的作品为数不多，但可看出古代画家最关注的是他的勇力。他后来在罗马文明中所代表的虔敬、忠孝（pietas）这些品质都还尚未出现。

第五卷之后，其他著名场景中也都能见到埃涅阿斯的身影。比如第六卷，赫克托尔的兄弟赫勒诺斯（Helenus）就对他称赞有加，认为其英勇和智谋堪比赫克托尔：

> 埃涅阿斯，还有你赫克托尔，你们肩负着
> 特洛伊人和吕西亚人作战的重任，
> 因为你们在一切活动中，战场上，议事时，
> 都是最高明，……（6.77—79）。

---

[1] Percy Gardner, "On an Inscribed Greek Vase with Subjects from Homer and Hesiod", *The Journal of Philology*, 7:14 (1877), pp. 215–226.

[2] Gardner, "On an Inscribed Greek Vase", *The Journal of Philology*, 7:14 (1877), pp. 218–220; Galinsky, *Aeneas, Sicily, and Rome* (Princeton: Princeton University Press, 1969), pp. 14–15.

这两位特洛伊英雄一同出现，在诗中还有多处。比如，第十四卷中，埃涅阿斯曾营救赫克托尔。第十七卷，他和赫克托尔并肩作战："特洛伊人不停地追击，特别是两位将领：/ 光辉的赫克托尔和安基塞斯之子埃涅阿斯"（17.753—754）。将二人并列，在后世也有类似的意见。公元 3 世纪的学者菲罗斯特拉图（Flavius Philostratus，约 172—250 年）就曾对比赫克托尔和埃涅阿斯："人们说，埃涅阿斯的武艺似不及赫克托尔，但论到谋略和机智，则是特洛伊第一人……希腊人称赫克托尔为特洛伊之剑，而称埃涅阿斯为特洛伊之脑。他们相信埃涅阿斯的智慧，胜过赫克托尔的暴怒。"[①] 但是，在对手眼中，埃涅阿斯主要还是特洛伊第二号武士，是一位可怕的杀手。在第十三卷中，希腊人的描述透露出敌人对他的恐惧："捷足的埃涅阿斯向我奔来令我心颤，/ 战斗中他是一个有力的杀人能手，/ 他又正当华年，这是巨大的力量"（13.482—484）。

虽然埃涅阿斯是特洛伊的骁将，但在《伊利亚特》中，只能生活在阿喀琉斯、赫克托尔这些大英雄的阴影中。但是近来也有学者想赋予他更重要的角色。比如，他在《伊利亚特》卷十三中，被诗人描写成对特洛伊国王颇有怨言，因个人恩怨而一度没有参战（详后）。这一情形很容易让人联想起阿喀琉斯，因他也是怨恨主帅阿伽门农的骄横而罢战。埃涅阿斯之怒在这一点似乎和阿喀琉斯之怒有一定的对应关系，他的性格和行为或许能折射出阿喀琉斯的命运。[②] 可见，埃涅阿斯在史诗中的文学地位还会有重估的可能和提升的空间。

真正让埃涅阿斯获得一定重要地位的是《伊利亚特》第二十卷，海神波塞冬针对他的未来有一番预言。在这一卷中，宙斯不再阻止诸神参加人间的争斗，结果支持希腊人和特洛伊人的神灵不再躲在幕后，而是摆开阵势，准备捉对厮杀。阿波罗化身为特洛伊武士，用语言挑动埃涅阿斯去和阿喀琉斯搏斗，还将勇气注入埃涅阿斯身体中（正仿佛卷五中的雅典娜之于狄俄墨得斯）。阿喀琉斯依照史诗描写疆场厮杀的惯例，先将对手大大讥嘲一番，甚至

[①] 转引自 Galinsky, *Aeneas, Sicily, and Rome* (Princeton: Princeton University Press, 1969), p. 39。

[②] Jonathan Fenno, "The Wrath and Vengeance of Swift-footed Aeneas in Iliad 13", *Phoenix*, 62 (2008), pp. 145–161.

讽刺埃涅阿斯之所以踊跃参战，恐怕别有居心，因为觊觎特洛伊的王位（详本文第三节）。埃涅阿斯对这样的骂战，做了长篇答复，详细叙述自己的家谱（20.199—258）。在这60行中，埃涅阿斯变成了史诗的中心，阿喀琉斯反而在一旁耐心倾听。第二十卷本应是阿喀琉斯最出彩的部分，因为他即将杀死赫克托尔。埃涅阿斯在这里抢了这么多镜头，说明史诗作者对他自有一种特殊的重视和眷顾。[1]

相互讥嘲之后，二人交手，埃涅阿斯自然招架不住希腊最勇猛的武士，先被击倒于地。阿喀琉斯拔剑，而埃涅阿斯旋即站起，举起身边的巨石，准备投向对手。史诗其他段落中，凡能举起巨石砸向对手的武士，往往都是胜利的一方。[2] 这次却不然。阿喀琉斯打遍天下无敌手，不可能被凡人击败。就在埃涅阿斯岌岌可危之际，波塞冬在观战的诸神当中，大声呼吁出手相救，否则埃涅阿斯必死无疑。波塞冬不仅对埃涅阿斯大加称许，还突然插入对他命运的预言：

> 他是个无辜的人，对掌管广阔天宇的
> 众神明一向奉献令我们快慰的礼物，
> 为什么要因他人让自己蒙苦受难？
> ……
> 命运注定他今天应躲过死亡，
> 使达尔达诺斯氏族不至于断绝后嗣，
> 因为克洛诺斯之子对他最宠爱，
> 远胜过凡女为他生的其他孩子。
> 普里阿摩斯氏族已经失宠于宙斯，

---

[1] Andrew Faulkner, *The Homeric Hymn to Aphrodite: Introduction, Text, and Commentary* (Oxford: Oxford University Press, 2008), p. 6.

[2] Gregory Nagy, *The Best of the Achaeans*, revised edition (Baltimore: The Johns Hopkins University Press, 1999), p. 274.

伟大的埃涅阿斯从此将统治特洛伊人，

由他未来出生的子子孙孙继承。（20.297—308）

波塞冬在这番话中，说明埃涅阿斯在祭祀神灵方面恪尽职守，所以特别受诸神的喜爱，甚至还成了主神宙斯的宠儿。这仅仅是对他个人品质的称道，但预言中另一层则涉及特洛伊的国运和政权的转移。依波塞冬，埃涅阿斯这一族本是王室的支系，但他在未来将要成为特洛伊的新王，而且行将被希腊人攻陷的古国也将在埃涅阿斯及其子孙手中延续生命。这其间透露的信息已然超越了埃涅阿斯个人的命运，也跨出了《伊利亚特》的时间框架。这位特洛伊勇士突然和未来的历史进程及整个民族的命运产生了关联。

这段话出自海神之口，若仔细想来，有些费解。波塞冬与特洛伊宿怨极深，一直坚定地支持希腊人。但如今竟会出手营救特洛伊的二号英雄、未来将延续王室血脉的埃涅阿斯，而且对他还颇有嘉许之意。或许一向以威严著称的波塞冬，这时超越了交战双方较狭隘的立场，重申命运的安排。[①] 也有可能，在史诗当时流传时，已出现埃涅阿斯复国的故事。诗中安排与特洛伊为敌的海神来拯救埃涅阿斯，隐然有超越当前敌对冲突、为未来预留空间的用心。[②] 巧合的是，这个预言又见于托名荷马的《爱神颂诗》第 196—197 行。在诗中，埃涅阿斯之父安基塞斯独自一人在伊达山上放牧，爱神扮成凡间女子来引诱。安基塞斯猜测来者有可能是神灵下凡，于是请求保佑其后裔。引诱事毕，爱神现出本相，预言其子埃涅阿斯将要出生，并且前程辉煌："你将有一个爱子，他将统治特洛伊人，/ 他的子子孙孙，繁衍无穷"。[③] 这两行诗预言与波塞冬的

[①] Mark W. Edwards, *Iliad: A Commentary*, Vol. 5 (Cambridge: Cambridge University Press, 1991), p. 325.

[②] Gregory Nagy, *The Best of the Achaeans*, revised edition (Baltimore: The Johns Hopkins University Press, 1999), p. 268.

[③] Gregory Nagy, "Homeric Hymn to Aphrodite" in *Hesiod, The Homeric Hymns and Homerica*, Loeb Classical Library, trans. by H. G. Evelyn-White (Cambridge: Harvard University Press, 1914); rept., 1977, p. 419.

预言在内容和行文都很相似，难说不受荷马史诗的影响。

波塞冬的这两行预言，由于涉及后代的史事，所以自古就有人质疑其真伪。亚历山大城的大学者阿里斯托芬（Aristophanes of Byzantium，约公元前257—前180年），就曾以为这两行诗可能不是真作。[1] 不少学者以为，这个预言乃是埃涅阿斯留在特洛伊附近的后裔，为了荣耀自己的祖先，也为了证明自己统治的合法性，在荷马史诗尚未形成定本之时，硬生生塞进第二十卷。[2] 就是说，预言乃由于后世的历史需要，而凭空植入早先的文学之中。根据这两行诗，埃涅阿斯在亡国之后，应当羁留在特洛伊，如此方能如预言中所说继续"统治特洛伊人"。但是，后来流行的传说都说埃涅阿斯漂泊到异地他乡，则史诗中的预言就此落空。为了调和这种矛盾，古代曾有人篡改史诗中的文句，将"统治特洛伊人"改为"统治所有人"，这样甚至可以将预言和罗马人君临天下联系起来。[3] 还有人调停折中，说埃涅阿斯先赴意大利，后来又返乡，重建特洛伊王国。

维吉尔在《埃涅阿斯纪》卷三第97—98行，也有两行预言。当特洛伊人不知奔赴何地、彷徨无助时，阿波罗通过神谕，告诉他们应当寻找"古老的母国"（antiquam matrem），也就是意大利：

在那里，埃涅阿斯的家族，他的后裔，
子子孙孙，将统治所有的土地。
（ hic domus Aeneae cunctis dominabitur oris
et nati natorum qui nascentur ab illis. ）

---

[1] John Edwin Sandys, *A History of Classical Scholarship*, 3rd. Edition, Vol. I (Cambridge: University Press, 1921), p. 164.

[2] 预言到底属于荷马史诗比较原始的部分，还是后代的附会，可参 P. M. Smith, "Aineiadae as Patrons of Iliad XX and the Homeric Hymn to Aphrodite", *Harvard Studies in Classical Philology*, 85 (1981), pp. 17–58.

[3] Andrew Erskine, *Troy between Greece and Rome* (Oxford: Oxford University Press, 2001), p. 101.

可以看出，维吉尔的措辞与波塞冬的预言完全一致，他是将荷马史诗中的两句译成拉丁文。

波塞冬说出预言之后，埃涅阿斯在《伊利亚特》最后四卷中就再也没有出现。作为英雄人物，有学者说他的整体形象"无趣、并不突出"，是一个特征不明显的"扁平人物"。① 但想到他与狄俄墨得斯的苦战，他在军中的地位，我们还是会觉得，埃涅阿斯不能算无足轻重的小人物。特别是海神庄严的预言，将荷马和维吉尔、希腊和罗马紧紧连接在一处。从这番预言开始，埃涅阿斯这个荷马笔下的人物，就跨出《伊利亚特》的战火，一路西行，走进《埃涅阿斯纪》的罗马世界。

3.2 罗马人的特洛伊先祖

波塞冬的预言，界定了埃涅阿斯的使命，也就是收拾旧河山，代替普里阿摩斯做特洛伊的新王。按荷马史诗所给的暗示，埃涅阿斯会继续留在特洛伊。但是，后来在希腊、罗马世界里闻名遐迩的埃涅阿斯，并没有如海神所预言的，留在故国，而恰恰是以流亡和漂泊而闻名于世的。我们不免要问：埃涅阿斯离开特洛伊的故事是何人发明的？从何时开始流传？

要研究埃涅阿斯传说的形成和传布，就不能不提狄奥尼索斯（Dionysus of Halicarnassus）的《罗马古史》。狄奥尼索斯，小亚细亚人，确切的生卒年月已不可考。他在公元前 30 年前后，内战结束之际，抵达意大利。此后 22 年中，他学习罗马语言文字，广泛收集史料和传闻，约在公元前 7 年以希腊文写成一部《罗马古史》。全书二十卷，今仅存前十卷和卷十一大部分，其余九卷仅有残篇。该书从罗马最古远时代开始，终于第一次迦太基战争，向希腊人系统介绍罗马的来源和文化传统。卷一集中于上古传说，引证了大量今已散佚的

---

① Nicholas Horsfall, "The Aeneas-Legend from Homer to Virgil", in *Roman Myth and Mythography* ed. by Jan Bremmer and Nicholas Horsfall (London: Institute of Classical Studies, 1987), p. 12.

古书。狄奥尼索斯充满理性和审慎精神,广采众说,即使同一故事存在多种版本,哪怕相互矛盾,他都予以辑录,随后折中调停,有时也表达自己的见解。他抵达罗马,正是维吉尔开始作《埃涅阿斯纪》之时。他作完《罗马古史》那一年,维吉尔去世不足两年,所以狄奥尼索斯可算维吉尔的同代人。他在书中辑录了各种古代传闻,保存了珍贵的史料。

《罗马古史》卷一从46章开始,叙述埃涅阿斯事迹。狄奥尼索斯特别提到一个传说,采自公元前5世纪的希腊史家希拉尼库斯(Hellanicus)所作的《特洛伊志》(Troica)。据这一传说,希腊人偷袭特洛伊得手,城中精锐均在睡梦中遭杀害。城破之后,埃涅阿斯率众退守城内一坚固城堡。堡中尚屯驻精兵,并存放着祖先的神器和无数财宝。他们熟悉城中地形,利用狭窄的街巷与希腊人抗衡,并且营救出大批人员,使得希腊人不能屠城。但埃涅阿斯深知大势已去,收复特洛伊无望,于是决意弃城远走。他先遣送年老体弱者以及妇女儿童出城,留下骁勇善战者固守。直到阿喀琉斯之子攻入内城,埃涅阿斯才率部突围。他将老父和神像(原文直接写作"国家的神灵")放在最好的战车上,自己偕妻子一道冲出重围。[①]

希腊人随后在城中大肆抄掠,无暇顾及逃走的埃涅阿斯残部。突围的特洛伊人会合于伊达山上,此时邻近城邦见伊利昂火起,纷纷前来援助,一时山上聚拢了不少人马。大家满心指望希腊人劫掠之后,会立即退走,这样他们便可回返故城,不想希腊人仍想剿灭逃至深山中的残部。就在此时,特洛伊人遣使媾和,而希腊方开出以下条件:埃涅阿斯在规定时间内,可率部携财物离开特洛伊,但必须先将占据的堡垒献给希腊人;若能满足上述条件,希腊人保证特洛伊人在其管辖的陆地和海洋,畅通无阻,不受拦阻。埃涅阿斯为情势所逼,遂接受了上述条件,偕其老父,带着神像,登船驶向最近的盟邦。[②]

狄奥尼索斯引证的希拉尼库斯的说法,是早期文献中明确提到埃涅阿斯西

---

① The Roman Antiquities of Dionysius of Halicarnassus, Vol. 1, trans. by Earnest Cary (Cambridge: Harvard University Press, 1937). 这一段内容概要见第一卷第46章,第147—149页。

② The Roman Antiquities,卷一,第47章,第149—155页。

行的史料。据古代记载，希拉尼库斯在公元前406年还在忙于著述，①所以我们可以说希腊史家自公元前5世纪末，就已形成埃涅阿斯逃离特洛伊的传说，有些学者甚至说希拉尼库斯是将埃涅阿斯从小亚细亚的伊利昂引到意大利的第一人。②希腊人在与其他民族接触时，总设法将他族的祖先追溯到希腊某位名人身上。以罗马为例，当罗马尚未崛起之时，就已被希腊扯上了关联。希腊的游记、地志一类书里时有记载，最早抵达意大利的竟然是奥德修斯。这位荷马史诗中的英雄四海漂泊，在归乡途中领略了各种奇异的风土人情，在希腊人看来，他所到之处，也将希腊文明的种子播撒到四方。③普鲁塔克《希腊罗马名人传》中《罗慕洛传》，在讨论罗马城名称由来时，就曾引述一种说法，以为罗马城（Roma）一字源于Rhome，他是奥德修斯的孙子。④这一传闻，也见于狄奥尼索斯的《罗马古史》。埃涅阿斯与奥德修斯一同来到意大利，创建罗马城。一位特洛伊女子名为Rhome，于是便以她的名字命名罗马城。⑤奥德修斯是希腊军中的智囊，埃涅阿斯是特洛伊的勇将，二人在《伊利亚特》中还斗得你死我活，到了后世的演义中，他们居然捐弃前嫌，化敌为友，共同奔赴化外之地，携手建立新的城邦，这样的传说真令人瞠目结舌。⑥或许因为二人虽分属敌对阵营，但均以智慧、精明著称，这一共同之处让他们在后代传说中结

---

① *The Oxford Classical Dictionary*, 2nd edn ed. by N. G. L. Hammond and H. H. Scullard (Oxford: Clarendon Press, 1970), p. 494.

② Elias J. Bickerman, "Origines Gentum", *Classical Philology*, 47 (1952), p. 66; Horsfall, "The Aeneas Legend from Homer to Virgil", in *Roman Myth and Mythography* ed. by Jan Bremmer and Nicholas Horsfall (London: Institute of Classical Studies, 1987), p. 12. 事实上，考古发现证明，公元前6世纪晚期，就已在古希腊的埃涅亚城（Aeneia, Aineia）发现刻有埃涅阿斯画像的钱币。埃涅亚城（地处今希腊中北部）单从名字上看，就与埃涅阿斯有关，从古代很早就自称是埃涅阿斯及其后裔所建。

③ 在史诗《奥德赛》中，已然多次提及意大利。比如 1.182; 20.383; 24.211, 307, 366, 389 等处。

④ Plutarch, "Romulus" 2.1, 2.3, *Plutarch's Lives*, Vol. 1, trans. by Bernadotte Perrin (Cambridge: Harvard University Press, 1914; rept. 1967), p. 93.

⑤ *The Roman Antiquities of Dionysius of Halicarnassus*, Vol. 1, trans. by Earnest Cary (Cambridge: Harvard University Press, 1937), p. 237.

⑥ Friedrich Solmsen, "Aeneas Founded Rome with Odysseus", *Harvard Studies in Classical Philology*, 90 (1986), pp. 93–110.

成新的友谊。①

希腊史家或神话学家创作、传播这些新故事，其中自有特殊的政治原因。埃涅阿斯在荷马史诗中虽代表希腊的敌国，但是年代一久，特洛伊战争的具体起因、两个民族当年不可调和的冲突便渐渐淡化。埃涅阿斯作为希腊人的劲敌，已经渐与史诗融为一体，随着荷马史诗的经典化和神圣化，埃涅阿斯也被吸纳、"收编"进"希腊精神"这个更宽广的思想范畴。对于后世来说，他身上满披着神话英雄的荣誉，成为希腊文明的象征和延伸。这位从特洛伊战场上走出来的英雄，带着荷马赋予他的光环，足以傲视在《伊利亚特》中"缺席"的其他文化弱小民族。在希腊人向西拓展疆土的过程中，会有意无意利用本民族传统史诗，造出荷马笔下的英雄业已抵达西方土地的神话，为本族人移民和扩张张目。既然早在神话时代，荷马笔下的英雄便已踏足意大利土地，那么这片陌生之地在远古便早已落入希腊人彀中。希腊文化以为普天之下莫非王土，这种心态根植于他们的文化优势以及随之产生的傲慢。所有古代民族一定要源出自希腊，此种盛气凌人、以希腊为天下中心的世界观（aggressive and Hellenocentric）② 很可能是产生奥德修斯和埃涅阿斯携手西行传说的主要原因。

既然埃涅阿斯四处漂泊的传说创自希腊人，旨在为本民族文化扩张营造合法性，那么为何后起的罗马人要主动接过这一传说，把它改造成罗马建国的神话？罗马人何时采纳这一传说？为何要自居特洛伊人后裔？这是接下来要讨论的题目，也是和维吉尔史诗更直接相关的问题。

罗马本有自己的建国传说，也就是著名的罗慕洛兄弟的故事。埃涅阿斯的传说不管是由于外部原因渗透进罗马的文化想象，还是为罗马人主动接受，都面临一个问题：如何与罗慕洛兄弟的传说相匹配？一山不容二虎，一个民族如何能同时接受两个不同的开国神话？一个简便的解决方案，就是将两个故事合

---

① E. D. Phillips, "Odysseus in Italy", *The Journal of Hellenistic Studies*, 73 (1953), pp. 57–58.
② Elias J. Bickerman, "Origines Gentium", *Classical Philology*, 47 (1952), 65–81 (p. 77).

二为一，熔铸成一个版本，形成一个包容性更大的新故事。比如，将罗慕洛纳入埃涅阿斯家族的谱系，定为埃涅阿斯的孙子，或者外孙。① 最终达成的妥协是，希腊神话中的特洛伊英雄反客为主，凌驾于罗马开国英雄之上。

但是将罗慕洛传说定为"本土"神话，将埃涅阿斯传说定为"外来"神话，这样的对立有些简单化。就目前文献和考古材料来看，罗慕洛建罗马城的传说在公元前3世纪之初已广为流传，到了3世纪下半叶已有固定的版本。② 而在罗马兴盛之前，意大利中部有一古国，称伊特鲁里亚（Etruria）。在这一地区出土的文物，证明早在公元前6世纪，埃涅阿斯的传说已经出现在意大利，特别是在维依（Veii）和乌尔基（Vulci）两城。③ 这个故事很有可能先在伊特鲁里亚流行，后来传播到罗马，或者为罗马人借用，也未可知。换句话说，罗慕洛神话不一定必然先于埃涅阿斯传说，前者不一定是更本土、更原初的建国神话。但不论二者孰先孰后，罗马在公元前3世纪决定接受埃涅阿斯传说，视其为更有说服力、更能代表民族特质、能带来更多政治利益和文化资本的神话。这其间的缘由不可不深究。

法国古典学家雅克·佩雷在1942年出版一部六百多页的大书，题为《罗马特洛伊传说起源考》。④ 佩雷对埃涅阿斯传说的来源和流传做了穷尽式的搜索，即使今天看来，这部书的资料价值仍无法超越。对于埃涅阿斯传说何时确立、个中原因如何，佩雷提出了一种独特的理论。在书中第三部第7章，佩雷认为罗马的"特洛伊起源说"是希腊人针对罗马人量身定做的。这个传说不是随随便便创立的，而是在特殊的历史情境中，依托一个具体事件，为了特殊

---

① Elias J. Bickerman, "Origines Gentium", *Classical Philology*, 47(1952), 65–81 (p.67).
② Jan Bremmer, "Romulus, Remus and the Foundation of Rome" in *Roman Myth and Mythography*, ed. by Jan Bremmer and Nicholas Horsfall (London: Institute of Classical Studies, 1984), p. 25, p. 47.
③ G. Karl Galinsky, *Aeneas, Sicily, and Rome* (Princeton: Princeton University Press, 2015), 122ff.
T. J. Cornell, "Aeneas and the Twins", *Proceedings of the Cambridge Philological Society*, 21 (1974), p. 5.
④ Jacques Perret, *Les origines de la légende Troyenne de Rome (281–31)* (Paris: Société d'Édition 'Les Belles Lettres', 1942).

的政治利益，精心打造出的政治神话。① 直接促成特洛伊起源传说的是伊庇鲁斯（Epirus）国王皮鲁斯（Pyrrhus，公元前319—前272年），时间在公元前281年。罗马在崛起之前，在希腊人眼中不过是一弱小的蛮国。但罗马国力日渐强盛后，便开始鲸吞周边诸国，与希腊的冲突也就不可避免。公元2世纪的罗马地理学家帕萨尼亚斯（Pausanias）在《希腊志》一书中，记录了一段史事，就与罗马登上当时的政治舞台有关。公元前281年，塔伦图（Tarentum，意大利南部）与罗马交恶，遭罗马人围攻，于是该城首领遣使向皮鲁斯求援。当使节对皮鲁斯晓以利害，恳求他出兵之时，"皮鲁斯突然想起特洛伊被攻陷的旧事，觉得这是吉兆，预示他能获胜，因为他是阿喀琉斯的后裔，如今要与特洛伊移民的后裔交战"。就是这样一个突发的奇想，让皮鲁斯决定火速出兵。② 佩雷分析，皮鲁斯自居阿喀琉斯后人，如今面对特洛伊后代的挑衅。荷马史诗描绘的上古时代两个民族的征战，仿佛轮回一样，在当前重演。在皮鲁斯的想象中，当年劫后余生的特洛伊人，如今在罗马人身上复活，他们依然对希腊人满怀仇恨，试图要将新账旧账一同清算。而如今的希腊人自然要团结一致，在阿喀琉斯子孙的统领下，消灭这群死灰复燃的蛮夷。皮鲁斯将特洛伊战争当作理解当今地缘政治、制定军事策略的"神话预示"（préfigurations mythiques）③，原因正在此。

特洛伊战争对于希腊化时代的影响至为深远，因为它提供了解释希腊和蛮族、西方和东方之间冲突的范式。对于亚历山大大帝和皮鲁斯来说，特洛伊战争不仅仅是为政治决策张本的政治口号，更是灌注个人生命、引发最强烈情感认同的生命体验。所以，当皮鲁斯自诩为"阿喀琉斯复生"，将罗马视为"特洛伊转世"时，他一方面在启用旧有神话为现实政治做注脚，另一方面是自

---

① Jacques Perret, *Les origines de la légende Troyenne de Rome (281–31)* (Paris: Société d'Édition 'Les Belles Lettres', 1942), pp. 410–411.

② Pausanias, *Description of Greece*, Vol. 1, trans. by W. H. S. Jones (London: William Heinemann, 1918), p. 59.

③ Jacques Perret, *Les origines de la légende Troyenne de Rome (281–31)* (Paris: Société d'Édition 'Les Belles Lettres', 1942), p. 418.

觉将当下的历史问题放回到史诗传统中加以体验。① 但是，不管皮鲁斯把特洛伊传说当作军事干预的幌子，还是真心相信古代的对抗在当今"复活"，佩雷认为，这件看似微不足道的事件，事实上标志特洛伊传说的正式诞生。他总结道："罗马起源于特洛伊的传说创始于塔伦图一役，毫无疑问，时间在公元前281年，塔伦图的民主派向伊庇鲁斯国王皮鲁斯求救，他是阿喀琉斯再世。他们恳求他统帅希腊人向野蛮人展开新一轮的征讨，一场新的特洛伊战争"。②

佩雷的理论在学术上并不能成立。正如前面所说，希腊史家至少在公元前4世纪下半叶就已经提到埃涅阿斯西行、建国，而且将罗马开国神话的创立归因于希腊国王的一次决策也不免草率。③ 但将此传说的兴起，放在希腊与罗马的政治、文化冲突这一框架下讨论，研究方向无疑是正确的。古代史巨擘莫米里亚诺于1982年发表一篇重要论文，就这一问题，提出了更有说服力的观点。他认为，"罗马由埃涅阿斯建立，对拉丁人来说，意味着他们不是希腊人，但同时由于与特洛伊战争扯上关系，因而能保留部分的光荣。这既是宣告自己高贵的出身，又承认自己与希腊人的差异"。④ 依照这样的解释，罗马人自居特洛伊后裔，首先是想使文化落后、出身卑微的罗马民族得以在文化上登堂入室，加入希腊文明的行列中。借助特洛伊神话的光环，罗马人便与古老、显赫的高等文明——希腊传统——产生关联，这等于变相与希腊传统"结亲"。对罗马来说，这种文化上的联姻并非简单将本民族定位为希腊人后裔，这样赤裸裸的攀附是罗马人不屑做的，也与罗马作为日益崛起的强国身份不符。罗马人采用的是一种更加复杂和曲折的策略，我们可以戏称为"认贼作父"，将远古传说中希腊人的死敌认作祖先，如此一来便巧妙地跻身于荷马史诗的神话世

---

① Jacques Perret, *Les origines de la légende Troyenne de Rome (281-31)* (Paris: Société d'Édition 'Les Belles Lettres', 1942), pp. 427–428.

② Ibid, p. 412.

③ 见 Momigliano 对佩雷一书比较严厉的书评，*The Journal of Roman Studies*, 35 (1945), 99—104。

④ 见 Arnaldo Momigliano 的著名文章 "How to Reconcile Greeks and Trojans"，载于其论文集 *On Pagans, Jews, and Christians* (Middletown: Wesleyan University Press, 1987), pp. 264–288。此文最初发表于1982年。引文见273页。

界，分得古代传统的一丝余晖。说得通俗一些，即使与史诗中战败的一方认同，即使在史诗外围打转，也等于变相为希腊传统接受。

　　承认祖先出自特洛伊人，还有另外一层含义。特洛伊人城池被毁，与希腊人可谓有不共戴天之仇。罗马人自视为亡国之后，便可以蒙冤者、复仇者的形象跻身于地中海文明中，如此便可与希腊文明保持一种疏离和对抗的立场。按照莫米里亚诺的说法，就是"为希腊世界接受，而又游离于其外"①。美国古典学者格鲁恩于此点也有阐发："［接受埃涅阿斯传说］使得罗马将自己与丰富、复杂的希腊传统相连接，进入到更广阔的文化世界，正如同它已经进入更广阔的政治世界一样。但与此同时，它也宣告罗马与希腊世界有显著差异。罗马上层阶级欢迎自己被吸纳进希腊的文化传统中，但又更希望自己在其中开辟出属于自己的一席之地"。②可见，认特洛伊人为祖先，对罗马人而言具有双重作用：既可暗中融入强势文化，使罗马人在文化上获得一定的资历和传承，不会再因为出身微贱而受人讪笑；同时又可以对抗者的面目与希腊分庭抗礼，保持不和谐的声音，不至完全为希腊文明兼并。这样一种既求同又立异的策略，使罗马人不仅获得尊贵的文化身份，又与主流文明保持一定的敌意和距离，这或许便是罗马采纳特洛伊神话的用心所在。格鲁恩更从中体会出某种历史的狡黠："希腊人将特洛伊传说强加给西方，本是一种文化帝国主义的表现。但结果，西方人将这一传说加以利用，反过来界定、传达罗马独特的文化身份"。③

3.3 "叛徒"埃涅阿斯

　　埃涅阿斯忠孝仁义，肩扛老父，手携幼子，逃出特洛伊战火。这是他留

---

① Arnaldo Momigliano, "How to reconcile Greeks and Trojans" in *On Pagans, Jews, and Christians* (Middletown: Wesleyan University Press, 1987), p. 279.

② Erich S. Gruen, *Culture and National Identity in Republican Rome* (Ithaca: Cornell University Press, 1992), p. 31.

③ Ibid.

给后世的标准像，也是维吉尔在《埃涅阿斯纪》中反复吟咏的。但是从古代开始，就不断有人提出疑问：城池陷落，特洛伊的王室贵胄或遭屠戮，或沦为阶下囚，为何单单埃涅阿斯得以逃生，还成就了一番伟业？这其中似乎有些蹊跷。很多战争的幸存者，逃了性命，却逃不掉指责和怀疑，埃涅阿斯也不例外。这样的质疑，也造成针对他的逃生出现种种不利的解释。这些怀疑的声音并不微弱，虽不足以颠覆埃涅阿斯的光辉形象，但始终没有被彻底抹掉。维吉尔在创作史诗时，一定熟悉这种"异见"，他也需要运用自己的才智和策略，与这样的杂音周旋。

前面说过，埃涅阿斯并非特洛伊国王之子。他的父亲安基塞斯属于王室另一支，其祖父和国王普里阿摩斯的祖父是亲兄弟。《伊利亚特》中有几处提到王族中的矛盾。比如第十三卷曾提及埃涅阿斯退出战场，原因在于他与国王的不和："原来埃涅阿斯对普里阿摩斯心怀积怨，他自视出众，普里阿摩斯却不器重他"（13.460—461）。另外，卷二中希腊和特洛伊两方列队出战，赫克托尔统领特洛伊军队，而埃涅阿斯率领达尔达诺斯人（Dardanians）从伊达山赶来（2.816—823）。第十二卷88—104行中，特洛伊军队由老王普利阿摩斯三个儿子统领，埃涅阿斯还是自率达尔达诺斯人。这些细节似乎也隐约透露出王室两支的对立，[①] 他们分别统率各自的部曲，军事上相互独立。

《伊利亚特》第二十卷当中，虽有波塞冬庄严的预言，但也有对埃涅阿斯颇为不利的暗示。阿喀琉斯和埃涅阿斯交手之前，都对对方有一番嘲弄。但阿喀琉斯说的话非常刺耳，明确指出特洛伊人内斗的根源：

> 你和我打仗
> 是想承继普里阿摩斯享有的荣耀，
> 统治驯马的特洛伊人？但即使你杀了我，

[①] Mark W. Edwards, *Iliad: A Commentary*, Vol. 5 (Cambridge: Cambridge University Press, 1991), p. 312.

> 普里阿摩斯老王也不会把权力交给你，
> 因为他有那么多儿子，他自己也还康健。（20.179—183）

在阿喀琉斯看来，埃涅阿斯参战背后隐藏着阴暗的动机，目的是伺机窃取特洛伊的统治权。他所说的究竟是实情，还是为奚落、刺激对手而编造的谎言？这一点我们不能完全坐实。但联系诗中相关段落，似乎可以说，史诗传统中确有特洛伊内部不和的传说，认为埃涅阿斯虽非世子，却对王位有非分之想。在阿喀琉斯说完这番话之后，埃涅阿斯用了很长篇幅追述自己的家世，却没有明确否认这项指责。第十三卷和第二十卷这两段话，很容易被后人加以附会和增饰，最后竟演变成埃涅阿斯勾结敌国、出卖特洛伊的传说。

对埃涅阿斯的负面意见，约有三种，其间的轻重颇有差异，这里稍作概括。[1] 第一种意见认为，埃涅阿斯竭尽全力保护自己的父亲，而希腊人被他的仁孝所感动，于是放他一条生路。这里埃涅阿斯保持孝子的正面形象，而敌方也显得很通人情。第二种意见，以罗马大史学家李维为代表。在《建城以来罗马史》第一卷开篇（I.1.1），李维就记，特洛伊陷落之后，只有埃涅阿斯和安提诺尔（Antenor）两人幸免于难。安提诺尔是特洛伊的谋士，在《伊利亚特》中，当奥德修斯和墨奈劳斯（Menelaus，斯巴达国王，海伦的丈夫）出使特洛伊时，他曾设宴款待二人（3.207）。当群臣商议战事时，安提诺尔力主将海伦交还希腊人，是军中的主和派（7.347—353）。李维解释为何二人能逃得性命，原因有二：首先因为他们懂得待客之道，其次是因为他们主张送回海伦，和希腊人议和。我们可以看到，这与安提诺尔在史诗中的表现是一致的。[2] 第三种意见，才明确埃涅阿斯由于特洛伊内部不和，背叛祖国，以保护自己的身家

---

[1] Jean-Pierre Callu, "Impius Aeneas? Échos virgiliens du bas-empire" in *Présence de Virgile* ed. by R. Chevallier (Paris: Société d'Édition "Les Belles Lettres", 1978), pp. 162–163. Callu 的文章对埃涅阿斯叛变的传说讨论非常详尽，但是英美学者较少引用。

[2] 安提诺尔在后世有关埃涅阿斯卖国的传说中，反复出现。可参考 R. G. Austin 对《埃涅阿斯纪》卷一的注释，*P. Vergili Maronis Aeneidos Liber Primus* (Oxford: Clarendon Press, 1971), pp. 91–93。

性命。以下就选择几条有代表性的材料,说明埃涅阿斯"叛徒"形象的形成。

希腊地理学家斯特雷波(Strabo,约公元前 63—21 年)《地理志》卷十三第一章第 53 节,引了古代哲学家迪米特里乌斯(Demetrius,约生于公元前 350 年)的说法,安提诺尔没有死于战火,乃是由于曾在家中接待过阿伽门农的弟弟、海伦的丈夫墨奈劳斯。斯特雷波又引索福克勒斯一出已失传的悲剧,记述当特洛伊城陷落之时,安提诺尔在自家门上悬挂一张豹皮,作为暗号,希腊军队遂没有骚扰。而埃涅阿斯则收拾残部,带上父亲和儿子,扬帆出海。[①] 他一路向西,具体落脚在何处,斯特雷波引证的史料说法不一。这条资料显然以安提诺尔为罪魁祸首,并没有明确提及埃涅阿斯卷入叛国的阴谋中。

狄奥尼索斯在《罗马古史》卷一第 48 章,也保存了这一脉传说。据他记载,公元前 4 世纪史家梅内克拉底(Menecrates of Xanthus)认为,希腊人因得到埃涅阿斯帮助,才得以最终攻陷特洛伊城。原因在于埃涅阿斯觊觎特洛伊王位,但自己并非储君,又受帕里斯嘲讽,不得享受应得的荣誉。他一怒之下,遂叛国投敌,与希腊人勾结,推翻老王普里阿摩斯。事成之后,还成了希腊人中的一员。[②] 这段记述显然对埃涅阿斯敌意最深,他怨恨帕里斯排挤自己,卖国的原因完全是个人恩怨。而且,这段故事中不提安提诺尔,卖国的罪名全部落在埃涅阿斯一人身上。

叛国的传说在维吉尔诗歌的笺注传统中也留下痕迹。古代注释维吉尔的学者,凡在诗中看到不妥处,或者听到同代人的质疑,往往会利用作笺注的机会站出来为诗人辩护。这样一来,他们的辩护往往会引用不利于埃涅阿斯的材料。今存一部完整的维吉尔诗古注,是公元 4 世纪学者赛维乌斯吸纳前人的注解编辑而成。后来虽不断有注家将新内容汇入,但这部注疏一般都以赛维乌斯之名流传于世。这部古注侧重词语训诂和名物考察,所以我仿《诗毛氏诂训传》之例,译为《维吉尔诗诂训传》。《诂训传》多处提及埃涅阿斯卖

[①] *The Geography of Strabo*, Vol. VI, trans. by Horace Leonard Jones (Cambridge: Harvard University Press, 1929; rept. 1960), p. 107.

[②] 《罗马古史》1.48.2,第 157 页。

国的传说，说明这个令人尴尬的传闻即使在 4 世纪还颇有市场。《埃涅阿斯纪》卷一之中，女神朱诺在海上兴风作浪，将特洛伊船只吹翻。爱神维纳斯（相当于希腊的阿芙洛狄忒）见儿子遭此不幸，于是向主神朱庇特哭诉，质问他是否已改变对埃涅阿斯命运的安排。在第 242 行，维纳斯特意提到安提诺尔，她抱怨说，连卖国者都已安然抵达意大利，为何埃涅阿斯这样的忠义之士还要饱受颠沛流离之苦。《诂训传》于这一行有较长的注释，现翻译如下，并在关键词后面加注原文：

> 维纳斯举安提诺尔为例，其中自有道理。很多特洛伊人脱离危险，如卡皮斯（Capys）抵达坎帕尼亚（Campania），赫勒诺斯（Helenus）抵达马其顿。萨卢斯特记载，还有其他人到达撒丁岛。但是因为这样，安提诺尔这样的叛国者（proditorem patriae）理应遭受磨难，不至于轻松抵达目的地。根据李维的记载，这两人［指安提诺尔和埃涅阿斯］据说出卖了特洛伊（Troiam prodidisse），维吉尔也偶尔提及此说，比如他在诗中写"他认出自己混迹在希腊首领当中"……这样的辩护并非无的放矢，因为若无疑问处，自然无人为之辩护（quae quidem excusatio non vacat; nemo enim excusat nisi rem plenam suspicionis）。可是西森纳（Sisenna）说，卖国的只有安提诺尔一人。若我们愿意相信他的说法，则维纳斯这句便更具说服力：若叛国者都能掌权，为何忠义者要漂泊（si regnat proditor, cur pius vagatur）？因此，应该相信是安提诺尔将国家出卖给希腊人……[①]

在这一长段注释中，赛维乌斯明显站在维纳斯的立场上，举出其他出逃成功的特洛伊人，以证明维纳斯的抱怨完全合理。他虽提到李维的说法，但又引证公元前 1 世纪的史家西森纳，等于暗中驳斥李维，目的全在于让安提诺尔

[①] Georg Thilo and Hermann Hagen (eds.), *Servii Grammatici Qui Feruntur in Vergilii Carmina Commentarii*, Vol. 1 (Lipsiae: Teubner, 1881), pp. 90–91.

一人承担卖国的罪名。赛维乌斯作为笺注家，要保持一种客观的姿态，所以不好明显回护、偏袒埃涅阿斯。但是他巧妙地用一种传闻来消解另一种不利于埃涅阿斯的传闻，背后的立场还是明显的。这便是貌似中立，实则有所偏颇（impartialité ambiguë）。①

上面一段笺注，提到埃涅阿斯"混迹在希腊首领中"，这是《埃涅阿斯纪》卷一中著名的一场。埃涅阿斯的舰船被毁，被迫在迦太基登陆，在女神朱诺的神庙中看见壁画，上绘有特洛伊战争的壮丽画面。埃涅阿斯浑然忘我，仿佛回到过去。他甚至在画面上看到自己："他认出自己混迹在希腊首领当中"（1.488: se quoque principibus permixtum agnouit Achiuis）。这一行中，permixtum 一字意思为完全混合、混溶在一处。此处是指他与希腊武士近身肉搏，还是另有所指？《诂训传》在解释这一行时，给出了三种可能的解释："或暗指叛卖一事（au latenter proditionem tangit）……或表现他的勇猛……科努图斯（Cornutus）以为，此句当依照'我们混进希腊人当中'来理解"。② 这三种解释中，第二种认为这里描写埃涅阿斯在与希腊人拼杀，第三种说法认为此句当指卷二 396 行，埃涅阿斯命令部下穿上希腊人戎装，混进希腊军中，然后攻其不备（vadimus immixti Danais…）。而第一种意见最负面，埃涅阿斯不是乔装打扮，混入敌军，而是投降敌人，与希腊人为伍。赛维乌斯按照古代笺注家的习惯，于各种意见兼容并存，以期保留异说。这里便是一例，他胪列众说，却不加评论。不管维吉尔本意如何，我们可以看到在笺注家收集的各种意见当中，埃涅阿斯卖国投降的传说还时时为人道及。

再举《埃涅阿斯纪》卷一中另外一例。在这一卷结尾，埃涅阿斯下令将从特洛伊灰烬中抢出的宝物取来，准备献给狄多女王作见面礼（1.647—648）。在注释 erepta（拿走、取走）这个词时，《诂训传》这样解释："诗人选用此字，极力证实埃涅阿斯并未出卖祖国。海伦与安提诺尔一道出卖特洛伊，此昭

---

① Jean-Pierre Callu, "Impius Aeneas? Échos virgiliens du bas-empire" in *Présence de Virgile* ed. by R. Chevalier (Paris: Les Belles Lettres, 1978), p. 164.
② 《诂训传》上卷，第 154 页，释 1.488。

然若揭。战败之际，若埃涅阿斯从战火中取走海伦的饰物，这不是作为叛卖的奖赏而接受的。"①这里笺注家明显是在回应对埃涅阿斯叛国的指控，为维吉尔的主人公洗刷罪名。以上三例都说明，在《埃涅阿斯纪》被奉为罗马文学正典之后，埃涅阿斯的卖国传说仍在流传，否则笺注家不会无缘无故为埃涅阿斯正名。

除了史籍、地理志和笺注这些学者撰述之外，稗官野史中更是保留了这一负面的传说。下面要讨论的两部作品成书于公元四五世纪，完全是小说家的杜撰，但是对埃涅阿斯的负面描写让我们看到，与正统传说完全相悖的传说在民间仍有相当的生命力。

第一部书全名为《特洛伊战争实录》(*Ephemeris de Historia Belli Trojani*)，用拉丁文写成，作者传统上被称为"克里特人狄克提斯"(Dictys Cretensis)。标题中 ephemeris 一字是日记、日志、日札之义，因书中几乎严格按照战争每日的进程记录战事，像"翌日"(postero die, in proximum diem)、"数日之后"(post paucos dies, paucis post diebus)这些表示时间的词语，满篇皆是。给人的感觉是，作者掌握了第一手资料，所以才能有条不紊、按部就班地将每日战况付诸文字。正文之前有一篇前言和一封信，讲明了书的来源。据前言，作者为来自克里特岛的士兵，曾亲身参加特洛伊战争，撰写了十卷本的战争实录，以腓尼基字母抄写，写在椴木树皮上。这部古书一直埋藏于地下，直到罗马皇帝尼禄在位第十三年，由于地震，书才重现人间。前言之后附有一封书信，出自拉丁文译者赛提米乌斯(Septimius)之手，叙述这部实录的发现经过与前言所述大体接近，细节偶有出入。拉丁译者称，将前五卷保持原貌，直接移译为拉丁文，后五卷叙述战后希腊英雄返乡的经过，被缩编为一卷，故而我们现在看到的拉丁文为六卷。这部书在6世纪到18世纪这一千多年时间里，都被当作信史，其实不过是依托之作，是一部"伪书"。根本不存在狄克提斯这样一位历

---

① 《诂训传》上卷，第186页：laborat hoc sermone probare, ab Aenea non esse proditam patriam, si ornatus Helenae, quam cum Antenore Troiam prodidisse manifestum est, ex incendio eripuit bellorum casu, non pro praemio proditionis accepit。

史人物，书中材料也都取自古典时期之后的素材。所谓前言，只不过是作者的文学技巧。他为抬高这位"狄克提斯"的身价、增加这部伪作的权威性，就创造出这样一位曾和阿喀琉斯、奥德修斯并肩作战、比荷马更古老的军事史家。

18 世纪以来，围绕这部书的原貌争论不断。一派以为必定存在希腊文母本，现在的本子只是对原书的拉丁文翻译，其中不乏增删润色。另一派则认为本书纯粹是依托之作，前言所云不过是小说家虚者实之、实者虚之的技巧而已，全书从一开始就是用拉丁文写就的。美国学者格里芬在 20 世纪初，曾作博士论文，对此做了细密的考证。他特别对比了拜占庭史家对这部书的援引，证明此书不是向壁虚造，必有祖本。[1] 过了五十多年，地下出土纸莎草抄本，载有这部书的希腊文残片，也最终证实这部对拉丁中世纪产生巨大影响的传奇，是从更早的希腊文编译而成的。

书是伪书，但是作为成书于公元四五世纪的文献，也算一部古籍。如果谨慎对待，当能从中钩稽出有用的史料，以弥补传世文献的不足。这里我们要关心的是对于埃涅阿斯的描写。这部《实录》中，事涉埃涅阿斯的有不少段落。开篇处，作者叙述特洛伊战争的起源，自然要提帕里斯诱拐海伦。但《实录》竟然把埃涅阿斯当作帕里斯作案的同伙："当其时，弗利基亚人亚历山大［即帕里斯］、埃涅阿斯以及其他同族人，在斯巴达国王墨奈劳斯家中受款待，却犯下滔天大罪"。[2] 埃涅阿斯居然直接参与了诱拐海伦的阴谋，那么特洛伊战争他也要算一个始作俑者了。卷二中有两段文字，记述他在战场上杀死希腊勇士，自己随即受伤，但叙述极其简略，刻画的是埃涅阿斯的勇力。[3] 卷四中，

---

[1] Nathaniel Edward Griffin, *Dares and Dictys: An Introduction to the Study of Medieval Versions of the Story of Troy* (Blatimore: J. H. Furst Company, 1907), pp. 1–14.

[2] 《特洛伊战争实录》的拉丁原文，我用的是 1872 年出版的 Teubner 版：*Dictys Cretensis Ephemeridos Belli Troiani Libri Sex* ed. by Ferdinand Meister (Lipzig: B. G. Teubner, 1872)。Teubner 版在 1962 年出了新版，将后来出土的纸莎草残片也附上。但这一版本一时无法见到，所以仍然用旧版。引文见卷一，第 3 章，第 3 页。

[3] 《特洛伊战争实录》1872 年 Teubner 版，卷二，第 11 章，第 24 页；卷二，第 38 章，第 43 页。

埃涅阿斯的出现频率很高，可以说积极参与了向希腊人投降、献城的密谋。《实录》叙述特洛伊的预言家赫勒诺斯来到希腊军营，告知希腊诸将，自己决定背弃祖国，不是因为胆小怕死，而是因为帕里斯居然在神庙中用诡计杀死阿喀琉斯，引来神灵震怒，自己和埃涅阿斯也都忍无可忍。之后，希腊军中的预言家又将赫勒诺斯叫到一旁，单独询问，证实他所言不虚，最后向希腊全军正式宣布：特洛伊末日来临，埃涅阿斯和安提诺尔必当助希腊人一臂之力（addit praeterea tempus Troiani excidii idque administris Aenea atque Antenore fore）。[1] 书中通过希腊预言家之口，明确将埃涅阿斯归入"襄助者"（administer）行列中，视其为特洛伊败亡的必要条件。

卷四继续叙述特洛伊方面的反应。特洛伊人感觉大势已去，所有将领都密谋颠覆普里阿摩斯的统治（cuncti procures seditionem adversum Priamum extollunt）。他们召来埃涅阿斯和安提诺尔的儿子，决定将海伦和劫来的财物归还希腊人。老王普里阿摩斯后来开会议事，迫于众人压力，他命令安提诺尔赴希腊军中议和。在这次集会上，埃涅阿斯有极其突出的表现。《实录》中特意写了他一笔，说他"口出不逊，大放厥词"（ubi multa ab Aenea contumeliosa ingesta sunt）。[2] 拉丁文中 contumelia 一词有"侮辱"、"冒犯"、"斥责"之义，作者着意刻画埃涅阿斯当众指斥国王，而且态度极端无礼，有违臣子的本分，算是彻底撕破了脸皮。安提诺尔前去议和，表达了对老王的种种不满，也得到了希腊人各种许诺。其中开给埃涅阿斯的好处是："若对希腊人忠心不二，则［破城之后］可分得奖赏，而且全家性命无虞"。[3] 特洛伊人再次派遣安提诺尔赴希腊军营商谈停战，而这一次埃涅阿斯主动请缨（uti

---

[1] 两段引文都见《实录》卷四，第18章，第84页。第一段的原文：non metu ait se mortis patriam parentesque deserere, sed deorum coactum aversione, quorum delubra violari ab Alexandro neque se neque Aeneam quisse pati.

[2] 同上。

[3] placet, uti Aeneae, si permanere in fide vellet, pars praedae et domus universa eius incolumis, 第86页。句中 domus 一字，即可指房屋，也可指家人，所以这里的许诺也可理解为"宅邸安然无损"。

voluerat Aeneas),要和安提诺尔一道前往,表现非常积极。两人和希腊人再次确认了出卖特洛伊的约定(confirmant inter se proditionis pactionem)。最后,几位希腊将领要随他们一同返回特洛伊,但是埃涅阿斯不让阿贾克斯随行,原因是特洛伊人对他的恐惧仅次于阿喀琉斯,担心阿贾克斯遭遇不测。此处可见埃涅阿斯非常细心,处处为敌方着想,生怕希腊大将遭特洛伊人的毒手。①

特洛伊城陷落之后,《实录》中又有几次提到埃涅阿斯。入城后,希腊人立即派兵守护安提诺尔和埃涅阿斯的宅邸。等烧杀劫掠告一段落,安提诺尔即劝希腊人赶紧离去。而此时,"希腊人劝埃涅阿斯同他们一道乘船去希腊,在那里他可以和其他首领平起平坐"。但埃涅阿斯决意留在特洛伊,等希腊人启程之后,他把特洛伊残部以及周边的居民都召集到身边,号召大家和他一道推翻安提诺尔的统治。不知为何这两位叛国的主谋,在敌人离去后,开始自相残杀。但安提诺尔已经知悉埃涅阿斯的计划,于是紧闭城门。埃涅阿斯被逼无奈(coactus),只好乘船出海,离开祖国,后来在亚德里亚海边上建立一个新国。②

通观这部"实录",作者对埃涅阿斯的描写可以总结为以下三点:卖国献城的主脑虽是安提诺尔,但是埃涅阿斯算是这场阴谋戏的第二男主角。卖国的原因倒不是为了个人私利,而是不满帕里斯在阿波罗神庙里用诡计杀死阿喀琉斯,玷污了神灵。所以埃涅阿斯的叛卖由于宗教原因,多少有点正当性。他和安提诺尔密切配合,被希腊人视为破城的关键人物(administer),而且书中用词一点也不含糊,在涉及他的文句中,出现"背弃故国"(patriam deserere)、"出卖"(proditio)这些词句,都明确说明了这部书中,埃涅阿斯扮演了极其不光彩的角色。

我们再来看看在另一部所谓"实录"中,埃涅阿斯的表现如何。这部书

---

① 《实录》,卷五,第4章,第89页。
② 希腊人守护埃涅阿斯宅邸,见《实录》卷五,第12章,第97页;希腊人劝埃涅阿斯一同离去,见卷五,第16章,第100页;埃涅阿斯与安提诺尔火并,离开特洛伊,见卷五,第17章,第101页。

题为《特洛伊沦陷记》(*De Exidio Troiae Historia*)。作者的名字，传统上写作"弗雷吉亚人达瑞斯"(Dares Phrygius)。达瑞斯乃是《伊利亚特》中只露过一面的人物，名字出现在卷五第 9 行。他家业殷富，是火神的祭司。不幸的是，达瑞斯的两个儿子与希腊英雄狄俄墨得斯交手，结果一个儿子被投枪刺穿前胸而死。火神怕达瑞斯悲伤过度，于是出手将他第二个儿子救走。这第二部依托之作就以这位丧子的祭司命名。作者自称弗雷吉亚人，立场自然站在特洛伊人一边。此书作者文字功夫不佳，拉丁文浅陋鄙俚，与《实录》中典雅的语言相去甚远。

《沦陷记》篇幅短小，但同样多处提到埃涅阿斯。① 比如，特洛伊老王召集群臣议事，其中就包括埃涅阿斯和他父亲安基塞斯，他们被列在"盟友"之列(amicos suos)。第 12 章，作者对特洛伊诸将有体貌的描述。对埃涅阿斯的刻画如下："皮肤微红、健壮、善谈、友善、智勇双全、忠义、英俊、双眼乌黑，常露笑意"。这段描写当然不可能有任何历史根据，只可当作一段谈资。第 39 章，安提诺尔密谋，派人请埃涅阿斯，告知国家将亡，当及早与阿伽门农媾和。第 40 和 41 两章描述了叛卖的过程。双方约定，特洛伊叛将打开斯开亚门(porta Scaea)，城门外雕刻马头（这也是后世对木马计的一种解释），放希腊军队入城。"当夜，安提诺尔与埃涅阿斯于城门守候，他们先认出阿喀琉斯之子，然后将城门洞开，让进希腊军队，举火为号"。在混乱之中，埃涅阿斯将老王普里阿摩斯之女珀丽米娜(Polymena)藏在家中，后希腊人在城中大索，安提诺尔在埃涅阿斯家中找到躲藏于此的公主，献给阿伽门农。"阿伽门农因埃涅阿斯藏匿此女，大为恼怒，于是勒令他带领随从迅速离境"。就这样，卖国的埃涅阿斯最终也没有得到希腊人的欢心。《沦陷记》最后一章，记载埃涅阿斯带二十二只船出海，跟随他出海的共计三千四百人。②

---

① 《特洛伊沦陷记》的拉丁原文，我采用的是 Teubner 本：*Daretis Phrygii de Excidio Troiae Historia*, ed. by Ferdinand Meister (Lipzig: B. G. Teubner, 1873). 引文会注出章数和页码。

② 埃涅阿斯相貌，见《沦陷记》第 15 页；密谋，第 47 页；叛卖的经过，第 51 页；出海，第 52 页。

从公元前4世纪的史家，到公元后四五世纪的演义，我们都能发现埃涅阿斯卖国求生这样的传说。这个故事之所以出现，或者由于后人对荷马史诗相关诗行穿凿附会，进行了大胆的想象，或者由于史家故意编出有轰动效应的故事，以求耸人听闻。[1] 这些炮制出的段子，目的当然在于诋毁埃涅阿斯。若编造者有更现实的考虑，则很可能借这段不光彩的经历借以打击、败坏埃涅阿斯后代的名声。[2]

《埃涅阿斯纪》写成之后，埃涅阿斯作为罗马开国者的地位已不可撼动，这个卖国的传说，遂被官方神话逐渐压制，声音越来越微弱。但是在后世的史著、笺注和传奇当中，这个传说的痕迹终归不能被完全消除。这个不能见容于正统声音的异类传统，还是通过多种渠道流传，渗透到埃涅阿斯的神话中。了解这个非主流的传统，可以让我们了解在埃涅阿斯被尊立为罗马人"国父"过程中，这个古代传说经过了哪些变形、改写、修正、润饰。也让我们知道，当维吉尔写作这部古罗马的民族史诗时，他所面临的材料原本是非常庞杂、异质的，他本人的诗作实际上也参与了罗马民族建构的过程。

在《埃涅阿斯纪》写成之前，埃涅阿斯的传说已然成为罗马的"民族信仰"（national creed）。[3] 而维吉尔将这一信仰铭刻在自己的史诗中，强化了罗马人对自己文明起源的理解和民族身份的认同。以埃涅阿斯逃亡、漂泊、建国的神话传说为《埃涅阿斯纪》的主题，是维吉尔经过深思熟虑的结果。这个极富政治和宗教意味的传说，来源于荷马史诗，创立于致力文化扩张的希腊人之手，后又被罗马人借用来定义自己的民族起源，而且又与罗马内战、恺撒和屋大维都息息相关。[4] 维吉尔接手的便是这样一个经过历代改编、重构的神话，

---

[1] Horsfall 称之为 "sensationalist or propagandist historiography"，见前引文章 "The Aeneas-Legend"，第14页。

[2] P. Smith, "Aineiadae", *HSCP*, 85 (1981), 17–59 (pp. 33–34).

[3] Elias J. Bickerman, "Origines Gentium", *Classical Philology*, 47 (1952), 65–81 (p. 67).

[4] 裘利斯·恺撒自称是埃涅阿斯的后人，这个传说对于恺撒的政治生涯、对于他的继承者奥古斯都的政治构想，都有很深远的影响。这个话题，本文囿于篇幅，先不作讨论。

他需要参酌这个传说的各种版本和各式的"变形"，对既定的素材做精心的修改，还需对挥之不去的负面因素（叛卖）做隐蔽的修正，最终才能形成罗马立国的官方神话。考察这一传说的流变，能够让我们对维吉尔的文学传承以及史诗的政治背景产生更深的理解，也能让我们对神话传说在后世如何被后人用于特定的政治或文化目的，提供一个极有代表性的案例。

第十专题　伊朗古代神话和史诗

张鸿年

1　伊朗古代历史简述

伊朗地处亚洲西部，位于伊朗高原之上，是世界上为数不多的文明古国之一。现在的伊朗版图只是古代伊朗领土的核心部分。公元前705年，在伊朗西部建立雅利安人政权米底王朝。米底人是进入伊朗高原的雅利安人两支之一。米底王国没有文献遗存，其都城是哈格玛塔内（Hagmatane），其地位于今哈玛丹市。米底向亚述王国纳贡。其社会形态属游牧生活向农耕生活过渡阶段。据亚述文献，米底社会已有分工，社会人群有武士、农人、手工业者和祭司。亚述曾从米底掠去手工业者。在米底司道德教化和宗教事务的人称穆护（Mogh）。穆护本是米底六部族之一的名称，后演化为司教职者的专名，说明米底宗教是琐罗亚斯德教。雅利安人的另一支波斯人的司教职者也称穆护，因为米底人与波斯人同属雅利安族，他们的文化与语言差异甚微。波斯人居鲁士于公元前550年推翻米底王，建立伊朗第一个统一的中央集权的王朝，即阿契美尼德王朝，其国力最强盛时的版图覆盖亚非广大地区。

伊朗西部和北部是连绵的山脉。中东部直到霍拉桑都是高地。中南部是大片沙漠。国土一半是山区，平原只占国土的四分之一。

伊朗曾是贯通欧亚的丝绸之路西段的重要一环。繁荣强大的波斯帝国雄踞亚非欧三洲交界地带。西邻希腊、罗马，东接印度、中国，东北是突厥，西南是埃及。

在世界古代史上，伊朗曾经是举足轻重的大国。她曾征服过邻近民族如埃及、小亚、巴比伦。到大流士国王时，伊朗的兵力甚至达到巴尔干半岛的马其顿。但伊朗也曾沦为强大征服者的占领地。希腊的亚历山大劲旅、阿拉伯的穆斯林大军、突厥的强悍的入主者和横扫四方的蒙古骑兵都曾经驰骋在伊朗大地，建立他们的政权。

频繁的东西交通往来，多次外族入侵和统治，客观上使得伊朗成为东西文明交汇的中心。伊朗人也自然成为四面八方文明的吸收者，各方文明经过他们的消化吸收，酝酿发展，又传播到世界各地。

伊朗民族是一个宗教思想十分发达的民族。世界各主要宗教都在伊朗大地留下深刻的印记。具有世界影响的琐罗亚斯德教和摩尼教都发祥于伊朗。佛教传入中国首先经过伊朗，最早在中国翻译佛经的译者安息僧人安清、安玄已经作为文化交流的使者名垂史册。基督教的诺斯替教派经伊朗东传。伊斯兰教进入伊朗后，其早期教义与波斯文明相结合，带上理论思辨色彩，从而更加顺利地传播到东西方。

伊朗人属雅利安人中文明发展较高的一支印伊雅利安人种。雅利安人是古代游牧于中亚的民族。约于公元前 3000 年，印伊雅利安人开始向南转移。一部分进入信德河谷地，成为印度人的先人；一部分向西，进入伊朗高原，是伊朗人的先祖。这部分雅利安人先进入木鹿、巴尔赫和喀布尔地区，后达到伊朗东南部、中部和西部，直到地中海沿岸，完成了他们历史性的大迁徙。

伊朗人在长年迁徙的过程中，与高原原居民不断接触和融合，冲突和争斗，甚至爆发残酷的战争。他们记录自己的行程和经历，创造了大量内涵丰富、绚烂多彩的神话传说故事。所以伊朗人与其他民族一样，他们的历史源头是与神话故事相连接与融合的。

伊朗古代有文字记录的历史可以概括为三大王朝，即：

1. 阿契美尼德王朝（公元前 550 年—公元前 330 年），
   公元前 330 年—公元前 247 年为希腊人统治伊朗时期。

2. 阿什康尼王朝（或帕堤亚王朝，公元前247年—公元224年，中国史书称之为安息王朝）。

3. 萨珊王朝（公元224年—651年）。

阿契美尼德王朝的奠基人是居鲁士大帝（殁于公元前529年）。居鲁士大帝推翻了米底王朝，建立了阿契美尼德王朝。这一时期的伊朗是一个幅员辽阔的奴隶制大帝国。其版图东起信德河，西至地中海与埃及，北到中亚和高加索，南临波斯湾。阿契美尼德王朝的国都始在苏撒（在今伊朗西南部），到国王大流士（公元前522年—公元前486年当政）时，则以设拉子附近的玻斯波利斯为都城。大流士时的铭文明确表明，阿契美尼德王朝时所尊崇的神是天神阿胡拉·马兹达；"是阿胡拉·马兹达把这个王国赐给了我，阿胡拉·马兹达帮助我占有了这个王国。靠阿胡拉·马兹达之佑，我统治了这个王国"。

当时，在帝国版图内，已经建立了完整的国家政权机构。在中央政府统治下，全国设20个郡，郡守由中央政府委派，主管政务。郡与郡之间，以及各郡与首都苏撒建有大道相连，从爱琴海到波斯湾建有御道，由巴比伦到帝国东部与印度接壤的地区筑有贯穿全国的交通干线。各郡可独立处理税收、募兵、司法事务。数郡为一军区，全国设五大军区，由中央政府派出军事长官。利用交通路线办理邮政，沿途设驿站。阿契美尼德王朝时期的伊朗语言为古波斯语。

最能说明阿契美尼德王朝实力的事件应该是前后进行了47年的世界历史上著名的波希战争。波斯的这一掠夺性战争最终以失败告终。

据希腊历史学家希罗多德记载，伊朗军队第二次进攻希腊的兵力在五百万人以上，共动员各类船只1200艘。这样大规模的海陆联合军事远征，没有强大的政治军事实力和物质装备支持是不可想象的。组织与调动这样庞大的兵力，其指挥艺术和能力也是不可低估的。

公元前331年，崛起于希腊马其顿的国王亚历山大率军东征，推翻了阿契美尼德王朝。此后，希腊人直接统治伊朗达80余年之久（亚历山大在伊朗的政权史称塞琉古王朝）。

希腊人统治伊朗时期是波斯、希腊两大文明全面交融和互相影响的时期。在伊朗领土上兴建了希腊式城邦，内设城市议事会，执行城市法规，广泛推行希腊语。主要官员由希腊人担任，同时，也吸收伊朗人参与军政事务。

公元前247年，伊朗东部阿什康尼家族为首的武力集团崛起，结束了希腊人的统治，建立了阿什康尼王朝。阿什康尼王朝，即安息王朝初期，其社会文化形态虽然仍带有明显的希腊色彩，但社会文化发展的总方向是摆脱希腊影响，恢复伊朗民族文化传统，恢复民族语言，即北巴列维语，这是相对萨珊王朝时期的语言南巴列维语而言。这两种巴列维语都是在古波斯语基础上发展起来的。到7世纪，阿拉伯人入主伊朗后，极力推行阿拉伯语，巴列维语与阿拉伯语有一个共同存在时期。但阿拉伯语终未能成为伊朗人民的通用语。到8世纪时，兴起新的波斯语，称为近代波斯语，也称达里波斯语。现在这种语言仍然是伊朗的通用语言。安息王朝时，已经开始重新搜集被亚历山大焚毁的琐罗亚斯德教古经《阿维斯塔》。

安息王朝定都尼萨，其遗迹位于土库曼斯坦阿什克阿巴德附近。它拥有强大的军事实力，在东方阻止了游牧民族（塞种人和匈奴）的侵扰，在西方则阻止罗马帝国东进，巩固了伊朗的西部边疆。著名的丝绸之路在安息时期逐渐形成，伊朗是这条商路西段的重要一环，安息王朝在维护这条联系欧亚的大道上发挥了至关重要的作用。当然，它也从中得到了丰厚的回报。

特别值得一提的是安息王朝时，中国与伊朗建立了正式国家关系。公元前119年张骞第二次出使西域，曾派使节到安息宫廷，受到隆重欢迎。《史记·大宛列传》中对这一历史事件作了如下记载："汉使至安息。安息王令二万骑迎于东界。东界去王都数千里。行北至，过数十城，人民相属甚多。汉使还，而后发使随汉使来观汉广大。以大鸟卵及黎轩善眩人献于汉"。从此以后，掀开了中伊友好交往的篇章。

安息王朝虽统治达400余年之久，但其史料遗存严重不足。诗人菲尔多西于10—11世纪之交创作的伊朗民族英雄史诗《列王纪》中，对这一王朝，仅仅提到几个国王的名字，对其国王的业绩和王朝的施政措施没有细节的描绘。比起描绘的萨珊王朝的文字相去甚远。菲尔多西说：

> 由于这个家族的事业并不兴旺，
> 对他们历史的叙述并不周详。
> 我在帝王典籍中没有看到他们的事迹，
> 只好把他们的名字记录在这里。

公元224年，南方法尔斯地区武装集团首领阿尔达希尔·巴伯康率军推翻了安息王朝，建立世界历史上著名的萨珊王朝（萨珊是阿契美尼德王朝最后一个国王达拉的一个儿子的名字）。萨珊王朝定都泰西封，其遗迹在巴格达东南，底格里斯河左岸。

萨珊王朝的统治者是强烈的民族主义者。这一时期的伊朗社会正处于从奴隶制向封建制转型的进程中，并终而发展为封建制的大帝国。萨珊王朝（特别是在前期），国力强盛，经济繁荣，文明发达，是世界历史上典型的封建王朝。萨珊时期的伊朗与世界各国开展广泛的交往。通过丝绸之路与东西方民族进行频繁的商贸往来。萨珊王朝从阿契美尼德王朝继承了比较完整的政治体制和行政管理体系，有行之有效的税收制度（这一制度为后来的阿拉伯哈里发帝国所继承）。萨珊国王们大兴土木，在全国建城，如喀兹文、舒什特尔、内沙浦尔和坎迪沙浦尔都是这时建成或扩建的。

萨珊王朝时的文化也发展到一个新的高度。由于与印度文明和希腊文明有密切和广泛的接触，其哲学、历史学、地理学、文学、医学和天文学都很发达，并取得了辉煌成就。在3世纪，在南方胡泽斯坦，利用罗马战俘的劳力，建起名城坎迪沙浦尔。这是一座科学文化城，城内开办了一所医科大学，并附设医院，这所大学招收伊朗及外国学生，聘请印度和希腊学者授课、著述和译书。坎迪沙浦尔的文化中心地位一直保持到9世纪才被巴格达取代。

阿努希拉旺国王当政时（531—579），这座城市的科学文化活动达到鼎盛时期。阿努希拉旺是一位雄才大略的国王，他重视科学文化事业的发展，关心学者文人，甚至亲自参加科学讨论会，还请希腊哲学家为他讲学。公元529年，罗马宫廷由于宗教思想不与主流思想相合，驱逐七名基督教学者。阿努希拉旺接待他们到伊朗，安排生活，请他们讲学著书。

2　琐罗亚斯德和琐罗亚斯德教[①]

伊朗古代神话传说几乎全部出自琐罗亚斯德教古经《阿维斯塔》。崇信阿胡拉·马兹达的琐罗亚斯德教脱胎于印度伊朗雅利安人早期多神信仰。琐罗亚斯德教的创始人是琐罗亚斯德（Zardusht）。

阿胡拉·马兹达中的阿胡拉与梵文中的阿修罗相对应，在印度神话中是一组恶神的统称。但到了伊朗早期神话中，变成为神和创世主。马兹达意为智者，具有绝对智慧的。阿胡拉·马兹达的意思是具有绝对智慧的神或具有绝对智慧的创世主。与这种恶神变天神相反，印度神话中的提婆（Deva）本意为天、圣天，在伊朗神话中却变为魔鬼。

2.1　琐罗亚斯德其人

关于在历史上是否曾有琐罗亚斯德其人，在长时期内，存在不同的见解。主张实有其人的学者在其生地和生活年代上也存在分歧。近年来较多学者认为琐罗亚斯德确实是一位历史上的人物，主要依据是《阿维斯塔》中的《伽萨》的文字和思想有别于此书其他部分，据信是他所著。

琐罗亚斯德的意思是黄骆驼的主人。关于他所生活的年代，迄今尚无确切资料可资参考，做比较准确的判断。但根据古经《阿维斯塔》的内容和所宣传

[①] 琐罗亚斯德教我国译拜火教或祆教。世界上其他国家也有名之为拜火教的。但琐罗亚斯德教徒并不认同拜火教这一名称。他们认为自己的宗教不仅拜火，只名为拜火教不能说明其宗教的实质。

的教义，大体可以推断他生活的年代应该是伊朗多神教信仰（迪弗·亚斯纳）向一神教信仰过渡并激烈斗争时期，也就是公元前8—11世纪。琐罗亚斯德是反对迪弗·亚斯纳的。琐罗亚斯德教关于世界要经历四个3000年的说法在阿契美尼德王朝以前就已经在伊朗东部流行。这一时期琐罗亚斯德已经被视为宗教先知，所以他一定是早于阿契美尼德时代的人，也就是说他不可能是晚于公元前6世纪的人。

关于琐罗亚斯德的出生地也有不同的意见，有西部说和东部说。西部说是萨珊王朝时巴列维语文献所宣扬的观点。这派观点主张琐罗亚斯德生于阿塞拜疆或雷伊地区（雷伊遗迹在今德黑兰以南），后到伊朗东部传教。但是这派人没有提供有力的证据。在《阿维斯塔》的内容中，没有提到古代西部的米底王朝，也没有提到西部的帕尔斯（法尔斯或波斯），这显然与琐罗亚斯德生于西部的说法相悖。伊朗学者扎林库伯在其《伊朗民族史》一书中说，西部说盛行于萨珊时期是由于西部波斯地区的祭司为了把自己的地区与琐教先知相联系、以提高自己地位的一种说法。[1]

实际上《阿维斯塔》的语言带有伊朗东方语言的特点，不论从语言学角度，还是从《阿维斯塔》中对环境的描述看，琐罗亚斯德的诞生地和琐罗亚斯德教的发祥地都应该是伊朗东部。《阿维斯塔》中许多地名都在伊朗东部。例如有一个重要的湖名法拉赫·卡拉特湖（Farakh Karat），伊朗神话中说这个湖是保存先知琐罗亚斯德精子的地方，前后有三个少女在此湖中洗浴，生下他的三个儿子。法拉赫·卡拉特湖又名哈蒙湖（Hamung）或锡斯坦湖（Sistan）。这说明位于伊朗东南部的锡斯坦也是琐罗亚斯德活动的地区。还有一个在琐罗亚斯德教神话中有重要意义的地名是伊朗维杰（Iranvij），这里是雅利安人中的伊朗一支与印度的一支分离后，在进入伊朗高原之前的第一个栖息地，意为"伊朗人的家园"。在《阿维斯塔》中提到伊朗维杰时，有时还提到一条河，名戴亚蒂河，流经伊朗维杰（《阿邦·亚什特》17—18节）。据研究琐罗亚斯德教的

---

[1] 扎林库伯：《伊朗民族史》，阿米尔卡比尔出版社，1985年，第51页。

学者一致意见，伊朗维杰在中亚，确切地说是在花剌子模地区。而花剌子模确实是伊朗先人进入伊朗高原前的第一个驻足地。如在《阿维斯塔》的《阿邦·亚什特》中就有这样的文字：

"造物主阿胡拉·马兹达在伊朗维杰，在戴亚蒂河岸，以加奶的胡摩汁，以巴尔萨姆，以睿智的语言，以善思善言善行，以扎乌尔响亮地说……要求江河女神阿雷德维苏尔·阿娜希塔，善神，强有力的神：请助我成功，使普鲁沙斯帕之子，向善的琐罗亚斯德依照教义思想，发言和行动。"（《阿邦·亚什特》，17—18）[①]

琐罗亚斯德 20 岁时离家隐遁，30 岁时得到天启，开始传教，十年内从者寥寥。在相传是他本人所作的《亚斯纳》中有这样的记录：

"我投奔何方？我求什么人庇护？（人们）把我与亲人朋友分离。这片土地上伪善的统治者和他们的帮手也使我感到不快。"

"马兹达·阿胡拉啊，我怎么做才能使你满意？"

"马兹达啊，我知道我的力量不够，我一贫如洗，从众不多。"

"阿胡拉啊，我向你诉苦，我竟遭此失败。请你审视我的处境。我向你祈求佑助和安宁。请给倾心者以鼓励。请让我在真的指引下领悟善的含意。"（《亚斯纳》46，1—2）

琐罗亚斯德 42 岁时，说服东方凯扬王朝国王古什塔斯帕，得到他的支持，

---

① 胡摩是一种植物，在雅利安人心目中有神圣的意义，以其榨汁饮用或于祭祀时奉献，认为此种汁液可益寿延年，长生不老。后胡摩成了神。巴尔萨姆是祈祷时用的一束石榴嫩树枝。扎乌尔是琐罗亚斯德教徒祈祷时奉献的类似胡摩的饮料。

传教事业才有了转机。后敌国土兰国王以古什塔斯帕信仰琐罗亚斯德教为借口，发兵攻伊朗。琐罗亚斯德在战争中殉难。

研究琐罗亚斯德教的学者对琐罗亚斯德起初传教的地区没有争论，一致认为是在伊朗东部霍拉桑地区，即有名的霍拉桑四镇：木鹿、巴尔赫、赫拉特和内沙浦尔。

这就是琐罗亚斯德一生经历的大致轮廓。但是到了萨珊王朝时，他的人生经历被描绘得具有浓厚的神话色彩，主要内容就是琐罗亚斯德受阿胡拉·马兹达之命降世，启迪世人，传播圣教。

据说琐罗亚斯德降生时，笼罩在他母亲身上的光环越来越显眼，像月亮一样放射光芒。分娩日临近，恶神阿赫里曼派痛、热和风三魔折磨他母亲，企图把琐罗亚斯德害死于腹中，他母亲非常难过。后霍尔莫兹德①派天神巴赫曼降世保护，神魔间展开一场斗争，终于神胜魔败，琐罗亚斯德发着笑声降临人世。

2.2 《阿维斯塔》

《阿维斯塔》是伊朗琐罗亚斯德教古经，是伊朗古代文化典籍，是伊朗神话传说的总汇，是宝贵的文化遗产。阿维斯塔意为知识总汇，或箴言总汇。

《阿维斯塔》不是一人一时的著作，它是在公元前 1500 年到公元前 800 年这一漫长时期内成书的，其文字为阿维斯塔文。这种文字与印度古代的吠陀文接近。

《阿维斯塔》的内容分为两大部分：一部分是琐罗亚斯德教的基本教义、道德原则以及这一宗教的世界观和宇宙观。包括创世记和善恶二元的斗争等。第二部分是略有历史影子的伊朗雅利安人进入高原的生活经历，包括他们与土著居民的融合和斗争过程、早期氏族首领人物的活动与业绩。

亚历山大入侵（公元 330 年）时，《阿维斯塔》被希腊人焚毁。一说希腊

---

① 霍尔莫兹德是阿胡拉·马兹达的波斯语称谓。

人将书中有关天文哲学等部分携回，并译为希腊文。阿拉伯著名史学家马苏第在《黄金草原》一书中提到《阿维斯塔》："一直到亚历山大杀死大流士之后，将该著的一部分投入火中为止，此书一直为波斯国王们的法典"。① 伊朗著名的古代文献《坦萨尔信》中也提到亚历山大焚书事②："亚历山大在伊斯塔赫尔（伊朗南方法尔斯附近之古城）焚烧了我们写于一万二千张牛皮上的这经书。书中内容有三分之一尚存于人们的记忆之中，其中主要为传说故事。教规教法已被遗忘。故事传说也因年深日久，记忆错误，朝代更迭，后来叙事者的夸大心理和创作欲望，变得面目全非了。看来若想恢复其原貌是很困难的事。"

安息王朝和萨珊王朝时都进行了对散佚的《阿维斯塔》的搜集整理工作，这一工作到萨珊末期（公元6—7世纪）完成。整理成的《阿维斯塔》已经不是原阿维斯塔文，所用的文字是专门为此而创造的，名为丁达比里文。整理成书的字数远低于原书，据说只有34万字。又经阿拉伯人入侵一劫，到后来只余83 000字。阿维斯塔文和丁达比里文都是很难读懂的文字，现有学者翻译成波斯语的《阿维斯塔》。

《阿维斯塔》包括六大部分：

A.《伽萨》(Gatha)。《伽萨》包括在《亚斯纳》之内，为5篇17章238节。伽萨意为颂词、赞歌，文体是章节诗。从诗歌风格与用词上看，《伽萨》比《阿维斯塔》的其他部分更加古朴，研究者比较一致的意见是这部分是琐罗亚斯德本人所著。琐罗亚斯德在《伽萨》中首先宣示了自己的基本观点：在宇宙中存在善恶两极，世人应该遵循善思善言善行正道，反对恶思恶言恶行。文中描述了至高天神阿胡拉·马兹达创造天界和人世的过程，对众神进行了歌颂和赞扬，谴责了恶魔阿赫里曼和其他众魔。《伽萨》中包括琐罗亚斯德对宇宙

---

① 《黄金草原》，耿昇译，青海人民出版社，1998年，第295页。
② 坦萨尔是伊朗萨珊王朝阿尔达希尔国王时的大祭司长。本文引文见于《伊朗史诗创作》（扎毕胡拉·萨法著，德黑兰皮鲁兹出版社，1954年，第31页）。信的原文为巴列维文，现有波斯文译本。坦萨尔奉命写信给马赞得朗国王，劝他投降萨珊王朝。

和世界万物的思索和探讨，他提出了许多自己迷惑不解的问题，使人想起我国大诗人屈原的《天问》，可见这些问题是古往今来一切思想家和哲人都关注的问题。如：

>阿胡拉啊，我问你，请如实告诉我：
>谁是原始之初的造物者？
>谁创造了真（谁是阿沙之父）？①
>谁确定了日月运行的轨道？
>谁规定了月盈和月亏？
>马兹达啊，这一切以及其他事情我都渴望知道。
>
>阿胡拉啊，我问你，请如实告诉我：
>什么人在下方支撑大地？
>什么人在上方支撑天空？使不致倾陷？
>什么人创造了水和植物？
>什么人驱赶着风和乌云？
>马兹达啊，什么人创造了善思？
>
>阿胡拉啊，我问你，请你如实告诉我：
>是哪一位圣哲创造了光明和黑暗？
>是哪一位圣哲创造了清醒和睡眠？
>是哪一位圣哲创造了早晨、中午和夜晚，使明智者向神祈祷？（《亚斯纳》44，3—5）

---

① 阿沙是琐罗亚斯德教典籍中一个很重要很难解的词。它最基本的意思是真、真理，但也有善、秩序、规律、正义的意思。也有学者把它译为道、正道或天则。

B.《亚斯纳》。除去17章伽萨外，还有55章，其中包括许多古代传说故事及先人事迹。在第9章中是琐罗亚斯德与胡摩的对话，介绍最早以胡摩制造出胡摩汁的人和他们的儿子。他们的儿子都是早期神话中的重要人物，如贾姆希德、法里东和戈尔沙斯帕和琐罗亚斯德等。

在《亚斯纳》第12章第1节中，有一段代表性的文字，说明教徒对圣教的信仰：

"我谴责恶魔，我声明：我是崇拜马兹达的信徒，我是琐罗亚斯德教的信徒，是与恶魔为敌的信徒，是阿胡拉的信徒。"

"我崇拜并赞颂阿姆沙斯潘丹。"

"我深信善源阿胡拉·马兹达，善神阿胡拉·马兹达，幸福吉祥的正道之神是值得赞颂崇拜的。因为他是一切善之源泉。世界源自他，正道源自他，光明源自他，他的光辉使世界披上欢乐的盛装。"（《亚斯纳》12，1）

"我要与丑恶、堕落、生性顽劣、不走正道、虚伪的被创造的魔鬼断绝一切联系。与那些虚伪、罪恶、丑恶的被创造者断绝一切联系。我要远离众魔鬼和魔鬼的崇拜者。"（《亚斯纳》12，4）

C.《亚什特》。《亚什特》也是诗歌体，共21章，亚什特词义与亚斯纳相似，也是颂赞的意思，但两部分功能不同。《亚斯纳》主要是歌颂天神阿胡拉·马兹达，《亚什特》则是歌颂各助神，21章的章名多为助神之名。萨珊王朝时成书的《亚什特》比现存的《亚什特》篇幅长，现存的《亚什特》并不完整，有些章已经散佚。这21章又可分为两部分，一部分篇幅长，一部分篇幅短。长的部分文字优美洗练，除《伽萨》外，这部分是语言最好的。《亚什特》中包括许多伊朗早期英雄故事，这些故事中的人物都成为后世史诗中的人物形象。

D.《维斯帕拉德》。共27章，是每年不同时期节日的颂词，一般与《亚斯纳》一起诵读。它赞颂天神创造的一切善良美好的事物，即天上人间一切属于善的事物，如各助神、天空大地、江河湖海等。

E.《万迪达德》。共 22 章，散文体。万迪达德意为驱魔法规。这章内容中还包括琐罗亚斯德教所要求的教徒所应遵循的道德原则。提到阿胡拉·马兹达创造十六国之地；阿赫里曼则反其道而行之，竭力破坏十六国之地上人们的生活，给他们带来灾难。这章还特别强调琐罗亚斯德教徒应重视农业生产，要种植粮食，按农时耕作，反映了琐罗亚斯德教顺应历史潮流的进步的世界观。

F.《胡尔德阿维斯塔》（意为小阿维斯塔，或简明阿维斯塔）。这是萨珊王朝国王沙普尔二世时（310—379），祭司长阿扎尔巴德·梅赫尔拉斯帕丹编写的阿维斯塔普及本，供教徒日常祈祷诵读。《胡尔德阿维斯塔》的内容基本与《阿维斯塔》相合，但有的在现存的《阿维斯塔》中找不到。

2.3 巴列维语文献

中世纪巴列维语琐罗亚斯德文献较前有很大发展。这时的文献比以前更加丰富，更加系统，也更具有理论色彩。萨珊王朝时的琐罗亚斯德教发展到了一个新的阶段，除重新整理散佚的《阿维斯塔》，还创作了大量文学作品和阐述教义的著作。

这种发展是社会历史向前演变的结果。萨珊王朝的统治者较阿契美尼德的国王们更加自觉地利用琐罗亚斯德教教义作为他们巩固统治的手段，所以这时的统治者与宗教势力结合得更加密切，其结果就是宗教势力的空前加强，有时宗教势力达到左右国家政治和国王行动的地步。阿拉伯人入侵并统治伊朗，使得 7 世纪以后伊朗宗教势力的发展带有反抗阿拉伯人统治和民族斗争的色彩。

阿拉伯人大力传播伊斯兰教和推行阿拉伯语，于是在文化领域内，在语言和宗教问题上，伊阿两大民族展开了长期激烈的斗争。这种斗争持续了约二百年以上，结果是伊朗人接受了伊斯兰教，但排斥了阿拉伯语。在这一二百年的斗争过程中，琐罗亚斯德教的祭司们创作了相当多的巴列维语宗教著作，从而丰富了琐罗亚斯德教文献。除此以外，巴列维语的文学作品也开始发展，并表现出强劲势头。这一时期出现了史诗性作品，成为从古代文学过渡到近代波斯语文学繁荣时期的桥梁。巴列维语琐罗亚斯德教文献和文学作品主要有：

A.《赞德·阿维斯塔》(*Zand-Avesta*)。是《阿维斯塔》的巴列维语注释，赞德意为知识和理解。此书可能不是巴列维语注释，而是《阿维斯塔》原注释的巴列维语的译本。全书约 141 000 字，其文字系萨珊王朝时期的巴列维语。作注释的并不只一人，但阿努希拉旺国王时的祭司长维赫·沙普尔的注释被公认为权威观点，受到普遍肯定。由于巴列维语注释中有相当数量的阿拉米词，① 后又有人以巴列维语注阿拉米词，称为《帕·赞德》，即赞德的再注。

B.《班答赫什》(*Bundahishn*)。这是一部琐罗亚斯德教巴列维语的创世记。全书共 36 章。原为 3 万字，但绝大部分失传，目前仅余 13 000 字。

《班答赫什》分两种。一为印度本，一为伊朗本。印度本较伊朗本内容少，实为伊朗本的精简本。《班答赫什》是一部十分重要的著作。编者除使用萨珊王朝时期的《阿维斯塔》，还利用了各种传说史籍，包括译为阿拉伯语的萨珊王朝正史《帝王纪》，主要内容为阿胡拉·马兹达的创世过程，善恶两种力量的长期斗争，最终善胜恶败，人类进入永久和平幸福时代。这部作品中，出现在《阿维斯塔》中的神话人物，如法里东、扎里尔、贾姆希德、佐哈克和维什塔斯帕（古什塔斯帕）等人的故事情节都有所发展。同时，在这部作品中，还首次出现了萨姆家族的故事，特别是提到鲁斯塔姆和他父亲扎尔。

C.《丁卡尔特》(*Din-kart*)。是巴列维语的一本全面阐述教义的著作，被誉为琐罗亚斯德教的百科全书，现存 169 000 字。最初的编纂者是阿扎尔·法兰巴格·法鲁赫扎德，后由于遭到破坏，再由阿图尔帕特·欧米德重编。这次编写的共九章，前两章散佚。三、四两章是教义的总述，其他章节是对有关教义

---

① 阿拉米族为闪族的一支，早年栖息于约旦河和死海以东地区。公元前 14 世纪进入文明程度较高的地区，即叙利亚和两河流域。阿拉米字母取自腓尼基字母，而巴列维字母又源生阿拉米字母。

的问答、琐罗亚斯德生平和国王事迹。

D.《扎德斯帕拉姆文集》(*Chitakihai-Zatsparam*)。扎德斯帕拉姆是琐罗亚斯德教祭司长。此书成书时间与《班答赫什》同时（9世纪），从创世记写到琐罗亚斯德生平，也写到世人的生命、灵魂和身体，最后写琐罗亚斯德依照天神指令下凡，传播圣教。也写善恶二元斗争，以及善终于战胜恶，邪恶势力完全消灭，世界及宇宙进入永久光明和幸福时代。

E.《阿尔达维拉夫集》(*Artavirafname*)。即阿尔达维拉夫魂游天堂与地狱。此书也成书于9世纪，是一本重要的巴列维语宗教文献。琐罗亚斯德教立论的基础之一就是宣扬地狱与天堂的存在，天堂的存在足以吸引世人一心向善；而有地狱的威慑，使世人心存不轨时有所顾虑；所以证明天堂和地狱的存在是宗教得以行世的关键一环。

为了证明他们关于天堂与地狱的说教的真实性，必须具体描绘天堂和地狱的情景，于是这本书便应运而生了。书的开头说要派一位德高望重的祭司去天堂地狱走一番，以便带回那里的信息。祭司们选中了信仰虔诚的阿尔达维拉夫。有意思的是派他去执行这项任务，遭到他的七个妻子的反对，这足以说明普通人是不相信真的存在着另一个世界的，但经过说服她们还是同意了。

在阿尔达维拉夫饮下麻醉人的饮料后，他便昏昏欲睡。这时天使索鲁什和火神阿扎尔出现在他面前。他们把他带过切努特桥，便进入了天堂。①

在天堂里，他看到了各位善神，进入月宫，朝拜了天神霍尔莫兹德（即阿胡拉·马兹达），见到琐罗亚斯德的灵魂以及接受琐罗亚斯德教的国王古什塔斯帕和许多古圣先贤的灵魂。他们都在天堂平安康泰，享受永恒的幸福。此外他还看到许多善良的普通人的灵魂，他们生前是贞洁的妇女、除恶扬善的战士、爱护牲畜的牧人、勤劳的农夫和传道授业的师长，他们也都生活得愉快而安详。

地狱的景象阴森恐怖，寒气逼人，书中叙述得比天堂更为详尽。残暴的国

---

① 切努特桥类似我国民间传说中的奈何桥。人死后经四日其灵魂要通过这座桥，由神判断其生前善恶，分别送入天堂或地狱。

王、同性相奸的罪犯、蛊惑人心的巫婆、不肯施舍的守财奴、不贞洁的女人、执法不公的法官等都受到应得刑罚。有一个场景特别具有警示意义：有一个生前荒淫无度的人，他破坏了许多妇女贞操，根据他生前的罪行，被置于大铜锅中，用沸水煮。但是他的右腿却垂在锅外，不受煎熬之苦，经问才得知，他生前曾做过一件好事——他曾用右腿踩死过害虫。

另一个例子说的是一对夫妻，也颇有启示。丈夫是一生奉行"三善"的虔诚的琐罗亚斯德教徒，所以死后被送入天堂。而他妻子则是一个偶像崇拜者，趋附邪恶，被打入地狱。但是在天堂的丈夫并没有享受到什么幸福，因为他没有引导妻子信教行善。妻子在地狱也只是忍受黑暗和污浊，并未受到更多的刑罚，因为她这时已经悔恨，埋怨丈夫生前没有把她引导到正途。

这两则故事颇具辩证色彩，也富有教育意义，把人世间的善恶是非划分得十分细致而严格。情况不同，区别对待，因而更加具有鼓励和警戒意义，不仅启发世人一心向善，而且鼓励走上邪路的人们改恶从善，走上正路。这部作品的影响在于它形象地呈现了此世以外的彼世的景象，对加深和巩固世人对琐罗亚斯德教的信仰有不同凡响的价值。

F.《缅怀扎里尔》(*Ayatkare-Zareran*)。这是一部巴列维语诗歌作品，现存3000字，内容是在伊朗与土兰一场战争中的伊朗勇士扎里尔壮烈殉身的故事。伊朗国王古什塔斯帕接受了琐罗亚斯德教，敌国土兰国王阿尔贾斯帕借口反对此举，发兵来攻伊朗。伊朗三军统帅、国王之弟扎里尔率兵迎战，保卫祖国，数次取胜之后，在与敌方将官比代拉夫什的搏斗中阵亡。伊朗全军上下群情激愤，誓为扎里尔报仇。王子埃斯凡迪亚尔与扎里尔之子巴斯图尔出战，杀死比代拉夫什，为扎里尔报了仇。

《缅怀扎里尔》可能在安息王朝时已经成书，现存的《缅怀扎里尔》成书于6世纪。开始人们认为这是一部散文体著作，后法国学者本温尼斯特(Benveniste)于1933年经研究得出结论，这是一部诗体作品，只不过是在它流传过程中，到萨珊王朝时已经在书中加上了许多解释性文字，所以人们认为它是散文作品。本温尼斯特剔除了解释性文字，还其本来面目。

扎里尔之名已经出现在《阿维斯塔》中。在《阿维斯塔》中，他的名字是扎伊里·瓦伊里（Zairi Vairi），可见他的故事属于早期伊朗东部传说。在《阿维斯塔》中，有这样的记载：

"扎里尔跨马，威风凛凛地站在戴亚蒂河岸，向她（指江河女神——笔者）献上百匹马，千头牛，万只羊。"

"他请求她：阿尔德维苏拉·阿娜希塔啊，善神啊，强有力的神啊，请保佑我战胜崇拜魔鬼的胡马亚卡①，他张牙舞爪，在八间房里栖身。请保佑我战胜虚伪的阿尔贾斯帕。"

"阿尔达苏尔·阿娜希塔一向满足依礼献上扎乌尔的请求者的要求，她保佑他成功。"（《阿邦·亚什特》，112—114）

在《阿邦·亚什特》第117节中，还记载了土兰国王阿尔贾斯帕要求江河女神保佑他战胜古什塔斯帕和扎里尔，但江河女神没有满足他的要求。

从这些记载中，已经可以看出双方这场战争的端倪，但是没有更多细节。但在流传过程中，情节逐渐得到丰富，故事叙述更加详细，到了巴列维语中的《缅怀扎里尔》和菲尔多西的《列王纪》，形成了情节曲折的长篇史诗。其中有相当多的场景的描绘和人物性格的塑造。

G.《阿尔达希尔·巴伯康行传》（Karname-e Ardashir Babkan）。这是一部萨珊王朝开国君主阿尔达希尔·巴伯康的传记，成书于萨珊王朝晚期，语言为巴列维语，其内容既有史实，也有神话成分。主人公阿尔达希尔本是阿契美尼德王朝末代国王达拉之子萨珊的后人。这支后人逃到印度，家中所生的男孩名字中都有萨珊字样，其第四世子又回到伊朗，在法尔斯地方王朝国王巴伯康宫廷做

---

① 胡马亚卡是土兰的一个恶魔，败于扎里尔手下。

牧人首领。后巴伯康梦到萨珊，众人都手执火把，站在他身旁，火苗都朝向他。国王醒后问到萨珊身世，才得知他是伊朗皇家后人，将其收为养子。

萨珊经过许多波折磨难，经历一系列传奇性情节，战胜一个又一个敌人，成为萨珊王朝开国君主。这部著作最大的特点是宣扬君权神授，描写萨珊一生都有灵光保佑，[①] 所以能逢凶化吉，遇难呈祥，终成大业。这种情节体现出琐罗亚斯德教势力已经完全与王权结合起来，并为王权服务。此书内容完全包括在菲尔多西的《列王纪》中。有的学者把两者对照阅读，发现相差无几。[②]

3 琐罗亚斯德教神魔体系和神话传说

上文已经指出，琐罗亚斯德教是先知琐罗亚斯德创立的具有革新意义的宗教。它的创立标志着伊朗雅利安人早期宗教信仰的变化。它产生于伊朗社会具有历史意义的转型期，即由游牧生活转向农耕定居生活，由多神信仰转向一神信仰。

早期伊朗社会中有三种人，即三个不同的利益集团：武士、祭司和牧人。武士和祭司属于社会上层，牧人（后来还有农人）属社会下层。由于氏族与氏族间不断产生冲突，进入伊朗高原后，又与土著居民发生争斗，所以武士在社会上具有特殊的地位，是左右一切的集团势力。这一时期的宗教信仰还是雅利安人早期的多神教，信仰迪弗·亚斯纳。

武士所热衷的是氏族间或与土著人的血腥厮杀，掠夺牧场水源，抢夺牲畜奴隶，进行大规模的血祭，狂饮胡摩汁，癫狂无忌，霸道横行。

这一切行为在社会从游牧到农耕定居转折时期，代表一种落后的意识形

[①] 灵光在波斯语中称 Far，是天神助世人（特别是国王）的象征。它不一定是一种光，有时也可化作动物。有它的保佑就会逢凶化吉，无往不胜。

[②] 见《菲尔多西〈列王纪〉问世千年纪念国际学术讨论会文集》，德黑兰大学出版社，1995年，第980页，穆罕默德·贾法尔·亚哈吉文：《阿尔达希尔故事是神话还是历史？》，德黑兰大学出版社，1995年，古拉姆列扎·苏托德编。

态，阻碍社会进步，破坏社会生产力。特别是血祭宰杀耕牛，更是对社会生产力的极大摧残。

在《阿维斯塔》中，有牲畜之神古舒尔万向马兹达倾诉，埋怨世人（主要是武士与祭司）对牲畜的粗暴行为。马兹达于是征询助神奥尔迪贝赫什特和巴赫曼的意见，看何人可以下世去拯救牲畜。最后决定由琐罗亚斯德下世，传播圣教，启迪世人，把世人引导到正路。这就是神话中琐罗亚斯德下世传教的背景。

3.1 琐罗亚斯德教的一神信仰

琐罗亚斯德教是在反对雅利安人早期信仰的基础上创立和发展起来的。它否定原来的自然神崇拜，而独尊阿胡拉·马兹达，赋予阿胡拉·马兹达超越诸神的崇高地位。这反映了社会生产劳动从分散向集中、生活方式从游牧向农耕定居、信仰从多神向一神过渡的总的社会发展趋势。

同时，琐罗亚斯德教又主张，在宇宙中存在着善恶二元。一神信仰和二元宇宙观和世界观是琐罗亚斯德教信仰最核心的内容。《不列颠宗教百科全书》的琐罗亚斯德教词条中说得非常清楚："在《伽萨》中，一神崇拜与二元主张紧密相关。这二者并不矛盾。因为一神崇拜是与多神崇拜相对立的，而不是与二元论相对立的。事实上，二元论绝不否定一神教，而是它的必然的逻辑结果。二元论解释恶的根源。二元论实质上是属于道德范畴的"。

伊朗著名琐罗亚斯德教学者巴哈尔在所著《伊朗神话研究》中说："人从蛮荒到文明之间，并不是一蹴而就，而是经历了一个漫长的过程。他们达到一神崇拜也不是转瞬之间的事。人的探求真知的天性从一开始就一直探讨一些问题的答案。如我们是什么人？我们从何而来，又到什么地方去？我们这个世界就是一切，还是存在着另一个世界和人生？明确了人在不同的认识阶段对这些问题的答案，就可以了解一神信仰是在多么思想混乱的基础上发展起来的。人当初相信每棵树每泓泉都有灵性。每个自然现象都是神的强大力量的体现。因而他们塑造了众多的神像，经过千万年自身的体验，才达到一神信仰，放弃了偶像崇拜和神话时代的思维。这一认识进程现在还在继续，认识是没有止境的。"①

英国学者、《琐罗亚斯德教史》的作者玛丽·博伊斯（Mary Boyce）为我们提供了现代琐罗亚斯德教徒对一神论的看法。她于1963年到伊朗亚兹德省沙里发巴特村访问一年。这是一个极端保守的琐罗亚斯德教村落，在穆斯林占社会人口主流的伊朗有幸保存下来。作者在《伊朗琐罗亚斯德教村落》中写道："每次伽罕巴尔②上，这种仪式要举行四次：举起一根手指，意思是'神是唯一的'，举两根手指，意思是'他不是两个'。这是否代表仪式的原始意义，表示了人们在穆斯林压迫下，仍对琐罗亚斯德教一神主义坚信不二。穆斯林辩士故意曲解琐罗亚斯德教的二元论，认为他们承认两个神，而不是承认善神，抵抗恶神"。③根据玛丽·博伊斯的这一记述，现代伊朗的琐罗亚斯德教信徒每天四次都在强调他们的一神信仰，可见他们多么珍视自己先人的一神观念。

当然，琐罗亚斯德教是先知在改造印伊雅利安人早期多神信仰的基础上创立的，它与原宗教信仰不可能完全一刀两断。独尊阿胡拉·马兹达最高神主地位之后，原印伊信仰中的诸神并未完全废弃，有的地位下降，有的改变性质成了魔鬼。

特别是在萨珊王朝建立之后，多神信仰又在一定程度上复兴。过去繁琐的宗教仪式重又受到重视，过去被废弃的事物又重新有了正面的评价，这点从对胡摩酒的评价上清楚反映出来。本来琐罗亚斯德是否定和谴责胡摩酒的，把它称之为"乱性之物"。

---

① 梅赫尔达德·巴哈尔：《伊朗神话研究》前言，阿卡赫出版社，1989年，第16页。
② 伽罕巴尔意为节日。
③ 玛丽·博伊斯：《伊朗琐罗亚斯德教村落》，张小贵、殷小平译，中华书局，2005年，第47页。

"马兹达啊，到何时世人才能领会你的教喻，你何时才使这种酒饮不再为患于人？卑鄙的卡拉潘们①以此欺骗百姓，卑劣的当权者下令推广这种乱性之物？"

而到《阿维斯塔》的后出部分，在《胡摩·亚什特》中，就可以看到这样的文字：

赞美高贵的泛着金黄色的胡摩酒
赞美繁荣世界的胡摩酒
赞美祛除死亡的胡摩酒。

对胡摩酒先后两种不同的评价反映出被琐罗亚斯德教否定的某些观念，在历史发展进程中又已复活。

琐罗亚斯德教中阿胡拉·马兹达的最高天神地位在萨珊王朝时期有所下降，是由于佐尔文信仰的兴起。本来《伽萨》中所传达的内容是：阿胡拉·马兹达是最高的智慧之神，在阿胡拉·马兹达之下是善恶二元的对立。到了萨珊时期，随着佐尔文信仰的兴起，阿胡拉的地位下降了。依这派的观点，时空之神佐尔文是原始的创世主。善神霍尔莫兹德（阿胡拉·马兹达）和阿赫里曼都是他创造的，也就是都是他的儿子。据巴列维语文献，原始之初，只有佐尔文这位时空之神存在。他想生一个儿子，于是开始祈祷，表达这个愿望，但等了四年毫无结果，不免心生疑虑，不知能否达到目的。他想得子的愿望是善良的，所以在他腹中生成了霍尔莫兹德，而他的疑虑则生成了恶魔阿赫里曼。佐尔文祈祷时曾誓言他将把世界交给出生的儿子。霍尔莫兹德的胎位在前，阿赫里曼的胎位在后，理应霍尔莫兹德先出生。但是阿赫里曼得知佐尔文的誓言，就抢先来到人间。他出生后就对佐尔文说，我是你的孩子。佐尔文见

---

① 卡拉潘是琐罗亚斯德教对立派的首领。

他又黑又丑，满身臭气难闻，而且出言粗鲁无礼，感到不悦。这时霍尔莫兹德也出生了，他通体光辉，全身异香四溢，佐尔文知道这才是他想要的孩子。但由于发过誓，不好食言，他便对阿赫里曼说：阿赫里曼啊，我把世界交给你统治9000年，时间一到，就由霍尔莫兹德统治世界，他会胜任的。佐尔文说着，把一束象征权力的绿树枝交给霍尔莫兹德。

佐尔文信仰并不自萨珊王朝时始。这是一种民间信仰，可能比琐罗亚斯德教创始还早，只是到了萨珊时期才盛行于世，融入琐罗亚斯德教传说。其实就是依照佐尔文派的说法，也不能改变琐罗亚斯德教一神教的性质，因为最高天神虽然变为佐尔文，但这还是一神信仰。

3.2　七位一体的众神核心

依照琐罗亚斯德所宣示的信念，在至高无上的天神阿胡拉·马兹达之下，有六位助神。七位一体的神构成琐罗亚斯德教众神的核心，统称为"阿姆沙斯潘丹"，意为永生的天神。这六位助神分别代表阿胡拉·马兹达的六方面优秀品质。下面作一简单介绍：

巴赫曼（Bahman，这是波斯语的称谓，在《阿维斯塔》中称瓦胡马纳Vahumana，在巴列维语中称瓦胡曼Vahuman）。巴赫曼代表善思、善言和善行，是至善与和谐的象征。他赋予世人以智慧和知识（指承认天神至高无上的地位）。巴赫曼是维护动物之神。正气之神拉姆（Rām）和牲畜之神古什（Gūsh）是他的伙伴，邪恶之魔阿库曼（Akuman）是他的对手。雄鸡是他在人世的使者。每天清晨，雄鸡报晓，召唤人们起身进行一天的劳作。

奥尔迪贝赫什特（Ordibehesht，在《阿维斯塔》中称阿沙·瓦希什塔Asha-Vahishta，在巴列维语中称阿尔塔·瓦希什特Arta-Vahisht），代表真、至诚和圣洁。他是火的保护神。火神阿扎尔（Ādhar）、遵命天使索鲁什（Soroush）和战神巴赫拉姆（Bahrām）是他的伙伴。欺诈之魔多鲁格（Dorough）是他的对手。奥尔迪贝赫什特的职司是维护人间真理和秩序，保护牧场和植物。

沙赫里瓦尔（ShahrIvar，在《阿维斯塔》中称赫沙特拉·瓦伊里亚 Khshatra-Vairiya，在巴列维语中称赫沙特雷瓦尔 Khshatrevar，代表权力与威仪，是金属的保护神。太阳神胡尔希德（Khūrshīd）、光明与誓约之神梅赫尔（Mehr）、天空之神阿斯曼（Āsmān）是他的伙伴。暴虐之魔哈什姆（Khashm）是他的对手。

斯潘达尔马兹（Spandārmadh，或埃斯潘德 Espand，在《阿维斯塔》中称斯潘彭·阿尔迈蒂 Spentā-Ārmaiti，在巴列维语中称斯彭达尔马特 Spandarmat），是土地的保护女神，代表宽容、慈爱和友爱。曙光之神伍什巴姆（Ushbam）、江河女神阿娜希塔（Anāhita）、报信天使内里尤桑格（Neryosang）、幸福女神阿尔德（Ard）是他的伙伴。狂妄之魔塔鲁马特（Tarumat）是他的对手。她在人世的职司是保护田野翠绿长青，作物丰产。在早期神话传说中，为天神之妻，到后来又转变为天神之女。

霍尔达德（Khordād，在《阿维斯塔》中称胡尔瓦塔特 Haurvatāt，在巴列维语中名胡尔达特 Khurdāt），女神，是水的保护神，代表完美和健康。雨神蒂什塔尔（Tīshtar）、灵体神法尔瓦尔丁（Farvardīn）、风神巴德（Bād）是他的伙伴。疾病恶魔图里兹（Turīz）是他的对手。

莫尔达德（Mordād，在《阿维斯塔》中称阿梅雷塔特 Ameredāt，在巴列维语中称阿姆尔达特 Amurdāt），是保护植物和农作物的女神，代表永生和不死。土地之神扎姆亚德（Zāmyād）、诚实之神阿什塔德（Ashtād）和公正之神拉申（Rashn）是他的伙伴。死亡魔鬼阿斯特维达特（Astrīdāt）是他的对手。

从上述简介中可以看到，前三个神是阳性神，后三个神是阴性神。在《伽萨》中提到全部助神，但似乎六位助神的地位并不一样。巴赫曼代表善，奥尔迪贝赫什特代表真，这两位助神显然占有更加重要的地位。从他们在《伽萨》中被提到的次数看，巴赫曼、奥尔迪贝赫什特和斯潘达尔马兹比另外三位神为多。在这三位神中，前两位被提及的次数又比斯潘达尔马兹为多。

从精神层面看，这些助神代表阿胡拉·马兹达的优秀品质，包括善良、真诚、公正、纯洁、强劲、威仪、宽容、慈爱、完美、健康和永生等。

从物质层面看，这些助神代表与维护世人生活所必需的条件，如土地、植物、动物、火、金属和水。不论是从精神层面，还是从物质层面看，阿胡拉·马兹达与六大助神都构成琐罗亚斯德教神明体系的核心。

3.3 核心以外的众神

在琐罗亚斯德教信仰中，除了天神与六大助神这个核心之外，还有其他一些神受到尊崇和膜拜，其中一部分属于从印伊早期信仰中延续下来的神，也有一些是琐罗亚斯德教后来尊奉的神。下面择要介绍：

梅赫尔（Mehr，在《阿维斯塔》中称密斯拉 Mithra，在巴列维语中称密特尔 Mitr），是光明和契约之神，是印伊早期信仰中的主神之一。职司是维护人世秩序和安宁，保证世人忠于契约和信守。所谓契约与信守主要是指人对造物主的誓约与信守，其次也指国与国、人与人之间的契约和信守。在《阿维斯塔》中对他的惯用形容词是"拥有广阔牧场的"。他的另一个任务是与索鲁什和拉申一起引导世人灵魂通过"切努特桥"（Chenut）。

在阿契美尼德王朝时这个神的地位很高。在国王阿尔达希尔二世（前404—前360）时梅赫尔和阿胡拉·马兹达与水神阿娜希塔一起受到赞扬。安息王朝时有国王梅赫尔达德二世（第9位国王）和梅赫尔达德三世（第12位国王）都以梅赫尔为名，可见到这一时期梅赫尔仍然受到崇拜。

梅赫尔每天清晨与太阳一起俯视人间。他的形象有千耳万眼和坚强的手臂，身披金甲，手执银盾大棒，乘四匹白马驾的战车。乘战车出行时，战神巴赫拉姆以野猪形象出现在前为他开路。在《阿维斯塔》中，有《梅赫尔·亚什特》一章。在这章的第一节中，阿胡拉·马兹达对琐罗亚斯德提到梅赫尔：

> "阿胡拉·马兹达对琐罗亚斯德·斯皮特曼说：琐罗亚斯德啊，我创造了拥有广阔牧场的梅赫尔。他与我——阿胡拉·马兹达同样是值得赞扬和歌颂的。"

"我献上扎乌尔赞美万能的最强有力的被创造的神梅赫尔，拥有广阔牧场的梅赫尔。"

"我以混合着牛奶的胡摩汁，以巴尔萨姆，以颂词和明智的言语，以善思善言善行，以扎乌尔，以高亢的语调赞扬拥有广阔牧场的梅赫尔。"
（《梅赫尔·亚什特》，6）

梅赫尔崇拜是伊朗人从他们的中亚先人那里继承下来的，又通过他们传播到他们所征服的地方，如亚美尼亚、北非，最后传到西班牙、意大利，甚至英格兰和苏格兰。传播者主要是罗马兵士，他们接受了梅赫尔崇拜，又扩大了这种信仰的传播范围。在基督教和其他宗教信仰中，也可以看到梅赫尔崇拜的影响。至今在梵蒂冈教堂博物馆中仍可以看到梅赫尔崇拜的痕迹。据说小亚细亚的海盗也把梅赫尔作为神加以崇拜，以此加强内部团结。伊朗琐罗亚斯德教学者让列·阿姆兹卡尔博士在其《伊朗神话史》一书中说"据西方国家发现的塑像，梅赫尔是一个从石缝中出生的童子。他手执一把匕首，在宰杀一头公牛，并执有与生俱来的火把"。[①]

阿邦（Ābān，在《阿维斯塔》中称阿娜希塔 Anāhīta，在巴列维语中称阿庞 Āpān），又名阿雷德维·苏拉·阿娜希塔，意为"强大而纯洁的河流"，是江河女神。在阿契美尼德王朝时，与阿胡拉·马兹达及梅赫尔并列为三大主神。她形象雍容华贵，美丽端庄：

阿胡拉·马兹达对琐罗亚斯德·斯皮特曼说：琐罗亚斯德·斯皮特曼啊，按我的意愿赞颂阿尔德维·苏拉·阿娜希塔吧。她向四方展开自己的胸怀，赋予世人以健康，打击魔鬼，按阿胡拉的教喻行事。她在人世是值得赞扬和称颂的。

---

① 让列·阿姆兹卡尔：《伊朗神话史》，伊朗高等学校人文科学出版社，1995年，第20页。

> 她是引人向上的神,她赋予人以生命,使国家兴旺富强,使牲畜财产不断增长。她是引人向上的神,她使世界繁荣发达。(《阿邦·亚什特》,1)

古代国王如贾姆希德、法里东、卡乌斯和霍斯鲁等都对这位女神十分尊敬,向她祈祷,献上祭品,祈求她的保佑和帮助。

琐罗亚斯德教本不崇拜偶像。但是据一些学者的说法,"波斯人是从阿塔薛西斯二世(前383—前379年当政,引用者注)在位期间开始偶像崇拜的。这位国王最先在巴比伦、苏萨和厄克巴坦树立起'阿芙洛狄忒-阿娜希塔'神像,并教会波斯人对之顶礼膜拜,从而形成偶像崇拜的习俗"。[1] 还有的学者(如丹麦学者克里斯滕森)指出"古波斯因受亚述-巴比伦文化影响,所以阿娜希塔塑像带有巴比伦女神伊什塔尔的特征"。[2]

值得注意的是在《阿维斯塔》中还提到另一个水神。在《蒂尔·亚什特》中有这样的文字:

> "琐罗亚斯德·斯皮特曼啊,阿帕姆·纳帕特与马兹达所创造的迅猛的风和潜藏在水里的灵光及向善者的灵体一起,使世界每个地方都能享受到水带来的益处。"(《蒂尔·亚什特》,34)

这里阿帕姆·纳帕特是阿娜希塔之前的印伊神话中的女神,其地位很高,与梅赫尔一起维护人世秩序,使世人享受水所赋予人的益处。从《阿维斯塔》中歌颂的两个水神看,阿帕姆·纳帕特和阿娜希塔曾经共同存在过一段时期。原来阿娜希塔本是一条河的河名,后发展为所有河的河神。在《班达赫什》中,她成了众河之母,超过了阿帕姆·纳帕特,而阿帕姆·纳帕特的特点逐渐

---

[1] 参见元文琪:《二元神论》,中国社会科学出版社,1997年,第184页。阿芙洛狄忒(Aphrodite),古希腊神话中爱与美之女神(原注)。

[2] 同上,伊什塔尔(Ishtar)古巴比伦神话中的丰饶、性爱和战争女神(原注)。

体现了阿娜希塔身上了。①

巴赫拉姆（Bahrām，在《阿维斯塔》中称维雷斯拉格纳 Varathrahraghna，在巴列维语中称瓦赫拉姆 Vahrām）是战神，战争之神，胜利之神。古代伊朗人在作战前，向他祈祷，祈求他的佑助，希望取得胜利。在《阿维斯塔》第14章《巴赫拉姆·亚什特》的第一节，有这样的文字，从中可以看出巴赫拉姆的地位：

> 琐罗亚斯德问阿胡拉·马兹达："阿胡拉·马兹达啊，天国最圣洁的神，人世的造物主，善神啊，天国的诸神中哪位最勇武高强？"
>
> 阿胡拉说：琐罗亚斯德·斯皮特曼啊，是阿胡拉所创造的天神巴赫拉姆。

在这章的第48节中阿胡拉·马兹达说："如果世人向阿胡拉·马兹达创造的巴赫拉姆虔诚地献祭，向他祈求佑助，以圣教的仪礼对他颂赞祈祷，那么洪水疥疮植物毒斑就不会发作。高撑战旗的敌人的战车就不能在伊朗大地横行无阻"。

巴赫拉姆变换各种不同的形象出现。他可能是一阵狂风，可能是长犄角的公牛、配金鞍的白马、烈性发情的骆驼、尖牙利齿的公野猪、矫健的雄鹰、勇敢的壮士、15岁的少年、一阵疾风和公羚羊等。

他是天界众神中最具有战斗力的神。他受灵光保护，每战必胜。他最厌恶恶人恶事，对之严惩不贷。若对他真诚祷告，他则赋予祷告者以胜利，不使敌人进入雅利安人土地。

在巴赫拉姆这位神的形象上，可以看到从印伊早期神话向琐罗亚斯德教神话变异的一个例证。印伊早期有一个大神名英迪拉（Indra），受到高度赞扬。英迪拉是战神和雷雨之神，他形体高大，武艺高强，出战乘车，手执钢杵和弓

---

① 参见前引《伊朗神话史》第21页。

箭，嗜饮胡摩酒。他的功绩之一是杀死弗粟多（Vrtra）。弗粟多是一条毒龙，阻碍和破坏大地的水源。因为弗粟多代表游牧时代勇士的野蛮和暴虐品性，在琐罗亚斯德教兴起后，在伊朗人信仰中地位下降，逐渐变为魔鬼。有意思的是，在后来的伊朗人信仰中与之相对应的神就是巴赫拉姆。巴赫拉姆这个名字由两部分组成：巴赫尔和哈姆。巴赫尔与弗粟多音相近，哈姆在古波斯语中是杀死的意思。所以它的意思与英迪拉的事迹相合，也是杀死弗粟多者的意思。这就是说，巴赫拉姆与英迪拉名字虽然不一，但职司却相同，都有杀死毒龙的事迹。

蒂尔（Tir，雨神，在巴列维语中称蒂什塔尔 Tishtar，在《阿维斯塔》中名蒂什特里亚 Tishtrya）。这是一位重要的神，他威力无比，地位崇高，主管雨水，司甘霖普降大地，为世人提供耕作和生活必不可少的环境和条件。伊朗位处高原，燥热干旱，农业生产和人们生活对水迫切需要，河湖水源又相对不丰沛，所以伊朗人对雨水的祈盼十分强烈。

"我赞颂蒂什塔尔，他给人带来幸福吉祥。他孕育着水的胚胎。他强壮有力，目光锐利，聪明能干，威严高尚。他赋予世人美好名声。他与阿帕姆·纳帕特同属一族。"（《蒂尔·亚什特》，4）

阿胡拉·马兹达委托蒂什塔尔引导和照料世人。他的对手是旱魃阿普什。阿普什奉阿赫里曼之命阻止蒂什塔尔落雨，使世上干旱，庄稼枯焦。蒂什塔尔力图不让阿普什阴谋得逞。于是双方展开激战，战斗三天三夜，蒂什塔尔不敌阿普什。后来双方又战三天三夜，蒂什塔尔获胜。他开心地欢呼：

"阿胡拉·马兹达啊，好时光到来了，我太高兴了。

江河之水啊，我太高兴了，草木青枝啊，你们逢上好时光了，我太高兴了。

马兹达教啊，你逢到好时光了，我太高兴了。

四方大地啊，你们遇到好日子了。从今以后，江河之水畅流无阻，把大粒种子带到农田，把小粒种子播种到牧场，把种子撒遍人世大地。"

（《蒂尔·亚什特》，29）

阿扎尔（火神，圣火之神 Ādhar，又名阿塔什 Ātash，在巴列维语中称阿塔赫什 Ātakhsh，在《阿维斯塔》中称阿斯拉 Athra），顾名思义，他是火的守护神，是阿胡拉的儿子，是琐罗亚斯德教中重要神祇之一。他的事业之一是协同奥尔迪贝赫什特与欺诈之魔作战。此外，在人死之后，他还参与衡量人生前的功过：

"马兹达·阿胡拉创造的阿扎尔啊，请你亲切和蔼地向我们走来。在这衡量功过的关头，请给我们快乐和安宁，请带着真挚的祝福走向我们。"

"阿扎尔啊，你像阿姆沙斯潘丹一样赋予世人以幸福。你有干练精明的好名声。马兹达·阿胡拉创造的阿扎尔啊，我们越来越走近你。"（《亚斯纳》36，2—3）

阿扎尔的另一个功绩就是保护灵光，不让它落到恶魔阿日达哈克（Azhdahāk）手里。阿日达哈克千方百计想夺得保护世人的灵光，但火神则竭力保护灵光。阿扎尔警告阿日达哈克，如果他取得灵光，他就在这个恶魔的背上和嘴上放一把火，让他寸步难行。

据传说，伊朗古代有三处圣火火坛。

在传说中，还有一则火神阿扎尔的功绩，即他曾与巴赫曼和奥尔迪贝赫什特一起进入古什塔斯帕宫廷，向这位国王阐述圣教教义，促使他接受琐罗亚斯德教。

在古代伊朗人的心目中，火是神圣的，是光明的象征，是生命的源泉。[①]的确，对远古人的生活，火是具有头等重要意义的。火的发现使世人生活的质量产生了质的飞跃。"自古以来，火就是伊朗人祭祀的对象，人们在家中把灶火当作神来礼拜，祭品用木柴涂以香料和油脂。印度人和伊朗人都保存了这种风俗，它的历史可以上溯到印欧时代"。[②]

胡摩（Hum，在巴列维语中称霍姆Hōm，在《阿维斯塔》中名豪麻Haoma）也是印伊神话中有共同渊源的概念。在印度神话中与之对应的词是苏摩Soma。它既是神，又是饮料，具有增强体力，刺激神经的作用。它也是琐罗亚斯德教祭祀时必不可少的供品。胡摩在信徒心目中是阿胡拉·马兹达的儿子，常用来描述他的形容词是"赐人永生的"、"驱除死亡的"。

胡摩是一种生长于伊朗和阿富汗边境山中麻黄科灌木（Ephedra）。它具有一定的药性，有兴奋作用，其汁多饮则使人麻醉。

上文已经指出，琐罗亚斯德教文献前后不同，开始在《伽萨》中对胡摩是谴责的，后来则加以赞扬。在其后出部分，我们读到：

"清晨，琐罗亚斯德把火四周打扫干净，收拾整齐，正在颂读《伽萨》。这时胡摩走近他，在他面前现身。琐罗亚斯德问他说：你是什么人？以永恒光辉形象在我面前出现。你的身躯挺拔美好，我在人世还没有见到过。"（《胡摩·亚什特》，1）

这时，驱逐死亡的善神胡摩说：

[①] 在印度古代神话中，原始之初什么也没有，只有无边无际的水。混沌初开，水是最先创造出来的。而后，水生火。由于火的热力，水中冒出一个金黄色的蛋。这个蛋，在水中漂流了很久很久。最后，从中诞生了万物的始祖——大梵天。参见元文琪：《二元神论——古波斯宗教神话研究》，中国社会科学出版社，1997年，第155页。

[②] 参见玛丽·博伊斯：《伊朗琐罗亚斯德教村落》，张小贵、殷小平译，中华书局，2005年，第76页。

"琐罗亚斯德啊，我是驱逐死亡的善神胡摩。

斯皮特曼啊，你去寻求我吧，利用我制成饮料。

赞颂我吧，到末日，苏什扬特①也会赞颂我的。"

胡摩的地位可以从琐罗亚斯德与胡摩问答中看出来。在《胡摩·亚什特》3以后，他们之间有四度问答，提到四位首先制出胡摩饮料的人，并引出四位伊朗古代神话传说中的重要人物：

琐罗亚斯德对他说：

"向你致意，胡摩。胡摩啊，在人世，在人们中是谁把你制成饮料？他得到什么酬报？什么幸福降临在他身上？"（《胡摩·亚什特》，3）

驱逐死亡的善神胡摩回答说：

"在世人中第一个以我制成饮料的是维万格罕。我对他的报偿是给了他一个儿子。这就是拥有广阔牧场的世人中最幸运的人贾姆希德。他面如朝阳，在他的治下，人畜都永不死亡，江河之水永不枯竭，食物充盈丰富。"（《胡摩·亚什特》，4）

这样依次问下去，引出另外三个重要人物，即法里东、戈尔沙斯帕和琐罗亚斯德。三个在伊朗古代神话中具有十分重要意义的人物都是胡摩赐给世人的，可见胡摩具有多么崇高的地位。

索鲁什（Soroush，在巴列维语中称斯鲁什 Srōsh，在《阿维斯塔》中名斯

---

① 按传说，苏什扬特是琐罗亚斯德之子。善恶斗争12000年时，善战胜恶，苏什扬特作为使者被派到人间，最后唤醒所有死去的人。

鲁沙 Sraosha）为遵命天使，其主要职司是降临在世人的祭祀仪式上，把世人的祈祷和愿望向上天报告。他在《阿维斯塔》中的形容词是"善良的"、"仁爱的"、"勇敢善战的"、"听命的"、其中听命与他的职司有关，他随时准备听天神的命令，把它传达给世人。他与公正之神拉申和誓约之神梅赫尔一同出现在切努特桥头，在世人死后，引导世人过桥，并衡量他们的功过。他是阿胡拉·马兹达的儿子。在《阿尔特·亚什特》（《阿喜·亚什特》）对阿喜的祈祷词中提到：

"最高最伟大的天神阿胡拉·马兹达是你之父，
斯潘达尔马兹是你之母。
纯洁善良的索鲁什，强大而自尊的拉申，
拥有广阔牧场的有千只耳朵和一万只眼睛的梅赫尔是你的兄弟。
尊崇马兹达的迪恩是你的姐妹。"（《阿尔特·亚什特》，16）

索鲁什也与梅赫尔一样，从不闭眼。他在每天太阳落下以后，手执武器，卫护人类和人世。他也乘四匹金蹄的马拉的战车。他的栖息地也与梅赫尔一样，在厄尔布士山顶。他与虚伪之魔为敌，此外还与懒魔斗争，每夜三次巡视大地。雄鸡是他在人世间的代表。每天清晨，雄鸡报晓，召唤人们起身劳作。在《阿维斯塔》的《索鲁什·亚什特》中，有对他的赞颂：

"我赞颂纯洁高贵无往不胜繁荣世界的索鲁什，他是善神中的最大的善神。
他制止怙恶不悛之徒行凶作恶。
他制止行为不端的女人为非作歹。
他痛击穷凶极恶的教唆虚伪的恶魔德鲁杰，德鲁杰破坏世人的生活。
索鲁什守卫着全体世人的幸福生活。"（《索鲁什·亚什特》，10）

索鲁什还是圣火的维护者。在祭司阿尔达维拉神游天堂地狱时，他与火神阿扎尔一起作向导。

古什（Gūsh，在巴列维语里称戈什 Gōsh，在《阿维斯塔》中名古什 Geush），牲畜之神，牛神。他是代表牲畜并维护有益于人的牲畜的神。

牛对早期雅利安人具有非常重要的意义。牛能耕作，是主要的生产工具，同时也是重要的财富，可以为人提供食物。每年具有迪弗·亚斯纳信仰的勇士和祭司都要举行多次祭神仪式，杀牛是献祭时必不可少的项目。牛神因世上牲畜受到折磨（指被大量宰杀献祭）而向阿胡拉·马兹达申诉，希望派人到世上保护有益于人的牲畜，他向阿胡拉·马兹达诉说：

"你为什么创造了我？谁创造了我？暴怒、掠夺、粗鲁的行为和野蛮的举止时时折磨着我。除了你，我没有其他依靠。请你告诉我，谁能够解救我？"（《亚斯纳》29，1）

阿胡拉·马兹达于是问巴赫曼谁能真正帮助世人？巴赫曼回答说：

"在世人中，我看唯一能听从我们教喻的就是琐罗亚斯德·斯皮特曼。只有他愿把赞颂马兹达和阿沙的颂词教授给世人。所以我们应当赋予他引人入胜的表达能力。"（《亚斯纳》29，8）

牛神还保护神话中的英雄戈尔沙斯帕。戈尔沙斯帕斩杀了祸害世人的恶魔毒蛇（阿日达哈克），牛神主张他应上天堂，但火神坚持不许他登上天堂，因为他曾扑灭过火。在这样两难之下只好折中，他就在中间地带"哈玛斯特冈"栖身。那里介于地狱与天堂之间，不冷不热，不受罪，也不享福，为功过相当之人栖息之所。

法尔（Farr，在巴列维语里称赫瓦拉 Khvarrah，在《阿维斯塔》中名赫瓦雷纳 Khvarenah）为灵光之神。按琐罗亚斯德教神话，灵光为神佑世人的象征，也可以说是一种神对世人的恩惠，凡行善者都会受到灵光的佑助和护庇。灵光又分两种，一种是佑助雅利安人的灵光，称佑助伊朗民族之光；一种是佑助王者的灵光，特别是佑助凯扬王朝国王之光，称佑助凯扬诸王的灵光。

值得注意的是，在《阿维斯塔》中的古老篇章《伽萨》中没有提到灵光的概念，因此可以推断灵光的概念是后出的。在其后出部分中，逐渐变成了一种带有神秘色彩的存在。它佑助向善的人，而不依赖与服从任何神祇，甚至阿胡拉·马兹达与阿赫里曼也都要竭力去获取灵光：

"阿胡拉·马兹达和阿赫里曼都想把难于获取的灵光获取到手。他们各自派出得力的助手去夺取灵光。

这时，马兹达·阿胡拉创造的阿扎尔迈步向前，他自忖：我一定要把这难得的灵光夺取到手。但是面目狰狞的生着三张嘴的阿日达哈克匆匆赶上，咆哮怒吼：

"马兹达·阿胡拉的阿扎尔，你给我退回去，你要得到灵光，我立时把你消灭。你再也无法映照阿胡拉创造的大地。"阿扎尔考虑到不要毁坏世人生活，不要破坏充满正道的世界，便把手缩回。因为阿日达哈克极为残暴。

阿扎尔后退，邪恶的生着三张嘴的阿日达哈克急步向前。他想，这难于到手的灵光就要落到我手中了。但是这时，阿胡拉派出的阿扎尔也愤怒了。他急步赶到阿日达哈克近前，大声喝道：

"喂，生三张嘴巴的阿日达哈克，滚开，你若夺得这难于获得的灵光，我立时把你烧成灰烬。我在你嘴上点起一把火，使你无法在阿胡拉创造的大地上破坏充满正道的世界。"阿日达哈克见面临危险，便退步抽身。

因为阿扎尔也不是好惹的。(《扎姆亚德·亚什特》，46—50)

这场火神与阿日达哈克的战斗，终于以火神阿扎尔的胜利告终。按伊朗学者梅赫尔达德的解释，灵光意为幸福、威严和辉煌。巴列维语文献中写它可授人以地位、财产和好运。在《阿维斯塔》中提到享有灵光佑助的有法里东、哥巴德以及凯扬王朝诸王。可见灵光所佑助的是行善之人和信仰琐罗亚斯德教的信徒。但是到了萨珊王朝时，灵光内涵起了某种变化，从佑助行善者变为佑助天生的王者，即更多强调命运的因素。这种观点的产生与统治者宣扬天赐王权有密切关系。

阿尔德（Ard，在巴列维语中称阿尔特 Art，或阿喜 Ashi，在《阿维斯塔》中名阿尔塔 Arta，或阿莎 Asha），财富女神。她是阿胡拉·马兹达的女儿。她的职司是赋予世人以财富和幸福。这一女神经常与索鲁什和拉申相提并论，她的形象是一位健美优雅的妇女，得到她佑助的人一定能交好运：

"善良的阿喜啊，你佑助的男人在一方发号施令，他的领地丰衣足食。那里广积谷粮，芬芳四溢，到处是舒适的卧榻，财富充盈。
受到你佑助的人多么幸福，
神通广大的阿喜啊，请你也佑助我吧。"(《阿喜·亚什特》，7)

拉申（Rashn，巴列维语也称拉申 Rashn，在《阿维斯塔》中名拉什努 Rashnu），公正女神，又名计量女神。她的职司是在阴阳界交叉路口的切努特桥头，计量死去的人生前善恶是非（与梅赫尔和索鲁什一起）。她手执天秤，称人善恶，手中的秤极其精确，不爽分毫。在《阿维斯塔》的《拉申·亚什特》中可以看到对她的这样的赞扬：

"主持公道的拉申啊，正直严明的拉申啊，人人拥戴的拉申啊，洞悉一切的拉申啊，你比任何人都深明事理，你比任何人都能看清遥远的地

方，你明白遥远地方的事情，你比任何人都能给渴求公道的人以帮助，你比任何人都能严惩盗贼。"(《拉申·亚什特》, 7)

迪恩（Deyn，在巴列维语中称丁 Den，在《阿维斯塔》中名达伊纳 Daenā），良知神。她也是阿胡拉·马兹达的女儿，与知识女神奇斯特关系密切。她给世人以信心和力量，使他们选择阿胡拉·马兹达指引的向善的道路。

奇斯特（Chīst，在巴列维语中称法尔赞格 Farzang），知识女神，她的职司是赋予世人健康，使人耳聪目明，洞察事理。《阿维斯塔》中的《迪恩·亚什特》也是歌颂她的章节，如：

"善思善言善行的琐罗亚斯德向她表达了这样一个愿望。"

"马兹达创造的最正直的知识善神，请保佑他健康长寿，使他脚步有力，手臂强劲，听力敏锐。使他具有马一样的视力。甚至在黑夜，下着霜雨冰雹，都能够看到一丝落到地上的马毛，能分辨出是颈毛还是尾毛。"（《迪恩·亚什特》, 9—10）

祈求知识女神赋予人以听力和视力，可能与琐罗亚斯德教重视知识、认为知识可以引导世人向善有关。

巴德（Bād，在巴列维语中称瓦特 Vāt，在《阿维斯塔》中名瓦尤 Vayu），风神，或空际之神。他身处阿胡拉·马兹达光明之境和阿赫里曼黑暗之境的中间。一说有两个空际之神，一靠上，距天神光明之境近，为善神；一离黑暗之境近，是恶神。

法拉瓦尔丁（Faravardīn），灵体神，为人的五种内在力之一，人死后还护卫着他，一说为先人的灵魂。

3.4 与众神对抗的恶魔

阿赫里曼（Ahrīman，在巴列维语中同样名阿赫里曼，在《阿维斯塔》中称安格拉·迈纽 Angra-Mainyu，意为邪恶之源），他是一切恶魔的首领，恶的本元，与善的本元阿胡拉·马兹达对立。一切与诸神为敌的恶魔都是他创造的。对他的形容词是"毁灭一切的"。在《阿维斯塔》中的古老部分《伽萨》中只提到他一次，在创世之初，善本元对恶本元说：

> "不论是我们的作为、学说、理智、信念、言词、行动，也不论是我们的良知和灵魂都是截然不同的。"（《亚斯纳》45，2）

他率领的众魔与天神领导的众神进行了9000年的长期斗争，终于以神胜魔败而告终。在琐罗亚斯德教神魔体系中，凡有一个神则有一个魔与之对立和斗争，其中主要是与六大助神相对立的六个恶魔。他们是：

阿库曼（Akuman，在巴列维语中称阿科曼 Akōman，在《阿维斯塔》中名阿卡马纳 Akamana），是与第一助神巴赫曼对立的恶魔。阿赫里曼给他的任务是干扰琐罗亚斯德的思想，诱使琐罗亚斯德脱离阿胡拉·马兹达教导的正道。

多鲁格（Dorough，在巴列维语中称德鲁杰 Drūj，在《阿维斯塔》中也名德鲁杰 Drouj），伪诈之魔，专门与第二大助神奥尔迪贝赫什特对立。

哈什姆（Khashm，在巴列维语中称赫什姆 Khēshm，在《阿维斯塔》中名阿埃什马 Aeshma），暴虐之魔，与第三大助神沙赫里瓦尔对立。

塔鲁马特（Tarumat，在巴列维语里称塔罗克马特 Tarōkmat），狂妄之魔，与第四大助神斯潘达尔马兹为敌。

图里兹（Turīz，在巴列维语里称托里兹 Tōrīz），疾病之魔，与第五位助神霍尔达德为敌。

阿斯特维达德（Astvīdāt，在巴列维语里称阿斯托维达特 Astōvidāt。在

《阿维斯塔》中称阿斯托维扎图 Astōvidhātu），死亡之魔，专与第六大助神莫尔达德为敌。

此外还有贾赫（Jah），淫荡女妖，她是阿赫里曼之女。她挑动并帮助阿赫里曼向阿胡拉·马兹达的光明境界进攻。她还与暴虐恶魔哈什姆一起杀死原牛，这是她的严重罪行。

维扎列什（Vīzarsh，在《阿维斯塔》里称维扎雷沙 Vizaresha），拖死鬼，他是阿斯特维达德的伙伴。他在人死后前三天，即按教义死亡过程尚未终了时，威胁折磨死者之魂。他还用铁索锁住死者之魂，拖到切努特桥头。

4 琐罗亚斯德教的宇宙观和世界观——12 000 年的善恶斗争

琐罗亚斯德教从其创立到阿拉伯人入主伊朗（公元 7 世纪上半叶），在长时间的传播过程中，形成了系统的宇宙观和世界观。概括地说，就是善恶两种势力的 12 000 年的斗争。终于善战胜恶，整个宇宙成为幸福光明的境界。

上文提到，巴德是空际之神。巴德居于善神（善元）阿胡拉·马兹达与恶魔（恶元）阿赫里曼中间。他的上面是光明之境，阿胡拉·马兹达处在其中。阿胡拉·马兹达知道下面是黑暗之境，阿赫里曼身在其中。但阿赫里曼对上面的光明之境却浑然不知。

本来阿胡拉·马兹达可以使阿赫里曼永远居于黑暗之境，不让他发现光明之境。但是他没有这样做。因为那样引发不了斗争，黑暗势力就会永远存在，而无法消耗他们的力量，直到把他们彻底消灭。因此阿胡拉·马兹达就设法把阿赫里曼引出黑暗之境，激他参加斗争。

阿胡拉·马兹达发光照到黑暗之境，阿赫里曼发现了光明之境。出于破坏一切的本能，阿赫里曼立即向光明之境发起进攻。这时阿胡拉·马兹达提出和解，条件就是阿赫里曼要尊重阿胡拉·马兹达创造的一切。阿赫里曼由于他的乖戾的品性，不接受和解的条件，执意要与阿胡拉·马兹达一争高下。阿胡拉·马兹考虑到还需要一定的准备时间，以便创造人世万物，作为自己的助手，就颂读一段颂文："造物者功德无穷，圣教主播扬善宗，众民生同返光明"①。由于颂词的作用，阿赫里曼昏了过去，在黑暗之境历时3000年无法活动。阿胡拉·马兹达就有了充足的时间进行准备。

在这以后的9000年则是双方斗争的时间。阿胡拉·马兹达通过斗争，取得胜利，把阿赫里曼的势力一点点地耗尽，并最终消灭。

9000年又分三个阶段，每3000年为一个阶段。我们世人所处的正是第一个3000年。在这个3000年中，琐罗亚斯德接受阿胡拉·马兹达的指令，下世传教，引导世人向善。在四个3000年中，每个千年的末尾，就有一个琐罗亚斯德的儿子出世，作为先知，引导世人皈依圣教，一心向善。

关于琐罗亚斯德的儿子，传说是这样的：琐罗亚斯德死后，他的精液被天使取走，交江河女神阿娜希塔保管在锡斯坦卡塞扬湖中。每千年末，就有一位少女到湖中去洗浴，从而怀孕，生下一子。第三个儿子名苏什扬特，他的地位最重要。因为他的到来，标志着善与恶的斗争最终结束，善的势力取得最后胜利。随着苏什扬特所唱的赞歌，死去的人们全都苏醒过来。一切恶势力尽行消灭。人们的灵魂在天堂过着永恒的幸福的生活，无忧无虑，怡然自得。

阿胡拉·马兹达创造万物是第二个3000年的事。他分六次先后创造天、水、土地、植物、动物和人。古代人把天想象成石质的或金属的；也有人把天想象是蛋清状，地则被天笼罩，类似蛋黄；还有人把天想象为一只大鸟，在羽翼下抚育自己的卵，即大地。

原始的水只有一滴，后逐渐丰沛扩大，变为江河湖海，形成波浪滔天的洪水。最初的地是平坦光滑的，没有高山平原，也没有软硬之分。原始的植物也只是一根枝条，后衍化出各种花草树木。

原始的动物是一头牛，也称为原牛，栖息于戴亚蒂河右岸。此牛遍体通亮，身高三奈（一奈为一根芦苇的长度，约十英尺）。

---

① 语见唐孟生主编，《东方神话传说》波斯伊朗神话部分，王一丹译，北京大学出版社，1999年，第255页。

最初的人是凯尤玛尔斯，他是人类的始祖。他的名字的意思是"终究要死的人"。因为天神把他的寿命定为30年。他独自在山中生活了30年，死后从他的脊骨中流出的精液经阳光净化，在土地中保存了140年。在梅赫尔日（伊朗古历7月16日）一枝双叉的大黄破土而出。它的双叉逐渐变为人形并具有了人的特征。他们一为雄性，一为雌性。雄性名马施耶，雌性名马施亚内。起初，天神向他们传授了善思善言善行。他们并不知作恶。但是后来在阿赫里曼进攻人世时，向他们传授了恶思恶言恶行，教他们说假话，告诉他们人世是阿赫里曼创造的。他们相信了阿赫里曼的话，因此在他们身上产生了贪欲，也开始知道渴和饿。由于他们接受了阿赫里曼的思想，所以不能产生后代。在他们表示忏悔后，得以结合，怀孕生下后代。开始他们生下一男一女，这一男一女又生下七男七女，经三世成了15对男女，是世人的始祖。其中有一对男女就是伊朗人的先人，男的名叫胡山，女的名叫古扎克。这就是第二个3000年中所发生的事。

到第二个3000年的末尾，众魔鬼见阿赫里曼长睡不起，心中焦急。于是设法唤醒他。他的女儿贾赫在他身边呼唤："父亲啊，醒来吧。"众魔也纷纷表示决心，要帮助阿赫里曼，一起向阿胡拉·马兹达创造的人世进攻。杀死原牛，折磨凯尤玛尔斯，夺取保护人的灵光，破坏水和火，把火扑灭，使水枯竭，让庄稼无法生长。他们把一项项要干的恶行在他身边念叨。阿赫里曼居然醒过来了。

阿赫里曼醒来后，就率领众魔向人世发动进攻。众魔首先劈开天幕，钻到天里。阿赫里曼带来黑暗，使阳光暗淡下来。他们又破坏水，把水变咸和混浊。这时雨神蒂尔起而应战，他帮助水不受侵害，把水洒向世界各地，大地上出现了江河湖海，最大的海名叫法拉赫卡尔特海。

后来阿赫里曼又变成一条蛇，从天空钻到地面上，把一群可怖的害虫也带到地面。于是大地上到处是灾难，连一寸干净的土地也看不到了。大地吓得惊悸颤动，这样地面上就出现了突起，有的地方深陷下去，有的地方突出出来。又由于河海的分隔，整个地面分成七块。一块名叫霍旺尼拉斯（Khvaneras），处于世界的中心，伊朗人的最初的家园伊朗维治（Iranvich）就位于这部分。下面依次是东方的阿尔扎赫（Arzah），西方的萨赫瓦（Savah）。北方有两部分，一为伍鲁贾尔什（Vorujarsh），另一为伍鲁巴尔什（Vourubarsh）。南方也有两部分，一为法尔达夫什（Fardafsh），另一为维达达夫什（Vidadafsh）。

阿赫里曼开始破坏植物，他使植物枯萎凋谢，可是阿胡拉·马兹达的助神莫尔达德把枯萎的植物收集起来，研磨成粉末状，由雨神行雨，把植物的屑末带到大地各处，于是遍地又都长出各种植物。阿赫里曼由于肚子饥饿，便想向原牛下手。在此之前，阿胡拉·马兹达已经知道他会杀向原牛，所以早给了原牛一些麻醉剂。原牛受到阿赫里曼的攻击，右胁着地躺倒在地，它的身体化作各种粮食作物和药用植物。正在这时，牛神古什向阿胡拉·马兹达报怨牛在世上受到残杀和虐待，请求阿胡拉·马兹达派人到世上抵制阿赫里曼的残杀，解救它们的痛苦。

原牛死后，它的精液由月神马赫（Mǎh）保管。牛的精液经月神的净化，重又获得生命。又有两头牛出现在伊朗维治。一头公牛，一头母牛。随后又有许多四脚动物在大地上繁殖。河里也出现了鱼，天空出现了飞鸟。

阿赫里曼看到一切阿胡拉·马兹达的创造物都遭到严重的破坏，于是他要向第一人凯尤玛尔斯下手。他派死亡恶魔和众多小魔去折磨凯尤玛尔斯，使他四肢无力，疼痛难忍，恶病缠身。但是他们无法杀死他，因为在此之前天神已经把他的寿命定为30年。

阿赫里曼在世上作恶之后，想回到自己老巢黑暗之境。但这时他的退路已经被阿胡拉·马兹达截断，所以他只能停留在人世。虽然雨神行雨，将害虫冲刷到地底，但地上仍有许多恶势力和病虫害存在，所以阿赫里曼仍有作恶的余地。这就是世上仍有不断的斗争存在的原因。

5 三善的内涵

三善（善思善言善行）是琐罗亚斯德的教义核心，是对信徒提出的基本宗教义务和行动指南,是信徒所应遵循的最高道德标准。按照宗教神话,天神创造第一人凯尤玛尔斯以及一切世人的根本目的就是履行三善原则,帮助天神战胜恶魔阿赫里曼和一切罪恶势力,使人类早日进入充满幸福的光明世界:

"阿胡拉·马兹达啊,你指示给我的通往天堂之路是拯救者的学说所展示之路。只有在善思指导下的善行才能使人获得欢乐。这是一条你为觉悟了的行善者所安排的路。"(《亚斯纳》34,13)

"我面向他祈祷,我赞颂他,我以心灵之眼看着他。我在真理的感召下,通过善思善言善行理解他,在祈祷殿堂里向他奉献颂词。"(《亚斯纳》45,8)

显然,三善是琐罗亚斯德教教义的最重要的思想核心。提出三善这一思想作为世人的行为准则,是一个具有革新意义的创举。它的重要性在于给予毫无任何权利和地位的奴隶们以一种选择的自由,他们可以选择先知指出的从善的人生道路,在生前和死后获得光明的幸福未来。因为在此以前,在命运决定一切的传统思想的统治下,世人(特别是牧民农人)生前只能屈从于命运,死后也不可能祈望有登上天堂的前景。而琐罗亚斯德提出三善的选择,实际上是对宿命论的挑战,是对传统的武士祭司的统治思想的否定,给处于社会下层的奴隶们以选择的自由。它在反对束缚人性发展的等级观念、维护新形势下的社会秩序、推动社会生产力发展方面有十分重要的意义。因此,琐罗亚斯德不仅是宗教信仰上的先知,也是一位勇敢而明智的社会改革家。

要了解三善提出的划时代的意义,首先要了解琐罗亚斯德教创立的时代背景。琐罗亚斯德教是在否定印伊雅利安人原始宗教信仰的基础上发展起来的。当时的宗教信仰是自然神崇拜,即多神教。那时的社会生活方式是游牧生活占主导地位。存在着三个社会阶层,也即三个社会利益集团,即武士、祭司和牧人。由于氏族与氏族间经常厮杀和争斗,进入高原的雅利安人与原土著民族也不断地发生武力冲突，武士阶层自然在社会上占有支配地位，成为主导力量。与之相比，祭司阶层的势力相对较弱。因为游牧生活的地域经常流动，没有可能建立固定的宗教活动场所，所以祭司的势力受到影响。牧民则处于社会下层，毫无权利，不享有人身自由。

武士阶层好战嗜杀，宰牲献祭（特别是宰杀耕牛），争夺水源和奴隶，劫掠牲畜和财产，狂饮胡摩酒，无法无天，为所欲为。在他们眼中，奴隶如同牲畜一样，是没有任何做人的地位和权利的。他们的行为严重阻碍了社会生产力的发展。武士的这种行为就是恶。琐罗亚斯德倡导的善正是针对这种恶行而发的。概括地说，琐罗亚斯德所倡导的善有三个方面的内容：

1）在宗教信仰上，教徒向善应承认阿胡拉·马兹达的最高天神的地位，听从先知琐罗亚斯德的教导，严格履行宗教义务。宗教义务主要指四个方面：每日的五次祈祷、一年中六大节日的庆典、履行成年礼以及葬仪。

2）在社会生活上，教徒向善应从事农耕生产，保护土地、水源、火和空气的清洁，爱护牲畜。

3）在个人道德修养上，教徒向善应保持身心两个方面的纯洁。应注重个人与环境卫生，更应注重心灵纯洁，求真去伪。

现分别加以说明：

1）在宗教信仰上，教徒向善应承认阿胡拉·马兹达的天神的崇高地位，听从先知的教导，严格履行宗教义务。

对阿胡拉·马兹达的赞颂和对先知使命的肯定充满《阿维斯塔》各章节。教徒每日颂读的三段基本祈祷词的内容就是对天神和先知的赞颂：

> 阿沙是最大的善，是幸福的基础。幸福属于行为端正和竭力求真的人。
> 他是阿胡拉创造的人世上的精英圣哲，也是上天的神明。是马兹达指引的生活道路善思善言善行的首倡者。[①]阿胡拉拥有至高无上的权威，阿

---

① 这里的他指琐罗亚斯德。

胡拉指定他维护贫苦人。

阿胡拉·马兹达深知谁是在阿沙指导下虔诚祈祷的人。我呼唤着他们的名字赞美他们，接近他们。(《小阿维斯塔》，三段基本祈祷词)

这三段祈祷是向天神阿胡拉·马兹达表示真诚的信仰。而把信仰体现在行动上，首先是每日按时进行祈祷。祈祷分五次。"按照规定，在每天五个时辰里，教徒就应该分别进行五次私人祈祷，穆罕默德正是吸收了琐罗亚斯德教义中的这一成分。教徒按照先知指示，站在圣火面前祈祷，即面向太阳或者站在灶火、庙火、明灯之前，俾使集中精神。每当祈祷时，都要解下腰间的圣带'科什蒂'（koshti），然后重新系上，教徒称呼这种基本礼拜活动为'重系腰带'。①然后念诵祷文，礼拜上神奥尔马兹达，同时诅咒阿赫里曼。"②每日五个时辰是日出、正午、日落前、日落后和次日黎明。为了保证教徒休息，也可只完成早晚祷。

庆祝节日也是一年中教徒活动的重要内容。按教义，一年中有六大节日，称六大贾罕巴尔：

仲春节，从新年后第41天到第45天，庆祝阿胡拉·马兹达造天，
仲夏节，从新年后100天到105天，庆祝造水，
仲冬节，从新年后176天到182天，庆祝造地，
收获节，从新年后206天到210天，庆祝造植物，
返家节，从新年后285天到290天，庆祝造动物，
万灵节，从新年后360天到365天，庆祝造人。

六大贾罕巴尔之后，接着就是一年中最重要的节日新年（诺鲁兹，公历3

---

① 科什蒂见下文成年礼部分。
② 玛丽·博伊斯：《伊朗琐罗亚斯德教村落》，张小贵、殷小平译，中华书局，2005年，第33—34页。

月 21 日）。诺鲁兹是古老的传统民族节日，是一年中的最隆重的节日，类似我国的春节。

每逢上述节日，都隆重庆祝，举行集会，宰牲献祭，祈祷祝愿，打扫房舍，探亲访友，安排宴会，尽情歌舞，捐赠财物，提倡善举。

成年礼：按照教规，一个男孩子年满 15 岁，要为他举行成年礼，即在有祭司及亲朋好友参加的仪式上，为他穿一件名为"索德拉"（sodrah）的衬衫，系一条羊毛织成的名为"科什蒂"（koshti）的腰带。索德拉以白棉布制作，宽大无领，身长及膝。胸前有一小袋，寓可装三善。此后，一切行为举止都应严格按照教规行事，不得违反。

这种仪式是一个人生命中的最重要的一刻，标志着他已经成年，而且成了一个琐罗亚斯德教徒，教徒称之为"新生"。此后每时每刻，这两件穿戴都不能离身，否则迈一步就是犯了大罪。只是在五种情况下才可把科什蒂解开整理，即早晨起身后、如厕时、祈祷前、洗浴时和饭前。

科什蒂可自纺，也可购买，其要求与寓意更多。一条科什蒂要用 12 股白羊毛线织成，每股 6 条线，共 72 条线。72 条线代表《阿维斯塔》中的《亚斯纳》72 章，12 股线代表一年 12 个月，每股 6 条线代表一年中六大节日。

科什蒂要由祭司为年轻人系好。① 围腰系三匝，表示三善。在第二匝后在胸前系两个结。第三匝后，在背后系两个结。第一个结表示信仰一神，第二个结表示真心信教，第三个结表示承认琐罗亚斯德为先知，第四个结表示严格遵守三善原则。科什蒂系在人的上下身中间，其上表示人有思维理智，即从善的条件；其下被认为是恶的根源，有作恶的可能，从而使人警戒。在系科什蒂仪式上，要颂系科什蒂经文：

马兹达啊，请来帮助我，

---

① 为年轻人举行的这种系科什蒂的仪式，更注重男孩。女孩一般不系科什蒂，所以只是在她们自己表示有此意愿时，才为她们举行仪式。

我信仰马兹达，

我申明，我崇拜马兹达，我信琐罗亚斯德教，我反对恶魔，我信仰阿胡拉的宗教。

我想念善思者的思想，

我想念善言者的言词，

我想念善行者的行动，

我信仰马兹达教，它消除战争，摈弃武器，倡导近亲婚姻，[①] 琐罗亚斯德倡导的阿胡拉教是现在和将来一切宗教中最纯洁最伟大最向善最美好的宗教。一切善都源于阿胡拉·马兹达，这就是我对马兹达教的信念和承诺。(《小阿维斯塔·系科什蒂经》)

葬仪：琐罗亚斯德教对葬仪十分重视，其仪式郑重而严格。按教规实行天葬，即把死者尸体抬到野外，由飞禽走兽吃掉，然后把遗骨掩埋。

在一般情况下，死者尸体不在家中过夜。当人去世后，即请祭司到家，读经文，为死者洗身（通常要洗三遍），并为他换上干净的旧衣，安排入殓，然后请人把棺材抬到野地里名为"达赫迈"（Dakhme）的储尸屋中放置，任飞禽走兽吃掉。[②]

在葬仪中，有一个重要的环节，请来的祭司会带一条狗到死者家，让狗卧在尸旁。这个狗最好是四眼狗。这种仪式叫做"狗视"，为避邪之意。按传说，

[①] 琐罗亚斯德教倡导近亲婚姻有其民族和政治背景，可能与保持民族的纯洁性有关。在阿扎尔巴德·梅赫拉斯帕忠告（张鸿年：《波斯文学史》，昆仑出版社，2004年，第20页）第20条中，提到与外族人通婚在反对阿胡拉·马兹达的罪过中，是最为严重的罪过。因为把女子嫁给外族人，或儿子娶外族女子为妻，本族联系的纽带就要解体。这点对统治集团也是适用的，因为他们的子女与集团外的人通婚，王权就可能旁落。菲尔多西的《列王纪》中就记述凯扬王朝第六位国王娶自己的女儿胡玛伊为妻，并传位给她的故事。

[②] 达赫迈是野外的一种简陋的建筑，多在山里，有时就是山间开出的一个洞穴，用于存放尸体。

人一死后，阿赫里曼立即派一个名为纳苏（Nasu）的恶鬼来到死者身旁，挡住他去天堂的路。而有狗在场，纳苏便不敢上前了。狗卫护人的尸体是雅利安人古老的传统。伊朗学者巴哈尔关于"狗视"的解释是："在《梨俱吠陀》中，阎摩就有两个使者是两条狗。阎摩的狗是四眼狗，扁鼻子，皮毛为栗色条纹状。这两条狗把守在天堂门口，它们引导死者到坐在阎摩身旁的亲人近前，不使他们绕路。"①

葬仪的第四天是有特殊意义的日子。琐罗亚斯德教徒相信死者的灵魂在三天内不离开尸体，到第四天就要离体而去。第三天后的凌晨，仪式即开始。首先依次向索鲁什、拉申和梅赫尔献祭，这三者是人死后的守护神。然后还祭祀空际之神瓦伊，因为人的灵魂要飞过空际来到天堂。

到第四日黎明，亲友和送葬者都到死者家集合，举行第四日仪式"恰哈鲁姆"（chaharom）。每人都在祭司的带领下诵两遍科什蒂经文，然后在场人分别表示在此后十日内为死者诵多少经文。如死者没有子女，则要指定一人今后为他举行一切祭奠仪式。这人称为"带过桥者"，即把死者带过切努特桥，直达天堂。此时指定此人是为给死者灵魂以安慰。以后一般在三十年内，每年都为其举行一定的奠仪。

所谓切努特桥是指死者的灵魂要通过的桥，据说此桥位于伊朗维治的戴亚蒂山头与厄尔布尔士山头之间。②拉申用秤称过死者生前的功过是非，然后决定他升天堂或下地狱。生前行善者，他的五种潜力之一良知化作一美丽少女，引领灵魂过桥，这时桥面宽阔平坦。上到厄尔布尔士山头，要登上三个台阶，喻指三善，然后则达到天堂。生前作恶者，其良知则化为一丑陋老妪，与其灵魂一同过桥，此时桥面窄而锋利，作恶者从这里跌入地狱。生前功过相当者的灵魂，则到一称为净界哈玛斯特冈（Hamastgan）去栖身。

2）在社会生活上，教徒向善就应从事农耕生产，保护土地、水源、火和

---

① 见贾里尔·杜斯特哈赫：《阿维斯塔》（二），第八版，莫尔瓦里德出版社，2004年，第1010页。

② 厄尔布尔士山在伊朗西部。但这里显然不是指这座山，而是一个神话中的山。

空气清洁，爱护牲畜。

这是一种带有鲜明时代特点的要求，是进步的思想观念的体现，反映了古代伊朗社会从游牧生产方式向农耕生产方式转变的发展趋势。琐罗亚斯德顺应这一时代要求，提出信徒应高度重视农业生产，反对武士阶层破坏农业生产的行径（如热衷战争、杀牛祭祀、破坏水源、掠夺财产）。这说明他是一位站在时代制高点引领潮流的进步人物。在《阿维斯塔》中有许多章节的文字都体现了这一进步思想。如在《万迪达德》中，我们看到：

>　　长久不耕种的土地，是不会满意欢乐的。它渴望有人耕种，正像亭亭玉立的女子，长时间没有生育子女，渴望丈夫的温存关爱。（《万迪达德》3，24）

>　　创造世界之主啊，至善的主啊，
>　　什么是滋养马兹达教的养料？
>　　阿胡拉·马兹达回答说：
>　　是种植小麦，是一茬一茬地种小麦。（《万迪达德》3，30）

>　　谁播种小麦就是播种善，他就是使马兹达教兴旺发达。他就是发展壮大马兹达教，犹如百遍祈祷，千份奉祀，万种祭品。（《万迪达德》3，31）

除关注土地以外，对农业生产至关重要的水和牲畜也受到重视。上文已经提到，在《阿维斯塔》中，作者借原牛之口，控诉了滥杀耕牛的恶行。琐罗亚斯德教对江河湖海之水不仅重视，而且可以说是崇拜。琐罗亚斯德教赋予水神阿娜希塔以崇高的地位就是证明：

阿胡拉·马兹达对琐罗亚斯德·斯皮特曼说：

"琐罗亚斯德·斯皮特曼啊，按我的要求赞扬阿尔德维·苏拉·阿娜希塔吧，她敞开胸怀，祛病强身，驱逐恶魔，崇敬阿胡拉。她理应受到歌颂和赞扬。她纯洁无邪，使人生机勃勃，使国家财物丰盈，仓廪充实，牛羊肥壮。她是善神，她使世界繁荣兴旺。"(《阿邦·亚什特》，1)

希罗多德在其《历史》中说波斯人："他们对河是非常尊重的：他们决不向河里小便吐唾沫或是在河里洗手，也不容许别的任何人这样做。"①

直到今天人类还受到水质污染带来的困扰，因此我们不能不承认，琐罗亚斯德教对水的清洁如此重视，是一种具有重要意义的超前的观点。

上文所引用的资料把琐罗亚斯德教鼓励和提倡农耕的主张说得再清楚不过了。播种小麦就是播种善。这就是把农耕劳作视为信徒的最高道德原则之一，作为一种庄严神圣的崇高使命，规定为一个信徒终生必须履行的宗教义务。

如此肯定农耕的意义，必然对从游牧向农耕转型的社会的发展产生巨大的推动力。一般宗教都是消极出世的，但琐罗亚斯德教在重视农耕这个问题上却表现了它的积极入世、关注世人社会生活的特点，把从事农业生产与本教的基本教义善相联系，这是它区别于其他宗教之处，反映了创始人进步的世界观。

3）在个人道德修养上，教徒向善就保持身心两个方面的纯洁，应注重个人和环境卫生，更应注重心灵纯洁，求真去伪。

任何宗教的基本着眼点都在于人，在于以其教义塑造合乎要求的完美的人，琐罗亚斯德教也不例外。其宣传的神鬼体系、地狱天堂、是非观念、善恶报应一系列说教和理论，无非是鼓励世人不断克服自身的弱点，积极向上，达到成为完人的目的。琐罗亚斯德教要求一个教徒在身心两个方面都要纯洁，身体要净（也包括环境的净），心灵也要净。所谓心灵的净就是求真。

身体和环境的净是具体的。琐罗亚斯德教徒认为物质世界，包括他们本人都应该干净，人及人生活的环境如水、火、土地、居处一定要保持清洁，不

---

① 希罗多德：《历史》上，商务印书馆，2005年，第71页。

能污染。其次他们认为凡不利于农业生产和农作物的动物和虫类像蝗虫、苍蝇、蜘蛛、蛇、蝎子等都是不洁的，应予铲除。他们称这类害虫为哈尔法斯塔尔（Khrfastar）。他们认为害虫是阿赫里曼的创造，是破坏阿胡拉·马兹达所创造的人世的，所以要把它们消灭。因此伊朗古代有一哈拉法斯塔尔库什节，库什意为杀死，即杀害虫节。届时全体居民出动，手执木杖，到郊外去消灭害虫。

教徒在精神方面的纯洁就是要求真。强调真实，反对虚伪，是琐罗亚斯德教教义的一大特色。按琐罗亚斯德教教义，真与善是密切联系的。真是善的内涵，善是真的目的。真是最大的善，伪是最大的恶。在伽萨中有一个关键的词，即"阿沙"（Asha），是琐罗亚斯德教所追求的终极目的和最高的理想境界。阿沙有多种含意，很难准确翻译和解释。它是代表阿胡拉·马兹达最重要的两位助神巴赫曼和奥尔迪贝赫什特的优秀品质的结合，即善与真的结合。也有的学者是把它解释为道，或宇宙法理。[①] 伊朗研究《阿维斯塔》的著名学者贾里尔·杜斯特哈赫在《阿维斯塔词典》中，把它解释为真理、正义、真。因此可以说琐罗亚斯德教的终极理想就是善与真。

在《阿维斯塔》中，往往是把真与善结合到一起论述：

"路只有一条，那就是阿沙之路。其余一切路都是歧途。"（《亚斯纳》72，1）

"一切过去、现在和将来的正直高尚的人都向他（指阿胡拉·马兹达——本文作者）祈求自由解脱。唯真者的灵魂会达到目的，获得永生。
向伪者的灵魂定而不移地永遭磨难。
这一指示是阿胡拉·马兹达以其神威下达的。"（《亚斯纳》45，1）

---

① 龚方震、晏可佳：《祆教史》，上海社会科学院出版社，1998年，第39页。

"你们任何人都不要听信作伪者的言词和说法。他们破坏家庭、乡村和田地。你们应手执武器与他们对抗。"(《亚斯纳》31，18)

"阿胡拉·马兹达啊我问你，请如实告诉我：

我怎样才能从身边把作伪之徒赶走？我怎样才能远离那些桀骜不驯之辈？远离那些不愿唯真的人，远离那些不愿向善的人？"(《亚斯纳》44，13)

希腊哲学家希罗多德在其所著的《历史》中提到伊朗人的特点时，指出："他们的儿子在五岁到二十岁之间受到教育。他们教给他们的儿子只有三件事：骑马、射箭和说老实话。""他们认为说谎是世界上最不光彩的事，其次就是负债了。"[1]

琐罗亚斯德教唯真的原则不仅在当年是真理，就是在今天也没有丧失其现实意义。一个没有为非作歹之心的人，是不会歪曲事实的，是不会存心说谎的。而一旦以谎言骗人，就是作恶的开始了。琐罗亚斯德教教义反对虚伪，肯定真诚，说明它的奠基者的确看到，虚伪和谎言给人类历史带来了巨大灾难和痛苦。

6 伊朗史诗创作

伊朗史诗创作古已有之。《阿维斯塔》中已经有了某些英雄史诗的因素，如戈尔沙斯帕故事，阿拉什故事，贾姆、佐哈克和法里东故事等。这些故事虽然情节略嫌简单，但都具备了史诗雏形，为后世史诗创作提供了坚实丰厚的基础。

到了巴列维语时期，除了有更多民间流传的故事（如鲁斯塔姆家族故事、

---

[1] 希罗多德：《历史》上，商务印书馆，2005年，第71页。

勇士埃斯凡迪亚尔故事、霍斯鲁与西琳故事、巴赫拉姆·楚宾故事①、亚历山大故事以及从印度传入的故事等）之外，更有早期史诗著作《缅怀扎里尔》和《阿尔达希尔·巴伯康行传》。此外，到萨珊王朝末期已经完成了波斯帝国通史巴列维语的《帝王纪》②的写作。《帝王纪》从雅利安人西支（伊朗人）的原始生活写起，直写到萨珊王朝国王霍斯鲁·帕尔维兹（590—628年当政）时期为止。这实际是一部散文体的民族史诗。

阿拉伯人入侵并统治伊朗之后，伊朗人需要振兴民族精神，约从9世纪末开始，史诗创作应运而生。此后史诗创作持续不断，直至19世纪，仍有新的史诗出现。

曾经是大国臣民的伊朗人，不论是上层还是下层，都无法忍受被他们视为野蛮的阿拉伯人的统治。阿拉伯人不仅在政治上作福作威，而且焚毁书籍，迫害文人，消灭其传统文化，以阿拉伯语替代巴列维语，但是没有成功。语言上的斗争反映了文化宗教冲突和文明传统的斗争，巴列维语与阿拉伯语并存了200年左右。在波斯语和巴列维语的基础上，兴起了一种新的语言——近代波斯语（达里波斯语）。达里波斯语直到今天仍然是伊朗全民通用语，即伊朗国语。伊朗人的愤怒和反抗集中表现在兴起的"舒毕思潮"上。"舒毕思潮"是各被压迫民族反抗阿拉伯统治者的思潮，其中尤以伊朗人的反抗最为强烈。舒毕是一个阿拉伯语词，意为种族或民族。这个词出现在一段《古兰经》的经文中（49章，13节）："人们啊，我创造了你们，把你们分成男女，把你们分成不同的种族和部族。愿你们互相了解，你们的尊严是安拉给的。"

伊朗人以这段经文来反对阿拉伯人的民族压迫政策是无懈可击的。安拉的指示是绝对权威，任何人不能违背。伊朗人这是以其人之道，还治其人之身，以神的最高启示和权威作为对抗阿拉伯人的借口。

正是这种不屈服于异族统治的伊朗民族精神，给史诗创作注入了新的活

---

① 巴赫拉姆·楚宾是伊朗萨珊王朝时的大将，起兵造反，反对国王霍斯鲁·帕尔维兹。
② 巴列维语的《帝王纪》不传，有译为阿拉伯语的译本。

力，使其在新的历史条件下产生了辉煌的成果。

具体地讲，伊朗达里波斯语史诗创作繁荣有如下几个前提条件：

1）有反抗异族统治的民族独立思想，

2）有丰厚的古代文化和文学传统，

3）有伊朗地方王朝统治者的提倡和支持，

4）有新形成的文学语言，即达里波斯语，同时也出现了一批思想上和艺术上都已成熟的诗人。

这里特别应该肯定的是伊朗地方王朝统治者对具有民族精神和爱国思想的波斯语文学创作的提倡和支持，因为这种提倡和支持在当时的条件下具有决定性的意义。古代的出版事业不发达，文化事业和文学创作基本是一种上层人的事业，甚至是宫廷的文化活动。一种文学创作没有统治者的支持与扶持，要取得成功，是不可想象的。首先，作家或诗人在物质生活上要依靠宫廷支持，取得可靠保障。其次，创作完成，得不到统治者的准许和帮助，也不可能传播推广。早期的文学创作不外乎两种模式，一种是统治者直接命令或委托诗人作家写某部作品；一种是诗人作家自己写一部作品，完成后献给某个统治者。

比如萨曼王朝（875—999年，统治霍拉桑和阿姆河与锡尔河中间地区）的霍拉桑总督阿卜·曼苏尔·本·阿卜杜列扎格就下令给手下大臣阿卜·曼苏尔·迈玛利主持编写散文体的《阿布·曼苏尔王书》，这部书后来成了伊朗著名史诗、菲尔多西《列王纪》的重要参考资料。

有一则事例清楚地说明当时的伊朗地方统治者对波斯语文学创作的关注。统治伊朗东南部的扎法尔王朝（861—900）国王伊朗人亚古伯·列斯（868—878年当政）听到手下一位大臣以一首阿拉伯语诗赞颂他，并不感到高兴。他责备诗人说：为什么用我不懂的语言写诗呢？他马上命令另一位大臣穆罕默德·本·瓦西夫用波斯语写诗。[①] 菲尔多西创作《列王纪》前，萨曼王朝宫廷

---

① 侯赛因·法里瓦尔:《伊朗文学史》，第15版，阿米尔·卡比尔出版社，1973年，第87页。

诗人塔吉基就受命创作描写帝国光荣传统和英雄业绩的《王书》。[①] 这些事例都说明伊朗地方王朝的统治者支持波斯语文学创作是有明确的政治目的的。

伊朗著名学者扎毕胡拉·萨法在其《伊朗史诗创作》中，把伊朗史诗分为三种，即宗教史诗、历史史诗和民族史诗。

他提到 12 部宗教史诗。宗教史诗主要是写伊斯兰教先知和阿里传教过程中南征北战的事迹，以及阿里家族与反对派战斗的经过。这类史诗出现较晚，约于 14、15 世纪才发展起来。这是由于伊斯兰教传入伊朗后，其神话传说经过一段时间与伊朗文化融合之后，才能为伊朗人所接受并传播。

《伊朗史诗创作》中提到 14 部历史史诗。历史史诗约于 13 世纪时开始出现，多写各时期不同王朝国王的治国征战事迹，如蒙古人统治时期、铁木耳统治时期、沙法维王朝时期和凯伽王朝时期国王们的事迹。

值得加以说明的是诗人内扎米（1141—1209）的历史史诗《亚历山大传奇》。这部史诗分两部分，一为《荣誉篇》，二为《命运篇》。内扎米在《亚历山大传奇》中，提到菲尔多西的同一题材：

> 图斯先贤，博学的诗人，
> 他的诗如新娘般艳美绝伦。
> 在诗中把颗颗珍珠琢磨，
> 但还有许多东西并未述说。
> 他不感兴趣的就没有涉及，
> 写到的也并非处处令人满意。
> 内扎米也来把珍珠连缀，
> 他未老调重弹，拾人牙慧。

---

① 《王书》与《列王纪》在波斯语中是一个词，都是 Shahname。为了把其他《王书》与菲尔多西的《王书》加以区分，把菲尔多西的《王书》称为《列王纪》。

从这些诗句中可以看到，内扎米写这一题材是要与先辈诗人一比高低。在内容上，内扎米的《亚历山大传奇》第一部即《荣誉篇》，比菲尔多西所写的更接近实际。他从亚历山大幼年学习写起，后写他率军远征东方，到埃及、桑给巴尔、伊朗、印度、中国和俄罗斯。除他没到过中国外，这个过程大体符合历史事实。[①]

但在第二部即《命运篇》中，内扎米也从现实描述滑向臆造。他把亚历山大写成一位哲人，让他与哲学家讨论宇宙人生哲理问题，这显然比菲尔多西离现实更远了。

本文重点讨论的是民族史诗，也称民族英雄史诗。在这类史诗中成就最大的是菲尔多西的《列王纪》，它体现了伊朗古老的文化传统，颂扬了伊朗民族精神，塑造了众多栩栩如生的人物形象，叙述了许多生动曲折的故事。它理所当然地赢得了世界文学界的赞誉。

在《列王纪》之前已经有数部诗歌体或散文体的《王书》问世。这些《王书》是：

《玛斯乌迪·姆鲁兹伊王书》于10世纪初问世，《阿布·姆耶迪王书》于10世纪末问世，以及《阿布·阿里·巴希尔王书》，可惜这三部《王书》都已失传。另外两部是《阿布·曼苏尔王书》，上文提到，这是菲尔多西创作其《列王纪》时的重要参考资料。另一部是诗人塔吉基奉命写的《王书》。可惜他没有写完，就被仆人杀害。这部《王书》写的是琐罗亚斯德教传播的经过，被菲尔多西完整地吸纳到自己的《列王纪》中。

在菲尔多西的《列王纪》之后问世的民族英雄史诗，萨法在其书中提到16部，其中有13部是写鲁斯塔姆家族的传奇故事，或与鲁斯塔姆有关的情节。

[①] 菲尔多西的《列王纪》所写的内容与史实有很大差距。在1975年题为"菲尔多西与史诗文学"的国际学术讨论会上，德国学者哈尔莫哈拉特·卡斯乌·卡尔迪就指出菲尔多西不知亚历山大自何处发兵攻击伊朗，也不知他的行军路线，而且还把他描写成伊朗国王达拉之子，即与达拉布（大流士三世）为同父兄弟。这反映出伊朗人的一种心理状态，即灭伊朗的不是别人，而是伊朗国王的后代。

这些史诗是：

1.《巴赫曼传奇》。写埃斯凡迪亚尔被鲁斯塔姆杀死，其子巴赫曼继承王位后，率军出征锡斯坦，讨伐鲁斯塔姆家族（此时鲁斯塔姆已死），为其父报仇。此诗创作于 12 世纪初，作者为伊朗沙赫尔·本·阿比尔赫尔。

2.《法拉玛尔兹传奇》。写鲁斯塔姆之子法拉玛尔兹被国王卡乌斯派赴印度支援印度国王努沙德与其敌人作战的经过。可能写于 12 世纪初，长 1500 联，作者不详。

3.《巴努卡什普传奇》。写鲁斯塔姆之女巴努卡什普。此女自幼容貌武艺出众，贵人中求婚者众多，引发了矛盾和冲突。后鲁斯塔姆把她嫁给勇士格乌，并生勇士比让。作者为阿里尔·塔赫基格。

4.《巴祖尔传奇》。巴祖尔为鲁斯塔姆之孙，苏赫拉布之子，是苏赫拉布与一土兰之女沙赫鲁所生。巴祖尔膂力过人，武艺出众。土兰国王阿夫拉西亚伯命巴祖尔出战鲁斯塔姆。后祖孙相认，巴祖尔回归伊朗。作者可能是哈吉·欧米德·本·纳库克·拉齐。最长的抄本有 38 000 联。

5.《沙赫里亚尔传奇》。沙赫里亚尔是巴祖尔之子，苏赫拉布之孙，鲁斯塔姆的重孙。写法拉玛尔兹（即沙赫里亚尔的叔祖）在印度战恶魔，并与沙赫里亚尔战斗的经过。后祖孙相认讲和。作者为萨拉哲尔丁·奥斯曼，此诗写于 12 世纪中。

6.《阿扎尔·别尔金传奇》。阿扎尔·别尔金是鲁斯塔姆之子法拉玛尔兹与克什米尔公主所生的儿子。当巴赫曼出征锡斯坦时，阿扎尔·别尔金在印度。他听到父亲与敌人作战，回乡参加战斗，但中途误入巴赫曼军中被俘。后被人救出，并与巴赫曼军作战，但终于成了巴赫曼的大臣。此诗有的抄本包括在《巴赫曼传奇》中。作者及创作具体年代不详。

7.《比让传奇》。比让是鲁斯塔姆的外孙。此诗主要写他被派去斗野猪的故事。抄本不同，长度在 1400—1900 联。作者为《巴祖尔传奇》的作者阿塔伊。

8.《苏珊传奇》。苏珊是土兰的一个歌女。她能用妖术迷人。土兰国王阿夫拉西亚伯把她派去对付伊朗勇士。她果然迷住几名伊朗勇士。鲁斯塔姆得知此情况，去与指挥她的将军皮尔萨姆作战，期间土兰国王阿夫拉西亚伯来援，不敌鲁斯塔姆。此诗本为《巴祖尔传奇》的一部分，后独立成篇。

9.《库赫扎德传奇》。作者不详。库赫扎德是一强人，占据离鲁斯塔姆家乡三天路程的一个山头，称霸一方。时鲁斯塔姆年少，父亲扎尔不敢告诉他有此强人作恶，怕他上山与强人斗。后鲁斯塔姆在市场上听到人们传说此事，就奋勇上山消灭了强人。

10.《沙伯兰格传奇》。沙伯兰格是白妖之子。白妖在土兰与鲁斯塔姆作战，被鲁斯塔姆杀死。沙伯兰格找鲁斯塔姆报仇，被鲁斯塔姆打败。此书可能是12世纪以前的作品。作者不详。

11.《贾汗吉尔传奇》。贾汗吉尔是鲁斯塔姆的儿子。鲁斯塔姆亲手杀死儿子苏赫拉布之后，心情郁闷难挨。一天，到了马赞得朗群山中，在林中遇一女子名迪尔纳瓦兹。他与此女结合后生一子，即贾汗吉尔。后鲁斯塔姆又到了马格里布（今摩洛哥、阿尔及利亚一带），成了一地方首领的座上客。贾汗吉尔长大后，武艺超群。他的外祖父派他去雷伊（伊朗古城，遗迹在德黑兰南）去帮助伊朗国王卡乌斯。但他在途中受骗，入土兰国王阿夫拉西亚伯军中效力。在一次战斗中与鲁斯塔姆相遇并交手。后鲁斯塔姆之父扎尔查明贾汗吉尔是鲁斯塔姆之子，于是父子相认。这个故事显然是鲁斯塔姆亲手杀死儿子苏赫拉布悲剧的延伸。在一个悲剧后，写鲁斯塔姆与另一个儿子作战，创造一个不同于鲁斯塔姆与苏赫拉布之战悲惨下场的喜剧的结局。此诗长6300联，作者为卡赛姆，笔名玛迪赫。萨法推断此诗约创作于13世纪中叶以后，因为其词语明显可以看出受到阿拉伯语影响，此外鲁斯塔姆的形象也并非原伊朗史诗中所描写的样子，而是带上了明显的伊斯兰色彩。

12.《萨姆传奇》。写鲁斯塔姆的祖父萨姆的故事。从萨姆出生起，写他在东方西方一系列离奇曲折的遭遇和征战。萨姆当时看到中国（指新疆西部与古伊朗接壤地区）国王（法格夫尔）的公主帕丽的画像，倾慕钟情，便去东方寻求中国公主。他在东方战巨蟒和妖人，后进入国王宫廷，见到帕丽公主，但被国王发现,被囚入狱,又被人救出,与帕丽公主进行对话(以诗歌对唱形式)。后又被玛努切赫里召回伊朗,被派到西方去与妖魔战斗。此诗作者不详,有学者疑为诗人哈珠(1290—1352)所作,全长约 14 500 联,产生时间可能是 14 世纪中叶。这首诗作中所描写的勇士萨姆与早期问世的史诗中的萨姆形象有很大差异。此诗中的萨姆完全没有忠于祖国、为正义而英勇献身的勇士品格,而是一个仅凭武力打遍天下的孤胆英雄。其中阿拉伯词语和风习明显可见。

13.《戈尔沙斯帕传奇》。戈尔沙斯帕是伊朗古代大英雄。在《阿维斯塔》中已有他的事迹。到巴列维语文献中,已把他描绘为萨姆的祖父,即鲁斯塔姆的高祖。这部史诗的作者是诗人阿萨迪·图斯(约 1010—1072)。全诗长 10 000 联。作者在诗中明确写到自己要创造一个比鲁斯塔姆还伟大的英雄:

> 在戈尔沙斯帕统帅的一生之中,
> 无人能使他遭受失败的耻辱。
> 他曾转战印度、罗马和中国,
> 那战斗连鲁斯塔姆也未经历过。

阿萨迪·图斯想把戈尔沙斯帕写成一个空前绝后、无所不能的英雄,但是这个立意与他创造的形象并不一致。作者写这位主人公一生南征北战,历尽艰险,但他却听命于暴君佐哈克,当法里东打败佐哈克,他又为法里东效力。这说明他不过是一个任何国王都可以驱使的武夫,而不是如同鲁斯塔姆那样具有爱国情操和明确人生目的的勇士。

以上是《伊朗史诗创作》一书中介绍的 13 部与鲁斯塔姆有关的民族史诗。除此以外,这本书中还提到三部史诗,即《库什传奇》、《卢赫拉斯帕传奇》和《贾姆希德传奇》。

14.《库什传奇》。写佐哈克之侄库什在法里东打败佐哈克之后,与法里东为敌。法里东把他捉住,囚在狱中,后又把他释放,并派他去西南部为王。但库什对法里东始终怀恨在心，不知悔改，在形势变化后，又起兵反抗法里东。此诗写于 12 世纪中叶，作者即《巴赫曼传奇》的作者伊朗沙赫尔·本·阿比尔赫尔。

15.《卢赫拉斯帕传奇》。写凯扬王朝国王卢赫拉斯帕的事迹，一直写到鲁斯塔姆遇害身亡。作者不详。

16.《贾姆希德传奇》。写佐哈克从阿拉伯出兵攻打伊朗，打败贾姆希德。贾姆希德东逃锡斯坦。从贾姆希德东逃以后，此诗的内容与文字都是抄袭《戈尔沙斯帕传奇》。实际上只有开头的 200 余联是作者所写，而且佐哈克的形象也与伊朗古代传说中的佐哈克的邪恶形象不符，被描写成一个崇拜真主的人。

上文已经指出，在众多的伊朗史诗中，成就最高的是菲尔多西的《列王纪》。上述任何一部史诗在思想上和艺术上都没有达到《列王纪》的高度。这部史诗篇幅巨大，涵盖了从雅利安人远古时期直到公元 650 年阿拉伯人入侵的全部历史。

菲尔多西（940—1020）生于伊朗霍拉桑图斯古城。他生于一个德赫甘家庭①，菲尔多西自幼受过良好的教育，懂阿拉伯语，也可能懂巴列维语。他知识广博，语言修养很高，自幼立志写出发扬伊朗古代传统的巨著。他奋力搜集民间传说典籍。他说："我无数次请教询问，怕年深日久的往事湮没无闻"。他约从 977 年着手写《列王纪》，时年 36 岁。到 994 年，即 54 岁时，完成初稿。1009 年修改一次，1020 年临终前又修改一次。前后为写这部史诗用了 43 年。史诗是以莫特卡列伯格律写成，其特点是两行（一联）为一个单位，称一个"贝特"，第二行为下联，两行诗完全对称叶韵。第二联的两行再叶另一韵。这种形式有利于叙事。每一行诗由 11 音节组成，分四音步（即顿）。

这部史诗继承了古代文化传统，充满了昂扬的爱国精神，创造了生动活泼的叙事模式，塑造了一系列鲜活的人物，发展了作为文学语言的达里波斯语。一句话，菲尔多西比其他任何诗人都更深切地把握了民族英雄史诗的实质与灵

---

① 德赫甘是伊朗古代地主或土地所有者。他们掌握文化，熟悉伊朗古代文明传统。

魂，为后世留下一部不朽的世界名著。

7 史诗《列王纪》的主题思想及其与古代神话传说的传承关系

史诗《列王纪》长期以来被认为是伊朗历史。在这部作品中，对阿契美尼德王朝只字未提，对安息王朝也一笔带过。当时伊朗人心目中的本民族历史是《列王纪》中所描绘的四个王朝：

1）俾什达迪王朝10位国王，统治2442年。

2）凯扬王朝9位国王，统治1250年。

3）阿什康尼王朝（因其奠基者名阿什克而得名，又称帕提亚王朝，帕提亚为阿什克所属部落名，我国史书称其为安息王朝，安息是阿什康尼的汉语音译）。

4）萨珊王朝。

前两个王朝的一些国王的名字和事迹出现在琐罗亚斯德教古经《阿维斯塔》中，它们很可能是在阿契美尼德王朝前存在过的伊朗东方王朝（统治大霍拉桑地区，包括木鹿、巴尔赫、赫拉特和内沙浦尔以及锡斯坦和喀布尔斯坦等地）。这两个王朝的详细情况，已无原始文字或实物可考，但是大量的神话传说传颂着它们的国王和英雄勇士们的事迹。

俾什达迪（pishdadi）意为最初立法者。立法符合从游牧生活过渡到定居生活时需要秩序和法律的要求。俾什达迪王朝的国王和他们的事迹与《吠陀》中的人物和事迹可互相印证，反映印伊雅利安人分离以前的共同生活的印记。而传说中的第二大王朝即凯扬王朝的事迹则纯粹是伊朗人的活动，说明这一王朝时期印伊两族已完全分离，踏上各自发展的道路。

《列王纪》的内容可以概括为三类：

1）琐罗亚斯德教的创世记，诸神的崇拜，善恶二元斗争，世人的地位及其命运。

2）为民族利益而奋战的勇士的故事。

3）历史传说故事，包括国王生平传记、政权建设、争夺王权的斗争、内乱与外族入侵。

有一个问题应该引起我们的注意：《列王纪》这部文学巨著，它的主题思想是什么？作为一部著名的英雄史诗，不论在伊朗，还是在世界文学界，都有众多的研究者。关于《列王纪》的主题也众说纷纭，意见不一。有的人说这部史诗表现了波斯帝国的光荣历史，有的说它反映了伊朗的民族精神；有人说它描写了伊朗人的不屈的民族性格，也有的人认为史诗描绘了伊朗武士的保家卫国的英雄业绩。

应该说，所有这些见解都反映了这部史诗的一个侧面。但依笔者所见，还是伊朗学者穆罕默德·阿里·伊斯拉米·纳都山的概括最为准确。他在其所著《伊朗良心的四位歌者》中指出："为什么人们说《列王纪》越到末尾越精彩。这话中是否有什么误解？它究竟是什么意思呢？其实它的意思很清楚，因为《列王纪》的核心内容是善恶之战，而最后以善的胜利告终。"他又说："我们说《列王纪》提出了人类命运问题，是指这是一部关于善战胜恶的书。"[①] 纳都山把菲尔多西的《列王纪》的主题概括为善恶斗争，说明他深刻了解史诗作者的初衷和本意。

苏联学者别尔捷尔斯的观点比纳都山的见解更进一步。别尔捷尔斯在《菲尔多西的根本目的》一文中指出："菲尔多西创作《列王纪》是要以大量的故事和人物形象地告诉伊朗人：善一定战胜恶，即伊朗人一定战胜阿拉伯人。这一点，考虑到史诗创作的年代（10—11世纪之交），他尚难于明言，但却以故事和人物明白无误地把这层意思传达了给了读者。"[②]

别尔捷尔斯认为整部史诗《列王纪》都贯穿善恶斗争这一主题。这部史诗中的善恶斗争可以分三个阶段：早期神话时代，它表现为明君法里东反对暴

[①] 穆罕默德·阿里·纳都山：《伊朗良心的四位歌者》（波斯文）伊朗卡特来出版社，2002年，第12—13页。

[②] 见《菲尔多西诞生千年纪念国际学术讨论会论文集》，伊朗图书世界出版社，1943年，第185页。

君佐哈克的斗争，这场善恶斗争以法里东的胜利告终；中期勇士故事时代，表现为伊朗的勇士鲁斯塔姆反对土兰国王阿夫拉西亚伯的斗争，最终以鲁斯塔姆的胜利告终；后期表现为伊朗与入侵者阿拉伯人的斗争，这场斗争到作者创作《列王纪》时还未见分晓。而这正是作者创作这部史诗的意图。他以自己的作品告诉伊朗人，这场斗争最终也会像前两场斗争一样，以伊朗的胜利告终。

别尔捷尔斯写道："菲尔多西向所有代表善的人们奉献自己的史诗，向他们大声疾呼：你们这些善的体现者和支持者，行动起来吧，你们正面临新的危险。新的创业立国的人物已经出现。效法自己的先人，再创贾姆希德的幸福时光。"①

塔吉克斯坦学者米尔扎·莫拉·阿赫玛德也持同样观点："向善、善行和爱人自古就与伊朗人民的社会传统和道德观念紧密相联。这在其古籍中，特别是在《阿维斯塔》中有鲜明体现。在《列王纪》中，这种思想也明显呈现出来。……按菲尔多西的观点，这一观念并不抽象。善体现在为改善人民物质生活和精神生活而真诚奋斗中。要达到这一目的，就要崇奉理智。"②

上述《列王纪》研究者都明确地提到史诗《列王纪》中所反映的善恶斗争的主题，这并不是巧合。正是善恶斗争这一思想把《列王纪》与伊朗古代神话传说联系了起来。换句话说，琐罗亚斯德教善恶斗争的基本世界观也是贯穿整部史诗《列王纪》中的核心思想。

《列王纪》与伊朗古代神话传说的传承关系可以从两个方面加以探讨：

1）从作者论述中体现出的传统思想。

2）从史诗中的故事和人物行动中体现出来的传统思想。

---

① 见《菲尔多西诞生千年纪念国际学术讨论会论文集》，第188页。
② 同上，第643页。

7.1 从史诗作者论述中体现出来的传统思想——善

在讨论史诗之前，让我们先注意作者在一个重要称谓上的用词色彩。史诗的开端是例行的对造物主的颂词。在这节诗句中，造物主这个词作者用的是胡达万德（Khodavand），而没有用阿拉伯语表示真主的词安拉（Allah）。胡达万德是波斯词，来自另一个波斯词胡达（khoda），为造物主、创世主，也可以用作真主之意。比较起来，胡达万德这个词是一个中性的词，不像阿拉伯词安拉带有那么强烈的伊斯兰色彩，也不像另一个波斯词亚兹德（yazd，复数为yzdan）具有那么明显的琐罗亚斯德教痕迹。但在以后的诗句中，在用到造物主这个意思的时候，他却更多地使用了亚兹德这个词。菲尔多西创作《列王纪》时是10—11世纪，其时伊斯兰教传入伊朗已经有300年以上的历史，伊斯兰教在伊朗已经为大多数人所接受。阿拉伯人以行政手段推行阿拉伯语虽未获得完全成功，但在宗教领域，阿拉伯语已经占有主导地位，在学术领域，阿拉伯语已是伊朗主要语言之一。例如与菲尔多西大体同时的伊朗大学者伊本·西拿（980—1936）的120篇论文和专著多数是用阿拉伯文写的。在这种情况下，菲尔多西在其史诗开头，使用胡达万德这一用词应该不是无意为之的。这或许说明他力图摆脱阿拉伯人带给伊朗文化的消极影响，坚持伊朗古老的民族文化传统。

接下来的创世记更能说明菲尔多西忠于伊朗古代文化传统。他笔下的创世记简直就是伊朗古代神话传说中的创世记的复写。他首先写到创世主创造宇宙万物，开始创造四大元素，即水、土、火、风，后创造山、海、原野、牧场，然后创造人、太阳、月亮：

> 最初，创造了四种根本元素，
> 转瞬间便把四者从容造出。
> 一种元素是火，火熊熊燃烧，

> 中间是风和水，最下是黑色土壤。
> 烈火燃烧产生一股热力，
> 火和热力使熔浆凝聚为陆地。
> 后来空际气温逐渐变得寒冷，
> 气温变冷，水汽渐渐凝成。
> 当这四种元素一个个产生，
> 随后世界也自然而然形成。

与伊朗早期神话相比，这里的创造次序不同，内容完全一样。把这种创造与《古兰经》中的创世过程加以比较，就会发现，《古兰经》中的创世记基本脱胎于基督教《圣经》，而《列王纪》中的创世记则带有深厚的琐罗亚斯德教色彩。坚持民族文化传统最明显的表现就是史诗中大量赞扬仁政善行和热情歌颂知识和理智的诗句，强调善行仁政是统治者的理想境界，强调掌握知识和崇尚理智是实践善的必要条件。就在歌颂造物主这段中，他的结论是：

> 谁有知识他便力大无穷，
> 老人掌握知识也会变得年轻。
> 这番话语有无比崇高的意义，
> 人的思想无法理解主存在的真谛。

在第二节，即对理智的颂词中，我们看到这样的诗句：

> 你应永远听理智的命令，
> 理智使你一生避免恶言恶行。
> 你要把博学智者之言谨记在心，
> 还要云游四方把这话告诉世人。

胡山是《列王纪》中俾什达迪王朝第二位国王：

> 当他登上宝座执掌王权，
> 就诏告天下，发出宣言：
> 我已成为天下七国之君，
> 威加海内号令国中臣民。
> 我要依靠佑人成功的天神的旨意，
> 敬谨治国，恭行仁义。
> 我要使世界变得繁荣兴旺，
> 我要使大地变成正义的家邦。

俾什达迪王朝第六位国王法里东是一位明君。他打败暴君佐哈克之后说：

> 人生世上不应作恶行凶，
> 来世上一遭应留下善行。
> 人们善名恶名不会永远流传，
> 让我们留下善果作为纪念。

> 世上只有两种事物能够永存，
> 此外什么也无法留给后人。
> 一个是明智之言，一个是善行，
> 天地不老，这二者就万古长青。
> 行止作为当以执中为上，
> 以善为本，以善指引方向。
> 你若想把仁政和善名长留人间，
> 遇事应听从耶兹丹教诲，拒恶向善。
> 如若按耶兹丹教导区分善恶，

>你就会升上天堂，获得善果。
>是善是恶世人将永远议论评说，
>但愿你在世上不要播种罪恶。

>行善作恶都在世界上留下痕迹，
>愿你把善果播种在大地。

这些诗句的内容充分说明，菲尔多西的《列王纪》继承了伊朗古代琐罗亚斯德教的宇宙观和世界观，即对善的赞扬和善恶斗争，最终善战胜恶。但值得注意的是《列王纪》中的善已经与琐罗亚斯德所提倡的善有了区别。因为这部史诗的内容主要是写历代帝王的事迹，所以菲尔多西所说的善是针对帝王们而发的，他把古代伊朗人善的观念从关注宗教义务、关注农业生产和世人对真的追求转变到对帝国统治者的忠告或提示上，启发统治者关怀平民百姓的命运与痛苦。正是从这里，可以看到诗人进步的世界观，看到他高度的仁爱胸怀。在鲁斯塔姆战胜妖怪阿克旺之后，作者写了这样意味深长的诗句：

>其实所谓妖怪无非就是恶人，
>恶人从不存敬畏耶兹丹之心。
>谁若心肠狠毒丧失人性，
>他便是妖怪，而不能称人。

恶人就是妖怪。这话说得明白无误。联系上面所引的诗句，可见他并不是一般泛泛而论，而是意有所指，其矛头所向就是统治者。他谆谆告诫统治者千万不要做残害百姓的妖怪。菲尔多西不仅通过人物之口和自己的诗句劝导统治者向善，而且还通过形象的手法，描写意味深长的故事，提醒统治者关怀平民百姓的疾苦。

有一次萨珊王朝国王巴赫拉姆外出打猎。回宫时天色已晚。他自称路人，在一农家借宿。当晚，为了解民情，他请主家农妇给他讲讲国王统治下百姓生活情况。农妇告诉他官家仗势欺人，巧立名目，搜刮民财，欺侮民间妇女。巴赫拉姆听了以后，心情沉重。

次日清晨，农妇为客人挤奶，但不见奶下来。原因是官家压榨百姓，连牛奶都挤不下来了。巴赫拉姆得知这一情况，深受触动。他向天神发誓，一定整肃法治，惩治恶吏，为民除害：

> 崇敬天神的贤惠的妇女，
> 想再试一试，再做一次努力。
> 她抓住牛的乳头，祈求造物主，
> 希望造物主保佑把奶挤出。
> 这次果然奶水从奶头下淌，
> 她连声感谢造物主的恩赏，
> 说是你把暴君变得仁慈善良。

暴政恶行甚至导致牛不产奶，诗人写这个插曲的用意是明显的。他是在提醒暴君，暴政的压迫到了天怒人怨的地步。而一旦暴君表示施行仁政，牛奶就随之下淌了。

7.2 从史诗故事和人物行动中体现出来的传统思想——善

在史诗开端部分，菲尔多西写了一系列国王，如凯尤玛尔斯、胡山、贾姆希德、佐哈克和法里东等。这些人物在《阿维斯塔》中都已出现，所不同的是在菲尔多西笔下，故事情节更加丰富曲折，人物事迹也与《阿维斯塔》不完全相同，但是正面和反面人物的基本面貌仍未改变，故事所体现的基本思想也没有变化。比如凯尤玛尔斯，在《阿维斯塔》中是一位勇士，是造物主所创造的第一人。在《阿维斯塔》中《法尔瓦尔丁·亚什特》的第 87 节，有这样的文字:"我们赞美向善的凯尤玛尔斯的灵体。他是聆听阿胡拉·马兹达教诲的第一人。伊朗大地上的家庭和伊朗民族由他开始建立。"但是在《列王纪》中凯尤玛尔斯却成了伊朗的第一位国王。显然菲尔多西所利用的是另一种传说,他引述研究古代典籍的人们的说法:

> 他们说凯尤玛尔斯是第一位国王,
> 是他最早坐江山,把王冠戴到头上。
>
> 这时,凯尤玛尔斯成了天下之王,
> 他把自己的宫殿高筑在山上。
> 他在山上安放自己的王座,
> 他与群臣都穿着兽皮衣裳。
> 从他开始已知喂养牲畜家禽,
> 衣食制作也开始改善更新。

很明显,这是一个部落首领的形象。接下来写恶魔阿赫里曼前来进攻,杀死他的爱子西亚马克,他的孙子胡山出战,为父报仇。

凯尤玛尔斯的两个后人西亚马克和胡山也有一些变化。在《阿维斯塔》中,西亚马克是凯尤玛尔斯的重孙,胡山是西亚马克之孙。而在《列王纪》中,西亚马克成了凯尤玛尔斯的儿子,胡山则成了西亚马克的儿子。凯尤玛尔斯为王后,恶魔阿赫里曼率领众魔前来进攻。西亚马克出战迎敌,被恶魔所杀。胡山出战,为父报仇。后凯尤玛尔斯去世,江山由胡山继承。

胡山这个人物在《阿维斯塔》中有相当详细的描述:

> 俾什达迪王朝的胡山在马兹达创造的壮丽高耸的厄尔布尔士山脚下,赞美她。(指财富女神阿喜——作者)

祈求她：强大而善良的阿喜啊，佑助我战胜马赞得朗的恶魔。我不惧怕恶魔，不会退让。而恶魔却怕我，他们吓得遁入黑暗之境。

强大而善良的阿喜赶来，帮助俾什达迪王朝的胡山成功。（《阿喜·亚什特》，24—26）

关于胡山的文字在《阿维斯塔》中并不只这一处。在有关风神瓦伊的章节中，也有他祈求风神佑助的文字。可见他是一位比较重要的人物。在《列王纪》中他的作为也是值得注意的。他是七国之君，他的作为是教人开矿，把石与铁分离，制成了斧头铁锯，用铁器开河造渠，引水灌田，增加了农业产量。从此，人类自己播种和收获，解决了食物问题。后又完成了一个创举，一次偶然机遇，以石击石，迸出火花，从而取火，并确立圣火节（伊朗太阳历11月10日）。同时他还鼓励人们饲养牛、羊、驴、骡等，使牲畜用于耕田和制作食物。

综观俾什达迪最初两位国王的作为，可以发现以下特点：即反映从游牧到农耕的转变和发展，在这一转变的同时，还与魔鬼不断进行战争。凯尤玛尔斯和胡山代表善，阿赫里曼代表恶，善战胜了恶。这一思想是与《阿维斯塔》一脉相承的。

7.3 《列王纪》神话传说部分的善恶斗争

史诗神话部分的善恶斗争围绕着三个人物，亦即三个国王展开。这三个国王依次是贾姆希德、佐哈克和法里东。在《阿维斯塔》和《列王纪》中都记述和描写了这三人的事迹，但他们的形象在两部作品中有所不同。

贾姆希德是雅利安人早期神话中的一个十分重要的人物。在《吠陀》中，这一人物名字为雅玛（Yama），传到中国为阎摩，他的父亲是神，他本人是冥王,这一职司传入我国后没有改变,即我国民间神话传说中的阎王。贾姆希德这个名字由两部分组成,即贾姆和希德,贾姆意为光辉的,希德意为国王,统称为光辉的国王,或功勋卓著的国王。在《阿维斯塔》中,有关于贾姆希德的许多叙述。他的名字叫贾姆·维万格罕,即维万格哈之子贾姆。在有关胡摩的章节中,琐罗亚斯德问胡摩,是谁第一个用他制成饮料,胡摩答是维万格罕,他赏了维万格罕一个儿子,名叫贾姆希德。

在《阿维斯塔》的《万迪达德》的2中,有关于贾姆希德事迹的详细叙述。这实际就是《阿维斯塔》中贾姆希德的全部活动:

1)琐罗亚斯德问阿胡拉·马兹达:阿胡拉·马兹达啊,最令人崇敬的善元,人世的创世主,最纯洁的善神,你——阿胡拉·马兹达除了我——琐罗亚斯德,你最早与什么人对话?你最早向谁宣示了圣教?

2)阿胡拉·马兹达回答说:善良纯洁的琐罗亚斯德啊,在你——琐罗亚斯德之前,与我——阿胡拉·马兹达对话的第一个人是面如朝阳、拥有优良牲畜的贾姆。我向他宣示了阿胡拉和圣教。

3)琐罗亚斯德啊,我——阿胡拉·马兹达对他说:维万格罕之子,面如朝阳的贾姆啊,你到世上去传播我的促善的宗教吧。琐罗亚斯德啊,面如朝阳的贾姆回答我说:我没有做好在世上传播你的纯洁的促善的宗教的准备。

4)琐罗亚斯德啊,我,阿胡拉·马兹达对他说:贾姆啊,如果你不去传播我的纯洁、促善的宗教,那你就去照料我创造的世界吧。你去管理世界,照顾世人。

5)琐罗亚斯德啊,面如朝阳的贾姆回答:我去照料世界,去管理世界,照顾世人。我愿在我统治时期不刮冷风,也不刮热风。没有疾病,也没有死亡。

6)于是我——阿胡拉·马兹达就给了他两件工具。一是金指环(一说是一条棍),一是金头手杖。

7)这样,贾姆就成了国王。

8)贾姆做了三百个冬季国王。大地上充满了大小牲畜,人、狗、熊熊的火焰和各种飞禽。大地都容纳不下了。

9）于是我告诉贾姆：维万格罕之子，面如朝阳的贾姆啊，到处是各种牲畜、人、狗、飞禽和熊熊的火焰，大地都容纳不下了。

10）贾姆就面向南方，向着光明的方向，向着阳光的方向，用金黄色的棍把土松动，用尖头手杖在地上挖洞。并祷告：斯潘达尔玛兹啊，请施恩（把大地）加宽，以便能容纳大小牲畜和人。

11）贾姆使土地扩大了三分之一。这样大小牲畜和人就都有了容身之地，可以适意地过活了。

12）贾姆又统治了六百个冬季。世上到处是大小牲畜、人、狗和熊熊的火焰以及各种飞禽。大地又容纳不下了。

这以后又分两次把大地各拓宽三分之一，最终：

22）阿胡拉·马兹达对贾姆说：面如朝阳的维万格罕之子贾姆啊，严酷的寒冬将降临人世。这将是带来遍地死亡的寒冬。在寒冬中，大雪将覆盖大地。一肘尺的大雪将降临高山之巅。

25）贾姆啊，你要建一座地下宫。这宫的每边长一个跑马场的距离。把牲畜、人、狗、飞禽作为种子安置在那里。把熊熊的火安放在那里。

要造成每边都有一个跑马场长的地下宫，是为了人能生活在那里，也是为了牛羊栖息。

阿胡拉·马兹达还向贾姆提出要求，要他把地下宫建成三层。上层安排一千对男女，中层安排六百对男女，下层安排三百对男女。还考虑到饮水采光及其他生活问题，以便这些人能渡过大风雪灾难，平安存活，延续人类的生命。

从上面的文字中可以看出，《阿维斯塔》中的贾姆希德是一个半人半神的形象，其地位略同于琐罗亚斯德，只不过他没有接受天神的派遣，到世上传教，但他还是成了世上的国王。《列王纪》中的贾姆希德也是国王，但其活动与事迹与《阿维斯塔》的贾姆有相当多的不同。

《阿维斯塔》中没有提到贾姆希德的出身，因为他是天上的一位神灵。在

《列王纪》中他是俾什达迪王朝第二位国王胡山之孙（第三位国王塔赫姆列斯之子），完全是一个世人，没有丝毫超自然色彩。他之所以当上国王是由于父王塔赫姆列斯去世，自然继承王位。在他的治理下，伊朗国中一片升平，各种事业顺利发展，蒸蒸日上。他统治下有四种人：祭司、武士、农夫和手工匠人。[①] 四种人各安生业，贾姆希德领导他们和泥、造屋、开矿、取宝石、采药、治病、水上行舟、制调味料和改善饮食等。结果世人生活改善，人人健康长寿。

两书中都说他犯了错误。《阿维斯塔》中说他的错误是说谎和教世人吃肉，而《列王纪》中则说他的错误是说谎、不敬天神和居功自傲。

《阿维斯塔》中有个重要情节，《列王纪》没有。《列王纪》中并没有他请求神把大地扩大的情节。因此，也没有天神命他造地下宫殿之说。

两书中都提到天神佑助世上王者的象征——灵光。《阿维斯塔》中灵光三次飞离贾姆希德，《列王纪》中只有一次灵光离他而去。灵光飞离，使贾姆希德失去天神的庇护，他的命运也就一天不如一天，最后被阿拉伯族的入侵者佐哈克打败和杀害。

佐哈克：在菲尔多西的《列王纪》中，佐哈克是贾姆希德之后的一个重要人物。贾姆希德晚年群臣纷纷出走，投奔阿拉伯国王佐哈克。佐哈克率军前来征讨伊朗，推翻贾姆希德的统治，成了伊朗之王。佐哈克是入侵者，是恶势力的代表和典型的暴君。

在印伊古代神话中可以找到有关佐哈克的影子。在《阿维斯塔》中，有一妖怪名为阿日达哈克（Azhdahāk）。阿日意为蛇，达哈克是他的名字，意为阿赫里曼所创造的。一说达意为十，哈克是恶事物，达哈克连在一起，意为十桩恶事物。总之，他的名字就说明他是妖怪。

在《吠陀》中，也有一个妖怪，名叫维萨赫·鲁帕赫（Visah-rupah），是

---

① 这标志着农业与手工业已经开始分离。

一个三头蛇，其恶行是杀牛①，与《列王纪》中佐哈克的一个事例相呼应。在《列王纪》里，佐哈克杀死以奶水喂养法里东的牛巴尔玛耶。《阿维斯塔》中，只提到佐哈克是一个妖怪，是阿赫里曼的助手。阿赫里曼曾派他与其他妖魔一起去争夺法尔（即灵光），与火神阿扎尔展开一场大战。阿赫里曼创造他的目的就是为了让他消灭世人：

> 生有三张嘴，拥有千匹马的阿日达哈克在布里，向她（指江河女神——作者）以万只羊献祭。②

> 他祈求：阿尔德维·苏拉·阿娜希塔，善神，强有力的神啊，请佑助我把七国之人全部消灭。

> 阿尔德维·苏拉·阿娜希塔没有助他成功。（《阿邦·亚什特》1，29—31）

在《吠陀》中的维萨赫·鲁帕赫以及在《阿维斯塔》中的阿日达哈克这个妖怪在巴列维语的神话中变成了阿拉伯人。而巴列维语中的传说又来自阿拉伯材料。他领兵来攻伊朗，推翻了贾姆希德的统治，成了伊朗国王，统治伊朗达一千年之久，最终被法里东打败，并囚于达玛万德山。据伊朗历史学家塔巴里（840—923）记述，相传佐哈克是阿拉伯半岛南端的也门人。学者阿布·哈纳菲耶（696—797）更进一步说他是也门古代国王沙迪德·本·阿姆里格的侄子。③他奉叔父之命去攻打伊朗统治下的巴比伦。贾姆逃走。佐哈克追上贾姆，

---

① 参见《阿维斯塔》波斯文译本2，贾里尔·杜斯特哈赫译，莫尔瓦里德出版社，1992年，第911页。
② 布里，一说即巴比伦，一说为伊朗西部与巴比伦之间的扎格罗斯山一带。
③ 塔巴里是伊朗历史学家，其主要著作为《历代先知和帝王史》。哈纳菲耶为伊斯兰学者，圣训学家。阿拉伯人的有关佐哈克的资料见扎毕胡拉·萨法：《伊朗史诗创作》，德黑兰皮鲁兹出版社，1954年，第458—459页。

并把他锯为两段。他开始统治贾姆的国家，建巴比伦城。后佐哈克双肩上长出两条蛇，使他日夜不宁。蛇吃了人脑才得安生。有意思的是这个妖怪在《吠陀》中生了三头六眼，在《阿维斯塔》中也是三头六眼。在《列王纪》中对此也有呼应。佐哈克的双肩长出两条蛇，这也应了三头六眼之数。

为了使蛇安生，每日捉人取脑喂蛇。手下人把每日捉的四个人放掉两个，这两人之脑以羊脑代替。放掉的人逃到山上，据说他们就是现在库尔德人的先人。后伊朗皇家后人法里东率兵起义，打败佐哈克，把他囚禁在达玛万德山。

阿拉伯与巴列维语文献中的佐哈克不同于印伊传说中的阿日达哈克，说明不同的民族文化和不同的地域对一个神话人物的影响，以及这种影响带来的变化。在长年流传的过程中，佐哈克的形象从东方传到西方，从妖魔变成了人，从印伊神话中的形象变成阿拉伯人。

菲尔多西的《列王纪》中的故事情节基本承袭了阿拉伯和巴列维语文献内容。在菲尔多西笔下，佐哈克一开始是阿拉伯的王子。他受妖怪的唆使，与妖怪合谋设计，在他父亲每天行走的路上，挖了一个陷阱，害死自己的父王，继承了王位。入侵伊朗，成为伊朗国王之后，他并没有任何作为。他所做的不外两件事，一是娶了贾姆希德的两个妹妹为妻，一是他由于感谢妖怪给他烹制味道鲜美的肉食，允许妖怪吻其双肩，结果肩上长出两条蛇。为使蛇能安生，他每天捉人取脑喂蛇，把百姓折腾得苦不堪言。

尽管有了上述变化，这一人物的基本性质并没有改变。就是说，他在印伊早期神话中是一个妖魔，而到后来他是一个暴君。总之，是一个代表恶势力的反面形象。

在《阿维斯塔》中只提到法里东战胜佐哈克，在《列王纪》中法里东起义反抗佐哈克残暴统治的描写比《阿维斯塔》中详细，人物也有了比较鲜明的性格。

《列王纪》中，有一个铁匠卡维起义、反抗暴君佐哈克的情节。《阿维斯塔》中没有卡维这个人物。显然这是后出的部分。

《伊朗史诗创作》的作者扎毕胡拉·萨法估计，这个人物是萨珊王朝时成书的《帝王纪》中的人物。并且他从语言学的角度探讨了卡维这个名字的由来。伊朗古代国王出兵都要有一面旗做先导，这旗名为卡维扬军旗。卡维扬是卡维的复数，意为国王。卡维扬军旗是古代波斯帝国的标志。伊朗学者比仑尼（973—1048）在其《古代遗迹》中说，古代伊朗国王以卡维之旗为吉兆。此旗以熊皮或狮皮制成，在旗上饰以黄金珠宝。塔巴里说此旗宽8肘尺，长12肘尺，价值连城，估计价值为120万金币。公元641年伊朗萨珊王朝的军队与入侵的阿拉伯军队在内哈万德一战，伊军失败，卡维军旗落入阿拉伯人之手，这标志着萨珊王朝的倾覆，成了伊朗人永远痛苦的记忆。

扎毕胡拉·萨法推测，卡维这一人物可能是从卡维扬这个词衍变而来。后在传说中，又把他描绘成造反的英雄。

卡维造反这一情节得到《列王纪》研究者的一致好评。菲尔多西以生动的形象和具体故事反映了古代伊朗下层民众反抗暴君的正义行动。这不论是在波斯文学，还是世界文学史上都是弥足珍贵的篇章。

卡维是一个铁匠，他有18个儿子，17个都被捉去取脑喂蛇，遭到杀害。后来最后一个儿子也被捉去，准备取脑。这时，铁匠卡维来到宫门喊冤。国王佐哈克问他要状告何人？铁匠答道：

> 我是一个铁匠，
> 要告的就是你一国之王。
> 我匆匆赶来为乞求公道，
> 你折磨得我日日痛苦心焦。
> 你若能心怀仁义施行仁政，
> 你的威望与地位会与日俱增。
> 但是你作恶多端把我百般折磨，
> 似一把匕首插到我的心窝。

> 我一生共有儿子一十八个，
> 十八个儿子中只剩下这一个。
> 饶了他吧，请看我的处境，
> 失去爱子叫我如何不心痛。

佐哈克传下命令，放掉铁匠的儿子。但他向铁匠提出一个要求，要铁匠签署一纸文书，承认他是一个有道明君。这一要求触怒了卡维：

> 他撕碎证词全身剧烈颤抖，
> 把证词踩在脚下愤怒地高吼。
> 随后他把爱子带在身边，
> 冲出王宫，口中不停地高喊。
> 他大吼一声奋力振臂高呼，
> 号召众人挺身把正义维护。
> 铁匠胸前系着一条皮革围裙，
> 担心打铁受伤戴着围裙护身，
> 卡维把围裙挑上矛尖，
> 从市场发难，揭竿造反。

有一个情节值得注意。铁匠是在佐哈克放了他儿子之后，不接受他的条件而揭竿造反的。这显得这个人物更加高大完美。他不仅是为了讨回自己的儿子，还有更高的理想。他要求国王实行仁政，不要再残害百姓。铁匠造反之后，号召众人去投奔法里东：

> 如若不愿忍受佐哈克的欺凌，
> 就应拥护与支持法里东。
> 让我们去找他，齐心投奔，

在他的齐天洪福荫庇下安身。

百姓造反要在一个皇族人的洪福荫庇下安身，这一情节准确地反映了古代伊朗的现实。皇权是不能落到普通百姓手上的，百姓造反一定要找一个皇家人作依靠。

法里东：不论是在《阿维斯塔》中，还是在《列王纪》里，法里东都是一个重要人物。在《阿维斯塔》里，他的名字是萨拉伊塔万（Saraitavan），在巴列维语里他的名字是菲尔东（Ferdun），波斯语里为阿法里东（Afaidun），或法里东（Faridun）。在《亚斯纳》9中记述，他父亲是第二个把胡摩制成饮料的人，所以胡摩赏给他一个儿子，名法里东。琐罗亚斯德问胡摩：

"胡摩啊，在世人中，谁第二个以你制成饮料，你给了他什么报酬，他得到什么好处？"

"善良纯洁的祛除死亡的胡摩回答我说：世人中第二个以我制成饮料的是阿梯宾，我报答了他，让他得一个儿子。这就是出身强大家族的法里东。"

"他镇压了阿日达哈克。就是那生了三张嘴三个头六只眼的阿日达哈克，那个有千条诡计的阿日达哈克，那个虚伪的力大无穷的恶魔，那个阿赫里曼为破坏善良人而创造的力大无穷的恶魔。"（《亚斯纳》9，6—8）

在《梨俱吠陀》里，有一个神话人物名特里塔·阿帕蒂亚（Trita Aptya），他曾战胜一个掀起风暴的三头六眼的蛇妖。特里塔·阿帕蒂亚这个名字在流传中，有一变体为特拉伊坦纳（Traitana）。他是最早的医生，胡摩的崇拜者。这个人物的事迹与伊朗传说中的法里东的作为有相似之处，而他的名字的发音也与法里东相近。这可能是早期印伊人共同神话渊源的又一例证。①

在《阿维斯塔》里，有一则法里东的情节叙述得相当详细，这就是他与一船夫的冲突。船夫名帕尔沃·维夫拉·纳瓦兹阿（Paurvu Vifra Nvaza）。

> 战无不胜的勇士法里东把能干的船夫帕尔沃变为黑色的秃鹰，让他在天空不停地飞。帕尔沃向阿尔德维·苏拉·阿娜希塔祈求。
>
> 他三天三夜都向自己家飞，但是始终无法落地。到第三夜过去，拂晓时分，在灿烂光辉的黎明，他向阿尔德维·苏拉·阿娜希塔高声呼叫。
>
> "阿尔德维·苏拉·阿娜希塔啊，请快来帮助我，请赐给我安息之所。如我能回到阿胡拉创造的大地，回到自己的家，我就在兰格哈河岸，按仪礼制作一千杯纯洁的扎乌尔，和以胡摩汁，贡献于你之前。"
>
> 阿尔德维·苏拉·阿娜希塔闻讯后，就化为一个体态端庄、健壮美丽的少女款款而来。她神采焕发，仪态大方，紧束腰身，穿一双高靿秀靴，束着黄色腰带。
>
> 她轻盈地扶着他的双臂，只飞了一瞬，就把他像过去一样，平平安安毫发无损地送到阿胡拉创造的大地上，送到他的家。（《阿邦·亚什特》，61—65）

《阿维斯塔》中，没有说明法里东与船夫冲突的原因和经过。这则故事在《列王纪》中有相呼应的章节，而且说到他与船夫冲突的原因。法里东起兵去

---

① 参见《阿维斯塔》2，贾里尔·杜斯特哈赫译，莫尔瓦里德出版社，1992年，第875—876页注4，及扎毕胡拉·萨法：《伊朗史诗创作》，德黑兰皮鲁兹出版社，1954年，第462页。

征讨佐哈克的路上，要过底格里斯河。他率军赶到河边，召唤船夫帮助把队伍摆渡过河，但是遭到船夫拒绝。因为佐哈克有令在先，没有他签署的文书，什么人都不能用船。

> 法里东一闻此言勃然大怒，
> 河上波涛岂能阻我去路。
> 他撩袍束带整理自己衣襟。
> 催马下水，管他浪急水深。
> 下水后河水并不沾身体，
> 河水闪开，似夜天突现一道晨曦。

这里描写法里东似有神助，或有某种超自然的能力，但是菲尔多西没有描写法里东如何处置这个船夫。这个故事与《阿维斯塔》中法里东惩罚帕尔沃的情节对应来读就完整了。

法里东似乎会某些法术，这在另一处也有所反映。如在《列王纪》中，他曾在三个儿子行走的路上，变为一条巨蟒，拦住去路，考验三个儿子谁更勇敢有为。结果长子、次子的表现都不理想，只有三子伊拉治表现得勇敢无畏。他抽出钢刀，上前与巨蟒搏斗。

在《阿维斯塔》中，他既是神，又是战胜蛇妖的勇士。在《列王纪》中，他身上也带有某种神秘色彩。

他父亲名叫阿梯宾。阿梯宾被佐哈克捉去取脑喂蛇。他母亲生下他后，携带他到一密林中避难。母亲把他托付给一个林中牧牛人。牧牛人有一神牛名巴尔玛耶。法里东吃神牛的奶长大。法里东长大后，向母亲询问身世，问母亲为什么不见父亲。他母亲回答说他是贾姆的后人：

> 你可知在伊朗曾有一人，
> 他的名字就叫阿梯宾。

>　　他聪明睿智，是皇家之后，
>　　他从不欺压他人，老实忠厚。
>　　若是一代一代向上寻根，
>　　他乃是塔赫姆列斯的后人。
>　　他是我的亲人，你的父亲，
>　　与他在一起我感到人世温存。

塔赫姆列斯是国王胡山之子，贾姆之父。从这段诗句中可以看出法里东是贾姆之后，与巴列维语文献中所记述的情况符合。

法里东身上的神秘色彩还可以从其他事件上看出来。在他发兵之初，就有一个天使在他行军休息时飘然而至，告诉他这次出兵去攻打佐哈克，一定马到成功，大获全胜，并教他遇到困难如何克服。另一件事是饭后他在一处山坡休息，突然一块大石隆隆作响，从山上滚落下来，眼看就要砸到他身上。原来他两个随军的哥哥心生忌妒，不愿他出兵成功，当上国王，而投石陷害他：

>　　这乃是天意，那巨石的隆隆之声，
>　　居然把沉睡之人从梦中惊醒。
>　　更可怪的是那巨石竟悬在空中，
>　　一丝一毫再也不向下滚动。
>　　他两个哥哥知道这乃是天意，
>　　天意安排人力无法改变分厘。

这一切都说明法里东不是一个凡人，他从一出生就在天神的佑护与帮助之下，他的一生都有异人异象相伴随。

在众百姓的拥戴和支持下，法里东顺利地推翻了佐哈克的统治，捉住了佐哈克，准备将其处死。但是这时传来了天启，天神告诉他，佐哈克命不该绝，应该把佐哈克锁到达玛万德山上。待善恶斗争的九千年中，第八个千年的结尾，即按传说琐罗亚斯德的第二个儿子诞生千年时，佐哈克挣断锁链，为患世界，破坏世界三分之一大地。阿胡拉·马兹达派天使索鲁什和报信天使内流桑格去喀布尔荒原唤醒沉睡的勇士戈尔沙斯帕。勇士醒来后，接受天神指令，消灭了佐哈克。

在《列王纪》中，虽然法里东是一位明君，但对他的作为并没有详细描写。读者没有看到他如何施政治国。他所做的一件大事就是在当政一段时间之后三分天下，把国家分给自己的三个儿子，即把罗姆分给长子萨勒姆，土兰与中国分给次子土尔，把最好的部分伊朗分给三子伊拉治。

关于法里东三分天下，《阿维斯塔》中没有明文描述。但是在《法尔瓦尔丁·亚什特》第143中，提到伊朗、土兰（Turan）和萨里亚姆（sairiyam）[①]，这与法里东所分之地相合。但是这里仍有个矛盾。《阿维斯塔》中没提到法里东是国王。不是国王，何来分封之说。

到中世纪的《班答赫什》中，则明确记载了法里东三分天下的事："法里东生三子，即萨勒姆、土尔和伊拉治。伊拉治有二子一女。其一子名安梯塔尔，另一子名安斯图赫，女名古扎格（Guzagh）。萨勒姆和土尔杀伊拉治及其后人。法里东藏匿其女。后其女生一女。萨勒姆和土尔闻讯后又杀伊拉治之女。法里东复藏该女（即法里东之重外孙女——作者）。后该女生一子，名玛努切赫尔，因其出世时，阳光照射到他的面孔上[②]。玛努切赫尔杀萨姆和土尔，为伊拉治报仇。"

菲尔多西在《列王纪》中所描写的法里东三分天下的情节显然是承袭了巴列维语的《班答赫什》中所记载的内容。

分封初期尚且相安无事。后来法里东年老，萨勒姆首先串联土尔，埋怨父王分封不公，偏袒三弟，于是二人设计陷害伊拉治。法里东把伊拉治之女藏起来，逃脱这一劫。后法里东安排此女与自己侄子结婚。他们生一子，名玛努切

[①] 土兰为中亚阿姆河以北的大片地区，这里的中国系指我国新疆西部边境一带，萨里亚姆指小亚细亚和叙利亚一带。

[②] 玛努切赫尔意为阳光照射的面孔。

赫尔。玛努切赫尔是法里东的重外孙。他长大后，率兵为外祖父伊拉治报仇，打败并处死萨勒姆和土尔。

在这部分的故事中，伊拉治被害是《列王纪》中的第一个悲剧。当长子次子写信给法里东，对分封提出异议时，法里东就告诉伊拉治对两个哥哥要保持警惕。但是伊拉治毕竟年轻，缺少宫廷斗争经验。他不以为然，发表了一番日月飞逝、世事沧桑的哲理性感慨之后，居然不带一兵一卒去见萨勒姆和土尔，结果被两个哥哥残杀。

玛努切赫尔是俾什达迪王朝第七位国王。这一王朝在他以后还有三个国王当政，但似乎都没有什么显著作为。实际上到了玛努切赫尔，这个王朝的大事，也即《列王纪》神话部分的主要人物和活动都已结束了。

《列王纪》的神话部分以贾姆希德、佐哈克和法里东为主角，上演了一幕曲折热闹的正剧。它形象地呈现了伊朗雅利安人的神话与历史相糅合的复杂错综的历史进程，展现了游牧民族早期定居和政权建立的经过。贯穿在一系列事件里的中心思想就是善恶斗争，善战胜恶。法里东、伊拉治和玛努切赫尔代表善的一方，佐哈克代表恶的一方。贾姆希德这一形象较法里东和佐哈克复杂。他开始时是善的力量的代表，后来骄傲自大，向相反的方向转化，偏离了天神指示的正道，落得悲惨的下场。这三个形象都出现在《阿维斯塔》和《列王纪》两部作品中，但是形象发生了很大的变化。在《阿维斯塔》中，只有贾姆希德一人是国王，法里东和佐哈克都未曾登上过王位。到了《列王纪》，他们都成了国王。这反映了一个民族的古代传说，经过长年的流传，人物形象发生的变化。在《列王纪》里的这三个人物，较《阿维斯塔》中的对应形象最大的变化就是他们从神变成了人。《列王纪》里这三人的事迹中虽不免仍带有某种超自然因素，但他们的行为举止基本上是人的活动，也就是说他们的行动都按自然合理的逻辑演进，超自然因素没有起主要作用。

伊朗早期神话中的两位勇士：在伊朗早期神话中，有两位勇士的事迹给人留下深刻印象。一是戈尔沙斯帕，一是阿拉什。戈尔沙斯帕是一位著名勇士，他一生曾打败过许多妖魔，建立巨大功勋。根据巴列维语传说，"一次琐罗亚斯德问霍尔莫兹德,在已死去的人物中,你认为谁最优秀?霍尔莫兹德说:戈尔沙斯帕。琐罗亚斯德感到不快。他对霍尔莫兹德说:戈尔沙斯帕不是净杀人吗,你怎么认为他最优秀呢?霍尔莫兹德说:你不高兴了,琐罗亚斯德。如果没有戈尔沙斯帕,如果他不做我们说过的那些事,恐怕连你和我所创造的一切都不存在了。"① 在《阿维斯塔》中戈尔沙斯帕的形容词是"身手敏捷的"、"有长卷发的"和"挥舞大棒的"。戈尔沙斯帕曾杀死妖怪甘德鲁:

> 戈尔沙斯帕·纳里曼在皮申卡赫湖岸,以百匹马、千头牛、万只羊献祭于她(指阿尔德维·苏拉·阿娜希塔——作者)之前。
> 要求她,阿尔德维·苏拉·阿娜希塔啊,善神,强有力的神啊,请保佑我在波涛汹涌的法拉赫卡尔特海边,战胜有金黄色蹄子的甘德鲁。助我在海边的辽阔的大地上,纵横奔驰,踏平作伪者的坚固的居处。(《阿邦·亚什特》,37—38)

阿尔德维·苏拉·阿娜希塔从来就满足依礼奉献扎乌尔的祈求者的要求。她满足了他的愿望。

甘德鲁是一个很凶恶的妖怪,他一口能够吞下12个村庄的人。当戈尔沙斯帕看到他的时候,他的牙齿上还挂着死人尸体。他一把抓住戈尔沙斯帕的胡须,把他抛到海里。戈尔沙斯帕与他在海里搏斗了9天9夜,终于战胜了他。戈尔沙斯帕还消灭了长角的恶龙。此怪遍体黄色,充满毒液:

> 他杀死了那长角的龙。那妖龙吞人吞马,它身上的毒液能喷起一个长矛的高度。在中午时分,戈尔沙斯帕在那怪物的背上,用一个铁锅做饭。那怪物热得汗流浃背,它突然跃起,沸水四溅,戈尔沙斯帕·纳里曼急忙

---

① 参见梅赫尔达德·巴哈尔:《伊朗神话研究9》第一版,阿卡赫出版社,1996年,第237页。

跳到一旁。(《亚斯纳》9章11)

锅里的水泼洒出来把火扑灭，因此犯了大罪，得罪了火神。据《班达赫什》记载：由于他对琐罗亚斯德教不敬，被一个名叫努恒的土兰人在喀布尔附近的平原射伤。从此他沉睡不醒，灵光则始终护卫着他（灵光是从贾姆希德身上飞离后，飞到戈尔沙斯帕身上的）。

直到有一天，被法里东因于达玛万德山上的阿日达哈克受了一个邪教徒的教唆，挣断铁索，扑向人世，把世界上三分之一的人和动物牲畜全都杀死，破坏了水、火、植物。水、火和植物向阿胡拉·马兹达抱怨，请求阿胡拉·马兹达再派法里东去除此大害。他们对天神说，如果不除此害，他们在世界上就待不下去了。这时，阿胡拉·马兹达命索鲁什和内里尤桑格去唤醒戈尔沙斯帕。

他们在戈尔沙斯帕耳边连喊三声，他也没有醒来。喊到第四声时，他才慢慢苏醒。他站起身，扑向阿日达哈克，不由分说，一棒打下，结果了这个妖怪，这时世界才又恢复欣欣向荣的景象，又一个一千年开始。

最后的救世主苏什扬特出生，复活日到来，新的光明幸福的生活开始。

菲尔多西的《列王纪》中也写了一个戈尔沙斯帕，但与古代勇士戈尔沙斯帕不是一个人，只是名字相同。这个戈尔沙斯帕是俾什达迪王朝的最后一位国王。当政9年，无显著业绩。

上文提到，在菲尔多西之后，诗人阿萨迪·图斯（1010—1972）写了一部《戈尔沙斯帕传奇》。他虽然写的是大英雄戈尔沙斯帕，但其内容与古代传说完全不同。他在这部作品的开头，提到要写一个超过勇士鲁斯塔姆的英雄，但是他这个目的并未达到。他笔下的戈尔沙斯帕远较满怀爱国情操、高大完美的英雄鲁斯塔姆逊色。

古代传说中另一位著名勇士是神箭手阿拉什。这是一位为国捐躯的英雄形象。他被选出在厄尔布尔士山射出一箭，以其落地之处为界，划定土兰和伊朗两国边界。

在《阿维斯塔》里只提到射箭这件事，但是没有更多的情节：

"我们赞美威严而赐福于人的天狼星蒂什塔尔，他向法拉赫卡尔特海飞驰，这里伊朗最优秀的射手阿拉什射出的箭，这箭从艾里奥·胡舒斯山射出，直飞向赫瓦万特山。"（《蒂尔·亚什特》，6）

据传说，在玛努切赫尔为王时期，伊朗、土兰两国曾有一战。伊朗方面不占优势，于是议和，协商分界。双方议定由伊朗方面找一射手，射出一箭，箭落在何处，那里即为国界。伊朗方面找了一位勇敢正直、虔诚高尚的射手阿拉什，请他射出一箭。阿拉什接受了这一任务。他把自己的身体亮出来，说道："国王啊，人们啊，你们看，我的身体无病无伤。可是我相信，射出此箭后，我的身体就会被撕裂，我也就为此而牺牲。"果然，在他搭弓射箭后就牺牲了。天神向风神下达命令，让风神托住箭，不使落下。那箭从西部的山巅直飞到费尔干纳的一棵大树下，那里就成了伊朗与土兰的国界。据说从箭发处到落地处，相距6万法尔散格（每个法尔散格约等于6.24公里）。

伊朗学者阿卜杜·侯赛因·扎林库伯认为，这则故事虽然带有明显的神话色彩，但毕竟反映了当年的现实。因为在原始时代，以射箭解决两族之间纷争，不失为一种可行之策。

7.4 《列王纪》中勇士故事部分的善恶斗争

玛努切赫尔是《列王纪》神话传说部分的最后一位国王，同时也是勇士故事部分的第一位国王。在他统治时期，史诗中最重要的勇士萨姆、扎尔和鲁斯塔姆祖孙三代都已经登上舞台。

在《阿维斯塔》中，找不到扎尔和鲁斯塔姆的名字。到了巴列维语文献中，萨姆成了一个人，他是戈尔沙斯帕之孙、鲁斯塔姆的祖父。他效力于玛努切赫尔宫廷。这样就把戈尔沙斯帕这位古代勇士与鲁斯塔姆联系起来了。

鲁斯塔姆是《列王纪》中第一位伊朗勇士，也是这部史诗中的主要人物。

他是伊朗的主将，他的主要对手是土兰国王阿夫拉西亚伯。鲁斯塔姆是善的代表，阿夫拉西亚伯是恶势力的体现。

《列王纪》塑造了鲁斯塔姆这一高大的勇士形象，是作者菲尔多西对伊朗和世界文学的一大贡献。

菲尔多西的《列王纪》中的鲁斯塔姆具有典型勇士的优秀品质，勇敢无畏，嫉恶如仇，大公无私，坦诚忠厚，关怀战友，热爱祖国，崇敬和卫护国王。他一生经历了无数艰苦卓绝的战斗，多次从敌人的包围中救出被困的国王卡乌斯。为突破敌人包围，勇闯七关，杀死妖魔鬼怪、暴徒顽敌，多次大战入侵的土兰国王阿夫拉西亚伯，保卫祖国领土完整和平民百姓的和平生活。他为救出己方小将比让，化装成商人，深入敌境，巧施计谋，迷惑敌人，终于出色完成任务。菲尔多西笔下的鲁斯塔姆以他高度的爱国情操和惊天动地的英雄业绩，成为《列王纪》中众多勇士英雄中的佼佼者。作者创造了这一光辉形象，提高了他的《列王纪》在伊朗和世界文学中的地位和价值，无怪乎有的学者说"伟大的诗人菲尔多西与鲁斯塔姆已经是密不可分的了，诚然，他的《列王纪》并不是鲁斯塔姆行传。但是，没有鲁斯塔姆故事，《列王纪》也就不成其为《列王纪》了。"[1]

这里产生了一个问题，既然《阿维斯塔》中没有提到鲁斯塔姆，那么，这一神话人物形象是什么时候开始出现的呢？有一个史实可以作为参考：当7世纪上半叶，阿拉伯人入侵伊朗时，伊军统帅的名字就是鲁斯塔姆。这个事实说明，7世纪以前，鲁斯塔姆这个名字已经在伊朗流传了。伊朗学者萨法说，鲁斯塔姆这个名字的早期形式鲁特斯塔哈姆（Rutstaham）最早出现在一本名为《迪拉赫特阿苏里克》的巴列维语作品中。这是一部叙事诗，描写山羊和椰枣的一场关于孰优孰劣的辩论。这部作品成书时间在安息王朝时期。

---

[1] 参见古拉姆列扎·苏托德：《菲尔多西〈列王纪〉问世千年国际学术讨论会论文集》，德黑兰大学出版社，1995年，第244页。

印度学者科亚吉（Jahangir Cuverjee Coyajee，殁于1943年）在其所著的《古代伊朗与中国的信仰和神话》一书中，说鲁斯塔姆是塞种人。他的主要依据是鲁斯塔姆家族的基地是伊朗东南的锡斯坦。但是《伊朗史诗创作》的作者扎毕胡拉·萨法对此说提出质疑，认为鲁斯塔姆的名字和他母亲鲁达贝这个名字都是纯伊朗人的名字，他不大可能是外族人。根据各种资料，他提出鲁斯塔姆的原型可能是一位安息时期的将军，由于功勋卓著，他的事迹在民间流传，后来成为文学形象。[1]

《列王纪》中的鲁斯塔姆一生600年，经历了五位国王统治时期（哥巴德、卡乌斯、霍斯鲁、卢赫拉斯帕和古什塔斯帕）。他主要效力于卡乌斯和霍斯鲁的宫廷。

有一个颇有意思的现象，即时间上的错位。如果我们接受鲁斯塔姆是安息时人，那么，在《列王纪》里，鲁斯塔姆的活动时间被人为地提前了。上述五位国王都是凯扬王朝的国王。菲尔多西把鲁斯塔姆的事迹糅入古代帝王勇士的事迹之中，让他与早于他千年的神话人物出现在同一战场上，互相厮杀拼斗。不知是菲尔多西有意为之，还是他依据的资料使然。

按伊朗学者米诺维的观点，菲尔多西的《列王纪》中有四大悲剧。其中一个悲剧即伊拉治悲剧，发生在神话传说时期。另外三个悲剧，即苏赫拉布悲剧、夏沃什悲剧和埃斯凡迪亚尔悲剧，都发生在勇士故事时期。这三个悲剧又都与鲁斯塔姆有密切关系。苏赫拉布悲剧与伊朗古代传说无关。因为苏赫拉布是鲁斯塔姆的儿子，他们在互不知情的情况下展开一场厮杀，导致年轻勇士苏赫拉布惨死。

鲁斯塔姆在一次外出打猎时，因寻找走失的战马，而到了北方土兰的属国萨曼冈，在萨曼冈与该国公主成婚。公主产下一子时，他已回到伊朗，所以与自己的儿子从未见过面。他儿子苏赫拉布长大后，知道自己父亲是鲁斯塔姆，于是率兵到伊朗寻父，其目的是与他父亲兵合一处，拥父亲为王。

---

[1] 参见萨法：《伊朗史诗创作》，德黑兰皮鲁兹出版社，1954年，第564页。

苏赫拉布一路连挫伊朗守将，攻下数城，无人能敌。伊朗国王卡乌斯急调身在锡斯坦的鲁斯塔姆迎敌。于是父子二人在战场相见，并展开厮杀恶斗。终于鲁斯塔姆亲手杀死自己的儿子，酿成一场罕见的悲剧。

苏赫拉布悲剧是《列王纪》的精彩篇章之一，许多国家的读者都是开始从这个故事认识《列王纪》的。作者非常巧妙地处理了这一悲剧事件。在整个悲剧推进过程中，双方两个主要神话人物伊朗国王卡乌斯和土兰国王阿夫拉西亚伯都已出场，并做了充分的表演，展示了他们的性格特征。在这一悲剧情节中，读者看到一系列偶然因素后面的必然结果。初看起来，苏赫拉布的惨死是许多偶然因素促成的。如鲁斯塔姆在战场上隐瞒了自己的真实身份，虽然苏赫拉布多次相问，他都说自己只是一名普通将官。苏赫拉布的母亲为他们父子早日相认，特意让苏赫拉布随军带上自己的舅父让德拉兹姆，而这位认识鲁斯塔姆的人恰恰被鲁斯塔姆夜探敌营时，在黑暗中杀死。伊朗被俘将官哈吉尔向苏赫拉布说了谎话，没有指认鲁斯塔姆的大营。这一系列因素终于促成了年轻勇士的悲剧下场。

但是如果我们进一步思考，就可以发现，这些偶然因素后面隐藏着必然。首先，土伊两国是敌国，彼此消息不畅，互相猜疑。其次，苏赫拉布兴兵时，阿夫拉西亚伯就派出了两名将军随军出征。他明确告诉这二人，随军的目的就是阻止他们父子相认，以免父子二人合力，威胁他的统治。另外，在鲁斯塔姆刺伤苏赫拉布之后，苏赫拉布还有一线生机，卡乌斯有治刀伤的妙药，但是他却不愿提供。且听他对派去讨药的古达尔兹将军如何说的：

　　我不忍心看他遭到这个不幸，
　　因为他赢得了我的尊敬。
　　但我若把妙药送到他手中，
　　救了那凶悍勇士的性命，
　　鲁斯塔姆便不再把你放在眼里，
　　他也肯定把我置于死地。

既然他有一天会给我们带来灾难，
他遭此不幸我们何必多管。

这就是一个国王对为他而战的勇士的真实态度。土兰国王阿夫拉西亚伯派人随军出征，也是出于同样心态。就是说，这些国王们为了维护自己的统治地位，什么是非观念、君臣之谊，都不在考虑之列。在这场悲剧中，虽然苏赫拉布死于鲁斯塔姆手下，但是真正的罪人却是土伊两国的国王。正是他们才是恶势力的代表。菲尔多西创造了这一世界文学中的罕见的悲剧，以其震撼人心的故事情节和高超的艺术表现力向读者展示了波斯史诗的巨大成就。但是这个故事本身毕竟是后出的鲁斯塔姆家族故事。从神话传说的承传角度着眼，真正体现古代传统内容的故事应该是另外两个悲剧。

另外两个悲剧的主人公都是古代神话中的著名勇士。一个是凯扬王朝第二位国王卡乌斯的儿子夏沃什，一个是第五位国王古什塔斯帕的儿子埃斯凡迪亚尔。这两个悲剧故事都情节曲折，人物众多，形象生动，内涵深厚。每个悲剧故事都长达数千联，本身就是一首独立的史诗。

夏沃什是伊朗国王卡乌斯的王子。他的事迹可以追溯到很早的古代，在《阿维斯塔》里已经有了关于他的文字：

穿着华丽黄袍的国王在厄尔布尔士山巅，献上胡摩汁，祈求道："达鲁阿斯帕啊，善神，强大的神啊，请佑助我把那土兰的恶人阿夫拉西亚伯用锁链锁住，拖去见为其父夏沃什报仇的凯·霍斯鲁，在辽阔和水深的奇恰斯特湖岸，为被卑鄙杀害的贵人夏沃什和勇士阿格里列斯复仇。"（《古什·亚什特》17-18）

《班答赫什》第20章中，在记述凯扬家族世系时，也提到夏沃什：凯·卡乌斯生子夏沃什，夏沃什生子霍斯鲁。

《伊朗史诗创作》的作者萨法说，虽然在菲尔多西的《列王纪》中，夏沃什不是国王。但是在《阿维斯塔》中他的名字前冠以"凯"这个国王称号，所以按古代传说，他应该是卡乌斯后、霍斯鲁前的东部凯扬王朝的一个国王。关于他的死，也可能是与阿夫拉西亚伯作战时阵亡，而不是像菲尔多西的《列王纪》中所描述的那样，成了阿夫拉西亚伯的女婿，后又被杀。但是他死于阿夫拉西亚伯之手，这点各种传说都是一致的。也就是说，他是为保卫伊朗而献身，因此得到布哈拉（此城可能就是他为王时的治地）百姓的深深的同情。在布哈拉百姓中流传着这样的说法，他被杀之后，血流到地上，地面上立即生长出红花，名为夏沃什之花。

伊朗学者萨列毕（殁于1037年）也记述说："夏沃什被杀时，狂风大作，飞沙走石，天地陷于一片黑暗之中。"《布哈拉史》作者纳尔沙希（899—959）在其书中说："布哈拉百姓专为悼念夏沃什，唱一首颇具特色的歌。乐班称之为'为夏沃什复仇'。此事距今已有三千年。"布哈拉百姓每年都要为悼念夏沃什举行仪式，这种仪式称为"苏克"（Suk），意为哭祭。人们沿街巡行，边走边唱，还有乐队伴奏。他们以这样的方式悼念他们热爱的王子，心目中的英雄。

从这些材料可以看到，夏沃什是一位深受平民百姓喜爱的人物。在菲尔多西的《列王纪》中，他的形象大体没有什么变化，只是其中情节更加曲折丰满，故事中人物也更多，人物与人物之间的关系错综复杂。他的故事和遭遇反映了宫廷斗争的险恶诡诈，也表现了国与国之间斗争的残酷无情。

《列王纪》中的夏沃什故事梗概是这样的：夏沃什是国王卡乌斯的王子。他出生后，为他算命，结果是日后必有大难。卡乌斯听了心中不悦。他把夏沃什托给鲁斯塔姆抚养。鲁斯塔姆忠实地完成了国王托付给他的使命，教他诸般武艺、治国安邦之策和言谈应对之礼。夏沃什长大成人，鲁斯塔姆把他送回王宫。卡乌斯见他相貌堂堂，一表人才，武艺过人，学识渊博，心中喜爱。他终日与儿子形影不离。王妃苏达贝见夏沃什貌美，心中动情，几番挑逗，并表示愿与王子一道害死卡乌斯，由王子继承王位，共享荣华富贵，但都遭到王子严词拒绝。夏沃什对她晓之以理，告诉她不要存非分之想。苏达贝恼羞成怒，反而向卡乌斯告状说王子调戏她。卡乌斯无法判断谁是谁非,于是接受大臣们的建议,让他们二人钻火堆,以这种古代传统的方式来判断是非。因为在古代伊朗人的心目中,圣火可以考验一个人是否有罪。苏达贝不愿接受考验,夏沃什却甘愿先钻火堆。结果他策马钻出火堆,毫发无损,证明他无罪。国王要惩办苏达贝。夏沃什深恐国王日后反悔,反而迁怒于他,所以他替苏达贝求情,请国王赦免她。

此时,正值敌国土兰国王阿夫拉西亚伯兴兵来犯。夏沃什请求国王允许他领兵拒敌。一方面这是他履行王子应尽的义务,一方面是他对宫廷复杂环境的应对之策,希望早日离开这是非之地,以求自保。在鲁斯塔姆辅佐之下,夏沃什初战即取得胜利,在有利条件下与阿夫拉西亚伯议和,飞书报告卡乌斯。但卡乌斯不允和约,坚命再战,要杀死全部俘虏,捣毁土兰全国。夏沃什面临两难选择。回国则卡乌斯不饶,再战则失信于人。思索再三,他想出一个权宜之策,请求土兰给他一席之地暂避。阿夫拉西亚伯开始不拟接纳,后听取大将皮兰建议,抓住这一天赐良机,对夏沃什隆重接待,并把女儿嫁给他。阿夫拉西亚伯的想法是,卡乌斯已然年迈,卡乌斯一死,可以让夏沃什去伊朗为王,他则可以坐收渔人之利,攫取两个国家政权。

夏沃什的到来引起土兰宫廷内讧,引发夺权斗争,后由于王叔格西乌的挑拨,阿夫拉西亚伯产生怀疑并把夏沃什杀害。

《列王纪》中夏沃什这个人物形象是丰满生动、有血有肉的。他短暂的一生大起大落,充满了波折和考验。开始他是一位正直的王子,拒绝王妃的挑逗。在明确了是非之后,他又请求国王不要惩罚王妃,表明他对宫廷内的人际关系有较深的了解。领兵出战,取得胜利后,审时度势,与敌人签订和约,表明他有高度的军事才能。反对父王再战的指令,不愿再把战争加到百姓头上,表现出政治家的风度。在被逼无奈的情况下,到了土兰,惨死在敌人的刀下,这时,这个人物已经升华,成为人们心目中理想的民族英雄。

夏沃什的行动原则反映出古代雅利安人守信重诺的特点。他与敌人签订了和约,就忠实地遵守和约,在任何条件下,也不背约食言,父王下令再战他也坚不从命。更重要的是，他不愿再把战火加到两国百姓头上。他在回答劝他执行国王命令的将官时说：

> 国王的圣旨崇高英明，
> 我视同日月和太空中的群星。
> 但天神的意志更加不可违抗，
> 小至荆棘杂草大至狮子大象，
> 谁若违背了天神的命令，
> 他就会内心不安无所适从。
> 难道要我双手沾满鲜血重启战端，
> 强使两国百姓再陷于仇杀灾难？

苏达贝阴谋陷害，卡乌斯刚愎自用、好战成性，阿夫拉西亚伯阴险多疑，王叔格西乌从中挑拨，这一系列人物的恶行促成了夏沃什的悲剧下场。他们是恶的代表，而夏沃什及帮助与辅佐他的鲁斯塔姆，还有为两国和好处处照顾夏沃什的土兰主将皮兰则是善的代表。菲尔多西并没有以民族不同而划分善恶。伊朗国王卡乌斯由于好大喜功，强迫夏沃什再战，受到谴责。土兰的皮兰因主张双方和好并真诚帮助夏沃什而受到赞扬。夏沃什的悲剧内涵丰富，给人以多方面的启示。

读者在读完这则故事之后，有可能产生这样的问题：夏沃什的悲剧结局，他自己的选择和行为是否也是一个因素？他在拒绝父王再战的命令之后，是否一定要去土兰？因为土兰毕竟是刀兵相向的敌国。而他与父王的分歧只限于父子君臣之间的矛盾。我们无法为夏沃什设想在当时条件下可能选择的道路，但是我们却可以对他的行为做出适当的评价。无论如何，他出走土兰这一步并不是理想的抉择。他告别自己的队伍，起程去土兰，以及到土兰后，在皮兰招待他的宴会上，都表现出一种难以言状的凄凉心境。当他嘱咐众将原地驻守，切勿自乱时：

勇士们闻言纷纷伏身吻地，
与王子告别行礼表示敬意。
暮霭低垂，太阳慢慢落山，
大地上登时笼罩着一片黑暗。
夏沃什和身边随从来到河边，
他双目垂泪，泪水浸湿了颜面。

在皮兰为他举行的宴会上：

他不禁忆起自己故土伊朗，
思念故乡一声长叹发自肝肠。
想起故乡五内如焚心肠似火，
火燎肝肠乡愁把人摧残折磨。

从这些诗句中可以看到，夏沃什当时的心境是凄凉而痛苦的，心情是矛盾的。这里菲尔多西表现出一个杰出诗人所具有的高度艺术才能，准确地表现了出走异国的痛苦心境。

应该说，离开伊朗是夏沃什人生道路走向下坡的起点。在此以前，我们看到的是一位心地善良、有勇有谋、热爱祖国和人民的王子。他机警镇静地应付了宫廷的险恶环境，也表现出大智大勇，成功地指挥并赢得对敌战争。他前半生的经历跌宕起伏，险象环生，而他则应付裕如，镇静自若。恰似一曲急管繁弦的乐章，波浪起伏，舒缓有度，牵动读者的思绪，引发读者共鸣。但是自他离开祖国，这一乐章似乎就戛然而止，此后再也奏不出激越和谐的曲调，英雄失去了他表现的舞台。

夏沃什到土兰后，全部活动不外乎是娶妻、视察、比武、陪饮……除去建了一座有名的冈格城堡之外，再也举不出什么有意义的活动。甚至阿夫拉西亚伯的屠刀举到头上，他也不加反抗。因为他曾答应过，到土兰后，再不与阿夫拉西亚伯刀兵相向。这也许是人物行动的正义性和作品的思想性影响作家艺术表现力的例证之一。当作者所描写的客体不能再强烈地吸引他的时候，他的笔下的文字也随之丧失了感人的力量，再也无法感染读者。他塑造的人物也就失去了灵魂，随人俯仰，完全丧失了独立行动的能力。

这里涉及一个忠于信守的问题。夏沃什一生在两个重大问题上忠于信守。一次是信守与土兰签订的和约，拒绝执行卡乌斯再战命令，这是值得赞扬的。而第二次，对阿夫拉西亚伯的来袭不加反抗，表面上看也是忠于信守，但与上次存在根本的不同。反对卡乌斯再战的命令是基于对平民百姓命运的关怀，是不愿再把战火加到人们的头上，因而具有正义性，也就是善。第二次则完全不同，这次是阿夫拉西亚伯首先违背了自己的誓约，残忍地对他下了毒手。当他到了土兰，与阿夫拉西亚伯初次见面时，阿夫拉西亚伯曾信誓旦旦地表示：

> 土兰全国都对你的好意感激不尽，
> 举国上下都是你忠实的仆人。
> 我甘心情愿侍奉在你的殿前，
> 统帅皮兰也一片忠心向你奉献。

阿夫拉西亚伯率兵来讨伐夏沃什，首先背弃了自己对夏沃什的承诺。在这种情况下，夏沃什再不加反抗，还要强调信守诺言，就像绵羊一样任人宰割，完全丧失了一个勇士应有的警惕与反抗精神。这种行动与他前半生的有勇有谋的勇士品质完全不相符合，破坏主人公性格的合理性和人物性格自身发展的逻辑。

夏沃什建造冈格城堡是一个古老的神话。据丹麦学者克里斯滕森在《凯扬王朝诸王》一书中所述，在巴列维语文献中，有关夏沃什建城堡的故事。据说，冈格城堡规模宏大，四季常春。此堡原建在魔鬼的头上，但后来霍斯鲁把它置于地上。城堡有七面墙，即金墙、银墙、钢墙、铜墙、铁墙、水晶墙和青金石墙。堡内从一端到另一端长700法尔散格（1法尔散格约相当于6.24公里）。城堡有 15 座门，从一座门到另一座门，骑马要走 22 天，就是春季好天气也要 15 天。城堡内广有良田，矿藏丰富，百姓安居乐业。

有的学者认为夏沃什建城故事是模仿卡乌斯建城的故事。卡乌斯这个人物比较复杂。在古代传说中，他的形象大体与《列王纪》中的形象一致。他是一个强有力的国王，但性格暴躁，自我膨胀，骄傲自大，刚愎自用，最后竟要与天神一争高下，他驱使魔鬼在厄尔布尔士山建七座宫，一座金宫，两座银宫，两座铁宫，两座水晶宫。据传，老朽不堪的人走过这些宫前，立即返老还童，重获青春。克里斯滕森认为夏沃什建城故事不是模仿卡乌斯的故事，而是模仿贾姆建地下宫殿的故事。夏沃什建城堡本拟长期治理经营，没想到命丧敌手。他与阿夫拉西亚伯之女婚后生一子名霍斯鲁。后霍斯鲁克服困难，回到伊朗，继承了卡乌斯的王位，并率兵为父报仇，捕获并杀死阿夫拉西亚伯和王叔格西乌。

埃斯凡迪亚尔是《列王纪》中另一位著名勇士。

霍斯鲁晚年对世事失望，把王位让给卢赫拉斯帕，后卢赫拉斯帕之子古什塔斯帕又继位为王。在《列王纪》中，从古什塔斯帕为王到他受到谗言挑拨，怀疑儿子企图篡夺王位，囚禁埃斯凡迪亚尔，是诗人塔吉基的作品。菲尔多西原文录用了他的诗句，作为对他的纪念。这段诗文描述了琐罗亚斯德传教，说服古什塔斯帕接受琐罗亚斯德教的经过。敌国土兰国王阿尔贾斯帕借口反对古什塔斯帕接受琐罗亚斯德教，发动侵伊战争。在战争中，伊朗大败。古什塔斯帕只好请被囚的埃斯凡迪亚尔出战，并许诺胜利后，把王位让给他。

埃斯凡迪亚尔身怀绝技，全身刀枪不入。他以国家安危为重，毅然出战。经过艰苦奋战，终于战胜土兰，保卫了国家。但古什塔斯帕不再提让位之事，当埃斯凡迪亚尔提出要求时，他设置障碍，让埃斯凡迪亚尔去锡斯坦，把不服从朝廷旨意的鲁斯塔姆绑到宫廷。这实际是不可能完成的使命。鲁斯塔姆及其父扎尔因不同意霍斯鲁把江山让给卢赫拉斯帕，在卢赫拉斯帕执政后，即回到自家领地锡斯坦，与朝廷保持一定的距离。因为这个缘由就把鲁斯塔姆绑赴朝中，对于像他这样一个视荣誉胜于生命的勇士来说，是最大的侮辱。这是绝对不能接受的。

埃斯凡迪亚尔初闻国王命令，也觉得此事绝不可行。但后来他改变了主意，除了认为王命不可违之外，还有他自己的打算，希望能说服鲁斯塔姆，同意被绑到宫廷，安抚国王古什塔斯帕，以便他早日登上王位。他希望与鲁斯塔姆达成一项协议，借以达到自己的目的。正是这一念之差，促成一幕悲剧。

埃斯凡迪亚尔征战一生，他最重要的功绩就是击败土兰，保卫了祖国。但此次出征却师出无名，违情悖理。道理在鲁斯塔姆这方。他见王子领兵前来，百般忍让，苦苦相劝，答应随王子去宫廷，但不得上绑，此去宫廷也不是请罪。

埃斯凡迪亚尔年轻气盛，对鲁斯塔姆傲慢无礼，而且口出狂言，说鲁斯塔姆出身不正。因鲁斯塔姆的父亲扎尔出生后便一头白发，被其父萨姆抛于山中。王子又炫耀自己皇族身份，吹嘘自己武艺天下无人能敌，并拒绝鲁斯塔姆的邀请，不到鲁斯塔姆王府做客，也不请鲁斯塔姆赴宴。在这种情况下一场两虎相斗的厮杀，在所难免。

最后两人同意，为了不伤及士卒人等，他们二人比武较量，不动用大队人马。开战后双方都感到遇到生平未遇的对手，暗叹对方身体强劲，武艺高强。但是一天下来，鲁斯塔姆终因年迈体衰，渐处下风。他人和马被埃斯凡迪亚尔的箭射中，伤痕遍身。回到自己府上，鲁斯塔姆闷闷不乐，感到无法取胜。这时一种超自然的因素发挥了作用。他父亲扎尔说可以找神鸟帮助。原来当初扎尔生下来即满头白发，他父亲萨姆疑为不祥之兆，把儿子抛到山中。扎尔由一神鸟养大。萨姆后悔把扎尔接回，临别时神鸟以三支羽毛相赠，告诉扎尔遇到困难可烧一羽毛报信，神鸟即来相助。

扎尔与鲁斯塔姆烧了羽毛之后，神鸟翩然而降。神鸟为鲁斯塔姆和他的战马治伤，然后向鲁斯塔姆透露了一个秘密：埃斯凡迪亚尔不是凡人，谁要是把他杀害，自己也会永远得不到平安。所以它告诉鲁斯塔姆，不到万不得已时，不可对埃斯凡迪亚尔下手。鲁斯塔姆答应神鸟，再次与埃斯凡迪亚尔商谈，以求得圆满解决这一难题。

神鸟这才把秘密向鲁斯塔姆讲明。原来在一处地方，有一棵柽柳树，那树上有一双叉枝，用这双叉枝制成一支箭，然后以药酒浸泡。到阵上开战时，如埃斯凡迪亚尔仍一意孤行，就把箭射入他的双眼。他一身只有双眼可以射伤，只有这个办法才能致其死命。神鸟谆谆嘱咐鲁斯塔姆，不到万不得已，绝对不要出此下策。因为谁要是把埃斯凡迪亚尔杀害，此人必定遭灾。

鲁斯塔姆一切按神鸟吩咐的去做。次日，他早早来到阵上，再一次诚恳劝告埃斯凡迪亚尔说：

> 你应遵循纯洁的天神的教谕，
> 应尊重理智不应倚仗武力。
> 我今天本意不是来向你挑战，
> 今天的目的实际是向你致歉。
>
> 你为什么天生一副铁石心肠，
> 天天梦想厮杀日日不离战场？
> 以天神的名义发誓你若言和罢战，
> 从此美名就会在天下流传。

鲁斯塔姆甚至答应随王子去宫廷，听凭国王发落，只是不要上绑。但是埃斯凡迪亚尔对他的回答却是：

> 要么你束手就擒，要么与我一战，
> 再不要重复这些无聊之言。
> 来，来，看你有什么高超手段，
> 都使出来，让你美名天下流传。

在这样情况下，鲁斯塔姆只好把事先造好的箭射出。双叉箭正中埃斯凡迪亚尔双眼，无敌勇士立即命丧箭下。的确，埃斯凡迪亚尔死在鲁斯塔姆手下，但是鲁斯塔姆并不是真正的罪人。杀死年轻勇士的不是别人，正是他的父亲古什塔斯帕。这点埃斯凡迪亚尔倒在地上时已经完全明白了：

> 不是鲁斯塔姆也不是神鸟与利箭强弓，
> 不是他们在战斗中结果了我的性命。
> 这全是古什塔斯帕造成的结果，
> 他的面目如今我已完全识破。

护送王子灵柩回朝的另一位王子，埃斯凡迪亚尔的弟弟帕舒坦当面对古什塔斯帕痛加谴责：

> 帕舒坦来到国王宝座近前，
> 一不吻宝座，二不行礼问安。
> 他高叫一声：骄傲的国王，
> 你的行为遭到报应，王子命丧。
> 你如此行事是自毁根基，
> 招致王公贵人的不满非议。
> 从此佑助皇家的灵光便离你而去，
> 天神也会降罚，不爽毫厘。
> 你活在人世会受到诅咒与责备，
> 到世界末日会清算你的大罪。

从这些诗句中可以看到，古什塔斯帕才是导致埃斯凡迪亚尔悲剧的真正罪人。古什塔斯帕这个人物在《阿维斯塔》中与在《列王纪》中的形象完全不同。在《阿维斯塔》中，他是一个正面形象，是接受并传播琐罗亚斯德教的国王，因而受到高度赞扬。在《列王纪》里，他的形象则是反面的。这可能是因为在伊朗神话中,关于他有不同的传说。两部著作所依据的材料不同,因而形象各异,甚至截然相反。在宗教传说中,他的形象是正面的:

> 琐罗亚斯德啊,谁是你向善的朋友,
> 谁是真正使伟大圣教名扬天下的人?
> 这个人就是勇敢的凯·古什塔斯帕,
> 阿胡拉·马兹达啊,
> 我以促人向善的语言鼓舞你在唯一天堂接纳的人们。(《亚斯纳》46章,142)

> 凯·古什塔斯帕以圣教赋予的力量,高唱着向善的圣歌,他体会到圣洁的阿胡拉·马兹达促人向善的本意,凭着这种觉悟,引导我们走向胜利。(《亚斯纳》51章,16)

在《列王纪》里,古什塔斯帕的形象是分裂的。他的前半生基本上是一位勇士,而后半生则是一个无能而权欲极强的暴君。当他还是王子的时候,就过早地向父王提出继位的要求。要求未得到满足,就愤然离国,先到印度,后到希腊。在希腊经过许多英勇冒险的活动,终于被招为驸马。后其父王派他弟弟扎里尔出使希腊,顺便劝他回国。回国后继位,即遇到土兰借口他接受琐罗亚斯德教而发动战争。在《列王纪》里,他成为国王后,除了接受琐罗亚斯德教之外,没有描写他任何政绩。他对自己儿子埃斯凡迪亚尔也充满戒心,并且出尔反尔,答应让权,而后又自食其言,把王子送上了绝路。这个暴君是典型的恶势力的代表。

鲁斯塔姆虽然战胜埃斯凡迪亚尔,但他的内心并不轻松,他深知:

> 这一惨剧乃是命运假我之手酿成,
> 我射出柽柳之箭便永留骂名。

正如神鸟所预言的那样，杀死埃斯凡迪亚尔的人肯定会遭到大灾大难。在《列王纪》中，在埃斯凡迪亚尔悲剧后，就是鲁斯塔姆被害死的悲剧。

鲁斯塔姆有一个同父异母的兄弟沙卡德，成了喀布尔王国的女婿。喀布尔王国按例要向扎尔和鲁斯塔姆纳贡。喀布尔国王与鲁斯塔姆家族结亲之后，便想免去这项岁贡，但又怕鲁斯塔姆不允。于是他与沙卡德设计陷害鲁斯塔姆。他们在鲁斯塔姆去喀布尔的路上挖下陷阱，当鲁斯塔姆经过那里时，连人带马落入陷阱内。陷阱中的各种利器把鲁斯塔姆和战马刺伤。这时鲁斯塔姆向沙卡德提出一个最后的要求，他要沙卡德把他的弓箭交给他，以便有野兽袭来时可以防身。沙卡德给了弓箭。勇士拿到弓箭后，张弓向沙卡德瞄准。沙卡德连忙躲入一棵空树干内。鲁斯塔姆一箭射出。那箭连树带人一齐刺穿。沙卡德当场毙命，但是英雄鲁斯塔姆也命丧陷阱之中。

《列王纪》的勇士故事部分随着鲁斯塔姆降生开始，以勇士的被害结束。整个勇士故事部分，鲁斯塔姆是主要的善的势力的代表。他站在土兰国王阿夫拉西亚伯的对立面，也站在卡乌斯和古什塔斯帕的对立面。他与一切恶势力斗争并战胜它们。他的身上最突出的两个特点是忠与勇。他忠于天神，忠于国家与民族，忠于国王。勇敢是他忠的最好的体现。在任何艰难危险的斗争中，他都义无反顾，奋勇向前。

但是他的忠又不是无原则的。他具有勇士的高尚情操和独立人格。他忠于国王，但不是在任何情况下在国王面前都低声下气、俯首帖耳。当国王卡乌斯异想天开，要飞上天时，他能对国王提出批评。当国王宠着王妃苏达贝，而导致王子夏沃什命丧土兰后，他敢于杀死苏达贝，并对卡乌斯痛加谴责。当卡乌斯召他到宫廷迎战苏赫拉布，对他迟到不满而大发雷霆时，他可以拂袖而去，声明不再效忠于卡乌斯。埃斯凡迪亚尔奉古什塔斯帕之命，要把他绑到宫廷时，他断然拒绝。这一切都证明他有强烈的勇士的自尊。他骄傲地宣称：

  造物主佑助我成功，赋予我神力，
   我的力量不靠国王也不靠军旅。

>　　头盔是我的王冠，拉赫什①是我的宝座，
>
>　　大棒是我的权杖，大地是我的王国。
>
>　　我的伴侣是长枪和大棒，
>
>　　我是国王的依靠，国王的臂膀。
>
>　　我的钢刀闪光把黑暗照亮，
>
>　　钢刀举处，人头滚落在战场。

　　鲁斯塔姆是一位具有崇高理想的高大民族英雄的形象。他的一生都是在为善战胜恶而不懈地战斗。菲尔多西在民间文学的基础上，创造了这一高大形象，是对伊朗文学和世界文学的一大贡献。至今鲁斯塔姆仍然活在伊朗人民及受到波斯文明影响的广大地域的人民心中。

　　《列王纪》中鲁斯塔姆被害标志着勇士故事部分结束。接下面是第三部分，即历史故事部分。这部分虽仍有大量传说故事，但是其情节已逐渐褪去了神话色彩，越来越向史实靠近，超出了我们讨论的范围。

---

① 拉赫什是鲁斯塔姆的战马，通人性，多次救主。

第十一专题　古英语史诗《贝奥武甫》主题研究

中世纪"神话"话语中的"人话"理念

王继辉

1　《贝奥武甫》的神话与人话

讨论中世纪英国史诗《贝奥武甫》之前，我们应当首先梳理一下这部作品的故事梗概。据说，故事发生在很久以前的古老日耳曼地界。耶阿特国[①]的青年英雄贝奥武甫偶然听说，丹麦国名闻天下的雄伟宝殿鹿厅多年来经受着恶魔格兰代尔的血腥蹂躏。虽说这个魔头始终无法靠近大殿中的国王宝座，但是他长期肆意杀戮，致使丹麦国上上下下无时不处于极度惶恐之中。即便是曾经雄霸一方的丹麦王赫罗斯迦也为这件事日夜担惊受怕，一筹莫展。据传，这位丹麦王曾在危难之际帮助过贝奥武甫的生父，人称"剑奴"的浪手族名士艾奇瑟（Ecgtheow）。于是，心高气盛的贝奥武甫与舅父耶阿特王赫伊拉克商议之后，率领十四名贴身武士，扬帆启程，决意为丹麦王摒除祸害，将丹麦国从已经困扰了他们十二年的深重苦痛中解救出来。

[①]《贝奥武甫》这部中世纪英国史诗的中译本不多，为了笔者与读者的方便，本专题采用了冯象先生1996年《贝奥武甫》全中译本中的部分译文。但冯译中的地名和人名似与原文在发音上差别较大，另外，其中某些诗段的译法或有明显争议。对于以上两种情况，笔者采用了自己的译本。

丹麦王赫罗斯迦率领满朝扈从盛情接待了贝奥武甫，并将鹿厅除妖一事全盘托付给了风尘仆仆远道而来的青年英雄。是夜，贝奥武甫与他的伙伴们蹲守在寂静的鹿厅之中，单等恶魔出现。夜半时分，鹿厅沉重的殿门被突然撞开，那个传说名叫格兰代尔的巨魔随之晃进了殿堂。他先是张口生吞了一名武士，旋即转向贝奥武甫，恶狠狠地直扑过来。英雄立刻迎向恶魔，徒手与格兰代尔奋力格斗。在昏天黑地的肉搏中，恶魔的一只臂膀被贝奥武甫连根扭断，恶魔哀嚎一声，便带着致命创伤夺门而逃，顿时消失在茫茫的夜色之中。

丹麦王赫罗斯迦闻讯大喜，当即宣布认贝奥武甫为其义子，并以丰盛的酒宴款待除魔大英雄。没想到乐极生悲，随着交杯换盏的欢乐接踵而来的是格兰代尔的生母带着丧子之痛来报血仇的消息。妖母的出现再度使鹿厅陷入腥风血雨之中。贝奥武甫又一次应邀肩负起拯救丹麦王国的艰巨使命。青年英雄立刻率众直奔妖母栖息的深潭，只身闯入潭底的妖母洞穴，与其展开了殊死搏斗。在紧要关头，英雄抽出挂在洞壁上的一柄神剑，劈死了妖母，并砍下了格兰代尔僵尸上的巨大头颅，从妖母尸体中喷涌出来的污血溶化了神剑，唯有剑柄依然留在英雄贝奥武甫的手中。

凯旋的贝奥武甫使丹麦人欢天喜地，丹麦王又一次以美酒佳肴款待远道而来的降妖英雄，并以十二件稀世珍宝和无尽的赞美赠送给贝奥武甫，之后将其送上了返国的路程。回到耶阿特王赫伊拉克身边的贝奥武甫向其讲述了他在丹麦国的种种经历，并将带回来的贵重礼物悉数转交给了舅父。

不久，赫伊拉克父子战死沙场，贝奥武甫接受国民拥戴登上了耶阿特王的宝座。五十年后，凶险再度降临，此时贝奥武甫早已进入了老迈之年。这次的敌人是因宝藏被盗而震怒的残暴火龙。不知什么时候，偷盗者潜入火龙把守着的宝藏，从中偷走了一只镏金杯盏。为此，火龙大发淫威，从其血盆大口之中喷吐出来的烈焰焚毁了无数村落乡舍，大片山林土地瞬即成为焦土。耶阿特人享受了整整五十年的平静受到空前的威胁，王国危在旦夕。此时的贝奥武甫虽已是垂垂老者，但面对火龙的挑战还是振作起精神，带领十余扈从，奔向火龙洞穴，要为臣民和荣誉跟恶龙进行最后的对决。熊熊烈焰之中的殊死肉搏很快就吓跑了尾随而来的扈从，唯有老王的亲信威耶拉夫（Wiglaf）冒死留了下来，与贝奥武甫并肩作战，最终将火龙杀死。年迈的老王也在搏斗之中身负致命重伤。

自知气数已尽的贝奥武甫在弥留之际，命威耶拉夫到火龙的宝藏之中取出一些金银珠宝。他最后看了一眼这些以生命为代价换来的宝物，匆匆交代了身后之事，便撒手离开了他的王国。耶阿特国举行了庄严的葬礼，民众心怀对未来的忐忑，淌着悲凉的泪水，注视着火葬柴堆上熊熊燃烧着的火焰，以哀号谴责临阵脱逃的那十余名扈从，并最后一次向老王表达了他们的忠心爱戴。贝奥武甫这位一世英雄就此化作灰烬，随着一缕青烟，向着遥远的天际徐徐飘去。

《贝奥武甫》是迄今我们所知最古老的英国民间史诗，也是中世纪最早用当时欧洲方言写成的长篇诗作。全诗共 3182 行，分为引子及长短不一的 34 个诗节。《贝奥武甫》虽然在整体上与古典史诗相比显得有些粗糙，但它对丹麦及耶阿特国荣辱兴衰的高度关注，对英雄业绩的全力颂扬，对宫廷宴席礼仪的细致描述，对盎格鲁-撒克逊时期英国社会习俗、观念的深沉思索，加上它那华丽超脱的诗体以及洋洋洒洒的文风，给这部作品添加了一层古典史诗式的恢宏色彩。

《贝奥武甫》同《罗兰之歌》、《尼伯龙人之歌》等欧洲中世纪民间史诗一样，作者湮没不闻。虽然迄今未能在盎格鲁-撒克逊时期的各类典籍中找到任何关于这部史诗的详述，多数学者认为这部作品的手抄本应当出自多位诗人之手。我们现在所读到的诗文极有可能是经过几代人反复增删、拼接、净化，乃至全面更新过的版本。《贝奥武甫》最早取材于日耳曼族民间传说，随着盎格鲁-撒克逊人的入侵传入今天的英国。经过几代人在各宫廷间说唱传诵，于盎格鲁-撒克逊时代晚期逐渐形成现存版本的规模。大约在 9 世纪至 10 世纪之间，这部诗作曾被至少两位诺森布利亚或麦西亚的教会人士抄写成册。这就是险些毁于 1731 年克顿（Cotton）图书馆大火之中、如今藏于大英博物馆的该诗的唯一原始稿本，即 Cotton Vitellius A. xv 手稿。

《贝奥武甫》手稿的完成年代应当是英国由中世纪异教社会迈向以基督教文化为主导的封建社会的转型时期。因此，这部作品也自然体现了非基督教的古日耳曼文化和基督教文化这两种不同的文化传统。在善与恶相互搏斗这一重大主题之下，我们能明显感受到两种不同文化的撞击与融合。一方面，源自斯堪的纳维亚的日耳曼文化热衷于打斗，崇尚勇武与忠诚。正如罗马史学家塔西佗（Tacitus）描述的那样，在这种文化传统的氛围里，忠实于氏族、献身于家庭的观念加强了人们与魔怪恶龙争斗的意识。同时，前途的不可知也助长了人们任由命运（wyrd）摆布的宿命情绪。另一方面，日益深入人心的基督教文化，以其崭新的伦理观念，教导人们服从全能的上帝，遵从这位世间主宰的意志，并告诫人们摒弃世俗的傲慢。在这种氛围下逐渐创造出来的贝奥武甫形象本质上是一位异教武士，但他的身上又兼具基督教所宣扬的精神特质。两种文化特征兼而有之的英雄无疑十分符合特定过渡时期王侯贵族的心理需求和审美趣味。

关于这部史诗的结构，历代学者见解不一。但是，占据主导地位的观点认为，全诗应当分为两大组成部分。第一部分始于叙述赫罗斯迦身世的引子，到贝奥武甫追杀妖母并凯旋；第二部分则记述了五十年后贝奥武甫以老迈之躯奋战火龙的壮举。两部分之间又由贝奥武甫自丹麦返回耶阿特国并受到盛情迎接的情节相连接。不过，当我们反复阅读全诗之后会觉察到，史诗的前后两个部分无论在情节设置上，还是在气氛渲染上，都有显著的不同。在情节上，前者繁复多变，后者则出奇地简洁单一；在气氛上，前者热烈豪放，后者则显得格外低迷哀沉。然而，就诗歌主题而言，恰恰是这一突出差异引导我们去思考人生中青年与老年的不同，去体会诗中所揭示的人类在命运面前无可奈何的心境。因此，结构上的"两分法"实际上强调了这部史诗的思想内涵。

《贝奥武甫》在风格上也很有特色。它无尾韵，以四拍头韵的古老诗体成诗。由于古英语词汇的重音通常落在词首的第一个音节，这一时期的古英语诗歌无一例外地选择了头韵这一声韵格式。例如，在 wyrm who-bogen wealdan ne moste（2827）一行诗中，[w] 这一词首辅音的连续出现使这行诗读起来朗朗上口，显现出独特的音乐性。在遣词造句方面，《贝奥武甫》也充分体现了口头文学的特点。我们在诗中随处可以看到大量的同义词或近义词。单是"国王"一词，诗中就有不下三十种不同的表达方式。据统计，全诗在短短的三千余行中共有四千多个不同词语。这四千多个词语中，约有三分之一是复合词。像"大海"、"太阳"这样简单而又常用的概念就各有五十余种复合词的表达方式，如"鲸鱼之路"（"海"），"世界的蜡烛"（"太阳"）等。这些丰富而又变化多端的词语无疑给诗人，特别是咏唱者，提供了无数次充分描绘场景和人物的机会，使这部诗作在口头传诵过程中更富有变幻莫测、引人入胜的艺术魅力。

2　《贝奥武甫》的传奇身世

1938年夏季，正当人们因可能爆发的战争而感到困扰的时候，在英国萨福克郡的德奔河畔发生了一件令文化界兴奋不已的事情。普雷蒂太太决定对在她萨坦胡（Satton Hoo）庄园上的十一个古墓进行一次全面探查。在此之前，人们传说曾在这一带发现过诸如碗、盘、首饰等古物，而这些古物又极有可能是从古墓中被盗出来的物品。为探个究竟，普雷蒂太太邀请专业考古人员挖开了编为一号的古墓。在这个最大的墓冢中的发现完全出人预料，的确是英国考古史上的一次重大收获。墓中埋藏的是一只完整的古墓船遗骸，船内装有众多宝物。各种迹象表明，这座古船墓葬曾在16世纪或17世纪初叶被盗掘过，但是，由于盗墓者判断上的失误，船中的宝物侥幸留存了下来。

是年八月，萨坦胡葬船中的物品被大英博物馆的专家学者全部移走以做进一步的研究。人们很快发现，这些古物属英国盎格鲁-撒克逊时代的物品，对研究这个时期的历史文化和文学艺术具有无法估量的价值。时至今日，萨坦胡葬船的方方面面依然是专家学者的热门话题。因此对它们的深入探讨，对弄清墓中所埋何人以及对确定《贝奥武甫》的形成年代均有重要意义。

人们对萨坦胡葬船的研究寄予如此厚望不是没有根据的。首先，在这里挖掘出来的古物，无论在数量上，还是在品种上，都极引人瞩目。大英博物馆的自家刊物曾对此做过完整详尽的描述。有趣的是，在众多遗存古物中，除了一些锈蚀的铁钉之外，竟没有发现什么与葬船有直接关联的遗物。但是，在沙质墓穴中，人们可以清楚地分辨出船身所留下来的印记。由此，专家们准确地再造了这只葬船。这是一艘重叠搭造的橡木船，约有 98 英尺长，14 英尺宽，两侧各有十七只木桨，尾部设有船舵。葬室大体设在葬船的中间部位，约有 17.5 英尺长，上面曾有一个人字形船顶，大概是被覆盖在上面的沙土所压塌。在挖掘此墓葬的时候，人们普遍认为会从中发现死者的遗骨，但古墓挖开之后，其中并没有尸骨的痕迹，也没发现戒指项圈等贴身物品。为此，当时的专家学者进行了反复细致的考察。他们逐渐排除了火葬或土葬的可能性，确定在萨坦胡发现的古墓是一座具有纪念意义的衣冠冢，而并非死者的真正墓地。

船葬中的物品自西向东摆放成一个 H 字形。有陶瓷、石刻及一般生活器皿，亦有金银珠宝、礼仪用具。由于船顶坍塌，其中一些物品已被压成残片，根本无法辨识。但那些未被完全损坏或尚可复原成形的物件，对我们了解死者其人依然有着极大的帮助。例如，在葬船的两端，人们找到了兵器、镶嵌着珍贵珠宝的饰物以及一个装有金币的钱囊。在葬船东端的发现也引起了学者们的极大关注。其中最引人注目的是一柄权杖、一块盾牌和一顶头盔。权杖是生铁铸成的，硕大而且沉重，顶端是一尊人头像，看上去雕工精美，面色庄严冷峻。在墓中发现的盾牌早已变成了一些残破的碎片，但那具装嵌其上的精致兽头依然能显现出当年原有的风采。专家们依据其他有关公元 7 世纪考古发现中所得的同类物品将这块盾牌恢复了原状。那顶头盔也是铁铸的，上面嵌满了银制或青铜制饰物，镶在顶部的铜制兽头，青面獠牙，威风凛凛。头盔两侧的青铜面上亦有武士图案。这些象征至高无上权力与财富的物品表明，死者应当是一位男性君主。更确切地说，他很有可能是一位东盎格利亚国王。

对于考古学家来说，在对萨坦胡葬船的探察中，最具挑战性的问题莫过于这位东盎格利亚国君究竟是谁。要准确地对这个问题做出回答，首先必须弄清这座衣冠冢的具体年代。由于年代相隔久远，墓中发现的物品大多不能给研究者提供准确的参考依据。在众多古物中，唯有 37 枚法兰克墨洛温（Merovingian）王朝的硬币能够具体指出它们所存在的年代。然而，漫长的岁月已使其中 30 枚古币面目全非，除了一位国王的头像外，其他头像早已无法辨识。要依靠这些古币对葬船的年代做出准确判断，的确不是轻而易举之事。

自 1939 年以来，学者们对此做过深入的探讨，大家普遍认为，萨坦胡古墓应是为以下六位盎格鲁-撒克逊国王其中之一所立：

雷德瓦尔德（Redwald）	卒于公元 624 年或 625 年
西耶贝尔特（Sigebehrt）	卒于公元 640 年之后
埃克里克（Ecric）	卒于公元 640 年之后
安纳（Anna）	卒于公元 654 年
艾瑟黑勒（Aethelhere）	卒于公元 655 年
艾瑟瓦尔德（Aethelwald）	卒于公元 663 年或 664 年

显然，雷德瓦尔德王的卒年与葬船中硬币所显示的年代相吻合，但仅凭这一点很难确认雷德瓦尔德王即是死者，因为没有任何证据能够说明在这个时期没有古币收藏者。所以，若要解开这个谜，我们还需要找到其他证据。

多年来，专家学者对此提出了诸多不同的见解。首先，大英博物馆的专家提出，萨坦胡船葬的年代应在公元 655 年或稍晚一些，死者应当是艾瑟黑勒王，据比德（Bede）的《英国教会史》记载，艾瑟黑勒王于 655 年在援助麦西亚（Mercia）王潘德（Panda）的征战中与他所率领的将士们全部战死，他的兄弟艾瑟瓦尔德继承了王位。尽管艾瑟瓦尔德是位虔诚的基督徒，但他如果按其亡兄的生前意愿以异教的方式为他落葬也是顺理成章之事。当然，也有人认为萨坦胡古墓不是为艾瑟黑勒王而建，死者应是比他年代更早一些的雷德瓦尔德王。雷德瓦尔德是艾瑟黑勒的叔父，比他早去世二十五年，即在公元 624 年至 625 年之间。从挖掘出来的带有浓厚基督教色彩的器皿上看，萨坦胡船葬似与异教徒雷德瓦尔德的宗教背景不符。但也有一些历史学家认为，以历史资料判断，雷德瓦尔德时而信奉异教，时而又信奉基督教，他还曾极力倡导两种宗教传统融为一体，甚至曾同时为耶稣及异教神祇设过祭坛。这种信仰的混合在7世纪前后盎格鲁-撒克逊英国各王室中并不少见。因此，我们也很难排除雷德瓦尔德即是死者的可能性。

历史学家格林（Charles Green）根据他的研究指出，萨坦胡船葬的年代最早应在公元650年或更晚一些时候。如果他的这种想法成立，只有安纳、艾瑟黑勒及艾瑟瓦尔德这三位王者是可能人选。格林认为，安纳和艾瑟瓦尔德不是死者，其原因是这两位国王都不是基督教徒。另外，艾瑟瓦尔德生前的政绩平平，不太可能死后受此殊荣。至于安纳临政时的表现，学者们也历来众说不一。尽管比德曾对他表示过好感，并称赞他为圣洁的大好人，但他对安纳的推崇极有可能只是因为安纳是位虔诚的基督徒。为此，格林坚持说，安纳在位时，未见得受过其异教臣民的爱戴。他们也不太可能费力将一只大船拖至距水半英里的墓地，以此盛典来表彰他很有可能本就不存在的政绩。

其他一些历史学者，诸如格罗斯可夫（Bernice Girohskopf）、威尔逊（D. M. Wilson）等人，亦支持艾瑟黑勒最有可能是萨坦胡死者的见解。然而，他们无一例外地认为这座古墓是个衣冠冢，葬船中并无国王的尸骨。由于艾瑟黑勒的尸体是在战火中遗失的，这种观点似乎能解开墓中并未发现尸骨痕迹这个谜。若墓中葬的是艾瑟瓦尔德，葬船中尸骨的去向就难以说清楚。不过，自1939年以来，被学术界认为最具权威的萨坦胡研究者布鲁斯-米特弗德（Rupert Bruce-Mitford）对上述见解不以为然。他指出，在安放尸骨的位置附近发现的大量磷块很有可能就是人骨的遗迹。对布鲁斯-米特弗德来说，答案是很清楚的。以现当代的年代考证技术，特别是对古币铸造的分析技术，完全可以断定，萨坦胡船葬的年代应该在公元620年到630年之间，这样，雷德瓦尔德王便成了唯一的可能。布鲁斯-米特弗德的这一论断是至今最令人信服的观点。

对萨坦胡船葬年代的不断探讨与判定，无疑有助于对英国盎格鲁-撒克逊史的深入研究。但对英国文学史的研究者来说，其意义远过于此。人们历来认为萨坦胡船葬的研究对考证《贝奥武甫》的形成年代具有特殊意义。尽管这座船葬的挖掘与研究至今未能结束与《贝奥武甫》成书年代相关的争议，但它确实为争论的一方提供了一些颇具说服力的证据。由于学界曾普遍认为萨坦胡船葬应是公元 7 世纪的事，人们也倾向于将《贝奥武甫》的成书年代拉近这个时期。据一位历史学者的研究，史诗中有多处暗示，早在公元 6 世纪前期，瑞典与日耳曼之间即有往来。在这个时期，两国在商贸上的频繁接触，必定会使人们对口耳相传的民间故事互通有无。当那些盎格鲁-撒克逊人跨过海峡、步入现今的英国之时，他们当然不会忘记将其熟悉的文学传统带进这片陌生的土地。今天的读者若在一部美国小说中读到以法国为背景的故事，定会习以为常。同样，对当年的盎格利亚人来说，一个以斯堪的纳维亚为背景的故事也应该是极易被他们接受的。《贝奥武甫》中浓郁的斯堪的纳维亚文化色彩不应该使我们认为这不是早期英国人的作品，或认为只有在丹麦人克努特（Cnut）王统治时期（公元 1016—1035 年）这部史诗才得以进入英国。另一个值得注意的事实是，在萨坦胡发现的葬船与斯堪的纳维亚人的船在结构上颇有不同。黑奈·格文指出，《贝奥武甫》与斯堪的纳维亚传统虽有相当的联系，但与当时英国诺森伯利亚在文化上的联系更为明显。正因如此，《贝奥武甫》中所描述的葬船似更贴近萨坦胡古墓中的英国船。基于这个观点，多年来人们在努力证实船葬不仅是当时斯堪的纳维亚人的风俗，同时也是盎格鲁-撒克逊文化的一部分。如果《贝奥武甫》所生动描画出的船葬是盎格鲁-撒克逊人的特征，这一描述很有可能是当时社会习俗的真实反映，而史诗形成的年代亦不会与这一时期相距太远。

当然，手稿的年代与故事形成年代是两个截然不同的事。在古文字学方面的研究告诉我们，《贝奥武甫》的唯一手稿成于公元 10 世纪，由至少两人誊写而成。即使这个年代有误，单凭不只一人参与了手稿誊写这一事实，我们就可得出相同的结论，即《贝奥武甫》是一个抄本。作品原本的完成可定在更早的某一时间。相当长的一个时期里，史诗中的故事很有可能是以口耳相传的方式流传于世，直至被人记录誊写下来。由此推论，这部属于口头文学传统的史诗作品的最初形态，其年代应早于抄本若干世纪。

从《贝奥武甫》的内容上看，抄写者应是基督徒，抄本也极有可能是为信仰基督教的读者而做。然而，尽管中世纪的基督教思想充斥全篇，但史诗中对异教习俗礼仪的津津乐道也表达了当时人们对日耳曼氏族社会的推崇与眷恋。其实，这种异教与基督教同在的现象在英国并不足为怪。约在公元 7 世纪到 11 世纪这段时间里，英国正值由古代日耳曼氏族社会逐步向中世纪基督教社会转变的动荡时期，两种文化的不断碰撞与长期并存是很自然的事。因此，史诗中对船葬的描写以及萨坦胡船葬的存在表明，这种异教殡葬习俗在当时的英国可能还在流行。

《贝奥武甫》对船葬的记载与萨坦胡的考古发现的确有着惊人的相似之处，在史诗的开篇处，诗人这样唱道：

> 港湾处矗立着雕琢华丽的大船，
> 这高贵的船在冰水中扬帆待放。
> 人们将他们爱戴的国王安放下，
> 其高大的珠宝施与者，被安置在船的中央，
> 这伟大的王者，安睡在桅杆旁。其身边布满价值连城的宝物，
> 光芒耀眼的金银，远道而来的宝石。
> 我从未听说过如此盛载珍宝的船号，
> 竟有如此多的战服、兵器，
> 刀剑和甲胄；国王的胸前摆放着
> 成堆的珠宝，它们将随王者漂流而去，
> 在他身边释放光辉。期待在巨浪中与他同行。
> ……
> 在他的头前，人们还陈放了
> 他的镀金权杖。而后，任凭波涛
> 将其带入大海。他们的内心充满悲痛
> 深切哀悼他们的国王。

（32—50）

在萨坦胡船葬出土之前，这些诗行对今天的读者不过是夸张的杜撰，因为在历史上从未找到过任何可靠的依据来印证这种财富的真实性。一位瑞典考古学家的研究表明，由于《贝奥武甫》的描述与萨坦胡的发现极其相似，这个故事的出现应该在人们尚能清楚记起萨坦胡葬船的时期。他由此推断，史诗可能是为一个王朝歌功颂德的应景之作。倘若这种推断可靠，诗中所刻画的威耶拉夫在历史上应是位相当重要的真实人物。他很有可能是东盎格利亚王室族谱中所提到过的韦合哈（Wehha）的后代。他甚至可能与伍弗英（Wuffingas）王室有关联。布鲁斯-米特弗德对此亦有同样的看法。用他的话说，伍弗英王室有可能是瑞典或加特（Gart）人的后裔。从这个角度去观察《贝奥武甫》，这部史诗就很像是一部为艾瑟黑勒或艾瑟瓦尔德评功摆好的作品了。

《贝奥武甫》的早期研究者普遍认为，7世纪的人们早已不再使用诗中所描述的许多器物，如铠甲（coat of mail）等。不过，从萨坦胡所发现的物品来看，这种论点显然没有足够根据。另外，斯堪的纳维亚以奴隶为国王殉葬以及焚烧葬船等习俗与在考古中发现的英国风俗并不相符。现存的《贝奥武甫》手稿从内容上看也没有确切地反映斯堪的纳维亚习俗。显然，这部史诗是英国人的作品。基于这些事实，布鲁斯-米特弗德认为，人们指称《贝奥武甫》为盎格鲁-撒克逊晚期作品的根本原因在于，当时学术界对北欧研究再度产生了浓厚的兴趣。换句话说，认定《贝奥武甫》为晚期作品这一观点基本是人们的主观臆测，不是客观事实。

在萨坦胡古墓中找到的古琴（lyre）可说是与《贝奥武甫》有直接关系的物品。这只古琴是一把弦乐器，音箱已不复存在，弦码由软质杨木或柳木制成。由于时隔久远，人们已无法知道如何为这把乐器调音，也不知道它能奏出什么样的乐曲。由于这把乐器没有指板，也没有金属琴弦，它的局限是显而易见的。专家们根据1969年由布鲁斯-米特弗德和他的女儿仿制出的古琴推测，这把琴与1882年在英国白金汉郡泰普洛（Taplow）发现的7世纪古琴相仿。这说明，《贝奥武甫》中所提到的竖琴（harp）或许并不存在，当时的人们很可能用这个词来称呼所有的弦乐器。也就是说，《贝奥武甫》中的竖琴与萨坦胡古琴很可能是同时期的同一种乐器。史诗所描述的情形与萨坦胡船葬所反映的现实之间这种相似性说明，《贝奥武甫》故事的形成年代与船葬的年代应基本相同。

萨坦胡船葬的发现并没有给我们提供所有历史学及文学问题的答案，但它与其他英国考古发现相比，毕竟含有与盎格鲁-撒克逊时代相关的重要资料以及有关判断《贝奥武甫》成诗年代的重要依据。我们从萨坦胡所得到的信息，加上文学与考古学方面的其他研究成果，确实令我们大开眼界，使后来者得以更深入地了解英国早期日耳曼住民的历史和他们留给我们的唯一史诗《贝奥武甫》。

《贝奥武甫》扑朔迷离的成诗年代，是一个具有持续魅力的有趣话题。19世纪初叶一些热衷于中世纪文化的学者开始将目光转向这部史诗巨著，此后的两百多年里，一直有人痴迷于这一研究领域。默里（Alexander Callander Murray）曾经说过，如果缺乏一个有关《贝奥武甫》成书年代靠得住的估计，我们所做的任何与其历史文化价值相关的论断，其实际意义都会大打折扣[①]。或许出于这一思考，《贝奥武甫》学者历来对有助于判断其成书年代的种种文本细节抱有特殊的探究兴趣。例如，格伦德特威（N. F. S. Grundtvig）就曾努力在历史上的克拉琪莱库斯（Chlochilaichus）和史诗中的耶阿特国王赫伊拉克两者之间建立联系，并断言这两个名字在历史上实为一人。继格伦德特威之后，各个时期都有学者提供史诗中新的文本线索，设法拉近可能成诗时间段最早和最晚两端之间的距离，以期推断出《贝奥武甫》的确切成诗年代。参与讨论的众多学者中，绝大多数人认为，这部独一无二的古英语史诗应当出现在维京人大举入侵英格兰的公元835年和丹麦人夺得英格兰王权二十五年之后因无子嗣而不得不放弃其统治地位的公元1042年之间。这是一段并不短暂的岁月，首尾之间足足有两百零七年。如果我们从舒京（L. L. Schucking）的经典

[①] Alexander Callander Murray, "Beowulf, The Danish Invasions, and Royal Genealogy" in *The Dating of Beowulf*, ed. by Colin Chase (Toronto: University of Toronto Press, 1981), p. 101.

判断出发，以他所说的公元 9 世纪作为这两百余年的中间时段，我们便可把学者的立场大致分为两个阵营。其中一方的标志性人物是著名学者怀特洛克（Dorothy Whitelock）。早在 1951 年她便提出，这部史诗很有可能在英格兰无论感情上还是行动上对丹麦人还没有积存多少敌意的年代即已成形。尽管她的观点与同一时期的其他《贝奥武甫》研究者一样，或多或少带有主观臆想的痕迹。但是，距舒京二十多年之后，当几乎所有的人都把这部史诗认定为比德时代的作品之时，她的讨论所传递出来的怀疑声调，即便只基于某种假设，也对固有主流看法形成了有力的挑战，从而在理论上为后来她通常并不赞同的一系列相关探索铺平了道路。

诸多研究者将《贝奥武甫》的成诗年代定位在盎格鲁-撒克逊时代早期，他们对这一认识在很长一段时间里都表现得非常坚持。其实，这种不忍轻易放弃的态度倒也不难理解。原因很简单，对很多人来说，重新追问这部史诗的成书年代，在很大程度上是在重估其见证盎格鲁-撒克逊社会源头以及早期北欧世界风貌的历史文献价值。然而，正像我们因为不了解盎格鲁-撒克逊历史中的某些侧面，而不得不回避直接的相关讨论一样，同样的知识局限也会让我们对已有的相关判断产生怀疑。此类因相隔久远而自然产生而且挥之不去的自我怀疑心理，应当是另外一个阵营成员参与这一跨世纪论争的原本动力。比如，佩奇（R. I. Page）在其三十多年前发表的文章中就曾指出，从公元 9 世纪中叶到公元 10 世纪最后几年的这段时间里，即使在英格兰人占据绝对统治地位的地区，当地人对丹麦人也并没有上下一致的厌恶甚至仇恨情绪。因此，根据佩奇的判断，《贝奥武甫》在这一族群与族群之间相对友好的文化大环境之中逐渐成形并迅速得以流传，应当是再自然不过的事。基于这一基本判断，怀特洛克教授所描述的古英语后期盎格鲁-撒克逊人与丹麦人在政治上的严重对立，便显得过于简单化了。如果现实情况的确如佩奇所说的那样，即便在"丹麦法区"（Danelaw）以外的地方，像《贝奥武甫》这样一部明显赞誉丹麦王朝的作品完全有可能被社会广泛接受。

自上个世纪 70 年代开始，一些学者试图将《贝奥武甫》的成书时间推至英王埃尔弗雷德（Alfred）年代之后，其中最具影响力的当属基尔南（Kevin S. Kiernan）。作者在其题为《11世纪〈贝奥武甫〉手稿》的论文中将作品成形最晚年限推入11世纪，前面许多难以厘清的问题似乎迎刃而解了。很自然，当公元10世纪末，甚至11世纪最初几年英王埃塞里德（Ethelred）正在与丹麦入侵者发生剧烈冲突之时，盎格鲁-撒克逊手稿抄写者们竟能十分平静地抄录歌颂丹麦王朝的英雄史诗《贝奥武甫》，其作为的确有些令人费解。但是，如果手稿的抄写时间是在公元1016年或更晚一些，这个难题就不复存在了。因为自1016年开始，丹麦人克努特赶走了英王埃塞里德，自此开始了丹麦人希尔德（Scyld）的子孙在英格兰长达26年的统治。在这一特定时期里人们传唱丹麦王朝的丰功伟绩，当然是再自然不过的事，克努特及其后代对此也自当乐观其成。基尔南11世纪的说法是非常彻底的，他甚至在同一篇文章中排除了现存《贝奥武甫》手稿为公元11世纪抄录的可能。根据基尔南的说法，以古文字学方法对手稿的研究表明，这部作品的创作与抄录同属一个时期。我们今天所看到的唯一抄本是这部史诗作品的原始稿[1]。

基尔南有关《贝奥武甫》成书年代的论述对当代学者的研究走向产生了深刻的影响。不过，上个世纪90年代之后，学界在这一领域也表现出了明显的反弹。比如，美国印第安纳大学的古英语文学学者富克（R. D. Fulk）教授就一反基尔南的说法，力图将这部史诗的创作年代再度拉回到公元8世纪早期。他通过对史诗格律的细致分析得出结论，《贝奥武甫》的成诗地点最有可能在英格兰中部的麦西亚国，其成诗时间不可能晚于公元725年[2]。另外一位名叫牛顿（Sam Newton）的学者在富克教授的专著出版后的第二年，即1993年，也发表了一部与这一话题相关的专著，书名是《〈贝奥武甫〉的发源地与前维京王国东盎格利亚》。牛顿在他的书中就这部史诗的成书年代也做出了与富克极其相似的判断。他所利用的材料大多来自作品之外，诸如民间传说、文学作

---

[1] Kevin S. Kiernan, "The Eleventh-century Origin of Beowulf Manusript" in *The Dating of Beowulf*, ed. by Colin Chase (Toronto: University of Toronto Press, 1981), p. 20.

[2] R. D. Fulk, *A History of Old English Meter* (Philadelphia: Blackwell Publishing Ltd, 2004), p. 390.

品、考古发现等。他根据从中获取的信息搭建了一个详细的王族宗谱，并以此为基础认定，《贝奥武甫》这部史诗创作于公元 8 世纪东盎格利亚王埃弗瓦尔德（Ælfwald）当政时期[1]。

显然，有关《贝奥武甫》的成诗年代的讨论很难有一个令所有人满意的确切答案。随着研究的不断深入，人们或许逐渐靠近事实，但是，除非某个重大发现给研究者们提供了不可辩驳的依据，否则，其成书年代当始终是一个谜。不过，如果我们把这部史诗看作一部历经岁月由人们口耳相传最终成为目前面貌的作品，那么，研究者的不同见解不应该影响我们对这部作品的欣赏。即便像基尔南所说的那样，《贝奥武甫》是盎格鲁-撒克逊时代后期的产物，史诗也应当是集众多传唱者的智慧，经过多年的编纂修饰之后才传到了一个政治社会氛围适于将其再创作后抄录下来的年代。于是，这部伟大的以文字呈现出来的史诗诞生了。著名古英语诗歌学者波普（J. C. Pope）根据他对古英语诗歌格律的大量研究，曾经这样评论道，在《贝奥武甫》这部史诗中，我们看到了精致优雅的文风，也体验到了两种截然不同的价值理念的并存，这两个方面都彰显着作品不寻常的成诗过程。借此，我们大致可将《贝奥武甫》的成书年代定在公元 11 世纪早期，这是基于对下面事实的认可：其一是长久的口头文学传统对这部史诗成诗过程所给予的巨大贡献；其二是这部作品的起源与其手稿形态之间有着漫长的创作与传抄时间间隔。这就是《贝奥武甫》具有如此复杂的主题和如此精致的诗体的根本原因。

3 《贝奥武甫》的历史内涵

就整体而言，《贝奥武甫》是一部远古英雄与邪恶魔怪冲撞最多、打斗最惨烈的欧洲中世纪史诗。这部作品通过对格兰代尔母子以及恶龙的可怕状貌及

---

[1] Sam Newton, *The Origins of Beowulf and the Pre-Viking Kingdom of East Anglia* (Cambridge: D. S. Brewer, 1993), p. 145.

其阴暗心理状态所做的细致描述，向我们揭示了中世纪盎格鲁-撒克逊人对魔怪世界的深沉心理感触。在距离非基督教的古日耳曼荒蛮时代并不久远的中世纪英国，这种人与魔怪并存的神话情境演绎，在充满文化依赖的历史语境之中不足为奇。即使在当今已现代化程度较高的世界里，神奇的"魔怪"话题也会给人们某种自由遐想的空间。人们对"魔怪"世界的偏爱从古至今无疑都存在着。

每当谈论起"魔怪"这一话题，笔者总不免记起数年前的一次很有意思的阅读经历。当时，笔者正在美国哈佛大学进行访问研究。一次，在哈佛瓦德纳图书馆幽深的书库中，笔者偶然翻到一部署名为布兰皮德（Blanpied）的古怪书籍[①]，其中详细记述了一则离奇的故事：坐落在墨西哥城的墨西哥考古博物馆曾惨遭一次令人震惊不已的空前洗劫。事件的经过怪异而且突然。事发当天的凌晨2点23分，一条巨龙[②]陡然从天而降，出现在博物馆幽暗的中央大厅，眨眼之间巨龙便杀死了所有在场的值班人员，只有一人在混乱中从一个很不显眼的便门侥幸挤出了现场，并很快拉响了馆内的警报器。据回忆，警方赶到现场之前，巨龙似以惊人的速度眷顾了每一个主要展厅，捣毁了很多展柜，并将其中的贵重展品一件件地搬运到中央大厅。等警方出现在事发地的时候，巨龙早已将心仪宝物悉数揽在几只巨爪之中，正在试图腾空飞离现场。巨龙拱身撞开大厅屋顶，顺势用它巨大的尾巴扫倒了大厅中心的一根巨柱，就在这惊悸惶恐的瞬间，有目击者注意到，一个史前纯金铸造的面具从巨龙的利爪中滑落，

[①] 布兰皮德（Blanpied）的这本书取名为《龙：当今衍生录》（*Dragons—The Modern Infestation*）。据此书中所载信息及其文体显示，这是一部多人撰写的"论文"专集，以纪念"前多伦多大学教授、新西兰龙学研究中心主任琼斯（Sean Jones）先生"。书中包括龙学专家詹姆斯（James）教授在"龙学研究第七次双年年会"上的致辞、龙学专家弗罗利赫（Froedlich）和她的得意门生马斯登（Marsden）撰写的23篇田野考察专题论文、19幅实地勘测照片、10幅相关研究图表，以及63项参考文献。书中没有田野研究时间等详细信息。

[②] 1986年出版的美国《韦氏新世界英语大词典》和英国的权威辞书《牛津英语大词典》（*OED*）1971年缩印版中，对英语中"dragon"一词的定义均强调了它的魔怪性质（两部辞书的用词分别为"monstrous"和"monster"），与汉语里"龙"所指代的图腾意象无疑有着重大的差别。因此，西方文化语境中的"dragon"与在中国传统中存在了七千余年的"龙"绝非两个简单的对应词语，如果将这两个词不加区分地相互对译，无论从哪个角度说，都是一个不很简单的文化误解。

掉到大厅的地板上。巨龙随即返回遍地瓦砾的大厅中央，在警员们的眼前，冒着枪林弹雨将面具二次抓起，再度升空，迅速地向墨西哥城以东的普埃博拉（Puebla）方向飞去。闻讯赶来的墨西哥空军和美国空军的多架战机当即编队尾随追赶，但因其速度不及巨龙，很快便被巨龙甩掉，失去了找到它匿身之地的机会。

随后，查普特泊动物园（Chapultepec）的一位专家根据监控系统留下的照片，将这条巨龙与已掌握的相关资料进行了仔细的比对，其分析结果表明，这个不速之客极有可能是一个月前曾劫掠过墨西哥西部克里玛博物馆（Colima）的同一条巨龙。另外，墨西哥考古博物馆馆长称，事发前，这条巨龙很有可能已在博物馆屋顶上潜伏窥测了很长时间。因为前一个星期二，保卫人员曾觉察到博物馆的室内温度奇怪地升高了很多。为了防止意外，他们当天便将这一现象向消防部门做了详细报告，但查无结果。劫难就在这稀里糊涂的状态之中发生了。据当时报纸的报道，墨西哥考古博物馆在此次事件中，至少损失了三分之一的哥伦布前珍贵金制馆藏文物。①

应该说，对上述离奇事件的真实与否，我们不需要继续深究其他细节，就能够做出一个符合当今科学认识水平的基本判断。其作者的独特叙述意图当然也绝对不是我们所要讨论的话题，我们唯一的关注点在于这则故事所表达出来的一个"神"字。故事的荒诞神秘显然是促使我们持续阅读到故事结尾的关键因素。因为它是在以一种异常诡异的叙事内容与品质，向我们传递着一个来自远古、至今仍诱惑力十足的魔怪传统文化。神话中的各类魔怪，包括奇异的西方恶龙，在当今不同的文化圈中，依然以各种形式持续显现着它们无穷的文化魅力。正如美国民俗学者布鲁范德（J. H. Brunvand）教授在论述当代民间传说

---

① 布兰皮德的书虽然以当代人研究成果结集的面目出现，但这本书不折不扣地传承了西方文化中有关"dragon"的古老看法。几乎在所有西方的古今民间传说中，"dragon"都被描画成对金银珠宝有着奇特嗜好的贪婪怪物。我们暂不理论书中讲述的这条巨龙是否当真掠走了墨西哥考古博物馆的众多金制文物，单凭故事讲述者对"dragon"这一特殊嗜好的认定，就足以将其作为西方"dragon"文化研究中的生动范例了。以上引述的故事源自该书第61—62页。

的意义时所说，那些离奇古怪而又时时被听者信以为真的所谓"都市传说"其实就是"当今高科技世界中传播着的民间新闻"。既然在人们高度崇尚科学世界观的今天，神鬼魔怪仍然保有其特殊的文化地位，《贝奥武甫》中的神奇故事及其所代表的悠久魔怪传统在盎格鲁-撒克逊人心目中的魅力就不难理解了。

根据第四版《美国传统大辞典》所提供的词源信息，英语中的"monster"（魔怪）当源自古拉丁语"monstrum"，后经由古法语于12世纪前后传入中古英语并沿用至今。在各类古英语文献中，我们没有发现这个词的任何使用记载。不过，拉丁语在中世纪英国的广泛应用至少在提醒着我们，"monstrum"这个词对盎格鲁-撒克逊文化圈不会陌生。它所指代的概念及其背后的古老文化，也一定对日耳曼原有的古魔怪传统产生过实实在在的影响。以《贝奥武甫》为例，由于这部作品中的魔怪形迹和英雄经历交织成了一个极其繁杂悲壮且又十分诡异神秘的故事体，时至今日，学者仍对其可能传达的信息实质争论不休。即使在一些乍看上去并不难辨析的基本特征上，也时常无法拿出令大家大致满意的意见。关于基督教文化如何影响了《贝奥武甫》的原本异教气质与风貌，我们将在后面的第五节中进行详细讨论。这部史诗与古老欧洲魔怪文化传统之间的关系，应当是正确理解这部史诗不可忽略的重要话题。

当然，对于那些倾向将《贝奥武甫》看作异教作品的学者来说，问题的解决并不十分困难，只要把格兰代尔从圣经的宗谱之中移向异教的魔怪故事传统，假以与《贝奥武甫》大约同期的其他魔怪故事手稿的佐证，立刻便有已找到了结论的感觉。对于这个问题，以下三部作品应当能够作为我们讨论的基础：首先是《魔怪志》(*Liber monstrorum*)，其次是《东方神奇录》(*Marvels of the East*)，再次是《亚历山大致亚里士多德书》(*Alexander's Letter to Aristotle*)。从内容上看，这三部作品都以神魔鬼怪为主题。而它们与《贝奥武甫》之间的紧密联系不仅为我们提供了确定《贝奥武甫》成诗年代的证据，也为我们解释其诗内涵提供了有意义的材料。由于这三部文献中的后两部曾与《贝奥武甫》同收于被称作 Cotton Vitellius A. xv 的手稿集中，历代学者对它们均表现出了突出的热情与兴趣。

将《东方神奇录》和《亚历山大致亚里士多德书》两部散文作品与《贝奥武甫》集于一书这个事实，早已使一些学者怀疑"Cotton Vitellius A. xv"原本就是一部有关魔怪传说的神奇专辑。加上这三部作品都是以古英语中的同一个方言写成，它们的联系就越发显得紧密了。由于这一著名手稿集的产生年代大致在公元10世纪至11世纪初，《贝奥武甫》与魔怪故事之间所显现出的紧密关系应当在这一百多年的时间段中已基本确立。当然，两者之间的这种关系在成书之前也应当处于长时间的酝酿过程之中。

《东方神奇录》是源自古拉丁语著作的有关东方神人异事的书信体作品。神奇的东方土地上的怪异见闻和传说，使来自西方的游历者惊诧不已，遂将一桩桩直接或间接经历过的奇特之事录于笔下，并转寄给自己的友人。书信中所记载的既有长着12英尺长腿、肤色黝黑、被称作"敌人"（hostess）的巨人，又有生性乖张、夜间双眼放光的恶龙。《亚历山大致亚里士多德书》也是一部同类书信体选集。亚历山大在给年已老迈的恩师亚里士多德的书信中，描述了他在远方征伐时的所见所闻，其中有很多与《东方神奇录》极其相似的故事情节。为此，学术界普遍认为两部书极有可能同出一源。我们倘若把这两部作品中描述过的怪异见闻与《贝奥武甫》刻画的凶残魔头格兰代尔、口吐烈焰的恶龙以及力大无比的英雄贝奥武甫放在一起观察，它们被集于一书的原因似乎是显而易见的。

《魔怪志》是一部约在公元8世纪成书的作品，和其他两部文献相比，这部作品与《贝奥武甫》之间的联系好像更为紧密。这部书可大致划为三个部分，分别叙述了巨人、妖魔以及巨龙。这样的情节编排当然会使我们联想到《贝奥武甫》的相似结构。曾有学者认为，《魔怪志》的作者一定熟悉《贝奥武甫》这部作品，至少亲耳聆听过云游诗人对贝奥武甫事迹的吟诵。因此，他在自己的作品中有意无意地流露出一些仿效的痕迹。这种推测当然不是完全的主观臆断。我们只需要把两部作品稍加比对，就会很自然地得出几乎相同的结论，二者之间的相似之处的确比比皆是。如果《贝奥武甫》真的成书于公元

11世纪，这部史诗的作者熟悉相关魔怪传说当然是不言而喻的事实。即使把史诗成书的年代向前推上三四个世纪，我们也几乎可以断定，《贝奥武甫》同样接受了这一魔怪故事传统的显著影响。因为在《魔怪志》一书问世之前，这些魔怪故事应该早已广泛地口耳相传了。

据中世纪学者西赛姆（Kenneth Sisam）推断，《魔怪志》应当产生于公元8世纪和9世纪初之间，是一部以《东方神奇录》为蓝本的仿效作品。然而，西赛姆未能以足够的材料充分证实《东方神奇录》面世在先，《魔怪志》居后，也当然无力驳倒其他学者与其全然相反的论点。不过，西赛姆的判断显然是值得重视的，因为他至少提醒我们注意一个重要的事实，即盎格鲁-撒克逊英国在公元6世纪至8世纪之间与其他古日耳曼部族有着频繁的交往。在彼此间的商贸往来之中，盎格鲁-撒克逊人应该对其他日耳曼部族的魔怪故事传统有着详尽的了解。我们如果对这一情况持肯定的态度，《魔怪志》的问世年代必然是件重要的事情。因为它告诉我们，在盎格鲁-撒克逊人完成了向后来英格兰的大迁移之后，赫伊拉克的事迹才逐渐传入英伦诸岛。当然，这一切都应该发生在克努特王获取王位、开始统治英国之前。

《贝奥武甫》曾受过古日耳曼民族魔怪故事传统的巨大影响这一论点并非为所有学者所认同。戈德史密斯（Margaret Goldsmith）曾经指出，《贝奥武甫》是一部基督教劝喻之作，本质上与世俗魔怪传说无关。她立论的根据之一是，史诗中的魔怪与《东方神奇录》及《魔怪志》等作品相比，其间并无多少相似之处。然而，我们在阅读《贝奥武甫》之时，戈德史密斯的立场始终让我们感到有些迷惑。格兰代尔分明是一个古日耳曼魔怪式的角色。我们看到：

从他那诡异的双目中
冒出火焰般的邪恶光芒。

（90—91）

他那令人难忘的狰狞面目与《东方神奇录》及《魔怪志》中对恶魔的描述

极为相似,在某些章节中几乎相同。然而,戈德史密斯却忽略了这一点,因为她对格兰代尔魔怪般的外表另有解释。不过,就整体而言,她的细心解释往往有些牵强,致使学术界不时对她的观点提出挑战。比如,有学者曾指出,《贝奥武甫》第170行中所用的"dracan fellum"二词并非如戈德史密斯所说是指格兰代尔所戴的手套,而是与龙爪相似的鳞光闪烁的魔怪利爪。《贝奥武甫》中的格兰代尔远比戈德史密斯承认的更为凶暴可怕,也更接近《魔怪志》等书所描述的阴狠恐怖的恶魔形象。

我们若把格兰代尔与其他魔怪形象的相似归因于它们都出自古日耳曼世界的口头民间故事传统,似乎顺理成章。但是,赫伊拉克的存在使我们对这一解释的认同大打折扣。这位耶阿特人是个实实在在的历史人物。加门斯威(G. N. Garmonsway)在讨论赫伊拉克的家族谱系时曾经说过,《魔怪志》应当是提及这位历史人物的著作中第二古老的作品。公元6世纪,先于《魔怪志》作者的格雷戈里(Gregory of Tours)著有《法兰克人史》(*History of Franks*)。他在这部著作中曾将赫伊拉克的拉丁名字列为丹麦王。根据怀特洛克的推断,《贝奥武甫》中的赫伊拉克即为此公,因为这两部书中的赫伊拉克都曾数次征伐莱茵河谷以及高卢地区。历史资料也证明,此公应是耶阿特人的君主,像史诗中所说,死于征伐弗里斯兰人的战场之上(118—119;190—191)。学术界普遍认为格雷戈里治学虽很严谨,但将赫伊拉克说成是丹麦王很有可能是个不经心的谬误。这些史学中的细节当然有商榷的余地,但正如怀特洛克所说,《贝奥武甫》的作者一定熟悉格雷戈里的《法兰克人史》。比德就曾将此作列入参考书目。甚至戈德史密斯也承认,公元8世纪的盎格鲁-撒克逊人即便不知道《贝奥武甫》这部史诗的存在,也一定熟悉赫伊拉克其人。由此推论,《贝奥武甫》必定出现在《魔怪志》之后,否则,《魔怪志》理应将"巨人"贝奥武甫也一并收入其中了。

著名古英语学者雷恩(C. L. Wrenn)也曾对《魔怪志》与《贝奥武甫》的关系做过一系列论述。他指出,与其他提到过赫伊拉克的古手稿相比,《魔怪志》与《贝奥武甫》在拼写这位耶阿特王的名字时显得极其相似。这种以赫伊拉克为依据来判断《贝奥武甫》的成诗年代，乃至将这部史诗的年代推到较早时期的倾向，无疑已为众多学者所接受。比如，尽管奥格尔维（J. D. A. Ogilvy）认为格雷戈里的《法兰克人史》中记载的赫伊拉克卒年过早（公元521年），对判断《贝奥武甫》的年代没有多大帮助。但他明确地指出，公元9世纪之后，由于耶阿特部族的灭绝，再也没有任何日耳曼传说提到过赫伊拉克其人及其子民。这一史实显然有利于将史诗的年代向前推移。如此推论，倘若《贝奥武甫》是克努特王朝时期的作品，赫伊拉克的名字就不可能出现在手稿之中。

另外一个令人迷惑不解的细节也应该值得引起我们的足够重视，即贝奥武甫这个人物并没有在任何其他古手稿中出现过。这一事实或可向我们提示，《贝奥武甫》的情节应是史实与杜撰故事的灵巧结合。奥格尔维曾表达过这样的观点。他说，《魔怪志》等著作提及耶阿特王赫伊拉克这件事，应与其他诸如斯堪的纳维亚王名录及古英语《威德西斯》（Widsith）等古籍提到丹麦王赫罗斯迦（Hrothgar）及赫罗斯武甫（Hrothulf）具有同样性质。这两件事都说明，古籍作者在写作期间，对某些历史中确实存在的著名人物有忽略的可能。当然，正如琼斯（Gwyn Jones）等批评家所说，贝奥武甫其人的生平事迹也许是演唱故事的诗人因情节需要而特殊设计的。但奥格尔维认为，事实上，贝奥武甫这个人物的来历并非如此简单。他指出，史诗中有关这位超凡英雄的故事，与日耳曼传统中其他一些故事所描述的人物相比，有引人注目的相似之处。古斯堪的纳维亚传说中号称熊子的比亚罗基（Heathobardic Bjarki）就是一例。至少贝奥武甫和比亚罗基应当同出于一个超凡英雄的民间传说，怀特洛克对此也表达过大致相同的看法。据她所言，《贝奥武甫》中对赫伊拉克等人物的描述都不应该是诗人的杜撰。众多事实证明，这部史诗是深深植根于盎格鲁-撒克逊乃至日耳曼历史文化传统之中的作品。

《贝奥武甫》与历史及文化传统有着千丝万缕的联系，而这种联系大大削弱了认为它是一部基督教劝喻作品的可能性。事实上，历代都有学者企图以史诗文本中的例子来强化《贝奥武甫》批评中的非基督教立场。例如，托尔金

（J. R. R. Tolkien）就一直坚持，史诗中的格兰代尔并无丝毫基督教意义上的魔鬼性质，他对人类并无欺骗也无毁灭之举。费里德曼（Friedman）也曾提醒批评界，诗人对格兰代尔生活环境的创造显然是为了迎合中世纪盎格鲁-撒克逊人的欣赏口味，而与宗教感情并无多少关联。威廉姆斯（David Williams）把这一观点更向前推进了一步。他发现，《贝奥武甫》将格兰代尔之类描述为魔鬼、恶精灵、巨人以及水龙（112—13；1426），这与《魔怪志》中的一节描写几乎完全一样。若把这些显然来自非基督教传统的描写加上基督教色彩，的确有些牵强。

如前所述，戈德史密斯在她的研究中，着重提示了在《东方传奇录》及《魔怪志》中的怪物都具有外形奇异的特征，如集市上的双头牛犊等。然而，戈德史密斯却忽视了一个本不该忽视的事实，这些细节恰恰反映了一种原始的思想情绪——怪异的物象虽足以使人毛骨悚然，却同时又具备一种不可抵御的诱人魅力。再者，这些作品对魔怪吃人习性的刻画表明，古日耳曼人对魔怪的特殊感觉已远远超出对它们本身的恐惧与迷恋，而让我们感受到一种异教世界对变化无常的恶劣生存环境的惧怕。对这种非基督教的特殊感受，欧文（Edward Irving）也从不同角度做过详尽的阐述。欧文虽然在格兰代尔的行为中洞察到一种近似基督教劝喻精神的伦理教化意义，但他坚持，格兰代尔对他所侵扰的异教英雄部族社会具有与传统基督教信仰截然不同的特殊意义。如此说来，倘若《贝奥武甫》出自公元7世纪诗人之手，它在本质上几乎不可能是一部基督教劝喻作品。正像后世学者以基督教观点解释古希腊神话一样，《贝奥武甫》这一典型的日耳曼英雄史诗中的基督教色彩及解释，看似是后人因当时的需要而强加进去的。

奥格尔维的观点或许值得注意。用他的话说，迄今为止，我们尚未发现多少有力的依据证实《贝奥武甫》本来就是一部具有浓厚基督教劝喻色彩的作品。当然，今天的读者大可见仁见智，各自从这部史诗中领略自己的感受，这原本就是一部伟大作品应有的审美功能。然而，在《贝奥武甫》最初面世的时代，它只能是一部非基督教的世俗英雄史诗。虽然以描述魔怪为主的日耳曼传统古籍没有为我们提供支持这一观点的完全可靠的材料，但是，上述考察使我们倾向于做出似乎是唯一符合逻辑的判断，即《贝奥武甫》是形成于公元七八世纪古日耳曼魔怪故事语境中的盎格鲁-撒克逊史诗，原本是充满古日耳曼文化风采的世俗巨作。

如果以当今读者的眼光来品味《贝奥武甫》，这部带有厚重古日耳曼虚幻色彩的英雄史诗的确有其独特的文化魅力，即便是格兰代尔及其母亲这两个魔怪形象，也以其诱人思考的诡异与邪恶，显现出文本的精致之美。

贝奥武甫与格兰代尔的相逢与打斗，是史诗前半部最具戏剧性、最引人入胜的场景。青年勇士满怀豪情，跋山涉水来到丹麦。为了帮助饱受蹂躏的丹麦老王驱除妖孽，使丹麦恢复安宁，贝奥武甫决定以一己之力，徒手挑战格兰代尔。午夜时分，格兰代尔的首次亮相便让我们体会到了无法压抑的惊悸。诗人向我们描述道，格兰代尔首次现形就诛杀了三十个武士，自黑暗笼罩下的荒野缓步靠近鹿厅。他猛然撞开沉重的大门，顺手抓起一名业已坠入梦乡的武士，瞬间吸干了他身体中的每一滴鲜血，而后张开血盆大口将其吞入腹内。接着，格兰代尔冲向贝奥武甫，与其展开了殊死搏斗。英雄与恶魔在黑暗中扭作一团，然而，陪同贝奥武甫留在鹿厅的扈从们无法看清打斗情形，只能听到格斗中不时发出的愤懑怒号与痛苦呻吟。贝奥武甫试图用武器击打格兰代尔，无奈他刀枪不入，英雄只得徒手扭住恶魔的一只臂膀，奋力将其制服。最终恶魔不敌英雄的超人气力，一只臂膀被他活生生地撕扯下来，于是，格兰代尔带着致命伤，夺路逃出鹿厅，迅速消失在夜色之中。

这场殊死搏斗以英雄的胜利而告结束。但好景不长，不日，承受着丧子之痛的妖母带着冲天怒气，从刺骨的恶水之滨猛然现身，冲向鹿厅，为其死去的儿子复仇。她撞开鹿厅的巨门，用巨爪抓起一名丹麦武士，没顾得上取回格兰代尔的臂膀，便匆匆逃离了鹿厅，向其栖身之所狂奔而去。丹麦老王赫罗斯迦很快听说了事情的原委，得知受害者是其爱臣艾舍勒，顿觉苦痛万分。老王请出青年英雄贝奥武甫，再度请求英雄协助他铲除妖孽。贝奥武甫接受了请求，旋即率众奔向妖母的栖身之地。在恐怖的恶水之滨，除了被掠杀的艾舍勒的头颅之外，便是翻腾不已的血红色恶浪、遨游在污浊深潭中的大小毒虫以及蜷伏盘踞在潭边的各类水怪。英雄说出一番豪言壮语之后，纵身跃入深潭，许久方到潭底，格兰代尔之母就在其中。此时的妖母狰狞地面对英雄的造访。她伸出利爪一把抓紧眼前的不速之客，将其拖入潭底沙丘之上。这是一个阴森可怕的洞穴，妖母在迷离的火光之中显得格外狰狞可怕。但是，贝奥武甫对此毫无惧色，他紧握翁弗斯（Unferth）赠送给他的宝剑，向妖母的头部猛劈下去，不料宝剑伤害不得妖母。于是，他再次使出全身力气，与妖母进行徒手格斗。他抓紧妖母的肩部，将其拖倒在地，但妖母也同样体力过人，反将贝奥武甫扳倒，用其利爪中的匕首刺向英雄。就在这千钧一发之际，贝奥武甫看到了悬挂在洞穴墙壁之上的一柄出自巨人之手的长剑，他立刻将其摘下，并挥起宝剑径直劈向妖母。这致命一击正中妖母的脊椎要害。滚烫的鲜血从垂死的妖母体内流出，宝剑被其热血溶化为铁水，唯有剑柄留在了贝奥武甫的手中。至此，妖母死亡，英雄贝奥武甫终于获得圆满的成功。

就贝奥武甫与格兰代尔以及妖母两次打斗过程而言，我们虽然看到了一些细节上的调整。但是，如此相似的两次打斗场景罗列堆放在一起，读起来难免有些重复拖拉的感觉。凶恶的格兰代尔与其阴狠的妖母相继登场，究竟是传统魔怪故事并不精致的习惯布局，还是诗人在这貌似单一的叙述过程中刻意强调着什么？在反复展示这一魔怪家族神秘、阴险、凶狠的背后，是否蕴含着某种故事的内在逻辑？对文本背后奥秘的挖掘，在文学作品的阅读过程中是司空见惯之事。问题在于，《贝奥武甫》这部弥漫着古老日耳曼怪异且虚幻气氛的中世纪叙事长诗，其中是否当真隐匿着值得读者深入挖掘的神秘细节？其实，从近现代西方魔怪故事的研究文献中，我们不难找到探讨魔怪内涵的理论依据。比如，1996 年，文化学者科恩（Jeffrey Jerome Cohen）在他编纂的一部论文专集中，发表了一篇题为《魔怪文化》的专题论文，这篇论文就集中论述了近当代欧美魔怪研究的走向与方法。他在这篇自称为"魔怪研究工具箱"的文章中提醒我们，拉丁字"monstrum"（魔怪）的原本词义是"that which reveals"（展现功能）和"that which warns"（警示功能）。根据他的说法，作为纯粹文化现象的"魔怪",长期存在于创造它的动荡年代与接受它并使其再生的年代之间,在这一特殊的时间空隙之中,"魔怪"不断地创造、体现、表达、预示着自身之外的某种存在与感觉。据此推论,《贝奥武甫》中的格兰代尔及其妖母虽身处西北欧中世纪文化语境之中,他们应当同样具备神秘的指代与预示功能,这一判断应该大致正确。

科恩的分析给我们提供的帮助其实远不只这些,他所揭示的现代人对魔怪既厌恶又对其逍遥自在的生存状态多少有些嫉妒的复杂感受,[①] 同样也对我们领悟《贝奥武甫》中魔怪角色的本质有着重要的启示作用。我们在阅读这部史诗前半部的时候,格兰代尔和那个妖母留给我们的印象,的确像科恩所指出的那样。他们所表现出来的不仅仅是凶残与邪恶,读者内心被烦扰,被震撼,其缘由或许并不那么单纯。格兰代尔和妖母带给丹麦人的血腥与惊恐固然令人痛恨,但是,他们对丹麦人长达十二年之久的肆无忌惮的挑战,同时也使读者隐约感受到了赫罗斯迦王朝自上而下几乎无能力抵御的强大的外界力量。恶魔的淫威使丹麦老王及其满朝文武无比惊恐,即便得到了英雄贝奥武甫的满口承诺,赫罗斯迦王还是在客人踏入丹麦国的第一天,便将鹿厅匆匆交出,自己找了个不很体面的借口偕王后躲避了起来。以科恩的逻辑来回味《贝奥武甫》中的格兰代尔及其妖母在整个故事中所展示的魔怪气势,除其凶悍阴毒的表面作为之外,或许还隐匿着诗人不想直截了当地展示给读者的、与前者相比更为重要的内容。

仔细想来,在格兰代尔和他的妖母与丹麦人发生冲突的过程中,诗人呈现给读者的,的确不完全是躯体硕大、相貌狰狞、举止凶狠,又毫无脑力的两个彻头彻尾的非人怪物。格兰代尔在鹿厅的首度现身,正值赫罗斯迦王刚刚以美酒佳肴盛情款待过众武士,鹿厅内的丹麦人酒足饭饱并已酣然入睡。关于随后发生的事,诗人正面解释道:当天晚上,丹麦国上上下下与老王同欢,共庆鹿

---

① Jeffrey Jerome Cohen, "Monster Culture (Seven Theses)" in *Monster Theory: Reading Culture* (Minneapolis: University of Minnesota Press, 1996), p. 17.

厅的落成，他们推杯换盏，个个开怀痛饮，鼓噪声惹恼了蜷伏于荒野沼泽之中的恶魔格兰代尔。他等到鹿厅中的武士们个个酩酊大醉、进入了梦乡之后，猛然从黑暗中闯入那个代表丹麦人奢华与骄傲的厅堂，一口气扼死了正在酣睡着的整整三十名精壮武士，随后满怀欣喜地携带着三十具鲜血淋淋的尸体返回了他的栖身之地。诗人的细致描述传递给我们的是一场充满理性的杀戮。我们从中看到，格兰代尔对鹿厅的第一次袭扰，既有动机又有诱因，既充满冲动又体现了周密的安排，可谓"有理、有利、有节"，是一次符合世俗常理的单向暴力行为。

妖母与鹿厅的碰撞则更加显示出了"冲突"的味道。首先，妖母经历了其子被诛杀的刻骨之痛，遵循日耳曼英雄时代的一贯传统站出来为子复仇。妖母对事态的反应是古日耳曼世界可以理解并完全能够接受的分内之举。在这段故事中，诗人对细节的关注同样引人入胜。与凶悍的格兰代尔相比，妖母的体魄与霸气显然受到了年龄的限制。尽管如此，她也没有龟缩起来，自行吞下失子之痛；相反，她选择了直接面对劲敌的挑战。值得注意的是，妖母趁贝奥武甫不在鹿厅时，突然冲向留在大厅里的丹麦人，抓起赫罗斯迦王的一名心爱扈从，便带着战利品迅速逃离了现场。这一系列敏捷的动作不能不说是妖母细心思考后做出的安排。在她只身闯入鹿厅之时，妖母自然明白格兰代尔的一只臂膀仍弃留在大厅之中，但是，为了避免过多打斗，她毅然放弃了找回其子臂膀的或许是唯一的机会，顺手抓起一名替罪者，便逃离了现场。妖母的决断虽未摆脱贝奥武甫的致命追杀，但她在她与鹿厅的首次交锋中的确得到了暂时的收获。妖母此时所表现出来的心力，与格兰代尔初次闯入鹿厅时的表现一样，无疑为他们邪恶的魔怪外形添加上了一抹理性的光彩。奥尔森（Robert Olsen）等在描绘传说中的自然界怪兽时曾经说过，这些怪兽"拥有不同的理性水平，体现着形式多样的道德与社会行为能力"。[1] 如果以这一立场来观察《贝奥武

---

[1] *Monsters and the Monstrous in Medieval Northwest Europe*, ed. by K.E. Olsen and L. A. J. R. Houwen (Leuven-Paris: Peeters Publishers, 2002), p. 10.

甫》中的魔怪,特别是格兰代尔及其妖母,我们当有理由相信,他们均被诗人赋予了人类才有的理性和社会行为能力。这种特殊表现,或许是诗人刻意警示我们不可忘记的重要一点,以便我们从更贴切的角度来理解格兰代尔和他的妖母在这部中世纪史诗中的特殊地位。

以格兰代尔及其妖母为切入点来品味《贝奥武甫》,对细心的读者来说或许是个不错的选择。支持这一立场的依据其实也不难提供:对这部叙事作品繁杂情节的任何一次认真梳理,都会使我们觉察到诗中依然存在着一些难以立刻解释清楚的字句。而那些读起来艰涩却又意指十分肯定的文字细节,或许正是诗人预留给我们的开启通向史诗深处之门的一把把神秘的钥匙。斯坦利(E. G. Stanley)2010 年题为《两栖无语的怪物:谈古英语文学中的格兰代尔等》的专题论文,正是讨论这类开门钥匙的精细之作。在这篇论文中,作者从《贝奥武甫》人物的名称入手,试图驱散格兰代尔及其妖母头顶的层层雾障,以便破解有关其家族身世的谜团。根据斯坦利的判断,《贝奥武甫》虽然以三切法结构方式将格兰代尔、妖母以及在史诗后半部登场的恶龙,大致定性为英雄贝奥武甫的三个不共戴天的敌手。诗人也确实在描述格兰代尔及其妖母的时候,使用了很多意指其魔怪特质的字眼,但是,简单判断的背后始终会存在意想不到的问题。比如,种种迹象让我们无法对一个显著的事实视而不见。确切地说,诗人并没有在自然属性上将前两个角色简单地与恶龙划归为一类。他指出,妖母只身夜闯鹿厅来报血仇,掠走了赫罗斯迦最宠信的武士,又一次恐慌来临之际,诗人借助不知所措的丹麦老王赫罗斯迦之口,向其或可依赖的贝奥武甫,同时也向读者,就鹿厅与魔怪冲突这件事的原委合盘交了底:格兰代尔和妖母很有可能就是长期隐藏于沼泽地带的两个被放逐者(1352b)。值得注意的是,丹麦老王或许出于维护颜面的考虑,在这一尴尬场合,用极其含混的语言提供给贝奥武甫一则非常重要的信息。他告诉青年英雄,据目击者称,这两个怪物的与众不同在于他们的身体都异常健硕(1348a),尤其是那个被当地人称作格兰代尔的,其身体比任何男人都高大许多(1353)。据此,斯坦利得出结论:这两个魔怪除了身材出奇高大和不以语言与外界交流之外,表面看上去与常人并没有什么实质差别①。

　　为了支持这一判断，斯坦利向我们展示了另外一个同样隐匿于字里行间的、更容易被忽略的细节，即诗人对格兰代尔及其妖母名字的特殊文本处理。斯坦利对《贝奥武甫》中角色名字及其故事性意指的敏感，源自这部中世纪史诗的批评传统。因此，在重提这个话题之时，他十分清楚，《贝奥武甫》研究很难完全绕开对其中人物名字的解读，当然，他也明白其解读过程的艰难与复杂。斯坦利在这里引用了鲁滨逊（Fred C. Robinson）的一段评论，他说：

　　　　长久以来，学者都感觉，诸如格兰代尔（Grendel）、薇赫塞欧（Wealhtheow）、赫勒贝德（Herebeald），甚至贝奥武甫（Beowulf）等名字，可能有与其词源相关的意思，这些名字的意思又与使用该名字的人物有关联。不过，学者在研究《贝奥武甫》诗中的名字是否真有其臆想的意义之时，这些积累起来的猜测并没有给他们以任何信心或相互一致的见解。②

　　由此可见，对《贝奥武甫》中人名的研究过程，并非像历史上诸多语文学者最初想象的那么容易，那么顺理成章。但是，斯坦利在解读《贝奥武甫》中人名的使用与诗歌主题之间的关系时，特别是他在解释史诗上半部对两个魔怪名字的特殊处理之时，其观察角度对我们理解这部作品无疑起到了有趣的点化作用。

　　很多著名学者都在《贝奥武甫》的批评历程中留下了他们各自的词源考证印记，尤其是长于传递历史文化信息的古日耳曼社会的传统人名，更得到了不同时期研究者的特别关注。大量文献表明，尽管学界对诸如贝奥武甫、格兰代尔这样的重要名字所涵盖的语义存有不少争议，但是研究者的探究热情却没有

---

① E. G. Stanley, "'A Very Land-fish, Languagelesse, a Monster': Grendel and the Like in Old English" in *Monsters and the Mostrous in Medieval Northwest Europe*, ed. by K.E. Olsen and L. A. J. R. Houwen (Leuven-Paris: Peeters Publishers, 2002), p. 86.

② Ibid, p. 87.

因此而降低。就拿格兰代尔这个名字来说，一般认为，在古英语中，甚至在由古日耳曼语（Proto-Germanic）衍生出来的古英语的其他姊妹语言（languages）或方言（dialects）中，均没有相应的同源词（cognates）提供与这个名字有关的充分的词源线索，以帮助我们准确地读出"Grendel"所传递的大致意思。斯坦利在他的讨论中，虽未彻底排除解析其词源的可能，他所做的工作所预示的研究前景，与其他学者相比，其实也并不乐观。斯坦利的讨论主要基于他的三个基本判断：其一，"Grendel"这个名字源于一个单一的词汇词（lexical word），与由两个词汇词组成的名字如"Beowulf"（beo + wulf）情况不同；其二，《贝奥武甫》成书年代接近中古英语（Middle English）时期，其誊写者和阅读者已开始使用部分中古英语词汇，且对维京时代（Viking Age）及其语言文化并不陌生；其三，《贝奥武甫》的誊写者及其阅读者均为有读写能力的僧侣、修士或某些有教养的世俗贵族。第一种情况我们在后面会详细讨论，后两种情况则使斯坦利引申出如下可能：首先，由于《贝奥武甫》以书写形式广泛流传于古英语（Old English）时期与中古英语时期相交的年代，中古英语时期广泛使用的部分词汇在古英语口语中间或已出现，此类词汇虽尚未被古英语书写者频繁采用，但这并不排除它们已在一定程度上存在于主流语言的可能。其次，随着维京人的袭扰，北欧文化再一次进入盎格鲁-撒克逊社会，他们所使用的部分古北欧语词汇也随着文化的侵蚀逐步进入盎格鲁-撒克逊人使用的古英语。再次，流行于中世纪的拉丁语在这个时期仍于欧洲文化生活中发挥着不可替代的作用，并对盎格鲁-撒克逊人使用的古英语继续产生着显著的影响。而盎格鲁-撒克逊社会最有知识的莫过于僧侣阶层，他们在撰写或誊写书目时频繁使用拉丁词汇或源自拉丁语的相关古英语词汇是再正常不过的事。斯坦利就是根据他的这些判断，以及"Grendel"前后两个辅音组合，即"gr-"和"-nd"，为这个名字的词义罗列出两组据说有可能提供某种词源帮助的、同时又符合格兰代尔习性与栖息地环境的词汇，第一组是与第二种情形有关的中古英语和古北欧语词汇，如中古英语形容词"gryndel"（凶猛的）、古北欧语名词"grand"（邪恶）、"grindill"（风暴）、"grenja"（咆哮）、"grandi"（沙洲）。

第二组则集中在相关拉丁词汇及古英语词汇，如拉丁语形容词"grandis"（巨大的）、古英语动词"grindan"（碾压，摧毁）、"grennian"（咬牙切齿）等。当然，斯坦利对这些词与"Grendel"是不是同源词这一问题，基本上持否定态度。用他的话说，格兰代尔这个词源不详、意义模糊的名字，与这个特殊角色向来不用语言交流的情形一样，也没有什么"交流"（uncommunicative）功能①，这个无解的名字与无名妖母在整体叙事上很像是一个刻意安排的逻辑呼应。

当然，在名字拥有重要功能的盎格鲁-撒克逊史诗的特殊语境里，如果格兰代尔的名字并无其语境赋予它的典型信息传递功能，斯坦利随后对《贝奥武甫》魔怪情节的分析从整体上看应当更合乎逻辑。不过，与此相关的事实或许不像斯坦利关于格兰代尔其名的分析所标示的那么简单。

破解格兰代尔名字之谜，是较准确地把握全诗脉络的关键所在，对完整解读《贝奥武甫》具有重要意义。我们面对这个问题时备选的解决途径几乎是零。唯一可行之路或许是依据历史材料，重新勘定"Grendel"的内在词界，将其理解为由两个在古英语时期即已存在的语汇词（lexical words）融合而成的一个复合词（compound word）。直观上，这两个词当是"gren"和"del"，其词形接近现代英语的"green"和"dale"二字，黏合后的复合词意即"绿潭"。我们或可暂时不去顾及这一特殊组合所表达的意思，单从技术层面看，这种组合形式也完全符合古英语诗歌的修辞规范。两个独立词干合二为一，以其二者合并而形成的隐喻来描述某物或者某人，比如，"goldwine"（"金友"，1171）意即"国王"，"banhus"（"骨屋"，2508）意即"躯体"，"hronrade"（"鲸道"，10）意即"海洋"等，在古英语诗歌中这种笔法被称作"套喻"（kenning），是古日耳曼诗歌中常用的传统修辞手段。

要理清"gren-"和"-del"有无可能是组成"Grendel"的两个独立词干，或者说"Grendel"在词汇形态上是不是一个"复合词"，首先必须考虑清楚

---

① E. G. Stanley, "'A Very Land-fish, Languagelesse, a Monster': Grendel and the Like in Old English" in *Monsters and the Mostrous in Medieval Northwest Europe*, ed. by K.E. Olsen and L. A. J. R. Houwen (Leuven-Paris: Peeters Publishers, 2002), p. 92.

的是：在这部史诗经口耳相传而逐渐成形的年代，或在修士们将其反复整理、誊写成书的过程中，这两个单词是否存在，更确切地说，它们是否早已存在于古英语常用语汇之中。两个必须考察的词素相互比较，后者的来龙去脉更容易梳理。公元 9 世纪末，西萨克斯王阿尔弗雷德（Alfred）亲手用古英语编译了 5 世纪初叶的神学家奥罗西乌斯（Orosius）受圣奥古斯丁（St. Augustine de Nippo）之托而撰写的《世界史》(*Historiarum adversus paganos libri VII*)。在译文中的第一章，出现了这样一个古英语短语："in deop dalu"（坠入深潭），其中的"dalu"即古英语中性名词"dæl"的复数形式，意思是"溪谷"、"水潭"或"深渊"。而"-del"应当是与前一词干合用时因不是重读音节而被弱化后"dæl"的变体。另外，古冰岛语（Old Norse）和古弗里斯兰语（Old Frisian）均有同源词"dalr"和"del"，词义为"低地"、"水潭"等，两者可分别作为"del"存在于古英语中的有力佐证。英语演变的历史告诉我们，"dæl"在古英语中的发音为 [dæl]，但在北方方言中，由于受古北欧语的影响，"dæl"多仿照古北欧语同源词阳性名词"dalr"读为 [dɑːl]，即将原来的 [æ]，依照古英语阳性名词的发音方法读为长元音，该词也随着发音的变化经常拼写为"dal"。后经过公元 14、15 世纪的英语长元音大音变（Great Vowel Shift），[ɑː] 变为 [eː]，此长元音在英国中部方言中又经历了双元音化，变为 [ei]。由于近代英语单词拼写规则的类推（analogy），又在原来的词上缀以不发音的词尾 [e]，这样，古英语"dæl"便演变成了今天的"dale"。以上细节大致可以帮助我们认定"Grendel"后面的三个字母是有可能作为独立词干与其他词素搭配组成复合词的。

至此，我们的难题集中在了"Grendel"前面的四个字母之上，即"gren-"。由于古英语早期文献中没有留下这四个字母作为一个独立词而被使用的痕迹，我们首先要搞清楚，这四个字母所指向的"grene"是否于公元 9 世纪前后就已经从北欧其他古日耳曼衍生语言中借入古英语、并已成为该语言的常用词汇。关于这一点，研究者似乎从来没有基于现有文献的十足把握，这或许是多数研究者在讨论这一话题时态度总是趋于保守的重要原因。笔者认为，根据现有资料,尽管我们一时无法彻底摆脱《贝奥武甫》研究中的这一不大不小的疑念,但从另外一个角度看,摆放在我们面前的也远不是一片彻底的空白。有关"grene"在古英语中的应用,虽然我们目前没有类似日本学者曾经做过的那种详尽可靠的统计数据,但也能够基本断定,这个词在公元9世纪甚至更早一些,已在古英语中,至少是在其书面语中得到了应用。我们可以举出三个例子作为证据来支持这一判断。首先,在古北欧语及古弗里斯兰语的历史文献中,我们可以找到很有可能与"gren-"有词源关联的同源词,它们分别是"grænn"和"grene",其意思也都与绿色相关。我们虽然不能完全确定英语中的相关词是后来从古北欧的语言中借入的外来词(loan word),但它在此前即已存在于同样是衍生于古日耳曼语的古英语之中至少是个可能。另外一个例子来自阿尔弗雷德在公元7世纪末的《林底斯方福音书》(*Lindisfarne Gospels*)的行距间所做的一则古英语释译文字。《路加福音》有这样一段描述:耶稣在众人的簇拥下走向其受难之地,当听到尾随其后的女人们在不断哀号之时,他回头劝诫她们道:

> 耶路撒冷的女子,不要为我哭,当为自己和自己的儿女哭。因为日子要到,人必说:"不生育的和未曾怀胎的,未曾乳养婴孩的,有福了!"
> 那时,人要向大山说:"倒在我们身上!"
> 向小山说:"遮盖我们!"
> 这些事既行在有汁水的树上,那枯干的树将来怎么样呢?
>
> (《路加福音》23:27—31)

这段话语中的"有汁水的树"经过阿尔弗雷德自拉丁语的释译,变成了古英语"græne tree",其中的"græne"显然取了"葱绿"、"鲜活"之意,因此,它当与"Grendel"中前半部分的四个字母同属一词。由于阿尔弗雷德大王过世于公元899年,他释译《林底斯方福音书》的时间应该在公元9世纪其生命的最后几年。如果以上证据因取自古英语后期而支持力度尚不够充足,我们还可以将"grene"的可查使用时间再往前推上若干年。英国最具权威的《牛津英语大辞典》(Oxford English Dictionary)素以记录英语词语使用历史的精准而著称，公元847年是这部词典中有关古英语"grene"的最早使用记录。根据词典提供的信息，这个词在用古英语撰写的一份契约（OE Texts 434）中曾经出现过，相关短语是"on grenan pytt"。根据词尾我们可以认定，"grenan"在这个短语中是"grene"的弱形容词形式，它所修饰的名词"pytt"大意是"深洞"或"深井"，修饰"洞"和"井"的形容词有可能用来描述其幽暗的"壁"或者其中的"水"，无论是哪一种，最可能与其相联的颜色应当是"绿"色，因此，这个短语也应该是"grene"日常应用的一个很好的例子。

通过以上对格兰代尔名字的分析我们大致可以感觉到，斯坦利在缺乏充足文献支持的情况下放弃将"Grendel"视为两个独立词干来判断其可能存在的含义，其做法多少有些武断。种种即使不够充分的迹象似乎足以暗示我们，格兰代尔这个名字正像《贝奥武甫》中很多其他人名一样，不仅传递了"绿潭"（green dale）这个具备确切指向的隐喻意象，同时也以其"套喻"形式体现了这部古英语史诗与古日耳曼诗歌传统之间在修辞风格上的精致契合。应该说，我们做出的推测符合《贝奥武甫》通篇结构的内在逻辑，或许也是解读格兰代尔及其妖母在故事发展过程中所扮角色的更为可靠的依据。当然，"绿潭"留给我们的印象和诗人对格兰代尔及其妖母的细节描述之间的确存在着相当大的差别。不过，基于我们对《贝奥武甫》深植于古日耳曼神话传统的认识，如果将"绿色"和"深潭"与古北欧神话中支撑宇宙三界的那棵永世长青、无生无死的世界之树伊格德拉西尔（Yggdrasill）及其三枝巨大树根旁的三眼深泉联系在一起，其中的奥秘也就显得不那么深不可测了。在古北欧神话所展现的众多生动画面中，伊格德拉西尔那枝最长的树根与我们眼下谈论的话题最为贴近。这枝树根绕过上面的两层世界，径直插入冥界（Nastrond）阴森幽暗的土地深处。树根近旁有一眼恶泉，人称赫维尔盖尔米尔（Hvergelmir），从中涌出来的污水形成一片宽阔浑浊的水面。这水中蜷伏着一条长着翅膀的黑色巨龙，即闻名遐迩的尼德霍格（Nidhogg），在它的周围还盘踞着无数条蟒蛇，它们一刻不停地啃咬咀嚼着伊格德拉西尔的树根，以使它最终枯萎至死。这是一幅可怕的画面，其邪恶色彩不由使我们联想起格兰代尔及其妖母的栖息之所。

《贝奥武甫》中有两段集中描写格兰代尔及其妖母栖息之所的文字，其一是妖母夜闯鹿厅，掠走赫罗斯迦的爱将之后，老王对贝奥武甫的亲口描述。另一段则是贝奥武甫由老王亲自指引，在寻找妖母欲报血仇的路上亲眼所见的情形。赫罗斯迦王在贝奥武甫与妖母最后决斗之前，并没有亲自视察格兰代尔所住之地的周边环境。他所转述的是一幅极其可怕的图景。他告诉贝奥武甫，去深潭的道路十分凶险，途中要经过

> 狼群出没的山坡，
> 狂风扫荡的海岬，
> 阴险的沼泽小径。
> 那儿山泉泻入悬崖下的黑雾，
> 在大地深处泛起洪流；向前不远
> 再走几英里路，便是那口深潭。

（1357b—1362 冯译）

根据赫罗斯迦的说法，那口深潭离终日歌舞升平的鹿厅没有多少路，但路上的野山恶水，再加上迷雾狼嚎，即使是听说，也已预示了那必是一个荒野凶蛮所在。赫罗斯迦在描述怪树遮蔽着的阴森潭水之时告诉我们，那汪潭水深不见底，终日黑浪翻滚，每当夜幕降临，水面上便闪烁起奇异的鬼火，越发显得阴森可怕。据说

> 那荒原的漫游者，双角丫杈的牡鹿
> 不幸落入了猎犬的围剿，从远方逃来
> 寻求树林庇护。然而面对这番惨象
> 它宁肯死在岸上，也不跳进水里

保全脑袋。

（1368—1372a 冯译）

牡鹿宁肯被猎人射杀也不愿意靠近潭水，足见其险恶程度。我们从赫罗斯迦口中所听到的深潭，是野兽盘踞、黑林蔽日、雾障笼罩下的一池恶水。难怪赫罗斯迦王的扈从们面对格兰代尔十数年的血腥骚扰"只动口不动心"，眼睁睁地看着他们的国王身心饱受煎熬而无所作为（590—601a）。

丹麦老王赫罗斯迦对深潭的描述，印证着盘踞在那里的格兰代尔及其同类魔怪般的邪恶与暴虐，而接下来贝奥武甫及其同行者们所目睹的一切，把格兰代尔等扎扎实实地套进了古北欧神话式的魔怪圈之内。史诗从第1402行开始，向我们详细地描述了他们这段寻找妖母的可怕经历。

林间小道上
一行行脚印历历在目，正是那妖母
留下的足迹。她已经越过
昏昏荒野，背着那位断了气的大将，
曾经和赫罗斯迦并肩战斗，
共守家园的英杰。
贵族的儿子们攀上绝壁，
踏着勉强容纳一人的
羊肠小道，无名野径，
穿行于陡峭的石崖，海怪的窝穴。
……
怪树低悬灰岩之上，阴森森一扇
霜林底下泛起污血，一口打着旋涡的深潭。

（1402—1411；1415—1417a 冯译）

深潭终于展现在了众人的眼前，周围照例是悬崖峭壁、荒林野径，一片阴暗凄凉的景象。所不同的是，潭中泛起的恶浪中多了一层因妖母的杀戮而留下的血污。再往后，我们仿佛跟随来寻血仇的勇士们目睹了似曾相识的另外一幕：

> 战士们席地而坐。
> 只见水中一条条大蛇摇头摆尾，
> 斑斓的海龙在浪里巡逻。
> 峭壁上三三两两躺着怪兽，
> 它们常常在晨雾朦胧的帆船之路
> 加入人们凶多吉少的旅途。
> 此刻它们受了惊吓，纷纷
> 沉入水底……
>
> （1425—1431a）

我们此时终于和贝奥武甫一起亲眼见识了传说中深潭的凶险面貌。赫维尔盖尔米尔泉中的黑色巨龙和盘踞于水底啃咬伊格德拉西尔第三枝树根的蟒蛇们，仿佛出现在了这汪污浊的潭水之中，海龙水怪们在血色恶浪间上下翻滚，准备吞噬过客的津血与骨肉。至此，我们应当已经明白了格兰代尔名字中"dæl"（"潭"）字与北欧神话传统的关联，也大致理解了它所承载着的寓意。

格兰代尔在鹿厅中行杀戮达十数年之久，其邪恶行径与"dæl"所包含的意象应该是相互契合的。不过，我们依然无法将完全无"美好"可言的格兰代尔与"grene"（"绿色"），特别是两词相合而成的复合词"greendale"（"绿潭"）联系在一起。诸如"年轻"、"有活力"、"涉世尚浅"、"缺少经验"等均为公元14世纪、15世纪之后才逐渐从表达颜色的"grene"中衍生出来的扩展词义，在古英语的惯常表达中大概并不存在。从字面上看，"grene"所描述的应当仅限于潭水或潭旁草木苔藓等植物所呈现出来的自然色彩，其意指至多不过是中性的，恐怕难以与邪恶沾边。那么，为什么诗人在其直接或间接的评判里，又保留了一条与原本意象完全无关的"绿"尾巴呢？

格兰代尔的名字确实令人困惑，为了找到破解这个谜团的路径，我们或许应该变换个角度，先来观察一下格兰代尔的母亲在诗人笔下受到的特殊关照。格兰代尔的母亲在《贝奥武甫》为数不多的女性形象中显得格外抢眼。从她夜闯鹿厅冒险为子报仇开始，到因贝奥武甫的绝地追杀而最终命丧深潭截止，近四百行（1237—1622）的这段叙述可谓面面俱到，细致入微。值得注意的是，诗人在跌宕起伏的故事中好像刻意提醒我们要特别注意她的身份。"妖母"（aglæc-wif）这个称谓当然是诗人借故事人物之口对其血腥杀戮的贬斥，不过，当她被称作"格兰代尔之母"（Grendles modor），甚至间或被尊为"贵妇"（ides）的时候，我们也好像感觉到了诗人不经意流露出来的一丝恻隐之心，甚至是某种认同感。至少，诗人对格兰代尔的母亲特别是对其复仇举动所给予的特殊关注是显而易见的。然而，这个角色却始终没有从诗人笔下赢得一个像样的名字，即便像"格兰代尔"这样语义含混的名字也没有。从整部史诗精致的情节编排上看，这一缺失显然不能简单地归结为诗人的疏漏。

如前所述，《贝奥武甫》中的人名饱含隐秘信息，因此，每个名字所传递的意象，甚至每个人物名字的有无，或许都是我们解读这部史诗作品的参照依据。纵览全篇，我们的确能够找到一些有人无名的例子，但是，斯坦利曾提醒过读者，诗人在作品中不标出角色名字的情况并不多见，而在为数不多的无名氏中，大多是那些对故事发展没有起到"主动推进作用"的人物[①]。

提到斯坦利定义的无名角色，我们会很自然地联想到《贝奥武甫》中那个在屠龙过程中被称作"第十三者"（2406b）的耶阿特盗宝贼。有关史诗中的火龙，尽管诗人使用了诸如"黑暗之敌"（2271a）、"人民之敌"（2278a, 2688a）、"斗龙"（2318a）、"恶龙"（2514b）、"毒龙"（2839a）等描述语，这

[①] E. G. Stanley, "'A Very Land-fish, Languagelesse, a Monster': Grendel and the Like in Old English" in *Monsters and the Mostrous in Medieval Northwest Europe* ed. by K. E. Olsen and L. A. J. R. Houwen (Leuven-Paris: Peeters, 2002), pp. 79-92 (p. 89).

些强调火龙与人类相互对立的复合词语，除传达了盎格鲁-撒克逊、盎格鲁-拉丁、古斯堪的纳维亚神话传统对龙的一贯看法之外，我们并没有看到这头火龙在其三百年护宝过程中的任何凶残与暴虐。即便在它因宝藏失窃而大发淫威之时，诗人还在告诉我们，这头火龙在口吐烈焰、焚烧乡野村庄的同时，还不断地折回藏宝洞穴，试图找到那只不知去向的镏金酒盏（2300b—2302a）。可见，诗人在为贝奥武甫与火龙之间最终的殊死决斗做铺垫之时，并没有忘记提醒读者，火龙肆虐的起因在于耶阿特人，他们的过失是其灾难的根源。当然，给耶阿特人招来灭顶之灾的盗贼之所以铤而走险盗取金杯，是为了将这件宝物献给因他的背叛（2406）而动怒的主人，以求得到他的宽恕。谁知他的作为非但没有解决问题，反而惹怒了火龙，给耶阿特国招来了大祸。为了躲过这一劫难，他只得将金杯拱手交给老王贝奥武甫（2404b—2405）。在这段惊心动魄的变故中，那个耶阿特窃贼先是为争取主人的饶恕而冒险盗宝，之后巧妙地躲过火龙的视线携宝逃出龙窟，再后因事发将金杯交给国王，最后又不得已为国王等引路寻找火龙决斗。他习性怯懦诡诈，又不失机敏善变，其形象上虽着墨不多但算得上生动丰满。然而，因为他在事件的发展过程中没有起到多少向前推进的作用，最终也没有得到拥有一个名字的特权。在强调氏族命运的英雄史诗中，具有突发性质的龙窟失窃这一事件所起的作用不过是个故事的引子。盗宝事件的主角实在不够重要，因此无名无姓。

与这一话题相关的还有火龙。如果把古北欧神话中盘踞在世界之树下面的那头黑龙拉过来，与《贝奥武甫》中的火龙并列摆放在一起，我们就一定能够注意到它们之间的一个细小差别：两者同属古日耳曼传说中的恶龙种族，但前者有名有姓，而后者则是盎格鲁-撒克逊史诗中的又一个无名氏。当然，火龙的无名是诗人有意识的选择。其实，古日耳曼非基督教神话语境中的恶龙，无论是有名字的还是没有名字的，都拥有一个有别于人的异类外表，如布满鳞片蜷曲着的躯干、巨大有力的翅膀与利爪、喷吐着烈焰的血盆大口等。《贝奥武甫》中的火龙也正是基于这些传统表象，以无名来强调其非人特征的。在火龙的塑造上，诗人反复使用了古英语单词"gæst"，以强调这一特殊角色超自然的诡异习性。贝奥武甫只身诛杀妖母后返回鹿厅，丹麦王赫罗斯迦摆设宴席热情款待这位旷世英雄。一番推杯换盏之后，诗人告诉我们，这位丹麦国的"gæst"被安排在已恢复平静的鹿厅中，安安稳稳地饱睡了一夜。诗人在 1800b 这半行诗里使用了带有"客人"之意的古英语单词"gæst"来称呼贝奥武甫。既然是客不是主，自然不应该在丹麦久留，于是，明智的丹麦老王便匆匆地将其送上了回耶阿特国的归途。我们注意到，在《贝奥武甫》的后半部，"gæst"又先后出现了四次，这时其指代对象已不再是贝奥武甫，而是暴戾的火龙。在这四个例子中，除去第 2312a 行之外，其他三例所显示的词语形态，都是作为基干的"gæst"同另外一个表述词组合而成的复合名词。在 2670a 行中的复合词为"inwitgæst"，前面"inwit-"的基本词义为"邪恶"。与此例相仿的第 2699a 行中，复合词"niðgæst"前半部分"nið-"的词义大致是"敌对"、"仇视"等。另外一例出现在第 2560a 行中，该词的拼法为"gryregieste"，其中的词干词"-gieste"是"gæst"的变体，它前面的表述词有"恐怖"、"可怕"等意思。显然，在这几组搭配之中，词干"-gæst"的词义并不像前面所提到的例子那样单纯。由于三个复合词所指代的火龙是盗宝者不光彩的行为招引而来，因此，"gæst"在这里或许隐含着特殊"客人"之意。不过，"gæst"在这几个例子中有明显的双关语功能，除了"客人"之外，其显著的异类指向让我们感觉到，这个词在词义上当与另外一个同形异义的古英语单词"gæst"（"灵魂"、"精灵"）相吻合。由于这个逐渐演化成"ghost"的古英语单词源自古日耳曼语"ghaizdo"，原意大致为"气愤"、"暴怒"等，用它来称呼火龙无论从哪个角度看都是再贴切不过的了。第 2312a 中的"gæst"虽没以复合词的形式出现，但词义与另外三例相似，同样是指那头因宝藏被盗而突发淫威的魔怪。与词义为"客人"的另外一个古英语单词"gæst"除了构成有趣的双关联想之外，两者在词源上并无任何瓜葛。由此可见，诗人眼里的这头火龙，是处于暴怒状态下的非人角色，游离于人类生活圈之外，即便它在史诗的动作中占据着重要位置，名字自然也就与它无缘了。

至此，我们应当能够循着斯坦利提供的思路，根据《贝奥武甫》对人物名字的多样安排，将其中的角色做一个简单的梳理。首先，那些对故事的发展具有推动作用的重要角色同属一类，他们均有具备特殊隐喻功能的名字，其含义对人物的性格、作为等具有暗示作用。比如贝奥武甫（"蜂狼"）的名字一方面展示他年轻时熊罴般的威猛，同时也预示着他步入垂暮之年以后的不归之路。其次，那些对故事的发展没有显著推动作用的角色属于另外一类，他们没有自己的名字，在故事的大格局中也没有显著的位置。再次，还有一类超自然的与人类相对的异类角色，比如守护宝藏的火龙以及盘踞在格兰代尔栖息地周围的众多怪物，这类角色当然也没有惯用于人或人格化精灵身上的名字。

回到前面有关格兰代尔及其母亲的讨论上来。假使我们换一个视角来解读这两个角色，我们至少要设法回答以下问题：第一，由于格兰代尔在整个故事中地位显著，他与其他重要角色一样拥有一个带着浓厚古日耳曼传统色彩的名字。但是，我们在他的名字所呈现的两个意象之间难以辨别出可信的内在逻辑。第二，无论在整个故事结构方面，还是在宣示古日耳曼英雄世界的社会理念方面，格兰代尔之母也都起着无法忽视的重要作用。然而，这样一个被诗人称为"母亲"甚至"贵妇"的角色，却与诸多非重要角色一样没有名字。第三，如果依据批评传统，将格兰代尔家族与火龙一并归于超自然的非人异类，并认定这本来就是诗人的意图，格兰代尔又为什么被冠以虽隐喻模糊但形式完整的人名？第四，如果格兰代尔与人类有关，或是一个部分人格化了的角色，他的生母何以受到诗人的另类关照？最后，假使格兰代尔及其母亲不是区别于人的另类，他们又是什么？

这些问题的存在源自《贝奥武甫》对格兰代尔及其生母人妖混杂的文字表述。史诗以繁杂的文本细节告诉我们，格兰代尔是相对于丹麦社会的一股被边缘化的势力。从一个角度看，他的周身彰显着恶魔似的嗜血饥渴。格兰代尔在鹿厅中将这一特点展现得极其充分。当他看到正在酣睡的武士们，不由心中窃喜。诗人说，格兰代尔巴望着天亮之前，将这一干人统统杀死，以满足其渴望已久的食人欲望（730b—734）。接踵而来的是一幕可怕的吃人景象。我们看到，他就近用巨爪抓起一个沉睡着的武士，用獠牙咬碎其锁骨，大口大口地吸吮武士的血水，最终把他的整个身体吞入腹中（740—745a）。毫无疑问，这样一个鲜血淋淋的场面是很难与格兰代尔超自然的魔怪气质脱开干系的。不过，格兰代尔的形象并非如此单纯，如果从另外一个角度来观察，他的形象就会逐渐复杂起来。在有关格兰代尔的叙述中，我们了解到，他虽然从不借助语言同外界交流，但是其内心活动却明显地诠释着或许只有人类才有的复杂与深刻。诗人在鹿厅的欢迎宴上，借宫廷歌者之口清楚地告诉我们，格兰代尔是该隐的嫡亲。他继承了人类最不光彩的杀戮同族的基因。可见，格兰代尔与鹿厅之间的恩怨带有浓厚的中世纪部落世仇色彩，而格兰代尔所扮演的角色，与其说是一头单纯的嗜血魔怪，倒不如说是一个代表一方利益而殊死拼杀的氏族斗士。

诗人在塑造格兰代尔之母的诗段中，也同样采纳了这一人中有妖、妖中有人的人物塑造策略。诗人始终都在描绘着两个显然有些相互抵触的形象。给我们留下最初印象的，是一个极度凶暴的"母性妖孽"，她怒气冲冲地闯进鹿厅，瞬间便拖走了赫罗斯迦最钟爱的勇士，将其杀害之后，又把他的头颅弃于潭边的崖顶之上，整个过程充满了暴虐与血腥。格兰代尔之母与贝奥武甫格斗的场面更凸显了她超乎自然的凶悍。面对邪恶的对手，英雄举起名为"龙霆"（Hrunting）的长柄利刃，对准她的头奋力直劈下去，可是，这柄传世名剑却无法伤其毫发，她反而直扑过来以命相拼。千钧一发之际，英雄发现了挂在洞壁上的一柄号称"兵刃之王"的巨人神剑（1559b），最终用它杀死了格兰代尔之母。然而，从她身体中流出来的热血却将神剑化成了一汪铁水。震撼之余，我们仿佛听到了诗人的提醒：与格兰代尔一样，其母的魔怪形象中也同样隐匿着人的特征。诗人告诉我们，格兰代尔之母与其子同是该隐的后裔，她和鹿厅之间的血仇，与《贝奥武甫》中氏族内部或氏族之间无穷无尽的纷争打斗并无两样，是人间纠葛的一部分。诗人在讲述这段故事的过程中不停地重复着这样一个事实：这个"母性妖孽"首先是格兰代尔的"母亲"（1258，1276b，1281，1538），甚至可以称其为"贵妇"（1259a），只因她失去了儿子，才夜闯鹿厅拼死寻仇。综上所说，我们或可领悟诗人要陈述的事实，即格兰代尔的生母首先是"母亲"、"女人",其次才是"妖女"(1259)、"狼女"(1599)。

其实,《贝奥武甫》中这种人妖混杂的特征,并不仅仅体现在格兰代尔及其生母身上。像贝奥武甫这样的大英雄也时常显露出一种超人的魔怪气,比较突出的相关例子是对其"手力"("mund-gripe")的描写。在整部作品中,"手力"一词共出现过五次。除了第1938行中这个词是用来描述瑟莉斯(Thryth)公主之外,其他四例均与贝奥武甫有关。其中一例出现在第380行,丹麦王赫罗斯迦在这里向众人证实,他也曾听过往的生意人说过,耶阿特国国王的外甥贝奥武甫有超凡的"手力",一只手可敌三十个人。诗人在讲述贝奥武甫于鹿厅与格兰代尔交锋时说过,格兰代尔吞吃了一个武士之后,又将其利爪伸向了躺在一旁的贝奥武甫。当他接触到英雄的手掌那一刻,便意识到其"手力"(753)奇大无比,内心骤然充满了恐惧。事后,贝奥武甫在讲述鹿厅的格斗过程之时,也骄傲地表白,他的"手力"(965)使邪恶的格兰代尔当即感到性命难保,若不是上帝的安排,格兰代尔必立刻死在他的手中。该词第四次出现是在第1534行,这节诗讲述了贝奥武甫只身闯入深潭洞穴,欲杀格兰代尔的生母。当他发现"龙霆"宝剑无济于事之后,立即放弃了武器,开始用一只手死死地抓住她的一侧肩膀,巨大的"手力"即刻将其扳倒在地。在这两个被基本"魔怪化"了的角色面前,贝奥武甫竟敢赤手空拳与其对峙,并将母子双双斩除。我们自然能够从这场震撼的交锋之中,领略到格斗双方极其相似的"魔力",不同的是前者虽具"魔怪"之气但代表正义,而后者虽具非"魔怪"的特征,但被诗人贴上了与鬼怪相关的"邪恶"的标签。

从以上分析我们或许能够尝试一个有意思的解读路径:格兰代尔及其母亲虽周身散发着魔怪的气息,但他们的人妖混杂气质,毕竟与老年贝奥武甫所面对的那头火龙具有自然属性上的不同,也因此很难将其完全归类于非人的纯粹怪物。正像英雄可以被赋予超人能力以强调其神武一样,非英雄角色也应当有被魔怪化以强调其非英雄特质的可能。在《贝奥武甫》的批评传统中,对这两个角色的非魔怪解读尝试由来已久,其中一种就把格兰代尔及其母亲从谱系上与丹麦朝廷紧密地联系到了一起。

《贝奥武甫》开篇便以丹麦王朝的宗谱为引子，把我们的注意力迅速导入到前半部主角之一、丹麦老王赫罗斯迦为中心的丹麦宫廷内错综复杂的纠葛之中。支持这一判断的文本细节和一些史诗之外的佐证材料告诉我们，这个看起来颇具程式化的史诗开场，的确是解读作品后续纷杂情节的关键。有关丹麦王朝的故事在这部史诗中总共占据了1887行，前63行诗是丹麦王朝的简明历史，我们在其中看到了丹麦传说里最负盛名的三位君主：排列在第一位的是据说开创了丹麦霸业的强人希尔德（Scyld），这位传奇王者以其雄韬伟略闻名于世，他似乎一生都在忙着攻城占池，为丹麦人开拓疆土。也正是因为这些无与伦比的丰功伟绩，他被后人誉为"伟大的君主"（11）。希尔德辞世之后，其子贝奥荣登王位，他继承了先王所开创的事业，在位期间也为丹麦王室赢得了无上的光荣。接下来，诗人并没有向我们进一步交代丹麦王贝奥身后的王位传承经过，我们所得到的信息仅是，一位被称作"半丹麦人"的海弗顿（Healfdene）继贝奥之后占据了国王宝座（57）。至此，呈现在我们眼前的不过是一个无论如何都算不上细致的故事背景铺垫，并没有与后续情节相关的任何实在的提示。不过，根据斯坦利等学者的说法，第57行后面的内容非常重要，因为里面蕴藏着足以完整架构出隐匿于文字背后的丹麦王朝离奇经历的关键信息。

　　故事的起因是丹麦王海弗顿的四个儿女。这位君主生有一女三子，排行老大的是位虽不靓丽却极其心高气傲的公主，名叫赫尔加（Helga），年纪最长的王子为赫罗迦（Heorogar），他后面的两个弟弟一位是后来统治丹麦六十余载的赫罗斯迦（Hrothgar），另一位则是个人人称道的谦谦君子，名叫哈尔迦（Halga）。海弗顿在位之时，为了让丹麦国长治久安，他以政治联姻的方式，把女儿赫尔加公主远嫁给瑞典王为妻。当然，这个婚姻并没在两国间建立起持久的和平。丹麦与瑞典再度交恶应当是在赫罗斯迦从其兄长赫罗迦手中接过王位之后。其时，瑞典王废了他的王后赫尔加，并将其逐回丹麦。这个时候的赫罗斯迦虽已称王，但由于年纪尚幼，并没有实力亲自主政，其弟年纪更小当然也无力相助。在这一特定情势下，辅佐赫罗斯迦掌管朝政的担子便自然地落在了闲居于丹麦的赫尔加肩上。随着年龄的增长,赫罗斯迦日益接近亲政的状态,而此时的赫尔加早已习惯了在丹麦独揽大权的生活。为了日后保住实质上的女王地位,赫尔加向其王弟赫罗斯迦主动示好,最终双双勾搭成奸,她也因此做好了以特殊身份永久霸占王位的准备。几年后,已长大成人的赫罗斯迦逐渐觉出权力旁落的沮丧,也对姐弟间这种乱伦关系感到羞愧与厌恶。为了彻底摆脱与赫尔加之间不光彩的过去,为了给自己安排一个心仪的真正伴侣,更重要的是,为了收回原本属于自己的王权,经过周密谋划,他终于抓住了机会,毅然将已怀有身孕的姐姐孤身逐出了王宫。于是,赫尔加怀着屈辱与怨恨躲进了一个大瀑布后面的荒僻岩洞之中,并很快生下了她与赫罗斯迦的儿子。她后来依据栖身之所周边的环境,为这个儿子取了一个野性十足、同时又含有几分期待的名字,即格兰代尔("绿谷")。格兰代尔在母亲的护佑下,于野兽成群的荒野之中躲过了死亡,终于长大成人。荒蛮的环境与狂野的生活,特别是积于母子心底的那份刻骨仇恨,使这对母子变得面目肮脏狰狞,性情凶残暴虐,在当地人的眼里俨然是一对长毛利甲、嗜血成性的魔头。这段恩怨所招来的没完没了的杀戮,使丹麦王赫罗斯迦伤透了脑筋。在格兰代尔母子频繁袭扰丹麦王室,甚至血洗鹿厅之时,曾经一度呼风唤雨号令天下的丹麦王,或许出于惭愧与内疚,一改昔日的睿智与骁勇,即便在远道而来的外族青年贝奥武甫面前,他也显得吞吞吐吐,躲躲闪闪,不愿直面现实,已全然没有了英名盖世的光荣君主模样[①]。再接下来的便是贝奥武甫为了报答赫罗斯迦多年前的救父之恩,孤身诛杀格兰代尔母子的悲壮情节。

这俨然是一幕充斥着背叛、倾轧、谋杀、血拼的经典中世纪宫闱悲剧。在盎格鲁-撒克逊文化语境之中,倒也不会给我们留下多少突兀或怪诞的感觉。不过,这样一个有别于《贝奥武甫》批评传统主流的政治化情节重构,除了强调作品或许原本就有的某种传统精神之外,实在是在挑战着远离其成书年代的

[①] E. G. Stanley, "'A Very Land-fish, Languagelesse, a Monster': Grendel and the Like in Old English" in *Monsters and the Mostrous in Medieval Northwest Europe* ed. by K. E. Olsen and L. A. J. R. Houwen (Leuven-Paris: Peeters, 2002), 79-92 (pp. 56-58).

研究者。寻找新的解读路径之时，我们所面临的难题至少有以下两个：其一，证明《贝奥武甫》中的格兰代尔之母和其他古北欧萨迦中记载的丹麦公主赫尔加本为一人；其二，对《贝奥武甫》成书年代的阅读者或倾听者来说，故事中的格兰代尔本是赫尔加与赫罗斯迦姐弟俩的亲生骨肉，而对前者的认定又是厘清后者原委必不可少的重要条件。显然，这是两个在《贝奥武甫》中很难找到现成答案的题目。而那些或许因时间的推移早已隐匿于重重迷雾之中的诡异内情，恰恰是我们不易重构却又不愿轻易割舍的关键情节。

其实，在某一特定言语社会之中，人们之间的默契大多依赖于他们所共有的集体记忆以及由此而衍生出来的集体认知。我们在揣摩古日耳曼故事中某一细节之时所感受到的困惑，大概与当今年轻人倾听长者述说往事时相差无几。从这个意义上说，由于相隔久远，即便是来自日耳曼文化圈的英美学者，对格兰代尔之母的身世这样一个《贝奥武甫》抄写者或许根本不屑解释的谜团，同样也会因迷茫而不得不依据文本中透露出来的蛛丝马迹进行种种猜测。不过，早期文化中的任何事物都有可能根据需要被人们魔幻化。而从文本出发对隐藏于故事中的文化密码所做的推测，或许是我们一步步靠近并还原这部史诗所传递的历史真实所必须采取的步骤。

回到《贝奥武甫》上来，最早激起研究者追问热情的是其中或因誊写者的疏漏而显得不够工整的两行有关丹麦公主赫尔加的诗句。诗人在介绍过丹麦王海弗顿的三位王子之后，接着写道：

> 我听说过那位麻烦连连的王后，
> 那位骁勇善战的瑞典王的床上伴侣。
>
> （62—63）

照理说，这两行因有"缺陷"而被学者们反复校订的古英语诗句，实在不应该给我们造成多大的解读困难。首先，就诗句节奏而言，我们知道，古英语和法语、西班牙语等以音节合拍（syllable-timed）为基本特征的语言有所不同，它是所谓重音合拍（stress-timed）语言。在诗行中，其重音以一定的时间间隔反复出现，重音与重音之间非重读音节的数量则不尽相同，因而各诗行的音节数量也不一定相等。从这个意义上说，第 62 行诗与其他诗句相比虽然听起来略显短促，但是，其中扬抑齐整的四个重音并没有影响这一诗行的整体节奏。其次，根据古日耳曼诗歌押头韵（alliteration）的规律，后半行第一个重读词的首音是主头韵音（head-stave），前半行的一个或两个重读词与其押头韵。因此，原手稿第 62 行中的"elan"与前半行中的"ic"均以元音为首字母，两字同韵，也应当符合古英语诗歌的格律要求。再次，这一诗行中的最后一词"cwen"是前面及物动词"hyrde"的宾语。"elan"是形容词，在此做定语，修饰后面的名词，由于这个形容词与前面的指示代词"þæt"同用，其后缀以弱形容词词尾"-an"，也应当符合古英语语法中词尾形态变化的要求。当然，"cwen"是阴性名词，前面的指示代词在正常情况下应当为阴性形式"þa"。不过，这一名词词组中核心词与修饰词之间词性上的不一致，也不一定是个不能解释的大问题。从现存的古英语文献中所能查找到的相关用法上看，"þat"是"þæt"的异形词。在手抄本中，因抄写者的疏忽或因其自身的方言影响，将"þa"误拼为仅多一个字母的"þat"，其可能性很大。与在一个词与词之间没有留下任何空隙的诗行中凭空加上几个词的校勘设想相比，这一解释或许更具说服力。此外，我们要把"elan"理解为"令人厌恶的"、"惹是生非的"等，还必须解决另外一个拼写问题。在古英语中，这个字的惯用拼法为"eglan"，"elan"当是它的异形词，这一判断的依据源自"eglan"的同源动词"eglan"（"使苦恼"、"使费神"）。由于音变的缘故，这个字中间发 [j] 音的字母"g"在一些方言中被废弃，其拼法随之变为"elan"，由于这个形容词的结构与其相应动词相同，其异形词的出现并偶尔被誊写者所用应当不足为奇。如果以上分析成立，《贝奥武甫》的第 62 和 63 两行诗当不需做任何校勘，依然以手抄本的原貌读作

    hyrde ic þæt elan cwen,

Heaðo-Scifingas　heals-gebedda.

照这样的思路梳理下来，我们在前面尝试着给出的两行汉语译文也就不显得过于主观牵强了。

行文至此，我们应当已粗略地涂抹出了一个形迹诡秘的女人轮廓。这是一位曾经秉承父命为本邦的和平而远嫁瑞典的丹麦公主。她是丹麦王海弗顿的长女，古冰岛萨迦传说中曾提到过她的名字，叫赫尔加①。尽管后来因种种不测而不得已重归故土，这位公主在丹麦国的显赫与影响，除了国王之外，大概任何人都无法望其项背。不过，令人费解的是，这样一位丹麦王族中的重要成员何以被说成"麻烦连连"？究竟是什么原因，使正在介绍丹麦王族谱系的诗人对她身上的是非一笔带过，对背后的细节三缄其口，甚至连这位公主的名字也不愿或不屑提及？这一追问并不是没有任何道理。我们知道，诗人有关丹麦王室的述说尽管不甚周密，但是，对丹麦的历史与发展产生过影响的显著人物均已一一列在其中。当然，由于所列人物都是男性，我们或许也可以循着这个男性世界的叙述习惯，一路走下去，不必关注丹麦王室中的女性成员。不过，就在诗人歌颂完丹麦王海弗顿及其三个王子之后，他便主动提起了曾被其父亲因政治原因送至瑞典国的公主，一位被后人尊称为"王后"的、是非缠身的丹麦女人。我们或许不必急于深究其中的是非缘由，但是，第62和第63两行诗中诗人在叙述态度上的微妙变化就足以让我们警醒。显然，诗人对这位公主简单但异常肯定的负面评价，并不是以平铺直叙的语言坦率表述出来的。在诗人的叙述中，这位丹麦公主不仅没有像三个同袍兄弟那样以自己的名字在《贝奥武甫》的故事中占据一席之地，即使是发生在她身上的故事，也被诗人称为"道听途说"而一笔带过。诗人欲谈又止的两行诗句令人感到蹊跷，也给我们提供了挖出背后之谜的宝贵机会。

---

① Nora K. Chadwick, "The Monsters and Beowulf" in *The Anglo-Saxons: Studies in Some Aspects of Their History and Culture Presented to Bruce Dickins* ed. by P. Clemoes (London: Bowes and Bowes, 1959), 171-205 (p.181).

就《贝奥武甫》的成诗背景而言，诗人在这段叙述中有意避开丹麦公主赫尔加的原因或许并不复杂。他要么出于对公元八九世纪前后诺森伯利亚（Northumbria）或麦西亚特殊文化氛围的考虑，不愿轻易触碰这两行诗句背后与盎格鲁人先祖有关的并不十分体面的宫闱秘史；要么就是因为这段往事在诺森伯利亚或麦西亚贵族圈中并不是什么新鲜秘闻，稍加点拨众人就一定能心领神会。无论从哪个角度，诗人的应对方法似乎都在情理之中，即便用今天读者的眼光观察，这一解读或也不难接受。不过，诗人毕竟在原本可以对女性人物忽略不计的故事场景之中，特意提起了似与故事情节并无必然关联的丹麦公主。更重要的是，在完全可以像对待三位丹麦王子那样直接称她为赫尔加公主的时候，诗人恰恰又佯装对其身世不甚了解而隐去了公主的名字甚至她在丹麦的身份。第 62 行诗中突出的细腻与含蓄让我们感受到了法迦度所说的那种难以言状的"神秘"[①]。从故事的整体布局上看，这当然是为这个无名人物最终以妖母身份在鹿厅登场埋下的一个伏笔。

丹麦公主赫尔加和格兰代尔之母同为一人，这一认定是一些学者主张重读《贝奥武甫》前半部的关键依据。以上文本细节仿佛在暗示我们，格兰代尔对丹麦王朝的切齿之恨，源自其母与丹麦王室之间一段无法化解的宿怨。根据古日耳曼传统的故事原型判断，这是一段王室内姐弟私通而引发的旷世情仇。从《贝奥武甫》前半部所提供的时间看，格兰代尔初次血洗鹿厅之时，赫罗斯迦已成功地统治丹麦达五十年之久，从这个时候起，诗人告诉我们，格兰代尔以暴力手段控制鹿厅十二年。也就是说，当贝奥武甫自耶阿特国漂洋过海来到丹麦的时候，这位王者已在位六十二个年头。另一方面，贝奥武甫得知格兰代尔之母再次夜袭鹿厅，即刻率众一路追到了深潭边，此时被称为"异类"（1500a）的妖母已霸占了这片水域长达五十个冬夏（1498b），即她是在赫罗斯迦称王十二年的时候移居此地的。诗人如此认真地向我们交代了这么多

[①] Fidel Fajardo-Acosta, *The Condemnation of Heroism in the Tragedy of Beowulf: A Study in the Characterization of the Epic* (Lewiston, NY: Edwin Mellen, 1989), p. 53.

细节，其目的当然是将我们的注意力引向一位堂堂的丹麦公主沦落到这般田地的根源。五十年前她被已稳固了国君地位的同胞兄弟赫罗斯迦驱赶出宫，这段经历应当是诗人刻意提供以上几个时间点的根本原因。诗人也在故事的开端做过具有同一指向的类似暗示。比如，从丹麦王室宗谱中，我们得知，赫罗斯迦在三个王子中排行第二，谈及老三哈尔迦之时，诗人在其名字前出人意料地缀上了一个"好"（"til"）字，以此暗示着这位王子与他的两位王兄相比具有更为端正的品行。另外，赫罗斯迦在位期间，哈尔迦年龄尚小。从逻辑上说，格兰代尔之母的故事与这位小王子应当没有什么关系。长子赫罗斯迦在其父王过世之后曾经接掌王权，如果是他与其姐有过乱伦之举，格兰代尔之母不可能在他去世后十二年，即赫罗斯迦称王十二年之时才被逐出王宫。况且，赫罗斯迦曾对其战死沙场的亡兄有过一番良好的评价。赫罗斯迦向贝奥武甫坦承，他的亡兄比自己"强多了"（469b）。赫罗斯迦在没有任何利益纷争的情况下对亡兄发出的赞许之词，应当是赫罗斯迦人品的佐证。综上，我们大致可以推断，丹麦老王赫罗斯迦与公主赫尔加之间的旷世情仇应当是丹麦王室与格兰代尔母子血拼的终极原因。在这起争斗中，赫罗斯迦是始作俑者，这也是赫罗斯迦左躲右闪，举手投足间流露出羞愧与懊恼的根源所在①。

当丹麦公主赫尔加以人母的骄傲为子复仇并因此献出生命的时候，这位饱受命运捉弄的女性终于走完了从荒野到沙场、从幕后到台前的一段充满血与恨的悲壮历程。我们也凭借着前人的思考与摸索，再次经历了从零散词句到完整故事的复杂架构过程，从而建立起格兰代尔有血有肉的鲜明形象，将《贝奥武甫》或许本来就承载着的古老日耳曼文化的深刻和盎格鲁-撒克逊社会的复杂，从虚幻的魔怪故事氛围中梳理并呈现出来。这种以虚幻意象含蓄地描绘真实存在、虚实并存的讲故事方法，应当是《贝奥武甫》等中世纪叙事诗的典型文化特征，也是时常被后人忽略甚至误读的诗人的真实创作意图。

---

① Fidel Fajardo-Acosta, *The Condemnation of Heroism in the Tragedy of Beowulf: A Study in the Characterization of the Epic* (Lewiston, NY: Edwin Mellen, 1989), p. 58.

4 《贝奥武甫》的涉世态度

《贝奥武甫》假神魔故事针砭世事的倾向是非常明显的。有关这部作品的涉世态度，我们可从诗人对丹麦王赫罗斯迦的刻画入手，通过所表达出来的对当时王权理念的观察与理解，来寻找隐匿于这部史诗之中的相关答案。的确，在塑造赫罗斯迦这个人物的过程中，诗人对国王这一概念进行了细腻而深刻的思考。上个世纪 80 年代初，一位日本学者（Ushigaki）曾对《贝奥武甫》用于赫罗斯迦这一形象上的修饰词做过一次统计研究。他的研究结果与希比（Shippey）的结论截然不同。据他所说，诗人在描述赫罗斯迦时所用的修饰语并非依据诗韵需要而任意地做出选择。相反，这方面的词语无不准确地服务于诗人对这一受人爱戴的充满智慧的丹麦老王的刻画。舒金（Shucking）曾将赫罗斯迦尊为史诗中的理想国王。他的这一看法很贴切，因为我们在史诗的前半部中确实看到了一位端坐在宝座之上、体察臣民疾苦、充满父爱的祥和君主。然而，正像那位日本学者所提示的，诗人在赞扬他时明显地有所保留，而把最高的赞誉之辞全部留给了后来的耶阿特王贝奥武甫。这一处理当然是诗人的匠心所在。

我们要探求这一奥秘，就必须对赫罗斯迦的国王形象做一次较为细致的系统梳理。首先引起我们注意的是赫罗斯迦倾全国之力建造鹿厅这一情节。这座宫殿高大而雄伟，堪称天下殿堂之冠。诗行中，我们的注意力不断地被吸引到这座建筑的恢弘气势与象征意义上来。诗人在描述贝奥武甫一行十五人初登丹麦土地、阔步走向鹿厅时，这样唱道：

> 斗志昂扬
> 他们齐步向前，直至远远望见
> 那座金顶的雕木大厅，
> 矗立于人世间的楼宇之冠；

光芒四射，照耀万邦，
丹麦王赫罗斯迦的官殿。

(306—311)

诗人对鹿厅的刻意描写当然不仅是为了炫耀赫罗斯迦王的文治武功。在此，我们并不敢断言诗人意在指责丹麦老王的孤傲与奢侈，因为正是他后来大谈王者应力戒这些倾向。不过，读这几行诗的时候，我们确实感到自己的注意力被有意引向鹿厅的象征意义上去：这座宏伟殿堂无疑标志着丹麦老王一世功绩的顶点。鹿厅耀眼光芒的丧失，提醒我们这位曾具有惊人体魄的丹麦王者已开始日落西山，将在衰老中逐渐失去昔日的英雄风采。正像诗人所说：

大厅高高耸立，
张开宽阔的山墙，它在等待
战争的火焰，恐怖的焚烧；
时间尚未到来，利剑将在赫罗斯迦翁婿之间
挑起血仇，布下无情的屠宰。

(81—85)

如此看来，鹿厅当然不是理想世界的缩影。相反，它是尘世间无常命运的体现物，无时不在预示着丹麦人无可奈何地从辉煌走向苦难，而这种不可抵御的命运是与丹麦王体魄的逐渐退化密切联系在一起的。在古日耳曼的文化观念之中，赫罗斯迦已渐渐变成了一位不够称职的统治者。这样，他的王权受到内外挑战当属意料之中。

在这一富于暗示的故事背景下，我们有充分的理由怀疑诗人对赫罗斯迦王的信心。即使在诗人赞许他的智慧之时，诗行中也不时地流露出一种近乎勉强的音调。的确，史诗中有关赫罗斯迦的描述都充满了对丹麦王的高度智慧以及对其臣子豪放气度的赞美，但这些赞誉之词并没有给赫罗斯迦的形象增添多少光彩。相反，这近乎过誉的赞美反而使我们愈加意识到体魄上的强大已在这位王者身上逐渐消逝。这层隐含着的意义在描述赫罗斯迦的诗行中是极其明显的。比如，诗人在夸耀赫罗斯迦的智慧之时，我们发现，他同时也在刻意地描画着这位丹麦老王的复杂心态。赫罗斯迦当然是一位充满智慧的君主（1384、1400、190），尤其在他滔滔不绝地教导年轻的贝奥武甫、向他灌输处世之道的时候，更显得如此。然而，正像他的谋士们面对其主身陷逆境而束手无策、不得不去祈求神灵保佑一样，这位丹麦王深知自己业已衰老，也同样显得一筹莫展，不知所措。诗人这样指责他的谋士们：

> 他们不知我主上帝，
> 不知一切功罪的仲裁，
> 当然更不知崇拜上天的护佑，
> 光荣之统帅：在劫难逃了，
> 那大难临头反将灵魂投入烈焰的人！
> 他没救了，
> 幸福属于
> 那死后升天把我主寻找，
> 去天父怀中求得和平的人！

（180—188）

我们没有理由怀疑在这里诗人是在指责赫罗斯迦王的谋士们对基督教的无知和背离，因为诗中几乎没有一处提及他们对这一宗教信仰的了解与热情。对于他们的国王，我们的印象就显得不那么清晰了。一方面，即使赫罗斯迦王在精神上并未完全融于基督教圈内，我们也难说他与其谋士们一样对基督教信仰一无所知。因为他的言谈举止在不时地透露出某种基督教徒的气质，特别是当他表述羡慕其他人能享受上帝的恩泽而他却频频失宠的时候。当然，从另一方面看，这位王者对基督教的忠诚似乎缺乏一贯性，一面于宫廷中祈祷上帝，一面默许其臣子礼拜异教神祇。即使赫罗斯迦并未亲自参与膜拜，我们也不免对他的信仰真实度大打折扣。实际上，《贝奥武甫》成诗的年代，正值日耳曼民族的古老政治信仰与新兴基督教文化彼此相撞相融之际。在这一种特殊的文化氛围之中，赫罗斯迦王这个文学人物所体现出来的智慧也恰恰在于他能够坦然承认其作为一国之君体魄上的衰退，同时又能以出众的能力克服多方困难，以保持他在丹麦至高无上的地位。显然，赫罗斯迦深知，作为一国之君，他在体力上越来越严重的欠缺在日耳曼政治中是近乎致命的弱点，他自然也为其政治地位的稳固而深感忧虑。在这种情况下，他当然会怀疑上帝对他的扶助。因此，赫罗斯迦对其属下求助于异教神祇表示默许不太可能只是政治运作过程中的权宜之计，应被理解为他为确保其统治而采取的极端手段。

赫罗斯迦王的确在享受着一些来自上帝的护佑与支持。尽管赫罗斯迦并非完美的君主，但世间无人可以攫取他的王位，诗人明确地告诉我们，魔怪格兰代尔纵有天大本事，也无法接近赫罗斯迦王那高居于鹿厅之中的神圣宝座。

当然，由于体力上的局限，赫罗斯迦从内心深处对自己的政治前景缺乏信心。这种心态促使他在政治上采取极端谨慎的态度，而这种谨慎却给世人留下了怀疑其精神力量的把柄。在这种情势下，当盔族公主、赫罗斯迦的王后薇赫塞欧于宫廷宴席之上上下奉迎、谈笑风生之时，她给我们留下的印象当然是异常深刻的。其中的道理很简单，薇赫塞欧的出众表现恰恰与其夫君的忧虑及众臣的无助形成了鲜明的对照（1169—1172、1180—1187）。紧跟着，年轻气盛的贝奥武甫也婉转地表达了他对丹麦老王应变能力的怀疑。当赫罗斯迦为恶魔格兰代尔再度袭扰鹿厅而茫然不知所措时，贝奥武甫不无蔑视地提醒他注意其一国之君的身份与责任。他对老王说：

> 智慧的国王，请不要悲伤。
> 与其哀悼，毋宁复仇！
> 匆匆人生，无非一场拼斗，
> 死期未卜，唯有荣誉不移，

> 壮士捐躯，舍此还有什么奢望？
>
> （1384—1389）

不过，仅凭贝奥武甫的这几句评论而贬低赫罗斯迦未免有些过于简单化。老王这时不可能忘记了曾在强敌面前已大显威风的勇士贝奥武甫的存在。倘若他也对贝奥武甫的能力失去了信心，在贝奥武甫再次提议去迎战恶魔之时，他不可能兴奋地从宝座上跳起来，亲自策马与勇士并肩赶赴妖潭。由于贝奥武甫初到丹麦时老王极端谨慎的表现依然清晰地留在我们的脑际，他此时情绪上的急剧变化势必会使我们怀疑：赫罗斯迦王此时十有八九是在做戏。面对恶魔格兰代尔及其妖母的袭扰，赫罗斯迦首先关注的自然是朝廷的稳定。他所采取的措施首先是在众臣面前表现出他对子民生命安全的深切关心，以及他击败恶魔拯救王国的决心与能力。从技术层面上说，丹麦老王无疑完全控制了局势，并且有效地达到了预期目的。如此看来，贝奥武甫在官场上因其阅历所限，确实显得稚嫩了许多，这位少年英雄几乎完全被老谋深算的丹麦王赫罗斯迦蒙蔽住了。

令赫罗斯迦身边的人对其智慧感到怀疑的场景时有发生。如果我们知道为什么赫罗斯迦能以不寻常的宽容来面对使王后薇赫塞欧及众臣颇感不安的罗索夫，我们就会充分理解老王安排女儿婚事的政治意图。由于这门政治婚姻的失败，贝奥武甫对丹麦老王的做法颇有微词。当他返回耶阿特国，向其舅父赫伊拉克追忆他在丹麦的经历时，贝奥武甫明确地表达了他对这门政治婚姻的正确性以及他对丹麦王外交能力的怀疑。他对赫伊拉克说：

> 妙龄公主，已经许配给了英叶德，
> 髯族"长者"费洛德英俊的王子。
> 丹麦人的护主定下了这门亲事，
> 希图通过公主了结他和髯族的宿怨。
> 可是常常，倒下一个国王，

复仇的长矛也不肯一刻太平，

哪怕娶进再好的新娘！

(2024—2031)

如果循着贝奥武甫这番议论的思路继续读下去，我们会发现，诗中对赫罗斯迦王智慧的描写不仅不是斯旺顿（Swanton）所说的盎格鲁-撒克逊成功王政的肯定，而更像是一种反证。然而，只要我们时刻记住诗人时刻强调赫罗斯迦已近垂暮之年，我们就不难感觉出诗人的真正意图。对老王来说，丹麦所发生的种种事情对他的平稳统治都极其不利。但是，他每每用超人的智慧逢凶化吉，转危为安。这或许是诗人想切实传达给我们的关键信息。

即便在诗人赞扬赫罗斯迦对其臣民宽容大度的时候，他也不忘强调丹麦老王在政治运作中的娴熟技巧。作为一方护主（1170），他完全了解金银珠宝在政治生活中的特殊用途，并极力用它们来巩固与臣子们的契约关系，为解决与邻国的政治争端而服务。暂且不去考虑丹麦朝廷中的斗士们在与格兰代尔的争斗中所表现出的背主倾向（138—145），或贝奥武甫对丹麦人的公开指责（590—597）。赫罗斯迦令其臣民即便处于极度困难的情势下依然保持他们对王室的忠诚与顺服，在这一方面，丹麦王及其王后无论如何是有牛可吹的（480—487、1228—1231、1323—1329）。

更为引人注目的是赫罗斯迦在处理潜在政治危机过程中所表现出来的政治智慧。根据日耳曼民族的古老传统，贝奥武甫战胜为害丹麦多年的恶魔，这对丹麦王来讲，虽说是福，同时也是个潜在的祸根，因为贝奥武甫由此成了丹麦人眼中的大英雄，他当然也有可能演化成丹麦王位强有力的竞争者。从这个意义上说，贝奥武甫既给丹麦王国带来了恢复平静生活的希望，同时也给老王的统治带来了或许更难抵御的威胁。所以，在老王大方地以金银珠宝犒赏贝奥武甫的同时，我们似乎也在背后嗅到了一种显著的焦虑。老王犒赏完贝奥武甫之后，便迫不及待地将其送出国境。

若按照古日耳曼的传统评价，似乎应将赫罗斯迦归于失败的国君之列。但是，倘若把他放在盎格鲁-撒克逊后期的政治概念中来观察，这位丹麦王又不应完全被看作是个失败的统治者，因为国王的统治权不会因年迈而受到削弱。古老的日耳曼民族关于王政的概念在《贝奥武甫》成诗之时，早已发生了很大的变化。丹麦人忠实于赫罗斯迦，这忠诚并没有因贝奥武甫的惊人武力所撼动。丹麦人视赫罗斯迦为值得爱戴的模范君主，即使在他失去体魄的魅力之后亦是如此，说明日耳曼古老文化中的王政概念与实践已逐渐退出了盎格鲁-撒克逊时期的政治舞台。

赫罗斯迦这个人物所反映出来的复杂性，应当是古日耳曼与基督教两种文化同时并存的特殊历史氛围的结果。赫罗斯迦与其先祖希尔德王不同，他登上王位并不是依靠自身的力量，而是因为他是希尔德的子孙。他已被融于初步的封建政治体系之中，这个体系保证王者享受他的至高无上的权力，即使因年迈而丧失体力之后也是如此。应该说，丹麦王赫罗斯迦是盎格鲁-撒克逊时期王权理念的真实化身。

对史诗中另外一个王者贝奥武甫的评价，历来也是众说纷纭的热门话题，单就其名字"Beowulf"的解读就凸显出了历代学者对这位史诗英雄的高度热情。

《贝奥武甫》一诗中的王者在性格上或多或少都存在着一种近乎古典悲剧人物特有的缺陷，这或许也是此诗自始至终笼罩着压抑的悲剧气氛的原因所在。以贝奥武甫这个形象为例，这位史诗英雄留给我们的印象充其量是毁誉参半，这就使我们对舒京（Schucking）所做的经典判断多少有些迷惑不解。事实上，我们似有足够的理由认为，贝奥武甫在诗人心目中并不是个完全理想化的王者典型，他与诗中其他国王一样，通身充满了深刻的矛盾。

贝奥武甫当然不是个完美的国王。不过，诗人在作品末尾评价贝奥武甫时所用的完美赞誉之词使我们颇感困惑。考虑到当时的情节，我们无理由怀疑那十二个幸存者对贝奥武甫的赞美确实是发自内心的。他们唱道：

在世间国王中，
他最温文尔雅，最彬彬有礼，

> 对臣民最慈祥友善，对声名荣誉
> 最为渴求执着。
>
> (3180b—3182)

诗人在这里的语言处理给我们留下了深刻印象。因为，在整个作品中，诗人很少使用最高级褒义形容词来赞誉诗里的国王。在描写其中三位重要国王之时，诗人只用了三个这类形容词，而三词相同，每人只占得一个（1956, 2382, 1685），其用词显得很是谨慎。但在全诗最后短短两个半诗行中，诗人却反常地连续使用了四个不同的最高级褒义形容词，而且将最具日耳曼世界特色的"最渴求执着"（lof-geornost）一词留在了四个词的最后，这当然是专门为贝奥武甫留下的。然而，回想起此前的段段故事，我们又感觉到此处的赞誉与诗中有关贝奥武甫的描写存在着某种差距。事实上，正如莱耶勒（Leyerle）分析的那样，由于贝奥武甫的一生作为无不显示出英雄社会特有的缺陷及其对心灵的必然侵蚀，[①] 诗人对贝奥武甫的吟颂是有相当保留的。

不过，贝奥武甫身上体现出的缺陷不像杰克逊（Jackson）所说的，是为攫取火龙宝藏中的黄金珠宝而不惜牺牲生命的"贪婪"。[②] 当然，夺取珠宝的确是贝奥武甫只身斗恶龙、进行自己一生中最后一战的动机之一。临赴战场之时，他曾对众人宣布：

> 我定要以勇气
> 夺取珠宝，否则，斗争
> 这险恶的毁灭力量，将带走你们的主人！
>
> (2535b—2537)

[①] John Layerle, "Beowulf, the Hero and the King", *Medium Aevum* 34 (1965), p. 89.

[②] W. T. H. Jackson, *The Hero and the King: An Epic Theme* (New York: Columbia University Press, 1982), p. 36.

然而，肯定这一指责的前提是要确定，他夺得珠宝的动因是出于自我利益。丹麦王赫罗斯迦也确实曾经提醒过他警惕这种倾向，贝奥武甫临终前表示想亲眼看看以生命换来的金银珠宝，这种渴望也明显地呈现于作品文本之中。这些细节都在吸引着我们在弥留的贝奥武甫头上加上一个"贪婪"的标签。的确，他分明催促过威耶拉夫：

> 从速去吧，这样我还可以
> 看到古人的财富，
> 贵重的宝物，可以细看
> 光亮精致的珠宝，如此
> 我会更容易撒手而去，
> 为此珠光宝气，放弃
> 生命和控制已久的王位。

(2747—2751)

国王亲身体验到了这些金银珠宝的耀眼和沉重，在离开这个世界前看上一眼也当是个安慰了。常识告诉我们，倘若不是贪婪，他如此渴望亲眼看到这些珠宝，必有什么其他缘故。

幸运的是，威耶拉夫及时赶回国王身边，终于亲耳听到主人的心声。望着眼前的珠宝，贝奥武甫说：

> 我应该说，为这些宝物，
> 向我们的主，
> 向光荣的王，表达感激之情
> 永恒的主，我仰望着你，
> 因为我终于能够得到这些，
> 为我的臣民，在我离去的时候。

> 我已献出了生命的年迈时光，
> 为这丰硕宝藏，你来继续
> 为百姓的福祉效力吧！
>
> (2794—2801a)

贝奥武甫明确说明，他是为臣民而战火龙，为百姓而夺珠宝，并吩咐威耶拉夫，在他身后，为同一目的处理这堆宝贝。尽管这些遭到诅咒的珍贵之物同老王一道在鲸鱼崖顶最终消失于葬火之中，但贝奥武甫的话在此时此刻是可信的。因为，它符合古日耳曼王者向族内扈从子民馈赠珠宝礼物的习俗，也与诗中贝奥武甫那宽厚大度的性格一致。当贝奥武甫孤身与火龙殊死搏斗、眼看就要支撑不住的时候，唯有勇士威耶拉夫挺身而出与其并肩战斗，原因是他深深记得老王曾对臣子慷慨大方，恩重如山（2606—2609）。出于同一原因，威耶拉夫对身披战甲却临阵退缩逃命的扈从们说道：

> 我还记得我们从国王手中接过蜜酒，
> 在大厅上他馈赠给我们珠宝首饰，
> 我们向主人宣誓，
> 在他需要之时，
> 必以满身铠甲，
> 以此高贵的战盔，锋利的宝剑，
> 尽心回报于他。
>
> (2633—2638)

贝奥武甫死前的举动对此做出了严肃的证实：

> 他从项上摘下金项圈，及镀金战盔，
> 威武勇敢的统治者，

>   将其交与勇士，年轻的战场斗士，
>   命他妥善使用。
>
>   （2809—2812）

还在贝奥武甫年轻的时候，这位勇猛过人的英雄就深谙珠宝在日耳曼英雄世界里的重要功用。登上国王宝座之后，他在自己的宫廷里更是成功地实践着这一传统。老年贝奥武甫的言行显得格外诚恳真切，我们丝毫也体会不出诗人对贝奥武甫处理和使用珠宝的方式有任何非议。

如此看来，贝奥武甫的行为举止并没有违背古日耳曼王者的规范。从这个意义上说，他是一位上好的国王，理应受到大家的称赞。但诗中所提供给我们的事实并非如此简单。要厘清这个貌似简单的问题，我们必须花费一些心思仔细考察他的身世，至少应该梳理一下他登上耶阿特国国王宝座的整个过程。贝奥武甫跟随赫伊拉克远征甫里西亚，在这次死亡之旅中，赫伊拉克不幸战死沙场，而贝奥武甫这位举世闻名的超人武士却没有像日耳曼传统扈从那样，与其主共同战死，而是选择了另外一条路，急匆匆只身跑回了赫伊拉克的王国。这次他又使出了年轻时与布来卡比赛游泳渡海（530—581b）的超人本领，顺利地从水路回到了耶阿特。我们且不论贝奥武甫在战场上力杀法兰克勇士的出色表现，即使在逃返耶阿特国的路上，其勇武与力量也是无人可比的。诗人这样唱道：

>   从那里贝奥武甫回来了，
>   用自己的力量，凫水而行，
>   他闯入大海，背负三十人的战衣。
>   ……
>   艾奇瑟的儿子游过海豹之路，
>   凄苦孤独的人儿，回到自己人的中间。
>
>   （2359b—2368）

贝奥武甫回到耶阿特国之后，并未因主子战死却只身返回而感到丢脸，似乎也没有什么人据此对他提出指责。相反，赫伊拉克王的遗孀黑亚狄王后不顾其子的存在而提出将王位传给贝奥武甫：

> 黑亚狄向他馈赠金银珠宝，
> 王位国土。她不信任
> 自己的孩子，在赫伊拉克死后
> 能抗击入侵者，保卫国土。

(2369—2372)

当然，贝奥武甫没有立刻做这个国王，还是将赫伊拉克的儿子亥德来德扶上了王位。但事隔不久，亥德来德就将自己卷入了一场政治风波。瑞典的两位王子因叔父奥尼拉篡取了王位而双双逃到亥德来德的门下，要求得到庇护。年轻的国王好心接受了两兄弟的请求，不想他的友好举动却给他招来了灭顶之灾。瑞典王奥尼拉率重兵攻入耶阿特国，杀死了亥德来德，清除了隐患。这在部族纷争的日耳曼世界并不少见，而此后发生的事却实在耐人寻味。诗人告诉我们：

> 瑞典王班师返国，
> 亥德来德死于其手，
> 他让贝奥武甫登上了王位，
> 统治耶阿特人。他是位好国王。

(2387—2390)

显然，奥尼拉并不是一位宽容大度的君主，他不会容忍对其可能造成威胁的任何人的存在，即使他的敌人不在他的国土之上，也不惜大动干戈，远征讨伐，必置其于死地而后快。他出兵耶阿特国诛杀耶阿特王的举动即是对其性格的最好诠释。就是这样一个人将贝奥武甫推上了王位，这不能不说是件令人迷惑不解的事情。亥德来德即位之后，贝奥武甫受王后之托一直辅佐新主，其地位与作用是可想而知的。而在如此重大的政治动荡中，贝奥武甫究竟扮演了什么角色，诗人对此却只字不提，诗人的暧昧同样令我们迷惑不解。贝奥武甫在奥尼拉入侵时的缄默与暧昧不能说是诗人对他的赞许。相反，诗人的这一处理使我们自然而然地想起了英史中西撒克逊王贝特利克（Beorhtric，在位时间为公元786—802）在摩西亚王奥法（Offa）的阴影下充当傀儡国王的那段不光彩的往事[①]。

不过，贝奥武甫此后的五十年统治，使耶阿特王国国泰民安，这是不争的事实。在评述贝奥武甫的一生政绩之时，诗人不时把他提到一个令人印象深刻的高度，他那时刻准备为臣民的利益而战甚至为其献身的超人勇气与决心，不仅毫不逊色于传说中的丹麦王希尔德，而且在很大程度上比我们从史诗中读到的希尔德的形象显得更翔实具体、有血有肉。与希尔德的后代赫罗斯迦相比，贝奥武甫浑身散发着一种日耳曼英雄的勇武之气。在危险面前，即使是年迈的贝奥武甫，也不像赫罗斯迦那样时常显得优柔寡断，甚至束手无策。相反，在大难当头之时，贝奥武甫毫不犹豫地挺身而出。得知恶龙威胁着耶阿特、臣民们危在旦夕之时，贝奥武甫丝毫没有犹豫，立即准备冲上战场：

> 为此，勇武的国王，
> 风族人的统领，武士们的护者，
> 显贵们的主人，决定复仇，
> 他吩咐匠从们取出，
> 那战绩赫赫的铁盾。

(2335b—2339a)

[①] M. J. Swanton, *Crisis and Development in German Society 700–800: Beowulf and the Burden of Kingship. (Goppingen Arbeiten zur Germanistik)* (Goppingen: Kummerle, 1982), p. 208.

他不顾岁月流逝的现实，像五十余年前勇闯丹麦孤身救助赫罗斯迦时一样，准备再上战场，独战恶龙：

> 珠宝王子蔑视对手，
> 无意带人迎战飞龙，
> 无须重兵协助。他对此战无所畏惧，
> 他因此丝毫不把恶龙的敌意放在心上，
> 也无心考虑它的力量与勇猛，
> 因为他面临过无数恶斗，经历过种种危险，
> 战场的拼杀，曾为赫罗斯迦血洗鹿厅，
> 他是常胜将军，诛杀过格兰代尔的妖母，
> 那令人憎恶的妖族。
>
> (2345—2354a)

诗人赞扬说，他不愧是位四海闻名的斗士"rof oretta"（2538），随后又接着说，贝奥武甫这一壮举绝非胆小鬼所为"ne biδ swylc earges siδ"（2541）。这行诗无疑是诗人的称许，但也似乎在提醒着我们，此时此刻贝奥武甫的表现与其国王的身份未免有些不协调。其实，这种英勇也是他的致命之处。

诗人的确在不断地夸奖贝奥武甫于国家危难之时的勇敢表现，但夸奖背后的另一层含义是值得我们注意的。我们应该记得，贝奥武甫临死前，没有像赫罗斯迦那样，反省王者在通往成功的路途上可能发生的过失，反省诸如傲慢与贪婪等偏差会给王者带来的灾难。他在即将离开人世时所做的是一点一滴地追忆他在漫长的政治生涯中的种种丰功伟绩：

> 我统治这方国土已有
> 五十个寒冬，任何民族，或远或近，
> 都不曾有这样的国王，胆敢与我刀兵相见，

以恐怖的战争而发迹。

(2732b—2736a)

这里的几行诗与史诗开篇描述希尔德的诗句（9—11a）交相呼应，其意义是显而易见的。细读起来，我们当然也能品出诗人此处的用心。贝奥武甫成功统治耶阿特人五十年，使耶阿特王国风调雨顺，人人安居乐业，这与希尔德王在丹麦的成功基业何其相似。然而，此一时彼一时。诗人明确告诉我们，贝奥武甫与恶龙的殊死争斗暗示了这太平盛世的脆弱。贝奥武甫死后，这个国度将步入惨烈的战争深渊，这看来是不可避免的。

贝奥武甫的骁勇即使在其晚年也令人印象深刻，他至死都享有出色的沙场国王"god guδ-cyning"（2563a）、大名鼎鼎的斗士等美名。不过，值得我们注意的是，诗人的赞扬几乎永远与贝奥武甫体格的彪悍、力量的出众、勇气的过人联在一起。正是这种向一面倾斜的特殊赞扬，使我们不时感到，诗人在有意暗示我们，贝奥武甫虽有勇气，有力量，但缺乏智慧，至少他的脑力远不及其体力。从这一角度来观察，当威耶拉夫对未能阻止国王与恶龙决战深表愧疚的时候，他不仅对既不可知又无法抗拒的命运表达着一种无奈（3084a），同时也似乎婉转地批评了老王贝奥武甫，这位勇敢有余、谋略不足的"可敬的领袖"（leof[.]þeoden）（3079）。

诗人对贝奥武甫高贵的英武之风是大加赞赏的。然而，他作为一国之君，在坚持孤身斗龙这件事上，心智方面的严重欠缺是显而易见的。

贝奥武甫在耶阿特宫廷的权力纷争中，确实表现出了一些政治能力（2391—2396）。不过，这种处理政治危机的天赋很快就被他在决定独战恶龙时的错误判断完全取代了。他了解自己的体力状况，当然知道他与如此强大的对手在力量上的巨大差别（2518—2524）。可是，他的高傲冲淡了一切，使他拒绝接受任何善意的帮助（2345—2354a），以一国之君的身份，独自去向恶龙挑战。此前，既无确保胜利的战术安排，也未得到扈从们的充分理解与有力支持。当贝奥武甫身负重伤、生命危在旦夕之际，他的扈从们非但没有上前搭救，也不想站脚助威，而是纷纷逃走。这当然是违背日耳曼英雄世界佑主扈从制的不光彩行为。但每读到这里，我们虽然感到些许失望，但并不觉得非常惊奇。此时的国王当然知道其扈从们的反常举动意味着什么，特别是想到五十年前他的扈从们满怀信心地在深潭边执着地等待他胜利而归的情形，对此巨大的反差他不可能无动于衷。他在临终时的一席话回顾了自己的一生，表面看来是在赞扬自己，但字句中流露出失落与悲哀（2732—2743）。诗人为贝奥武甫提供了展示其刚武之气的最后一次机会，同时也充分揭示了这位悲剧英雄的致命弱点。是他自己无力的判断将他及其国民引上了通向死亡的道路，这不能不说是一位完美的盎格鲁-撒克逊王者所不应有的重大缺陷。

就在那十二个王子骑着高头大马、环绕大陵、滔滔不绝地吟唱着对已故老王贝奥武甫的赞誉时，我们的注意力却始终被那神秘的耶阿特贵妇撕心裂肺的哀歌（3150—3155）所牵动着。我们的心似乎在与那妇人的悲号一起颤抖，因为我们知道，老王的死给人们带来了多么大的惊惧，耶阿特人所面临的是屈辱和死亡。显然，贝奥武甫对这一巨大灾难应负全面责任。老王死了，身后亦未留下子嗣，这也使我们想起希尔德如何将丹麦人从无君的惨境中解救出来，以及当年贝奥武甫如何从战场上逃回耶阿特的桩桩往事。这方方面面的描写使我们得出一个结论：贝奥武甫在这部史诗中不是一位标准的王者形象。他与赫罗斯迦和赫伊拉克一样，身前有着王者不该有的缺陷，身后也无力留下一个祥和稳定的王国。他或许是位古日耳曼传统中不错的英雄，但不是位希尔德式的理想国王。

5 《贝奥武甫》的自省精神

在《贝奥武甫》研究中，历代学者从未忽略过在史诗的字里行间所能明显觉察到的那种以隐喻为主要手段、借以表现作品主题的修辞倾向。[①] 而在这一

[①] 斐洛（Philo Judaeus）和奥里金（Origen Adamantinus）所代表的古典隐喻解经传统早在公元8世纪即已在盎格鲁-撒克逊英国显示出了巨大的影响力，这一传统对该时期的基督教神学，乃至中世纪诗学的发展曾起过不可低估的作用（J. D. A. 奥格尔维（Ogilvy）:《贝奥武（转下页）

研究领域，人们的兴奋点又始终集中在反复评估这个惯用的诗歌表现手法所蕴含着的独特的基督教精神上。《贝奥武甫》研究成果告诉我们，这部作品成书于盎格鲁-撒克逊晚期。[①]其中的古老日耳曼英雄故事，经民间及宫廷说唱艺人长期口耳相传，逐渐导入了明显的基督教思想，致使这部作品终于形成了非基督教文化与基督教传统共存于一体、你中有我、我中有你的民间史诗风格。这一诗歌特征是盎格鲁-撒克逊时期独特文化氛围的特殊产物，历代学者也早已对此达成了基本的共识。然而，基督教因素存在于古老的英雄故事之中这个基本命题本身，就给后来的研究者提供了广阔的再思考空间。同时，由于佐证史料的不足，也不时使与本话题相关的研究结论之间出现巨大的差异。不过，差异归差异，研究者至少在一个方面始终保持着高度一致的立场，那就是，人们普遍认为，正确判断两种不同传统在同一作品中的各自地位，准确认识谁是主要载体，谁是因需要而被置于其中的附属材料，对我们有效把握史诗所要传导的重大主题有着至关重要的意义。

（接上页）甫解读》，诺曼：俄克拉何马大学出版社，1903，第170页）。在这一读解方式的影响下，人们逐渐习惯了在《圣经》以及其他神学经典中，甚至在文学作品里，努力发掘共存其中的字面义、隐喻义、道德义和神秘义等四层文本意义。就其实用价值而言，基督教教父们将这四层文本意义依次界定为：字面义教人以事实，隐喻义教人以信仰，道德义教人以处方方法，而神秘义则给人指出其最终归宿，这就是后来在阿奎那（Thomas Aquinas）的《神学大全》中得到完整阐示并广泛流行于中世纪欧洲学界的所谓隐喻解经四义说（陆扬：《欧洲中世纪诗学》，上海社会科学出版社，1997年，第188页）。这种透过外在形式在文本中寻觅隐含着的象外之象、弦外之音，借助能指来追求所指的解经传统，无疑为盎格鲁-撒克逊时期的文学撰写与解读提供了重要的思想方法。《贝奥武甫》也当是这一文化传统的重要组成部分。

① 根据科尔南（Kiernan）的著名论点，《贝奥武甫》现存手稿的成书年代当在1016年丹麦人克奴特（Canute）开始统治英格兰之后不久，这一见解在最近二十年来的《贝奥武甫》研究中一直发生着广泛而深刻的影响。当然，与此同时，学界也还在不断发出一些与此不尽合拍的声音。比如，弗克（Fulk）曾通过对作品格律音韵的细致分析，试图将现存手稿的成型年代重新拉回8世纪初叶的前阿尔弗雷德（Alfred）时期，牛顿（Newton）也以其民俗学及考古学方面的一些材料为论据，于1993年提出了与弗克相类似的观点。当然，如果没有什么意外发现，我们或许永远也无法推论出《贝奥武甫》一诗的确切成书年代。然而，现存《贝奥武甫》手稿中成熟的基督教精神使我们更倾向于接受科尔南对10世纪末11世纪初盎格鲁-撒克逊社会文化氛围的分析，以及他据此对《贝奥武甫》现存手稿成书年代的判断（王继辉：《盎格鲁-撒克逊文学与古代中国文学中的王权理念》，北京大学出版社，1996年，第209页）。

其实，在一些《贝奥武甫》的研究者看来，这部盎格鲁-撒克逊时期存留下来的唯一史诗作品从文化层面上看并没有那么复杂。因此，在他们对这部作品的解析中，尽管各自观察角度不同，所用的佐证材料差别也很大，但就诗中所反映出的文化属性而言，研究者的观点多显得简单专一，泾渭分明。在1921年出版的《英国文学简史》中，作者司特朗（Strong）这样写道，《贝奥武甫》是塔西佗（Tacitus）所描述的古老日耳曼文化的真实再现。[①] 正因为如此，我们对这部作品的关注应远远超出其单纯的文学价值。用司特朗的话说，《贝奥武甫》不是一部简单的诗作，在今天的研究者看来，其真实价值在于它是一部重要的"历史文献"。[②] 司特朗在这里显然是在强调《贝奥武甫》与真正的历史文献之间有诸多的可比之处。既然这部史诗与历史文献如此相近，它所描述的情形必与史实相差无几，我们只需辨别清楚其字面意义就万事大吉，大可不必去深究其很有可能并不存在的多层寓意了。然而，此类说法还只是一面之词，随着人们越来越深刻地意识到基督教因素在这部史诗中所占据的不可忽视的地位，将《贝奥武甫》完全归于日耳曼英雄传统的观点，逐渐失去了它曾有的光彩。克来伯（Klaeber）以鲜明的立场代表了与上述观点截然相反的学术意见。在他著名的1922年《贝奥武甫》注释本前言中，克来伯明确提出：史诗中的基督教内容绝非可有可无的应景点缀，相反，诗中的基督教因素深深渗进了作品的精髓之中。[③] 为了论证《贝奥武甫》中这种彻底的基督教精神，怀特洛克（Whitelock）指出，诗人引用圣经典故的方式表明，他的听众极为熟悉各种基督教教义，完全是基督教的虔诚信徒。[④] 由此推论，《贝奥武甫》应当是由基督徒选材整理、为基督徒的教化与娱乐而重新编纂成书的基督

---

① 罗马历史学家塔西佗在其《日耳曼人》（Germania）一书中对古日耳曼各部族的宗教信仰和生活习俗均有细致而生动的描述，这部写于公元2世纪的著名作品至今仍是研究古日耳曼社会的重要参考史料（塔西佗：《日耳曼人》，坎布里奇：哈佛大学出版社，1914年）。
② A.司特朗：《英国文学简史》，牛津：牛津大学出版社，1921年，第3页。
③ F.R.克来伯：《贝奥武甫》第3版前言，莱克新顿：D.C.希斯出版社，1950年。
④ D.怀特洛克：《贝奥武甫的听众》，牛津：牛津大学出版社，1951年，第5页。

教作品，其中浓郁的说教色彩和字里行间隐含着的与基督教教义相一致的复杂意义架构就是这个观点的有力佐证。正如 A. 李（Lee）所说，这部史诗应当是古英语宗教诗歌传统不可或缺的一个有机组成部分。[①]

然而，上述两种黑白分明的观点并不能代表多年来学术界对《贝奥武甫》文化意义的全部思考。事实上，多数学者很难认同这些近乎极端的看法。与此相反，他们更愿意将自己的研究定位于两个对立阵营的中间地带。他们在建立各自的理论之前，围绕史诗的形成、发展与最终成书过程，大多明确承认客观存在着的两个重要前提，即作品的古日耳曼异教文明渊源和强大的基督教文化在其成书前后的介入。在这一基本共识下，讨论的焦点便自然集中在两种传统在同一作品中谁占主导地位这个问题上，并由此形成了在另一个层面上的尖锐对立。简单说，这一对立的具体体现应首举布来克伯恩（Blackburn）的《〈贝奥武甫〉中的基督教色彩》和本森（Benson）的《〈贝奥武甫〉中的异教色彩》[②]这两篇具有旗帜意义的著名论文。在前一篇论文中，布来克伯恩首先承认，《贝奥武甫》现存版本表现出了明显的基督教思想。根据他的统计，诗中共有 68 个段落使用了鲜明的基督教内容，其中包括基督教史料、圣经故事、基督教教义、基督教语汇等多种材料。由此可见，诗中的基督教因素的确是个客观存在。然而，这种客观存在并不一定意味着它在全诗中占有决定性的地位。恰恰相反，诗中所引用的基督教典故及概念大多浮于表面，缺乏生气，因此难以融入生动的史诗话语之中。他对此的解释是，史诗的素材原取自古老的日耳曼民间传说，而在盎格鲁-撒克逊人接受基督教教义之前，这些传说即已在民间反复传唱，早已成为崇尚英雄的日尔曼文化的一部分。其时，以《贝奥武甫》为代表的古老故事传统应没有我们所看到

---

① E.B.厄尔沃英：《解读贝奥武甫》，费城：宾夕法尼亚大学出版社，1989 年，第 8 页。
② 奥格尔维和贝克（Baker）于 1984 年在其《解读〈贝奥武甫〉》一书中仍称本森的著名观点为"有趣但非正统的见解"，布来克伯恩对 20 世纪学术界的深刻影响由此可见一斑（J. D. A. 奥格尔维：《贝奥武甫解读》，诺曼：俄克拉何马大学出版社，1903 年，第 207 页）。

的基督教因素，而今天这部史诗的面貌应当是后来誊写手稿的基督徒在有意无意之间[①]对已存手稿的"再创作"。用布来克伯恩的话说，这些带有基督教个性的文字要么是被生硬地添加进去的，要么便是经某些更动转义而成的，因此，它们不是代表诗歌本质的核心内容，而是游离于主题边缘、附着在诗歌表层的"基督教色彩"[②]。

布来克伯恩在 1897 年提出的这一"色彩说"断然排除了将《贝奥武甫》作为基督教诗歌作品来解读的可能性。然而，他对诗中基督教因素的解释实在难以驱散弥漫于诗行之上的那层浓郁的基督教气氛。时隔七十年，本森仍以"色彩"为题，针对布来克伯恩的理论，对《贝奥武甫》中的基督教因素做出了完全不同的判断。他认为，尽管这部史诗的主要素材取自古老的日耳曼异教故事传说，但当我们在字里行间专心体验日耳曼英雄的勇武与睿智时，也时常会被诗中散发出来的难以抵御的基督教气息所感染，即使在碰到那些表面看来与基督教教义毫不相干的厮杀打斗场面时，在诗人不动声色的点拨下，我们也同样能清晰地体察到诗人如此安排故事的良苦用心。正像本森所说，很多与基督教教义貌似无关的情节恰恰告诉我们，诗人在以一种温和的态度，间接地表达着对异教传统中英雄理想的怀疑甚至否定，同时隐晦地论证着他所推崇的基督教思想。[③] 如此看来，《贝奥武甫》从整体上说的确是一部通篇充斥着"异教色彩"、但以弘扬基督教精神为主旨的特殊说教作品。

事实上，我们如果将《贝奥武甫》放在其成书前后的特定历史背景中进行考察，本森的判断无疑具有相当的说服力。应该说，这部史诗由最初成书直至

[①] 厄尔沃英（Irving）在解释《贝奥武甫》中的基督教色彩时指出，诗人有意在原本反映日耳曼价值理念的英雄故事中导入适量的基督教因素，将其与原有理念融为一体，使已接受了基督教教义的盎格鲁-撒克逊信徒们把带有基督教色彩的古老日耳曼理念同样视为神圣而可接受的普遍道理，以避免两种文化的冲突（E.B.厄尔沃英：《解读贝奥武甫》，费城：宾夕法尼亚大学出版社，1989 年，第 21 页）。

[②] L.E.尼克森：《贝奥武甫评论集》，诺特丹：诺特丹大学出版社，1963 年，第 225 页。

[③] J.D.A.奥格尔维：《贝奥武甫解读》，诺曼：俄克拉何马大学出版社，1903 年，第 169 页。

后来的誊写传抄都是在浓厚的基督教宗教氛围中进行的。① 根据史学家比德的记载，奥古斯丁（Augustine）受格里高利（Gregory）教皇的委托，与其他几位传教士一道，于公元597年②终于在坎特郡的萨奈岛登陆英国③。从此，这些上帝的信徒便在这块到处散布着异教神庙的陌生土地上，以惊人的智慧与速度开始了他们的传教事业。二十八年后，传教士便已将自己的传教区域扩展到了北部的诺桑比亚，并于公元627年成功地说服了埃德文（Edwin），使他义无反顾地放弃了异教信仰，和他的王后一起成为耶稣基督的虔诚信徒。接下来的两三百年则是基督教的影响在英国日益扩散强化的关键年代。据史料记载，仅在狄奥德莱（Theodore）任坎特伯雷大主教的短短二十余年间（公元668—690），英格兰境内竟相继出现了十五个主教管区，及至公元949年，坎特伯雷的修道士就已经开始享受到了国王为其传教而赐以封地的殊荣。④ 而《贝奥武甫》正是在这样一种特殊的文化氛围中逐渐成书并流传于世的。

基督教思想在英国逐渐取代了日耳曼文化的统治地位，在短短几百年间就一步步演变成了这个国度的主流文化，这当然是一个不争的历史事实。然而，无论其演变过程如何短促，它毕竟是一个过程，在这一过程中，两种不同文化由最初的激烈碰撞，到彼此和睦共处，再到后来融于一体，其间所经历过的艰难与坎坷是可想而知的。事实上，在传教士第一次正式踏上英国土地的时候，传教活动的策划者与组织者就已预见到了这一点。在全力推动基督教化的同

---

① 尽管《贝奥武甫》取材于北欧的日耳曼民间传说，但是，及至公元8世纪，北欧各国尚未出现过任何像样的书面文学作品，因此，应排除现存的古英语手稿直接译自某一北欧手稿的可能。由此推论，《贝奥武甫》的最初笔头"创作"应是在已接受了基督教教义的盎格鲁-撒克逊社会环境中进行的，手稿的最早版本也不应是纯粹的异教作品。
② 比德：《英国教会史》第1卷，牛津：克来里顿出版社，1969年，第23章。
③ 另一种说法是，早在公元2世纪，基督教即已传入不列颠岛。公元313年，罗马帝国的两位皇帝签署了著名的《米兰敕令》，共同给予基督教以合法地位。这一历史事件极大地促进了基督教的广泛传播，也正是在313年之后，基督教才逐渐在不列颠岛内形成了强大的文化力量（L·莱英：《盎格鲁-撒克逊英国》，伦敦：格拉弗顿书局，1982年，第125页）。如果这一说法有足够的史料支持，基督教进入英国的年代就将从比德记载的公元597年足足提前三四百年。
④ L·莱英：《盎格鲁-撒克逊英国》，伦敦：格拉夫顿书局，1982年，第118页。

时，他们时刻也没有忘记以最有效的手段极力化解或避免两种文化间的剧烈冲突。根据比德的记述，在奥古斯丁率众进驻英格兰开始传教的第三年，格里高利便委托麦利图斯（Mellitus）给他带去一封亲笔书信，就传教过程中如何对待日耳曼异教文化这一敏感问题，向奥古斯丁具体地阐述了自己的看法。他在信中这样写道：

> 不要拆除那个国度中供奉神像的庙宇，而应毁掉里面的泥偶；要准备好圣水，并在那些神庙之中淋洒；要建起祭坛，并将圣物置于其上。因为，如果他们的神庙保存完好，他们便有了从膜拜魔鬼转向供奉真正上帝的条件；他们如果看到自己的神庙未被损毁，便可能放弃曾存于内心的错觉，会更方便地到他们常去的场所，认识和拜奉真正的上帝。①

比德在叙述这段历史时告诉我们，格里高利曾于麦利图斯启程前向他强调，见到奥古斯丁后，一定要告诫他，不能凭一时热情试图将盎格鲁-撒克逊人的固有传统信仰和礼仪习俗一下子全部清除干净。要使不了解上帝的人们成为"上帝之城"的子民，②当然不是一件容易的事，因此，在将基督教本土化过程中，不能企盼一蹴而就。要达到这一目的，传教者既要内心充满热情，又要有足够的智慧，应该保护并开放他们的神庙，借助这个场所将异教徒们逐步纳入新的信仰境界。以稳健的态度，通过两种文化的融合，来弘扬基督教教理

---

① 本文引用的原作译文均为本文作者所译。
② 圣奥古斯丁在其《上帝之城》（De Civitate Dei）第十五卷中，将上帝所创造的人类分为两个不同的社会，或两个不同城郭的子民。其中一个城里的人们以供奉上帝为己任，而另一个城里的人们则与沦落的天使一脉相承，他们无视上帝的存在而为所欲为。由于这两个城的子民在信仰上存在本质上的差别，因此，前者最终将与上帝一起在天国中共享永恒之美，而后者则与邪恶的魔鬼一样最终将被打入地狱，在里面永受无休止的磨难与煎熬（奥古斯丁：《上帝之城》，纽约：现代书局，1950年，第478页）。由于在8世纪前后，圣奥古斯丁的这部著作已成为盎格鲁-拉丁学者们百般推崇并广泛引用的基督教经典（L.E·尼克森：《贝奥武甫评论集》，诺特丹：诺特丹大学出版社，1963年，第109页），他的这一神学思想，对盎格鲁-撒克逊时期的文学作品应产生过深刻的影响。

念，最终达到征服异教的目的。① 从格里高利倡导以包容的方式在英国推行基督教，到比德完成他的《英国教会史》，时隔一百余年，然而，格里高利所倡导的传教精神似乎没有因时间的推移而被淡忘。当比德在他的教会史中重新提起这段往事的时候，他仍认为有必要详细记述格里高利的主张，以及敦促奥古斯丁响应这一策略，其叙述口吻依然显得对格里高利对传教事业的贡献推崇备至。由此可见，格里高利的做法在这一特殊历史时期确实对盎格鲁-撒克逊社会产生过重大而深远的影响。

显然，在解读《贝奥武甫》这类涉及重大历史话题的文学作品时，准确把握其历史背景应当是整个过程的关键。我们如果以这一观察角度，将《贝奥武甫》置于上面所描述的历史文化氛围中进行考察，至少可以做出下面两个推测：1）史诗手稿的作者为达到在特殊历史环境中弘扬基督教精神的目的，选择了在民间以及宫廷中广为传唱的贝奥武甫英雄故事，并对其内容做了整理与编排；2）史诗手稿的作者为了有效地在这部史诗里传达基督教精神，将基督教思想巧妙地编织到这个本不属于基督教传统的英雄故事之中，使两种不同文化因素在同一载体里最大限度地融合在一起。② 这种基督教思想与日耳曼理念之间的特殊融合在《贝奥武甫》中确实有着突出的表现，而表现得最为明显

---

① 根据布莱尔（Blair）的记载，格里高利的传教策略所涉及到的范围很广，包括了宗教礼仪的方方面面。比如，他明确指出，应允许盎格鲁-撒克逊人保持其异教风俗，对他们业已习惯了的杀生祭神活动采取宽容态度，但应引导他们赋予此类活动新的精神意义，如借助这些非基督教活动来庆祝基督教节日等，以此来营造一种详和的气氛，使异教徒们在新老文化并存的环境中，自然且平和地接触、了解直至接受新的宗教信仰（P. H. 布莱尔：《盎格鲁-撒克逊英国概要》第 2 版，剑桥：剑桥大学出版社，1977 年，第 120 页）。

② 日耳曼异教传统与基督教文化在《贝奥武甫》中的这种特殊融合在盎格鲁-撒克逊时期社会生活的各个层面都有突出的表现。比如，艾瑟维尔德（Aethelweard）在其《盎格鲁-撒克逊编年史》（*Anglo-Saxon Chronicle*）公元 899 年一节中，对其已故叔父西撒克逊王阿尔弗雷德（Alfred）就做过这样的评价："他是西部人民不可撼动的擎天巨柱，他周身洋溢着正义，他在战场上是勇猛的斗士，他在谈吐间是渊博的学者，特别是，他在神学方面深得主的启示。"这里，艾瑟维尔德为我们勾画的依然是一位既保有日耳曼世界的英雄气息又深受基督教文化熏陶的典型的盎格鲁-撒克逊王者形象（J. D. A. 奥格尔维：《贝奥武甫解读》，诺曼：俄克拉何马大学出版社，1903 年，第 39 页）。

的应当是诗人对日耳曼英雄性格的赞许,同时又极力宣扬至高无上的基督教神权。就现存的文献看,在接受基督教教义之前的日耳曼文化中,几乎没有清晰的"来世"概念,而"现世"生活中无穷无尽的坎坷与艰辛又不时令人感到其中充满了难以把握又常常引向灾难的因素,盎格鲁-撒克逊人将此类因素的存在统称为"命运"(wyrd)。① 在人们的心目中,生命只是一个转瞬即逝的过程,并没有多少实际意义。只有以智慧与勇敢而赢得的声誉,特别是经过诗人的传唱,才有价值,才能永存,因而才值得敬佩,才应该得到颂扬。这种积淀在日耳曼文化深处的观念使盎格鲁-撒克逊人始终对传统意义上的英雄保持着一种特殊的情感,而英雄身上所特有的睿智、勇武与忠诚在《贝奥武甫》中当然也是重点渲染的核心内容。

诗人对丹麦先祖希尔德王文治武功的完美称赞(11b)② 也许不适合用在赫罗斯迦身上,但他至少在诗人的眼中也是一位不错的君主。老王在与格兰代尔的多年对峙中未曾表现出日耳曼英雄的勇武风采,诗行中对此也不时流露出遗憾甚至少许贬斥之意。然而,诗人对他的智慧也表达过由衷的赞许。正如诗人所说,赫罗斯迦王是位"智者的首领"(1400b)。当然,与其说我们在这方面的感受来自他对英雄贝奥武甫那段冗长而沉重的说教(ll. 1700—1784),倒不如说他的智慧魅力绝大部分体现在诗人为他精心安排的一系列精致的情节之中。随着故事的发展脉络,我们一步步看到,每在关键时刻,赫罗斯迦总是运筹帷幄,以高超的手段化解着一个接一个的危机。在格兰代尔常年肆虐于鹿厅之时,他时刻牢记自己早已年迈体弱,始终冷静而警惕地审视着周围所发生的一切,等待着外部力量的介入;在与恶魔正面交锋之前,他在鹿厅慷慨地犒赏

---

① 阿尔弗雷德在翻译布艾希斯(Boethius)的《哲学慰藉》(De Consolatione Philosophiae)时,曾用"wyrd"一词描述世间万事的来去匆匆,而这种难以把握的状态又全在上帝"安排"(forepanc)的掌控之中。阿尔弗雷德对"wyrd"的解释当反映了这个词所代表的异教概念已在基督教教义的影响下逐步发生着变化。也正如肯尼迪(Kennedy)所说,这种将飘忽不定的异教"命运"与统管万事万物的基督教上帝融于一体的例子在《贝奥武甫》中随处可见(C.W.肯尼迪:《早期英国诗歌:诺曼征服之前诗歌评述》,纽约,1943年,第87页)。

② 本节的《贝奥武甫》引文引自来恩(Wrenn)1988年注释本。引文的译文为笔者所作。

着远道而来的英雄,悉心在众人面前表现着日耳曼佑主应有的高贵与豁达,以保证获得贝奥武甫的倾力帮助;在英雄降服了格兰代尔及其妖母、全胜而归之后,他又不失时机地以眼泪与珠宝,从容而体面地将贝奥武甫一行送出了属于自己的国土,从而不留痕迹地避免了很有可能在丹麦王宫内出现的权力危机。赫罗斯迦的这一系列明智举措在自己的头上架起了一个代表日耳曼英雄智慧的闪亮光环。正如诗人告诉我们的那样,赫罗斯迦不仅曾是骁勇无比、威震天下的君王(1769—1773),即使在岁月已剥夺了他昔日风采之时,丹麦老王依然是位充满智慧的明主(1885b—1887a)。

如果说赫罗斯迦在诗人的心目中代表了日耳曼英雄的智慧,贝奥武甫则在很大程度上将日耳曼英雄文化中所推崇的勇武精神推到了极致。且不说贝奥武甫年轻时在丹麦徒手力杀格兰代尔及其妖母的出色表现,即使在称王五十年之后,岁月也没有完全夺去他昔日的威武风采。在恶龙发威、其子民处于生死存亡的关键时刻,贝奥武甫没有像赫罗斯迦那样被动地等待,而是毫不犹豫地挺身而出:

> 争战之王面对此景,
> 耶阿特人的统帅,立即筹划采取复仇行动。
> 于是,战士们的佑主,高贵者的君王,
> 向众人发出号令,制作精良的铠甲,
> 全部用坚铁打造。
>
> (2335b—2339a)

在这一关键时刻,他仿佛又回到了五十年前,为保护自己的臣民,他藐视恶龙的淫威,不带一兵一卒,毅然决然地独自踏上了与其殊死决斗的征程。贝奥武甫的选择终止了恶龙的威胁,但同时也使他失去了自己的生命。当诗人称赞贝奥武甫至死都是"可敬的争战之王"(2563a)、"誉满天下的斗士"(2538b)时,我们没有在字里行间感觉到一丝一毫的牵强或讥讽。也正是由于诗人对其超众的英雄气概发自内心的欣赏，我们才从他颇为谨慎的笔端看到了最后那四个著名的最高赞美之词（3181—3182）。

显然，尽管赫罗斯迦和贝奥武甫并非十全十美的日耳曼君主，但他们的智慧与勇武的确可圈可点，在很大程度上体现了非基督教文化中的英雄理想。诗人在这一方面所下的功夫即使在格兰代尔及其妖母等邪恶形象的刻画中也可清楚地觉察到。例如，格兰代尔自一出场即被诗人认定是来自阴暗地带的"邪恶斗士"（720a），他那让人心惊胆战的超凡杀伤力给我们留下了深刻的印象：

> 邪恶的斗士，永远失去了快乐，
> 他来到大厅前，嗜血的巨魔，
> 轻轻一触，大门便立即顿开，
> 尽管它是钢打铁铸；盛怒之下
> 他撞开厅门，疾速冲进大堂，
> 魔头站定，地面泛着青光，
> 他因暴怒而疯狂，从怪异的双眼中，
> 流露出丑陋凶光，犹如烈火一样。
>
> （720—727）

格兰代尔一出场，我们便领略到了他那令人惊异的彪悍与神力。诗人在描述格兰代尔时所用的语言，除几个点出其邪恶性质的词语之外，似乎与对贝奥武甫英雄霸气的描述并没有什么显著的区别。在崇尚英雄的盎格鲁-撒克逊时代，即使是邪恶的英武之气也同样会赢得人们的青睐，因此，我们在这里感觉到的几分欣赏与赞许也应当是很正常的事。诗人在描述格兰代尔时自然流露出的这层特殊感情也在对妖母的刻画中留下了很深的痕迹。我们不会忘记，贝奥武甫在深潭中与妖母搏斗了九个时辰，殷红的血沫布满整个水面，在岸上观战的赫罗斯迦王连同他的兵将预感大势已去，于是抛弃了贝奥武甫相继离开，唯有英雄带来的勇士们依然执着地守候在潭边，亟盼着他们的佑主安全归来

(1591—1605)。①勇士们对处于危险之中的贝奥武甫所表现出的忠诚,与弃他而去的丹麦人形成了鲜明的对照。这极具匠心的一褒一贬不由使我们立即联想到妖母拼死为格兰代尔复仇的惨烈场景。诗人在讲述完恶魔遭到重创逃回深潭这段故事之后,又详细地描述了妖母为子复仇的经过,这一安排不正是诗人对英雄社会所称道的氏族成员间,特别是佑主与被护佑者之间的忠诚的充分肯定吗?

《贝奥武甫》的作者对日耳曼英雄世界的传统毫无疑问有着深刻的理解,也对其中的英雄理念满怀特殊的感情。他借贝奥武甫之口向我们解释说,智慧、勇武与忠诚会为英雄赢得不朽的声誉,而美好的声誉应当能超越随"命运"而来的任何不测,在生命终结时继续存留于人间(1386—1389)。然而,这种日耳曼社会世代信守的生命哲学显然有悖于外来的基督教理念。在全能上帝的掌控下,发生的一切无外乎是上帝的安排。在这一认知环境中,日耳曼人对"命运"的抗争只是将其置于非理性、甚至离经叛道的阴影之中,不再会带来任何意义上的荣耀与美名。由于基督教的影响,从崇尚抗争向顺从上帝安排的转变应当是盎格鲁-撒克逊社会的突出特征。事实上,这种生活态度的重构经历了一个漫长而复杂的过程,在这一过程中,"命运"与上帝往往比肩同在,只是日耳曼文化中的"命运"在格里高利精神的引导下,逐渐蜕化成了受控于基督教上帝的特殊存在。用哈弥尔顿(Hamilton)的话说,"命运"在盎格鲁-撒克逊世界已被迫服务于全新的宗教信仰,②而《贝奥武甫》则以其周到的情节安排对这一特定时期的特殊关系为我们提供了形象的注解。

首先,我们清楚地看到,丹麦王赫罗斯迦已然衰老,他一直在担心上帝是否还在庇护他以及他的王国,而这种挥之不去的狐疑犹如一块巨石始终重重地压在他的心头。在格兰代尔的淫威下,他一筹莫展,度日如年,无奈中背弃了

---

① 在古日耳曼英雄社会里,佑主善待被佑护者,而后者则忠实地追随左右,为佑主效力,并在其遇难之时不惜一切代价为他复仇,甚至献出自己的生命,这一通行的道德关系即日耳曼传统中所倡导的所谓"卡米塔图斯(comitatus)"。塔西佗在《日耳曼人》一书中对此有细致的描述。

② L.E.尼克森:《贝奥武甫评论集》,诺特丹:诺特丹大学出版社,1963年,第127页。

上帝，指使手下，至少是默许他们，重回神庙乞求异教神明的保佑。这当然不是件光彩的事，不过，诗人的批评却显得格外温和且大度。他这样为赫罗斯迦开脱：

> 高贵的谋士们，
> 时常绞尽脑汁，聚首商议，
> 用何种方式，以最勇武的斗士，
> 对付这无尽的杀戮，但却无济于事。

(171b—174)

这里，诗人没有直接指责赫罗斯迦，而是婉转地将责任推到他的幕僚身上。当然，我们在诗行中还是能够感觉到他对赫罗斯迦的批评。诗人告诉我们，贝奥武甫风尘仆仆跨海赶来救助丹麦人，赫罗斯迦一方面喜出望外，庆幸上帝对丹麦的光顾，而另一方面他依然怀疑是否能够真正得到上帝的帮助（383b）。应该说，赫罗斯迦的担心在很大程度上是有道理的。最终，那标志着赫罗斯迦一世功绩的雄伟鹿厅终于倾倒于熊熊的战火之中（781—782）。

赫罗斯迦的沉浮显然不可完全用"命运"来解释。在诗人的笔下，上帝是世间的主宰，当然也是决定一切的终极因素。关于这一点，我们不仅能够从鹿厅宫廷歌手颂扬上帝的吟唱中得到明显的印证，即使在格兰代尔那充满血腥与仇恨的经历中，诗人也似乎在引导我们得出同样的结论。这个凶悍嗜血的"巨人"自一出场便被诗人认定为该隐的后代（107）。① 在这一背景下，无论格兰

---

① 《贝奥武甫》中 112 行所提到的"eotanas"应译为"巨人"，此义出自圣经《创世纪》第六章。圣经中记载，上帝的儿子与该隐（Cain）之后的女人结合生子，其后代均为巨人，后因其罪孽深重，终于遭到了大洪水的荡涤。据说，此后的邪恶者，包括魔怪、异教神明等，均为挪亚（Noah）之子卡母（Cam）的后裔（《圣经·创世纪》6:2—6:8）。诗人在讲述故事时，经常将此类基督教典故信手拈来，不加任何铺垫或解释地将其插入情节之中。不过，把这些典故当作因社会时尚而硬加进去的所谓"基督教色彩"来解释似乎有些牵强。以前面所指出的"巨人"为例，乍看起来，这一典故的出现似乎有些唐突，但仔细观察后会发现，它并不是游离于故事主体（转下页）

代尔如何强悍，他毕竟是上帝的敌人，是"黑暗中死神的影子"（160），无论他如何暴躁震怒，也只能蜷缩在阴暗处，当夜幕降临时，他才敢闯入鹿厅，释放一下久闷于心中的恶气。即使在黑暗之中，他所能做的事也极为有限，除向留在大厅内的丹麦人发一通淫威外，似乎无法对赫罗斯迦构成实质性的威胁。比如，在象征着王权的宝座①面前，他就始终与其保持着一定距离，不敢随意靠近（169）。对此，诗人做了明确而肯定的解释：上帝并没有像对待希尔德王之前的丹麦人那样，完全抛弃赫罗斯迦的子民；相反，他仍以其全能的力量震慑着代表邪恶的格兰代尔及其同类。恶魔尽管凶残无比，但他却无法完全占有鹿厅，更不可能彻底征服丹麦王室。在诗人的眼里，这一切完全是上帝的护佑（169）。

格兰代尔终于在鹿厅中迎来了他的克星，而他的灭亡似乎是必然结局，因为他是"上帝敌人"（786b），也是个十恶不赦的"魔鬼"（1776a）。在充斥着基督教"君权神授"理念的《贝奥武甫》世界中，格兰代尔的肆意挑战势必配以全能上帝的严正干涉。贝奥武甫由于在为上帝而战，是绝对不可战胜的。因此，在手无寸铁的贝奥武甫面前，格兰代尔那双钢铁般锋利的巨爪（984b—987a）也失去了威力，无论他如何拼争打斗，等待着他的依然是摆脱不掉的死亡命运。由此可见，上帝的存在与介入决定了诸多史诗人物的命运，而这一紧密的因果关系在贝奥武甫的坎坷经历中被描述得淋漓尽致。

贝奥武甫初到丹麦时，面对一片怀疑的询问与目光，他沉着冷静，应对自

（接上页）之外、可有可无的装饰词语，相反，在史诗的前半部分，这一典故就反复出现了多次（114，1260，1689），而每次都更深一步地揭示出格兰代尔的邪恶本质，从而有效地强化了这一完整的恶魔形象。应该说，基督教典故在《贝奥武甫》中的特殊存在形式，恰恰印证了盎格鲁-撒克逊这一特殊历史时期的文化特征：当人们仍在为日耳曼英雄们的丰功伟绩兴奋不已时，基督教文化早已不知不觉地渗透进来，并在听者的心中深深地扎下了根（D. 怀特洛克：《早期英国社会》，哈蒙兹沃斯：企鹅丛书，1952年，第51页）。

① 笔者曾撰文详细叙述过日耳曼王权理念在盎格鲁-撒克逊英国所发生的巨大变化。早在9世纪末叶，西撒克逊王阿尔弗雷德在其 Cura Pastoralis 英译本中，即已明确摒弃了日耳曼氏族的王权思想，表现出了他对国王受命于上帝这一理念的认同。由于王权的特殊来源，国王所享有的一切当然神圣不可侵犯（王继辉：《盎格鲁-撒克逊文学与古代中国文学中的王权理念》北京：北京大学出版社，1996年，第1章）。《贝奥武甫》中格兰代尔不敢接近赫罗斯迦的宝座这一细节，即是对该时期基督教教会所认可的这一王权思想的标准注解。

如，谈吐彬彬有礼，又从骨子里流露出一种充满自信的霸气，在丹麦人面前俨然是一位无坚不摧的盖世英雄。然而，就在诗人细心刻画这位英雄的同时，他也在不断地提醒我们，英雄的超人力量来自无所不能的上帝。当贝奥武甫受到赫罗斯迦的宠臣翁斐斯（Unfero）的挑战时，他口若悬河，一口气竟占去了全诗的七十余行。不过，细读这段独白，给我们留下最深印象的不是他那针锋相对的英雄派头，也不是他那动人心魄的非凡经历，而是结尾处回敬给丹麦人的那几句不冷不热的话语。贝奥武甫是这样说的：

> 不过我会让他知道，
> 就在今天夜晚，耶阿特人战场上的
> 勇气与力量。如果哪位有意，
> 勇敢的人类之子，可再度开怀畅饮，
> 待到新的一天，明朝破晓之后，
> 太阳披上亮纱，自南方泛出光彩。

(601b—606)

贝奥武甫的自信在这几行诗中引人注目。与格兰代尔相比，贝奥武甫不仅具备同样超人的体魄，而且他在精神上占据着绝对的优势，原因在于，他拥有上帝的护佑。因此，在这场格斗尚未开局之前，我们即已知道，以贝奥武甫为代表的一方，必然像"披上亮纱"（swegl-wered）的太阳一样，释放出天堂般的光彩。①

---

① 诗人在这一诗节中独具匠心地导入了两个关键隐喻。首先，第606行中的"sunne swegl-wered"一语明显地重现了圣经《诗篇》第104章中用来赞美上帝的著名意象。另外，同一诗行中的"suþan"一词给我们提供的暗示是，贝奥武甫所期待的阳光将是上帝所恩赐的幸运之光，因为，南面照来的阳光与地处北方的地狱遥遥相对，当是天堂之光（H. D. 启克凌:《贝奥武甫：双语对照本》，纽约：昂克丛书，1977年，第303页）。由此可见，贝奥武甫与格兰代尔之间的纷争已远远超出了日耳曼各部族间常常出现的血仇争斗，在经过重构的特殊英雄世界里，这场争斗已被赋予了明显的基督教意义。它在诗人的精心安排下，已成为上帝与魔鬼、天堂与地狱、正义与邪恶之间的殊死搏斗。

贝奥武甫与丹麦王赫罗斯迦在心理状态上有所不同，他坚信上帝对他的恩宠，因而对与格兰代尔的格斗抱有必胜的信心（685b—687）。贝奥武甫最终击败了格兰代尔，随即又除掉了为子复仇的妖母，从而拯救了赫罗斯迦以及他的王国。接着，他便带着耀眼的光环告别了丹麦，返回了自己的国土。自此，贝奥武甫经历了一段令人费解的过渡时期后，[①]便跨入了他统治耶阿特人五十余年的政治生涯。这位年迈的老王在自己的子民受到火龙的威胁之时，毅然决定孤身与恶龙交手。然而，在他身负重伤的关键时刻，居然所有在近旁观战的耶阿特人都选择了弃他而走，只有一个人冲上前来，共同与恶龙拼搏，直至将其杀死。贝奥武甫在危难中所遇到的这一尴尬局面不由使我们回想起赫罗斯迦告诫贝奥武甫远离迷狂与贪婪的那段冗长的说教，开始怀疑诗人是否在暗示因贝奥武甫贪图恶龙的宝藏而过于莽撞地冲锋陷阵，或因为什么其他原因，上帝停止了对他的护佑。其实，贝奥武甫应该非常明白，上帝不会因为他想争得火龙的宝藏而惩罚他。关于这一点，诗人给了贝奥武甫一个充分解释的机会。他这样表达了自己的愿望：

> 我感谢万物之主，光荣的君王，
> 感谢永存的上帝，为了眼前的
> 耀眼珠宝，在我辞世之前
> 为我的臣民，能够得到这
> 如此不凡的礼物。我已拼出老命
> 以赢得这堆宝物，你也应竭尽全力

[①] 诗人在记述贝奥武甫英雄业绩的同时，曾简短地提起过他不很体面的早年经历（2183b—2188a），但对其如何从诛杀了自己的佑主耶阿特王的奥尼拉（Onela）手中接过耶阿特国的王位这件事却一直只字不提。贝奥武甫在弥留之际，曾向他忠实的追随者追忆着一件件往事，以标榜他毫无瑕疵的一生，即便在这个时候，他也完全避开了这段神秘的经历。在依然向往英雄世界、崇尚英雄精神的盎格鲁-撒克逊文化氛围中，诗人这种异乎寻常的暧昧应该隐含着某种暗示，或某些当时的听者所熟知的传统故事内容，也许这正是我们理解贝奥武甫最终命运的关键所在。

以应一国之需。

(2794—2800a)

贝奥武甫知道自己已走到了生命的尽头,他实际上是在向自己的子民,包括那些在危急中弃他而去的人们,倾吐他投身这场恶战的真正动机。我们在他的内心深处看到的不是一己私欲,而是对人民福祉的关心,是对国人的一片赤诚。

然而,我们也应该看到,对老年贝奥武甫表达欣赏之意的诗行几乎完全局限在对他超人体魄的评价上,而对这一方面的过重强调自然会引导我们留意诗人对其另一方面的看法。从这个角度观察,当贝奥武甫的忠实追随者捶胸顿足、悔恨当初未能有效阻止老王时,他所要表达的应当是英雄的勇武之气在命运面前所显现出来的毫无意义的本质。应该说,这是对崇尚争斗的英雄世界颇具负面意义的评价,是对其存在的合理性的婉转质疑,而史诗中所反映出的这种心态与深受基督教影响的盎格鲁-撒克逊文化应该说相当吻合。因此,在这一特殊语境中,无论是诗人的褒奖还是贝奥武甫追随者的懊悔,都不无对贝奥武甫英雄行为的批评意味。

赫罗斯迦的说教与老年贝奥武甫命运之间的联系给我们提供了一个很有意思的启示。如果仔细观察全诗的布局,就不难看出,贝奥武甫从初始时如日中天的辉煌一步步滑向色彩黯淡的结局,这一过程与史诗上半部所提供的种种预示有着必然的联系。[①] 从这个角度来看贝奥武甫,我们有理由相信,老王于弥留之际所发出的一段耐人寻味的感慨,对我们最终判断贝奥武甫其人应有相当的参考价值。老王终于意识到了自己即将离开这个世界,回想往事,他不

[①] 在基督教解经传统中,人们惯于用《圣经·旧约》中人物、事件及话语所提示的线索来解读《圣经·新约》中所记载的人物、事件及话语,由此形成了以前者(type)的字面义来挖掘后者(antitype)精神义的所谓"平行阅读法则"(typology)。这种在盎格鲁-撒克逊时期即已十分流行的基督教解经方法对这个时期的文学思辨习惯产生过重要的影响(L. E. 尼克森:《贝奥武甫的文学意义及象征结构》,选自《经典文学与中世纪文学》,1964年,第30期,第151—201页)。

禁感叹道：

> 我忍受着致命的伤痛，
> 但回想起这一切，我依然感到欣慰；
> 人类的主宰，不必在我死后，
> 在生命离我而去之时，因谋杀亲人
> 而责备于我。

(2739b—2743a)

　　的确，在贝奥武甫的一生中，没有谋杀同族的记录，然而，他在这里的表白却很容易使我们联想起两件诗人提到过的但又不大引人注目的往事。第一件发生在鹿厅。当时，贝奥武甫在丹麦老王赫罗斯迦面前骄傲地表示，他将不带一兵一卒，不用一枪一棒，只身徒手灭掉格兰代尔。然而，当天晚上，就在恶魔闯入鹿厅之时，贝奥武甫并没有立刻挺身而出，降服对手，而是按兵不动，眼睁睁地看着恶魔用利爪抓起随他而来的一位伙伴，一口口将其吞入腹中（740—745）。另外一件则是贝奥武甫称王的经历，其中至少有三个细节令人颇感迷惑。当其舅父，耶阿特王赫伊拉克战死沙场之时，在场的贝奥武甫没有履行英雄的职责拼死为其佑主复仇，而是神秘地只身跑回了耶阿特国，此为其一。贝奥武甫的出现，非但没有受到非议与谴责，王后反而执意要将王位让与贝奥武甫，这是其二。而第三个细节更是令人费解。因政治运作上的错误，年轻的耶阿特王引来杀身之祸，成了瑞典王刀下之鬼，而表兄弟贝奥武甫却安然无恙，反而被其堂而皇之地扶上了耶阿特王的宝座。以上这些疑点引导我们回想起史诗前半部反复提到过的该隐这一形象。即使贝奥武甫在一生中并没有直接置其族人于死地的劣迹，但一系列与背叛或不忠相连的经历一定在他的内心留下了不安的印记，尤其是在晚年陷入窘境时，他的内疚与由此而生的惶惑表现得极其突出。从整体上看，这应当是贝奥武甫临死时突然说起他从未杀过亲族的主要原因。以诗人之见，作为一个不错的王者，在生命即将结束时，回想一生，最令其感到不安的应当是他有失"忠诚"的经历，这一经历不仅有悖于日耳曼英雄世界的信条，更重要的是，它似乎在贝奥武甫与基督教传统中的该隐一族之间建立起了某种令人惊悸的联系。显然，诗人在欣赏英雄世界所推崇的种种精神的同时，或许也在思索着日耳曼英雄社会所派生出的各种痼疾。诗人一方面因英雄们的业绩而赞叹不已，另一方面也在以格里高利所倡导的传教精神平和地向世人述说着日尔曼英雄世界的是非功过。应该说，史诗所表现出的这种双重思考，是时代的反映，也使《贝奥武甫》这个英雄故事成为传播基督教思想的独特史诗作品。

综上所述，《贝奥武甫》展示给我们的既不是纯粹的日耳曼英雄轶事，更不是简单的基督教故事。因此，无论将其中哪一种内容理解为附着于另一种内容之上的装饰性"色彩"，都应是对这部作品的不小的误解。无论是对今天的读者，还是对当时的听众，它都是一部以明显的多元内容传达着双重文化信息的独特作品。应该说，在盎格鲁-撒克逊英国这一特定文化氛围中，《贝奥武甫》充当了以基督教视角观察日耳曼传统、进而以古老日耳曼英雄故事弘扬新兴基督教精神的特殊角色。《贝奥武甫》是一部充满基督教精神的独特的英雄史诗。

第十二专题　德国神话史诗《尼伯龙人之歌》研究

安书祉

《尼伯龙人之歌》解析

1　前言

本专题介绍、解析德国中世纪英雄史诗《尼伯龙人之歌》。文章的内容包括题材来源、时代背景、作者探证、文本分析、人物一览以及接受史等部分。研究工作主要分为两点。第一，介绍相关的、必要的历史渊源和背景知识，为深入理解作品提供帮助；第二，探讨这部描写古代德国人的思想观念、价值取向、行为方式以及他们发展演变的作品何以能够经过数百年仍魅力不减，不仅在近千年的文学发展史上留下了闪亮的印记，而且至今也依然吸引着我们的目光。

谈到德国中世纪的英雄史诗时，文学史家经常提到三部作品：《希尔德勃兰特之歌》、《尼伯龙人之歌》和《谷德伦》。这三部作品虽然形式上具有古代英雄文学的许多共同特点，但无论就产生年代、思想内容、宗教色彩、创作宗旨，还是就语言形式而言，它们都有很大不同，分别代表了英雄史诗在德国的兴起、繁荣和衰落三个发展阶段。

《希尔德勃兰特之歌》（*Das Hildebrandslied*）产生于7世纪，最晚8世纪初，810年或820年左右，由符尔达修道院的僧侣用古德语方言记录在一部拉丁语的符尔达大法典的前后扉页上。这是一段以父子对话为内容的英雄歌,写到第68行,因为扉页已经写满而戛然中断,因此流传下来的只是一个断片。这首歌起源于欧洲民族大迁徙时期,属于东哥特国王蒂奥德里希传说系统,内容描写的是西欧氏族社会末期,基督教影响和封建化尚未主宰社会生活之前,日耳曼人的生活状况。歌的主题是英雄的荣誉感与血缘关系之间的冲突,父亲在英雄荣誉与父子亲情之间选择了前者,从而展示古代日耳曼人的精神风貌和道德观念。所以,这部作品属于古代日耳曼英雄文学范畴,是一篇口头创作,直到德语文字产生以后才被记录下来。欧洲文学史和北欧文学史作者在谈及欧洲中世纪的英雄史诗时,把这部作品与盎格鲁-撒克逊人的《贝奥武甫》(*Beowulf*)归为一类,认为它们代表了欧洲英雄史诗的早期阶段。

《尼伯龙人之歌》大约于1202年到1204年写成,故事产生的历史背景是:一,欧洲民族大迁徙后期匈奴人大举入侵,他们占领了多瑙河下游地区之后,进而向日耳曼人聚居的地区发展,为争夺莱茵河畔的富庶地带,与罗马人配合,相继消灭勃艮第、东哥特、尼德兰等日耳曼人的王国,称霸欧洲。二,有文字记载,一位日耳曼少女希尔蒂珂(Hildiko)为了给族人报仇,在新婚之夜,杀死她的丈夫匈奴国王阿提拉(Attila)。后来围绕这两点史实有多首英雄歌在民间流传。一位不知姓名的说唱者受其启发,不久便在这些英雄歌的基础上开始了他的创作,于13世纪初写出了英雄史诗《尼伯龙人之歌》。这部作品虽然叙述的是古代日耳曼的英雄故事,但创作宗旨已经发生变化,其中的人物不再是古代英雄,而是宫廷骑士。故事表现的主题虽然依旧颂扬古代日耳曼人的好斗精神和英雄气概,但作者着力表现的是新时代的社会现实,即诸侯割据、权势斗争和骑士阶级的宫廷生活。那么,这部英雄史诗为什么称《尼伯龙人之歌》?尼伯龙族人(Nibelunc)这个词是怎么来的?据史料记载,古代勃艮第国有一个王族叫 Nibilingos,Nibilingos 是古德语,中古德语称 Nibelunc,复数为 Nibelunge,指的是这个王族的人,译成汉语叫作尼伯龙族人。相传,尼伯龙王族拥有一大批黄金,使匈奴国王阿提拉垂涎欲滴。13世纪以前,在北方还流传另外一个有关宝物的传说,说是日耳曼英雄西古尔德(Sigurd)打败尼伯龙克（Nibelunc）和希尔蚌克（Schilbunc）两位王子，并占有了他们的全部宝物（Hort）。这两位王子来自一个叫作尼伯龙的国度（Nibelungland），宝物都藏在那里。此外，在德语中Nibel和Nebel形式相像，后者是雾的意思，因此有人推断那是一个云雾缭绕、模糊不清的地方。《尼伯龙人之歌》的作者通过联想，把这两个传说融合在一起，创作出一部以克里姆希尔德（即历史上记载的希尔蒂珂）为丈夫复仇和尼伯龙人为争夺宝物的斗争为主线，贯穿故事首尾的大型史诗，展示他们与命运抗争到底的英雄精神。《尼伯龙人之歌》一经问世，便站到德国骑士—宫廷文学的顶峰，无论其思想内容，还是艺术形式都独具一格，是同一时期其他叙事体作品无可比拟的。

至于《谷德伦》（Kudrun）则来自另外的传说范畴，内容起源于古代北方诺曼底人的抢婚母题，故事讲的是丹麦国王的女儿谷德伦拒绝了西兰和爱尔兰等国王子的求婚，最后被诺曼底国王子掠走。这个故事以诺曼人骚扰法国沿海、不列颠岛和地中海为历史背景，12世纪初开始流传，后来由北方传到南方，最后于1230年至1240年之间在奥地利写成。此时，霍亨史陶芬王朝的鼎盛时期已过，曾经繁荣一时的骑士-宫廷文学开始衰落，基督教思想已经控制了人的精神生活。所以，在史诗中作者虽然也描写了战争的残酷，但主旨不是揭示诸侯之间的权力之争导致的悲剧结果，而是希望相持各方最终达成和解。作者把谷德伦塑造成为一个十分善良的形象，宽容博爱，不计旧恶，逆来顺受，甚至以德报怨。这显然与日耳曼人勇于战斗的英雄气概大相径庭。史诗结尾也基本离开了古代英雄文学的模式，对立各方言归于好，曲折的故事最后以大团圆告终。《谷德伦》与《尼伯龙人之歌》之间没有承前启后的关系，只是因为作者充分采用了《尼伯龙人之歌》的语言风格，许多段落甚至采用的就是不折不扣的尼伯龙人诗段（Nibelungenstrophe），形式上看来与《尼伯龙人之歌》很相似，所以常常有人把这两部史诗称为姊妹篇。但就思想深度和艺术形式而言，《谷德伦》并不是中世纪英雄史诗的进一步发展，相反，它标志着英雄史诗已走向终结。

以上三部作品，《希尔德勃兰特之歌》和《谷德伦》至今没有中文译本，只是在相关的文学史著作里有些介绍。唯《尼伯龙人之歌》传入中国比较早，民国初年就有人在文学刊物《中华小说界》上著文介绍，用的是文言体，内容简单，影响不大，没有引起学界注意。1949年以后的第一部全译本是20世纪50年代钱春绮先生的译作，标题为《尼伯龙根之歌》。钱先生还亲自为译本作序，详细地分析了这部作品的思想内容、人物性格和历史意义。2000年，笔者以《尼伯龙人之歌》为标题出版了第二个全译本，随后陆续收到有关这部史诗的各种提问，深受启发。我在感激之余，决定以我的译本为依据，系统地阐述对这部史诗的理解，这仅仅是我个人的学习心得，但愿能对我的同行和青年读者有一点参考作用。

2　导论

德国文学从公元8世纪开始到第二次世界大战为止，经历了三个繁荣时期，即中世纪骑士-宫廷文学时期，18世纪古典文学时期和19世纪末至20世纪初的现代主义文学时期。《尼伯龙人之歌》产生于德国文学的第一个繁荣时期。它与《埃勒克》(Erek)①《帕其伐尔》(Parzival)②《特里斯坦和伊索尔德》(Tristan und Isolde)③ 等骑士-宫廷史诗齐名，都是这一时期的巅峰之作。所不同的是，前面三部是以欧洲中世纪盛传的亚瑟传奇和凯尔特传奇为基础创作而成的，唯独《尼伯龙人之歌》取材本土的古代英雄文学传统，历史渊源悠远，其中的人物要么本人就是日耳曼英雄，从远古走来，要么就是古代日耳曼人的子孙后代。他们虽然经过数百年时光的荡涤，但到了中世纪，即使思想观念、行为方式、价值取向都宫廷化了，其胸襟、气质和品格依然与祖先血脉相通，骨

---

① 德国宫廷史诗，作者奥埃的哈尔特曼（Hartmann von Aue），写于1180—1185年之间。
② 德国宫廷史诗，作者埃申巴赫的沃尔夫拉姆（Wolfram von Eschenbach），写于1200—1210年之间。
③ 德国宫廷史诗，作者斯特拉斯堡的戈特夫里德（Gottfried von Strassburg），大概写于1210年前后。

肉相连。因此，为了了解他们的由来和发展，他们的憧憬和情怀，以及他们同命运的不懈抗争，我们在走进《尼伯龙人之歌》之前，有必要寻根溯源，先去探望一下他们的日耳曼祖先。

史书记载，大约于公元前2000年，在今日的德国北部，波罗的海沿岸，丹麦以及斯堪的纳维亚半岛南部等地区就居住着一个生活方式相近、口语相通的日耳曼部落群。公元前200年，由于气候骤然恶变，这些日耳曼部落为了寻找更适于生存的土地，纷纷南下，进入莱茵河地区，公元前后，挺进到罗马帝国边境。从公元初到公元3世纪欧洲民族大迁徙开始时，他们已经陆续组成氏族，大体分为：一，易北河日耳曼人，他们是朗格巴底人、阿勒曼人和巴伐利亚人的祖先；二，威悉-莱茵日耳曼人，属于这一氏族的主要是法兰克人；三，北海日耳曼人，他们的后代是撒克逊人和佛里斯人；四，奥德-维斯杜拉日耳曼人，他们繁衍了汪达尔人、勃艮第人和哥特人；五，北方日耳曼人，他们的后代包括今日的瑞典人、丹麦人和挪威人。这些氏族又经过几百年的迁徙动荡终于定居下来，在易北河中游和下游以西定居的各氏族统称西日耳曼人，在斯堪的纳维亚半岛和冰岛定居的各氏族统称北日耳曼人，迁徙到维斯杜拉河和奥德河流域的西日耳曼人和北日耳曼人统称东日耳曼人。东日耳曼人现在大都已经绝迹，一些零散的支系后来都陆续融入其他各氏族。到了中世纪，活跃在《尼伯龙人之歌》作者笔下的大小角色，不论是法兰克人、勃艮第人、尼德兰人、巴耶伦人，还是东哥特人、撒克逊人、丹麦人、冰岛人，他们都是这些古代日耳曼人的后裔。

古代日耳曼人没有文字，他们无法记载自己的历史。今天我们对于古代日耳曼社会的认识主要来源于两部著作，一部是公元前1世纪罗马军队统帅、后来的罗马皇帝恺撒（Gaius Iulius Caesar，公元前100年—前44年）在与日耳曼人的征战中写下的《高卢战记》(*Aufzeichnungen aus dem Gallischen Krieg*)，书中零星地谈到一些日耳曼人的情况。另一部是罗马史学家塔西佗（Publius Cornelius Tacitus，约55—120年）于公元98年发表的《日耳曼尼亚的起源、地理位置和部落群》(*Ueber den Ursprung, die Lage und die Voelkerschaften Germaniens*)，简称《日耳曼尼亚志》(Die Germania)。这两部作品都是历史上最早记述古代日耳曼社会状况的文献。在《日耳曼尼亚志》中，作者详细地描述了公元前后日耳曼人的生活、习俗、法律、劳动方式、宗教信仰、政治组织以及各部落的情况。我们尤其感兴趣的是，书中写到古代日耳曼人已经有自己崇拜的神明，他们遵守祭奠英灵的习俗，相信神祇、卜筮和天命；他们恪守忠诚，崇尚武器和勇敢精神。[1]这些在《尼伯龙人之歌》中都有明显痕迹可寻，譬如西格夫里特的巴尔蒙宝剑和隐身服的效力和多瑙河上女仙们的预言，又如克里姆希尔德的复仇，西格夫里特的见义勇为，哈根的忠贞不渝，等等，都是古代日耳曼习俗的传承和精神的延续。

塔西佗在书中还谈到，像其他先民一样，日耳曼人也有自己的口头创作，他们在劳动过程中发出的各种声响和吟咏就是这种最原始的文学创作形式。公元376年至568年欧洲的民族大迁徙运动使日耳曼口头文学创作达到高潮。那是一个兵荒马乱的年代，日耳曼人颠沛流离，生活动荡，在他们各部落兴衰起落的过程中产生了许多可歌可泣的英雄故事。这些故事经过几百年的口口相传，逐渐围绕几个主要的英雄人物形成了各自独立的传说系统。主要有：以蒂奥德里希大帝（Theodrich，公元452—526年，传说中称伯尔尼的狄特里希 Dietrich von Bern）为中心的东哥特传说系统；以尼德兰英雄西格夫里特为中心的法兰克-布隆希尔德传说系统；以勃艮第国王恭特及其妹妹克里姆希尔德（北方传说中称谷德隆恩）为中心的勃艮第人传说系统；以匈奴国王阿提拉（传说中称阿提利 Atli）为中心的匈奴王传说系统，等等；而每一传说系统又包括无数叙述和赞美英雄的"歌"。《尼伯龙人之歌》与上述四大传说系统都有关联，其中以法兰克-布隆希尔德传说系统和勃艮第人传说系统为故事的主干，同时也涉及了匈奴国王传说系统和东哥特传说系统。实际上，这些传说系

---

[1] 见塔西佗著《阿古利可拉传·日耳曼尼亚志》，商务印书馆，2009年，第49—52页。根据该书第75页注释（8）、（14）、（15），麦叩利（Mercurius）或指日耳曼人所信奉的众神之父奥丁（Woden, Odin），赫尔丘力士（Hercules）或指日耳曼人所信奉的多尔神（Donas, Tor），马斯（Mars）或指日耳曼人所信奉的狄尔（Tiu, Tyr）。

统中包含的许多英雄歌早已在民间广泛流传。大约于 1160 年，出现一部《尼伯龙人惨史》(Die Nibelunge Not)，从形式上看，这首《惨史》已经具有史诗的规模。与这部《惨史》属于同一范畴的其他有名的英雄歌还有《西古尔德之歌》(Sigurdlied)、《阿提利之歌》(Atlilied)、《蒂德莱克传说》(Thidreksaga)、《沃尔松传说》(Völsungsaga)，以及《有角质皮肤的赛夫里特》(Hürner Seyfried) 等，后者从 12 世纪开始一直流传到 16 世纪。这些"歌"中的人物和故事都与《尼伯龙人之歌》有着与生俱来的联系，他们有的作为英雄歌载入史册，有的作为民间故事继续流传，但无论哪一种都无法与《尼伯龙人之歌》相比。

既然古代日耳曼人的文学都是口头创作，当时没有文字记载，那么《尼伯龙人之歌》的作者是如何获得这份古代遗产的？前面说到，古代日耳曼人生活在氏族社会，他们靠集体劳动为生，在劳动过程中互相交流沟通，释放心中的喜怒哀乐，逐渐创造出了自己的表达形式，成果均由口头传诵。但是，随着氏族社会解体，集体劳动被个体劳动取代，口头创作的传统失去了生存基础。在南方，基督教思想从 9 世纪开始渗透社会生活的各个领域，渐渐主导法兰克王国（Frankenreich，5 世纪末—10 世纪末）的精神生活。自那时起，教会垄断全部文教工作，读书写字成为僧侣们的专利，内容由教会指定，文学作品都是为传播基督教教义服务的。在这种情况下，日耳曼口头文学备受冷落，除极少数诗行和断片后来由于偶然的机会被记录在废旧的羊皮纸上或经书的前后扉页上外，绝大部分都失传或散落在民间了。所幸，北方社会发展比较晚，基督教传入也比较晚，在南方社会已经开始转型的时候，北方社会还没有多大变化，农耕者依旧是日耳曼文化的承载者和扶植者，甚至在基督教传入以后，他们仍然作为社会主体支配着教会的文教手段。因此，在那里古代日耳曼的口头文学才得以继续流传几百年，直到文字产生为止。

为了解《尼伯龙人之歌》题材的来源，这里需要谈一谈古代北欧文学的兴起以及南方日耳曼人的口头创作从本土流落到北方的遭际。8 世纪末至 11 世纪中叶是北欧海盗猖獗时期，一般认为这一时期始于 793 年丹麦海盗袭击英格兰，止于 1066 年挪威海盗首领哈拉尔德（H. Hardradi，1015—1066）远征英格兰失败。北欧海盗时期是继公元 4 世纪日耳曼民族大迁徙以来又一次影响巨大的社会变动，这一变动当然也给日耳曼人的历史描述和口头创作提供了发展机会，北欧古代的神话和许多关于古代北方英雄的"歌"，如北方挪威的《哈拉尔德之歌》(Haraldlied)，就是在这一时期形成或产生的。而基督教虽然自 9 世纪初就传入斯堪的纳维亚地区，并陆续渗透到社会各个阶层和不同领域，促使北欧氏族部落分化瓦解，在丹麦、挪威、瑞典相继出现了以国王为中心的封建世俗政权，但由于基督教的传播缓慢，改革也不像南方那么彻底，不仅日耳曼氏族社会的原始共和和民主政体没有被完全革除，日耳曼人多神教的许多传统习俗、神话故事和传说也都得以保存下来。这就是日耳曼人的祖先给后世留下的口头文学遗产。

古代日耳曼口头文学包括北欧神话和英雄传说两部分。北欧神话主要讲的是神的故事或者神与人之间的故事，"反映了原始部族的多神教信仰和他们同大自然做斗争的神奇瑰丽的想象"。[①] 想象中，他们以为"最初世界上只有两个区域，一冷一热。这两个区域之间有一条又宽又深的大裂缝，叫作'金侬加裂缝'，当冷热相遇，即当火焰和冰块碰到一起时，烟雾和水蒸气冉冉升起，随即产生了一个巨人伊米尔（Ymir），接着又出现了一头专给巨人喂奶的大母牛安德胡姆拉（Audhumla）。它舔着冰块，及时把在冰下受冻的神的祖先，奥丁（Odin）的祖父布里（Buri）救了出来。后来奥丁和他的两个兄弟维利（Vili）和威（Ve）将伊米尔的身体造成一个世界，头做天，肉做地，骨化为山，血成为海，牙齿变为岩石，毛发变为草木。他们又用两株树干做成第一对男女，即阿斯克（Ask）和埃姆布拉（Embla）"。[②] 这就是日耳曼人的创世记。北欧神话是由一个庞大的、等级森严、职务分明的神的家族组成的，家族的名字叫阿斯伽尔特（Asgard），奥丁是阿斯伽尔特的主人，众神之父。"他像一个氏族社会的首领，也像一个王宫的君主，辅佐他执掌朝政的有十二位男神

[①] 《中国大百科全书》外国文学卷 I，中国大百科全书出版社，1982 年，第 122—123 页。
[②] 同上。

和二十四位女神，男神称亚息尔（Aesir），女神称亚息尤尔（Asynjur）。据说，奥丁共有三处宫殿，其中一处名为伐尔哈拉（Valhalla），意为勇士中战死者之宫，亦称'英灵宫'。北欧人想象，每逢人间有战争，奥丁就会派九名称为伐尔凯（Walküre）的战阵女郎到战场上从战死的勇士中挑选一半，引入此宫做客"。[①]此外，奥丁有三个妻子和一大群儿女，分别为地神、风神、雷神、光明神、黑暗神、太阳神、土地神、春之神、夏之神、丰收之神、森林之神、真理与正义之神、勇敢与战争之神、诗歌与音乐之神、美与恋爱之神，等等，他们分布在不同岗位，协助奥丁主宰宇宙万物。总之，这个神的家族俨然是一个等级社会，一个庞大的封建王国。它反映了北欧各国已经或正在从日耳曼氏族社会向封建政体过渡。而在《尼伯龙人之歌》中，虽然诸神的活动鲜有直接表现，但联想到冰岛布伦希尔德王宫的虚无缥缈，尼伯龙克和希尔蚌克两位王子国土的亦真亦幻，以及多瑙河上女仙们的神异蹊跷，我们依然可以认为《尼伯龙人之歌》也是具有一些神话色彩的。

而英雄传说与北欧神话不同，讲的是人的故事，或者把人神明化。北欧英雄传说的历史比较晚，很多英雄歌都是在公元3世纪以后产生的。"歌"的内容常常把史实和神话糅合在一起，塑造出一个或几个非凡人物，他们身上带着野蛮时期和氏族社会的明显烙印：性格好斗，崇尚武艺，充满英雄气概。英雄歌的最初创作者是"施卡尔德"（Skard）或称"施考普"（Skop），亦称之为行吟歌手（fahrende Saenger）。这些人多才多艺，巧舌如簧。他们通常依附在某一个宫廷，专门为这个宫廷的国王和贵族创作和演唱，以此挣得一份口粮。他们说唱的英雄故事都是以"歌"的形式出现，大体分为"英雄歌"（Heldenlied）和"赞美歌"（Preislied）两种。纯粹的"赞美歌"是从"英雄歌"发展出来的，歌中颂扬的是某一个活着的或刚死不久的英雄，一般就是他们服务的主人。"赞美歌"不在意有多少故事情节，主要是歌颂主人公的美德和高尚情操，表示对他的敬畏和赞佩之情。譬如前面提到的《哈拉尔德之

[①] 茅盾：《神话研究》，百花文艺出版社，1981年，第237—315页。

歌》就是最古老的一首。歌中颂扬哈拉尔德·逊哈尔（Harald Schönhaar）国王打败丹麦人从海上的进攻后占领挪威的英雄业绩，叙述充满溢美之词。"英雄歌"相反，集史实、传说和神话于一身，着力叙述主人公的业绩。这类"歌"有比较完整的故事情节，具有后来的叙事谣曲和戏剧的特点。"英雄歌"和"赞美歌"在当时具有同等价值，均为大众喜闻乐见，但"英雄歌"对后世的影响则是后者无法企及的。施卡尔德和施考普创作和演唱的英雄歌共有五十多种，其中一半以上原本是南方日耳曼人的创作。这些"歌"流传到北方之后，与当地的风土人情和语言特征相融合，不同程度地北方化，许多人物的名字都改成了北方语言，例如 Sigfried（西格夫里特）改为 Sigurd（西古尔德），Prünhilt（布伦希尔德）改为 Brynhild（布隆希尔德），Gunther（恭特）改为 Gunnar（巩纳尔），Hagen（哈根）改为 Högni（哈格尼），Kriemhild（克里姆希尔德）改为 Gudrun（谷德隆恩），Attila（阿提拉）改为 Atli（阿提利），等等。研究古代日耳曼文学史的学者有一种观点，认为英雄歌最初是由哥特人创造的，经巴伐利亚和阿勒曼传播各地，辗转于民间数百年之久，自公元 6 世纪就已经为东、西和北方日耳曼人，包括法兰克人、撒克逊人和挪威人所共有。挪威人和冰岛人对这一时期的英雄文学有过卓越贡献，他们搜集整理的冰岛歌集《埃达》（Edda）和《萨迦》（Sagga）对中古时期的欧洲文学，尤其对英国和德意志文学都产生过重要影响，其深度和广度堪与希腊神话和罗马史诗相媲美。

《埃达》有诗体《埃达》和散文体《埃达》之分。诗体《埃达》包括神话诗和英雄诗两部分，共三十八首诗篇，是公元 9 世纪之前由一名不知姓名的挪威人带到冰岛的日耳曼人的口头创作，大约在 13 世纪落实于文字，写定成篇。因为最后三首不在原来的手抄稿里，所以也有共三十五首诗篇之说，其中神话诗十四篇（叙事诗十三篇，教谕诗一篇），英雄诗二十一篇（叙事诗十八篇，教谕诗三篇）。[1]神话诗的代表作是《女占卜者的预言》，诗中从宇宙的形成、世界的创始、神的诞生与毁灭，讲到世界末日以及世界末日后光明的再现。恩

---

[1] 见《埃达》，石琴娥、斯文译，译林出版社，2000年。

格斯曾对这首诗给予高度评价，指出它虽然写的是世界末日，旧秩序被彻底毁灭了，但在重新建立的新的世界里光明又再次到来。[①]19世纪德国作曲家理查德·瓦格纳（Richard Wagner）写的《指环》四部曲，就是从古代的北欧神话中获得了创作灵感。英雄诗的内容主要包括沃尔松家族、海尔吉家族和沃尔隆德家族的传奇故事。沃尔松家族的故事又包括数首英雄歌，内容已经讲到西古尔德杀死莽龙，获得莱茵宝物，后又背弃匈奴公主布隆希尔德，继而与勃艮第公主谷德隆恩结婚；而布隆希尔德为了报仇，又杀死西古尔德；匈奴国王阿提利为夺得莱茵宝物杀死勃艮第国王巩纳尔，其妹为兄复仇杀死阿提利后，投海自尽。这些故事符号在13世纪产生的《尼伯龙人之歌》中均得到保留，并且组成了故事的主要框架。因此，说《尼伯龙人之歌》由沃尔松家族的故事以及数首相关的英雄歌"脱胎衍生"并不为过。当然，这些故事后来经过数百年的发展演绎，人物情节都有很大出入，创作主旨更是今非昔比，对此下一章会进一步探讨。

《萨迦》是一部用散文体叙述的祖先们英雄业绩的故事集，13世纪前后由挪威人和冰岛人加工整理并记载成文。《萨迦》与《埃达》不同，它记载的是北欧氏族社会的英雄人物，以及他们的功勋业绩和传记家谱，如《挪威列王传》、《国王的镜子》、《冰岛人萨迦》等。《冰岛人萨迦》中包括一部《沃尔松萨迦》，讲述了沃尔松家族从祖先到后代的历史，与《埃达》中多首相关诗篇内容雷同，两者虽然情节不尽一致，但都反映了古代北欧人的社会生活、风俗习惯和宗教信仰；它们都是我们今天研究《尼伯龙人之歌》的重要历史文献。

3 起源——古代日耳曼英雄文学

《尼伯龙人之歌》在形式上像是一个整体，但仔细观察我们发现，作品中间有一条明显的界线把故事内容分成了两部分。第1歌至第19歌为第一部分，

---

① 见《马克思恩格斯全集》中文版第四卷，人民出版社，1958年，第134—136页。

故事发生在莱茵河畔的勃艮第国，内容讲的是尼德兰王子西格夫里特从求婚、遇难，到最后被安葬的过程；第20歌至第39歌为第二部分，故事发生的地点在匈奴帝国，内容包括克里姆希尔德为丈夫西格夫里特复仇，向勃艮第人讨还宝物，以及最后被杀死等情节。文学史上称第一部分为"西格夫里特之死"（Siegfrieds Tod），第二部分为"克里姆希尔德的复仇"（Kriemhilds Rache），亦称"勃艮第人的覆灭"（Burgundenuntergang）。据文学史家考证，这两大部分原本就属于两个独立的英雄传说系统，即以尼德兰英雄西格夫里特为中心的法兰克-布隆希尔德传说系统和以勃艮第国王恭特及其妹妹克里姆希尔德为中心的勃艮第人传说系统，它们都起源于5世纪或6世纪初的法兰克，后来才走上不同的发展道路。法兰克-布隆希尔德传说后来成为史诗第一部分"西格夫里特之死"的创作基础；勃艮第人传说（包括部分匈奴国王传说和东哥特传说）成为史诗第二部分"克里姆希尔德的复仇"或"勃艮第人的覆灭"的创作基础。连接这两部分故事内容的纽带是两条平行的主线，一条是通过克里姆希尔德这个人物的两次婚姻（第一次嫁给西格夫里特，第二次嫁给匈奴国王艾采尔）讲述了这位"尼伯龙族人"从爱情，到婚姻，再到死亡的命运，另一条是贯穿故事始终的"宝物"母题，即通过宝物的辗转流传以及最后的下落宣告，"尼伯龙族人"已经不可能东山再起，指的就是勃艮第王国的彻底覆灭。因此，要了解《尼伯龙人之歌》的题材、故事和人物的由来，我们必须沿着这两个传说提供的线索去追根溯源。

3.1 法兰克-布隆希尔德传说

法兰克-布隆希尔德传说从形成到写成史诗第一部分经历了三个阶段：

第一阶段：早在欧洲民族大迁徙运动中，就流传着一首名为《布隆希尔德之歌》（*Das Brynhildenlied*）的英雄歌。这首歌产生于5世纪或6世纪初，是一位法兰克人创作的，这是最早描述布伦希尔德和西格夫里特悲壮命运的颂歌，因此被视为法兰克-布隆希尔德传说的最古老的形式，亦称《古布隆希尔德之歌》(*Das ältere Brynhildenlied*)。基督教传入以后，古代的日耳曼口头文学迫于基督教的压力陆续向北方转移，这首歌也未能在故乡保存下来。13世纪初，一位姓氏无法考订的冰岛学者把散落在民间或铭刻在器物上的古代神话、咒语以及各种"歌"搜集起来编辑了著名的《埃达》歌集。在这部集子里有多首以布隆希尔德传说为题材的英雄歌，例如《古西古尔德之歌》(*Das Alte Sigurdlied*) 就是最早在这里出现的。至于这首歌是否就是《古布隆希尔德之歌》我们不得而知。因为《埃达》已经是新的冰岛文学创作，加进了许多古代北方人的思想观念和风土人情，人名地名都改成了冰岛语或挪威语；各"歌"中讲的故事也不完全一致，譬如有的"歌"说西古尔德是在森林里狩猎时被杀害的，有的"歌"说他是死在床上妻子身旁的，故有"森林之死"和"床上之死"两种说法。关于他的对手哈格尼扮演的角色也有不同描述，有的说他是巩纳尔的随从，有的说他是巩纳尔的同母异父兄弟，系阿尔本之子。但是，这些产生时期相同、轮廓大致相当、首尾比较一致的"歌"都保留了古代法兰克原创的特征，因而仍不失为我们了解早期布隆希尔德传说的重要文字依据。

从《埃达》歌集的英雄歌[①]里，我们了解到布隆希尔德传说的大致内容：在莱茵河畔的沃尔姆斯有一个勃艮第王国，三位君主分别叫巩纳尔、吉赛海尔特（Giselhert）和巩特赫尔姆或哥特玛（Gutthorm/Gotmar），他们都是基汝吉（Gjuki）国王的儿子，被称为基汝吉人（Gjukungen）。他们的妹妹叫谷德隆恩（Gudrun），他们的军师叫哈格尼。一天，莱茵河下游西格蒙特（Sigmund）国王的儿子西古尔德骑马来到勃艮第宫廷，向谷德隆恩求婚。相传，西古尔德幼年丧失双亲，在荒野中长大，后来被易北河边的一个铁匠收养；他曾经打败一条莽龙，还打败过为分配父亲的遗产而争吵不休的阿尔本（Alben）君主的儿子尼伯龙克和希尔蚌克，占有了他们的全部宝物，并把宝物

---

① 见《埃达》第337—342页"西古尔德之歌片断"；第343—349页"古德隆恩的第一首歌"；第350—364页"西古尔德的短诗"；第365—368页"布隆希尔德赴阴曹之旅"；第371—380页"古德隆恩的第二首歌"；第381—384页"古德隆恩的第三首歌"；第437—443页"古德隆恩的催促"。译林出版社，2000年译。

放在马背上随身携带。勃艮第的君主接纳了西古尔德，与他结拜为兄弟并答应把妹妹谷德隆恩许配给他做妻子。这时，北方一个孤岛上住着一位女英雄，名叫布隆希尔德，她的城堡周围是用火焰砌成的壁垒；她发誓，只有能穿过这道火焰的人才有资格做她的丈夫。巩纳尔要去北方孤岛向布隆希尔德求婚，西古尔德答应给他带路，他们还带上了哈格尼及其兄弟伏尔凯。一行四人来到燃着熊熊大火的壁垒前，巩纳尔的马不听使唤，于是西古尔德与巩纳尔调换角色，跨上马冲向火海：此时地动山摇，火焰直冲云霄，然后落在他面前熄灭。西古尔德走近布隆希尔德，自称是基汝吉的儿子巩纳尔，欲娶她为妻子。布隆希尔德大惑不解，她本以为只有杀死莽龙的西古尔德能经受住大火考验。现在她只好认输，答应嫁给这个"巩纳尔"。西古尔德又假装巩纳尔在布隆希尔德身边睡了三夜，第三天早上，他拿走布隆希尔德手上的戒指，回到自己同伴那里，复原本来身份。巩纳尔等人带着布隆希尔德一起返回沃尔姆斯庆祝婚礼，西古尔德则把戒指交给了未婚妻并把自己经历的一切告诉了她。此后，两对夫妻过了多年相安无事的日子。一次，布隆希尔德和谷德隆恩在莱茵河沐浴，布隆希尔德坚持要游在前面，她认为自己更为高贵，因为只有她的丈夫能骑马穿过火焰壁垒，他是众英雄之冠，而西古尔德先在森林里与野兽为伍，后来给一个铁匠当了佣人，不过如此。谷德隆恩对布隆希尔德的诽谤嗤之以鼻，说自己的丈夫打败过莽龙，占有了阿尔本人的宝物，而且当初是他穿过火焰壁垒并赢得布隆希尔德的；后来他还睡在布隆希尔德身边并拿走了她的戒指，可见布隆希尔德不过是西古尔德的一个妍妇而已。布隆希尔德听后大怒，要求巩纳尔铲除西古尔德，为了斩草除根也把他的幼子杀掉。巩纳尔与兄弟们商议，吉赛海尔特认为，只要有西古尔德站在他们一边，他们就无敌于天下，因此不能铲除这位英雄。军师哈格尼则认为，只要把西古尔德和他的幼子除掉，尼伯龙人的宝物就可以全部归基汝吉人所有，他承诺一切由他一手操办。他建议国王带西古尔德一起出游狩猎，但故意不带饮料上路，等到西古尔德口干舌燥，来到一条溪水边俯身喝水时，他乘其不备将标枪刺进西古尔德的心脏，将西古尔德置于死地。天黑以后，他们把死尸运回沃尔姆斯，撬开谷德隆恩的卧房，将死尸扔到她的床上。谷德隆恩惊醒后，辨认出丈夫的钢盔和盾牌完好无损，断定这是一起谋杀，因而悲痛欲绝。布隆希尔德闻讯只是冷笑，其他人则开怀畅饮，欢呼胜利，一直庆祝到深夜。然而次日清晨，布隆希尔德把侍从们叫到床前对他们吐露：西古尔德睡在她身边时，曾把宝剑放在他们俩之间，并没有动她的处女之身；西古尔德恪守对朋友的忠诚，本属无罪，欺骗她的是巩纳尔。她说罢当即拔剑自尽。

以上是布隆希尔德传说最早的内容，大约流传了六七百年。那时故事的中心人物是布隆希尔德、西古尔德和谷德隆恩，他们的思想行为都十分简单朴素。布隆希尔德心目中的情人本是西古尔德，只是因为受了欺骗，她才做了巩纳尔的妻子。真相大白后，她要求铲除西古尔德。这对于西古尔德是不公平的，为了平衡布隆希尔德的这一犯罪行为，传说最后让她用事实洗清西古尔德的不白之冤，而她不仅因为自己的那桩婚姻很不光彩，也因为自觉罪孽深重，无颜苟且偷生，于是自己结束了性命。谷德隆恩在这个故事里还只是次要角色，她的任务主要是通过与布隆希尔德的争吵揭穿欺骗的真相，继而导致布隆希尔德的报复。她与西古尔德的婚姻也只是为增强西古尔德与她的兄弟们的关系。这个传说的独特之处在于，与通常的英雄故事不同，这里女主人公布隆希尔德的报仇不是为了父兄或是丈夫，她的愤怒是针对自己所遭受的伤害和被扰乱的生活；男主人公西古尔德去北方孤岛求婚也不是为了自己，而是为了结拜兄弟巩纳尔国王，这里推动故事发展的力量不是爱情，而是勇敢、友谊和忠诚。这时传说反映的还是氏族社会人与人之间的爱恨情仇、生杀械斗；勇敢、忠诚是至高无上的品质。

确切地说，这个传说应该叫作《布隆希尔德与西古尔德之死》(*Brynhild und Sigurds Tod*)，因为故事讲的是这两个人物的命运。至于这个传说是如何形成的，布隆希尔德和西古尔德这两个人物是虚构的还是确有其人，我们所知甚少，只发现历史上有过这样的记载：墨洛温王朝时期（Merowinger，425—751）有一个强大的女王名叫布隆希尔德（Brynhild/Brunichildis，死于614年），是妇女中的豪杰，布隆希尔德这个名字是在这里第一次出现的。在描述意大利哥特人的历史中也有一段相关的文字：一个高贵的女哥特人游泳时得罪了王后，王后哭着去找国王要求报仇，国王就把那女人的丈夫当作叛逆杀掉了。推测，这里讲的可能就是布隆希尔德、谷德隆恩、巩纳尔和西古尔德等几个人物的纠葛，只是作者没有把他们的名字写出来。后来在探寻尼伯龙人传说起源的时候，以上两段记载常常被研究者援用，他们断言，这证明布隆希尔德不仅确有其人，而且源于墨洛温王朝时期。西古尔德这个人物确实在多首英雄歌中出现过，但他是在哪一首歌里最早出现的，我们无从得知，只知道他与两个古代传说有关：沃尔松人（早先称瓦里斯，Walisungen/Völsungen）传说①和基比歇人（早先称基汝吉人，Gibichungen）传说。② 这两个传说均产生于法兰克，共同组成了一个传说系列，其中包括五首歌和两个传说，五首歌中有两首是关于西格蒙特的，早在传入北方之前就绝迹了，没有给骑士文学留下任何遗产。其他三首对于我们了解西古尔德比较重要，我们从这几首歌中知道，他出身古代一个名为瓦里斯（Walis）的英雄氏族，祖父是瓦里斯国王，父亲叫西格蒙特，母亲叫西格琳德，他们都是法兰克贵族，因此，西古尔德有法兰克王室血统。但他从小被父母遗弃，在森林中由一位铁匠收养，长大以后，打败过一条莽龙，获得了一批宝物，还营救过一个少女，他是个流浪者，没有继承遗产。后来，随着他的殒命和他幼子的夭折，这个氏族就消失了。13世纪，又是一位不知姓名的作者把这几首歌组织成为一个新的整体，取名《青年西古尔德史诗》（*Jung-Sigurdepos*），1500年以后又有人将其内容精简一半，而且改成汉斯·萨克斯时代的市民格调，这就是后来广泛流传的故事书《有角质皮肤的赛夫里特》，在英雄史诗《尼伯龙人之歌》被埋没的近250年期间，英雄西格夫里特的形象就是以这样的方式继续活在人们心目当中的。至于传说中西古尔德的遗孀谷德隆恩及其兄弟巩纳尔等那些基汝吉（基比歇）人的故事则从一开始就是一个独立的传说，即勃艮第王国的覆灭，这个传说后来成为《尼伯龙人之

---

① *Nordische Nibelungen*, trans. by Ragnar Lodbrok and Hrolf Kraki (München: Eugen Dietrichs Verlag, 1985), pp. 9–102.

② Ibid.

歌》第二部分的创作基础，后面还要讲到。

沃尔松人传说和基比歇人传说于 9 世纪初进入斯堪的纳维亚，在北方辗转流传四百余年，挪威和冰岛的作者不断加工改写，其内容日臻完善。特别值得注意的是，这两个传说到了北方，除人名、地名、氏族名称均有变化外，还有三点重要发展：第一，故事变得完满了：西古尔德少年时受母亲呵护，长大后接过父亲西格蒙特的宝剑，担当起为父亲复仇的义务；布隆希尔德成了老匈奴国王的女儿、阿提利的妹妹。阿提利的第二个妹妹叫奥德隆（Odrun），是杜撰的。奥德隆违抗兄长阿提利的禁令爱上了鳏夫巩纳尔，这就为日后阿提利对巩纳尔的仇恨埋下了祸根。这一变化导致的结果是，人们自然就把青年西古尔德解救的少女与布隆希尔德等同起来。1100 年以后，俩人的故事演变成为：西古尔德与布隆希尔德相爱，发誓至死忠贞不渝；巩纳尔的母亲懂得巫术，她用一种健忘汤迷惑西古尔德，致使他去向谷德隆恩求婚，结果他的未婚妻布隆希尔德被巩纳尔获得。这个传说内容一直在冰岛流传到 12 世纪末，学者长期以为这就是布隆希尔德传说最初的形式。第二，强化了神话色彩：当哥特人、法兰克人以及南方其他氏族创作这个英雄传说的时候，他们就已经把诸如阿尔本族人、巨人、矮子、恶魔、各种小精灵等纳入其中了。这些传说在北方落户以后，经历了几百年异教时代，即使后来教会掌握了文教大权，这些神话因素仍然保持着。例如，被西古尔德唤醒的那个少女变成了战阵女郎伐尔凯，主神奥丁施魔法让她睡觉以示惩罚，这样，奥丁就正式出现在西古尔德的生活之中。西古尔德用以进行英雄行为的那柄宝剑是奥丁赠给他父亲西格蒙特的，父亲遵照天神的旨意一直把宝剑带在身边，因而西古尔德和他的父亲都是奥丁统领的英雄。最后，奥丁作为沃尔松人的始祖，帮助并接他们返回故乡。第三，深入人物的灵魂，表现他们的内心冲突：布隆希尔德对西古尔德的爱情未能如愿，她备受煎熬；西古尔德也承认，布隆希尔德未能成为他的妻子，是他心中永远的痛！但他知道，他们俩的死已经注定，于是怀着沉重的心情走开，最后自己结束了性命。冰岛人给西古尔德安排了一个完整的人生，加入了他与布隆希尔德相恋以及误喝健忘汤的情节，使故事更具人情味，这在先前法兰克的原始传说里是没有的。长期以来，这部冰岛人的创作被视为最古老的德国传说广泛流传。

法兰克-布隆希尔德传说的第二阶段为 12 世纪末。此时，欧洲民族大迁徙运动已经过去几百年，中世纪骑士时代开始走向兴盛，在《古布隆希尔德之歌》的故乡莱茵河一带的法兰克又出现了一个新的布隆希尔德之歌文本，为与古代的那首歌相区别，称《新布隆希尔德之歌》(Das jüngere Brynhildenlied)。这首歌的大部分场景，如远征求婚、出游狩猎、西古尔德之死等，看来都起源于墨洛温王朝，但"歌"的外国色彩明显，出现了骑士冒险、英雄救美等细节。这表明，此时意大利、西班牙、法国等国家的文学已经影响到了德国文学。《新布隆希尔德之歌》无疑是一部新的创作，作者可能是一位艺人或行吟歌手，了解早期骑士爱情诗。歌中，巩纳尔和西古尔德两位英雄的地位依然比布隆希尔德低下，但布隆希尔德和谷德隆恩两位妇人的位置发生了根本性变化，前者的作用削弱了，后者的作用增强了，成为推动故事发展的最活跃的力量。但也是由于没有文字记载，这首歌在南部地区失传了。1200 年以后，《新布隆希尔德之歌》移居斯堪的纳维亚，在挪威山区的撒克逊商人中间广泛流传。那时，挪威人十分热衷南方的骑士传奇，在冰岛就有人搜集这些与英雄传说不同的新兴作品，由施考普四处传唱。一位爱好历史的北方人听了这首歌之后被深深打动，于是用散文体重新复述了歌的内容，文稿后来被并入用古代北方语言写的大型歌集《蒂德莱克传说》即蒂奥德里希传说。[①] 看来，从这时起东哥特传说就与法兰克-布隆希尔德传说有联系了，后来部分被纳入《尼伯龙人之歌》，成为史诗第二部分的创作基础。

对比《古布隆希尔德之歌》，散文体的《新布隆希尔德之歌》有很多变

[①] 东哥特人于公元 4 世纪后半期形成部落联盟，375 年被匈奴人击溃；488 年东哥特国王蒂奥德里希（493—526 在位）出兵意大利，围困拉文纳，久攻不克，遂和当时意大利半岛的统治者奥多亚克订约，共同治理意大利。493 年，蒂奥德里希背信弃义地杀死奥多亚克，建立东哥特王国，定都拉文纳。欧洲民族大迁徙期间，围绕蒂奥德里希形成了一个庞大的英雄传说系统。传说中称，伯尔尼的狄德里希（蒂奥德里希）不堪忍受意大利雇佣军奥多亚克的统治，带领部下背井离乡逃亡匈奴，寄居匈奴宫廷长达三十年。

化，加进了不少新时代的观念。第一，基比歇这个氏族名称消失了，取而代之的是一个封建的勃艮第王国，国王和臣民都是按照莱茵地区的发音称勃艮第人（Burgonden）。巩纳尔改为恭特，巩特玛或称巩特赫尔姆改为盖尔诺特（Gernot），吉赛海尔特改为吉赛海尔（Giselherr），谷德隆恩改为克里姆希尔德，布隆希尔德改为布伦希尔德（Bruenhild）；至于哈根的全名过去称特洛亚的哈格尼（Hagni von Troja），强调他是法兰克人，但与他的勃艮第主人不是同一氏族，现在称他为特洛尼的哈根（Hagen von Tronege），这不单是语音的变化，特洛尼很可能是莱茵一带的一个城堡，城堡主人是勃艮第国王的封臣。第二，变化最大最深刻的是布隆希尔德的思想和她扮演的角色。在古代日耳曼的故事里，她是北方的一个女英雄，骁勇豪横，向她求婚的人必须通过骑马穿越火焰的考验，巩纳尔伙同西古尔德借助隐身斗篷的魔力蒙骗了她，迫使她不得不嫁给巩纳尔，紧接着是西古尔德伪装巩纳尔与她进入洞房。北方的作者发现这种考验形式太不真实，原始的神话色彩过于浓重，所以在新的"歌"中把穿越火焰改为比赛武艺。现在谁要向布伦希尔德求婚，谁就必须在掷石、跳远和投标枪三个项目上超过她，否则就得丧命，结果西格夫里特伪装恭特把她战胜。入洞房一场也推后了，因为比赛完武艺，恭特和西格夫里特来不及调换角色，但洞房这一场景对于后面情节的发展又是至关重要，克里姆希尔德出示戒指证明布伦希尔德是她丈夫的"姘头"就是从这里开始的。因此，作者安排这位臂力超强的女子还没有被彻底征服，她在新婚之夜拒绝恭特与她亲近，恭特再次邀请西格夫里特协助，这才把这个强悍的女子制服在床上。至于布伦希尔德为什么拒绝看来已满足她的条件并已被她认可作为丈夫的恭特？她是否心甘情愿做恭特的妻子？是否还在思念昔日的意中人？对于这些问题北方的作者匆匆绕过。直到13世纪，《尼伯龙人之歌》的作者对上述问题给出了解释，他说布伦希尔德在婚礼上看到家妹克里姆希尔德嫁给国王的一名"封臣"心里很难过（618—620诗节），又说既然西格夫里特是国王的"封臣"，为什么不前来进贡（724—725诗节），感到国王的尊严受到挑战，因此非要恭特说清这个"封臣"的身份不可，否则就不许他与自己接近（622诗节）。作者还安排了布伦希尔德的性格转变，洞房之夜发生的一连串事件改变了她的性格，从此她不再是那个粗犷豪横的北方女英雄，而是一位封建王后，与爱虚荣、爱攀比的普通贵族妇人别无二致，这就为后来两位妇人的争吵做了铺垫。此时，再纠缠布伦希尔德受骗的问题已经没有意义，所以故事的重心便转移到西格夫里特泄露戒指的来历和克里姆希尔德当众侮辱布伦希尔德的情节上。于是出现了后面的一系列变化：布伦希尔德与克里姆希尔德争吵是为了维护国王的尊严和荣誉，她选择哈根在场的时候要求恭特替她报仇，这样就使她们的不和变成了宫廷事务，故事结尾也不再是布伦希尔德给被害的西格夫里特还以清白，然后自寻短见，而是让她变成了一个冷酷无情的泼妇，为了报复克里姆希尔德，她要求狩猎归来的勇士把西格夫里特的尸体放到克里姆希尔德床上，并说"让她拥抱这个死人吧！他们罪有应得，他和克里姆希尔德！"第三，在《新布隆希尔德之歌》中，布伦希尔德虽然经常露面，但此时这位女英雄已经不再主宰故事的命脉，取而代之的是她的对手克里姆希尔德。与布伦希尔德相反，克里姆希尔德是贵族闺秀，端庄贤淑，妩媚动人，让这个人物走到前台也是新的骑士时代审美情趣的标志。此外，还有一个外部的影响不可忽视，大约在同一时期，一本保存在普罗旺斯的法国英雄小说《多勒尔和贝同》(*Daurel Beton*) 讲述了一个君主狩猎途中被谋害、他的遗孀悲痛欲绝的故事。这个故事与德国传说十分相似，因此可以假设，《新布隆希尔德之歌》的作者可能借用了这本书的多个情节，尤其在最后，不是布伦希尔德自刎结束全部故事，而是克里姆希尔德痛不欲生，送别丈夫西格夫里特，这就大大丰富和强化了克里姆希尔德这个人物。总之，在《新布隆希尔德之歌》中，布伦希尔德的分量降低了，她的形象变得肤浅平淡，已经不配与西格夫里特搭档，克里姆希尔德自然就成了主要人物。第四，《新布隆希尔德之歌》的篇幅几乎比《古布隆希尔德之歌》长了一倍，但除母后乌特 (Uote) 外，没有新增任何其他人物，也没有描写宫廷庆典等豪华场面，只有少数几个人物出场，故事情节平铺直叙，简单乏味，用散文体取代了古代的押头韵。

　　法兰克-布隆希尔德传说的第三阶段就是史诗的成书阶段了。我们发现，《尼伯龙人之歌》第一部分的故事情节和人物表现与《新布隆希尔德之歌》基本一致，因此有理由推断，《新布隆希尔德之歌》可能就是史诗第一部分的蓝本。

3.2 勃艮第人传说（或勃艮第王国的覆灭）

除《古布隆希尔德之歌》外，公元5世纪至6世纪还有一首称《古勃艮第人之歌》（*Das ältere Burgundenlied*）的英雄歌广泛流传，内容讲的是勃艮第王国在匈奴宫廷的覆灭和匈奴国王阿提利之死，文本采用押头韵。这首歌最初与《古布隆希尔德之歌》一样，在它的德意志故乡已经失传，我们只是在13世纪冰岛的《埃达》歌集中找到关于这个题材的两首歌，一首是《阿提利的歌谣》亦称《小型古阿提利之歌》（*Das ältere, kürzere Atlilied*），另一首是《阿提利的格陵兰之歌》亦称《大型新阿提利之歌》（*Das jüngere, große Atililied*）。[①] 学者普遍认为，前一首更接近古代法兰克英雄歌的原貌。

与法兰克-布隆希尔德传说一样，勃艮第人传说也是经过数百年的发展演变，内容和形式不断丰富完善，而故事的主要框架一直保持到13世纪，后来成为英雄史诗《尼伯龙人之歌》第二部分的创作基础。这个传说的发展经历了四个阶段：

第一阶段：关于勃艮第人和匈奴国王阿提利的故事，我们从《埃达》歌集中了解到的内容是：居住在沃尔姆斯的勃艮第国王是基汝吉（即基比歇）人的后代，他们占有大批宝物，这批宝物原本归谷德隆恩的前夫西古尔德所有，西古尔德遇难后被强行运到沃尔姆斯。谷德隆恩与勃艮第国王是同胞兄妹，她的第二任丈夫匈奴国王阿提利垂涎这批宝物，于是派使者前往沃尔姆斯假意邀请亲人到他的宫廷做客，目的是乘机索取宝物。使者来到勃艮第宫廷的大殿向正在那里欢宴的巩纳尔国王陈述来意，并承诺将赠予丰厚礼物，巩纳尔的同母异

[①] 见《埃达》第393—405页"艾特礼的歌谣"，第406—436页"艾特礼的格陵兰之歌"，石琴娥、斯文译，译林出版社，2000年。

父兄弟哈格尼怀疑匈奴人的诚意，因此极力劝阻。国王却说，即使这批宝物落入狼窝熊掌，他也不愿因胆小怯懦而坐失省亲的良机。他指责哈格尼随了他的那个没有骨气的阿尔本人父亲。被激怒的哈格尼为了表明自己不是懦夫，决定陪同前往。他们一行人经过长途跋涉来到匈奴边界，谷德隆恩派去勇士告诫他们放弃此行，但为时已晚，他们已经进入匈奴国的国界。谷德隆恩看见亲人们来到匈奴人的大殿时，她迎面说道："巩纳尔，你被出卖了，你们就这么几个人又不穿铠甲，怎么能对付得了匈奴人的奸计！"正在饮酒作乐的阿提利则开口索要宝物，遭巩纳尔拒绝后便命令他的勇士杀将上去。混战中，巩纳尔、吉赛海尔特和巩特玛被俘，哈格尼经过艰苦搏斗，虽然杀掉了八个匈奴勇士，但也终因寡不敌众败下阵来。阿提利问巩纳尔，是否愿意用宝物赎回性命，巩纳尔说，只要他知道哈格尼还活在人世，他就不会说出宝物藏在何处。阿提利又令人将哈格尼的心脏挖出来端到巩纳尔面前，巩纳尔看到兄弟血淋淋的心脏之后说道："既然哈格尼已经不在人世，现在只有我一人知道宝物藏在何处，我就更不能泄露这个秘密，你们匈奴人别再痴心妄想了！"阿提利于是下令把巩纳尔关进蛇洞，谷德隆恩给他送来一把竖琴，他津津有味地弹奏，直至被毒蛇咬死。此时，匈奴人正聚集在大殿里欢庆胜利，谷德隆恩王后为了给兄弟们报仇，杀死了她与阿提利生的两个男孩，然后来到大殿把一杯烈性饮料和一盘"食物"摆在阿提利面前并向他坦露："你嘴里嚼的将是你两个儿子的心脏，休想再把埃尔夫和埃尔特叫到你的面前了！"为了安抚匈奴勇士，她随后把国王的黄金分发给他们并把这些人用酒灌醉。阿提利大惊失色，瘫倒在床上，谷德隆恩一剑刺进他的胸膛，紧接着纵火焚烧大厅，她和全体随从在大火中同归于尽。

看来这首《古勃艮第人之歌》的规模和性质与《古布隆希尔德之歌》相似，但前者的题材总体上更贴近真实。学者认为，支撑故事的主要史实起源于公元5世纪，有三点历史根据：第一，公元437年，匈奴人彻底击溃莱茵-黑森地区的勃艮第人，国王巩底哈里（Gundihari，传说中的巩纳尔）和王室其他成员通通战死；莱茵河中游的勃艮第王国就此覆灭。16年之后即公元453

年，强大不可一世的匈奴统治者阿提利突然死在床上，身边只有妻子希尔蒂珂。① 因此人们推测，这个日耳曼少女希尔蒂珂就是传说中的谷德隆恩，她为了给勃艮第亲人报仇杀死了阿提利。第二，法兰克人一向不喜欢那个外来的匈奴民族，他们曾经目睹比邻勃艮第人437年与匈奴人的大血战并且被匈奴人一网打尽的惨景。451年民族大迁徙期间，他们又亲自与阿提利及其族人交过手。也许就是这次战役使一位法兰克的歌手得到了创作灵感；而阿提利之死更让他们相信，那个唯一的目击者希尔蒂珂可能就是杀死丈夫的凶手。不过，这一点与历史事实有出入，历史上的巩底哈里于437年阵亡，而阿提拉之死是在453年，法兰克人把大约相隔16年的两个事件放在一天之内，而且除去了一切政治因素，不谈王国和庶民，只谈国王和随从以及希尔蒂珂的最后结局，这显然是作者的创造。第三，相传，阿提拉死后不久他的两个儿子埃尔拉克（Ellak 即英雄歌中的埃尔夫）和埃尔纳克（Ernak 即英雄歌中的埃尔特）就失踪了，无人知晓他们的去向；在传说中却说，因为阿提利令人挖出哈格尼的心脏并端来给巩纳尔看，谷德隆恩为了给兄弟们报仇，以牙还牙，杀死了他的两个儿子，这一情节肯定也是后来加上的。总之，这首歌的内容虽然与史实之间有不少相似之处，但母题和结构还是多有出入，其中很大一部分是一位不知姓名的法兰克人受莱茵地区和匈奴国中各种传言的启发而进行的艺术创作。

把《古勃艮第人之歌》与《古布隆希尔德之歌》相比较，它们的不同之处在于，后者着重表现人物的内心冲突，布隆希尔德以为只有西古尔德配得上做她的丈夫，结果身不由己却做了巩纳尔的妻子，一切似乎由命运注定；前者的冲突则更多表现在人物的行为上，例如故事在开始、中间和结尾三次开怀畅饮的场面让阿提利的险恶居心一目了然。此外，两首歌的结尾也各不相同，后者是布隆希尔德在歌的结尾做了一番告别演说，表白她真正爱的人是西古尔德，只是因为被骗才嫁给了巩纳尔，这样就使她与西古尔德的故事具有了人情味，

---

① Hildiko 即 Hild-chen，是日耳曼女孩的名字，意思是小希尔德，也是希尔德的爱称。Grim-hild 即谷德隆恩以及后来的克里姆希尔德。

产生出了震撼心灵的效应；而前者的结尾是整个宫廷在熊熊大火中毁灭，英雄们惨遭厄运，场景十分壮烈，使人不寒而栗。这两首歌之所以有这样的差别，是因为它们产生的年代不同，《古勃艮第人之歌》大约产生于460年以后墨洛温王朝克洛维一世统治的时期，人们生活在氏族社会，因此举止行为简单粗鲁，野蛮的痕迹明显；而《古布隆希尔德之歌》大约产生于580年墨洛温王朝克洛维二世统治的时期，比前者大约晚出现一百多年，社会有了发展，人也随之有了进步。我们没有关于这两首歌在墨洛温王朝时期如何产生的原始资料，也不清楚它们的发展和变化过程，现在所能找到的最早的勃艮第人传说已经与布隆希尔德传说相近了。例如，在勃艮第人传说中，历史上基汝吉人的后代现在都称勃艮第人，莱茵河中游作为故事发生地的地理背景也与布隆希尔德传说中的故事一致，杀死阿提利的凶手谷德隆恩已经是西古尔德的夫人，因此她的三个兄弟也成了西古尔德的内兄内弟。哈格尼本来属于西古尔德的法兰克人家族，是从那里流落到勃艮第国的，但他名字的第一个字母不是g，而是h[①]，这表明他只是勃艮第国王的同母异父兄弟。巩特赫尔姆过去是除巩纳尔外勃艮第国的第二位英雄，由于哈格尼加入，他成了排行第三的巩特玛。又如，作为传说轴心的宝物本是归西古尔德所有，现在这个神奇的尼伯龙人宝物落到了勃艮第人手里。这一变化表明，很可能是那位同时掌握《古勃艮第人之歌》和《古布隆希尔德之歌》的法兰克人把这两首歌的内容融合在一起，使勃艮第人为之丧命的黄金与曾经伴随英雄西古尔德一生的大批宝物等同起来，并安排基汝吉人的后代勃艮第人做宝物的继承人。他们为了占有这批宝物杀死了西古尔德，这样就把勃艮第人的名字与布隆希尔德传说结合起来。后来，《尼伯龙人之歌》的作者又把史诗第一部分中的宝物也放到了第二部分里，并使其成为连接两个部分的有机链条，结果这批具有魔力的宝物不仅毁了它们原来的主人，而且用奸计赢得这批宝物的勃艮第国王兄弟也没有得到光荣的下场。此

[①] 基比歇人（Gibichunge）的名字都是以 g 开始如 Gunnar、Giselhert、Gutthorn/Gotmar。此处强调哈根不是基比歇家族的后代，故名字的第一个字母不是 g 而是 h。

外，还有一点值得注意，在《古勃艮第人之歌》中多次谈到"尼伯龙人宝物"和"尼伯龙人遗产"，而真正被西古尔德打败并失去全部宝物的尼伯龙克和希尔蚌克的阿尔本君主却始终没有出现，反而是勃艮第国王巩纳尔和他的兄弟们成了宝物的占有者和保护者。这样，我们便可以把尼伯龙人这个名称与勃艮第人联系起来，所谓"勃艮第人的覆灭"也就是"尼伯龙人的覆灭"，因之，描述他们覆灭过程的《尼伯龙人之歌》也就成为一部"尼伯龙人的惨史"。

此处需要指出的是，关于尼德兰英雄西古尔德的英雄歌和关于匈奴国王阿提利的英雄歌原本属于两个不同的传说系统，即法兰克-布隆希尔德传说系统和匈奴国王传说系统，它们移居北方后仍作为两个独立的传说继续流传了很多年。起初，《西古尔德之歌》和《阿提利之歌》只在形式上有所衔接，内容上并没有结合在一起，更没有把第一首歌中的"宝物"母题放到第二首歌里。至于这两首歌为什么能够长时期各自独立地存活在民间，原因很简单：在当时的条件下，诗人或者歌手都是碰到什么就反复说唱什么，并没有考虑怎样合理编排歌的内容。大约在《古勃艮第人之歌》产生二百多年，《古布隆希尔德之歌》产生一百多年之后，古代的英雄文学在南方逐渐步入新的历史环境，即骑士-宫廷文学开始发端的时候，这两首歌中人物的名字和故事情节才开始互相借用和融合，并参与组成前面讲到的《尼伯龙人之歌》的故事雏形。

勃艮第人传说的第二阶段：8世纪初，在南部德国的原始资料中出现了克里姆希尔德、哈格诺（Haguno）、尼伯龙克、西格夫里特等名字，说明那时巴伐利亚-奥地利一带的歌手或诗人已经了解到了《古勃艮第人之歌》和《古布隆希尔德之歌》，并且着手自己的创作。但在多瑙河流域自古以来最受欢迎的英雄题材是关于东哥特国王蒂奥德里希大帝的传说，其中的一首英雄歌《狄特里希的逃亡》（*Dietrichs Flucht*）在民间广泛流传。这就意味着，这时法兰克-布隆希尔德传说、勃艮第人覆灭的传说和东哥特蒂奥德里希大帝的传说在这一地区并存。但这首歌中匈奴国王的形象与法兰克人在《古勃艮第人之歌》中所描绘的那个贪得无厌、灭绝人性的阿提利大相径庭，显然，这是为蒂奥德里希大帝服务的东哥特人出于对自己首领的热爱而进行的新的创作。那么，他们为什么要把匈奴国王的形象做如此重大改动？可能是以下几个因素使然：第一，巴伐利亚人继承《古勃艮第人之歌》的时候，他们不能接受歌中把阿提利描写成一个暴君的做法，因为他们记忆中的匈奴国王是宽容善良的，他的宫廷寄居着来自四面八方的流浪者。因此，他们把歌中原本应该是国王干的坏事，都转移到了王后身上。例如，背叛勃艮第客人、图财害命的不是国王艾采尔，而是王后克里姆希尔德；这样改动也是可信的，因为西格夫里特遗留的宝物理应归她所有。但光是这一点还不足以使她成为杀害兄弟的刽子手，于是巴伐利亚人又给她加上一股更强的动力，说她改嫁艾采尔就是为了给西格夫里特报仇，为此目的，她怂恿丈夫先把勃艮第人骗到匈奴来，然后再下毒手。此外，追问宝物藏在何处和下令杀死恭特和哈根的人也不是国王艾采尔，而是王后克里姆希尔德。从前，当她看见兄弟们既不拿盾牌又不带盔甲走进大殿时，她忧心忡忡，生怕他们一旦遭到进攻措手不及；现在，她看见勃艮第客人的战袍下面是军衫和铠甲，知道他们有备而来，预感阴谋已败露，因此大为惊慌。第二，虽然故事的基本主题依然是"复仇"，但复仇的对象改变了。在《古勃艮第人之歌》中是谷德隆恩为了给兄弟们报仇杀死丈夫阿提利，现在是克里姆希尔德利用丈夫艾采尔的善良无辜为前夫西格夫里特报仇，虽然两者都是宣泄内心的痛苦，属于血仇性质，但前者更多是出于宗族的义务感，行为的推动力是维护族人的荣誉与尊严，这在古代日耳曼社会是通行的法则，叫"血亲复仇"（Verwandtenrache）；后者则包含个人的独特信念和情感，突出了克里姆希尔德与西格夫里特之间的爱情，把夫妻之爱放在宗族义务之上，叫"亲情复仇"（Gattenrache）。巴伐利亚人不能接受古代故事中对匈奴国王的描述，这说明，从 5 世纪到 8 世纪，时代已经发生变化，人物的观念形态从原始的僵化、木讷向人性前进了一步，复仇的动机也从血缘纽带提升到爱情友谊的纽带。此外，西格夫里特去世以后，克里姆希尔德终日为亡夫哀悼，这一情节也很可能是巴伐利亚人发明的，因为在第一阶段里，谷德隆恩还不可能有这样细腻的感情。第三，既然艾采尔国王是一个善良无辜的形象，他没有杀死恭特和哈根，因此这首歌也就不该以克里姆希尔德为了给亲人报仇刺死艾采尔和纵火烧毁匈奴大厅作为终结。这样，原本几乎占全部故事三分之一篇幅的"阿提利之死"在这首歌中消失了，只剩下一个历史事实作为"歌"的结尾，即勃艮第国王的随从全部被匈奴人打死，恭特本人和他的同母异父兄弟哈根也死在一个勃艮第女人的剑下，而匈奴人只是充当了她杀人的工具。

然而，上述的改变是随着社会生活的变化渐进的，改变是一个漫长的过程。到了勃艮第人覆灭的传说发展到第二阶段，歌的作者还是尽力保留了某些重要细节并试图赋予它们新的含义。第一，虽然不再是克里姆希尔德为给兄弟们报仇而杀死丈夫艾采尔，但依然安排他们的孩子死于非命。与以往不同的仅仅是，过去谷德隆恩是凶手，现在是克里姆希尔德怂恿哈根把孩子杀死，她的目的是激起艾采尔对勃艮第人的仇恨，从而使他站在自己一边。第二，克里姆希尔德作为王后同样给随从赏赐黄金，但过去是谷德隆恩为了安抚愤怒的匈奴勇士，这一次是克里姆希尔德为了激励他们去进攻来自莱茵的勃艮第人。第三，两次焚烧匈奴大厅都是由这个匈奴王后点燃的，但过去焚烧大厅是她报仇行为的一部分，她要阿提利不仅用自己的生命、也用宫廷成员的生命作为补偿；现在熊熊烈火变成了她对付勃艮第人的武器，驱使他们冒着四周匈奴士兵的枪林弹雨从木制的大厅里逃出来。第四，过去和现在，故事情节都是以这个匈奴王后在大火中殒命结束，但过去是谷德隆恩自杀身亡，到了第二阶段，她变成了杀死兄弟们的刽子手，虽说让她结束自己的性命也并非不合情理，但作者还是安排她死于别人的剑下。我们猜想，这时作者和听众的同情都在勃艮第人一边，而克里姆希尔德已经变成了勃艮第人的敌人，如果有一个第三者出面以勃艮第人的名义把她杀掉，会能更好地缓解听众心头的愤怒。第五，这个第三者既不能是艾采尔，也不能是任何一个不知名的匈奴人，而是需要一个新的、有影响力的人物，于是巴伐利亚人找到了伯尔尼的狄特里希。在《狄特里希的逃亡》的故事中讲到，这位东哥特国王在匈奴宫廷寄居长达三十年，已经成为匈奴王室的固定成员。像这样一位英雄，他不可能不参与这一重大历史事件，因此作者也就把狄特里希引入勃艮第传说之中。他给狄特里希设定了一个很有分量的角色，让他站在匈奴和勃艮第两大对立阵营之间。一方面他对庇护他的艾采尔感激不尽，蔑视王后的倒行逆施；另一方面他很同情高贵的勃艮第客人，因此努力克制自己，不介入两者之间的战争。直到看见自己的勇士全部战死，最后的两个勃艮第人恭特和哈根也危在旦夕，他才拔剑劈向那个疯狂复仇的克里姆希尔德。作者让狄特里希杀死克里姆希尔德，这并不突然，因为他此前已经做了铺垫，生擒了唯一坚持战斗到最后的勃艮第勇士哈根并把他五花大绑地送到王后面前。我们可以把全歌结尾的顺序归纳为：捕获恭特—击溃其他勃艮第勇士—哈根的最后搏斗。相比古代的那首《勃艮第人之歌》，这时歌的内容大为丰富了，又加进了伯尔尼的狄特里希这个人物。第六，哈根的重要性超过了恭特。在古代的歌中，巩纳尔是主要英雄，最后也是王后问他宝物藏在何处。在新歌的最后一幕，哈根与恭特调换了位置，现在哈根是唯一尚存的勃艮第人，当克里姆希尔德询问宝物下落的时候，他一口拒绝说："恭特已经不在人世，现在除我之外，没有人知道宝物藏在何处了！"而且，恭特死在幕后，没有说明刽子手是谁；我们看到的是哈根惨死在他同母异父的姐妹克里姆希尔德的手里。因此，勃艮第的覆灭就变成了为西格夫里特报仇，第一个传说中杀死西格夫里特的凶手哈根成了复仇者克里姆希尔德的头号敌人，同时也成为第二个传说中的主要英雄。随着为兄弟报仇彻底过渡到为丈夫报仇，克里姆希尔德对于宝物的要求也缓和了，她行为的全部动机似乎就是为死难的丈夫复仇。

总之，自从勃艮第人传说到了它发展的第二阶段，即自从巴伐利亚诗人把故事中为兄弟报仇改为为丈夫报仇，尤其是自从引入了狄特里希传说之后，诸多情节都随之发生了重大变化，作者的创作思想也与时代的进步相适应，加进了人的感情因素。因此，这个尼伯龙人的故事就俨然成为巴伐利亚人的一部新的创作，通常称《巴伐利亚的勃艮第人之歌》(*Bayerisches Burgundenlied*)。在这首歌中，最明显的成果是，布隆希尔德传说和勃艮第传说从内容上紧密地结合了起来，但文体形式依然保持押头韵。不过，这首《巴伐利亚的勃艮第人之歌》最初只停留在南部德国，没有传入挪威和冰岛，在那里勃艮第传说的原始形象几乎没有变动。在撒克逊，艾采尔也依然是贪得无厌、背信弃义的匈奴统治者，并且给他又加了一项惩罚：克里姆希尔德不是把他刺死在床上，而是教唆哈根的一个儿子用尼伯龙人宝物将他引诱到一个山洞里，把他活活饿死在那里的。自11世纪开始，《巴伐利亚的勃艮第人之歌》才渐渐传到北方，《大型新阿提利之歌》的作者格陵兰岛诗人（即古代的因纽特人）可能受了德国人的影响，对哈根有所侧重，赞美谷德隆恩很有战斗力，说她是兄弟们的得力帮手。大概在1131年，一位撒克逊歌手给丹麦君主演唱了一首《克里希尔德背叛亲生兄弟》的歌。13世纪，一位挪威人根据《巴伐利亚的勃艮第人之歌》创作了谣曲《尼伯龙人的厄运》（Nibelungennot），其中说克里姆希尔德背信弃义，并且对撒克逊歌手讲的那段故事做了修改，不是艾采尔，而是克里姆希尔德被活活饿死在山洞里。至于在多瑙河流域，这首英雄歌又历经了哪些变化，致使这部源远流长的尼伯龙人故事在其发展里程上出现根本性转折，最终以书的形式进入读者视线，对此下一章会进行阐述。

　　勃艮第人传说的第三阶段：挪威人创作的谣曲《尼伯龙人的厄运》，是我们所掌握的最古老的《厄运》版本，其中原来故事的一些部分已经消失或前后颠倒，也有很大部分是后来北方人补充的，例如从大血战爆发到吕狄格卷入战斗那一长段就是北方人对德国南方作品的创造性贡献。但无论如何，这个版本已经奠定13世纪英雄史诗《尼伯龙人之歌》的主要框架。除这篇散文体作品外，在挪威还出现过一篇可以吟诵的谣曲，是由《尼伯龙人的厄运》压缩而成的。这首经过加工的谣曲继续传到法罗群岛（Färöer），在丹麦演变为一首名为《克勒莫尔德的复仇》（Kremolds Rache）的英雄歌。虽然这是一篇粗制滥造之作，但德国作品中的许多细节都保存下来了。总之，正如《新布隆希尔德之歌》一样，此时《巴伐利亚的勃艮第人之歌》也已处于中世纪骑士-宫廷文学的繁荣时期，形式和内容都有很多新的变化。第一，日耳曼口头创作和僧侣文学习惯押头韵（Stabreim），艺人文学的歌手们也曾经部分地沿用过，《尼伯龙人的厄运》的作者则对此不再接受。他认为那种"速记"的形式固然小巧玲珑，但不够雄健有力，不利于释放慷慨激昂的感情。就在这时，近邻库伦贝格的一位骑士（der Ritter von Kürnberg）采用了一种新的诗节，他把原来本土诗律中的长行增加一倍,使各诗行结尾更有规律,最后一个短行有四节拍,结尾是扬音,圆润有力。这种诗节原本是为诗歌创造的,《厄运》的作者试图把它用于供阅读的史诗,就艺术形式而言,是把它从能吟咏的歌体过渡到不能吟咏的叙事体,并使其成为有血有肉的英雄史诗诗节,这显然是一次从"歌"到"史诗"的质的飞跃。此外,这一更显庄重的风格证明,作者对骑士爱情诗已经有所了解,他的意图就是让自己的作品向更高雅的艺术靠近。第二,《厄运》作者虽然保留了传统上狭义的传说形式。但他把原有题材加以改造、扩大和提高,用多章节的详细叙述形式取代简短的跳跃式的歌体形式,也就是说,他选择了另一种讲故事的方式来重新表现人物和编排场景,从而创作出一部与以往不同的英雄故事书或史诗,这在尼伯龙人题材的发展史上是一次质的飞跃。归纳起来,《厄运》主要有以下几点变化:首先,从横向看,作品增加了许多新的人物和新的情节,原来传说的每一部分几乎都被拓宽扩大。且看几个数据:以往歌中至多有十个人物出场,现在增至十六至二十人,年轻的吉赛海尔和几个重要英雄如莱茵方面的伏尔凯(Volker),匈奴方面的布吕德尔(Blödel)、伊林(Iring)、吕狄格(Rüediger)和希尔德勃兰特(Hildebrand),以及母后乌特(Mutter Uote),多瑙河上的女仙,方伯夫人高苔琳德(Gotelind)和她的女儿等都是这时首次亮相的。原来,直到大血战爆发前仅有七或八个场景,现在多达几十个。例如,沃尔姆斯的勇士乘帆船过多瑙河那一幕,在《埃达》记载的英雄歌中只占四个诗行,与一首短歌相差无几,现在至少用了九个场景。又如,沃尔姆斯勇士在艾采尔国逗留的时间,从到达,酒宴,武斗,索要宝物,把恭特投入蛇洞,到最后的筵席和火烧大厅,在《旧埃达》中是按小时计算的,总共持续了一个下午和半个夜晚;在勃艮第人的传说第二阶段,故事框架已经有所扩展,战斗的时间延长至两天;而到了第三阶段的《厄运》中,光是迎接勃艮第客人到达匈奴帝国就占去好几个场景。如狄特里希骑马前来迎接客人并提醒他们保持警惕,客人前往王宫路上受到百姓夹道欢迎,克里姆希尔德分别用三种不同的欢迎方式对待客人,艾采尔回忆哈根作为人质在他的宫廷寄居并让他晋爵骑士的日子,哈根和伏尔凯夜里为勃艮第勇士站岗放哨,尤其是吕狄格的"灵魂悲剧"和最后狄特里希活捉哈根和恭特等场景都是作者刻意加上的，这标志《厄运》正在向叙事文学稳步过渡。其次，为了扩大叙述空间，某些背景设置也做了相应改动。例如，在《巴伐利亚的勃艮第人之歌》中，艾采尔的宫殿是木制的，大火燃起后勃艮第人不得不向外逃跑，第二天的战斗是在露天进行的；而到了史陶芬时代像这样的宫殿都是用石头砌成的，大火燃起后只有屋顶的木板纷纷掉下，被困在里面的人无法逃脱，以至于不得不喝死尸身上的污血止渴，直到故事结束这座大殿始终是他们的战场。总之，从《巴伐利亚的勃艮第人之歌》到《厄运》，已经显示出史诗第二部分的完整框架，因此可以推断，它们可能就是作者写作"克里姆希尔德的复仇"或"勃艮第人的覆灭"的蓝本。这期间，德国的诗歌艺术也在不断丰富，古代的英雄传说获得了新的表现形式，英雄歌开始步入英雄故事书的发展阶段。《新布隆希尔德之歌》形式上还是口头文学，《巴伐利亚的勃艮第人之歌》和《厄运》已经是书本形式了。

综上所述，《尼伯龙人之歌》有两个主要来源：

一是布隆希尔德传说，包括《古布隆希尔德之歌》（5—6世纪）和《新布隆希尔德之歌》（12世纪末），歌体形式，口头文学；可能在公元5世纪或6世纪初起源于莱茵河流域的法兰克，故称法兰克-布隆希尔德传说；后来传入北方由不知姓名的冰岛诗人编辑成册，最终到达奥地利。

二是勃艮第人传说，亦称《勃艮第王国的覆灭》，起源于公元5世纪初的法兰克；传说中包括《法兰克的勃艮第人之歌》即《古勃艮第人之歌》（5世纪）、《巴伐利亚的勃艮第人之歌》（8世纪）和《奥地利的勃艮第人之歌》（1160年）。11世纪传入挪威和冰岛；13世纪又在此基础上产生了《尼伯龙人的厄运》，此时《厄运》已经是书本形式，由数千个诗行组成，就其范围和内容已经可以看出《尼伯龙人之歌》的全貌。

除此之外，还有两个次要来源：

一是沃尔松传说，特别是其中关于西古尔德青年时代的英雄歌，介绍了他的幼年时代以及缴获尼伯龙人宝物的经过，还有关于匈奴国王阿提利如何贪得无厌的英雄歌,这两首歌扩充了布隆希尔德-西古尔德故事的内容。

二是流传在多瑙河流域的古代蒂德莱克传说即《狄特里希的逃亡》,此传说详细地描述了艾采尔的宫廷以及阿美龙的英雄狄特里希大王,此外还增加了老帅希尔德勃兰特。这两个传说与法兰克-布隆希尔德传说和勃艮第人传说一起构成了《尼伯龙人之歌》的全部内容。1160年,在奥地利出现的那一部《奥地利的勃艮第人之歌》亦称《旧尼伯龙人的厄运》,已经是书本形式。

由此可见,《尼伯龙人之歌》的作者直接接受的遗产已经不是原始的"歌"或"传说",而是这些原始资源经过数百年发展演变沉积下来的英雄文学作品。他的功劳在于把古代流传下来的故事加工改造,适应新的时代要求,组成一部首尾连贯、总体统一的大型叙事体作品。

4 时代——思想、方式、价值观念的宫廷化

如前所述,古代法兰克的英雄传说是欧洲氏族社会末期的产物,属于日耳曼口头文学范畴。基督教传入德意志以后,僧侣们主宰书面创作,日耳曼人的口头创作被排挤在羊皮纸(Pergament)[①]以外,因为没有文字记载,绝大部分都散失了。法兰克-布隆希尔德传说和勃艮第人传说属于极少数幸运儿,它们辗转来到北方的斯堪的纳维亚,13世纪初由一位冰岛学者记录下来。这样,我们探寻这两个传说的由来才有了文字依据。英雄史诗《尼伯龙人之歌》就是在北方人文字记录的基础上产生的。

但是,从古代英雄传说到中世纪英雄史诗,其间经过了数百年的悠长岁月,正是在这个过程中德国的英雄文学实现了一次质的飞跃,一次从野蛮向文明、从粗俗向高雅、从依靠口头传诵向有文字记载的过渡。这种过渡的性质决定,在《尼伯龙人之歌》中新与旧的思想观念并存,古与今的生活方式交错,口语笔语混杂,故事情节和人物表现前后矛盾的现象比比皆是。尽管史诗作者

---

① 一种经过特殊加工的薄兽皮,纸张发明以前用于书写。

的目标是创作一部表现 13 世纪宫廷骑士的作品，努力将新时代的思想观念和行为方式引入史诗，但他的良苦用心一再受遗留下来的历史痕迹干扰，以致常常有人误认为这是一部古代的英雄传奇，或是一部民间故事书。

4.1　社会历史背景

实际上，英雄史诗《尼伯龙人之歌》已经脱离了早期英雄文学的轨迹，它是新旧时代交替的产物。我们知道，12 世纪下半叶到 13 世纪上半叶是欧洲中世纪兴盛时期，世俗封建阶级最终取代教会封建阶级登上政治舞台，全面主宰欧洲社会，他们的思想观念、价值标准和生活方式在很大程度上决定着这一时期欧洲的面貌。大约 1200 年前后，欧洲普遍骑士化，在法国、西班牙、德意志帝国、英吉利、斯堪的纳维亚和意大利，骑士的地位急速上升，"骑士"这个称号很快便成为封建世俗阶级的代名词。

那么，"骑士"是怎样发迹的？原来，贵族和高级自由民是土地占有者，出于对土地管理和土地保护的需要，特别是由于原来的步兵部队已不能适应新的作战条件，必须由现代的骑兵部队补充或取代，用于部队的费用大增，因此迫使土地占有者不得不把他们地产的一部分作为"采邑"进行转让，于是就形成了一个按其声望、使命和地区分布都很不一致的"官员"群体。随着时间的推移，这个群体不断扩大，其中一部分人，特别是承担战事任务的军人，因为必须自己置备马匹、盔甲以及其他武器等军事装备，他们需要钱，也就是说，需要占有较大的"采邑"。而他们的"采邑主"也越来越依赖他们，因为在那个时代战争是他们正常的生活内容。不仅有像 1154 年至 1245 年之间史陶芬王朝时期的意大利战争，或者 11 世纪末至 13 世纪末十字军东征这种大规模的战争，大小领主之间形形色色的争斗也连年不断。因此，武装的采邑者变得不可缺少，他们的身价逐年上升。到了一定程度，他们便开始幻想摆脱无人身自由的地位，有朝一日能与世袭贵族享受同等权利。为此，他们必须有可观的作为，例如维持和尽量扩大自己的地产，维修和保养作为晋升基础的武器装备，并且根据时代要求不断改进，他们还要随时准备好必要给养以应对紧急情况，在中世纪早期，这一切需要支付大约1000个工作日的军饷。随着这个新兴特权群体在数量和声望方面日益增强，他们共同的身份感渐渐发展成为共同的等级意识。他们中间出现了明显的贫富差别，贫苦者"采邑"少，装备简陋，富有者则有数量不等的随从，他们千方百计地在物质需求、生活方式和富裕程度上与贵族攀比。这些发迹者在从下层"官员"上升为骑士这个特殊阶层的同时，希望建立一种与他们的等级相当、能体现他们等级特征的秩序，于是效仿从副主祭（新教的执事）到神甫再到大主教的教会等级制度，建立了从侍从到骑士最后到贵族的骑士等级模式。他们模仿教会里副主祭提升为神甫的授圣职仪式（Ordination），为侍从晋升为骑士举行庆典，其中法国的骑士晋升仪式排场最大，最贴近教会。相比之下，德国的骑士晋爵仪式（Schwertleite）离教会模式较远。但不论在法国，还是在德国，有一个社会现象是共同的，即教会不愿意提升农奴（没有自由身份者）成为神甫，骑士也大肆强调他们与没有自由身份的"仆人"的差距。总之，无自由身份者始终不能摆脱受奴役的地位，总是被社会唾弃。因此，在《尼伯龙人之歌》的第14歌中，两位王后发生争吵，引发冲突的就是西格夫里特是否是有"自由身份"，布伦希尔德强烈质疑，克里姆希尔德极力维护，因为这触到了她的痛处。

在经济生活方面，12世纪以前，欧洲社会还处于相当落后的状态：人口稀少，每平方公里不足十人，平均寿命男人约三十多岁，女人大约二十五岁左右，一个人能活到六十岁或七十岁就是奇迹了；儿童成活率极低，即使在多子女的贵族家庭情况也是如此，五分之一的婚姻没有后代。那时物质匮乏，人的衣食住行极其简陋，穷人和富人之间饮食上的差别只是数量大小和使用作料多少不同，他们都以植物膳食为主，会打猎的人家，餐桌上才能看到一些肉类食物。这种尚处原始状态的饮食文化一直延续到13世纪，因而在《尼伯龙人之歌》中，即使国王举行盛大宴席，所谓"美味佳肴"也不过是一只只整个儿的烤猪烤羊而已。与饮食相比，那时的服饰要比以前讲究，自巴巴洛莎皇帝（Friedrich der Grosse，1152—1190）执政以来，德国与东方的贸易来往活跃，德国的贵族宫廷已经开始引进外国布料。一款色泽鲜艳、质地精美、一直覆盖到脚面上的长裙，上面配以带着两条舒展长袖的宽松外套，成了社会等级的标志。这一经济上的进步，在《尼伯龙人之歌》中得到了反映。我们发现，作者一有机会就连篇累牍地介绍人物的服饰，包括款式、色泽和选料，以及制作的程序和时间，而对于庆典上款待客人的饮食则没有详细报告。这说明，宫廷生活首先是在服饰上趋向高雅和细腻的。农业经济基本上处于保守落后状态，德意志人自古以来就墨守成规，虽然出现一些改革呼声，但大家还是愿意沿用旧的做法。耕地用齿轮推犁代替用牲畜拉犁、谷物脱粒用连枷代替老式棍棒、收割庄稼用长柄大镰刀代替小镰刀等措施迟迟推行不下去，革新步履维艰。这时生产力极其低下，世俗领主和教会的土地主要靠占人口百分之九十以上的隶农耕种，劳动工具简陋，碾子和纺车还没被引进。玻璃对于大多数人来说费用太高，到了夏天他们只好在墙上挖个大洞通风，遇刮风下雨天气，再用抹布或木头，或用羊皮纸把大洞堵上。在《尼伯龙人之歌》中，作者一再用"富丽堂皇"一词形容那些国王的宫殿，对如何"富丽堂皇"说得并不具体，或者只是为了营造"讲故事"的氛围。那时唯一的交通工具是马匹，分为作战用马和托运用马两种。道路崎岖坎坷，又常有强盗出没，物质流通受阻，人员往来十分艰难。因此，沿途有人家提供简单住处让过路人马歇脚已经成为一种习俗，既受过路人的欢迎，也给房主的日常生活带来一些调剂。《尼伯龙人之歌》的作者在史诗中多次描写国王带领随从远征和途中风餐露宿的情景，可见这种状况直到 13 世纪依然没有改观。

4.2　道德观念和生活习俗的宫廷化

到 12 世纪末，西欧社会普遍封建化，骑士的社会地位发生改变，他们的名称也因之改变，此前一直被称作英雄（helt）、武士（degen）、上帝的战士（wigant），从现在起称为骑士（ritter）。这不仅仅是字面的变化，也是等级的提升，是原有身份的"宫廷化"。在《尼伯龙人之歌》中，骑士一词的使用始终比较混乱，作者对于这些名称之间的界线并不清楚，凡称英雄、武士、上帝战士的地方，其实指的都是骑士。11 世纪末至 13 世纪末，罗马教皇会同西欧大封建主和城市富商向地中海东部地区发动了长达二百年的侵略战争，史称十字军东征。参加东征的骑士来自欧洲各国，他们在互相接触中学习各民族的文化，同时也培养了整体的归属感。他们致力于建立一套共同遵守的道德规则，其中包括尊严（ere）、忠诚（triuwe）、赏赐（milte）、训育（zuht）、克制（maeze），等等，但他们此时倡导的道德准则已经不能与古代日耳曼人的道德观念等同了。例如，古代英雄恪守的"尊严"原本指的是一种荣誉感，现在则突出了它的等级性质，表示骑士等级的威严不容侵犯；"忠诚"原本用来维系首领与随从之间的关系，现在则是主人与仆人、领主与扈从、采邑者和受采邑者之间的契约，是等级范畴的概念。而"赏赐"原本是一种美德，在古代社会一个吝啬的首领绝对得不到随从们的爱戴和拥护，不"馈赠"下属甚至被列为罪状。这一习俗到了中世纪就变成主人或国王对臣下的"恩典"，他们借此炫耀财富，提高声望，而受赏者则承担为赏赐者效劳的义务。此外，骑士必须通过接受"训育"和学会"克制"不断完善自己的人格。前者专指对贵族后代进行的素质教育，内容包括学习拉丁语和法语，掌握器乐技巧，也包括锻炼交往周旋的能力，训育的结果就是体现在骑士身上的教养；后者是指处世态度，骑士要根据骑士等级的行为准则约束自己，说话做事适可而止，待人接物不偏不倚。上述词汇的宫廷化将词汇的本来意义加以延伸和演绎，使之成为表达骑士阶级道德准则的特殊用语。

古代武士的任务是平时操练，战时打仗，生活极其单调。自从西欧开始实行骑士制以来，他们的生活也增添了新的内容，休闲娱乐的方式多种多样：首先是比赛武艺（turnier），这是宫廷生活的一项重要内容。骑士们在没有战事的时候，便利用比赛武艺锻炼作战能力，同时展示他们高超的技艺、华丽的服饰和精良的马匹。妇人们则穿着盛装艳服，在一旁观赏，为比赛增辉。当然，这种消遣方式能带来欢乐，但也会付出高昂代价。据一项统计，1177 年在撒克逊有十六名骑士比武时战死，1241 年在科隆有六十人丧命；外国的情况也是如此。另一项消遣是去郊野狩猎（jagat），骑士们以追捕野兽消磨时光，伤亡流血的事并不鲜见。那时，医生做手术都不进行麻醉，即使有止痛或缓解痛苦的药物他们也不敢使用，怕被怀疑在放毒或在实施巫术。那时候的人对于身体上的伤痛似乎不像今天的人这样敏感，因此，《尼伯龙人之歌》中英雄们奋不顾身的场景是不足为奇的。第三项消遣娱乐的方式是庆典（fest）。庆典是宫廷生活的重要组成部分，是大大小小当政者炫耀权势、表现自我价值的大好机会。举行庆典的理由很多，婚丧嫁娶，骑士晋爵，教会节日都要大事渲染一番，最受重视的庆典是在春夏之交圣灵降临节前后，1184 年霍亨史陶芬王朝巴巴洛莎皇帝在美因兹举行的春季庆典就是最著名的一次。据记载，这次庆典排场很大，在莱茵河与美因河之间搭起了大片帐篷，中间是供皇帝下榻的木制"宫殿"（不过是一个大型帐篷而已），岸边停泊着运输货物的船队，两间大房子装满了公鸡和母鸡，一眼看不到底。约 7 万名宾客应邀而至，他们都是雄赳赳的骑士，僧侣和"下层官员"不计算在内；诗人歌手、民间艺人也都赶来助兴，其中不乏魔术师一类江湖骗子。有 2 万骑士参加竞技比赛，巴巴洛莎皇帝身先士卒，意在显示自己的力量。1188 年圣灵降临节期间，巴巴洛莎皇帝再次在美因兹举行所谓"基督国会日"，其豪华排场更是有过之无不及。1199 年，施瓦本的菲利普国王（Philipp von Schwaben，1178—1208，1198—1208 在位）在马格德堡举行过一次圣诞节庆典，这一次精彩的戏剧表演给人留下深刻印象。以上娱乐消遣方式在《尼伯龙人之歌》中都有详细描述，说明史诗中人物的生活方式开始宫廷化。

这里要特别谈一谈"骑士爱情"（minne），这是骑士生活方式"宫廷化"过程的一个里程碑。"骑士爱情"这个理念来自法国的普罗旺斯和佛兰德地区，最初那里对于妇女的过分崇拜达到类似迷信的程度。在古德语中，minne/minna 一词原本的意思是"对一次美好经历的记忆"，包含身体的体验和情感的体验。这个词到了中世纪也和上述那些概念一样被宫廷化了。这时，"骑士爱情"这个词虽然属于感性范畴，但内容已经不是一般意义上的恋爱，而是指骑士向女主人表示精神上的爱慕之情，即一名骑士从内心仰慕和追求一位已婚妇人，这位妇人往往就是自己领主的妻子，也就是自己的女主人，骑士通过对她的赞颂提高领主的声望。因此，骑士与女主人之间的关系就成为领主与扈从之间的"采邑"关系。"骑士爱情"的核心主题是"为女主人效劳"（vrouwendienest）。通常的程序是：求爱的骑士与他仰慕的女主人相距遥远，他们的关系遭受危害，因此骑士就要不断地去"历险"（aventiure），在"历险"中经受考验，证明自己有高强的能力、坚忍不拔的性格和对于"爱情"忠贞不渝的品德；而他所期待的报酬（lon）至多也不过是女主人用一个眼神、一句问候，或者丢下一块手帕表示认可而已。在叙事体作品和爱情诗歌里，"骑士爱情"被"典雅化"，谈论和赞赏"骑士爱情"是一种时尚，一种高雅品位的标志，在法国早已如此，而在德国这时才刚刚开始。在《尼伯龙人之歌》中，西格夫里特率勇士前来勃艮第国向克里姆希尔德求婚，起初他蛮横无理，颇似尚未开化的"深山野人"，但很快就变成彬彬有礼的骑士，愿意为主人殷勤服务，也深受贵妇们的宠爱，这正是他的爱情被"典雅化"的标志。

那么，"骑士爱情"这个概念是如何形成的？归纳起来有以下几个来源：一是阿拉伯文化的影响，早在十字军东征以前那里的宫廷就实行"为女主人效劳"的礼仪。十字军东征过程中欧洲各国的骑士来到东方，他们受到这种现象的启发并把这种习俗带回欧洲。在欧洲，"为女主人效劳"的习俗最早从西班牙开始，然后进一步风行各国；二是采邑制给"骑士爱情"添加了等级色彩：求爱的骑士尽管始终不渝地坚持自己的自由身份，但在女主人膝下却甘心情愿当一名仆人；三是马利亚崇拜，这是10世纪到11世纪在教会内部出现的一种新的虔诚主义思潮，在文学领域产生了一批抒发内心感受的诗歌，内容都是敬仰和赞美圣母马利亚的。这些诗歌从局部到整体被骑士奉为效仿的榜样，他们与神甫们竞相做骑士爱情艺术的代表。其实，"骑士爱情"这个现象即使没受马利亚崇拜的影响，它本身就存在宗教的元素。法国克莱渥修道院僧侣伯恩哈德（Bernhard von Clairvaux, 1091—1153）宣称：上帝不仅代表尊严，也代表爱情，这个爱情在现世就是"骑士爱情"。如此说，"骑士爱情"与上帝有关，考虑到这种关系，骑士便可以假设，当他履行"爱情"义务的时候，他就是以一种适当的形式完成了一次虔诚行动，因之被称为"上帝骑士"。另一方面，那些在男人社会一直处于边缘位置的妇女从日常生活中显露出来，得到了社会的重视，即便"骑士爱情"或多或少还只是一种高品位的休闲消遣，这也不能不说是一次小小的"妇女解放运动"。当然，那时总的说来还是男权社会，即使在那些美满的婚姻中也是男人说了算。有时，他们甚至会动手打老婆，例如，克里姆希尔德与布伦希尔德争吵时泄露了戒指和腰带的秘密，就因此被西格夫里特用棍棒痛打过，这种家庭暴力行为显然与一个高贵骑士的身份极不相称。但无论如何，《尼伯龙人之歌》的作者把描写"骑士爱情"作为他作品的一个重要部分，宣称"骑士爱情"是他作品的主题之一，他致力于使骑士阶级宫廷化的立场可见一斑。史诗中，共写了三次婚姻，作者都用 minne（骑士爱情）一词表示。实际上，这三次婚姻的性质是不同的：克里姆希尔德与西格夫里特的婚姻是出于爱情，带有早期骑士爱情的性质；恭特赢得布伦希尔德是一次巧妙的骑士冒险，他用欺骗手段迫使布伦希尔德就范；而匈奴国王艾采尔迎娶克里姆希尔德是政治联姻，根本谈不上爱情。可见作者头脑里的"骑士爱情"观念还很不清晰。

总之，这是骑士从深山老林迁移到平原的时代，从原始氏族社会初入宫廷社会的时代。一方面，他们身上还带着许多未开化的、粗野的习气；另一方面，他们又不失时机地努力开拓发展，创造自己的生活和文化。因此，我们在《尼伯龙人之歌》中总会看到主人公的生活同时沿着两条线索行进，一条线上是一连串沾满鲜血的凶杀格斗，这还是从古代传说延续下来的所谓"英雄行为"；另一条线上是五彩缤纷的宫廷生活，诸如骑士竞技、出游狩猎和宫廷庆典等等。《尼伯龙人之歌》的作者虽然脚跟还站在古代传说那片土壤上，思想已经属于史陶芬时代。他用大量篇幅描写骑士生活"宫廷化"的过程，热心地使古代英雄摆脱野蛮习气，努力适应新的文明时代的要求。这一点恰恰说明，他作品的宗旨是为新兴的世俗封建阶级服务的，表现这个阶级的思想方式和价值观念。在当时，这个阶级只占人口的百分之一，是少数上层社会，但他们典雅的生活方式代表着新兴的骑士文化，比之先前的落后粗野显然是进了一大步。

4.3 文学创作的成书过程

像骑士制一样，骑士-宫廷文学从产生到繁荣再到衰落，经历了一段漫长的过程。8 世纪，德意志修道院的修士们开始尝试文学创作，那时，他们写作的目的不是表现自己，也不是娱乐消遣，而是学习和传播基督教的教义和罗马文化，是为教育服务的。法兰克王国查理大帝（Karl der Grosse，771—814）曾经为此颁发命令，兴办各种教育机构，邀请各路专家学者推动这一教育进程。而在当时的条件下进行教育谈何容易。首先，求学的人数量少而且分散，建立学校十分困难，缺乏严格的组织机构供养他们。其次，读和写是少数人的专利，修道院和教会学校只照顾自己的学员，因此只有极少数富人家的子弟有机会成为半个或四分之一有学问的人，即能读一点书，写几个字，充其量再会一点拉丁文和初级计算。此外，也有少数修女院，是专为女孩子设立的。自 12 世纪开始，在大主教所在地的城市里学校越来越多，但教师的水平和职业热情高低不等，教科书不仅数量少，价格昂贵，而且内容很单调，教学资源极其匮乏。僧侣们的正常工作是读经修炼，不过也不是每一个僧侣都能读和写，那时文盲占人口绝大多数，连十字军中的贵族骑士也只有少数人有读和写的能力。文学创作如果不是作者偶然学过一点读和写的话，就只能靠口授。因此，他们必须把作品的布局结构、人物关系、主要情节和次要情节，以及全部母题连同各个细节通通记在脑子里，然后口授给有读写能力的人，譬如，雇写字员（schribaerer）[①]记录，成稿后，由作者自己编排或是雇文书帮助整理。通常整理书稿的程序是，作者或写字员把一个一个章节先绘画在蜡版上，经过分段和修改写出所谓草稿。因为整部作品不可能一气呵成，有的断断续续要拖上几年才能做完，而且故事情节也不是按照前后顺序记录的，作者想到哪一段就口

---

① 古代写字员，由下层僧人担任，专事替他人书写文字。

授哪一段，所以最后必须花大力气编排。这也是《尼伯龙人之歌》在成书过程中，其故事情节时常因果颠倒，诗行排列缺少逻辑顺序的原因。可想而知，这样一部长篇巨著，作者要下多大功夫，耗费多少精力。而且因为书稿是靠记忆口授的，各种疏忽、矛盾和差错自然在所难免。

《尼伯龙人之歌》的成书与其他作品一样，最初是写在羊皮纸上的。那时，德国人还不知道什么是纸张，中国的造纸术 751 年传到阿拉伯，大约 900 年传到开罗，1150 年前后在西班牙开始广泛使用，而在意大利是 1276 年，在法国是 1350 年。据记载，在德国，于 1390 年纽伦堡率先使用纸张写字。此前，他们一直把字写在羊皮纸上，即写在经过加工的小牛皮、绵羊皮和山羊皮上，遇特殊需要时，写在优质的鹿皮上。制作羊皮纸是一个十分复杂的过程，首先必须把兽皮浸泡在石灰水里，然后用刮刀把兽皮刮洗干净，最后用泡沫岩反复磨细抛光。这门手艺最早仅限于修道院，到 12 世纪末，在德国的城市里就已经有人专门从事这门手艺了。羊皮纸所耗费兽皮的数量十分惊人，例如，16 世纪初产生的英雄史诗集《阿姆布拉斯英雄故事书》（*Das Ambraser Heldenbuch*），其手抄本共用 243 张羊皮纸，即必须杀掉 122 头小牛，换句话说，制作两张羊皮纸大概就得屠宰一头动物。所以，一本书就是一件宝物。此外，书的装帧也很奢侈，封皮封底都是木制的，上面贴上一层野猪皮，野猪皮上刻着精致的花纹。可见，一本书所需的劳动和物质成本多么巨大。由此我们可以想象，像《尼伯龙人之歌》这样一部卷帙浩繁的巨幅史诗，其手抄本的产生该是多么艰难而漫长，后来，一经问世便很快流传开来，并受到广泛关注。

4.4　骑士-宫廷文学的产生

骑士-宫廷文学始于 1170 年，结束于 1250 年，历时 80 年，经历了兴起、繁荣和衰落三个阶段。这是封建制在欧洲确立以后，一种新兴的封建世俗文学。骑士是文学的承载者，宫廷是文学创作的中心。真正意义上的德语文学是从 8 世纪中叶德语文字产生以后开始的，到 13 世纪中叶已经有近 500 年的历史。12 世纪后期之前，用德语表达的一切，从广义上看还只能算是一种翻译，只是把用拉丁语写下的精神成果介绍到了德意志来。这一时期文学的承载者是僧侣，文学创作中心是教堂，而文学创作的目的主要是为了传播基督教教义。而从 12 世纪后期到 13 世纪中叶这 80 年里，德意志的封建世俗阶级取代宗教僧侣成为文学活动的主人，文学创作第一次不再受命于来自外部的需要和指令，换句话说，德语文学第一次成为独立的艺术。与僧侣文学相比，这一时期文学不仅主旨功能不同，创作方式也发生了变化，通常是骑士（作为行吟歌手）受施主即宫廷主人的委托，按照他们的要求进行创作，作品供宫廷享用。因此，这种文学就其阶级归属而言是骑士的，就其文化性质和服务对象而言是宫廷的，准确的称谓应该是"骑士-宫廷文学"（Ritterlich-Höfische Literatur）。

"骑士"一词如何产生的？最早可追溯到 8 世纪，当时法兰克王国墨洛温王朝的克洛维一世（Chlodwig，466—511）为了加强军队的作战能力，把一批会骑马的武士组织在一起，让他们住在城堡里，脱离农业劳动，平时训练，战时打仗，每逢打了胜仗，统治者便给他们分封一些土地作为奖赏，叫作"采邑"。他们住在自己的采邑里靠剥削隶农为生，是一些小封建主。但是，他们没有文化，粗鲁野蛮，社会地位不高，作用只限于为领主（国王或皇帝）出征讨伐，因而一直被称为"riter"。中古高地德语的 riter 是由动词 riten 派生出来的，意思是骑马作战的人。到了 12 世纪，霍亨史陶芬王朝（Hohenstaufen，1138—1254）执政，封建制度在德意志日趋巩固和成熟。此时，法国管辖下的佛兰德（Flandern）地区是欧洲除意大利以外经济最繁荣的地区，同时也是封建制度最发达的地区，那里的骑士早已克服了原来的粗野习气，转而注意文明礼仪，提倡一种称之为骑士精神的新的行为规范和价值准则，并且创造了以此为核心主旨的骑士文学。骑士们变得文雅，过着有教养的生活，为适应社会习俗努力改善自身素质，提高自身文化品位，这些对德意志统治者极具吸引力。于是德国人积极向佛兰德学习，创造属于自己本阶级的骑士文学。1170 年，弗里德里希一世（绰号红胡子 Barbarossa，即巴巴洛莎皇帝）正式采用"骑士"一词，并把它列入帝国法典。从此，包括皇帝和国王在内的所有贵族成员都自称"骑士","骑士"成了封建世俗贵族的代名词，社会地位之高前所未有。这里需要说明一下，他们采用的 ritter 一词不是由前面提到的中古高地德语动词 riten 派生出来的，而是根据中古荷兰语的 riddere（这是 1100 年前后按照一个外来词的各组成部分所进行的直译）造出来的，专指骑士等级。这样，在中世纪就有根据中古荷兰语造出来的 ritter 和由中古高地德语动词派生出来的 riter 两个词长期并存，它们都是指同一个贵族等级的人。不过，因为两个词的历史根源不同，词本身也有细微区别，前者是从这个等级的特殊地位出发，后者更多是从他们的职业出发考虑的。因此，在中古高地德语中表示骑士这个历史上的特定阶级时用 ritter，现代德语为 Ritter，即骑士；表示骑马人的职业时用 riter，现代德语为 Reiter，即骑马的人。所以，从词源学和词汇学的角度考虑，这种属于骑士这个特定阶级的文学也应该称骑士–宫廷文学。

骑士–宫廷文学与僧侣文学之间的根本差别在于，僧侣文学肯定来世，骑士–宫廷文学肯定现世，以理解现世内在价值为目的。从前者到后者之间有一个过渡时期，既肯定来世，也肯定现世，两类叙事文学并存，其共同特点是题材内容世俗化。第一类文学作者的主体依然是僧侣，但他们已经不再遵循基督教教义进行说教和劝导，而是讲故事。即便他们观察世界的方式、价值标准，乃至叙述语气尚未脱离宗教文学的轨迹，但故事的题材来自现实世界，讲的都是世界史上的大事件和知名人物，都或多或少地介绍了伟人们的真实生平。这种作品有《帝王编年史》(*Kaiserkronik*)[①]、《亚历山大之歌》(*Alexanderlied*)[②]和《罗兰之歌》(*Rolandslied*)。[③] 另一类文学的作者是所谓"艺人"(Spielmann)，他们来自多个社会阶层，有一定文化修养，善于说唱，四处漫游，经常出入宫廷

---

① 作者可能是巴伐利亚的一名僧侣，完成时间应该在 1147 年以后，内容讲的是罗马帝国的历史，从恺撒皇帝开始到第二次十字军东征失败突然中断，共 17 283 诗行。

② 作者是摩泽尔法兰克牧师拉姆蒲莱希特（Pfaffe Lamprecht），作品产生于 1130 年或 1140 年前后，主人公是古代马其顿国王亚历山大大帝，内容描述的是他加冕以前和登基以后的事迹。

③ 作者是累根斯堡的康拉德牧师（Pfaffe Konrad），作品创作于 1170 年之后，故事源于公元 778 年查理大帝联合阿拉伯人围困信奉伊斯兰教的萨拉戈萨国这一历史事件。以法国的《罗兰之歌》为蓝本，但不是翻版。

和教堂，靠卖艺为生。这些人既不是骑士也不是僧侣，但他们的作品既能满足宫廷贵族休闲消遣的需要，也能为信徒们接受，为与民间文学相区别，文学史家给它们一个专用名称，叫作"艺人叙事文学"（Spielmannsepik）。属于"艺人叙事文学"的作品有《罗特国王》（*König Rother*）①、《埃恩斯特公爵》（*Herzog Ernst*）②、《欧斯瓦尔德》（*Oswald*）③、《欧伦德尔》（*Orendel*）④和《撒尔曼和莫罗尔夫》（*Salmann und Morolf*）⑤。作品的主人公不再是教士和僧侣，而是世俗的贵族阶级，包括帝王将相和中下层骑士，他们有骑士阶级的优越感，但头脑里仍充满氏族社会随从制度的伦理观念。作品的内容大多是中世纪文学中最常见的主题如"抢新娘"以及与此联系在一起的地中海景物和东方风情，十字军东征过程中的各种冒险经历更是他们取之不尽、用之不竭的题材源泉。以上两类文学都是骑士-宫廷文学的前身，为后来大型骑士叙事体作品的诞生做了思想和物质的准备。

德国骑士-宫廷文学包括骑士爱情诗（Minnesang/Minnegesang）和骑士叙事体作品两大文学种类，而在骑士叙事体作品中又分为"宫廷史诗"（höfisches Epos）和"英雄史诗"（Heldenepos）两种。"宫廷史诗"也称"宫廷传奇"（der höfische Roman）⑥，其最显著的特点是取材外国的传奇故事，如亚瑟传奇（Artus-Legende）、圣杯传奇（Gral-Sage）以及特里斯坦传奇（Tristan-Legende），人物都是骑士。据传，亚瑟传奇起源于公元5世纪，瓦里斯的统治者亚瑟（Arthur）经过十二场战役打败盎格鲁-撒克逊人，后来围绕他产生一系列传说故事。传说中的亚瑟王是一个理想的骑士，加尔夫莱特·冯·蒙姆特（Galfred

---

① 1150年前后产生于巴伐利亚，作者姓名不详，取材《蒂德莱克传说》中关于东日耳曼英雄狄特里希的一段传说故事，是描述"抢婚"主题的典范。

② 产生于13世纪初，作者是法兰克人，可能是一名僧侣，作品主题是皇帝与公爵、皇权与族群意识之间的对立，很像一部宫廷史诗。

③④⑤ 均可视为传奇小说，产生于12世纪下半叶。《欧斯瓦尔德》讲的是信奉基督教的国王娶异教国王女儿的故事；《欧伦德尔》是一部关于基督教"灰色斗篷"的传奇；《撒尔曼和莫罗尔夫》也是信奉基督教的国王娶异教国王女儿的故事。三部小说内容都涉及"抢婚"主题。

⑥ Roman一词来自法语，一直到17世纪德国都是用这个词表示各种传奇故事的。

von Monmouth）在他的《不列颠帝王传奇》(*Geschichte der britischen Könige*，约 1135）中把他美化成为与查理大帝并列的世界统治者。后人凭借想象把他放到一个叫阿瓦隆的神奇岛上，他住在富丽堂皇的宫殿里执掌朝政，周围积聚了一批最优秀的骑士。为了加入到这个行列，一个骑士必须经受多种考验，表现出非凡的勇气和无与伦比的战斗能力，这就是经典意义上的"历险"。法国人克里斯蒂安·得·特洛伊（Christian de Troyes，约 1140—1190）最早利用这一题材写成作品，获得巨大成功。从此亚瑟传奇深受读者和听众的喜爱，不仅取代了以颂扬法兰克王国查理大帝为主题的《查理大帝》(*Chansons de Geste*，约自 1100）在他们心目中的位置，传奇中的著名骑士如埃勒克、伊魏因、兰策洛特、帕其伐尔等也开始走进世界文学，克里斯蒂安成为该题材的宫廷史诗创始人。此后，许多欧洲国家都出现了这一题材的加工本、改写本，乃至新创本，其中不乏有人用"新的"冒险行为编造出的"新的"亚瑟英雄。最早把这一新的叙事文学种类引入德国文学的是奥埃的哈尔特曼，他在作品《埃勒克》和《伊魏因》(*Iwein*）中不仅描绘了亚瑟骑士的形象，同时还引进了"骑士精神"这个时尚的概念。他的主要继承人是埃申巴赫的沃尔夫拉姆和斯特拉斯堡的戈特夫里特，这两位大师进而引导骑士思考并阐述骑士阶级的价值标准和道德观念。沃尔夫拉姆在他的代表作《帕其伐尔》中，进一步发展亚瑟传奇的主题思想，除亚瑟宫廷外，他又虚构了一个圣杯堡（Gralburg）。无论亚瑟宫廷还是圣杯堡，都是空想的神话世界，作者把这两个神话世界刻意设计成骑士发展道路上的两个层次，意在要求骑士不断地刻苦修炼，通过"历险"经受考验，首先成为亚瑟宫廷的圆桌骑士，然后继续攀登，最后来到圣杯堡，成为守卫圣杯的"圣杯骑士"（Gralritter）。他设想，在圣杯堡里，世俗与宗教，凡人与上帝，尘世与天堂和谐一致，达到了"尽善尽美"；这是德国骑士阶级的最高理想，是他们追求的最终目标，但没有现实基础，仅仅是一种乌托邦。

英雄史诗《尼伯龙人之歌》与宫廷史诗相比，首先是题材不同。《尼伯龙人之歌》立足于本土的古代传统，古代日耳曼的英雄传说是它的题材来源。这些英雄传说形成于欧洲民族大迁徙时期，人物和事件基本依据历史事实，后经德意志几代诗人歌手发展完善，直到大约12世纪中叶，还只是以"歌"的形式出现，属于口头文学范畴。自从《尼伯龙人之歌》问世，古代的英雄传说才从没有文字记载的历史空白中走出来，并且以长篇史诗的独特形式立刻站到文学创作的顶峰，成为主流文学的一个重要组成部分。其次，史诗展现的是一个真实的、具体的现实世界。作者以古代英雄传说为基础，试图借助古代的英雄故事和英雄人物来表现13世纪骑士-宫廷社会的生活方式、思想观念、价值标准和理想追求。事实上，无论亚瑟传奇的作者还是《尼伯龙人之歌》的作者，他们都生活在同样的历史环境，处于同样的文化发展阶段，追求的同样是骑士阶级的理想，他们的不同之处仅仅在于作品的题材来源和对于人物事件的处理方式。为与前者相区别，故将后者称为"英雄史诗"。古代日耳曼英雄文学是古人留给后代的一份珍贵的文学遗产，这份遗产随着历史的变迁，经历了社会的封建化、骑士化和宫廷化，到13世纪已经发生了实质性的变化，无论思想内容还是价值判断都与以前大不相同，打上了骑士-宫廷社会的印记。例如，古代传说里巩纳尔和哈格尼被俘后，在匈奴人的监禁中被折磨致死，表现了古代人的凶残和野蛮，这在古代英雄文学中司空见惯；到了《尼伯龙人之歌》中，两位勃艮第人都变成了视死如归的英雄，他们经过浴血奋战，最后双双倒在勇士们锋利的剑下壮烈牺牲，这里作者要表现的是他们作为骑士的英雄气概。又如，在古代传说里匈奴国王阿提利令人把巩纳尔投进蛇洞，当巩纳尔拒绝说出宝物藏在何处时，他又令人将其同母异父兄弟哈格尼的心脏挖下端到巩纳尔面前，手段之残忍，故事之血腥，让人想起451年入侵高卢的那个东方的蛮族首领，一个极其凶狠的暴君，与《尼伯龙人之歌》中那位宽容、温和、善良、无辜的匈奴国王艾采尔判若天渊。作者显然已经受到基督教思想影响，把一个野蛮的异教徒改为宽容善良的君主，这也是法兰克的传说从野蛮时代进入基督教文明时代的一个标记。再如，在古代传说里，谷德隆恩为了给亲人报仇，不仅杀死匈奴丈夫阿提利，还以牙还牙，挖出两个匈奴子嗣的心脏，使他们成为她复仇的牺牲品，从而也把匈奴王的后代斩草除根。同室操戈和血亲复仇本是古代英雄文学经常表现的母题，法兰克人引入了这个母题为他们的故事营造悲剧气氛，无可厚非。在《尼伯龙人之歌》中，克里姆希尔德复仇的直接动机变得不是血亲复仇，而是为了亡夫西格夫里特以及找回象征他权势的尼伯龙人宝物了。相传，有人在莱茵河中游淘金时发现了一大批黄金，他们相信，这就是当年哥特国王沉入莱茵河底的宝物。我们的作者把这几位哥特国王与居住在这一河段的勃艮第人联系起来，他推断，勃艮第的君主是为了保住这批宝物才把性命丢在匈奴的。为此，他编造了恭特和哈根至死不肯说出宝物藏在何处的理由，也使宝物变成了权势的象征。这一切都说明，《尼伯龙人之歌》中的主人公已经走出古代的英雄传说，迈进了新的时代。

归纳起来，德国骑士-宫廷文学的产生基于三个因素：首先，11世纪下半叶到12世纪是霍亨史陶芬王朝繁荣兴旺的时期，随着骑士制的引入，骑士的社会地位发生了历史性变化，德意志社会全面封建化提到议事日程。1184年，巴巴洛莎皇帝在美因兹举行盛大的圣灵降临节宫廷庆典，向世界展示德意志的统治者学习法国贵族文化的决心，展示他们领导骑士文化的资格和能力，从而宣布正式进入骑士社会。这次庆典盛况空前，前来为节日助兴的众多诗人和行吟歌手目睹霍亨史陶芬王朝这种令人瞩目的权势和辉煌，他们感受到了心灵的震撼。他们意识到，德意志已经有能力自立于西方民族之林，从而产生一种强烈的使命感，要把德意志人的精神、德意志人的心声用文学方式表达出来。这是德国骑士-宫廷文学产生的国内背景，也是最根本的原因。其次，邻国法兰西封建化的进程比德意志快，从12世纪起，随着社会经济生活的变化，法兰西逐渐统一成中央集权的国家。国家的统一和王权的加强反过来对于生产力的发展又起到积极推动作用，当时法国管辖下的佛兰德地区不仅经济繁荣，社会稳定，而且那里的骑士还创造出一种能够表达自己阶级诉求的文学。于是，德意志的统治者在引入法国骑士制的同时也积极学习法国骑士的榜样，致力于创造能表达自己阶级诉求的文学。他们从各个方面借鉴法国的骑士文学，甚至许多作品都是以法国作品为蓝本创作的，譬如，以奥埃的哈尔特曼为代表的德国宫廷史诗就是学习法国的成果。第三，从11世纪末到13世纪末，西欧天主教会以从异教徒手中收复巴勒斯坦圣地的名义，举行了长达二百年之久的十字军东征，对地中海东岸地区发动了大规模侵略战争。在十字军东征过程中，德国的骑士，其中就包括诗人和作家，来到了无论在科学还是在文化方面都远比西欧先进的阿拉伯国家。他们接触到东方的阿拉伯文化，眼界大开，学习到许多东方文化的知识。这促进了他们自己文学的发展，同时也使他们的文学具有不少东方色彩。例如，对女主人的仰慕就属于阿拉伯宫廷的礼仪习俗，庆典上的美味佳肴就有来自阿拉伯的香料，贵妇们的服饰也是用阿拉伯绸缎缝制的，等等。总之，德国的骑士-宫廷文学像骑士制一样，也是一种国际现象，它既是德国社会发展的必然结果，也是欧洲骑士文学的一个组成部分。因此，要研究这一时期的文学必须把它与欧洲的大文化环境结合起来。

5 《尼伯龙人之歌》：作者——基督教信仰和写实主义创作理念

《尼伯龙人之歌》在形式上依然保留了一些古代口头文学的特点，其中之一就是作品没有署作者姓名。我们推想，可能有两个原因，一是这部英雄史诗是在古代口头文学的基础上发展而来的，本身包含许多英雄传说和英雄歌，也可以说，这本来就可以看作是一个传说系列。其中，诗人歌手所讲的或是听众所听的故事都不过是整个系列中的一个环节，而这个环节往往不是某一个人的创作成果，而是有多人参与，他们在长期口口相传过程中按其情景需要，去粗取精，去伪存真逐渐完成的，所以长期以来在作者的意识中不署自己姓名是当然的事。我们至今不知道《尼伯龙人之歌》作者是谁，想必也是因为作者遵循了这一古老的传统习惯。二是尼伯龙人故事很贴近民众，为普通读者和听众喜闻乐见，题材的某些部分和人物早已不同程度地被加工改写成独立的英雄传说和英雄歌了。《尼伯龙人之歌》的作者很可能听人说唱过其中某些部分，掌握了一些原始材料，也不排除他已经得到了主要部分写成文字的草稿，经过加工之后，放入自己的作品里。也就是说，这部史诗的各个部分并不一定都是他的亲笔之作。此外，我们从当时流传的有关阿提拉的歌曲，以及关于克里姆希尔德及其兄弟，关于吕狄格和狄特里希等人物的传说可以看出，口头创作的文学和文字记载的文学混杂在一起，传说、故事和各种手稿，各种记录形式尚处于同一个阶段。因此，《尼伯龙人之歌》作者不署自己的姓名也是可以理解的。

尽管我们可以推断《尼伯龙人之歌》作者不署名的理由，但几代学者还是从未放弃过寻找作者的努力。数百年来，他们多方查询，至今仍不能确定作者是谁，身世如何，在何处供职，他为什么写这部英雄史诗。今天我们也只能从作品的题材，故事发生的时间地点，以及所使用的语言、诗律和写作特点出发，大致推测作者的身世，宗教信仰和世界观，以及创作理念。

5.1 身世

一种比较可信的推测是，作者可能是奥地利人，生于帕骚与维也纳之间的多瑙河流域，生活时代大约在12世纪下半叶到13世纪上半叶，是哈尔特曼、沃尔夫拉姆和戈特弗里德同时代的诗人。他有较高的文化修养，能读会写，精通宗教和世俗文学，对于法律、宫廷礼仪以及骑士生活很熟悉，显然是因为与附近帕骚大主教住地和维也纳宫廷来往密切，可能经常作为歌手或艺人给那里的信徒和贵族讲故事。我们这样判断有以下几点根据：

第一，他作品的题材独树一帜。在其他宫廷史诗的作者热衷于加工改写亚瑟传奇、圣杯传奇和特里斯坦传奇等外国故事的时候，他选择了本土的古代传奇（die alten maeren）作为创作基础，这在最早引进法国宫廷史诗模式的莱茵河流域是不可能的。12世纪，当霍亨史陶芬王朝的统治者从法国管辖下的佛兰德地区引入先进的骑士制和骑士文化的时候，在德国西部掀起一股追赶时尚的浪潮。莱茵地区的诗人们纷纷效仿法国南部的普罗旺斯骑士爱情诗和法国作家克雷斯蒂安·得·特洛伊（Chretien de Troyes，约1135—1190前）的小说并把他的作品作为自己创作的蓝本。而在世纪之交的维也纳及其附近一带，人们还习惯于传统的宫廷文化，这里不仅本土的骑士爱情诗即"多瑙河派"诗歌①盛行，有名望的作家也敢于触及本土的题材，并不因此显得落后甚至逆潮流而动，相反，他们的作品在其他任何地方都不可能像在这里受到如此关注和欢迎。

第二，他的写作风格追求真实。德国中世纪的骑士叙事体作品分为两种，一种以莱茵地区的作家为代表，如前面所述，他们的作品取材外国传奇，故事情节千篇一律，所谓的"亚瑟宫廷"和"圣杯堡"都是作者虚构的，只是表达了骑士阶级的理想，没有现实的社会基础，因此，他们是社会空想主义者。《尼伯龙人之歌》的作者是另一种史诗的代表，与莱茵地区的作家不同，他不建造空中楼阁，不设想任何一种乌托邦，而是追求真实，作品中的各种事件，人物活动的时间地点大都有据可查，这样我们便可以根据实际材料进行比较推断。首先，作者讲的故事是由古代的各种"歌"或"歌"的断片汇集而成的，这些"歌"和"歌"的断片追根溯源都来自具体的历史事件，例如史诗中勃艮第王国的覆灭②、东哥特国王蒂奥德里希大帝寄居匈奴宫廷等，都是民族大迁徙期间发生的真实故事，这些故事在不同作品中都出现过。其次，西格夫里特被杀害以后，克里姆希尔德要求用"棺柩显灵"（Bahrprobe）的方式③测试谁是杀人凶手（1044诗节，1—4诗行），这是一种"神意裁判"，在当时起法律诉讼作用。这种习俗起源于法国，1194年，奥埃的哈尔特曼在他的《伊魏因》（见 Iwein 自 1355 行）中第一次描写过，此后，斯特拉斯堡的戈特弗里德也让伊索尔德利用类似的方式欺骗法官和法庭（见 Tristan und Isolde 自 15 755 行）。但是，把神意裁判作为法律诉讼程序一开始就存有争议：1179年德国的城市要求享有不履行神意裁判的特权，1215年拉特兰宫的宗教会议（Laterankonzil）

---

① 12世纪下半叶到13世纪上半叶产生于奥地利和巴伐利亚的早期骑士爱情诗的作者都是多瑙河流域的骑士，故称"多瑙河派"。

② 约公元457年，勃艮第人在高卢东南部建立勃艮第王国，定都里昂；523年，法兰克人进军勃艮第，国王西吉斯蒙德战败被俘，524年被杀，534年勃艮第王国被法兰克王国所灭。见《中国大百科全书》"外国历史"第1卷，中国大百科全书出版社，1990年，第148页。

③ 古代流行的一种神意裁判（Gottesurteil），当凶手触摸被害者的尸体时，尸体的伤口就会裂开，鲜血涌流。

禁止神甫为神意裁判赐福，1222年教皇霍诺里乌斯三世（Honorius III）下令世俗地区不得实行神意裁判，弗里德里希二世（Friedrich II，1212—1250）更是反对这种取证方式。这样，估计《尼伯龙人之歌》作者不可能从当时通行的刑事诉讼中了解"棺柩显灵"这种习俗，这一段情节肯定是他在1194年之后读了哈尔特曼的作品才加上的。再其次，在《尼伯龙人之歌》中有一个御膳司厨叫鲁摩尔特，当勃艮第人商议是否接受匈奴国王艾采尔邀请的时候，他发言表示反对（1465—1469诗节）。这表明，作者重视御膳司厨在宫廷社会中的作用，他甚至让鲁摩尔特在主人出访期间代为料理朝政（1519诗节，1—2诗行），这显然有别于西部新兴的宫廷风格。御膳司厨是封建宫廷四大官职之一，[①]产生于1202年以前。埃申巴赫的沃尔夫拉姆在他的《帕其伐尔》第八卷中援引了鲁摩尔特给国王的建议，并且用夸张诙谐的口吻把这位司厨描绘得十分可笑。《帕其伐尔》第八卷写于1204年至1205年间，这时《尼伯龙人之歌》已经完成，并且为当时的文人所熟知，沃尔夫拉姆大概就是在1204年前后读到这部作品，并且对它产生了浓厚的兴趣。从以上注明的几个日期我们得到两个线索，一是《尼伯龙人之歌》肯定产生于1204年之前，二是作者对待御膳司厨的态度与西部作家沃尔夫拉姆的态度不同，他比较传统，严格遵守宫廷的等级，不喜欢新兴骑士阶级的变得松动的宫廷风格。这样，我们便可以推测《尼伯龙人之歌》应该产生在1194年至1204年之间。

第三，语言风格和诗律形式独辟蹊径。霍亨史陶芬王朝之初，新的文学潮流是从德国西南部向东发展的，当莱茵河流域诗人歌手竞相效仿先进的佛兰德人、刻意用法语的片言只字吸引听众兴趣的时候，在多瑙河流域，作家们使用的是一种新旧混合的语言，即一种用传统德意志语言与从西方涌入的语汇加工而成的特殊混合体，他们后来才慢慢适应了外来的时髦用语。因此，与当时西部流行的矫揉造作和浮华花哨的语言风格相比，我们看到，《尼伯龙人之歌》

---

① 封建宫廷中四大主要官职是：御膳司厨、马厩总管、酒水督察和宫廷管家。宫廷管家居四大主要官职之首，掌管王室库房钥匙和财物。

作者的语言朴实无华；他常常以自己独特的方式使用已有的惯用语和套语，讲起故事来语气自然流畅、通俗易懂，不仅能紧紧吸引听众的注意力，而且还能使他们感到亲切，这种语言艺术是其他同时代作家无法比拟的。为了营造生动的故事氛围，缩小听众与故事的距离，使听众既有听觉也有视觉的享受，他讲起故事来声情并茂，经常根据情节需要变换词汇。有时采用过时的词汇，如"骑士"不用 riter 而用 wigant，"马匹"不用 ros 而用 marc，"剑"不用 swert 而用 ecke，"战争"不用 kriec 而用 sturm，"盾牌"不用 schilt 而用 rant。有时为了合乎时代精神，他也采用一些时尚的词汇，如骑士爱情诗中骑士为女主人效劳的措辞短语，以及贵族生活中比赛武艺、出游狩猎等术语。但他并不介意同样的词汇、同样的场景和母题反复使用，几个主要人物的修饰语（形容词）都是固定的，例如 Siegfried der starke（坚强的西格夫里特），Rüdiger der guote（善良的吕狄格），Hagen der grimme（阴险的哈根），这在其他同时代作家那里也是难得一见的。《尼伯龙人之歌》作者最重要的表现手段是使用对话或者人物独白，把某些场景变成戏剧演出，让人物直接表达自己的意见或是传达作者的意图，而不是由作者进行说教，两位王后争吵的那一"歌"（第14歌）就是最典型的例子。特别值得注意的是，他放弃使用当时流行的韵脚灵活的双叠韵，而选择了本土的段落形式，即德国最早的骑士爱情诗诗人奥地利的库伦贝格尔①所使用的（或创造的）诗律。后来这种诗律被称为"尼伯龙人诗节"。这种独特的、有其自身规律的韵律形式最能突显《尼伯龙人之歌》一类作品与亚瑟传奇的区别。

至于《尼伯龙人之歌》作者的具体职务，我们认为他可能是在帕骚大主教沃尔夫格②身边供职的一名普通神职人员。当然，这也只是根据作品的内容所做的推断。

---

① 库伦贝格尔（Kürnberger，生卒年月不详），中世纪早期骑士爱情诗"多瑙河派"主要代表之一，他采用的诗体称"尼伯龙人诗节"，与《尼伯龙人之歌》采用的诗体一致。
② 历史上，沃尔夫格（Wolfger）自公元971年为帕骚教区大主教；在《尼伯龙人之歌》中称彼尔格里姆（Pilgrim），他的角色是乌特母后的弟弟，克里姆希尔德及其兄弟们的舅父。

《尼伯龙人之歌》的作者博采众长，包罗万象。例如，他三次援引效仿罗马作家维吉尔的风格用拉丁语写的《走运的瓦尔塔里乌斯》(*Waltharius manu fortis*)，①有一次甚至还改正了作品中的错误，说哈根和瓦尔特小时候曾自愿来匈奴宫廷做人质（1756 诗节，2 诗行），而不是被迫的。这大概是因为在帕骚大主教图书馆有一份标题为《韵体阿提拉》(*Attila reimensweis / Attila versifice*)的《瓦尔塔里乌斯》手稿，他曾经读过的缘故。与同时代其他作家一样，他本人肯定也研究过维吉尔，西格夫里特的那柄巴尔蒙宝剑上嵌着一块碧玉（Jaspis，1783 诗节，2 诗行）大概就是从这位古代罗马作家那里学到的。②他对法国文学也很熟悉，作品中大量的法语外来词证明他精通法语。他还在自己的作品中强化了"西格夫里特大战撒克逊人"（第 4 歌）、"旦克瓦特手斩盖尔夫拉特"（第 26 歌），和"匈奴人的尸首被扔出大厅"（第 34 歌）等几个"歌"中的残酷场景，说明他读过 12 世纪流行的反叛小说并从中得到了许多启发；"哭悼和安葬西格夫里特"（第 17 歌）中有几个亮点可能就是从那些小说里得到的，甚至在"吕狄格殉难"（第 37 歌）中有一些文字都与那些作品非常相似。此外，他也借鉴了《罗兰之歌》(*Chanson de Roland*)③、《查理大帝》(*Karlmeinet*)④、普罗旺斯地区的抒情诗等其他法国文学作品。总之，西方邻国的文学是他的一部丰

---

① 《瓦尔塔里之歌》(*Walthari-Lied*，拉丁语 *Waltharius*)大约产生于公元 930 年，作者是圣加伦修道院僧侣艾克哈特一世。歌的内容是：在匈奴国王阿提拉的宫廷有三个出身高贵的人质，哈根来自莱茵的法兰克，希尔德贡德来自勃艮第国，瓦尔特来自西哥特的阿圭塔尼亚，他与哈根是手足兄弟。希尔德贡德与瓦尔特自幼订下终身。后来哈根置匈奴王慈父般的关爱于不顾擅自逃走，随后希尔德贡德与瓦尔特携带一批匈奴宝物也双双逃离匈奴宫廷。在回家的路上，俩人与法兰克国王恭特及其亲信哈根相遇，恭特欲占有匈奴宝物，与他们纠缠。他们最终打败恭特和哈根，但三个人通通受伤，恭特掉一条腿，哈根失去一只眼睛，瓦尔特失去一只右手，他们都再也不能战斗，最后以和解告终。值得注意的是，在古代日耳曼传说中，结局不是和解，而是瓦尔特在战斗中英勇牺牲。

② 参见古罗马作家维吉尔的 12 卷史诗《埃涅阿斯纪》第 8 卷中，天神给埃涅阿斯的那块神异的盾牌。

③ 法国的《罗兰之歌》，大约产生于 1100 年。

④ 指拉丁语的《查理大帝》(*Carolus Magnitus*)，内容描写查理大帝的传奇一生，于 14 世纪译成里普阿-法兰克方言。

富多彩的教科书。当然，他也很了解德国文学，肯定读过德国 12 世纪的叙事体作品如《罗特国王》、《罗兰之歌》、《亚历山大之歌》、《帝王编年史》、《埃奈特》(*Eneit*)① 等，而且结合自己的创作加以应用。《尼伯龙人之歌》的叙事风格，以及其中对宫廷生活、英雄业绩和骑士爱情的描述都是例证。从作品涉及的地域名称看，俄罗斯童话对他也有影响。在《尼伯龙人之歌》中，伊森斯泰因（Isenstein）是冰岛女王布伦希尔德的城堡（第 6 歌），这个字是由 Iserstein 简化而来的，而 Iserstein 是俄罗斯童话中那位著名的强悍女人用铁篱笆围着的宫殿。作者也提到了基辅国（1340 诗节，1 诗行），12 世纪德国的商人已经与那里有了联系，他们的商业通道一条从北方通向这里，一条越过多瑙河通向这里。累根斯堡的作用固然很重要，但基辅国的俄罗斯人对帕骚尤其感兴趣。史诗中还出现了一位名叫拉蒙的瓦拉恒国的大公（1343 诗节，1 诗行），他可能是一部俄罗斯小说的主人公。瓦拉恒国位于摩尔达瓦河畔，这个名称经商业通道首先传到北部匈牙利，而后由那里传到帕骚。当时在匈牙利也流传过关于克里姆希尔德的歌，其中就包括关于东哥特国王伯尔尼的狄特里希寄居艾采尔宫廷的故事。显而易见，作者手头占有匈牙利人的拉丁语文学资料，他从中发现了匈牙利国王这个人物形象。另外，在爱尔兰和苏格兰曾经流传一段用草药酿造啤酒的故事，说是诺曼人与爱尔兰人为这种啤酒如何配制的问题发生打斗，最后诺曼人只剩下父子俩人，其他人全部战死。爱尔兰人想强迫父亲说出配制啤酒的秘方，父亲则说，只有当他看见儿子的首级的时候，他才肯说出秘方。爱尔兰人于是砍下他儿子的头颅并拿到他面前，这时他又说"现在除我之外没有人知道配制啤酒的秘方了，我就任何人都不告诉了"。这段故事让我们想起《尼伯龙人之歌》最后一"歌"中哈根说的话："如今勃艮第国的君主，年轻的吉赛海尔，还有盖尔诺特，他们都已经离我们而去。宝物藏在何处，除天主和我外，没有人知道。你这妖妇永远别想知道那些宝物藏在哪里！"（2371 诗节）

---

① 德国中世纪宫廷史诗，产生于 1170 年至 1180 年之间，由费尔德克的海因里希（Heinrich von Veldeke）根据法国人的《埃涅阿斯史诗》（ *Le Roman d'Enèas* ）改写。

根据这一情节我们猜想，凯尔特族人（指爱尔兰人）所讲的这一段配制啤酒的故事很可能借鉴了《尼伯龙人之歌》。这一点证明，这时史诗作者的影响已经传到了境外。总之，按照当时的标准，这位不署名的所谓"文学爱好者"，其文化修养超出了平均水平。不排除他是一位研究神学的人或是修道院教师，因为那时候只有这些人会读书写字。此外，这位作者对武器的了解也是惊人的。他描写骑士比武、马上竞技以及各式各样的战役、大大小小的厮杀格斗，显然对使用剑和盾牌颇为内行，甚至知道紧一紧头盔上的系带是威胁一下对手（1737诗节，4诗行）的表示。这一方面说明，他一直与宫廷中的骑士有来往，从旁观察和体验了他们的习俗和行为方式；另一方面也说明，他不可能是一个在职僧侣，① 否则他与骑士的交往不会那么密切，也不会有那么多闲暇时间写出如此篇幅浩瀚、内容广博的史诗来。

5.2 宗教信仰和世界观

有一种说法，认为欧洲中世纪是一个"黑暗"时代，宗教控制人的精神生活。实际上，欧洲中世纪的发展状况是不一致的，作为宗教统治中心的罗马教廷也未能给西欧社会规定一个统一的声音。虽然他们的信徒必须遵守天主教会的教义、礼仪和行为准则，但对于各种基本原则依然争议很多。此外，许多信徒作为骑士参加了十字军东征，或是作为商人和游客去东方经商和游历，他们见识到了东方教会的形式和内容，相比之下，痛感自己信仰的天主教局限性太大。他们发现，迄今通行的信仰并非无懈可击，于是就形成了这样的局面：在教会内部恪守教义，遵循教会的规则，执行教会的礼仪，而在教会之外，信徒中有保守派、虔诚者，也有自由派人士。总之，持什么样态度、什么样观点的人都有，有人甚至敢于对教会的陋俗弊端提出警告和批评。在这种背景下，作家们的宗教信仰，他们作品中的宗教内容和表现形式问题就变得很复

---

① 即他没有领受神品，不担任教会职务。

杂，不是用统一的模式能够说得清楚的。沃尔夫拉姆在他的《帕其伐尔》中设计了一个天主教国的理想乐园，这个主张虽然没有一个教会接受，但也没有把它贬为"异端邪说"；戈特弗里德对于天主教信仰的一些细节提出过批评，甚至敢亵渎上帝，但这并不排除他是一名教士。从作品内容看，《尼伯龙人之歌》的作者非常热衷描绘教会生活。例如，他的人物经常去教堂祈祷，唱弥撒，祭拜神灵，如遇天灾人祸祈求上帝保佑；凡重大红白喜事都是按照教会仪式进行。如"哭悼和安葬西格夫里特"一歌里所描述，西格夫里特死后，克里姆希尔德每天清晨去教堂做弥撒，遗体入殓和下葬时全部教堂都唱安魂弥撒，葬礼最后设丧宴酬谢守灵的侍从和各方宾客，还给穷人分赏祭品。这说明，作者不仅对于基督教会的礼仪十分熟悉，而且还把他的人物都写成基督教信徒。

他能如此详细描述丧葬的过程，也许是从沃尔夫格大主教 1195 年为巴本贝格的公爵莱奥波特五世（Leopold V）举行的豪华葬礼中得到了启发。此外，西格蒙特父王为公子西格夫里特举行的骑士晋级庆典也是完全按照宗教程序进行的，四百名青年首先前往教堂吟唱弥撒，赞美天主（32—33 诗节），这在先进的法国宫廷已经习以为常，而德国在那个年代还没有普遍引进这个仪式，我们的作者却是先行了一步。最意味深长的是下面的例子，勃艮第人来到匈奴宫廷后第二天早上，大战打响之前，他们听到钟声首先去教堂做晨祷，与此同时，其他异教的友人也去他们的教堂吟唱弥撒（第 31 歌）。这一场景传达出的重要信息是：第一，作者信奉并恪守天主教教规，让那些厄运临头的勇士们去教堂虔诚忏悔，最后一次吟唱弥撒，接受神甫祝福，因为上帝赐福是通过神甫的手实现的，这符合当时听众对于世界的认识，同时也表明了作者的宗教信仰。歌德说《尼伯龙人之歌》同荷马史诗一样，是"百分之百的异教"作品，这个判断是错误的，因为在《尼伯龙人之歌》中关于天主教会生活的描述随处可见，史诗第 31 歌的标题就是"勃艮第的勇士们前往教堂"。第二，作者肯定没有跟随帕骚大主教去参加十字军东征，因为他不属于大主教身边的随行人员。但史诗中有这样的诗行，"基督教徒和异教徒显然不能一起唱经，因此他们都以不同方式祷告和祈福"（1851诗节，3—4诗行）。我们推想，他把异教的匈奴国王阿提利写成在宗教信仰方面宽容大度的艾采尔，这种对于其他宗教信仰的宽容态度是德国的骑士涌向东方因而获得先进的自由思想的标志。根据以上几点观察判断，《尼伯龙人之歌》的作者是信仰天主教的，在他笔下的匈奴王国，各种宗教和平共处，天主教和异教的习俗一律受到尊重，不同宗教的信徒都以自己的方式去教堂祈福，这是他在胸中描绘的一幅未来世界的蓝图。

当我们进一步分析这部作品的时候发现，作者不仅遵循基督教的一般习俗，而且把基督教看问题的方式也应用于这部史诗之中，像好与坏、生与死、爱与恨、自由与强制、快乐与痛苦等这些对立的两极都被纳入了《尼伯龙人之歌》探讨的哲学范畴。这是一分为二的观点，认为存在矛盾对立是正常的。因此，他描绘的人物既有优点也有缺点，不是最好的也不是最坏的，从不简单地划分正面人物和反面人物的界限，也不忌讳表现两者的不一致。例如，克里姆希尔德有爱也有恨，她曾经是贤惠善良的贵族妇人，深深爱着她的丈夫，后来则成了疯狂的复仇者，杀人不眨眼（第36歌）。西格夫里特心地善良，急公好义，先是帮助勃艮第国王打败撒克逊敌人的进攻（第4歌），而后又跟随恭特一行赴冰岛制服布伦希尔德（第6—7歌），这都表现了他的好品质；然而，他草率从事的缺点加速了自己的毁灭。哈根老谋深算、诡计多端的品行给人极坏的印象，但他对主人忠贞不渝，为了主人舍生忘死，他的所作所为都是为了维护骑士的尊严和宫廷的荣誉，使他成为贵族封臣的楷模。作者这样刻画人物无疑是基于对基督教的信仰，认为人自入世开始自身就存在着矛盾，生命就是正面与负面、真与假之间的对立统一，人的一生就是这种对立统一的过程，这个过程直到死亡才能一劳永逸地终结。其次是超然物外的态度，认为矛盾对立是现实生活的反映，是客观存在，人不可偏袒任何一方，即使偏袒一方也是不起作用的。因此，他描写的人物既不是十恶不赦的坏蛋，也很少有完美无缺的英雄。相反，他喜欢使用形象对照的方法，诸如用克里姆希尔德的爱情对比布伦希尔德的冷漠（第16歌）；伏尔凯既能奏出甜美的曲调又能挥剑猛杀敌人（第 30 歌）；艾采尔是异教徒，但纵火焚烧大厅里亲人的却是基督教徒克里姆希尔德（第 36 歌）；君主跪倒在封臣面前，而封臣却成了他们命运的主宰（2162 诗节）；最后，双方勇士通通在大战中死去，只剩下狄特里希和艾采尔这两个善良无辜的国王，他们都为失去友人而悲痛（第 39 歌）。这里，爱与恨、宽容与凶狠、高贵与卑微、壮烈与幸免并存，这是谁的过失，谁的罪孽？作者的立场是中立的，他既没有对死难者表示同情，也没有为活着的人感到庆幸，他认为一切都是真实的，这就是现实生活。然而，他的态度是消极的，面对现实存在的矛盾束手无策，看不到解决矛盾的前景，把一切都诉诸命运；因而我们看到，"乐极生悲，福以祸终"是贯穿这部史诗的基调。第三是关于罪与罚的认识，有罪孽必然受惩罚，作者显然掌握了"善有善报，恶有恶报"的逻辑。但是，史诗中提到的许多"罪孽"，到底谁是始作俑者，他没有正面回答，他只是用基督教的视角对表现骑士阶级道德品质的一些特殊概念如傲慢、无度、吝啬等做了解释，认为这是人的主要弊端，是致使人犯错误的根源。他把西格夫里特莽撞行事招来杀身之祸归咎于"傲慢"；把克里姆希尔德炫耀权势、给勃艮第王国的覆灭埋下祸根归咎于"傲慢"；把哈根无所不用其极也归咎于"傲慢"。同样，他认为"适度"是很少数人能够做到的，"无度"才是常态。西格夫里特不会掌握分寸，克里姆希尔德一意孤行，哈根对克里姆希尔德恨之入骨，在最后的大血战中，包括狄特里希在内的所有英雄都被愤怒蒙住眼睛，失去了理智，都说明"无度"会导致何等灾难。他认为"贪婪"的危险性更大，几乎每一个人都是"贪婪"的。史诗中，从西格夫里特青年时代开始一直到克里姆希尔德被杀死，贯穿故事始终的一条红线就是争夺"宝物"。结果，在争夺"宝物"的一连串事件中所有的人都作了孽，都犯了罪，按照宗教的法规他们无一例外都要受到惩罚。因此，故事最后全部英雄通通走向死亡，就是必然的、合乎逻辑的结局。《尼伯龙人之歌》作者的初衷并不是要写一部基督教的伦理道德小说，他只是打算根据教会的布道和告诫向世人表达一个思想，即谁犯了大罪，谁就得付出生命的代价，这是基督教的教义规定的。

作者在描述现实时，也做了一定程度的社会批评。例如，他认为骑士阶级除了具有"傲慢","无度"和"贪婪"这些与生俱来的恶习外,他们把原本是好的品质也世俗化了,或者失去了分寸。本来,崇尚"荣誉"是古代日耳曼人的优良传统,但13世纪的骑士阶级给"荣誉"增加了新的社会内容,"荣誉"成了特殊阶层拥有的"威望"。这种"威望"不再是自我感觉,而是需要别人承认,并且要通过行动日复一日地加以证明。"威望"一旦受到损害,他们就要用报仇的方式来恢复,克里姆希尔德当众羞辱了布伦希尔德,布伦希尔德为恢复"威望"要求报仇,非把西格夫里特铲除不可;克里姆希尔德最后为给亡夫西格夫里特报仇,非要抓出杀人凶手并把他置于死地,这也是为了恢复昔日的"威望"(1012诗节)。这样,她们就把"威望"观念推向了荒谬的地步。同样,"忠诚"的观念也发生了变化。古代日耳曼人的"忠诚"是首领和随从之间命运攸关的纽带,这种"忠诚"是相互的,也是至高无上的。到了13世纪,在以领主与扈从之间关系为基础的骑士社会,"忠诚"首先要求扈从忠于领主,这就成了等级的关系。作者对建立在领主与扈从关系基础上的"忠诚"提出了质疑,这一点突出表现在吕狄格的"灵魂悲剧"(2150—2163诗节)和"哈根的背叛"(2192—2204诗节)两个情节上。吕狄格是匈奴国王的一名边塞方伯,他的一切都是国王恩赐的,因此效忠国王是他应尽的义务。另一方面,也是他将勃艮第客人请到匈奴国做客,并且已经把女儿许配给了勃艮第国王的弟弟,所以保护这些客人的安全又是他义不容辞的责任。后来在匈奴人和勃艮第人展开血战的时候,他陷入激烈的内心冲突,在忠于国王还是忠于友人之间无法做出抉择,最后只能走上绝路,以死消除自己心灵的痛苦。再说哈根,他对勃艮第国王一向忠贞不渝。可是在史诗最后,当他看见全副武装的敌人走来时,却出人意料地恳求敌人把盾牌送给他,并且保证"不在战斗中碰他一下"(2201诗节,3诗行)。国王的忠臣在最后一刻背叛了自己的主人,同时也背叛了自己一向恪守的原则,这显然也是作者刻意设计的。如果说作者企图通过吕狄格的"灵魂悲剧"告诉我们,忠于国王不应该是"忠诚"观念的唯一内涵,那么,他通过"哈根的背叛"就是想进一步告诉我们,应该打破对国王忠诚才是至高无上的观念。吕狄格的"灵魂悲剧"与"哈根的背叛"这两个情节都是后来加上的,这是作者将基督教文明引入古代英雄题材的努力。

5.3 创作风格

亚瑟传奇的魅力在于非真实,《尼伯龙人之歌》的魅力在于真实。作者以中世纪真实的宫廷骑士生活为坐标,时间和地点都是具体的:西格夫里特生于桑滕,勃艮第王国的宫廷设在沃尔姆斯,克里姆希尔德远嫁艾采尔堡……这些地名都是当时的读者所熟知的。只有很少数几个地方,如伊森斯泰因和尼伯龙人国是作者臆造的。作者笔下的宫廷庆典、骑士晋级、省亲访友以及豪华的婚礼和葬礼等贵族日常生活,也都是读者和听众所熟悉的,从而唤起读者产生身临其境的感觉。他对于人物的描写也是如此,写他们如何伟大和重要,但从不把他们写成超人。西格夫里特是许多故事中的神奇英雄,但在这部史诗中他从头到尾都是一个完全真实的骑士。与亚瑟传奇的作者相反,他不让人物在一个虚拟的环境里经受考验,不假设那种只谈爱情和武艺的童话乐园(亚瑟宫廷),也不虚构那种只有和谐、友善、欢乐的理想世界(圣杯堡)。他讲的故事都是来自现存的骑士-宫廷社会,写的是真人真事,即便那些古代流传下来的母题也经过他的加工改造,成为作者的独创。他通常采用的叙事方式是,与他的故事和人物保持距离,把人物的言谈举止写下来,本人既不做解释,也不下结论,而是让事实说话。只是在需要提示读者或听众注意后面有重要情节发生的时候,他才中断叙述,然后用第一人称说话。但他从不明确表示态度,只是叙述故事,给读者或听众留有更多想象空间。而且,重大的事件越是临近,他越是退居幕后,在描述那场各路英雄同归于尽的大灾难时,我们只看到一个个血淋淋的场面,看不见作者的身影。这既是他写实主义的创作风格,也是他尊重真实的负责态度,因此取得了震撼人心的效果。

在运用语言方面,作者喜爱形象化叙事,把人物的所有行为和思考都写得真切生动,为接下来的情节做铺垫。例如,西格夫里特在伊森斯泰因扮演恭特的仆人（396—397诗节，420诗节），谦恭地扶主人下马，他的"卑微身份"后来引起布伦希尔德的反感；布伦希尔德的腰带和戒指失窃（679—680诗节），这两件信物后来成为克里姆希尔德污蔑她是"姘头"的证据；克里姆希尔德为了显示自己是堂堂王后抢先走进教堂（843诗节，2诗行）使布伦希尔德恼羞成怒，一场刻骨铭心的仇恨就此开始；西格夫里特去清泉边饮水时，一定要等到国王恭特饮完水，他跟在后面（978诗节），结果反遭杀身之祸；吕狄格在命运攸关的瞬间交出盾牌（2196诗节），更是为最后的大决战做了准备。我们仔细观察，这一系列情节都有因果关系，都是用前面的情节预先暗示后面将发生的事情。

用关于动物的梦预示不幸是《尼伯龙人之歌》作者的一种特殊的艺术手段，也是他有别于同时代其他作家的一个显著特点。史诗中写了三个关于动物的梦：第一个是"野鹰梦"，克里姆希尔德梦见她驯养的野鹰被两只大鹫啄死（13诗节，2—3诗行）；第二个是"野猪梦"，克里姆希尔德梦见两头野猪追赶她的丈夫（921诗节，2—3诗行）；第三个是"飞鸟梦"，乌特梦见飞鸟全部死光（1509诗节，2—3诗行）。第一个梦预示克里姆希尔德的爱情将以悲剧告终，第二个梦预示西格夫里特将遭遇不测，第三个梦预示勃艮第人的匈奴之行将有去无返。此外，他采用的对比法也收到了相似的效果。例如，两位国王灯火辉煌的结婚庆典（604—614诗节），随之而来的是布伦希尔德的眼泪；亲人在沃尔姆斯喜庆相逢（789—794诗节），随之而来的是两位王后的争吵，从此埋下仇恨的祸根；西格夫里特砍死野熊博得猎友的一片喝彩（958—963诗节），结果他却丧命在一泓清泉边上。反之也是如此，先是在伊森斯泰因紧张严肃的比武（449—466诗节），随后是在沃尔姆斯迎接西格夫里特的轻松热烈场面；先是勃艮第人在多瑙河畔与巴耶伦人生死攸关的较量（1597—1614诗节），紧接着他们来到吕狄格城堡度过了温馨惬意的快乐时光。戈特夫里德是让欢乐和痛苦交织在一起，《尼伯龙人之歌》的作者则是把欢乐和痛苦强行排列起来，让高潮之后紧接着是低谷，因此他的对比不仅更为清晰，而且惊心动魄，扣人心弦。

6 文本分析——结构、诗律和表现手段

综合前面三章的内容，我们可以认定，《尼伯龙人之歌》的作者接受了古代日耳曼英雄文学的遗产，并以英雄传说为题材创作了这部大型英雄史诗。但是，这部史诗已经不同于古代的英雄文学，不仅思想方式和价值标准属于13世纪骑士-宫廷社会范畴，而且处处显露作者将基督教思想融入宫廷生活的努力。因此，在《尼伯龙人之歌》中，英雄题材、宫廷方式、基督教思想并存，我们今天读到的这部文学巨著实际上是这三种因素时而冲突对立、时而融合并存的混合体，书中思想观念的反差、故事情节的不合理、人物性格的不统一等矛盾都是由此产生的。这一章主要是探讨作品形式上的几个特点。

《尼伯龙人之歌》用中古高地德语写成，像其他同时代的叙事体作品一样，也是采用韵文体，全诗由39"歌"（Aventiure）组成，包括2379诗节（Strophe），每诗节有4诗行（Vers），全诗共有9516诗行。在39个"歌"中第20歌最长，含147个诗节，588诗行；最短的是第1歌和第34歌，各有19诗节，共含152诗行。此外，绝大部分手抄本里，每个"歌"都有标题，也有少数手抄本里没有标题，而是用大写的花体字母（Initiale）书写第1诗节里第1诗行的第一个字母，以示"歌"的开始。至于"歌"用Aventiure一词表示，不可能出自作者之手，因为在他的那个时代还没有引进这个外来词，这个词是后人加上的。但是，史诗的结构，各"歌"的安排与布局应该是作者的意图，起码应该符合他的构想。

6.1 结构

关于《尼伯龙人之歌》的结构，学术界从19世纪卡尔·拉赫曼（Karl Lachman，1793—1851）提出的所谓"歌集论"（Liedertheorie），[①] 到20世纪

[①] Gottfried Weber und Werner Hoffmann, *Das Nibelungenlied fünfte Auflage, Kapitel 1* (Stuttgart: Metzler, 1982), SS. 7–8.

中叶安德烈亚斯·霍伊斯勒（Andreas Heusler，1865—1940）彻底推翻"歌集论"，指出"史诗"与"歌"的关系是"成年人与胎儿"的关系，[1]期间经历了许多争论。比较一致的观点是：这部史诗取材两个古代的英雄传说系统，每一传说系统都包括几首或多首英雄歌，史诗就是在这些英雄歌的基础上编辑创作而成的。这些"歌"不仅长短不等，又因在整个故事中所处位置不同，其作用、重要性和完整程度也很不一样。仔细观察后他们还发现，"歌"与"歌"之间的关系常常不太紧密，叙事方式也缺乏连续性，情节与情节之间有明显间歇，就连那些最短的情节也不仅在节拍上，而且在语句和内容上都能自成一体，较长的情节则又可分为多个场景。因此，学者们认为，史诗《尼伯龙人之歌》不仅由两大部分组成，根据故事的内在联系还可以把其中的39个"歌"再分为几个大的"段落"，各段落的故事相对独立，具有同等价值。他们把这种结构形式称作"段落结构"。

6.1.1 "段落结构"

这里，我们接受"段落结构"的观点，也将史诗分为两大部分，然后根据故事内容再分为几个大的"段落"。为避免只着眼故事的高潮，忽视那些不太重要的情节因而导致疏漏或失之偏颇，在分析这部史诗的时候我们把所有的"歌"，不论篇幅长与短，内容"充分"与"不充分"，一律放入观察视野。下面我们就从"段落"入手对史诗的结构进行探讨。

第一部分：

第1歌至第19歌，其中：

---

[1] Gottfried Weber und Werner Hoffmann, *Das Nibelungenlied fünfte Auflage, Kapitel 1* (Stuttgart: Metzler, 1982), SS. 7–8.

第 3 歌至第 11 歌为第一"段落"：从西格夫里特出现在沃尔姆斯到偕妻
　　　　　　　　　　　子克里姆希尔德返回尼德兰。
第 12 歌至第 19 歌为第二"段落"：从西格夫里特和克里姆希尔德应邀来
　　　　　　　　　　　沃尔姆斯省亲到西格夫里特之死，以
　　　　　　　　　　　及把宝物运到沃尔姆斯。

第二部分：

第 20 歌至第 39 歌，其中：
第 20 歌至第 27 歌为第三"段落"：从吕狄格替匈奴国王艾采尔向克里
　　　　　　　　　　　希尔德求婚到克里姆希尔德成为匈奴
　　　　　　　　　　　王后。
第 28 歌至第 36 歌为第四"段落"：从勃艮第人应邀赴匈奴宫廷做客到勃
　　　　　　　　　　　艮第人全军覆灭。

除以上 34 个"歌"外，第 1 歌和第 2 歌是一般地介绍勃艮第宫廷、克里姆希尔德的梦，以及西格夫里特其人，可视为史诗的"序幕"。第 37 歌至第 39 歌讲的是交战双方的伤亡情况，除伯尔尼的狄特里希和老帅希尔德勃兰特外，全部英雄同归于尽，这是全部故事的结局，可视为史诗的"终曲"。

在将史诗分为四个大"段落"之后，我们注意到，还有研究者指出，史诗不仅可以分为四大"段落"，而且每一大"段落"又可分为若干小段故事，每一小段故事也都独立完整，听起来扣人心弦。譬如：

第一"段落"包括两小段故事，即第 3 歌至第 5 歌，讲的是西格夫里特来到沃尔姆斯求婚和第一次与克里姆希尔德见面；第 6 歌至第 11 歌讲的是布伦希尔德被骗嫁给恭特，以及西格夫里特乘帮助恭特制服布伦希尔德之机拿走布伦希尔德的腰带和戒指，后来偕妻子克里姆希尔德返回尼德兰。

第二"段落"也包括两小段故事，第 12 歌至第 14 歌讲的是恭特邀请西格夫里特夫妇来沃尔姆斯省亲以及布伦希尔德与克里姆希尔德两位王后的争吵；第 15 歌至第 19 歌讲的是哈根杀死西格夫里特，并夺走全部尼伯龙人宝物。

第三"段落"包括的两小段故事是：第 20 歌至第 22 歌讲的是克里姆希尔德远嫁匈奴，第 23 歌至第 27 歌讲的是克里姆希尔德作为匈奴王后邀请勃艮第亲人去艾采尔堡赴宴；

第四"段落"包括的两小故事是：第 28 歌至第 31 歌讲的是勃艮第人应邀前来匈奴宫廷；第 32 歌至第 36 歌讲的是匈奴人与勃艮第人的大血战。

为清楚起见，现将史诗的结构归纳为下列格式：

第一部分：第 1 歌至第 19 歌
  序幕： 第 1 歌至第 2 歌
  第一段落：第 3 歌至第 11 歌
    第一小段故事：第 3 歌至第 5 歌
    第二小段故事：第 6 歌至第 11 歌
  第二段落：第 12 歌至第 19 歌
    第一小段故事：第 12 歌至第 14 歌
    第二小段故事：第 15 歌至第 19 歌

第二部分：第 20 歌至第 39 歌
  第三段落：第 20 歌至第 27 歌
    第一小段故事：第 20 歌至第 22 歌
    第二小段故事：第 23 歌至第 27 歌
  第四段落：第 28 歌至第 36 歌
    第一小段故事：第 28 歌至第 31 歌
    第二小段故事：第 32 歌至第 36 歌
  终曲： 第 37 歌至第 39 歌

6.1.2 结构框架统一

史诗尽管按照内容可以划分多个"段落",但故事情节总体连贯,起连接作用的中心人物是克里姆希尔德。从她梦见她驯养的野鹰被两只大鹫啄死(13 诗节,2—3 诗行)到她被希尔德勃兰特杀死(2376 诗节)是全部故事的框架,这中间发生的一系列事情都与她有直接或间接的关系,例如:

第 3 歌:西格夫里特来到沃尔姆斯(直接关系)
第 4 歌:西格夫里特大战撒克逊人(间接关系)
第 7 歌:恭特智胜布伦希尔德(间接关系)
第 14 歌:两位王后的争吵(直接关系)
第 15 歌:西格夫里特被出卖(直接关系)
第 21 歌:克里姆希尔德前往匈奴国(直接关系)
第 28 歌:勃艮第人来到匈奴国(直接关系)
第 33 歌:勃艮第勇士大战匈奴人(直接关系)
第 36 歌:王后令人焚烧大厅(直接关系)
第 37 歌:吕狄格殉难(间接关系)

作者仍恪守英雄传说是口头文学的原则,换句话说,他在这里要"讲"故事给人听,而不是"写"故事给人读,所以在讲述时常常视听众的反应应景处理,把有的情节放在前面,有的放在后面,有时由近及远,有时由远及近,十分灵活多变。用现代小说的标准衡量,这样的布局显得不够严密,但对于以"讲"故事为主要手段的《尼伯龙人之歌》的作者来说,他获得了很大的回旋空间,这正是这部史诗的特点,也是叙事艺术的一大成就。

6.1.3　时间的特殊作用

同样，作者对于时间的把握也是从"讲"故事的需要出发，让时间仅仅起划分"段落"的作用，对于人物和事件的发展没有影响。从局部看，史诗中"段落"与"段落"之间没有紧密的关系，相隔的时间空隙甚大。譬如，从第一段落结束到第二段落开始经过 10 年，从第二段落结束到第三段落开始经过 13 年，从第三段落结束到第四段落开始又经过 13 年。在这 36 年的时间里都发生过什么事情，作者没有说明，因为他的目的是"讲"故事，而对于听众来说最重要的是每次听的故事要有头有尾，生动有趣。至于这次听的故事与下次听的故事相距多长时间并不重要，所以故事中许多人物虽然经过近 40 年的岁月，年龄始终不变。年轻的英雄吉赛海尔第一次出现时（126 诗节，1 诗行），克里姆希尔德还是一位温柔贤淑的宫廷少女，后来她成为一名疯狂的复仇者，六亲不认，致使吉赛海尔惨死在她的勇士的剑下（2294—2298 诗节），此时，时间已经过去 36 年，可是吉赛海尔在战斗中表现出的青春活力丝毫不减当年，他依然是"年轻的吉赛海尔"。哈根从一登场亮相（83—86 诗节）就给人见多识广、老谋深算的印象，作者通过他的口述介绍了西格夫里特传奇的青年时代；让他作为恭特国王的忠臣，始终陪伴左右，出谋划策；直到他被狄特里希大王生擒（2352 诗节，2—3 诗行），被王后克里姆希尔德关进地牢，之后被砍头（2373 诗节，2—3 诗行）。哈根足智多谋、老成持重的特点自始至终，尽管岁月流逝，但看不出他有任何变化。诚然，克里姆希尔德在史诗第一部分和第二部分的表现确实判若两人，但这也是由于故事情节的需要。这里，作者首先要交代清楚的是"尼伯龙人"从兴旺昌盛到彻底覆灭过程的来龙去脉，他无意塑造人物，而是根据故事的需要描写人物。因此，我们只能看到克里姆希尔德在史诗第一部分还是一个心地善良的贵族少女，到了第二部分突然变成了一个杀人不眨眼的妖妇。她是如何成长的，如何发展变化的，作者没有告诉我们。

6.1.4 支撑结构的三个"歌"

为进一步探讨在这一结构模式背后,作者的动机和各事件的意义所在,我们选择对故事发展全过程起关键性作用的三个"歌",即第 14 歌、第 19 歌和第 39 歌做具体分析,同时把叙述不充分、不连贯和几条故事线索并行的特点看作是作品的创作风格和决定其结构的要素。第 14 歌和第 39 歌对于核心事件以及主要人物发展状况的重要性比较明显,第 19 歌则不能一望而知,因为从第 16 歌开始就描述西格夫里特之死,可是他的死对于克里姆希尔德与兄弟们以及与哈根之间关系的影响在接下来的几个"歌"里才显露出来,而在第 19 歌里显露得最清楚,对于分析作者动机和事件的意义尤其富有启发性。总之,这三个"歌"就结构而言,是三根重要支撑;就内容而言,是故事发展过程的三个阶段,起着决定性的转折作用,将故事最终推向悲壮的结局。

第 14 歌:共 62 诗节,内容是两位王后的争吵。

西格夫里特偕夫人克里姆希尔德返回尼德兰后,十年来从不来勃艮第国进贡,引起布伦希尔德的疑惑。她纳闷,既然西格夫里特如他当初在伊森斯泰因所称是国王恭特的"仆人",他为什么不尽"封臣"的义务?布伦希尔德于是说服国王邀请西格夫里特夫妇来沃尔姆斯做客。在一次观看骑士竞技比赛的时候,两位王后为了各自丈夫的身份发生争吵。布伦希尔德坚持说西格夫里特是无人身自由的奴仆,指责他出身低下;克里姆希尔德据理抗争,并当众出示布伦希尔德的信物——戒指和腰带证明她是西格夫里特的"姘妇"。布伦希尔德的尊严深受伤害,要求追究西格夫里特的责任。恭特心中有鬼,只是敷衍搪塞,哈根则毛遂自荐为王后报仇。他首先说服恭特同意谋杀西格夫里特,然后诱骗克里姆希尔德说出西格夫里特的致命之处。

在这一"歌"里汇集了史诗第一部分的全部主要故事线索，归纳起来，涉及四个问题。首先是西格夫里特的身份问题，他是与恭特门第相当的国王，还是恭特的"仆人"？这一点恭特和西格夫里特心中都很清楚，恭特去伊森斯泰因向布伦希尔德求婚的时候，西格夫里特只是伪装成他的"仆人"，是他们为赢得布伦希尔德而刻意设置的计谋，因此谁也不在意这种"隶属"关系。西格夫里特之所以甘愿充当恭特的"仆人"，目的是为了赢得克里姆希尔德的爱情，他的行为具有骑士冒险性质。对于他来说，这种"冒险"是求婚的手段，不涉及放弃自我。只有布伦希尔德是认真的，她在伊森斯泰因目睹西格夫里特帮恭特牵马（396诗节，2诗行），在新婚庆典上看到他被安排在贵宾位置（617诗节，2—3诗行），因此开始怀疑西格夫里特的身份。直到10年之后她把这个问题提了出来，这就导致了两位王后的争吵。两位王后反目成仇是史诗故事情节的重大转折，后面的西格夫里特之死和勃艮第王国的覆灭都是从这里开始的。其次是布伦希尔德的变化。如果布伦希尔德真的是不满恭特把克里姆希尔德下嫁给他的"仆人"，出于对小妹的同情在婚宴上伤心落泪，那么在恭特对她保证西格夫里特和他自己一样也是一位强大的国王之后，问题就应该解决了。然而，她还是非要知道西格夫里特的真实身份不可，她的动机是因为发现自己受骗，还是因为嫉妒克里姆希尔德才如此穷追不舍，作者没有交代，却是直接把"仆人"与权势和进贡联系了起来。这时的布伦希尔德已经不再是蛮横的北方女王，骁勇强悍，而是一个封建王国的王后，她保护君主的威严，要求封臣进贡是顺理成章的。为了驳斥她的傲慢，克里姆希尔德不仅说西格夫里特也是一个强大的国王，而且还指责布伦希尔德是她丈夫的一个姘妇，这就更触犯了布伦希尔德的尊严，动摇了她作为王后的存在基础，因此她要求报复也是合乎情理的。至于布伦希尔德的思想是如何转变的，作者同样没有交代，只是通过她的转变为后面的故事做了铺垫。至此，布伦希尔德已经完成了她这个角色的使命，随着史诗第一部分结束她也销声匿迹了。第三，争吵是真，调停是假。作者用多个场景描写两位王后的争吵，双方从情同骨肉到深仇大恨，形势逐步升级，直到针锋相对，势不两立。布伦希尔德认为西格夫里特是没有人身自由的"仆人",克里姆希尔德则坚持说布伦希尔德是她丈夫的"姘妇"。然而,这两项责难都不符合事实;实际上,西格夫里特也是一国之君,而且是比恭特更为强大的国王,因为要帮助恭特打败布伦希尔德,他才扮演了"仆人"的角色。布伦希尔德也不是"姘妇",她的两件信物是西格夫里特代替恭特在新婚之夜把她制服之后悄悄拿走的。王后们争吵的两个焦点"仆人"和"姘妇"都不属实,这就给知道内情的恭特提供了得以脱身的机会。为了安抚王后,他假装"郑重其事",采取古代人惯用的"宣誓"形式进行调停。当西格夫里特公开起誓绝没有当着妻子自我炫耀之后,恭特顺水推舟,急忙收场,把事关尊严和地位的"争吵"说成是两个妇道人家的一场口角。第四是哈根的介入。通过"争吵",布伦希尔德不仅没有达到目的,反而背上了"姘妇"的包袱,她从这一刻起一蹶不振,似乎连报仇的能力都丧失了,只是对着恭特哭泣。而恭特也不可能有报复西格夫里特的想法,因为他知道在整个事件中西格夫里特是无辜的。对于故事的进一步展开,两个主要人物无能为力,这样就给哈根腾出了释放能量的空间,他成了后面故事的主宰。哈根是勃艮第王国的封臣,作为骑士他必须为女主人布伦希尔德效劳,作为封臣和亲属他必须对国王恭特尽忠。恭特去伊森斯泰因求婚他是随行者之一,了解其间的奥妙,知道如若将真相揭露出来,对恭特和布伦希尔德都将是一场灾难。因此,他要维护恭特与布伦希尔德的关系,就必须排除一切可能损害这个建立在欺骗基础上的婚姻的因素。而西格夫里特是除恭特外唯一了解欺骗内幕的人,所以只有把他铲除才能确保他们在伊森斯泰因干的秘密勾当不被泄露。这就注定,谋害西格夫里特的刽子手角色只能由哈根担当。

从上述的四个问题看,这一"歌"起着承前启后的作用,整个故事的进程在这里经历第一次重大转折,重新调整和改变了人物之间的关系,克里姆希尔德与哈根从君臣和亲属变为势不两立的敌人。正是他们的对立决定着故事的后续发展,从而把史诗第二部分连接起来。

第19歌:共42诗节,标题为尼伯龙人宝物被运到沃尔姆斯。

从篇幅看，这一歌是史诗39歌中最短的"歌"之一，人物的行为动机不明确，故事的一些细节不清晰，场景也往往不够生动具体，对话显得苍白无力。加之，西格夫里特之死和父王西格蒙特返回尼德兰在前面三个"歌"里已经交代清楚，新的内容不多了。但是，这一"歌"的特点是，有几个事实细节对于探讨主要人物的思想动机和故事的主题十分重要。下面我们将这一"歌"分为五个小段进行阐述。

第一小段，第1101至1105诗节。这一段包括克里姆希尔德留在勃艮第国寡居独处，终日思念死去的丈夫，每天去教堂祈祷天主，也经常去丈夫的墓前悲切凭吊等场景。表面上气氛平和，没有谈及仇恨，直到最后作者写到"不久以后她开始复仇，其势如翻江倒海"（1105诗节，4诗行）这一句话，才点出藏在克里姆希尔德内心深处的动机，同时也就把这一小段与下一小段衔接了起来。

第二小段，第1106至1115诗节。这一段讲的是哈根敦促恭特与克里姆希尔德言和，但他从一开始就把言和与宝物联系在一起，促成言和只是他的一个计谋，目的是为了占有尼伯龙人宝物。恭特接受了哈根的怂恿，对于言和的态度是积极的，并试图劝说克里姆希尔德同意将宝物运到沃尔姆斯来，他是否有自己的打算，我们不得而知。但克里姆希尔德的态度很强硬，她说"我绝不同杀死我丈夫的坏人握手言和"（1112诗节，3诗行）。此时，她还是把恭特和哈根看成一丘之貉。接下来小弟吉赛海尔的说服工作奏效，所以作者最后写道，"她还是向大家伸出手来，表示不记前仇，只有哈根除外，他是杀害她丈夫的凶手"（1115诗节，3—4诗行）。这样就划定了克里姆希尔德报仇的对象不是恭特而是哈根，随后的故事情节步步都是向着克里姆希尔德与哈根的对立局面发展。

第三小段，第1116至1126诗节。没过多长时间，克里姆希尔德被说服，同意将原本属于西格夫里特的大量尼伯龙人宝物从尼德兰运到沃尔姆斯来，哈根的计谋得逞。

第四小段，第1127至1131诗节。克里姆希尔德自从拿到尼伯龙人宝物之后，一反往日的消极和凄凉，重新振作精神，把宝物慷慨分赏，以此炫耀自己的权势和声望，这引起哈根的警觉，唯恐她要与勃艮第王国分庭抗礼。这里突显了有财富就有权势的主题。

第五小段，第 1132 至 1142 诗节。哈根强行夺走克里姆希尔德的宝物，并趁国王们外出之机把宝物沉入莱茵河底。至于这几位国王对于哈根的行为持什么态度，作者没有明确表示，但从全部事实中我们能看出恭特是默许甚至支持哈根的。例如，他对克里姆希尔德戏称出游巡访，给哈根创造动手的机会；又如，他不仅没有采取措施制止哈根，而且还同他一起发誓保守秘密，这一切都说明他与哈根有默契。

在最后两个诗节即 1141 诗节和 1142 诗节里讲到，自从宝物被夺走以后，克里姆希尔德陷入了双重悲哀：如果说她对于失去丈夫还能够表示愤怒和抗议，而对于失去宝物则是无能为力了。所以，故事又出现了新的转机，即匈奴国王艾采尔派人前来向她求婚。这样，整个故事开始从第一部分向第二部分过渡。

必须指出的是，这一"歌"里最重要的两个事实，即克里姆希尔德与恭特言和是假，哈根欲夺走宝物是真。如同对于两位王后争吵的调停一样，恭特与克里姆希尔德言和是假象，是哈根为夺取克里姆希尔德的宝物设置的一个骗局。因此，"言和"不仅没有改变克里姆希尔德与哈根之间已经破裂的关系，反而更加剧了他们的对立，他们从此成为不共戴天的敌人。在史诗第二部分，哈根取代西格夫里特与克里姆希尔德，主宰全部故事。至于恭特，虽然对于西格夫里特之死和夺走宝物都负有责任，但他与克里姆希尔德的关系由于表面上的言和而变得更加模糊。

第 39 歌：共 55 诗节，标题为狄特里希大王大战恭特和哈根。

这一"歌"是史诗的终场，对史诗中三个要害问题做了最后交代，即作者为什么让哈根拒不说出宝物藏在何处，从而使这个杀人凶手兼强盗得逞，而克里姆希尔德则不体面地退出舞台？克里姆希尔德报仇的目的是为爱情还是为讨回宝物？作者引入狄特里希这个新人物的意图何在？

第一个问题，作者在哈根和克里姆希尔德之间为什么对哈根似乎有所偏袒？要回答这个问题，我们必须首先分析作者在史诗第二部分对于这两个人物的看法有哪些变化。克里姆希尔德原本是一个温柔善良的贵族少女和冰清玉洁的贞妇。可是到第二部分，她变成了一个疯狂的复仇者，其手段之残忍，行为之"无度"，达到了登峰造极的地步，这让13世纪《尼伯龙人之歌》的作者无法容忍，因此对她持指责态度。首先，他说克里姆希尔德"长久以来怀着复仇之心"（1461诗节，4诗行），在中世纪，复仇已经不像在古代日耳曼那样是一种绝对的正义行为。本来克里姆希尔德已经与恭特言归于好，现在她突然违背承诺，况且是在多年之后她已经成为艾采尔的妻子的时候，所以连作者都惊愕地说："她鬼使神差，一反自己从前的承诺……"（1394诗节，2—3诗行），这是他第一次对克里姆希尔德复仇行为做出负面评价。其次，克里姆希尔德使用的手段是欺骗和阴谋。用欺骗和阴谋对待敌人在中世纪叙事文学中并不鲜见，但克里姆希尔德用阴谋把客人骗到匈奴宫廷，这起码与作者的正义感相悖，因为她损害了客人的尊严与权利。第三，克里姆希尔德的报复行为惨绝人寰。为了达到捉拿哈根的目的，她不惜让九千名勇士互相残杀，拒绝一向袒护她的小弟吉赛海尔的求和，下令焚烧勃艮第人住宿的大厅妄图把他们一网打尽，并且置匈奴方伯吕狄格的哀求于不顾，强迫他投入战斗。这一切都违背作者的道德原则。尽管如此，他仍然恪守人物没有绝对"好与坏"之分的信条，不但没有把克里姆希尔德判为十恶不赦的坏人，反而试图挽回一点她的尊严。为了对她遭受的痛苦给予补偿，他引入伯尔尼的狄特里希大王这个举足轻重的人物，让他把最后的两个勃艮第人恭特和哈根五花大绑地带到她面前，以示对王后的敬重。至于哈根这个人物，在史诗第一部分虽是随从身份，但他积极为国王出谋划策，实际上已经在主导国王的行为。到了第二部分，他则直接走到前台与克里姆希尔德一起决定史诗故事的走向，国王恭特则变得无足轻重了。但是，他的重要性的提升不是因为他本人有变化，相反，正是建立在他自始至终没有变化的基础上。自从西格夫里特被谋害，几个勃艮第国王不忍再让克里姆希尔德痛苦，他们愿意使她"开心"，与她兄弟般言和。但哈根知道，克里姆希尔德不会忘记她遭受的不幸。哈根为什么如此固执己见？我们不敢像某些学者那样断言，他与西格夫里特之间存在个人恩怨，但有一点是肯定的，他是忠臣，维护主人的权势和声望是他一切行为的出发点。因此，他虽然常常给人诡计多端的印象，作者却试图淡化这种负面印象，早在第一部分就指出，哈根的知识比任何人都渊博，他的英雄精神比任何人都振奋，他的英雄气概使他能视死如归，等等。这说明，作者认为哈根并不是坏人，他最重要的品质是忠诚，而且由于他见多识广，赢得了国王们的信赖、战友们的敬佩和亲人们的爱戴，成为勃艮第王国杰出的参谋和卫士。出于这种偏爱，作者在史诗最后特地安排了一段哈根对吕狄格的表白：当这位骑士请求吕狄格将盾牌赠送给他的时候，他申明"高贵的吕狄格，我非常感谢你的礼物，不管这里的勇士对你抱着什么样的态度，请你相信，我的手在战斗中决不碰你一下，即使你砍掉所有勃艮第勇士的头颅"（2201 诗节，1—4 诗行）。哈根的这一转变看似反常，这个一贯倡导并实践"忠诚"的骑士怎么会在最后一瞬间叛变了自己的信念？这里，作者要传达的信息是：哈根尊敬面前的敌人，而且在象征性的请求背后他内心深藏着友谊和情感，这是他人性的一面，这也是作者刻意设计的。

　　第二个问题是，为丈夫疯狂复仇的克里姆希尔德为什么在最后一刻答应给杀害丈夫的刽子手留一条生路，如果他归还宝物的话（2367 诗节，1—4 诗行）？这令学术界长期疑惑不解，引来众多猜测。主要见解有：第一，为丈夫复仇的母题是第一部分主题即西格夫里特与克里姆希尔德的爱情的延续，是出于连接故事情节的需要后来加上的，"宝物"母题原本就存在于传说之中，到最后一场突然冒了出来。这一推想虽然正确，但有些牵强。第二，克里姆希尔德已经被愤怒冲昏头脑，最后不知所求，心中只是本能地惦记着那批黄金，因为这是她赖以存在的基础。这种猜测不无道理。第三，对于克里姆希尔德来说，讨回宝物是她胜利的标志，意味着她重新赢得荣誉和权势。这一推测比较合乎逻辑。第四，在史诗的第二部分，为丈夫复仇的母题和宝物母题是并行的，有时甚至交织在一起，克里姆希尔德只是提了宝物，并没有忘记为丈夫复仇。这当然是一种善意猜想。第五，克里姆希尔德的话不是认真的，她只是试图在哈根死前再侮辱他一次。这也是可能的。

第三个问题是，引入狄特里希这个人物的意义和作用何在？在原始的英雄传说中并没有狄特里希以及吕狄格这两个人物，他们都是后来《尼伯龙人之歌》的作者刻意引入的。伯尔尼的狄特里希是东哥特帝国的大王，承蒙艾采尔的宽容，三十年来一直寄居匈奴宫廷，为匈奴国王效劳是理所当然的。吕狄格是匈奴国的一个边塞方伯，土地和财产都是艾采尔的恩赐，为施主效劳是他应尽的义务。然而，在匈奴人和勃艮第人两军对垒中，他虽然属匈奴一方，但他试图寻找一条中间道路。这是作者想通过和解解决争端的一种尝试，但没有成功，吕狄格本人最终也拿起武器参加了战斗。不过，吕狄格是经过痛苦的内心冲突，在克里姆希尔德的请求下不得已而为之。而促使狄特里希决心参战的则是两个具体事件：一是吕狄格之死，二是获悉他的勇士全部阵亡。在这种情况下，他已经别无选择，不过，狄特里希参战的目的不是报复，而是企图采取另一种方式，一种体面的做法结束战斗。因此，他要求恭特和哈根，如果答应做"人质"，可以保全他们的性命和尊严（2337诗节，1—3诗行），并且把他们遣返故里，但是遭哈根和恭特拒绝。这时他才把哈根和恭特五花大绑送交克里姆希尔德。狄特里希为什么像对待罪犯一样对待一位英雄和一位国王呢？他显然不会认为他们是罪犯，他捆绑这两个人的动机很简单，就是要压制住他们疯狂的怒火（2361诗节，3—4诗行），不要继续闹事。那么，狄特里希为什么把这两个人送交克里姆希尔德？这一点作者没有明确阐述，不过，狄特里希显然不是向王后尽义务（要是尽义务的话，也只能向艾采尔国王）。从此前恭特和哈根对他的态度看，很可能是，他感到对于解决克里姆希尔德与哈根以及恭特之间的争执已经无能为力，只好把哈根和恭特捆绑起来，然后再去说服克里姆希尔德，从而尽最大可能避免流血的结局。由此可见，史诗决一死战的结局并非作者的初衷，作为13世纪的作者，他从基督教"宽容"、"和解"的立场出发，想通过狄特里希的介入最后一次挽救局面。然而，双方英雄的命运已经注定，狄特里希把恭特和哈根交给克里姆希尔德后，只好"眼里含着热泪离开两名勇士"（2365 诗节，2 诗行）。

6.2 诗律

上文提到，《尼伯龙人之歌》的作者放弃中世纪宫廷小说普遍使用的形式简洁、节奏明快的四拍双叠韵（Reimpaartechnik），而选择了古代日耳曼的长行诗句（Langzeile），即由两个短行组成的一个长行。因为他认为，这种诗律更适合"讲"故事。在德国，最早使用这种诗律的是早期骑士爱情诗诗人、奥地利的库伦贝格，他在 1150 至 1170 年间就已经用这种形式写爱情歌曲。关于这种诗律的起源众说纷纭，有人认为可能就是库伦贝格本人的创造。12 世纪 60 年代冰岛歌集《旧埃达》（Ältere Not）的作者采用过它，12 世纪末至 13 世纪初《尼伯龙人之歌》的作者又从《旧埃达》作者那里接受过来。后来这种诗律被称为"尼伯龙人诗节"[①]，至于"诗节"为何冠以"尼伯龙人"，一种被普遍接受的说法是，采用这一诗律形式的《尼伯龙人之歌》比库伦贝格的爱情诗更著名。

"尼伯龙人诗节"的格式是：每一诗节由两个分别押尾韵的双叠长行诗句（Langzeilenpaar）即四个长行诗句组成，每一长行诗句又分为两个短行，前一短行称上半长行（Anvers），后一短行称下半长行（Abvers）；诗节的四个上半长行均有三个扬音和一个次扬音，也就是最后一个词大都是双音节韵（klingende Kadenz），有时甚至是三音节韵，扬音落在重音音节上，次扬音落在次重音或非重音音节上。而四个下半长行中前三个有三个扬音，最后一个词是单音节，第三个扬音即落在这个单音节上，只有第四个下半长行鉴于其中一个扬音一分为二，变成了一个扬音和一个次扬音，所以实际上与上半长行一样

[①] 尼伯龙人诗节有严格的韵律规则，将其原原本本地翻译成中文是不可能的。这里全部引文的参考译文都只是把每一诗节的内容用四行文字表达出来，同时尽力使上下文关系明确，语言清楚，音韵流畅，不是按照原文诗律的节拍翻译的。

有三个扬音和一个次扬音，不过第三个扬音仍落在最后一个词的重音音节上，其音韵功能是标志这个诗节的结束。

例如：Do sprach der künec Gunther: "erlouben ich iu wil:
　　　füeret uz dem huse lützel oder vil,
　　　ane mine vinde; die suln hie bestan.
　　　si hant mir hie zen Hiunen so rehte leide getan."

参考译文：于是恭特国王说道："我应允你的心愿，
　　　　　不论有多少人，你都可以带回家园。
　　　　　但是，我的敌人必须留在这里（不动），
　　　　　（因为）他们使我在匈奴国中，蒙受了巨大苦难。"

（手抄本 B，1994 诗节）

根据如上描述，"尼伯龙人诗节"可以用下面图表表示：

4k / 3v　a
4k / 3v　a
4k / 3v　b
4k / 4v　b

这种独特的、有自身规律的诗律形式除有标志一个诗节结束的音韵功能外，还有标志一个诗节就是一个意义单位的叙述功能，因为在每诗节第四长行诗句的后半行中多加一个扬音或次扬音，也是为了在意义上将其与下个诗节切割开，使每一个诗节都能独立存在。作者正是利用这一特征，从第一诗节起就经常让最末一长行诗句脱离开上下文，用它来做重要的归纳总结、一般性论断或是点评人物，尤其是做"预先暗示"，即不仅指出后面将要发生的事件，而且指出接踵而来的不幸、厄运以及由欢乐转变成的痛苦。这一点是《尼伯龙人之歌》史无前例的创造，是它最独到的叙事特点。以第一歌为例：

> 因为她的缘故，许多英雄将生命失去（2，4）；
> 后来在艾采尔国中建立了惊人的业绩（5，4）；
> 后来，只因两位高贵的妇人不和而悲惨丧命（6，4）；
> 然而，她还是做了一位无畏勇士的尊贵妻子（18，4）；
> 由于他一人之死，让许多母亲的儿子失去性命（19，4）等。

第一句是"预先暗示"，故事一开始就暗示其最后结局是悲惨的；第二句是"点评人物"，说这些英雄至死威武不屈，壮烈牺牲；第三句也是"预先暗示"，告诉读者和听众三位堂堂勇士的最后归宿；第四句也是"点评人物"，克里姆希尔德尽管发誓终身不嫁，但最终还是成了西格夫里特的妻子；第五句也是"预先暗示"，与第一句相似，预示史诗的悲惨结局。这种运用诗律的表现手段几乎贯穿整部作品，其叙事效果是，一方面由于作者频繁宣称大难临头，使听众或读者总是保持紧张的心情，期待知道故事的后续发展，另一方面也表明，作品是按照统一的构想设计的，作者自始至终都在有计划地、分步骤地叙述他的故事，至于他一再预见厄运、灾难、死亡等不幸，这正是他的世界观和创作宗旨所决定的。看到某些事件不可避免，确信人注定走向毁灭，因此他在史诗结尾写道："一生功名赫赫的勇士们现在躺卧在地上，大家呼天抢地，悲切哭悼他们的伤亡。国王举行的庆典就此以痛苦收场，世界上的欢乐到头来总是变成悲伤"（2378 诗节）。这里浓缩了他的全部悲伤哀怨，表现出他的悲观心态，这正是《尼伯龙人之歌》的整体特征。

特别值得注意的是这种长行诗句与句子结构的关系。与宫廷小说的短诗行或双叠韵诗行不同，通常一个"尼伯龙人诗节"的最后长行是一个句框，与前面几个诗行组成诗节的框形结构；也有时一个长行就是一个句框，独自组成诗节的框形结构，故有两种"框形结构"形式。

A. 一个主句占一个长行：

例如：Den troum si do sagete   ir muoter Uoten./
sine kundes niht beceiden   baz der guoten:/
"der valke,den du ziuhest,   daz ist ein edel man./
in enwelle got behüeten,   du muost in sciere vloren han./"

参考译文：她于是把做的梦告诉了母后乌特。
（母后解释说，）这个梦是不祥之兆：
"你驯养的那只野鹰乃是一位高贵的男子。
若没有天主保佑，你会很快将他失去。"

（手抄本B，14诗节）

这里的第一长行和第四长行都是一个主句，也就是，这一个长行就是一个框形结构。

B. 一个主句占几个诗行：

例如：An dem dritten morgen   ze der rehten messezit
so was bi dem münster   der kirchof also wit
von den lantliuten   weinens also vol./
Si dienten im nach tode,   also man lieben vriunden sol.

参考译文：第三天清晨，正当吟唱早弥撒的时候，

> 在大教堂前宽阔的广场上，
> 云集着挥泪（送别）的乡亲。
> 他们悼念死者，像悼念亲爱的友人一样。

（手抄本B，1062诗节）

这里第一长行至第三长行是一个主句，也就是，三个长行才组成一个框形结构。

这两种框形结构形式的共同特点是，音韵的统一与句法的统一常常互相重叠，所以诗节的韵律与含义能够保持同步，朗读起来从容不迫，富有很强的感染力。

C."诗行的跨越"（Enjambenment）和"诗节的跨越"（Strophenenjambenment）：

此外，还有一种一个主句必须跨越诗行的现象，即一个句子要跨越诗行的界限，前半句话是上一诗行的结尾，后半句话是下一诗行的开始，韵律学上称"诗行的跨越"。这时韵律的划分与语句的划分往往不一致，

> 例如："Daz selbe hat ouch Hagene　unde Volker
> 　　　mit triuwen vlizecliche./　noch sage ich iu mer,
> 　　　daz iu des küneges marschalch　bi mir daz enbot:
> 　　　daz den guoten knehten　waere iuwer herberge not."/

> 参考译文："哈根和伏尔凯也是（同他们的国王们）一样地
> 　　　　怀着忠诚和热忱（向你们请安）。我还要对你继续禀报，

国王的远征统领委托我向你表达一个请求：
（他们）守规矩的士兵需要在你这里住上一宿。"

（手抄本 B，1645 诗节）

在这一诗节里，第一诗行的韵律完整，但语句到第二诗行中间才结束，因此必须跨越诗行界限。第二诗行的第二短行是另一个句子的开始。

这种跨越诗行的现象甚至也出现在上下紧接着的诗节与诗节之间，即上一个诗节结束时，在上一诗节开始的句子还没有结束，它必须跨越诗节的界限，延续到下一个诗节里，韵律学上称"诗节的跨越"。

例如：Do besant ouch sich von Sahsen der künec Liudeger,
unz si vierzec tusent heten unde mer,
mit den si wolden riten in Burgonden lant./
do het ouch sich hie heime der künec Gunther besant

Mit den sinen magen und siner bruoder man,
die si wolden füeren durch urliuge dan,
und ouch die Hagenen recken, des gie den helden not./
dar umbe muosen degene sider kiesen den tot./

参考译文：这时吕狄格国王也从撒克逊调兵遣将，
调来的兵力达到四万人以上，
他们打算带着这些人骑马征讨勃艮第国。
而恭特国王也在他的国里调集

自己的大量兵力，以及他兄弟们的附庸，
他们要率领这些兵力驰驱疆场，
哈根的勇士也必须跟英雄们一起前往。
因此，这些战士们后来通通阵亡。

（手抄本 B，170—171 诗节）

"而恭特国王也在他的国里调集"是上一诗节的最后长行，韵律完整，但语句尚未结束，必须延续到下一诗节第一长行"自己的大量兵力……"。这种跨越诗节的现象，在《尼伯龙人之歌》中共有五十多处，这也是这部史诗独一无二的艺术特征。

6.3 "预先暗示"的表现手段

在《尼伯龙人之歌》的多种表现手段中，"预先暗示"是最重要的艺术特征之一。这里，我们仅就这一艺术特征做进一步分析。

"预先暗示"是中世纪叙事文学，尤其是早期宫廷叙事文学经常采用的一种表现手段，《尼伯龙人之歌》的作者也采用了这一表现手段，并且用得很出色。关于"预先暗示"的含义，学者们的观点很不相同，归纳起来可分为两大类型，也是两种不同的叙事层面：一种是作者以叙事者身份出现，站在"客观的"立场上，与人物和事件保持一定距离，他可以思考、评价、赞赏或是指责、批评他的人物，解释情节的内在联系，指出后面将有什么事情发生，但他始终置身故事情节之外。为明了起见，我们称这一类型或叙事层面为"叙事者的预先暗示"（Erzählervorausdeutung）。例如，史诗一开始介绍克里姆希尔德的时候，作者说"后来她成为一位风华绝代的美貌妇人，因为她的缘故，许多英雄将生命失去"（2 诗节，3—4 诗行）。这里，他离开故事本身，以第三者身份把史诗结尾将要发生的事情预先暗示出来，让读者有思想准备。另一种是人物和事件自成一体，通过人物做梦、警告或预言预先暗示后面将发生的事件，表现人物的心理活动。因为这种"预先暗示"是在故事之中，通过故事情节和人物的言行表现出来，所以有学者认为这一类型或叙事层面具有"主观的"性质，是"存在于故事情节中的预先暗示"（Vorausdeutungen in der dargestellten Handlung）。在史诗开头，对克里姆希尔德做的那个关于野鹰的梦的描述以及母后的解释就是很好的例子（14诗节，3—4诗行）。这里是母后作为故事中的人物预感到未来的不幸，这种"预先暗示"是人物的内心活动，因此具有主观推测的性质。

在《尼伯龙人之歌》中，这两种类型或叙事层面不能截然分开，而且只有将两者联系起来进行分析才有意义。下面我们从史诗的内容出发分别探讨一下什么是"叙事者的预先暗示"，什么是"存在于故事情节中的预先暗示"。

6.3.1 "叙事者的预先暗示"

这种"预先暗示"指的是作者在讲述故事过程中一再"出轨"，即一再离开他所讲的材料，不再讲故事本身，而是对故事中的人物和事件进行评论。当然，离开他所讲的材料，绝不是离开作品，更不是离开他自己，就《尼伯龙人之歌》而言，作者始终不离开那个"古代的传说"（die alten maeren）。

所谓作者经常"出轨"，并不是他要给作品注入主观的因素，借此阐述他个人的观点。相反，大多数情况下，他只是强调一种普遍适用的生活智慧，或是说明某些事实。这种类型的"预先暗示"又分别有以下几种不同的表现形式：

第一种是"归纳总结"，即常常在一个段落开始前用几个字或者一两句话概括地介绍后面将发生的事件，如同一段内容提要，言简意赅，把事件的内在联系点明，接下来再从头描述事件的来龙去脉。其实，这种叙事技巧自古就有，在口头的叙事文学里常用"请听！"或者"现在我要开始讲了！"等表达方式为后面要讲的故事做引子；而在这里是作者预先"归纳总结"一下后面的故事，即指明故事的核心内容。史诗中，哈根对于西格夫里特年轻时代的介绍就是最清楚的例子，作者预先把西格夫里特年轻时代的业绩归纳为两句话："他亲手杀死过两位阿尔本王子，一名叫尼伯龙克，另一名叫希尔蚌克"（87诗节，2—3诗行），然后（从第88诗节开始）才又从头一步一步地叙述他取得业绩的过程。第二种是"评价"，即回顾刚刚讲过的内容，评价故事的开端对于后面情节发展的意义，以及与后面事件的关系。《尼伯龙人之歌》中的"预先暗示"很大一部分属于这种性质，例如说到克里姆希尔德受哈根蒙骗，对他泄露了西格夫里特的致命秘密时，作者说"她本想要为英雄做件好事，却是把他置于死地"（903诗节，4诗行）；说到奥特文建议恭特让他的妹妹来向客人请安时，作者说"让她与客人们见面，正中英雄们的下怀"（274诗节，4诗行）；说到哈根让猎友们去附近的清泉吮水时，作者说"正是这个主意使众多英雄蒙受灾难"（969诗节，4诗行）；"勃艮第人（哈根）提出这个建议，却是用心阴险"（970诗节，4诗行），等等，这些都是作者加上的注脚，评价人物和发生的事件。其中第一句和最后一句能看出作者的意图，他刻意"预先暗示"人物的言行将导致的结局；中间两句则完全是直接暗示后来发生的事件，看不出作者的意图。第三种是"事先说明"，这种表现形式在《尼伯龙人之歌》中只出现过一次，例如，先说西格夫里特拿走布伦希尔德的戒指和腰带，并在"事后把戒指和腰带交给了自己的妻子。他很得意，而日后引起的是非使他后悔莫及"（680诗节，2—3诗行），然后说"就连带回的戒指和腰带也久久不曾提起。直到回尼德兰加冕之后，她才了解底细，唉，他真不该把人家的信物交给自己的爱妻！"（684诗节，2—4诗行）显然，这是"预先暗示"后来两位王后的争吵和西格夫里特遇难身亡，整个悲剧都是从这里开始的。第四种是"狭义上的预先暗示"，这种"预先暗示"总是直接的，包括向前和向后两个方面，既有对"开端"的回顾，又有对终极"目标"的展望，而"开端"常常是终极"目标"的起因，两者有因果关系。西格夫里特两次帮助恭特制服布伦希尔德，是西格夫里特与布伦希尔德故事的"开端"（338诗节，3—4诗行），结果西格夫里特付出了生命的代价是这个故事的结局，亦即终极"目标"。两位妇人的争吵是布伦希尔德与克里姆希尔德故事的"开端"（815 诗节，3—4 诗行），最后导致勃艮第国的覆灭是这个故事的结局，亦即终极"目标"。西格夫里特之死是史诗第一部分的结束（981 诗节，2 诗行；998 诗节，2—4 诗行），也是克里姆希尔德复仇的起因，而在史诗第二部分克里姆希尔德的复仇又进而导致勃艮第国的覆灭。这些事件都是由"狭义上的预先暗示"连接起来的，最重要的事件之间总是存在一种因果关系，而这种关系并不是逻辑的推理，而是具体的想象的连接，不论终极的"目标"是灾难还是别的什么重要结果，它从一开始就已经确定，故事的各个具体发展阶段都与它相关，都是为了实现它而设计的。这样，读者或听众从一开始就可以对故事的框架有所了解。其实，以上四种"预先暗示"的表现形式都与作者关于"因与果"的辩证思维密切相关，这里同样体现了他的"乐极生悲，福以祸终"的思想。

6.3.2 "存在于故事情节中的预先暗示"

这种"预先暗示"主要体现在人物的猜测、做梦、警告和预言里，从广义上看，也可以把恐惧、希望、计划和信念，简而言之，把一切针对未来的行为、言论和思想都包括在内。因为人物、作者和听众对于同一个概念的理解往往不尽相同，因此我们必须探讨一下每个进行"预先暗示"的人物能在多大程度上真正预测或是了解未来，他们的"预先暗示"能在多大程度上反映出作者的"预先暗示"。在《尼伯龙人之歌》中，通过人物做梦、警告和预言进行"预先暗示"是一个突出特点，是作者独具匠心的创造，特别值得关注。

首先要提到的是三个与动物相关的"梦"，第一个梦是野鹰梦，克里姆希尔德梦见她驯养的野鹰被两只大鹫啄死（13 诗节，2—3 诗行），这只野鹰指的正是她日后的丈夫西格夫里特，后来被至亲谋害。这个梦就像是整个故事的序幕，主要通过克里姆希尔德与母亲的对话表现的，作者在这一仅仅有 28 个诗行的序幕里用母亲"释梦"的方式"预先暗示"了故事的最终结局，给史诗的结构搭建了一个总的框架，同时也表明克里姆希尔德作为史诗的主人公对于自己的不幸命运从一开始就有预感。第二个梦是野猪梦，西格夫里特随恭特一行出游狩猎之前，克里姆希尔德接连梦见他（西格夫里特）"在原野上被两头野猪追赶"（921诗节，3诗行），他（西格夫里特）"被压在大山下面"（924诗节，3诗行）。当西格夫里特执意要去狩猎时，她马上意识到这个梦是不祥之兆，联想自己与布伦希尔德的争吵，想到向哈根泄露了西格夫里特的致命部位，心中十分不安。这样，作者就把克里姆希尔德的梦与灾祸联系在一起，为后面的故事做了铺垫，听众或读者也就自然明白克里姆希尔德的忧虑和恐惧不无道理。第三个梦是飞鸟梦，在勃艮第人决定应艾采尔邀请前往匈奴宫廷之后，母后乌特做了一个噩梦，梦见"我们国中的飞鸟全部死掉"（1509诗节，3诗行），她预感三位公子此行怕是有去无回，因此极力阻拦。这次作者没有让她进一步解释，而是让司厨鲁摩尔特直言真情（1518诗节，2—4诗行），再次劝说主人谢绝匈奴大王的邀请。这三个梦含义不尽相同，但背后都藏着一个未知的故事。后来证明，它们都是不祥之兆，第一个梦预示了克里姆希尔德的爱情将以悲剧告终，第二个梦预示西格夫里特将遭遇不测，第三个梦预示勃艮第人将在匈奴国全军覆灭。总之，这三个梦都象征着不幸。

其次要提到的是四次"警告"，第一次警告是，西格夫里特的双亲得知他们的儿子决定去沃尔姆斯向克里姆希尔德求婚，预感不妙，因此警告他此行凶多吉少，劝他打消去求婚的念头。但我们并不完全清楚危险到底在哪里，起初看到西格夫里特偕妻子返回尼德兰并登基加冕（708诗节，4诗行），还以为他双亲的担心是多余的。当然，想到哈根矜骄傲慢、盛气凌人的秉性，他们的恐惧和忧虑也是完全可以理解的。后来的事实证明，西格夫里特此行确实以不幸结束，应验了他双亲的预感。第二次是克里姆希尔德的警告，她得知长兄恭特欲向强悍的冰岛女王布伦希尔德求婚，忧从中来。但这次，她不是担心西格夫里特，因为西格夫里特强大无比，足以保护自己，她只是担心恭特，因为她知道，如果求婚不成他必须赔上性命，所以不希望他去冒险（372诗节，1—4诗行）。后来求婚虽然成功了，可是这个婚姻带来的不仅是重重磨难，而且还是导致西格夫里特和恭特最终死亡的直接起因，这同样是一场悲剧。第三次是哈根的警告，在史诗第二部分哈根扮演的是一个足智多谋、能明察形势的先知者和预言者，当克里姆希尔德决定远嫁匈奴并将重新掌握大权的时候，他马上估计到，克里姆希尔德肯定要利用她的权势为西格夫里特报仇。因此他警告恭特说，"你必须冷静，三思而行，纵然克里姆希尔德有意嫁给艾采尔，起码你恭特也绝不能轻易答应"（1203诗节，2—4诗行），他又说，"要是如你所说，让令妹与他（艾采尔）结成夫妻，恐怕要有大难临头，而你便是首当其冲"（1205诗节，3—4诗行）。后来，艾采尔受克里姆希尔德怂恿邀请勃艮第亲人去匈奴省亲，哈根又以同样理由警告恭特，他偷偷地对国王说，"这是自取灭亡！"（1458诗节，4诗行），"如果你们一定要去探访艾采尔的夫人，难保你们不身败名裂，脸面丢尽"（1461诗节，3—4诗行）。可是国王们主意已定，不可改变，哈根作为国王的忠臣再一次进言："如果你们不想死在他乡异域，还想生还，此行务必全副武装，并且把武器带在身边"（1471诗节，3—4诗行）。最后，勃艮第人果然把尸骨全部丢在了匈奴，足见哈根是很有远见的。第四次是狄特里希的警告，勃艮第客人到达艾采尔宫廷时他对哈根说，"你是尼伯龙人的帮手，要多加提防。让我们姑且不谈西格夫里特的伤口，他的遗孀无时不盘算给你们制造损伤！"（1726诗节，1—4诗行）。此时勃艮第人已进入匈奴国界，他们再也没有退路，覆灭的结局已不可逆转，因此，狄特里希的警告除表现他对勃艮第人的友情外，不过是最后强调一下克里姆希尔德的险恶用心罢了。以上四次"警告"的出发点都是善意的，因为警告者对于未来的"不幸"已经有预感，但他们的警告都没被接受，前三次是被警告者不为"善意"所动，他们受命运驱使"一意孤行"，第四次"警告"是为时过晚。但是，后来发生的事件证实，所有的"警告"都应验了，这不能不说是作者煞费苦心的安排。

第三要提到的是两次"预言"，第一次预言是勃艮第队伍最终离开故土和友邦，就要跨过多瑙河来到一个陌生的世界时，几个水上女仙给他们的忠告。这是一群女神，能未卜先知，当哈根去寻找船夫准备过河的时候，她们预言，"你们非死在艾采尔的国家不可"（1540诗节，2诗行），"只有国王的神甫一人能保全自己的性命，安然无恙地返回恭特的故乡勃艮第国，除他以外，没有一位勇士能死里逃生"（1542 诗节，2—4 诗行）。这看来很像一段神话，但哈根相信女仙们的预见，知道她们肯定会言中。另一次是哈根的预言，在大血战发生前夕，克里姆希尔德为了点燃战斗的导火线，派人把艾采尔的太子欧尔特利浦接来与客人见面，哈根说"这位年幼的太子有一副短命的长相"（1918 诗节，3 诗行）。他的评论不仅使国王难过，也使其他朝臣大为震惊，不过此时他们还未看出哈根包藏祸心，会真的动手杀人。后来，当血战爆发的时候，哈根不仅砍掉了太子的首级，还让他的蒙师一起赔上性命（1961—1962 诗节）。

综观以上两种类型的"预先暗示"与故事内容的关系，不外是预先知情和预先不知情两种情况，也就是说，一种是预先知道后面要发生的事情，一种是预先不知道后面要发生的事情，只是一种预感。作者即使预见到未来将要发生"不幸"，大多数情况下他用的语言是含糊笼统的，诸如"陷入困境"、"惹出麻烦"、"遭来灾祸"一类。在《尼伯龙人之歌》中，绝大部分"预先暗示"都直接涉及西格夫里特的婚礼、两位王后的争吵、西格夫里特之死，以及在匈奴宫廷的搏斗和全部英雄同归于尽等重大事件。这些重大事件又进一步分为西格夫里特之死和在匈奴宫廷的搏斗两大部分，而每一部分都是一步一步地向着灾难逼近。第一部分中的"预先暗示"常常直接指向最后匈奴宫廷的搏斗，而第二部分"克里姆希尔德复仇"的主题是第一部分"西格夫里特之死"主题的延续，同时也是全诗的主题。作者的目标是明确的，他始终把注意力放在史诗的最后结局，过程中发生的一切具体事件，不管是模糊的还是笼统的，都是为最后的结局做准备，因为尼伯龙人全军覆灭的命运从一开始就注定了。

7 人物一览——特点、分类、人物性格与角色的关系

7.1 人物特点

《尼伯龙人之歌》中的人物，归纳起来有以下几个特点：

7.1.1 阵容庞大，人数众多，关系错综复杂

这里我们按照他们的地位、作用和意义将他们分为主要人物、次要人物、角色扮演者和无台词角色四大组。这四组人涵盖了中世纪社会生活各个阶层；又因为作品的故事起源于民族大迁徙年代，所以也涵盖了许多氏族群体，他们在故事中不是以个人就是以集体的方式出现，担当各种不同角色。人物的起源也很不相同，有些来自古代神话传说，如侏儒和巨人；有些是历史上不同朝代的王室成员，包括当政的君主、王子和公主；有些是为宫廷服务的骑士或下层役使如信使、管家、女佣等；也有几个教会的代表，他们虽然人数不多，对故事情节的影响不大，但对于作者来说，不可或缺。在史诗中，处于中心位置的有 67 人，他们是男女王宫贵族及其随从，其中 15 位国王，5 位王后，3 位王子，4 位方伯，1 位方伯夫人带着女儿，两位公爵和 35 名管理人员，另外还有两位大主教，这 67 人分别归属上述四组人物。要特别指出的是，在这 67 人中有 10 位妇人，其中的一位即克里姆希尔德是史诗的核心人物，作者就是通过她把全部故事串联起来的。把一位妇女放在如此举足轻重的位置，在古代英雄文学中是罕见的。这就再次证明《尼伯龙人之歌》已经不属于传统的英雄文学，它的定位应该是，古代英雄文学和中世纪骑士-宫廷文学两种成分混合而成的一个新的统一体。

7.1.2 人物没有统一性格

这一特点是史诗的结构决定的。因为史诗是由许多段落和小段故事组成，"段落"与"段落"、"故事"与"故事"之间相对独立，缺乏连续性；而人物的行为方式又是根据故事中特定的环境设计的，必须符合特定环境的需要，在这个意义上，人物都是角色扮演者，他们的言行要与所处环境相吻合，他们才能完成角色的使命。至于他们本人的性格统一与否对于整体并无影响，相

反，由于情景不同，几个主要人物的性格变化迅速，前后判若两人，倒是给故事内容增添了戏剧性。西格夫里特初到沃尔姆斯的时候，犹如一个来自深山的野人，蛮横鲁莽。他迫不及待地向恭特宣战，企图诉诸武力获得克里姆希尔德（110诗节，113诗节）。但不久他就变成了一名温和的、十分耐心的求婚者，愿意接受一切考验。显然，这是作者把不同"段落"的故事合在一起讲的，他只关注人物的行为方式要与故事环境的要求一致，吸引读者和听众，收到"讲故事"的效果，至于人物纵向发展如何并不考虑。同样，克里姆希尔德在史诗的第一部分是一个娴静的贵族少女，可是在第二部分突然变成了一名疯狂的复仇者，凶狠残暴。她性格上的变化作者没有做任何交代，他仍然只着眼于如何把故事讲得有声有色，不去剖析人物的内心世界，塑造完美的人物性格。在布伦希尔德身上也体现了人物性格不一致的特点。布伦希尔德本是冰岛国的一位女王，专横跋扈，所向无敌。可是跟恭特结婚后，她一夜之间就变成了一个爱虚荣、好嫉妒、心胸狭窄的普通妇女，不能容忍克里姆希尔德对她的冒犯，怂恿哈根替她报仇，成为后来一系列阴谋的肇始者。作者只安排她在史诗的第一部分出现，因为她与后面的故事无关，所以到了第二部分，这个人物就销声匿迹了。总之，从西格夫里特、克里姆希尔德、布伦希尔德等人物的性格变化可以看出，作者只讲人物在做什么，不讲为什么这样做，即只讲人物的状态，不讲人物的前后变化和发展，他不刻意塑造人物性格。

7.1.3 故事中出场的人物具体，栩栩如生

人物虽然没有统一的性格，但作者描写他们的时候尽量给他们涂上一定的个性色彩。他或是通过想象，或是根据推理，或是自己独创，想方设法使角色个性化，避免呆头呆脑，苍白无力，也避免千篇一律。即使那些不重要的、以集体方式出现或者就只出现一次的下层骑士、兵卒、使者和佣人，也都让他们通过话语、表情或手势对环境表现出自主参与的态度，与其他角色相互配合，积极推动情节发展。在第4歌里，两名使者奉命从撒克逊战场返回沃尔姆斯，

向家中主人传递捷报。当其中一名使者被克里姆希尔德召见的时候，他既不介绍交战双方的战事，也不重复战争过程，而是直接描述勃艮第人，特别是西格夫里特的战绩（236—239 诗节），关于敌人的情况则一带而过，只提了一下他们伤亡惨重，两个国王和许多士兵被俘。使者的这种表现说明，他对这场战争并非无动于衷，相反，他立场明确，感情完全在勃艮第人一边；而且，他知道克里姆希尔德爱听什么，他讲什么才能得到重赏。克里姆希尔德听了他的汇报之后，高兴得"双颊红润"（240 诗节，4 诗行），获知西格夫里特安然无恙时，"一缕淡淡红晕浮现在她清秀的脸上"（241 诗节，3 诗行）。这说明克里姆希尔德心中深爱着西格夫里特，这就为她的疯狂复仇做了"预先暗示"。在第 7 歌里，布伦希尔德站在窗前看见有四名陌生人来到城堡，一名侍从向她一一描述来者的情况（411—415 诗节）。虽然这名侍从是一个微不足道的人物，在故事中只出现这一次，但他起的作用是替作者传话，介绍西格夫里特、恭特、哈根和坦克瓦特。让这个人物直接对听众说话，吸引听众的兴趣，这是作者为什么要把一个侍从也写得栩栩如生的原因。这种使人物呼之欲出的努力，在对于西格夫里特之死的描述中更为明显。在第 16 歌里，"被杀害的英雄躺在地上，骑士们纷纷赶来，他们无不椎心泣血，这一天充满悲哀"（991 诗节，1—2 诗行）。父王西格蒙特的勇士听说西格夫里特被谋害，表示要立刻为国王报仇（1027 诗节，1—4 诗行），当西格夫里特的尸体运回沃尔姆斯的时候，"高贵的市民们纷纷赶到"（1036 诗节，4 诗行），"来自四面八方的男女老少，即便是很少见面的人，也都为西格夫里特哭悼"（1048 诗节，3—4 诗行）。"这一天，在死者的灵柩入土之前，安魂弥撒共唱了一百多遍，西格夫里特的大批友人前呼后拥，连小孩子也都想来凑个热闹"（1054 诗节，1—4 诗行）。这里，"骑士们"、"西格蒙特的勇士"、"高贵的市民们"、"来自四面八方的男女老少"、"西格夫里特的大批友人"都是以集体方式出现的，几乎聚集了《尼伯龙人之歌》中的所有人群，这些人或是激动，或是愤怒，或是悲哀，总之都表现出了感情。作者的目的是通过他们加深悲剧的氛围，强化对后面故事情节的"预先暗示"。同时也说明，西格夫里特的部下已非古代的英雄，他们不仅有忠于主人的观念，而且还表现出了人性的一面，把英雄之死视为自己的不幸。比之古代的英雄文学，这种人与人之间感情的连接，是一个全新的母题，表明《尼伯龙人之歌》中的人物已经今非昔比。

7.2 人物分类

下面我们分别观察一下人物的分类和各类人物在史诗中的位置、作用和意义。

7.2.1 主要人物

主要人物自始至终处于故事中心，决定故事的发展进程，有时也可能在一个事件里突然出现，但他的出现必须对于全局影响重大。因此，区别主要人物和次要人物的标准不是看他们扮演的角色大小，而是看他们对于展开故事情节的重要程度。按照这个定义，在《尼伯龙人之歌》中共有 7 个主要人物，即克里姆希尔德、西格夫里特、哈根、布伦希尔德、恭特、伯尔尼的狄特里希和艾采尔。其中为首的是克里姆希尔德，从史诗开始到史诗结束她几乎一直站在前台，她是将作品中全部故事串联起来的核心人物。她在史诗第一部分的搭档是英雄西格夫里特，到了史诗第二部分这位英雄虽然不再出现了，但涉及为他报仇的场景时，他的剑和宝物成了他继续存在的象征，在这个意义上，他仍然是中心人物，直到故事结束他的形象始终栩栩如生。哈根是勃艮第国王的亲属和忠臣，也是杀害西格夫里特的刽子手。在史诗第二部分他取代西格夫里特，与克里姆希尔德搭档，克里姆希尔德的复仇就是针对他的。另一方面，他也是勃艮第人从兴盛到覆灭整个过程的帮手、参与者乃至主导者，因此，他和克里姆希尔德一样，在史诗中从头至尾都扮演主要角色。布伦希尔德本是冰岛国的女王，被恭特选为妻子，但恭特是在西格夫里特的帮助下把她战胜和制服的，西格夫里特的"仆人"身份成了让她感到疑惑和受到伤害的动因。她与克里姆希尔德的争吵导致悲剧发生，她要求哈根为她报仇，进而杀死了西格夫里特。恭特是勃艮第三国王的长兄，他用欺骗手段获得布伦希尔德的"爱情"，致使两位王后发生冲突，而这次冲突正是后来一系列悲剧的发端，因此可以说，勃艮第人的灭顶之灾是从恭特这里开始的。伯尔尼的狄特里希虽然在史诗第二部分才出现，但他的作用独特，因为是他把最后两个勃艮第人哈根和恭特生擒，从而给克里姆希尔德消灭这两个"死敌"提供了可能，所以他是决定作品结局的关键人物。艾采尔也是在史诗第二部分正式亮相，作为克里姆希尔德的第二任丈夫他被妻子利用，充当了妻子实施复仇阴谋的工具，因为没有艾采尔的权势和财富，没有大量匈奴勇士投入战斗，克里姆希尔德是不可能把勃艮第人全部消灭的。

7.2.2 次要人物

史诗共有 12 位次要人物，即贝希拉恩的吕狄格、阿尔采的伏尔凯、艾采尔的弟弟布吕德林、哈根的弟弟坦克瓦特、恭特的弟弟盖尔诺特和吉赛海尔、吕狄格的夫人高苔琳德（及其女儿）、狄特里希的军师希尔德勃兰特、哈根的侄子奥特文、西格夫里特的双亲西格蒙特和西格琳德，以及勃艮第宫廷母后乌特。他们对于故事情节的发展只有间接影响，不能改变故事发展的进程和既定方向，相反，他们的职能是由故事发展进程决定的。虽然有的次要人物也可能在前台出现，但他只能以各种方式丰富故事的内容，参与决定故事情节如何发展，强化作品的基本思想，或者起与其他人物对照的作用。此外，还有一点引人注目，《尼伯龙人之歌》的作者对于次要人物的塑造比对于主要人物的塑造有更大自主权。主要人物的历史渊源久远，经过长期流传，人物形象在读者心目中基本固定。次要人物则不然，他们的形象有较大可塑空间，作者可以按照自己的意图和需要或是把流传下来的人物加工改造，或是根据自己的想象创造出新的人物来。例如，贝希拉恩的吕狄格就是作者为表达自己的理念刻意创造的，他的所谓"灵魂悲剧"既是作者从基督教立场出发企图挽回一点人性的大胆尝试，同时也给史诗增添悲剧色彩，丰富史诗的人物形象。阿尔采的伏尔凯所起的作用也不可小视，他是一名琴师，也是勃艮第国王的随从。他与哈根搭档，营造了大血战前的火药气味。而最后勃艮第人与匈奴人的大血战正是由艾采尔的兄弟布吕德林和哈根的弟弟坦克瓦特之间的较量（32歌）拉开序幕的。

7.2.3 角色扮演者

一部大型叙事体作品不仅要有主要人物和次要人物，还需要大量其他角色扮演者烘托氛围，使作品的画面丰富多彩，同时突显主要人物和次要人物。所谓角色扮演者大都是普通下属，如为不同王室服务的兵卒、侍从、佣人等，他们除执行公务外，处理与君主之间的关系也是体现他们角色作用的一个重要方面。在中世纪，君主通通被描绘为"标准骑士"，具有"完美品德"的人，因此他们对待下属的态度必须符合宫廷标准。反过来，一个下属对待主人的态度会直接影响到人们对这位主人的评价，例如，为勃艮第王室服务的两位方伯盖莱和艾克瓦特，他们对女主人克里姆希尔德的忠诚正是从另一个角度证明，女主人对他们的态度肯定符合宫廷社会的要求，所以面对他们的忠诚和照顾她受之无愧。角色扮演者同主要人物和次要人物的不同点是，通常情况下，主要人物和次要人物都独具特色，而角色扮演者则缺乏个性，也就是说，他们没有始终不变的个人特征，一个角色扮演者可以同时或者先后扮演几个角色。史诗第二部分，在勃艮第人前往匈奴宫廷省亲期间，让御膳司厨鲁摩尔特代理恭特国王管理朝廷事务就是一例。这样非同寻常地提升一个侍从，并不是因为他这个人有相应的本领，指望他能做出一点贡献，只是让他担当一个角色。其实，所有有身份和有名望的勃艮第人都去艾采尔那里了，他们正在走向毁灭，他们的命运将在遥远的异邦终结，而留在沃尔姆斯的勃艮第人从此与未来的事态发展已经没有关系了，因此，鲁摩尔特能否有所作为，对于后面的故事无关紧要。

《尼伯龙人之歌》中的角色扮演者根据身份、资历可分为以下几组：

第1组，属于沃尔姆斯宫廷的角色扮演者，有前面提到的御膳司厨鲁摩尔特、宫廷管家胡诺尔特、酒水督察辛多尔特；还有盖莱和艾克瓦特，他们俩都是边塞方伯，前者是勃艮第国王的亲戚，后者是克里姆希尔德后来去桑滕和匈奴国的陪同。

第2组，属于艾采尔宫廷的角色扮演者，有国王基比歇；丹麦君主哈瓦尔特，他流亡到匈奴，被哈根杀害；勇士霍伦伯格；丹麦君主哈瓦尔特的封臣伊林，与哈根决斗时被杀死；伊伦夫里特是图灵根的伯爵，被伏尔凯杀死；帕蒙克是瓦拉歇的公爵；鲁泽是一个俄国人；施鲁坦是同勃艮第人比武的勇士；斯韦美尔和韦尔伯都是琴师兼使者；赫拉特是已故荷尔契的外甥女，狄特里希的未婚妻，负责管理艾采尔的王室内物；奥尔特里甫是克里姆希尔德与艾采尔生的儿子，被哈根杀害。

第3组，寄居艾采尔宫廷的狄特里希的部下，他们是：格尔巴特；赫尔姆诺特；赫尔普夫里希，他打死了坦克瓦特；里特夏特；基格斯塔普，他是狄特里希的外甥，被伏尔凯打死；维夏特；沃尔夫哈特是希尔德勃兰特的外甥，他与吉赛海尔搏斗，同归于尽；还有沃尔夫普兰特和沃尔夫文等。

第4组，其他角色扮演者，有丹麦国王吕德加斯特；其兄弟撒克逊国王吕狄格；帕骚大主教，乌特母后的兄弟彼尔格林；施佩耶的大主教；莫尔克的地主阿斯托尔特；多瑙河右岸巴耶伦国的船夫；侏儒和宝物看守者阿尔贝里希；巴耶伦国的方伯；伊尔泽的兄弟格尔普夫拉特；多瑙河上的两位女仙哈德布格和吉格林德；勃艮第人的宫廷神甫，虽然没有提他的名字，但他是一个重要角色，因为恰恰是这位天主教神甫能保住性命，证实了女仙们的预言。

第5组角色扮演者本人并未出现，只是作为出场人物的亲属或在涉及过去发生的事件时，被作者或是由其他人物提及。这些人是：哈根和坦克瓦特的父亲阿德里安；被哈根冒充的阿美尔里希，他是多瑙河岸上那位船夫的兄弟；艾采尔的父亲包特龙；乌特的已故丈夫，勃艮第三国王和克里姆希尔德的父亲坦克拉特；赫拉特的父亲奈特文；年轻的希尔蚌克和尼伯龙克两位国王的父亲尼伯龙；高苔琳德的亲戚努东；西班牙的瓦尔特和希尔德贡特，他们曾在艾采尔宫廷做人质，后来双双逃走；西格夫里特和克里姆希尔德生的儿子恭特，以及恭特和布伦希尔德生的儿子西格夫里特。

7.2.4　无台词角色

所谓无台词角色通常是出现在公众场合的骑士、兵卒、女佣和婢女，或者是代表某一个集体的群众。这些人不是用台词，而是通过面部表情、手势或是其他动作参与到具体事件中来，做事件的目击者和见证人。例如，恭特要求西格夫里特当众宣誓，他从未对妻子说过自己是第一个触摸布伦希尔德玉体的男人时，"人们命令骄傲的勃艮第勇士站出来围成一圈"（859 诗节，4 诗行），这里，"勃艮第勇士"就是通过"站出来围成一圈"作为目击者和见证人参与到"宣誓"这个事件之中来的，而不是借助台词。

史诗中的无台词角色可归纳为以下几组：

第 1 组，属于王室的朋友和客人的男女贵族，如在艾采尔宫廷一直效忠克里姆希尔德的 12 位国王，克里姆希尔德到达匈奴国时接见的 7 个公主。

第 2 组，各君主的随从，包括下层骑士和骑士的侍童，他们的任务是竞技表演，陪同主人出游狩猎，随主人一起到郊外见证他们的活动如婚礼、宣誓等的合法性。例如，四百名贵族青年与西格夫里特一起参加授爵典礼晋升为骑士（30 诗节，1—2 诗行）；在沃尔姆斯举行的两对新人的婚礼上，"只见尼伯龙人和全体西格夫里特的勇士走上前来"（617 诗节，4 诗行）。

第 3 组，兵卒，他们总是集体出现，是一批用数字表示的群体，而他们人数多少代表他们主人的权势。例如，吕德加斯特带两万兵力（169 诗节，4 诗行），吕狄格带四万多兵力参加攻打勃艮第人的战争（170 诗节，2 诗行）；西格夫里特要从尼伯龙国最优秀的战士中挑选一千人（480 诗节，3 诗行）；布伦希尔德从她的侍从中选出两千人跟随她和恭特前往沃尔姆斯（524 诗节，1 诗行）；一千零六十名骑士和九千名侍从陪同勃艮第人赴艾采尔堡（1507 诗节，2—3 诗行），哈根在没有任何外援的情况下独自一人把他们摆渡过多瑙河；五百名勇士随吕狄格从贝希拉恩出发与勃艮第人一起赴艾采尔宫廷（1709 诗节，1诗行）；克里姆希尔德带四百名快速反应士兵迎向哈根和伏尔凯（1769诗节，1—2诗行）；勃艮第人到达艾采尔宫廷后，七千名士兵陪克里姆希尔德去教堂做礼拜（1868诗节，4诗行）；共六百名狄特里希的勇士（1873诗节，1—2诗行），五百名吕狄格的英雄（1875诗节，2—3诗行），一千名来自图灵根和丹麦的士兵参加比武（1877诗节，2—3诗行）；布洛德林准备三千兵力攻打勃艮第人（1879诗节，1诗行），他们共一千名勇士，身穿铠甲冲进大厅（1921诗节，1—2诗行）；狄特里希和艾采尔与克里姆希尔德一起带领六百阿美龙人走出大厅（1995诗节，4诗行）；吕狄格也带着他的五百名勇士离开大厅（1998诗节，1—2诗行）；哈根建议勃艮第人把那七千具匈奴死尸从大厅扔到庭院（2013诗节，1—2诗行）。

第4组，为宫廷服务的管理人员、仆佣等，这组人不计其数。

第5组，贵妇人的女佣和婢女，她们陪伴女主人，负责照料女主人的衣食住行；特点是一律相貌美丽，心灵手巧，善于针线，能为男女主人和骑士缝制各种场合所需要的服饰。

第6组，使者，在《尼伯龙人之歌》中，使者的职务是负责往返于主人与其他王室之间传递消息，诸如替主人送请柬邀请亲友出席庆典，向敌人送战书表示宣战，向主人报告战争或是出游狩猎的结果等。他们的社会地位因他们行使的职务而异；方伯、艺人甚至国王（如西格夫里特先去沃尔姆斯向家人报告喜讯）都可能承担一个使者的任务。

第7组，男女市民，这些人是不用数字计算的，譬如，沃尔姆斯的市民参加了西格夫里特的葬礼，帕骚的市民和商人迎接前往艾采尔途中的克里姆希尔德等，这里"市民"和"商人"指的是他们这个阶层，人数多少不重要。

第8组，群众，众人，他们是最下层社会的居民，只在重要的公众事件里出现，如观望两位王后在教堂前面争吵的群众（834诗节，1诗行）；唱完安魂弥撒之后，众人开始离开那里（1055诗节，1诗行）等。

第9组，教会代表，帕骚和施佩耶的大主教；随勃艮第人去匈奴国的王室神甫，途中被哈根推下多瑙河，结果自己爬上来逃生，他是唯一返回沃尔姆斯的人。此外，还有各礼拜仪式上的牧师多人。

第 10 组，神话人物，给哈根做预言的两个女仙；尼伯龙人国和侏儒国的巨人，其重要代表是守卫尼伯龙人宝物的阿尔贝里希。

7.3 人物性格与角色的关系

前面已经提到，在《尼伯龙人之歌》中，人物的一大特点是没有始终如一的性格。这个特点是史诗的结构决定的，因为作者出于"讲故事"的需要，必须下大力气让角色与故事相辅而行。因为同一个人物在不同故事情节里扮演的角色不同，而人物的表现又必须符合他所扮演的角色的需要，所以他们的性格自然就不可能永远一致，也就是说，他们的性格是由他们扮演的角色决定的。

7.3.1 主要人物的性格与角色的关系

在史诗的 7 个主要人物中，最重要的是克里姆希尔德、西格夫里特和哈根，其次是布伦希尔德、恭特、艾采尔和伯尔尼的狄特里希。这 7 个人物都是从古代传说中流传下来的，在《尼伯龙人之歌》中组成全部故事的框架。但他们每个人的参与方式和参与程度并不一样：克里姆希尔德和哈根贯穿故事始终，西格夫里特是第一部分的主人公，在第二部分只有巴尔蒙宝剑象征他的存在；布伦希尔德只在第一部分的第 6 歌至第 14 歌中出现；恭特虽然自始至终被直接或间接纳入故事之中，但性格苍白、表现平庸；艾采尔仅仅是一个君主形象，毫无独特风格，只有伯尔尼的狄特里希虽然在史诗的第二部分才出现，参与故事的份额不多，却是相当引人注目，起的作用非同小可，因为正是由于他投入战斗，全部故事才最终结束。在流传于中世纪众多的狄特里希传说中，他在这部史诗中的形象面目最清晰，思想最鲜明，表现最富艺术感染力。由此可见，史诗中这几个主要人物的重要性和他们的影响力，并不是由他们出现的时间长短和他们所占故事份额的多少决定的，关键是他们的角色表现和角色作用。

克里姆希尔德

与古代布隆希尔德传说不同，在《尼伯龙人之歌》中，作者把克里姆希尔德提升为核心人物，全部故事都是围绕她展开的。克里姆希尔德既是古代传说流传下来的人物，同时又是作者在1200年前后受当时盛行的骑士-宫廷文化影响创作的贵族妇女形象，因此在她身上融合了两种因素。一方面，她身上还存在许多属于古代异教-英雄范畴的特点；另一方面，她的思想观念和生活方式又与其他宫廷史诗中的"贵妇人"有许多共同之处，可以与骑士爱情诗中的女主人媲美。我们知道，古代英雄文学与中世纪骑士-宫廷文学属于不同时代，具有不同的价值取向和美学追求，两者相差甚远。在这里，《尼伯龙人之歌》作者的创造性劳动是，他把两个看来难以协调的因素在克里姆希尔德这个人物身上结合起来，并在此基础上塑造了一个新的妇女典型，她是作者自己塑造的克里姆希尔德。关于克里姆希尔德这个人物，数百年来学者们从不同角度进行分析，比较一致的看法是，她一生扮演了三个角色。这三个角色也是她成长的三个阶段，而每一阶段她所扮演的角色都与其他两个阶段扮演的角色不同，根据人物性格必须服从角色需要的原则，她的性格也就因之一再变换。她的第一个角色是宫廷闺秀，温柔贤淑，平和善良，梦中看到自己驯养的野鹰被大鹫啄死都要伤心落泪。起初，她拒绝一切男人的爱情，可是，自从西格夫里特进入她的生活，爱情便与她终身相伴。她的第二个角色是王后。西格夫里特婚后，偕妻子返回尼德兰继承王位，登基加冕，克里姆希尔德于是成为桑滕的第一夫人，权倾天下，并拥有全部尼伯龙人宝物。后来，在与布伦希尔德的争吵中，她傲慢，嫉妒，爱炫耀权势，维护出身门第和等级尊严，寸步不让，俨然是一位与布伦希尔德地位相当的王后。她的第三个角色是疯狂的复仇者。在德国中世纪文学中，妇女往往被描绘成爱情和贞节的牺牲品，是一个逆来顺受的形象，总是屈服于命运的安排。哈尔特曼和埃申巴赫作品中的妇女很多都是这种形象的代表。克里姆希尔德与她们不同，她感情激烈，意志坚强，决不妥协。西格夫里特被杀害后，为丈夫报仇成为维系她生命的唯一动力。直到史诗第一部分结束，她在丈夫去世后过着平静的、虔诚的孀居生活。可是，从第二部分开始，形势急转直下，故事一步一步逼近毁灭性结局，她的激情变成疯狂，她的坚强意志变成残酷无情，她的决不妥协变成视死如归，因为这是她所扮演的角色的要求。不过，作者并没有把克里姆希尔德判为本质上的坏人，即使在她杀人不眨眼的时候，依然试图展示她人性的一面。在第39歌史诗结束的时候，勃艮第的勇士全部战死，哈根拒不说出宝物藏在何处，在这种情况下，克里姆希尔德举剑杀向哈根，她说"你丧尽天良，把我劫掠一空，如今我只剩下西格夫里特的宝剑一柄。我见他最后一面时，他还带着这柄宝剑。是你杀死了我的丈夫，把我推进痛苦的深渊"（2372诗节，1—4诗行）。作者的意图显然是告诉我们，克里姆希尔德最后一刻首先思念的是爱情，并非权势和财富。

西格夫里特

他是古代传说流传下来的人物，集神话里的"魔法"、英雄传说里的"冒险"、宫廷骑士的"美德"于一身。像《尼伯龙人之歌》这部史诗的风格一样，他的性格也是一个充满矛盾的混合体。但是，作者首先要把他描绘成一位宫廷骑士。史诗中的西格夫里特，自始至终是一位"高贵的王子"，一位备受保护的王储和受过宫廷教育的骑士，他以亚瑟传奇的标准骑士为榜样，把"荣誉"与"爱情"作为一生的奋斗目标，这是作者按照宫廷叙事文学塑造完美骑士的模式重新设计古代英雄的大胆尝试。他身上残留的神话成分已基本丧失了真实性，成了这位英雄象征性的标志。刀枪不入象征不可战胜，说明西格夫里特受到正面攻击时是不会被打败的，只能从背后下手；隐身服象征他的能力，他能做出别人无法做到的事情；大量宝物象征他与生俱来的无穷力量，取之不尽，用之不竭。这三个象征性标志的共同功能是证明这位英雄是一个特殊的人，不同凡俗。但他超乎常人的强大使他脱离群众，引人嫉妒，因此总是招灾惹祸；加之入世不深，天真无邪，虽然乐观向上，但言行简单轻率，在与人交往中最终落败。作为王储和贵族后裔，西格夫里特的骑士生涯是按部就班走过来的，从幼年在桑滕接受宫廷教育，青年晋升骑士，到第一次外出冒险来到勃艮第国向克里姆希尔德求婚；从在撒克逊战争中经受"考验"，在帮助恭特国王去冰岛求婚过程中大显身手，并因两次"服务"有功，获得了克里姆希尔德的爱情，到最后偕妻子衣锦还乡，登基加冕，可以说完全是亚瑟传奇中一个圆桌骑士的生活历程。他与"埃勒克"、"伊魏因"、"帕其伐尔"甚至"特里斯坦"等圆桌骑士不同的是，他的命运结局不是喜剧，而是悲剧。试看史诗第一部分的内容，从第2歌介绍西格夫里特其人开始到第17歌西格夫里特被杀害为止，在这16个"歌"中，有12个"歌"的标题用了他的名字，说明故事内容是以他为中心进行的。即使在那些标题中没有直接提到他名字的"歌"里，只要有他出现，他也总是起主导作用。例如在第6歌和第7歌中，虽然恭特是主要角色，但他之所以能迫使布伦希尔德做他的妻子，全靠了西格夫里特的帮助；第14歌虽然讲的是两位王后的争吵，而争吵的焦点是西格夫里特的门第问题；第10歌讲的本是沃尔姆斯倾城迎接新后布伦希尔德，但与此同时，西格夫里特也完成了生命中的一件大事，他与克里姆希尔德定下了终身。由此可见，史诗的第一部分写的就是西格夫里特的爱情故事，可视为是一部"骑士爱情小说"。至于在史诗第二部分，虽然他人已经不在，但他留下的宝物和他那柄宝剑所象征的影响一直到史诗结束仍在发挥作用。在第2367诗节，克里姆希尔德要求哈根归还从前从她手里夺走的"财产"，并以此为条件答应让他安全返回勃艮第国；在第2372诗节，克里姆希尔德则明确说出"如今我只剩下西格夫里特的宝剑一柄"。这里，"财产"和"宝剑"都象征着西格夫里特的影响一直到最后依然是推动克里姆希尔德的精神力量。然而，他的性格也是不统一的，在他身上汇集了远古英雄和中古骑士两种因素，蛮横无理和温文尔雅、肆无忌惮和谦恭自律、严厉和温存都有所表现，形成强烈反差。虽然作者把他描写成为13世纪的宫廷骑士，但他身上古代英雄的痕迹根深蒂固，使这位宫廷骑士常常"失态"。这时他的表现就与王子身份极不相称，与他所受的宫廷教育大相径庭。例如，在第3歌里，他刚到沃尔姆斯时举止粗鄙，口出狂言，要以武力霸占人家的江山（111诗节，1—2诗行），以此显示自己的尊严和力量。但不久，放肆的古代英雄就变成了一个耐心的求婚者，一名温文尔雅的骑士；他为了获得克里姆希尔德的"爱情"，殷勤地为主人"服务"。又如，在第 10 歌里，他借助隐身服的魔力潜入恭特与布伦希尔德的洞房，替恭特制服了骄横的新娘之后，乘其不备拿走了她的戒指和腰带，后来交给了自己的妻子，这无疑是一种不道德的行为。这里，西格夫里特的表现显然不像是受过宫廷教育的王子，而是一名劫掠战俘的粗野士兵，或者一名以劫获战利品为荣的古代英雄。但他同时恪守对恭特做的保证，"在床上绝不接触布伦希尔德的处女之身"（656 诗节，1—2 诗行），这说明，古代英雄放荡不羁的作风和中世纪宫廷骑士的品德在西格夫里特身上是并存的。第 14 歌讲的是两位王后的争吵，克里姆希尔德羞辱布伦希尔德是她丈夫的姘头，为了修复与恭特的关系，西格夫里特把妻子痛打一顿，这时的他完全是一名严厉的家长，与他当初作为有修养的骑士请求克里姆希尔德的"恩惠"时形成鲜明对照；但事后不久，他又变成了一位温存的、疼爱妻子的丈夫，去狩猎前与妻子告别时，言谈举止优雅细腻，没有丝毫粗暴的痕迹（919 诗节，1—4 诗行）。总之，《尼伯龙人之歌》中的西格夫里特已经不是古代传说中的西格夫里特，他是从远古向新时代过渡的人物，他与克里姆希尔德的爱情是 1200 年前后骑士-宫廷文化的产物。

传说中，西格夫里特这个人物有多重身份，除古代英雄外，他还是天神，人类的始主。直到 19 世纪初还有学者[①]著文断言"《尼伯龙人之歌》的英雄西格夫里特实际上就是古代德意志人的太阳神"，"看样子他相当于北欧的奥丁"，"他在某些方面也与斯堪的纳维亚的光明神有关"。[②]这位学者还进一步强调，"北欧的奥丁也是最高意义上的唯一的、万能的宇宙之力量，宇宙之精神！"[③]但是，我们这部史诗的作者并没有把西格夫里特视为神灵，只是借用了他身上的隐身服、巴尔蒙宝剑、宝物等几个神灵的符号，使他给人以超人或是亦神亦人的印象，说他建立了许多非凡的神奇业绩。然而，就是这些神奇的业

---

① 德国古代语言文学学者弗兰茨·约瑟夫·莫纳（Franz Joseph Mone）于 1818 年著文《尼伯龙人之歌入门》(*Einleitung in das Nibelungenlied*)，探讨西格夫里特的起源和历史。

② Werner Hoffmann, *Das Siegfriedbild in der Forschung* (Darmstadt: Wissenschaftliche Buchgesellschaft, 1979), SS. 5-6.

③ Ibid.

绩，作者也都是根据角色的需要加上的，没有直接纳入故事的主体框架，只是通过哈根用回忆的方式介绍了一下，所占篇幅不多。在古代传说里，西格夫里特获得的宝物是一批不可计量的财富，其中有一只戒指具有增生和扩大这批财富的神奇力量。此外，它还具有一种威力，落到谁手里，谁就必死无疑。据称，这只戒指更换过五位主人，结果个个死于非命，其中就包括被西格夫里特打死的那两个王子。在《尼伯龙人之歌》中，作者一方面保留了古代传说中宝物的这种神奇力量，另一方面，他又给宝物赋予了新时代的社会政治的象征意义。在封建社会里，财富意味权势，有财富才有权势，失去财富就意味失去权势，因此宝物也就成了权势的象征。尼德兰王子西格夫里特占有大批宝物，这就象征他权倾天下，尼德兰王国繁荣昌盛，这时尼德兰人被称为尼伯龙人（Nibelunge），他们占有的宝物称尼伯龙人宝物（Nibelungenhort），他们的国家称尼伯龙人国（Nibelungenland），国王的随从称尼伯龙勇士（Nibelungenhelden）。到了史诗的第二部分，宝物落到了勃艮第人手里，这时尼伯龙人指的是勃艮第人，尼伯龙人国指的就是勃艮第王国。此时，勃艮第王国风调雨顺，百姓安居乐业，而尼德兰王国从此销声匿迹。因此，这部史诗中的尼伯龙族人（Nibelunge）一词不仅是一个王室或是一个王国的名称，同时还象征财富、权势、繁荣和兴旺。史诗两个部分中这个词虽然指的人和国家各不相同，但讲的都是他们从兴盛走向衰亡的故事；而宝物最终沉入莱茵河底，更是象征斗争各方都是失败者，命运注定他们必将同归于尽，这正是那个时代诸侯割据的生动写照。

哈根

这个人物出现在古代许多不同的英雄歌中，角色也时有变换。在《尼伯龙人之歌》中，他与克里姆希尔德一样，始终处于故事中心，其活动贯穿史诗第一和第二两部分。他扮演的角色很复杂，在第一部分里，他是勃艮第王室的忠臣和亲信，但同时也是杀害西格夫里特的刽子手，被形容"目光阴森"、"用心歹毒"、"手段奸诈"。在第二部分里，他是勃艮第人去匈奴省亲的向导，统领大队人马的最杰出的英雄，地位相当于第一部分里的西格夫里特。他从刽子手到英雄的角色转变，虽然有些不寻常，但这两个角色在他身上是相辅相成的。一方面，能把西格夫里特这位天下无敌的英雄杀掉，本身就需要特殊的胆量、能力和智慧，这一点只有哈根能够做到。另一方面，当他后来陪同勃艮第人到达匈奴时，匈奴人最钦佩和最害怕的也是这个哈根，说他"双腿修长"、"胸围宽阔"、"目光咄咄逼人"、"走起路来高视阔步，很有大丈夫气概"（1734诗节，2—4诗行），这样就把史诗上下两部分中的哈根统一了起来。那么，哈根是如何完成他的负面角色和正面角色的呢？

负面角色：哈根之所以杀害西格夫里特，一方面是由他在勃艮第宫廷的职位决定的，另一方面也有他个人的原因。首先，他作为王国的封臣，忠于国王和王后，捍卫他们的权势和尊严是他的政治责任。在他看来，西格夫里特在沃尔姆斯的出现既给勃艮第人带来了机会，同时也可能给他们造成威胁。虽然西格夫里特很快放弃了强占勃艮第王国领土的要求，成了国王们的挚友，但哈根的顾虑依然存在。因为他知道，勃艮第人面对的是一个强大的、不可战胜的，乃至"刀枪不入"的英雄，只要这位英雄存在，就没有人能与他抗衡。所以，他对西格夫里特始终存有戒心。当克里姆希尔德当众侮辱了布伦希尔德，布伦希尔德要求报仇时，他认为这是一个大好机会，于是迫不及待地利用王后受伤害的事实说服国王必须把西格夫里特除掉。为了达到这一目的，他使出浑身解数，利用与克里姆希尔德的亲戚关系，诱使她说出西格夫里特可能致命的秘密；他谎称撒克逊人和丹麦人又来进犯，接着又号召大家去森林狩猎，然后将西格夫里特骗至郊野。他故意不带饮用水，致使西格夫里特不得不在一处清泉旁俯身呗水，这时他赶紧把英雄的宝剑拿开，最后对准克里姆希尔德向他透露的秘密部位给英雄致命一击（981诗节，1—2诗行），从而为勃艮第王国彻底铲除了这个最大的威胁。其次，哈根杀害西格夫里特也有嫉妒的因素。哈根本是勃艮第国王的心腹，在宫廷里的作用举足轻重。然而，西格夫里特与勃艮第国王们达成和解后，很快就取代了哈根此前的位置，成为勃艮第国王不可或缺的助手，迫使哈根降至二等英雄。在撒克逊战争和恭特去冰岛求婚两次远征中，哈根只能充当西格夫里特的随从。这种等级地位的变化使他的存在深受威胁，他的尊严深受伤害，英雄的荣誉感不允许他容忍西格夫里特。在嫉妒和仇恨的驱使下，他把自己见多识广、足智多谋的优点都用在了谋害西格夫里特的罪恶目的上。这时的哈根给人的印象是，虽然"相貌英俊"，但"阴森的目光燃烧着怒火"，猜想他"一定胸中鳞甲，心肠歹毒"（413 诗节）。总之，作者是在强调哈根作为勃艮第王国的忠臣的前提下，把他描写成杀人凶手的，而为了突显他的这个角色，说他的品格也都是坏的。

正面角色：哈根的优秀品质，如见多识广、聪明机智，都源于古代日耳曼英雄传说。早在《埃达》中的《古阿提利之歌》里，哈格尼就告诫他的兄弟巩纳尔要警惕阿提利的阴谋诡计。在《瓦尔塔利乌斯》中，哈根是恭特的忠臣和密友，为其出谋划策。在《尼伯龙人之歌》中，他是恭特国王的心腹。因为恭特总是犹豫不决，哈根的顾问作用就显得尤其重要，他的才智也得到了充分发挥。而他最能察言观色，领会主人的心情，也使他深受主人的信任。例如，在第 3 歌里，他不仅对西格夫里特的历史了如指掌，而且还具体建议应该如何对待这位英雄（101 诗节）；在第 6 歌里，他建议要利用西格夫里特熟悉布伦希尔德的长处，请他帮助恭特去向这位女王求婚（331 诗节，2—4 诗行）；在第 14 歌里，他一手策划并且实施了杀害西格夫里特的阴谋（873—875 诗节），等等。这一切都说明，他在勃艮第宫廷的实力地位不是凭空得来的，而是靠努力奋斗的结果。仔细分析，哈根的忠诚观念包括骑士－宫廷的伦理观念和日耳曼英雄的伦理观念两个方面，确切地说，他本质上是异教的日耳曼英雄，行为方式上是宫廷骑士，他的宫廷骑士风格的形成过程也是古代英雄题材的宫廷化过程，这一点从史诗第二部分开始就可以看得很清楚。他率勃艮第人前往匈奴，一路上身先士卒，细心周到，努力保证国王和随从们的安全，表现出了一个宫廷骑士的高度修养和忘我精神。经过巴耶伦时，为了避免引起恐慌，他不让队伍知道巴耶伦人正要来攻打他们，自己一人承受心理压力；他背着主人打死渡船的船夫，亲自把队伍从巴耶伦摆渡到多瑙河彼岸，表现出了超乎常人的决心和毅力（第 25 歌）；当大队人马来到匈奴宫廷，吉赛海尔见势不妙而惊恐万状时，他表示夜里要一个人出来为大家站岗放哨（1828 诗节，2 诗行），以此稳定军心。第二天清晨，又是他敦促大家去教堂，在天主面前虔诚地忏悔（1855—1856诗节）。作者刻意表现哈根身上温良的、虔诚的、人性的一面，突出他作为宫廷骑士的道德观念、宗教信仰和行为方式。总之，如果说《尼伯龙人之歌》是以古代英雄传说为题材、以基督教思想为引领的骑士–宫廷史诗的话，那么，哈根就是用骑士–宫廷思想包装的日耳曼英雄，或者说，他的内核是日耳曼英雄，外壳是宫廷骑士，行为则努力符合基督教的思想要求。因此，这是一个异教英雄、宫廷骑士和基督教信徒三种因素的混合体，作者将这三种因素集中表现在了这一个人物身上。

布伦希尔德

她原本是古代布隆希尔德传说的主人公，一位勇敢的日耳曼女英雄。起初，作者把她放在云雾缭绕的冰岛，说她是一位强悍的女王，但形象模糊；嫁给恭特后，她很快就变成了一个爱虚荣、好嫉妒的王后，对得罪过她的克里姆希尔德记恨在心，怂恿哈根为她报仇，从而成为此后一系列灾祸的肇始者。在《尼伯龙人之歌》中，她只在第一部分的很少几个"歌"中出现。尽管如此，她仍不失为史诗的主要人物，因为没有她就没有西格夫里特之死，没有西格夫里特之死就没有克里姆希尔德的复仇，因而也就没有勃艮第王国的覆灭。只是，与古代传说中的布隆希尔德相比，她的重要性被大大削弱了，这位女英雄未等到她的悲剧角色充分发挥出来就被克里姆希尔德所取代。这部13世纪新编的尼伯龙人故事已经不是古代的英雄传说，故事的主题不再是女英雄布隆希尔德的悲剧，而是宫廷贵妇克里姆希尔德的悲剧，克里姆希尔德是这部史诗的中心人物，她扮演的是封建宫廷女主人的角色。虽然故事情节不能没有布伦希尔德，但主要是不能没有她这个角色，而不是她这个人物，布伦希尔德是史诗中纯粹局限于起角色作用的最突出的人物典型。作者并不想深入挖掘她的内心世界，只是给她安排了一系列肇事任务。在第6歌描写恭特赴冰岛向布伦希尔德求婚时，作者还是介绍了一点她的情况，试图说明她如何强大和不可战胜（326—327诗节），但这个开头没有继续下去。后来，与她有关的情节都是作者为了"讲故事"刻意安排的。例如，在沃尔姆斯举行的婚礼上，布伦希尔德发现国王的妹妹（克里姆希尔德）下嫁国王的一名"仆人"（西格夫里特），感到尊严受到损害，夜里拒绝恭特与她亲近，这就引来西格夫里特进入洞房第二次帮助恭特行骗（第一次是在冰岛比武）的情节；西格夫里特恪守不触摸布伦希尔德的身体的承诺，却把她的戒指和腰带窃走，这就使克里姆希尔德后来指责布伦希尔德是她丈夫的"姘妇"有了证据；而布伦希尔德因为受到侮辱，对克里姆希尔德怀恨在心，这就给哈根提供了大显身手的机会，他在王后的恐吓下杀死了西格夫里特。至此，布伦希尔德的肇事任务全部完成，她能做的贡献已经做完，后面的发展大局已定，她于是就销声匿迹了。在《古布隆希尔德之歌》中，她是自尽身亡的，而且表示西格夫里特才是她真正的情人。在《尼伯龙人之歌》中，她后来的情况我们不得而知，作者没有交代，因为她这个人物已经无关紧要了。

恭特

他是勃艮第王国的国王，布伦希尔德的丈夫，他们还有一个儿子取名西格夫里特。他自始至终处于故事之中，但没有任何作为，只是扮演了一个角色。这个角色虽然跨越的时间很长，出场次数也不少，却总是被排斥在重大事件的决策之外。与克里姆希尔德、西格夫里特等人相比，他缺乏自信，显得太拘谨，放不开手脚，遇到困难时不知所措，在任务面前力不从心。与哈根相比，他更是逊色，哈根不仅是他的主心骨，而且在很大程度上还支配着他的行动。这说明，恭特之所以有影响力靠的不是他的能力，而是他的王位，他仅仅是一个世袭的国王，是作者为突显勃艮第王国在故事中的地位而设置的一个角色。当初西格夫里特来到沃尔姆斯，出言不逊，要强行霸占勃艮第王国的时候，他就是以自己是合法继承父辈遗产为理由回绝西格夫里特的（110—113诗节）。在史诗第6歌，虽然表面上是恭特赴冰岛向布伦希尔德求婚，实际上，这次历险只是西格夫里特整个爱情故事的一段插曲，因为在这次求婚过程中从策划到行动恭特都不是主要英雄，真正的英雄是西格夫里特，恭特是靠西格夫里特的帮助才赢得布伦希尔德的。后来，在几个亲信密谋如何置西格夫里特于死地的时候，他又是举棋不定，苦闷焦虑（865—870诗节）。像这样充满心理矛盾的人物性格在近代文学里本来是可以大写特写的，但《尼伯龙人之歌》作者的兴趣不在这里，他无意塑造人物性格，想要表现的只是人物的作为和他这个角色所起的作用。恭特给人的印象是一个老实、懦弱、没有主见的国王，但作者还是一如对待西格夫里特、哈根等其他几个人物那样，努力保持他的英雄身份，直到最后也没有忘记给他一次大显身手的机会。所以在史诗结尾大血战的时候，勃艮第人已经全军覆灭，死神正在向他逼近，为了捍卫勃艮第人的荣誉，让他选择"坚持到底"、"视死如归"的立场，从而彰显其英雄本色；他高超的武艺、熟练的技巧、果敢的精神足以与其他英雄媲美。在与狄特里希搏斗那一场景里，这个束手束脚一辈子的国王，一反过去，拼杀起来不顾一切，像疯了一样（2356—2360诗节）。用这样的方式安排恭特最后谢幕，这不仅是当时情节的需要，同时也大大弥补了这个人物一生的不足，让一向唯唯诺诺的恭特死得壮烈。这种性格上的变化看上去实在太快，前后反差实在太大，但也确实符合恭特的一贯表现。他是一个矛盾性格的典型，一方面常常在大事面前犹豫不决，另一方面有时又表现出不同寻常的坚决。例如，他决定向布伦希尔德求婚，明明是冒险，自知根本不能取胜（329诗节，1—4诗行），却在那一瞬间突然变得异乎寻常的果断。因此，他作为一个人物典型是值得继续深入探讨的。恭特也是一位流传下来的古代英雄，在多个传说中一再出现，扮演过各式各样的角色；在《尼伯龙人之歌》中，他的能量没有得到充分发挥。

艾采尔

艾采尔和恭特一样，也是古代传说流传下来的人物。历史上匈奴帝国的大单于阿提拉（哥特语Attila，北欧语Atli，中古德语Etzel，死于公元453年）是他的原型，在民族大迁徙过程中曾经产生了许多关于他的英雄故事，称阿提拉传说系统。《尼伯龙人之歌》的作者没有采用他的全部传说，只是为了继续讲述克里姆希尔德的故事才把他引入这部史诗之中，通过他的出现把"西格夫里特之死"和"克里姆希尔德的复仇"上下两部分连接起来。实际上，自从西格夫里特退出舞台，《尼伯龙人之歌》的故事就已经告一段落。那么，接下来怎么办？直到第20歌，艾采尔派使者前来向克里姆希尔德求婚，克里姆希德看中了他的权势，以为报仇的时机已到，决定远嫁匈奴，于是故事出现了新的转机，这样也才有史诗第二部分"克里姆希尔德的复仇"。作者对艾采尔的态度不偏不倚，对他的热情和兴趣远不及对克里姆希尔德、哈根、西格夫里特，以及后面还要提到的狄特里希和吕狄格，描写他的时候也是主要突出他的角色作用，几乎没有介绍他有什么性格特征。因此，史诗中艾采尔的性格是苍白的，角色是重要的。当然，作者从基督教的立场出发，竭力使故事少一些仇恨，多一点宽容，所以对这个人物进行了重新塑造。他接受巴伐利亚传说的内容，没有把这位匈奴国王描绘成贪得无厌、残暴无度的统治者，而是加进了不少个人的想象，把这位异教的国王描写成一位宽容大度、有宫廷教养、不欺压百姓的温和的统治者。说他作为异教的君主，在宗教信仰方面十分开明，在他的宫廷中寄居着来自四面八方的逃亡者，其中有异教勇士，也有信仰基督教的勇士，他们互相尊重，和平共处。他娶克里姆希尔德，并不知道这位夫人心中别有所图，对于夫人后来的一系列阴谋活动也全然没有察觉。这一方面表明他心地善良，同时也暗示他在克里姆希尔德的整个复仇阴谋中是清白无辜的。在中世纪文学中，这种有目的的婚姻本是一个吸引人的题目，但作者不仅没有用这个题目大做文章，反而尽量淡化它的政治色彩，甚至不把注意力放在这里，只是在故事情节所需要的范围内让他发挥角色的作用。原因很简单，《尼伯龙人之歌》讲的不是匈奴国王的故事，艾采尔不是阿提拉，他是作者为把克里姆希尔德的故事讲完整而塑造的新的匈奴国王形象，与历史上的阿提拉无关。

伯尔尼的狄特里希

他是亚美伦王族后裔，历史上的原型是东哥特国王蒂奥德里希大帝，围绕他也有一个独立的传说系统，传说中称伯尔尼的狄特里希。关于蒂奥德里希大帝有很多英雄歌，德国古代的《希尔德勃兰特之歌》(*Hildebrandslied*)、北欧的《蒂德莱克》都是讲他逃往匈奴宫廷的故事。蒂奥德里希本不属于尼伯龙人传说，他是作者加进这部史诗中的，在第22歌首次出现。史诗中，狄特里希参与的事件不多，而且从一开始就置身于匈奴人和勃艮第人对立的两派之外，直到最后在两军血肉横飞的鏖战中，他的勇士全被杀死，他不得不参加拼杀，但也不是出于报复。他绝不杀人，甚至还冒着极大危险要求克里姆希尔德不要把她的仇敌哈根和恭特处死（2355诗节，2—4诗行；2364诗节，2—4诗行）。作者这样写狄特里希的目的是要把他塑造成一个理想的"基督教骑士"。如果说在哈根身上古代的英雄精神和13世纪宫廷骑士的美德并存，那么，在狄特里希身上就是古代英雄的伦理观与基督教伦理观的统一与融合，从而树立一个"标准骑士"的典型。为此目的，作者独出心裁把杀死克里姆希尔德的英雄换成他的军师希尔德勃兰特老帅，而不是原来传说里的狄特里希，因为残杀生命的行为和作者在这里设计的狄特里希形象不符。《尼伯龙人之歌》的作者显然不赞成古代英雄那种破坏性的报复意识，赞赏狄特里希沉着镇定、冷静克制的行为方式，所以他宁可改动古代传说，也不玷污这个人物身上的基督教骑士的美德。狄特里希之所以能在最后决战中成为胜利者，也是因为作者认为，理智的、有修养的人比感情用事的、偏激狂热的人优秀，因为他占有道德优势。因此，在被仇恨蒙住眼睛的克里姆希尔德以及其他勃艮第人用同归于尽的方式结束战斗的同时，他试图通过狄特里希的行为方式提出一条不流血的、和平解决问题的途径，以此表达他的人性主张。与艾采尔一样，狄特里希虽然也是来自古代传说，但他们都经过了作者的重新塑造，扬弃他们身上与生俱来的原始习性，使之成为"温和慈善"的，"符合时尚"的"完美"的人。

7.3.2　次要人物的性格与角色的关系

史诗中的次要人物都不是流传下来的现成人物，而是作者在重新加工设计这部"古代故事"的过程中根据情节需要加上的。例如，坦克瓦特、伏尔凯、吕狄格等都是首次在《尼伯龙人之歌》中出现，他们都是作者个人创作的人物形象。如果说作者在那些古代传说流传下来的主要人物身上还只能部分地"改造"他们，那么，在这些次要人物身上便可以根据自己的伦理观念、宗教信仰和价值取向，阐述他作为13世纪的诗人对于人和人间未来的看法。因此，关注人物的心理变化和人物的个性表现是《尼伯龙人之歌》的一个新的特点，这是此前只把目光集中在趣闻逸事上的所谓"艺人文学"里从没有过的，在古代的英雄传说里更是没有。

史诗共有 12 个次要人物，我们选择其中 3 个人物进行分析，下面首先观察坦克瓦特和伏尔凯。这两个人的身份都是勃艮第宫廷的封臣，他们地位相当，几乎是一模一样的骑士，都作为随从参加过国王与撒克逊人的战争，都跟哈根一起陪同国王前往匈奴，最后都在那里壮烈牺牲。西格夫里特在帮助勃艮第人迎战撒克逊人和丹麦人进攻的时候，他选择了 12 名勇士，其中就有坦克瓦特和伏尔凯；不过，那时没有让他们正面出现，只提到让伏尔凯担当旗手（196 诗节，2—3 诗行），他们俩在战斗中英勇绝伦，所向无敌（201 诗节，1—4 诗行），砍断的盔甲盾牌不计其数，是勃艮第队伍中堪称表率的勇士。恭特去冰岛求婚，一行四人，伏尔凯没有参加这次远征，坦克瓦特虽然参加了，也仅仅是一名陪同，故事不多。只是在他们到达伊森斯泰因之后，布伦希尔德的一名侍从介绍这四位来客时，把他和哈根做了对比，说哈根目光阴森恐怖，用心歹毒，而坦克瓦特眉清目秀，温文尔雅，刚毅英勇，是骑士的完美表率（414—415 诗节）。史诗接着还写到，在布伦希尔德临别冰岛去沃尔姆斯之前，坦克瓦特自告奋勇帮助女王处理财产，他的慷慨大度，几乎要把女王的金银财宝全部分光，气得女王七窍生烟（514—516 诗节）。作者动用"眉清目秀"、"温文尔雅"、"刚毅英勇"、"慷慨大度"等这一系列标准的宫廷骑士的符号作为个性特征描绘坦克瓦特，显然是要把这个人物塑造成合格的宫廷骑士。甚至后来在匈奴宫廷当大血战就要爆发的时候，最初，作者还是让坦克瓦特对上前寻衅的艾采尔的弟弟布洛德尔以礼相待，彬彬有礼地称布洛德尔为"阁下"，试图与他心平气和地讲道理（1922—1924 诗节）。然而，布洛德尔盛气凌人，出言不逊，非决一死战不可，这时，这位谦恭、谨慎、精明强干的马厩总管才临危不惧，砍下那个匈奴人的头颅（1927 诗节，1—2 诗行），显现出他当机立断的日耳曼英雄本色。由此可见，尽管作者致力于在他身上集中表现一个标准骑士的美德，但在这部以英雄传说为题材的史诗中，绝对避免古代英雄的痕迹是很困难的。因此，坦克瓦特也只能算是一个集宫廷骑士的美德与古代英雄的品质于一身的典型。至于伏尔凯，他没去冰岛，后来却在匈奴国大显身手。当勃艮第国王决定倾巢而出去匈奴宫廷赴宴的时候，哈根并没有召唤他，他是主动带来 30 名勇士，要求随同前往。与坦克瓦特相反，他生性英勇倔强，争强好斗，易兴奋冲动，做事冒失；他是一名勇士，但作者还让他同时兼任宫廷歌手的职务。在 13 世纪，骑士－宫廷抒情诗是贵族的艺术，封建帝王都争先恐后标榜自己是宫廷歌手。可见，伏尔凯的这个角色非同一般，既高贵又文雅，他既是英雄又是宫廷歌手，他的剑同时也是一把琴弓，它们象征着主人的双重身份，用处也根据主人的任务不同而随时变换。作为英雄，伏尔凯手握这柄宝剑，与敌人拼杀，坚决果断，毫不妥协，除哈根外，没有人能与他相比；作为宫廷歌手，他能弹会唱，多才多艺，即使在奔赴匈奴国的路上，人困马乏、前途未卜的情况下，当大队人马在贝希拉恩小憩的时候，他也没有忘记为"女主人效劳"（1674—1675 诗节），他的骑士美德可见一斑。后来，他被希尔德勃兰特砍死，身边除那柄宝剑兼琴弓外，还有方伯夫人作为报酬赏给他的十二只金镯，证明他的忠贞不渝。坦克瓦特和伏尔凯这两个人物虽然个性特征不同，但他们身上都承载着古代英雄和现代宫廷骑士两种气质，这两种气质是作者拼在一起的，如同一个果子的内核与外壳一样，它们是并存而不是融合。作者煞费苦心给古代英雄题材披上一件现代宫廷的外衣，给这部鲜血淋漓的、悲壮的"古代故事"添上一抹骑士文化的韵味。

在表现人物心理变化方面，贝希拉恩方伯吕狄格是一个突出的典型，他的所谓"灵魂悲剧"是作者精心设计的，早已作为表现人物内心冲突的经典段落载入史册。与坦克瓦特和伏尔凯相比，吕狄格的个性特征是寻求"和解"，像伯尔尼的狄特里希一样，他扮演的也是一个"调解分歧的人"，即使在匈奴宫廷大战已经爆发之后，他仍不放弃促成和解的努力。在史诗的大框架里吕狄格的角色并不关键，因此他不属于主要人物，但他起的作用是独一无二的，唯他能够担当。在史诗第二部分，他受艾采尔大王派遣去勃艮第国向克里姆希尔德求婚，一直为亡夫守孝服丧的克里姆希尔德，起初根本没有再嫁的意愿，无论亲人们怎么劝说，她都无动于衷。直到吕狄格来到后宫与她单独会面并秘密承诺"替她弥补一切伤痛"（1255 诗节，2—3 诗行），并且发誓为保护她，"随时准备尽职尽责"（1257 诗节，4 诗行）时，克里姆希尔德才打消一切顾虑，决定去匈奴国戴上王后的冠冕。后来，勃艮第人去匈奴"省亲"路经贝希拉恩，又是他百般热情、殷勤周到地尽地主之谊（第 27 歌），还把女儿许配给了年轻的吉赛海尔国王，举止言行无可挑剔，气质高雅，可谓一名"完美的宫廷骑士"。可是后来在匈奴宫廷，当匈奴人和勃艮第人展开血战的时候，他陷入了激烈的内心冲突：效忠国王是他的义务，保护友人和姻亲是他的责任。在"义务"与"责任"之间他无法做出抉择，因为"站在哪一边，都有失偏颇，有损骑士的尊严"。后来，他虽然在艾采尔国王及其王后的压力下，为了兑现保护王后的诺言，违心地决定解除跟勃艮第人的友谊，宣布对他们开战，最后在与盖尔诺特的交战中，盖尔诺特用他赠送的宝剑把他砍倒在自己的剑下（第 2220 诗节），但这并不意味他的内心冲突得到了解决，因为作者设计的这个吕狄格已经不是古代的日耳曼英雄，为了捍卫尊严和荣誉视死如归。吕狄格至死都在受着良心的责备，因为在他看来，背叛对友人的忠诚也是他永远的耻辱（2153 诗节，3—4 诗行）。在迷茫看不到去路的时候，他作为基督教徒只能请求上帝指点（2154 诗节，4 诗行）。因此，他的死不是灵魂的升华，而是结束现世的困惑，让痛苦的灵魂在彼岸得到解脱。这就是吕狄格的"灵魂悲剧"。作者笔下的吕狄格，作为人，他的感情真实；作为骑士，他的品格高尚；作为基督教教徒，他虔诚地信仰上帝；而他试图调和矛盾，化解分歧的努力因不现实、不可能，所以结果是失败的。狄特里希和吕狄格都是作者大胆设计的角色，他们在一定程度上折射了作者本人的思想、信仰和对解决现实社会问题的悲观态度。

7.3.3 角色扮演者的性格和角色的关系

在 38 个角色扮演者中最有代表性的两个人物是丹麦方伯伊林和老帅希尔德勃兰特的外甥沃尔夫哈特。伊林是狄特里希大王的随从，沃尔夫哈特为贝希拉恩的方伯吕狄格服务,在匈奴人与勃艮第人交战中,这两个人都是匈奴一方的勇士,属于异教徒的队伍,按其表现则都堪称日耳曼英雄。尽管他们对故事情节的发展并不重要,但作为个人他们有独到之处。勇敢是他们的共同特点,是勃艮第人都得敬佩的对手。他们都以英勇绝伦著称,为主人赢得过许多荣誉。此外,他们跟随首领作为逃亡者寄居匈奴宫廷,也给艾采尔大王和王后克里姆希尔德的权势和声望增色不少,是匈奴一方作为角色扮演者的六名勇士中风格最为独特的人物。他们的突出之处不是他们的身份,而是他们的战斗精神,他们不惜牺牲自己的生命投入了毁灭性的大血战。与他们足智多谋、经验丰富的主人狄特里希、吕狄格以及希尔德勃兰特对照,他们毛手毛脚、容易轻举妄动,但作为异教的勇士,他们的性格与角色是相符合的。

当然,作为角色扮演者,伊林和沃尔夫哈特的表现也有不同之处。史诗中共有8个"歌"描写勃艮第人与匈奴人的战争,其中3个"歌"主要描写个人之间的搏斗,第32歌是坦克瓦特手斩布洛德尔,第35歌是伊林被杀,第37歌是吕狄格殉难。在方伯伊林被杀前,哈根杀死了匈奴王太子欧尔特利浦,以此为导火线,大战全面爆发,匈奴人伤亡惨重。伏尔凯和哈根十分得意地嘲讽艾采尔和克里姆希尔德胆小无能,伊林认为这是对他们致命的羞辱。作为英雄,他既要为国王和王后效忠,又要捍卫自己的英雄荣誉,盛怒之下,带领勇士奋不顾身地冲向勃艮第人。他说:"我做事一向看重荣誉和声望,因此在历次大战中我总是表现得英勇顽强。给我把武器拿来,让我和那个哈根较量!"(2028诗节,2—4诗行)可见,他战斗的动机是捍卫荣誉和声望,既捍卫艾采尔和克里姆希尔德的荣誉和声望,也捍卫自己的荣誉和声望。这一歌描写的中心不是占优势的哈根,而是在战斗中处于劣势的伊林。可是,作者却把这个处于劣势的伊林写得令人肃然起敬,就是在生命垂危的时候,他还挣扎着对克里姆希尔德王后表示,"只怨死神不让我继续为你和艾采尔效力"(2067诗节,4诗行)。这样,伊林不仅勇于投入战斗的行为可圈可点,他忠于国王和王后的品德更为高尚,因此,他的死既是一位勇士履行英雄义务的范例,又是一位封臣效忠国王的榜样。值得注意的是,作者并没有满足于他的表现,他还让伊林同时提醒他的图灵根和丹麦战友不要为了王后的报酬不顾性命,"因为你们和哈根战斗,只有死路一条"(2068诗节,4诗行)。显然,伊林已经意识到,追求荣誉和尊严不能盲目行动,不能轻率莽撞,因为战死沙场固然是英雄壮举,但也是个人的毁灭。伊林的觉悟说明,在《尼伯龙人之歌》中,即使那些真正的日耳曼英雄也已经具有人性化的倾向,他的观念正在向中世纪过渡。沃尔夫哈特在第33歌中第一次出现,他的表现立刻与狄特里希形成鲜明对照。当狄特里希大声呼叫,请恭特制止大厅里爆发的战争,让他带领随从赶紧撤离(1987—1992诗节)的时候,沃尔夫哈特不等恭特回答,就迫不及待地要自己冲进大厅,遭狄特里希严词制止;最后,恭特接受狄特里希的请求,他们一伙儿人才安然无恙地走了出来。前者老成持重,沉着冷静,扭转了危局;后者入世不深,生硬毛糙,但于事无补。到了第38歌,战斗还在继续,此时,吕狄格已经死在大厅里,希尔德勃兰特试图缓和冲突,请求勃艮第人网开一面,把吕狄格的尸体交给他们,结果遭到拒绝。沃尔夫哈特又挺身而出,打断希尔德勃兰特和恭特的对话,非要他们交出尸体不可,"我的自尊不再允许我容忍你(伏尔凯)如此傲慢"(2269诗节,4诗行)。于是,愤怒使他听不进主人的劝告和阻拦,最后在与吉赛海尔的搏斗中"两位英雄彼此各不相让,双双战死,狄特里希的随从中再也没有一名勇士"(2298诗节,1—2诗行)。少年凋零本来就是一件伤心的事情,作者想办法让这两个年轻的英雄对垒,互相摧残,这样,就使他们的死加倍凄惨。不过,与伊林后来有所醒悟不同,沃尔夫哈特始终坚持既定方向,以"光荣"战死而自豪,认为自己"死在一位国王(吉赛海尔)手下,壮烈而崇高"(2302诗节,4诗行)。

伊林和沃尔夫哈特都是在史诗第二部分作为古代日耳曼英雄的真正代表出现的。作者用比较长的篇幅详细描述了他们在战斗中的表现,可见他特别赞赏这两个人的英雄精神。另一方面,他又竭力使古代英雄符合宫廷骑士的要求。他用诸如"克制"(maze)、"不克制"(unmaze)、"鲁莽"(tumbheit)、"理智"(wisheit)等作为宫廷骑士的核心价值标准检查他们英雄行为的动机,指出,伊林的"鲁莽"和"不克制"是英雄荣誉和英雄尊严的结合,因此具有示范性;

而沃尔夫哈特的"鲁莽"和"不克制"是他的个性所致,不予提倡。

7.3.4 教会代表人物的性格和角色的关系

史诗中共有三位教会代表,他们都与勃艮第王室有关,一位是帕骚的彼尔格林大主教,一位是沃尔姆斯附近施佩耶教堂的主教,一位是受王室雇用的宫廷神甫。这三个人在《尼伯龙人之歌》中都不是主要角色,与主要故事无关,对于情节的发展没有影响。作者之所以要引进这三个教会代表,第一,想通过他们的存在表明,骑士-宫廷的伦理观念包括世俗和宗教两种人生观,具体表现为基督教教会思想和异教的英雄精神。这两种人生观在骑士-宫廷生活中是并存的,比如,史诗中所有人物,甚至异教的匈奴人,都去教堂做礼拜,虽然真正信仰基督教的信徒居少数。第二,他们的作用不只限于代表教会,作者对他们的处理方式是不同的,用意也不一样:对彼尔格林大主教的描述最详细,除角色的作用外,也写了他性格上的特点。帕骚地处沃尔姆斯和艾采尔堡之间,勃艮第宫廷成员以及克里姆希尔德的两名使者路过时经常在这里投宿。彼尔格林作为勃艮第国王的亲戚,为人亲切和善,待人殷勤周到,克里姆希尔德去艾采尔城堡途中经过时,他亲自赶到巴耶伦国迎接(1296 诗节,3—4 诗行),走时又一路送别直到边镇莫尔克,然后才返回帕骚。他还以同样高兴的心情迎送路经这里去匈奴省亲的勃艮第国王以及他们上万名骑士和随从。他似乎对勃艮第人给克里姆希尔德制造的伤害一无所知,对他们满腔热情,没有一点受到干扰的迹象。他对克里姆希尔德的两名使者的态度也堪称贵族的楷模,为表彰他们带来喜讯,慷慨赏赐(1427 诗节,4 诗行;1428 诗节,1 诗行)。显然,作者的意图是要通过他告诉读者,根据基督教的伦理观,人与人之间或是家庭成员之间的关系本是亲密无间、纯洁无瑕的。在古代传说中并没有彼尔格林这个人物,他是后来加上的。作者为什么要加上这个人物,而且还让他作为基督教美德的真正代表出现在史诗里呢?有资料显示,历史上帕骚大主教沃尔夫格曾经是诗人福格威德的瓦尔特的施主,很可能也是《尼伯龙人之歌》作者的施主，因此推测，他为了纪念施主沃尔夫格，特地以他为原型创作了彼尔格林。也正是这个原因，作者才让他完全置身于导致灾难性结局的错综复杂的纠葛之外。相比之下，作者对施佩耶主教的描述要简单得多，既没有提他的名字，也没有描写他性格上有什么特点，只让他扮演了一个角色，即在第25歌准备出访匈奴国的勃艮第人开始启程的时候，他代表教会为上路的人祝福，祈求天主保佑他们在异国受到尊敬（1508诗节，2—4诗行）。这位主教以基督教教会的名义把保护勃艮第人尊严的责任托付给了上帝。哈根相反，他听乌特母后讲了她做的噩梦并劝说亲人们放弃旅行计划之后（1509诗节）马上表示，"谁要是相信噩梦，谁就不会知道，何时最能保全自己的光荣。我现在没有别的愿望，只有一个请求：请求我的主上赶快向宫中的亲友辞行"（1510诗节）。作为日耳曼英雄，他不相信噩梦，也不能退却，而是要以英雄行为面对不可逆转的厄运，迎难而上，捍卫尊严，这是他选择的唯一出路。一个把命运托付给上帝，一个把命运握在自己手里，这正是教会思想与英雄精神的鲜明对照。与两名大主教相反，宫廷神甫是一个特定的角色，他代表教会，而教会是上帝力量的体现，因而他的作用就是要体现上帝的力量。他的故事不多，但他的角色必不可少。在多瑙河上的一个女仙预言只有神甫一人能返回沃尔姆斯（1542诗节，1—4诗行）之后，哈根把他推到河里试图让他溺死（1575—1576诗节），从而挫败那个女仙的灾难性预见。然而，神甫虽然不会游泳，却奇迹般地又爬上岸来。他靠天意绝处逢生，使哈根确信女仙的话是对的，勃艮第人此行必将"一去无返"。哈根"当即把那只空船砍碎，随后把碎片通通投入滚滚河水"（1581诗节，2—3诗行），他还说，"谁要是贪生怕死，妄图逃离我们的队伍，我就要让他在这条河水中一命呜呼"（1583诗节，2—3诗行），这就更加突出了哈根作为日耳曼英雄视死如归的崇高品质。从施佩耶主教代表教会为出访的勃艮第人祝福，到哈根坚持要靠自己的行动捍卫尊严和荣誉，再到哈根试图将宫廷神甫置于死地，这一系列情节所体现的不仅仅是基督教与异教两种信仰的强烈反差，也不仅仅是教会代表与日耳曼英雄的对立冲突，而是作者的一种新的尝试。他在这段故事里把教会的仁慈思想、日耳曼的英雄精神和神话中女仙的神奇力量这三个因素结合起来。英雄们的命运归宿最终由上帝安排，他的基督教立场在这里便是十分清楚了。

8 接受史

8世纪，德国僧侣文学的宗旨是说教，文学一直被作为教育手段使用。僧侣们从事文学翻译和创作的目的是传播基督教教义，致力于使异教徒皈依基督教。13世纪，骑士阶级在创造自己的宫廷文学时，也未能突破这一框框，始终追寻培养"完美的人"、"标准的骑士"的目标，树立封建阶级的学习榜样。然而，从15世纪开始，随着城市的兴起和城市市民对文化需求的增长，文学作品不再是"教材"了，阅读文学作品成了满足个人兴趣和了解外部世界的手段。"教育"这个概念的含义拓宽了，文学的形式和内容也随之多样化，开始服务于娱乐消遣的目的。特别是自美因兹的印刷工匠约翰内斯·古登堡（Johannes Gutenberg，1397—1468）发明了活字印刷术以来，这一时期的文化生产和信息传播得到突飞猛进的发展，自古以来，包括文学作品在内的一切文化典籍依赖手抄本维系存在的历史就此结束。用铅铸字母印刷不但提高了排版速度，而且降低了印刷成本，使大批量书籍生产成为可能，从而大大促进了文学作品的广泛流传和文化的普及，大众对文学的需求陡增。在此背景下，文学的功能也随之发生变化。

8.1 通过故事书传播

自13世纪第一个抄写、注释，乃至改编《尼伯龙人之歌》这部英雄史诗的高潮起，关于这个题材的各种诗歌、谣曲、故事书就与史诗并存，它们流传的时间越长，内容变化就越多，读者和听众对于新鲜材料的渴求越热切，讲故事的人就越是要在作品的形式、规模和篇幅上狠下功夫，给故事添枝加叶，把情节编得蜿蜒曲折，于是衍生出了许多《尼伯龙人之歌》的变体，记录、讲述、编造的尼伯龙人故事遮天盖地。

《尼伯龙人之歌》问世后不到一个半世纪，一部多明我会修士的编年史中记载：大约公元 5 世纪中叶，在匈奴国王艾采尔那里聚集了伯尔尼的狄特里希、希尔德勃兰特、贝希拉恩的方伯吕狄格、恭特、哈根等一批大人物，王后是克里姆希尔德。显然，记述这段故事的修士已经听闻《尼伯龙人之歌》的内容，他虽然只列出一大批人物的名字，但我们知道，这些人都是史诗中举足轻重的英雄。大约同一时期，慕尼黑的海因利希（Heinrich von München）在他的世界编年史中（在史诗的许多手抄本尚未发表的情况下）描述民族大迁徙的时候也简要地引述了尼伯龙人的故事。他写到，征服了德意志和法兰西的艾采尔大王，在原配夫人去世后娶西格夫里特的遗孀、勃艮第国王的妹妹克里姆希尔德为妻。西格夫里特是在一清泉旁俯身吮水时被哈根刺死的，为此，克里姆希尔德趁与艾采尔举行婚礼之机对恭特、盖尔诺特、吉赛海尔、哈根等勃艮第人实行报复；在场的老帅希尔德勃兰特见此情景不忍坐视不管，于是杀死了克里姆希尔德。这位海因利希尽管叙述的内容并不完全准确，但他对尼伯龙人故事的了解无疑比那位多明我会修士多了一些细节。15 世纪，埃森纳赫的市政厅文书约翰·罗特（Johannes Rothe）在他的《图灵根编年史》（*Düringische Chronik*）中用特洛伊传说和尼伯龙人传说编了一个新的故事，内容是特洛伊国王普里阿摩斯的同名侄儿在他的城市陷落后，带领部下来到莱茵，他们在那里遇到一群女巨人并娶她们为妻。故事中出现的人物就包括后来人们传唱的西格夫里特、哈根和克里姆希尔德。看来罗特并不掌握尼伯龙人故事的确切内容，他可能听过有关古代日耳曼的英雄歌曲，于是就把特洛伊传说和尼伯龙人传说混淆在一起了。16 世纪初，约翰·图尔迈耶（Johann Turmair）在他的《巴耶伦年鉴》（*Baierische Chronik*），同时也是第一部大型德语历史著作中援引了当时在民间流传的关于狄特里希、艾采尔和吕狄格的歌曲和一系列德语韵文体故事。从以上描述的情况看，《尼伯龙人之歌》自诞生之日起就不断在民间流传，编故事的人为迎合读者或听众的趣味也越来越"胆大妄为"，把故事讲得越来越离谱。下面，我们在众多注释本、改写本、新编本以及其他各式各样的文学变体中，选择两部影响比较广泛的作品，再进一步观察感受一下，这些通过民间故事书传播的尼伯龙人的故事离英雄史诗已经相距多远。

8.1.1 《罗森加滕》

《罗森加滕》(*Rosengarten*)最初是一首有相当长度的"歌"，流传于巴伐利亚，后来逐渐发展成为一部中古德语史诗，作者可能是13世纪中叶一位巴伐利亚（或奥地利）的艺人。史诗以狄特里希传说为基础，涉及东哥特和法兰克-勃艮第两大传说系统，内容讲的是伯尔尼的狄特里希与西格夫里特及其战友之间的战斗。战斗发生的地点不是在匈奴，而是在沃尔姆斯，主人公克里姆希尔德也不是疯狂复仇者，她与西格夫里特在沃尔姆斯过着平静的生活。西格夫里特也不是顶天立地的英雄，他与伯尔尼人搏斗，虽然十二个回合均取得了胜利，最后还是被狄特里希制服，不得不俯首称臣。为迎合当时读者和听众要求消遣娱乐的心理，使故事生动有趣，作者给狄特里希配上了一名兄弟，此人是个和尚，武艺高强，精于剑术，由于他的助战，狄特里希最终才打败勃艮第人。克里姆希尔德的形象更是让人啼笑皆非，她不仅吻西格夫里特的交战对手狄特里希，还抓破其兄弟的脸，作者就是用这些庸俗的诙谐来哗众取宠。13世纪又有另外一个人加工改写这部史诗，共有五种文稿流传于民间，为与最初的《罗森加滕》（也称《大罗森加滕》，*Der Große Rosengarten*）和《沃尔姆斯的罗森加滕》(*Wormser Rosengarten*)相区别，称这部史诗为《小人国国王》(*Der Zwergenkönig*，也称《小罗森加滕》，*Der Kleine Rosengarten*)。

8.1.2 《有角质皮肤的赛夫里特》

14世纪以后，阅读大型史诗《尼伯龙人之歌》的人越来越少，五花八门的尼伯龙人歌曲泛滥成灾，把故事讲得越来越离奇。当时的人喜欢看塞满人物的舞台，花里胡哨的幕布和频频更换的场景，平日生活越是千篇一律，他们越是希望在休闲时间里听一听那些特殊人物的非凡业绩，或是稀有动物的怪诞传奇。在这种情况下，文学不仅含义变得很宽泛，作品的内容和形式也愈加色彩斑斓，这是一个以规模和数量取胜的时代。《有角质皮肤的赛夫里特》就是在这一背景下产生的。早在13世纪，北方山区汉萨同盟的商人与他们的挪威商伴闲聊时，就提到几段青年西格夫里特的冒险经历，如打败莽龙，皮肤变成鳞甲质，从一处城堡接回一位美丽的少女，等等。之后，关于尼伯龙人的故事渐渐在北方流传开来，那时仍以"歌"的形式口头传诵，有时还加入《罗森加滕》中的某些情节和人物。直到15世纪末，有人把这些"歌"搜集成册，作为诗集印刷出版。关于这个诗集的版本很多，其中一本是大约于1527年在纽伦堡出版的《有角质皮肤的赛夫里特》（*Der Huernen Seyfried*）。这本诗集共179段，内容讲的是尼德兰王子赛夫里特征得父王西格蒙特及其参议们的同意，辞别双亲，来到森林中一个乡村，欲在那里的铁匠铺学习打铁，结果却被铁匠师傅支开，让他去找一个烧炭工人。此人的任务是往一条龙的口中添煤，赛夫里特不问添煤做何用处，干脆把龙打死，并发现一窝龙崽紧挨其边上。他于是拾来一些干树枝，点火把它们通通融化成角质汁儿，并把角质汁儿涂抹在自己身上，只是两肩胛骨之间的一小块部位被漏掉了。然后他又来到吉比歇国王的宫廷，为其女儿"服务"八年，这个故事到此告一段落。接下来是另一个独立的故事，内容讲的是吉比歇国王，沃尔姆斯城的君主，他有三个儿子和一个女儿。一条龙把他的女儿绑架到荒山僻壤，隐藏在一块岩石旁边（设想为岩石城堡），没有人知道她的去处。三年后，这条龙变成了一个男子，他第一次与绑架来的少女讲话；又过了五年，这个怪物似的男子要娶她，少女惊恐万状，眼泪和祷告都无济于事。此间，她的父王派遣使者去天下各国通报丢失女儿的不幸经历。一位名叫赛夫里特的青年得知后，决定去解救这位少女。赛夫里特本是王子出身，猎获过一头狮子并将这头野兽吊在树上供人取乐。此外，他狩猎时偶然遇见一条莽龙，俘虏了莽龙的五千余名侏儒，正要逃离之际，一个由葡萄梗变成的滑稽可爱的小侏儒告诉他，跟莽龙在一起是莱茵国王的女儿，名叫克里姆希尔德。赛夫里特回忆起，自己曾经爱过这位少女，发誓要解救她。

在小侏儒的帮助下,他来到巨人库佩兰(Kuperan)的国家,经过与库佩兰几个回合的殊死搏斗,打败了这个首领并迫使他指出通向隐藏少女的那个岩石城堡的入口。然而,粗心的赛夫里特竟让库佩兰走在自己身后,小侏儒赶紧用隐身帽把他遮住,他才免于背后中剑。他们来到岩石城堡,库佩兰再次耍弄阴谋告败;赛夫里特杀死莽龙后,偕克里姆希尔德返回故乡,在沃尔姆斯举行盛大婚礼。他把到手不久的宝物沉入莱茵河底,将其余财产分赏众人,引起勃艮第国兄弟以及哈根的不满,八年后被哈根在一清泉旁杀害;克里姆希尔德为丈夫疯狂复仇,制造一场大血战。从以上两段故事看,人物关系、情节编排,以及道具背景等都与尼伯龙人的故事相关,但又似是而非、怪里怪气,写得倒是绘声绘色,完全是讲故事的格调,供百姓消闲娱乐。作者这样写道:

> 这里你们拿到一首美丽的歌
> 讲的是有角质皮肤的赛夫里特,
> 而且采用希尔德勃兰特曲调,
> 这样的曲调我从未听过;
> 倘若你们读得满意顺畅,
> 这将是你们给我的快乐。

德文原文:

> Hierinnen findt jr ein schönes Lied
> Von dem Hürnen Seyfrid,
> Vnd ist in des Hiltebrandes thon,
> Desgleichen jch nie gehöret hon,
> Vnd wenn jr das leßt recht und eben,
> So werdt jr mir gewunnen geben.

据不完全统计,从 1527 年到 1611 年不到九十年的时间里,《有角质皮肤的赛夫里特》就再版了十二次，其中有几次是断片。1557 年，汉斯·萨克斯①（Hans Sachs，1494—1576）写了剧本《有角质皮肤的赛夫里特》。这部作品并不是萨克斯的成功之作，但能得以出版并在民间流传，说明尼伯龙人的故事是受欢迎的。

15 世纪到 16 世纪是德国早期市民文学从发展到繁荣的时期，民间故事书《佛图南特》（Fortunat）、《玛格罗尼》（Magelone）、《浮士德博士的一生》（Leben des Dr. Faustus）、笑话集《厄伦斯皮格尔》（Eulenspiegel）、《海蒙的孩子们》（Heymonskonder）等都是这个时期产生的。这些作品的主题多来自比较时尚的法国，没有引起社会的广泛关注，很少得以流芳后世。唯独表现本土题材的尼伯龙人故事的作品最多，不仅有故事书，还有大量诗歌和谣曲供读者选择。1726 年最后一次再版的《有角质皮肤的赛夫里特》就已经是一部有名的民间故事书了，为顺应市场需要，作者刻意把书名改为《一部皮肤已变成角质的西格夫里特的美妙故事》（Eine Wunderschöne Historie von dem gehörnten Siegfried），副标题是"这位尊贵骑士的美妙的冒险经历，值得纪念，读起来饶有兴味》（Was wunderliche Ebentheur dieser theure Ritter ausgestanden, Sehr denkwürdig und mit Lust zu lesen）。标题中把"有角质皮肤的"改成"皮肤已变成角质的"显然太拘泥于字面；至于书的内容更是面目全非：首先，人物的名字变了，如吉比歇变成了吉巴尔德，克里姆希尔德变成了时髦的弗罗里巩达，原来叫小欧伊格的小侏儒变成了艾格瓦特，等等。其次是情节部分，如捕猎野猪变成了与熊搏斗，寓意深长的梦变成了排场很大的武艺比赛，"尼伯龙人宝物"变成了西格夫里特比赛刺杀时获得的战利品，而英雄因为宝物失去性命的情节只是暗示一下，他在厄登森林被害的场景写得很简单，英雄的尸骨扔在何处用笔不多，而为他报仇的是他的父亲西格哈杜斯，报仇的对象变成了他的儿媳即英雄的妻子弗罗里巩达，杀害西格夫里特的刽子手哈根瓦尔德是在睡梦中被一个尼德兰士兵杀死的。关于西

---

① 德国早期市民文学伟大代表，多产作家，共写作品六千余部，包括工匠歌曲、狂欢节剧、散文体对话、戏剧、格言诗、诗体笑话故事等。

格夫里特儿子后来的情况，则发展出另外一个独立的故事。至此，尼伯龙人题材已经彻底"脱胎换骨"，作者笔下的人物与"真正的"尼伯龙英雄没有一点共同之处了。此外，不仅标题和内容有了变化，文本形式也从韵文体改成新兴起的散文体，因为散文本比韵文本所占页数少，所以就在空出来的地方插图加注（如木刻、注解等）来拉长篇幅。又因得力于印刷业的发展，书籍制作周期快，成本低，携带方便，这种物美价廉的文化产品在市场上十分畅销。尼伯龙人的故事就这样以民间故事书的形式一直流传于整个 18 世纪。

8.2 被遗忘的年代

1250 年，弗里德里希大帝的孙子弗里德里希二世（Friedrich II，1212—1250）突然去世，霍亨史陶芬王朝的"黄金时代"宣告结束，一个由振兴德意志的伟大理想维系的时代随之而去。他的儿子康拉德四世（Konrad IV，1250—1254 在位）是霍亨史陶芬王朝的最后一位国王，没有任何作为。自从他的父亲去世后，中央皇权日趋衰落，诸侯割据不断加深，自然经济解体，城市经济发展；十字军东征以后，骑士的地位和作用每况愈下，城市市民和乡村农民的地位和作用节节上升。除政治和社会的巨大动荡外，教会内部也是矛盾重重，各教派纷纷寻找新的思维方式和生存空间。上述种种变化决定了 13 世纪德国的社会面貌。历史的这一转折，必然影响文学的发展，老一代诗人相继沉默，再也写不出新的作品来，因此，1250 年在德国文学史上是一个划时代的标志，它为封建社会繁荣时期的骑士-宫廷文学画上了句号。进入晚期的骑士-宫廷文学虽然也创作出一些作品，但无论形式还是内容都不外是模仿前辈作品的各种变体，平庸乏味，发展到最后要么与早期市民文学合流，如上一节讲到的民间故事书一类，要么变成纯粹的消遣文学，为满足腐朽没落的封建贵族的需要服务。至于英雄史诗《尼伯龙人之歌》虽然在奥地利还继续受到扶植，而且在其影响下又产生出《瓦尔特史诗》和《谷德伦》两部作品，但这两部史诗除题材源于古代英雄传说外，内容和形式都加入了浓重的宫廷色彩和基督教思想。这说明时代已经发生变化,英雄题材正向宫廷化和基督教化过渡。

到了16世纪,《尼伯龙人之歌》逐渐淡出读者的视线,人们之所以不再重视这部作品,是因为他们把主要注意力放到了此前发生的几个重要事件上。1455年,在赫尔斯菲尔德修道院发现了塔西佗的《日耳曼尼亚志》(Germania),这是唯一一份《日耳曼志》手抄本,随后被带到意大利,1470年在威尼斯首次付印;三年后在纽伦堡又付印两次。与此同时,罗马史学著作《编年史》(Annalen)①也从科尔维带到罗马并很快印刷出版。此间,人文主义者、拉丁语教授、纽伦堡诗人塞尔提斯(Conrad Celtis/Celtes,1459—1508)也出版了《日耳曼志》,由于他的大力宣传,阿尔米尼乌斯(Arminius)成为德意志人的伟大英雄。②1501年,塞尔提斯重新发现甘德斯海姆女作家赫罗斯维塔③(Hrotsvitha von Gandersheim,约935—975)的拉丁语戏剧,认为这更像"一首斯瓦本时代的诗"。这一系列重要发现把德国人的注意力吸引到中世纪初期,特别是吸引到塔西佗的《日耳曼尼亚志》上,这就导致了两个后果:第一,德国人坚信他们的祖先是日耳曼人,这个民族自古以来就有骁勇精神和崇高品格,一向比邻国人民优秀。第二,因此,在他们头脑里便形成这样一个观念:"典型的德意志性格"是继承自日耳曼人的遗产,能永生不灭,与因高度文明化而早衰的邻国人民截然不同。这样,他们对日耳曼祖先的敬仰渐渐变成自豪和自傲,认为"德国人"就是"日耳曼人",比其他民族优秀。自从发现了塔西佗,尤其是塞尔提斯出版了《日耳曼志》以后,阿尔米尼乌斯即日耳

---

① 作者为著名罗马拉丁语作家卢修斯·安德罗尼库斯(Lucius Andronicus,死于公元前207年)。他在《编年史》中按时间顺序记述了公元前后发生的重大事件。

② 德语称赫尔曼(Hermann),西日耳曼氏族一个叫舍鲁斯克(Cherusker)部落的首领,联合其他西日耳曼部落于公元9年在条顿堡森林(Teutoburger Wald)打败由瓦鲁斯(Varus)率领的罗马军队,从此日耳曼人摆脱了罗马人的统治。赫尔曼因此被视为日耳曼人的英雄,这次战役史称赫尔曼战役或瓦鲁斯战役(Hermannschlacht或Varusschlacht)。自16世纪起有多部文学作品描写这一事件,歌颂这位民族英雄。

③ 德国第一位女作家,用拉丁语写作,著述历史和戏剧多部,作品除宗教内容外,其他均喜用本土题材,如《皇帝鄂图一世的一生》(De gestis Oddonis imperadoris)。参见安书祉:《德国文学史》第1卷第2章,译林出版社,2006年,第38页。

曼英雄赫尔曼就成了德国人的"偶像"。人文主义者胡滕①（Ulrich von Hutten，1488—1523）在他的《对话》（Gespräche）里称赫尔曼是"保卫祖国战士中的第一人"，热烈欢呼这位打败罗马人的英雄；歌颂赫尔曼的激情一直持续到18世纪。②1689年，罗恩斯泰因（Daniel Casper von Lohenstein，1635—1683）的长篇巨著《高风亮节的阿尔米尼乌斯或称赫尔曼，他作为德意志自由的英勇保卫者，连同他光彩照人的图斯纳尔达》（Großmütiger Feldherr Arminius oder Hermann als ein tapferer Beschirmer deutscher Freiheit, nebst seiner durchlautigen Thusnelda）出版，使对这位日耳曼英雄的歌颂达到高潮。③一时间，"阿尔米尼乌斯就是赫尔曼"，"赫尔曼就是德意志人的解放者"等口号响遍德国大地，德国人终于找到自己的定位，即他们是日耳曼人的后代，他们的起源、语言和性质都属于正宗的日耳曼传统，一向无敌于天下。在这种主流声音占据上风的情况下，英雄史诗《尼伯龙人之歌》备受冷落。

但是，尼伯龙人的故事依然为大众喜闻乐见，因此寻找这部史诗手抄本的努力从未停止过。1551年维也纳医生和历史学者沃尔夫冈·拉吉乌斯（Wolfgang Lazius，1514—1565）出版了他的《对罗马共和国一书的评注》（Kommentar zur Römischen Republik），共12卷；1557年又出版了他著名的《论民族大迁徙》（Über die Völkerwanderung），在这两部作品里他都援引了以手抄本C为基础的《尼伯龙人之歌》中的诗行。1756年，约翰·雅可布·博德默尔（Johann Jacob Bodmer，1698—1783）在瑞士的一份学术刊物上公布了发现《尼伯龙人之歌》手抄本的消息并于同年付印了一个版本，标题为《克里姆希尔德的复仇和哀诉，两首施瓦本时代的英雄诗歌》（Chriemhildens Rache und

---

① 17世纪德国人文主义者，主张建立由骑士贵族统治的自由、统一、富强的德意志国家，为唤醒民族意识大声疾呼。
② 如克洛卜施托克（Friedrich Gottlieb Klobstock，1724—1803），参见范大灿：《德国文学史》第2卷，译林出版社，2006年，第135页。
③ 罗恩斯泰因的《阿尔米尼乌斯》是巴洛克时期德国宫廷-历史小说的代表作，一部歌颂日耳曼英雄赫尔曼业绩的长篇巨著。详见安书祉：《德国文学史》第1卷，译林出版社，2006年，第288—291页。

die Klage, zwei Heldengedichte aus dem schwäbischen Zeitpunkte），为了保持情节统一，他删去中间部分，只保留全诗的三分之一。此后，手抄本 B 和手抄本 A 被先后发现。1782 年，博德默尔的学生，瑞士学者克里斯朵夫·海因利希·米勒（Christoph Heinrich Myller，1740—1807）取手抄本 A 中西格夫里特的故事和手抄本 C 中勃艮第国的覆灭编订了第一个完整的版本，他用的标题是《尼伯龙人之歌，一首写于 13 世纪或 14 世纪的骑士诗歌》（*Der Nibelungen Lied, Ein Rittergedicht aus dem XIII. oder XIV. Jahrhundert*）。但这份手抄本 A 和手抄本 C 的混合体未能征服任何读者，当他把版本寄给普鲁士国王弗里德里希二世时，这位对德国文学本来就没有好感的国君甚至很不耐烦地说："你们对十二、十三和十四世纪诗歌的评价太好了。……依我看，这些分文不值的东西不值得从尘封的记忆里找出来。起码在我的图书馆里不能容忍这些破烂货，把它们都扔出去。"[1] 然而，无论西格夫里特的故事还是克里姆希尔德的故事，在表现古代日耳曼人的英雄精神方面都极具吸引力，弗里德里希几次出师讨伐需要用读物激励战士时，人们还总是把目光又投向《尼伯龙人之歌》。1760 年，苏格兰作家马克菲森（James Macpherson，1736—1796）托"莪相"（Ossian）之名发表的作品[2] 被译成德文，影响巨大，引起德国人对古代文化的倾心喜爱，于是带着浓厚的兴趣对自己的民族寻根探源。1772 年，"哥廷根林苑社"（Der Goettinger Hain）[3] 成立，成员都是当时具有先锋思想的文学青年，他们崇敬古代日耳曼人的传统，要走自己民族的道路，反对模仿外国。1774 年，赫尔德[4]（Johann Gottfried Herder，1744—1803）发表《人类的成长也需要一种历史哲学》（*Auch eine Philosophie zur Geschichte der Bildung der Menschheit*），阐述了人类历史总

---

[1] 见 Friedrich Zarncke, *Beiträge zur Erklärung und Geschichte des Nibelungenliedes* (Leipzig: Sonderdruck, 1857).

[2] 苏格兰作家马克菲森以"莪相"之名发表他自己的作品；莪相本是苏格兰传说中的一个英雄，马克菲森却把他当作苏格兰古代的说唱诗人，并谎称自己创作的作品是这位所谓说唱诗人莪相的作品，他自己的作品是从凯尔特语翻译成英语的。

[3] 18 世纪 70 年代出现的一个文学社团，是狂飙突进文学运动的组成部分。

[4] 18 世纪德国作家，狂飙突进的理论奠基者，他的语言理论和历史观以及对民间文学的看法影响深远。

是不断向前发展的思想，但强调，人类的每个发展阶段都有其自身的独特意义和价值，即使最原始的阶段也可以与后来的发展阶段相媲美。但最为重要的是瑞士著名历史学家约翰·冯·米勒（Johannes von Müller，1752—1809）为《哥廷根学术事物通告》（Göttinger Anzeigen von gelehrten Sachen）写的谈话，他把一首史陶芬时代的诗与荷马史诗并列，承认这首古德语史诗有一些优点，三年以后，他在他的5卷本《瑞士历史》（Geschichten der Schweizer, Eidgenossenschaft）的第2卷中就明确表示，"《尼伯龙人之歌》可以成为德国的伊利亚特"。① 当然，要让人一开始就能得出有根有据的判断并不容易。《尼伯龙人之歌》出版那一年，诗人佛斯（Johann Heinrich Voß，1751—1826）曾经把它热情地介绍给他的学生，但在短短几年里他三变其观点，例如他1805年表示，把《尼伯龙人之歌》同《荷马史诗》相比，就是把猪圈修在一个宫殿旁边，几年之后口气又缓和许多。可见，要真正接受《尼伯龙人之歌》需要有一个过程。

8.3　发现手抄本

在德国许多通行的文学史以及我国现有的几部有关德国古代文学的著作中，都把最早发现《尼伯龙人之歌》手抄本的功劳归于瑞士学者约翰·雅可布·博德默尔，这不准确，应予以改正。

实际情况是，1755年6月29日林岛的一位年轻医生雅可布·赫尔曼·欧贝莱特（Jakob Hermann Obereit）在霍亨埃姆斯城堡发现了两份年代已久的用羊皮纸包扎的古施瓦本文手抄本，其中一份书写得相当清楚，好像包含一部中等厚度四开本的勃艮第王后或克里姆希尔德公主的故事，但标题为"吉伯龙人的奇遇"，全书分为若干"歌"，而不是"章"，更不是"部"。他把这个消息告诉了瑞士学者、历史与政治学教授博德默尔，此人辗转获得这两份手抄本，仔细审阅后，于1756年3月24日将这一成果发表在瑞士的一份学术刊物上，

---

① 这里，米勒考虑的不是史诗本身，更多的是史诗的效果，事实证明他的判断很准确。

闭口不提欧贝莱特的名字，只是对"尊贵的"手抄本的管理者表示谢意。可笑的是，他从此以《尼伯龙人之歌》手抄本的发现者自居，并以此身份与维兰德、席勒、费希特、歌德等大人物交往，歌德称他是"大魔术师"。直至博德默尔去世，距手抄本发现时间大约28年以后，欧贝莱特的贡献才大白于天下。[①] 此时他已经年过六十，对施瓦本时期的文学作品不再感兴趣了。但是，后人包括一些文学史家因为不了解这一段事实，所以还是常常把发现《尼伯龙人之歌》手抄本的功劳记在博德默尔的名下。当然，后来又陆续发现了《尼伯龙人之歌》的其他几种手抄本，欧贝莱特发现的只是其中的一种。

《尼伯龙人之歌》自问世以来，就不断有人传抄。从13世纪到16世纪，仅我们知道的就有30多种手抄本，其中10种是完整的。最早的手抄本产生于13世纪初，即作品问世后不久，可惜没有完整地保存下来，只剩下一些断片。在保存完整的10种手抄本中，有3种比较重要，它们分别被称为手抄本A、手抄本B和手抄本C。一段时间里，各种手抄本都自称最贴近原作。如今，研究界大多数人认为，手抄本C最古老，虽然不是原作，但时间和内容都最接近作品的原始形式，可以看作是原作的代表，发现地点在霍亨埃姆斯城堡，因此肯定就是欧贝莱特发现的那一份。有人甚至认为手抄本C的编纂者就是作者本人，这当然只是一家之言，没有可靠证据。然而，最先获得普遍承认的并不是手抄本C，而是手抄本A和B。手抄本B是稍后在圣·加伦修道院发现的，手抄本A是从手抄本B派生出来的，比手抄本B简短。这一派研究者认为，手抄本C经过了仔细加工，应看成是原作的修订版，因为产生于1220年前后，肯定不是出自作者之手。不论是手抄本A和B，还是手抄本C，它们都是最古老的手抄本，装潢比较简单，因为读者阅读这部作品的目的是了解故事内容，领会其中的意蕴，而不仅仅是消遣娱乐。此外，由于手抄本A和手抄本B的最后一句话都是"daz ist der Nibelunge Not"（这是尼伯龙人的厄运），手抄本C的最后一句话是"daz ist der Nibelunge Liet"（这是尼伯龙人之歌），

---

① Werner Hoffmann, *Das Nibelungenlied, fünfte Auflage Kapitel 1* (Stuttgart: Metzler, 1982), S. 2.

故手抄本 A 和手抄本 B 称 Not（厄运）本，手抄本 C 称 Liet（歌）本。

《尼伯龙人之歌》的所有手抄本中除维也纳救济修会手抄本（*Wiener Piaristenhandschriften*）外都包含一篇附件，被称为《哀诉》（*Die Klage*）。经学者们多方考证，《哀诉》的确与《尼伯龙人之歌》同根同源，取材于同一组古代英雄传说。作品大约写于 13 世纪 30 年代，产生地点可能在巴伐利亚，作者属无名之辈。作品的韵律表明，他不是巴伐利亚人就是奥地利人，住在古城帕骚，知道那里的大主教是著名的沃尔夫格。因此可以推断，他与《尼伯龙人之歌》作者生活在同一个城市，同一个主教教区里。《哀诉》共有 2150 诗行，包括两个部分，第一部分讲的是，在匈奴宫廷的大杀戮之后，搜寻、停放和安葬英雄们尸体的情况；第二部分讲的是，英雄们阵亡的消息传到贝希拉恩、帕骚和沃尔姆斯之后，家里的人如何哭诉哀叹，高苔琳德和乌特如何悲伤致死以及恭特年幼的子嗣如何加冕的情况。诗中最后说，狄特里希带着希尔德勃兰特和妻子赫拉特重返自己的故乡。作者用《哀诉》作为标题，重新描述一遍众多英雄的伤亡，以及他们的亲人、朋友、患难与共的友人们的悲痛，他的意图就是要使每一个听完《尼伯龙人之歌》故事的人在内心深处再一次感受史诗中人物的苦难，同时也是就故事的后续发展给听众和读者做一个交代，解除他们的悬念。他申明，他叙述的一切都是"真实的"，是他"亲眼看见"的。但他的意图和他有限的才能没有得到研究界的认可，人们反而称《哀诉》是一个令人"沮丧"的，让人"哭泣"的附属物，不能引起当代读者的兴趣和阅读愿望。我们认为这个附属物是一份对于《尼伯龙人之歌》的注释，有助于我们对这部史诗的理解，但作品词汇贫乏，情节单调，韵律少有变换，整体无法与"同根兄弟"《尼伯龙人之歌》相比。当然，作者也力图加进一些自己的观点，例如，他不再认为一切都是命运的安排，而是说谁的过失谁应承担责任。最后他让克里姆希尔德升入天堂，把所有罪过都推到了哈根身上，说他是一个十恶不赦的坏人，连匈奴敌人对其他阵亡的勃艮第英雄所做的赞美和悼念都没有他的份儿。在韵律上，《哀诉》已经放弃了古代英雄文学特有的段落形式，采用了当时宫廷文学通用的双叠韵形式，①显示出它的独立特征。《尼伯龙人之歌》作者在写完他的作品后不久便去世了，他的遗产都是由别人处理的，他本人并不知道有这份蹩脚的"注释"。把这份"注释"看作是对大型史诗《尼伯龙人之歌》的必要补充是后来人加上的，这也是我们关注《哀诉》的主要原因。

8.4　18 世纪以后的接受

18 世纪末到 19 世纪初，形势发生进一步转折。以狂飙突进作家赫尔德为代表的一批民间文学研究者和爱好者发现，史陶芬时代的史诗是他们民族英勇强大的证明，是拒绝一切舶来品的根据，是德意志"民族精神"②的体现。此后，大量古代作品被译成现代语言，介绍给广大读者。黑森州国务大臣埃恩斯特·冯·施里芬（Ernst von Schlieffen）受米勒的"谈话"以及赫尔德所说"人类最原始的阶段可以与后来的发展阶段相媲美"的启发，开始热衷中世纪文学，他设想那是一种纯朴、善良、与自然有着天然联系的文学，于是率先为《尼伯龙人之歌》呈现出的古老的德意志形象大声喝彩。他把米勒请到卡塞尔图书馆，为米勒阐述他关于尼伯龙人的见解创造气氛。苏黎世画家菲斯利（Johann Heinrich Füßli/Fueßli，1741—1825）受博德默尔"发现《尼伯龙人之歌》手稿"的启发和英国舞台布景设计师的影响，于 1798 年至 1820 年间给《尼伯龙人之歌》做了一套系列插图。大约于 1805 年，克洛卜斯托克的《救世主》（Messias）③已经被排斥，这说明宗教狂热消退，民族激情又一次升温，

---

① 拉丁语文学所采用的一种格式严谨、每个诗行词尾的音节都合韵的"尾韵"，9 世纪初引入德语僧侣文学，从此取代古代日耳曼的押头韵。

② 指狂飙突进的主要精神，即超越各个小邦国利益，把整个德意志民族统一起来的精神。克洛卜斯托克把赫尔曼打败西罗马人的英雄事迹作为德意志精神的体现，提倡"赫尔曼精神"。但启蒙运动时期新的一代作家要以 16 世纪德国的历史为出发点，建立和发扬德意志精神。详见范大灿：《德国文学史》第 2 卷，译林出版社，2006 年，第 200 页。

③《救世主》是克洛卜斯托克的一部代表作，内容写的是耶稣从来到耶路撒冷到殉难为止在尘世的全部生活以及他的复活和最后升天。作品创造性地运用了史诗这种叙事形式，初期受到热烈喝彩，后来逐渐被冷落。

人们不再为基督，而是为英雄的前辈们欢呼。但是，这一次他们为之欢呼的是复仇者克里姆希尔德，她成为大家崇拜的偶像。这种重新发现中世纪的浪潮同样也波及法国。研究法国大革命的人都会注意到，在革命过程中，领导者和被领导者都在追逐他们共同的过往时代。雅各宾党人在语言、服饰、思维方式上选择古代希腊罗马，尤其是罗马的模式，让他们的人民自觉做罗马帝国的后裔。拿破仑继承了这一传统，给他的机构一律取罗马名字，让他的士兵一律戴罗马钢盔，要求他的军团用罗马旗帜上雕刻的形象做军队的标志，鼓励贵族妇女穿着华丽服饰，敦促木匠打造古香古色的家什。与此同时，他也吸纳了日耳曼的成分，例如，他登基加冕穿的披风就是模仿1653年在墨洛温王朝法兰克国王希尔德里希一世（Childerich I，大约457年为萨利法兰克国王）墓中挖掘的出土物复制的。当他1805年在布罗内海军营给他的名誉军团分发第一批十字勋章时，他就是坐在墨洛温国王的千年御座上的。拿破仑采取这些措施，志在继承世界的历史，在欧洲建立一个罗马帝国式的大帝国。

8.4.1 德国浪漫文学作家重新发现中世纪

可以这样说，在世纪之交的几十年里对于欧洲中世纪存在两种截然不同的看法：一种看法是阴暗的，这是自启蒙运动遗留下来的观点，另一种是光明的，这种看法是文学进入又一个新的时期产生的，真正的代表是19世纪初的德国浪漫文学作家。早在1801年，路德维希·蒂克①（Ludwig Tieck，1773—1853）就认真研究过《尼伯龙人之歌》并计划出一个自己的版本，而且估计肯定会引起轰动。弗里德里希·施莱格尔（Friedrich Schlegel，1772—1829）在他的《关于诗的对话》（*Gespräche über die Poesie*，1800）中敦促

---

① 路德维希·蒂克是德国浪漫文学的先驱，在小说、童话、诗歌、戏剧等领域都有建树，亚历山大·洪堡把他与歌德、席勒并称为德国三雄。蒂克不仅从事写作和翻译，还是一个编者，出版过大量文学作品，其中就有多部取材于尼伯龙人的故事，对德国中世纪文学的传播颇有贡献。

把"古老的力量和至今仍沉睡在史前祖先们文献里的崇高精神解放出来"，并致信蒂克说"《尼伯龙人之歌》完全可以作为我们诗的基础和基石"。[1]1802 年至 1803 年冬，奥古斯特·威廉·施莱格尔（August Wilhelm Schlegel，1767—1845）在柏林讲授德国文学史，在讲到第三部分关于浪漫文学时期时他论述了《尼伯龙人之歌》，把这部史诗与《伊利亚特》和《奥德赛》相比较，称这是"大自然的奇迹"，一部"宏伟的艺术品"，史诗中的人物代表了"德意志民族的伟大性格"。后来他还称这首诗"对于一个人来说太伟大了，它表现的是一个时代的全部力量。"[2]施莱格尔的评价符合一批《尼伯龙人之歌》推崇者的期待，因此迅速传开，影响颇大，而最使他们激动不已的还不是故事情节，而是他们意识到德国人也有自己的荷马。他的一个学生在日记中写道："论其规模，《尼伯龙人之歌》比《伊利亚特》更伟大。"另一个学生弗里德里希·福克男爵（Friedrich Heinrich Karl Baron de la Motte，1777—1843）在专心致志研究北欧文学，寻找德国荷马的起源。第三个学生是哈根的弗里德里希·海因利希[3]（Friedrich Heinrich von der Hagen，1780—1856），他受施莱格尔的影响，开始在蒂克那里阅读史陶芬时期的史诗，在冯·米勒那里查阅古籍手抄本，并于 1807 年翻译出版了《尼伯龙人之歌》。这是最早用中古德语和现代德语混合翻译的《尼伯龙人之歌》，他在前言中反复强调：保持过去时代的文学作品，用它补偿"眼下正在令人伤心地走向衰落的东西"。这是"德

---

[1] 弗里德里希·施莱格尔（Friedrich Schlegel，1772—1829）高度评价《尼伯龙人之歌》的意义和影响。见 von Otfrid Ehrismann, *Nibelungenlied—Epoche-Werk-Wirkung* (München: Verlag CH Beck) 1987, S. 255.

[2] 施莱格尔兄弟即奥古斯特·威廉·施莱格尔和弗里德里希·施莱格尔，被共同看作是德国浪漫文学的发起人和精神领袖，为重新发现和传播中世纪文学立下了汗马功劳。奥·施莱格尔本人是语言学家、历史学家和翻译家，他翻译的莎士比亚戏剧堪与荷马相匹敌，他在柏林和维也纳所做的学术讲演影响巨大。他高度仰慕日耳曼祖先，主张充分利用本土文学。同上，见 S. 255-258.

[3] 律师出身，新建柏林大学德国语言文学的第一位讲座教授，深受威廉·施莱格尔影响，致力于将文学和语言的改革与普鲁士社会改革结合起来，认为应借助古代诗歌更新当下的语言并为其辩护，观点偏向狭隘的民族主义；出版多个《尼伯龙人之歌》版本，1807 年出版的版本语言尚不完好，后来的版本有改进。

意志性格不可灭绝的活生生的证明",是"一颗不容奴役的崇高心灵的保障","任何外部枷锁迟早都要被粉碎",从而"培育和提炼""祖传的天性和自由"。他认为时下进行的语言改革就是找回德意志纯朴而古老的力量。哈根的弗里德里希·海因利希视《尼伯龙人之歌》为自己的全部梦想,然而,也正是他给这部史诗披上了"民族史诗"这件灾难性的外衣。[①]这部翻译在语言形式上并无独到之处,学术价值不高,但是,他敏锐地感觉到同时代人对"民族精神"和"民族振兴"的渴望,这一点是值得称道的。当歌德收到出版商寄去的翻译版本时,这位往常对于浪漫文学持完全保留态度的诗人,对于这部作品却是十分重视,他开始阅读《尼伯龙人之歌》,并表示,"根据题材和内容,它可以与我们所拥有的一流作品相媲美。"这时人们普遍相信:辉煌的过去预示着美好的未来;《尼伯龙人之歌》是这种信念的证明。但是,他们忽视了正是在这种普遍高涨的民族热情中蕴含着一个灾难性的后果。

8.4.2 《尼伯龙人之歌》被极端民族主义利用

反对拿破仑的解放战争使德国人的民族情绪高涨,《尼伯龙人之歌》充当了反对拿破仑的武器,"尼伯龙人热"达到了高潮。早在1804年,蒂克就试图通过他的浪漫曲《莽龙杀手西格夫里特》(Siegfried der Drachentoeter)和他的叙事谣曲《西格夫里特的青年时代》(Siegfrieds Jugend)把这个"有角质皮肤的赛夫里特"的主要部分介绍给那个时代,把西格夫里特描绘成真正的日耳曼英雄,大肆渲染他青年时代的业绩,说他体现了德国人的全部希望、向往、激情、自尊自强的要求,以及历史上赢得的每一项荣誉。[②]1810年,富克创作了《北方英雄》三部曲(Held des Nordens),不仅第一次把这部古老的题材编写成了戏剧,而且还去向北欧文学追根溯源,给理查德·瓦格纳(Richard Wagner,

---

① "民族史诗"(Nationalepos)的提法后来被用于宣传民族沙文主义,是个贬义词。
② 参见 *Nibelungenlied — Epoche-Werk-Wirkung* S. 260–61。

1813—1883）创作他的《尼伯龙人四部曲》提供了重要启示。从此，西格夫里特青年时代的形象越来越清晰具体，施莱格尔认为他是"北方的阿希尔"，[①]哈根的弗里德里希·海因利希赞美他是"金发蓬松的北方巨人"。造型艺术也受这一题材吸引，自菲斯利开始，一直为浪漫文学作家、思想家和教育家的呐喊助威。1809年，雕塑家弗里德里希·蒂克（Friedrich Tieck，1776—1851）为他的兄弟路德维希·蒂克绘制了一幅纸牌，上面描绘的62个人物形象中有许多源自《尼伯龙人之歌》；1811年，彼得·科尔内留斯（Peter Cornelius，1783—1867）中断他的浮士德组画，为尼伯龙人的故事勾画了21幅素描；卡尔·菲利甫·佛尔（Carl Philipp Fohr，1795—1818）在罗马草拟了一组三幅像相连的绘画，选择西格夫里特被害、克里姆希尔德告别沃尔姆斯和她的复仇分别作为每一幅的主题。这样，造型艺术也紧跟时代趋势，形成一种所谓"尼伯龙人造型"，证实并参与决定同时代人的思想。在这股强劲的"尼伯龙人热"的影响下，1812年，柏林的一位地理教授兼柏林盲人学校校长奥古斯特·佐伊纳（August Zeune，1778—1853）举办关于《尼伯龙人之歌》的公开讲座，听众达三百人，几乎是柏林学生的一半。他随即为这些未来的战士印刷了《尼伯龙人之歌》简装本，让他们上战场时随身携带。不只在柏林，他还去其他城市举办演讲，在群众中，尤其在青年学生中间煽动鼓吹《尼伯龙人之歌》的所谓"民族精神"，称《尼伯龙人之歌》是一面"德意志精神的镜子"；他甚至别出心裁，训练盲童当解说员，去城乡各地朗诵《尼伯龙人之歌》。[②]施莱格尔甚至建议，把《尼伯龙人之歌》编入中学教科书。因为急于向孩子们灌输典型的"德意志品德"和"模范行为"，这一时期材料的编者往往草率从事，并未认真研究过这部史诗的真谛，就说什么"克里姆希尔德温柔妩媚，深居简出，谦卑顺从，是德国妇女的真实写照"；"西格夫里特英俊潇洒，刚

[①] 一种译法为阿喀琉斯，希腊神话中的英雄，全身刀箭不入，唯独脚后跟是他的致命之处；隐喻西格夫里特背部，称他为"北方的阿喀琉斯"。

[②] 参见 von Otfrid Ehrismann, *Nibelungenlied—Epoche-Werk-Wirkung* S. 262, 265, 269, München: Verlag CH Beck, 1987.

毅无畏，雍容大雅，倍受妇女宠爱，他忠诚、勇敢，是上司的恭顺奴仆，是封建宫廷骑士的榜样"，等等。这一派胡言乱语与古代的史诗已经没有多大关系，其意图就是利用《尼伯龙人之歌》为极端民族主义做宣传。然而，这种民族主义狂热只能是短暂的，1808年，国家和社会学理论家亚当·穆勒（Adam Müller，1779—1829）在维也纳讲授"德国的科学与文学"大课时就警告说，这种"祖国性"，这种"德意志精神"是粗俗的、幼稚的。在德国国内也出现了反对的声音，启蒙运动还没有完全结束，科策布埃（August von Kotzebue，1761—1819）[①]就坚决反对施莱格尔让中学生阅读《尼伯龙人之歌》的建议。1815年，拿破仑在滑铁卢惨败，侵略军撤出德国土地，至此，号召全国上下参加解放战争的钟声歇息，"尼伯龙人热"随之降温，最迟到1820年彻底结束。这说明，极端的民族主义只能在一定政治背景下短时间利用《尼伯龙人之歌》，而不可能使其成为具有永恒价值的文化财富。

值得注意的是，在"尼伯龙人热"高涨的时候，仍有些人没有随波逐流，不愿被政治潮流裹挟，他们把关注点放在了《尼伯龙人之歌》的语言上，开始研究古代的语言文学。不仅有浪漫文学作家指出，要研究德语就应该研究施瓦本时期的文学，而且也有启蒙运动作家如高特舍德（Johann Christoph Gottsched，1700—1766）[②]和他的学生阿德隆（Jihann Christoph Adelung，1732—1806），[③]他们也引导大家重视母语。赫尔德提出"文学与民族特点"的关系是一个鼓舞人心的问题，格林兄弟[④]先是在卡塞尔，后来在哥廷根和

[①] 德国古典文学时期的剧作家，是通俗剧的代表，遭施莱格尔兄弟等人的严厉批评。科策布埃全力反抗，爆发了一场激烈的"雅俗之争"。

[②] 德国启蒙运动时期第一个从理论上规划德意志民族文学发展走向和创作原则，启蒙文学的任务和使命的理论家。

[③] 启蒙运动时期语言学家、辞书编者，主张以当时撒克逊方言为榜样统一书面语言。

[④] 即雅各布·格林（Jakob Ludwig Karl Grimm，1785—1863）和威廉·格林（Wilhelm Karl Grimm，1786—1859）两兄弟。1819年到1837年，雅各布出版的《德语语法》（*Deutsche Grammatik*），首次对德语进行了系统的分析和描述，他对语言和文化的研究为日耳曼学奠定了坚实基础。他的《德意志神话》在《尼伯龙人之歌》的接受史上占重要位置。详见任卫东等：《德国文学史》第3卷，译林出版社，2007年，第128页。

柏林致力于研究从过去的文学和语言自身来理解作品的方法。而在1812年至1813年间，从事《尼伯龙人之歌》研究最多并提出理论成果的是古语言学家卡尔·拉赫曼（Karl Lachmann，1793—1851），他把著名古希腊语文学家沃尔夫（Friedrich August Wolf，1759—1824）提出的"歌集论"（Liedertheorie）概念用于解析《尼伯龙人之歌》，他的第一篇研究成果是《论尼伯龙人惨史这首诗的原始形象》(Über die ursprüngliche Gestalt des Gedichts von der Nibelungen Not，1816），文中指出，这部史诗是由20首独立的"歌"编辑而成的。① 这一大胆命题开创了一个语言科学的新纪元，为认识和了解古代文化和中世纪语言文学打开了一扇新的、宽阔的大门，开启了德国的古德语文学研究。此后，学者们开始校勘古德语手抄本，1820年，拉赫曼本人校勘出版了《尼伯龙人之歌》手抄本A。卡尔·拉赫曼的名字也因之被载入古德语文学研究以及《尼伯龙人之歌》研究的名人史册。

8.4.3 反动势力复辟初期"尼伯龙人热"降温

拿破仑垮台后反动势力在欧洲全面复辟，德国人虽然从拿破仑的统治下解放出来，但并未获得民族的统一。如果说十几年前《尼伯龙人之歌》曾被利用煽动德国人反对拿破仑侵略的民族主义情绪的话，那么现在在反动势力的高压下则被用来隐蔽地象征德国人民对于德意志帝国统一的渴望。在接下来的几十年里，人们变得言行谨慎，致力于冷静地观察思考历史人物和历史事件。这一段时间里，《尼伯龙人之歌》中英雄们的风采减弱，不再像先前那样广受大众赞誉。人们给这部古老题材加进了许多有趣的故事，让男女青年娱乐消遣，甚至编成民歌在校内外传唱。1830年，路德维希·鲍尔神甫（Ludwig Bauer）发表以《尼伯龙人之歌，一部艺术品》(Das Lied der Nibelungen ein Kunstwerk) 为标

---

① 拉赫曼在哥廷根研究过著名古希腊语文学家弗里德里希·沃尔夫（Friedrich August Wolf，1759—1824）的《荷马史诗导论》(Prolegomena ad Homerum)。沃尔夫在《导论》中提出荷马史诗是由许多首叙事歌连接在一起的"歌集论"（Liedertheorie）概念。

题的论文系列，给这部作品戴上了美学面具。1834 年，青年德意志派旗手卢多尔夫·维恩巴尔格（Ludolf Wienbarg，1802—1872）则大谈所谓"历史的胡作非为"，弗里德里希·吕克特（Friedrich Rückert，1788—1866）在他 1838 年至 1839 年写的几首诗里嘲讽写尼伯龙人故事的小作家肤浅，粗制滥造。布伦塔诺（Clemens Brentano，1778—1842）[①] 在 1839 年就斥责慕尼黑的那些壁画"光彩不灵活多变，浮皮潦草，拙劣得可怕"。年轻的凯勒（Gottfried Keller，1819—1890）[②] 号召艺术家们放弃"神话、尼伯龙人传说、圣经"，黑格尔也把整个潮流贬为"不符合时代要求"。也正是这时，恩格斯持完全相反态度，他针对时下对《尼伯龙人之歌》的各种非议指出，"西格夫里特是我们这个时代青年人的代表"。总之，这是各种思想观点相互交错的时期，人们从各式各样不同的视角进行观察，对《尼伯龙人之歌》褒贬不一，有人认为这是一部艺术品，有人认为这是一部品行教科书，也有人认为这是一块破绽百出、纹理混乱的幕布，令人迷惑不解。

1848 年革命既没有给德国人带来统一，也没有带来皇帝的冠冕，然而，《尼伯龙人之歌》在人们心中点燃的火焰从未熄灭过。正如日耳曼语言文学学者卡尔·魏因霍尔德（Karl Wienhold）所说，《尼伯龙人之歌》这首歌颂德意志辉煌壮丽的歌曲是这两个梦想的象征，即使在灰心失望的年代我们也依然可以从中吸取力量。这段时间里，还是不断有新的、好的、可以信赖的作品出现。早在 1827 年，卡尔·约瑟夫·西姆洛克（Karl Joseph Simrock，1802—1876）就出版了《尼伯龙人之歌》的现代德语译本，仔细认真程度超过此前所有版本。诗人歌德为译本写了书评，预见到作品会有深远影响。1829 年 4 月 2 日，他在同爱克曼谈话时，把这部史诗与荷马史诗相提并论，说"我把'古典的'叫作'健康的'，把'浪漫的'叫作'病态的'。这样看，《尼伯龙人之歌》和荷马史诗一样是古典的，因为这两部史诗都是健康的，有

[①] 德国浪漫文学作家，深受弗·施莱格尔理论影响，作品主要是长篇和短篇小说。
[②] 瑞士德语作家，也被誉为诗意现实主义的代表。

生命力的。"① 关于古代作品之所以是古典的，他又说，因为它们"坚强，朝气蓬勃，无忧无虑，而且健康"。这里歌德所说的"浪漫的"指的是"中世纪的"。18世纪以来启蒙主义者认为"中世纪"是"黑暗的世纪"，歌德因袭了这一看法，认为"浪漫的"即"中世纪的"是"病态的"。《尼伯龙人之歌》是中世纪的作品，歌德却说它像古代荷马史诗一样，是健康的，这是对《尼伯龙人之歌》的极高评价。

1848年前后又出现一次翻译、改写或重写这部史诗的高潮，各种类型的版本陆续产生。要特别指出的是，这一次高潮以几位著名的作家和艺术家为代表，他们从不同视角出发对这份古代遗产进行诠释，因此，所产生的作品几乎是尼伯龙人题材的新的创作。这里，首先要提到的是作家、慕尼黑美学教授埃玛努埃尔·盖伯尔（Emanuel Geibel，1815—1884），他于1846年写了诗体小说《西古尔德国王的抢新娘之行》（*Koenig Sigurds Brautfahrt*）。这部作品的基本主题已经有了很大变化，读者看到的不是宫廷骑士，而是北方英雄的生动形象，他们被带去游历了一次日耳曼英雄的故乡。1857年他改写的戏剧《布伦希尔德》（*Brunhilde*）问世，这部作品中几乎每一行都与原作相左：他把故事情节放到了异教的北方，舞台上的教堂换成了庙宇，妇女们扮演僧尼角色；他还让布伦希尔德回忆与西格夫里特一起度过的美丽时光，但否认他们有爱慕关系；西格夫里特遇害后，她站在西格夫里特的棺柩旁指控凶手，瞬间爱上了这位死去的英雄，痛苦得不能自持，于是拔剑自刎，全剧以此结束。另一方面，克里姆希尔德并未泄露丈夫的秘密，也没有人来问过她；哈根早就被认定是杀害年轻英雄的刽子手，众所周知，无须用棺柩显灵的方式进行测试。此外，舞台布景和道具豪华奢侈，语言花哨空洞；古代英雄的故事与新时代富丽堂皇的包装之间反差明显，尽管如此，剧本影响巨大。第二位要提到的是戏剧家弗里德里希·赫伯尔（Friedrich Hebbel，1813—1863），他于1860年出版了戏剧《尼伯龙人三部曲》（*Nibelungen Trilogie*），使以《尼伯龙人之歌》为题材的戏剧创作

---

① Johann Peter Eckermann, *Gespraeche mit Goethe* (München: Deutsche Taschenbuch Verlag), 1999.

达到顶峰。从表现的内容看，这部作品已经没有了古代英雄文学的特点，而是介于现代哲学与历史学之间。剧中，他让异教的北方与信仰基督教的莱茵日耳曼地区，让勃艮第王国与伊森斯泰因宫廷对立，东哥特国王狄特里希成了坚定的基督教徒，最后是以他从匈奴大王艾采尔手中接过统治世界的大权结束，而一切准备工作都是由宫廷神甫卡普兰完成的。对于布伦希尔德、伏尔凯和吕狄格等人物的心理分析非常细腻，个个都很有个性，这一点更是符合现代戏剧的标准。赫伯尔写完这部作品之后于1863年曾经对他的一位朋友谦虚地表示，他好比是一个钟表匠，把一座精致的旧钟上的织物和灰尘擦洗干净，并且重新安装好了；这座钟现在运转情况良好，报时准确，但这个钟表匠并不因此就是艺术家，至多是个教堂的差役。他改造古代英雄题材，使其旧貌换新颜的意图由此可见一斑。不错，赫伯尔确实为这部描写古代人的作品倾注了全部心血和智慧，大家一直铭记他所付出的辛劳，为此，他去世前不久被授予席勒奖，以兹表彰。第三位必须提到的是作曲家理查德·瓦格纳（Richard Wagner，1813—1883）。与以往所有以《尼伯龙人之歌》为题材创作的作品不同，瓦格纳创作了全新的尼伯龙人形象。众神之首奥丁打破一切限制，贪图权力与爱情，是"当代智慧"的象征；布伦希尔德是一个神与大地母亲所生之女，她捐献出自己的神性，因而失去了权力和智慧，但赢得了全世界的心和非凡的忍受痛苦的能力；西格夫里特像帕其伐尔一样，是一个"纯粹的傻子"，不会嫉妒，不会恐惧，不会贪婪，因而能亲身体验人的神灵化，是"我们所希望的未来的人"。形成这一主题思想之后，他着手规划写作方案。1849年写出《西格夫里特之死》(Siegfrieds Tod)散文体初稿，后改为诗体，自1851年起用了几年时间，把《西格夫里特之死》改为《西格夫里特》(Siegfried)，1856年又改为《神界的黄昏》(Götterdämmerung)。这期间初稿的规模越改越大，到1857年已经发展成为一整套《指环》四部曲：1869年，歌剧《莱茵的黄金》(Rheingold)在慕尼黑首次上演，次年又上演了歌剧《伐尔凯》(Walküre)，1876年首次上演了《西格夫里特》(原名《青年西格夫里特》)，均获得成功。这一年，瓦格纳剧院在拜罗伊特落成，落成典礼上演出了包括《神界的黄昏》在内的一整套《尼伯龙人的指环》(*Ring der Nibelunge*)。与13世纪《尼伯龙人之歌》的作者不同，瓦格纳呈现给观众的不是骑士，而是日耳曼的众神之首奥丁和古代日耳曼人；不是"均衡"、"节制"等生活准则，而是毫无顾忌的感情释放；不是一个封建社会，而是喷放熊熊火焰的世界末日。实际上，《指环》四部曲所讲的故事与《尼伯龙人之歌》中的故事情节已经没有多大关系，这里演绎的是史前众神的大劫难，舞台上登场的是神灵、鬼怪和原始人，要是有人说到"西格夫里特"这个名字，指的也不是莱茵下游年轻的尼德兰王子，而是一个身披着兽皮从德意志森林里走来的野人。《指环》四部曲从方案设计到最终完成伴随瓦格纳达二十八年之久，他在这部作品中倾注了艺术家的激情和理想，他把神话中人物惊天动地的行为变成了哲学思想的体现，虚构出的指环是尼伯龙人"宝物"的化身（后来整部作品因此得名），几乎就是《尼伯龙人之歌》中那个"金戒指"的变体。黄金的力量在它身上聚集成权势，谁拥有它，谁就能统治世界。这是一部有巨大影响的作品，至今仍常常被搬上舞台。

8.4.4　从威廉帝国到第三帝国时期被用于宣传民族沙文主义

反对拿破仑的解放战争之后，特别是威廉帝国初期，德国人迫切寻求国家统一，振兴"民族精神"，增强"民族意识"，于是《尼伯龙人之歌》又一次被充分利用，对于这部中世纪史诗的阐述变得多元化，各种判断、理解和评价不一而足。但有一点是一致的，此时产生的作品中人物的性格已经没有鲜明特点，他们一律是"完美"品德的代表，克里姆希尔德和西格夫里特，哈根和吕狄格，伏尔凯和狄特里希，个个英勇顽强，刚毅果敢，诚实正直，严于律己，力求上进，这无疑是为德意志人树立榜样。大约19世纪中叶，法国作家格比瑙伯爵（Joseph Arthur Comte de Gobineau，1816—1882）提出种族差别的设想，他的论点虽然到世纪末才被翻译成德语，但尼采和瓦格纳此前就已经受其影响。格比瑙认为种族混杂是文明普遍沉沦的根源，他把种族身体上的不同与精神上的不同结合在一起，找出各种族之间的价值落差，进行优劣排队，被排在第一位的是雅利安人（Arier），说他们是天生的优秀人种。①不幸的是，这种种族偏见被许多作家和读者接受了，他们声称以日耳曼英雄西格夫里特为首的尼伯龙人是最优秀的，这样就种下了优秀人种自祖先开始就是优秀的谬论，为宣扬大日耳曼主义奠定了思想根基。普法战争以德意志皇帝的胜利告终，尼伯龙人热再次升温，接下来再次出现以《尼伯龙人之歌》为题材的新的创作高潮。东普鲁士人威廉·约旦（Wilhelm Jordan，1819—1904）写了一部押头韵的尼伯龙人史诗，用中世纪的题材和形式把唯物主义和达尔文信仰胡乱拼凑成一部现代神话，其中西格夫里特的儿子成了美洲大陆的发现者，他的女儿是霍亨史陶芬王朝的女始祖，构思之细腻、言辞之大胆、内容之荒诞可谓惊人。1870年以后，形势进一步发展，这部古代史诗成为各种隐喻的金库，例如有人把俾斯麦比作西格夫里特，因为他给德国带来大量战争赔款，就像西格夫里特获得大批"尼伯龙人宝物"一样。黑森州作家罗登贝格（Julius Rodenberg，1831—1914）认为即便不是俾斯麦，那位老威廉皇帝也是他们时代的西格夫里特。也有人更喜欢把这位白发君主看作是伯尔尼的狄特里希。一向习惯抽象思维的德国人还发现，西格夫里特正是在统一中觉醒并强大起来的德意志祖国的力量与辉煌的象征，尼伯龙人就是德意志民族感情的反映。尤其"莱茵的黄金"常常被用来作为象征的载体，早在1815年，诗人申肯多夫（Max von Schenkendorf，1783—1817）就在他的爱国诗歌《我以为的自由》(Freiheit, die ich meine)中把它比作"自由的象征"。大约于1815年以后，音乐史家格贝尔（Ernst Ludwig Gerber，1746—1819）在他写的一部歌剧里又说它是"德意志人忠诚的象征"。这个比喻尤其受到教师们的青睐，他们认为"忠诚"是这个时代最重要的美德，最适合用来教育青年一代。有一位中学校长曾经对着即将毕业的学生大声疾呼："尼伯龙人宝物……是古代德意志的尊严，是父辈们的教养、情怀和荣誉……维护德意志人的忠诚吧！德国是忠诚之邦……德国如果失去忠诚，它就不复存在……快来吧，尼伯龙人宝物和古代德意志尊严的

---

① 他在他《论人种的差异》（四卷本）中试图为雅利安人比其他一切人种优秀提出根据。

保护者和守卫者！"总之，自19世纪中叶以来"忠诚"成了"尼伯龙人"的同义词，文学史家维尔玛（August Friedrich Christian Vilmar）在他13卷本的《德意志民族文学史》（*Geschichte der deutschen National-Literatur*）中把这个观念最终注入德国人的意识当中，他在分析《尼伯龙人之歌》这部史诗的性质时第一次用"人民的史诗"的提法，① 并且说，在这些歌里流淌着德意志人民最真挚、最纯洁、最高贵的情感，这些歌为德意志人民树立了一座不朽的丰碑。到了第一次世界大战，甚至有人把这个观念用在德国与奥地利的关系上，1914年11月柏林的法律学教师李斯特（Franz von Liszt）在一次长篇演说中论述了这个题目，发现哈根与伏尔凯两兄弟就是德国和爱唱歌好打仗的奥匈帝国。1915年他的一位语言学同行对听他讲演的学生高唱什么"即使地球变成废墟也要保持尼伯龙人的忠诚！"而在1916年威廉·杨森（Wilhelm Jansen）写的尼伯龙人小说《忠诚的书》（*Das Buch Treue*）里所描写的高尚的牺牲精神就更不真实了。

第一次世界大战结束后，战败的德国试图排除战败的沮丧心理，于是又来用"尼伯龙人精神"鼓舞士气。"尼伯龙人热"再次复苏，西格夫里特再次成为勇敢的英雄，人们说他"身上积聚了救世主的特征"。有人甚至说他不仅仅是未来的救星，简直就是全德国人民今日的救星。兴登堡（Paul von Hindenburg，1847—1934）② 在他临终的政治遗嘱中声言，他在1919年就把大战结束比作西格夫里特之死，说"我们疲惫不堪的前线就像西格夫里特在疯狂的哈根投来的阴险一剑下倒坍了。"从此，所谓"背后一剑"说（Dolchstoßlegende）的谬论广泛流传，意思是，德国战败是因为后方的背叛③ 所致，从而彻底扭曲了历史的真实。

---

① "人民的史诗"与"民族史诗"一样都是贬义词。

② 德意志帝国元帅，魏玛共和国总统，公开支持军国主义分子、保皇派和法西斯组织，1933年1月30日任命希特勒为总理，是纳粹统治的热情维护者。遗嘱中"阴谋一剑"一词指哈根为弄阴谋在西格夫里特俯身吮水时从其背后刺上一剑。见《尼伯龙人之歌》第981诗节。

③ 指第二国际左派领袖卡尔·李卜克内西（Karl Liebknecht）和罗莎·卢森堡（Rosa Luxemburg）第一次世界大战后脱离德国独立社会民主党，组织斯巴达克同盟，领导工人起义，成立德国共产党。

第三帝国时期继续鼓吹"背后一剑"说，用以宣传民族沙文主义，打击人民民主的力量，维护纳粹统治。希特勒在他的《我的奋斗》(Mein Kampf)一书中不仅保存了这一用语，而且把这一用语作为今后必须遵循的教条："谁活在梦里，谁就要被窒息而死"，意思是，必须时刻警惕，严防敌人作乱，否则将束手待毙。在严防"背后一剑"的思想指导下，青年-钢盔团(Jung-Stahlhelm)的男孩被授予"西格夫里特之剑"(Siegfriedschwerter)的勋章佩戴胸前，显示要做西格夫里特式的英雄，就得防备"背后一剑"。第二次世界大战爆发后，类似的宣传倍增，《尼伯龙人之歌》的青年版本大量发行，说西格夫里特就是优等种族的完美化身，堪称希特勒青年。小说家绍尔茨(Wilhelm von Scholz)更是独出心裁，把西格夫里特描写成一个全能的战士，说他既能搏斗又能捕熊，还能掷枪、投石和跳高！① 希特勒宣扬的大日耳曼沙文主义思想，在这一时期的文学作品里表现得淋漓尽致。难怪纳粹的宣传部长赫尔曼·戈林(Hermann Göring, 1893—1946)在希特勒上台十周年纪念日对部队将领的一段讲话中谈到斯大林格勒时，把在斯大林格勒打仗的德国人比作被困在匈奴大厅里的尼伯龙人，要求德国士兵也像尼伯龙人勇士一样，排除万难，坚持到最后胜利。

8.4.5 第二次世界大战以后的接受情况

1945年第二次世界大战结束，第三帝国彻底崩溃，纳粹主义所鼓吹的"尼伯龙人思想"也失去继续生长的土壤，《尼伯龙人之歌》最终从那些剽窃者手中解放出来。当然，要排除时代的局限，真正恢复这部中世纪伟大著作的原貌，还有一条十分漫长的道路。此后一些年，虽然用《尼伯龙人之歌》题材加工改写的作品、各种各样的嬉戏模拟，以及校勘本、翻译本和研究专著不断涌现，其中不乏新鲜视角和深刻反思，但对于德国中世纪真正感兴趣并有所体会

---

① 指与布伦希尔德进行的三项比赛。见《尼伯龙人之歌》第327诗节。

的人毕竟越来越少。在高等和中等学校里，相比对于近代和现代的研究，从事德国中世纪研究的人数大大不比从前。可喜的是，《尼伯龙人之歌》并没有被忘记。1951年，马克斯·美尔（Max Mell，1882—1971）写了戏剧《尼伯龙人的惨史》（*Der Nibelungen Not*），把勃艮第王国的覆灭解释为世界史的转折，把基督教解释为从四分五裂中产生出的新秩序，立场之坚定、语气之坚决比起当年的赫伯尔有过之无不及。他还把西格夫里特之死解释为因为欺骗了布伦希尔德而做下的罪孽，把克里姆希尔德的生活解释为一种牺牲、一种极为糟糕的生存状态，试图在伦理层面找出纳粹主义的过失和功能失灵的根源。同年，莱因霍尔德·施奈德（Reinhold Schneider，1903—1958）写了话剧《隐身帽》（*Tarnkappe*），用匈奴人与勃艮第人之间的战争象征为基督教特权而进行的争论，剧的内容大致是匈奴人诉诸法律惩罚罪恶多端的勃艮第人，而西格夫里特由于自愿放弃起保护作用的隐身帽使他的死变得圣洁。其后，又出现了一批作品，除美术、木刻、影视等艺术成果外，仅文学方面就有特鲁德和菲利克斯·里希特（Trude und Felix Richter）的《不恭敬地看待尼伯龙人之歌》（*Das Nibelungenlied—respektlos betrachtet*，1960），赫尔贝特·施奈德（Herbert Schneider）的《尼伯龙人在巴伐利亚》（*Nibelungen in Bayern*，1974），鲁道夫·安格勒（Rudolf Angerer）的《安格勒的尼伯龙人之歌》（*Angerers Nibelongenlied*，1984），乌塔·克劳斯和罗尔夫·库撒拉（Uta Claus und Rolf Kutschera）的《十足的粗暴英雄》（*Total krasse Helden*，1986）和《尼伯龙人刚毅不屈的故事》（*Die bockstarke Story von den Nibelungen*，1968）等等。这些作品虽然色彩纷呈，但其影响无法与前辈相比。

20世纪80年代产生的六部作品虽然都是二流水平，部分作品政治观点固执，故弄玄虚，但说明这部英雄史诗依然受到关注。这六部作品是：罗尔夫·施奈德（Rolf Schneider）的《尼伯龙人之死》（*Der Tod der Nibelungen*，1985），格奥尔格·曹纳（Georg Zauner）的《忆英雄西格夫里特》（*Die Erinnerungen des Helden Sigfried*，1985），沃尔夫冈·霍尔拜因（Wolfgang Hohlbein）的《特洛尼的哈根》（*Hagen von Tronje*，1986），虞尔根·罗德曼（Jürgen Lodemann）的《西格夫里特》（*Sigfried*，1986），伯恩哈特·施纳伦（Bernhard Schnellen）的《尼伯龙人之歌》(*Nibelungenlied*，1986)和阿尔闽·爱伦(Armin Ayren)的《康拉特师傅的尼伯龙人传奇》(*Meister Konrads Nibelungenroman*，1987)。

90年代，米歇尔·柯尔迈耶(Michael Köhlmeier)的《新编尼伯龙人的故事》(*Die Nibelungen Neu erzählt*，1999)，传递的信息不多，主要是讲故事，因而可读性较强。

后记

我第一次接触《尼伯龙人之歌》是在20世纪50年代。那时，我在德国莱比锡大学德语预备班学习，课堂上老师讲的西格夫里特打败凶龙和克里姆希尔德为丈夫报仇纵火焚烧大厅的故事，我至今记忆犹新。时隔30年后，于1985年我有机会在联邦德国美因兹大学进行为期一年的科研进修，我又把德国古代文学和英雄史诗《尼伯龙人之歌》作为研究课题。至今，我的《尼伯龙人之歌》全译本和《德国文学史·古代部分》都已经先后出版，今天我再把这本《尼伯龙人之歌》解析作为对前面两本书的补充奉献给读者。

到目前为止，我国还没有研究德国古代文学的专著，更没有研究《尼伯龙人之歌》的专著，因此，我在工作过程中没有中国同行的成果可以参考和借鉴。我知道，独辟蹊径是一件很冒险的事情，但出于对德国文学的热爱，出于作为德语教师和德国文学工作者的使命感，我还是决定铤而走险，试一试。

文学专著有各种写法，有的专讲狭义的文学和文学理论，有的重点介绍文学家及其作品，有的从历史背景和社会环境出发阐述文学的发展脉络，各有独到之处。我对《尼伯龙人之歌》的解析则是对我先前出版的两本书的"补充"，即以我的《德国文学史·古代部分》和《尼伯龙人之歌》全译本为依据，对这部英雄史诗做一次全面的分析解读。为了方便、深入、全面表达我的看法，我有时需要重复某些内容，有时需要增加历史和文化的背景知识，有时不仅要观察纵向发展，还要做横向联系；具体包括以下几个方面：

一、文学史方面。《尼伯龙人之歌》的故事，从起源、发展、到形成"英雄史诗",再到演变成"故事书"等文学变体,走过了千余年的历程。为了突出"英雄史诗"在历史长河中的位置和它承先启后的作用,我介绍了古代日耳曼英雄文学,主要是古代英雄传说的形成和这些传说给后来"英雄史诗"提供的创作基础,也介绍了大约于12世纪中叶,德国僧侣文学向骑士-宫廷文学过渡的情况。这个过渡阶段,虽然时间不太长,但产生了一批大型叙事体作品,称"宫廷文学兴起前的小说",显然,这是为后来骑士-宫廷的叙事体作品做准备的。我之所以又重复了这一段文学史,目的是要说明,从"英雄传说"到"英雄史诗"不仅是题材演变的结果,文学形式也是一步步发展来的。至于我一再拿《尼伯龙人之歌》与同时代的宫廷史诗及其代表作家和作品做比较,是为了突出其本土性、民族性和真实性,我以为,这是这部英雄史诗历经时代沧桑而始终深受人民喜爱的主要原因。13世纪中叶,骑士-宫廷文学开始走向衰落,后来出现的英雄史诗以及其他各种效仿本都未能超过或是达到《尼伯龙人之歌》的水平,所以我才说,严格意义上的,也就是最典型、最具代表性的德国英雄史诗只有《尼伯龙人之歌》这一部。16世纪是德国早期市民文学时代,尼伯龙人故事的各种文学变体如《有角质皮肤的赛夫里特》、《克里姆希尔德的复仇》、《狄特里希传奇》和《罗森加滕》等故事书和诗歌集都是市民文学的组成部分,是供市民消遣娱乐的,在民间流传广泛。这些作品虽然与《尼伯龙人之歌》并存,但两者从性质到形式都没有太大关系。

二、历史方面。弗里德里希巴巴洛莎皇帝引进骑士制和霍亨史陶芬王朝的繁荣昌盛是《尼伯龙人之歌》产生的历史背景,这一时期,家族纷争,诸侯割据,皇权与教权争霸欧洲,闹得沸沸扬扬。这一切在史诗中虽然没有直接体现,却是直接影响了史诗作者的创作动机和对于社会现实的观察。他就是在这种历史背景下写这部史诗的,一方面,为新兴的世俗封建阶级呐喊助威,努力使古代的日耳曼英雄骑士化、宫廷化;另一方面,又认为现存的各种矛盾和弊端无法解决,因此试图用基督教信仰挽救人的良知,启发人性意识,并且尽量在情节安排和人物的言行上加以体现。我刻意补充了一些时代背景材料,把《尼伯龙人之歌》放在大的社会历史环境里进行观察,这样我们就会发现,这部英雄史诗绝不是一部单纯的"古代的故事",它的产生和存在都与那个时代息息相关,在故事背后反映出的是骑士阶级的不完善和骑士社会的矛盾。正是由于这个原因,它才具有那么顽强的生命力。近代,《尼伯龙人之歌》的复制本、改写本、电视剧、音乐剧、插图、连环画等层出不穷,不计其数,不同时期的诗人作家一再把目光投向这部英雄史诗,从自己的视角出发对这部中世纪作品进行解读,在处理方式上加入了许多时代因素。

三、文化史方面。古代题材从口头传诵到写在羊皮纸上,再到印刷成书籍,是一个漫长的过程,期间的困难、人力物力的大量消耗是我们今天的人难以想象的。我在书中叙述了文学创作从口头流传到文字记载的过程,因为这是人类文化进步的历史,也是《尼伯龙人之歌》成书的历史。这里不仅凝聚作者的心血,也凝聚着众多工匠的辛勤劳动,我们不能忘记他们,而且要更加珍惜《尼伯龙人之歌》这份文化遗产。《尼伯龙人之歌》涉及的文化元素更是多方面的,英雄精神、骑士品德、宫廷礼仪、宗教仪式、城堡建筑、武器装备、服饰文化、饮食文化,以及包括婚丧嫁娶在内的各种习俗,呈现在我们面前的是一幅五光十色的多彩画卷。不过,需要指出的是,这一切都发生在中世纪,那还是一个经济落后、物资极其匮乏的时代,与当今的环境不可同日而语。据史料记载,骑士城堡阴暗狭窄,到冬天只有妇女住的房间里才放一个火盆。在国王的筵席上通常国王有一个靠背椅,其他宾客则席地而坐,所谓"美味佳肴"、"琼浆玉液"不过是把整头的猪羊烤熟,把整桶的甜酒摆放在中间,让大家享用。宫廷的文化生活同样十分简单,骑士在野外草地上比赛武艺,诗人歌手给坐在地上的听众讲故事,一起消遣娱乐。尽管如此,我们从《尼伯龙人之歌》里确实学习了许多文化知识,它在讲述惊心动魄的古代"尼伯龙人"故事的同时,也像一部百科全书似的几乎全方位地向我们展现了德国古代文化。

总之,《尼伯龙人之歌》是一部不可多得的中古德语文学作品,站到了德国骑士-宫廷文学的创作顶峰。它叙述了一部古代人的故事,同时也直接或间接地叙述了那个时代,以及那个时代的文化发展与历史变迁。这也正是我几十年来一直钟情于这部作品的原因。

第十三专题 西班牙语史诗研究

赵振江

1 史诗《熙德之歌》[①]

1.1 史诗与作者

史诗是不同民族在其发展过程中某一历史时期的具有里程碑性质的产物，它体现着该民族在这个特定时期的民族精神。一般的史诗都是描写一个（或一群）有理想、有抱负的英雄人物，他（或他们）克服了一系列的艰难险阻，完善了自己的人格追求，实现了自己的人生目标，也充分体现了民族的伟大性。在史诗中，英雄人物还往往是神所眷顾的对象，在神的指引和帮助下，完成自己崇高、正义的事业。在史诗中，一般占主导地位的是主人公的英雄气概、指挥才能、武力至上的法则和无坚不摧的意志；这一切都比爱的角逐或情感的体验更为重要，这也是史诗与其他类别诗歌的不同之处。史诗中的英雄们要么被降罪，要么被放逐，总之，一般都会受到不公正的待遇。他们必须通过建功立业、与命运抗争来表明自己的才干与诚信。当他们最终取得胜利的时候，总是受到人民的欢呼，并且成为道德的丰碑。《熙德之歌》就是这样一部英雄史诗。

《熙德之歌》不仅是卡斯蒂利亚地区的民族史诗，也是欧洲中世纪最伟大的史诗之一。它是用卡斯蒂利亚语（即当今的西班牙语）创作的第一部伟大的

[①] 本章由赵振江与程弋洋合作完成。

文学作品。学者们一般都认为，这部史诗是于 1140 年前后，在当时卡斯蒂利亚的首府布尔戈斯附近创作的。《熙德之歌》是历史真实与想象虚构的巧妙结合。它是以西班牙民族英雄罗德里戈斯·迪亚斯·德比瓦尔（Rodríguez Díaz de Vival，1040—1099）为原型写成的。罗德里戈斯·迪亚斯·德比瓦尔在历史上是一位杰出的政治家和军事家。"熙德"（Cid）是他的敌人（摩尔人）对他的尊称，其阿拉伯文原意是"主人"。正是这部史诗使熙德成了西班牙的民族英雄。

《熙德之歌》的原稿至今尚未发现。保存至今的是由一个名叫佩尔·阿巴特的人于 1207 年抄写下来的一部手稿。因为手稿中有一些明显的抄写错误，后人认为它并非原稿。手稿抄在 74 页四开的厚羊皮纸上，装订完好，封面和封底齐全，但缺少第一页，中间有两处各被剪掉一页。这三页缺失的内容一般是由《卡斯蒂利亚二十位国王编年史》中相关文字来补充的。这部编年史是 14 世纪编纂的一部史书，其中有关阿方索六世的部分将佩尔·阿巴特誊写的史诗的大部分内容以散文的形式收录在内。西班牙皇家图书官托马斯·安东尼奥·桑切斯于 1779 年编纂《十五世纪前卡斯蒂利亚诗选》时，将《熙德之歌》列为开篇之作。这是第一部付诸印刷的欧洲中世纪史诗，比德国的《尼伯龙人之歌》早 40 年，比法国的《罗兰之歌》早 60 年。以上是以拉蒙·梅嫩德斯·皮达尔为代表的学者们的普遍看法，也为一般文学史类书籍所接受。

应当指出的是，随着研究的不断深入，学界对于《熙德之歌》的看法已发生了很多的变化。目前，以加拿大学者科林·史密斯为代表的许多学者认为，那个现存唯一的手抄本上出现的姓名——佩尔·阿巴特不是一个单纯的抄写者，可能就是史诗的作者。那这个手抄本上出现的日期（1207 年），很可能就是诗歌的创作日期。也就是说，在 14 世纪有一位无名氏将全诗的内容完整地抄写了一遍，抄写时保存了史诗作者的姓名和创作日期。佩尔·阿巴特在创作诗歌时，并没有依赖西班牙的史诗传统，也没有依赖关于熙德的其他文本。当时，法国史诗风行一时，在欧洲的很多地区颇受欢迎。诗人的初衷或许是要创作一部能与法国史诗抗衡的卡斯蒂利亚史诗。于是，他从法语、拉丁语史诗中汲取养分，又从对西班牙的记忆中选择了动人的故事，然后以文学的手法创作了这部传世之作。

至于佩尔·阿巴特其人，几乎所有的学者都认为，他应该是布尔戈斯人，即便不是生活在那个城市，也生活在那个地区。熙德的原型——罗德里戈斯·迪亚斯·德比瓦尔就是这座城市的宠儿，在诗中备受称赞，史诗中的很多场景也都在布尔戈斯。他不仅熟悉布尔戈斯这座城市，就连对它近郊的比瓦尔和卡尔德尼亚也了如指掌。鉴于佩尔·阿巴特的世俗性格和律师职业（他法律方面的专长和作为法律人的本能，在诗歌中有非常明显的体现），学者们认为他不属于神职人员，"阿巴特"是他的姓氏而非教会中的称号（阿巴特是下级教士的意思）。

《熙德之歌》具有史诗的许多共同特点，同时又具有它本身的原创性。首先是它突出的写实主义风格，诗中所提及的人物和地点都非常确切，再加上它对细节的关注，甚至会使人错误地认为这是一部押韵的编年史，尽管有很多情节是虚构出来的。其次，它缺乏一般史诗那种贯穿始终的激情，而与此紧密相关的是它非常关注主人公的家庭生活，关注他作为丈夫与父亲的温柔、体贴和仁慈。最后，诗人以英雄在自己的宫殿中安详辞世作为全诗的结尾：在一系列的征服和斗争之后，他以一种宁静、和平的方式告别了这个世界。

应当指出的是，与面向知识阶层的文人史诗（如维吉尔的《埃涅阿斯纪》以及很多文艺复兴时期的作品）不同，像《荷马史诗》和中世纪欧洲各国的史诗一样，《熙德之歌》也是由民间创作并在民间广为传唱的史诗。中世纪欧洲的史诗，在"人民化"和"大众化"方面，无论在形式上还是技巧上都是相对成熟的，其中不乏文人诗歌的某些特点和修饰语气，与直接来自社会底层的说唱诗歌还是有所不同的。总的来说，中世纪罗曼语族和日耳曼语族的民族史诗，比起古罗马时期和16世纪文艺复兴时期的诗歌，要平易和大众化得多。他们的受众，主要就是当时的骑士阶层，更晚一点，还包括在集市和朝圣路上聚集的民众。

同样应当指出的是，在研究西班牙史诗的时候，不能脱离法国史诗。法国史诗从12世纪开始广为流传，直到14世纪走向衰落，其中保存了大量的手稿，影响了欧洲的大部分地区。《罗兰之歌》是法国史诗中的第一部重要作品。它创作于1100年，不仅开创并规范了这种文学门类，还使这位英雄的名字传到了全欧洲。史诗中歌颂了查理大帝的伟大人格和丰功伟业，使得他在读者的心中成了一位圣者。就目前已发现的资料而言，在拉丁语国家中，除法国之外，只有卡斯蒂利亚有以本国语言创作的重要史诗作品。卡斯蒂利亚史诗，并不像有些人所认为的那样，只是对法国史诗的苍白模仿；但也不能说它完全没受到法国史诗的影响。研究《熙德之歌》的著名学者——拉蒙·梅嫩德斯·皮达尔认为卡斯蒂利亚史诗在某种意义上比法国史诗更具教育意义，因为在西班牙，历史事件发生的日期更接近诗歌的创作日期（据梅嫩德斯·皮达尔的考证，《熙德之歌》的创作时间应该是1140年左右，而它最初的版本则可以上溯到1105年，距离熙德去世后没有几年；而荣瑟伏决战则发生在778年，整整过了三百多年之后，才于1100年左右出现了《罗兰之歌》）。从这个角度考量，卡斯蒂利亚史诗处在一个更为纯朴可信的阶段，比法国史诗更接近历史真实。此外，从历史上来看，西班牙英雄辈出的时代持续的时间也较为久远（西班牙是从公元10世纪一直到1492年，而法国则是从8世纪到9世纪）。从这个角度看，西班牙语史诗创作的素材和激情都应该更为持久和丰富。然而，事实并非如此，如果严格按照保存下来的文本来统计，现存的西班牙史诗的数量是很少的，远不如法国史诗那么多，总共不过《熙德之歌》、《罗德里戈的青年时代》、《荣瑟伏之歌》、《拉热七公子》四部。其中只有《熙德之歌》是一部几乎完整的手抄本作品；《罗德里戈的青年时代》写于1360年左右，现存约1160行，非常不完整，内容是关于熙德青年时期所发生的故事；梅嫩德斯·皮达尔发掘出的《拉热七公子》，只有几百行；《荣瑟伏之歌》仅存100行左右，是1917年在潘普洛纳从一个文件夹封面的两页纸上发现的。这四部就是保存下来的毫无争议的西班牙史诗作品。

至于是否还存在着更多史诗的可能性，学者们有不同的意见。梅嫩德斯·皮达尔一直在努力考证并搜集公元8世纪到12世纪民间史诗存在的痕迹，曾于1951年出版了《西班牙史诗遗存》一书。另一方面，则以贝迭尔和他的法国弟子们为代表，他们坚持只研究和承认保存到现在的文本。很显然，与其他欧洲国家相比，西班牙丢失了更多中世纪文学与非文学的文本资料。一方面是由于疏忽，另一方面则是由于内战和法国入侵（1808—1814）等客观原因。

1.2　情节与人物

《熙德之歌》分三章，共152节，3730行。三章的标题分别为《流放》、《婚礼》和《橡树林的暴行》。现分别介绍如下：

第一章：流放。卡斯蒂利亚国王阿方索六世让熙德赴安达卢西亚摩尔人占领区收缴岁贡。加西亚·奥尔多涅斯伯爵从中作梗。双方交战，后者在卡布拉城堡被熙德生擒并揪掉一缕胡须。伯爵从此怀恨在心。熙德满载而归，受到国王恩宠。妒忌成性的大臣们诬陷熙德克扣贡品。阿方索六世听信谗言，限熙德于九日内离开卡斯蒂利亚，否则处死。熙德的亲属和部下三百余人愿随他一同流放。离开布尔戈斯之后，熙德去卡尔德纳修道院，与在那里避难的妻子堂娜·吉梅娜和两个女儿艾尔维拉与索尔告别。离开卡斯蒂利亚之后，熙德及其随行人员的生活十分艰苦。他们首先在卡斯特翁与哈龙河畔的重镇阿尔戈塞与摩尔人交战，熙德连克两座城池，然后深入穆斯林管辖地区，一边进发，一边收缴贡赋，并派遣其侄将贡物献给国王。熙德继续挥师挺进，转战于莫莱纳的崇山峻岭之间。在一次交战中，他俘获了巴塞罗那伯爵贝林格尔。关押三天后，熙德将他释放。二人遂成莫逆之交。

第二章：婚礼。熙德挥兵东下，先后攻占了地中海沿岸卡斯特翁和穆维德罗之间的大片土地，并乘胜包围了海滨名城巴伦西亚。经过一年半的围城，摩尔人弹尽粮绝，不得不缴械投降。塞维利亚的摩尔人企图夺回巴伦西亚，但被熙德打败。名剑"戈洛达"落入英雄之手。此后，熙德又派密纳亚向阿方索六世进献了一百匹战马。后者高兴地召见了使者，并允许熙德妻女去巴伦西亚合家团聚。摩尔人欲卷土重来。摩洛哥国王尤素福也企图染指巴伦西亚，从海上发兵五万，又被熙德打得落花流水。获胜后，熙德又遣使者，向阿方索六世进献战马二百匹。熙德得到了国王的宽恕，他的声誉也得到极大的提高。卡里翁的两个公子（迭戈和费尔南多）对熙德的财产垂涎已久，便乞求国王替他们向英雄的两个女儿求婚。熙德虽然对两公子的傲慢无礼心存厌恶，但出于对国王的尊重和爱戴，还是答应了亲事。于是，他们便和熙德一起返回巴伦西亚，在那里举行了隆重的婚礼。

第三章：橡树林的暴行。卡里翁两公子与熙德的女儿成亲后，表现出了贪生怕死的丑恶嘴脸：宫中的老虎出笼时，他们魂不附体；与摩洛哥军队交战时，他们临阵脱逃。但熙德对此并不了解，还盲目地为他们感到骄傲。但两个公子心里明白，他们已成为众人嘲弄的对象。于是，他们私下决定尽快逃离巴伦西亚，并谋划在途中凌辱自己的妻子作为对众人的报复。他们以回家省亲并继承财产为名，向熙德提出偕妻子回卡里翁的要求。熙德不知内中缘由，便同意了，并赠予他们大量的财物和两把宝剑。省亲队伍进入卡斯蒂利亚的科尔佩斯橡树林时，两个卑鄙小人命随行人员先行一步，然后将妻子的衣服剥光，将她们打得死去活来，丢在荒山野岭。幸亏随行的费雷斯（熙德之侄）偷偷返回，才使两个堂妹幸免于难。熙德闻知凶信，立刻派人救回女儿，并遣使者请求国王严惩忘恩负义之徒。国王决定在托莱多召开审判会议，命卡里翁两公子必须出席。在宫廷会议上，熙德控诉了两公子的不法与无耻行为，向他们索回所赠宝剑和陪嫁。双方经过激烈的辩论，最后进行决斗。此时，纳瓦拉和阿拉贡两国的王子派来特使，向熙德的女儿求婚。阿方索六世欣然同意了这门婚事，并下令决斗在卡里翁的平原上进行。卡里翁两兄弟三战三败，从此名誉扫地。熙德女儿的第二次婚礼更加隆重。从此，英雄的家族荣幸地成了国王的亲戚。熙德带着他的财富、权力和荣誉心安理得地离开了人世。

史诗的情节是通过人物表现出来的。《熙德之歌》的作者为我们塑造了一系列性格鲜明、栩栩如生的人物形象，堪称现实主义艺术的典范。

首先是史诗的主人公熙德，作者在他身上倾注了自己的全部心血与激情。这是一位神圣的英雄，头上有受难者的光环，心中有爱国者的情怀，嘴角挂着胜利者的微笑。尤其是他那任何人都不曾触动过的长须，为他平添了"美髯公"、男子汉的英武之气。作为一位军事首领，作者着重表现的是他的英勇无畏、运筹帷幄、镇定自若和坚忍不拔；对部下和朋友慷慨大度，信守诺言，因而赢得大家的尊敬和爱戴；尤为难能可贵的是他对待妻子和女儿们的仁爱、温柔、体贴，更显出侠骨柔肠的大英雄本色。

史诗的作者通过不同的层面和细节，向我们展示主人公的形象与性格。诗人用了相当多的诗句让熙德说话，话中既有深刻的含义，也不乏睿智的幽默。如第一章结尾时，熙德与巴塞罗那伯爵分别时的对话："伯爵，您即将启程，自由自在，不会有阻拦，／我对您十分敬重，您留下了大批的财产。／倘若有一天，您想报仇雪恨，／请您来找我，事先发个信函。／不是你来送礼，就是我得还钱。"又如，当巴伦西亚的妇女们看到城外成千上万的阿里莫拉维德人的帐篷感到恐惧时，熙德安慰她们说：这些摩尔人为你们正值婚龄的女儿们带来了嫁妆，尽管要凭借上帝的帮助才能够获得。

熙德的精明和敏锐，最突出地表现在他对待卡里翁两公子的态度上，而他们之间的关系又是全诗的核心之一。从一开始，熙德就对这场婚姻心存疑虑，这不仅因为他们的个性实在令人生厌，还因为两家的社会地位相差悬殊。私下里，他委派佩德罗·贝尔穆德斯和穆尼奥·古斯蒂奥斯去侦察两位公子，还派费雷斯·穆尼奥斯随大队去卡里翁。然而他一旦接受了这桩婚事，便尽可能地维护家族的荣誉和女儿们的幸福。他下令禁止人们对两位胆小如鼠的女婿的嘲讽，就是最好的证明。

熙德之所以成为顶天立地的民族英雄，主要因为他有着崇高的爱国主义精神。但应当指出的是，在熙德生活的时代，"爱国"往往是与"忠君"联系在一起的。因此，熙德遭流放时，才会将个人恩怨置于脑后。这种高贵的品德不仅使英雄的形象更加高大，同时也反映了时代的需要和人民的心声。在英雄的身上，"忠君"与"爱民"是同一性格呈现的两个方面。他与人交往时，总是和蔼可亲、彬彬有礼，常常设身处地为他人着想。这个美德所具有的社会意义高于它的军事意义。在处理法律、家庭和国家的关系中，他更多地不是面向过去，而是面向未来，这或许就是史诗作者将熙德作为典范向我们展现的最突出的品质。熙德对待国王的态度、他对橡树林之辱的反应和他在宫廷中的表现，都是这一崇高品德的最好的佐证。此外，还有他的纯朴自然、平易近人以及他对同僚、国王和家人的充分信任。在对待军事问题和卡里翁两公子的问题上，他一向谨慎行事，从不冒险。在率军远赴托莱多参加御前会议时，他虽然充分信任国王的权威和保护他们的能力，但依然命令部下各自藏好兵器（第三章3076—3081行）。

作者在刻画人物时，细致入微，考虑到了各种细节，但却只有在刻画熙德时才精心绘制，浓墨重彩地给读者带来视觉上的冲击，从而使我们不仅通过叙述者的眼睛（如788—790行）、国王的眼睛（如2058—2060行）、卡里翁两公子的眼睛，甚至还通过雄狮的眼睛看到了熙德高大、庄严的英雄形象。

卡斯蒂利亚国王阿方索六世在史诗中也是个关键性的人物。尽管与熙德相比，他总是居于"从属"地位，但对他的描写却贯穿全诗。史诗就是从他对熙德的流放开始的。国王虽未出场，但通过"限九天离境"、"沿途任何人不准为其提供食宿"（熙德已被流放，沿途禁止收容。／如有胆大妄为，惩罚决不留情。／重者灵魂出窍，轻者财产充公，充公财产之外，还要挖掉眼睛。①）等苛刻的命令可以看出这位封建君主的专权。然而精诚所至，金石为开，即使是这样一位君主，也会被熙德的耿耿忠心与赫赫战功打动。在塔霍河畔，君臣终于会晤，冰释前嫌，重归于好。最后，国王决定陪同熙德去卡里翁与狼狈为奸的两公子决斗，可见国王以自己的行动为熙德恢复了名誉，并弥补了给其造成的损失。作者将国王对待英雄的态度转变作为全诗的发展脉络，成功地刻画了一位专权而不专横的国王形象。

卡里翁两公子的出现以及他们与熙德的复杂关系颇富戏剧性与文学性。他们总是同时出现，不是交头接耳地窃窃私语，就是一个像传声筒一样转述另一个的意见，两个人拥有单一的人格。作为熙德的对手，他们似乎过于弱小、卑

---

① 《熙德之歌》，段继承译，中国文联出版公司，1995年。

微，但他们高贵的血统和显赫的家族却赋予了他们力量。这便使双方的对比得到了平衡。卡里翁两公子原属显赫的贝尼-戈麦斯家族，颇受王室的宠爱。攻克巴伦西亚以后，熙德第二次遣特史密纳亚晋见国王并献上厚礼；当两公子听说熙德的财产不计其数时，便暴露了他们唯利是图的本性，策划向熙德的两个女儿求婚以达到攫取其财产的目的。就连他们密谋抛弃妻子的时候，也还在谋划如何保住熙德赠送给他们的财物。当宫廷做出最终的裁决时，最让他们痛苦的仍然是财产的损失。通过这一层层的剥落，两公子的丑恶嘴脸暴露无遗。然而值得指出的是，如此贪婪的两公子对于交出熙德送给他们的两把著名的宝剑却无动于衷，这又表现出他们的愚蠢透顶，因为他们竟然没有意识到这两把象征着熙德的信仰与公正的宝剑，不仅价值连城，而且会让他们受到应有的惩罚。熙德的宝剑就像他的战马和铠甲一样，是他权力的延伸和人格的象征。

在描述两公子在布卡尔战役中的表现时，作者充分显示了自己塑造人物的才能与特点。熙德的侦察员穆尼奥·古斯蒂奥斯听到了他们逃避战斗的谋划，其中提及如果他们在战斗中死去，就再也看不到卡里翁，而且熙德的女儿们也会沦为寡妇。当穆尼奥将这个细节告知熙德时，后者好心地免去了两位胆小鬼的作战任务。然而他们最终却参加了战斗，其中的原因不为人知，这是因为手抄本中缺失了数页。两公子的卑鄙与怯懦在战斗中暴露无遗。但由于他人的庇护和遮掩，熙德还以为自己的女婿们勇敢战斗并为他们感到高兴呢。但是，当战斗再次打响的时候，佩德罗·贝尔穆德斯不再充当他们的保护者。战斗获得了胜利，熙德手刃了敌首布卡尔。英雄对自己的两个女婿依然非常热情，并且认真严肃地将这场胜利部分地归功于他们。当熙德在女儿面前赞扬女婿时，这两位公子不知是过于愚蠢还是过于骄傲，居然没有致谢。但是当向这两公子致意的号角吹响时，却骚乱之声四起，因为根本就不是这么一回事。两位胆小鬼以第一人称复数夸耀自己的勇敢，人们尚可容忍，但是当他们进一步声称自己杀死了摩尔人国王布卡尔、将熙德的功绩归于自己时，那些原来保持沉默的人就忍无可忍了，他们开始大声嘲笑兄弟二人的懦弱与无耻。也正是这些嘲笑，使得卡里翁两公子开始谋划对妻子的凌辱，希望以此来发泄自己胸中的仇恨。

还有一些次要的英雄人物，同样刻画得栩栩如生，具有鲜明的个性。

阿尔瓦·法涅斯·密纳亚是熙德的得力助手和军师。他精通兵法，智勇双全，能言善辩。熙德在军事上的胜利与他是分不开的。他三次以特使的身份觐见国王，往返于巴伦西亚与卡斯蒂利亚之间，每次都不辱使命。他既是天才的军事家，又是杰出的外交家。

马丁·安托里内斯是一位足智多谋、侠肝义胆的骑士。在布尔戈斯城，他置国王的三令五申于不顾，冒着生命危险为熙德的人马提供食品；为帮助熙德解决财政困难，他亲自和狡猾的犹太商人周旋，用两箱重砂换得六百马克金币；在攻打阿尔戈塞城堡的战役中，他刺伤了摩尔首领加尔维；在托莱多御前会议上，他代表熙德以雄辩的口才令迭戈公子理屈词穷；在与卡里翁公子的决斗中又大获全胜。他威风凛凛，相貌堂堂，颇具游侠骑士风范，是史诗中独具个性的英雄人物。

熙德的两个侄子佩德罗·贝尔穆德斯和费雷斯·穆尼奥斯也给人留下了深刻的印象。前者寡言少语，略有口吃，但在宫廷辩论中，却将费尔南多公子批驳得哑口无言；他勇猛无畏，单人独骑，高擎军旗冲入敌阵，为战役的胜利立下汗马功劳。后者年纪虽小，却勇敢无畏，且能随机应变。他及时识破了卡里翁公子们凌辱熙德女儿的阴谋诡计，将两个堂妹救出虎口，并做了妥善安排，堪称少年英雄。

在《熙德之歌》中还有两个人物不能不提。一个是在军中享有特殊威望的教士堂赫罗尼莫，另一位是敌人营垒中的摩尔人阿文加蓬。前者诚实、忠厚，有正义感。他与熙德肝胆相照，生死与共；虽身为教士，在反击摩尔王尤素福的战斗中，却身先士卒，左冲右突，一连砍死七个敌人。后者虽为摩尔人，但他敬佩熙德，为其效劳，不惜代价，为了护送熙德的女儿，险遭卡里翁公子们的暗算。他讲信义，重友情。为了熙德的女儿，他没有对卡里翁兄弟进行报复，不与恶人计较。他是正直、善良的摩尔人的代表。

在刻画人物个性的时候，作者最得力的手段就是人物自己的语言，让人物从自己的语言中获得生命。当吉梅娜谈到熙德的远征以及她为此而祈祷时，这个人物形象便达到了她的最高点。熙德本人的话语在我们的头脑中留下的印象，远比作者的描述要清晰得多、深刻得多。当诗人使用描述性语言时，他总是力求简短、精确。至于对人物外形的描写，在诗人看来，似乎必要性不大。唯有熙德不在此例，因为他是全诗的核心，对他的外形非但需要描述，而且要用浓墨重彩。

《熙德之歌》所表现的人物，在历史上多有原型。但是否真实，我们无法确定，也没有必要确定。历史上的卡里翁两公子可能并不像诗中所写的那么卑鄙无耻，可能是无可指责的。但我们要说的是，文学不是历史，史诗不等于史实。

1.3 史实与史诗

史诗与史实的关系，即史诗的历史考据问题，是一个具有普遍意义的问题，人们在分析历史剧或历史小说时，同样会遇到这个问题。事实上，这仅仅是文学研究中的一个边缘问题，不必过分认真，否则会将史诗作为文学作品的研究复杂化。皮达尔在他于1959年出版的著作《罗兰之歌和新传统主义》中提到：英雄史诗讲述的，当然是当时最引人注目的英雄业绩。但史诗不是单纯的关于历史事件的诗歌，而是在历史上完成了重要文化政治使命的诗歌。虽然史诗在历史现实中有其根源，但是诗人并没有确切保存历史真实的责任和义务。他们始终享有创作自由：他们可以创造出新的事件与人物；可以将历史中并没有任何联系的事件与人物联系起来；可以引入和历史文本完全不同的主题和事件，等等。在史诗中，总是混杂着历史真实、政治真实和文学真实。毋庸置疑，史诗中一般都有比较强的历史氛围。这是因为诗人，像所有的艺术家一样，想让公众觉得他们的作品真实可信。这一点在很多英雄史诗最开始都有说明，在《熙德之歌》的前面可能也有，遗憾的是其手稿的最初几行丢失了。在"真实性"这一点上，《熙德之歌》远远胜过《罗兰之歌》以及其他法国史诗，是公认的典范。诗中充满了对护腿、马料等细节的描述，还详细描写了熙德的行程，甚至可以据此画成一幅地图，其详细程度可想而知。至于敌人的参战和死亡数目，显然是夸大了。此外，史诗中只有一次神灵的出现，而且熙德是以自然方式死亡的。这些都大大提高了史诗的真实性。但无论如何，史诗不等于史实，我们不能将史诗与史实混为一谈。史诗中的熙德与史实中的熙德并不吻合。

罗德里戈斯·迪亚斯·德比瓦尔（即熙德）于 1040 年出生在一个享有有限继承权的贵族家庭，属于当时贵族级别中最低的一等，居住在布尔戈斯北面的比瓦尔村。熙德小时候，曾被家人送进宫廷做桑丘王子的伴读。桑丘是卡斯蒂利亚-莱昂王国的王位继承人。熙德的第一次军事活动，可能就是发生在 1063 年 5 月的克劳乌斯战役。桑丘和他的卡斯蒂利亚勇士们，在摩尔人的帮助下，战胜了阿拉贡人。费尔南多一世在去世前将自己的王国分给了孩子们。1065 年，桑丘继承了卡斯蒂利亚的王位。他提升熙德为将军。此后，熙德在 1067 年到 1072 年的一系列战斗中，始终在桑丘二世身边担当重要角色。这些战事都是针对桑丘二世的兄弟姐妹，即莱昂的阿方索、加利西亚的加西亚和萨莫拉的乌拉卡的。此外，熙德还代表卡斯蒂利亚人参加了一次反对阿拉贡贵族的司法诉讼，以决定纳瓦拉边境上几座城堡的归属问题。

桑丘二世在攻克萨莫拉的前夕去世了。阿方索成了卡斯蒂利亚-莱昂王国的新国王。"一朝天子一朝臣"，熙德，这个前国王的得力助手，只得回比瓦尔，继续做下层的小贵族。他在卡斯蒂利亚的不同地区有为数不多的产业。这时在宫廷中掌权的是瓦尼·戈麦斯家族，其成员卡里翁公爵曾经支持过萨莫拉的乌拉卡公主，并不遗余力地帮助过阿方索。据史书记载，他甚至在阿方索流放托莱多的九个月中，一直陪伴着这位未来的国王。但是，很明显，国王也想和熙德这样的重要人物建立同盟。阿方索六世决定通过一次政治婚姻来最大程度地恢复熙德的荣誉。他将莱昂国王阿方索五世的孙女、自己的表妹吉梅娜嫁给了熙德。至今，在布尔戈斯大教堂的档案中还保存着他们当年结婚时的档案。档案显示，结婚当日熙德表示要把自己的一半财产送给妻子。1074 年 7 月 19 日的这场婚礼极为盛大，而宾客中的某些人，则在日后成了熙德的敌人，比如佩德罗·安苏雷斯和加西亚·奥尔多涅斯。1075 年 7 月，国王将比瓦尔的全部土地赠给了熙德，他在那里平静地生活了几年。

　　就在熙德逐渐得到阿方索信任之时，一个意外事件使形势发生了逆转。根据《罗德里戈斯的故事》，熙德于 1079 年被派往塞维利亚收取赋税和贡品。当时塞维利亚的摩尔国王莫塔米德依附于卡斯蒂利亚王国，每年都进贡纳税。途中，熙德所率领的基督徒以及和他联盟的摩尔人遭到了由加西亚·奥尔多涅斯公爵相助的格拉纳达的摩尔人的攻击。熙德赢得了卡布拉战役，并且将公爵和他麾下的基督徒囚禁了三日。回到卡斯蒂利亚之后，加西亚·奥尔多涅斯多次向国王抱怨，并且在宫内散布熙德私吞了部分贡税的流言。熙德在 1081 年率领军队进入了和阿方索处于休战状态的摩尔王国——托莱多，毁坏了大片土地，并将俘虏带走（按照《罗德里戈斯的故事》的说法，俘虏有七千之众，显然是出于文学创作的夸张）。国王对此事极为不满，加上国王身边那些嫉妒成性的大臣们的诽谤中伤，导致了阿方索六世对熙德的流放。国王要他在九天内离开卡斯蒂利亚。熙德选择了自我流亡，和他同行的有仆人、下属和亲戚。

　　熙德首先去了巴塞罗那，在那里受到冷遇。他随即去了萨拉戈萨的摩尔王国，在那里他受到了热情的接待。此外，他还能在军队组织和外交上充分发挥自己的才干。在那群雄各霸一方、良臣各投明主、敌友转瞬即变的年代，基督教骑士转而为摩尔王效劳并不是什么惊世骇俗之举。从 1082 年到 1089 年，熙德一直栖身在萨拉戈萨，担当着军事领袖的重任。他帮助那里的摩尔国王赢得了内战，还在一系列的战役中，战胜了加泰卢尼亚人和阿拉贡人，甚至还在 1082 年俘获了巴塞罗那公爵。在这八年期间，熙德努力避免与阿方索六世的对立，并于 1082 年当卡斯蒂利亚内部出现针对国王的叛乱时赶回故土，想助阿方索一臂之力。但后者并没有利用这个机会与他和解，反而重新颁布了流放令。历史对于熙德在萨拉戈萨的生活少有记载，这或许是因为他和托莱多的战争（1085 年）以及其后对阿里莫拉维德王朝的征讨（1086 年）吸引了所有人的注意力。这一系列的战争都牵扯到基督徒和穆斯林相互关系的基础。此外，阿里莫拉维德人的威胁，也让阿方索六世看到了熙德及其部下的价值。1087

年春天，流放令取消，熙德与国王重归于好。阿方索六世将熙德的领地还给了他，并曾召他到宫廷议事。那时，他已非常富有，而且是所有基督徒将领中最能征善战的一个。

其实，宫廷中并没有熙德的位置，更何况他是为了战斗而生的。1088年他短暂地回了一趟萨拉戈萨，然后就开始了毕生追求的征服巴伦西亚的丰功伟业。当时，贪婪的穆斯林和基督徒都在摩尔王国巴伦西亚周边徘徊。加泰卢尼亚人、阿拉贡人、卡斯蒂利亚王国的军队和熙德的属下、西班牙和北非的穆斯林，无不渴望夺取这一富庶的地区。根据《罗德里戈斯的故事》记载，阿方索六世决定，熙德在这个地区从摩尔人手中夺来的土地，都归他以及他的子孙所有，那些小王国都要以交纳贡赋换取他的保护。1089年6月，当熙德奔赴阿雷多地区支援阿方索六世的时候，因为某种偶然的原因或组织上的差错，这两支队伍未能会合。熙德的政敌们借机火上浇油，国王因而对他颁布了第二次流放令。

这个偶然事件反而加强了熙德征服巴伦西亚的决心。他向巴伦西亚国王阿尔卡迪征收岁贡，并于1090年再次俘获了巴塞罗那大公。他还继续推行有利于土生穆斯林的政策，联合他们的力量来对抗北非的穆斯林王国。1092年，阿方索六世在热那亚和比萨舰队的帮助下进攻巴伦西亚，熙德谨慎地避免了与国王的直接冲突。但是，他指责加西亚·奥尔多涅斯误导了国王并且毁坏了纳赫拉公爵的领地。1092年底，熙德和北非的阿里莫拉维德人都加强了在巴伦西亚的军事部署。当向熙德纳贡的摩尔王阿尔卡迪被阿里莫拉维德人谋杀后，熙德立即拥兵八千直取巴伦西亚。当时巴伦西亚饥荒肆虐，而不同派别的首领却还在为了各自的利益而争斗。1094年5月巴伦西亚签署了投降书，6月中旬基督徒们占领了全城。熙德一方面安抚当地的摩尔人，同时也带来了基督徒垦殖者，重新分配城市和乡村的土地，将大清真寺变成了基督教的大教堂，并且任命了新的大主教。他还从卡斯蒂利亚接来了自己的妻子和女儿。这块广阔肥沃的土地，现在已经归熙德所有，并将世代相传。他在巴伦西亚建造了一座宫殿，在那里开始享受世俗生活。美中不足的是他处决了巴伦西亚摩尔人的领袖本·叶哈夫。后者不愿透露摩尔王宝藏的下落，因而在基督徒和穆斯林的联合庭审中被判绞刑。

此后，熙德始终拒绝让北非的阿里莫拉维德大军进入巴伦西亚，并于1098年攻克了萨贡托城，扩大了自己的版图。他的儿子迪亚戈于1097年和无数基督徒一起在康苏格拉战役中为国王战死。让熙德感到满意的是，两个女儿分别和纳瓦拉和加泰卢尼亚的王室成员结婚。1099年，英雄离世了。他告别这个世界的时候，应该对自己的一生感到满意。他的家庭和下属的财富都得到了迅速的增长。虽然并不总是出于宗教原因或是爱国情怀，熙德在光复战争的军事版图上做出了自己的贡献。熙德去世后，1102年阿里莫拉维德大军再次包围巴伦西亚。熙德的妻子吉梅娜向国王阿方索六世求救。当阿方索赶来时，看到大势已去，便下令所有人撤退，然后将全城付之一炬。熙德的家人和下属被带到了卡尔德赫纳。巴伦西亚在熙德去世后再次落入摩尔人手中，直到1236年，阿拉贡人和加泰卢尼亚人才又联手光复了这座名城。

从上面的陈述中，不难看出史诗与史实的差别。诗人不仅对历史事件进行了剪接和夸张，而且还融入了自己的想象与虚构。比如熙德两个女儿的第一次婚姻，就完全是作者杜撰出来的。作为文学创作，这不仅无可厚非，而且必不可少。

1.4 内容与主题

《熙德之歌》的情节线索非常简单：熙德被不公平地流放，被迫离开故土与家人，和为数不多的追随者去摩尔人的领地。一开始，他只是挣扎求生。慢慢地，凭借自己个人的努力、他的指挥能力和臣民下属对他的崇拜爱戴，熙德积聚了足以攻克巴伦西亚的军事力量。一段时间之后，他获得了国王的谅解。他的财富引起了卡里翁两公子的野心，他们是贵族但是很贫穷。尽管熙德有不少疑虑，但是在国王的支持下，他们得以和熙德的两个女儿成婚。这两位莱昂籍的年轻公子，在勇敢的卡斯蒂利亚人中有一种天生的自卑感，更何况又受到人们的怀疑与嘲笑。他们决定在自己妻子的身上报复熙德和他的近卫军，将她们抛弃在了科尔佩斯橡树林中。这样的举动导致了自动离异。熙德当着国王的面指控卡里翁两公子，不仅获得了财产上的补偿，更以合法的方式重建了自己的荣誉。最后，他以光明磊落的方式为女儿们报了仇，并为她们找到了新的归宿。熙德带着他的财富、权力和荣誉安然离世。

正如许多评论家所说，维护与捍卫荣誉是《熙德之歌》的基本主题。这里所说的不仅是熙德个人的荣誉，也包括了他的下属们的荣誉，因而具有广泛的社会意义。熙德被流放以后，他忍辱负重，委曲求全，杀敌立功，三次派人向国王献礼，其根本目的就是为了恢复并争取更大的荣誉。在史诗中，荣誉首先体现在社会地位上，因而当女儿们与卡里翁两公子结婚时，熙德曾说"你们的婚嫁将使我们的荣誉得到提升"（2198 行）。同样，当他得知科尔佩斯橡树林中的暴行时，为了捍卫自己的荣誉，他发誓要复仇，而且要为女儿们寻觅更好的婚姻（2830—2834 行）。熙德的下属对此也非常关注，因为这次事件也影响到了他们的感情和荣誉。值得一提的是，当熙德得知凶信时，他没有惊呼也没有落泪。经过深思熟虑之后，他从这不幸的事件中看到了赢得荣誉与捍卫正义的希望，相信通过这个机会，自己一定能战胜宫廷中的宿敌，并为女儿们求得更好的归宿。当熙德寻求赔偿的时候，在经济的、社会的和领地的诸因素中，他将荣誉放在了很重要的位置上。此外，还应指出的是，与黄金世纪的戏剧相比，荣誉这个主题在《熙德之歌》中更富于人性化和现实主义的风格。

与荣誉和社会地位密不可分的是权力。熙德在权力方面的升降起伏贯穿着全诗。毋庸置疑，他获取权力的关键因素在于个人的努力，就像他自己说的："我凭借自己的勤奋赢得一切"（1935 行）。不过，此前他也曾说过："这一切都要感谢我主基督"（1933 行）。这是时代使然，因为在欧洲中世纪，人们认为一切活动都是在上帝的安排下进行的，这一点在史诗开始时早已通过吉梅娜的信仰显现出来，她直接将熙德与天使的出现联系在一起。在全诗中，国王既不是一个盲目命运的象征，也不是熙德必须克服的前进道路上的障碍。中世纪的国王，作为上帝派往人间的使者，处在封建权力的巅峰，享有至高无上的地位。他流放熙德，可能是一时草率的决定或是听信了身边亲信的谗言。尽管如此，熙德和其他的臣民必须尊重他，当然，在那个时代，人们也不希望看到熙德成为与国王作对的逆子贰臣，尽管梅嫩德斯·皮达尔认为熙德有这样的权利。另一方面，就像皮达尔所指出的，熙德有着极强的自我约束精神，相对于法国诗歌中很多叛逆臣民而言，他有着一种更为负责任的态度。流放在当时是非常严厉的惩罚。流放就是被排除在社会之外，即上帝统领的世界之外。不仅仅要远离家人，还要远离故土。封地在当时的政治版图中占有极为重要的地位，因此通过法律形式的被驱逐还附带着极大的精神压力。这样，就很容易理解熙德对国王心甘情愿的臣服和重获王恩之后的喜悦（2019—2024行）了。失去国王的恩宠或者被国王流放，是一种法律意义上的死亡。拉丁语中的"荣誉"一词在古西班牙语中意味着"庄园、封地和财产"，这样的意识与现象在古法语和古英语中同样存在。

与权力密切相关的是斗争，所谓"争权夺利"者是也。熙德在宫廷中有不少的政敌，特别是加西亚·奥尔多涅斯伯爵，从一开始就处处与他为敌。此外，还有安苏雷斯一家。宫廷中斗争的焦点，是财富和荣誉，而并非人与人之间的关爱。比如，在所有人包括在国王的眼中，熙德的女儿们都只是这场权力斗争中的棋子。熙德虽然深爱着她们，但同时也要求她们绝对服从，将她们在权力的棋盘上随意移动，就像任何一个中世纪的男人对自己的女人们所做的那样。在她们的第一次婚姻中，熙德考虑更多的也是自己的财富和荣誉，而不是她们在科尔佩斯橡树林中所受到的肉体和心灵上的创伤。至于两个女儿的第二次婚姻，众人衡量的也都是熙德的社会地位与威望，而并非她们的婚姻是否真的美满。这在中世纪的欧洲，似乎是"天经地义"。同时，我们也注意到，史诗中斗争的主题是在雄心勃勃的下层贵族熙德与那些出身名门的大贵族之间展开的。诗人想告诉我们：熙德虽然出身寒微，但德才兼备、智勇双全；而他的对手们虽然出身显赫，但已是日薄西山、强弩之末。他们贪婪、愚昧、卑鄙、无耻，结果只能是一败涂地。还应指出的是，在作者生活的年代，西班牙尚未形成统一的国家，不仅南方的广大地区被摩尔人占领着，其余地区也是群雄割据，各霸一方。史诗的作者生活在卡斯蒂利亚王国的布尔戈斯地区，那里正是熙德的家乡，他的血管里流淌着熙德的血液。因此，他歌颂熙德，也就是在歌颂自己的祖先。当时熙德的形象代表了一个正在走向繁荣的卡斯蒂利亚王国。后来，随着时间的推移，卡斯蒂利亚王国统一了西班牙，熙德才通过这首伟大的史诗，成了名副其实的西班牙的民族英雄。有一点需要指出的是，史诗作者虽然对来自莱昂的两公子进行了无情的讽刺，对加泰卢尼亚进行了幽默的调侃，将犹太人作为仇恨和嘲笑的对象，但却尊敬穆斯林。他视他们为强大的敌人，即便是以胜利者的姿态，对他们依然态度温和。他在他们中间能找到可信赖乃至值得尊敬的朋友——阿文加蓬（1464 行）。后者敬佩熙德，对其忠心耿耿，并且给卡里翁两公子上了一堂道德课（2675—2685 行）。史诗没有夸大基督徒和穆斯林之间的仇恨，也没有试图挑起宗教偏见。

第三个主题是怎样才能成为一位卓越的武士。这个主题贯穿全诗，尽管在诗中并不明显。诗人在描述军事战略时似乎失于简单，但却对战争过程、战争细节和战争精神进行了浓墨重彩的描绘。诗人深知熙德一生中最重要的事业是武功，因此他多方搜集资料，以表现战争并激发军旅生活的激情。如同在处理"荣誉"主题时一样，诗人对这一主题的直接表述也不多，但蕴含在字里行间的内容却很丰富。

或许，还有第四个主题，那就是诚信。熙德拥有权力、荣誉、财富乃至赫赫战功，是因为无论从宗教、社会和道德的意义上说，他都是一个真诚、正直的人。因为真诚、正直而获得了部下的拥戴，而正是这些人为他攻城掠地做出了决定性的贡献。熙德的恒心和慷慨帮助他重新获得了国王的赏识。熙德相信法律的力量。无论遇到怎样的挫折和侮辱，他都努力通过合法的途径来解决。他的诚信甚至影响到了摩尔人，但对犹太人却不起作用，后者是基督教封建社会中最受排斥的一个群体。与其他史诗不同的是，《熙德之歌》还通过女性人物使主人公更加完美。这些女性人物没有主动性，也很少有自己的个人意志，但是她们说得很多，并且对各种情况本能地做出自己的反应。由于有这些人物的存在，诗人成功地展现了熙德作为丈夫和父亲的一面，从而用慈爱、温柔和家庭生活使英雄的形象更加丰满。

将这些主题交织在一起，史诗的作者为我们塑造了一个完美的、令人肃然起敬的熙德。至于作者个人的判断与价值取向，在全诗中无处不在，却又无迹可寻。熙德因为自己的崇高品德而建立了丰功伟业。作为丈夫和父亲，他诚实、仁爱，这一点已经远远超越了同时代的普通英雄人物。毫无疑问，诗人希望自己的整个民族都能沿着熙德的方向走下去。

1.5 韵律与风格

《熙德之歌》现在保存下来的一共有3730行诗。现存的手稿缺失了第一页和中间的两页。我们就此猜测，完整的手稿应该是近4000行（以一页50行左右来计算）。我们不知道其他西班牙史诗的长度，唯一可以做直接比较的是出现在14世纪中叶的《首部西班牙通史》中的散文版《熙德之歌》。但它并非《熙德之歌》的翻版，而是有大幅度的扩充。当时的法国史诗长短不一，创作时间越晚的越长。即使是同一首诗的不同版本，晚期的也有比早期的更长的倾向。然而，《罗兰之歌》在它今天最广为人知的第一个版本（牛津版）中，共4002行。佩尔·阿巴特肯定读过这部作品，但我们不清楚他读的是哪一版。

在手抄本中，《熙德之歌》是连贯的，不同段落之间并没有停顿和间隔。由于全诗第一页的缺失，我们无从知道诗人是如何给作品命名或是怎样介绍这部作品的。根据《熙德之歌》的2276行和1085行，显然出版商将全诗分为三部分是有一定道理的，因为每一部分都构成一个适合向公众吟唱的整体。比如第一章结束时正好是一个完整的内容；第二章结束的那几行则表达了一个虔诚的愿望，以此来激发观众的好奇心。这样的结构划分在其他西班牙诗歌中似乎不存在，作者模仿的或许是法国史诗《奥赫尔骑士之歌》的三分法。但是，这首法国诗歌似乎更有划分的必要，因为它有12 346行。

全诗结构的基础就是"小节"。每一个小节都以半谐音或全谐音的韵脚来区分。小节的长短无一定之规：在皮达尔核定的版本中，最短者只有3行，最长的则有190行。一般说来，当一件事情叙述结束时，当人物开始说话时，当一个新的场景开始时，当对话者改变主题时，便是一个小节的开始，这可能是从法国史诗的体系中学来的。

半谐音的韵律是非常古老的。在天主教颂歌、中世纪的拉丁文诗句、伊比利亚最初的抒情诗以及西班牙的史诗和歌谣中，都存在着半谐音的韵脚，而上述诗歌形式都是西班牙诗歌发展的源头。作者在史诗中采用半谐音来押韵是合乎情理的。在《熙德之歌》从第一部分向第三部分发展的进程中，小节的平均长度呈递增的趋势：第一部分的小节最短而韵脚变化最多，到了第三部分，小节的平均长度最长而韵脚变化最少。这表明，到了第三部分，作者已专注于情节的发展，而放松了对韵律的推敲。

史诗手抄本中有不符合韵律规则的地方，这不足为奇。同时代的西班牙乃至法国诗歌，甚至包括全谐音韵律的教士诗，都有大量的不规则现象。此外，诗歌韵律的不规则或者不完美往往使其别具风味。叙述中出现的细小失误，或许是作者出于某种原因，未能仔细地加工润色造成的。当然，这不过是一种假设而已。在这样一部艺术性极高的史诗中，出现少量的韵律不统一不足为奇。

《熙德之歌》中诗句的长度也是一个问题。抄写者有时明显地将两行抄成了一行，有时还会将诗句抄成了散文，因为这样能够节约当时价格昂贵的羊皮纸。在《卡门勇士》、《东方三王》、《灵魂与躯体之争》和《罗德里戈斯的青年时代》等作品的手抄本中也存在着类似现象。这就需要后来的抄写者以诗歌的形式来重建作品。因此，出现一些断句上的失误是可以理解的，何况又是句式多变的长篇史诗呢。另外，失误也可能是在听写的过程中产生的：当一个人高声朗读时，抄写者埋头疾书而放松了对句式的关注。

出于对新古典主义的偏见，从前的评论家认为诗句应该是规则的，到19世纪还有许多人力图按照西班牙式的亚历山大体（7音节+7音节）或谣曲体（8音节+8音节）来重建史诗。史诗中也的确有相当比例的诗句是符合这个规律的。但诗句的长短并不要求绝对的一致。西班牙残存的其他史诗，在音节的多少上也不是完全一致的。梅嫩德斯·皮达尔就认可史诗诗句的不规律性，并因而放弃了修订《熙德之歌》手稿的努力。

史诗的作者或许根本就没有计算过诗句的音节。于 1220 年左右创作的《亚历山大之书》的第二节，是西班牙教士诗歌的源头之一。它的诗句的音节是经过严格计算的，不但是全谐音，而且是亚历山大体单一韵。西班牙史诗则不同，它不同于文艺复兴时期的诗歌，倒与中世纪流行的拉丁语诗句以及日耳曼语诗句相似，是在重音的基础上建立起来的。奥布伦曾于 1947 年提出以一个相对自由的节奏体系来重建《熙德之歌》的设想。经过长期的争论之后，当梅嫩德斯·皮达尔看到在《熙德之歌》的朗诵中，每半行诗的最后一个重读音节都有音乐伴奏时，他的欣喜若狂是不言而喻的。

按照科林·史密斯的看法，作为西班牙史诗的第一位作家，佩尔·阿巴特应该创造出了一套韵律方面的体系。比如，他熟习法国史诗，可能会接受法语诗句的尺度（如十音节诗：4+6 或 6+4 音节；或亚历山大体：6+6 音节）。后来《亚历山大之书》的作者或者贝尔塞奥又创立了西班牙式的亚历山大体（7+7 音节）。然而佩尔·阿巴特创造出的规律更符合西班牙语口语的特点。此外，西班牙的亚历山大体使用的是亚历山大单一韵。为了获得确切的音节数，它允许诸如元音的连读与切分等破格现象。应当指出，影响《熙德之歌》作者的不仅有法国史诗，还有拉丁语诗句和民间谣曲。同样应当指出的是，《熙德之歌》所开创的韵律体系又为后来的诗人们继承并发扬光大。人们可以在编年史中保存下来的残章和重建过的诗句中欣赏到他们的作品。他们都在寻求诗歌韵律的规则，但还处在以重音为主的阶段，尚未准确地计算音节。从史诗中脱胎而出的民间谣曲，随着时间的变迁越来越规范化，最终达到了 8+8 音节的模式。在西班牙语诗歌韵律的发展过程中，《熙德之歌》的作者做出了不可磨灭的贡献。

不同的职业因素、语言因素和传统因素，极大地丰富了诗人的创作风格。如前所述，由于缺乏民族史诗传统，史诗的作者（或许就是抄写者佩尔·阿巴特）不得不到别的传统（拉丁传统和法国传统）中汲取养分，打造自己的韵律体系。在此基础上，他提炼出自己的文学语言，并天才地融入了民族和地方特色。至于经院派的修辞，是中世纪拉丁文教育的组成部分，诗人理所当然地会将它运用在自己的创作实践中，既无炫耀之意更无剽窃之嫌。诗人只是模拟了他所了解的法语或者拉丁语文本中的修辞方式，而绝非卖弄学问。此外，在12世纪和13世纪不同语言（拉丁语、法语、西班牙语等）的法律文本中存在着一系列"共同的修辞"，这些共同的修辞在数世纪前已在不同的基础上建立起来，并为法学家、公证员和作家们广泛应用。

《熙德之歌》语言的突出特点是简洁明了。诗歌语言的精致、情节的严密以及作者将客观描述与直接引语榫接得严丝合缝，这些都是作品的魅力所在。如第39小节中，那一系列的短句，将熙德的部下追击摩尔人的情景描述得活灵活现：

> 好一个安托里内斯，向加维尔砍去，
> 摩尔人头盔上的红宝石，散落了一地。
> 这一剑劈开了头盔，剑锋直捅到头皮。
> 要是再来一下，他可经受不起。
> 加尔维和法里斯，二首领一败涂地。
> 对基督的信仰者而言，这一天美好无比！
> 摩尔人已经溃败，向四方逃离！
> 我们熙德的人马，穷追一鼓作气。
> 法里斯逃回特雷尔，城门紧闭。
> 加尔维也想进去，可人家置之不理，
> 只得逃向卡拉塔玉，哪里顾得上喘气。
> 熙德穷追不舍，步步紧逼。
> 直到兵临城下，才不得不停止追击。

史诗的作者可能并没参加过战斗，因为他更偏重于战争策略的描写。但是，和那个时代的所有文人一样，他对战争满怀着激情，将战斗场面描述得简洁、生动。在战争策略、参战士兵和死亡人数上，诗歌中的描述与历史真实相去甚远。但是，这能使英雄形象更加高大，而且在当时也有利于鼓舞民众，使他们踊跃参军，从而使"光复战争"尽早取得胜利。

值得一提的是，《熙德之歌》中有很多人性化的细节描写，是反英雄主义的，作者对历史真实进行了诗意化的重建：诸如长途跋涉之后的晚餐（1531行）以及摩尔人与基督徒不尽相同的礼节（1519行）等。诗人对细节有意识的选择表现出了伟大的艺术天赋。比如，在对卡尔德尼亚修道院的描写中，我们可以看到桑丘院长的兴奋（243行）、众人的热情（244行）、堂娜·吉梅娜扑向台阶对丈夫的诉求（327行）。又如，在第87小节（1610—1621行）中，诗人通过吉梅娜及其两个女儿的眼睛来观察巴伦西亚（攻克这座伟大城市是熙德最大的荣耀），因而给我们留下了更为深刻的印象。这座宏伟壮观的城市，一边是波涛汹涌的地中海，另一边是生机盎然的大果园。它如今成了战利品，成了熙德的财产，成了英雄献给家人的礼物。如前所述，诗人或许借鉴了法语诗歌中对巴黎景色的描写，但这并不重要，重要的是诗人敏锐的观察唤醒了读者心中的激情。

对科尔佩斯橡树林事件的构思更是叙事艺术的典范。情节的设定，人物的安排，景色的描绘，悲剧的跌宕起伏，丝丝入扣，使人觉得合情合理，毫无斧凿痕迹。比如，熙德因心存疑虑而派侄子费雷斯随大队出发。对读者而言，后者只是跟着省亲队伍去看看两个堂妹在卡里翁的领地，回来好向叔父汇报。殊不知这却是作者布下的眼线，正是他发现了两公子的险恶用心，并搭救两位堂妹逃出虎口。又如，作者对科尔佩斯的描写，树木高大，直插云霄，阴森恐怖，一派欧洲中世纪地狱入口的景象。诸如此类，都表明史诗作者具有高超的艺术天赋和创造力。

史诗属于叙事文学。诗人的叙事技巧极为娴熟。应当指出的是，相对于现代戏剧而言，史诗也是一种戏剧艺术。《熙德之歌》中的戏剧因素非常丰富，具有强烈的情感张力。中世纪史诗的表演或朗诵者，在某种程度上和现代的演员相似。西班牙皇家学院院长、诗人达马索·阿隆索早有论述。他在一篇著名的散文中说：诗歌朗诵在一定程度上近似表演。诗人在叙事方面最重要的创造，就是对直接引语的使用。在《熙德之歌》中，直接引用句所占的比例非常高。在史诗的开头，短短几行描述之后，熙德便开始与上帝和阿尔瓦·法涅斯对话，小姑娘和被流放者们的交谈（41—48 行）更是作者的"点睛之笔"——只有天真幼稚的儿童才敢与被流放的人们坦言。诸如熙德的战斗动员和在宫中的演说，无不给人留下了深刻的印象。英雄的忧伤、愤怒、谨慎、轻蔑乃至幽默，都通过他的直抒胸臆而跃然纸上。此外，在直接引用中，我们还可以看到马丁·安托里内斯灵活的外交手腕、债主们贪婪而又小心翼翼的回答、吉梅娜夫人惊恐的祈祷、贝伦盖尔的自我吹嘘、国王的官方声明、两公子的居心叵测、阿文加蓬的义愤填膺以及佩德罗·贝尔穆德斯雄辩的本领。可以看到熙德说话时的尊严，向犹太人打招呼时不失幽默的亲切，对巴塞罗那伯爵的冷漠，对胜利适度的骄傲，评价战争策略时的理性，获悉女儿受辱之后的痛苦。所有这一切，都体现了作者对语言的敏锐感觉和运用自如的驾驭能力。

同样应当指出的是，《熙德之歌》是西班牙语文学的开山之作，创作于西班牙语尚未成熟之时，因而像所有实验性的作品一样，具有不可避免的缺陷，诸如每行的长短参差不齐、情节的前后矛盾、韵律缺少变化、语言不够丰富、战斗场面的描写过于简单等。然而就整部史诗而言，瑕不掩瑜，这是显而易见的。

1.6 地位与影响

一部优秀的文学作品，一定会不断超越时空的界限，焕发永恒的生命力，并对后来的文学产生深远的影响，《熙德之歌》就是这样的作品。随着时间的推移，熙德的故事出现在大量不同语言的各种文本中。

首先，熙德的故事多次出现在智者阿方索的写作集体所编写的史书中。阿方索十世在位时的史学家似乎先收到了佩尔·阿巴特的《熙德之歌》的抄本，然后将其改编为散文，并于 1300 年左右用来撰写《二十位国王编年史》。

1272年，史学家看到了《熙德故事》，他们在撰写《西班牙历史》和《西班牙首部通史》时也将其作为材料来源，同样还借鉴了本·阿尔卡玛的《罗德里戈斯的故事》及其他资料。皮达尔编纂出版的《西班牙首部通史》共有1134个章节，熙德一个人独占了89个章节，这还不包括和桑丘二世以及萨莫拉相关的内容（熙德在其中也占有重要地位）。14世纪末，熙德在史书中已经获得了突出的荣耀：从《卡斯蒂利亚编年史》中剥离出了《熙德编年史》，由此可见史诗在卡斯蒂利亚语文学创作中的重要影响。值得注意的是，史学家们将它散文化的过程中保留了很多诗歌的特征，并精确地适应了它使用直接引语的特点和固有的戏剧化因素。

1300年左右，一位无名氏创作了一首关于熙德的新诗，由阿尔米斯特（Armistead）命名为《罗德里戈斯青年时代的丰功伟绩》。这部作品也为某些史书所记载，但是失去了它的诗歌形式。诗歌于1360年前后的十年间在巴伦西亚主教辖区创作，其创作目的带着极强的宣传性。我们现在看到的是15世纪流传下来的一个并不完整的手抄本，一般称作《罗德里戈斯的青年时代》。就艺术成就而言，该书与《熙德之歌》不可同日而语。但从这部作品开始，青年熙德成了一位传奇式的英雄：他在一次挑战中杀死了吉梅娜的父亲，其后又与吉梅娜成婚；他去圣地亚哥朝圣，途中遇到化身为麻风病患者的圣·拉萨罗；他在费尔南多国王对法兰西的远征中充当旗手，诸如此类，不一而足。这部作品，虽然文学价值不高，却为以后大量关于熙德的文学作品开辟了道路。

14世纪末，史诗开始衰退，熙德的故事又进入了谣曲的领域。谣曲的形式（半谐音、八音节）应该是从晚期史诗发展而来的。然而，选用《熙德之歌》场景的谣曲是不多的。一方面，可能是史诗内容过于陈旧；另一方面，或许是诗中的英雄过于严肃、正义，与谣曲活泼诙谐的风格不符。但是，史诗因素仍然在谣曲中表现为感人而又富有戏剧性的插曲片段。其中的《沿瓜达基维河而上》和《国王武装了三个王室》向我们描述了熙德从巴伦西亚到托莱多途中的故事。其他一些谣曲几乎都源自《罗德里戈斯的青年时代》，如《布尔戈斯有个好国王》、《迪戈·拉伊内斯纵马驰骋》和《罗马赴会》，等等。这一状况一直持续到黄金世纪。在这个阶段，谣曲通过口头流传，为社会各阶层广泛接受。1498年在塞维利亚出版了《熙德·鲁伊·迪亚斯编年史》，1512年出版了更为完整和著名的《著名骑士鲁伊·迪亚斯勇士编年史》，这些都是对《熙德编年史》的补充与重构。后者由卡尔德尼亚修道院院长胡安·德·贝洛拉多印刷，并于1552年和1593年再版。16世纪末，历史主题的新谣曲还偶有佳作，如《献给吉梅娜和罗德里戈》；而1605年在里斯本由胡安·德·埃斯科瓦尔出版的《熙德谣曲集》，到1757年已经出了27版。

当谣曲开始衰落的时候，熙德的故事又为16世纪末开始流行的戏剧所采用。一个明显的例证就是1603年印刷的由无名氏创作的《攻克瓦伦西亚后，熙德的功绩和死亡》。这些关于英雄的剧作是在谣曲的基础上，参考史书创作出来的，特别要提到的是由纪廉·德·卡斯特罗于1612和1615年之间在瓦伦西亚创作的《青年熙德》。该作品于1618年付印，它色彩丰富、情感充沛，简洁而富有演出效果，延续了洛佩·德·维加开创的戏剧风格。虽然有时情节发展过于缓慢，但仍不乏精彩的场景。纪廉·德·卡斯特罗的剧作，就像其他一些西班牙喜剧一样，足以引起法国剧作家高乃依[①]的兴趣。后者的剧作《熙德》在1636年轰动了整个巴黎，并在评论界引起了著名的论战。高乃依渴望在他的作品中尽可能地表现历史真实和民族特性，他在序言中引用了两首关于熙德的谣曲以及历史学家马里亚纳的评论。这一事件标志着熙德的故事出现在了欧洲其他国家的舞台上。

在西班牙黄金世纪中，迭戈·希梅内斯·德·阿庸的《熙德·鲁伊·迪亚斯·德·比瓦尔著名事迹》于1568年在安贝雷斯付印，这是一首文艺复兴风格的沉重的叙事诗。此外，有关熙德的故事还多次出现在史书中。这些史书的作者大多是神父或教士。例如，在教士、史学家胡安·德·马里亚纳的

[①] 彼埃尔·高乃依是法国古典主义第一期的重要作家之一。高乃依一共写过三十多个剧本，大部分是悲剧，也有喜剧、悲喜剧、英雄喜剧、芭蕾剧等。《熙德》(1636)是高乃依最优秀的作品，是法国第一部古典主义悲剧。情节不是取自古希腊、罗马，也不是直接取自中古英雄史诗《熙德》，而是取自西班牙维加派作家卡斯特罗的剧本《熙德的青年时代》。

《西班牙通史》中，也能看到对熙德的描述。在他的笔下，熙德的爱国主义倾向胜过了理性规范。其他史书还有：普鲁登西奥·桑多瓦尔修士的《圣贝尼托修道院创建史第一部分》，其中特别提到了卡尔德尼亚修道院；教士安东尼奥·德·叶佩斯的《伟大的堂费尔南多国王》和《圣贝尼托骑士团通史》。其中也不乏对现代学者有用的资料，可见当时《熙德之歌》已广为人知。

虽然创作于19世纪和20世纪初的关于熙德的戏剧、诗歌和歌剧从整体上来说乏善可陈，但这段时间出现了大量中世纪史诗的译本，特别是英译本和德译本，同时还有关于熙德主题的绘画和雕塑。另一部我们不得不谈到的作品，就是电影《熙德》。它使成千上万的人，无论是在欧洲还是美洲，当然还有其他地区的观众，认识了熙德。这部电影由美国公司投资，在西班牙取景拍摄。查尔顿·赫斯顿出演熙德，而吉梅娜则由索菲亚·罗兰饰演。

《熙德之歌》是唯一留存下来的较为完整的卡斯蒂利亚语的英雄史诗，是西班牙文学史上的第一座丰碑，是西班牙现实主义文学的典范。18世纪印刷术问世之后，曾在欧洲文坛引起强烈反响。对西班牙文学颇有研究的英国诗人罗伯特·骚塞在其《西班牙民族英雄熙德逸事》（1808）一书中写道："《熙德之歌》是用西班牙语写成的一部最好的诗歌。……可以理直气壮地讲，它超过了自荷马《伊利亚特》之后创作的所有诗歌。"同年，在其翻译的《熙德编年史》前言中又说："毫无疑问，这是用西班牙语写成的最早的诗歌，在我看来，它是无与伦比的……令人遗憾的是诗人的名字已经失传，他是西班牙的荷马！"

后来，在1813年的《评论季刊》上发表的一篇未署名的文章也做出了同样的肯定："在西班牙、意大利和德国都出现了最初的非常伟大的诗篇。西班牙人还没有发现《熙德之歌》作为一部史诗，其韵律是多么富有价值；如果人们不从错误的品味中解脱出来，就看不到这一点，也永远创造不出能登上艺术殿堂的重要作品。可以肯定地说……自《伊利亚特》以来的所有诗作中，这部诗作最能体现荷马的精神。"

哈佛大学著名学者蒂克纳在其所著的三卷本《西班牙文学史》（1849）中写道："可以肯定地说，从希腊罗马文明衰落到《神曲》出现之前，哪一个国家也不曾出现一部在形式上比《熙德之歌》更古老、更自然、更富于民族色彩的史诗。"

在18和19世纪的德国，人们对《熙德之歌》也给予了高度评价，而且比其他国家更注重分析研究。赫尔德（Herder）翻译的谣曲集唤起了大家对伊比利亚半岛的"天然诗歌"的浓厚兴趣。施莱格尔（Schlegel）于1811年将《熙德之歌》与古典叙事诗进行了比较，赞扬了它的活力和民族价值。他可能是第一个提出《熙德之歌》富于人性与幽默感的评论家，但是他在一定程度上混淆了史诗、谣曲和编年史的界限。费尔蒂南·伍尔夫（Ferdinand Wolf）于1831年第一次对该诗进行了全面、深刻的评论，他的大部分看法得到了人们的认可。他将《熙德之歌》放在当时欧洲的背景下，确定了熙德的英雄品质，并坚持认为这是一部"押韵的编年史"；同时，他还看到了其中法国的影响，赞扬了诗人的风格及其刻画人物的能力。

19世纪上半期对这部史诗的评论，无论是在西班牙，还是在西班牙以外，都呈现出一种模糊状态。法国人西斯蒙蒂（Sismondi）认为西班牙人从阿拉伯人那里继承了《熙德之歌》的韵律系统以及宗教思想；而杜朗（Durán）则把它和教士诗联系起来，并认为这是一部高雅之作，其韵律来自拉丁语或普罗旺斯诗歌。同时他还认为，谣曲不仅代表真正的民间歌谣，而且来源于史诗。大家比较一致的认识在于叙事诗和谣曲的人民性，在于它们的历史内容、口头传播以及其中蕴含的爱国精神。这些观点尤其得到了梅嫩德斯·皮达尔开创的"新传统主义"者的弘扬。

在西班牙语美洲，第一位对《熙德之歌》进行深入研究的专家是委内瑞拉-智利人安德雷斯·贝略，他的著作至今仍有价值。他是拉丁美洲的一代宗师。他从1810年起在伦敦研究法国史诗，对法国史诗以及《熙德之歌》的研究做出了重要贡献，1881年他的关于《熙德之歌》的专著终于出版。他认为《熙德之歌》的"某些段落具有荷马式的崇高"。此外，他还研究了法国史诗对西班牙的影响，建立了诗歌和编年史之间的关系，并从编年史中挖掘出可供《熙德之歌》参照的大量资料。他的注解是基于对历史和法律知识的深刻认识

(他著有《民法》和《国际法准则》),当然也不乏他个人的兴趣。贝略没有对《熙德之歌》和《罗兰之歌》做更直接有效的比较,因为后者直到 1837 年才出版。1858 年达马斯·希纳德(Damas Hinard)对二者进行了比较。他在同年印刷的法文版《熙德之歌》的注释极其丰富。希纳德平衡研究了《罗兰之歌》和《熙德之歌》,他认为前者更有诗性,形式更优雅,但后者在人性、现实性和语言的丰富性上却更胜一筹。

还有两位著名文学评论家不能不提。这就是梅嫩德斯·皮拉约和梅嫩德斯·皮达尔。前者虽然没有对这部史诗的研究增加新的观点,但是在他的《卡斯蒂利亚抒情诗人选集》中却包括了关于这部史诗的很有价值的美学观点。他强调了《熙德之歌》的自然与人性、爱国精神和英雄气概。他认为《熙德之歌》是西班牙语最伟大的文学典范。后者在某种程度上将自己的大部分研究都倾注在了《熙德之歌》上。作为哲学家、历史学家和文学史家,他更关心史诗的考古和历史价值,更关心史诗所弘扬的爱国精神。他对于史诗的起源、年代、语言、文本恢复等方面的观点,在西班牙几乎得到了一致的赞同,大部分文学史家至今还把他看作公认的权威。

总之,正如德国著名学者、诗人施莱格尔所说:"与其他许多民族相比,西班牙以拥有伟大历史意义的史诗《熙德之歌》而有其特殊的优越感:因为这种诗歌形式的文艺作品,可以迅速有效地把全民族的精神、品德传播出去。对于一个民族来说,像《熙德之歌》这样的珍品,比一整座图书馆更有价值,如果馆藏的只是那些才子们缺乏民族内容的文学作品。"

2 史诗《阿劳卡纳》[①]

《阿劳卡纳》不是一般意义上的史诗。它的作者不是智利的原住民阿劳科人,而是外来的西班牙征服者;史诗也不是在智利而是在西班牙写成的。

[①] 本章由赵振江与王冬梅合作完成。

西班牙征服者的到来中断了古印第安文化的历史进程。他们带来的不仅是权欲迷、宗教狂和黄金热,也带来了旧大陆的文学艺术和人文主义精神。在征服时期,作家本身就是探险家、征服者或他们的后代,其纪事体作品一般具有文学和历史的双重价值。这时期的诗歌佳作不多,但值得一提的是出现了一部规模宏伟、气势磅礴的史诗《阿劳卡纳》,作者是阿隆索·德·埃尔西亚·伊苏尼加。

2.1 史诗的作者

阿隆索·德·埃尔西亚·伊苏尼加于1533年8月7日出生在马德里的一个贵族之家。他是这个家庭的第六个孩子。他的父母都出身于比斯开地区博尔梅奥的名门望族。他不满周岁时,父亲突然去世,一家人的生活陷入窘境。为了抚养子女,母亲被迫回到家乡。1545年,埃尔西亚一家失去了日常收入。无奈之下,母亲向卡洛斯五世求助。国王认识她的亡夫,对他们一家人的遭遇心生恻隐,1548年任命她做玛丽娅公主的侍从女官。当时只有15岁的埃尔西亚则被指派为王子费利佩的伴童,陪同他去巡视西班牙的海外领地。1551年,埃尔西亚返回巴亚多利德。当年年底,埃尔西亚陪同自己的母亲和姐妹作为玛丽娅公主的随从前往维也纳。这次旅行又持续了三年。当他再次回到巴亚多利德时已经21岁,又做了王子的侍从。

综上所述,不难看出,埃尔西亚没有接受过系统的学校教育,他最多只是在闲暇时间上过宫廷里给侍从们安排的课程。当时的宫廷教师是后来做了王史纂修官的卡尔维特·德·埃斯特雷亚,他授课的内容以拉丁文著作为主。由于学习时间有限,埃尔西亚不可能有很高的学术修养。他可能接触了维吉尔和卢卡诺的作品,这从《阿劳卡纳》的一些诗句中可以看出。他可能也阅读了古罗马史、希腊神话、《圣经》和一些意大利诗人的作品,因为这些作品在当时的学术界和宫廷中十分流行。他对但丁、彼特拉克、薄伽丘、桑纳扎罗等人,尤其是对阿里奥斯托应当很熟悉,在《阿劳卡纳》的开篇他就提到了阿里奥斯托。在西班牙诗人中，他肯定读过加西拉索·德·拉·维加的作品。在《阿劳卡纳》中，他反复引用过后者的诗句、观点及其描述过的场面。另外，《阿劳卡纳》中也包含了涉及天文和星象的所谓"自然科学"和"哲学"的内容，可见作者在写作过程中也在不断完善自己的知识储备。无论是在美洲还是回到西班牙以后，创作《阿劳卡纳》的过程也是作者不断学习并走向成熟的过程。

1554 年 3 月，埃尔西亚成为费利佩王子的侍卫队成员，护送他前往英国迎娶玛丽娅王后。1555 年，他参加远征军前往智利。几经周折，直至 1557 年 6 月，才前往阿劳科人的土地，开始对阿劳科人的征服。在此期间，曾因与总督不睦，被逐出远征军。后来关系有所改善，到 1560 年底，成了总督的亲兵，享受着优厚的待遇。

1561 年，埃尔西亚决定返回西班牙，经过十八个月的颠簸才回到故土。他的美洲之旅前后历时七年半，其中有一年半的时间是在阿劳科人的土地上度过的，也正是度日如年的戎马生涯，激发了他对诗歌的爱好，让他在日后因此而成名。

1568 年，埃尔西亚着手准备自费出版《阿劳卡纳》的第一部分。他对这本书寄予厚望，希望自己可以借此平步青云。次年 3 月，第一版印刷完毕。至此，万事俱备，只待公众评说了。应当说，无论作者对它有多么高的期望值，实际的反响都远远超出了他的预料。一夜之间，他就从名不见经传的小人物变成了家喻户晓的名人。此后，埃尔西亚娶妻，受封，经商，赴多国游历。1578 年回家之后，他开始准备《阿劳卡纳》第二部的印刷。在当年的 8 月份，史诗的第二部分出版，作者这时已经 45 岁。他的文名随着第二部《阿劳卡纳》的出版而达到了顶峰。值得一提的是在此期间，他结识了《堂吉诃德》的作者塞万提斯，后者在当时还是一个默默无闻的刚从阿尔及尔被释放回国的士兵。塞万提斯在其后来的小说《加拉泰亚》中曾提到埃尔西亚的名字，并对他大加赞扬。1589 年，埃尔西亚出版了史诗的最后一部分。

1594 年，埃尔西亚的健康状况每况愈下。进入 11 月之后，他的身体一下子垮了下来，未来得及留下遗嘱，就于 29 日与世长辞，时年 61 岁。

2.2 史诗的内容

《阿劳卡纳》全诗共 21 160 行,由三部分组成,先后发表于 1569、1578 和 1589 年;全诗分为 37"歌"。第一部分是从第 1 歌至第 15 歌,占全书近一半(两卷本的上卷);第二部分从第 16 歌至第 30 歌;第三部分从第 31 歌至第 37 歌。后两部分写的是作者的亲身经历。关于史诗的内容,作者从第一小节就开宗明义地写道:

> 我不歌唱贵妇,也不歌唱爱神,
> 不歌唱热恋骑士的高雅殷勤,
> 不歌唱痴男怨女的缠绵悱恻,
> 不歌唱他们的举止、信物和温存;
> 而是要歌唱无畏的西班牙武士
> 他们的勇敢、业绩和功勋,
> 用利剑将残酷的枷锁
> 强加给不屈不挠的阿劳科人。

由于在每一歌的前面,都有诗人做的内容提要。因此,只要将这些"提要"编译出来,史诗的内容便可一目了然:

第一部分:

第 1 歌:描写秘鲁总督辖区智利省与阿劳科州的位置与状况,土著人的风俗与作战方式;西班牙人的入侵与征服,阿劳科人反抗的开始。

第 2 歌:阿劳科酋长们在推举首领上的分歧,老酋长科洛科洛提出的推举办法,土著人进入图卡佩尔堡垒,并与西班牙人战斗……

第 3 歌:为了惩罚阿劳科人,征服者巴尔迪维亚带领为数不多的西班牙人和印第安友人向图卡佩尔进发。阿劳科人的侦察员们在途中的关隘将他杀死，他的部下以极大的勇气，竭尽全力才从阿劳科人首领拉乌塔罗的伏击中逃脱。

第4歌：按照协议，有十四个西班牙人来图卡佩尔城堡与巴尔迪维亚的部队会合；印第安人与他们遭遇；拉乌塔罗带援兵赶到；七个西班牙人以及同来的所有土著朋友死亡，其余侥幸逃生。

第5歌：在安达里坎战役中，拉乌塔罗施巧计，西班牙人死亡过半，随从他们而来的3000印第安人无一生还。

第6歌：战争继续，阿劳科人对待俘虏的残酷，妇女、儿童统统被杀。

第7歌：西班牙人精疲力尽地到达贡塞普西翁，讲述他们的惨败与损失，在数量上众寡悬殊，城中有许多妇女、儿童和老人，他们都撤退到圣地亚哥；贡塞普西翁遭受的抢掠、焚毁与破坏。

第8歌：阿劳科贵族和酋长们在山谷聚会；图卡佩尔杀死普切卡尔克酋长，考波利坎率大军到来，在考腾山谷扎营……

第9歌：阿劳科人大军离帝国首都仅三里瓜（约合16.7公里），但他们的意图未得到神的允许（天降流星雨，他们认为此乃不祥之兆），便返回原地；西班牙人重建贡塞普西翁，与阿劳科人有一场恶战。

第10歌：傲慢的阿劳科人欢庆胜利，其中有各色人等，有土著人也有外国人……

第11歌：欢庆活动结束，拉乌塔罗向圣地亚哥进发，在到达之前扎营，遭西班牙人袭击，又是一场恶战……

第12歌：拉乌塔罗被困在堡垒中，为了捉弄西班牙人，他似乎不想接连取胜。佩德罗·德·维亚格兰预见到了危险，便拔营撤退。卡涅特侯爵到达秘鲁首都。

第13歌：卡涅特侯爵在秘鲁受到惩罚，智利方面求援；远征军从海陆两方面大量增援。本章结尾时，弗朗西斯科·德·维亚格兰在一个印第安人引领下，袭击拉乌塔罗。

第14歌：弗朗西斯科·德·维亚格兰在夜间偷袭敌人；拂晓发起进攻，

拉乌塔罗在第一次冲突中阵亡；双方之间一场血战。

第15歌：战斗结束，阿劳科人全部阵亡，但无一人投降；来自秘鲁的船队驶向智利，在茅勒河与贡塞普西翁港之间遇大风暴。

第二部分：

第16歌：风暴过去；西班牙人进入贡塞普西翁港和塔尔卡瓜诺岛；印第安人在翁格尔莫山谷的会议，佩特格伦和图卡佩尔之间的矛盾以及协议的达成……

第17歌：西班牙人离开岛屿，在蓬科山坡修建堡垒；阿劳科人进攻；讲述在圣金廷广场发生的事情。

第18歌：费利佩国王下令进攻圣金廷并获胜；阿劳科人进攻西班牙人的堡垒。

第19歌：西班牙人在蓬科堡垒中；西班牙人在海上与敌人作战。

第20歌：阿劳科人撤退，损失惨重；图卡佩尔重伤逃走，被西班牙人冲散；特瓜尔达向阿隆索·德·埃尔西亚讲述她奇异而又令人同情的经历……

第21歌：特瓜尔达找到丈夫的遗体，失声痛哭，将其带回故土；西班牙的人马从圣地亚哥发来，考波利坎也显示了自己的力量。

第22歌：西班牙人进入阿劳科人的领地；后者与他们迂回作战；伦戈的人品经受了极大的考验；勇敢的印第安人加尔巴利诺被剁去双手……

第23歌：加尔巴利诺来到阿劳科人议会；陈述了一些人的愚蠢举动；西班牙人寻找敌人；对沿途景物的描写。

第24歌：大海战；土耳其式的舰队被击垮，奥查利逃跑……

第25歌：西班牙人在米亚拉普埃扎营；考波利坎手下的一个印第安人来挑衅；一场惨烈的血战；图卡佩尔和伦戈展示了自己，西班牙人也显示了勇气。

第26歌：血战结束，阿劳科人撤退；加尔巴利诺的顽强与灵活以及他的死亡；同时描述了巫师菲童的花园与居所。

第27歌：对智利许多省份的描述，因自然与战争而著名的山川、城市；

讲述了西班牙人如何在图卡佩尔山谷建城堡；也讲述了埃尔西亚如何遇到了美丽的格拉乌拉。

第28歌：格拉乌拉叙述自己的不幸和来此的原因；阿劳科人在普伦山口袭击西班牙人；战斗激烈；敌人抢走了辎重，兴高采烈而又杂乱无序地撤退。

第29歌：阿劳科人采取纳新的建议，企图烧毁庄园；图卡佩尔要求与伦戈进行已被延期的较量，二人进行勇猛但却是友好的战斗……

第30歌：图卡佩尔与伦戈之战的结局；阿劳科人普兰与印第安人安德雷西利奥、西班牙人雅纳克纳之间发生的事情。

第三部分：

第31歌：安德雷西利奥向雷伊诺索讲述了普兰的事情；他谨慎地欺骗了考波利坎，后者企图偷袭西班牙人，以为他们在睡觉……

第32歌：阿劳科人向堡垒发起进攻，遭到迎头痛击；考波利坎捣毁营寨，撤退到山里；埃尔西亚应一些士兵之邀，讲述事件真相和迪多的生平。

第33歌：埃尔西亚继续讲述迪多的航行，直至到达比塞尔塔，如何建立卡塔戈以及他为何自杀；考波利坎被俘。

第34歌：考波利坎与雷伊诺索交谈，得知一定会死去并变成基督徒；阿劳科人聚会推选新的首领；费利佩国王颁诏向葡萄牙进发。

第35歌：西班牙人寻求新的土地，佟科纳巴拉迎接他们；奉劝他们回去，当看到无济于事时，便向他们献上一名向导，将他们引向可怕的悬崖峭壁……

第36歌：一位酋长下船登陆，向西班牙人献上其旅途所需的一切；他们继续自己的失败，群岛的引水渠截断他们的道路；阿隆索·埃尔西亚率十名士兵乘独木舟渡河；返回驻地后，从另外一条路抵达首都，后乘船回西班牙，并在欧洲各地逗留；费利佩国王起兵进入葡萄牙……

第37歌：讲述战争为什么是人们的权利，并宣告费利佩国王对葡萄牙王国拥有此权利，同时讲述了他对葡萄牙人所做的审视以进一步说明其运用武力的合理性。

需要指出的，最后一歌与阿劳科战争毫无关系，是硬安上去的一个尾巴。这是在迎合费利佩国王的心理，为他对葡萄牙的占领歌功颂德。这样的表现在史诗的后半部分已见端倪。在了解了埃尔西亚与费利佩特殊而又微妙的关系之后，这样的表现，在今天看来大可不必，但在当时倒也是不难理解的。

2.3 史诗的特点

首先，"纪实性"是这部史诗的最大特征。这部史诗与其他的民族史诗最根本的区别，在于作者本人就是史诗中的人物。正如拉丁美洲文学史家安德逊·英贝特所说："《阿劳卡纳》在史诗中堪称妙笔，它是第一部以作者亲身经历写成的史诗。"毋庸置疑，作为远征军的一员，阿隆索·德·埃尔西亚在创作史诗时，并没有丝毫的美洲意识，然而可贵的是，他在一定程度上，摆脱了狭隘的种族偏见，比较客观地再现了历史的本来面目，在歌颂西班牙人的同时，也歌颂了阿劳科人英勇善战、视死如归的精神，这正是这部史诗高于征服时期同类作品的原因所在。

史诗自问世以来，它的真实性一直得到普遍的认同。就连作者的"战友"在自己的"战功报告"中都引用史诗中的诗句作为佐证。其中最有说服力的莫过于当时为西班牙远征军司令门多萨服务的贡戈拉·马尔莫雷赫的话。这位史学家说，自己写历史是为了弥补《阿劳卡纳》的不足，因为"阿隆索·德·埃尔西亚在这片王国上停留的时间过于短暂……无从知晓发生的所有事情"。至于埃尔西亚本人，更是不厌其烦地重申史诗的真实性。在诗歌的导言中，他就曾宣称自己描述的是"真正的历史"，是在战斗间歇中写下的，"有时由于缺乏纸张，就记在皮革之上。"自己就是"一部分内容的可靠证人"。因此，在后世涉及美洲题材的西班牙文学作品中，埃尔西亚笔下的英雄人物曾反复出现。诸如考波利坎、图卡佩尔、伦戈、科洛科洛、加尔巴利诺、古阿莱瓦、特瓜尔达、弗雷西亚、格拉科拉诺、莱乌科东、奥隆佩柳、塔尔古恩等一再出现在谣曲、英雄史诗和戏剧当中。可见人们似乎普遍相信，《阿劳卡纳》是一部"战争日志",是作者实录的"真人真事"。

其次是历史真实与艺术真实的结合。无论作者怎样申明自己说的全是史实,作为一部文学性很高的史诗,不可能没有虚构与夸张的成分。更何况《阿劳卡纳》的写作是在27年间完成的。无论是作者自身的需要(如夸大自己在战斗中的作用以向国王表功),还是艺术创作的需要,作者都会有意无意地在历史的真实中融入艺术的虚构。如对远征军在海上遭遇暴风雨的描述,作者的笔墨是如此的强劲有力,使人如身临其境,而从历史记载来看,实际上并不曾发生过这场暴风雨。又如,按照历史家贡戈拉·马尔莫雷赫的说法,是阿劳科人的首领拉乌塔罗下令杀死了西班牙远征军首领巴尔迪维亚,而并非像埃尔西亚在史诗中所说,是考波利坎杀死的。其实,贡戈拉·马尔莫雷赫看出了埃尔西亚的虚构,只是没有勇气指出来,由此亦可见人们对史诗的真实性相信到了何种程度,似乎虚构的文学人物比真实的历史人物具有更强的生命力。

就塑造人物而言,诗人的想象力与艺术夸张主要体现在土著人身上。对诗人来说,西班牙人都是历史上的真实人物,他们的所作所为都确有其事,任何大胆的想象和艺术夸张,都会使作品失去可信性,而"可信性"恰恰是作者所标榜的价值。史诗中唯一一名被赋予了传奇色彩的是身材魁伟、近乎畸形的安德烈,不过他是一名意大利人。

阿劳科人则不同,由于其异域色彩,又不属于基督教文明所熟知的世界,自然就成了作者笔下的诗歌人物。从他们灵活老练的军事战术到无以复加的野蛮行为,无不给读者带来心灵的震撼。作者不厌其烦地向我们展示他们的野蛮成性,是因为在西班牙征服者心中,土著人都是被魔鬼附体,他们只能是这种样子。但令人钦佩的是,他从不讳言土著人的智慧、理性和一些原始的优秀品质,诸如勇敢无畏、不怕酷刑、视死如归,尤其是对家乡和自由的热爱,更是骑士们历来所尊崇的。阿隆索·德·埃尔西亚对土著人的描述,从某种意义上说,填补了史书上的空白,这就越发值得人们尊敬。可以说,诗人笔下的阿劳科人,不仅不是"野蛮人",而且也不是"常人",他们在一定程度上是"超人"。

史诗作者对巴尔迪维亚和考波利坎之死的描述可以证明我们上述的论点。首先要说明的是诗人并没有亲眼看见他们的死亡。对于前者之死的描述,诗人仅用了寥寥四十二行十一音节的诗句。既不像贡戈拉·马尔莫雷赫说的那么恐怖,也不像马里尼奥·德·洛维拉说的那么残忍。史诗中只说,阿劳科人的首领考波利坎亲自率军打败了西班牙人,俘虏了他们的首领巴尔迪维亚。以考波利坎为首的法庭对巴尔迪维亚进行了审讯。后者此时已威风扫地,唯求活命。尽管考波利坎本人并不想杀他,但最终还是下令处决了这位手下败将。一切看起来都顺理成章,尽管这并非史实。

我们再看看诗人是如何对待考波利坎之死的。他用了长达四百行的篇幅进行了细致入微的描述。阿劳科人身上自始至终闪耀着英雄的光辉。他临危不惧,视死如归,自豪地承认自己就是阿劳科人的首领考波利坎。正是他率领起义大军,让西班牙人连吃败仗,并下令杀死了巴尔迪维亚。他声称自己的死不会让西班牙人安宁,也不会让阿劳科人臣服。即便在最后的时刻,他还是满怀豪情地拒绝作为一名奴隶死去。他的形象在酷刑的最后时刻达到了顶峰。

……
刽子手们没费什么力气,
就把他放在木桩尖上。

削得尖尖的木桩,
深深地刺进了他的内脏,
刺得他遍体鳞伤。
剧痛没有使他投降,
他连眉头也没皱一皱,
依然是平和的举止和面庞。
仿佛身下不是尖尖的木桩,

而是新婚的牙床。

（见第 33 歌）

多么令人赞叹！后来也有对相关题材的创作，但无人能像埃尔西亚这样，将传奇和现实熔铸在一起。在当年和后来的读者中，许多人对作者将西班牙人和阿劳科人做如此鲜明的对比颇有微词。诗人对此早有预料，因而抢先表示，"这是出于对个人的敬仰，阿劳科人不是凭借高墙壁垒，也不是凭借武器精良，仅仅是靠他们的勇气和决心，用热血和生命来捍卫自由。"在此要说明的是，作为基督徒和骑士，作者钦佩自己的敌人，并慷慨地对其进行讴歌，但是如果认为他在现实层面上也认为阿劳科人比西班牙人高尚，那就大错特错了。对作者而言，印第安人和西班牙人是不同的人。印第安人处在绚丽多彩的诗歌里，西班牙人处在朴实无华的现实中，仅此而已。归根结底，胜利者还是西班牙人。战斗中的最高荣耀是胜利，胜利铸就了"不朽的功勋"，尽管阿劳科人的智慧和勇敢令西班牙人佩服。

再次，史诗用生动的语言和严谨的格律塑造了鲜明的英雄形象。法国著名作家伏尔泰在《论史诗》中对《阿劳卡纳》做了高度评价，将老酋长科洛科洛的形象与《荷马史诗》中特洛伊人的将领赫克托尔相提并论。深谋远虑的科洛科洛、勇敢机智的拉乌塔罗、视死如归的考波利坎等英雄人物，无不刻画得栩栩如生、跃然纸上，给人留下难以磨灭的印象。作者虽然也歌颂了西班牙征服者的功绩，但如前所述，与阿劳科人相比，有时是相形见绌的。例如，西班牙远征军首领门多萨的名字在诗中就很少出现（当然，这和作者的个人恩怨不无关系）。正因为如此，史诗的第二部出版后，作者受到了费利佩二世的冷遇和门多萨的仇视。也正因为如此，史诗的出版引起西班牙文学界的重视和读者普遍的赞扬。三个世纪以后，现代主义诗歌的代表人物鲁文·达里奥还写了歌颂考波利坎的诗篇，至今智利还有以科洛科洛命名的足球队，都说明这部史诗对智利乃至整个拉丁美洲文学产生了深远影响。史诗的语言生动、形象鲜明，有很强的感染力。其中第一部第二歌中对考波利坎通过举树干比赛而当选为阿劳

科人首领的描写更是为人称道:

> 托梅和其他酋长
> 来到阿劳科人中间,
> 十分艰难地
> 将人群分向两边;
> 血战尚未开始
> 怒吼声令人胆寒,
> 最老的酋长科洛科洛
> 就这样开始发言:
>
> "捍卫国家的酋长们,
> 我已不奢望掌权,
> 你们由于我而争斗,
> 不能不令我心酸,
> 先生们,按我的年纪,
> 已经在死亡边缘;
> 对你们一贯的热爱
> 促使我向诸位进言。
>
> "既然不能使黎民百姓
> 免于被征服的苦难,
> 我们为什么谋求光荣的职务
> 并让人知道重任在肩?
> 我们不能互相争斗
> 却忍受西班牙人的熬煎;
> 最好以这愤怒的举动

与残暴的敌人周旋。

"阿劳科人啊！你们这怒气冲天
会导致国土无谓的沦陷。
你们的手在捣毁自己的内脏
却不去抵抗强权！
天主教徒已经打到眼前，
你们却将利刃刺向自己的心坎？
即便你们情愿一死
也不要这样可悲可怜。

"请将武器和怒火
转向敌人的胸膛，
他们用无耻的挑衅
将残暴的统治强加在你们身上，
我宣告：抛弃可恶的枷锁，
显示勇气和力量：
不要让国家的鲜血白流，
要用鲜血来挽救危亡。
……

最后还要指出的是，这部史诗的韵律是严格按照十一音节八行诗（Octava real）的形式写成的。每一小节都是八行，每行十一个音节，押韵的方式是ABABABCC。这是西班牙16世纪十分流行的诗歌形式。值得一提的是，在后来的韵书中，人们常常以《阿劳卡纳》中的诗句为范例。作者的诗歌天赋，由此亦可见一斑。

〔附〕高乔人史诗《马丁·菲耶罗》*

1 《马丁·菲耶罗》产生的时代背景

《马丁·菲耶罗》是阿根廷居住在潘帕斯草原上的高乔人的史诗。全诗分上下两部：《高乔人马丁·菲耶罗》（1872）和《马丁·菲耶罗归来》（1879），共46章、1588节、7210行。全诗的主人公即马丁·菲耶罗，主要情节是叙述他及其周围的人的不幸遭遇。

高乔人是辽阔无垠的潘帕斯草原的居民。潘帕斯草原北起萨拉多河，南到科洛拉多河，西靠安第斯山脉，东临大西洋，包括拉潘帕和布宜诺斯艾利斯两省的全部以及圣达菲、科尔多瓦、圣路易斯和门多萨四省的一部分。在这广袤的荒原上，荆棘丛生，杂草遍地，只有在村镇的周围，点缀着一些树木和肥美的牧场。

西班牙征服者到来之前，在这茫茫草原上，居住着潘帕族印第安人。至于高乔人何时在草原上出现，史书上并无准确记载。曾经在阿根廷边界地区生活了20年的阿尔瓦罗·巴洛斯对高乔人的起源持这样的见解："……惊恐万状的印第安男人逃往沙漠，妇女就成了征服者的奴仆。逃亡的印第安人在孤独、放纵的生活中意识到那种欺凌是极不公正的，于是便进行报复，同样掳走文明者的妻子。因此，印第安女人是城市高乔的母亲，而沙漠里的高乔则是女基督徒

---

* 项目主持人按：一般说来，民族史诗是民族文学的源头，多是在口头流传的基础上形成的。《马丁·菲耶罗》是讲述阿根廷高乔人的长篇叙事诗，有人称其为"高乔人的圣经"。至于它究竟是不是真正意义上的史诗，评论界尚有争论。有人认为它是史诗，有人则称它是"诗小说"。本课题《外国古代神话和史诗研究》主要研究古代的具有原生态性质的史诗。高乔人史诗《马丁·菲耶罗》是19世纪的产物，因此不大适合本课题的正规研究范围，经过慎重甄别，不列入正文。不过，鉴于此诗虽不是"原生态"史诗，它却是阿根廷高乔人心目中的比较正式的史诗，它的形式、内容以及篇幅完全符合一般英雄史诗的规范，对于本课题仍然具有一定的辅助性参考意义。因此，本课题将它作为附录性资料列在此处，供有兴趣的读者参考。

的儿子。"①

诚然，这只是高乔人的最早的起源，大批的高乔人还是后来到潘帕斯草原去谋生的印欧混血种人——"混血种人不如黑人那样适于在城市里当仆役，就被黑人所代替；由于工业活动不发达，他们找不到事情可干，于是便离开城市到印第安人地区，那里成了他们当然的安身之处。就这样，我们有了以高乔人为典型的过渡民族的开端。"②

这些潘帕斯草原上的"浪子"、"孤儿"——有的语言学家认为 gaucho 一词是从阿劳科语中的 guacho 演变来的，该词的原意即"孤儿"或"私生子"——构成了一种新型社会，过着半野蛮的游牧生活。他们性格粗犷、生活放纵，骑马在巴塔哥尼亚荒原上漫游。伟大的学者达尔文就认为，从人类学的综合特征上看，"高乔人比城里人高级得多。"尤其是他们那具有鲜明特色的服饰更是引人注目。当时的许多阿根廷著名画家都为高乔人画过肖像。他们头戴礼帽，前檐上翘，后檐下垂；脖子上系着围巾；身上披着斗篷，里面穿着绣花衬衣，罩一条罗马围裙似的"奇里帕"，足蹬马皮靴。刀柄护盘呈 S 形的"法贡"挂在镶嵌着银币的皮带上。当然这样的装束只是那个时代的象征，而时代是演变的。在"五月革命"、国内战争、拖拉机和脱粒机兴起的不同时期，高乔人作为牧牛人、庄园短工和领取月薪的农牧业工人的面貌有着很大的变化。高乔人的演变和阿根廷的历史进程是完全一致的。今天，"高乔人"早已经不复存在了。

正是高乔人的起源和生活环境形成了他们勇敢、豪放、高傲、鲁莽、放荡不羁、酷爱自由、勇于反抗、善于应付各种事变的典型性格。他们在荒凉的原野上，信马由缰，四处漂泊，过着海阔天空、自由自在的生活。马是他们生活中的亲密伙伴。"穿环"和"抢鸭"是他们最喜爱的娱乐。前者要求全速驰骋的骑手将长矛穿过一个吊在绳子上的铁环，"抢鸭"则与我国新疆哈萨克族的"叼

---

① 卡洛斯·阿尔贝托·雷吉萨蒙：《〈马丁·菲耶罗〉序言》，赵振江译，译林出版社，1999 年。
② 托雷斯·里奥塞科：《拉丁美洲文学简史》，吴健恒译，人民文学出版社，1978 年。

羊"相似。除了骏马、法贡、套索之外，他们还有一个亲密的伙伴，那就是六弦琴。在潘帕斯草原上，每个高乔人都是歌手，不会弹吉他是件丢脸的事情。歌手中的佼佼者就成了行吟诗人——巴雅多尔（payador）。他们的演唱有两种形式：一种是为当时流行的民间舞蹈"西埃利托"、"维达利塔"、"特里斯特"等伴唱，另一种就是对歌。无论前者或是后者，都没有固定的歌词，而是见景生情，即兴演唱。正是因为歌手们不愿背诵现成的歌词，这些民歌大都已经失传。从下面这首"维达利塔"里，我们或许可以窥见巴雅多尔演唱的一点神韵：

棕榈长在草地上，
蓝天笼罩在树上；
我骑在马背上，
帽子戴在我头上！

我愿自己生下来
就是平原一棵草；
从未看见你经过
也不在此受煎熬。

小白鸽，维达利塔，
蓝色的前胸，
维达利塔，就说我在受苦，
因为失去了爱情。

小白鸽，维达利塔，
金黄色的前胸，
请带去我的爱，维达利塔，
带多少都行。

小白鸽，维达利塔，
红颜色的前胸，
维达利塔，就说我在受苦，
因为失去了爱情。

对巴雅多尔的描述，最早见诸文字的是在1773年出版的《从布宜诺斯艾利斯到利马的瞎子领路人》中。书中说当时的巴雅多尔"用一个演奏拙劣的小小吉他来伴奏，不时荒腔走板地唱些民间小曲，歌词是结结巴巴地临时杜撰出来的，内容是一些爱情故事"。然而就是这些民间歌手，到处受到群众尤其是年轻妇女的欢迎。他们骑着马，背着吉他琴，从一个乡村酒店走到另一个乡村酒店，为人们的节日助兴。由于歌手们喜欢讽刺，有时一次兴高采烈的集会最后竟导致拔刀相斗。巴雅多尔不仅是出色的歌手，往往也是无畏的勇士。

这些传奇式的巴雅多尔的演唱正是高乔诗歌的起源。到1810年前后，在拉普拉塔河地区出现了两种诗歌的同化与竞争：一方面是巴雅多尔创作的顺口溜式的民歌走向没落，另一方面是模仿巴雅多尔的诗人创作正在兴起。初期的高乔诗歌都是无名氏的作品，后来才出现了创作高乔诗歌的诗人。一般说来，高乔诗歌有以下几个特点：

（1）作者都不是高乔人，而是城里的文化人，但他们熟悉巴雅多尔的演唱，熟悉高乔人的生活、性格和语言。

（2）诗句都由八音节组成，通俗易懂，便于吟唱，是西班牙谣曲的移植。

（3）诗中运用高乔人的语言，但已非简单的模仿，而是一种艺术创造。

（4）一般采用高乔人自己叙述或高乔人之间对话的方式，诗人则隐藏在他们的后面。

（5）一般都具有鲜明的政治色彩，有的作品虽然没有明显的政治意图，只是描述高乔人在城市中的见闻和感受，但是作者对诗中主人公同样充满深厚的感情。

高乔诗歌的产生和发展是与新古典主义和浪漫主义文学同步进行的。它既有前者注重教育性的特点，又有后者突破传统、勇于创新的精神。这是一些作家向民间文学学习所取得的丰硕成果，是一种富有浓郁乡土气息的、雅俗共赏的文学创作。在这一点上，高乔史诗与古典史诗倒是颇为相似，只是古典史诗往往是文学的源头，而且往往蕴含着丰富的神话因素。

从1810到1880年，高乔诗歌的发展持续了70年之久。从口头演唱到文字创作，从民间歌手到著名诗人，从抒情到叙事，这些演变是逐步进行的。高乔叙事诗一般取材于高乔人的英雄业绩、印第安人和西班牙人的战争、罗萨斯统治时期的逸事、法昆多·基罗加之死以及高乔人的日常生活。后来，这些叙事诗的规模更加庞大，加工也更加精细，发展成为高乔史诗，从而使高乔诗歌获得了永久性的价值。在史诗的创作中，有三位诗人赢得了崇高的声誉：伊拉里奥·阿斯卡苏比，代表作是《桑托斯·维加或拉弗洛尔的孪生兄弟》（1851—1872）；埃斯塔尼斯劳·德尔·坎波，代表作是《浮士德》（1866）；何塞·埃尔南德斯（1834—1886），代表作是《马丁·菲耶罗》（1872、1879）。在这三部叙事诗中，被称之为史诗的只有《马丁·菲耶罗》。

2 《马丁·菲耶罗》的作者

何塞·埃尔南德斯于1834年11月10日出生在布宜诺斯艾利斯省的圣马丁。他从小跟随父亲到牧场生活。他因此获得了健康的体魄，成了出色的骑手，而且也熟悉了高乔人的生活、劳动、风俗和语言。

1853年1月，19岁的埃尔南德斯加入罗萨斯的养子佩德罗·罗萨斯的部队。1856年他与人合作，创办《和平改革》日报。1857年任助理上尉的埃尔南德斯因为反对宗教并同另一名军官决斗而脱离了戎马生涯。翌年，他到了恩特雷里奥斯省，发表了题为《两种政策》的小册子。1859年埃尔南德斯再次投笔从戎，参加了乌尔基萨将军指挥的打败统一派军队的塞贝达战役。在军政界的生涯中，他接触了下层人民，对市民、短工、高乔士卒的戏言俚语津津乐道。他声若洪钟，谈吐潇洒，人送绰号"戏谑大师"。

埃尔南德斯具有 19 世纪阿根廷作家典型的双重性格：既是思想家，又是实干家，不过他的实干家气质更为明显。当时在阿根廷国内，开展了关于高乔诗歌《浮士德》是否属于民族文学的讨论。有人认为，高乔诗歌没有文学价值，不过是茶余饭后消遣的玩意儿。埃尔南德斯决心以自己的创作来抵制评论界的偏见。1872 年，他发表了《高乔人马丁·菲耶罗》。七年后，在读者的强烈要求下，又发表了长诗的续篇《马丁·菲耶罗归来》。在此期间，上集已经出了 11 版。

从此以后，人们对埃尔南德斯的军人、记者和社会活动家的身份已经不感兴趣，而只把他当作自己的歌手，当作人民中的一员了。每当人们见到他的时候，就干脆叫他"马丁·菲耶罗"。这不仅因为他留着丘比特式胡子，堂堂仪表和衣着服饰与高乔人颇为相似，还因为马丁·菲耶罗的典型性格中确实有作者的身影。

何塞·埃尔南德斯为人纯朴、善良、坚定、开朗，勇敢而不鲁莽，刚毅却不固执，就连他的宿敌对他也有很高的评价。他的文学爱好也与他的性格相符。他在写作或演说时，通俗质朴、平易近人。他能整篇地背诵古文而准确无误，甚至能按照限定的题目和词序即兴赋诗或发表演说。他是讲笑话的大师，能做到见景生情，脱口而出，风趣横生，妙语惊人。他喜爱成语和民间故事，十分重视高乔人的语言，这使他在表现广泛的题材和充满生机的意境时得心应手，游刃有余。

《马丁·菲耶罗》是埃尔南德斯一生中的最高成就。在人们的心目中，马丁·菲耶罗就是埃尔南德斯的化身。1886 年 10 月 22 日，一家阿根廷报纸以这样的标题赫然宣布："参议员马丁·菲耶罗昨日与世长辞"。

3 《马丁·菲耶罗》的情节、人物和主题

《马丁·菲耶罗》的情节始终都是围绕着主人公的遭遇展开的。马丁·菲耶罗原本在家乡的土地上过着田园牧歌式的生活，后来像许多高乔人一样，被

抓到边界地区与印第安人作战，历尽边关之苦。由于受到上司的凌辱，他不得不开了小差。回到家里一看，老婆孩子都已不知去向。他只得离乡背井四处流浪。在颠沛流离的过程中，由于言语相讥，他又两次与人格斗，杀死一名黑人和一名高乔人，从而成了一个惶惶不可终日的逃犯。一天夜里，他终于被警察发现了！他只身一人，力抵群敌。这时意想不到的事情发生了：一位军曹为马丁·菲耶罗的勇气所感动，便反戈一击，和他一起把警察杀得大败而逃。从此，他俩就成了莫逆之交。军曹克鲁斯也是高乔人，长诗上部描述了他与马丁·菲耶罗极为相似的不幸遭遇。就这样，两个朋友决心穿过沙漠，到印第安人中间去寻找栖身之地。

七年之后，在读者强烈的呼吁声中，史诗的续篇《马丁·菲耶罗归来》问世。一开始写马丁·菲耶罗和克鲁斯到了一个印第安人部落。那里正在集会，部署偷袭白人的军事行动，于是把他们当成奸细抓了起来。一位酋长救了他们的性命，但他们却成了俘虏。作者在此加了个楔子，描写印第安人的原始生活、社会习俗、风土人情。后来，克鲁斯死于瘟疫，马丁·菲耶罗在他的墓前悲痛欲绝。这时，他发现一个印第安人正在虐待一个掳来的白人妇女，便拔刀相助，杀死了印第安人，同那个女子一起逃到了高乔人居住的地方。此后，他找到了两个失散的儿子，他们又叙述各自的经历：长子由于无依无靠，给人打短工，后来被诬告判刑、发配边关充军，受尽了千辛万苦；次子遇到一位绰号"美洲兔"、饱经风霜的老人做养父和监护人，老人经常以切身的体会给他讲为人处世的"诀窍"。就在马丁·菲耶罗父子欢庆团圆之时，有一个名叫皮卡尔蒂亚（意为"流浪小子"）的人，也要求伴着琴声讲述往事。当他讲了种种人情冷暖、世态炎凉之后，马丁·菲耶罗发现他原来就是好友克鲁斯之子。故事临近尾声，又来了一个黑人向马丁·菲耶罗挑战，要求与他对歌。对歌中，黑人歌手回答了什么是天、地和海洋，什么是爱情及法律等，并且提了什么是数量、重量和时间等问题。特别是那黑人歌手的歌唱，充满了自豪、自信和自尊以及对种族歧视的批判和对社会不公的谴责。当对歌结束时，才知道这位黑人歌手原来是被马丁·菲耶罗所杀的那个黑人的弟弟。他是来为哥哥报仇的。最后，马丁·菲耶罗领着孩子们走了。他对他们进行人生哲理的教育，以便各奔前程，自谋生路。全诗以马丁·菲耶罗的自弹自唱而结束：

> 只因为我的生命
> 属于我所有弟兄，
> 他们会将这故事
> 自豪地记在心中，
> 乡亲们不会忘记
> 他们的高乔马丁。
>
> 记性是伟大天赋，
> 这品质值得颂扬；
> 莫怀疑我在这里，
> 将某人诬陷中伤，
> 要知道不念旧恶，
> 也算是记忆力强。
>
> 我对谁都未冒犯，
> 请不要自寻愁烦；
> 我所以如此吟咏，
> 是觉得这样方便，
> 绝不会加害于人，
> 而是为大家行善。

在全诗所有的人物中，只有主人公有姓有名。马丁是用了诗人家乡圣马丁的名字，菲耶罗（Fierro）是高乔人常用的武器——矛头。此外，马丁·菲耶罗也反复强调他的不幸就是所有高乔人的不幸。主人公的好友克鲁斯（Cruz）

的名字，是当时文盲签字画押时画的"十"字标记。这个人物的出场，更加突出了主人公马丁·菲耶罗。因为他就是马丁·菲耶罗的影子，或者说是他的一面镜子。在他身上，马丁·菲耶罗看到了自己。这两个人物相辅相成，命运是如此相仿，性格是如此类似，行动是如此默契。一般评论家都认为这是友谊的象征。从文学的角度来看，克鲁斯是马丁·菲耶罗仅有的一个听众，两个人就可以互叙衷肠，避免总是一个人唱独角戏。克鲁斯就像古典史诗中英雄人物的侍从一样。马丁·菲耶罗的两个儿子也以各自的经历，做了中心人物的陪衬。长子通过其狱中生活，从另一个角度反映了他父亲在边关军旅生活中所受的磨难，从而开阔了读者的视野。这种新的环境描写，不仅丰富了故事情节，也加深了埃尔南德斯所做的社会批评的意义。次子同样是父亲的辅助形象。他的养父"美洲兔"，是史诗下部刻画得非常成功的一个人物，是社会上成千上万这类人物的典型。埃尔南德斯对他的肖像和性格描述得可谓淋漓尽致，入木三分。他信奉的是犬儒派哲学，就像马丁内斯·埃斯特拉达指出的那样：对狗体贴入微，对人却不屑一顾。他的消极现实主义和作者的理想主义完全是两种道德观念，然而他那玩世不恭的人生哲学却有着很强的说服力。他的许多格言警句都已被吸收到阿根廷民族文学的传统之中。

皮卡尔蒂亚是另一种面貌的高乔人。他和马丁·菲耶罗父子相会之前的奇闻逸事，充满了在生活的激浪中随波逐流而自得其乐的情趣，他把读者引入了流浪汉小说的境界。

全诗中唯一与马丁·菲耶罗没有亲朋关系的人物就是黑人歌手。这个人物，与其说是情节上的需要，不如说是技巧上的需要。这是史诗中最富于文学性的人物，连他为兄长报仇的武器都是文学性的：对歌。他的决斗是智力的竞争；他对于对手的不可一世，报以文雅和谦恭。他是品德的象征。在他的身上，读者意外地看到了另一个何塞·埃尔南德斯。

《马丁·菲耶罗》是何塞·埃尔南德斯的理想社会的文学体现。诗人曾概述了自己的向往：（一）实行区域自治；（二）举行市政选举；（三）废除镇压印第安人的戍边部队；（四）法官、军官和学校的官员都由人民选举。这些社会政治要求都反映在诗人的作品当中。诗人特别集中地反映了被驱赶到边界地区与印第安人互相残杀的高乔人的悲惨命运以及他们的英勇反抗，从而使这部长诗超越了时代的界限，获得了强大的生命力，成为一部真正为捍卫自由而斗争的史诗。1874年第八次出版《高乔人马丁·菲耶罗》时，在致出版者的信中，埃尔南德斯明确指出：

"……高乔人应该成为公民，而不是贱民；应该既承担义务又享受权利，他们的文化应当使其地位得到改善。……法律保障应当有他们的一份，日新月异的进步所创造的便利条件他们应当分享；他们的茅舍不应当游离在学校的势力范围之外。……这正是爱国主义所主张的，社会正义所要求的，国家的进步和繁荣所必需的。"

在这里，埃尔南德斯的创作意图一目了然。当然，诗人在对现实社会进行深刻揭露和强烈批判的同时，也有着理想主义的憧憬，这就是那种牧歌式的田园生活：

我熟悉这块土地，
乡亲就住在那里。
那里有小小茅屋，
也有他妻子儿女。
看他们如何度日，
是一种美好乐趣。

正是这种自由自在的小康生活和当局的横征暴敛构成了鲜明的对照。从历史上说，过去的牧民生活并非那么美妙，作者显然运用了浪漫主义的艺术夸张。长诗中对印第安人部落的描写，无疑也有夸张。但是一想到马丁·菲耶罗在原始的部落中尚能苟活下去，而在所谓的文明社会中却无地自容，这种夸张的艺术效果也就不言而喻了。

马丁·菲耶罗和法官的关系以及他对待选举的态度，也清楚地表明了高乔人所受的残酷迫害。让我们再听听这个在时代悲剧和生活苦水中挣扎的生灵的呐喊吧：

> 和平时分文不给，
> 打仗时要你当先。
> 出差错无人原谅，
> 处罚时绝不容宽。
> 高乔人生在此地，
> 只是个投票机关。
> ……
> 对于他只有牢笼，
> 对于他只有酷刑。
> 尽管是理直气壮，
> 总诬你理屈词穷：
> 穷人道理木头钟，
> 干敲不响无人听！

在这里，马丁·菲耶罗与何塞·埃尔南德斯是完全一致的。诗人的身世，他在政治、社会以及其他方面的经历，都反映在他的诗作当中。诗人的记者和戎马生涯促使他为高乔人大声疾呼，他始终没有忘记自己作为见证人的使命。《马丁·菲耶罗》对社会的强烈抗议和对自由的狂热追求，使这部暴露文学带上了控诉的色彩。

现在，创作《马丁·菲耶罗》的客观条件早已消失了，连它所描述的高乔人也不复存在了，然而它却像历史进程中的一座丰碑巍然屹立，依然在鼓舞人们为捍卫理想和自由而斗争。

4 《马丁·菲耶罗》的艺术特色

《马丁·菲耶罗》是一部夹叙夹议的长篇史诗。它在描写人物的生存环境和心理状态时完全是写实的，生动、逼真，令读者感同身受。

据阿根廷著名作家博尔赫斯披露：1879年埃尔南德斯把他的诗集给米特雷[①]寄了一本，并写道："堂巴尔多罗梅·米特雷将军阁下，25年以来我一直是您的政敌。没有多少阿根廷人会这样说话；但是同样也很少有人敢于像我一样，可以超越这种回忆而请求您这个伟大的作家，在您的图书室里匀出一小块地方，存放这本小小的诗集。我请求您收下它，以此作为此书的作者和您的同胞对您的尊敬的见证。"米特雷在给他的回复中，认为《马丁·菲耶罗》是一部"在阿根廷的文学和历史上获得地位的作品"，"是一部真正的自然而然的诗歌，是从真实生活的整体上切割下来的"。

史诗虽然是写实，但读起来却津津有味，这与诗人驾驭语言的能力有很大关系。《马丁·菲耶罗》的语言也像它的诗体一样，具有自己的特色。高乔诗歌不仅要求描写乡村的题材和环境，而且要求用高乔人的语言。诗人要把时代的思想脉搏通过特定的时间、地点和生活以及特定人物的语言表达出来。这个特点在《马丁·菲耶罗》中得到了广泛的体现。这种所谓高乔语言是由多种因素构成的：古代的语言、重音的移动、语音的变化、成语的运用等，这些在史诗中俯拾即是。诗中形象的比喻和成语的运用对主题思想的表达起了很大的作用，使它具有强大的生命力，乃至成为阿根廷文化传统的组成部分。比如，在克鲁斯叙述了自己的经历之后，马丁·菲耶罗唱道：

咱们是同根所生，
两颗瓜一条枯藤；

[①] 米特雷（1821—1906）阿根廷政治家、军人、作家，曾任阿根廷总统。

> 我今生遭逢不幸
> 你今世不幸遭逢。
> 下决心结束厄运，
> 去土人部落谋生。

在史诗上部结束时，两位朋友决定去印第安人部落谋生，诗人用寥寥数行诗句，便将他们故土难离的情感淋漓尽致地表现出来：

> 他们已越过边境，
> 那时正升起曙光。
> 克鲁斯告诉马丁，
> 再看看身后村庄。
> 就只见珠泪行行，
> 挂在他朋友脸上。
>
> 沿着那既定方向，
> 走进了漠漠大荒。
> 旅途中或有灾祸，
> 也不知生死存亡。
> 但愿得有朝一日，
> 终究会得知其详。
>
> 消息就到此为止，
> 故事就到此告终，
> 我讲述这些不幸，
> 只因为都是实情：
> 您所见每个高乔，

都是用苦水泡成。

又如，在马丁·菲耶罗与黑人歌手对唱时，后者对法律的见解堪称经典，即便是今天读起来，也会令人叫绝：

题目你随意挑选，
全都是棘手难缠，
对此情并不烦恼，
我自有方法答辩：
定法律本为众人，
却只将贫民惩办。

法律似蜘蛛结网，
请恕我无知妄说。
有钱人毫不在意，
有势者悠然自得：
大虫儿一冲就破，
小虫儿总被捕捉。
……
将法律比作宝剑，
这比喻十分恰当：
谁持剑谁会看到，
利刃应砍向何方。
从来是剑刃向下
哪管他姓李姓张。

史诗结构安排得井然有序也是令人称道的。上下两部虽然相隔七年出版，下部比上部的棱角钝了一些，但读起来却仍然浑然一体。这不仅因为主人公是一致的，还因为在情节安排和结构处理上非常匀称和谐。在上下两部的前奏中，有着相似的抒情章节和政治隐喻。主人公都是冲破了某种社会的束缚：在上部是逃脱了政府的追捕；在下部是逃离了印第安部落。而且前后都有与亲朋的聚会，相会后各自都要叙述自己的经历。总之，在全诗中，叙述、描写和对话三种截然不同的形式被歌手联系在一起，而正是诗人自己在担任解说。

在《马丁·菲耶罗》诞生的年代，拉普拉塔河流域占统治地位的文学流派是浪漫主义和风俗主义，现实主义也已经开始萌芽。《马丁·菲耶罗》不属于上述任何一种流派，却各派的影响兼而有之。它像是一朵土生土长的奇葩，开放在潘帕斯草原上，以它别具一格的美丽和芳香，装点着阿根廷的文学园地。

5 《马丁·菲耶罗》在文学史上的地位及其深远的影响

正如马丁·菲耶罗所说，他的名字在高乔人中间家喻户晓、妇孺皆知。他的死就是以他为代表的整个高乔民族之死；他们是被"文明"的机械和财富毁灭的。然而直至今日他的名字仍是草原上朝气蓬勃的生活的象征，因为他是一个自由的人，而并非固定在经济和社会机构上的铆钉。比起现代的农业工人来，他是美洲主义的更好的代表。人们把《马丁·菲耶罗》誉为"高乔人的圣经"是不无道理的。

现在，《马丁·菲耶罗》早已经越过了阿根廷的国界，在美洲乃至世界文坛享有盛名。西班牙著名诗人和作家乌纳穆诺就时常在萨拉曼卡大学的课堂上，将《马丁·菲耶罗》与《伊利亚特》和《奥德赛》一起向学生们朗诵。据不完全统计，它已被译成30余种文字。何塞·埃尔南德斯的生日被命名为阿根廷的传统节日。

1883年，法国-阿根廷籍诗人格鲁萨克在《智慧旅行》第二卷中描述了自己拜访法国的伟大诗人维克多·雨果的经历："我感到非常严肃，就好像待在《马丁·菲耶罗》的作者何塞·埃尔南德斯的家里。"

阿根廷作家、诗人卢贡内斯认为，无疑是埃尔南德斯的那部作品使他接近了大众，于是他写了一本《巴亚多尔》。卢贡内斯要求把《马丁·菲耶罗》称为阿根廷的"民族之书"，要求把《马丁·菲耶罗》称为史诗。19世纪初，关于书籍带有宗教性质的观念转变成为带有民族性质。苏格兰散文家和历史学家卡莱尔说："从《神曲》中可以解读意大利，而从《堂吉诃德》中可以解读西班牙。"卢贡内斯在他的启发下，则宣称"我们阿根廷人终于有一本带有这种性质的书了"。而这一本书，无疑指的就是《马丁·菲耶罗》。他说：埃尔南德斯的这本书中有我们的根源，如同在《伊利亚特》中有希腊人的根源，在《罗兰之歌》中有法国人的根源一样。

阿根廷诗人、作家、历史学家罗哈斯在他的《阿根廷文学》中说："人们创建城市，一开始只是修一些小堡垒；然后把他们的行动渐渐地、呈辐射状向荒野伸延开来，他们与处女地搏斗，与猛禽搏斗，还要忍受尚不完善的社会机构的不公正对待；他们对人世、对正义充满信心，他们在这种与生俱来的力量的驱使下，无所畏惧地朝前闯；这就是高乔人马丁·菲耶罗的生活；这就是整个阿根廷人民的生活。"

尤其值得一提的是西班牙"九八年一代"诗人米格尔·乌纳穆诺的见解："在《马丁·菲耶罗》中，史诗的成分和抒情的成分紧密地互相渗透，互相融合，这完全是我所了解的西班牙语美洲式的东西。……这是不灭的西班牙母亲的回声，是父母遗留给他们的鲜血与灵魂的回声。《马丁·菲耶罗》是西班牙的斗士之歌，这些斗士在格拉纳达竖起了十字架以后，就到美洲去了，为的是朝着文明前进，为的是去到莽原上开拓道路而充当先锋。"

而相比之下，西班牙杰出的文学史家和文学评论家梅嫩德斯·伊·佩拉约的观点更加明确："阿根廷人一致认为，高乔文学的代表作是何塞·埃尔南德斯的《马丁·菲耶罗》。这部作品在整个阿根廷领土上都极具普及性，不仅仅在城市，而且在乡间的小酒店和农庄。这一股阿根廷潘巴斯的清风以它的桀骜不驯、勇猛倔强的诗句的形式流传开来，在那些诗句中，那不屈的、原始的激情在迸发，在与徒劳地想控制主人公的社会机构的勇猛斗争中迸发，最后，这股激情使他投身到那自由自在的莽原生活之中，尽管还带有对文明世界的些许怀念，但是，是文明世界将他从自己的怀抱里抛弃。"可以看出，使梅嫩德斯·伊·佩拉约深受感动的是我们前面所引的两个朋友恋恋不舍地逃离家乡的情景。

1948 年，阿根廷诗人、散文家埃塞基耶尔·马丁内斯·埃斯特拉达在墨西哥发表了《马丁·菲耶罗之死与幻化》。这部作品完全是根据《马丁·菲耶罗》的题材创作出来的。作者没有对其文本做什么解释，而更多的是一种再创作。《马丁·菲耶罗之死与幻化》开拓了一种高乔诗歌批评的新风格。

要说对《马丁·菲耶罗》的评价，我们认为，阿根廷当代著名作家博尔赫斯的论断最具权威性。他不仅创办过题为"马丁·菲耶罗"的先锋派诗刊，还与人合作，写了一本题为《关于马丁·菲耶罗》（1929）的书。他在这本书的结论部分说："在欧洲和美洲的一些文学聚会上，常常有人问我关于阿根廷文学的事情。我总免不了这样说：阿根廷文学（总是有人不把它当回事）是存在的，至少有一本书，它就是《马丁·菲耶罗》。"并说："以它的优秀而论，它完全可以和属于 19 世纪的无人不知的小说家们，如狄更斯、陀思妥也夫斯基和福楼拜的作品齐名。"

在论及《马丁·菲耶罗》在文学史上的地位时，有人把它和《堂吉诃德》做了一个类比。虽然有些牵强，却也不无道理。如果说《堂吉诃德》是达到了一种文学形式——骑士小说的顶峰，从而结束了骑士小说的时代的话，那么《马丁·菲耶罗》则是达到了另一种文学形式——高乔史诗的顶峰，同样结束了高乔史诗的时代。《马丁·菲耶罗》自出版以后，就受到了阿根廷人民的爱戴。他们把这部作品看成自己的民族史诗。据说当时在偏僻的乡村小店里，除了火柴、啤酒、沙丁鱼罐头……，还要摆上几本《马丁·菲耶罗》[①]。这就是这部史诗的人民性，这就是它的社会价值，这就是对一部文学作品的最好奖赏。

---

① 据博尔赫斯在《关于马丁·菲耶罗》中说：在 1894 年版的按语中，编者说："我的一位顾客，他是个批发货栈老板，昨天他给我看一位乡村酒店老板的订货物单：12 包火柴；一桶 225 升的啤酒，12 本《马丁·菲耶罗归来》；100 个沙丁鱼罐头……"

第十四专题　拉丁美洲神话概述 ①

赵振江

拉丁美洲是一个有着深厚神话传统的大陆，其古代最重要的三个民族玛雅人、印加人和阿兹特克人在创造举世闻名的印第安文明的同时，也形成了他们独特的神话世界。神话与现实在古印第安人的世界观中是不可分割的整体："客观物质世界与印第安传说中神的世界是相通的，梦幻与现实之间没有不可逾越的鸿沟。他们用迷信的眼光看待世界，给一切都涂上神秘的色彩。他们的周围变成一个半梦幻半现实的世界。阿斯图里亚斯把印第安人的这种认识世界的方法称为'二元观'。"② 神话也为拉美"魔幻现实主义"文学提供了丰富的素材，诺贝尔文学奖得主、哥伦比亚作家加西亚·马尔克斯的著名小说《百年孤独》便是拉美神话的集大成者。

印第安神话可以分为两个时期三大体系：11世纪前的玛雅体系以及11世纪后的阿兹特克和印加体系。印第安神话经历了漫长的演化过程，吸纳了美洲各民族的风俗和神灵，有些神互相混合，另一些则发生变化。神灵没有无限的权力，对世俗的统治权并非一成不变，他们的职司会时常更动，会死，会退休，会更替掌权。许多时候他们是大自然的化身，具有人的个性。根据阿兹特克人和印加人以太阳周期计算世界年龄的方法，最后一个（第五个）印第安太阳时代从公元1043年算起，此前的老神大都早已淹死在大海里了，于是他们拥戴许多新神来代替古代的神。其结果是我们今天可以看到无数的印第安神话

---

① 本文根据已故段若川教授（1941—2003）生前留下的资料写成，是名副其实的"概述"。
② 刘习良：《〈玉米人〉译本前言》，漓江出版社，1986年，第6页。

和传说，有时它们相互矛盾，但没有一个成为信条。

1　玛雅神话

玛雅文明是中美洲古代印第安文明的杰出代表，因玛雅人而得名。玛雅人起源于奥尔梅卡人（Olmeca）和萨波特卡人（Zapoteca），主要分布在墨西哥南部、危地马拉的热带森林、伯利兹北部以及洪都拉斯和萨尔瓦多的西部。玛雅文明约形成于公元前2500年，公元前400年左右建立早期奴隶制国家，公元250年—900年达到其古典文明的鼎盛时期（在被西班牙人征服之前是西半球伟大的古代文明之一），建立了一些城邦，并创制了一种特殊的象形文字。在建筑和艺术上达到很高水平的神庙及一些墓碑、壁画、雕塑等，大部分至今尚存，但书卷仅存三卷，其中1550年问世的玛雅经书《波波尔·乌》（*Popol-Vub*）是了解玛雅神话的最全面资料来源，它的意思为"公社之书"或"忠告之书"，被视为玛雅-基切人的《圣经》，叙述了世界的起源和基切人的历史。另两部是西班牙征服美洲时期用玛雅文所著的《奇拉姆·巴拉穆之书》（*Libros de Chilam Balam*）以及西班牙人迭戈·德·兰达（Diego de Landa）于1566年写下的《尤卡坦事件记述》（*Relación de las cosas de Yucatán*），它们是16世纪玛雅人生活的重要资料。

玛雅文明于15世纪衰落，最后被西班牙殖民者摧毁，18世纪末开始引起学术界注意。19世纪末，发掘出一批重要遗址，开始了对玛雅文明的现代考古学研究。20世纪50年代后，研究进展较快，形成专门的玛雅学，是世界考古学及历史学研究的重要领域。

玛雅人笃信宗教，文化生活富于宗教色彩。他们崇拜太阳神、雨神、五谷神、死神、战神、风神、玉米神等。另外，玛雅人行祖先崇拜，相信灵魂不灭。史料证明，玛雅宗教与玛雅人的天文、数学知识联系甚密。他们靠肉眼观察，能较准确地预测出日食和月食的时间，掌握了金星与月亮的运转周期；发明了四种历法，太阳历与太阴历并用。每个时辰代表一个神，并为特定的崇拜对象。玛雅人对星座与行星的崇拜也影响了托尔特卡人（Tolteca）和阿兹特克人。

1.1 玛雅人的宇宙神话

公元前4世纪，玛雅人古老的自然崇拜发生了深刻的变化，他们关于宇宙形成过程的神话传说如下：在宇宙形成之前是寂静和原初的黑暗，什么也不存在，是语言造就了宇宙。负责此举的是玛雅的先人古谷玛特兹（Gucumatz）、天空之心吴拉甘（Hurakán）和黎明的祖父母伊斯比亚格克（Ixpiyacoc）、伊斯穆卡内（Ixmucané）。人类的创造则经过了好几次试验。第一次尝试使用的原材料是泥土，但未成功，因为泥土会分化，也不能行走或复制，开始时能说话，但没有理解力。在第二次试验中，先人们决定做木头娃娃。这些娃娃模样像人，说话也像人；虽然它们可以复制，但没有其创造者的灵魂、理解力和记忆力；走路像猫，并且没有方向感。创造人类的最后试验在四个玉米人身上告捷：巴拉穆-耶阿特塞（Balam-Quitzé，老虎太阳或老虎火）、巴拉穆-阿卡布（Balam-Acab，老虎大地）、玛乌古达（Mahucutah，老虎月亮）和伊基-巴拉穆（Iqui-Balam，老虎风或空气）。这些玉米人具有智慧和良好的视觉，会说话、走路、抓东西、善良又美丽。在玛雅神话中，人类的发展与他们的主要种植物及食物源泉玉米等同。

时间是玛雅人宇宙观的一个重要的组成部分，他们认为时间就是神。在玛雅神话中，时间是无始无终的循环系列，每段循环持续大约5200年，然后被灾难中断，回归原初的混沌。但世界永远不会结束，因为玛雅人相信轮回，相信宇宙的循环再生。天堂和大地都是方形的，后者支撑在一条漂浮于海洋上的巨大鳄鱼的尾巴上，通过东西南北四角相连。大地通过其根源直达地狱。四个巴卡布神（Bacab，他们可能是四兄弟，也可能是一个神的四个化身，各主持四年循环中的一年）站在各自的方位上以手撑起多重天空，使其不坠地。每个方位都对应着一个颜色（东/红，西/黑，南/黄，北/白，中/绿）、一棵树（神圣的木棉）和一只鸟。

玛雅人认为在大地之上分层设置了十三层天堂，每层都有各自的神统治，其中最高的神是穆安（Muan，一种猫头鹰）。这十三层从东地平线上升，然后从那里下降，与西地平线相连，所以东、西一直是最重要的方向。

大地之下有九层地狱（名叫米特那尔），从西地平线往下至最底层，然后上升与东地平线相连。地狱也由九位夜神波龙蒂库（Bolontiku）主管，他们给下到地狱的玛雅人出各种危险的考验和陷阱。少数能够通过这些考验的人重生时可以上升到一个新的社会等级。另外，在玛雅人眼里，天堂是男性的，地狱是女性的，它们之间存在着剧烈的对抗，统管它们的神灵之间也经常发生冲突。对玛雅死者来说，有三个不同的居所：第一个叫米克塔兰，位于地狱最深层。到达那里是危险的，因为死者需要一双新鞋，必须穿过三个门，在狗的帮助下越过一个湖。第二处是一个优美的天堂，那里流淌着牛奶和蜜汁，等同于雨神的居所。在天堂里还有一个给儿童的空间，将他们安置在一棵长满女性乳房的大树上，这样可以继续喂养儿童。第三个居所在第七层天堂，去此处的是那些已经在地狱待过一段时间的死者、死于战争的人和死于难产的妇女。

在玛雅神话中，从死者嘴里出来的灵魂，携带着标枪并在他的爱犬影子的陪伴下，在到达死后的居所前要接受几次考验：越过两个危险的岩石，与一条蛇交战，与一条鳄鱼交锋，穿过八个沙漠和八座山，战胜一股能够劈开最结实岩石的旋风以及一系列挡路的魔鬼。

1.2 玛雅人的神灵

玛雅神话有将近 200 个神，而且根据各自在时空中的功能，他们都具有双重性。其主要特征是：

1. 这些神很少以人的形式出现，而是融合了动物与人的双重特征。
2. 每个神都与四个方位和颜色相关。
3. 根据每个神所占据的时空，他们的功能是多样的，能够扮演截然对立的角色。

4. 与时段相关的神具有明显的主导优势。

5. 有些神的功能相同或相似。

6. 每个神具有多种功能，可以有不同的名字和称号。

7. 神的类人形象常常具有可辨别的特征，如方形眼睛、变形鼻子等。

8. 特殊的象形文字与神有关、在文字与艺术中提到神的属性。

玛雅神话的主要神灵有：

1. 伊察姆纳（Itzamná）：玛雅文明中最高、最重要的神，是天堂、大地、地狱和植物的创造者（主管上天和昼夜），知识的守护神（颁行文字和历法，保佑医术），祭司的保护神，也是火神和心脏之神，代表了自然界的死亡和复兴。因此他是与精英阶层关系最密切的神，他的象征物（蜥蜴或四脚蛇）往往刻在统治者的墓碑上。

2. 太阳神基尼齐阿乌（Kinich Ahau）和月亮女神伊克斯切尔（Ixchel）：他们在玛雅神话中是一对创造者，即第一父亲和第一母亲，其他所有的神都是其后代。玛雅文明与阿兹特克文明有很多相似之处，所以在玛雅神话中太阳神也叫"羽蛇神"，他是新宇宙的起源；月亮女神还是水神（洪水的引发者），主管女性生育，她的形象是一个中了魔的老妇，被毁灭的象征物所围绕。

3. 雨神恰克（Chac）：其特征是獠牙突出，眼大而圆，鼻长如象。他掏空葫芦，投掷石斧来制造雷雨。青蛙是他的伴侣，宣告雨水的到来。恰克显形为四位，分别掌管四方四色。

4. 玉米神阿穆（Ah Mun）：在玛雅人心目中，人靠吃玉米维持生命，玉米即是人；人死后可以使土地肥沃，帮助玉米生长，人即是玉米。玉米是哥伦布发现美洲之前的玛雅人的主要食物。阿穆与死神阿布曲（Ah Puch）经常发生争斗。

5. 东方神库库尔坎（kukulcán）：相传该神是玛雅潘城邦的守护神，又是科科姆王族的始祖，该王族在玛雅潘城邦建立政权，一度使其他城邦臣服。库库尔坎半人半蛇，与阿兹特克人所信的羽蛇神魁扎尔科亚特尔近似。玛雅人崇信太阳神，他们认为库库尔坎是太阳神的化身。他们在库库尔坎神庙朝北的台阶上，精心雕刻了一条带羽毛的蛇，蛇头张口吐舌，形象逼真，蛇身却藏在阶梯的断面上。每年春分和秋分的下午，太阳冉冉西坠，北墙的光照部分，棱角渐次分明，那些笔直的线条也从上到下交成了波浪形，仿佛一条飞动的巨蟒自天而降，逶迤游走，似飞似腾，这情景往往使玛雅人激动得如痴如狂。

6. 死神阿布曲（Ah Puch）：他是恶的代表，与善作对。他的形象是一个腐烂的躯体，头几乎是骷髅，装饰着钟和由骨头、羽毛制成的项链。他时常在夜里升到地上，寻找猎物，在病人的家外徘徊。人唯一能避免被他带到地狱的方法是惊恐地喊叫和哭泣，让他以为自己是在地狱而非人间，于是扬长而去。

此外玛雅人还崇拜伊克斯切贝尔亚克斯（Ix Chebel Yax，主管服饰，手拿棉线桄）、太阳-美洲豹之神卡威尔（K'awil）、双胞胎英雄胡那布（Hunahpu）和许巴郎盖（Xbalanque）、黑色战神艾克楚阿（Ek Chuah，他还是商人和可可树的保护神）、自杀者女神伊萨塔布（Ixtab）。

玛雅人的祭祀活动择吉日举行，礼仪隆重，献祭者要先禁食禁欲。通常的礼仪是焚香、献巴克（用蜂蜜与一种树皮酿制的饮料）、耳舌放血、献祭动物及献舞。以活人献祭只是到后期才盛行。

2　阿兹特克神话

阿兹特克人是印第安人中的一支游牧狩猎兼营采集的民族，操纳瓦语（nahua），最初可能居住在墨西哥湾西部的一些海岛上。大约在公元11世纪中叶，阿兹特克人开始向墨西哥盆地迁移。在崛起之前他们的主要职业是给其他部落酋长充当雇佣兵，战胜了同一起源的另一些部落，如奇奇梅卡人、托尔特卡人和特克帕内卡人。14世纪初他们在部落酋长的带领下来到特斯科科湖畔定居，此后迅速崛起。公元1325年在特斯科科湖边的两个小岛上建立了阿兹特克帝国，并将以两个小岛为中心建立起来的首都命名为特诺奇蒂特兰城（即今天的墨西哥城）。

1437年阿兹特克帝国出现了一个智者，他就是著名的统治者——蒙特祖马一世（亦称"蒙特祖马大帝"）。在他的领导下，阿兹特克人建立了强大的部落联盟，活动范围大大扩展，东西两界分别抵达墨西哥湾和太平洋，人口高达600余万。阿兹特克人对其统治区域的被征服者采取极其野蛮的统治方式，无情地压迫和剥削异族。被征服地区的人民和民族必须纳贡，交出金银、皮毛、首饰以及蜂蜜等珍贵物品。由于这种残酷的统治，阿兹特克国内矛盾异常尖锐，因此当新航路开通之后西班牙殖民者科尔特斯（Cortés）入侵特诺奇蒂特兰城时，这个不可一世的大帝国犹如失去根基的大厦一般倾覆了。

2.1　继承与发展

阿兹特克人是古代墨西哥的文化舞台上最后出现的一个角色（首先出场的是奥尔梅克文明，然后是玛雅文明，最后是阿兹特克文明）。他们在墨西哥盆地中央创造了高度发达的阿兹特克文明，在美洲文明史上堪与玛雅文明相媲美。从某种意义上讲，阿兹特克文明是对玛雅文明的继承与发展。它虽深受玛雅文明的影响，但并非对玛雅文明的全盘照抄，而是有所创新。同时阿兹特克文明在萌芽时期也受到托尔特卡文明和奇奇梅卡文明的影响。14—16世纪阿兹特克文明达到顶峰，他们的宇宙观与更早的部落（主要是玛雅人）有很多共同之处，如认为现在的地球是一连串创世活动中最后一次的产物；地球的位置介于十三重上天及九层地狱之间；宇宙由创世神所创，随后出现四个周期的更迭，每个周期均以一场浩劫告终。

阿兹特克人的神话是纳瓦族文化的延伸。[①]在他们到达阿纳华卡谷地之前，

---

① 纳瓦人有几个关于创世的神话（它们是不同文化结合的产物）：1）羽蛇神魁扎尔科亚特尔和星空神特斯卡特利波卡发现神灵们感到空虚，需要有人做伴，因此需要创造大地。当时只存在一片大海，那里生活着大地怪魔。为了吸引它出来，特斯卡特利波卡拿自己的脚当诱饵，怪物于是从海底出来，吃了他的脚。在它潜回海底之前，两位神抓住它，把它拉扯开，将它的形状赋予大地。怪物的眼睛变成了小湖，它的眼泪成了河流，它的鼻孔成了洞穴。之后（转下页）

已经存在着古老的神灵和崇拜。阿兹特克人采用、吸纳了它们，同时也改造了自己的神灵，将太阳神维齐洛波奇特利、生命女神考阿特利奎与纳瓦的神灵（如雨神特拉洛克、羽蛇神魁扎尔科亚特尔和星空神特斯卡特利波卡）相提并论。在阿兹特克的神灵中，占主导地位的是太阳神维齐洛波奇特利。阿兹特克人自认为是太阳的选民，负责保障它在天空中的运行，为它提供食物。这一观念在 15 世纪中叶阿兹特克帝国的社会和宗教改革中得以强化，他们的创世神话就发扬了这个思想。

阿兹特克人也讲究血祭，不过他们以祭品代之，为此受到托尔特卡人的诋毁（托尔特卡人是阿兹特克人最早从北美沙漠地带向南面的北墨西哥迁徙过程中征服的早期文明部落之一，他们继承了被征服者的神话传说）。他们的使命是要在"老鹰落在仙人掌上"的地方建立一个帝国。此预言在一个蟒蛇滋生的岛上得以应验，在那儿，他们建造了特诺奇蒂特兰。

2.2 阿兹特克人的神灵

阿兹特克人是多神论者，崇拜自然神，拥有一大批神灵（诸神形貌在雕刻和绘画文书中都留下了记录）。他们认为神是产生自然现象的根本力量，同时神界与世俗间的关系也按照宇宙论的方式构成，形成很完备的神话宗教体系。

1. 维齐洛波奇特利（Huitzilopochtli）：名字的意思是"左撇子蜂鸟"（夏季、闪电和丰产的先兆），最初是一个名为特诺奇-墨西卡（tenochi-mexica）的部落保护神，在该部落成为阿兹特克人的统治者后，此神也成为阿兹特克人

（接上页）为了安抚怪物的痛苦，给予它生长植被的功能。后来才开始造第一批人的工作。2）据"第五太阳"传说，原初时一片黑暗死寂，没有生命。神灵们聚集在特奥蒂华坎，讨论谁应该负责创世的任务，为此他们中的一人将要投身篝火中。后来从他们中间挑选了两位来执行任务，可最强壮、最有活力的那位在投身火海时后退了；第二个是位又卑小又可怜的神（隐喻阿兹特克人的起源），他毫不犹豫地跳入火海，变成太阳。看到此景，第一个神也有了勇气，他决定投入篝火中，变成月亮。但直至此时这两个星辰在天空中还是静止的，必须给它们食品才能运行。于是其他神决定牺牲自己，把鲜血献出来。这样人类不得不永远给日月献出自己的血。

的保护神和向导，是特诺奇蒂特兰城的最高神，同时还是天堂的掌握者。作为战神和火神，他代表了战士的标枪和长矛、智慧和权力，这些象征使他和羽蛇等同。他与鹰结合为白昼太阳的象征，与美洲虎（豹）结合而为夜晚太阳和世俗王权的象征。他聪明，残酷，既富创造力，毁灭性也无与伦比。他性格坚毅，心胸开阔，生性贪婪，酷爱人祭，好大喜功，崇尚天性，限制自由。传说他曾带领阿兹特克人击败无数强大敌人，可他却把俘虏成批成批地屠杀，即使对自己的亲姐姐月亮女神也不手软。在阿兹特克年历的第15月为他举行典礼，祭司用一支箭射穿一个用人血准备的面团。

2. 奥梅蒂库特利神（Ometecuhtli）：纳瓦语意为"二主"，阿兹特克人的神、二元之主或生命之主，代表阿兹特克传说宇宙二元性的一个方面。奥梅蒂库特利神和奥梅西华特尔神（Omecíhuatl）一道居于奥梅约坎，这是阿兹特克人的第十三重天，也是最高层的天。阿兹特克人的宇宙对立因素包括雄与雌、明与暗、动与静、秩序与混乱。在阿兹特克诸神当中，奥梅蒂库特利是唯一既没有神殿也没有以其名义举行任何祭奠的神，但在祭祀的每一个行动中以及在自然界的每一个节奏中，人们都能看到他的存在。他被描绘为丰收的象征并饰佩有玉米穗。据说由他负责把婴儿的灵魂由奥梅约坎放出来，使之在地上降生为人。

3. "羽蛇神"魁扎尔科亚特尔（Quetzalcóatl）：其名意为"受尊敬的外来人"，其形象则源自胞族图腾，在一定程度上与对蛇的崇拜有关。此神被拟人化，他的形象在壁画中往往表现为长着五色羽毛的蛇，当他以人形出现时，他是一位苍白皮肤、留长须的老者。

魁扎尔科亚特尔与艺术教育相关，是他教给阿兹特克人艺术和学识，所以他是文明的引入者（阿兹特克人也承认这位神将农业、历法、文字等传授给他们）。羽蛇神时而化身为风神，时而为守护神，时而为金星神，时而为创造神，时而又化身为文化神或文化英雄。信徒为了崇拜他，从舌头底下或耳朵后面的静脉中取出血，用血来涂抹偶像的嘴，流血代替了直接的牺牲。但可惜阿兹特克人最后背叛了他，联合黑暗主神把他赶了出去。

4. 星空神特斯卡特利波卡（Tezcatlipoca）：最初是阿兹特克人三大部落之一特兹库卡人所信奉的部落神。他携带着一面护身镜（他名字的意思即为"热气腾腾的镜子"，反射着人类的行为）。作为上天之神，特斯卡特利波卡代表了元气、风暴、黑夜、死亡、不和、矛盾、诱惑和变化，后来又与个人的运气及阿兹特克人的命运相关，是统治者、巫师、战士之神。但特斯卡特利波卡也具有毁灭能力，他可以剥夺或给予财富，是奴隶的保护者，因此绰号为"饥饿的首领"和"敌人"。这个神从某种意义来说是维齐洛波奇特利的参谋，他没有左腿，用一面黑曜石镜子代替，这面镜子可以洞察一切，从过去到未来，于是他就经常和维齐洛波奇特利暗暗作对。后来维齐洛波奇特利发觉，决定杀死他的时候，他却早溜了，他的"左腿"早就告诉他了。

祭奉他的最主要节日为阿兹特克年历的 5 月举行的"托克卡脱节"，每到那时就会向特斯卡特利波卡奉献一个诚实、英俊、年轻的男子（作为地球上神的代表），由祭司长以石刀剖胸取心，献予星空神。

5. 特拉洛克（Tláloc）：阿兹特克神话中的雨、云、雷电神和丰收神。他既能降雨，又能造成干旱饥馑；既能使雷击地面，又能使飓风大作；既能降丰收之雨，也能降毁坏禾苗之雨，是阿兹特克神话体系中非常重要的一尊神。他的形象是一只手拿着一个玉斧或是缠绕的闪电神蛇，另一只手拿着一只带柄水壶，从中倒出雨水。阿兹特克人对他崇敬有加。作为光明之神，他相当仁慈，传说中他是黑暗主神人祭的最强反对派，为此他付出了代价，在和黑暗主神的战争中被残酷地杀害了。

在 3—8 世纪高原地区特奥蒂华坎文化时期就有此神的造像，戴奇特面具，眼大而圆，獠牙突出，与同时代的玛雅雨神恰克极为相似（据说浮肿、麻风、风湿等病症都是由此神和他的僚神造成的）。在阿兹特克时代祭祀此神是重要活动，遍及全墨西哥。特拉洛克住在一个叫"德拉罗岗"的水天堂里，去那里的是死于洪水、被闪电击中或得积水病的人，他们在"德拉罗岗"享受永久的幸福。向雨神祭祀时一般奉献儿童和少女。当预测有干旱降临时农民会制作像雨神似的崇拜物，为它献上玉米和龙舌兰酒。

6. 特拉佐尔特奥特尔（Tlazoltéotl），又名伊克斯奎娜或特拉埃尔夸尼，肮脏、淫荡、多产、不贞、欲望之女神。她是一个重要而复杂的大地母亲女神，别名为"贪食污秽者"，常常被塑造成蹲坐着不拘礼仪地排泄的形象，因为阿兹特克妇女的产子也常是这种姿势。她与垃圾、肥料、排泄物有关，性欲是其象征，同样与生育关联。据说她有四种形态，与人生的不同阶段相联系。作为少妇，她是一个无忧无虑的诱惑者；她的第二种形态是一个投机冒险的多变无常的破坏女神；她在中年时又成为能够净化人类罪恶的伟大女神；她最后表现为一个损害青年的女巫，其破坏性令人畏惧。她以能在她的祭司听忏悔时洗涤凡人的罪过而最为著名。

7. 托纳提乌（Tonatyw）：烈日之神。在太阳和月亮诞生之前，地位卑下的神纳纳华特辛主动牺牲自己，和虚荣的特库希斯特卡特尔神一起跳进了熊熊烈火之中，纳纳华特辛成了强大的太阳神托纳提乌，并提出用别的神灵的心和血来供奉他才能升起和降落。他同时也有战神的神格，与维齐洛波奇特利、特斯卡特利波卡同为佑护战争之神，从这一点可以看出阿兹特克强烈的军国性。

8. 考约尔克兆圭（Coyolxauhqui）：月亮女神。当她还是凡人时就是一位美貌贤惠的女子。她和亲弟弟维齐洛波奇特利为阿兹特克人做出了最初的牺牲，成了月亮女神，但最后却被弟弟杀死并肢解，他的弟弟还下令吃了她的肉。在阿兹特克人的神话中，月亮女神曾被两次砍去头颅，是一个叛逆者和失败者的形象。但在阿兹特克人的雕像中，月亮女神却以一种安详而超脱的神情来面对死亡。

9. 考阿特利奎（Coatlicue）：地球和生命女神，别号为"穿蛇裙的女人"。她也是所有神的母亲，连维齐洛波奇特利对她也只有崇敬，她的头部往往不被表现出来，有一种可能是这位女神实在太可怕了，代替她的头的是两条蛇。她长着爪子，穿着蛇做的裙子，脖子上挂着剜出的心脏、割下的手和头骨。一般理解认为，蛇蜕皮象征生命延续，生命和死亡有双重性。

10. 索罗头（Xólotl）：火神，代表了火的各种形式以及奇妙的事物。他陪伴着落日，形象或是一个骷髅，背负着太阳；或是一条狗。据传说，神灵在牺牲自我以赋予新太阳生命时，他特别难过，痛哭不已，以至于眼睛掉出了眼眶。

11. 米克兰特古利（Mictlantecuhtli）和米克兰茜华托（Mictecacíhuatl）：黑暗和死亡之神，地狱之主。这对夫妇的脸通常没有肉，只有骨头，身体却是完整的。他们誓死效忠于维齐洛波奇特利，在那位战神的保护下，他们的权威无人敢撼动。他们掌管着阿兹特克的地狱米克兰（Mictlan）。在光暗之战中，他们是黑暗的主要战斗力。米克兰特古利还是南方之神，撑起天空的一方。

12. 特拉德古特利（Tlaltecuhtli）：大地女神，与难产相关。据阿兹特克的一些传说，为了创造大地，羽蛇神和星光神把她从天上降下来，然后分割她，这样就把天与地分开了。她的头发变成了树木、花草，她的眼睛变成井、泉水和洞穴，她的嘴巴成为河流和岩洞，鼻子成为山谷和群山。

3 印加神话

印加人是南美印第安人，原为今秘鲁首都附近的一个部落，讲克丘阿语（quechua）。公元6世纪印加文化在库斯科谷地开始成长，12世纪时印加人定都于库斯科（Cusco），在第九代王帕查库蒂及其子图帕克统治时期，开始征服邻近部落。十一代王瓦伊纳·卡帕克时，形成庞大的帝国，疆土北起哥伦比亚南部，南到智利中部，西临太平洋，东至亚马孙丛林，囊括今厄瓜多尔、秘鲁和玻利维亚，总面积达80万平方公里，人口600万，人们称印加人是"新世界的罗马人"。1532年西班牙殖民者皮萨罗（Pizarro）等攻占库斯科，最后一位国王被杀，印加遂亡。

公元1000年安第斯高原的蒂亚瓦纳科人（Tiahuanaco）在吸收莫奇卡人（Mochica）崇拜美洲豹的基础上添加了一个新的崇拜要素——太阳，从那时起在的的喀喀湖南端建造了著名的独块巨石太阳门，展现了48具人-鸟形象，他们面对着一个头上金光四射、泪流满面的主神维拉科查，他是后来印加万神殿的主要人物之一。生活在的的喀喀湖北边的印加人则从一开始就共享蒂亚瓦纳科人文明的基础和宗教、神话体系，并逐渐形成了一个以太阳为中心、以万物有灵论为基础的神话宗教世界，主神为太阳神印帝。"印加"意思是"太阳的子孙"，因为这支印第安人自认为是太阳的后代，国王是太阳的化身（亦称印加）。

3.1 印加神话中的人类起源

在印加的神话传说中，位于今秘鲁境内、安第斯山脉崇山峻岭中的的的喀喀湖（世界上地势最高的淡水湖）是由造物神维拉科查因丧子之痛而流泪汇集成的。后来他在湖中的太阳岛上创造了一男一女（他们以人形从水中升起），这就是他的儿子芒科·卡帕克（Manqo Qhacpaq）和女儿玛玛·奥柳，并让他们结成夫妻。兄妹俩生儿育女，繁衍的子孙成为印加民族。芒科·卡帕克享有"印加"的称号，拥有最高权力，这是造物神崇拜向王权神圣化方向发展的开端。

为了让湖周围的印加族人过上幸福的生活，维拉科查命芒科·卡帕克教会印加族男人们捕鱼和狩猎，玛玛·奥柳教会妇女们编结舟筏和织布。有一天，造物神吩咐他的儿女，把他创造出来的新种族，带到另外一个有发展前途的地方去。于是他们就遵照维拉科查的旨意，带着一根金杖，一直往前走，走到一个地方，金杖钻入地下不见了，他们就在那里定居下来。这个地方就是安第斯肥沃的谷地库斯科，"世界的肚脐"。

3.2 印加人的神灵

印加人的神话和宗教与帝国的政治权力和国家运行制度紧密相关，众神及祭司的主要职能是支持和加强皇帝作为最高统治者的行动，以获取土地的丰收、国民的健康和战争的胜利。神灵渗透到他们日常生活的每一瞬间，每样东西、每个地方。在印加人崇拜的成百上千个神灵之上，有一个万神殿，里面是官方敬拜的重要神灵，他们在生命的创造和不朽中起到主要作用。

1. 维拉科查（Viracocha）：秘鲁地区居民在被印加帝国征服前所信奉的造物神，后来又被融合到印加宗教中，被视为大地、日、月、星辰、天空及人类的创造者和主宰，还是雨、雷电和风暴之神，是印加万神殿最古老的神灵之一，但后来其地位逐渐被太阳神所取代。

维拉科查生于安第斯山高原上的的的喀喀湖，他的创造任务在于以人的面目游历世界（有时是一个长须老者，长袍执杖），为人类提供智慧和文明的基本法则。维拉科查头上顶着太阳，留着一脸络腮胡，手持闪电，眼睛则流着大颗大颗的眼泪。头上的太阳就是太阳神，络腮胡和闪电则代表雨神。他身边有一只神鸟陪伴，能够知晓现在和未来，是神灵的信使，它的羽毛为印加皇帝的王冠。

最后当维拉科查完成创世工程之后，他把自己的毯子扔进水里作为船只，与落日一起消失在的的喀喀湖，之前还宣布自己将返回世上。印加人从此遥望西方，盼望着这位白皮肤、大胡子的神归来。此后维拉科查多次显现在人类眼前，通常会化身成一个乞丐，云游各地，最后消失在太平洋。①

维拉科查在印加人的日常生活中扮演着重要的角色，对万神殿的其他神灵具有很强的影响。维拉科查的金像坐落在库斯科太阳神庙里，每年8月庆祝他的节日。

2. 印帝（Inti）：太阳神、印加帝国的祖先，他是印加帝国最重要的神，其表现形象一般为人形，面如金盘，光芒四射。在他妻子月亮女神的陪伴下，为农田的丰产操劳，见证印加民族在安第斯高原的生存。为了表达对太阳神的感激和怀念，印加帝国自始至终，上到印加王，下及普通百姓，都尊奉太阳为唯一的主神，并通过多种形式崇拜他：印加王族及所有赐姓印加的人均尊

---

① 印加人把西班牙殖民者看成是维拉科查的后代，于是轻易地放弃了抵抗，这就是为什么一群西班牙殖民者能够利用这个神话战胜强大的印加帝国的原因。

称他为"太阳我父",自称太阳之子奉神命执掌世俗事务;为他建太阳神庙(Coriancha)、太阳门;为他举行隆重节庆仪式以及神圣的小孩祭祀①,供奉大量金银珠宝,以感谢他的赐予;把帝国全部耕地的三分之一以及土地上的出产作为他的财产施惠给国民,以使帝国之内没有冻饿乞讨之人;为他建造深宫幽院,供他的那些永获童贞的妻子(太阳贞女)居住。

3. 帕查卡马克(Pachacamac):这个名字的字面意思为"大地之主",是地震之神。作为维拉科查的翻版,他在印加帝国的中部海岸受到崇拜。但信众不为他贡献祭物,也不建造神庙。他们未看见他,他也从未现身,然而他们却相信他的存在。

4. 玛玛基拉(Mama Quilla):月亮女神,同时也是太阳神印帝的妻子和妹妹、印加王的母亲。她是妇女的保护神,其形象为一个银色的圆盘,通常位于太阳的旁边,在库斯科太阳神庙里有一个专门的神龛祭祀她。

5. 阿玛鲁(Amaru):彩虹神,他统治天空,从这个意义上讲,他在印加万神殿里起的作用很大。正因为如此,印加皇帝巴查古特克(Pachacutec)的一个儿子就取名为阿玛鲁。在库斯科太阳神庙里也有他一个专门的神龛。

6. 伊亚帕(Illapa):意为"闪电投射者",是闪电和战争之神。印加民族很畏惧和崇拜此神,他能够制造闪电将天与地结合在一起。伊亚帕还掌管雨和冰雹,这就是在干旱季节膜拜他的原因。尽管西班牙殖民者曾徒劳地想把他与基督教使徒圣地亚哥联系在一起,现在伊亚帕仍然是许多秘鲁村庄的保护神。

7. 帕查玛玛(Pachamama):印加最古老的神灵之一。作为帕查卡马克的妻子,她就是大地,是丰产的主要源泉。在星星的陪伴下她守护着成群的羊驼。如今对帕查玛玛的崇拜在秘鲁民间依然盛行,比如人们在喝酒之前会在地上洒些酒,作为对大地女神的敬奉。

---

① 所谓印加小孩祭祀,就是由印加神职人员和祭拜者挑选出身高贵的童男童女祭献给神,使他们充当往返人间和神界的信使。印加人认为,将小孩献祭给太阳神,将能保佑一年的风调雨顺和作物丰收。

8. 玛玛萨拉（Mama Sara）：玉米女神，与可可女神、土豆女神并列为三大食物女神。

9. 玛玛格查（Mama Cocha）：大海之母，崇拜她是为了安抚汹涌的海水，并使渔业丰产。

参考书目

Abrams, M. H. *A Glossary of Literary Terms*, 7th edn. Boston: Heinle & Heinle, 1999.

Adams, R. M. *Heartland of Cities*. Chicago: University of Chicago Press, 1981.

——. "The Study of Ancient Mesopotamian Settlement Patterns and the Problem of Urban Origins". Sumer 25, 1969.

Afanasjeva, V. "Mündlich Überlieferte Dichtung ('Oral Poetry') und Schriftliche. Literatur in Mesopotamien". *Wirtschaft und Gesellschaft im Alten Vorderasien*. ed. by J. Harmatta and G. Komoröczy. Budapest: Académiai Kiado, 1976.

Alster, B. *A Note on the Uriah Letter in the Sumerian Sargon Legend*. ZA 77, 1987.

——. "Dilmun, Bahrain, and the Alleged Paradise in Sumerian Myth and Literature". *Dilmun: New Studies in the Archaeology and Early History of Bahrain* (BBVO 2). ed. by D. T. Pott. Berlin: D. Reimer Verlag, 1983.

——. "Dumuzi's Dream: Aspects of Oral Poetry in a Sumerian Myth". *Mythopotamia Copenhagen Studies in Assyriology* Vol. 1. Copenhagen: Akademisk Forlag, 1972.

——. "Interaction of Oral and Written Poetry in Early Mesopotamian Literature". *Mesopotamian Epic Literature—Oral or Aural?* ed. by M. E. Vogelzang and H. L. J. Vanstiphout. Lewiston: The Edwin Mellen Press, 1992.

——. *On the Earliest Sumerian Literary Tradition*. JCS 28, 1976.

——. *The Paradigmatic Character of Mesopotamian Heroes*. RA 68, 1974.

Archi, A. "Hittite and Hurrian Literatures: An Overview". *Civilizations of the Ancient Near East*. ed. by J. M. Sasson. Peabody: Hendrickson Publishers, 1995.

——. *Transmission of Recitative Literature by the Hittites*. AoF 34, 2007.

Aristotle. *Politics*. trans. by C. D. C. Reeve. Indianapolis: Hackett Publishing Company Inc., 1998.

Armstrong, K. *A Short History of Myth*. Edinburgh: Canongate, 2005.

Austin, Norman. "Name Magic in the 'Odysse'". *California Studies in Classical Antiquity* 5, 1972.

Austin, R. G. *P. Vergili Maronis Aeneidos Liber Primus.* Oxford: Clarendon Press, 1971.

Avis, P. D. L. *God and the Creative Imagination: Metaphor, Symbol, and Myth in Religion and Theology.* New York: Routledge, 1999.

Avishur, Y. *Studies in Biblical Narrative: Style, Structure, and the Ancient Near Eastern Literary Background.* Tel Aviv: Archaeological Center Publication, 1999.

——. *Studies in Hebrew and Ugaritic Psalms.* Jerusalem: Magnes, 1994.

Bailey. C. *Religion in Virgil.* Oxford: Clarendon Press, 1935.

Baines, J. and Malek, J. *Atlas of Ancient Egypt.* New York: Checkmark Books, 1980.

Barton, G. A. "Some Observations as to the Origin of the Babylonian Syllabary". JAOS 54, 1934.

Bates, C. *The Cambridge Companion to the Epic.* Cambridge: Cambridge University Press, 2010.

Batto, B. F. "Creation Theology in Genesis". *Creation in the Biblical Traditions.* ed. by R. J. C. Clifford and J. J. C. Collins. Catholic Biblical Quarterly Monograph Series 24. Washington: Catholic Biblical Association, 1992.

Beckman, G. "Gilgamesh in Hatti". *Hittite Studies in Honor of Harry A. Hoffner Jr. on the Occasion of His 65th Birthday.* ed. by G. Beckman, R. Beal and G. McMahon. Indiana: Eisenbrauns, 2003.

——. "The Hittie Gilgamesh". *The Epic of Gilgamesh, A New Translation, Analogues, Criticism.* ed. by B. R. Foster. New York / London: W. W. Norton & Company, 2001.

——. "Mesopotamians and Mesopotamian Learning at Hattusha". Journal of Cuneiform Studies 35, 1983.

Bede. *A History of the English Church and People.* trans. by L. Sherley-Price. London: Penguin Classics, 1955.

Beecroft, A. *Authorship and Cultural Identity in Early Greece and China: Patterns of Literary Circulation.* New York: Cambridge University Press, 2010.

Berlin. A. *Enmerkar and Ensuhkešdanna, a Sumerian Narrative Poem. Occasional Publications of* the Babylonian Fund 2. Philadelphia: The University Museum, 1979.

——. "Ethnopoetry and the Enmerkar Epic". Journal of American Oriental Society 103, 1983.

Bernal, M. *Black Athena: Afroasiatic Roots of Classical Civilization. Volume I: The Fabrication of Ancient Greece. 1785–1985.* Piscataway: Rutgers University Press, 1987.

——. *Black Athena: Afroasiatic Roots of Classical Civilization. Volume II: The Archaeological and Documentary Evidence.* Piscataway: Rutgers University Press, 1991.

——. *Black Athena: The Afroasiatic Roots of Classical Civilization. Volume III: The Linguistic Evidence.* Piscataway: Rutgers University Press, 2006.

——. *Cadmean Letters: The Transmission of the Alphabet to the Aegean and Further West Before 1400 B. C.* Winona Lake: Eisenbrauns, 1990.

Benardete, S. *The Argument of the Action.* Chicago: The University of Chicago Press, 2000.

Bickerman, E. J. "Origines Gentum", Classical Philology 47, 1952.

Bienkowski, P. and Millard, A. *Dictionary of the Ancient Near East.* Philadelphia: University of Pennsylvania Press, 2000.

Biggs, R. "An Archaic Sumerian Version of the Kesh Temple Hymn from Tell Abū Salābikh". ZA 61, 1971.

——. *The Abū Salābikh Tablets: A Preliminary Survey.* JCS 20, 1966.

Blackburn, S. H. et al. *Oral Epics in India.* Oakland: University of California Press, 1989.

——. *Oxford Dictionary of Philosophy*, 2nd edn revised. Oxford: Oxford University Press, 2008.

Black J. and Green, A. *Gods, Demons and Symbols of Ancient Mesopotamia — An Illustrated Dictionary.* London: British Museum Press, 1992.

——. *Reading Sumerian Poetry.* Ithaca: Cornell University Press, 1998.

——. "Some Structural Features of Sumerian Narrative Poetry". *Mesopotamian Epic Literature — Oral or Aural?* ed. by M. E. Vogelzang and H. L. Vanstiphout. Lewiston: The Edwin Mellen Press, 1992.

Blair, P. *Anglo-Saxon England.* Cambridge: Cambridge University Press, 1977.

Blakely, S. *Myth, Ritual, and Metallurgy in Ancient Greece and Recent Africa*. Cambridge: Cambridge University Press, 2006.

Blanpied, P. W. *Dragons — The Modern Infestation*. Woodbridge: Boydell, 1996.

Boehmer, R. M. "Uruk-Warka". *The Oxford Encyclopedia of Archaeology in the Near East*. New York: Oxford University Press, 1997.

Bologna, C. *Liber Monstrorum de Diversis Generibus*. Milano: Bombiani, 1977.

Bordreuil, P. and Pardee, D. *La trouvaille épigraphique de l'Ougarit, Vol. 1: Concordance*. Ras Shamra – Ougarit 5, No. 1. Paris: Éditions Recherche sur les Civilisations, 1989.

———. "Le combat de Ba'lu avec Yammu d'après les textes ougaritiques". MARI, Annales de Recherches Interdisciplines 7, 1993.

Borger, R. *Mesopotamisches Zeichenlexikon*. Alter Orient und Altes Testament 305. Münster: Ugarit-Verlag, 2003.

Bowra, C. M. *Tradition and Design in the* Iliad. Oxford: Clarendon Press, 1930.

Boyancé, P. *La réligion de Virgile*. Paris: Presses Universitaires de France, 1963.

Bremmer, J. N. *Greek Religion and Culture, the Bible and the Ancient Near East*. Jerusalem Studies in Religion and Culture 8. Leiden: Brill, 2008.

Bremmer, J. and Horsfall, N. ed. *Roman Myth and Mythology*. London: Institute of Classical Studies, 1984.

Britannica Concise Encyclopedia. Chicago: Encyclopedia Britannica, Inc., 2006.

Brockington, M. "The Relationship of the Rāmāyana to the Indic Form of 'The Two Brothers' and to the Stepmother Redaction". *The Epic: Oral and Written*. ed. by L. Honko, et al. Mysore: CIIL Press, 1998.

Browne, E. G. *A Literary History of Persia*. Cambridge: Cambridge University Press, 1928.

Bruce-Mitford, R. *Aspects of Anglo-Saxon Archaeology: Sutton Hoo and Other Discoveries*. New York: Harper's Magazine Press, 1974.

———. *The Sutton Hoo Ship Burial: Reflections after Thirty Years*. New York: Centre for Medieval Series, 1979.

Bryan, B. M. *The Reign of Thutmose IV*. Baltimore: The Johns Hopkins University

Press, 1991.

Budin, S. L. *The Myth of Sacred Prostitution in Antiquity*. New York: Cambridge University Press, 2008.

Burgess, G. S. *The Song of Roland*. London: Penguin Books, 1990.

Burkert, W. "The Song of Ares and Aphrodite: On the Relationship between the Odyssey and the Ilrad". *Homer: German Scholarship in Translation*. trans. by G. M. Wright and P. V. Jones. Oxford: Clarendon Press, 1997.

Burney, C. *Historical Dictionary of the Hittites*. Lanham: The Scarecrow Press, 2004.

——. *The Ancient Near East*. New York: Cornell University Press, 1977.

Burton, J. "Why the Ancient Greeks were Obsessed with Heroes and the Ancient Egyptians were Not". *Classical Bulletin 69*, 1993.

Bury, J. B. *A History of Greece: to the Death of Alexander the Great*. Beijing: Peking University Press, 2009.

Butler, S. *The Authoress of the Odyssey*. New York: E. P. Dutton Company, 1921.

Cairns, D. L. *Oxford Readings in Homer's Iliad*. Oxford: Oxford University Press, 2001.

Callu, J. "Impius Aeneas? Échos virgiliens du bas-empire". *Présence de Virgil*. ed. by R. Chevalier. Paris: Société d'Édition "Les Belles Lettres", 1978.

Campbell, J. *The Hero with a Thousand Faces*. Princeton: Princeton University Press, 1949.

Camps, W. A. *An Introduction to Homer*. Oxford: Clarendon Press, 1980.

——. *An Introduction to Virgil's Aeneid*. Oxford: Oxford University Press, 1969.

Cary, E. trans. *The Roman Antiquities of Dionysius of Halicarnassus*, Vol. 1. Cambridge: Harvard University Press, 1937.

Cartledge, P. *Ancient Greece: A Very Short History*. New York: Oxford University Press, 2011.

Castellino, G. R. *Two Šulgi Hymns (BC)*. Istituto di Studi del Vicino Oriente. Universita di Roma (Studi Semitici, N. 42), 1972.

Cedric H. W. *Homer and the Homeric Tradition*. Cambridge: Harvard University Press, 1958.

Chadwick, N. K. "The Monsters and Beowulf". *The Anglo-Saxons: Studies in Some Aspects of Their History and Culture Presented to Bruce Dickins.* ed. by P. Clemoes. London: Bowes and Bowes, 1959.

Chase, C. *Opinions on the Date of Beowulf.* New York: University of Toronto Press, 1981.

——. *The Dating of "Beowulf".* Toronto Old English Series. Toronto: University of Toronto Press, 1982.

Chen, Y. "Understanding Israelite Religion: New Challenges for Chinese Bible Translations". *Religion Compass 1*, 2007.

Civil, M. *Materials for the Sumerian Lexicon 14.* Roma: Pontificum Institutum Biblicum, 1979.

——. "Reading Gilgameš". Aula Orientalis (17–18), 1999–2000.

——. "The Sumerian Flood Story". *Atra-Hasīs: the Babylonian Story of the Flood.* ed. by W. G. Lambert, A. R. Millard and M. Civil. Oxford: Clarendon Press, 1969.

Clay, J. S. *The Wrath of Athena.* Maryland: Rowman & Littlefield Publishers, 1997.

Cohen, J. J. *Monster Theory: Reading Culture.* Minneapolis & London: University of Minnesota Press, 1996.

Cohen, S. *Enmerkar and the Lord of Aratta.* （宾夕法尼亚大学博士论文）1973.

Colish, M. L. *The Stoic Tradition from Antiquity to the Early Middle Ages, Vol. I. Stoicism in Classical Latin Literature.* Leiden: Brill, 1985; 2nd edn. Leiden: Brill, 1990.

Collins, B. J. *Catalogue of Hittie Texts.* http://www.asor.org/HITTIE/CTH.

Conrad, D. C. "A Town Called Dakajalan: the Sunjata Tradition and the Question of Ancient Mali's Capital". *Journal of African History 35*, 1994.

Coogan, M. D. *Stories from Ancient Canaan.* Louisville: Westminster, 1978.

Cooper, J. S. "Interaction of Oral and Written Poetry in Early Mesopotamian Literature". *Mesopotamian Epic Literature—Oral or Aural?* ed. by M. E. Volgelzang and H. L. J. Vanstiphout. Lewiston: The Edwin Mellen Press, 1992.

——. "Enki's Members: Eros and Irrigation in Sumerian Literature". *Dumu-E2-Dub-Ba-A: Studies in Honor of Åke W. Sjöberg.* ed. by H. Behrens et al. Philadelphia: University of Pennsylvania Museum of Archaeology and Anthropology, 1989.

——. "Posing the Sumerian Question: Race and Scholarship in the Early History of Assyriology". Aula Orientalis 9, 1991.

Cornell, T. J. "Aeneas and the Twins". *Proceedings of the Cambridge Philological Society 21*, 1974.

Dabbagh, T. "Halaf Pottery". Sumer 22, 1966.

Daddi, F. P. "From Akkad to Hattusa: The History of Guroaranzah and the River that Gave Him Its Name". *Semitic and Assyriological Studies Presented to P. Fronzaroli*. Wiesbaden: Harrassowitz Verlag, 2003.

Dalley, S. *Myths from Mesopotamia*. Oxford: Oxford University Press, 1989.

Day, J. *God's Conflict with the Dragon and the Sea*. Cambridge: Cambridge University Press, 1985.

Deneen, J. "The Odyssey of Political Theory". *Justice v. Law in Greek Political Thought*. ed. by L. G. Rubin. Boston: Rowman & Littlefield Publishers, Inc., 1997.

Deimel, A. *Die Inschriften von Fara I: Liste der Archaischen Keilschriftzeichen*. Leipzig: J. C. Hinrichts 'she Buchhandlung, 1922.

——. *Die Inschriften von Fara II: Schultexte aus Fara*. Leipzig: J. C. Hinrichts 'she Buchhandlung, 1923.

de Jong, I. J. F. *A Narratological Commentary on the* Odyssey. Cambridge: Cambridge University Press, 2001.

——. *Homer: Critical Assessments*. London: Routledge, 1999.

Diakonoff, I. M. "Structure of Society and State in Early Dynastic Sumer". *Monographs of the Ancient Near East 1*, 1974.

Dietrich, M. and Loretz, O. "Mythen und Epen IV". TUAT III 6, 1997.

Dodds, E. R. *The Greek and the Irrational*. Berkeley: University of California Press, 1951.

Doherty. L. *Gender and the Interpretation of Classical Myth*. London: Duckworth, 2001.

Donaldson, J. *The Position and Influence of Women in Ancient Greece and Rome, and Among the Early Christians*. Green: Longmans, 1907.

——. "The Position and Influence of Women in Ancient Greece". Contemporary

Review 32, 1878.

Durand, J. M. "Le mythologème du combat entre le dieu de l'orage et la mer en Mésopotamie". MARI, Annales de Recherches Interdisciplinaires 7, 1993.

Eckermann, J.P. *Gespraeche mit Goethe*. München: Deutsche Taschenbuch Verlag, 1999.

Edgar, A. ed. "Feminism", *Cultural Concepts: The Key Concept.* 2nd edn. London & New York: Routledge, 2007.

Edmunds, L. *Approaches to Greek Myth.* Baltimore: Johns Hopkins University Press, 1990.

Edwards, M. W. *Iliad: A Commentary*, Vol. 5. Cambridge: Cambridge University Press, 1991.

Edzard, D. O. *Gilgameš und Huwawa—Zwei Versionen der sumerischen Zedernwaldepisode nebst einer Edition von Version B.* SBAW 1993/4. München: SBAW, 1993.

——. *Gilgameš und Huwawa A, I. Teil.* ZA 80, 1990.

——. *Gilgameš und Huwawa A, II. Teil.* ZA 81, 1991.

——. *Gudea and His Dynasty. The Royal Inscriptions of Mesopotamia, Early Periods*, Vol. 3/1. Toronto & Buffalo & London: University of Toronto Press, 1997.

——. "Keilschrift". RIA 5, 1980.

——. "Literature". *Reallexikon der Assyriologie und Vorderasiatischen Archäologie* 7. Berlin / New York: de Gruyter, 1928.

——. *Sumerian Grammar.* Leiden & Boston: Brill, 2003.

——. *The Names of the Sumerian Temples. Sumerian Gods and Their Representations* (= *Cuneiform Monographs 7*). ed. by I. L. Finkel and M. J. Geller. Groningen: STYX Publications, 1997.

Ehrismann, O. *Nibelungenlied—Epoche-Werk-Wirkung.* München: Verlag CH Beck, 1987.

Ehrlich, C. S. *From an Antique Land: An Introduction to Ancient Near Eastern Literature.* Lanham: Rowman & Littlefield Publishers, 2009.

Eisler, R. *The Chalice and the Blade: Our History, Our Future.* Cambridge: Harper & Row, 1987.

Ely, T. *The Gods of Greece and Rome.* New York: Dover Publications, Inc., 2003.

Englund, R. *Archaic Administrative Texts from Uruk: The Early Campaigns*. Archaische Texte aus Uruk 5. Berlin: Gebr. Mann Verlag, 1994.

———. "Dilmun in the Archaic Uruk Corpus". *Dilmun: New Studies in the Archaeology and Early History of Bahrain (BBVO)*. ed. by D. T. Potts. Berlin: D. Reimer Verlag, 1983.

Englund, R. and Nissen, H. J. *Die Lexikalischen Listen der Archaischen Texte aus Uruk*. Archaische Texte aus Uruk 3. Berlin: Gebr. Mann Verlag, 1993.

Erik, H. *Conceptions of God in Ancient Egypt*. New York: Cornell University Press, 1971.

Erskine, A. *Troy between Greece and Rome*. Oxford: Oxford University Press, 2001.

Fajardo-Acosta, F. *The Condemnation of Heroism in the Tragedy of Beowulf: A Study in the Characterization of the Epic*. New York: Edwin Mellen, 1989.

Falkenstein, A. *Archaische Texte aus Uruk*. Berlin: Deutsche forschungsgemeinschaft, 1936.

———. *Das Sumerische*. Leiden: E. J. Brill, 1959.

———. "Die babylonische Schule". Saeculum 4, 1953.

———. *Grammatik der Sprache Gudeas von Lagaë (zweite Auflage) I: Schrift-und Formenlehre*. Roma: Pontificium Institutum Biblicum, 1978.

———. *Topographie von Uruk, I. Uruk zur Seleukidenzeit*. Leipzig: O. Harrassowitz, 1941.

Falkenstein, A. and von Soden, W. *Sumerische und Akkadische Hymnen und Gebete*. Zürich & Stuttgart: Artemis-Verlag, 1953.

Farber-Flügge, G. *Der Mythos "Inanna und Enki" unter besonderer Berücksichtigungen der Liste der me*. Rome: Biblical Institute Press, 1973.

———. "me". RLA 7, 1990.

Faulkner, A. *The Homeric Hymn to Aphrodite: Introduction, Text, and Commentary*. Oxford: Oxford University Press, 2008.

Feeney, D. C. *The Gods in Epic: Poets and Critics of the Classical Tradition*. Oxford: Clarendon Press, 1991.

———. *Literature and Religion at Rome*. Cambridge: Cambridge University Press, 1998.

Fenno, J. "The Wrath and Vengeance of Swift-footed Aeneas in Iliead 13". Phoenix 62, 2008.

Fettery, J. *The Resisting Reader*. Bloomington: Indiana University Press, 1978.

Finley, M. I. *The Use and Abuse of History*. London & New York: Penguin Books Ltd., 1975.

———. *The World of Odysseus*. London: Pimlico, 1999.

Finsler, G. *Homer in der neuzeit von Dante bis Goethe: Italien, Frankreich, England, Deutschland*. Leipzig: B.G. Teubner, 1912.

Fishbane, M, *Biblical Myth and Rabbinic Mythmaking*. Oxford: Oxford University Press, 2003.

Fisher, L. R., Knutson, F. B., and Morgan, D. F. "Ras Shamra Parallels: The Texts from Ugarit and the Hebrew Bible. Vol. I". Analecta Orientalia 49, 1972.

Fisher, L. R., Simth, D. E. and Rummel, S. "Ras Shamra Parallels: The Texts from Ugarit and the Hebrew Bible. Vol. II". Analecta Orientalia 50, 1975.

Foley, J. M. *A Companion to Ancient Epic*. Oxford: Wiley-Blackwell Publishing, 2005.

Foster, B. R., D. Frayne and G. Beckman. *The Epic of Gilgamesh*. Woodstock: W. W. Norton & Company, 2001.

Fowler, R. *The Cambridge Companion to Homer*. Cambridge: Cambridge University Press, 2004.

———. *The Cambridge Companion to Homer*. Cambridge: Cambridge University Press, 2010.

Frankfort, H. *Ancient Egyptian Religion: An Interpretation*. New York: Columbia University Press, 1948.

Friedman, J. B. *The Monstrous Races in Western Culture*. Cambridge: Harvard University Press, 1981.

Frye, N. *Anatomy of Criticism*. Princeton: Princeton University Press, 1957.

———. "Literature as Context", *Twentieth Century Literary Criticism: A Reader*. ed. by D. Lodge. London: Longman, 1972.

———. *The Great Code*. London: Routledge and Kagen Paul, 1982.

Fulk, R. D. *A History of Old English Meter (Middle Ages Series)*. Philadelphia: Blackwell Publishing Ltd., 2004.

Furniss, G. D. L. "Introduction". *Sunjata: Gambian Versions of the Mande Epic by Bamba Suso and Kanute*. trans & annot. by G. Innes with Assistance of B. Sidibe. London: Penguin Books, 1999.

Galinsky. *Aeneas, Sicily, and Rome*. Princeton: Princeton University Press, 1969.

Gallery, J. A. "Town Planning and Community Structure". *The Legacy of Sumer, Invited Lectures on the Middle East at the University of Texas at Austin*. ed. by D. Schmandt-Besserat. Malibu: Undena Publications, 1976.

Gardiner, A. H. *Ancient Egyptian Onomastica*. London: Oxford University Press, 1947.

——. *Late-Egyptian Stories*. Brussels: Fondation Égyptologique Reine Élisabeth, 1932.

Gardiner, P. "On an Inscribed Greek Vase with Subjects from Homer and Hesiod". The Journal of Philosophy 7:14, 1877.

Garmonsway, G. N. et al. *Beowulf and Its Analogues*. New York: E. P. Dutton, 1971.

Gaster, T. H. "The Judaic Tradition". entry in *Encyclopedia Britannica Online*. accessed on January 23rd, 2009.

Gayley, C. M. *The Classic Myths in English Literature and in Art*, new ed. Boston: Ginn & Co., 1939.

Geller, M. J. "The Free Library Inanna Prism Reconsidered". *Riches Hidden in Secret Places: Ancient Near Eastern Studies in Memory of Thorkild Jacobsen*. ed. by T. A. Eisenbrauns. Warsaw: Eisenbrauns, 2002.

Gentzler, E. *Contemporary Translation Theories (Revised 2nd Edition)*. Shanghai: Shanghai Foreign Language Education Press, 2004.

George, A. R. *House Most High: The Temples of Ancient Mesopotamia*. Indiana: Eisenbrauns, 1993.

——. *The Babylonian Gilgamesh Epic: Introduction, Critical Edition, and Cuneiform Texts*. Oxford: Oxford University Press, 2003.

——. *The Epic of Gilgamesh. A New Translation*. London: Penguin Books, 1999.

Girvan, R. *Beowulf and the Seventh Century: Language and Content*. London: Methuen, 1971.

Gladstone, W. E. *Studies on Homer and the Homeric Age (Vol.1)*. New York: Oxford

University Press, 2010.

Glassner, J. -J. "Inanna et les ME". *Nippur at the Centennial—Papers Read at the 35ᵉ Recontre Assyriologique Internationale*. ed. by M. d. Ellis. Philadelphia, 1988.

Goldsmith, M. E. "The Choice in *Beowulf*". Neophilologus 48, 1964.

——. *The Mode and Meaning of Beowulf*. London: Bloomsbury, 2013.

Gong Yushu. *Die Namen der Keilschriftzeichen*. Alter Orient und Altes Testament 268. Münster: Ugarit, 2000.

——. "Fehlerhafte Schreibungen in den Namen der Keilschriftzeichen". *Die Welt des Orients*. 28. 1997.

——. *Studien zur Bildung und Entwicklung der Keilschriftzeichen*. Hamburg: Dr. Kovac, 1993.

——. "The Names of Cuneiform Signs". JAC 18, 2003.

Gordon, C. H. "Notes on the Legend of Keret". Journal of Near Eastern Studies 11, 1952.

——. *The Common Background of Greek and Hebrew Civilizations*. New York: Norton Library, 1965.

——. *Ugaritic Textbook*. Rome: Pontificium Institutum Biblicum, 1965.

Gordon, E. I. *Sumerian Proverbs*. Philadelphia: University of Pennsylvania Press, 1959.

Goyon, J-C. "Textes Mythologiques, 2: Les Révélations du Mystère des Quatre Boules", BIFAO 75, 1975.

Gragg, G. B. "The Keš Temple Hymn". *The Collection of the Sumerian Temple Hymns in Texts from Cuneiform Sources*. ed. by Å. W. Sjöberg, E. Bergmann and G. B. Gragg. Locust Valley: Augustin, 1969.

Graham. A. J. "The Odyssey, History, and Women". *The Distaff Side: Representing the Female in Homer's Odyssey*. ed. by B. Cohen. New York: Oxford University Press, 1995.

Gray, J. *Near Eastern Mythology*. New York: Hamlyn, 1965.

Graziosi, B. *Inventing Homer: The Early Reception of Epic*. Cambridge: Cambridge University Press, 2002.

Green, C. *Sutton Hoo: The Excavation of a Royal Ship Burial.* London: Merlin, 1968.

Green, M. and Nissen, H. J. *Zeichenliste der Archaischen Texte aus Uruk (ZATU).* Berlin: Gebr. Mann Verlag, 1987.

Green, M. W. "Animal Husbandry at Uruk in the Archaic Period". JNES 39, 1980.

——. "The Construction and Implementation of the Cuneiform Writing System". Visible Language 15, 1981.

Greenfield, S. B. and Calder, D. G. *A New Critical History of Old English Literature.* New York: New York University Press, 1996.

Griffin, J. *Homer on Life and Death.* Oxford: Oxford University Press, 1980.

Griffin, N. E. *Dares and Dictys: An Introduction to the Study of Medieval Versions of the Story of Troy.* Baltimore: J. H. Furst Company, 1907.

Groddek, D. "Hethitische Texte in Transkription KBo 22". DBH 24, 2008.

Grohskopf, B. *The Treasure of Sutton Hoo: Ship Burial for an Anglo-Saxon King.* New York: Antheneum, 1970.

Gruen, E. S. *Culture and National Identity in Republican Rome.* Ithaca: Cornell University Press, 1992.

Güterbock, H. G. "A View of Hittite Literature". JAOS 84, 1964.

——. "Die historische Tradition und ihre literarische Gestaltung bei Babyloniern und Hethititern bis 1200". Zweiter Teil: Hethiter". ZA 44, 1938.

——. *Hethitische Literatur, in Neues Handbuch der Literaturwissenschaft. Altorientalische Literaturen.* Wiesbaden: Akademische Verlagsgesellschaft Athenaion, 1978.

——. "The Hittite Version of the Hurrian Kumarbi Myths". AJA 52, 1948.

Guthrie. W. K. C. "Gods and Men in Homer". *Essays on the Odyssey Selected Modern Criticism.* ed. by H. Charles and Taylor. Jr. Bloomington & London: Indiana University Press, 1967.

Haas, V. *Die hethitische Literatur.* Berlin: de Gruyter, 2006.

——. *Siduri-Nahmezuli. Ein Kleiner Beitrag zur Gilgames-Forschung.* SMEA 45, 2003.

Hall, J. R. C. *A Concise Anglo-Saxon Dictionary: With a Supplement by Herbert.* Cambridge: Cambridge Universitiy Press, 1960.

Hallo, W. W. "Sumerian Literature, Background to the Bible". Bible Review 4, 1988.

———. *The Context of Scripture*. 3 vols. Leiden: Brill, 1997−2002.

———. "Toward a History of Sumerian Literature". *Sumerological Studies in Honor of Thorkild Jacobsen*. Assyriological Studies Series. Vol. 20. Chicago: University of Chicago Press, 1976.

———. "New Viewpoints on Cuneiform Literature". The Israel Exploration Journal, 12, 1962.

Hammer, D. *The Iliad as Politics: the Performance of Political Thought.* Norman: University of Oklahoma Press, 2002.

Hansman. J. F. "The Question of Aratta". JNES 37, 1978.

Hanson, V. D. and Heath, J. *Who Killed Homer? The Demise of Classical Education and the Recovery of Greek Wisdom.* New York: The Free Press, 1998.

Hayes, J. *A Manual of Sumerian Grammar and Texts. 2nd Revised and Expanded Edition.* Malibu: Undena Pubns, 2000.

Hecker, K. *Untersuchungen zur akkadischen Epik. Alter Orient und Altes Testament. Sonderreihe Vol. 8.* Neukirchen-Vluyn & Kevelaer: Butzon & Bercker Verlag, 1974.

Heimpel, W. "Held, A. Philologisch". RLA, 4, 1975.

———. "Observations on Rhythmical Structure in Sumerian Literary Texts". Orientalia 39, 1970.

Hegel, G. W. F. *Aesthetics*, Vol. 1. trans. by T. M. Knox. Oxford: Oxford University Press, 1998.

Helck, W. *Lexicon der Agyptologie (Vol III)*. Wiesbaden: O. Harrasowitz, 1975.

Hendel, R. "The Exodus in Biblical Memory". Journal of Biblical Literature 120, 2001.

Highet, G. *The Speeches in Vergil's Aeneid.* Princeton: Princeton University Press, 1972.

Hoffmann, W. *Das Nibelungenlied, fünfte Auflage Kapitel 1.* Stuttgart: Metzler, 1982.

———. *Das Siegfriedbild in der Forschung.* Darmstadt: Wissenschaftliche Buchgesellschaft, 1979.

Hoffner, H. *Hittite Myths*, SBL 2. Georgia: Scholars Press, 1990.

Homer. *The Iliad of Homer, A Translation by J. G. Cordery*. trans. by J. G. Cordery. London: Kegan Paul, Trench & Co., 1 Paternoster Square, 1886.

——. *The Iliad*. trans. by S. Butler. San Diego: ICON Group International, Inc., 2005.

——. *The Odyssey*. trans. by S. Butler. San Diego: Harcourt Brace Jovanovich, 1991.

Hooke, S. H. *Myth, Ritual, and Kingship*. Oxford: Clarendon Press, 1958.

Hornung, E. *Conceptions of God in Ancient Egypt*. Abingdon: Routledge and Kegan Paul, 1983.

Hort, G. "The Plagues of Egypt". Zeitschrift für die alttestamentliche Wissenschaft 70, 1958.

Hrouda, B. *Der Alte Orient: Geschichte und Kultur des alten Vorderasien*. München: C. Bertelsmann, 1991.

Innes, G. *Sunjata: Three Mandinka Versions*. London: School of Oriental and African Studies, University of London, 1974.

Irving, E. B. Jr. *A Reading of Beowulf*. New Haven: Yale, 1968.

Jackson, G. M. *Encyclopedia of Literary Epics*. Santa Barbara: ABC-CLIO, Inc., 1996.

Jackon, K. H. *The Oldest Irish Tradition: A Window on the Iron Age*. New York: Cambridge University Press, 1964.

Jackson, W. T. H. *The Hero and the King: An Epic Theme*. New York: Columbia University Press, 1982.

Jacobsen, Th. "Early Political Development in Mesopotamia". ZA 52, 1957.

——. "Oral to Written". *Societies and Languages of the Ancient Near East: Studies in Honour of I. M. Diakonoff*. ed. by M. Dandamayev. Warminster: Aris & Phillips, 1982.

——. "Primitive Democracy in Ancient Mesopotamia". JNES 2, 1943.

——. *The Harps that once… — Sumerian Poetry in Translation*. New Haven and London: Yale University Press, 1987.

——. *The Sumerian King List*. Assyriological Studies No. 11. Chicago: University of Chicago Press, 1939.

——. *Toward the Image of Tammuz and Other Essays on Mesopotamian History and Culture*. ed. by W. L. Moran. Cambridge: Harvard University Press, 1970.

Jaeger, W. *Paideia: The Ideals of Greek Culture*. trans. by G. Highet. Oxford: Oxford University Press, 1965.

Jebb, R. C. *Homer: An Introduction to the Iliad and the Odyssey.* Glasgow: James Maclehose and Co. Ltd., 1905.

Jestin, R. R. "La rime interne en sumérien". RA 63, 1969.

——. "La rime sumérienne". BiOr 24, 1967.

——. "Le poème d'En-me-er-kar". Revue de l'histoire des religions: 151-2, 1957.

Johnson, R. B. *Athena and Kain: The True Meaning of Greek Myth*. Annapolis: Solving Light Books, 2003.

Johns-Putra, A. *the History of the Epic*. New York: Palgrave Macmillan, 2006.

Jones, F. W. "The Formulation of the Revenge Motif in the Odyssey". Transaction and Proceedings of the American Philological Association 72, 1972.

Jones, H. L. trans. *The Geography of Strabo*. Vol. VI. Cambridge: Harvard University Press, 1929; rept. 1960.

Jones, G. *Kings, Beasts, and Heroes*. London: Oxford University Press, 1972.

Jones, P. "A New Introduction". *Homer the Odyssey*. trans. by E. V. Rieu, revised translation by D. C. H. Rieu. New Jersey: Penguin Group, 1991.

Jung, C. G. *The Collected Works of C. G. Jung*, v. 9 (I). ed. by H. Read, M. Fordham & G. Adler. New York: Pantheon Books.

Kammenhuber, A. "Die hethitische und hurrische Überlieferung zum 'Gilgamesch-Epos'". Muenchener Studien zur Sprachwissenschaft 21, 1967.

Kaneva, I.T. "Энмеркар и верховный жрец Аратты". VDI 90, 1964.

Kärki, I. "Die Sumerischen Königsinschriften der frühaltbabylonischen Zeit". Studia Orientalia Edidit Societas Orientalis Fennica 35, 1967.

Kaske, R. E. "Sapientia et Fortitudo as the Controlling Theme of Beowulf: An Anthology of Beowulf Criticism". Studies in Philology 55, 1958.

Keller, A. G. *Homeric Society: A Sociological Study of the* Iliad *and* Odyssey. New York: Longmans, Green and Co., 1902.

Kemp, B. J. *Ancient Egypt: Anatomy of a Civilization*. London: Routledge, 1989.

Kersten, H. *Jesus Lebte in Indien*. Muniche: Droemersche, 1983.

Kiernan, K. S. "The Eleventh-century Origin of Beowulf Manuscript". *The Dating of Beowulf*. ed. by C. Chase. Toronto: University of Toronto Press, 1981.

King, K. C. *Ancient Epic*. Oxford: Wiley-Blackwell, 2009.

King. L. W. *Babylonian Religion and Mythology*. London: Kegan Paul, Trench, Trubner & Co., Ltd., 1899.

———. *The Seven Tablets of Creation, or The Babylonian and Assyrian Legends Concerning the Creation of the World and of Mankind. 2 vols*. London: Luzac, 1902.

Kirk, G. S. *The Songs of Homer*. Cambridge: Cambridge University Press, 1962.

Klein, J. "On Writing Monumental Inscriptions in Ur III Scribal Curriculum". RA LXXX, 1986.

———. "The Sumerian 'me' as a Concrete Object". Altorientalische Forschungen 24, 1997.

———. *Three Šulgi Hymns: Sumerian Royal Hymns Glorifying King Šulgi of Ur*. Israel: Bar-Ilan University Press, 1981.

Klinger, J. *Die Hethite*. München: C. H. Beck, 2007.

———. "Die hethitische Rezeption mesopotamischer Literatur und die Überlieferung des Gilgameš-Epos in Ḫattuša". *Motivation und Mechanismen des Kulturkontaktes in des späten Bronzezeit*. ed. by D. Prechel. Florence: LoGisma Editore, 2005.

Knapp, A. B. *The History and Culture of Ancient Western Asia and Egypt*. Chicago: The Dorsey Press, 1988.

Knapp, B. *Women in Myth*. New York: State University of New York Press, 1997.

Komoróczy, G. "Zum sumerischen Epos 'Enmerkar und der Herr von Aratta' – Rätsel und Tauschhandel". ActAntHung 16, 1968.

———. "Zur Ätiologie der Schrift Erfindung im Enmerkar-Epos". Altorientalische Forschungen 3, 1975.

Korpel, M. C. A. *A Rift in the Clouds: Ugaritic and Hebrew Descriptions of the Divine*. Münster: Ugarit-Verlag, 1990.

Kovacs, M. *The Epic of Gilgamesh*. Stanford: Stanford University Press, 1985.

Kramer, S. N. "Ancient Sumer and Iran: Gleanings from Sumerian Literature". Bulletin of the Asia Institute 1, 1989.

——. "Dilmun, The Land of the Living". BASOR 96, 1944.

——. *Enmerkar and the Lord of Aratta*. Philadelphia: University of Pennsylvania Press, 1952.

——. "Gilgamesh and the Land of the Living". JCS 1, 1947.

——. *History Begins at Sumer*, New York: Doubledat Anchor Books, 1959.

——. "Man's Golden Age: A Sumerian Parallel to Genesis XI.1". JAOS 63, 1943.

——. *Mythologies of the Ancient World*. New York: Anchor, 1961.

——. "Sumerian Literature, A General Survey". *The Bible and the Ancient Near East, Essays in Honor of William Foxwell Albright*. ed. by G. E. Wright. Warsaw: Eisenbrauns, 1979.

——. "The Babel of Tongues: A Sumerian Version". JAOS 88, 1968.

——. *The Sumerians—Their History, Culture and Character*. Chicago: The University of Chicago Press, 1963.

Krecher, J. "Sumerische Literatur". *Altorientalische Literaturen (= Neues Handbuch der Literaturwissenschaft, Band 1)*. ed. by W. Röllig. Wiesbaden: Akademische Verlagsgesellschaft Athenaion, 1978.

Kuhrt, A. *The Ancient Near East c. 3000-330 BC. Vol. One and Two*. London: Routledge, 1995.

Labat, R. *Le poème bablylonien de la création*. Paris: Adrien-Maissonneuve, 1935.

Laessøe, J. "Literacy and Oral Tradition in Ancient Mesopotamia". *Studia Orientalia Ioanni Pedersen: Septuagenario A. D. VII Id. Nov. Anno MCMLIII a Collegis Discipulis Amicis Dicata*. ed. by F. Hvidberg. Hauniae: Munksgaard, 1953.

Lamberg-Karlovsky, C. C. and Tosi, M. "Shahr-i Sokhta and Tepe Yahya: Traces on the Earliest History of the Iranian Plateau". East and West 23, 1973.

Lambert, M. "Le jeu d'Enmerkar". Syria 32, 1955.

Lambert, M. "Une enigma du roi d'Uruk Enmerkar". RA 50, 1965.

Lambert, W. G. "The Assyrian Recension of Enuma Eliš". *Assyrien im Wandel der*

  Zeiten: XXXIXe rencontre assyriologique internationale. ed. by H. Waetzold and H. Hauptmann. Heidelberg: Heidelberger Orientverlag, 1997.

――. "Ancestors, Authors, and Canonicity". *JCS* 11, 1957.

――. "Technical Terminology for Creation in the Ancient Near East". *Intellectual Life of the Ancient Near East—Papers Presented at the 43rd Rencontre assyrilogique internationale. Prague, Juli 1-5, 1996.* ed. by J. Prosecký. Prague: Oriental Institute, 1998.

Lambert, W. G. and Walcot, P. "A New Babylonian Theogony and Hesiod". *Kadmos* 4, 1965.

Lang, A. *The World of Homer*. London: Longmans, Green and Co., 1910.

Laroche, E. *Catalogue des Textes Hittites*. Paris: Klincksieck, 1971.

Larrington, C. ed. *The Feminist Companion to Mythology*. London: Pandora Press, 1992.

Latacz, J. *Homer, His Art and His World*. trans. by J. P. Holoka. Ann Arbor: University of Michigan Press, 1996.

Layerle, J. "Beowulf, the Hero and the King". *Medium Aevum* 34, 1965.

Lazzari, M. I. *Epics for Students: Presenting Analysis, Context and Criticism on Commonly Studied Epics*. Detroit: Gale Research, 1997.

Leiss, W. *The Domination of Nature*. Boston: Beacon Press, 1974.

Lete, G. D. O. "La conquista de Jericó y la leyenda ugarítica de KRT". *Sefarad* 25, 1965.

Lévi-Strauss. *Myth and Meaning*. London: Routledge and Kegan Paul, 1978.

――. *Structural Anthropology*. New York: Harmondsworthand, 1976.

Lichtheim, M. *Ancient Egyptian Literature. vol I, II, III*. Berkley: University of California Press, 1971-1980.

Lionarons, J. T. *Medieval Dragon: The Nature of the Beast in Germanic Literature*. Enfield Lock: Hisarlik, 1998.

Lipiński, E. *State and Temple Economy in the Ancient Near East*. Leuven: Departement Oriëntalistiek, 1979.

Lodbrok, R. and Kraki, H. trans. *Nordische Nibelungen*. München: Eugen Dietrichs Verlag, 1985.

Lord, A. B. *Serbo-Croation Heroic Songs.* Cambridge and Balgrade: The Harvard University Press and The Serbian Academy of Science, 1954.

——. *The Singer of Tales.* Cambridge: Harvard University Press, 1960.

——. *The Singer of Tales.* New York: Harvard University Press, 1971.

Louden, B. *The Odyssey: Structure, Narration, and Meaning.* Baltimore: The Johns Hopkins University Press, 1999.

Lyne, R. O. A. M. *Further Voices in Vergil's Aeneid.* Oxford: Clarendon Press, 1987.

Lyotard, J. *The Postmodern Condition: A Report on Knowledge.* Minneapolis: University of Minnesota Press, 1984.

MacInnes, J. "The Concept of Fata in the Aeneid", The Classical Review 24, 2009.

Mack, M. *The Norton Anthology of World Masterpieces*, 4th edition. London: W. W. Norton & Company, 1979.

Macqueen, J. G. *The Hittites and their Contemporaries in Asia Minor. Revised and enlarged edition.* London: Thames and Hudson, 1986.

Majidzadeh, Y. "The Land of Aratta". JNES 35, 1976.

Mallowan, M. E. L. *Early Mesopotamia and Iran.* London: McGraw-Hill Book Co., 1965.

Manniche, L. *How Djadja-Em-Ankh Saved the Day: A Tale from Ancient Egypt.* New York: Crowell, 1977.

Marincola, J. *A Companion to Greek and Roman Historiography.* Malden: Blackwell Publishing Ltd., 2011.

Martin-Clarke, D. E. *Culture in Early Anglo-Saxon England.* Baltimore: The John Hopkins Press, 1947.

Matthaei, L. E. "The Fates, the Gods and the Freedom of Man's Will in the *Aeneid*", *Classical Quarterly 11*, 1917.

McCurley, F. R. Jr. "And after Six Days' (Mark 9:2): A Semitic Literary Device". *Journal of Biblical Literature 93*, 1974.

McMahon, G. "The History of the Hittites". BA 52, 1989.

McNeill, I. "The Metre of the Hittite Epic". Anatolian Studies 13, 1963.

McWilliams, J. P. Jr. *The American Epic: Transforming a Genre 1770—1860*. New York: Cambridge University Press, 1989.

Meador, B. D. S. *Inanna, Lady of Largest Heart, Poems of the Sumerian High Priestess Enheduanna*. Austin: University of Texas Press, 2000.

Meeks, D. and Favard-Meeks, C. *Daily Life of the Egyptian Gods*. London: John Murray Publishers Ltd., 1997.

Meister, F. ed. *Dictys Cretensis Ephemeridos Belli Troiani Libri Sex*. Lipzig: B. G. Teubner, 1872.

Merchant P. *The Epic*. New York: Methuen Co., Ltd., 1971.

Meyer, M. *The Bedford Introduction to Literature*. Boston & New York: Bedford/St. Martin's, 2005.

Michael, C. "Manhood and Heroism". *The Cambridge Companion to Homer*. ed. by R. Fowler. Cambridge: Cambridge University Press, 2004.

Michalowski, P. "Mental Maps and Ideology: Reflections on Subartu". *The Origins of Cities in Dry-Farming Syria and Mesopotamia in the Third Millennium B. C.* ed. by H. Weiss. Guilford. Connecticut: Four Quarters Publishing Co., 1986.

——. "Orality and Literacy and Early Mesopotamian Literature". *Mesopotamian Epic Literature—Oral or Aural?* ed. by M. E. Vogelzang and H. L. J. Vanstiphout. Lewiston: The Edwin Mellen Press, 1992.

——. "The Unbearable Lightness of Enlil". *Intellectual Life of the Ancient Near East — Papers Presented at the 43rd Rencontre assyrilogique internationale, Prague, Juli 1-5, 1996*. ed. by J. Prosecky. Prague: Oriental Institute, 1998.

Miriam, L. *Ancient Egyptian Literature*, Vol 1. Berkeley: University of California Press, 1975.

Miroschedji, P. de M. "La fin du royaume d'Anšan et de Suse et la naissance de l'Empire perse". ZA 75, 1985.

Momigliano, A. *On Pagans, Jews, and Christians*. Middletown: Wesleyan University Press, 1987.

Moorey, P. R. S. "Iran: A Sumerian El-Dorado?". *Early Mesopotamia and Iran: Contact and Conflict 3500—1600 B. C.* ed. by J. Curtis. London: British Museum Press, 1993.

Moorman, C. *Kings and Captains: Variations on a Heroic Theme*. Lexington: University Press of Kentucky, 1971.

Morris, I. and Powell, B. *A New Companion to Homer*. Leiden: Brill, 1997.

Murray, A. C. "Beowulf, the Danish Invasions, and Royal Genealogy". *The Dating of Beowulf*. ed. by C. Chase. Toronto: University of Toronto Press, 1981.

Murray, G. *The Rise of the Greek Epic*. Oxford: Clarendon Press, 1924.

——. *The Rise of the Greek Epic (4th Edition)*. London: Oxford University Press, 1934.

Myres, J. L. and Gray, D. *Homer and His Critics*. London: Routledge & Paul, 1958.

Myrsiades, K. *Approaches to Teaching Homer's Iliad and Odyssey*. New York: The Modern Language Association of American, 1987.

Nagy G. *Poetry as Performance: Homer and Beyond*. New York: Cambridge University Press. 1996.

——. *The Best of the Achaeans*. revised edition. Baltimore: The Johns Hopkins University Press, 1999.

——. "Homeric Hymn to Aphrodite", *Hesiod, The Homeric Hymns and Homerica*. trans. by H. G. Evelyn-White. Cambridge: Harvard University Press, 1914; rept., 1977.

Nelson, C. E. *Homer's Odyssey: A Critical Handbook*. Belmont: Wadsworth Publishing Company Inc., 1969.

Neu, E. *Das hurritischen Epos der Freilassung I, Untersuchungen zu einem hurritisch-hethitischen Textensemble aus Hattusa*. Wiesbaden: Harrassowitz Wiesbaden, 1996.

Newton, S. *The Origins of Beowulf and the Pre-Viking Kingdom of East Anglia*. Cambridge: D. S. Brewer, 1993.

Nicholson, L. E. *An Anthology of Beowulf Criticism*. Notre Dame: University of Notre Dame Press, 1963.

Nissen, H. J. "Datierung der Archaischen Texte aus Uruk". *Zeichenliste der Archaischen Texte aus Uruk (ZATU)*. ed. by M. W. Green and H. J. Nissen. Berlin: Gebr. Mann Verlag, 1987.

——. *Early History of the Ancient Near East, 9000–2000 B. C.* Chicago & London: The

University of Chicago Press, 1988.

——. *Frühe Schriften und Techniken der Wirtschaftsverwaltung im alten Vorderen Orient*. Hildesheim: Verlag Franzbecker, 1990.

——. "The Context of the Emergence of Writing in Mesopotamia and Iran". *Early Mesopotamia and Iran: Contact and Conflict 3500–1600 B. C.* ed. by J. Curtis. London: British Museum Press, 1993.

Norman, A. "Name Magic in 'Odyssey'". *California Studies in Classical Antiquity 5*, 1972.

Oberhuber, K. "Der numinose Begriff ME im Sumerischen". *Innsbrucker Beiträge zur Kulturwissenschaft / Sonderheft 17*, 1963.

Ogilvy, J. D. A., et al. *Reading Beowulf*. Norman: University of Oklahoma Press, 1972.

Ohler, A. *Mythologische Elemente im Alten Testament*. Düsseldorf: Patmos, 1969.

Oinas, F. J. "The Balto-Fennish Epics". *Heroic Epic and Saga: An Introduction to the World's Great Folk Epics*. Bloomington: Indiana University Press, 1978.

Okpewho, I. *Myth in Africa*. Cambridge: Cambridge University Press, 1983.

Olsen, K. E. and Houwen, L. A. J. R. *Monsters and the Monstrous in Medieval Northwest Europe*. Leuven-Paris: Peeters Publishers, 2002.

Olson, S. D. *Blood and Iron: Stories & Storytelling in Homer's Odyssey*. Leiden: Brill, 1995.

Oppenheim, A. L. "The Seafaring Merchants of Ur". *JAOS 74*, 1954.

Otten, H. "Die erste Tafel des hethitischen Gilgamesh-Epos". *Istanbul Mitteilungen 8*, 1958.

——. "Gilgames. C. Nach hethitischen Texten". *RLA 3*, 1968.

——. "Zur Ueberlieferung des Gilgamesch-Epos nach den Bogazkoey-Texten". *CRRAI 7*, 1960.

Page, H. R. *The Myth of Cosmic Rebellion: A Study of Its Reflexes in Ugaritic and Biblical Literature*. Leiden: Brill, 1996.

Page, R. I. "The Audience of Beowulf and the Vikings". *The Roots of Political Philosophy: Ten Forgotten Socratic Dialogues*. ed. by L. Pangle. New York: Cornell University Press, 1987.

Pardee, D. "Review on Handbook of Ugaritic Studies, Handbuch der Orientalistik, erste Abteilung der nahe und der mittlere Osten". *Bulletin of the American Schools of Oriental Research*, 2000.

——. "Review on Ugaritic and the Bible: Proceedings of the International Symposium on Ugarit and the Bible, Manchester, September 1992". Journal of the American Oriental Society 117, 1997.

Parker, S. B. *Ugaritic Narrative Poetry*. Atlanta: Scholars, 1997.

Parpola, S. "The Esoteric Meaning of the Name of Gilgamesh". *Intellectual Life of the Ancient Near East—Papers Presented at the 43rd Rencontre assyrilogique internationale, Prague, Juli 1–5, 1996*. ed. by J. Prosecky. Prague: Oriental Institute, 1998.

Parry, M. "Studies in the Epic Technique of Oral Verse-Making: I. Homer and Homeric Style". *Harvard Studies in Classical Philology 41*. Massachusetts: Universite d'Harvard, 1930.

——. "Studies in the Epic Technique of Oral Verse-Making, II: The Homeric. Language as the Language of Oral Poetry". *Harvard Studies in Classical Philology 43*, 1932.

——. *The Making of Homeric Verse: The Collected Papers of Milman Parry*. ed. by A. Parry. New York: Oxford University Press, 1971.

Pausanias. *Description of Greece*. Vol. 1. trans. by W. H. S. Jones. London: William Heinemann, 1918.

Perret, J. *Les origines de la légende Troyenne de Rome*. Paris: Société d'Edition 'Les Belles Lettres', 1942.

Peters, E. *The Shadow King: Rex Inutilis in Medieval Law and Literature*. London: Yale University Press, 1970.

Peyrefitte, A. *Le mythe de Pénélop*. Paris: Librairie Arthème Fayard, 1998.

Phillips, E. D. "Odysseus in Italy". *The Journal of Hellenistic Studies 73*, 1953.

Pirenne-Delforge, V. "Review on Budin 2008". *Bryn Mawr Classical Review*, 2009.

Plutarch, "Romulus", *Plutarch's Life*. trans. by B. Perrin. Cambridge: Harvard University Press, 1914; rept. 1967.

Pope, J. C. "On the Date of Composition of Beowulf". *Early Mesopotamia – Society* and Economy at the Dawn of History. ed. by N. Postgate. London & New York: Routledge, 1992.

Pöschl, V. *The Art of Vergil: Image and Symbol in the Aeneid*. trans. by G. Seligson. Ann Arbor: The University of Michigan Press, 1962.

Postgate, N. *New Mesopotamia—Society and Economy at the Dawn of History*. London and New York: Routledge, 1992.

Posner, R. A. "The Homeric Version of Minimal State", 90 Ethics 27, 1979.

Pound, E. *ABC of Reading*. London: Faber and Faber, 1961.

Powell, B. B. *Classical Myth*. NJ: Prentice Hall, 2001.

Powell, M. A. "Ukubi to Mother... The Situation is Desperate: A Plaidoyer for Methodological Rigor in Editing and Interpreting Sumerian Texts with an Excursus on the Verb taka: da$_x$-da$_x$ (TAG4)". ZA 68, 1978.

Price, S. R. F. *The Oxford Dictionary of Classical Myth and Religion*. Oxford & New York: Oxford University Press, 2004.

Pritchard, J. B. *Ancient Near East Texts Relating to the Old Testament. 2nd edition*. Princeton: Princeton University Press, 1955.

——. *Ancient Tests Relating to the Old Testament* 3rd. Princeton: Princeton University Press, 1969.

Pucci, P. *Odysseus Polutropos: Intertextual Readings in the Odyssey and the Iliad*. New York: Cornell University Press, 1995.

Redford, D. B. *Pharaonic King-list, Annals and Day-books*. Mississauga: Benben Publications, 1986.

Renger, J. "Mesopotamian Epic Literature". *Heroic Epic and Saga — An Introduction to the World's Great Folk Epics*. ed. by F. J. Oinas. Bloomington: University of Indiana Press, 1978.

Rose, H. J. *A Handbook of Classical Mythology*. London: Methuer, 1958.

Reynolds, F. "Unpropitious Titles of Mars in Mesopotamia Scholarly Tradition". *Intellectual Life of the Ancient Near East — Papers Presented at the 43rd Rencontre assyrilogique internationale, Prague, Juli 1-5, 1996*. ed. by J. Prosecky. Prague: Oriental Institute,

1998.

Russel, B. *A History of Western Philosophy*. New York: Simon & Schuster, 1967.

Richter, D. H. *The Critical Tradition: Classic Texts and Contemporary Trends (2nd Edition)*. Boston: Bedford / St. Martin's, 1998.

Rogers, R. W. *A History of Babylonia and Assyria*. New York: The Abingdon Press, 1915.

Röllig, W. "Literatur". *Reallixikon der Assyriologie*, 7, 1990.

Römer, W. H. Ph. *Das sumerische Kursepos "Bilgameš und Akka"*. Neukirchen-Vluyn: Neukirchener Verlag, 1980.

——. "*Die Sumerologie, Einführung in die Forschung und Bibliographie in Auswahl, Alter Orient und Altes Testament 262*. Münster: Ugarit, 1999.

——. "Literatur". RIA 7 (1987–1990), 1990.

——. *Sumerische "Königshymnen" der Isin-Zeit*. Leiden: E. J. Brill, 1965.

Römer, W. H. Ph. and Edzard, D. O. *Mythen und Epen I (Texte aus der Umwelt des Alten Testaments III: Weisheitstexte, Mythen und Epen)*. Gütersloh: Gütersloher Verlagshaus, 1993.

Rose, H. J. *A Handbook of Greek Literature: From Homer to the Age of Lucian*. London: Methuen & Co. Ltd., 1934.

Rubino, C. A. and Shelmerdine, C. W. *Approaches to Homer*. Austin: University of Texas Press, 1983.

Russo, J. A. "Oral Theory: Its Development in Homeric Studies and Applicability to Other Literatures". *Mesopotamian Epic Literature: Oral or Aural?* ed. by M. E. Vogelzang and H. L. J. Vanstiphout. Lewiston: Edwin Mellen, 1992.

Safar, F., Mustafa, M. A. and Lloyd, S. *Eridu*. Baghdad: Republic of Iraq Ministry of Culture and Information, 1981.

Saïd, S. *Homer and the Odyssey*. Oxford：Oxford University Press, 2011.

Sajjadi, S. M. S. "Excavations at Shahr-I Sokhta: First Preliminary Report on the Excavations of the Graveyard. 1997–2000". Iran 41:1, 2003.

Salvini, M. "Die hurritischen Überlieferungen des Gilgameš-Epos und der Kešši-Erzählung". Hurriter und Hurritische 21, 1988.

Sandars, N. K. *The Epic of Gilgamesh: An English Version with an Introduction*. New York: Penguin Books, 1960.

Sandys, J. E. *A History of Classical Scholarship*, 3rd edn, Vol. I. Cambridge: University Press, 1921.

Sasson, J. M. *Civilizations of Ancient Near East. Vol I–IV*. Peabody: Hendrickson Publishers, 1995.

Sauren, H. "Beispiele sumerischer Poesie". JEOL 22, 1971–72.

——. "Der Weg nach Aratta—Zur Tieferen Erschliessung der Sumerischen Literatur". *Wirtschaft und Gesellschaft im Alten Vorderasien*. ed. by J. Harmatta and G. Komoraczy. Budapest: Académiai Kiado, 1976.

——. "Zur poetischen Struktur der sumerischen Literatur". UF 3, 1971.

Schlunk, R. R. *The Homeric Scholia and the Aeneid*. Ann Arbor: The University of Michigan Press, 1974.

Schmandt-Besserat, D. "Tokens at Uruk". *Baghdader Mitteilungen 19*, 1988.

Schmökel, H. *Keilschrift Forschung und alte Geschichte Vorderasiens. Handbuch der Orientalistik Band 2*. Leiden: E. J. Brill, 1957.

Schucking, L. L. "The Ideal of Kingship in *Beowulf*". *An Anthology of Beowulf Criticism*. ed. by L. E. Nicholson. Notre Dame: University of Notre Dame Press, 1963.

Scott, J. A. *Homer and His Influence*. New York: Cooper Squater Publishers, Inc., 1963.

Segal, C. *Singers, Heroes, and Gods in the* Odyssey. Ithaca: Cornell University Press, 1994.

Segal, R. A. *Myth*. London: Routledge, 2007.

——. *The Myth and Ritual Theory: An Anthology*. Hoboken: Wiley-Blackwell, 1998.

Sethi, R. *Myths of the Nation: National Identity and Literary Representation*. Oxford & New York: Clarendon Press, 1999.

Shippey, T. A. *Beowulf*. London: Edward Arnold, 1978.

Sidhanta, N. K. *The Heroic Age of India: A Comparative Study*. London & New York: Routledge, 1996.

Simpson, W. K., Ritner, R. K., Tobin, V. A., and Wente, E. F. Jr. *The Literature of Ancient*

Egypt: An Anthology of Stories, Instructions, Stelae, Autobiographies, and Poetry, 3rd edition. New Haven: Yale University Press, 2003.

Sisam, K. *Studies in the History of Old English Literature*. Oxford: Clarendon, 1953.

Sivan, D. *A Grammar of the Ugaritic Language*. Leiden: E. J. Brill, 2001.

——. "Der Examenstext A". ZA 64, 1975.

——. "The Old Babylonian Eduba". Assyriological Studies 20, 1976.

Sjöberg, Å. W. "Beiträge zum Sumerischen Wörterbuch". AS 16, 1965.

Sjöberg, Å. W., Bergmann, E. and Gragg, G. B. *The Collection of the Sumerian Temple Hymns in Texts from Cuneiform Sources III*. Locust Valley: Augustin, 1969.

Smart, N. *The World's Religions (2nd Edition)*. London: Cambridge University Press, 1997.

Smith, M. S. "Myth and Mythmaking in Canaan and Ancient Israel". CANE 3, 1995.

——. "Ugaritic Studies and Israelite Religion: A Retrospective View". *Near Eastern Archaeology 65*, 2002.

Smith, P. "Aineiadae". HSCP 85，1981.

Solmsen, F. "Aeneas Founded Rome with Odysseus". *Harvard Studies in Classical Philology 90*, 1986.

Soysal, C. "A New Fragment to Hittite Gilgames Epic". NABU 10, 2004.

Sparks, K. L. *Ancient Texts for the Study of the Hebrew Bible: A Guide to the Background Literature*. Peabody: Hendrickson, 2005.

Spyridakis, S. "Zeus is Dead: Euhemerus and Crete". *The Classical Journal*, 63.8, 1968.

Stanford, W. B. *Homer: The Odyssey, Books I – XII*. London: Bristol Classical Press, 1996.

Stanley, E. G. "'A Very Land-fish, Languagelesse, a Monster': Grendel and the Like in Old English". *Monsters and the Mostrous in Medieval Northwest Europe*. ed. by K. E. Olsen and L. A. J. R. Houwen. Leuven–Paris: Peeters Publishers, 2002.

Stavrianos, L. S. *A Global History from Prehistory to the 21st Century (7th ed)*. Beijing: Peking University Press, 2004.

Steible, H. *Die Neusumerischen Bau- und Weihinschriften, Teil 2*. Stuttgart: Franz Steiner Verlag, 1991.

Steiner, G. "'Ruhm' und 'Ehre' in der Sumerischen Heldensage". *Intellectual Life of the Ancient Near East—Papers Presented at the 43rd Rencontre assyriologique internationale, Prague, Juli 1–5, 1996*. ed. by J. Prosecky. Prague: Oriental Institute, 1998.

Steiner, G. and Fagles, R. *Homer: A Collection of Critical Essays*. New Jersey: Prentice-Hall, 1962.

Steinkeller, P. "A Note on sa-bar = sa-par$_4$/pàr 'Casting Net'". ZA 75, 1985.

Stone, M. *When God Was a Woman*. New York: Harcourt Brace Jovanovich, 1976.

Streck, M. P. "Die Amurriter der Altbabylonischen Zeit im Spiegel des Onomastikons, Eine Ethno-Linguistische Evaluierung". *2000 V. Chr-Politische, Wirtschaftliche und Kulturelle Entwicklung im Zeichen einer Jahrtausendwende*. ed. by J. W. Meyer and W. Sommerfeld. Leipzig: Harrassowitz, 2004.

——. "Oannes". RLA 10, 2003.

Stronach, D. "Anshan and Parsa: Early Achaemenid History, Art and Architecture on the Iranian Plateau". *Mesopotamia and Iran in the Persian Period: Conquest and Imperialism, 539–331 B. C., Proceedings of a Seminar in memory of Vladimir G. Lukonin*. ed. by J. Curtis. London: British Museum Press, 1997.

Suso, B. and Kanute, B. *Sunjata: Gambian Versions of the Mande Epic*. London: Penguin Books, 1999.

Swanton, M. J. *Crisis and Development in German Society 700–800: Beowulf and the Burden of Kingship*. Goppingen: Kümmerle Verlag, 1982.

Szarzyńska, K. "Some of the Oldest Cult Symbols in Archaic Uruk". JEOL 30, 1989.

Thilo, G. and Hagen, H. ed. *Servii Grammatici qui Feruntur in Vergilii Carmina Commentarii*. Leipzig: Teubner, 1881–1902.

Thomsen, Marie-Louise. *The Sumerian Language: An Introduction to Its History and Grammatical Structure. (Mesopotamia: Copenhagen Studies in Assyriology, 10)*. Copenhagen: Akademisk Forlag, 1984.

Thureau-Dangin, F. *Les Cylindres de Goudéa*. Paris: Paul Geuthner, 1925.

Tiemeyer, L. "Review of Stephanie Lynn Budin, The Myth of Sacred Prostitution in Antiquity". *Review of Biblical Literature*, 2009.

Tigay, J. H. *The Evolution of the Gilgamesh Epic.* Philadelphia: University of Pennsylvania Press, 1982.

Tolkien, J. R. R. *The Monsters and the Critics and Other Essays.* Boston: Houghton Mifflin, 1984.

Toohey, P. *Reading Epic: An Introduction to the Ancient Narratives.* London & New York: Routledge, Chapman and Hall, Inc., 1992.

Torres-Rioseco, A. *Epic of Latin American Literature.* Oakland: University of California Press, 1964.

Tosi, M. "Excavations at Shahr-i Sokhta: A Chalcolithic Settlement in the Iranian Sistān / 1 Preliminary Report on the First Campaign, October-December 1967". *East and West 18,* 1968.

——. "Excavations at Shahr-i Sokhta: Preliminary Report on the Second Campaign, September-December 1968". *East and West 19,* 1969.

——. "Shahr-i Sokhta", Iran 10, 1972.

Tosi, M., Nissen, H. J. and Renger, J. *The Development of Urban Societies in Turan and the Mesopotamian Trade with the East: the Evidence from Shahr-i Sokhta.* Berlin: Mesopotamien und Seine Nachbarn, 1982.

Trigger, B. G. *Ancient Egypt: a Social History.* Cambridge: Cambridge University Press, 1983.

Tropper, J. "Is Ugaritic a Canaanite Language?". *Ugarit and the Bible: Proceedings of the International Symposium on Ugarit and the Bible, Manchester, September 1992.* ed. by G. J. Brooke, A. H. W. Curtis and J. F. Healey. Münster: Ugarit-Verlag, 1994.

Ünal, A. "Hurro-hethitische bilingue Anekdoten und Fabeln". *Texte aus der Umwelt Alten Testaments.* ed. by O. Kaiser. Aachen: Gütersloher Verlagshaus, 1994.

Ushigaki, H. "The Image of 'God Cyning' in *Beowulf*: A Philological Study". *Study in English Literature 1500–1900,* 1982.

Vanstiphout, H. L. J. "Another Attempt at the 'Spell of Nudimmud'". RA 88, 1994.

——. "Enmerkar's Invention of Writing Revisited". *Dumu-E$_2$-Dub-Ba-A—Studies in Honor of Åke W. Sjöberg.* ed. by H. Behrens, D. Loding and M. T. Roth. Philadelphia:

University of Pennsylvania Museum of Archaeology and Anthropology, 1989.

———. *Epics of Sumerian Kings: The Matter of Aratta*. Atlanta: Society of Biblical Literature, 2003.

———. "Repetition and Structure in The Aratta Cycle: Their Relevance for the Orality Debate". *Mesopotamian Epic Literature—Oral or Aural?* ed. by M. E. Vogelzang and H. L. J. Vanstiphout. Lewiston & Queenston & Lampeter: The Edwin Mellen Press, 1992.

———. "The Twin Tongues—Theory, Technique, and Practice of Bilingualism in Ancient Mesopotamia". *All Those Nation… : Cultural Encounters Within and With the Near East: Studies Presented to Han Drijvers at the Occasion of His Sixty-fifth Birthday by Colleagues and Students*. ed. by H. L. J. Vanstiphout. Groningen: STYX Publications, 1999.

———. "'Verse Language' in Standard Sumerian Literature". *Verse in Ancient Near Eastern Prose*. ed. by J. C. de Moor and W. G. E. Watson. Kevelaer: Butzon & Bercker, 1993.

Vaziri, Mostafa. *Iran as Imagined Nation—The Construction of Nation Identity*. New York: Paragon House, 1933.

Veldhuis, N. "The Poetry of Magic". *Mesopotamian Magic: Textual, Historical, and Interpretative Perspectives*. ed. by T. Abusch and K. V. D. Toorn. Groningen: STYX Publications, 1999.

Virolleaud, C. *Comptes-rendus des séances de l'Académie des Inscriptions et Belles-Lettres*. Paris: Geuthner, 1961.

von Soden, W. *Einführung in die Altorientalistik*. Darmstadt: Wissenschaftliche Buchgesellschaft, 1985.

———. *The Ancient Orient, An Introduction to the Study of the Ancient Near East*. Michigan: Eerdmans Publishing, 1994.

von Wilamowitz-Moellendorff, U. *Homerische untersuchungen*. Berlin: Weidmann, 1884.

Waetzoldt, H. and Hauptmann, H. *Assyrien im Wandel der Zeiten: XXXIXe Rencontre assyriologique international*. Heidelberg: Heidelberger Orientverlag, 1997.

Wallace-Hadrill, J. M. *Early Germanic Kingship in England and on the Continent: The Ford Lectures Delivered in the University of Oxford in Hilary Term 1970*. Oxford: Clarendon, 1971.

Wang Jihui. *The Concept of Kingship in Anglo-Saxon and Medieval Chinese Literature: A Comparative Study of Beowulf and Xuanhe Yishi*. Beijing: Peking University Press, 1996.

Warwick, H. H. *A Vergil Concordance*. Minneapplis: University of Minnesota Press, 1975.

Watson, W. G. E. and Wyatt, N. *Handbook of Ugaritic Studies*. Leiden: E. J. Brill, 1999.

Weber, G. and Hoffmann, W. *Das Nibelungenlied fünfte Auflage, Kapitel 1*. Stuttgart: Metzler, 1982.

Westenholz, J. G. *Legends of the Kings of Akkade*. Winona Lake: Eisenbrauns, 1997.

Whitelock, D. *The Audience of Beowulf*. Oxford: Clarendon, 1951.

Whitman, C. H. *Homer and the Heroic Tradition*. Cambridge: Harvard University Press, 1958.

Wilcke, C. "A Riding Tooth: Metaphor, Metonymy and Synecdoche, Quick and Frozen in Everyday Language". *Figurative Language in the Ancient Near East*. ed. by M. Mindlin, M. J. Geller and J. E. Wansrough. London: University of London, School of Oriental and African Studies, 1987.

——. *Das Lugalbandaepos*. Wiesbaden: Otto Harrassowotz, 1969.

——. "Formale Gesichtspunkte in der Sumerischen Literatur". *Sumerological Studies in Honor of Thorkild Jacobsen*. Assyriological Studies Series 20, 1976.

——. "Genealogical and Geographical Thought in the Sumerian King List". *DUMU-E$_2$-DUB-BA-A—Studies in Honor of Åke W. Sjöberg*. ed. by H. Behrens, D. Loding and M. T. Roth. Philadelphia: The University Museum of Archaeology and Anthropology, 1989.

——. "Politik und Literatur in Babylonien und Assyrien—Versuch einer Übersicht". *Literatur und Politik im pharaonischen und ptolemäischen Ägypten*. ed. by J. Assmann and

E. Blumenthal. Cairo: Institut français d'archéologie orientale, 1999.

———. "Sumerische Epen". *Kindlers Neues Literatur Lexikon Band 19—Anonyma Kollectivwerke*. ed. by W. Jens and R. Radler. München: Kindler Verlag GmbH, 1992.

———. "Zu 'Gilgameš und Akka'—Überlieferungen zur Zeit von Entstehung und Niederschrift, wie auch zum Text des Epos mit einem Exkurs zur Überlieferung von 'Šulgi A' und von 'Lugalbanda II'". *Dubsar anta-men: Studien zur Altorientalistik, Festschrift für Willem H. Ph. Römer zur Vollendung seines 70. Lebensjahres mit Beiträgen von Freunden, Schülern und Kollegen, Alter Orient und Altes Testament*. ed. by M. Diettrich and O. Loretz. Münster: Ugarit-Verlag, 1998.

Wilhelm, G. "Das hurritisch-hethitische Lied der Freilassung". *Texte aus der Umwelt des Alten Testaments, Ergänzungslieferung, Vol. I*. ed. by M. Dietrich. Aachen: Gütersloher Verlagshaus, 2001.

———. "Epische Texte, Das hurritisch-hethitische 'Lied der Freilassung'". TUAT Ergänzungsheft, 2001.

———. "Neue akkadische Gilgames-Fragmente aus Hattusa". ZA 78, 1988.

———. *Zwischen Tigris und Nil: 100 Jahre Ausgrabungen der Deutschen Orient-Gesellschaft in Vorderasien und Ägypten*. Mainz am Rhein: Philipp von Zabern, 1998.

Willcock, M. M. *A Commentary on Homer's Iliad*. London: Macmillan, 1970.

Williams, B. *Shame and Necessity*. Berkeley: University of California Press, 1993.

Williams, D. *Cain and Abel: A Study in Secular Allegory*. Toronto: University of Toronto, 1982.

Wilson, E. J. *The Cylinders of Gudea: Transliteration, Translation and Index*. Darmstadt: Neukirchener Verlag, 1996.

Wilson, K. M. *The Anglo-Saxons*. London: Thames and Hudson, 1980.

Winkler, J. J. *The Constraints of Desire: The Anthropology of Sex and Gender in Ancient Greece*. New York & London: Routledge, 1990.

Winks, R. W., Mattern-Parkes, S. P. *The Ancient Mediterranean World: from the Stone Age to A. D. 600*. New York: Oxford University Press, 2004.

Wood, M. *In Search of the Trojan War*. Berkeley: University of California Press, 1985.

Wrenn, C. L. *Beowulf*. London: Harrap, 1973.

——. "Introduction". *Beowulf: With the Finnesburg Fragment*. ed. by C. L. Wrenn. New York: St. Martin's, 1973.

Wright, F. A. *Feminism in Greek Literature*. London: George Routledge & Sons Ltd., 1923.

Wright, G. M. and Jones, P. V. *Homer: German Scholarship in Translation*. Oxford: Clarendon Press, 1997.

Wu Yuhong. "The earliest War for the Water in Mesopotamia: Gilgemeš and Agga". NABU 4, 1998.

Young-Eisendrath, P. and Dawson, T. *The Cambridge Companion to Jung*. 2nd edition. Cambridge: Cambridge University Press, 2008.

Zarncke, F. *Beiträge zur Erklärung und Geschichte des Nibelungenliedes*. Leipzig: Sonderdruck, 1857.

阿卜杜·胡赛因·扎林库伯：《伊朗诗歌循综》（波斯文），伊朗努什因出版社，1984年。

阿尔伯特·贝茨·洛德：《故事的歌手》，尹虎彬译，中华书局，2004年。

阿兰·邓迪斯：《西方神话学术读本》，朝戈金等译，广西师范大学出版社，2000年。

埃德蒙·利奇：《列维-斯特劳斯》，王庆仁译，三联书店，1985年。

埃里克·J.夏普：《比较宗教学史》，吕大吉、何光沪、徐大建译，上海人民出版社，1988年。

安书祉：《尼伯龙人之歌》，译林出版社，2000年。

——：《德国文学史》第1卷，译林出版社，2006年。

奥古斯丁：《上帝之城》，现代书局，1950年。

巴赫金：《哲学美学》，晓河等译，河北教育出版社，1998年。

伯纳德特：《弓弦与竖琴：从柏拉图解读〈奥德赛〉》，程志敏译，华夏出版社，2003年。

——：《列维－施特劳斯的〈城邦与人〉》，《列维－施特劳斯与古典政治哲学》，刘小枫编，张新樟等译，生活·读书·新知三联书店。
柏拉图:《理想国》，郭斌和、张竹明译，商务印书馆，1986年。
——:《泰阿泰德智术之师》，严群译，商务印书馆，1963年。
陈建宪:《神话解读》，湖北教育出版社，1997年。
陈戎女:《荷马的世界——现代阐释与比较》，中华书局，2009年。
陈贻绎:《希伯来圣经——来自文本和考古资料的信息》，《东方文化集成》，季羡林主编，昆仑出版社，2006年。
——:《希伯来语〈圣经〉导论》，北京大学出版社，2011年。
陈中梅:《荷马的启示:从命运观到认识论》，北京大学出版社，2009年。
程志敏:《荷马史诗导读》，华东师范大学出版社，2007年。
大林太良监修:《世界神话词典》，角川书店，1994年。
——:《宗教学词典》，東京大学出版会，1973年。
迪迪耶·埃里邦:《神话与史诗》，孟华译，北京大学出版社，2005年。
段继承译，《熙德之歌》，中国文联出版公司，1995年。
恩格斯:《家庭、私有制和国家的起源》，人民出版社，1972年。
法兰巴格·达迪吉:《班答赫什》(波斯文)，梅赫尔达德·巴哈尔译，图斯出版社，2001年。
范大灿:《德国文学史》第2卷，译林出版社，2006年。
范先明:《辜正坤翻译思想研读》，中国对外翻译出版公司，2012年。
《菲尔多西诞生千年纪念国际学术讨论会论文集》(波斯文)，伊朗图书世界出版社，1943年。
《菲尔多西与史诗文学》(波斯文)，《第一届国际图书节学术讨论会论文集》(波斯文)，索鲁什出版社，1975年。
芬利:《希腊的遗产》，张强等译，上海人民出版社，2004年。
高中甫、张黎主编:《瓦格纳戏剧全集》，中国文联出版公司，1997年。
格兰斯登:《荷马与史诗》，《希腊的遗产》，芬利主编，张强等译，上海人民出版社，2004年。
龚方震、晏可佳:《祆教史》，上海社会科学院出版社，1998年。
龚妮丽:《音乐美学论纲》，中国社会出版社，2002年。

拱玉书:《日出东方——苏美尔文明探秘》,云南人民出版社,2001年。

——:《升起来吧!像太阳一样——解析苏美尔史诗〈恩美卡与阿拉塔之王〉》,昆仑出版社,2006年。

——:《西亚考古史(1842—1939)》,文物出版社,2002年。

古拉姆列扎·苏托德:《菲尔多西〈列王纪〉问世千年纪念国际学术讨论会论文集》(波斯文),德黑兰大学出版社,1995年。

古朗士:《希腊罗马古代社会史》,李宗侗译,中国文化大学出版部,1989年。

——:《希腊罗马古代社会研究》,李玄伯译,上海文艺出版社,1990年。

辜正坤:《中西文化比较导论》,北京大学出版社,2007年。

——:《互构语言文化学原理》,清华大学出版社,2004年。

郭应德:《阿拉伯史纲》,中国社会科学出版社,1991年。

汉密尔顿:《希腊精神:西方文明的源泉》,葛海滨译,辽宁教育出版社,2003年。

荷马:《奥德赛》,陈中梅译,译林出版社,2003年。

——:《奥德赛》,王焕生译,人民文学出版社,1997年。

——:《奥德赛》,杨宪益译,上海译文出版社,1979年。

——:《荷马史诗·奥德赛》,王焕生译,人民文学出版社,2012年。

——:《荷马史诗》,邓婷译,上海文艺出版社,2010年。

——:《伊利亚特》,陈中梅译,北京燕山出版社,1999年。

——:《伊利亚特》,罗念生、王焕生译,人民文学出版社,1994年。

赫西俄德:《工作与时日·神谱》,张竹明、蒋平译,商务印书馆,1991年。

侯赛因·法里瓦尔:《伊朗文学史》,第15版,阿米尔·卡比尔出版社,1973年。

胡经之:《西方文艺理论名著教程》,北京大学出版社,1988年。

黄宝生:《印度古代史诗〈摩诃婆罗多〉导读》,中国社会科学出版社,2005年。

黄宝生译:《摩诃婆罗多》,译林出版社,1999年。

黄洋、赵立行、金寿福:《世界古代中世纪史》,复旦大学出版社,2005年。

黄志坤:《古印度神话》,湖南少年儿童出版社,1986年。

基托:《希腊人》,徐卫翔、黄韬译,上海人民出版社,1998年。

吉尔伯特·默雷:《古希腊文学史》,孙席珍等译,上海译文出版社,1988年。

季羡林:《东方文学史》,吉林教育出版社,1995年。

——:《罗摩衍那初探》,外国文学出版社,1979年。
季羡林、刘安武:《印度两大史诗评论汇编》,中国社会科学出版社,1984年。
季羡林译:《罗摩衍那·战斗篇下》,人民文学出版社,1984年。
贾里尔·杜斯特哈赫:《阿维斯塔》(二)(第八版),莫尔瓦里德出版社,2004年。
——:《阿维斯塔》波斯文译本2,莫尔瓦里德出版社,1992年。
简·艾伦·赫丽生:《古希腊宗教的社会起源》,谢世坚译,广西师范大学出版社,2004年。
杰罗丁·平奇:《走近埃及神话》,邢颖译,外语教学与研究出版社,2007年。
金克木:《梵语文学史》,人民文学出版社,1964年。
J.W.汤普森:《历史著作史》,商务印书馆,1992年。
K.K.卢斯文:《神话》,耿幼壮译,马伯骥校,北岳文艺出版社,1989年。
卡洛斯·阿尔贝托·雷吉萨蒙:《〈马丁·菲耶罗〉序言》,赵振江译,译林出版社,1999年。
卡西尔:《语言与神话》,于晓译,三联书店,1988年。
凯撒:《高卢战记》,任炳湘译,商务印书馆,2009年。
坎贝尔:《神话的力量》,朱侃如译,万卷出版公司,2011年。
克莱门:《劝勉希腊人》,王来法译,生活·读书·新知三联书店,2002年。
克雷默:《世界古代神话》,魏庆征译,华夏出版社,1989年。
克里斯滕森:《凯扬王朝诸王》,伊朗科学文化出版社,1992年。
库恩:《希腊神话》,朱志顺译,上海译文出版社,1998年。
雷切尔·斯多姆:《东方神话》,曾玲玲等译,希望出版社,2007年。
李琛:《古巴比伦神话》,湖南少年儿童出版社,1989年。
李赋宁:《欧洲文学史》(第一卷),商务印书馆,1999年。
李秋零主编:《康德著作全集——实践理性批判、判断力批判》,中国人民大学出版社,2006年。
利奇德:《古希腊风化史》,杜之、常鸣译,辽宁教育出版社,2000年。
刘安武:《印度两大史诗研究》,北京大学出版社,2001年。
刘习良:《〈玉米人〉译本前言》,漓江出版社,1986年。
刘耀中、李以洪:《荣格心理学与佛教》,东方出版社,2004年。

陆扬:《欧洲中世纪诗学》,上海社会科学出版社,1997年。

罗伯特·A.西格尔:《神话理论》,刘象愚译,外语教学与研究出版社,2008年。

罗念生:《罗念生全集》,上海人民出版社,2004年。

M.H.鲍特文尼克等编著:《神话辞典》,商务印书馆,1985年。

《马克思恩格斯选集》,第1卷,人民出版社,1972年。

——第2卷,人民出版社,1976年。

——第4卷,人民出版社,1973年。

——第4卷,人民出版社,1958年。

马林诺夫斯基:《巫术 科学 宗教与神话》,李安宅译,中国民间文艺出版社,1986年。

马苏第:《黄金草原》,耿昇译,青海人民出版社,1998年。

玛丽·博伊斯:《伊朗琐罗亚斯德教村落》,张小贵、殷小平译,中华书局,2005年。

麦克斯·缪勒:《宗教学导论》,陈观胜、李培茱译,上海人民出版社,1989年。

——:《宗教的起源与发展》,金泽译,上海人民出版社,1989年。

——:《比较神话学》,金泽译,上海文艺出版社,1989年。

毛泽东:《毛泽东选集》第一卷,人民出版社,1952年。

茅盾:《神话研究》,百花文艺出版社,1981年。

梅赫尔达德·巴哈尔:《伊朗神话研究》(第二版),阿卡赫出版社,1996年。

——:《伊朗神话研究9》第一版,阿卡赫出版社,1996年。

莫哈森·扎林库伯:《伊朗民族史》,比尔出版社,1885年。

穆罕默德·阿里·伊斯兰米·纳都山:《列王纪中人物的生与死》,伊朗达斯坦出版社,1990年。

——:《伊朗良心的四位歌者》,伊朗卡特来出版社,2002年。

欧力维·提亚诺:《追踪埃及诸神的脚印》,罗苑韶译,广西师范大学出版社,2004年。

潘庆舲:《波斯诗圣菲尔多西》,重庆出版社,1990年。

毗耶婆:《摩诃婆罗多》(1—6),金克木、黄宝生等译,中国社会科学出版社,2005年。

——:《摩诃婆罗多——毗湿摩篇》,黄宝生译,译林出版社,1999年。

菩提达摩:《达摩四行观·达摩血脉论·达摩悟性论·达摩破相论·最上乘论》,河北省佛教协会虚云印经功德藏印行,2005年。

齐默尔曼:《希腊罗马神话辞典》,张霖欣编译,陕西人民出版社,1987年。

秦露:《文学形式与历史救赎:论本雅明〈德国哀悼剧起源〉》,华夏出版社,2005年。

让列·阿姆兹卡尔:《伊朗神话史》,伊朗高等学校人文科学出版社,1995年。

让-皮埃尔·韦尔南:《神话与政治之间》,余中先译,生活·读书·新知三联书店,2001年。

任卫东等:《德国文学史》第3卷,译林出版社,2007年。

日知:《中西古典文明千年史》,吉林文史出版社,1997年。

荣格:《心理学与文学》,冯川等译,三联书店,1987年。

——:《荣格文集》,冯川编,改革出版社,1997年。

萨迪克·列扎扎迪·沙法格:《伊朗文学史》,巴列维大学丛书,1976年。

萨法:《伊朗史诗创作》,德黑兰皮鲁兹出版社。

塞尔格叶夫:《古希腊史》,缪灵珠译,高等教育出版社,1955年。

塞·诺·克雷默:《世界古代神话》,魏庆征译,华夏出版社,1989年。

商务印书馆辞书研究中心编:《古今汉语词典》,商务印书馆,2000年。

石琴娥:《北欧文学史》,译林出版社,2005年。

石琴娥、斯文译:《埃达》,译林出版社,2000年。

——:《萨迦》,译林出版社,2002年。

司各特:《西方文艺批评的五种模式》,蓝仁哲译,重庆出版社,1983年。

斯蒂芬·伯特曼:《奥林匹斯山之巅——破译古希腊神话故事》,韩松译,复旦大学出版社,2005年。

斯特拉德威克:《世界文明古国:古埃及》,刘雪婷等译,上海科学技术文献出版社,2008年。

斯威布:《希腊的神话和传说》,楚图南译,人民文学出版社,1958年。

宋丕方:《列王纪》,湖南文艺出版社,2002年。

孙承熙:《阿拉伯伊斯兰文化史纲》,昆仑出版社,2001年。

塔西佗:《阿古利可拉传·日耳曼尼亚志》,马雍、傅正元译,商务印书馆,2009年。

唐孟生:《东方神话传说》(第一卷),北京大学出版社,1999年。

提亚诺:《追踪埃及诸神的脚印》,罗苑韶译,广西师范大学出版社,2004年。

托雷斯·里奥塞科:《拉丁美洲文学简史》,吴健恒译,人民文学出版社,1978年。

托·斯·艾略特:《传统与个人才能——艾略特文集·论文》,卞之琳、李赋宁等译,陆建德主编,上海译文出版社,2012年。

王次炤主编:《音乐美学》,高等教育出版社,1994年。

王海利:《古埃及神话故事》,吉林人民出版社,2001年。

王继辉:《盎格鲁-撒克逊文学与古代中国文学中的王权理念》,北京大学出版社,1996年。

王新中、冀开运:《中东国家通史》(伊朗卷),商务印书馆,2002年。

王岳川:《当代西方最新文论教程》,复旦大学出版社,2008年。

韦尔南:《希腊思想的起源》,秦海鹰译,生活·读书·新知三联书店,1996年。

维多尼卡·艾恩斯:《印度神话》,孙士海、王镛译,经济日报出版社,2001年。

维吉尔:《埃涅阿斯纪》,杨周翰译,译林出版社,1999年。

维柯:《新科学》,朱光潜译,商务印书馆,1989年。

魏庆征主编:《古代伊朗神话》,北岳文艺出版社,1999年。

——:《外国神话传说大词典》,中国国际广播出版社,1989年。

温克尔曼:《希腊人的艺术》,邵大箴译,广西师范大学出版社,2001年。

沃利斯·巴奇:《古埃及的咒语》,曾献译,百家出版社,2005年。

吴蓉章:《民间文学理论基础》,四川大学出版社,1987年。

吴晓群等:《古代希腊仪式文化研究》,上海社会科学院出版社,2000年。

希罗多德:《希罗多德历史——希腊波斯战争史》,王以铸译,商务印书馆,2009年。

徐新:《西方文化史——从文明初始至启蒙运动》,北京大学出版社,2007年。

许海山主编:《古希腊简史》,中国言实出版社,2006年。

玄珠、谢六逸、林惠祥:《神话三家论》,上海文艺出版社,1989年。

亚里士多德:《尼各马可伦理学》,廖申白译注,商务印书馆,2003年。

──:《诗学》,陈中梅译注,商务印书馆,1996年。
──:《诗学》,罗念生译,人民文学出版社,1962年。
──:《诗学》,罗念生译,上海人民出版社,2004年。
亚历山德罗·巴瑞科:《荷马,伊利亚特》,邓婷译,上海文艺出版社,2010年。
晏绍祥:《荷马社会研究》,生活·读书·新知三联书店,2006年。
杨敬修译:《古兰经大义》,北平伊斯兰出版公司,1947年。
杨周翰:《埃涅阿斯纪》,译林出版社,1999年。
叶舒宪译编:《结构主义神话学》,陕西师范大学出版社,1988年。
──:《神话-原型批评》,陕西师范大学出版社,1987年。
伊萨·萨迪克:《伊朗文化史》(第七版),德黑兰泽巴出版社,1975年。
蚁垤:《罗摩衍那》(1—8),季羡林译,人民文学出版社,1984年。
于凌波:《简明成唯识论白话讲记》,财团法人佛陀教育基金会印赠。
袁珂:《中国古代神话》,中华书局,1960年。
──:《中国古代神话》,华夏出版社,2013年。
元文琪:《二元神论——古波斯宗教神话研究》,中国社会科学出版社,1997年。
元文琪编译:《阿维斯塔——琐罗亚斯德教圣书》,商务印书馆,2005年。
──:《波斯神话》,中国少年儿童出版社,2004年。
曾遂今、李婧:《西方音乐文化教程》,中国传媒大学出版社,2005年。
扎毕胡拉·萨法:《伊朗史诗创作》,德黑兰皮鲁兹出版社,1954年。
扎林库伯:《伊朗民族史》,阿米尔卡比尔出版社,1985年。
张朝柯:《希伯来民间文学》,东方出版社,2004年。
张鸿年:《波斯文学史》,昆仑出版社,2004年。
赵敦华:《西方哲学简史》,北京大学出版社,2001年。
赵国华:《东方神话——印度古代神话》,知识出版社,1993年。
赵乐甡译:《吉尔伽美什:巴比伦史诗与神话》,译林出版社,1999年。
赵炎秋:《西方文论与文学研究》,湖南师范大学出版社,2003年。
郑凡:《震撼心灵的古旋律》,四川人民出版社,1987年。
周中之、黄伟合:《西方伦理文化大传统》,上海文化出版社,1991年。
朱狄:《原始文化研究》,三联书店,1988年。

朱光潜:《悲剧心理学》,安徽教育出版社,2006年。
——:《悲剧心理学——各种悲剧快感理论的批判研究》,张隆溪译,人民文学出版社,1983年。
朱立福、康曼敏编译:《古埃及神话》,湖南少年儿童出版社,1989年。
朱星辰编译:《埃及神话》,中国林业出版社,2007年。